大逐鹿

=第一部=

温靖邦 著

SPM 南方传媒 | 花城出版社
中国·广州

图书在版编目（CIP）数据

大逐鹿：全三部 / 温靖邦著. —— 广州：花城出版社，2019.5（2024.2重印）
 ISBN 978-7-5360-8875-7

Ⅰ. ①大… Ⅱ. ①温… Ⅲ. ①纪实小说－中国－当代 Ⅳ. ①I247.5

中国版本图书馆CIP数据核字(2019)第069342号

出 版 人：张　懿
策划编辑：孙　虹
责任编辑：夏显夫
技术编辑：凌春梅
封面设计：刘红刚

书　　名	大逐鹿 DA ZHU LU	
出版发行	花城出版社 （广州市环市东路水荫路 11 号）	
经　　销	全国新华书店	
印　　刷	广州小明数码印刷有限公司 （广州市天河区高普路83号B栋C5号）	
开　　本	787 毫米×1092 毫米　16 开	
印　　张	62　3 插页	
字　　数	1,200,000 字	
版　　次	2019 年 5 月第 1 版　2024 年 2 月第 3 次印刷	
定　　价	198.00 元（全三部）	

如发现印装质量问题，请直接与印刷厂联系调换。
购书热线：020－37604658　37602954
花城出版社网站：http://www.fcph.com.cn

目 ★ 录

‖第一部‖
昨夜江边春水绿,艨艟巨舰一毛轻

第一章	1
第二章	23
第三章	44
第四章	67
第五章	86
第六章	108
第七章	130
第八章	156
第九章	178
第十章	203
第十一章	219
第十二章	237
第十三章	257
第十四章	276
第十五章	299

引子

"偶然",是人类辞典中最为诡异的一个词。它大多数时候都显得无足轻重,容易为人忽视;然而有时候却又十分重要,说不定会改变我们的人生,甚至改变大历史的进程。

数千年来,有多少发生于人们意料之外的戏剧性变故导致的那些个后果,不能不让人们惊诧地感叹,原来那看似强大无比的历史王爷有时竟会受到"偶然"这个小瘪三的掌控,当其徘徊原地前瞻后顾,或正向着某一方向移动时,某个"偶然"的出现往往会使它突然偏离原先的轨道,而发生始料不及的进退,甚或急转直下。

然则那个"偶然"究竟是怎么产生的?它来自何处?为什么具有那么巨大的力量?似乎没有人能够索解明白。人们只知道它有时显示出是植根于一定的地基或者露头于一定的根茎;有时又完全无迹可寻,没有任何先兆,来无影去无踪,稍纵即逝。难怪十九世纪伟大的批判现实主义文学大师巴尔扎克要狡狯地告诉读者他只耽迷于"偶然",自豪地宣称他一生只研究"偶然"。

当然,从理论上说,任何"偶然"无不来源于"必然"。没有"必然"做沃土,"偶然"的枝叶是长不出来的;换言之,"偶然"背后有一个强大的推手,那就是"必然"。

尽管如此,"偶然"的作用仍不容小觑。我们姑且把"必然"比作燃料,把"偶然"比作火媒;倘没有后者,前者不过是一堆没有生命的炭块或油料而已。

吃透了"偶然",便参透了人生乃至宇宙最深处的秘密。

难怪巴尔扎克那么沉迷于"偶然"。

我们由是也更深刻地认识到为什么理论大师们无不断言巴尔扎克的《人间喜剧》[①] 必将名垂千古了。

[①] 巴氏全部作品的总标题。

第一章

一

国共两党的命运和中国的命运，就是这样被一些个"偶然"决定了。

庆祝抗战胜利的最后一枚鞭炮的响声刚一消散，国共两党的对峙便水落石出般进入了人们的视线。全国老百姓用无限担忧的目光关注着他们。这样的目光太早地取代了抗战胜利的喜悦。

谁都明白，对峙的尽头不能不是战争。

有什么办法能够消除对峙？

战争的灾难怎样才能避免？

无数充满忧患的疑问涌上了中国人民的心头。

当时一位中立者的话不无道理：通过和平谈判也就是互相让步达至民主宪政，给予共产党相当的权力与生存空间，则对峙自消，卖刀买牛的局面也许可望形成。

当然，从根本上解决的办法也有，那就是战争；也就是戴传贤这位国民党首席理论家说的"长痛莫如短痛"。

这样的结果是彻底消灭对峙的一方，同时耗费掉大量的民族元气。

清末以降，中国战乱不断；八年抗战付出的牺牲尤为惨重。人心思治，厌恶刀兵成为绝大多数中国人的共同情绪。所以，和平是绝大多数中国人共同的愿望；也是羽毛远未丰满，冀能获得十年乃至更长时间治疗创伤的中共的诉求；据说蒋介石本人及其部分僚属也觉得十年内战、八年抗战堪谓兵连祸接，伤及民族本元太深，主张休养生息一段时间再来解决"赤祸"问题。即使在日皇裕仁宣布投降那段时间，尽管蒋介石下令迅速抢先接管敌伪占领区，禁止共产党染指受降，以及因此引发了局部冲突，和平在那时的中国依然是主调，全民族合作的曙光似亦未被乌云完全遮挡。

孰料，隐藏在曙光背后的阴影，一些个"偶然"发生的事件，将局部的乌云扩张成遮天蔽日之势，从而彻底改变了国共两党的命运。

两党的命运，如上所述，抗战胜利后本来有另一条道路可走，从而形成另一种历史格局：比如合作组府。即使以国民党为主共产党次之，史料显示当时后者也能勉为其难。毛泽东甚至已经在打算派人到距离南京较近的淮阴去设置办公机构，以便去国民政府开会方便一些。一旦合作达成，天长日久，也许历史的发展要平和得多；可惜的是一些"偶然"事件推动了两党迅速决裂，战争顷刻发生，历史被"偶然"这个吊诡的东西推着过早地起程而且飞速发展了。

那都是些什么样的"偶然"呢？

其中有两件与女人有关。

蒋介石的至交与重臣戴传贤是众所周知的风流政客，红颜知己不计其数。我们不必替他盘点，只说一说与所谓"偶然"有瓜葛的一位绝色女子。

另一位与此有关的是戴笠殚精竭虑追求到手的影星胡蝶。

我们的故事就从他们开始吧。

一辆黑壳福特小轿车满载着戴笠的种种愿望，驶出俗称神仙洞的重庆枇杷山正街七十二号戴公馆，向白市驿机场开去。

在那些大部分由抗战胜利催生出来的种种愿望里，戴笠最期待的有两个：

一个是国民政府正紧张筹划中的对日伪政权、军权、财权以及汉奸私产的接收。

他明白必须在政府和军方的大佬们议而未决之际抢占先机，把最有价值的一切尽收囊中。这对于军统以及他戴某人个人的未来发展至关重要。司机旁边坐着的那个年轻人楚乃超就是奉他命令去办此事的。但是军统当时尚未取得蒋介石同意，一切暂时还不得不秘密进行。一边由楚乃超秘赴上海抢先将有价值的房子、汽车、金库、物资库贴上封条，不显山不露水就把所有权先行定格了；同时暗中着手组建庞大的接收队伍，待蒋介石首肯之后立刻以迅雷不及掩耳之势涌向上海实施接收。这是毛人凤给他出的好主意。一会儿从飞机场返回，他就要去官邸说服蒋介石把这个肥差交由军统去办。

另一个是坐在他身旁的胡蝶的上海之行。

他本来的考虑是让胡蝶缓几天跟他一起去上海。他担心一个女人孤身深入那个目下秩序极为混乱的地方不安全，当然也有不愿与美人别离太久的隐衷。不料胡蝶还没听完他喋喋不休的劝说，登时就柳眉倒竖杏眼圆睁发起了脾气，声称若不能马上飞赴上海，那就永远不挪动了，一辈子待在这个倒霉的山城好了。戴笠只好赶紧改口，同意她先走一步；然后又婆婆妈妈地反复叮咛到了上海，先找潘有声把离婚协议签了，过几天他到上海就宣布结婚。自从两年多前追求胡蝶成功，他对胡蝶就一直小心侍候，生怕惹她不高兴，偶有分歧也总是以戴笠的让步刹尾。

谁都知道戴笠可不是尊重妇女的好男人。与胡蝶同居之前，戴笠玩女人而不把女人当人那可是出了名的。为什么一与胡蝶同居就发生了质的变化，成了个十分驯顺温柔的小男人？甚至把个胡蝶当成了第二个蒋校长供在家里？此中自然有很多不为世人所知的曲折原委，容待后叙"个中"隐情。

那么胡蝶急于去上海又是为了什么？当然不是急于要去办理与丈夫潘有声的离婚手续，那只不过是一件顺便的事；她主要是急于去上海组建电影拍摄班子，尽快投拍酝酿了多年的故事大片《儿女风尘记》。这个将由她编导并主演的作品主要是讲一个少女在抗战时期与亲人的离乱遭际。

她多次向戴笠讲过故事梗概，也多次慨叹过拍摄区域将遍及大江南北。让她担忧的是北边很多必须拍摄的外景地是共产党根据地，十分不方便甚至不安全。

戴笠教她莫愁，为了她的这个计划，他一定力劝委员长早日重启戡乱，荡平共区。可以预言不久以后她就能充分自由地在大江南北拍片了。

她当时严肃地指着他的鼻尖告诫道，这可是你自己说的，别不是吹牛吧？

他也严肃起来，拍拍自己的胸口要她但放宽心，戴某人既然做了承诺，那就一定会有办法说服蒋委员长的。

戴笠虽然这样夸下了海口，可也知道那位被十年内战、八年抗战闹得心力交瘁的蒋委员长近来总是感叹再也不想打仗了，谁知道会不会同意马上就再次大规模兴兵呢？这件事成了戴笠的一个心结。

汽车开到白市驿机场。

哨卡上前查问。

司机证件也没出示，只懒懒说了一声军统的，对方就骇然而退道歉不迭。

汽车一路开进大门，绕过候车厅，驶入停机坪。又在机场人员指引下抵达准备起飞的飞机下面。

大家陆续下车。

司机协助机场人员将胡蝶的大箱小包行李从汽车上取出，送上飞机。

戴笠叮咛楚乃超，一路好好伺候胡蝶小姐；又小声吩咐，浙江淳安那边忠义救国军昨天挑选了十多名武装同志去上海，归他调遣，名义可以叫作军委会接收先遣组。今天他们会在上海机场迎候。明天就须开展工作，已电令周佛海全力协助。

大汉奸周佛海在半年前日本败象已彰时秘密"回归"国府，系由军统牵线搭桥，戴笠对之有再造之恩，所以戴笠的任何指示对他不啻为圣旨。

直到飞机滑离跑道升上天空，戴笠才钻进汽车。他眉宇间有一缕怅然若失。对司机咕噜了一句回城里去吧，旋又补了一句直接去委员长官邸。

车子当然并不能直接开抵林园①大门，而是在二十多公尺外的雀园停下了。

这座名叫雀园的花园别墅规模比林园小得多也陈旧得多，过去是四川军阀刘成勋的产业，现在是侍卫长俞济时的办公处；而林园则是国府西迁重庆时蒋介石

---

① 蒋介石官邸之一。

下令为国府主席林森建立的主席府，林森仙去后就成了蒋介石的官邸。

闻声出来的副官把戴笠领到俞济时办公室。

俞济时满脸堆着抱歉的笑，不断说对不起得很，恐怕要劳雨农兄稍候一会儿了。

戴笠愕然，意识到一定是俞济时卖私情安排另外的什么人僭了先。便苦笑了一下，抱怨地说，你老兄今天早上在电话里不是告诉我已经安排好了校长上午十点钟接见我吗？我按时来了，老兄请看墙上的钟：九点五十分。

俞济时一边伸出两手把他虚扶到沙发旁落座，一边大声吩咐给戴局长上茶。然后故意压低声音解释，半个小时前戴传贤来了。雨农兄知道，这些大佬是不用预约也不用通报的，兄弟岂敢挡驾呀。

这个当然是不以俞济时意志为转移的。

戴笠点了点头，赔笑说错怪培良①兄了。心里颇为刚才的态度后悔。因为确实怪不着俞济时；再者俞某人不仅不能得罪，还必须邀好才是。以前在王世和、宣铁吾担任侍卫长时，这个职务是隶属于侍从室第一处的，军衔也只是上校。抗战后期，侍从室由原先的两个处扩为三个处；侍卫室也从第一处独立出来，侍卫长的地位无形间提高了，俞济时以中将衔出任侍卫长从而成为实际上的天子近臣。

戴笠在不能得罪的人面前总是很讲究细节的。他明白等候蒋介石传见或许是个漫长的过程，不能在这里打搅俞济时，推说昨夜没睡好，希望有个地方打个盹儿。

俞济时微微一笑，大声吩咐副官把戴局长请到客房休息，好好伺候；旋又轻拍了一下戴笠的肩，教他放心睡，一会儿戴传贤出来一定及时来请他。

戴传贤在蒋介石办公室刚刚落座，正欲开口说事，却被蒋介石占了先。

"季陶②，你来了，正好，我有事和你商量呢！"

戴传贤有不少政论专著行世；著名的言论"举起你的左手打倒帝国主义，举起你的右手打倒共产党"就是他的理论基础。坊间称其为国民党意识形态教父实不为过，由他担任选拔干部的考试院院长也算是名实相归。他在第一次国共合作时期就已经是蒋介石的主要智囊了，每一个历史阶段蒋介石的重要政治举措背后几乎都晃动着戴传贤的影子；尽管蒋介石喜欢乾纲独断，但在拿定主意之前总喜欢听听戴传贤的意见，愿意与之进行深入探讨。戴传贤是元老重臣中唯一敢与对蒋介石面折廷争的人。这除了耿耿忠心之外，也有赖于他与蒋介石的特殊关系。

---

① 俞济时字培良。
② 戴传贤字季陶。

两人的私谊，可以追溯到日本留学时期。蒋介石次子纬国的出生之秘也使他们的关系剪不断理还乱甚至可以说深不可测。戴传贤小蒋介石三岁，这年（1945年）五十六岁了。年轻时美丰仪、儒雅倜傥；而今虽然年近垂暮，头发花白稀薄，疾病丛生，已不容再近风月了，但举手投足依然可以让人遥忆当年的风光。

蒋介石边说话边离开办公桌，移步到戴传贤落座的长沙发那里，坐到斜对面的单人沙发上。

秘书进来给戴传贤上茶，赶快又将办公桌上蒋介石的白开水端过来，这才悄然退出并掩上门。

蒋介石告诉戴传贤，孔祥熙和宋子文分别向他报告，接收沦陷区的同时，法币与伪币的兑换必须尽快进行。抗战期间国府法币与伪币的兑换率受市场机制约束仅为一比一；现在为了彰显胜利，也是为了打击那些八年来在沦陷区支持敌伪经济的无良工商业主，以及奖励随国府迁到大后方的爱国企业家，政府应该给出体现爱国主义的兑换标准，加大兑换率。孔祥熙主张一元法币兑换二百元伪币；宋子文颇有异议，他认为伪币的持有者也包含沦陷区普通老百姓，不可殃及池鱼太甚，还是温和一点，一比五十似乎妥当一些。

"季陶，你以为如何？"蒋介石说罢喝了一口白开水，瞅着戴传贤。

戴传贤一时给懵住了。他是个自诩清高的学者型政治家，又是个自以为在佛学方面造诣很深的大居士，不大关心他认为不过是柴米油盐这种俗不可耐的区区小事，所以从来就思不及斯，更不会料及竟会有人拿这样的"尘秽"来"问道"于他。如若是别的人，他定会闭目不睬；但垂询者乃蒋介石，他就不能不有所思索了。只是思而索之良久，自度实在不懂金融，怎么作答呢？只在倏忽间不自觉地游离了佛性与清雅的禀赋而下意识地联想到自己的薪俸与存款，若照孔、宋的意见实施，岂不一下子涨了两百倍，最不济也涨五十倍了么？如此岂不快哉！至于遭受池鱼之殃的沦陷区小老百姓那就完全不是他思索的范围了。于是将眉头作深锁状，然后做出谋而后定的样子肃然道：

"宋院长的意见是不是……太温和了？"宋子文刚刚取代孔祥熙担任行政院长，后者则改任财政部长了。"我看孔部长的高见可取，这个是……二百比一，甚好嘛！要让老百姓明白，追随国府与不追随国府是大有区别的！"

蒋介石想了想，轻轻点了一下头。把金融问题一下子提升到政治的高度，而且不无儆诫意味，他觉得这就是戴传贤高人一筹之处。

戴传贤却怕他会沿着这个话题往深里谈或者又扯出另外一个什么话题来，干扰了自己今天要谈的事，赶紧说：

"我有一件比币值比率更重要的事要向您禀报！"

"啊？"对他忽然改换话题，蒋介石略感意外，皱眉瞅着他，"什么事这么着急呀？说吧。"

戴传贤要说的事，与一个俏丽的女人有关。

这个女人与他的相识以及后来的相交，都不能摆脱一个词——犯险。这里所说的犯险，不仅是戴传贤一己之身，也指他为之奋斗终生的国民党政权。"个中"因由一时难以尽述，现在且说一说他们那不无兆示意味的相识吧。

一年前的一天下午，戴传贤在国府开完会，拖着疲惫的腿脚在副官伺候下钻进座车。对司机只咕噜了两个字：回家。便闭上双目，数起了手里的佛珠来。

重庆是山城，有一些段落的街道免不了上坡下坎。他的公馆在城外，不仅全是坡坡坎坎，急转弯的险道也不在少数。汽车经过一个叫黄桷垭的路段时，司机猛然刹住了车，惊得他两眼一睁，出了一身冷汗。原来车头与迎面急转弯而来的一辆军用吉普撞上了，车头左端凹下去一大片，所幸无人受伤。

副官见戴传贤无恙，放了大半的心。怒冲冲跳下车，边呵斥边诘问是哪个单位的车。

几乎与副官的动作同时，吉普司机也跳下车来——是个军服笔挺的女人，从领章上看是中尉军衔。那女军官看来是个不肯逊让的主，也指着副官大声呵斥，反诘副官是哪个单位的。

副官从未见过这样不晓事的家伙，禁不住冷笑了一下，威胁地用大拇指向自己脑后晃动两下，问她知道是谁的车吗？告诉你吧，考试院戴院长的车！我看你不是吃了豹子胆而是吃了天雷胆吧。

车内的戴院长听不清争吵的内容，摇下玻璃窗，探头向外打量。见那女人不过二十出头年纪，军帽下压着齐耳的短发，脸蛋十分俏丽；身材中等，不算丰盈，却也起伏有致。戴院长略一踌躇，推门下车去。

那女孩已被副官给吓懵了，一张小脸由红转青，哑然无语。戴传贤走近了，才看清那是一张鹅蛋形脸蛋，算不得白，其上薄雾般若有若无地漂浮着一抹少女茸毛；脸上的小鼻子小嘴巴煞是精致，它们相互之间的比例以及在脸上所处的位置都恰到好处；最吸引他的是匀匀淡淡的双眉下那一对毛嘟嘟的大眼睛，顾盼之间很像他当年那位日本情人美智子的眼风；更奇巧的是左眼角边有一粒红痣，其位置、其大小、其色度都与美智子一般无二。这就注定了这位曾决心收束猿马之心的风流大员心里不可能不重起波澜了。

他挥退了副官，和颜悦色地问女军官伤着哪里没有？边问边关切地上下打量。

女军官这才回过神来。赶紧立正敬礼，报告长官，部下没伤着；长官伤着哪里了吗？部下闯大祸了，部下真该死。

戴传贤呵呵大笑，言重了言重了，大家都没伤着嘛，何祸之有？

女军官绷得快断了的神经这才松弛下来，暗暗吁了一口长气。羞怯地微笑着回答，毕竟惊着了长官嘛。

女军官这一笑，让戴传贤窥见一排整齐洁白的米牙。不由得心里又是一颤，暗暗惊叹，简直就是美智子的翻版啊！

吉普的车头损坏较微，戴传贤问女军官可不可以劳烦她送他回家；让司机设法将他的座车弄回城里修理去。女军官明白自己的机会来了，立刻高兴地表示愿为长官效劳。

他们就这样认识了。

女军官名叫孟淑贤，参谋总部的文员，山东人，鲁南一个名叫孟庄的乡下女子。其父孟国栋是地方上的名绅，家有良田千亩，城里还开着几家商铺。不久这位孟国栋老先生将离开故土亡命重庆，向朝野号呼泣血控诉共产党滔天大罪，要求政府申罪致讨。正在哀告无门时，察觉女儿与戴传贤的关系，喜出望外，不顾一向视为身家性命的礼义廉耻之碍，企图通过女儿去影响中央大员从而影响政府。这看似虚妄之念，后来的事实说明的确有所收获，至少对戴传贤的影响获得了成功。

二

"委员长千万不要以为传贤是在危言耸听！眼下尽管举国欢呼抗战胜利，实际上当前的政局并不乐观，比诸当年日寇入侵险恶百倍！"

戴传贤，长方脸，头发虽因年龄关系越来越稀疏灰白，而面庞依然可窥年轻时候的英俊风采：一双剑眉下是仿佛常含笑意的丹凤眼；挺直的鼻梁下那厚实的嘴唇一旦紧闭，则在鼻翼两端与嘴角相连的两道鼻沟的映衬下显得笑意常驻。就是这么一张自然生就的笑脸，此刻却如煤炭般生硬，关公式的丹凤眼变成了张飞的环眼，熠熠闪射严峻的光芒。多年都十分信赖他的蒋介石见状也不由得正襟动容，注意听他的下文。然而戴传贤并没有马上袒示他所谓"险恶政局"，却来了个一百八十度大转弯，把刚才还瞪得溜圆的环眼恢复成平常的丹凤眼，而且还刻意微微眯着，其间透出似笑非笑的神情，轻言细语地诘问起蒋介石来。

"我听说委员长要与共产党商谈联合组府？"

蒋介石何等聪明的人，愣了一下，旋即省悟地哦了一声，神经顿时松弛下来。明白了所谓"险恶政局"是什么意思了，也明白了戴传贤想要表达什么了。俯身徐徐端起面前矮足长几上的白开水，呷了一口，这才说：

"剿共十年，抗战八年，连续打了十八年的仗，这个是……朝野对和平建国呼声很高呀！我想是不是休养生息几年再说？过个五年六年，经济有所恢复，完成了增练两百个美械师的计划，加上现有的两百多个陆军师，要做什么还不就像……秋风扫落叶那样容易吗?！前几天子文和哲生①和我谈，也是这个意见。"

蒋介石心中的这个算盘，戴传贤早就看得一清二楚。不禁微微冷笑，也不马上说话，端起面前的茶杯，以惯常的优雅姿态略品了一下。蒋介石也视着他，皱了皱眉头。

"季陶兄另有什么高见吗？"

"委员长，你知道，这并非龟兔赛跑，我们固然会有所发展，共产党的发展更不容小觑！抗战前夕我们把他们的一万多残兵败将追到了陕北，抗战八年他们发展成了什么样？苏北大部、皖北一部、山东大部、华北将近一半以及陕北，都被他们收入囊中，这些区域的总人口接近一个亿！可以说共产党已经有了很不错的发展基地，假以时日，他们现有的九十多万正规军就会发展成两百万、三百万；装备也会在苏俄暗中支持下大大改善。那个时候再要去谈论剿共，恐怕就艰难了！"

蒋介石默然，眉宇间浮起一抹淡淡的忧郁。戴传贤道破的这个事实，也是他的隐忧。他也曾想过马上用兵。一则抗战以来国军大部分退守西南一隅，投送少量兵力抢先接收日伪占领区尚能应付，要将大军输送到那里与共军开战，那是需要大量金钱和时间的；而且纵有足够资金，没有美国提供大批飞机、汽车、轮船也是办不到的。这是他的纠结所在，也是他考虑对共产党缓图的主要原因。

见蒋介石不开腔，戴传贤看出已然击中了心病。于是趁热打铁，道出了蒋介石更害怕的一些情况来。

"王世杰在莫斯科签订的那个中苏友好同盟条约完全是一纸空文，万万信不得！不是吗，墨迹未干，共产党已经开始往东北派遣武装人员了，苏军暗中接应已经是公开的秘密，还把缴获的日械、从沈阳长春拆卸的重工业设备全部运到齐齐哈尔、佳木斯、满洲里。屯放在那里干什么？是不是为共军准备的？其实不用等待以后的事实作答，现在就可以做出肯定的回答！长期躲在苏俄境内的共匪抗联高官周保中、李兆麟，还有在苏联上学的刘亚楼，已经裹胁数千穿着苏军制服的赤色抗联部队越过中苏边界随苏军进入满洲，分别到了哈尔滨、大连，被苏军委为各地的市长或警备司令；盘踞热辽边境的共匪李运昌部最近也大摇大摆出了山海关。会不会有更多的共军进入东北？这个就不必怀疑了！"

这些情况蒋介石不是不了解，而是一旦正视就忧心如焚，寝食难安，所以平时就下意识地不去碰触它，这样才勉强可以睡个安稳觉。

戴传贤见他双眉深锁，苦思不语，明白说辞的效力正在发酵，便继续说：

"短短的一两个月间，苏皖、山东盘踞的华东共军抢占日伪地盘，杜绝国军接

---

① 宋子文、孙科，后者字哲生。

收,实力迅速坐大,地盘成倍拓展;还有聂荣臻的晋察冀,加上刘伯承的晋冀鲁豫赤区,地盘既大,两部总兵力也近三十万;更危险的是大别山内外的郑位三、李先念部,原本实力很小,去年毛泽东从南边调去王震部队,从北边也调去近万人之后,而今正规军已超过五万。这显而易见是毛泽东的狡诈布局!他图谋何在?哼,其志不小啊!郑位三、李先念背靠大别山,进可以威胁宁沪以及我江浙财赋所出之地,退则可以缩毂中原,岂只芒刺在背,实乃心腹大患啊!可以断言,如果再纵容共产党三五年,必会像瘟疫般传染全国,那时候就不是我们剿办他们,而是他们'问鼎之大小轻重焉'了!"

戴传贤说罢,乜视了蒋介石一眼,觉得应该让他消化一下,便暂时住了口。款款端起茶杯,认真品了一口,咂巴两下嘴巴,感到那绿里微黄的茶汤略涩而甘,这么好的口感一定是上等的碧螺春。

蒋介石沉思了一会儿,掠了一眼对方,说:"我何尝没有这种担忧!只是我们的军队大部分在西南,需要时间呀;而且老百姓呼吁和平之声很高,如果轻启衅端,恐怕会尽失民心的!"

戴传贤略一思索,说:"委员长不是已经电邀毛泽东来渝'共商国是'了吗?不妨将计就计,借商谈来掩藏锋镝;一方面加紧催促美国人协助我们运送兵力。以他们的投送能力,三五个月之间完成不是问题。另外,民心向背更不足虑!"

蒋介石稍有些惊讶,狐疑地睁大眼睛瞧着他。"不对吧?你看各地舆论都在高谈和平建国的调子;陪都以民盟为首的几个小党派鼓噪更厉害,似乎谁要商谈一下戡乱整肃,谁就是乱臣贼子一样!娘希……"他把最后一个"匹"字忍下了。

戴传贤打了几个哈哈,又摇了摇头。"那不过是少数'左倾'分子、文化人而已。他们手里有报纸有笔杆子,掌控了部分舆论,奢谈民意,其所表达的不过是他们一小撮人一己之私而已,哪里代表得了全国老百姓呢?"

蒋介石觉得此话有些道理,轻轻点了一下头;转念又觉得似乎不无偏颇,又轻轻摇了一下头,颤动了一下嘴唇,一时不知道说什么为好。

戴传贤一副理足词雄的神情,大策士般伸出一只食指虚指了指,说:

"我可以毫不夸张地说,赤区老百姓苦赤祸久矣①,盼望政府之切丝毫不亚于沦陷区百姓之盼望中央!"

这话尽管蒋介石不敢完全相信,却也极大地满足了自尊心,露出了既高兴又含着疑问的一种复合型笑容。旋又想要追问个究竟,却又不知从何问起,出口后变成了他惯常当助词用的半个短语"这个是,这个是……"

戴传贤比任何人都读得懂他这位仁兄的表情。马上说:

---

① 语出《史记·陈涉世家》,此处为戴传贤篡改套用。

"我这个话是有充分根据的!"

所谓"充分根据",就是孟淑贤父亲孟国栋提供的。

孟淑贤是个运气又好又不好的女孩子。说她运气不好,是她在上济南女中时认识了一个名叫解根柱的省立三中的男孩子,一见钟情,爱上了他。正当她爱得死去活来之际,这男孩子有一天突然出走,不知是什么原因。临行也没向她道过别。她仿佛天塌了一样,哭得死去活来。女中毕业后,不愿在家做富家小姐,瞒着父母潜到大后方。行前扔下一纸短柬,声称要去为抗战尽绵薄之力;真实的目的是漫天下寻找解根柱去。

到了昆明,就像数十万逃到大后方的青年一样,除了从军,别无生路;什么找个小职业,简直就是奢谈。

她正惶惶不可终日之际,适逢军委会无线电学校招生,赶紧跑去报考。居然考中了,终于有了安身立命的地方。一年后毕业,分配到重庆的参谋总部机电处充当一名见习报务员。后来又几次调换职务。

在大后方普遍生存艰难,职业异常难找的情况下,她算是步步登天了。照此看来,运气对她堪谓特别垂顾;而从另一方面说,运气对她似乎又特别不屑一投青眼,苦苦寻找的解根柱没有半点踪迹。中国太大了,要找到一个人真是比在大后方找个职业还要难上百倍千倍。她嘲笑自己太傻了,那个薄情郎早就把自己忘了。渐渐地她也就绝望了。此后不可避免地自暴自弃起来。就在这个时候,发生了吉普车与戴传贤座车相撞事件。陪都社会的熏染,加上情场悲剧,也许她已经由一个纯洁的中学生变得世俗化了,懂得了靠自己的美色可以攀附权贵。她当然不会爱上早就迈入暮年的戴传贤,却明白有这位党国大佬作后台,在大后方险恶的社会条件下自己再不会有形单影只之怯,而且说不定会有个令人羡慕的后半生——比如鸠占鹊巢也不是完全不可能的。她知道现任戴夫人就是前任戴夫人的亲侄女儿,在前任戴夫人尚健在的时候就已经由暗到明地占领了主巢;自己的条件比现任戴夫人岂止高出一筹,为什么不可以扮演黄雀呢?

她与家里早就恢复了书信往来。抗战胜利,通向大后方的道路不再弥漫战火,她父亲孟国栋就异想天开,不远千里跑到重庆告御状。要告的居然是共产党抗战期间在山东如何挤占党国地盘;抗战胜利后如何私自逼降日伪,收缴其装备,壮大其武装力量,以致全省赤化将只在指顾之间;此外还有减租减息,闹得地主和佃客双方都大吃其亏,中饱者唯共军而已。最近盛传不久将大兴土地改革,把十年前江西赤区那一套强盗政策搬到山东来。一时地方大小士绅惶惶不可终日。如此倒行逆施,国将不国,奈苍生何。

知道了戴传贤与女儿有私情,又不可能奢望戴某人明媒正娶,最初孟国栋的情感与自尊心大受冲击,痛苦了几天——自己的女儿乃大家闺秀,做梦也想不到会堕落为别人外室，实乃孟家的千古不幸与耻辱；痛定思痛，转念一想，这岂不是天赐良机吗，投送无门的诉状正好可以借此捷径直达天听了。

于是通过女儿见到了戴传贤。

千万不要以为他只是个土财主。他除了精于运用"大斗进小斗出"之外，还略识"之乎"，粗通"韬略"，明白怎么样向戴传贤这样的政治大佬进说辞——须将党国之危放在首要位置，将必遭野蛮变革的土地所有制以及抗战以来地租标准屡受大幅削减这种问题放到"次之"位置，方可免被疑为"以售其私"，方可打动对方。

他当然不了解，其实后者对戴传贤同样具有煽惑力。戴传贤原配钮有恒当年在湖州娘家接受的嫁妆六百八十亩水田，在这位钮夫人精明经营下，抗战后期发展到了两千多亩。若任由赤焰乖张，蔓延开来，必祸及江南，湖州焉能幸免！

孟国栋首先以民间人士身份将国民党的山东省政府主席沈鸿烈在抗战期间不断向共产党寻衅，挑起摩擦"证实"成了共产党挤占国家地盘；尔后才以"顺带"口吻提及减租减息与"即将实施"的土改，将财主们的抱怨与忧患扩大成不分贫富俱在赤焰之下惶惶不可终日。

戴传贤对这位年龄与自己相仿的"野岳丈"关于共产党土地改革的叙述、关于山东老百姓不分贫富一律反共的言辞并不敢完全相信，不过听来却十分惬意，原因在于客观上迎合了他的情感与政治意识；至于对共产党不断鲸吞蚕食党国地盘那就深信不疑了。这便导致了其下意识地懒得去分辨什么真伪而全部接受下来了；不仅如此，还凭自己的好恶进一步做了渲染夸大，把山东老百姓对"中央"的盼望描绘成了久旱望雨之忧。

他用这个去对蒋介石进行说项，迎合了蒋介石的两大基本心理：其一，以为自己是民族领袖，全民爱戴的救国英雄；其二，深深厌恶共产主义，认为"共产"乃政治强盗行为。如果说他戴某人倾听了野岳丈所述还不敢全部相信的话，那么经他过滤与改写的山东民心，其雄辩性以及真实感就不容蒋介石不深信不疑了。

林园官邸内有侍卫长办公室。安顿好戴笠，俞济时就到这里坐班来了。

约莫一个多小时，蒋介石摁铃召他：是戴传贤告辞了。

俞济时须遵照常规代送客人出大院。

送走戴传贤，他疾步回到办公室。打电话到雀园，命副官赶快去请戴局长来官邸。为什么要特别叮咛"赶快"？他是怕又有哪一位不用预约的大佬光临。当然，一天之内两个以上大佬来官邸的概率很小，但也不是没有。

他的担心看来并非杞忧。刚把电话放下，另一部话机响了。是官邸内线。门卫向他报告，陈果夫来了。他苦笑了一下，把电话放下，赶快跑步出迎。

陈果夫职务不少，最主要的有两个：国民党中央执行委员，委员长侍从室第三处主任[①]。

他恭而敬之地将陈果夫送进蒋介石办公室。退步出来，又急忙向外跑去截戴笠。远远地看见戴笠已经进了大门。他一脸抱歉的笑，伸出双手拉住戴笠，小声说：

"不巧得很，没想到陈果夫鬼头鬼脑来了！"

戴笠一愣，苦笑着端详他说："看来我时运不济呀！要不，我还是回雀园等候吧？"

俞济时说："哪能再让雨农兄傻等！别走了，到我办公室吧。我陪雨农兄品茗如何？你知道我那里距校长办公室很近，果老[②]一出来，你马上就进去！"

戴笠叹了一口气，"也只好如此了！"

俞济时的办公室不大，约莫十五平方米。正对门的墙壁悬挂蒋介石像；像下是办公桌和高背靠椅；桌上摆着几台电话，分别通往侍从室三大处[③]、中央警备旅、陆军总司令部、参谋总部、卫戍司令部等；办公桌斜对面靠墙处是一张长沙发，与一左一右两张单人沙发构成个弧形，半围着一张矮足长条几。整个屋子的设施惟妙惟肖地模仿蒋介石办公室；只不过后者办公桌后墙上悬挂的是孙中山像，屋子的面积也大得多。

俞济时把戴笠安顿在长沙发落座，沏上茶；然后自己才坐到单人沙发上作陪。

"雨农，尝尝这茶，看看味道如何。"

戴笠唔了一声，端起那江西瓷的兰花杯子，啜了一口。做出行家的样子，咂巴嘴唇，点头说：

"好极了！龙井，就是不一样啊！"放下杯子后，又说："抗战期间，这东西远在敌占区，金贵得很，不容易买到啊；以后好了，要多少有多少！"

俞济时点点头，斜依在沙发靠背上，神往地说：

"还有楼外楼的西湖醋鱼，太湖三白，扬州狮子头，一边吃着喝着，一边听着丝弦……啊，人间天堂，不弹此调久矣乎？"说着不胜感慨系之，唏嘘不已。

戴笠也被感染了。即将回到江南，重温那些熟悉的味道，那步移景换的美妙风光，那令人陶醉的越调；当然还增加了从前做梦都不敢想的绝色佳人胡蝶的朝

---

① 第三处是抗战期间增设的，主管人事。此时第一处主任是钱大钧——此人一个月后调上海任市长，第二处主任是陈布雷。
② 部下、晚辈、地位低一等的人对陈果夫的尊称。
③ 一处管军事，二处管文案，三处管人事。

夕相伴，他禁不住神思飞扬，像刚刚享受了什么极品美味似的吁了一口气。

"是呀是呀！快了快了，我的大批接收人员不日就要开赴上海；陆总①也即将派两个师到宁沪一带。那时我在南京迎接培良兄！"

俞济时打了几个哈哈，逊谢地摆了摆手。"不敢当，不敢当呀！"

戴笠将身子倾斜过去，一副诡秘的神情，半是体己半是炫耀地说：

"不瞒老兄说，我今早刚刚把接收先遣组组长送到机场。一会儿他下了飞机，上海就算是又回到党国怀抱了！"说此话时他的心思却已转到另一个层面了——多得让人目不暇接的敌伪产业即将收入囊中，团体从此经费充盈，自己私人也可盛个盆满钵满，忍不住笑出了声。

俞济时哦了一声，细眯眼睛端详戴笠，一时没有开腔。看那神情，他似乎捕捉到了对方什么隐秘之事的蛛丝马迹，在努力地顺藤摸瓜。

戴笠皱了皱眉，不满地乜了这位黄埔一期学长一眼，问道：

"怎么，老兄在瞎琢磨什么？"

俞济时又唔了一声。旋即若有深意地笑了笑，慢条斯理地说：

"一个小小的先遣组组长，敢劳烦雨农兄的大驾送到机场？"

戴笠愣了一下。省悟到说漏了嘴，禁不住面红耳赤起来。"这个是，这个是……"

见戴笠情急之间将蒋介石惯常用作助词的半个短语脱口而出，俞济时忍俊不禁哈哈大笑起来。笑罢，伸出食指虚戳了一下戴笠，说：

"恐怕是送大明星吧？"

戴笠瞠目以对，一时显得颇为狼狈，慌乱地边做着莫名其妙的手势边解释。"不不，确实有先遣组组长随行……"

俞济时笑得更厉害了。"这个话才说对了嘛——'先遣组组长随行'！只不过还应该加上一句'为香车②保驾'！公私两便，哈哈哈……"

被揭穿了真相，戴笠索性笑嘻嘻摆出无赖的姿态说：

"培良兄不必取笑，就是这么回事嘛！"旋又打肿脸充胖子掩饰自己的窘迫，强作豪迈地说："复员③以后，我叫胡蝶下厨弄几样拿手的家常小炒招待老兄，你我借以浅酌低吟，重温江南故土旧梦如何？"

不料这话又惹得俞济时打起了哈哈。"看来已经正式成了嫂夫人了！家常小炒

---

① 陆军总司令部。
② 古代富家女乘坐的油壁香车，后以此代指美女。
③ 当时官方与媒体的习惯用语，专指抗战胜利后回到南京或抗战前待的地方。

且慢,浅酌低吟亦暂缓;小弟先等着看红烛高照,畅饮三百杯①吧!"

戴笠正色道:"不瞒老学长说,这次她先去上海,就是找潘有声办离婚手续;我去了后就宣布结婚!到时候自然少不了老兄的三百杯。"

俞济时脸上畅快的大笑渐渐换成了微微的笑,那笑意还含着淡淡的机锋。"雨农兄,这就对了!省得校长老为你这个事操心,老头子怕舆论抓你的小辫呀!"

戴笠又有点尴尬起来。以往多年,蒋介石总是为戴笠在男女关系上的"不肖"生气,没少当面骂他,有时还拳脚相加。风闻胡蝶事情,几次召他来诘问,严令立刻脱离关系,否则如何如何。过了一段时间获悉并未脱离,当然又是一顿臭骂,从奉化的乡骂"娘希匹"到中国的国骂"狗日的"都用上了,其间也免不了"杂以拳足"②。面对这个无赖的学生,最后也只好无奈地叹了一口气,命他赶快与胡蝶结婚,否则决不姑息养奸。

三

戴笠利用其地位、权势、金钱搞过不少女人,从来都把这种事当作小菜一碟。而对胡蝶就不一样了。他青年时期就喜欢看电影,对电影明星十分欣赏;看得最多的是胡蝶的电影,对这位名声卓著的影后更是崇仰有加。后来身踞高位,周围美女如云,阅人颇多,却不敢奢望与胡蝶有什么来往,更别说肌肤之亲了。山不转水转,后来获得了一个良机与胡蝶见面,他竟然也难以克服自惭形秽的心理。

这个"良机"出现得实在是蹊跷,是否可以划入"偶然"抑或"宿命"的范畴,不得而知,也许两者兼而有之吧。

太平洋战争爆发后,由于日本与欧美各国处于实际上或理论上的战争状态,日本顺势接管了上海的租界。文艺界那些或者因了政治任务或者什么任务也没有只是不愿到大后方过清苦生活的人只好结束了几年来的"孤岛"③生涯,纷纷逃亡大后方或香港。胡蝶夫妇属于后一种情况。

胡蝶丈夫潘有声是上海德兴洋行茶叶买办。人长得漂亮,是不消说的了;关键在于这是一位唯妻之命是从的模范丈夫。也许当年就是这点超人的逆来顺受,才从众多超级追求者中夺得了绣球。

他们在香港定居下来。潘有声继续做他的茶叶生意;胡蝶继续活跃于影坛,拍了《孔雀东南飞》《西厢记》之类不痛不痒的影片。

---

① 古人常以饮三百杯代指婚宴。
② 戴笠笔下语。
③ 租界处于日军占领区中,时人戏称为孤岛。

不料好景不长，日军攻打香港，英军在港督率领下投降。

胡蝶最初打算仍然滞留香港偷安。毕竟那里的物质生活虽稍差于上海，却比大后方优裕百倍；不料日本人找上门来，邀请她赴日访问，拍一部《胡蝶游东京》的电影，宣扬中日亲善。她这才意识到继续留港的危险性。与丈夫商量，决定偷偷离港，绕道回大后方。

这个时期，延安与重庆都派了得力干员潜赴香港，接运文艺界人士撤离。重庆方面派遣的人员有杨惠敏。杨惠敏其人就是几年前淞沪抗战时向坚守四行仓库的八百壮士献送国旗而一举成名天下知的女学生。胡蝶问杨惠敏可不可以帮忙将三十箱私人财物运送到重庆。后者满口答应，教她尽管放心，一定不负所托。

胡蝶夫妇轻装简从，潜逃出香港，经越南西贡到国内的淡水，顺利抵达曲江①。不料，在这里得到杨惠敏传来的消息，说是过东江时遭到抢劫，三十箱财物无一幸存。胡蝶大惊，忙向有司报案。兵荒马乱的，这样的无头案子从何查起呢？有司的侦事番子也束手无策。而胡蝶夫妇的路还得继续往前行呀。他们到了桂林，住了一段时间，在这里等待案子的结果。然而毫无消息，胡蝶也一病不起了。胡蝶在病榻上天天唠叨一定是杨惠敏那婆娘"黑"了财物诈称遭劫。

胡蝶在上海时的好友杨虎、杜月笙恰好也小住桂林，闻讯上门探望。

杜月笙是上海青帮头子，这人大家都知道；杨虎这个人，读者可能陌生一些。此公一八八九年生于安徽省宁国县。在国民党内资历不低于蒋介石，陈炯明当年在广州发动政变炮轰孙中山总统府时有救驾之功。而一直不太得志，一九二七年四月一日才做到中将衔上海警备司令、国民党第四届中央监察委员。由于派系倾轧，后来一直被投闲置散。

杨虎与杜月笙当然免不了要倾听一番胡蝶哭诉三十箱财物丢失的事。

杨虎宽慰她不必忧虑，可以请戴笠来帮这个忙，定可追回全部物品。拉杜月笙联名给戴笠发了一份电报。

杜月笙在这种事上没什么过多的心思，不过就是帮老朋友一个忙而已；杨虎就不同了，认为这是个好机会，可以加深与戴笠之间的关系。他深知戴笠是个色中饿鬼，一定乐于结识胡蝶，乐于为之驰驱。

果如所料，戴笠的加急电报当天就来了。

戴笠电报只六个字：望即来渝面谈。

没想到的是电报收到不过两三个小时，军统桂林站就派人向杨虎致送三张次日飞重庆的机票。

杨虎哑然一笑，啊，好着急呀。

---

① 今广东韶关。

第二天，杨虎陪胡蝶夫妇飞渝。

下了飞机，直接把他俩带到自己的公馆——范庄。杨虎夫人长期住在这里。这是四川小军阀范绍增（范哈儿）赠送给杨虎的宅院。院子大，有花园，一楼一底的洋楼。安置胡蝶夫妇住楼上，杨虎夫妇则住在楼下。

两天后，杨虎与其夫人林芷茗组织了一场家庭舞会，名为给胡蝶夫妇接风，实则介绍戴笠与他们相识。

那天晚上，范庄底楼九十多平米的大客厅高朋云集，在胡蝶主演的电影里的插曲伴奏下，在彩色旋转灯光映照下，各种面目的男人各拥一名年龄难以辨别的女人蹿来蹿去，一张张或肥或瘦的脸忽而变蓝忽而变青忽而变赤，堪谓光怪陆离。

戴笠对胡蝶的态度，由于杨虎从桂林发来的那份电报，从崇仰、欣赏很快就变成了垂涎。想入非非一番之后，精心设计了征服胡蝶的策略。胡蝶乃天下闻人①，不可以势压服——那会惹出大麻烦，只宜智取；而且急不得，须温水炖青蛙。

接到了杨虎舞会请柬，戴笠明白初战就在今晚，必须给予胡蝶一个好印象，下一步才好推进。他试穿了十几套服装，最后确定了一套亚麻色毛料西服，配一条蓝底红色条纹的领带；脚上是一双与服装颜色相近的尖头皮鞋；专门找高等理发师打理的头发油光锃亮。就只那一张马脸使他颇丧气，却也无可奈何，只好白璧存瑕了。

戴笠名声很不好，胡蝶早就有所耳闻；但范庄那晚的舞会上相见，却使她大为意外。慨叹真是闻名不如见面，又慨叹舆论真可以杀人。戴笠的彬彬有礼、谦逊、言谈温和恳切使她感到与外间所传杀人魔王完全不对路；应邀与他共舞，其"舞品"更让她动容。不仅始终与舞伴保持相当距离，而且两手与女伴的腰、手接触也只用手背和两三根指头——象征性地保持在若即若离之间。跳完一曲，此后戴笠便一直只邀请别的小姐太太下舞池，完全不像别的男人一见了胡蝶，便死缠住不放。

曲终舞罢，客人散去。

杨虎安排戴笠与胡蝶单独到后面小客厅，意思是让戴笠倾听介绍案情；他与太太林芷茗则到楼上陪潘有声品茶。戴笠却一再坚持邀潘有声一起谈，说是潘太太介绍情况万一有疏漏，潘先生及时发现也好补充。这让胡蝶和潘有声各自都在心里感佩戴先生人品光明磊落，完全无须多虑。

胡蝶先把如何托付杨惠敏带东西到大后方，杨惠敏如何向他们拍胸口保证不负重托，详细向戴笠介绍了一番。完了又特别指出，失劫的东西除了各种钻石饰

---

① 那个时代的媒体用语，即名人。

品、珠宝摆件、黄金器物之外，最让她揪心的是游历欧美时各国名流赠送的珍贵礼物与题字照片，以及在香港拍《孔雀东南飞》时特制的衣物，这些都是无价之宝。又哭诉一定是杨惠敏骗走了东西，谎称什么失劫——哪有那么巧的事啊。胡蝶说得很啰嗦，不少是翻来覆去重复多次。潘有声心里暗暗责怪，怕惹得戴笠不耐烦；戴笠却决不打断，一直认真地边听边点头。听罢，略作沉吟，请她明天记个详细清单，包括每件物品的价格。他下午派人来取。

这个时期的戴笠处在一生权力的顶峰。在军统局虽然职务是副局长，但却主持一切；因为局长一职从来都由侍从室一处主任兼任，只是名义上的兼任，并不真正来局视事。此外戴笠还兼任三个肥得流油的职务：财政部缉私署署长、战时货运管理局局长、中美合作所所长。真是可以呼风唤雨旋转乾坤，处置胡蝶这种失劫案，应该说不在话下。

为了顺应胡蝶的疑心，他便认定杨惠敏有监守自盗嫌疑。派人到株洲将杨惠敏及其未婚夫赵乐天抓了，送到贵州息烽集中营拷问。

不料尽管遍体鳞伤，杨惠敏也坚不承认诈骗。说当初他们乘坐的船行至东江时，突遭十多名蒙面持枪大盗在江心拦截，将全部行李移上若干艘快艇，向虎门方向驶去。

戴笠只得派强干人员赶赴广东侦破。

无奈兵荒马乱，劫匪如麻，最终也没有个头绪，成了悬案。

戴笠明白，案子破不了，自己在胡蝶面前便会颜面尽失，前功尽弃。思来想去，有了一个主意。即刻组建了一个由五人组成的购置小组，携带重金到境外，按照胡蝶开列的失物清单，一一购买。然后宣称案子已破，追回了大部分财物。

胡蝶是见过世面的人，一看这些"追回"的东西，虽不是原物，而款色更新，分量更足，总价值超过了原物。不禁窃喜，顺水推舟认领了。心里深深喟叹，潘有声与戴笠没法比啊。

过了几天，时机趋于成熟，戴笠把胡蝶夫妇接出范庄，住进中山路一五一号小院，不久又移榻曾家岩公馆。戴笠有多处住宅，这只是其中的两套。胡蝶夫妇的衣食住行、仆佣，一应由戴笠安排供给。

在重庆那段时期，潘有声搭伙朋友公司做生意，其中一项是走私枪支。抗战时期在陪都这不是个小事，遭人揭发后即被警察锁拿局里去。胡蝶慌了神，急忙跑去求戴笠。

戴笠宽慰她一番，说等闲小事，潘太太不必忧虑。又皱了皱眉说，潘先生何必干这种危险的事呢，可不可以干点别的？这样吧，我来安排。

他派人持名片去警局把潘有声提出来。不久就在财政部替他谋得一专员差使，赴昆明就职去了。为了方便潘有声作投机生意，戴笠特地让"有司"发给潘有声特别通行证，让其在滇缅公路上运货的卡车通行无阻，与政府运送抗战物资的车辆同等待遇，借以大发国难财。胡蝶对此，感激涕零。

潘有声离开重庆后，戴笠去曾家岩公馆的次数反倒少了；偶去探望，也是始终有随侍副官在场。

这让胡蝶大为惊异，她早就看出这个男人对自己心仪不浅，机会也出现了呀，为何裹足不前，依旧持礼甚端？

她哪里知道戴笠的心机。

终于有一天，胡蝶主动邀请戴笠到曾家岩来住。

戴笠心里震颤不已，瞠目半晌，才费劲地吐出了两个字：谢谢！

最初，一个住楼上，一个住楼下；不久，也不知是谁主动，竟住到了一起。

没有任何史料显示是戴笠主动，也没有任何史料显示胡蝶有勉为其难的心理；但却有确凿史料表明胡蝶曾多次向朋友赞叹戴笠真是一位对人"知疼知热"的好男人，又是一位非同一般的"大丈夫"。

一九四三年，他们搬到戴笠的另一处住宅，即紧靠中美合作所的杨家山公馆。

这个公馆系全西式建筑，装修、布置都非常豪华。连偶来窜门的中美合作所美方所长梅乐斯上校也赞不绝口，认为足可比肩马歇尔元帅的弗吉尼亚州里斯堡多纳庄园的府邸。

胡蝶却不喜欢这个地方，觉得前后都是山，连一个供散步的花园也没有。

听到她的抱怨，戴笠立刻命令局本部总务处长沈醉在公馆前火速炸山开造出一个花园来，面积至少须一亩地，限一个月完工。戴笠亲自设计，在斜坡上用石块镶了"喜"和"寿"两个大字，尽露俗不可耐情趣；在两个大字之间种植不少奇花异草。仅这一项就花去银圆一万块。

后来杨家山公馆胡蝶住厌了，要戴笠换个风景优美的地方。

戴笠听到这话的当天就把沈醉召来。命他到神仙洞附近去勘察，尽快造一座更豪华的公馆。为了使胡蝶散步时免于爬坡，专门嘱咐沈醉把平坦的公路一直建到公馆大门口。

沈醉用强制办法，逼迫工人通宵达旦赶工。因疲劳过度，无力躲闪飞石，施工过程中有三位石匠被活活砸死，十二位石匠被砸成重伤，轻伤者天天不断。

潘有声从外地归来，大惊失色，悲痛万分。有一位好心人密告他神仙洞的电话号码。他打通了电话，用悲愤的声音诘问胡蝶；后者不做正面回答，支支吾吾，推说不日就会回家，很快就挂断了电话。

以后再打这个电话，都是女佣接听，都说"戴太太"不在家。

潘有声十分恼火，几次到中二路罗家湾十九号军统局本部，吵嚷着要找戴笠拼命。连去几次都吃了闭门羹。

后来，戴笠副官杨汉光到他下榻的皇后饭店找到他，和风细雨地规劝一番，晓以利害；意思是你要把胡女士带回去，那是万万做不到的，人家不愿意跟从你了呀，何必强人所难。我看潘先生还是接受点钱财补偿、做个官算了吧。聪明人可不能吃眼前亏呀。

结果，潘有声悻悻然离渝继续做他的生意去了。

俞济时对这些情况多少有所耳闻，而"个中委曲却不甚了了"。对戴笠幸福地向他剖白"两情相悦，并无丝毫强人所难"之说也只好姑妄听之，一笑而已。

戴笠刚刚说完，正欲端起茶杯，副官就进来报告陈果夫出委员长办公室门了。

俞济时一跃而起，边向外冲，准备去送陈果夫；边叫戴笠赶快去见校长，不然哪一位大佬突然出现了，那就又得等了。

陈果夫今天来见蒋介石，主要是谈立即剿共的必要性。其动机有两个：一个是可以向蒋介石坦陈的；另一个则不便说出来，须深藏心底。

共产党借八年抗战，日益坐大，现今拥有大片地盘和正规军；外边还有苏联明里暗里的支援。从前他们在江西的时候，那么弱小，尚且无法彻底剿灭；现在基础雄厚，若再任其发展，用不了多久，强弱之势就会易位，实力超过国府并不是不可能的。所以不容我们再犹豫不定了。现在已经没有了抗战这个名目对他们进行屏护，再没有人能把什么挑起内乱破坏抗战的罪名加诸我们头上了。大可不必顾虑舆论的聒噪，宜断然出以雷霆手段予以剿灭。须知当断不断反受其乱。

这是陈果夫的第一个动机，也是他今天向蒋介石进言的主要内容。

多年来，朝野人士都知道，陈氏兄弟在高等官僚中算是比较清廉的。我们把时间前后放宽一点来考察，就会发现，在蒋宋孔陈四大家族中，陈家与另外三家相比，简直可以说天渊之别，说得上是高层中的"穷人"了。

抗战胜利以后的某年秋天，孔祥熙以"忽接家人自美来电，谓夫人染患恶疾，情况严重"为由，匆匆飞美。当天美国总统杜鲁门就对多位助手说，"今天肯定会有十亿美元的美国援华贷款被取道第三国转入纽约某家银行的某位中国人户头"。这里说的某位中国人其实是指孔夫人宋霭龄。几天后，联邦调查局首脑向总统报告，称这个估计太保守了，宋家与孔家已有总数三十亿美元存入曼哈顿两家银行；蒋家也不逊色，蒋夫人宋美龄早在一九四三年存在纽约的大通国民银行、花旗银行的美元就已经超过了一亿五千万元。须知那个时候美元的币值很高，购买力很强，一美元相当于二十世纪末叶、二十一世纪初叶的一百美元；而且当时拥有上亿美元的美国资本家也并不多。

陈果夫尽管身踞高位，但收入主要靠薪金和稿费，几乎没有企事业类的收入，更没有暗中转移外国援华贷款的举动。他出任中国农民银行董事长，还主动将薪金由一千二百元降为一千元；兼任交通银行董事只拿出席费，其他赠款一律谢却；兼任中央合作金库和中央财务委员会董事也是只拿出席费，拒领薪金。抗战胜利后，陈立夫十分眼红蒋、宋、孔三家越来越庞大的家产；同时陈氏兄弟所属 CC 系高官各个腰缠万贯还不知餍足，希望随着国府还都南京，到江浙富庶之区大捞特捞。大家以发展团体经济为借口，轮番包围陈果夫，要求他率领大家放开脚步向经济领域进军。陈果夫毕竟不是圣贤，终于心动了。整个官僚集团阶层都在捞钱，这个世道固守清贫，众人皆浊我独清，能有什么意义呢？能有人为你立贞节牌坊吗？他觉得自己不能让大家太失望了，否则最终可能亲信星散、团体瓦解。琢磨之后，认为要在经济上迅速崛起，迎头赶上去，就得扩大现有一些金融机构（比如说农行）的业务覆盖面。只靠复员后的国府控制区域是显然不够的，还得把东北拿到手，把苏北、山东、晋冀鲁豫边区甚至陕北、内蒙等赤区及时收复，这样才有足资发展的基地。

这就是他劝说蒋介石尽快发兵剿共的不可说出的动机。

蒋介石赞同他的观点；但也像与戴传贤对话一样，提出关于舆论向背的问题；更重要的是军事准备也还远未成熟。

陈果夫认为这个不难，可以把破坏和平的责任扣在共产党头上，让舆论谴责共产党去吧。具体做法是以战后合作为名，电邀毛泽东来渝"共商国是"。谅他毛某人纵然吃了天雷胆也是不敢来的。一次、二次、三次反复电邀都不来，说明全无和平合作诚意，那么以后的是是非非就容易说了；如果毛泽东吃了天雷胆竟然来了，那就更好了。可以把他阻留在委员长身边旷日持久地谈，不必放回去了。若能不战而屈人之兵，迫使他同意中央意见当然好；若其死硬到底，我们也可在缓兵期间整军经武，调兵遣将。那时主动权就全在委员长手上了。

戴笠今天的运气可真是太不好了。他来到蒋介石门外，喊了报告，听到蒋介石说请进，他也推门进去了；但蒋介石却像完全忘记了他曾预约拜见并已蒙允准似的，不无厌烦地皱了皱眉头，乜视了他一下。

"雨农，什么大不了的事一定要今天来凑热闹？"

他站在那里，自然不敢分辨有预约在先，是校长你老人家不守信，让戴传贤、陈果夫僭了先；而只能讪讪地待着，脸上保持着一种招人怜悯的表情。不料他的默不作声更引起了对方不悦。蒋介石没好气地哼了一声，说：

"有什么事，要抓紧讲！"说着指了指案头的电话，"白健生、何敬之刚才来电话，有要紧事商议，马上就会来到。你最多只有……这个是，十五分钟吧！"

这就完全打乱了戴笠的计划。原定陈述过程中的一些煽动性细节只好忍痛割爱了,赶紧在脑袋中草草调整了一番说话的程序——这个过程尽管不到两分钟,还是让蒋介石颇有点不快。

"你这是怎么回事?"蒋介石没好气地说,"要是没话说,先回去考虑好了再来!"

"不不,请校长明鉴,学生已经考虑好了!"

戴笠不敢怠慢,把今天要禀报的事拣关键部分,分成两项,向蒋介石陈述。

第一件事是黄埔系有几十名曾留学欧美的青年将校,在美国军政界激进分子长期蛊惑下,向往欧美资本主义民主制度,希望蒋校长能顺应世界潮流,结束战时体制,"还政于民"。其中两名一个月前冒险上书,结果也不知那"书"是否送达蒋校长案头,不久就被军统"捉将官里去"了。他俩的"同志"们十分失望,决定采取二十世纪以前的意大利烧炭党人和俄国十二月党人办法,以除掉国家旧首脑方式拥立新首脑。至于新首脑是谁或者说应该是谁,他们也不甚了了;或者已经有了方向,但由于你一言我一语凑成的名单过长,争论不休,一直莫衷一是。据后来揭秘史料表露,那份名单里居然还有蒋介石的亲信张治中、蒋鼎文、顾祝同甚至胡宗南。这伙可笑的小阴谋家哪里知道,他们的黄埔学长戴笠早就掌握了他们每一个人的姓名、供职单位、家庭住址;甚至后来密谋狙击蒋介石的地段也被调查得一清二楚。本来此案立刻可破;戴笠却不许下边行动,只命令严密监控,不许脱钩。他不可告人的心思是让狙击成为事实——当然前提是绝对保证蒋校长毫发无损,然后再收网捉人。他知道蒋校长向来深恨一切行刺者背后的政治势力,除了足以激起蒋强烈的报复欲,还足以使之产生强烈的危机感。而这"背后的政治势力"不是别的,戴笠要用充分的"证据"向蒋证实是共产党。炮制证据,军统内多的是顶级专家。

这个话题果然引起了蒋介石极大关注。他尽力克制着被学生中的不肖之徒出卖的恼与羞以及免不了的危险等复杂情绪,哼了一声,问道:

"这个是……这伙叛徒的后台是谁?这个是……唔,我知道他们一定会有后台的!"

"校长英明!确实有后台——这二十几个家伙全部加入了共产党!"

蒋介石大吃一惊,愕然瞅着戴笠,半晌没开腔。这个可太出乎意料了,他知道一九二七年"四一二"以后,共产党在上海推行过一段时期的暗杀政策;自从毛泽东为首的稳健派掌权以后,基本取消了这种冒险又颇失民心的举动,只以夺取天下为宗旨。怎么现在忽然又重操故伎了?这个情报可靠吗?会不会是戴雨农这厮侦察失误?会不会根本就是个子虚乌有的事?他不敢全信,也不敢完全不信,只好暂时存疑。沉吟一番,教戴笠抓紧破案。人员归案了,真相也才可浮出水面。

第二件事是对日伪的受降与接收。对于受降这种应由中央考虑的大事,戴笠明白不便自己置喙；而接收，他认为必须争取老头子同意由军统"率先"（实质上是抢先）实施。向蒋介石陈述的理由是苏北、皖北、浙南的粟裕部与山东的罗荣桓部都在蠢蠢欲动，要防止他们把江浙一带敌伪资财、军火抢夺到手。目下国军主力急切之间难以抵达该区域；军统所属忠义救国军近在咫尺，一天之内就可进入宁沪；军统上海站地下人员也颇有实力，亦可抢先指挥周佛海等伪方"反正"人员协助封查敌伪产业。

蒋介石想了半天，才点了点头；不过马上又伸出指头遥遥向戴笠虚戳了一下，颇为严厉地说：

"你的人员只负责查封，以便防止敌伪财产、军火流失；但是不可擅自行动，淆乱程序。具体接收事宜，这个是……随后政府要组建专门机构进行！"

这个告诫，让戴笠大感失望；但他脑瓜转得快，马上想到了古时良将在前线违令时的理论——将在外君命有所不受，所以还是爽快地应了个"是"。

第二章

一

何应钦、白崇禧进了蒋介石办公室，敬了军礼，恭敬地微笑着站在那里。

当他们摘军帽的时候，蒋介石站了起来。边称呼两人的表字边绕出办公桌圈定的那一块地段，用跛步的随意与速度向他们走过去。

白崇禧身材颀长，约莫一米八上下；长方脸，白钢框架的眼镜后面是貌似坦率然而细一打量却深不可测的眼睛；挺直的鼻梁下端，是厚实的嘴唇。当其闭合之际你会感到他的神情有一种让人颤栗的东西。那就是即使在发自内心的笑容出现时，人们也会在那笑容里看到不可一世的霸气。正是这种东西让蒋介石始终对他及其背后的实力充满警惕和忧虑。可惜的是抗战八年使他的头发掉落很多，前额以上直达头顶已然光秃秃的了。岁月不饶人，毕竟是五十二岁的人了。

当然，人与人是不一样的；何应钦比他年长四岁，却依旧满头乌发。漂亮的大背头映衬之下，让人觉得比白崇禧还年轻几岁；脸型，就是那种俗话说的国字脸；金丝眼镜后面是永远都温和亲切的眼睛，难怪当年的黄埔学生都称他为何婆婆；别的没什么特征，鼻正口方而已；至于个子，比白崇禧要矮半个脑袋吧。

蒋介石和他们握了手。伸手指了指靠墙的沙发，把他们往那里请。

那两人识趣地分别走向两张单人沙发，相对而坐；把中间那张长沙发留给了蒋介石。他们都知道蒋介石腰部、背部在当年西安事变时受过伤，长沙发宽敞，便于身体挪动，要舒适一些。

副官送进来两杯龙井茶，恭敬地送到两个客人面前；然后又一次把蒋介石的白开水从办公桌上移送到蒋介石面前。自从多年前他和夫人向全国倡导新生活运动，大兴节俭之风，蒋介石就完全告别了钟爱的龙井与碧螺春，人前人后都只喝白开水。尽管随着时势的推移，证明这样做毫无意义也毫无作用，唯"徒增笑耳"，但他依然坚持如是，可见其性格中顽石般固执的成分。

还来不及谈正事，俞济时就打电话报告陈布雷、林蔚来了。

蒋介石吩咐有请。放下电话就对何应钦、白崇禧解释道：

"布雷与蔚文[1]同为一件事，签个字就完，耽误不了我们。"

---

[1] 林蔚字蔚文。

陈布雷是侍从室二处主任，林蔚是军政部次长。这两人是为对日受降的代表名单来找蒋介石签字的；陈布雷则有另一件事向蒋介石报告，在美国开会的邵毓麟今晨回来了，等候委员长传见。

各个战场的受降代表原则上都是由该地区中国方面主要指挥官担任。蒋介石接过他们为军委会草拟的这份名单，边看边默默点头。当看到十八集团军总司令朱德的名字时不声不响提笔画去了。

陈布雷与林蔚面面相觑。

后来是陈布雷开了腔。"委员长，如果这份名单上一个中共将领的名字也没有，我担心不好向国内外交代——特别是苏联方面！"

蒋介石毫不犹豫地说："不要紧，就这样吧！这个是……让朱德原地待命好了！"

白崇禧倒是很赞成蒋介石这种坚决"限共"的做派，马上附和道："美国方面不会有什么大问题，他们政府中少数平衡主义分子左右不了杜鲁门；至于苏联，王世杰①不是刚与他们签了《中苏友好同盟条约》吗？"说到这里，白崇禧微微冷笑。"哼，墨迹未干，难道他们会公然毁约——公开为共产党张目不成？"

蒋介石极为希望苏方恪守条约义务，所以总是把事情往有利的方面想；也没有听出白崇禧话里的讽刺味道。马上就点头说：

"是的，健生说得对，毁约不至于，不至于！"

辞别蒋介石出来，陈布雷忧心忡忡地叹道："先生连这点气量都没有，恐怕未必会有利于政府吧？"

林蔚与陈布雷看法一致。但他胆小，不敢对蒋介石说长道短，只摇头叹气而已。

陈布雷并没有说出自己的全部担心。他是个熟知中国历史的人，认为古今政治家能成事者，谋略与强硬手段固不可少，而道义与信用亦不可违。道义即人心，失人心者失天下。他担心现实情况的种种不公道，会把中国引入全面内战。这不仅叫作不平则鸣，而且叫作不公则乱。古今中外，概莫能外。

不许共军接受日伪投降；而那些在抗战中降日的汉奸居然被列入了受降的国府与国军的代表名单。例如汪伪政府行政院副院长周佛海成了上海先遣总队总指挥，伪海军部长任援道成了南京先遣军总司令，伪华北绥靖军总司令门致中成了华北先遣军总司令。几十万伪军像变戏法般摇身一变成为国军；那些昨天还追随日军屠杀抗战军民的伪军官们，一夜之间更换了制服成了国军的师长、军长。更

---

① 王世杰时任国民政府外交部长。

奇怪的是，华北和华东地区的日军，除了被共军缴械者外，近三十万日军接到了何应钦的命令展开了"收复失地"之战。何应钦命令道："如果各地为共匪所占，日军应负责任，并由日军将其收回。"

美国总统杜鲁门也完全肯定了蒋介石的这种策略。他说：

"这种利用日本军队打击共产党的办法，是（美国）国防部与国务院的联合决定而经我批准的。"杜鲁门解释不得不这样做的苦衷，"由于共军（在以往的对日作战中）占据了铁路中段，蒋介石要想占领东北和中南就不可能。事情很清楚地摆在我们面前，假如我们让日军立即放下武器，并且向海边开去以等待遣返，那么整个中国将会被共产党人拿过去。因此我们必须采取异乎寻常的步骤，利用日军来作守备队，直到我们能将国军运送到各地，并将海军运送去保卫海港为止。"

美国政府动用了十多亿美元将国军运送到华北、华中以及东北地区。美军甚至直接抢占了中国北方的交通要地，使之有利于国军抢夺共军地盘。一个来华参与运兵的下级军官巴赫后来说："我们应该有勇气说真话，我们正在帮助国民党开展反共战争。这中间甚至包含了肮脏的政治交易，例如利用日军协助剿共，以此作为对日军战犯免于起诉的条件。"

对日军受降的指导精神，就是在杜鲁门与蒋介石完全一致的战略思考基础上制定出来的。

十天前，何应钦到湖南省的芷江按照这个精神做了一系列安排。这项工作有一位重要参与者名叫邵毓麟。

邵毓麟是继高宗武之后蒋介石身边的又一位"日本通"。职务是侍从室二处第六组副组长，专门研判日本情报、为蒋介石出谋划策的智囊。他一九四四年末奉派赴美国出席太平洋年会，讨论战后如何处置日本；这次奉蒋介石之命紧急回国，系有重要使命——即参与对日受降的谋划与实施。

蒋介石召见了他。面授机宜之后，教他去向陆军总司令何应钦报到，一切听何总司令指挥。

何应钦告诉他，受降必须尽快举行；至于接收，军统、中统只是因其行动快捷的工作特点，委员长命他们先期去对敌伪物资予以封存，具体接收尚需军队实施。因此，陆军总部已在湖南芷江成立了前进指挥部。陆总副参谋长冷欣兼任前进指挥部主任，已在芷江坐镇。何应钦当场给了邵毓麟少将参议名衔，以便代表陆总与委员长向冈村宁次宣布中国方面的政策以及相关命令。

次日何应钦就率领邵毓麟等一干人乘军用飞机到湖南芷江。

除了冷欣，陆总参谋长萧毅肃也在芷江。

邵毓麟向几位长官建议，为了应对日军降官的接待工作以及前往南京的受降诸事，必须迅速征调一些曾留学日本的中国军官来指挥部服务。

何应钦深以为然。立即从军令部、参谋总部以及各集团军司令部选调来二三十名熟谙日语的将校军官。在芷江对这批军官做短期的联络与礼仪训练，以保受降过程顺畅，不致发生意外。

因为当时日军在南京城内外共七万官兵，而中国能在受降仪式举行时空运到南京的只有廖耀湘新六军的一个连。七万官兵向一个连的兵力投降，这简直是旷古奇事。为了防止发生骚乱，首先必须做好日本派遣军总部以及属下各师团、各兵种、各部门的头头脑脑的联络安抚工作，确保其万无一失才行。有了这二三十名在语言上、联络交际方面都称职的军官，一切就当顺利多了。

邵毓麟的这项未雨绸缪之议，颇得何应钦赞赏。

邵毓麟在芷江协助培训这批新选调来的军官期间，大约是一九四五年八月二十一日那天，日本中国派遣军总司令部副参谋长今井武夫少将乘飞机来芷江接洽投降事宜。此人是个中国通，曾担任日本陆军参谋本部中国课课长，参与过汪精卫脱离重庆的阴谋活动；与高宗武、梅思平进行过臭名昭著的"重光堂密谈"。这次冈村宁次派他赴芷江，就因为他熟稔中国情况，又是会谈高手。

他在芷江受到了冷欣中将的接见。

次日原机返回南京复命。

八月二十七日，冷欣率少数军官以及邵毓麟飞往南京。部署接管南京以及洽谈受降事宜。

当天，飞机在南京机场降落。

今井武夫以及日本驻汪伪政权的"大使"谷正之、"公使"堀内干城早早就等候在机场了。这两个日本"使节"都是战前邵毓麟在南京国民政府外交部供职时的旧相识，所以交流起来很容易。

今井武夫邀请邵毓麟同乘一辆车，看样子想谈一点什么"体己"。

他们的汽车跟在冷欣单独乘坐的三菱轿车后面。驶出机场没多远，今井武夫向邵毓麟略侧过头轻声咳了一下，一副欲言又止的样子。

邵毓麟目不旁瞬，问道："今井先生有什么指教吗？"

今井客气道："岂敢，岂敢。"

旋又轻咳一声，把头靠得近了些，用低得只他们两人才听得清的声音告诉对方，冈村司令官情绪极度悲观，随时有切腹自杀之虞。

邵毓麟不由得大吃一惊，半晌开腔不得。他明白，如果冈村自杀，在华的一百万日军便会有不稳之势，甚至发生哗变。那可不得了！但他明白自己乃天朝官吏，不可在降将面前失态。镇定了一下情绪，装出一副不冷不热的样子，说：

"当前不是谈自杀的时候，应该谈的是贵我双方各自的责任。请转告冈村大将，我将尽快向他传达蒋委员长的善意，开诚布公地谈一谈。请他不必有什么担心！"

"是的，是的；明白，明白！"

日军当局设宴为冷欣一行洗尘。宴会由日本中国派遣军参谋长主持，今井武夫以及谷正之、堀内干城作陪。

散席后邵毓麟立即向冷欣请示，鉴于冈村宁次情绪极度不稳，可否请主任尽快找他一谈？

冷欣觉得十分必要。沉吟片刻又说，此刻暂时还用不着他这么高级别的官员出马，邵先生去就可以了。

于是，邵毓麟在今井武夫陪同下去中央路龙公馆看望冈村宁次。

那时已是晚上九点。南京笼罩在雨前的闷热中。

冈村公馆外半径二十公尺内布满荷枪实弹的日本士兵。如此戒备森严，据说是害怕遭受南京市民的报复。紧张的气氛使闷热的气温更为让人难耐。

邵毓麟身着毛呢军服，金色一星的少将领章熠熠生辉。在一名日军少佐副官导引下，步入内堂。今井武夫跟随在后。

冈村宁次在办公室门外迎候。

邵毓麟见他面容憔悴，情绪低落，似乎不堪再受刺激。便尽量把态度放得温和一些。

大家落座。

冈村挥手示意上茶点。然后用缓慢的语调说：

"阁下来到这里，我十分欢迎。只是，败军之将，不敢铺张！"旋说就指了指矮几上的茶点道歉，"略备粗茶，奉待贵宾，真是失礼之至！"

邵毓麟友善地微微摇头说："冈村将军不必客气。在下与将军暌违有十年了吧？"

冈村宁次一九三五年曾以参谋本部少将衔第二部长身份来过中国，与邵在南京有一面之雅。

为了打破拘束的气氛，邵毓麟语带双关地说："气温这么闷热，大家还这样全套冠带袍笏，怎么能畅达本意呢？不如大家且请宽章，敞开胸襟地交流吧！"

大家都笑了，空气随之轻松了一些。

主客随即都除去公服，脱略形迹起来。

邵毓麟马上进入了主题。他说："中日战争已经结束，贵我双方的责任是妥善处理最后的事务。风闻将军有一死报国之念，这种心情在下实不能理解，窃以为大大错了！作为百万日军的统帅这不是一个负责的行为。我方高层，对将军这种念头十分关切！"

冈村宁次深深低了一下头，道歉说："让大家担心了，在下十分不安！"

邵毓麟宽容地一笑，轻轻摇了摇头，意思是不必客气。然后，严肃地说：

"日军侵华八年，中国民众死伤何止千万，财产损失何止数千亿。如今天皇宣布投降，乃十分明智之举。其负责任的做法值得将军效法。而将军不从赎罪着想，却置百万日军官兵及数十万日侨之生死于不顾，欲图一死了之。对将军个人而言，快则快矣，然如何对得起天皇托付之重？如何对得起已公开宣布对日本以德报怨的蒋委员长？望将军三思！"

邵毓麟以流利的日语对冈村予以一番数落。刚柔相济的语调之下，透露出蒋委员长对"在华"日军以及他本人有所借重之意。

冈村不断点头"哈依、哈依"，逐渐放下一多半心来。

邵毓麟代表中方向他提出了两点要求：

第一，冈村应切实约束日军各部在原地防守，等待国军来实施受降；

第二，对非蒋委员长的部队（指共军）前来接收，则可武力自卫，毋庸踌躇。决不能把日军的一枪一弹缴予非委员长的部队，否则以协同作战视之。

这一来，冈村悬着的心终于彻底放下来了。

后来，他本人及其部分下属确实介入了中国内战。正如他后来踌躇满志地说的那样，"中国的对日战争结束了，而以后的难题尚多，主要的就是剿共问题。这是中国的心腹大患。我既奉天皇命令投降了中国，我就应该找机会为中国政府效劳。现在我们驻在中国的完整部队还有一百万，装备都是齐全的。趁现在尚未完全遣散，用来打共产党当能发挥一定的作用。"

蒋介石对何应钦、白崇禧笑了笑，善意地嘲讽刚刚离去的陈布雷读书把脑筋读死了，空怀妇人之仁。要知道共产党是不会领情的，宽厚换来的只会是对方不变的虎狼之意。

接下来蒋介石又冷笑着告诉他们，早在抗战尚未结束的时候，军统潜伏人员就从延安传回来一个情报，称毛泽东那时候居然就已经在做抗战胜利后的战略谋划了。毛泽东十分着迷东北，那里地大物博，工业基础雄厚，又背靠苏联，十分有利于共产党的发展。他在一次党内会议上说："如果东北能在我们领导之下，那对中国革命有什么意义呢？我看这就可以说，我们的胜利就有了基础，也就是说确定了我们的胜利。现在我们这样一点根据地，被敌人分割得相当分散，各个山头、根据地都是不巩固的，也没有工业，有灭亡的危险。所以我们要争城市，要争那么一整块的地方。"①

何应钦点头说："唔，是的。我也听说过毛泽东有过这么一个……野心勃勃的讲话！"

白崇禧叹了一口气，脸上的表情似笑非笑，不阴不阳地说：

"如果他们真的控制了像东北那样'一大块'的地盘，又背靠着苏联，那么对我们来说局势就比八年前日寇入侵更危险了！"

蒋介石点了点头，觉得白崇禧并没有危言耸听。默然片刻，长长叹了一口气，说：

"我们缔结中苏友好同盟条约，不得不承认外蒙独立、保证苏联在东北的权益，就是为了换取苏联占领军支持我们顺利收回东北，不让毛泽东染指！"

何、白两位都看出蒋介石对苏联是否真诚信守条约心怀疑虑，只不过嘴上没说而已；他们两位则不仅不赞成签订这么个显然靠不住的条约（因为以他们对国际共运的了解，要苏联完全不支持中共那是根本不可能的），而且反对美国政府当初竭力要求并百般敦促苏联进兵东北消灭日军最后一支劲旅关东军，认为这不啻前门驱虎后门进狼。如果苏军收拾了关东军之后赖在东北不走，当今世界上谁还有力量能驱逐这支虎狼之师呢？

当初在讨论这个问题时，蒋介石也有同感，但却不敢采纳。因为美军与日军在太平洋上展开艰难的逐岛之战，已付出了阵亡十万官兵的代价，颇有些吃不消了，这以后索性扔了两颗原子弹到广岛、长崎，以收速胜之效。不料不仅没吓退日本，反而促使日本当局做出了焦土抗战的叫嚣。杜鲁门的智囊团担心，若日本利用中国东北资源以及关东军完整的兵力，源源不断供应本土，则美军要占领日本全境不知还要牺牲多少万官兵，不知要到猴年马月才可结束战争。更严重的是当时日本正在全力讨好苏联，以换取苏方不进兵东北。时间拖久了万一日苏单独达成个什么谅解，那后果就不堪设想了。所以美国认为必须不惜一切代价促使苏联出兵东北，这个是大战略的需要，中国必须给予充分理解。蒋介石又指出，况且当我们签署中苏友好同盟条约的时候，我们在东北没有一兵一卒，如果我们不去争取缔结那个条约，我们就不可能收复东北，日本就不会投降，美军要进入日本本土就会迁延时日而且付出更多代价，杜鲁门就会责怪我们不顾大局。以后我们借重美国的地方还很多，不能让杜鲁门感到我们不好合作。

白崇禧用同情的眼神掠了一下蒋介石。"事情已然办成了现在这个样子，那我们就要因势利导，争取一个较好的结果，把坏事改造成好事吧！"

何应钦说："我与健生兄今天相约来见委员长，就是要请委员长考虑一下我们

---

① 《毛泽东在七大的报告和讲话集》，中央文献出版社，1995年4月版，第218页。

的一个建议,也就是如何'争取一个较好的结果'!我们认为,即使在日军侵略东北以前,那块地方从来就没有置于中央真正控制之下。那里的各种地方势力,日伪残渣余孽,共产党的潜在势力,盘根错节,十分麻烦。是不是可以用分而治之的办法,把抗战前的辽宁、吉林、黑龙江分割成较小的省区……"

蒋介石对这个建议颇感兴趣,那双三角眼亮了一下。旋即调整了一下坐姿,以便更舒服地倾听。

"敬之兄请说说看,怎么调整?"

"可以划分为辽宁、辽北、安东、吉林、松江、合江、黑龙江、嫩江、兴安九个省,哈尔滨、大连可升格为特别市。这样,每个省管理起来就省力得多;加强跨省行政阻隔,无形中就把各种反动势力分割开了!"

蒋介石略一沉吟,不自觉地提高嗓音说:"这个思路很别致!这个是……我看可以考虑!"

"东北的九省两市可以由沈阳行辕——或者干脆叫东北行辕——来统一管理,"白崇禧兴致勃勃地说,"鉴于东北局势复杂,那简直就是一块烫手山芋,行辕主任一定要认真遴选才是!"

"说得对!"蒋介石点头肯定。旋又皱起了眉头,半是自语地小声说:"谁可以担当这个重任呢?"

何应钦很怕蒋介石想到他身上。赶紧做出不经意的样子把头低下来,伸手把茶几上的茶杯移动半圈,复又移动回原状,仿佛在欣赏上面的青花图案;其实是借以避开这个话题。

此刻白崇禧却开腔了。

白崇禧的话,引得何应钦又抬起了头,镜片闪了一下光,直视着这个广西佬。那眼神流露的意思是:我明白你又想干什么了!

"委员长如果觉得可以,崇禧愿为委员长分忧,不揣鄙陋,担当这个重任!"白崇禧直视蒋介石,眼里流露出的是诚恳与果敢,掩盖不住的却又是那一缕霸气。

蒋介石愣了一下。他没料到白崇禧会主动请缨,一时不知道怎么回答。以才具论,当然白某人是最佳人选;然而如果让桂系从此得到那么一块富得流油的地方,后果是可想而知的;何况现在桂系的"大哥"李宗仁新职已经发表,不久就要去担任北平行辕主任。若华北与东北全被他们掌控,那还了得么。

何应钦当然也看破了这点。但他不愿说出任何阻挠的言辞,不愿得罪白崇禧。尽管他的利益从根本上说是与蒋介石连在一起的;而从历史上说却曾有过那么一段与桂系联手逼蒋介石下野的事,后来他个人与白崇禧的私交也还不坏。此刻蒋介石目视他两次,显然是希望他说出个正当理由让白崇禧打消这个念头。他装作没看到,若无其事地重又低下头去研究面前的茶杯。

蒋介石没法，只好自己说话了。开腔前首先堆起友善的笑容，佯咳了一下，说：

"你是参谋总长，须负责全面战略，哪能去偏居一隅呢？今后与共产党周旋必将越来越繁剧，我早晚都要请教方略，哪能……哈哈，这个是，中正不可一日无健生呀！"抛出最后一句被他临时修改的掌故之后，蒋介石自以为借口得体，便灿然笑了好长时间。

最后，蒋介石说他想要让熊式辉出任东北行辕主任。问何、白两位觉得妥当不妥当。

何、白两位这才醒悟到蒋某其实对一切早就成竹在胸了。所谓商议，不过是走走过场而已。于是就都点头称是，不再提出相反意见；更不会指出熊式辉其人不过是一庸懦腐朽官僚，根本不宜放在东北那样复杂而充满变数的地方去承担"封疆"之重。

蒋介石又说，行辕负军政全责；此外还须在东北建立一个专门的军事指挥机关，可以叫东北保安司令长官部，隶属于行辕。我打算叫张文白①去主持。

何应钦听了没任何表情；白崇禧却忍不住露出了微微的冷笑。他心里说，这样的安排，则东北危矣。他认为张治中指挥一个师尚可，担任经略整个东北的大将，不啻把千钧重负加在小孩肩上了。

不久以后，国共双方收复东北的命令一先一后不过几天之差都下达了。

然而，抗战时国军败退西南一隅，距离东北天远地远，交通十分困难。通向北方任何区域的铁路一半都瘫痪了，修复起来不是容易的事；不少地段从来就没通过公路，汽车运送也只能解决部分路程。即使请求美军帮忙，只能靠飞机和舰船，局限性也不少，短时间内不可能运送足够到可以发动战争的兵力。

共产党就有利得多了。他们抗战期间一直在敌后作战，创建了很多根据地，与敌占区近在咫尺。以东北而论，八路军的冀热辽军区距离那里不到一百公里，简直可以说是朝发而夕可至。当然共产党的劣势也是显而易见的：兵力少，装备远不如国军，几乎没有运兵工具，全靠官兵的一双脚。

可以说，向东北运兵是国共双方的第一轮最大的较量。

二

何应钦、白崇禧刚辞去，宋美龄传话请蒋介石去楼上小餐厅用午膳。

蒋介石伸了一下懒腰，摇了摇头，教副官去回复，请夫人先用，这里事毕即

---

① 张治中字文白。

去。然后吩咐副官去叫钱大钧把河北伪军总头目门致中的代表叫来。然后自言自语地咕噜道，好像来重庆几天了吧？再不见就太怠慢了。华北局势复杂，犬牙交错，不可小觑呀。

这个门致中是个恶名昭彰的大汉奸，日寇采取"三光政策"制造无人区的急先锋，双手沾满了华北抗日军民和无辜百姓的鲜血。其伪职是华北绥靖总司令，统率十三个集团军（其实每个集团军只有一个旅的兵力），分驻北平、石景山、南口、保定、石家庄。

日本宣布投降的当天，门致中就接到了国民政府命令，所部改称为国民革命军华北先遣军，门致中本人为总司令。给他的任务是固守现地，严防奸党，等待国军。

差不多在同一时间，胡宗南的西安绥靖公署派出一名上校军官，在一名美军上校陪同下，飞到北平与通州之间一个简易机场。

门致中向他们提供了日伪各部的分布情况，以及华北八路军的种种情况。

接着，大批美军先遣人员陆续空降北平了。

尽管如此，门致中还是不放心，觉得有必要派人去直接见蒋介石。

他向美军先遣部队的军官说，要派一个人去重庆"述职"，希望搭乘他们的飞机赴西安，再从西安设法搭车或搭飞机去重庆。

于是，伪军总部宣导局长邵青携带必要的资料登上了美国军用飞机。到了西安，胡宗南派专车把他送往重庆。

钱大钧把邵青送进蒋介石办公室。

蒋介石客气地与他握了手道了辛苦。教钱大钧不必走，一块儿陪邵青先生坐坐。

邵青受宠若惊，竟然流下了几滴浑浊的眼泪。

邵青向蒋介石报告，一应资料都呈交钱大钧主任了，委员长还有什么吩咐吗？

"很好，很好，我都研究过了。"蒋介石边点头边说。"这个是……请邵先生转告门总司令，他的举措我很满意。请他放心，政府不咎既往，只看今后表现的政策是不会变的！今后他立了新功，我还会重用他呢！"

邵青站起来，深深鞠躬，声音颤抖地说：

"委员长海涵地负的胸怀，令人十分感动！我代门总司令谢谢委员长的大恩大德！"

蒋介石和颜悦色地招手教他坐下。沉吟片刻，说：

"你们要守住华北各大城市，特别是北平、天津、保定、唐山、济南更要加强防守，不要为匪军所乘！"

接下来蒋介石又询问了这几座重点城市的兵力以及防务配置，邵青一一详细做了回答。蒋介石很满意，边唔唔连声边点头。然后又说：

"以后，恐怕还要统一把番号调整了，华北先遣军只是暂时番号，也许要改成第九路军。至于各级军官的委任状，这个是……待第十一战区孙连仲司令长官到了北平后正式颁发。"

邵青觉得自己此行不辱使命，获得了很大成功。

邵青辞别。蒋介石教钱大钧留一下。

军统前些时报告鄂豫皖交界处共军有异动，蒋介石当时曾教钱大钧具体了解一下"异动"的规模大小。蒋介石此刻留下他，就是问这个。

钱大钧说，已经搞清楚了一些情况，正在整理文字报告，近日就会送呈委座案头。他说：

"共军半年以来，以抗战为名，偷偷向那一带麇集，夺取了敌伪占领区十九座城池及其附属的乡村；近来还违令擅自逼迫外围的敌伪部队投降，大大拓展了他们的赤区。共产党的战略目的何在，尚不清楚。"

他指的是李先念一九三九年率领新四军独立游击大队从河南南下，到达豫鄂交界处的四望山，与那里的游击队会合，组成了新四军豫鄂挺进大队。后来，又与豫鄂两省的多支游击队合编称新四军第五师。再后来，中央军委又命王震的南下支队、王树声的河南军区部队进入新四军五师编制，组成中原军区，以李先念为司令员，郑位三为政委，王树声、王震为副司令员，王震兼参谋长；同时决定成立中原局，以郑位三为书记。中原解放区在极短的时间内，把根据地扩大为跨越鄂豫皖湘赣的广阔地区，人口一千五百万，正规军六万多人，民兵三十多万。

"战略目的何在？"蒋介石重复了钱大钧的问话，冷笑了一声。"这是毛泽东在为抗战胜利以后争夺天下布局！他在中原布下这一枚大棋子，远可钳制南京，近可绾毂中原。这块匪区近年来利用抗战，竟然发展成这样，实在是我们的失误！心腹大患呀！如果再放任不管，一旦以后爆发全面战争，这将给戡乱造成严重战略困难！"

钱大钧沉吟了一下，试探着问道："这个事可不可以交给白总长去处置？"

蒋介石唔了一声，没有回答。过了一会儿，瞅着钱大钧，沉吟着说：

"白健生？为什么……要交给他呢？"

"唔，是这样……"钱大钧从神态和语气上看出蒋介石对这个提议感兴趣，便放开胆子说："抗战前期那一带就是他们①的经略之地，现在仍然有二十几万广西部队或远或近屯驻在那一带。抗战中期，日寇侵占了广西部队的经略区，后来共产党又从日本人手里把它收入了囊中。李、白现在不可能不对那里朝思暮想！

---

① 指桂系。

所以，让白总长去实施远距离战略性包围，既有动力，又得心应手，可收事半功倍之效！"

蒋介石默然片刻，微微笑了。"这个事情你先去找他商量一下。如果他同意——我想他恐怕早就想这样干了，你可以告诉他，我的意见是马上着手调兵遣将，越快越好，必须及早封锁那里！不过，这个是……一定要告诉他，动静不可太大，各部须陆续移动——都要预先想好各种不同借口，总之以不惊动对方为最好！这个是……毕竟政府正在倡导和平建国嘛，同时也要顾及国内外舆论嘛！"

钱大钧点头称是。旋又笑道："只要这种软性包围圈形成，既可以阻断郑位三、李先念部与其他赤区的通道，防止毛泽东再向那里增兵；又可以切断商贸往来，断其粮棉之道，让其无法越冬；同时以后实施戡乱也有利得多，现成的围困态势呀！"

这个地区蒋介石足以放心了。尽管全国六大赤区，郑位三、李先念的中原军区从兵力与地盘来说都名列前茅，但他认为白崇禧的包围圈一旦形成，管教那数万共军迟早必成齑粉；倒是东北的赛跑——调兵遣将的赛跑，让他不是很放心。斯大林与莫洛托夫信誓旦旦地承诺——拒绝中共武装进入东北，靠得住吗？他非常希望说服自己相信，但心里总又不是很踏实。此外，华东的粟裕、山东的罗荣桓，晋冀鲁豫的刘伯承以及陕北的彭德怀等等，都让他吃不好也睡不好。

一个腐败颠顸的老官僚竟然早早就被暗中选定，将要派往东北，托以封疆之重。国民党在东北的政治前景如何，据以可知一二了。

重庆九龙坡机场是民用机场。自从抗战胜利以来，每天在这里起降的美国军用运输机不仅挤占了民航机的机位，而且架次以十几倍之多大大超过民航客货两机。旅客都以欢迎的微笑望着美机，有的还挥手向美军人员遥送去一两句表达友善之意的英语。他们都以为这是帮助国军去沦陷区受降，去接管日伪防区；谁也没能去深想，日本已经宣布投降，不可能再有抵抗行动，用得着这样手忙脚乱地大规模空运部队吗？以内行的眼光去看的话，这种空运的规模与速度，显而易见是在准备一场大规模的战争。

这天登上民航客机的旅客，有一位男子也在欣慰地望着不断起降的美机。如果细心研究他的微笑，不难察觉那里面包含了一丝深谙内情的得意。

这人五十二岁，身材高大，微胖，穿一袭浅蓝色长袍；头发丰盈而乌黑，向后梳成大包头，加上脸部皱纹少，皮肤细嫩，显得比实际年龄年轻五六岁。这就是熊式辉。

他在五名也是身穿长袍的副官和卫士簇拥下，登上了去昆明的航班。

此公今天情绪特别好，不仅是因为目睹了美机大力帮助运送国军去抢占沦陷区地盘、驱逐共军的火热场景，更主要的是知道自己已被内定为东北行辕主任了。这对于他这位长期被投闲置散的大员来说——即便在抗战期间也做过两年实缺的中央设计局局长，那也是个闲官——不啻是翻身了，终于有了个权势显赫的职位；至于油水丰厚那也只不过是等而次之的好处了。

他到昆明是去找昆明保安司令杜聿明。是秘密会见，所以轻车简从而且着便服。另外还有一个顺带的打算。两年前，昆明一家名叫滇云社的京剧团到重庆巡演，很让酷爱京剧的熊式辉着迷，几乎是每换一处大戏他都要去看。其中一位名叫童意吟的刀马旦更让他颠倒，凡是有她的戏那是非看不可。而且每出戏都重复看，毫不觉得腻味。那童意吟当时不过十八九岁，色艺俱佳，气质高雅，很投合熊式辉口味。熊式辉十分希望与其一晤，吃一次饭喝一次茶。但他是数得着的国府大员，陪都重地不敢造次。这次一听蒋介石要委以封疆大吏之职，觉得为所欲为的机会来了，不论手中的权势以及金钱，都可以办到平素想也不敢想的事。八字还没一撇他就偷偷摸摸在重庆组建他的东北行辕班子，所有的亲朋故旧都安插了职位；毫无瓜葛的人想要挤进来谋个差使，他也不拒绝，前提是必须预交一笔不菲的"训练费"。这个时候他当然也想到应该补偿八年抗战的"清苦"生活了；首先有兴趣干的事是把刀马旦童意吟的滇云社带到东北去，作为行辕下边的一个"宣传单位"。

杜聿明在自己的寓所见到突然造访的熊式辉，十分惊诧。以熊式辉的上将军衔、资历、中央执行委员身份，应先发个电报，自己届时率一应官员到机场迎候；而且从来没有从属关系，也没有来往，这样近乎密访的举动颇难理解。

熊式辉见他的神情，笑嘻嘻解释，这次唐突造访，实在是事出有因。要奉告的两件事都不能让外界知道，所以不能不如此。

第一件事，委员长即将命龙云集结全部滇军，由卢汉带队，赴越南受降。然后杜聿明须在适当时机解除龙云卫队的武装，把龙云控制起来。

杜聿明大惊，问是不是要除掉龙云？

熊式辉摇头，说那会激起云南大乱，不可取；委员长已经给他安排了后路，到中央出任军事参议院院长。何时动手，行动幅度大小，委员长会有密电给你的。

第二件事尚未征得委员长同意，算是私下商议。熊式辉压抑着得意，故作淡然地说：

"委员长已经内定我出任东北行辕主任……"

杜聿明闻言，忙起身祝贺。熊式辉招手教他坐下，接着说：

"此外还要成立一个东北保安司令长官部，隶属行辕，统帅全东北武装力量。委员长有意让张治中出任司令长官。鉴于张治中资历与我不相上下，所以委员长可能会给个行辕副主任头衔。"

杜聿明不明白熊式辉为什么要对他说这个，又不便问，只好傻傻地望着他。

熊式辉瞥了杜聿明一下，微微一笑。说：

"你知道，我一向和文白合不来，我担心以后合作起来不利于公务。所以考虑，龙云的事情解决以后，可能光亭兄在云南待着不合适，委员长一定会调你到别的地方去。我以为，光亭兄可以到东北担任保安司令长官。那里天高地阔，定会有利于光亭兄的发展！光亭兄意下如何？"

杜聿明大喜，不禁心跳耳热，却故作谦虚地说："聿明何等样人，资历、军阶都不够，恐怕不合适吧？"

熊式辉略摇了摇头，说："若兼任行辕副主任，当然有难度；只出任保安司令长官，尽管也是上了一个台阶，不会引起太大的舆论。我相信我能说服委员长！"

杜聿明大喜，赶快起身，立正挺胸，敬了个标准的军礼，说：

"谢熊主任栽培！部下此后追随左右，唯主任马首是瞻！"

熊式辉教杜聿明可以在暗中物色东北保安司令部人选，接收东北迫在眉睫，以免临时手忙脚乱。

杜聿明摩拳擦掌，表示很快就会着手这项工作。旋又不无隐忧地指出，运送足够兵力到东北，这么遥远的路程，八年战争对铁路、公路又破坏得那么厉害，即使美国人帮忙运送，恐怕五六个月时间也不济事。而共军华北部队与东北近在咫尺，完全可能捷足先登。倘若苏军在国军抵达前把地盘与日军装备交给共军怎么办？

熊式辉教他放心。对于这点，委员长早就已经顾及，所以才先是派宋子文赴苏商谈，后由王世杰外长签署了一份王牌协议——中苏友好同盟条约，就是为了防止出现那种情况。条约以承认外蒙独立以及保障苏联在大连、中长铁路的权益作代价，换取了苏军出兵东北并且协助我国官员接收东北的承诺。条约强调了苏军将拒绝国府所派官员以外的任何人染指东北。这当然就包括了拒绝中共军队进入东北了。熊式辉得意地断言，有了中苏条约，即使我们暂时只能派遣无兵无卒的官员先行飞赴东北，苏军也会协助我们完成接收事宜。对于这点，马利诺夫斯基元帅几番向委员长做了诚恳的保证。关于这点，我们不能不佩服苏联当局的务实精神。他们明白，国家利益毕竟大于意识形态的认同；前者是摸得着看得见实实在在的，后者则是虚幻的。而前者的获得，也只有与国民政府合作才可能实现。所以完全可以预言，东北虽远，但定然会比华北、华中、华南收复得早！

谈完正事之后，杜聿明要设宴为新上司洗尘。

熊式辉阻止了他，说本来是轻车简从密访，这一来岂不等于公诸舆论了么；让龙云知道了更不好。如果方便，就在光亭兄府上叨扰一顿便饭好不好？

杜聿明抱歉了一句那就太失礼了。

马上就吩咐副官去叫厨子整治一小桌精致酒肴。

酒酣耳热之余,熊式辉有意把话题引到戏剧方面。先说滇剧,然后说到京剧,"流露"出酷好此道之意。

杜聿明端着酒杯一时没动,脸上混合着作难与歉意的神情,旋思索旋说本来应该为主任献上一台京剧晚会,此间滇云社倒还差强人意;无奈主任此番乃微服私访,怎么办呢?杜聿明忽然触机似的,两眼一亮,请示熊式辉,可不可以秘密叫几个艺人来清唱几曲呢?

熊式辉一笑,只说了一句听光亭兄安排吧。伸手越过杯盘,拍拍杜聿明手背,感激地慨叹光亭兄实获我心;相信以后去了东北,在公事方面我们也会合作愉快的。沉吟片刻却又说,人来多了招人耳目,我看一个名角足矣。滇云社在重庆演出时,一个刀马旦名叫童意吟的,印象颇深……

杜聿明何等聪明的人,立刻就心领神会了。马上做出郑重的样子说,那就叫童意吟来吧。

华灯初上。童意吟清唱了几段《杨八姐盗刀》《十三妹》,其嗓音确实美妙,穿云裂帛,令人魂销魄散;功夫也确实了得,字正腔圆,韵味悠长。

熊式辉乘着酒兴,大呼"此曲只应天上有,人间能得几回闻"呀。

然后说出了他的打算。

他告诉童意吟,东北行辕拟组建京班,为东北人民演出,向沦陷区同胞传达政府慰问之意。剧团的一切费用,包括演员的包银,不受演出票房的影响,一概由行辕承担。

童意吟表示她个人很乐意,只是班主的意向还不知道。

熊式辉马上告诫她,事情不可张扬,童老板不妨私下探问一下班主。他同意固然好;若不同意,童老板可自行拉几个艺人和琴师、鼓师也行。到了东北我们派人去平津物色京班从业人员,组建新班子谅无大问题吧。

童意吟大喜,表示一定办妥此事。

最后,熊式辉与杜聿明都千般叮嘱,务须秘密进行,切勿张扬。

然而,后来滇云社离开昆明前后,事情还是外泄了。公诸报端之后,搞得熊、杜两人都有些狼狈。

至于熊式辉与童意吟有没有发生瓜田李下,那都是到了东北以后的事了。

三

陪都房舍紧张,抗战八年来大家都挤在一起生活、办公。即使像参谋总部这样的中央机关也无法例外,十几个人挤在一间屋子里是寻常现象;而且还不得不分在几个地方，以致第二厅的人员有业务须与第四厅的人员当面沟通，竟然得搭乘公交车或者坐黄包车跑几公里。

孟淑贤作为第三厅第二处第九科的办公室秘书算是幸运的了，得以与科长同坐一间办公室；尽管办公室只十五平方米左右。科长的办公桌靠窗，她的办公桌在斜对面靠墙角处。两张面孔可以侧对相视。

而科长覃正侯上校似乎是个不好色的男子，屋子里每天坐着这么个美女，他却视若无睹。有时候交代工作尽管态度不失和蔼，也总让人感觉是一副公事公办的嘴脸。这样的男子而今可是少见啊，孟淑贤凭自己的经验感慨系之。

让她更惊叹不置的是覃科长四十三岁了，至今还是单身。听机关资历老的同事说，并非离异，也非丧偶，而是从来就没结过婚。孟淑贤是个窥隐癖极重而又喜欢按照自己的想当然推导事物结论的女人。这位英俊的中年男子成了她私下琢磨的对象。

终于有了这么一个机会，使她弄清了个中原委。

周末的傍晚，她去赴戴传贤的约会。

黄包车拉着她经过山城最繁华路段两路口的时候，忽然发现覃科长从药店出来，便叫黄包车快停下来。

她下了车，准备前去打招呼。大约相距十多公尺的时候，一位身着灰布军服的女人与覃科长相向而行，即将擦肩而过的时候被覃科长叫住了。

那女人惊诧地站下来，疑惑地打量覃科长，冷冷问道你是谁。又补了一句，我不认识你呀。

孟淑贤见覃科长显得十分惶愧而又急迫。只见他慌忙把礼帽摘下来，大约是为了方便对方认出自己。看那神情好像也同时自报了家门；不过声音却小得多，而且还有点怯怯的。

那女人顿时像遭雷击般怔住了，身体轻微地晃动了一下，旋即认真打量了一番覃科长，终于用一种微微颤抖的声音说，你居然还活着？败类！然后扬长而去。离去的那个片刻，孟淑贤看见了那女人手臂佩戴着"八路军"臂章，猜测一定是八路军驻渝办事处的干部。

这不能不让孟淑贤困惑了。怎么回事，难道覃科长与共产党有什么瓜葛不成？

带着疑问，她把自己看到的这一幕悄悄说给机关内要好的朋友仇大姐听。

仇大姐在总部工作多年，人缘特别好，又是个包打听式的妇女，不少人不少事都知道一些。听了她的话，仇大姐并不惊诧，脸上有一缕洞悉一切的微笑，并不马上回答她的问话，反倒问她，那女人漂亮吗，多大岁数。

她说，很漂亮，看样子不到四十岁。

仇大姐点了点头，笑了。用肯定的语气说，那就一定是魏飘萍了。是八路军办事处的干部，抗战期间好像一直都在重庆。总部资历老的人传闻，那魏飘萍是覃科长十几年前的情人，两个人曾经爱得死去活来。那时候他们两人都是共产党。后来覃科长暴露了，被捕不久就投降了党国，供出了他所知道的三个同党中的两个，唯独没有供出小情人。那两个共产党被抓后都给杀了。小情人从那时起就没了下落。直到抗战国共合作，魏飘萍才出现在重庆。总部资历老的人都知道覃科长这段情史。当然不会有人去疑心他与共产党有染，因为厅长、局长甚至总长都器重他；而且谁也知道共产党对叛徒比对党国的人都憎恶，绝不可能再接纳；另外，据说那魏飘萍早就有了自己的家，那女人又是一个意识形态特别顽固的人，不可能再与一个共产党叛徒而且手上沾染了两个同志鲜血的人藕断丝连。最多也就是覃科长自己在那里单相思而已。小孟你说覃科长何苦呢，人长得那么英俊，地位也不算低，却总不愿娶亲，宁肯守着个虚幻的回忆过日子。是不是太傻了？

孟淑贤却另有自己的看法。听了这个故事，倒让她对覃科长敬重起来，认为这才是个多情重义的男子。为了初恋的情人，不仅多年不娶，甚至对一切女人视若无睹。当此物欲横流的世界，这样的男人哪里去找啊。那魏飘萍应该满足了，一生遇上这么个对自己挚爱无限的男人，夫复何求呢？如果我是魏飘萍——孟淑贤在心里自说自况，我才不会去管顾什么意识形态畛域呢，一定会冲破一切障碍抓住他，以死相守。类似的际遇，使她禁不住想起了自己那个无情的初恋，爱恨交加地在心里吐出一句话：冤家呀，你在哪里啊？随即涌出了两行清泪。

她在这里痛苦地思念，而她那个"冤家"也在思念她吗？不久以后，一个偶然，他们不期而遇了。一些始料未及的事情随之发生。待我们的故事发展到那个时候，笔者再向读者细细道来吧。现在还是继续看看她在办公室里与上司覃科长有没有发生什么有趣的话头吧。

最重要的话头，就是覃科长接受了孟淑贤的邀请。明天，也就是周末的下午，到她家作客。

其实覃科长愿意接受她的邀请一点也不奇怪。他单身一人，机关的同事请他吃饭从不拒绝，在他不过是借以排遣"永昼"而已；何况孟淑贤称系其父邀请，这对他多少有一点吸引力。听说其父来自山东共区，也许能借以了解一点情况。而孟淑贤这个女子也不招人讨厌，至于传闻她与哪一位中央大佬有染，他不大相信，这女孩子他觉得品行不差；何况即便有之，又与吾何干呢。

孟淑贤的父亲孟国栋是鲁南财主。离家出走时，一千多亩良田以及县城里的商号是没法带走的，只好交人代管，听之任之了；只携带了两口箱子，里面塞满了金银细软。在外流亡，尽管生活用度不会有问题，却不知什么时候才能回家，所以不敢像在老家时那样享用，只在重庆的城乡接合部租住了一间简陋小宅院。

覃正侯科长从总务科借了一辆小吉普，载着孟淑贤，向她父亲"流寓"之地开去。奔驰了一个钟头才到。没想到这么远，覃正侯暗暗后悔不该答应赴这个宴。

下车之际，随口问孟淑贤，每天上班怎么办？

孟淑贤说这个地方太远了，没和父亲住在一起，仍旧住在机关为单身职员租赁的集体宿舍。

孟国栋已经满脸堆笑地迎候在门外了。

这是个精瘦的老头。个子高，头上是花白的短发茬；身穿蓝色长袍，外罩同色阴花马褂。他殷勤有加，在延请客人进门时甚至还想要伸手去扶比自己年轻一轮的覃科长。

酒席摆在小厅堂的方桌上。临时从附近小街上一家川菜馆请的一名厨子，所以全是川菜。孟国栋为此抱歉不已，知道科长是扬州人，而这周围竟找不到一家淮扬菜馆，所以只好用川菜待客，实在是太简慢了。

覃正侯客气地宽慰主人，入川八年了，已然习惯了蜀中一切；有的还喜欢上了，比如川菜。川菜好得很嘛。

酒用的是江浙人喜欢的黄酒；只不过并非道地货色，乃是重庆本地的允丰正仿绍酒。

几杯酒下肚，酒酣耳热，大家拘谨少了些，随便交谈起来。

"覃科长，"孟国栋说话时，眼里掩饰不住忧虑，"报载毛泽东应蒋委员长邀请来重庆了。难道真要与他们合作建国吗？"

孟淑贤低声插了一句嘴："我看真有这么个趋势！"

覃正侯刚喝尽一杯黄酒。放下杯子，边摸起筷子边友善地瞅他父女一下，说："合作建国？哼，我看很难！"旋说就把筷子伸向厨子刚端上来的一大盘肝腰合炒，送到嘴巴里。一边有滋有味地品嚼着这川菜的经典，一边略带一点嘲讽表情，嘴里含糊不清地说："孟先生，你们贤乔梓①不太了解内情，如果能略知一二，恐怕就不会担心不发生戡乱战争了！"

孟国栋那一双浑浊的眼睛亮了一下，与此同时充满希冀地哦了一声，说：

"覃科长说得对，表面文章有时候与内情是完全相反的！"

"毛泽东空降山城，确实让陪都乃至全中国沸腾了几天；不过且慢，看看毛先生当天遇到了什么事吧！"

毛泽东这年五十二岁了。丰满的头发往后梳理，乌黑而稍显纷披；高大的身躯穿着中山服十分宽大。由老熟人张治中部长②从机场把他接到桂园。那是张治中的公馆。进了客厅，便在张治中亲手侍候下宽去外衣，露出里面雪白的衬衣。

---

① 乔梓，古代对爷儿俩的雅称。
② 军委会政治部长。

送茶上来的时候,他打碎了一个杯子。这个细节当天就被多家报纸披露了出去。

"也许,这在张文白部长与毛润之主席看来都是极小的一个插曲;而在场的国府高官却有几秒钟的鸦雀无声,面面相觑。我明白他们心里都在嘀咕一句话——不是好兆头!"

孟国栋惊异地点头不迭:"确实不是好兆头!这个是主……行年不利嘛,岂不是就预兆毛泽东求和不利吗?太好了,太好了!"

覃正侯哼了一声,轻轻摇了摇头:"我一向不信预兆不预兆的,不就是打碎了一个杯子吗。我们日常生活中也常常发生这类小事嘛,打碎了也就碎了,结果什么事也没有发生。可是这一次,我宁肯相信了!"

他这么一说,本来就信神信鬼的孟国栋就更相信了。孟国栋抑制着兴奋,小心地附和着覃科长,说:

"那是,那是,应该相信,应该相信!"

覃正侯对他鄙夷地一瞥,心里嘲讽道,为什么"应该相信"?其实你什么也不知道,愚蠢的土财主啊。而说出来的话却很客气。

"是的,孟先生说得对!"他顿了一下,仰头又饮了一杯酒。"只须稍稍留意重庆、成都的大小机场,以及出川的长江航道,你就会发现从抗战胜利那一天起,向省外运兵的繁忙景象就没有一天消停过!"

孟国栋想了想,小声咳了咳,谨慎地看了看覃科长,试探着问道:

"会不会是去沦陷区受降呢?"从颤抖的声音里可以听出他并不希望事实就如自己说的那样;但又十分害怕就是,非常希望一个较为权威的人来为他排除这种担心。

覃正侯喝了一口酒,伸筷从大盘子里撕下一块松鼠桂鱼送进嘴里,边嚼边说:

"日军早就在听到他们天皇广播后就停止了军事行动,等候我们去接收。国府只须去几个官员带一两支卫队就能完成这种接收。而且大部分地区实际上已经接收了!哪里还用得着那么急急忙忙地几十个师、几百个旅地往北边往东边派呢?派去干什么?那还不是一目了然的事嘛!谁能看不穿呢?"

孟国栋省悟地点头不止。然后又为了表明自己并非不懂韬略,伸出两根指头向虚拟的目标指了指,睿智地说:

"哦,看来戡乱剿共就要开始了!"旋又想了想,困惑地眨巴眼睛,问道:"既然准备打,委员长把毛泽东请来,岂不是多此一举?"

"孟先生刚才不是说过表面文章与内情有时候不一定一致吗,怎么忘了呢?"又对他投以嘲笑的一瞥。"这正是委员长高明之处啊!"

孟国栋一时有些不明白。本欲再问,怕又招来对方那不客气的一瞥,只好把张开的口闭上了,傻傻地望着对方。

覃正侯说:"全国乃至全世界都在呼吁马放南山、卖刀买牛,现在谁要是首先破坏和平,那就会受到全国上下的口诛笔伐。委员长此举,是要把首先破坏和平的罪责让毛泽东背上,然后戡乱就名正言顺了。"

孟国栋点头不迭,赞扬委员长真高明。旋又放下杯筷皱起眉头沉吟了一会儿,略歪脑袋乜视覃科长,说:

"毛泽东……能乖乖地背上这个罪责吗?"

"国府的条件十分苛刻,毛泽东哪能接受得了呀!"覃正侯脸上浮起一丝冷笑。"毛泽东或者会断然拒绝——这种可能性不大,眼下共军处于绝对劣势,争取时间、空间休养生息几年是上策;或者会虚与委蛇,讨价还价,拖过了这一阵再说。国府当然不会让他牵着鼻子走的!"

"啊,明白了!"孟国栋看来也不十分蠢,这下终于全明白了。"那就是说,谈判不会真正达成任何协议……"

"那是当然!"刚说罢这句,覃科长缩回正往宫保鸡丁盘子伸去的筷子,沉吟一下,说:"或者……表面也会达成一些书面协定吧?但是,如果付出超过了底线,毛泽东不会真正接受的;同样,蒋委员长如果没能达到不战而屈人之兵,他也必会用武力去'屈人'的!所以,全面对抗是中国难以躲避的厄运!"

怕国军不戡乱因而不去收复鲁南共区的担心消除了。孟国栋又说出了他的另一个隐忧:苏联会不会出兵援助中共?

覃科长摇头说绝无可能。美苏两大国已经在二战中打得精疲力竭,互相间绝不愿发生全面的军事对抗。而任何一方直接介入国共之间的战争,都是在冒与对方直接开战的风险。苏联不会出动人马打国军,就像美国不会去打共军一样,这是一个毫无疑问的事。当然,美国用枪炮装备国军,帮助我们运兵,这个是不用担心的,因为已经在进行了;至于苏联,肯定会暗中帮助中共。但帮助到何种程度,那就是未知数了。

对于期待国军打到山东,自己也才好保住鲁南家私特别是田产的孟国栋来说,这些消息对他的鼓舞太大了。兴奋之余,甚至想到了什么时候召集流亡在外的鲁南绅粮,共同组织一个武装,跟随国军打回去。这个武装他甚至想好了名号,就叫"鲁南赤祸受害乡民还乡团"。他把这个打算告诉了覃科长,请求指教,更希望得到物质上的支持。

覃科长打了几个哈哈,说孟先生高看覃某人了;覃某人供职的机关当然名头、权力都很大,这个不假。但覃某人只是这座大衙门里的虾兵蟹将而已,一个小小的上校科长,马弁似的人物。怎么帮得上先生您这么大一个忙呢?抱歉,抱歉;高看了,高看了。

其实,覃正侯是帮得了这个忙的。不过他婉拒的话也确实在理。的确,一个上校科长在参谋总部这样一个大衙门算不了什么；然而，由于业务娴熟，又熟读兵书长于韬略，颇受上司器重，很说得上话。甚至白总长知道自己将会调离，最近还问过覃科长愿不愿意跟他走。当然，帮孟国栋的忙哪里用得着去惊动白总长的如椽巨臂，只须求求局长厅长就可以解决得十分完满了。覃正侯真实的心思是不想帮这个忙。他自己出身于地主家庭，可是也许因为青少年时代受到的左翼思潮影响至今未能排除完，对地主有着难以克服的成见。对这样一个企图拼凑武装回乡清算翻身农民的孟地主也开始反感起来了。觉得孟地主的行为如果普及化，将危及广大贫苦农民的生存权，动摇国之根本，客观上也会影响国民政府的建国大业。最初应允孟淑贤来这里消遣解闷的好心绪荡然无存了，失去了待下去的兴趣。沉默一下，借个口，匆匆告辞。本来想打听共产党在鲁南的政治举措，他也失去了兴趣。

然而孟国栋不会灰心，他寻思可以通过女儿这条线再去找戴传贤，求这位手眼通天的人物帮忙。

后来，在戴传贤帮助下，他如愿以偿了。

第三章

一

戴笠在毛泽东到重庆后,有几件事令他一喜,一恼,一丧气。

先说喜事吧。

胡蝶从上海发来电报,称经过艰难劝说,潘有声终于同意离婚了,近日就会办妥一应手续而彻底了断。雨农来沪之日,即为百年之礼举行之时。

这个消息很让戴笠乐不可支了几天。

丧气的事是毛泽东抵渝的当天,戴笠兴致勃勃跑去见蒋介石,禀报一切都安排好了,只待校长一声令下,就可以彻底解决。

这没头没脑的话让蒋介石一时摸不着头脑。疑惑地盯着他问道,你要"解决"什么?"解决"谁?

以往蒋介石要除掉什么人的时候,通常都不会明确表态,只以一种模糊的暗示让戴笠去猜。当猜中时,蒋介石就不开腔了,而戴笠也就心领神会执行去了。这次戴笠心里比以往猜测将要除掉谁谁谁时都更有底,认为不必等校长发出什么暗示即可确定,因为毛泽东乃党国第一劲敌,既然自投罗网,岂可让其活着回去。所以当蒋介石盘诘"解决谁"时,他只愣了一下,马上脱口而出:毛泽东呀。

蒋介石听了,倒抽了一口凉气,顷刻脸色就变了。是否除掉或以"咨询国是"①为名长期扣留毛泽东,他并不是没考虑过。而深知他为人的美苏两方也早就告诫他,两大国既然担保了毛泽东来渝的安全,那就绝不容许出现意外,否则将严厉对待。他明白这种告诫的分量,所以根本不敢有所造次。他当即后悔没有预先给戴笠打过招呼,下过硬性命令,如果戴笠自以为是地去"心领神会",冒冒失失做出了那么个弥天大案,那可怎么得了。情急之下对戴笠一顿没头没脑杂以"娘希匹"之类的大骂。最后明确下达了命令,毛泽东在渝的安全,由你戴笠负责。如果姓毛的掉了一根汗毛,那就用你姓戴的脑袋赔上。

戴笠站得笔直,一边不断说是,一边丧气地在那里瞎寻思:怎么回事,难道校长化敌为友,与毛泽东好上了?

再说恼怒的事。

---

① 陈果夫的主张。

他得到报告，先期派到上海去的楚乃超先遣组，清查从而封存敌伪物资、产业的工作进展缓慢，至今十分之一都不到；楚乃超的精力大部分放在中饱私囊上了。此人名下现在已有八辆高档轿车、六座花园小洋楼，日元、银圆、金条不计其数。已不再是当初在重庆时只能混个全家老小温饱的穷公务员了。其几个属下也都混成了富翁。更严重的是钱大钧内定为上海市长兼淞沪警备司令，宣铁吾为上海警察局长，不日就会公开发表。这两人一旦赴沪履新，定会百般阻挠军统的接收行动。

后来又从侍从室第三处传出了更要命的消息：第三方面军总司令汤恩伯即将发表为兼任宁沪卫戍总司令。这人向来吃肉不吐骨头，一旦到了宁沪，哪里还有军统插手余地。

戴笠怒气冲天，这些火烧眉毛的麻烦事都是楚乃超只顾中饱私囊、宁沪杭地下人员查抄不力造成的。娘希匹，非杀几个劣货不可。为今补救之计只有在各方接收大员抵达宁沪前抓紧行动，否则只有喝汤的份了。立刻命令麾下强将毛森率一批干员速飞上海。对敌伪物资、产业不必贴封条，径行没收即可；将楚乃超一干人抓起来就地枪决，全部没收其非法所得。

部署完这一切，他才松了一口气。

这口气似乎松早了。

军统局主任秘书毛人凤报告了一件刚得到的情报。

戴笠听了大吃一惊。说必须马上向校长禀报；说着就从办公桌的椅子上站起来，大声命令备车，去校长官邸。

他向蒋介石禀报的是毛泽东的手已经伸到东北了。

河北与辽宁交界处有一块共产党在抗战期间从日伪那里夺取从而经营起来的小根据地，其军事机构的名称叫冀热辽军区，取其处在河北、热河、辽宁三省交界地带之意。军区司令员兼政委李运昌，奉中央军委命令，率领这块根据地的一万三千官兵、五个地委书记、两千五百多名地方干部，分三路向热河、辽宁、吉林进发。这是抗战胜利后，为了实现毛泽东经略东北的计划，向东北开进的第一支共产党武装。

李运昌派遣一支先锋部队提前一天出发，负责探路、扫清障碍。这支一千多人的先锋部队由十六军分区司令曾克林和政委唐凯率领。

侦察参谋董占林率尖兵班走在最前头。在山海关附近一个名叫前所的车站，他们仅用几支驳壳枪就迫使四百多伪军投降了。

曾克林、唐凯随后抵达。将这四百多名伪军的士兵分散编入各营连，军官遣散。

旗开得胜，他们却高兴不起来。军委给他们的命令是与苏军会合并协同作战。然而，到什么地方去找苏军呢？

正在作难的时候，第十二团副参谋长罗文率领的侦察班送来了消息：一支身穿疑似苏联军装的小部队从赤峰方向开来，距离这里很近了。这支"疑似苏军"的人员乘坐的是汽车，应该很快就会来到。

曾克林当即命令列队，准备欢迎老大哥。

不一会儿，五辆吉尔卡车卷着尘土冲进前所车站，戛然停车。手持转盘冲锋枪的步兵在一分钟内全部跳下车，对曾克林他们展开战斗队形；汽车上的八十二毫米无后坐力炮、三十七毫米平射炮、重机枪全部对准他们。

尽管曾克林、唐凯他们从镰刀锤子标记上看出确系苏军，但苏军无法辨识他们。

双方都没有翻译人员，只能靠手势与各自的语言胡乱对话——当然毫不起作用。

唐凯携带的唯一一部收发报机又总是与军委联系不上。他们焦急万分，不得不继续徒劳地向对方做着手势并大声解释。

对方根本不懂是什么意思。

双方就这样僵持了近一个小时。

唐凯忽然灵机一动，向曾克林挥了一下手说有办法了。然后笑嘻嘻向苏军狡黠地眨了眨眼睛，转身号令他的部队立正。大声唱了《国际歌》的第一句——鬼才听得懂他唱出来的是什么音调！然后挥动两臂命令开唱。

于是大家就高声唱了起来。

尽管国际歌有一多半人会唱，无奈官兵们大都来自偏僻山乡，自幼五音不全；又未经过什么训练，难免七差八拐地不整齐。

苏军官兵听得莫名其妙，不明白这伙来历不明的武装分子乱吼叫些什么。

唱完了，一点作用也没有。

曾克林与唐凯面面相觑，无可奈何地摇头叹气。

又是一个"忽然"，曾克林两眼一亮，大声叫唐凯解开衣扣亮出胸膛来。

唐凯愣了一下，旋即豁然开朗地嘿了一声。马上迅速解开衣扣，亮出了前胸。

只见胸脯正中刺了碗口大一幅红色标记——镰刀锤子。

曾克林笑嘻嘻招手叫苏军领头的军官来看——后来知道是大尉伊万诺夫，伸手指着那全世界共产党共同的标记。

伊万诺夫看清了标记，惊叹地啊了一声，瞪大了双眼。

唐凯是湖北黄陂人。父亲死后，跟着母亲以乞讨为生，像大多数穷人一样，有着一段血与泪的过去。后来母亲也饿死了。十三岁那年，家乡闹红①，他被红军领走了。从此过上了有尊严有温暖的生活，从此对共产主义产生了血一般浓的亲情。为了革命到底，叫人在胸前用针刺了一幅镰刀锤子，用自己的鲜血浸染固定下来，以示义无反顾。

伊万诺夫大尉脸上露出了兴奋的笑容。指着唐凯与曾克林，扭头向他的部队喊道："格米尼斯特②！梅，达瓦里希③！"

那年头，同志这个称谓足以跨越民族障碍，足以让两颗遥远的心贴在一起，足以让人热泪盈眶。

恰值此时，架设在卡车上的电台收到了进入中国东北全部红军的司令员马利诺夫斯基元帅发来的电报，称莫斯科已接到延安电报，知道了中国兄弟党有一支冀热辽军区武装挺进东北，莫斯科指示尽全力支持他们在东北站稳脚跟，但前提是决不能让国民党抓住把柄。

伊万诺夫向唐凯伸出了双臂。两人紧紧拥抱之际，都流出了眼泪。尽管语言不通，但两颗心贴得那样近那样紧，彼此都能感受到对方激越的心跳。

全体苏军不约而同地高呼"乌拉"；冀热辽军区官兵则使劲鼓掌。

这个特殊的历史时刻极具象征意义。

两只红色武装开始了首次合作，攻打山海关。

这座关隘在历史上一直具有重要的战略地位。它门外是东北，门内是华北。而华北平原与中原紧紧相连。东北以土地肥沃资源丰博著称于世；其东、北、西三面与苏联以及刚建立的民主朝鲜、蒙古接壤，战略上十分有利于中共。而山海关就是这片黑土地的大门。

曾克林派人向山海关日军送去最后通牒。日军指挥官称碍难从命，他们接到的命令是向国民党部队投降。于是，战斗开始了。苏军炮轰山海关十分钟。然后中苏两军分两路进击。约莫半个小时就将守敌全歼。

伊万诺夫大尉灿然笑着指了指近千件步枪、机枪、迫击炮以及无数的弹药，向曾克林、唐凯不断做着各种手势。

半晌，曾、唐终于闹明白，对方是让他们把这批军火用来装备自己，扔掉原先的破旧武器；苏军不需要。

九月五日，曾克林、唐凯的部队在苏军协助下进入沈阳。

他们展现在沈阳市民眼里的形象是颇"正规"的：一色苏军军服，崭新的日

---

① 红色革命运动。
② 共产党的俄语音译。
③ 意为是我们的同志。

本枪械，官兵身上都束着牛皮子弹盒，还抬着几尊迫击炮。曾克林、唐凯分别骑着高头大马走在队伍前头。他们大声宣称自己是毛主席派来的八路军。

沈阳市民第一次看见自己的部队，夹道欢迎之盛堪谓万人空巷。

九月十四日上午，一架苏军战斗机突然降落在延安的简易机场。

机场方面大为惊诧，因为事前没有得到过任何通知。

原来是马利诺夫斯基元帅的代表贝诺罗索夫上校在曾克林陪同下秘访延安。

贝诺罗索夫向中共方面转达了马利诺夫斯基元帅的意见。其要点是：苏军将把缴获的日军枪炮弹药全部秘密移交给中共军队，计有五十多万支步枪、四百多辆轻型坦克、四千五百挺轻机枪、两百多门步炮、两千三百多辆卡车、二万多吨弹药；苏军自己尚有一万多门重炮屯放在中苏边境苏联一侧，待消去苏制符号并训练一批中共军队炮兵之后，与相配套的足够炮弹一并移交。鉴于苏军必须遵守相关国际协议，所以不能以公开的方式帮助中共。另外，中共武装力量接管苏军防区时，不能佩戴八路军或新四军标识，而只印着无单位的国民革命军服装，或者苏军制服也行。这样，若以后美蒋方面质询，苏军也才有分辩余地。另外，十几天前已照会国民党当局，除了徒手接收官员之外，暂时不能派武装人员进入东北。国军的进入时间须以苏军撤离时间为准。此前有一支八千人的国军一周前未经允许擅自闯入东北，被苏军包围缴械。中共同志应乘此空挡，尽可能大量派部队出关。

曾克林也向军委汇报了他们进入东北看到的情况：社会秩序混乱，不得不由伪警察维持治安；日军的军需仓库里遗留下大量的军用物资，特别是大量的武器弹药，没人去接收。(苏军也不去理会，他们只将战场上直接缴获的械弹移交给了曾克林、唐凯)曾、唐出关时一千多人的先锋部队，不到一个月就发展到两万多人，全为崭新的日式装备。从山海关到沈阳都驻有他们新编入的部队。原在东北做苦工的八路军战俘近两万人被苏军解放出来，由苏军发给装备，开进长春充当卫戍部队，名义叫东北人民自卫军。曾克林又说他已经派人看守沈阳、长春的重要仓库以及工厂，其间械弹、被服、粮食堆积如山，扩军极容易。中共中央贸然把这种叙述转发给各解放区。后来的事实证明，曾克林这种夸大其词，极为误事。

曾克林来到延安的当晚，中共中央政治局开了通宵的会，形成一个重要决策：加速从华南、东南两个主要解放区抽调精锐出关，全力经略东北；抽调四分之一的中央委员（含候补委员）先期率领两万干部开赴东北。由彭真、陈云、伍修权随苏军飞机率先去沈阳，组成中共中央东北局。

彭真等人将沈阳的张作霖大帅府作为东北局办公地点。

同时，各解放区所抽调的部队开始了向东北的急行军。

黄克诚接到命令，立刻率领他的新四军第三师共三万五千人从苏北淮阴出发，间道北上。他没有轻信曾克林夸大其词的介绍，坚持让官兵把武器都带上，还强制部队带上过冬的棉衣棉裤。后来的事实证明他的决定是对的。

毛泽东对山东同志的行动缓慢颇有抱怨之词，他心急火燎地督促道：向东北进军和运送干部是当前关系全局的战略行动。时间决定一切，延迟一天即有一天的损失。"务使每日不断，源源北运。山东应出之兵，请分别陆行、海运（由苏军舰船秘密协助），下月必须出完，并全部到达辽宁省。那边需用甚急。"

山东军区司令员兼政委罗荣桓与政治部主任萧华送走六万多兵力，才率机关与直属部队殿后跟进。

此时，各解放区有十多位将领滞留延安，须安排他们尽快赶赴所在部队。军委秘书长向正在延安公干将要返回北平的美军飞行员霍姆要求，称有十几位医务人员要去太行山，可否顺便搭机前往。

霍姆吃人嘴软，拿人手短，毫不犹豫就答应了。

中央外事联络科长黄华去机场给美国飞行员送行。他看见正在登机的一群"医务人员"时，立刻惊呆了。紧急思索了一下，马上要求也要去太行山。黄华的考虑是自己懂英语，缓急之间可以充当翻译替这批"医务人员"向美军人员沟通。

原来，这些"医务人员"是林彪、刘伯承、陈毅、薄一波、滕代远、张际春、陈赓、萧劲光、陈锡联、李天佑、宋时轮、杨得志、王近山。

飞机降落在太行山一个简陋至极的机场。

霍姆停稳飞机后向黄华抱怨，这哪里是什么机场，完全是一块河滩地嘛。

这些红色将领们不稍停留，立即奔赴各解放区。

二

女人在性方面的放纵与保守，恐怕与初恋有关。如果初恋的红绳断了，苦苦寻求欲图重新绾结无望时，恐怕就会虚掷自己的贞操了。

孟淑贤攀附戴传贤就是这种心态使然。

不过，与这位年逾半百的老头的私情，她只感受到了作呕与自厌自恶，遑论快乐了。

在这种情况下，覃正侯科长漂亮的外表、深邃的内心世界、成熟的谈吐自然而然会对她有所吸引，让她心仪，愿与之交往，甚至更进一步的发展。这里面也许没有爱的成分，看来主要是欣赏与崇拜。

覃正侯乃久旷之男，自然不会高雅到拒绝与一位美女的交往。

就在毛泽东到重庆的第十五天,孟淑贤下班前约覃科长下午六点钟去山城最高档的茶馆蒙山茶楼品茗。

这是她第三次约他。

尽管每次都是她主动相约,但她凭感觉断定,他至少是颇欣赏她的,断定他不可能招架自己更进一步的攻打。她不喜欢旷日持久,暗暗期望今天能有个结果。麻烦的是作为女人,不能主动示情,不然会让对方轻贱以视。怎么样才能推动这个结果出现,她冥思苦想了半天也不得要领。

这茶楼在沙坪坝的中心地带,是一座全木质结构中式建筑,一楼一底。门上两边是宋、明以来全中国茶馆通用的一副楹联:扬子江心水,蒙山顶上茶。底楼招待的是普通客人,茶资相对低廉一些;楼上是所谓贵宾,同样的茶,收费却要高出一倍以上。好处在于这里茶桌少,相对清静。座位是藤椅,比楼下的竹椅舒适,茶具也讲究。

重庆这几天秋老虎厉害,闷热难耐。覃正侯穿着浅灰丝绸长袍,不断摇动纸折扇,依然止不住出汗;孟淑贤穿的是丝质乳白色短袖旗袍,用手巾当扇,作用更微。直到堂倌把一个半大小孩叫来拉动吊扇①才好一些。

堂倌送来各色茶点,沏上两份盖碗茶——特别说明是产自蒙山的雨前雀舌。

两人聊了一阵不着边际无关痛痒的闲话,无非是处里、局里、部里的一些逸闻而已。后来,孟淑贤借着一个话头扯到了覃正侯身上。

"覃科长,有个话,我早就想斗胆问你……可是,又不知当说不当说!"

覃正侯正品罢一口茶,便唔了一声,盖上茶碗,放到桌上。铜质的茶船与青花细瓷的茶碗底部相碰发出一种动听的细微声响。他瞅了一下对方,不经意地说:

"这里不是办公室,又是休闲时间,没什么不可以说的;即使骂几句委员长,也只有你知我知天知地知。不必太拘谨!"

孟淑贤轻轻摇了摇头,脸上升起一团淡淡的红晕,欲言又止。

覃正侯掏烟打火,倒没注意到她的神情。"怎么,这话题很犯险吗?"

孟淑贤尴尬地笑了一下。"倒也没什么险好犯的。我只是有点好奇,为什么科长一表人才,至今还没成家?"

覃正侯释然地哦了一声,吐出一口浓烟。默然片刻,淡然说:

"兵荒马乱的,成什么家呀!何况……"没把话说完,又吸了一口烟,吐出一团比刚才要淡得多的烟雾。然后苦笑着摇了摇头。

"何况'曾经沧海难为水,除却巫山不是云',对吗?"孟淑贤替他续上了没说完的话,笑嘻嘻地瞅着他。

---

① 系用人力在远处不断拉动而悬挂在头上大如门板的扇子。

这的确是他想说而不便说出来的诗句。他惊讶地对她一瞥，不明白她为什么会猜中他的隐衷。难道是心有灵犀吗？但却不愿继续这个话题，便扯到了时局上面。

"我从来就没有过恋爱，哪来的巫山之忆呀！确是因为时局不稳，担心有了家室之累，以后缓急之间行动起来不方便。"

"据说时局很快就可以稳定下来了嘛，科长何必……"

"稳定……何以见得？"

"毛泽东不是向委员长做了很多让步吗，看来达成和平协议已经不是问题了呀！"话题被孟淑贤自己不经意地扯离了原来的轨道。

"孟小姐毕竟年轻，不太明白委员长和党国权要们的真正意图！而且……"他吸了一口烟，眉头皱了起来，仿佛那烟味是苦的似的。"而且，共产党也不是好惹的，他们一旦察觉什么异样，定会用枪声迫使委员长同意和平呢！你恐怕还不知道吧，山西那边已然开打了！"

"什么，山西开打了？"孟淑贤大惊，瞠视对方。

"今天九月十日吧？最迟明天会见报的！"

"到底是怎么回事呢？唉，山西的什么地方？"

覃正侯把烟放到烟缸边沿上，端起茶碗略品一下，又伸手在碟子里捡了一小片茯苓糕放到嘴里。这才边嚼边说：

"是上党。"

"上党……是个什么地方？"

"唔，这在山西应该算是个战略要冲吧。东可监控华北平原，南可钳制黄河渡口，又是小麦主产区；更重要的一点，那里是刘伯承晋冀鲁豫军区的腹地。包括长治、长子、屯留、襄垣、潞城、壶关等十五个县。日本刚宣布投降，阎伯川①主任在胡寿山②长官两个师配合下，从共产党手里夺走了六个县。这可不得了，等于是在刘伯承地盘的中心地带插上了一把刀子。人家岂肯善罢甘休？我早就说过，那个地方恐怕是个最敏感的火药桶！不幸而言中了，今天上午共军发难了！"

"哎呀，这里还在谈判他们就动手了，太不地道了吧？"孟淑贤微竖蛾眉，不平地说。"况且毛泽东尚在重庆，他们就不顾及他的安危了吗？"

覃正侯淡然笑了一下，没有马上回答。伸手在另一个碟子里拈了一个杏脯送到嘴里，慢慢嚼着。旋又品了一口茶，这才开腔。

"这个话就得两说了……"

---

① 阎锡山字伯川。
② 胡宗南字寿山。

"哦？怎么讲？"

"从党国立场讲，统一政令，统一军令，统一国土，无可厚非；不过，从人家那方面来说，这块地方是人家从日本人手里夺取的，又建立了政权，长期借以支撑共产党在华北的抗战局面，对之有所依赖，又深有感情。抗战刚刚胜利，阎先生消除了日军这个大敌，立刻扯上胡先生夺去了人家六个县。将心比心，人家心里何甘？"他停了一会儿，虚起眼睛若有所思。旋又若有所悟地点点头说："哼！另外，刘伯承早不打晚不打，单挑毛泽东在重庆的时候打，单挑谈判成了僵局的时候打，我疑心是毛泽东刻意为之！别看他在这里每天笑呵呵遍访各界名流、党国政要，出席宴会，可以断定他每时每刻都在借助周恩来的苏制大功率无线电系统指挥着他的千军万马！他不会不明白一个道理，他的军队打得越好，他在重庆就越安全，谈判僵局也才可能被打破！"

孟淑贤唔了一声，点了点头。她觉得覃科长的见解颇客观，没有政治偏见，也对人不无启迪作用。一个有学问、有智慧、心态健康的男人正应该如此；哪里像自己的父亲以及戴传贤，常常不顾客观事实，仅凭自己的政治立场乃至一己之私来数落当下的政局。她是个喜欢读书报喜欢追究事理的人，尽管因为家庭的遭遇而仇视共产党，但也懂得偏狭是造成短视的重要原因。

时间过得很快，晚上九点钟了。

孟淑贤提议消夜去。她说这附近有一家小馆子，红锅川菜做得很地道。

馆子确实很小，也不大干净。

他们让店小二寻了个相对清静的座头。

覃正侯要了一小坛仿绍酒。菜的味道确实不错，超过一些大菜馆。觥筹交错，两人直吃到深夜。

约莫是次日凌晨一点多钟，两人才扶醉走出馆子。叫了一辆黄包车，懵懵懂懂上了车，胡乱挤在一块。

车夫问去哪里。两人一时居然想不起怎么回答。支吾了半晌，才由覃正侯说了一个地址。这个地址是覃正侯租住的房子。

接下来会发生什么呢？当然不会不发生事情。酒可以壮英雄胆，也足以乱性。

覃正侯分析得没错。

刘伯承说，我们这里是球门，不是打不打的问题，而是什么时候打最相宜。

毛泽东离开延安前，对即将与林彪等人登上美国飞机回太行山的刘伯承说，你们回到前方去，放手打就是了，不要担心我在重庆的安全问题。你们打得越好，我就越安全，谈判桌上的效果就越好；别的法子是没有的。

一九四五年九月十日，上党战役正式打响。

李达、陈锡联率太行山纵队攻打屯留，吸引长治敌军来援；陈赓、陈再道率太岳、冀南两支纵队埋伏在长治到屯留的公路两侧，准备歼灭长治援军。结果长治守将史泽波担心自己挨打，没派部队增援屯留。由是陈赓便率一部分兵力参与攻打屯留，不到两天就攻占了屯留。

太岳纵队旋师攻打长子县城。

三八六旅旅长刘忠率部担任主攻。打了一整天，占领了西关、北关。

阎锡山军不得不龟缩进城内。

刘忠命令挖地道，直挖到城墙足下。买来一口棺材，待地道挖到城墙足下时，将棺材塞到下面。然后把炸药填满棺材。一声惊天动地的巨响，县城被轰开了一个大口子。刘忠一声令下，部队蜂拥入城。

长子守军是阎锡山死党，十分顽固，拒不投降，拼死展开巷战。双方付出了很大伤亡，太岳纵队才夺取了长子县城。

最难啃的骨头要数长治。

这座上党的首府城市城高池深，守将史泽波兵力雄厚，武器精良。

共军太行、太岳、冀南三个纵队出动，从南、北、东三个方向发起猛攻。

第十九军军长史泽波也是阎锡山死党，十分顽固，督促部队死守，一副决死拼杀的姿态。长治城墙高大，连日下雨，攀爬困难；加上守军战斗力不差，共军攻打虽然勇猛，也久难奏效。

阎锡山派遣第七集团军副总司令彭毓斌率二十三、八十三两个军以及省防军之一部，共两万多人，紧急驰援。

这对刘伯承是个极大的威胁。攻城不利，大军久屯坚城之下，一旦敌人援兵开到，城内守军倾巢而出，两面夹击，晋冀鲁豫军区部队必吃大亏。考虑之下，命令冀南部队继续攻城；陈锡联、陈赓分头率太行、太岳两个纵队，分左右两翼间道秘密北上。

太岳纵队的一个师在屯留西北面迎上了彭毓斌援军。交火之后，佯作不支，且战且退，诱其推进。太岳、太行两纵队主力则迂回至两侧，突然将其包围。先是围而不攻，消磨其锐气，耗损其弹药；又截断水道与粮道，引起彭毓斌官兵慌乱。

将敌军消耗得差不多了，刘伯承十月五日傍晚下令发起总攻。

打到次日上午九时，战斗结束。阎锡山的这两万援军全部覆灭。

长治守军获悉援军被歼，惶恐至极。此时只好不顾一切，赶紧突围逃走。

不料这是刘伯承围三缺一之计。晋冀鲁豫部队早就在沁河以东设伏等待。

史泽波不明深浅，率领出城部队一路没命地狂奔，一头撞进了埋伏圈。结果全部被歼。

上党战役过程中，参战的晋冀鲁豫子弟兵背后有十多万根据地人民在奋力协助。青壮年帮着修筑工事，送弹药，押解俘虏。正当国民党部队断粮缺水的时候，根据地老乡送到子弟兵营地的面粉和小米三百多万斤，马料三十五万斤，食盐四千斤。连妇女儿童也行动起来了。他们守护路口，封锁消息，照顾伤员，缝制衣服和军鞋。子弟兵完全没有后顾之忧。

这是抗战胜利后国共之间的第一场战役。

共军大获全胜让蒋介石大为吃惊。刘伯承投入的兵力只三万多，武器也差，居然敢打如此规模的战役而且获胜。

更伤心的是阎锡山。八年来苦心经营的八万人马，短时间就让刘伯承吃掉了三万多，而且丢失了上党地区已收入他囊中的部分。

上党战役即将收尾的时候，蒋介石担心出现更严重的军事后果，匆匆同意签署《国民政府与中共代表会谈纪要》，即"双十协定"。

一九四五年十月十一日，毛泽东与蒋介石握手道别，动身回延安去了。

三

杜聿明多日以前，率第一批部队乘坐美军第七舰队各舰，进入渤海湾。

舰队代理司令巴贝中将陪同他在甲板上用望远镜向海岸上瞭望，寻找苏方约定的登陆地点营口。

杜聿明率这支庞大的先遣部队官兵登陆后，美军的大批舰船和汽车才可陆续将他的大兵团分别从海上和陆路运抵东北。

出发前，杜聿明做了三件事：

第一件事是晋见蒋介石，面聆训示。蒋介石教他先飞长春拜会马利诺夫斯基元帅，请马帅根据中苏条约，协助国军在东北各港口登陆，以接收主权；

第二件事是赴上海邀请黄埔同学郑洞国一起去东北，共图大事；

第三件事是飞到长春见马利诺夫斯基元帅。

那时东北行辕已经正式办公，熊式辉一干人也都袍笏登场了。只是苦于没有部队，熊式辉的命令只能在行辕内起作用。

杜聿明向年龄与他相仿的马利诺夫斯基元帅立正敬礼。恭维马帅为二战名将，在苏德战争中名声赫赫。

这位带甲一百多万的统帅倒是没什么架子，先是哈哈哈一笑，然后说杜将军过奖了。接着把话题一纵十万八千里，说起了中国北伐前的中苏合作，谈起了列宁与孙中山的友谊。说是有了那么个伟大的起点，伟大的苏联人民与伟大的中国人民一定会永远友好下去。自然绝口不提一九二七年四月十二日开始，蒋介石的反苏反共行径。

杜聿明心里暗自嘀咕这马帅看来是个话痨，担心这种言不及义的长谈会无休止地展开。赶紧抓住对方端杯子润喉的刹那，直接切入国军进入东北问题，请教马帅应当在哪个港口登陆为宜。

马利诺夫斯基元帅沉吟了一下，表态式地说欢迎杜将军率大军来东北接管主权；再沉吟了一下又说，可以在营口登陆。红军在那里有一个师，定会提供一切帮助。

杜聿明乘坐美国第七舰队旗舰驶达辽河河口，暂时抛锚停泊。在巴贝中将陪同下，换乘小船前往苏军欢迎国军登陆的营口港。另一支满载记者的小船紧随其后。在这一前一后两只小船的身后，泊锚二十七艘庞大的美国军舰，满载着国军官兵。

杜聿明与巴贝在小船上用望远镜观察。远远的辽河入口处有几座大炮台，岸炮一长溜排开，都没有罩炮衣。两岸出现了一些人，从军装看是苏军。其中有军官模样的也在用望远镜观察他们。杜聿明心里有点打鼓。派联络官登陆去找苏军卫戍司令交涉。

等待了几个小时，联络官才回来。灰头土脸地向杜聿明禀报，苏军卫戍司令以未接到上级指示为借口，拒绝任何部队登陆。但返回的时候，却见大批身穿灰色粗布军服的中国人在与苏军士兵联欢。

杜聿明大惊失色，豁然省悟似地骂了一句，上了马利诺夫斯基那家伙的当了。校长太天真，忘了他们同姓一个"共"字，哪里会帮我们呀。

只好教巴贝掉头另找地方登陆。

舰队开到葫芦岛海面。用望远镜观察，结果也令他十分丧气。岸上苏军打旗语警告：若再靠近，即视为挑衅，必开炮轰击。

后来终于找到了尚被日伪军守着的秦皇岛。大军即行登陆。

蒋介石给他增调了两个军来，命他从山海关攻入东北。

只要国军夺占了山海关，通向东北的大门就洞开了，大建制的部队就将源源不断出关。而共军出关的部队不过十万，又分散在辽阔的黑土地各处。驻辽苏军也不可能公开支持共军作战；而且苏军最终也不得不遵照条约分批逐步撤离。

确实如此。苏军当下能做的只能是尽量拖延时间，让入关的八路军站住脚跟，发展壮大；以及尽量扩编随苏联红军入境的周保中抗联部队，协助周保中切实控制北满。

目前辽宁共军只有守住山海关，扼住这个通道，以便刚来东北不久的部队能有个喘息、整顿、站稳脚跟的片刻。

中共中央军委命令最早进入东北的李运昌部必须守住山海关。

李运昌部在东北就地扩军，新兵多，品质良莠不齐，来不及送到佳木斯、满洲里接受训练，有不少人连怎样使用枪炮都没学会。放在山海关镇守的又只有三个团；而国民党兵力多出数倍，又都是些久历戎行的老兵。在杜聿明部猛攻之下，很快就感到不能支撑了。赶紧发电请求增援。

好在渤海军区司令员杨国夫率领的三个团从山东步行一个月终于赶到了这里，加入了守城部队。

国军攻城部队也在不断增加，战局对守城共军来说仍未改善。

最终，杜聿明以伤亡三千多人的代价占领了山海关。

国军进入东北的大门打开了。

中共高层仍在考虑夺回山海关，重新关闭大门。

军委电达李运昌，命他争取在山海关至绥中一线坚守三个星期，能守一个月则更有利。以待林彪到后集结大军围歼敌军，夺回关隘。

李运昌深感为难。回电报告他的部队兵力分散，新兵占五分之四；加以苏军已经撤离，所以得不到武器弹药接济。

军委答称黄克诚、梁兴初两部正在向他靠拢。鼓励他一定要沉着坚持，拖住敌人。

但是，李运昌没等到黄、梁到来就败了。国军占领了绥中，兵薄锦州。

锦州是关内外联系的枢纽，也是一块战略要地。

林彪最初是到山东去担任罗荣桓赴东北后留下的空缺，出任山东军区司令员兼政委。

他从太行山那个简陋的机场出发，马不停蹄，昼夜兼程。而当抵达河南省濮阳时，却接到了军委要他改变方向北上。

这样一个纠正，表明了毛泽东对东北的重视又提升了一步，也反映了他对东北危局的严重不安。后来的历史证明，毛泽东这一决定十分正确。

林彪此时其实也不知道中央为什么不让他去山东了。拿到电报，只好勒缰掉头，扬鞭疾驰。到了河北省南宫，换乘汽车到固安。从那里徒步穿越国军防区，去冀热辽军区司令部。

李运昌当然早已率大部分人去东北了，只有一位副参谋长率一些地方部队和民兵在那里驻守。

那位副参谋长一见到林彪就交给他一份中央来电。这份电报在林彪抵达前就已经到了。中央命林彪速赴沈阳，担任东北人民自治军（旋更名为东北民主联军）总司令。另外，东北人民自治军的第一政委为东北局第一书记彭真，第二政委为罗荣桓，程子华为副政委，副司令员为吕正操、李运昌、周保中、萧劲光

（兼参谋长），第二参谋长为伍修权，政治部主任为陈正人。

林彪这年三十八岁。历史给了这位年轻的方面军统帅极大的机遇。

林彪到达锦州的时候，黄克诚、梁兴初两部尚未见踪影；这个区段只有伤亡极大的杨国夫、李运昌部。

几天后，梁兴初终于率领山东军区一支七千人的部队赶到了。

他们从山东步行到这里用了一个半月时间。艰苦的长途跋涉使官兵疲困不堪，没有条件立即投入战斗。

又过了几天，黄克诚部也开到了；情况与梁兴初部一样。黄克诚部行军五十多天，从华中开拔，沿途动员，与梁兴初一样，都按照曾克林提供的美景说出关就可以坐火车、汽车，可以拿到好武器好装备。来到东北才知道一切都是空话。寒冬近了，现在部队处于无党组织、无政权、无粮、无医药的境地；梁兴初部更严重，还无棉衣鞋袜。部队士气大挫。

林彪考虑，部队目前这种状况不宜与敌军硬碰硬，必须避战，生存第一。他向军委请示，北撤至苏军暂未撤离的区域，向周保中靠拢。进行短期休整。同时派部分兵力占领中小城市，建立农村根据地，做长期斗争的准备。

林彪电报发出一天多，兴城、葫芦岛、锦州相继失守了。

面对敌军向北推进的强劲势头，林彪只能一退再退。

乘坐美军飞机降落在太行山简陋机场的另一位将领是陈毅。他在刘伯承司令部待了一段时间，中央尚未明确是留在那里与刘伯承、邓小平搭班子（这是当时大家的猜测），还是到别的地方去。直到林彪在濮阳接到中央电报时，才电达陈毅去山东担任山东军区司令员兼政委（黎玉为副政委，舒同为政治部主任）。

陈毅到了山东解放区首府临沂。

他的第一道军令是不惜一切代价把铁路彻底拆了。

面对着美军飞机、舰船轮番送达越来越多的国民党部队，陈毅感到手里的兵力严重不足。山东军区精锐部队一半被罗荣桓带到东北去了。好在山东根据地在罗荣桓、黎玉的经营下，各级党组织是健全的，各级政权也是巩固的，军区留下的骨干尚称坚强；更重要的是山东解放区人民对共产党的认同感根深蒂固。部队在边打边扩充中较快地恢复了元气。逐步控制了津浦线一百四十公里的地段、临枣线二十公里地段。

自津浦路上的临城沿着运河向南，是华中军区和华中解放区的势力范围。

华中地区是物产丰富的鱼米之乡。但为了换取和平，却一度成为毛泽东决定要让给国民党的地方。他在赴重庆前的一九四五年八月二十六日，对政治局说，民国以来战争不断，八年抗战更是创剧痛深，中华民族应该有一个休养生息的时期。为了换取这个时期，我们可以对国民党做出重大让步，包括放弃较多的根据地。"我们让步的第一批是广东（指东江根据地）、河南，第二批是江南，第三批是江北。"在重庆谈判进入深水区时，周恩来、王若飞秉承毛泽东意旨，向国民党代表提出，我方可以将海南、广东、浙江、苏南、皖南、两湖、河南八个地区的军队撤走，集中于苏北、皖北以及陇海路以北地区；第二步再将苏北、皖北、豫北地区之军队撤走，将我方所有军队集中于山东、河北、察哈尔、热河、陕甘宁边区以及陕西之一部分。

共产党所表述的华中这个概念范畴系指浙南、苏南、苏北、皖北、皖南。就连这样一些富庶之区、抗战期间新四军官兵遍洒热血的土地也属于退让范围了。

当然，新四军北撤还有一个重要原因：填补山东军区精锐部队开赴东北留下的防务空白，也是出于收缩兵力以求自保的考虑。

不料在谈判桌上谈妥的事，并未得到国民党认真遵守。因为蒋介石的欲望随着共产党的退让而逐步发展了，现在是要共产党交出全部军队和全部解放区了。

当新四军各部开始北撤的时候，遭到国民党军队的大规模阻截。蒋介石认为共产党一旦在淮北集结，以后将很难剿办。粟裕所属叶飞率领的一部从金华地区出发，在杭州湾遭到国军预谋的合围。结果，总共阵亡了一千多官兵才突出重围。

与此同时，苏浙军区司令员粟裕也正突破层层艰难险阻奔往苏北的淮安。这年他三十八岁，与东北战场另一颗将星同年。

淮安、淮阴两城相距十五公里，合称两淮，是新四军军部和中共中央华中局所在地。由于在名义上国共两党尚未分裂，所以山东、华中的共产党军队沿用新四军名称。陈毅仍是军长；华中局第一书记饶漱石兼政委，实际主持山东、华中的党政军事务。中共中央在这个职务上的微调，为杰出的军事家粟裕的脱颖而出以及后来淮海大战的大获全胜，预为做出了组织上的保证。这不能不说毛泽东和他的统帅部有知人之明以及远见卓识。

粟裕在华中的起步——初期任职，有一小段历史佳话值得一说。

中共中央华中局书记饶漱石主持会议，讨论下辖的华中分局、华中军区领导班子名单。形成决议后，一九四五年十月六日上报中共中央，建议"华中分局以邓子恢、粟裕、谭震林任常委，邓子恢任书记"；华中军区由"粟裕任司令员"。

接到这份电报，毛泽东首先表示同意。另外四位书记也一致通过；朱德明白老伙计润之心思，称赞粟裕大将之才，应着意培养。十月八日复电华中局，"同意粟裕任华中军区司令"。

不久，在中央机关工作数载的张鼎丞奉派加强华中工作，返回苏中，担任华中军区副司令员。

那时，粟裕正集中精力指挥苏浙军区部队从天目山区开拔出来，冲过国民党顽军重重阻击，北撤苏中。中共中央和华中局之间电报往复磋商及其决定，他并不知情。直到十月上旬，率部到达苏中的东台县，才收到华中局和新四军军部电报，要他即赴淮安，正式参加华中分局，主持华中军区的筹建工作。他这才对情况略知一二。

十月十四日早上，他在几个参谋陪同下，乘汽车赶赴华中解放区首府、中共中央华中局和新四军军部所在地淮安。

饶漱石获悉粟裕到了，马上放下手里的工作跑去看望。

这两位多年的上下级与战友，性格与外形都大不一样。前者体形魁梧，国字脸上一双光芒乍乍的大眼睛，格外黑白分明。同志们背后戏称他为"饶大眼"；此人做事好谋而果决；政治上不追风，擅用马列原著与人争论是非，深受中共中央书记处和毛泽东的器重。后者粟裕却个子瘦小，一张娃娃脸，两眼清澈，乍一看让人感到似乎还透着稚气，根本看不出是一位谋略过人而且不久以后敢与最高统帅面折廷争，两次说服了统帅的人物。饶、粟两人相知颇深。新四军初期饶漱石任新四军副政委时，就看出粟裕乃大将之才，多次绕过政委项英，向毛泽东举荐粟裕。

两人分别有些日子了。饶漱石第一句话就是指着粟裕本来颇圆而今变长了的脸说：

"哎，瘦多了呀！"

粟裕在浙西天目山转战，对付国民党顽固派的进攻，艰险加辛劳；加上大部队行动，给养困难，常以糠菜代粮，安得不瘦？但他却乐呵呵对饶漱石说：

"精力还好，瘦了点不影响打仗嘛！"

彼此大笑一通。

粟裕说："漱石同志，请交代任务吧！"

饶漱石笑了。摆摆手说："不急。你好好休息两天，我们再坐下来研究也不迟。不急，不急。"

粟裕嘿了一声，笑道："你先把任务传达给我，我边休息边消化，研究的时候才有话说嘛！"

饶漱石唔了一声，脸上的笑渐渐淡去。默然片刻，从左胸的口袋内掏出一张折叠整齐的纸片，没什么话就递给了粟裕。

粟裕用审视的目光盯了他一下，边接过纸片边嘟哝道：

"什么呀？"

"自己看吧。"

粟裕狐疑地把纸片打开。原来是一份中共中央电报。读罢电文，粟裕不觉眉头微蹙，有一阵儿没说话。

饶漱石打量他，颇有几分不解。"怎么，有什么困难吗？"

粟裕把电报重新折叠起来，放到桌上，轻轻推到饶漱石面前。这一系列动作都是在下意识支配下完成的；而其上意识却在苦苦思索怎样改变这在他看来不妥当的安排。渐渐地，他脸上的苦思神情变成了严肃而决断，清澈透明的双目注视着饶漱石，说：

"这不行，这个任命不够妥当！怎么能由我担任司令员，鼎丞同志作副司令员呢？"

"什么？"饶漱石愣住了，一双大眼睛盯着对方。"我看不出有什么不妥当呀！你说具体点！"

"应该调换过来才对！是的，调换过来！"

饶漱石叹气般嘿了一声，苦笑着瞅了瞅粟裕，摇摇头责备道：

"你才会乱点鸳鸯谱啊！这是华中局集体讨论以后上报中央的建议，毛主席做了批示，中央书记处也全体通过了！这么慎重的决定怎么能由你说改就改呢？再说，鼎丞同志也真诚支持这样的安排，他认为有知人之明，对革命非常有利！"

张鼎丞年长粟裕九岁，是毛泽东最信赖的干部之一。红军时代，他曾经领导闽西农民运动，创建闽西根据地，在党内德高望重。新四军组建之初，担任第二支队司令员，粟裕担任副司令员，后来奉调到延安参加中央机关工作，最近才回来。粟裕一直视为自己的领导和兄长。现在要叫鼎丞做他的副手，他当然大感别扭。

他态度坚定地对饶漱石说："请华中局和中央重新考虑，任命鼎丞同志担任司令员，我做副手。只有这样，才有利于华中的军队建设，不然我……"

无论他怎样陈述，饶漱石都不同意。

"中央的决定，我可没能耐去劝他们更改！"

粟裕心事重重地回到他在东台县的指挥部。

指挥部的同志们见他情绪低落，都很困惑。有人询问发生了什么事。他却投以宽慰的一笑，说不要疑神疑鬼，什么事也没有发生。

夜晚，机要科送来华中局关于华中分局、华中军区的干部任职命令的电报，请他签字，以便宣布。

他看完电报，琢磨了一下，说先放在这里吧，就夹进了自己的文件袋。

机要科的同志小声提醒他，电文末尾有一行字：立即宣布，不得有误。

他挥了一下手说，知道了，你忙你的去吧。

他独自一人在屋里，考虑是否直接上书毛主席，否则就来不及了。

不知过了多久，有人敲门。

他嘀咕道，敲什么呀，喊报告不就行了吗。

门一边被推开，一边有人哈哈大笑。原来是张鼎丞从淮安赶来了。

粟裕大喜过望，紧紧拉住对方的两手，激动得半天才说出话来。

"司令员，我们好长时间不见了呀！哎呀，身体怎么样，没什么问题吧？"

"还好，还好，什么毛病也没有！"

粟裕拉张鼎丞坐下，把刚从饶漱石那里带回来的"茅山雨片"茶找出来，烧水沏上一壶，给老大哥斟上。

张鼎丞品了一口，点了点头，赞叹道："好茶，好茶！我在小姚那里喝过的茶也是这个味道。怎么，从他那里拿回来的吧？"

党内有资历的老同志，都随着毛泽东对饶漱石的昵称叫他小姚，尽管他已经是党在东南的最高领导了。

张鼎丞细细打量了一番粟裕，满意地点点头，说：

"精神还算旺盛，看来体质没拖垮！这些年你南征北战，对革命贡献不小啊！我在延安常常听主席称赞你，他对你期许很大啊；恩来、朱老总、弼时也常常说，党要培养自己的方面大将，红军时代就开始挑大梁的伯承、彭总、林彪就不说了，现在须大力推出的，你粟裕算一个。主席对这意见是充分肯定的！"

粟裕颇为惶恐，连连摇头摆手。"不不不，我哪里行，我哪里行……"

见他那模样，张鼎丞忍俊不禁，哈哈大笑起来。笑罢，默然片刻，侧目瞧着他，似笑非笑地说：

"听说你不欢迎我来给你做副司令员？"

"不不不，你误会了！怎么会是不欢迎呢？我是觉得这么安排不妥当；应该调换过来才对，还像过去那样，你做司令员，我做副司令员。以往事实证明，这样搭班子，我们干得多么愉快多么顺畅啊！"

张鼎丞不以为然地笑了笑，摇了摇头，说：

"你的意见，小姚已经告诉我了。坦白说，我不敢苟同啊！我认为华中局的推荐、中央的任命是完全正确的，具有可贵的前瞻性，十分有利于未来的军事斗争。组织上早就从你这些年的作战经历看出你是一位大将之才，决心放手对你加以培养，要逐步在你肩上添加重量。不久的将来，听小姚私下透露，还要教你扛大梁呢！你这样推三阻四，对革命事业可不是负责任的态度呀！我这可不是在批评你啊，你能理解吗？"

"能理解，当然能理解。可是，我觉得这样搭班子……"

"你不必说，我明白了，你是担心我这个有点资历的副司令员不好领导，是吧？"

"哎呀，司令员，你又误解了！"粟裕面红筋涨，急忙分辩，"我是说，像现在这样任命,我会很不自在的,以后教我怎么去指挥打仗呀?这样对工作不利呀!你当司令员,我做副手,我觉得如坐沙发,干起事来有依靠感,很愉快,顺风顺水!上边为什么偏要拗着来呢?"

两人争执到夜深。

后来,粟裕只好推说考虑一下。两人便暂时分别了。

次日一早,张鼎丞到淮安向饶漱石汇报。

两人都对粟裕的固执大伤脑筋。

饶漱石沉吟半晌,愁眉苦脸地征求张鼎丞意见,"你看怎么办?"

"什么怎么办,当然必须坚决贯彻中央和华中局的决定,军令如山,哪能任他随着性子来啊!我和他共过事,也对我们分手后他的军旅经历做过研究,深知带兵打仗他的才能远在我之上;我在延安也听主席说过,粟裕将来可以指挥五十万、八十万大军!这样好的苗子,你小姚和华中局目光如炬,识拔及时。这个时候千万不可踌躇,必须把你们的初衷坚持下去才是。给他加担子,促使他尽快成长起来!"

饶漱石很感动,唯唯连声,没再多说什么。

接下来,华中局给粟裕发了一电。电报全文稍长,不便全引,大意是你粟裕的意见我们还要研究;但你不能耽误工作。目下组建华中军区至亟,不论以后任职正副,你必须马上负责主持这项工作。

粟裕对此一方面回电表示遵命,因为由副职主持某项具体工作也很寻常;一方面直接给党中央发电,请求采纳他的建议,以张鼎丞为华中军区司令员。电报发出时间是次日早上,即一九四五年十月十五日。

差不多同时,华中局也把粟裕的固执己见详告中央。对其高风亮节给予肯定,对其意见却给予否定。

毛泽东再次开会研究这事。

会上有同志觉得,既然粟裕这么坚持,恐怕有他的道理;再说张鼎丞同志为人宽厚,人望甚高,创建根据地也富有经验,莫如就依了粟裕吧。

毛泽东摇了摇头,不以为然。他说张鼎丞同志为人宽厚,功勋卓著,众望所归,这个我知道;然而我们要在华东组建大部队,必须识拔一两位在军事上才干出众的同志来挑这个大梁。粟裕在这方面堪称万里挑一。我看除了林彪,恐怕目前还无出其右者!再说,鼎丞的优点,作粟裕的辅弼,不是再合适不过了吗?我要再强调一下,当下中国的形势,我们必须优先关注军事才干!

会议最后形成的决议是驳回粟裕的要求,维持原来的决定。

中央书记处十月二十四日复电华中局,重申原来的决定:以邓子恢、张鼎丞、粟裕、谭震林、刘晓组成华中分局常委会，邓子恢为书记；以粟裕为华中军区司令员，邓子恢为政委，张鼎丞为副司令员，谭震林为副政委。粟裕兼华中野战军司令员，谭震林兼政委。

十月二十七日，华中局根据中共中央决定，宣布了华中军区以粟裕为司令员、张鼎丞为副司令员。

粟裕再次直接电达中央，重申十五日电报的理由，恳切地指出"为慎重并更有利于今后工作起见，特再电呈，请求中央以张鼎丞为司令员；我粟裕做副司令员，一定全力协助鼎丞同志工作，决不懈怠。"

他同时马上着手组建华中军区及其所属部队的指挥系统。

粟裕从浙西南带过来的是苏浙军区领导机关及其所属野战军部队亦即新四军第一师。他从即将组成的新部队的团结出发，做了慎重考虑。他请来原苏浙军区政治部主任钟期光，研究华中军区领导干部配备原则。

按照饶漱石指示，华中军区领导机关基本上以新四军第四师机关、第一师机关为基础组建，此外尚有来自四面八方的同志，用人较为敏感。粟裕对钟期光说，我们一定要贯彻毛主席五湖四海的组织精神，坚决杜绝用人唯亲的不良作风，唯才是举，勇于让贤。对一师与苏浙军区的干部，要特别定下一条：一般都担任副职，把正职留给其他单位的同志。这才能真正做到"合编合心"，完成中央和华中局交给我们的重任。这件事要从我做起、从你做起。

新四军成立以来，粟裕率部推进江南、坚持苏中抗战、挺进浙江天目山，经历过多次整编、合编，每次都是主动让部队的正职干部改任副职，把正职让给刚合编过来的同志。他多年的部下、战友都理解他以革命大局为重的宽广胸怀，都心悦诚服，少有怨言。尽管这类做法后来受到过毛泽东这样诟病：举贤不避亲，粟裕同志有违此道啊。当然毛泽东是乐呵呵这样说的。

钟期光追随他时间较长，熟悉他这一作风，笑着对他说：

"这是你的老规矩了！放心吧，我一定向你学习，带好这个头！"

粟裕把营以上干部召来开会。

报到的那天晚上，请大家观看京戏。剧目是文工团奉粟裕命复排的《断桥》。

次日早上开会，粟裕最先来到会场。待人员来得差不多了，便和大家闲聊起来。揪住一位团长的话题，顺势捋到昨晚的京戏。粟裕笑嘻嘻问大家，哪个角色最好。这个问话包含了剧中人及其饰演者。

有的人说最喜欢白娘子，敢于冲破封建传统，而且对爱人情真意切；演员也表演得很到位。

有的批评许仙，像墙头草，没有一点男子汉气概。

有的赞扬饰小青的演员功夫真是了得，完全把人物演活了。这个戏要是没有小青，那就没有味儿了。

粟裕又揪住这个话头，马上说：我也觉得小青演得好，比两个主角都出彩；这个人物也很有嚼头，值得好好品味。她尽管是配角，起的作用可不弱于主角啊。要是缺了这么个人物，或者是演员给演砸了，整个戏就完蛋了。大家想一想，是不是这个道理。

大家纷纷点头称是；有的同志还就这个话题七嘴八舌讨论起来。会场一时很有些热闹。

钟期光起身，两手做往下按压状，笑嘻嘻大声招呼道：

"同志们别忙讨论，听粟司令员把话说完呀！"

粟裕继续说："所以千万不可小瞧配角哟！演戏是这样，带兵打仗又何尝不是这样呢？要打胜一场战役，师长、团长的决策固然重要，副师长、副团长的配合也不容小觑；没有副手的有力配合，正职的潜能是不可能充分发挥出来的！"

大家都不说话了。不少同志在无声地点头；也有一些同志眉头微锁，也许心里在嘀咕，粟司令这番话是什么意思啊？

粟裕脸上一直挂着的笑容霎时消散，话锋一转，严肃地问道：

"团长们愿不愿当配角？现在是正职的同志愿不愿让出位子来，下一个台阶去当副职？"稍停顿一下，又说："中央决定在华中局、华中分局下面成立华中军区，以应对未来可能出现的新的斗争形势。我们苏浙军区即将和兄弟部队合编，我希望在座的同志们把正职让出来，改任副职，当配角。大家同意不同意？"

一时全场没有声音，而钟期光后来戏称当时他却听得见大家心脏的扑通扑通声。有些同志面面相觑，有的瞠视粟裕，显然这个问题来得太突然，都缺乏思想准备。

钟期光说："粟司令员决定从他自己做起！他已经两次电达中央，力辞已经任命的华中军区司令员职，改任副司令员，配合张鼎丞同志工作。"

粟裕马上乐呵呵指着钟期光，对大家说："钟主任也表态了，他要带好这个头。"

会场里此时出现了掌声。开初是稀稀拉拉，接着响成了一片，最后像暴风骤雨一般。

中央收到粟裕电报的时间是二十八日早上七时三十分。

毛泽东当天就开会研究这个棘手的问题。他叹气般说："粟裕是个认死理的人，除非你有充分的理由驳倒他！"

朱德说："如果张鼎丞不在华中，也许他会乐意接受司令员职务吧？他不能忍受老上级作自己的副手，这个也可以理解。"

任弼时点了点头，"粟裕一向就是个不计个人名位的同志，这个大家都了解！"

毛泽东沉吟片刻，说："暂时依了粟裕也行。下一步再说吧，反正华东的军事大梁早晚要加到他肩上的！"

刘少奇点头道："这样也好！"

中央的电报于二十九日发给了华东局：同意粟裕意见，华中军区司令员由张鼎丞担任，粟裕做副司令员兼华中野战军司令员。

华中野战军辖第一、第六两个师。

不久，原来新四军其他部队自南向北完成集结之后，野战军以下改制为纵队，华中野战军所辖部队增至六、七、八、九四个纵队；不过骨干部队只有王必成第六纵队、陶勇第八纵队所属共六个团。野战军加上华中军区所辖地方部队，华中军区野、地两拨部队共六万人。

国军在美军协助下，基本完成了调动：在南线对华中解放区形成了分割之势，在北线阻断了山东共军与华中共军的战略呼应。

粟裕认为，必须攻占高邮、邵伯、泰州一线，打破敌人沿运河北上分割华中解放区的企图。

饶漱石以华中局名义批准了这一计划。

不料中央此刻却命令他不要在重要的交通线上采取军事行动。因为国共双方正在准备签署"双十协定"。当高邮、邵伯战役即将打响之际，命令他返回津浦路防线的电报一封又一封飞来，口气一次比一次严厉。

这段时期毛泽东不在中央，粟裕无法向主席直接陈诉，焦急万分。

饶漱石教他仍坚持准备打，别的由饶漱石来承担。饶掌握着可在任何情况下与毛泽东直接沟通的电台与密码。饶以个人名义向毛泽东报告，请求支持粟裕意见；同时叫粟裕再次电禀中央，详辨利弊。

粟裕致中央电文称"高邮之战，势在必打。速战而胜，既利当前，又利长远。若失战机，后患无穷。"进一步又指出目前国民党集重兵于徐蚌地区，除了封锁铁路线，必将"利用淮北平原发挥其优势兵器"①向两淮推进。那样一来，不仅华中将被分割、孤立，华中对山东的战略配合也将无法实施。如果我军夺取了高邮、邵伯，就可粉碎这种分割、孤立的图谋。同时，淮北平原若在我军控制之下，将便于我军未来的大兵团运动，迫使国民党军不得不在华中、山东两个解放区之间的"起伏地及半河川地带作战"，丧失其"优势兵器"的作用，也可确保我军在运动中歼敌。同时，高邮、邵伯屯驻的日军以及刚刚改换成国军番号的孙良诚伪军，我们

---

① 指坦克与汽车牵引的火炮。

攻之也合理合法。此地系我军多年来的抗日战场,日伪理应向我军投降。有理有节,何乐不为呢?这个诱人的战略计划,在毛泽东干预下终于得到了中央的同意。

但是,陈毅以新四军军长身份要求华中野战军第六纵队待机协同他指挥的津浦路战役,不许粟裕动用。这么一来,粟裕手中只有第七、第八两个纵队可用了。

战役结果,充满悬念。毕竟敌人占据了绝对优势。

邵伯位于高邮至扬州之间。粟裕把指挥部设在距邵伯只两公里的一个村庄。他命令第七纵队围三缺一,发起进攻。

替国民党守卫邵伯的是一千多日军和两千伪军。战斗打响不久,日伪军见攻势凌厉,很难支撑,就从没有枪炮声的方向冲出城。出城倒是顺利,一路没遇到阻击。不料在距城三公里的地方撞进了包围圈,旋被全歼。

部队休整了三天,粟裕下令攻打高邮。

占据高邮即可封锁运河通道与附近公路,足可缩毂苏皖。由于这种重要的战略地位,六年前日军就着意对城防工事进行了加固,在又高又厚的城墙上增建了五十六个碉堡。

目前盘踞在这里的日寇是九十混成旅团的一个大队①和一个炮兵中队,伪军刚刚换成国军服装的孙良诚部两个师。

粟裕先礼后兵,写了几封劝降信用弓箭射到城内。

守敌仗恃城高池深,又获悉扬州方向的国军一个师和一个联队日军②已在增援途中,拒不投降。

粟裕大怒,下令攻城。

只用了一个小时,粟裕部队就登上了城墙并营构了城上阵地。后续部队依恃城上阵地的掩护,陆续登城,并向街市发展。没多久,就控制了大半个城池。

这时,敌军最高指挥官岩齐大佐发出了求降信号。

岩齐大佐穿越停火线,拜见华中野战军第八纵队政治部主任韩念龙。

岩齐大佐向韩主任解释自己并非有意抗拒天讨,而是十分为难:国民政府命令他只能向国军前进指挥所主任冷欣中将投降,允诺不以战犯罪起诉;否则罪加一等。他希望共产党朋友放他一马,让他到南京去。他可以把重武器与全部物资交出,他本人率全体官兵持轻武器去南京向冷主任报到。

韩念龙表示这个碍难办到,说贵部只有无条件投降一条路。全体日军官兵将按日内瓦公约以及波茨坦协议处置,尊重人格,保证生活质量,以后逐次遣返归国。

岩齐沉默半响,无可奈何地长叹一声,解下了他的军刀,双手呈献给韩主任。

---

① 相当于一个营,七八百人。
② 日军一个联队相当于一个团,一两千人。

第四章

一

孟淑贤近年来仿佛掉进了一个"后悔"的漩涡中，总是在吃后悔药。在山东老家没能毅然抛却一切而追随初恋情人解根柱出走，她后悔极了；与覃正侯上了床之后，又后悔轻率地把自己交给了戴传贤这样一个伪道学式的半老头子；与覃正侯上床没几天，在重庆街头邂逅了踏破铁鞋无觅处的解根柱，使她痛悔自己虚掷了贞操，与戴传贤、覃正侯的鬼混简直就是肮脏的经历，不仅荒唐，而且罪恶。白布染黑，岂有漂白还原之望？

解根柱一身灰色的八路军服装，簇新、整洁。这位青年军人约莫二十五岁；而大大的带点女性味儿的眼睛，清澈之余，含着一丝与年龄不太相称的沧桑与成熟。一米六七的身高，在山东人里算是矮小的了；但匀称，结实。稍圆的脸蛋黑里透红，挺直的鼻子下端，嘴巴开阖之间闪烁雪白整齐的牙齿。他中学时期不到十八岁就在老师影响下秘密加入了共产党，参与情报工作。后来突然离开，是奉派到苏联学习。他现在所从事的工作，使他在立谈片刻间了解到孟淑贤工作的机关后，便打消了要冷落她的念头。所以当孟淑贤泪流满面邀请他去蒙山茶楼"小坐"时，他就慷慨地答应了。

落座之后，解根柱谈笑自如。谈的都是以往在学校时的轶事，询问一些同学的近况，就是不触及他们的恋情；孟淑贤则是不敢碰这个话题。因为她知道自己已被自己的轻率糟害了，从一个洁白无瑕的少女成了破罐子，本质上没有资格再委身于他了。然而又并不甘心。即便理智告诫自己应该甘心，心底深处却遏制不住相反的呼声。突然回归的幸福令她陶醉也使她恐惧。这种恐惧是担心会再次失掉他。而这无疑存在着极大的可能性；若以概率论，她自度当在百分之九十以上。并非因了处于两个不同的政治阵营，这个在她是不成问题的；她可以毫无痛苦地抛弃这个只有三民主义和革命口号的躯壳而缺乏扎实内容的政治阵营。说白了她在这里只不过是寻求一个安身之所和一份薪俸而已。而是她如今不仅不再是女儿身同时所受过的污染是双重之重——有一个戴传贤，又加上一个覃正侯。她现在提到这两个人都感到厌恶。不只是厌恶这两个人，更主要的是厌恶自己；就像一个人误吞了苍蝇，恨不得把肠胃掏出来狠狠地冲洗。她缺乏勇气更谈不上去克服这在曾经从灵魂到身体都清纯过的女人来说最难克服的自卑感。尽管眼前这个自己深爱着的男人绝口不碰这类话题,她也摆脱不了沉重的自厌自恶情绪;何况,焉知"不碰"是否就是对方所暗示的一道鸿沟?

解根柱端起茶碗,品了一口。放下茶碗之际,佯作不经意地瞥了她一眼,问她怎么会进了参谋总部。他知道,那样的大机关可不容易进的。

她简单叙述了一番离家出走的经过。却没有表白其动机就是为了寻找他。然后说在大后方如何无依无靠,眼看囊中渐露羞涩,所幸遇上了千载难逢的机会,投考官方的一所专门学校,有了公费食宿之利。极短时间就毕业了,又鬼使神差地分配到参谋总部。薪水不薄,身着军装的女人在大街上也没人敢欺负,终于安定下来了。

"你呢?当初为什么就那样走了?我还以为你只是说说罢了,哼!"她面露怨艾。顿了片刻,瞅了一下他的军装,"真是追求革命去了吗?"

话出口后,她自己都感觉到了嘲讽的味道。

好在他并没介意,只宽厚地笑了一下。然后伸手到碟子里拈了一小块花生糖送进嘴里,慢慢嚼着,看似在借以考虑如何回答;其实他是在琢磨怎样借她的话题来说另一个问题。

"你猜得没错,确实是'追求革命去了'!"嚼完了花生糖,边伸手去端茶碗边说:"你觉得这个世道不革命行吗?"

"为什么呀?大家过得好好的,相安无事不好吗?"她甜甜地微笑着瞅他,所诘问的内容却与表情颇不一致。

"你府上有千亩良田,城里有商号,保证了府上全部人口锦衣玉食之余,还有堆满粮食的巨仓,盛满金银的箱笼;我家有五十多亩水田,虽不及府上远甚,温饱也不成问题。像你我这样的家庭在鲁南农村能有几家呢?除了你我这样少数的豪富之家和小康之家外,百分之九十五以上的农家是在半饥半饱状态;其中还有百分之八十是赤贫,也就是长年累月家无升斗之粮,吃糠咽菜是常事,一家几口人只有一条裤子者比比皆是!咱们鲁南每年要饿死多少人,你知道吗?"他说这番话的时候,脸上始终含着温和的微笑。而她却察觉到那微笑的背后有一抹严峻与愤慨。"这样不公平的世道,不推翻行吗?"

她明白他说的是事实。可几千年来不都是这样吗,贫富问题和穷人的吃饭问题从来就没人解决得了。她默然无语,过了一会儿,才说:

"也许真理在你那一边;不过,你们那么弱小,国府那么强大……你们能成功吗?"

"国府正在帮助我们走向成功之路!"他睿智地一笑。

"啊?……怎么讲?"

"当穷人活不下去的时候怎么办?如果有人给他们指出了方向——解放区就是

他们的方向，他们还会逆来顺受吗？全国四亿五千万穷人将会是一股多么大的力量，你的'国府'抗得住这样一种天塌一般的重压吗？"他脸上的笑变得冷峻了。"加上现在的所谓接收敌伪物资行动，更把这个私有制社会的弊端推向了极致！"

他所说的情况她也时有所闻；但理论性的归纳，她却懵然不懂，或者并不认同。

有人说，战争年代，必然会引发社会混乱；殊不知在战争结束进入和平年代以后，当私有制的进程越来越大时，贪污腐败之风将会固执而强烈地影响官场，并在官场形成集体无意识。在这种情况下，空前严重的社会混乱势必接踵而至。日本投降，国府官员和国军将领霎时像睡醒了一般，把注意力全部投放到一个"要害之处"——接收。他们心急火燎地打着冠冕堂皇的旗号奔向沦陷区，因为那里是可以迅速发财致富的地方。小到汽车、房产，大到银行、金库、工厂、矿山，谁抢先贴上封条或者抢到手里就归谁。这就是那个时候抢先发财致富的概念。所谓"接收先遣队""行政院派驻陆军总司令部收复区接收委员会"，以及各种名目的军队接收处，就是这样打着铲除敌伪物质基础和为国揽财两面旗号，把大部分东西收入私囊，少部分塞进小集团口袋，更小的一块才上缴中央。各省市也争相效仿，成立了地方性质的"敌伪资财处理局"。大家争先恐后展开了空前的财物抢夺。从重庆返回南京的高官和高级将领，彰明较著地四处掠夺高档小汽车，给各种各样的小洋楼甚至大楼贴上封条。南京城内的公馆洋楼集中在莫干山路、山西路、中央路、斗鸡闸一带。这些高档房子按照规模和新旧豪华程度，都贴上了宋美龄、何应钦等各级大官、军队将领的名字。级别低一些的官员一般没资格去抢高档洋楼，只好去抢民房、高级家具和成色次一等的小汽车——给沦陷区某家生意人和企业主扣上"附逆"的帽子十分容易，谁也不可能在八年间没与一个汉奸有过生意上的往还。有的连日伪办公楼内的地毯都扛走了。小车房屋之后，是抢更值钱的"逆产"。所谓逆产几乎无所不包，从银行、工厂、矿山到古董甚至美女。伪府高官与重庆回来的抗战英雄互换名片之后立刻就成了"同志"，商量商量就把"逆产"拐弯抹角地变为"抗战英雄"们的私产，伪府高官则换得"地下工作者"的身份而逃脱制裁的承诺。本该属于国家的财产就这样流失了。像这样的国产大流失在二十世纪是第一次，规模之大堪称空前。更要命的是由宋子文、孔祥熙、陈氏兄弟出馊主意而获蒋介石批准的另一"接收"方式：将伪中央储备银行发行的纸币即俗称中储券，一律兑换成重庆国民政府的法币。正常的兑换率以及两币当初在各自流通领域的购买力，应为一比一才合理；而国民政府公布的却是二百比一，亦即用两百元中储券仅能换得一元法币。一时间，从重庆飞至各沦陷区的飞机上，总是有官员携带一箱或数箱法币，用于兑换沦陷区的中储券。拥有大量法币的达官显宦和高级将领瞬间成为巨富；就连薪金低廉的小公务员也像中了头彩一样，手里那点从牙缝间省下来的法币竟膨胀了两百倍。仅南京一地，政府官员从兑换中获利就高达五十万两黄金的价值。受打击最致命的要数沦陷区的小老百姓。且不说本无一分一文钞票者，那种突然便从尚可温饱顷刻沦为赤贫的小资产阶级家庭比比皆是。那时民间流传一首儿歌正是百姓心情的写照，歌曰：

"想中央，盼中央，中央来了更遭殃！"

以孟淑贤的阶级意识与政治认同，固不愿党国堕落到如此地步，每闻及此，便本能地希望只是一种讹传或者只是少数现象；对时下铺天盖地的贪污大潮，她总是本能地存着一种鸵鸟心态。当然，她也不愿惹心上人不悦，只委婉地表达了相反的看法。

"你说的这些……在接收过程中出现的瑕疵，我也有所耳闻；但是好像比较空泛，缺乏……具体事实！有没有可能是讹传呢？"

"你这个问题提得很好！"解根柱点了点头，和颜悦色地说。"我来告诉你一件颇具代表性的人和事吧！由于军统在上海借接收之名，行中饱私囊之实；而且危害到不少与汉奸没有丝毫政治关系的私营企业主。雪片般密集的告状函件飞到了蒋介石案头。蒋介石一边申斥戴笠，勒令其彻查此事；一边在心里也明白，那戴笠至多拿几个替罪羊开刀，军统人员大面积贪污行径是不可能彻查的。蒋介石哪里知道，包括戴笠本人，也在这次接收中发了横财。查什么呢？！不得已，为了杜绝再次发生公财入私，蒋介石发布了两道命令。其一是由蒋介石亲自挂帅成立接收监管小组，钱大钧、胡宗南、唐纵、宣铁吾任组员；其二是命何应钦派遣陆军赴上海查肃接收中出现的贪腐行为，坚决纠参，挽回国财。何应钦委派抗战期间在河南有'水旱蝗汤'四大害之誉的汤恩伯前往。一者参与受降，二者查肃接收中的贪腐。"

汤恩伯时任第三方面军司令官，驻节柳州，接到命令后，喜不自胜。由美军用大型运输机二十八架轮番把司令部人员以及卫队团帮汤恩伯运到上海，另有一架舒适的飞机拨给汤恩伯使用。

到上海的当天，汤恩伯就吩咐他的参谋长王光汉去管日本侨民。特别嘱咐一定要认真梳理日军高级军官家眷以及日本企业主财产，其中若有欺占我国人民财产者，则全部"籍没家私"。

王光汉早就听说日军高级军官眷属油水很大，日本在沪企业主八年间挤占我国公私企业的现象更为普遍。便请示汤恩伯，"籍没"的"家私"是否按中央规定归缴行政院驻陆军总部接收委员会和上海市政府？

汤恩伯断然挥手说不，全部充作第三方面军的军需——但不可张扬。

所谓"充作军需"，王光汉明白就是首先要"充实"汤司令官私囊。这对他王光汉个人也是个福音，他也可借机浑水摸鱼，"充实"自己的盆盆钵钵。

第二天，王光汉发现陆军总司令部批转过一份蒋委员长签署的文件，上海日侨管理属于上海市政府的权责范围，就把这份文件呈送汤恩伯阅。

汤恩伯说不必看了，我知道这份文件。我请示过何总司令，他同意由我们来管，不必理睬钱大钧。如果委员长查问，有何总司令担待，我们半点风险也不会有的。

次日，在四川北路第三方面军司令部办公室，汤恩伯把几个日军高级将领介绍给王光汉，教他们听从王参谋长指示。说王参谋长为人和善，由他来担任日侨管理处长，你们一定会合作愉快的。你们要成立一个自治会，发扬高度自治精神，自己管理自己；王参谋长不过是间接管理而已。我看第一步工作，你们自治会应该清查一下多年来掠夺的中国资产，全部交给王参谋长领导的管理处，一分一文也不能漏掉。

钱大钧过去做过汤恩伯的上司，又当过两次侍从室主任，现在是上海市长兼淞沪警备司令。尽管汤恩伯奉命负责京沪地区受降事宜以及肃贪，却没有"接收"之权。钱大钧会给开绿灯吗？王光汉心里有点打鼓。

汤恩伯最初下榻于四川北路他的司令部里。后来王光汉发现日军高级将领谷正之的蒲石路公馆是一座很好的花园小洋楼，又打听得这原是上海一个中国商人的私邸，便教谷正之归还。

谷正之不敢怠慢，赶快表态理当归还，马上归还。只是一时找不到原主人，如之奈何？

王光汉说，那不要紧，你只须搬出去就是了，房子由我们转交给原主人。

后来，王光汉打通关节，把这套花园洋楼的产权转到汤恩伯名下。

汤恩伯住进去没几天，把王光汉叫去。首先称赞他自从主持日侨管理处以来，工作效率很高。现在又有一件事交给他去办。要为美军设立一个将校级军官招待所，地址就在西区。教王光汉把日军将领宅邸的地毯、沙发、餐桌、床等家具检阅一遍，凡档次高的，一律征用，运到美军招待所去；值钱的古董、金玉摆件也要一并搜去。

王光汉照此办理。后来却发现西区那个美军招待所根本就是个子虚乌有的事。那里确有一幢占地五亩多、带大花园的大楼，产权已由日侨管理处副处长邹任之给"办理"成了汤恩伯的私产了。

有一天，汤恩伯邀谷正之等二十多名少将以上军衔的"日侨"到他蒲石路公馆吃饭。

席间，王光汉、邹任之向大家敬完酒，宣布一个决定：今后接收对象有一定扩大，要从原定的少将以上扩至少佐以上。叫席间这二十多名战犯回去向少佐以上"日侨"宣布，必须将自己在中国掠夺的财物——主要是存款和金银珠宝，限三日之内上缴日侨管理处。

这些战犯哪里敢不依从呢。不几天，巨额日元存款和无数黄金白银通通送到了王光汉这里。王光汉与邹任之雁过拔毛，刮了不少进入自己腰包；将总数的三分之二"办理"到汤恩伯老婆账户，三分之一交给方面军军需处。

战犯里搜寻并上缴财物最卖力的是谷正之，其功劳王光汉也没有埋没，更没有掠美，一五一十向汤恩伯禀报了。汤恩伯指示一定要切实保护谷正之，设法把他从战犯名单里剔除掉。

汤恩伯慨叹来上海迟了，高档小汽车捞得太少，本欲给少将以上军官每人一辆，也只好作罢。

邹任之诡秘地向他禀报，军统在闸北有一座大仓库，里面存放了上百辆高档小汽车，一半以上是尚未启封的新车，主要从日本文武高官、汉奸以及日本专营小汽车买卖的洋行没收来的。

汤恩伯十分眼红，琢磨了一下，吩咐王光汉去全部弄过来。

王光汉感到为难，踟蹰不敢领命。

邹任之胆大，马上说这个好办，今天之内保证办妥。

邹任之从汤恩伯卫队调来一个连，从工兵营也调来一个连，全部换成新四军的服装、标识，手持美国的汤姆式半自动步枪。夜半时分潜到闸北军统仓库附近。先将守库的军统武装人员控制起来，逼其开门。然后将所有的高档车注入燃料，一溜烟开走了。

事后戴笠得到报告，大发雷霆。说根本不可能是新四军干的。新四军哪里来的美制汤姆枪？再说哪有穿着军服戴着标识招摇过市干这种事的。况且成建制的新四军进入上海不可能在事前毫无迹象。后来终于侦得是汤恩伯所为。苦于没有证据；而且那批车本是该上缴行政院被自己暗中藏匿起来的，万一上边质问截留下来是何用意，自己无法回答。汤恩伯又圣眷正隆，手握重兵，只好忍下了这口恶气。

不久，东京盟军联合法庭宣布谷正之为甲级战犯。对这个双手沾满中国人鲜血的恶棍，汤恩伯竟有不忍之意；但又抗不过上命，只好叹了一口气，吩咐王光汉通知谷正之来自首，这样或许可以免其一死吧。

日侨自治会负责人土田丰把谷正之带到汤恩伯这里。

汤恩伯软言慰抚了一番。表示一定会为他争取从宽发落。然后也不下令逮捕，竟教土田丰带回去由自治会自行看管，等待军事法庭开庭。

二

面对汤恩伯这种手握重兵和钱大钧这种树大根深的人物对接收物资的巧取豪夺,戴笠除了愤怒之外,深感军统必须强化接收力度,刮第二次地皮也在所不顾;同时也觉得至交梅乐斯建议他向海军发展至为重要。总是当这个捕快式的人物充其量只是三流角色,所以要受汤恩伯、钱大钧这些人的气。梅乐斯说美国海军总部向蒋委员长建议过由戴笠筹备重建海军,美国海军将全力协助。戴笠想,如果自己成了海军总司令——副总司令也行,汤恩伯哪里敢这样欺负人?钱大钧哪里还敢这样斜眼瞧人?

戴笠拉上中美合作所的美方搭档梅乐斯,在上海杜美路七十号二楼会议室开会。军统在沪全体高级干部出席,共四十余人。宣布成立中美合作所并军统局在上海的联合办事处。这个办事处近期的任务是接收敌伪海军物资以备筹建海军。接收的活儿干好了,那么筹建海军就有了物质基础。(蒋介石在各方面强大压力下,已决定裁撤军统,便正式同意了由戴笠牵头筹建海军。)

在美军支持下,戴笠对日伪海军物资动手了。先后接管了大场的日本海军司令部、市内的日本海军警备队、舰队司令部仓库、江湾海军俱乐部,以及汪伪海军的全部设施、装备、房屋、财帛,连日本驻沪海军将佐的私人腰包也不漏掉。

命令毛森专职接收日本宪兵队特工装备、武器、房屋,以及汪伪七十六号特工总部的房屋、财产。

这次以筹建海军为主要方向的接收行动,总负责人邓葆光。按照戴笠的密令,邓葆光在协助行政院驻陆军总部接收委员会查收汪伪中央储备银行时,暗中搬走了大量黄金、白银、美钞。以致行政院官员在点验过程中惊叹汪伪中储银行硬通货与外币的储备量竟如此薄弱。

孟淑贤听着解根柱滔滔不绝地高谈阔论,揭露和谴责党国的贪腐,认为实在有些迂阔,以今天两人的重逢,颇显得言不及义。她希望的是重温旧梦,至少话题应该往两人关系及其命运这个方向靠近才是。不能再让他这么出口千言离题万里了。

"你在共产党那边做什么工作?"本来想问在那边是怎么生活的,借以探察有没有女人,旋又觉得太唐突,话到嘴边就变了。

他明白她想问什么,便避开"做什么工作"(当然不能吐露自己是情报工作者),直接坦陈她希望了解的内容。

"我是临时来重庆,到八路军办事处公干;很快就要回部队去。单身一人,无家室之累，千里万里来去轻松。"

听到这话，她放心了。眼里闪动着喜悦的光波。而这只不过是片刻，立刻又有一团愁云笼罩到脸上。他是不是单身与你何干呢，傻乐什么？即便是他一直牵挂着你孟淑贤，又有什么意义呢？一副残破之身，有何资格去存什么希望啊。

他倒是没去注意她情绪的变化。他的目的和关注点与儿女私情完全无关。当获悉她在那个机关供职之后，他就一门心思在琢磨如何揪住这层关系。能策反她固然好；退而求其次，作为可利用力量也行呀。

"以后我可以到你工作的地方找你吗？或者居住的地方？"

这话又驱散了心里刚出现的自卑与绝望，欣喜之色重新出现了，忙不迭地回答说：

"当然可以呀！不过，不要穿制服。"

"那是当然！"

毛森在上海给戴笠物色的住宅共五处。其中愚园路那套花园洋房最让戴笠满意——不，其实是合胡蝶的意。只要胡蝶喜欢，戴笠就喜欢。毛森明白这个奥妙。他在物色戴笠公馆时，总是开车载着胡蝶去过目。

那时戴笠尚未到上海。胡蝶觉得由自己定夺有点不妥，教毛森暂缓，待戴先生看过之后再拍板。

毛森大包大揽地回答，只要胡小姐觉得好，局座不会有异议的；这个我有数。

果然，戴笠来了后，见胡蝶喜欢愚园路公馆，便高兴地夸奖毛森会办事。

与胡蝶相处之间，一切细节他都十分重视。甚至沏茶都不许女佣染指，因为胡蝶有洁癖；只要他在家，都是由他来给胡蝶沏茶。动手之前他必会反复洗手——而且让她于无意间知道。为什么要强调"无意间"呢？就在于显示并非刻意为之，乃是戴某人的生活习惯本来如此。然后用专门的小勺往茶听里舀茶叶——自然是胡蝶喜欢的龙井。从重庆到上海，就是这样出格的小心与殷勤，长长的岁月，终于征服了美人那颗高傲的芳心。

戴笠到上海的当天，胡蝶就告诉他，已办妥了与潘有声离婚的一应手续，包括登报启事。

其实戴笠早就在重庆看到了报纸；而亲耳听到从她嘴里说出来，有一种喜讯得到权威证实的快乐，如闻天乐，如听纶音，直让他回味了好几天。

胡蝶同意了，待他忙完肃奸，就举行婚礼。

戴笠吹嘘，到时候会请动委员长伉俪。

肃奸迟迟没能大规模展开，原因在各路"接收"诸侯无不需要借助汉奸们协助发掘藏匿的与公开的日伪物资、财产，都将这些民族罪人乔装打扮成党国的地下工作者或者干脆掩藏在自己的冠带袍笏之下。怎奈国内要求惩办汉奸的呼声越来越高，久久没有让民众满意的结果，难免舆论大哗。蒋介石遭受党内外指摘最多；新闻纸也对他含沙射影，暗示包庇汉奸的总后台即是蒋某人。

蒋介石恼羞成怒，严责京沪相关官员必须限时将大小汉奸全部收监。

戴笠是挨蒋介石骂最多的一位。他明白若不将众汉奸尽快收监，自己恐怕会被钱大钧、汤恩伯等人推到前台作替罪羊，到时候校长也不得不将自己当作玩忽职守的典型抛出去。

他决定尽快用行动洗刷自己；而且是以超强的力度先华东、继华北，搞出声势来以正视听。考虑了一个周密计划；为避免疏漏，决定分两步进行。

正好三天之后是中秋节，便借以向沪上汉奸发出了赴宴的请柬。

这还有赖于抗战刚胜利时毛人凤向他献的一计：为了防止汉奸逃逸，他命军统的先遣人员向中等以上的汉奸发出通知，称凡在日军占领期间未做什么太大坏事，从现在起效忠党国，协助党国严防异党渗透的人，即视为党国朋友；至于以往，可算作误入歧途，一律不咎既往。结果，百分之九十以上的汉奸自认为没做过什么坏事，自我感觉良好。一个个争相表现，积极响应号召，坚守阵地，拒绝"异党"染指，等待党国来接收。有不少人甚至奢望党国回来后自己能重新得到重用。一个个对自己的前途非常乐观，连一部分胆小而早早躲避起来的汉奸也大摇大摆地走出来了。

现在接到了戴笠的中秋请柬，都以为无他，先先后后来到杜美路七十号花园洋房。也有特别谨小慎微的汉奸认为宴无好宴，反而躲到城外乡下去了。

这天，大门外马路上，各色高档小轿车摆放了二十几丈远，简直就像个卖汽车的市场。

戴笠从外面来到这里。他的副官看到这阵仗，悄声嘀咕这些车子至少有九成新呀。

戴笠听见了，嘴角上掠过一缕不易察觉的微笑。他大概在窃喜，还是彻底肃奸好呀，又可以收罗一批好车子了。

在大客厅高坐的汉奸济济满堂，一个个都为八年后又能在体面的场所作客而踌躇满志，弹冠相庆。较著名的人物有伪行政院副院长兼财政部长、上海市长周佛海，伪立法院长缪斌，伪浙江省长丁默邨，伪税警总团长熊剑东，伪特工总部高级干部陈恭澍、万里浪、苏成德、胡均鹏。

戴笠款款步入屋子，满面春风，向大家拱手贺节。落座之后，与周围坐的几个大汉奸寒暄一番，互道别来八年渴念之忧。

毛森笑盈盈站起来宣布，请蒋委员长的代表戴雨农先生致中秋贺词。

戴笠在一片掌声中站起来。他没用讲稿，随口就说开了。

"朋友们，同志们，今天是民国三十四年的中秋节，也是抗战胜利以后的第一个传统节日。此时此刻与各位在一起共度佳节，很有意义呀。由于种种不可抗的客观原因，也有的完全是一种阴差阳错，大家不幸出任了伪职，这是十分遗憾的事；不过只要今后能立功赎罪，积极协助政府防范异党渗透，政府会宽大为怀，不咎既往，而且对诸位还会有所借重。随着抗战的胜利结束，我们的头号敌人不再是日本，而是奸党、异党。何谓奸党、异党，我现在不便明说，但是诸位应该是懂得的。除了这个头号敌人，其他任何人，只要不与我们为敌，都可以团结在一起，共图大事。委员长几次嘱咐我和何总司令、钱市长、汤司令官，解决附逆人员问题，必须坚持政治重于法律的原则！"

戴笠口沫横飞之间，下面举座欢喜雀跃，弹冠相庆；"贺词"刚刚说完最后一个字，下面立刻掌声雷动，欢呼蒋委员长万岁甚至戴先生万岁的声音此起彼伏。一个个庆幸自己不仅逃脱了惩罚，还将得到"借重"，怎不欣喜若狂呢。

众汉奸回去后口口相传中秋节"盛况"。那些躲起来的汉奸都跺脚后悔自己怎么那么缺乏胆略，失去了靠近国府的那样一个好机会。求大家下次一定提携，别忘了叫上他。

所谓"下次"，其实没有几天。

戴笠将别动队开赴市区，把守在相关地段；并邀请警备司令部的宪兵，封锁了上海的全部出入口，只许进不许出。

部署完成后，便要采取行动了。

胡蝶颇有兴趣，表示希望瞧瞧戴笠怎样摆弄那些汉奸，问可不可以容她旁观。

戴笠说，那还用问吗，您的话就是圣旨呀，我当然谨慎不悖。您想要怎么摆弄他们，我照办不误。

胡蝶笑道，雨农又开玩笑了，国家大事，小女子哪能置喙；我只是好奇，想要看看热闹而已。

戴笠想了想说，这样吧，干脆就在我们这公馆里进行，也免得您动步。到时候您只须舒舒服服坐在楼上过厅，俯身就可以看得见大厅里的一切，如何？

戴笠又发出了请柬，邀汉奸们"枉驾愚园路寒舍小叙""洁酌候光"云云。

汉奸们兴高采烈地再次赴宴。上次躲起来，事后惋惜不已的那批胆小的家伙，这次没收到请柬，也挤了来"闯酌候光"。见面之后，互相打着哈哈慨叹戴先生太客气了，礼数真是周到之至。

人数到齐之后，忽闻大批军警拥进院子，将小洋楼包围起来。大家先是愕然，继而惊慌失措起来。

毛森上楼向戴笠禀报，全部到齐了。

戴笠亲手把椅子摆放到楼上过厅能毫不费力俯视楼下客厅的位置，安顿好胡蝶，这才款步下楼。

他依然是笑容可掬，依然是客气有加礼数周到。"先生们，朋友们"之类的套话之后，装模作样地长叹一声，万分抱歉地说：

"最近的舆论越来越不利于诸位，诸位每天看报想必也不会不知道吧。委员长也感到压力很大呀！不得已，只好做出一些必要的姿态堵住朝野那些黑嘴乌鸦的嘴。怎么办呢？哎呀，只好请诸位暂时不要回府，我们已经为诸位安排了最舒适的住所。待风声过了以后，再请诸位回府。那时候政府还是要借重各位的！"

说罢向毛森略扬了扬下颔，然后转身拂袖而退。

在毛森指挥下，军统别动队将这伙巨奸共一百零五人押解了出去。

接下来的两三天，毛森与军统另一些头目程一鸣、刘方雄、卞宁言等人，分头将二线、三线汉奸陆续缉捕归案。全部关进原汪伪特工总部大牢。不料竟人满为患，只好在南京另设一个看守所，分流一部分过去。

就戴笠本意而言，他是没有兴趣捉拿法办那些汉奸的。首先，那些人与他戴笠本人并无过节，更谈不上仇怨；二者这批人在江南、华南、华北长期与共军及其地下人员较量多年，不无心得，颇有经验，属于技术层面的可用之人；三者自从军统回到京沪以来，这批人积极配合，侍候甚殷，协助接收，防杜奸匪，使军统资产成千倍增长，私人收益更不待言。

但凡能保护者他还是尽心尽力给予了保护。只要不属于中央督令拿办者，同时对军统或戴某人个人来日注定将会发挥大作用者，那他就会千方百计予以保护。而麾下大小特务却不善于体谅他的苦心，总想抓得越多越好。因为抓一个汉奸就可以查抄一户住宅，金银美钞除了上缴的部分，多多少少总可以捋一些入私人腰包。于是一个个不顾戴老板的红线、底线而处心积虑"开源""捉奸"。

毛森将上海金城银行总经理周作民、新新公司经理李泽抓起来，查封所有财产。此二人早在抗战前期就已附敌，恶贯满盈，毛森大以为不会有什么问题。

不料戴笠闻讯大为恼火。把毛森大骂了一顿，勒令退还查抄的全部财产，分文不许匿留。命邓葆光护送周作民、李泽回家。戴笠事后还分别登门向这两人道歉。

三

军统上层干部文强，经历颇富传奇与戏剧色彩，此人的性格与做派是国民党内大多数官僚的缩影：由于精明强干，他受到胡宗南甚至蒋经国器重；由于炉火纯青的两面三刀伎俩，尽管以军统干部之身越级向上攀附，也丝毫没引起戴笠、毛人凤的疑忌；也由于丰富的想象力，居然能把林彪总部作战科副科长成功策反，致林彪倒吸了一口凉气而三天不吃不喝。其方法很传统也很老套——美人计。这个在后文会略述个中委曲。

　　文强抗战后期担任军统局北方办事处主任，统管北方几省的区站。他本人在口述回忆录里说是"北方局"，乃是在名称上的夸大之词，与其一生改不掉的吹牛皮性格一脉相承。说起此公吹牛皮的习性，那真是"附体"终生了。直到后来进了解放军战犯管理所，他都继续在吹嘘，说毛主席是他的表哥（尽管确实是沾亲带故）。抗战胜利后，熊式辉通过侍从室调他出任东北行辕督察处处长，实际上是主持情报工作。他对熊表示极愿追随左右；但既然端了军统的碗，那就须向戴笠请示了才敢回答。其实他早就攀附上了胡宗南，主要是征求胡宗南的意见。当年在军统内他早已得到了少将衔，自以为凭本领应继续上升，无奈这在军统局系统是不可能的。因为主持工作的副局长戴笠才是少将，麾下干部不可能超越其军阶。戴笠在抗战结束时也才蒙蒋介石恩典，给了个"加中将衔"的名义。何谓"加"？也就是"权充"之谓，虚衔而已，实际军衔及薪金待遇依旧只是原来的少将。连戴笠都在希望加入海军以改善自己的军阶现状，以文强的精明，不可能思不及此。所以他早就在做脱离军统的打算并付诸行动了。如何迈出第一步而又不让戴笠反感，他当初是颇费了一番心思的。结果瞅准了胡宗南。胡宗南野心很大，控制了西北不满足，还把触须伸向了华北。这就需要有人替他掌握华北的军事情报，便请其至交戴笠帮忙安排人选。文强乘机毛遂自荐，向戴笠表示可以在不影响军统本分工作外，替胡长官也做点事。就这样，文强成了胡宗南的半个部下。果然有了收益。抗战胜利后，胡宗南在自己司令部编制内报了一批中将衔将领名额，把文强夹在其间。这年文强四十岁，顺利叙中将衔。

　　文强要去东北，说服胡宗南支持他，暗示这是胡宗南把触须伸向熊式辉辖区的机会。

　　胡宗南大喜，鼓励他放心前去，戴笠那里由老胡去解释。

　　戴笠也顺势让文强以站长身份重建残破的军统东北站。

　　胡宗南问文强，你去东北以后，我们怎么联系？

　　文强沉吟一下，说胡长官可不可以用个化名？以塞熊式辉耳目。

　　胡宗南说，那是自然。这样吧，就用陈继生这个名字，如何？

　　文强说，好的。

　　胡宗南又说，你我之间专用的密码，一会儿我叫下面抓紧编制。以后你要随时把掌握到的华北、东北方面的情况向我报告。

　　文强说，那是当然。另外，如果有整理上报给军统局本部的文件，我也照原样给胡长官复制一份呈上。

胡宗南赞扬道，很好，你考虑得很周到嘛。以后我们的事业发展了，自然有你一份功劳。我告诉你吧，我当这个第八战区司令长官，相当于西安行辕主任。不能让李宗仁在华北坐大，我马上要派三个军到华北去，校长已经同意了；就只东北暂时去不了部队，熊式辉、杜聿明在那里挡我们的道。不过以后会逐步往那里发展的，你这次去了就是未雨绸缪之举。

文强到了北平，适逢戴笠在那里肃奸与反贪。两人见了一面。

戴笠感叹时局变化真大，不断摇头。旋又说，校长最近召集了一个秘密会议，把前线将领骂了个遍。也难怪他老人家生气，上党战役阎锡山损失了三万多人；苏北也被粟裕搅成了一锅粥，国军损失了差不多四万人马；杜聿明打进了山海关，倒是把共军打得抱头鼠窜。可追击到巨流河又只好退回来。前面有苏军挡着，不让追呀。娘希匹，老毛子真可恶；这两天刘伯承又在平汉路打响了，国军一开始就陷入了被动。校长说，形势这么严峻，各部队要严禁妄谈和平，不论重庆的谈判桌上唱什么调门，戡乱一刻也不可停。

最后戴笠吩咐文强，你去东北要做出成绩，给杜光亭以有力支持。下一步看来会夺取四平市，你要及早关注四平共军的情况。

文强请他放心，去东北后一定抓紧部署四平的情报工作，以及重建军统在那里的机构。

文强到了长春，当天就去向熊式辉报到。

东北行辕迁到了原"满洲煤炭株式会社"大楼。当地人习惯简称为满炭大楼。文强在这里听罢熊式辉训示，办完了该办的手续，没稍停留，告辞出来，马上就去拜会蒋经国。

蒋经国在东北的临时职务是外交特派员，专事办理与苏军的交涉。

外交特派员公署人数不多，设在伪长春市长官邸。内部装修豪华；家具、各种陈设保存完好；餐厅气派颇大，宽敞讲究。洋楼下是大花园，花草经佑得一丝不苟。东西两厢房有西式和日式两种房间，作为蒋经国会客、宴客、办公之用。门卫由苏军士兵担任；一辆由苏军士兵充当驾驶员的吉普车供蒋经国使用。

蒋经国对于从苏军手里成功接收东北并不乐观，说是看来只有待苏军撤离后通过大打来解决了。目前与苏军的交涉，不过是死马当活马医。蒋经国勉励文强做好情报工作，以后配合杜聿明的军事行动。

文强后来才知道，蒋经国当初到长春后，首次与马利诺夫斯基谈判的主要内容是根据中苏友好同盟条约的原则，商谈苏军撤军事宜。蒋经国请苏方明确撤军日期；在苏军未撤离的地区，要求苏军协助国民政府官员先行接收东北几个大城市的行政权。

马利诺夫斯基表示,后者没有问题;前者碍难明确。因为何时开始撤军须等待斯大林大元帅的命令。不过请放心,苏军自当履行义务,一点问题也不会有。以后撤军的程序除辽东半岛的旅顺、大连之外,将自南向北逐步撤出;另外,目前东北的铁路、交通、电力、工矿企业属军事管制,在苏军未撤前不能移交。

蒋介石收到蒋经国的报告后,考虑既然苏方同意先协助中方行政官员完成主权接收,那么就迅速将东北九省三市的官员派往东北吧。行政官员的和平接管只是一步棋,更主要的是杜聿明已经入山海关的部队必须做好武力收复准备,苏军每撤离一段,国军应及时填驻。若遭遇共军阻击,只要苏军不在场,则应坚决歼灭。

熊式辉得到伪满人员报告,共军进入东北以后,与盘踞北满的周保中抗联合流,在苏军掩护下,大规模在中小城市以及农村建立赤色政权,实施土地改革,邀买泥腿子民心。农民鼠目寸光,好利无义,得到了土地无不拥护共匪,成为匪区政权的主要支柱。东北大部分农村就这样开始在深度赤化。他商诸蒋经国,主张派遣官员去苏军尚未撤离的大城市宣慰民众,争取民众认同中央,勿为匪类异端所迷惑。

蒋经国向苏军当局提出请苏军护送国府官员先进入吉林、哈尔滨、沈阳代蒋委员长发布《告东北同胞书》。

蒋经国真实的目的除了"宣慰",还有就是拉拢伪满时代的大商人、大地主、伪官僚,了解各地赤化的程度,问计于这些人,以便回来研究对策。

苏军不得不敷衍蒋经国面子,派了几名联络军官陪同宣慰官员莫德惠等十余人去距长春不远的吉林市跑了一趟。不料次日几名苏军联络官就不见了踪影。那一带到处是周保中部队,关内来的共军也不少;更要命的是那些进城追捕逃亡土劣(不法地主)的泥腿子。这些人对莫德惠等人多次盘诘,差点没把他们当逃亡的汉奸地主给抓了起来。安全堪虞,他们赶紧逃回长春。从此不敢轻易离开行辕周边。

说到行辕,熊式辉还被苏军方面不轻不重地申斥了一通。

他到东北之初,怕惹恼苏军,不敢在满炭大楼外挂牌。后来见苏军当局十分友好,还派来红旗歌舞团对他们进行慰问演出,平时也宴会不断,便放了心。逐渐将东北行辕的吊牌亮了出来。挂这块牌子十分重要,可以借此向长春乃至东北民众宣示国府派驻机构在这里的公开存在。

不料苏军立即派一名参谋到外交特派员公署抗议。称早已知照过中方,在苏军占领期间,除行政官员可以来接管地方政权外,不允许任何军事机关进驻。要求立即撤去军事委员会行辕的牌子。

蒋经国无奈,只好把这个意思转达熊式辉。

熊式辉大为愤慨，也对蒋经国的胆小嗤之以鼻，遂直接与苏军当局对话，指摘对方故意刁难。行辕并非单纯的军事机关，而是兼管地方政务及经济事务，代表国民政府的大区机构。

而苏军驻长春前进指挥部的司令员伏斯德诺霍夫大将并不接受这个观点，质问熊式辉"行辕"这个称谓前面的限制词"军事委员会"是不是军事机关范畴？说除非有莫斯科的具体指令，否则只好认定这就是个军事机关。以后若被什么人武装摧毁，苏军概不负责。

熊式辉无奈，只好卸下了这块招牌。

他由此更进一步认识到苏联方面对国府军政人员的"欢迎"全是假的，而遏制才是不遗余力的；相反，对共匪武装力量的扶持事实上也半公开化了。与蒋经国商量后，决定一起回重庆汇报，请示对策。

蒋介石听取了蒋经国、熊式辉的汇报，琢磨了一天。又召来白崇禧、张治中、林蔚等人一起研究。最后认为问题的要害是共匪军队在苏军掩护下，正在迅速渗透东北；并且必然已暗中全盘接受了苏军缴获的日本军火以疯狂扩军，企图逐步侵吞东北全境。这个才是必须严重关注的，其他都不过是枝节问题。如果国民政府对苏军不要求全责备，暂且委曲求全，尽量争取其一定程度的中立，那就有希望早日接收东北各大城市，建立政府。诚能如是，就占据了有利条件，可以就地组织保安团队、武装警察，可以一定程度遏制匪势蔓延。加上国军大部队陆续出关，苏军全部撤离后即可放手用兵，东北局势是可以控驭的。

他做了两项决定。首先是继续抽调精锐部队出关，交杜聿明统率；再者指示外交部，将苏军逾期不撤离东北，以战利品名义把沈、长两市工业设备及大量物资运送到佳木斯、满洲里，秘密移交给周保中共产党抗联部队看管，掩护华北、山东共军渗透东北并扩充兵力，百般阻挠国民政府接管沈、长、吉、哈等大城市政权等等情况用备忘录形式致送美国政府，要求盟国施加压力，敦促苏联切实履行莫斯科四大国外长决议，保证中国合法政府在东北行使主权，保证中国的领土完整。

熊式辉、蒋经国飞回长春。

东北九省三市的主要行政官员也陆续飞到长春，等待熊式辉安排赴各任所履新。"但是，苏联方面此时忽然生出种种借口，或强调交通不便，近期没法前去；或说地方秩序不安宁，苏方不能保障中国官员的安全。而且扬言，苏军不能干涉中国内政。"① 言外之意是协助国民政府也属干涉内政之列。经过十多天反复交

---

① 《侍从室回梦录》，上海书店1988年版，第330页。

涉，接收之事仍然无法落实。于是满炭大楼内反苏言论蜂起；党国大员们认为苏军不肯如期撤离，又不愿协助国府行政官员履新，都是为了掩护共匪武装力量壮大，其最终目的是由共产党接管东北。抱怨委员长不该轻信苏联的承诺。

忽然有一天，大批手持日式步枪的中国面孔军人包围了满炭大楼。楼内大官们惊惶不已，猜测定是被苏军武装起来的土八路。

外交特派员公署也发生了类似事件。

大门内院子里草坪上忽然开来一个连的军队。他们身穿簇新的黑色制服，没有佩戴任何符号。从他们的中国面孔可猜出是土八路。这些人在草坪上把枪架成三角形，枪尖上系着红色小三角旗。然后静静地安坐在草坪上，纪律倒是很好的。

大楼内的官员大着胆子上前"请问"他们是哪里来的。

对方只笑一笑，不回答。

再问他们来干什么？

答称是来保护你们。

官员们感到情况不妙，赶紧去寻找每天在公署办公的苏军联络官，不料杳如黄鹤。

第一科科长许培尧就在苏军联络官办公室用电话与苏军当局联系，询问联络官为什么撤了？并诉说特派员公署遭不明来历的武装分子包围，要求苏军立刻前来解救。

苏方佯作不知。满口答应派人来调查。

不到三十分钟，土八路整整齐齐列队，从容撤走了。

满炭大楼打电话来说他们那里的土八路也撤走了。

一名苏军少校带了几名士兵乘车来到特派员公署，再三解释他们不知道这事。最后煞有介事地告诫这些中国官员一定要注意安全。

在这种情况下，长春的国民党大小官员无不惊惶失措，人人自危，都认为苏军靠不住。

大家将这一系列情况发电给再次偕同熊式辉去重庆的蒋经国。

蒋经国回电教他们"做好准备，退到北平"。

重庆派了大批飞机，以北平为基地，分批到长春接人。将住在满炭大楼行辕内的九省三市行政长官及其随员，以及外交特派员公署全体人员，在一天之内接走。用这个行动向国际社会控诉苏联的背信弃义行为。只留下副参谋长董彦平率部分工作人员、文强及其督察处人员看守行辕摊子，与苏军保持联络。

蒋介石的意图是"欲进故退"。

他终于意识到在苏军占领下，无论怎样交涉，对方都会横生枝节，不会真正遵守条约。应该把谈判升级，联合英美向苏联施压，谋求总体解决。

英美也意识到东北局势严峻，强烈要求苏联召开三国外长会议讨论中国危机。

苏联基于全球战略考虑，只好同意在莫斯科召开苏美英外长会议。

蒋经国与美国特使贝尔利一起赴莫斯科，要求苏联信守条约所规定的"以国民政府为唯一对象"，"尊重中国在东三省的完全主权与领土完整"。

不料这却惹恼了苏联外长莫洛托夫。当场严厉指责贝尔利贼喊捉贼，说美国不顾二战以来同盟国多项协定，在南朝鲜组织日伪人员破坏民主选举，将一批完全没有民众基础的大地主代表人物从朝鲜以外强行运入；并武装附日的朝奸部队，企图强奸民意，扶植亲美政权，在西德更干得离谱，居然留用大批纳粹军官，组建反苏军队。

贝尔利瞠目以对，觉得这简直是言不及义，明明是讨论中国问题，怎么扯到别的区域去了？

毕竟刚刚闭幕的苏美英三国外长莫斯科会议专门针对中国问题所达成的协议对苏联在中国东北形成了强有力的约束，使其不便再无所顾忌地支持中共——这是美英两国承诺不卷入中国内战的代价。又经蒋经国反复劝解，终于谈到了正题，终于达成了谅解。

双方规定，苏军撤退完成的最后期限为一九四六年一月三日；此前苏军不应阻挠国军空运到长春、沈阳两地。

东北外交特派员公署终于又可以在长春恢复办公了。

而外交特派员公署原来办公的房屋却在短时间内被当地居民拆卸得完全不能住了。因为长春气候越来越冷，市民无煤取暖，这在东北是要冻死人的。所有日本人聚居区的空房子纷纷被当地居民强行拆去门窗、板壁、地板、屋顶甚至"榻榻米"，凡可作为燃料的部位都被拆卸一空。公署留守人员只好征得苏军当局同意，把伪满交通大臣谷次亨（日本人）的公馆作为特派员公署以及居住地。当时谷次亨作为战俘被押送到西伯利亚去了，其家眷仍居住在里面，又有苏军驻守，所以一切设备都完好无损。

蒋经国这次在莫斯科谈判成功，率领他的工作班子由重庆飞返长春时，在机场接他的是杜聿明。

杜聿明亲自驾驶一辆福特轿车提前在机场等候了一个多小时。

此前蒋经国在东北期间，总是冷淡熊式辉，亲近杜聿明。这里面当然有着人格上的认同与赏识，更多的是出于情感羁縻与政治上的结纳。小蒋从父亲那里完整地继承了帝王术的衣钵，明白邀结朝野有为之士对自己将来接班掌权十分重要。在他看来，杜聿明年轻有为，乃王佐之才；而熊式辉则颟顸腐败，胸中全无一策。

杜聿明当然欢迎太子的垂顾。但他也是个聪明人，知道熊式辉不是自己可以得罪的。熊不仅资历属于长辈，而且背后有政学系支持，所以对熊也小心伺候。

当然，像亲自驾车去机场迎候的对象，则只会是小蒋而不会是熊式辉。

当专机停稳，那个微胖的身躯和宽皮大脸出现在机舱门口时，全身戎装的杜聿明已跑拢飞机近旁了。首先赶紧敬了个标准的军礼，然后才握住那只绵软肥厚的手，同时用恳切的语气说：

"特派员辛苦了！"

"光亭兄，谢谢您来接我呀！"

"应该的，特派员不必客气！"

一径到了特派员公署。

下车后，杜聿明要告辞回寓所去，称改日再来拜望。

蒋经国一把拉住他，"光亭兄别走！我这次从重庆带来了不少可以饱口福的东西，另外还有几箱从苏联带回来的法国葡萄酒、白兰地；我的厨子是给张作霖后厨主过厨的，擅长中西大菜。就在这里吃晚饭吧。"

"应该由聿明给特派员接风洗尘，"杜聿明笑道，"怎么反倒叨扰特派员呢？"

"你我至交，不讲那些俗套！"蒋经国说，"正欲与光亭兄畅谈，何谈叨扰呀！"

旋说就拉着杜聿明进了大门。

里面的客厅早已安排齐楚，壁炉里的柴火烧得旺旺的，整个屋子温暖如春。

蒋经国对大家说诸位请宽章吧，然后率先除去水獭皮大衣，交给侍从副官。

人们也纷纷效法。脱去的大衣有毛呢也有棉质的，屋子里一时颇有举袂成云之势。

落座不一会儿，龙井就沏好送上来了。

蒋经国指了指杯子，示意杜聿明用茶。旋即吩咐副官，叫厨子迅速操持一桌小席面，菜品不必多，精致即可；来不及的话，开几种罐头加工一下吧。

随蒋经国回来的除了外交特派员公署几位主要成员，还有空军副司令王叔铭。这些人全被留在这里品茶。大家端着龙井杯子，等候着可口的便宴；这几天时局也似乎露出了曙光，蒋经国和大家一样，心情都不差。只杜聿明眉宇间隐然有忧色，显然心里并不太乐观。

蒋经国与苏联方面商定，国军可以先行空运一个陆军师到长春，担任保卫国民政府在长春各机关的任务。苏军同意在机场设施上给予便利；一俟苏军撤离，国军即可接管长春城防和机场。

蒋经国一行返回长春之前，收到蒋经国电报的杜聿明就命令九十四军五师师长李则芬来长春考察空运事宜。

考察的结果，李则芬认为不可。把一个师孤悬在长春，与后方锦州相距太远，一旦苏军撤走，就会四面受敌；而长春地处松辽平原，无险可守，以一个师的兵力，面对周围雨后春笋般滋生的土共，很难对付。李师长请求杜聿明向蒋特派员转达这个顾虑。

杜聿明觉得言之有理，也就同意了。

第二天熊式辉也率领他的行辕返回长春。东北九省三市候任官员同机前来。熊式辉还带来了一个排宪兵作行辕警卫。

在苏联军官陪同下，长春、沈阳、哈尔滨三市以及南部几个省的官员正式进入他们的任所，宣布完成接收。

但是，没有军队做靠山的政府形同纸糊的鬼屋，一碰就破。不少地方的土共已经逐渐成了气候；农村的土地改革搞得轰轰烈烈，共产党争取最大多数人民的工作做得十分有成效。国民党的省市政府政令出不了大门；还常常遭到成千上万泥腿子包围机关，高呼"国民党滚回去"的口号。他们完全陷入孤立境地。

后来，苏军甚至与共军达成默契：苏军前脚撤离长春，共军后脚就开进城去。并将国民党全部人员押去机场，撵走了。

再后来，随着苏军向北满方向撤退，失去了保护的各省市国民党政府官员只好纷纷逃走了。

至于大连、旅顺，苏军宣称是军事禁区，拒绝国民党任何官员进入。

第五章

一

在戴传贤支持下，孟国栋将逃亡四川的山东地主陆续纠合到一起，成立了一个以保田保家为口号的山东反共同乡会，下辖武装两百多人，名为山东人民还乡团。这两百多人主要是山东解放区的土豪劣绅（做过日伪维持会者居多）的子弟以及随侍来川的家丁。

孟国栋夸口，别看俺人数少，可都是坚决反共的爱乡人士。日后只要在苏鲁一带登高一呼，就会以此为骨干汇聚成一支反共大军。

他接受了戴传贤建议，率领还乡团先到徐州，待国军开赴山东时，便可尾随进入。

戴传贤称可以给驻节徐州的第五战区司令长官刘峙打招呼，请刘长官给予种种便利。

孟国栋大喜，在重庆坐不住了，马上就率领他的还乡团买舟东下。

动身那天，孟淑贤送父亲到朝天门码头。

孟国栋包了一艘木质的机动船，将他两百多人的还乡团全部塞了进去。孟淑贤颇不耐烦地等待父亲威风八面地指挥他的人马登舟。

忽然，不经意间她往远处一瞥，看到码头的另一端约五十米远近有一张熟悉的面孔。她微微觉得有些意外，便注意辨认了一下。没错，是一张熟悉的面孔——圆形的脸，上下眼皮天生的水泡肉，使本来就不大的眼眶越加显得小了，就像随时都半虚着打盹似的；鼻梁较塌，将整张脸映衬得像一块柿饼；而一对耳朵却长得很好，耳郭肥大，紧贴着头部；耳垂也较大，夸张一点说便类似刘玄德那样颇有垂肩之势。她在参谋总部的走廊上不时见到这个人。尽管双方不认识，这人每次都含着友善的微笑略略点头致意。她记得其领章上是少将标识；今天却穿了一件灰布棉袍，手执礼帽一直未扣到头上，而且没带卫兵——这个级别的军官在参谋总部是配有卫兵的。这人来码头上干吗？接人？还是送客？不论是接还是送，都应该有行李，那就应该带扛行李的卫兵。但似乎什么都没有。

那人站了片刻，似乎瞅准了目标，沿着石阶款步下行。

那里泊着一艘中型的木质楼船。船边有两个笔酣墨饱的大字：夜雪——算是该船的名号。他向着那船喊了一声什么，里面钻出一位年轻人来，将他迎上船去。

孟淑贤刚才见到柿饼脸少将时的纳罕，此刻变成了惊愕。

那年轻人穿着蓝色棉布长袍，头戴同样颜色的呢质礼帽。那体形，那面孔，是她再熟悉不过的了——不是别人，竟是解根柱。

解根柱与那柿饼脸相继钻进中式楼房状的船舱。不过一两分钟光景，一名船老大模样的大汉站到船头，手持长篙，往河岸一点，船便缓缓离开码头，顺流驶去了。

这种偶然的发现，让孟淑贤惊愕之余，做出了一个基本的判断：那柿饼脸与解根柱绝不可能是什么私人关系。解根柱的所有亲眷她都知道；如果是新交的朋友，用不着这样鬼鬼祟祟地挑这么一处上不着天下不挨地周围无人的境地来约会。不用说，他们是同志！如果这个判断不讹，那么柿饼脸就是潜伏很深的共谍了。要不要回去揭发？她颇费踌躇。一边牵涉到她的心上人，一边是党国和父亲长期灌输的反共思想以及忠君爱国意识。怎么办？她陷入从未有过的纠结。

也正是这个偶然的发现，在孟淑贤身上埋下了血光之灾。

孟淑贤的判断一点没差，柿饼脸确实是解根柱的同志；是一位成功地潜伏在敌营里将及二十年的红色特工。他们今天是第一次见面。应该说隐秘性不算太差；唯一的失误是解根柱出舱迎候。如果不是这样，只由船老大将柿饼脸迎进舱内，孟淑贤至多怀疑这是一艘卖春的花船而已。偶然，实在是一个无处不在的怪物，只因为一个偶然的细节安排不周，就可将一切化为乌有，二十年的成功潜伏或可变成一场悲剧。而对今天这场险情，舱内那一对同志却浑然不觉。

柿饼脸的潜伏代号是镝影；在敌营里所使用的名字，按照地下工作原则，与之单线联系的同志也不允许知道。此前的联系人因精通俄语赴苏联去工作，一两年之内回不来；延安情报总部指定解根柱继任这个工作。今天两人碰头，主要是解根柱要根据李克农的指示，向镝影传达毛主席从重庆返回延安后对全党的战略指示，以及最近各解放区的战略态势。作为战略间谍，镝影必须对这一切有清晰的了解，这样才可能明白党和人民军队近期最需要哪一种情报。

这艘名为"夜雪"的中型楼船是重庆地下党经营的游艇，船老大是党员，一名船工和厨子则是非党的"左"倾群众。楼上是客人休息的房间，楼下是客厅与起居间，船板底下是厨房。

解根柱与镝影在客厅相对而坐。座位之间一张微型方桌，上面各有一盏茶，然后不外乎几碟瓜子、花生米、杂糖之类。

他们首先洽商了今后的联络方式，以及万一因不可预测的事件断线之后，镝影以何种方式寻求与组织恢复联系。

镝影要求在解根柱传达中央指示之前由他汇报国民党的战略谋划。

"双十协定"签署并向全世界发表以后的第三天，蒋介石就秘密向高级将领颁发了《剿匪手本》，以警告高级将领勿为"和平声浪所惑"，"误生卖刀买牛之念"，同时表示他个人灭共的决心。

紧接着，在一九四五年十一月九日、十一日分别召开了剿共军事会议和复员整军会议。

各地重要将领齐集重庆，参加会议。

这个会议杀气腾腾地做出决定，要在六个月内击溃八路军和新四军主力；然后分区进行彻底清剿，以期"犁庭扫穴，彻底根绝匪患"。该计划分三步行动：

第一步控制苏北、皖北和山东，打通津浦路、平汉路；

第二步集中重兵于平津，扫荡华北；

第三步打通平绥路，占领察哈尔、绥远两省。

在这两次会上，蒋介石多次做长篇讲话。

他指出"现在第一收复区①里面的土匪主力，虽已渡江北蹿，但一定还有不少的余孽，潜伏地方。我们的高级将领必须除恶务尽，不使遗留一个种子；否则，如果我们玩忽大意，事后大部分的军队都已北上，而已经收复的地区又让土匪蔓延。然则一旦土匪主力南蹿，里应外合，所有的收复区又将变为匪区了"。至于"第二收复区②"蒋介石认为基本方针、进攻步骤虽已确定了，而具体的兵力分配，"还要针对土匪的行动计划，做最后的决定"③。

这个所谓"决定"，在最近一个多月已然付诸实施了。他已将一百一十三个师约莫八十万人的兵力投放到内战前线，此外又加上了收编不久的三十万伪军，共一百一十万人马，沿平绥、同蒲、正太、平汉、津浦五条铁路线东进和北上。企图以此达到两个战略目的：打通铁路线，大举进兵平、津，再大军压境东北；把华东、华北各解放区分割开来，尔后各个击破。

具体到北上平津的兵力，则共分三路：

左路以第一战区胡宗南部九个军东出潼关，并以其中的三个军北渡黄河进入晋南，然后经同蒲路到太原与第二战区阎锡山部会合，再经正太铁路东进石家庄，转而北上平津。

中路以第十一战区孙连仲部三个军共八个师进占郑州，然后北渡黄河，沿平汉路北进，攻占晋冀鲁豫解放区首府邯郸，同胡宗南部会师石家庄，再继续北进，与由美国帮助空运到北平的第九十二军、九十四军会合，完全控制平汉路。

右路以第十战区李品仙部三个军共七个师，先到徐州地区，然后沿津浦路北

---

① 指浙江、苏南、广东的东江地区，皖南、皖中，湘粤边区。
② 长江以北，含西北、华北等广大地区。
③ 《蒋总统集》台湾"国防研究院"印行，第1522页。

上，占领济南，呼应平津地区。

在这三路大军中，中路的孙连仲部三个军八万多人已在九月间占领了新市等八城，做北上石家庄的准备；左路胡宗南部两个军五万人，也由太原附近沿正太路东进石家庄。

镝影介绍完以上国民党军高层的动向，在端起茶碗润喉之际，眉宇间聚起一缕隐忧。放下茶碗，微叹一口气，瞅了瞅解根柱，说：

"目前局势相当复杂：一方面，国共双方已经签订了双十协定，我党代表团尚在这里继续与国民党当局接触；另一方面，蒋介石正在部署更大规模的内战，图谋用武力攫取在谈判桌上没有得到的东西。对这样充满矛盾的情况，我十分希望了解党和毛主席的对应策略。"

解根柱显得胸有成竹，微微点了一下头，说：

"毛主席回延安以后，连续召开多次会议，以求全党有一个清醒的认识。主席指出，第一，蒋介石要消灭我们，这个主意老早就定了。最好是很快消灭；纵然不能做到这一点，也要使形势对我们更不利，对他更有利些。这是目前发生大规模军事冲突的根本原因。第二，由于他受到各种因素的制约，特别是中国共产党力量的存在和他要发动全面内战的准备还不足，因此目前的大规模军事斗争被限制在一定的范围和一定时间内，还不会是全面的内战。第三，在全国实现和平、民主、统一，这是我党既定方针，也是国民党被迫不得不走的道路。所以，前途虽然艰险，和平还是有希望实现的，只要我党有明确的方针与坚决的努力。"

镝影点了点头，觉得毛主席高屋建瓴，将复杂的局势说得清清楚楚。而眉头却没能完全松弛；他了解到的情况是蒋介石集团根本不会认同和平、民主的主张，一心一意要彻底解决共产党武装。要逼迫蒋介石集团踏上和平、民主道路，不啻与虎谋皮。他迟疑了一下，还是把自己的这种担忧说了出来。

解根柱颇有底气地微笑了一下。"你的担忧不无道理；但是，要知道国共两党的斗争，从来都有国际背景，在二战结束后的当下更是如此！早在二战结束前夕，社会主义世界与资本帝国主义世界重新划分势力范围的斗争，就已或明或暗地展开了；但是，两大阵营直接发生战争的可能，暂时还不存在，原因是双方元气都耗损严重，都需要喘息、治疗创伤。固然，美国希望国民党能控制中国，彻底或一定程度驱逐共产主义的'幽灵'，最大程度地限制苏联对中国的影响；苏联则是针锋相对，暗中竭力支持我党壮大武装力量，特别期望我们能完全控制东北。然而，二战已经把这两个大国拖得精疲力竭，他们不愿让国共两党全面开战，害怕这种全面战争把他们拖入泥淖。所以，一方面希望自己的意识形态盟友在中国尽可能多地控制地盘并暗中积极支持之，一方面又会施压逼迫国共两党接受和平、民主路线。所以，美苏两国的施压，对蒋介石多半会产生作用的。"

镝影听了，沉吟一番，态度暧昧地唔了一声。他对蒋介石太了解了，从黄埔军校做蒋介石的学生，到后来做其部属，在很多历史关头，他都看到了蒋介石处置重大事件时暴露出来的性格弱点——刚愎与冥顽不灵。要其完全听命于美国，根本不可能；何况美国的最大利益所在乃是在中国产生一个坚决反苏反共的政权，所以蒋介石的任何胡作非为，美国都会给予最大限度的谅解。而且，蒋介石正好洞悉这点。

他把这种担忧说了出来。

解根柱觉得这种洞幽烛影的能力，对于战略间谍来说难能可贵；而且具体到这件事，这种担忧也不无道理。

"党中央毛主席也考虑到了如果蒋介石甘冒天下大不韪发动全面战争这种情况，所以在军事上、物资储备上都做了最坏的准备！"解根柱沉吟片刻，继续说，"而且你刚才所讲到的国民党几路进攻，毛主席也早已知道并且落实了具体的反制措施！"

镝影一直为这种极大悬殊的敌强我弱态势担忧，为这种态势下敌人的大规模进攻寝食难安，更担心党失去应有的警惕。现在听解根柱一说，便放下心来，轻声然而厚重地啊了一下。他近二十年处在敌营，对敌军与我军的较量历史了解较多，对蒋介石在战略上和战役上吃毛主席的亏之多之深了解更多，明白只要是毛主席有了准备，那结果吃亏的总是蒋介石。

解根柱当然没有具体讲毛主席采取了哪些战略、战役的对策，这是组织原则，倒不是相信不相信同志的问题。

二

面对着国民党军队气势汹汹地向解放区推进，如何阻碍和迟滞其沿铁路北上，便成为解放区军民严峻的战略任务。

北进的国民党部队在兵力上大大多于八路军、新四军，装备也占优势；不过官兵中不少人有厌战情绪，对地理、民情不熟悉，补给线过长，部队派系林立常发生扯皮现象。

根据这些情况，毛泽东做出了部署：

以胜利结束上党战役不久的晋冀鲁豫军区主力迅速东移平汉线，对付从新乡北上的孙连仲三个军。

从十月十二日起，毛泽东连续起草或签发了给晋冀鲁豫军区司令员刘伯承的一系列作战指示，讲清楚打胜这一仗的基本指导原则仍为将我军的整体劣势演变为一个又一个的局部优势：

一、此战胜负，关系全局极大。应以一个半月以上时间，在连续多次的战斗中争取歼灭北上八万敌军的一半左右；

二、安阳以南临近敌军出发地域，不易求得歼敌机会，且易打成阵地持久消耗战，故必须审慎、忍耐，诱敌深入到安阳、沙河之间再寻求机会各个歼灭；

三、在安阳、淇县之间先以小部兵力采取较宽阔的正面防御，轮番阻击，达到迟滞、消耗、疲惫敌人之目的。但在敌军深入安阳继续北进时，则应佯作溃败，避开正面，让敌放胆推进；

四、待敌进至对我有利之地区时，一面在正面坚决阻击扼制，迫敌展开，我主力再从敌必然暴露的侧翼或尾部分割出敌军一部加以围歼。

后来的战役展开，证明了毛泽东惊人的战略预见和战役部署的高超技巧。

在新乡地区进行了二十多天准备的孙连仲部第三十、四十军以及新编第八军，在十一战区副司令长官马法五、高树勋及参谋长宋肯唐率领下，从十月十四日开始北进。

他们经过汤阴、安阳，先头部队在二十二日北渡漳河，同八路军晋冀鲁豫军区部队开战。

二十四日，这三个军全部渡过漳河，分两路快速北进，一路上受到八路军节节阻击。

此时，昼夜兼程北进的晋冀鲁豫军区主力已在预定地区完成集结。二十四日夜晚开始按预定部署出击。分阶段以合围、逐步削弱敌军、诱敌残部突围，从而加以全歼。于十一月二日胜利结束平汉路战役，歼灭敌军第四十、第三十两个军的主力共两万多人。在这个过程中，策动高树勋率新八军一万多人战场起义，对这次全面胜利起了重要作用。

平汉路战役，是刘伯承部继上党战役后进行的又一个规模较大的和比较彻底的歼灭战。其战略后果，一九五九年台湾"国防部"《戡乱战史》做了中肯评述："是役①之后，国军对平汉路既未打通，匪更奋有晋冀、冀鲁边之有利态势，对华中形成极大威胁；对华北更肆意骚扰，南北隔离，使我对接收华北工作发生极大的困难，尔后惟依空运部队接收平、津。究以兵力有限，形成孤立，使政略、战略陷于被动，影响尔后之作战实至深钜。"

对平汉路大捷，毛泽东十分高兴。

---

① 指平汉路战役，国民党称之为漳河作战。

他致电正在重庆进行谈判的周恩来等,"高树勋率两个师起义,影响极大"。"此战胜利后,将给'剿匪'军以大震动,我们拟公开发表。""现令刘伯承清查缴获文件,为数必多,拟公开发表,击破国民党之污蔑宣传。"①

十一月五日,毛泽东又为新华社撰写了《豫北冀南战场胜利捷报》的新闻稿。同一天,他又以中共发言人名义,发表谈话,用平汉路战役的实例,驳斥国民党中宣部长吴国桢关于"政府在此次战争中全居守势"的讲话,指出"由彰德北进一路,攻至邯郸地区之八个师,两个师反对内战,主张和平;六个师(其中有三个美械师)在我解放区军民举行自卫的反击之后,始被迫放下武器。这一路国民党的许多军官,其中有副长官、军长、副军长多人,都在解放区,他们都可以证明他们是从何处开来、如何奉命进攻的全部真情。这难道也是取守势吗?"②

在平汉路战役前后,毛泽东还组织指挥了平绥路作战、津浦路作战以及其他一些重要战役,都取得了重大胜利。

"夜雪"号楼船顺流漂了几公里,钻进江边的芦苇荡里,抛锚打尖。

船老大用托盘从底舱厨房端出两个大海碗,送进客厅,请解根柱和镝影打尖。碗里是热气腾腾的抄手——下江人叫馄饨,或沉或浮在用鱼、鸡煨制的汤料里,香味四溢。解根柱快乐地搓了搓手说,还真是有点饿了。

芦苇丛宽可半里许,顺着江岸往下游望去,无边无际。苇叶虽有点枯黄,而芦花似雪,在肃杀的江风吹拂下,萧萧摇曳,飒飒作响。

两人稀里呼噜吃完抄手;恁地美味的汤当然更是喝得一滴不剩。然后各自点燃了香烟,继续他们的话题。

镝影说,他与新六军军长廖耀湘是黄埔同学,两人从学校起关系就不错。廖耀湘曾邀他去作参谋长,没成。据廖耀湘透露,前不久蒋介石决定把新六军和新一军从海道运往秦皇岛,再经北宁路进入东北参加接收。当时蒋介石、熊式辉对从苏军手里兵不血刃接收整个东北充满信心。所以蒋介石三番五次电令新六军迅速从上海动身赴东北。还亲自督促汤恩伯为新六军赶制在东北用的厚棉衣、棉帽。美国海军也表示全力帮助运送。后来,外交接收遭遇困难;在大连、营口、葫芦岛登陆以及在长春空运军队着陆,遭苏军断然拒绝。不得不用先行在秦皇岛登陆的五十二、十三两个军,强行打进共军李运昌部占领的山海关。一路攻击推进。到了巨流河,遭遇苏军阻挡,只好后退几公里落寨。

那时蒋介石、熊式辉、蒋经国等人意识到用外交手段从苏军手里接收东北已

---

① 《毛泽东军事文集》第三卷,军事科学出版社、中央文献出版社,1993年12月版,第115页。
② 《毛泽东选集》第四卷,人民出版社,1991年6月版,第1167页、1174页—1175页。

失败，甚至认为苏军根本不愿撤退，要待在那里把共军扶植起来才会回国。蒋介石一度认为新一军、新六军去东北无意义，不如转而用于关内，参加控制华北的战役。具体命令新六军先去攻占张家口。为此蒋介石约见何应钦、汤恩伯（时新六军隶属汤集团）、廖耀湘。蒋介石神情黯然地对他们说，外交接收东北遭遇阻碍，只好暂时放下，请英美对苏施加压力，我们也将派人去莫斯科讲理。但目前我们不能闲着。新六军马上车运到北平，暂归李文的十六集团军指挥，担任主攻张家口的任务。他强调，张家口战略地位十分重要，不仅是华北共军与东北共军联络的枢纽，也是共产党经外蒙与苏联之间的运输枢纽，必须及早控制。

镝影介绍的这个对新六军的使用——主攻张家口，后来未能实施，重又改令该军进入东北，归杜聿明指挥。因为苏美英外长莫斯科会议使苏联不得不同意让国民党军队进入东北。

接下来镝影吐露了一个更让解根柱担忧的区域，位于中原的鄂豫皖湘赣根据地（又称中原根据地）。这块在抗战中发展起来的解放区，周围正在集结国民党军队。镝影说白崇禧的计划最终要达到二十二万人马。

解根柱教他不必担忧，我中原根据地的兵力也不弱，党在那里的群众基础深厚，只要正确执行毛主席军事原则，巧与周旋，敌人是奈何不了我们的。

中原军区部队是新四军五师、八路军河南军区部队、八路军三五九旅南下支队、八路军晋冀鲁豫军区第八团等四支部队合编而成。

最先到达中原根据地的是新四军五师。他们在那里开展抗日战争，解放人口一千三百余万，建立了三十八个县的抗日民主政权（外围达六十多个县二千万人口），创建了拥有七个军分区的鄂豫皖湘赣军区，主力部队和地方武装发展到四万多人，民兵二十余万。后来，河南军区一万五千人奉命与新四军五师会合，八路军三五九旅南下支队四千余人，晋冀鲁豫军区第八团二千七百余人也奉命编入。由是，抗战结束前夕，中原军区主力部队达到七万人之众。以后国民党部队在周边集结完成时，按照二十二万人计算，与我中原军区主力之比应为一比三多一点，并不高于全国的国共两军总兵力之比。所以形势并不十分险恶。

一九四五年九月十日，中共中央指出，中原部队留在黄河以南活动，有着极其重要的战略意义，可发挥华北与长江下游我军军事活动的战略配合作用。

九月十一日，中共中央又在给河南区党委的指示中强调，全党应团结在坚持中原斗争的任务之下。

九月二十四日、十月一日，中共中央在给鄂豫皖中央局的指示中反复强调了长期坚持中原斗争的重要战略意义。

中央在一个月之内反复做此指示，显然是充分考虑到了坚持我军在中原的战略存在的可能性及其重要战略意义。

解根柱总结式地说："中原解放区的兵力在全国各解放区排名第三，不算弱；中央也多次表态要坚持我党我军在中原的存在，指示要在军事上巧与国民党周旋。我认为是没有问题的！"

镝影没回答，也没点头，只默默吸烟。

解根柱打量他，把茶碗端起品了一口，放下，微微一笑，问道：

"怎么，有什么问题吗？"

"问题……倒是没什么问题；我在想，中央在半年前重组中原局和中原军区的时候，听说曾考虑派徐向前同志去唱主角？"

"是有这么回事！主要考虑中原的战略地位在抗战后显得十分突出了，所以得有一位政治上强、军事上过得硬的同志去挑大梁。林彪去了东北，饶漱石、陈毅、粟裕离不开华东，刘伯承主持晋冀鲁豫那么一大块地盘更不能或缺，彭德怀更不能离开西北，后来便考虑让徐向前同志去中原。结果也不行，一方面是向前同志疾病缠身，不便远途奔波；主要还是山西的军事需要，向前如果一走，谁去山西作主将又是个头痛的问题……"说到这里，解根柱犹豫着没说下去。

镝影接口道："后来只好派郑位三同志去代理中原局书记、军区政委？"

解根柱讪讪笑着。停了一会儿才说："是这样。不过他和军区司令员李先念同志合作很好，工作也有所发展！"

镝影叹了一口气，沉吟半晌，说："我作为远离老家的'地工'，本不该对党的这种安排置喙；但作为共产党员，对一些问题有看法、有担忧而又缄默不语，我认为是党性不纯的表现！"

解根柱点了点头，鼓励道："你我现在同属一个党小组，党内讨论问题自当知无不言，言无不尽！请尽管畅所欲言，我也会把您的看法转达上去的！"

镝影又沉吟了一下，说："我在国民党那边是搞共产党军事干部研究的，接触原始资料很多，尽管离开老家多年，对老家干部的情况也多少了解一些。我不讳言，我认为中原局、中原军区的领导班子不仅在军事上不够强，在政治上也比较弱——我担心以后面临强敌的进攻，是否能坚定地执行中央精神，很难预料；也许我是杞人之忧，但我对军事才干的担忧恐怕就不是杞忧了！"

解根柱闻言，面部虽然平静如常，心里却大为震惊。自己作为战略情报地下联络人员，从来没去关注与自己工作不无关系的各根据地党政军领导的素质情况。事实上在他看来，不论是中原局书记兼中原军区政委郑位三，还是中原军区司令员李先念，还是中原局成员陈少敏大姐、刘子久同志，都是革命资历不浅、有过贡献的领导，素质应该很优秀的；从来没想过也不敢对此数黄论黑有所置喙。而镝影深潜敌营，工作艰巨，环境险恶，竟能息息关注老家对各解放区领导班子的配备并有所研究有其见解，不论这种见解正确与否，都十分难能可贵。以解根柱的秉性与胆量,绝不敢对这种话题说三道四,也不愿当面臧否镐影这种自己将要长期合作的前辈同志的见解。默然了一会儿,只说了一句话,就把话题转到别的方面去了。

"我会把您的意见转呈上去的。放心吧,也许会逐级到达毛主席那里的!"停顿了片刻,问道:"风闻马歇尔要来华,是不是空穴来风?"

"不,不是空穴来风!"

三

美军参谋长联席会议主席马歇尔退役了。回到弗吉尼亚州的里斯堡老家,准备从此专心经营他庞大的"多多纳庄园"。

回家后不到一周,杜鲁门总统的电报就追来了。

"将军先生,本不敢打扰您来之不易的宁静生活;可是没有办法,合众国的利益及其全球战略,需要您以政治家而非军人的身份重新登台!"

"总统阁下,您是要我出任国务卿还是您的助理?"马歇尔的情绪不错。

"不,我想请您代表我去中国!"

"去中国?"马歇尔的情绪一落千丈。

"是的,去中国。"杜鲁门从马歇尔情绪的微妙变化意识到需要扔一两块画饼出来。"待您功成回来之后,我会把现任国务卿请下台,虚位以待!"

"啊,这个并不重要。"马歇尔明白对方在对他啖以大利。但这"大利"对他确实有吸引力。"这样吧,我马上到华盛顿。见了面我们再详谈。"

在白宫杜鲁门宽敞的办公室里,杜鲁门忧心忡忡地告诉他,赫尔利在中国把事情搞糟了。国共两党签订了"双十协定"后,仍旧持续着武装冲突,而且规模越来越大;更重要的是国民党尽管夺去了共产党一些地盘,但部队官兵伤亡、倒戈的越来越多,物资消耗量越来越大。这是十分危险的现象。我早就向赫尔利交代过原则,除了满洲九省三市必须控制在国民党手里之外,关内其他地区,若无充分把握就不要去动——当然,日军原来的占领区必须要由国民党去接收,这个也不能含糊。而赫尔利竟然去支持蒋介石频频向各处共区进行军事冒险,挑起战端;麻烦在于几乎没有一次行动不以损兵折将告终。长此下去,用不了五年,蒋介石的实力会消耗殆尽;而且,随着事态的扩大,约瑟夫大叔(对斯大林的戏称)能静观其变吗?必须得明白,我们既没有力量卷入中国的战争,也不能让国民政府垮台。这个原则我向赫尔利交代过多次,他没有听——或者没有充分重视。要知道,如果中国丢失了,约瑟夫大叔在世界的东方建立他的社会主义阵营的蓝图就完全实现了。这对自由世界是多么大的威胁呀。所以我决定派你去取代他,挽救危局。

"怎么样，我的将军？"杜鲁门用希冀的眼神看着对方。

马歇尔没有马上开腔。沉吟了一会儿，脸上浮起一缕似笑非笑的表情，瞅着杜鲁门问道：

"总统为什么选中我？"

"因为您是唯一一张我们能拿得出去的好牌——中国的国共双方以及中共背后的苏联都能接受的大人物！"

马歇尔哈哈笑了起来。最后，愉快地接受了任命。

杜鲁门向他详细交代了使华的基本政策和一些局部策略。杜鲁门指出，中国的一些民主党派，尽管小，但本质上是亲西方的。就因为蒋介石坚持军事独裁，不容他们在政府内享有一席之地，所以都产生了亲共倾向。必须迫使蒋介石容纳这些政党，当然也要更大限度地容纳共产党——中国有一部小说叫《水浒》，很有意思，值得向蒋介石推荐。小说里有一支强大的民间分离主义武装，被招安了，结果成为政府的忠实鹰犬。难道蒋介石连这点智商都没有吗？要让蒋介石明白，他如果不这样做，美国将停止对他的一切援助。同时也要让毛泽东知道，如果中共不做出让步，美国就将全力支持国民政府，包括按照蒋介石的要求，扩大运兵规模和财政支持。这对中共显然是巨大的威胁。总之，应该努力把中国推上美式民主政体的轨道，这才符合美国在远东的利益。如果中共能被拉入这种政体，她就有得到改造的可能，这对遏制苏联在远东的影响极为重要。

马歇尔问道："假如蒋介石不上道，坚持要推行他的军事独裁，我们是否会抛弃他？"

杜鲁门毫不踌躇地说："不！美国别无选择，就目前中国的情况而论，足以抵抗共产主义在中国蔓延的实力人物只有蒋介石；在军事独裁与共产主义之间，我们宁肯选择前者！"

马歇尔理解地笑了。"明白！军事独裁毕竟不反对自由经济，允许私人拥有或大或小的生产资料；而共产主义则相反！"

杜鲁门说："将军能有这样透彻的理解我就放心了！另外还要注意，为了维持至少十年内不发生战争，一定要说服蒋介石不可得寸进尺；如果因为蒋某人不肯让步而导致中国内战扩大，那么失败者很可能是他的政府，长江以北将会沦为赤色区域，苏联势力便顺理成章向南挺进了。美国也会因而失去太平洋战争的真正目的，十多万官兵白白阵亡，上万亿美元虚掷，想一想吧，多么可怕！"

马歇尔深以为然地点了点头。沉吟片刻，问道：

"如果不肯让步的不是蒋介石，而是毛泽东，我们怎么办？"

"那就全力支持蒋介石！他需要多少装备，就给他多少；包括除了原子弹之外当下最先进的武器！"

一九四五年十二月二十日下午四点十五分，马歇尔的C—54军用飞机在中国上海的江湾机场降落。驻华美军司令官魏德迈中将到机场欢迎这位昔日的上司。

两个小时之后，他们在餐桌上发生了温和的争执。

魏德迈年轻气盛，直率地指出，马歇尔此行不可能完成使命。

马歇尔明白这位年轻人在中国待的时间不算太短，应该比自己了解情况，便虚心垂询为什么。

魏德迈说，国民政府是个带有浓厚封建色彩的专制政府，尽管与具有自由思想的江浙金融界合作多年，也未能改变它一分一毫。执掌全部权力的蒋介石是绝对不肯做出让步的；魏德迈说他也和许多共产党人交谈过，发觉尽管他们有法共那样的民主意识，但是共产主义打土豪分田地以及废除私人资本的政治目的也十分固执，要他们对蒋介石做出根本性让步，恐怕也不可能。一个要掌权以保障自身及其支持者农村传统士绅、江浙金融界的财产安全，一个要彻底改造社会，水火不相容。把两者撮合到一起为美国的远东战略服务，可能吗？

马歇尔边听对方侃侃而谈边吃饭，速度由快而慢，最后放下了刀叉，微叹一口气，皱眉想了一会儿，说：

"我们在二战中遭遇的困难比这个大得多，都被我们克服了；能有什么东西可以阻挡美国军人的足步呢？当然，我现在不是军人了。而你是！我们必须完成总统赋予的使命！"

马歇尔来华的消息早在他起程前就传遍了中国朝野。人们似乎看到了一缕罢战言和的熹微；马帅的声望，及其在国共两党的良好形象，似乎都预示着他调停的美好前景。

然后，当蒋介石在重庆林园官邸"召对"陈立夫时，这位社会部长却发表了不一样的看法。

"立夫，马帅来办这件事，一定比赫尔利办得好！"蒋介石颇有几分欣然地说。"你觉得怎么样？"

陈立夫在蒋介石办公桌斜对面，挺直腰板，没有依靠后面的椅背。他望了望蒋介石，目光闪烁，欲言又止。

蒋介石乜视他，不满地皱了皱眉头。说：

"但说无妨！在我这儿拘谨什么呀？"

"是的，是的，介叔训诫得是！"陈立夫兄弟是陈其美亲侄，捋起关系来就是蒋介石的盟侄了。而称兄道弟，只有在他们单独相处时，才偶一拿出来；有局外人在场，陈立夫也同大家一样称呼蒋为委员长。他此刻沉吟了一下，说："国共问题，小侄觉得，宜直接商诸苏联，似乎还容易收效；如果由美国出面，苏联可能会产生疑窦，认为美方借此独擅其奸，必会暗中进行阻挠。"

蒋介石端起白开水，略略喝了一小口。他是在借这个动作思考、判断对方此论的合理成分有多少。见陈立夫没有说下去，只请示般望着自己。便唔了一声，用鼓励的语气道：

"说下去，说下去。"

陈立夫恭敬地点了一下头说了一个是字。轻轻咳了一声，说：

"共产党兵力薄弱，物资积储也根本不能与政府相比，所以希望和平。但真实的目的在于赢得时间，整军经武，积累财力。一俟羽翼丰满，必然凶相毕露，全面谋反。可惜有一些美国人对他们认识肤浅，容易被他们表面上呼吁和平的假象蒙蔽。我看马帅也是这样的人。他此番出任调停人，踌躇满志，信心百倍。而一旦失败，他会如何收场？我看他定会诿过于我方！如果出现这样的后果，无疑会影响美国政府对我们的支持度！"

蒋介石默然。这次没去碰他的水杯，只皱眉闭目靠着椅背作养神状。好一会儿才睁开眼睛审视地瞧着陈立夫，问道：

"马帅……完全没有成功的可能？"

"除非我们能容忍共方保持主要的军事力量及其封建割据；在这种根本利益方面，共方是不可能再退让的！所以……"

蒋介石专程自渝飞宁，欢迎马歇尔。

十二月二十一日，马歇尔自沪飞宁，与蒋介石见面。

两人当天就举行了第一次会谈。

马歇尔说，如果委员长完全信赖美国和敝人对国民政府的善意——一切都是为了国民政府能保有现在的地位并且将来实际统一全国，那么敝人这次的来华使命就能完成；反之就会失败。

蒋介石说，美国是当今世界上我国最友好的盟邦，除此之外我们还能信任谁呢？至于元帅阁下，则是我本人最敬重的朋友，我们什么事都好商量。

蒋介石又用请教的口吻问马歇尔，调停工作的关键问题是什么。

马歇尔避开了这个很难一言中的的问题，略沉吟了一下，不客气地指出：如果国民政府希望美国继续提供经济和军事的援助，那么就应该尽力促成和平解决当下的国共争端。

蒋介石不高兴了，脸上的笑容霎时消失。沉默了一下，冷笑一声，不无威胁地提醒马歇尔：中国统一的最大障碍是共产党不肯交出自己的军队；而苏联也在暗中扶持中共的武装，我们有确凿证据指证苏军把缴获的全部军火移交给了林彪和周保中，把沈阳、长春的工业设施拆运到佳木斯、满洲里，由周保中的部队在看管——目前已经用这些东西组建了几个兵工厂。此外，大连的六个兵工厂，最近饶漱石、陈毅、粟裕集团也派了一百多名干部去接管。任其下去，不仅中国，整个远东都会成为苏联的势力范围。

马歇尔明白，蒋介石的话并非空穴来风，所预言的后果也并非不可能。他没马上做出评价，而是沉默了一会儿。然后也学着蒋介石的样微微冷笑了一下，告诫道：根据我们的长期观察和研究，中共并不是一个愿意完全俯首帖耳听命于苏联的集团，我们完全可以通过多种诱导手段让其走上另一条道路以消解其威胁性；但是，国共冲突越激烈，越有利于苏联掌控中共，那么事情就越不可收拾。

第二天，蒋介石飞回重庆。马歇尔也乘坐自己的飞机随行。

马歇尔要和仍在重庆的中共代表团周恩来等人会谈。

马歇尔与周恩来、叶剑英、董必武进行了务实的会谈，双方表达自己意见时都十分坦诚。

马歇尔表示美国不希望中国再有战争，呼吁中国逐步走向多党制民主。

周恩来说共产党作为受害的一方，更不希望再遭受国民政府军队的攻击，迫切期待罢战言和，组成联合政府，用民主的方式解决国内的一切问题。

马歇尔歪着脑袋乜视周恩来，问他应该如何推进中国的民主化进程。

周恩来表示共产党人愿意为这个进程及其实现做出最大让步甚至牺牲，例如已经让出了多处南方解放区，我们还可以继续往北退让。同时，共产党人可以保证蒋介石在联合政府中的领袖地位，保证国民党在联合政府中的第一大党地位。

马歇尔又问道，关于军队国家化的问题，据说你们比较消极。确实是这样吗？

周恩来说，说我们消极是不正确的，确切说是蒋委员长在这个问题上要花招，逼得我们不得不消极。

马歇尔又歪起了脑袋乜视周恩来，问这话怎么讲？

周恩来说，蒋委员长一方面毫不放松地抓住军权，他甚至不允许国民党内除了他自己之外任何人染指兵符，遑论军队国家化了；然后另一方面以统编军队和军队国家化为名，要共产党交出全部武装力量。交给谁呢？交给他蒋委员长。共产党人当然同意统编军队和军队国家化，但是这个进程必须应该具有实有成效的监管。谁来监管呢？真正的联合政府而不是"蒋"记联合政府。所以，我们认为一个各党派在其中有真正发言权的联合政府是统编军队的先决条件。

在马歇尔斡旋下，中断一个多月的国共谈判终于在十二月二十七日恢复了。

马歇尔雄心勃勃，决心在原定只有十三天就要召开的中国政治协商会（他认为这就是中国的议会）开幕前，把停战搞定。

不料国共双方对于停战的时段各执一词，互不相让，让马歇尔大伤脑筋。

共产党主张无条件停战。

国民党主张有条件停战，即先恢复交通，也就是共军在北方的根据地内给国军让出通道。

马歇尔明白，这个条件提得太不聪明，傻瓜也看得出这是要共军协助国军北进以消灭自己。他不得不越俎代庖，替愚蠢的蒋委员长琢磨出了一组藏锋掩芒的条件来，即：停止一切军事冲突，暂时停止一切军事调动，国军为接收东北及在东北境内的调动例外（亦即兵力大大超过对方的杜聿明部国军可以任意攻打东北民主联军）；停止一切破坏交通的行为（国民党借以抢修铁路公路以备"暂时"之后运兵）；一切军队维持现时驻防位置。

为了落实以上条件，马歇尔组成美、国、共三方的调处委员会，将下属的军调小组派往各敏感区实施监督。

马歇尔与蒋介石进行了深入交谈，竭力说服蒋介石明白这一组条件实在是于国府有利得多；他甚至还引用了中国的一个俗语：不要一口就想吃成个大胖子。

蒋介石并非很乐意地接受了这一组条件。

毛泽东明白苏联在东北问题上很为难，也指示了驻渝代表团同意了。

三方谈判小组由美国总统特使马歇尔、国民政府代表张群、共产党代表周恩来为首组成，各方酌量进入几名人员参与工作。

不料张群在前一晚上奉召到林园官邸，由蒋介石面授机宜，突然在第一次谈判会上提出华北的赤峰、多伦也属于东北范围，必须由国军接收。

这个意图谁也看得出，这两个地区是进入东北的陆上通道，可以阻绝华北共军根据地与东北的联系，孤立东北共军；同时可据以协同各路国军对华北共军根据地形成包围。

毛泽东指示周恩来这样回应：我们不反对部分国军进入东北，但国民党始终拒绝国军用和平方式进入东北的办法，一味依仗实力雄厚大动干戈；我们也坚决拒绝张群的赤峰、多伦方案。

而这个时候已经到了一九四六年一月九日，政治协商会开幕仅有一天时间了。

马歇尔急得不行，怒气冲冲闯到蒋介石官邸。

一见到蒋介石就大发脾气，指着对方叽里呱啦数落一通。

蒋介石当然听不懂，一头雾水地待在那里，瞠视着马歇尔。

侍从副官急忙到处去找翻译官。

幸好宋美龄闻讯出来。她知道有矛盾了，便满脸堆笑地把马帅拉到长沙发上坐下。

蒋介石坐到马帅斜对面的单人沙发上。听罢坐在长沙发另一端的宋美龄翻译，笑嘻嘻地对马帅说，元帅阁下请暂息雷霆之怒，听我解释。我们为什么要对阁下的主张稍加改动，把赤峰、多伦纳入东北范围呢，那是为了中美两国的共同利益，防止苏联染指东北。

马歇尔摆手摇头，用嘲弄的口吻指摘道："你这样做适得其反，等于在促使苏联加大对中共的军事援助。现在最需要的是停战，只要没了硝烟，苏联就会放心地离开，以下的工作也就好做得多了。至于将来怎么处置中共，那是将来的事。"

蒋介石冷笑道："将来？恐怕就迟了！共产主义就像瘟疫，不及时扑灭，以后气候条件成熟了，它会大面积蔓延的！"

马歇尔不愿多所争议，索性威胁道："我是代表美国政府来华的，同时此行也是苏、美、英三国支持的，请委员长不可忽略这点！要知道，如果再纠缠赤峰、多伦，不顾大局，对敝人的使命和委员长的利益都是不利的！"

蒋介石不必听宋美龄的翻译，只从马歇尔恼怒的态度和超常的声调已经感觉到了类似哀的美敦书式的咆哮及其内容。他面呈难色地尴尬了好一阵，终于长叹了一声，表示同意让步，放弃关于赤峰和多伦的主张。

马歇尔立刻把周恩来、张群邀集到自己下榻的地方，宣布了蒋介石的新态度。谈判双方的工作人员也马上进入起草协定的工作。

这份难产的停战协定文件终于在一九四六年一月十日凌晨三时四十六分完成。

停战令发到双方各部队的时间参差不齐。考虑到这种情况，协定规定一月十三日二十四时正式生效，双方停止一切军事冲突。

蒋介石根据停战协定对他的部队下达的停战令，其中第五条也就是"附注"十分值得一提：

> 甲，本命令对国民政府在长江以南整军计划之继续实施，并不影响；
>
> 乙，本命令对国军为恢复中国主权而开入东北九省及在东北九省内的调动，并不影响。

此外，除了停战之外，双方部队都接到了各自的最高统帅下的另一条命令：于协定生效前迅速攻占有利的军事据点。

晋冀鲁豫军区陈赓部队在"另一条命令"下达前就攻进了山西曲沃县城。激烈的巷战进行之际，协定规定的停战时间到了。陈赓长叹一声，命令部队撤出战场，与国民党部队脱离接触。

与陈赓部队攻打曲沃时间几乎同时，晋冀鲁豫军区第二纵队对山东聊城发起了攻击。外围清扫时战斗顺利，土工作业也完成了，总攻时间定在十三日。

不料，十二日接到北方局转达中央军委电令，战斗必须在十三日二十四时停止；晋冀鲁豫军区司令员刘伯承的电报也到了，指出在十三日二十四时前不能攻克，部队就必须与敌军脱离接触。二纵司令员陈再道急了，命五旅、六旅提前攻城。先遣营把城墙炸开一道豁口，敌人立刻用大批人马、强大的机枪火力封住那里。双方拼命杀到天黑，陈再道的五旅、六旅仍未能进城。及至二十四时，不得不撤离战场。

十三日上午，冀晋军区政委王平、副司令员陈正湘获悉所部各处阵地相继受到国民党部队进攻。向晋察冀军区司令员聂荣臻汇报。聂荣臻命令守住阵地，寸土不让，说坚持到二十四时再说。

阎锡山部骑兵第四师在大同以东二十公里处的遇驾山与八路军冀晋军区部队遭遇。师长田尚志见自己的部队已抢占了有利地形，下令打死一个八路赏三百元，活捉一个赏五百元，缴一支步枪赏三千元、机枪赏一万元。不料，八路军很快就开来了几倍兵力，将田尚志部围困。田尚志命令部队赶快冲出去。这是八路军的根据地，老百姓主动参加了战斗；大批青壮年在铁路、公路上抓俘虏。到了十四日凌晨四时，八路军和根据地老百姓打死、打伤、俘虏国民党官兵一千多人，缴获步枪、机枪一千多支（挺）。

奉了蒋介石"停战生效前抢占要点"命令的徐州国民党部队分三路向共产党根据地进攻。

山东野战军第二纵队四旅文盛森团长的十二团主攻孤军深入到临城的塘湖车站以东几公里的国军三三九团。文盛森是一员猛将，竟亲自率特务连充当突击队，用几百枚手榴弹造成的火墙开路，不顾一切地冲进敌人阵地。

前沿的两百多国民党士兵大声呼叫"不要打了，我们也是穷人"，立刻就把枪扔了。

文团长向他们大声咆哮，既然都是穷人，把枪捡起来，随我们一起冲杀地主老财的靠山国民党吧。

那两百多国民党士兵就这样加入了八路军。

文盛森打了两个多小时，消灭了国军三三九团外围部队，最后包围了其团部。几十枚手榴弹投进去，紧接着二十支冲锋号齐声吹响，喊杀之声惊天动地。停战令到达前全歼了国军三三九团，无一漏网。

二纵司令员当即代表上级授予文盛森团英雄团称号。

停战令下达后，东北的国民党部队并未偃旗束甲，依旧对东北民主联军全方位进攻。

为了严格遵守停战令，民主联军不断退却。部队产生了悲观情绪，都以为是上级在怯战退却。

他们的总司令林彪从一开始就对国民党的和平诚意高度怀疑，认为中央太过轻信。他曾电陈中央，"若我在这方面停战，而让敌人自由攻击东北，则对我党的后果是不利的，华北之暂安局面也决不会长久的。因此我们对现在所谓和平的实际收获，须清醒地考虑之"。林彪抱怨，停战协定签字后，党在东北的处境更困难了。"我入东北的部队目前完全处于无根据地的状态，与我军脱离中央苏区到达陕北前的状况大体相同。"

停战协定生效后的第三天，林彪再次致电中央，要求允许他向杜聿明部发动攻势。

中央次日回电，指出停战协定既已公诸天下，若我军主动发起攻击，"将受到国内外舆论责备"，国民党便会乘机将"发动内战的责任加诸我们头上"。所以，"目前可能取得的局部军事胜利必须暂时放弃，以服从目前全局的政治形势"。①

东北民主联军总部在杜聿明大军压迫下，退到辽宁北部的法库；原山东军区第一师和新四军第三师七旅也撤驻法库以西的秀水河子村。他们在这里百般努力，让老百姓了解部队的品质，逐渐得到当地百姓的认可。就在立足点可望建立的时候，杜聿明又打过来了。民主联军只好撤出秀水河子村；同时函达国民党军前线指挥部，要求他们遵守两党签署的停战协定。

国军置之不理，继续大规模进攻。

林彪大怒，命令部队不再退让。他决定在这里教训一下杜聿明。

摆在面前的是国军第十三军八十九师二六六团一部、二六五团一部，总共四个步兵营加上一个山炮连、一个运输连。敌人兵力不多，又远离主力，林彪认为稳操胜券。他集结了六个团兵力，向敌军隐蔽靠近，悄无声息地将其包围起来。

零下二十度的气温，官兵冻得浑身僵硬，都焦躁地等待着。

午夜十二时，林彪命参谋发射总攻的信号弹。

虎将梁兴初的第一师、骁将彭明治的第七旅用山炮做摧毁性轰击。炮击五分钟后，第一师发起了冲锋。

第八连连长兼指导员张作民率本连作突击队从村北往里打，以牺牲二十多人的代价冲进村去。不料遭到守敌密集火力的压制，不能再前进；张作民也在这轮冲锋中阵亡。

二团第三营教导员赵崇新率第七连附营属重机枪排跟进增援。赵崇新指挥重机枪排占领有利位置，左右步兵一百零八支日式步枪、四十一支苏式波波沙（转盘冲锋枪），同时密集射击。弹着范围不过五十米宽，故火力显得特别猛烈，杀伤力效果很大。守敌不得不逐次后退，直退到墙边。

彭明治七旅不久也从另一个方向发起猛攻。守敌慌忙调动火力阻击，霎时阵足发生混乱。一师和七旅乘势往前冲击，与敌展开逐巷逐屋的争夺战。守敌装备

---

① 以上引文全部出自《东北解放战争文电集》，平明出版社，1955年版，第181页。

不弱，大量美制轻重机枪、六十毫米火炮齐射抵抗，拼死不退。双方打成了胶着状态。

后来国军五十二军一部前来增援，到达距秀水河子村六公里的太平屯，并向困在秀水河子村内的守军发出了信号，教其坚守待援。

守军看到了希望，士气恢复，更加顽强了。

梁兴初第一师二团一营营长刘海清亲临前沿侦察，发现村子东头有一条沟可以利用。他向上级建议改变攻击方向，派突击队秘密从沟里摸进村去。他亲率二连、三连神不知鬼不觉进入守敌中心地带。孙洪道营长迅速率二营跟进增援。终于占领了秀水河子村。

是时为早晨六时三十分。

东北民主联军此役歼敌一千五百多人，俘敌九百多人；缴获颇丰，计有各类火炮三十八门、机枪九十六挺、步枪七百二十一支、卡车三十二辆。

民主联军的第一师和第七旅共伤亡七百七十一人。

但尔后的沙岭战斗却让兵力大大低于国军的民主联军遭到重创，伤亡高达两千一百五十九人。

与之对阵的国军新六军是廖耀湘率领，伤亡仅六百一十二人。

就在"关内停战、关外大打"的情况下，马歇尔陶醉在虚幻的成就感中，误以为从此可以稳住蒋介石政府，稳住美国在中国的战略成果了。他决定乘飞机做一次巡游检阅，欣赏一番自己的成就。预计行程五天，飞行九千八百公里；检阅的地方有华北、西北、华中、中原、华东等地的十个地方。东北是不去的，他知道那里的国军正在对共军做最后的扫荡，正在为创建自由世界远东前哨基地而战，所以他必须装聋作哑。

他的专机二月二十八日下午在北平降落。

首先在军调部听取了美国和国、共三方军调部成员的汇报。稍事休息后，晚上出席宴会——在萃华楼淮扬菜馆举行。

次日即飞往共军驻守的张家口。晋察冀军区司令员聂荣臻在那里欢迎他。

接着，飞往归绥以北的集宁。这个地方在停战令下达前国共两军反复争夺，死伤不少。天太寒冷，马歇尔没下飞机，就在专机上听取贺龙的汇报。贺龙奉命要对他进行鼓励，以充实他调停和平的信心。说停火令下达后，这里就没发生过战事。马歇尔很高兴。他哪里知道，不远处的这座小城在停战协定生效后竟被傅作义部队攻占，在他的飞机降落之前又被晋绥野战军浴血奋战刚刚夺取回来，空气中一缕硝烟味尚未收尽。而马歇尔坐在飞机内，闻到的只有贺龙烟斗上冒出来的土烟丝的香味。

马歇尔飞返北平，次日再飞济南。到机场迎接他的是两位山东省主席和两位山东省军事长官：共产党省主席黎玉，国民党省主席是何思源；共产党的山东军区司令员是陈毅，国民党的第二绥靖区司令官是王耀武。两位省长、两位司令向马歇尔汇报了一通官样文章的话以后，共同宴请他。宴会上大家碰杯、握手，气氛融洽。马歇尔得意地向在场的记者们说，这是山东具有历史意义的会餐，大家要好好向世界宣传啊。其实当然是宣传他斡旋的成功，宣传他马帅的功绩。

他请这四位国共两党的地方高官陪他去徐州，与更高一级的官员徐州绥靖公署主任顾祝同会谈。

到达徐州后，双方的气氛恶化了。因为国军尽管占领了徐州和津浦线的部分铁路，但还有长达二百六十公里的线路在陈毅部队的控制中；铁路两边纵深五十公里全是共产党根据地。国民党方面要去尽快恢复交通；而共产党指出国民党军队沿着铁路线建立了比抗战时期还多的碉堡和工事，这对于恢复交通后的和平是最大的威胁。

会后陈毅与老熟人顾祝同私下闲聊，有一段趣味盎然的对话。

陈毅问道："顾司令长官，据阁下高见，和平民主是否可望实现？"

顾祝同想了一下，微笑道："不瞒老兄说，这个完全取决于美国！"

陈毅故作惊讶地说："老头子（指蒋介石）不是闹着要打吗？"

顾祝同摇摇头，瘪了瘪嘴，说："老头子顶什么用！"

陈毅哦了一声，点了点头说："原来是这样！"

这种对话马歇尔当然不可能知道，他已飞到了河南省新乡去了。

八路军的晋冀鲁豫军区司令员刘伯承与国军第三十一集团军司令官王仲廉在那里欢迎他。

会谈一开始，双方就发生了激烈争吵。因为国军在停战协定生效后还在对八路军进攻，夺去了几个月前八路从日伪手中接收的孟县。

刘伯承对马歇尔说，敝人风闻马帅来华是主持公道的，请马帅责成王司令官把违令而强夺到手里的孟县归还我们吧。

马歇尔尴尬地笑着，好半天才半吞半吐地说，事情不发生已经发生了，刘将军还是以大局为重，不必为一城一地得失伤了双方和气；至于王司令官，如果再有类似举动，那我就要报请蒋委员长对他旧账新账一并结算了。

王仲廉赔笑道：一定，一定。

接下来到山西太原与国民党方面的阎锡山、从绥远赶来的傅作义，以及共军将领陈赓会谈之后，马歇尔便直飞延安了。

延安方面的欢迎十分隆重。搭建了欢迎的牌楼，组建了仪仗队。毛泽东还做了一套呢子中山装、购置了一双黑色皮鞋。

马歇尔与毛泽东的会谈还算融洽，没有产生严重的分歧，他也通过这次坦诚交谈明白毛泽东确实不愿打仗。他在心里甚至这样在惋叹，可惜毛泽东是个共产主义者，否则他宁可说服杜鲁门改弦更张抛弃蒋介石而支持毛泽东。他向毛泽东保证，蒋介石不可能再动武了，暗示美国对蒋有充分的约束力。

马歇尔延安之行所产生的客观效能是让中共中央对和平产生了乐观情绪。后来的事实证明，这给他们造成了极大的麻烦。这是马歇尔蓄意为之抑或仅仅是"客观效能"，这需要历史家做进一步深究。

马歇尔次日告辞，毛泽东去机场送行。众多中外记者包围了后者，问他什么时候去南京？毛泽东答称，蒋委员长什么时候要我去，我就什么时候去。

马歇尔与毛泽东握别时叮咛道，请一定以大局为重，该忍让的时候不要选择针锋相对。

毛泽东大概在热闹的气氛中没有细品此话的含义，立刻郑重地表示，两党签署的一切协定，我们将保证不打折扣地贯彻。

美联社记者罗德里克对毛泽东流露的乐观情绪做了客观报道，在报道中这位记者也"流露"了自己的隐忧。他似乎知道一些美蒋方面合作的内情；同时他也对毛泽东身上氤氲的一种旷古伟人气质讶叹不止，说毛泽东时时使自己让人感到"自信与权威而又不露骄矜的风态"。

中共中央由此认为"中国革命的主要斗争形式，目前已由武装斗争转变成非武装的群众的与议会的斗争"。他们积极遵循国共两党签署的《关于军队整编及统编中共部队为国军之基本方案》，一九四六年二月下旬全面展开裁减军队、官兵复原工作。行动之迅速、规模之大，与国民党方面日益加剧的扩军备战、向北运兵恰成对照。中共中央给各解放区下达了缩编复员指标是三个月内至少将官兵数量减少三分之一。于是，八路军、新四军在这个期限内复员、专业官兵达二十五万六千七百一十五人。晋察冀解放区的复员最彻底，九个纵队减少为四个，总计复员九万三千二十八人。部下抱怨军区司令聂荣臻，北平的国民党到处征兵扩军，为什么我们要这样做？

蒋介石的《机密——甲——9269号手令》① 规定：国军整军采取的是马歇尔的建议，以美军编制作参照，把集团军改为军，军改称为师，师改称为团；整编后的师为三万人左右。表面上让外界以为多少军没有了，其实官兵一个也没减。而且各军在整编中都须扩充兵员。有实例可查的是：第三军扩充九千零三十六人，第十六军扩充了六千九百五十八人，第三十军扩充了六千八百七十五人，第四十

---

① 中国第二历史档案馆藏。

军扩充了四千九百三十二人,第九十二军扩充七千三百零五人,第九十四军扩充了六千九百二十二人。国民党方面假惺惺宣布把五万五千名军官、一百五十万士兵转业。其实,这些官兵全部实行了"集团转业",改换了一个名称叫"兵工建设总队",装备完全没有变,依然是作战部队。

第六章

一

文强一生尽管浪得虚名，有吹牛大王之讥；而有时也不无远见，能在事情发生前预作安排，临事收事半功倍之效。例如四平的秘密工作就由于他的预见力而超前做出了成效，把东北民主联军总部要害部门的一个二号人物拉下了水，为杜聿明提供了重要情报，廓清了杜聿明眼前的战略迷雾。拉人下水是个说简单就简单说复杂也复杂的活儿，重要的是得因人而异。文强采取的办法既简单而且十分老套，就因为深谙"因人而异"之道，深入分析了对方的特点，然后对症下药，所以一举成功。这个办法就是美人计。

事情须倒回去从国民政府接管东北受到苏军横生阻碍，东北行辕与外交特派员公署撤到北平那段时日说起。

丘吉尔气急败坏地跑到美国，到处发表演说，发明了一个新词，叫作"铁幕"。其含义是：二战结束以后，苏联借战败德国的余威，在东欧扶植了七个共产党国家，加上北朝鲜和外蒙古，用铁幕笼罩了包括苏联在内的所谓"社会主义阵营"。同时西方国家的"左"倾政党纷纷挟这个"阵营"以自重，操纵江湖，哄骗选民，大有"问鼎之大小轻重焉"的势头。丘胖子语重心长地告诫美国以及自由世界千万不可掉以轻心呀；进而呼吁英美两国携起手来，做自由世界的中坚，以对付欧洲"上空那个幽灵"的威胁。他还特别指出，在中国，那个"幽灵"已经掌握了不小的武装力量，正在蚕食自由世界在远东传统的领域。

他惊呼的情况，并非完全耸人听闻，确有一些符合事实。

中国的国共两党对弈，尽管美苏两国以及中国内部的反战力量一直在对蒋介石掷以"乾坤圈"进行约束，而全面战争的危险却始终没有消除过。在这个辽阔的国土上，有两个地区成了火药桶，最能首先引发全面军事对抗：一个是苏皖的长江北岸，一个是山海关外。

苏军为了让东北共军尽快壮大起来，一再拖延撤离时间。然而在蒋介石纠结英美多次干预下，后来也不得不向北撤离了。

他们撤离沈阳时，并没有按照当初与国民政府谈判时所约通知对方，而是突然间就走了。

驻扎在城外的国军五十二军二十五师师长彭璧生发现苏军秘密移交工厂、监狱给中共方面的人，敏感到期盼已久的大撤离终于要兑现了。赶紧派遣大批武装人员身着便服，混进城去。待到苏军撤尽，他就在便衣武装人员接应下，拥大军迅速入城。

以离开沈阳为起点，苏军一路继续北撤。

国军始终与之保持五十公里间距，徐徐推进。一路上当然会与阻击的中共武装交火。苏军有意将不少火车头带走或破坏。少数可以开动的火车运兵量有限，国军追击共军的部队无可奈何，就主要只能靠步行了。

这段时期，国共双方的代表正在就东北争端进行谈判。双方观点相去甚远，争吵激烈；不过谈判并未破裂。

中共最初设想由苏军帮忙，把整个东北拿到手。由于国际局势对苏联压力增大而落空了。那么现在对中共最有利的情况就是停战，保住北满以及其他已从苏军手里接管的大片区域，徐图将来发展。所以，中共中央给东北局的指示是：苏军退出沈阳后，从沈阳到哈尔滨的沿线大城市我军不要去占领，让国民党军去接收，这样在政治上我方才会处于有利地位。

必须要说明的是这段时期刘少奇在主持中央工作；毛泽东多年积劳成疾，从重庆回到延安不久就病倒了。苏共中央派来给他治病的专家组认为必须彻底休息，不准工作，所以很多事大家都没让他知道。

就在中共中央这份电报发出的当天，苏军继放弃了沈阳之后，又放弃了沈阳与长春之间的四平。

离开四平之前，苏军将自己的行动秘密告知了东北民主联军。

林彪命黄克诚火速派兵进入四平城内填驻。

黄克诚及时进了四平城。把城内的国民党地方官员一股脑儿请上一辆卡车，送出城去。

面对这种复杂的形势和中央指示，中共中央东北局在抚顺开会研究对应办法。

彭真、凯丰、李富春不同意中央意见。他们在会上坚持主张要对苏军"加强"交涉力度，请其履行共产主义者的国际义务，暂缓撤退，以待民主联军接管大城市并在那里站住脚跟；退一步说，即使苏军不帮这个忙，我们也可自行夺取各大城市。

高岗不同意这一意见。他认为苏联迫于条约义务以及国际压力，把沈阳等大城市让给国民党，我们不能强人所难。现在是敌强我弱，东北的群众基础尚未建立，所以中央的指示是正确的：先行退出大城市，占领中小城市，做好农村工作，争取人民的了解，这才是重中之重；应借助苏联尚未退出的有利条件，迅速在北满、东满、西满建立巩固的基础,加强热河、冀东的工作,在洮南、赤峰建立后方,做长久打算。

张闻天支持高岗意见。

林彪未置可否。当有人请他发表意见时,他半开玩笑地说自己只负责打仗,你们做出什么决议我就执行什么。事实上他是支持暂时退却转向农村徐图再举的主张。他私下对高岗说过,如果投票,我一定投你和洛甫(张闻天)的赞成票。

其实林彪已数次以个人名义向病中的毛泽东径电陈述了自己的看法,明确表示赞同高岗、张闻天意见。例如十一月二十二日他的电文称:"应准备放弃锦州及锦州以北二三百里,让敌拉长分散,再选弱点相时突击……应就地进行准备与充分训练,养精蓄锐,特别是要加强炮兵的建设,以待以后之作战。"林彪这份长电中表达的意见主要是两点:放弃以前辽西与敌决战的计划,撤往辽宁腹地;部队必须进行准备与训练,才能考虑战略进攻。他面对纷繁复杂的局势保持了惊人的冷静与远见,这与高岗、张闻天是一致的。但可惜他们都不是东北局的主要负责人!

有的史学家说,抚顺会议没留下任何文字记录,更无决议,是个不了了之的会。笔者认为,接下来东北局及其部队的举措说明不可能没有决议。首先,争论还在继续,双方各自在向中央申诉意见。

此前,中共中央下令党在东北的最大一块根据地组建北满分局,以陈云为书记,高岗、张闻天、凯丰为常委;高岗任北满军区司令员,陈云为政委。高岗去哈尔滨向陈云报到、履新是在抚顺会议以后。

高岗是个执拗性子,他到北满分局的当天就促成陈云、张闻天与他联名向东北局和中央上书再次阐述自己的主张。这份于一九四五年十一月二十九日发出的电报,史称《对满洲工作的几点意见》。笔者认为十分重要,不避枯燥之嫌,摘要于次:

> 我们必须承认,首先独占三大城市①及长春铁路干线以独占满洲,这种可能性现在是没有了。因此,当前满洲工作的基本方针不是把功夫用在三大城市,而是集中必要的武装力量,在锦州、沈阳一线给国民党部队以可能的打击,争取时间,以便把其他兵力及干部迅速分散到北满、东满、西满(包括中小城市、广大乡村,以及铁路支线的战略区域),在那里清除反动势力,放手发动群众,利用苏军屯集在北满的大量日本军火,扩大武装,建立三大城市外围及长春铁路干线两旁的巩固根据地。争取我党在满洲的优势有许多

---

① 指沈阳、长春、哈尔滨。

有利条件，苏军的援助即为其中之一。同时必须防止干部中以为不经过艰苦斗争就可以获得全满洲的念头，避免把一切希望寄托在苏联的援助上。①

中共中央复电，明确表示"完全同意"。

但东北局主要领导彭真以及凯丰、李富春等并不同意高岗、陈云、张闻天的意见。

彭真十二月五日致电中央并林彪、陈云②说："我们应积极准备夺取沈阳，以造成对于和、战均有利之局面。"③

收到这份电报，高岗、陈云不待中央复电，当天就致电彭真说："来电所称在歼灭及阻断北宁路④之敌同时，以三万兵力攻沈阳，一万清剿长春外围之敌。如此分兵，能否全胜？请考虑后果及影响。""你们转来中央关于改变独占满洲与建立根据地的战略指示⑤与你们来电（的主旨）是不同的。我们意见再分别请示中央。"⑥

刘少奇陆续为中央起草的几份致东北局电，耐心说服他们接受林彪、高岗、陈云意见，未取得效果。只好不顾苏联医疗组劝阻，向病中的毛泽东汇报。

毛泽东也已收到林彪多份长电，意识到再不加大干预力度，东北局的失误必将造成不可弥补的恶果。

十二月二十八日，刘少奇再次致电彭真、陈云、高岗。电文说："毛主席在看了最近一个多月东北与延安往来电报之后，从休养所写来一个关于东北工作的指示，即发你们。"⑦

这份指示就是毛泽东扶病为中共中央起草的致东北局电。编入《毛泽东选集》第四卷时，题为《建立巩固的东北根据地》。电文论述了七个方面的问题。关键在于及时确定了中共在东北的正确战略方针，统一了东北局领导层的认识，为夺取东北的胜利廓清迷雾确定了方向。他指出：

> 我党现时在东北的任务，是建立根据地，是在东满、北满、西满建立巩固的军事、政治的根据地……

---

① 《高岗文选》，东北出版社，1952年版，第231页。以后凡高岗文均出自此书，不再一一说明。
② 此时林彪在前线，陈云在哈尔滨。
③ 《彭真年谱》上卷，中央文献出版社，2002年10月版，第330页。
④ 北平至沈阳的铁路。
⑤ 指11月28日中共中央致东北局和前线将领林彪、萧华电。
⑥ 《陈云年谱》上卷，中央文献出版社，2000年6月版，第436页。
⑦ 《刘少奇年谱》上卷，中央文献出版社，1996年9月版，第548页。

建立这样的根据地的地区，现在应当确定不是在国民党已占或将占的大城市和交通干线，这是在现时条件下所做不到的。也不是在国民党占领的大城市和交通干线的附近地区内。这是因为国民党既然得了大城市和交通干线，就不会容许我们在其靠得近的地区内建立巩固的根据地。这种地区，我党应当作充分的工作，在军事上建立第一道防线，决不可轻易放弃。但是，这种地区将是两党的游击区，而不是我们的巩固根据地。因此，建立根据地的地区，是距离国民党的占领中心较远的城市和乡村……

我党在东北的工作重心是群众工作……因此，我党必须人人下决心，从事最艰苦的工作，迅速发动群众，建立根据地。

显然，毛泽东的这份电报是吸取了林彪、高岗、张闻天、陈云等北满分局领导人和民主联军主将关于东北战略方针的意见，进行了更为深入思考以后的正确判断，为解放战争前期这场东北局的争论画上了句号。

然而，由于当时毛泽东毕竟在大病中，由他亲自确认的东北战略的实施为党内外复杂局势所干扰，东北局负责人依旧试图在沿铁路线与国民党争夺大城市的控制权。

随着国民党军队源源不断开到东北，国共两党的谈判越来越艰难。因为接受了大量美援的蒋介石的腰板越来越硬了。

国民党的代表坚持这样的立场：共产党不能在东北驻军，必须退出，否则后果自负。

无路可退的中共中央也只好强硬起来：进入东北的国军，只能接收沈阳至长春沿铁路两侧半径十五公里地带；若想进入其他地区，必须征得共产党方面的同意。

面对这样尖锐的对立，以及在美国帮助下完成了现代化进程的国军，马歇尔判断共军在东北不会生存多久了。便借口向总统述职，暂时离开了这是非之地。他的如意算盘是再次返华时，东北已不在"调解"的范畴了。

随即，东北民主联军抢在国民党军之前，占领了战略要塞四平。从沈阳北进长春、哈尔滨，这是必经之地。

蒋介石命令杜聿明，尽快集结部队，夺取四平。

数日前还强调勿与国军在接收问题上较劲的中共中央，见战争难以避免，电令东北局：坚决粉碎国民党进攻，守住四平。

文强在四平的秘密工作就是在这样的军事对峙下开始的。

戴笠在北平肃奸、肃贪的时候，文强飞去见他。在什锦花园原吴佩孚公馆——戴笠下榻处晤见。

戴笠没对他多说什么，教他速回东北，加强情报工作，配合杜聿明大军行动。叮嘱文强先去拜会杜聿明，介绍军统的工作安排，征求杜聿明的意见。

文强飞到锦州，找到东北保安司令长官部参谋长赵家骧。这才知道杜聿明肾病恶化了，躺在床上不能下来。

赵家骧说，文先生如果没有十分要紧的事就不要去打扰司令长官吧。

文强苦笑着两手一摊，说没有办法，确有要务必须向杜长官禀报呢。赵参谋长可不可以帮忙引见一下？

赵家骧也怕误了什么大事，只好引他去后院杜聿明休息的屋子。

文强首先向杜聿明转达了戴笠的建议：前一段时期在东北行辕设置了一个督察处监管情报，工作力度太弱；现在有意在司令长官部再设置一个，以方便直接地配合军事行动。

杜聿明对此颇感兴趣，说当然欢迎。是由文先生来主持吗？

文强说，部下我已经在行辕"尸位素餐"了一个位子，戴局长的意思是叫程克祥来做处长。杜长官以为如何？

杜聿明沉吟了一下，说雨农派谁来都可以；不过，派来的人还是要请他考察一下人品。以前派来做情报处长的荆有章，能力倒是有一点，只是路数太乱，除了乱搞钱，居然还四处招兵买马，封了一些莫名其妙的什么司令、总指挥，闹得地方上鸡飞狗跳，民怨沸腾。我已经取缔了这个情报处，把荆有章也抓起来了。待军法处坐实之后，恐怕只好枪毙这个人了。请文先生向雨农解释一下吧。

文强明白，像杜聿明这样在蒋介石面前得宠的方面大将，戴笠是不敢得罪的。杀一个两个军统的中层干部，戴笠只会附和或默不作声，决不会反对。便马上说，杜长官处置得英明极了，像荆有章那样的坏人，不杀何以肃军纪而正国法呢？我想戴局长一定会举双手赞成的。

接下来文强又用请示的口吻问，军统的情报工作，杜长官有什么具体吩咐吗？

杜聿明说，共军初来东北时，只十来万人，还有不少是干部。到了东北，在苏军卵翼下发展很快；现今究竟有多大兵力，有说二十多万，有说三五十万，各种情报不一，至今依然是个谜。不明虚实，怕遭诱兵之计，所以在用兵上不敢大踏步推进。如果军统能够予以廓清，那就功德无量了。

文强边听边点头同时发出赞成的唔唔声。最后说，一定向戴局长转达杜长官的这个指示。

杜聿明勉力把脑袋在枕头上移动了一下，向着赵家骧，说请参谋长给文先生介绍一下我们的计划，他们搞情报也才好对症下药。

赵家骧点了点头说是。

旋即把文强招呼到壁挂式地图下，用指示杆逐一指着一些地方向文强介绍：

第一步，抢占热河、承德、朝阳到锦州一线，策应傅作义打通平绥线的行动；

第二步，肃清沈阳外围，先期扫荡营口、本溪一带；

第三步，抽调精锐部队渡辽河向四平推进，一举拿下这个战略重镇。

文强明白了四平对东北战局至关重要。他暗自沉吟，一定要亲手抓这项工作，建不世之功。

杜聿明深锁眉头，苦着脸叹息，我的贱恙越发严重了，恐怕难以继续采取保守治疗，最近将遵医嘱赴北平做手术。文先生在东北有事，可与赵参谋长联系。

文强当天下午就把自己打扮成粮食商人，携带五百袋面粉，在前线国军协助下，混过重重关卡，进入四平城。

运面粉的三辆马车没抵达预约的金记粮店，就遇上了共军的后勤采购人员，以高于市价买走了；还用的是银圆结算。

文强十分高兴，觉得运气不坏，也许办正事不会有太大难度吧。把银圆分给三个装扮马车夫的小特务，吩咐他们就地潜伏，随时策应"〇三"号的行动。

"〇一"号就是文强马上要去"唤醒"的潜伏特务。

四平与长春之间有一个村庄名叫河阳屯。村里一个大土豪名叫完颜登，日伪统治时期一直是当地的伪县长。日本投降后，他率领县保安队从县城退回河阳屯，守住自家的高墙深院，等待国民政府来接收县城。

不料等来了共军李运昌部。

他获悉共军对附逆的伪满官员一律收监审查，对欠下老百姓血债者更要严办，不免惊恐万分。共军刚到，他也不问虚实就指挥手下一百多名保安队兵丁进行阻击。结果可想而知，保安队大半被歼，其余作鸟兽散，他自己也被共军俘虏了。正要送他到战俘营，不料众多泥腿子告状，指证他为富不仁，强抢民女，欠下人命数条。共军长官说这等坏人，也难以改造，下令枪决了。

完颜登有一个长得如花似玉的女儿，名叫完颜如璧。这女儿是方圆几十里首屈一指的美女。少年时代在沈阳上小学、中学，后来考进了燕京大学。可惜还没毕业就与一个同学相恋上了，旋又同居，荒废了学业。更没想到的是这同学乃军统方面的人，生拉活扯将她拖入了"团体"。后来这恋人的身份被校内赤色学生察觉，在一次执行盯梢任务时被打死。她伤心极了，不待毕业就返回了家乡。

不久日本投降，家里遭逢变故，父亲死于非命，田产遭共产党没收，瓜分给穷棒子。从此她与共产党和穷棒子结下了血海深仇。

国民政府的行辕刚进入东北，她就千方百计要去拜谒长官，以图与共产党决一死战。

适逢文强组建行辕督察处，重建东北军统。两人见了面，一拍即合。

文强见这完颜小姐姿色颇佳，文化又高，更重要的是与共产党势不两立，暗自寻思必有大用。他教她先到四平县立中学应聘国文教员——燕大学生自然是很容易的事；要伪装"左"倾，以后有重要任务交她完成。其实那时文强并没有什么具体的计划，只把她作为一枚闲棋冷子备用而已。不过也吩咐她，若有机会接触共军的中层以上干部，一定要抓住不放，设法建立友情。

文强在城厢旅社下榻，叫人通知完颜如璧来见。

文强发给她五十块银元和两根金条，作为以后的经费和薪水。问她有没有钓上什么鱼儿。

她说，有一个目标。多日前曾来学校给学生讲红军长征故事，是共军的一名团级干部。目前还只是相识、相熟阶段。不过此人看得出来没见过世面，好色，羡慕舒适生活。只要是她在场，此人就特别兴奋，忍不住对她频频顾盼，连学校一些师生都看出来了。

文强微笑点头。沉吟片刻，问她是否搞清了此人的具体职务。

她得意地点头说，全部都搞清了。此人名叫王继芳，四川巴中县人。红军时代在家乡参加红四方面军，随部队北上陕甘宁。在延安抗大学习期间，颇受校长林彪青睐，旋即留校做教员。不久前随林彪来东北，担任民主联军总司令部作战科副科长。[①]

文强大喜，惊叹她真是天才的特工。马上表示要将她的军衔由原定的少尉升为中尉，同时许诺下一步再有成绩将另有升赏。

她不屑地瘪了瘪嘴，微笑一下，表示名利对她乃浮云，只图打击共产党以报杀父之仇，为这个她舍命也会干的。

文强肃然点头，赞扬这个就叫舍生取义精神，令人不胜敬佩呀。

此后完颜如璧施尽水磨工夫，果然将"东总"作战科副科长王继芳拉下了水。

她当然没立刻透露自己的真实身份，仍以进步面目在王继芳面前周旋。

后来王继芳表示要向组织上申请结婚。

她冷笑道，如果那样，你的革命前程完了，我的名节也完了。

王继芳大惊，问她这话是什么意思。

她故意长叹一口气，说：事到如今，我只好实话实说了——我其实在北平是有丈夫的。

王继芳一听，大惊失色。气急败坏地结结巴巴地指摘她，怎么会是这样，你怎么能这样呀。现在你我做下了这等大事，可如何是好啊。

---

① 科长为李作鹏。

她平静地说，我与丈夫是包办婚姻，从来就没有感情。既然你我相爱了，我也委身于你了，待我抽个时间去北平把婚离了，回来你就向你的组织申请结婚，不就好了吗。

王继芳听了，一者已然做下了这事，再者也确实离不开这个美女了，便长叹一声说也只好这样了。

二

一九四六年二月中旬，戴笠在青岛逗留了较多时间，又返回北平。

文强获悉，搭机从锦州飞到北平，向他禀报工作进展，也顺便介绍了东北近期战况。

戴笠听了，很高兴，夸他会办事，这么短的时间就把东北九省三市的谍报网建立起来了，而且还在四平埋下了重要的战略棋子。

说到军事进展和杜聿明对东北军统工作的支持，文强不仅感慨系之，称杜长官真是有大局观念；又抱怨行辕一伙人及熊式辉本人对军统的敷衍态度，有时甚至还采取卡、压手段。

戴笠挥了一下手，就像要把熊式辉等人从意念中驱逐开一样。说熊式辉不过就仗着政学系、张岳军（张群）做靠山，没什么了不起。其实政学系那帮人都是一些书呆子，根本不懂得如今为政的要害。毛泽东说枪杆子里面出政权，至理名言啊；政学系那帮人不明白这个，一天只琢磨怎样去包围、影响领袖。我们只抓枪杆子；具体而言，在东北就是紧紧抱定杜光亭的大腿，一路追随他打到哈尔滨、佳木斯、满洲里，何愁九省三市没有我们立足之地呢。

文强又提到上次戴笠说的教程克祥去杜聿明那里做督察处长一事，做出一副欲言又止的样子，其实心里是在考虑怎样阻止程克祥去。他心里的小算盘是由自己独掌军统在东北的权柄，不愿有别人分羹。

戴笠见他那神情，审视地瞧了一会儿，以为是杜聿明对这安排不满意，便问他是不是这样。

他顺势做出为难的样子，说杜长官也没明说，只是一听说程克祥要去，就好半天没开腔，也不知道是怎么回事。

戴笠沉吟了一阵，自作聪明地断定是荆有章给连累的。

文强故意做出傻乎乎的样子问，荆有章干的事，与程克祥有什么相干呢？

戴笠摇了摇头说，你不知道，荆有章这个人临事喜欢攀扯别人，吹嘘这个是他的朋友那个是他的拜把兄弟，程克祥多半是遭的这个殃。加上杜光亭生性多疑，可能会以为两人有所勾结。

文强又做出愁苦的样子请示道，那局座觉得怎么办为妥呢？

戴笠又想了想，当即决定文强除了原任行辕督察处长之外，索性把保安司令长官部督察处长也都兼了。然后两个处对内统称军统东北办事处，自然就由文强做主任了。戴笠说这样也好，事权统一，避免了推诿扯皮之弊。

文强假意推辞了一下。最后当然在对方坚持下，做出勉为其难的样子接受了。

文强辞别时，戴笠约他次日晚间来什锦花园共进晚餐，继续商量东北的工作。又教他把陈旭东也叫来。

什锦花园的消夜，是戴笠的厨子卞怀希操办的。这个厨子是抗战前期戴笠入川时在成都祠堂街一家饭馆吃饭发现的，高薪挖出来，一直使用至今。卞厨子本来是川菜高手，因为跟了戴笠，不得不学做杭帮菜。两者融合，不伦不类，倒也别有风味，颇获戴笠欢心。戴笠出差，只要在外逗留十天以上，都要带他随行。

这晚的消夜，说好了是便饭，所以主菜只有六样。西湖醋鱼、黄焖鸡之外，就全是川菜；另有三洋冷碟，无非油炸花生米、鹅油炸虾仁、火腿片之类。酒是道地绍兴花雕，卞厨子什么时候也要随身携带几坛。那厮是个有心人，知道主人好这杯。

戴笠兴致颇高，用大耳杯喝黄酒，卞厨子上完冷碟已经喝了三杯。边喝边一迭连声劝文强、陈旭东不要小口品，喝黄酒一开始要大口干。到了上热菜的时候，戴笠那张马脸开始刷红漆了。这时候的饮酒速度逐渐慢了下来，由一开始的一两分钟一杯放缓到半个小时才亮杯底。大多数黄酒高手是脸越红，亮杯频率越快；越快就越失去子午，越无子午就喝得越快，直至滑溜一下梭到桌底。单凭这一点就可以看出戴笠是个颇有自制力的人。难怪二十年来能够披荆斩棘赢得蒋介石宠信、大多数黄埔师生的好感而获致个人事业的成功。欲望和情感对他的制约极为有限；要让他失去理性，除非那所谓欲望与情感足以让他失去理性。这种情况也并非绝对没有，下个月就发生了一次。而那一次之后就再没有下一次了。

面红筋涨的戴笠终于很少动面前的杯子了。那大半杯黄澄澄的美妙液体他偶尔也端到唇际碰过那么两次、三次，却总不见缩减。动筷子的频率多了。他夹起一小块烧三鲜里的肉送进嘴里，边嚼边赞叹卞厨子幻化川浙两味的手段真是无与伦比，根本无法判断两者的界限，也根本无法分辨孰为川菜孰为杭肴。又说我们的团体在东北也要像这样不显山不露水地囊括可以囊括的地方势力，拓展我们的地盘。

"为了这样一个宏伟目标，大家现在暂不要太多考虑个人名利；日后团体壮大了，还能少了我们什么吗？"戴笠说着，瞅了瞅文强，叫着他的表字问道："念观兄，你说是不是？"

"那是，那是。"

"那么……"戴笠的目光掉向陈旭东,叫着他的表字问道:"昶新兄呢,同意我的蠢见吗?"

"局座高见!旭东岂止赞同,拥护!拥护!"

"那好!我现在就宣布对两位的任命了……"

席面上的这两位都有点紧张起来。难道原先预定的职位发生变化了吗?都不安地紧盯着戴笠马脸上那一副厚嘴唇。

其实都是杞人忧天,戴笠不过是旧话重提罢了,只有一点小小的改动。

"我们正式设立一个直属局本部的东北办事处,招牌不公开,对外是行辕与长官部两个督察处。这个东北办事处由念观兄屈居处长之职,昶新兄屈居副处长。至于原定的程克祥,先一边待着凉快凉快再说。两个督察处长都由念观兄来兼;昶新兄就不必多兼了,专任东北办事处副处长吧。因为东北情况复杂,借重之处很多,所以昶新兄的主要工作要放在协助局本部创建、开拓在东北的事业方面。我明白对昶新兄来说确实有所委屈,不过这只是一个过渡,将来是不愁在东北的地位的。委员长向我透露过,以后可能会教张汉卿出山管理东北,昶新兄应该算是张汉卿旧部吧,那时候委员长定会大大借重昶新兄的!"

这些灌米汤的话让陈旭东受宠若惊,笑得脸都烂了。

接下来戴笠叫副官去办公室取来一个小本子。他一页页地翻寻,很快就找到了什么,下意识地对那一页指点着,念念有词。旋即神情颇有点谋而后决,"得之矣"的味道。

"东北办事处的任务,局本部专家委员会商讨以后,议决了几条纲领性的东西。你们两位请记一下……"

他所谓"纲领性的东西",有这么三条:

一、要在东北地区迅速恢复军统组织,那就须集结优秀人才到东北;

二、东北在苏联垂涎之下,尤其是中苏友好同盟条约的签订,予他们是利大于弊,致使东北成了巴尔干半岛第二,成了世界火药桶,苏美必争之地。须认真研究中苏条约,小心谨慎对付苏联人,尽量不招惹他们;

三、专靠关内调去的干部是不够用的,且不熟谙地理人情;须就地取材,吸收当地精英参加军统。尤其是伪满政府人员和乡绅,这些人无不恐惧共产主义,要着意物色。

夜阑送客之际,戴笠嘱二人不要在北平多逗留,尽快返回东北视事。

杜聿明在锦州卧床不起,仍在指挥前线作战。对共军的兵力不明虚实,即使胜了，也不敢放胆追击，只能稳扎稳打；命令各部首先扫清部队驻屯地周围的土共。

北路的八十九师倒是进展顺利，很容易就攻占了公主屯。不料该师一个团行至秀水河却遭到共军夜袭，全团覆灭。这让杜聿明更觉得共军兵力不明，下令不可冒进，不可浪战。

他致电蒋介石，谓从秀水河战役失利观之，共军人数众多，多为日械装备，苏制武器也不少，显系在苏联支持下日益壮大了。国军欲快速收复东北，非大规模增兵不可。伸手向蒋介石要兵要钱。也解释了自己肾病趋重，但反复强调了仍可坚持视事。因为知道熊式辉已向蒋介石报告了，瞒不住的。

二月十八日，终于支持不住了，只好飞往北平治疗，秘密住进白塔寺附近的中和医院①。夫人曹秀清也专程北上来医院照料。

杜聿明离任飞北平治疗是有所担忧的。因为必须要作左肾摘除手术，他怕一时不能痊愈，蒋介石会派人取代他。那样一来不仅自己会失掉得之不易的方面镇帅大印，那些跟随他到东北的一百多名幕僚也将失去饭碗。琢磨再三，决定向蒋告假的同时，举荐第三方面军副司令官郑洞国出任东北保安司令长官部副长官，代行长官职务。杜、郑两人是至交；黄埔一期和陆大将校班两度同窗，后又在一起任正副军长，双方相知颇深。

蒋介石复电照准。

郑洞国三月初到锦州就职。

戴笠三月十五日忽然到中和医院探望杜聿明。

杜聿明听到副官通报，不无诧异。与戴笠相识多年，却罕有来往，更谈不上交情。今天来访，会不会是受蒋介石指派，实际察看病情？如果是这样，戴笠一旦认为病势不宜工作，回去向蒋禀报，就有换马的危险。盘算再三，决定见面后先发制人。

于是强打精神对戴笠说，医生认为不要紧，做完手术后一周即可出院。

戴笠摆了摆手说："光亭兄千万不可急躁，既然已经入院治疗，就要安安心心让医生全治好了再说！主刀医生是哪一位？业务水平怎么样？"

杜聿明说："是个留洋的博士，名叫谢元甫。在国外的时候就已经是教授了，如今是北平泌尿科方面首屈一指的专家！"

戴笠点头唔了一声，似乎觉得还算满意。旋又问，"这位谢医生多大年龄？"

杜聿明想了想，说："好像是六十多吧？"

戴笠愕然，摇摇头说："年龄太大了，做手术的时候会不会精力不济？"

---

① 解放后改为北京医学院附属医院。

杜聿明说:"不会吧?谢医生医术精良是出了名的,精神也健旺,不会的!"

戴笠摇了摇头,"不可掉以轻心!医生年龄太重要了,这个小弟有痛切体会呀——以前我在上海割盲肠,也是由一位卓有成就的老专家主刀,是个英国老头子。这个老头子年龄太大了,动作迟钝,伤口缝了半个小时也没缝好。后来伤口老是发炎,天气太热或者阴雨天就疼痛,可把我害苦了!我的身体就是这样给搞坏的!"

杜聿明心里暗暗嘲笑,你小子的身体是太多的女人吸空的,怎么能去怪一个小小的伤口呢。

"光亭兄,您现在比谁都重要,要是弄坏了身子,误了老头子的东北大事如何是好?不行,得另外换个医生!"

杜聿明寻思,换医生又得多少天呀。东北局势瞬息万变,若迟迟不能回去视事,难保蒋介石不会索性换将。不行,不能换医生。

"谢医生几次给我治病,已然熟悉我的身体状况;况且北平也找不到超过他的泌尿科权威呀!雨农不要费心了,就由他主刀吧!"

"北平不行,我们可以飞上海呀!如果去上海,小弟一路护驾,负责到底!"

"不不不,千万别这样……"

两人争执半响。戴笠最后做了一点妥协,说去不去上海暂不做决定,他今天去当面考察一下谢元甫的精力状况再说。

戴笠果然马上就闯到谢元甫的公馆。

那个时代的人谁不知道杀人魔王戴笠呢。谢元甫见戴笠突然来访,吓得目瞪口呆,不知道如何应对。

戴笠赶快解释,此来是为杜长官的病,向老先生请教一些问题,请千万不要误会。

谢元甫这才放下心来。恢复了常态,沏茶敬烟招待客人。

戴笠无巨无细地向他"请教"杜长官的手术程序以及术后治疗方案,注意观察他的思维和动作。最后的结论是语言得体,思维清晰,动作敏捷、准确,而且满头青丝,比实际年龄小七八岁。这才放下心来。随即教随行副官拿出五根金条放到医生面前茶几上。

谢元甫惊讶地瞪大了双眼,下意识地伸手把金条向外推移了一下,说这个可不敢当。

戴笠诚恳地说,这个不是诊金,诊金当有别的人致送医院;这个是蒋委员长赠送给谢医生的,可推辞不得呀。杜长官的手术顺利,康复出院,政府还会有重赏呢。

辞别谢元甫,已是夜晚八时半。戴笠又赶到医院。他显得很高兴,告诉杜聿明他的观感，认为谢元甫主刀谅不会有问题。还不经意地提了一句：校长现在可以放心了。

杜聿明这才释然，明白东北事蒋介石仍会倚重他。

手术确实很顺利。

术后两周仍不能下床，谢元甫制定了长达两个月的术后治疗。

蒋介石来电询问病情。

杜聿明觉得，既然东北的官位是稳定的，索性实话禀告，以便彻底痊愈再出院。便复电称，手术成功，刀口愈合无大碍；只是体质尚未恢复，医嘱尚需一定时日留院调养。

此后，蒋介石未按照习惯来电安慰。

这引起了杜聿明猜疑，后悔自己此前发出的电报言语不够策略。不久，各种渠道又传出东北保安司令长官之职可能中央正酝酿换人。杜聿明担心起来，害怕就此莫名其妙地丢了官。决定出院返回东北。

谢元甫百般劝阻，警告他伤口虽愈，尚未巩固，决不能马上工作，否则出了问题可不是玩的。

接着又传来消息，蒋介石派范汉杰到东北出任行辕副主任。杜聿明猜测可能会让范汉杰取代自己，更加紧张起来。

蒋介石忽然从重庆发来一电，教他提前出院，飞贵阳相见。

杜聿明惊疑不定，赶快命副官办理出院手续。寻思蒋教他去贵阳晤见，不外两种可能：一是慰勉一番，然后令他交出兵符；二是令他即返东北视事。第一种可能性最大。考虑再三，既然有丢官危险，索性作憨厚状，复电推托大病初愈，不宜长途飞行，最好就近返回东北任所。

蒋介石只好复电说："吾弟既能返部，即勿庸来见。望速指挥所部收复东北领土，有厚望焉。"①

三

戴笠生命的最后十天是在极度烦恼中度过的。

他在北平、天津、青岛等地飞来飞去，指挥除奸、肃贪以及蒋介石交付的一些临时任务。行将结束之际，接到蒋介石一纸电令，教他近日交代完毕华北的巡视工作，不必去宁沪，可即来重庆，研究军统裁撤及其改换名称以进入不久以后组建的国防部等一系列事宜。

---

① 《蒋介石文电集》，藏中国第二历史档案馆。

戴笠三月十三日复电禀告,定于"三月十七日回渝面叩一切"。

早在两个月前政治协商会在重庆召开时,打倒特务、取消特务机关的声浪就席卷会议的始终;后来在筹备国民参政会四届二次大会之际,取缔特务政策的呼声也十分强烈。国民党高层政要如戴传贤、孙科、陈氏兄弟、于右任,甚至黄埔系部分师生成了否定军统的中坚力量。

迫于压力,也为了向国内外视听显示即将结束"训政阶段"迈上民主宪政道路,蒋介石决定忍痛割爱、裁撤军统了。

他教宣铁吾拟个名单,组成研究裁撤军统具体办法的机构。

这份名单经蒋介石增删并调整排序后为:宣铁吾、李士珍、黄珍吾、叶秀峰、戴笠、郑介民、唐纵。史称这个机构为"八人小组"。

八人小组里面的宣铁吾、黄珍吾、李士珍是戴笠的死对头。这三人平时没什么交往,被凑在一个机构里后,气味相投,一拍即合,秘密策划如何把军统彻底埋葬的办法。唐纵在军统干过,遭戴笠排挤后反倒高升了,担任过侍从室一处第六组少将组长,旋升国民政府中将参军、内政部次长兼警察总署署长。此人虽然性格骑墙,凡事不为已甚,但难保不怀恨戴笠而偷偷落井下石。仅以这份名单观之,形势已十分不利于戴笠。

那时戴笠正在华北。收到局本部主任秘书①毛人凤发来的密电。电文很短,照录于次:

重庆宣、李、黄在捣鬼,唐亦不可靠,谨防端锅。

戴笠苦于在北平没人商量。适逢文强当时未返东北,便叫到什锦花园问计。

文强认为容易对付,献上以退为进之计。

戴笠不解,皱眉瞅着文强,说:"何谓以退为进?"

"自从北伐以降,校长有过三次下野,均为以退为进之计。每次都用得恰到好处!局座何不效法?不妨自请出国考察,将后事交给耀全先生②。我看国共战争不久必会放手大打,全国又当进入战争状态。那时谁还会对军统说长道短、数黄论黑呢?即令有一二多事者继续饶舌,校长哪里有闲情去倾听呢?军事一旦全方位展开,情报工作又将吃香,校长借重局座之处自然增多,岂敢放局座继续悠游林下乎?如此,我们团体的黄金时代又回来了!"

戴笠觉得不失为一条好计。不过,尚须斟酌,观察一下火色再说。

---

① 相当于秘书长。
② 郑介民,字耀全。

三月十二日，戴笠约见在北平公干的郑介民。说是久未相聚，一起喝杯酒吧。

酒肴尚未上桌，戴笠就把军统的家底和善后工作一一向郑介民做了交代；甚至叫人把一口大皮箱拎进来，指着它向郑介民说：

"特别有价值的东西向来我都是亲手保管——全部在里面了！今天请耀全兄收下，妥为收藏……"

向来把军统的大小权柄攥得很紧，决不让任何人染指的戴笠，今天何以灰心到这种程度？何况军统虽然面临解散，但风闻美国人正支持他出面组建海军，前途并不黯然嘛。郑介民十分困惑。苦笑了一下，说：

"雨农兄何至如此？"

"不不，耀全兄，我这样做是有我的道理的！"

什么"道理"，他也没明说。或者连他自己也说不清楚这种情绪所从何来。

三月十三日，戴笠离开北平去天津。军统华北总督察王蒲臣率北平大小干部机场送行。

戴笠在自己的专机前逐一握手道别，对每个人都说了一句感激的话。最后还谦逊地对大家拱手说，太隆重了，不好，不好；下不为例，下不为例呀。

在场者无不愕然，面面相觑，瞠目结舌。这不像戴笠的做派呀？以往大家给他送行，他只与级别高的一两位握手说一句再见就登机了；对余下的人视而不见，若心情特别好时也只在进飞机门时转身向大家挥个手。

戴笠只在天津待了一天就去青岛了。

当晚，他给胡蝶打了一个长途电话。

胡蝶接到电话，不知怎的，竟抽泣起来。还抱怨了一句道："你还知道打电话回来呀！"

戴笠愣了一下，赶快解释在华北公务太多，整天晕头转向，请她原谅。

胡蝶不想听解释，打断了他的话，问道："你什么时候回家嘛？"

戴笠一听"回家"两字，心里颤动了一下，涌起一阵热潮，说：

"我明天飞重庆，向蒋委员长述职以后立刻就回家！"

胡蝶带着泣声命令式地说："不，先回家！"

她说这句话时声音里含着娇嗔和怨艾。

这个让戴笠颇有些为难的阃令，使他心里涌起了更大的热潮，眼泪也夺眶而出，声音哽咽地说：

"好，先回家！明天就回家，等着我！"

放下电话，马上向待命在客厅里的青岛站官员丁宿说："马上电知上海站，明天午后到龙华机场接我！"

丁宿问道："已经给毛主任发电告知局座明天飞重庆，要去电改期吗？"

戴笠沉吟了一下，吩咐给毛人凤去电，让毛转禀委员长，京沪两地尚有急务须处理，数日后飞渝面禀一切。

戴笠的专机停在青岛的沧口机场。

青岛站站长梁若节派行动大队看守，固定哨和巡逻哨双向护卫，确保已由机场几位技师在机长监督下检查、保养完毕的飞机的绝对安全。

这架飞机是导航设备最先进的美国DC47军用运输机改装成的长官座机，可以全天候飞行，乃四十年代全球第一流的飞行器。航空委员会①主任周至柔将它编为二二二号，提供给戴笠专用。

戴笠命梁若节再发一电给上海站参谋长李崇诗，具体于三月十七日午后二时在龙华机场接他。

二二二号专机起飞后，山东上空逐渐起雾。

进入苏北，雾越发浓了，空中一片混沌。

机长进起居室向戴笠报告，是否返航或者直飞重庆。重庆那个方向艳阳高照，天气很好。

戴笠断然挥手说："不！这样吧，马上跟龙华机场联系，看看那边天气怎样。"

机长联系后返回，向他报告。"上海大雨如注，机场认为不能降落！局座，返航吧？或者直飞重庆？"

戴笠又挥了一下手说："不！你再与南京联系，看看能否在南京降落。"

他的考虑是下了飞机就改乘火车赶往上海：回家！

机长只得又去联系。

不一会儿，返回来报告道："南京现在没下雨；只是天色很阴，密云欲雨……"

"飞南京！"戴笠没容他说完就做了决定。末了自言自语咕噜道："这不是全天候飞机吗，遇上点雨有什么了不起的？胆小鬼！"

这两天他脑子里全是胡蝶的影子，电话里那一声哀怨的"你回来呀"绕梁三日，总是在耳际萦绕，让他百感交集，尝到了从未领略过的人生况味。多么期望早一天，不，早一小时、早一分钟见到她啊。别说前面是阴霾垂天，也不必说前面是大雨倾盆，即便是天降万箭，他也会义无反顾地冲向中国的那片东南方向。此刻对于他来说，什么军统的命运，什么国共战争，什么蒋校长，全都成了身外之物，全都失去了价值。

三月十七日早上，重庆的毛人凤与戴笠有过一次电报联系。戴笠复电做了一

---

① 数月后改名为空军总司令部。

些指示。

约莫九时，毛人凤驱车前往军事委员会礼堂。那里要举行国民党六届二中全会的闭幕式。保卫工作他昨天就布置妥帖，今天去现场只是坐镇监控，以防发生什么突发事件。

大会议程排得很满。第一项是宣布头天常委会选举、国大代表推选的结果；接下来是通过财政经济案、国民政府组织案。

不知为什么，毛人凤总是没来由地发慌，右眼皮跳个不停，以致主席台上在说什么他完全没听见。他向来相信"左眼跳福，右眼跳祸"之说。此刻不禁害怕起来，左顾右盼，十分担心一九三五年四届六中全会上刺汪案的重演。更怕不久前在七星岗发生的刺蒋案再度发生。尽管那次事件是他毛人凤向戴笠出主意有意纵容，让其在可控条件下发生，以嫁祸共产党，促使蒋介石下决心提前戡乱剿共；尽管那伙倾向美式民主制的黄埔系青年将校也全部落网了，但谁敢保证其后不会再出现类似妄人呢？想到这里，他赶紧起身，到会场的各个敏感点巡视，告诫便衣武装人员不可大意，务必盯紧四面八方，不可漏掉丝毫可疑现象。

在他的提心吊胆下，会议总算闭幕了。

午后二时，他亲自护送蒋介石步入防弹汽车。绷紧的神经这才彻底松弛下来。微笑着在心里嘀咕，看来"右眼跳祸"也未必每次都应验啊。

他回到罗家湾局本部自己的办公室，一头瘫在沙发上，想要放松一下，最好能小睡一会儿。

而一闭上眼睛，已然安静了的右眼皮又跳了起来。而且越跳越剧烈，频率越发密集。不禁又开始胡思乱想起来。会有什么灾祸呢？啊，会上不断出现的裁撤军统的呼声很高，尤其是戴传贤和孙科闹得最凶，与陈氏兄弟相呼应。看来军统的命运真不济了啊。

不知什么时候，副官进来禀报，四点十五分，早已过了与戴局长联系的时间了。

他一骨碌翻身起来，命令赶紧主动发电报与二二二号专机联系。

二二二号专机没有复电。

毛人凤命令与青岛站联系。

不到半个小时，青岛站梁若节站长复电称：局座已于中午十二时起飞去上海。

毛人凤恍然醒悟地点点头，微笑自语：啊，什么尚有公务，原来是见胡蝶去了。

上海龙华机场，大雨滂沱。

有几个人率领荷枪实弹的行动队官兵，打着伞在停机坪上守候。

军统上海站参谋长李崇诗，遵照戴笠指示，今天午后二时在这里守候。二二二号专机将在这个时间降落。他们在暴雨中守候了两个多小时，无人敢离开一步。大家不时诅咒这场暴雨下得不合时宜，不时遥望混沌的远空寻找飞机的影子。

雨越来越大了。雷声隆隆，惨白的闪电不时照亮了机场的一切，包括这伙接机人惶惑的面孔。

大家越来越不安了。

李崇诗呆不住了，去机场电台向军统北平站询问。

北平回电倒是迅速，称局座于前天飞青岛。

李崇诗又电询青岛站。

青岛站答称局座乘二二二号专机于今上午十一时四十五分升空，向上海飞行。

这样算来，专机升空已近五个小时了。正常到达时间为午后二时，现在临近六时了，音讯杳无。怎么回事？不安笼罩了李崇诗。他教大家呆在机场别动，自己驱车回上海站，用内部收发报机急电毛人凤，详禀情况。

毛人凤在办公室展读刚送达的电报，不禁大惊失色，吩咐火速接通南京站的载波长途电话。

南京站站长李人士称，根本没收到老板任何音讯，遑论见到本人了。

毛人凤他立刻向附近所有机场查询，然后火速报告。

一小时后情况反馈来了：午后一时二十分，明故宫机场导航台收到过二二二号专机呼号。当时南京刚刚开始下雨，也有雷鸣闪电，云高三百米，能见度极低，不具备着陆条件。机场建议返航青岛或徐州、济南降落。而二二二号专机坚持要着落。尝试了两次，没有成功；第三次失败后再度拉升。随后便失去了联系。

毛人凤顾不得喘息一下，下令接济南、徐州、天津、北平、青岛电话，所有可能降落的地方都问了个遍。

全部答复都是不知道戴局长下落。

毛人凤觉得大事不好，方寸大乱，在办公室里像困兽般冲过来冲过去。

副官提醒他，恐怕得及时禀报委员长。

他这才醒悟。急急忙忙驱车飞驰黄山官邸。称有紧急情况须面禀委员长。

侍卫室很快就安排了他晋见。

毛人凤一见到蒋介石，顿觉胸口发闷，喉咙哽咽，眼泪夺眶而出。

"报告委员长，戴局长专机今天上午十一时四十五分在青岛升空后，至今没有音讯！"

蒋介石闻言，刹时脸色大变，霍然站起来，指着毛人凤呵斥道：

"你，你胡说些什么？再说一遍！"

他把自己掌握的详情说了一遍。

正在这时，航委会主任周至柔打来电话，称据相关机场汇报，二二二号专机失踪。

蒋介石惊恐之余，不禁伤感起来，颓然坐下。声音颤抖地喃喃自语道：

"看来，雨农真的出事了！这个雨农呀，叫他来重庆，他偏要冒着雷暴雨往沪宁方向飞，怎么回事呀？"

他坐在办公桌后流了一阵老泪，咕噜了些谁也听不懂的奉化乡谈。然后像忽然想起来似的，吩咐俞济时通知周至柔，马上派飞机多架，沿青岛、南京、上海搜寻。一旦发现二二二号专机，立刻设法施救；同时通知空军所属机场协助民航机场查寻，随时上报情况。

接着命令毛人凤，"现在你马上带人携带电台、医务人员飞往相关地区寻找，一旦发现情况立刻跳伞下去。总之，千方百计找到戴局长！"

毛人凤回到罗家湾局本部，召集军统在重庆的全部中高层干部开会，通报戴笠座机失踪的消息。

全场刹时寂静无声。

片刻后那些椅子在或肥或瘦的屁股下发出因骚动造成的咔吱声。全场惊惶失措，面面相觑。

毛人凤传达蒋介石命令，问谁愿率救护人员乘飞机去寻找戴局长。还特别说明东南方向雷雨未停。

人们纷纷低下头，躲避毛人凤的目光，不吭一声。

毛人凤感到一阵寒心，沉重地摇了摇头，叹道：

"既然诸位都珍惜生命，那还是我去吧！"

"不，毛主任不能去！局本部岂能没有长官坐镇？"局里最年轻的干部沈醉大声说。

"是啊，我军统正值风雨飘摇之时，我还得执行戴先生指示，千方百计保住团体！可是谁愿意去呢？都不吱声，好啊！告诉你们吧，戴先生找不回来，团体就真的要完了！你们的官帽、高薪，种种特权还保得住吗？我看有那么一天恐怕饭碗都保不住啊！真没良心啊！"

一个年轻人霍然站起来，悲壮地喊道："报告主任，部下愿去！"

毛人凤掉头一看，又是总务处中校处长沈醉。马上疾步过去，向沈醉深深鞠了一躬，说代表戴先生向他致谢。

随即领他去见蒋介石。

蒋介石紧紧握住他的手，另一只手扶在他的肩上，不断地说，啊，好样的，好样的。又掉头问毛人凤，沈醉是什么军衔。得到回答后，马上摇头说：

"啊，中校。这个是，不行，不行，太低了！这个是……我现在正式提升沈醉同志为陆军少将！一会儿就通知诠叙厅备案。"

沈醉大喜过望，惊愕一阵，马上醒悟过来，啪地立正，大声说：

"谢委座栽培！"

蒋介石叫他两人坐下。又吩咐副官上茶。

平时像毛人凤这种品级的军官单独拜见蒋介石是不可能的；即使有要事求见，也只能站着禀报或聆听训示，哪里有坐的份儿，遑论"上茶"的礼遇了。毛、沈两人一时受宠若惊。

蒋介石坐在他们斜对面。倾听毛人凤禀报初步设想的营救方案，不时插嘴做一些纠正。后来，掉头问沈醉会不会跳伞。

沈醉赶紧起立，惶悚地说："报告委员长，部下无能，部下不会！"

蒋介石唔了一声，招手示意他坐下。沉吟一下，说：

"那你去练一下跳伞吧。不要紧，两三个钟头就可以了，就是个胆大心细而已，不深奥，不深奥！"

沈醉心里有点打鼓，也只好硬着头皮说："是！"

蒋介石又想了一下，说："至迟明天早晨必须出发！记住，要不惜一切代价找到戴局长！"

沈醉做出荆轲的神态说："请委座放心吧！"

蒋介石写了一纸手令交给沈醉。上面是这么一句话："无论何人，不许伤害戴笠，必须妥为护送出境。此令。蒋中正。"

又啰啰嗦嗦反复叮咛沈醉一些话，诸如"你如果发现戴局长的飞机不是停在可以降落飞机的地方，你就带着大家跳伞下去。无论遇到什么单位的人——包括共军，先出示我的手令！见到戴局长，立即向我电禀——我在这里等着！"蒋介石说着眼睛又红了。

毛人凤还从未见到他如此失态。心里感慨系之，戴先生真是他的儿子啊。

三月十八日入夜，沈醉等人枕戈待旦，准备天一亮就出发。东南方向的雨已停了一个多小时了。

当夜，毛人凤收到南京站李人士急电，称一小时前在南京西郊江宁县，发现了失事的二二二号专机。

次日上午，李人士率陆军总司令部督查室①以及军统南京站的大部分人员赶往江宁县板桥镇以南几公里处的戴山——二二二号专机失事的地方。这个地名首先让李人士心里咯噔了一下。

---

① 他兼任此室主任。

到了现场。专家勘察的结果是飞机失去平衡，分不清高低，首先撞到戴山上，然后掉到谷底。那山谷的名字叫困雨沟。这更让李人士讶叹不止。

毛人凤得到报告后，大为骇然：戴笠字雨农。飞机撞到戴山上，掉入困雨沟，天下哪有这么奇怪的事啊！然则此灾莫非"数"乎？

第七章

一

十几年前,覃正侯熬不住军统的酷刑,忍受着比酷刑更难耐的精神上的痛苦,从狗洞内爬出来,出卖了同志,当然也出卖了节操,苟活到现在。他知道共产党的纪律,一旦脱党,则永远不能回到党内;若是叛党,那就犹如女人失身,即便"决东海之波,流恶难尽"①,要想像谭平山、郭沫若那样做党外布尔什维克也办不到了。因为已经不是什么党纪问题了,那是欠了党的血债,成了党的敌人了。这样的命运,让他多年来在痛苦中挣扎,无法摆脱。

他有一位可敬的叔父,早年毕业于燕京大学,又赴苏留学,成为政治经济学学者。他青少年时代深受叔父影响,从最初的阶级论到剩余价值学说,他走完了一个马列主义理论研究者最迷人最心旌摇荡的阶段。叔父离开了人世,却在精神领域造就了一个初具规模的自己。由哲学层面和现实经历双重打造的政治意识是最难摧毁的,除非有更先进的思想与更具说服力的现实状况来挑战来进攻。进入了自己最憎恶的阵营,为了适应新生活,他曾经努力去摆脱旧有的意识形态束缚,用了种种办法,其中包括生活上的堕落沉沦,也无济于事。那种用无与伦比的逻辑力量以及活生生的不公平现实合力打造的思想已然深深烙进他的灵魂。后来,他以研究共匪俾利于对之犁庭扫穴为名,公然在国民党的高层机关研究起《资本论》《家庭、私有制、国家的起源》《国家与革命》来了。

魏飘萍是他难以治愈的心痛。那女人算不得绝世佳丽,却也风姿绰约:微黑的面庞上有一双掩映在细密睫毛下的杏眼,透明而澄澈,如秋天的深潭一般;丰盈的红唇后面不时闪现雪白米牙的光波。微笑时,那光波与两腮的酒窝相映成趣。他不止一万次地回忆这张令他魂牵梦萦的脸蛋。他当然不敢奢望鸳梦重温,深知自己在她心中污秽不堪,十恶不赦;只希望能不时得见那诗一般的倩影,甚至听一听她那含银量丰厚的声音,哪怕是对他的责骂。他也明白,这样的机会微乎其微。不料天遂人愿,那机会竟在重庆街头出现了一次。尽管十分短促,也足够他回味多日了。那一次邂逅居然点燃了他的奢望。能不能再发生一次?甚或蒙她惠允坐下一叙呢?人的欲望就是如此,也许得陇望蜀本来就是人这种生物与生俱来

---

① 隋末农民起义领袖李密讨隋炀帝檄文里的名句。

的劣根性。

这个奢望居然实现了。

抗战胜利,党政军机关陆续复员,陆军总司令部最先回到南京,接下来是参谋总部。

安顿下来的第三天傍晚,覃正侯去新街口买东西。

刚从商店出来,一个背影在前面十多公尺的人行道上出现,让他眼睛一亮。这个背影他太熟悉了,尽管睽违十多年之久;尽管上次重庆街头邂逅她身穿军装头戴军帽,这次却是丝质深紫色旗袍配高跟鞋,而且烫了发。

他什么也顾不得多想——那个片刻头脑几乎成了真空还能想什么呢——疾步追过去。靠近时,努力抑制激动,尽量压低声音呼唤道:

"飘萍!"喊出时他发觉自己的声音颤抖得厉害。

那女人顿时止步,蓦然回头。

她先是惊讶,很快就变得平静下来,淡然说了一句:

"怎么又是你?"

态度似乎比重庆那次和婉了一些,至少没有了那次的激愤。

这鼓励了他,也让他心跳更加激越。生怕她又断然离去,他赶紧一边解释一边用两只手不断地做手势强调这种解释。"请不要误会,千万不要误会!我绝没有半点恶意,也没有非分之念,只想和您谈谈……"

"谈谈?"她脸上没有任何表情,甚至找不到一丝一毫上次邂逅时的激愤与厌恶。"谈什么?我不明白!"

"啊,谈很多东西!其中当然包括我对党对革命犯下的罪过;还有这么多年我多么渴望党能给我赎罪的机会——这个机会我愿意用生命去换取!您不知道,做了敌人的同志,做了同志的敌人,这样一种非人的痛苦,十多年来我都在承受这样的痛苦,真是生不如死啊!"这样独白式的倾诉,用了相当长的时间,他也顾不得对方是在听,或者是毫不在意。

魏飘萍冷静地注视着他,居然那么耐心地倾听他喋喋不休地说下去。尽管他不得不刻意把声音压得很低以免招惹路人好奇,她却没有遗漏一个字。后来,她抬腕看了一下表,说:

"我现在要回办事处去,今天是没有时间了……"

"没关系,什么时候都行,只要您通知我,我马上……"

"你可以把电话号码留给我,到时候我通知你。"

分手后,覃正侯有一种绝地逢生的感觉,喜悦、轻快、向往夹杂在一起难以分辨。他并不去考虑也不去担心她会不会向党组织汇报,然后共产党借机除逆。事实上以他对共产党人的了解,她今天的态度使他意识到上次的重庆邂逅她多半向组织做过汇报。多年来，他尝够了灵魂死亡后行尸走肉般生存状态的苍白、无趣和绝望，厌世情绪如影随形，常常想到去一死以求解脱。即使共产党要借机杀他，他也不愿躲闪，而且自认罪有应得。他只望能当面对她及其背后的组织把自己叛变以后生不如死的生存状态和盘托出，那以后即便一死也心甘情愿了。人这种生物的独特之处在于他们的生存状态就是他们的文化意识状态。失去了这个，就等于失去了氧气一样难熬，生不如死，何如一死了之。

他叫上一辆黄包车。

正要伸腿踏上去，有人从背后拍了一下肩头，又随即叫着他的官称道：

"覃科长，巧遇呀！"

他只得唔了一声缩回腿，转过身去。

原来是同机关的上校参谋劳春亮。此人原本是个白胖子，现在却又黑又瘦，军装也因而变得宽大、不合体了。握手之际，他端详着劳春亮问道：

"从东北回来了？怎么这么瘦呀？"

"先生，车还要吗？"车夫在一旁问道。

"啊，不要了不要了！"覃正侯掏出一张小额钞票塞给车夫，"对不起，耽误你生意了，不用找钱，不用找钱！"

车夫走后，劳春亮压低声音嘲笑道："没上车，还付钱弥补车夫的时间损失！嘿嘿，你这做派，怎么有点像赤区的共匪呀？"

他嘿嘿干笑两声，解嘲地说："你忘了，十八年前我就是共匪呀！"

劳春亮赶紧打着哈哈拍了拍他，"一句玩笑，可别认真啊！"

他也笑道："玩笑，玩笑。唔，对了，没消夜吧？我来给你洗尘，走，到金陵酒家！"他今天的心情特别好。

劳春亮快乐地打起了哈哈，"怎么好叨扰呢？"

金陵酒家是一家著名的高档餐馆，淮扬菜为主，兼营鲁、粤、川三大菜，位于大行宫附近。自从党政军机关陆续复员以来，就像城里上千家大大小小餐馆一样，每天都顾客盈门，都是重庆回来的党政军干部，都是有资格公款吃喝的一族。公款吃喝似乎有着历史传统，唯有在二十世纪的中叶有那么二十八年被禁绝。

他俩步入餐馆，见偌大的厅堂座无虚席。佳肴美酒混合成的香味弥漫，特别诱人，尤其是肚子饿的时候。

看来是没有座位了。怎么办呢？

劳春亮建议另找一家。

覃正侯摇了摇头说，哪家都一样。你刚回来不知道，不只是餐馆的座头，连戏票、电影票、舞票都一票难求。你只要留心，就会发现不少餐馆、戏院、舞厅、浴室往往都贴了一张纸，上面不是写着某某机关包场，就是某某大亨——多半是急于洗刷自己与鬼子合作历史的人——为某某抗战英雄"庆功"。此刻这里还好，没被包场，你我尚有机会，岂可错过。

堂倌疾步过来，弯腰屈背谄笑道："二位！那边转拐处有一张小桌，只坐了三位客官，可不可以委屈二位镶一下？"

穿着佩有上校标识军服的劳春亮板着面孔否定了这个建议。用大拇哥指着没穿军服当然也无军衔标识的覃正侯道：

"认识这位吗？我的长官，覃司令官！亏你说得出口，敢教他老人家去'镶一下'！乱套了嘛！"

"啊，啊，请二位长官原谅小人有眼不识泰山！该打，该打！"店小二见穿军装的这位是上校，那么穿便服的那位就该是中将或者上将，再不济也是个少将吧。不敢怠慢，决定好好巴结。而四处一望，又愁上眉梢，实在是座无虚席啊。

"我知道你楼上有几十个雅间嘛！"覃正侯冷笑道，显示自己是熟客并且明白此中堂奥。"留给什么人呀？"

"长官有所不知，雅间也是座无虚席了！"

这时，一位四十多岁长袍马褂的肥胖家伙含着殷勤微笑走过来。

店小二如释重负，指着那人说：经理来了，经理来了！旋即把情况向经理禀报了。言语间暗示着两位中的一位是很大的官。

经理忙不迭地赔笑、点头哈腰。然后略一沉吟，决断式地说：

"这样吧，那就委屈二位长官移樽敝人的办公室如何？"

于是，他们二位便皱起眉头佯作勉为其难的样子登楼，坐进了经理的办公室。

经理告了失陪。临走又当面告诫店小二好好侍候，若有怠慢必打折狗腿。

店小二背书似的介绍出一长溜菜名及其特色。

覃正侯与劳春亮各自点了几样。大略为淮扬系的酒焖秋蟹、火爆鳝丝、清蒸狮子头，鲁系的牛肉汤煨冬笋片、红烧黄河大鲤鱼；川系的豆瓣鲶鱼、清烧仔鸡等。此外由店小二建议另配了几样冷碟。

覃正侯问劳春亮喝什么酒。

劳春亮也是浙江人，毫不踌躇就说绍兴花雕吧。

覃正侯点点头。吩咐店小二拿一坛两斤装的来。

上冷碟之间，一小坛酒就送上来了。

当着客人面，店小二除去坛口上干透了的封泥，揭开盖子。霎时，陈年黄酒的异香飘满了屋子。两位客官都忍不住咽了咽口水。

店小二斟上酒，告了罪，便退了出去。

两人将第一杯酒一饮而尽。啧啧赞叹好酒之余，动用了几筷冷碟。

接着，头两样热菜也次第上桌了。此后便边品酒吃菜边闲聊，速度慢了下来。

覃正侯问劳春亮,"总长派你们几位赴东北调研战况,有何收获?"

劳春亮两颧渐有酒色。放下杯筷,接过覃正侯递过来的香烟,吸燃,说:

"最初杜长官觉得共军在东北受苏军暗中扶持,兵力不可小觑,恐水深难测,几次打了胜仗也不敢穷追,怕掉进套子;自从获取了权威情报,方知尽管共军人数增加较快,武器也不差,而真正能打仗的也只有从关内渗透到东北的老八路。东北新扩充的兵丁并未得到有效训练;新兵的成分也很复杂,成建制扩编进去的伪满部队、地主武装也不少。他们可都是共产党的天敌呀,孙猴子钻进铁扇公主肚子里了,哈哈哈。这一下杜长官心里有底了,胆壮了。拥兵大举进攻,尽管遭到了秀水河挫折,总的说是抓住了战争的牛耳,正在稳步推进。"

劳春亮说到这里,颇觉兴会淋漓,端起满满的一杯酒一饮而尽。伸筷撕下了一块鱼肉送进嘴里,边嚼边瞧覃正侯抱起坛子在那里斟酒。莫名其妙地又禁不住从共军的节节败退想到了北满、西满、南满赤化的近况,又联想到佳木斯、满洲里苏军的两个训练基地,脸上的喜悦渐渐褪去,最后变得有点儿黯然,说道:

"但是,要在短时间内消灭林彪部队,独占东北,我看是不现实的;最好的结局恐怕是平分秋色!国共两党的谈判不是还在进行吗,还没彻底破裂嘛。国军应该在适当时候鸣金,让谈判官员诱使共产党代表把两军实际控制区从法理上确定下来!"说到这里,他把夹着一片鸡肉的筷子伸到一边,让脑袋得以往前凑了凑,压低声音说:"老头子应该见好就收,不要纵容杜聿明继续浪战——那厮急于事功,鼠目寸光,陈辞公①向来对他就颇有不然之慨!要知道,真要逼共军背城借一,后果恐怕未必有利于我们呀!"

覃正侯诧异地瞅着他,"何出此言?杜长官不是说完全掌握了战略主动权了吗?各大报纸公开发表的《杜聿明答记者问》言之凿凿呀!"

劳春亮冷笑道:"你老兄只知其一,不知其二!"

覃正侯放下筷子,注视他。"愿闻其详!"

劳春亮说:"文强获得的情报有两种。呈送杜长官案头时,我目睹了杜长官微微冷笑着把情报轻轻推至一旁,不置一词,骄矜之态溢于言表。部队连连推进似乎所向无敌,关内也在向关外不断增兵。杜长官滋生了严重的轻敌情绪。就凭这一点,他就不是林彪的对手;他的那位黄埔四期学弟林彪,据说是个十分沉稳的家伙,胜不骄,败不馁,泰山崩于前而色不变,大胜面前益加谨慎。十分难于对付啊!"

覃正侯觉得他言不及义,皱了一下眉头,追问道:

"文强交给老杜的是两种什么情报?"

---

① 陈诚字辞修,部属尊称为辞公。

"东北共产党在他们所占领的农村已经悄悄开始土改了！大地主和曾经担任过伪职的乡绅弃家逃亡大城市的不少。农民分得了土地、房屋、耕牛、农具，正在改变对共产党的看法，对国民政府的认同感也大大降低了。这是十分可怕的事！这就是文强呈送杜长官案头的第一种情报。第二种情报：有一千多苏军中下级官佐更换成共军服装，在满洲里、佳木斯建立两座训练营，专门培训林彪的基层军官，主要是排长、连长。意欲何为？显然是在做扩军和打大仗的准备；也有一些少将以上的苏军高级军官在哈尔滨郊外秘密授课，以使林彪的中高级军官尽快掌握大兵团作战的技能；苏军外贝加尔军区每至深夜就把大量包括打大仗的远程重炮和各型火炮偷运到佳木斯和满洲里，充实林彪的军火库，准备装备未来的林彪部队的炮兵军团。看看吧，林彪正在扎扎实实地做着什么样的准备？杜长官怎么能视而不见呢？我可以断言，东北共军熬过了这段艰难时期，国军在东北的灾难就来了！所以我认为凡事适可而止，不为已甚，赶紧签订合约为妙！哎，可惜我们这种人呀，人微言轻，说话等于放屁而已！"

　　覃正侯品了一口酒，放下杯子。瞅了瞅他，把筷子伸向盛满鳝丝的盘子，说："你老兄太悲观了吧？"

　　"还是悲观一点好啊，别像杜光亭那样盲目乐观，到头来乐极生悲呀！"

　　有那么几分钟，彼此默默喝酒吃菜，好像都生出了点儿心事。

　　"哎，对了，文强怎么会搞到那么机密的情报？"覃正侯佯作不经意地问。

　　"很简单，中国两千年来屡试不爽的传统伎俩——美人计！"

　　覃正侯一笑，歪起脑袋乜视着对方，饶有兴趣地问道："美人计？"

　　劳春亮点点头，"他用美女特工，在共军占领的四平城里，把林彪总部的作战科副科长给拉下水了！有了这么个人，还有什么情报得不到呢？"

　　劳春亮对东北战局潜在走向的担心并非杞忧；除了文强提供给杜聿明的那些情报之外，林彪的心理状态也可佐证一二。

　　此前林彪不惮屡战屡退之势，竟胸有成竹地在阜新（辽宁省内）营以上干部训练场上，继苏军少将米歇尔斯基讲课之余，执教鞭亲自登台。这是不是可以说明林彪有充分把握遏制颓势，最终夺取胜利？

　　林彪首先总结了自从山海关防御战失利以来败仗连连的经验教训，指出下一步应该遵循的作战策略，把深思熟虑后总结出来的战术原则写在黑板上，让大家讨论。那就是后来在第四野战军贯彻始终的"等、忍、狠"三字方针、"一点两面"战术、"不打主观主义之仗"，以及"三三制编组"方式。

　　林彪是这样向大家诠释他的这一系列方针的：

　　　　目前我军初来乍到，尚处劣势。所以对国民党的军事行动要等待一下。

集中精力肃清后方土匪，发动群众，创建和巩固根据地；对于国民党的猖狂进攻，要巧于周旋，避其锐气，不可过早投入主力军与之决战。让敌人占去一些地方，以分散其兵力；一俟条件成熟，则断然反击，选准敌军一部，狠狠打击，恢复、扩大解放区。

"三三制"系指在一个步兵班内，全班战士编成三个小组，分别由正副班长和军事政治素质俱优的战士担任组长，以加强全班的指挥以及作战配合。这种配合，平时便于训练管理，战时利于指挥，机动灵活，足以应付任何突发的混战局面，确保班、排、连、营临乱不乱，作战机制运动如常。

"一点两面"战术，主要是针对不久前辽西作战中各级指挥员表现出的不善于集结兵力对敌灵活攻击而制定的。林彪举例分析了近期进行的齐台战役，指出弊端在于队形密集，单面平推，没对敌军进行大胆穿插、分割以逐个围歼，用较大的代价打了一场价值不大的击溃战。

"一点两面"这种强调分割包围逐个全歼敌人的战术，来自毛主席关于变全局劣势为局部优势的军事思想，系指集中优势兵力选准敌人的要害和弱点，予以迅速歼灭；力戒平均使用兵力。这个便是所谓"一点"。"两面"系指大胆采取两面甚至多面的攻击部署来达到分散敌人兵力的效果，以保证主攻方面奏效；而主攻方面则尽可能选择在敌人侧面或背后，以加强用兵的诡异性和突然性。

要保证"一点两面"战术的正确运用，各级指挥员亲自侦察敌情与地形就十分重要了。地形的选择，对确定主攻方向具有决定性意义。说到这里，应该明白什么叫"不打主观主义之仗"了吧？

这位时年三十八岁的方面军统帅在节节败退避战的情况下，竟已在对部队做未来大规模进攻的"素质与技能的双向训练"了。

一坛黄酒消缴了大半之后，店小二上了第一道点心：两小碗虾泥馄饨。

这家的大菜做得好；小吃也不含糊，用料讲究，火候控取恰到好处，味道鲜美极了。尽管只是席间点心，两人对着一小碗馄饨啧啧叫好，忍不住几勺就送下肚去了。

上第三轮菜之前，店小二沏了两壶碧螺春来。特别向两位长官介绍，这是明前摘取的芽尖，水是扬子江心的，请长官们品鉴。

覃正侯挥手制止那厮的唠叨，不耐烦地笑道，去去去，你又不是卖茶的，乱夸些什么呀。

劳春亮小口尝了点儿嫩绿色的茶汤，禁不住摇头赞叹道：

"那厮还真不是夸口，确实是碧螺春中至品！唉，大后方的生活就是不一样啊,这'帝辇之下'那就更不用说了!东北那段日子真是不堪回首,在前线战壕里转悠,不论是吃还是喝,简单得不能再简单了,与南京真可谓天地之差呀!"

"那还用说,前线都是这样,有饭吃就不错了!对了,听说杜光亭从北平回东北复职以后,对熊式辉先前所采取的战略大为抱怨,怎么回事?老熊主持战事期间不是节节胜利,收复了好几座城市吗?啊,我明白了,杜光亭是不是心存嫉妒,或者是存有挤走老熊之心?"

劳春亮放下茶杯,点燃香烟,有滋有味地吸了一口。沉吟片刻,说:

"倒也不完全是存取代之心——当然,这个念头也并非完全没有!你想,黄埔生中,除了胡宗南,杜聿明现在是最受器重的一个。如果在东北干得好,在现有位置上再跃一步成为封疆大吏,独掌东北军政大权,那就成了黄埔生中的翘楚,连胡宗南也只能望其项背了。不过,这次向老头子电陈东北战略而数落老熊,更主要的是心疼老熊浪战而损失掉的那一万多人马。"

覃正侯放下杯子,挥退进来送热毛巾的店小二,问杜、熊矛盾的详情。他对这个情况颇感兴趣,他知道这不只是主官与下属主将的权笏之争,背后还有黄埔系与政学系的摩擦这一重要背景。

劳春亮没马上说话,却伸手去端起好一阵没动过的酒杯,把杯里的残酒一饮而尽;又吃了一筷后添的猪蹄花烧鹿筋。用帕子抹抹嘴巴,这才说话。

"你向我问这个事算问对人了,即便一开始就跟随老熊、老杜进入东北的幕僚人员恐怕也没我了解得多而且深!"

国军攻占沈阳,进一步又夺取了铁岭、抚顺、鞍山、营口。熊式辉把两个大机关从锦州带到沈阳。熊式辉的行辕设在原苏军司令部,代司令长官郑洞国把保安司令长官部设在铁路局大楼。

熊式辉雄心勃勃。他手中兵力空前雄厚,已由刚到东北时的两个军增加到八个军外加四个旅级保安总队(收编的伪满部队)共三十八万人;郑洞国职别低于杜聿明,比较驯顺,指挥起来不掣肘、不抗上。熊式辉以为毕事功于一的机缘已经降临。安营扎寨甫毕,召集郑洞国和保安司令长官部参谋长赵家骧等人,策划尽快乘胜进军,把东北全部夺取到手。

熊式辉断定本溪是共军重要据点,地形险要,易守难攻;周围又有近十万共军集结,乃沈阳心腹大患。并不征求郑洞国意见就排兵布阵起来:令五十二军军长赵公武率第二十五师从抚顺出发;新六军之第十四师从辽阳出发,分别从两翼进攻本溪。

林彪看出国军两个师相距太远,加以山川阻隔,分进容易,却难以合击,犯了兵家大忌。便抽调少数兵力去阻击第十四师;一面集中优势兵力对付第二十五师,分割其一个团,然后包围、歼灭之。该师另一部见势不妙,慌忙逃跑。但去路早被阻断，只好缴械投诚，接受改编。解决了两部分二十五师的人马，林彪火速旋师包围该师主力旅，击溃其建制，歼灭大半。师长刘世懋不顾军长赵公武严责，率残部逃跑了。

接着，第十四师也遭到重创。

这场战役震动了东北国军高层，意识到东北共军并不像熊式辉讲的那么好打。

熊式辉恼羞成怒，意欲抽调重兵报复。而民主联军多股小部队四面八方牵制，根本无法抽调。只好暂时放弃夺取本溪的企图。

就在这段时期，苏军与东北民主联军达成默契。苏军撤离长春的最后一列火车开出城半小时后，民主联军杨国夫第七师、三五九旅贺庆积部、东满军区二十二旅罗华生部、吉北军区曹里怀部共十三个团，在民主联军副总司令周保中率领下开进了长春，俘获并改编了八千多国军步兵。

二

劳春亮说，杜聿明返回东北复职的第一件事就是否定了熊式辉的军事行动；指出尽管夺取了抚顺、鞍山、铁岭、法库等城市，但遭受阻击甚烈，损兵折将，大量轻重火器丧失，以至官兵士气低落，普遍害怕再与共军接仗。杜聿明认为主要原因在于只图攻城略地，对共军只伤及皮毛，丝毫未能耗其元气，实力完好如初。

此后，如何寻求共军主力进行决战并消灭之，以打开僵局，就成了杜聿明的心病了。思索良久，最后决定依然借现有胜势，让郑洞国指挥部队向四平攻击前进。

四平地处松辽平原中部，是三条重要铁路——中长线、平洮线（四平到洮南）、平梅线（四平到梅河口）——的枢纽，也是辽宁与吉林交界处的城市，显系东北战略要地。占据四平，便可捏住东北的牛鼻子。

民主联军总部作战科副科长王继芳向杜聿明透露，中共中央曾电令林彪固守四平，不得放弃。

此前蒋介石也三令五申必须攻占四平。

看来双方统帅部都意识到这座城池的重要性。

这个时候，杜聿明从王继芳嘴里获悉共军总兵力大大少于国军，而且有不少是在东北招募的新兵，还混进了很多莠民以及不稳定分子。杜聿明大喜，对攻取四平有了充分把握。

据王继芳说，共军集结于辽南本溪的部队为第一、第六、第七、第八、第九、第十、第十一、第二十一、第二十二、第二十三等十个旅，外加南满第三纵队所属两个警卫团，共十万人马；四平方面为第一师，外加第二、第七、第八、第五十九等四个旅以及独立旅，最近又补充了辽西第七、第十七、第十九等三个旅以及刚从佳木斯开来的两个炮兵团，也有近十万人。火力、战力以本溪方面为优，林彪本人也在那里驻节。

杜聿明认为，从地形上看，本溪为沈阳门户，直接影响沈阳安全。若将共军击退到连山关以南，国军用相对小的兵力扼要据守。然后抽出一个军加入到四平方面，以压倒优势的兵力夺取四平，当有完全把握。

深思熟虑之后，马上做出如下部署：

曾泽生第六十军离开沈阳接替鞍山、海城、大石桥、营口新六军和八十八师（属七十一军）的防务以及抚顺五十二军防务；

新六军及八十八师交防后开到辽阳集结，统归新六军军长廖耀湘指挥，准备攻打本溪；

五十二军（欠一个师）交防后，准备参与攻打本溪；

部队调动完成，即在空军掩护下向本溪攻击前进。

此前熊式辉亲自督师进攻本溪时，一部被歼灭，其余遭击溃，心有余悸。这次见杜聿明动用两个主力军攻击，害怕又蹈覆辙，命令"持重"，停止前进，"静观战机出现"。

杜聿明装聋作哑，不予理睬，照旧挥师前进。

五十二军进展顺利，兵薄本溪城下。

廖耀湘指挥新六军和配属的八十八师行动时，由于八十八师师长胡家骥不服从廖令，不得不改变部署，以致耽误了两天。进至太子河，发现共军在对岸集结部队。只好请杜聿明先派空军轰炸，再行渡河。

共军遭空军袭击，无法构建阵地，只得退去。

国军终于占领本溪，控制了连山关及其东西两面阵地，为总攻四平创造了条件。

桌上的菜渐渐凉了。覃正侯吩咐店小二拿下去加热，另外做两样淮扬菜。又教上完菜后，做两份终席点心送来。旋又将镀银烟盒打开，让劳春亮拈了一支，用烟盒边上的打火装置替他点燃。自己也顺势点燃一支。吞云吐雾之间，屋子里酒和菜的混香添上这香烟味，构成了一种容易让人进入迷幻状态的氛围。

两颧酡红，眼里布满血丝的劳春亮用手小幅度挥了挥，驱散眼前的烟雾。瞅了瞅覃正侯说：

"覃科长，我给你讲了这么多东北的情况；你怎么也不给我说一说南京近来的风云……或者风月？有没有什么趣闻？或者值得一提的事情？"

覃正侯手执一缕，吞吐之间瞅了瞅对方，唔了一声。稍作思索，说：

"值得一提的……趣闻嘛，倒是有一件。"

"啊？说说看。"

"吴稚晖最近又红起来了！"

"吴……这个老不正经的家伙在重庆几乎被人遗忘了，什么事让他又红了？"劳春亮说着，想起了吴稚晖往事，笑道："不会又是类似几年前他在报纸上讽刺举债结婚的人'一时屎宽债紧'吧？或者又遭到政敌骂他'无齿之徒'了？"①

"非也，非也，"覃正侯也笑了。"这次是正经事！"

"啊，什么正经事？"

"制宪国大。"

"制宪国大？与他何干？"

"老兄有所不知，制宪国大是圆委员长总统梦的第一步，受重视的程度不亚于戡乱行动！当初在重庆召开的六届二中全会上，吴稚晖被推举为制宪国大代表，而且成为核心人物。因为自一九三一年以来，党国所公布的'五五宪草''训政纲领''中华民国组织法'等重要法律文件，吴稚晖都是起草的主持者；后来又适应委员长不同时期的政治需要，在法律条文上屡动手脚，颇获'天心'。所以，委员长觉得，制宪国大的种种大事，必须吴稚晖出马！"

"啊，这个'无齿之徒'还真的又红起来了！"

"可不是吗；为了让他快乐，委员长还专门陪他游钟山呢！"

一九四六年四月，即在抗战胜利八个月后，吴稚晖随国民政府还都南京。屈指算来，在陪都重庆居住了将近九年，这才踏上了东归之路。由知天命之年变成了耄耋老人。

回到上海，他见到了久别的老妻和儿女，一家人久别重逢，自然激动万分。见到老妻的第一句话不是嘘寒问暖，而是他存放在吕班路公馆的上百箱公私函件、文书札件、报刊书籍尚在否。当知道完好无损时，竟马上驱车前去查看。

吴稚晖喜欢独居，吕班路公馆就是抗战前他一个人居住的地方。只一名年轻女佣侍候。

全家团聚，本应好好休养，叙叙天伦，享儿孙绕膝之乐；吴稚晖却只在上海家中草草应付家人数日，便束装就道，匆匆奔南京去了。

蒋介石有一件大事要劳驾这位老先生。按照政协会议的决定，一九四六年五月将在南京举行制定宪法的国民大会。这件事，蒋介石认为没有吴稚晖是办不好的。

---

① 吴稚晖满口无牙，故有此谑称。

吴稚晖特别挑了一套天青色长袍，去黄埔路官邸拜见蒋介石。

在门口迎候的侍卫长俞济时见他来了，立刻堆起了满脸的笑，紧走几步趋前，敬了个军礼说：

"稚老来了！委座吩咐部下在这里恭候，"旋说旋退至一旁，往门内方向伸手说："稚老请！"

"俞侍卫长辛苦了！"吴稚晖稀着全然无齿的瘪嘴笑着点头。撩起长袍，迈动不太灵便的双腿往大门内走。

俞济时在旁边一路陪侍，关切地问一些诸如"府上安好吧"一类的空话。

蒋介石已经站在他办公室敞开的门扉旁迎接他了。这可是最高礼遇了。吴稚晖不禁有点儿飘飘然，昏头昏脑地伸出瘦得像枯枝的双手紧紧抓住对方伸过来的右手。

"稚老，真是对不起，刚刚复员回来，就把你从府上请来了！"

"哪里，哪里，委员长，应该的，应该的呀！"由于激动，吴稚晖其实根本不知道自己说了些什么，只是本能地在那里应酬。

蒋介石并不请他落座。站在那里莫名其妙地说了几个"这个是这个是"之后才说：

"稚老，待在屋子里可惜了大好春光！这个是……暮春三月，江南草长；这几天钟山新绿满山，杂花万千，我们莫如去拜谒总理，顺便切磋一下宪法草案。稚老以为如何？"

"这样最好，这样最好！"

"俞侍卫长，"蒋介石调转目光对一旁微笑侍立的俞济时说，"叫稚老的座车打道回府吧。稚老与我同车，也好一路说说话。完事以后我送稚老回府。"

俞济时略微立正一下，说了声是，便先行出去安排去了。

吴稚晖今天感到自己享尽优渥之隆。激动之余，眼里滚出了两滴浑浊的老泪。心里暗自打定主意，务要竭尽驽钝，使出浑身解数，完全彻底谨遵"介公"意愿去炮制那个宪法。

蒋介石施以礼遇，一个子儿也没花费，就达到目的了。

黄浦路至钟山的几条大道早已实行"净街"。

两辆黑壳小轿车（跑在头里的是俞济时的座车）在前后十多辆挤满侍卫官的带斗摩托和满载卫队的卡车护卫下，迤逦向钟山驶去。

蒋介石吩咐把车窗打开。他要和"稚老"共赏春光。

阳历的五月，也就是阴历的三四月，确实像蒋介石刚才在办公室说的"暮春三月、江南草长，杂花生树，群莺乱飞"；钟山尤为此趣之甚。本来植被就足够繁密了，这几天更是新绿挤旧绿，如绿云涌波一般，人人其间，几乎看不到天空。

又值阴历三月之暮，各种花树星罗棋布，有红的，有黄的，有白的，还有颜色奇妙无以名之的，争奇斗艳。自然花香与树木、野草的新绿所散溢的微腥之味也是很浓的，混杂在一起，很难辨别孰此孰彼，这种复合的香味十分特别，无以言表。蒋介石微笑说不妨就叫春之香吧。看来他情绪很好。不仅剿共形势总的来说不错；这吴稚晖再把宪法草案的条款设计妥帖，大会一开，此后登上总统宝座的路程就近了。

车队停下来。

蒋介石、吴稚晖、俞济时换乘滑竿。一群侍卫官或前或后随侍拱卫，其他士兵守在原地。

沿途的道路早就安排好了，三步一岗、五步一哨；沿途半径三十公尺外则由宪兵部队负责，手持半自动步枪，严阵以待。

到了中山陵，为示恭敬，得下轿步行。

陵墓建得巍峨雄伟，简直就是一座山，其规模胜过不少皇陵；而且精致、华贵，可让历代大陵逊色。

他们一步一步拾级而上，累得气喘如牛，脸色由白变青。在半途上休息、喘气达八次，才勉强登上寝宫。

大家鞠躬如仪，做了一系列规定项目，才坐下来休息。

陵墓管理当局送来龙井、白开水和几色精致点心。

吃了几块糕饼，喝了水，休息了一会儿，终于喘息均匀了。蒋介石便说到了正题。

"稚老，这次修订宪草虽然指定由王宠惠、雷震诸公直接负责；但是重大原则和关键性细节还是得劳烦您老把关！因为当初拟定'五五宪草'是您老主持的，无人能比您老深谙其中精神；而且您我共事多年，亲如一家，也没有人比您更了解中正的……这个是，指导思想！"

"委员长请放心，老朽一定竭尽驽钝，把事情办好！"

蒋介石微笑点头。啜了一口白开水，沉吟了一下，说：

"'五五宪草'只是草案，而且有些条款不太合适当下情况。一定要贴近当下形势，既要让友邦看着像一部民主宪法，又不能失去我们的权益，堵塞可能被宵小甚至异党利用的漏洞。那就需要对旧有的条款深入琢磨、推敲，做适当的增删、润饰。总之，抓紧时间，搞出一部像模像样的民国宪法来，交制宪国大通过。"①

"老朽明白！待老朽做了全盘研究之后，再把蠡见向委员长禀报；委员长临时有什么高见，也希望随时垂示。"

---

① 《中国国民党史》，吉林文史出版社，1990年4月版，第603页。

"好的，好的。"

在中山陵盘桓到中午，由陵墓当局摆出便餐来。虽说是便餐，却有鸡，有鱼，有熊掌，有鹿脯；也有吴稚晖喜欢的家乡武进的黄酒。因为吴稚晖总喜欢说武进的黄酒比名满天下的绍兴黄酒更好。酒后的主食是武进的粳米焖成的干饭。蒋介石指着小桌上这一切，笑嘻嘻说：

"这些都是稚老喜欢的！难得他们有心呀。"所谓"他们"自然是俞济时与陵墓当局了。

吴稚晖当然明白任何细节都是蒋介石指示俞济时办理的，借以显示对他老吴的宠幸优渥之隆。便抱拳向蒋介石晃了晃说：

"谢谢委员长！谢谢委员长！"

饭后，两人躺到"马扎子"躺椅上，无巨无细地商讨他们的民国宪草，逐一推敲其间一些利弊。

在蒋介石提议下，又小睡了一阵。

后来，游谭延闿墓。唏嘘感叹一番物是人非。

再后来游明孝陵。

蒋介石望着陵墓里熟睡的明太祖，说起这位开国君主的文治武功以及清帝的盛赞——治隆唐宋，感喟固一世之雄也而今安在哉；言语之间不无"当今天下之雄舍蒋某其谁哉"之意。吴稚晖对他这样的自矜也洞若观火。当然明白不能道破，哪怕是用夸赞颂扬的语气也使不得。

原定最后游汤山，泡泡温泉以祛一天之乏；而天时已晚，蒋介石说回去了吧。便拉上吴稚晖往外走。

上车之后，蒋介石吩咐开往西华门六亩园吴稚老府上。

在车上，吴稚晖寻思，宪草搞得再成功，毕竟只是纸上的东西；一切尚需战场上的胜局来支撑，否则一切都是空谈。便佯作不经意地问道：

"委员长，听说东北共匪很猖狂，已然窜进长春？这个不妨事吧？"

"不妨事不妨事，不过跳梁之举而已！不是苏军有意阻挡国军，暗中与共匪达成默契，共匪哪里进得了长春！苏军总归是要全部退出东北的，否则英美不会答应。那时候东北共匪区区一二十万游杂部队成得了什么气候？稚老不用担心！"

到了吴稚晖公馆，在两名仆佣侍候下，大家又喝了一会儿茶、白开水。蒋介石"小憩而别"。[①] 在属下臣僚家里"小憩"，是很少有过的。这很让吴稚晖受宠若惊。

---

① 《吴稚晖先生大传》，台北宏元书局，1950年版，第325页。

就在东北民主联军接管了长春那天，马歇尔返回中国。

他和杜鲁门都担心东北的战火会成为苏军继续滞留中国的借口。

马歇尔听取了前往东北地区监督停战的三人小组汇报，感到事态严重。苏军已经放缓了撤退的脚步。如果他们进而以维护和平名义接管东北，对国民政府无疑是灾难性的；也将严重损害美国的在华利益。他心急如焚地与蒋介石、周恩来分别会谈，苦口婆心地进行劝说。

他曾把副官记录下来的他对蒋介石的劝说整理成电文，发给杜鲁门。原电较长，这里摘要于次：

> 目前的许多困难，国民政府早些时候本来是可以避免的。但是局势现在是逆转了；国共双方都完全缺乏诚意，互不信任，每一方在对方所有建议的后面都看到邪恶的动机。国民政府千方百计阻碍派遣执行小组进入满洲；而执行小组其实是能够控制局势的。共产党说停战令适用于全中国，而国民政府却反对停战令适用于满洲。当国军开进满洲时，他们采取了鲁莽行动，企图全部消灭共军——要知道，这在几个月前是可以做到的，现在已经不现实了，而且将授人以轻启衅端的口实。我不得不做出这样有违礼貌的结论：蒋委员长既缺乏战略远见，又对共军的潜在能量缺乏了解，以致在许多事例中，国民政府向共产党提供了指摘他们缺乏诚意的口实……自去年开始国共谈判以来，国民政府曾有过几次可以满意地解决问题的机会；可惜委员长总希望一口吃成大胖子（请允许我借用中国这个生动的民谚），把事情弄糟了，以致现在共产党能够理直气壮地向国民党提出非分的要求。从我了解到的情况看，国民政府所犯的大错误不少，包括对较小的事情也一律采取强硬态度，结果达不到有益的目的，反倒造成了严重的僵局。①

马歇尔还指出，共军对长春的占领，对国民政府是灾难性的。共产党的借口是"因为国民政府中极端反动势力的掣肘"，所以共产党"也被迫从来没打算坚持履行达成的协议。马歇尔也承认，教他"确切地解释共产党占领长春的原因是困难的。一个可能的解释就是，共产党力图迫使国民政府结束在满洲的冲突，停止向沈阳以北进军，并且认真谈判以求得一项解决办法。"②

林彪并不想守四平。几次向东北局和中央请求，都未获允准。在保留意见的

---

① 《马歇尔文集》，宋灵松译，香港汇文书局，1953年版，第161页。
② 以上自然段引号内文句引自《马歇尔文集》第162页。

前提下，他也只好积极执行命令。

他熟悉四平的地形。三条铁路穿城而过，把小城分成了东西两个部分。东区是中国人居住地，大多为平房；西区住的是日本人，不是军官眷属就是商贾，住宅都是坚固的楼房。西区城郊有一个简易飞机场。城北是浅丘；其余三面平坦，无险可守，易攻难守。

林彪心里十分忧虑。

而表面上却指挥若定，调兵遣将，集结主力部队共约八万之众。

部队沿城池外围挖掘了大量的交通壕；堵塞了城西南的河道，形成大面积的沼泽，阻止敌人坦克进攻。

四平是辽宁著名的粮食市场，城内囤积了大量的粮食；苏军移交的弹药与医药也十分充足。林彪传达中央的军令：化四平为马德里。我们有充足的物资，同志们要有战至一兵一弹的决心。

他为什么如此违背自己的本意下了背城借一的决心？首先当然是共产党人的服从意识使然；此外他逐渐从中央的多次来电中意识到，在远离四平几千公里的地方，国共两党代表正就东北问题激烈地讨价还价，四平在谈判桌上是一个十分重要的筹码，此时此刻决不可放弃。毛泽东的一封电报说得很明白："四平作战支撑的时间愈长愈有利。"

杜聿明夺下本溪，着手部署进攻四平。

不料共军以攻为守，先向他动手了。

他回东北之前，在熊式辉指挥下，孙立人新编第一军协同陈明仁第七十一军进犯四平，遭共军打得晕头转向，从此草木皆兵，不敢动弹，滞留于昌图、法库之线；七十一军所属八十七师一个团在金家屯、大洼附近全部被歼。

五月六日，杜聿明发现共军两个纵队由西丰向南疾进。不久开原、铁岭便遭到攻击。那两地的守军阵线动摇，迭电告急，请求增援。

杜聿明忙调一九五师、八十八师分别驰援铁岭、开原，掩护中长路的安全；同时令新六军迅速集结辽阳附近，然后乘火车疾奔开原。那里的阵线才稳固下来。

杜聿明的目的当然不仅限于稳固当前阵线。他雄心勃勃，决心先拿下四平，控制这一要地；然后迫使共军进入辽河的河套内进行决战，全部歼灭之，乘势一举收复长春、永吉（今吉林市）。

五月十八日，副司令长官郑洞国亲自指挥新一军发动了进攻。

他将该军的三个师分为三路：新编三十师沿铁路由南向北，新编三十八师由西向东，五十四师径直向四平东南角推进。三路人马在美制飞机、坦克的掩护下对四平展开攻击。

在国军大火力轰击和人海战术的压迫下，民主联军防线多次出现危机，前沿官兵一次又一次与逼近的敌人短兵相接。

国军的每一轮进攻，都先用火炮长时间轰击。四平外围的阻击阵地上硝烟弥漫，弹坑星罗棋布——不少是连续几发炮弹跟进轰击而造成的特大的坑。民主联军的防御工事不久就被夷平。官兵们只好利用钢板搭成的临时工事躲避炮火。待敌人步兵靠近，才跃出工事与之肉搏。

国军付出了惨重代价，终于在正面防线上打开了一道缺口。

坦克导引步兵从缺口进入，不顾一切向纵深发展。夺取了四平市区西南角的一座楼房。

民主联军多次进行反击，伤亡一百多人，最终没能夺回那座楼房。

那座楼房成了民主联军鲠在咽喉深处的骨头、插在背上的芒刺。

国军五十一师与民主联军的激战尤为惨烈。

一百多门美制火炮以每分钟二十五发的密集度轰击对面阵地，时间长达四个多小时。炮轰当然是要停止的，其后也得用步兵去攻占，也得用血肉之躯去与民主联军较量。

而民主联军官兵寸土不让，其决死精神令国军官兵胆寒。

打到二十二日，杜聿明增调来三百门火炮，与原有的火炮重新配伍，开始了更加密集更加凶猛的轰击。几个小时下来，致使民主联军的交通联络全部中断；大部分工事被翻来覆去，面目全非。半数以上阵地陷入各自为战的危险境地。

战斗的焦点转向城西北一个高地，名为三道林子。仅二十三日这一天，攻守双方就拉锯了七次，阵地数次易手。坚守此处的民主联军一个营伤亡两百多人。

二十四日，国军三十八师集中炮火轰击三道林子的北山阵地，以每分钟五百发的密集度进行阵前清除。而清除岂能全部奏效，当白刃战来临时，民主联军的优势就显现出来了。国军官兵面对他们手里寒光闪闪的刺刀、奋不顾身的冲击无不心惊胆战，接战一两个回合就转身回窜，顾不得吃督战队的枪子。

四月二十六日，国军的进攻屡次被击退，民主联军的反击也未能得手。双方暂时罢战休兵。战场出现了暂时的沉寂。

四平八天的战斗使一向临战不乱的林彪开始对自己的部队进行冷静的思考。不论是关内来的老八路还是在东北新组建的新兵部队，都没有城防作战的基本经验。战士只知道向前方射击，缺乏与友邻配合的意识；指挥员不重视火力层次和纵深的配备，无法形成卓有成效的阻击网；更严重的是新兵不少时候忘记关注指挥官的信号，见到敌人形影就开火。无谓的过早射击大大降低命中率。客观上对敌人是一种提醒，使其在推进过程中能有效避弹；当然也大量地浪费了子弹，致后来弹药不足。另外，部队之间交接阵地时疏忽了工事受损状况的交代，致后续部队在徒有外形的工事里出现大量伤亡。林彪同时赞叹国民党新一军步炮协同动作默契、营连进攻和互为掩护都显示出老练的攻坚经验；如果他们在近战时不是一见到刺刀的寒光和刺刀碰击发出的声响就逃跑，我军恐难免厄运。这加强了他把营以上指挥员轮番送到满洲里、佳木斯交苏军训练的决心。

三

四平之战正酣之际，全中国的反战浪潮一浪高过一浪；美苏两国也施加了压力。蒋介石感到有点抗不住了。

他知道杜聿明攻打四平的目的，在于占领四平之后，一举攻取长春、永吉。见四平久攻不下，他担心接下来攻长春时共军的固守会更加顽强，战事旷日持久，显而易见又是国军主动进攻，不好向各方面交代。不如加快攻占四平，见好就收，暂时罢手。以此商诸白崇禧。

白崇禧也觉得蒋介石的顾虑有道理。

蒋介石说，健生，尽管你我都主张适可而止见好就收；但是前线的骄兵悍将哪里理解我们的苦心，一个个阳奉阴违，急于事功，完全不顾及政府的政治处境，不懂得收放之道。怎么样，替我辛苦一趟，赴东北敲打他们一下吧？

白崇禧笑着说，愿为驰驱。

白崇禧以视察名义飞到沈阳。

杜聿明在他的司令长官部设牛羊宴①给白崇禧洗尘。副司令官郑洞国和参谋长赵家骧作陪。留声机放着《玫瑰玫瑰我爱你》的乐曲，以助酒兴。

杜聿明一边给白崇禧斟酒，一边暗自寻思，这个白狐狸此时跑来，是不是老头子顶不住美苏要求停战的压力，来督促我们鸣金收兵的呢？很可能就是这样！得先说服白狐狸，由他去说服老头子，大事就济了。眼下真是千载难逢的好战机，王继芳一再证实，共军羽翼未丰，尚未形成气候，并无能力组织大规模的围歼战，正宜一鼓荡平，免留后患。

坐在首宾位置上的白崇禧戎装整饬；只除去了军帽，亮出了谢顶的脑袋。前额与头顶在酒精与牛羊肉作用下沁出了一层细细的汗珠子。一旁伺候的士兵及时向长官们送上了热毛巾。白崇禧一边用毛巾抹了抹汗，一边指了指留声机又指了指面前的酒菜，微笑道：

"光亭呀，你这里的气氛宜人呀，哪里像外界宣传的那么惨烈嘛！哈哈哈。"

"健公，现在只是短暂停火，敌我都打疲了，不约而同地都在喘一口气。这个是战场上的自然节律，健公乃老元戎，当然比我们懂得多！三小时之前，距此不

---

① 白崇禧是回族人，不吃猪肉。

到一百公里还在枪炮声大作，血肉横飞呢！"赵家骧代杜聿明回击白崇禧的讥刺。

白崇禧瞅也不瞅赵家骧，也不作答，脸上一直挂着莫测高深的微笑。夹了一块火候到家而软烂之至的牛肉送进嘴里。

杜聿明怕他不高兴，责备地瞥了一下赵家骧。马上堆起满脸讨好的笑望着白崇禧说：

"健公不远万里来到这四战之地垂顾我们，难免要为健公洗尘接风，这是作部下应尽的义务；我们也叨光轻松一下。平时大家都在前线，待在沈阳城内的时间都很少！"

"光亭不要误会，我只是开句玩笑！"

"知道，知道。"

后来，白崇禧谈起了正事。要杜聿明汇报敌我的兵力情况以及当前战局。

杜聿明从共军叛徒王继芳那里获取的第一手资料既丰且确，蛮有把握地侃侃而谈如数家珍。他说，现在东北的国军三倍于共军；而且一半以上是美械装备，另一小半持日械；绝大部分是参加过抗战的老兵，四分之一去缅甸打过国际战争，作战经验丰富，对党国忠诚。共军方面就弗如远甚，关内去的老八路只占一半；在东北招的新兵大都缺乏作战经验，一听见枪响头就晕，而且混进去的匪类也不少。尽管苏军把缴获的日军枪炮都给了共军，但日械毕竟在性能、威力方面大大弱于国军手里的美械，恐怕要落后三十年呢。

白崇禧问他这些情况的可靠程度有多少。

杜聿明只好坦言是林彪总部作战科副科长提供的，可靠性应该毋庸置疑。

他又介绍了当前战局。称熊式辉前期指挥时轻率浪战，多次遭遇重大挫折，损兵折将；他杜聿明复职视事以来，最初也不顺利，自打本溪开始，基本上就是节节胜利了。现在的四平尽管是一块硬骨头，也磕掉了国军一两颗钢牙，而总体说来应该是握住了战争牛耳；共军每况愈下，越来越被动了。

"聿明斗胆向健公与委员长担保，再用不了十天就会拿下四平！那时即可利用四平为支点，向长春、永吉、哈尔滨进军，几座大城不难一鼓而下！"

白崇禧微笑点头，顺口夸了他几句。然后默然不语，只认真在那里品酒吃牛羊肉，仿佛此行专为这杯中物盘中馐似的。

杜聿明忍不住了，略微将脖子向白崇禧方向伸长了一点，谦恭地望着他，小心地探问道：

"健公对部下聿明等……的指挥，"旋说旋用食指略指了指郑洞国、赵家骧以及自己，"有何训示？"

白崇禧唔了一声，和善地点了点头，沉吟着说：

"光亭……以及诸位老弟的智慧，当然是无懈可击，战绩也可圈可点，这个毋庸崇禧置喙。崇禧此番东北之行,主要任务不是指导作战,也不是什么视察,其实是传达委员长指示!"

杜聿明等三人不约而同地微微一愣,互相交换了一下眼色。

白崇禧说:"只要将四平打下来,政府与共产党的谈判就可以占据优势了。目前各方对政府的责难很多,美苏两国也加大了对委员长的压力。所以,我们应该有所克制,长春还是暂时不取为宜!如此,一则可以缓解舆论的非难,再则可以借机整训部队,养精蓄锐。一旦共产党在今后谈判中顽固不化,那时国军兵强马壮,再举戡乱之师,何愁不能一举荡平匪患!"

杜聿明没想到蒋介石是这样的想法,太把舆论和苏美指摘当回事了。但不便公然批驳蒋介石,便考虑只从军事方略的角度指出战机宝贵,稍纵即逝,不可放过。仍企图先说服白崇禧,让白去说服老头子就容易多了。

"健公是天下闻名的军事家,目光如炬,当然一眼就看到了国军当下在东北已占据了宝贵的战机。如果不乘势取事,后悔何及!"说着,停顿了一下,注视对方脸色。

"光亭不用顾虑什么,"白崇禧鼓励道,"请畅所欲言!"

"健公能够谅解,部下就斗胆直陈了!"杜聿明稍稍捋顺一下思路,然后开始了他的斗胆直陈:

部下聿明等攻打四平的目的,并非只为夺取这么一座小城,而是为了吸住共军主力,聚而歼之。然后举得胜之师,北取长春、永吉。如果只据有四平而固步不前,则战机尽失,前功尽弃。那么,纵然四平有绾毂东北之利,又有何用呢?两军停战,未必有利于国军;国军整补,共军安能不整补呢?而共军由于把掠夺来的乡绅土地分给了农民,深获农民拥护,所以一呼百应,扩军十分容易。而且苏军外贝加尔军区源源不断提供军火,新扩充的部队不愁装备。我们在共军败退的路上,不止一次拾到过"波波沙"①。国军兵源却大成问题,不靠抓壮丁,自愿招募来的必是兵油子。兵油子无一例外是部队的腐蚀剂,他们会带坏大批本来老实巴交的农民出身的士兵。去年十一月二十六日国军占领锦州后奉命停战,到今年三月底为止,仅仅三个月的时间,共军兵力增加了一倍多。国军最初出关时只用两个军,就可以顺利打到锦州;而现在多达八个军却四处遭共军牵制,艰难打下了本溪,至今还没能克服四平。这说明停战是对共军有利而对国军不利的。况且现在四平早晚是要打下来的,向长春、永吉进攻的命令已下达到营一级;未参与四平战役的部队亦奉命抵达攻打长春的位置,只等四平攻下后将这里的部队调过去,就可协同展开长、吉战役。健公乃大战略家,当然明白大军作战收回成命

---

① 苏制转盘冲锋枪的俄语名称。

不是那么简单,中途变更部署也会产生负面影响,会引起部队疑虑因而导致某种混乱,容易为敌所乘。长春是东北首府,金融业、工商业仅次于沈阳;永吉的小丰满水电站乃东北最大的动力资源,若能收复,且不说政治方面的影响,经济方面的意义就很可观。用小丰满的电力供给长春、沈阳、鞍山的用电,发展工业,壮大实力,益处自不待言。但是,小丰满电站若长期为共军占用,东北用电将大成问题。同时,长、吉在手,即可依靠松花江天堑,与共军隔江对峙,进可攻,退可守。

白崇禧听罢他条分缕析地直陈利弊,觉得确实有道理,忍不住时时颔首。

杜聿明瞧在眼里,便越发放开胆子说话了:

"何况士气可鼓而不可泄!打下四平后的国军乃得胜之师,锐气正盛,宜乘胜挺进;若戛然而止,以后再要营构如此锐气恐不容易!委员长在几千公里之外,虽庙算伟略旷古少有,而前线的细枝末节恐未必能事事省察。请健公回到中枢后鼎力施加影响,方使千古难逢的战机不致失诸交臂呀!"

杜聿明讲完,白崇禧又是一阵没开腔,又是在那里有滋有味地品酒吃牛羊肉。

杜聿明等人见状只好且陪着喝酒吃肉。

不知过了多久,白崇禧终于放下杯筷。长叹了一口气,说:

"光亭呀,说实话,我十分赞同你的高见;只是,委员长顾忌的是中外视听,国共两党的南京协议墨迹未干,攻打四平已经涉嫌违约,何况还要进一步夺取长春!怎么办?唔……我看,折中一下如何?如果没有十分把握一鼓拿下长春,那就推进到公主岭为止。占领这个攻打长春的跳板也好呀,以后打长春就省事了!光亭以为如何?"

杜聿明沉默了一下,昂首决绝地说:"部下向健公立军令状,一俟长春之战打响,五天为期,若第六天才拿下来,摘掉部下领章上的两颗星以谢天下!"

白崇禧颇为动容。稍作沉吟,说:"其实只要能拿下长春,违背两党协议又能怎样,我看委员长不会不高兴的!我猜他担心的是打成个胶着状态,久攻无果,又担了个轻启衅端的罪名。这样吧,我们明天到前线看看再做决定如何?"

次日大家一起到设在开原的前进指挥所。

正好前边发回电报,称国军右兵团迂回到赫尔苏附近,并未遇到共军的强力抵抗,部队正继续前进。

白崇禧很高兴。又一同到更前方的红庙视察。

前线局势看来确实有利于国军,白崇禧心里得出了这个结论。他说:

"光亭,就照你的意见干吧!委员长那里,我去同他说——这个干系我担了!"

杜聿明十分高兴,对白崇禧千恩万谢。

大家当晚返回沈阳。

次日白崇禧登飞机前，获悉国军已"攻占"四平。便令飞机改变在北平逗留一天的原定计划，直飞南京。

送走了白崇禧的专机，杜聿明回去研究共军从四平突然撤退的原因。

参谋长赵家骧认为，共军定然是受到国军优势兵力从三面威胁而主动脱离战场。事出突然，原拟在辽河的河套围歼共军已来不及了；共军也不会让国军在辽北地区高枕无忧，更不会轻易放弃长春、永吉。极有可能是集结大兵团于长春、永吉、哈尔滨，分别将原来守四平的劲旅向通辽、梅河口撤退，以分国军之势，以呼应长、吉、哈三市的守卫战。待国军战线拉长，再集中优势兵力各个击破。

杜聿明深然其说，点了点头说："此乃共军惯伎！"

针对这样的分析，杜聿明做出了部署：将数十万追击大军摆放成扇形，以钳制共军的分散退却。追击重点在扇子的中部，即长春、永吉方向。特别向主攻长春的孙立人、廖耀湘两军悬赏，首先进入长春，全体官兵共奖黄金五千两。

林彪一开始就反对守四平，主张相当一段时期应以运动战为主，不到万不得已不打固守战。理由是敌我力量悬殊；民主联军新兵占了一多半，缺乏足够的训练，而且成分不纯。但南京谈判桌上的讨价还价情况他也知道，理解中央要求尽可能坚守一段时间的苦衷。身为前线将帅，服从大局是必须的，所以只得知其不可为而为之。

国军兵力雄厚，不顾违背陆军操典大胆在宽阔的正面发动进攻。

民主联军需要固守的城市在身后，无法采取灵活的运动战应对敌人，只好在漫长的战线上处处设防，主动态势渐渐丧失。

国军在飞机、坦克、大炮协同下，攻陷了四平以东的咽喉要隘塔子山。民主联军的防御阵线给撕开了一道口子。这以后，便会有遭到合围的危险；而且伤亡超过了八千人。

林彪将危急情况电禀中央和东北局，要求立即撤离，退出战场。

电报发出后，林彪焦急地等待中央复电。久等不至，只好当机立断，对参谋长说：将在外君命有所不受，本着对革命负责的精神，我要擅自做主了——火速部署撤离战场！

林彪此举挽救了数万大军；却冒着对抗中央军令的风险。

所幸第二天就收到了中央复电。这份电报在客观上追认了他的行动。电文说："四平我军坚守了一个月，抗击敌军十个（整编）师，表现了人民军队高度顽强英勇精神。这一斗争是有历史意义的。"电报指出，"如果你觉得固守四平已不可能，可主动放弃……准备由阵地战变为运动战。"

这封电报发出的第四天,中央又电林彪,撤离四平后,"望坚守公主岭","若公主岭不能守,应坚守长春,以利谈判"。

公主岭在四平与长春之间。

然而,民主联军撤离四平,在敌军扇形阵线追击下,边打边退,很难再组织有效的防御了。

国军以扇形阵线攻击北进,骨干阵线为三路,分进合击,势头凌厉。

林彪命钟伟旅长的第十旅殿后,边退边阻击;大军分别向北、向东撤退。

罗荣桓和彭真赶到公主岭附近的范家屯,与民主联军总司令林彪、副总司令周保中商量下一步行动。

林彪指出,松花江以北的根据地尚未巩固,东北人民没有发动起来,尚未能认同革命,不少地方的老百姓不认我党,以为国民党才是正统;我军兵力十分薄弱,新兵多,甚至有不少混入的不良分子。这种情况下不宜打城防战,也不宜主动去打攻坚战;重点应放在巩固既有根据地,发动群众,开展土改,逐步发展新区。一年或者更长一些的时间,后方巩固了,我军壮大了,方可大举。所以,现在必须放弃长春,撤到松花江以北去;如果形势再不缓和,国民党进一步要打哈尔滨,也可暂时让出。

彭真坚决不同意。他认为丢失长春,政治影响太大,这是我党准备做首府的地方;况且中央也曾经电令要我们坚守长春,"以利谈判"。

周保中支持彭真意见。觉得再丢长春,让世人感觉我们是一败再败,成了流寇了。

林彪对流寇一词不无反感。冷笑了一下,对周保中投以一瞥,说如果不讲策略在长春等地纠缠、恋战,正中杜聿明下怀!主力部队消耗光了,恐怕以后就不再是一退再退的问题了,而是越过边界寻求老大哥庇护了。

周保中听出了弦外之音,不禁脸红了。抗联过去就是这样,由于没有下功夫建造根据地,无法立足,总是撤到苏联去"休整",瞅准机会又回来。这样的情况发生了多次,导致抗联始终壮大不了。

彭真说,以我军现有兵力,在长春展开阻击战,敌人未必能占到便宜。

罗荣桓不以为然,他分析长春、永吉两座城市的外围地形都不利于防守,防线太宽,到处都得安排兵力。民主联军兵力薄弱,官兵也打得很疲劳,如果投入大量兵力守长春,敌人从梅河口沿奉吉线插到吉林腹地,"就会把我们的后方打个稀烂。那样一来,岂但长春守不住,恐怕我们只好退到西满大沙漠去了。所以我赞成林彪同志意见,撤出长春,退到松花江以北去。"①

---

① 引号内为罗荣桓原话。

争论到最后，终于做出了决定：向松花江北岸撤退，退到哈尔滨。

林彪会后以个人名义电禀中央不守长春的理由。中央也复电认可了。

退出长春、永吉，东北民主联军据江而守，总算暂时把阵线稳定了下来。

攻占了长春、永吉以及松花江以南广大地区，国军确实是取得了空前胜利；而杜聿明却怀上了一块鬼胎：战线拉长了，兵力也不得不分散开来，机动作战部队由是锐减，主动进攻很难。共军大约是看出了点苗头，不时乘虚出击。杜聿明感到捉襟见肘，应援吃力。例如驻海城、营口的一八四师在受到共军围攻时，孙立人部驰援不及，师长潘朔端等不及援兵索性宣布起义了。

此后，大规模的较量在东北暂时没有了；国共两军似乎都需要休整一段时日。于是两党代表六月七日在南京达成了东北的停战协议。

六月初，中共中央东北局和民主联军总部迁到哈尔滨。

林彪却把他的前线总指挥部搬到了永吉附近的舒兰县乡间。一边监视对面不远处的国民党重兵；一边整训部队，包括抽调新兵部队排以上干部到满洲里和佳木斯苏军训练营接受军官素养和战术技能的培训；在舒兰开办由苏军高级将领授课的训练班，学习如何指挥具有"准现代化"装备的大兵团。不少时候他还亲自给团以上干部讲大课。有一次，他针对撤离长春、永吉以后在民主联军指战员之间的一些抱怨，做了一次有声有色的演讲。他说：

> 大家都在抱怨我跑得太快了，丢的地方太多了；我说我跑得还慢了，丢的还少了。
>
> 这可不是开玩笑，我讲的是真话，讲的是马列主义，是毛泽东军事思想。
>
> 东北现时的情况是敌强我弱。我们只有一个拳头，敌人有好几个拳头；一个拳头是打不过几个拳头的。怎么办？就是要迫使敌人的拳头张开，变成手掌。怎么迫使他变？简单得很，就是把城市丢给他们。城市一丢，我们的包袱就没有了，身子就轻松了；敌人呢，不得不分兵把守城市，能够机动使用的兵力越来越少——这就是所谓拳头张开了。这就是给了我们很多机会，可以一个一个地砍断他的指头。
>
> 解决东北问题采用谈判的方式是靠不住的，最终要靠战争。战争的胜负实质上在于消灭敌人多少有生力量。这是毛主席在红军时代就经常教导我们的。所以胜负不能从一时的进退看，也不能从一城一地的得失看。我们现在兵力小，城市只能是旅馆，暂住一时。待到把敌人的兵力拖散了，我们就可以集中优势兵力一股一股地吃掉他们。城市最后自然就是我们的了。如果我们现在舍不得城市，和敌人硬拼，结果只有两条路：或者被敌人吃掉，或者

走抗联老路退到苏联去吃人家匀给我们的列巴。

现在,我们应该把目光转一转,从大城市转到中小城市和辽阔的农村去,把大气力用到建设根据地去。有了根据地,我们就有了家。有了家,就会要兵有兵要粮有粮。有了这些,我们就会拥有整个东北。

为了让更多的指战员懂得这个道理,他专门从苏联驻哈尔滨领事馆搞来基辅电影制片厂制作的文献纪录片《伟大的退却》,还亲自撰写中文解说词。这部片子描写了法西斯德国的突然进攻,苏联的战略撤退,然后在德军战线拉长、兵力分散后,大举反攻,直至兵薄柏林。

林彪甚至向中央提出,为了保住有生力量,为了巩固根据地、壮大民主联军,目前和以后相当一段时期避敌锋锐应成为基本战略。所以如果国民党军大举进攻,则须放弃哈尔滨。当然,目下敌人也是兵疲师老,更主要的是战线拉长兵力分散了,若不大规模从关内调兵增援,这种可能性并不大。

六月三日,毛泽东在给东北局和林彪个人的电报中肯定了林彪的战略思考:

> 同意你们放弃哈尔滨之准备,采取运动战与游击战之方针,实行中央去年十二月对东北工作的指示,做长期打算,为在中小城市及广大乡村建立根据地而斗争。

听说必要时还将放弃哈尔滨,不仅向来主张坚守拒敌的彭真、凯丰感到窝火,就连一向赞同林彪观点的罗荣桓也充满忧虑地说:

"打了这么多年的仗,还从来没有这样被动过。我们一个劲儿地撤,敌人一直在后面追,就像拖了个尾巴!"

似乎东北的形势空前严峻。

只有林彪和高岗信心十足。两人都认为,只要坚持农村包围城市方针,前途就值得乐观。

六月十六日,中共中央做了一个重大决定,调整东北局领导班子。后来的事实证明,这个决定十分英明,对夺取东北的全面胜利具有重要意义;也体现了中共中央的知人之明和勇于纠错。该指示大略如次:

> 为了统一领导,决定以林彪为东北局书记、东北民主联军总司令兼政委,以彭真、罗荣桓、高岗、陈云为东北局副书记兼民主联军副政委,并以林、彭、罗、高、陈组成东北局常委会并以高岗兼秘书长。

中央决定下达时，林彪正率领民主联军前线指挥部在舒兰练兵。

东北局委托高岗和谭政①到舒兰，接林彪到哈尔滨主持东北局工作。

林彪这是临危受命。

这个时间段，虽是国共双方达成的休战协议生效期，而国民党不断往东北整军整师地运兵，时时挑起局部冲突。这表明实质上局势依然严峻，再次大规模冲突随时可能爆发。

全国的形势也是如此。尽管和平呼声一浪高过一浪，而天空却密布战云，而且那团云越来越大越来越浓。

---

① 谭政，新任东北民主联军政治部主任。

第八章

一

覃正侯今天接了一个电话,使他又兴奋又紧张,脸色变得煞白,说话也有点颤抖了,两手更是抖得没法握住笔。

为了掩饰失态,放下电话后,他没回到自己的办公桌前,而是到屋角的文件柜夸张地扯了一叠手纸昏头昏脑地撞出了办公室。

坐在另一张办公桌后的孟淑贤秘书不经意间察觉到了这个男人的异样。她从来没见到过他有这样的失态。两人从浅到深又从深返浅相处的那么些日子,她没有机会看见过这个男人有过什么个人遭际,也没有见过他发生情绪上的波动,他总是什么时候也不失从容和自在;即便是那种与大家息息相关的党国命运发生了大幅度跌宕时,他也会在大家惶悚不安时显得淡定如常,颇有泰山崩于前而色不变的张子房风态。然则今天是怎么回事呢?那个电话竟具有如此大的震撼力,能使一个张子房似的人物也把持不住了?两人在那春风一度之后,孟淑贤主动表现出了拒人于千里之外的意思;在他也不过是逢场作戏而已,见她那样的态度,正好见好就收,岂能不乐从如仪哉。此后的交谈所涉内容她也就有意保持距离;而今天她却很想探询一下,或深或浅均可。当然只是出于好奇。

参谋总部迁回南京以后,办公条件大大改善了,与拥挤的重庆相比真是天上地下。仅以覃正侯的科长办公室看,已不是重庆时候的一间窄小斗室,而是一间三十多平米的大屋子。窗户大,空气流通,办工设施一应俱全。作为秘书的孟淑贤也沾了光,竟能在第三堵玻璃窗边安放了办公桌——这自然寻常,使她高兴的是窗外就是花园,香气馥郁,阵阵袭人。

覃正侯从"厕所"回来,情绪平静了许多。落座以后,打开文件夹,准备继续干活。

"科长……"孟淑贤用不经意的口吻慢悠悠叫他,两眼没离开处长发下来缮写的一份报告。"刚才,哪一位要人的电话呀?"

"要人?"覃正侯愣了一下。旋即回过神来,顺势说:"对,对,是上边长官……"

"上边长官?"

"对,是陈总长。"

陈总长系指陈诚。

不久前蒋介石接受美国建议，撤销军事委员会，仿效美制组建国防部，以适应不久以后推行的宪政民主（蒋介石对此理解是由自己登上总统宝座）。白崇禧出任国防部长，空出来的参谋总长由陈诚干。真正有统兵大权的参谋总部名义上隶属于国防部，实际上隶属于蒋介石。

孟淑贤抬头瞥他一下，脸上掠过一缕不易察觉的冷笑；她看出他是在撒谎，总长怎么可能给一个小小的上校科长径直来电话呢？以现在两人已然疏远的关系，她当然不便拆穿；却故意默然不语，连表示"知道了"的"唔"或"哦"之类的回应也不做一个。这其实就是借以暗示"谁信呢"。

他已完全掉进既欢愉又担心甚至害怕的漩涡中了，哪里腾得出脑子去关注她在猜些什么呢。

刚才的电话是魏飘萍打来的。

她约定当晚八时许在一个地方见面。

他没有去注意电话那一头的语气和态度。当听到对方自报姓名的时候，他就紧张得把持不住，能听清并记住她的话就不错了，哪里还能顾及其他呢？

当冷静下来的时候，他也会这样去琢磨：上次邂逅时的相约，通常看来只不过是随口一说而已，魏飘萍为什么会认真对待，竟郑重来电确定见面的时间、地点？显然没有随口敷衍以避腥秽，事后就掷诸脑后。这样的结果，对自己来说真是天大的奢侈。他毕竟年过"不惑"，当然也明白，她的动机极有可能是功利主义的：或者系组织安排的诱杀行动；或者她汇报了此事后，组织从现实斗争的需要出发要利用他现在的位置做些事。前者他当然不愿发生，但也不愿回避，也许借以结束多年心灵梦魇未尝不是好事；后者则是他最期待的，说不定立了大功可以尽赎前愆回归组织怀抱？他更奢望她有第三种动机蕴藏在第二种之中，那就是旧情未泯！当人们对一件尚未有结果的事充满期待的时候，除了理智地分析之外，更多的是想入非非，总是不由自主地把它向自己希冀甚至奢望的方向描绘。这是男人的痼疾，即使已然成熟了的男人也无法克服的弱点。

他七点钟就到了她指定的地方，选了个小包间坐下来。

这是一条小街上的茶楼，距中共办事处较近，拐了一个弯就到了。

他穿一件浅蓝色棉质长袍，脚上是朝元布鞋，向后梳的包头未施发蜡；而胡茬子却刮得一粒不剩。这样的朴素而又不失整饬，他是刻意为之。

她八点钟准时到了。没穿军服，一副职业女性的打扮：短发，深灰色旗袍，布鞋。年龄距四十不远了，却依然那么年轻，微圆的面庞浅黑透红，两个酒窝忽隐忽现，明眸皓齿，光彩照人。不知怎的，他今天面对这么一位美女，越发自惭形秽，怎样努力也克服不了自卑心理。

堂倌送上茶后，她没扯什么闲话，直接进入了正题。尽管这样的公事公办景况应在预料之中，还是让他稍感意外。

她说："你有什么话，请讲吧。"

她的表情——不，根本就没有什么表情，使他感到自己心里隐藏的奢望确实过奢了；但也表明最初所猜度的最不济的结果也不会产生了。这也让他稍稍安心了一些。

他开始讲述自己的忏悔，痛斥自己的罪恶，言语之间把这归咎于自己熬不住酷刑，缺乏坚强的意志。分辩自己这么多年来没有一刻离开过信仰，也没有一刻摆脱过罪恶感对自己的惩罚。絮絮叨叨，喃喃自语似的说了一个多钟头。魏飘萍一点也没打断他，仍是没一丝一毫表情，只偶尔端起茶碗送到那丰盈而精巧的红唇之际品上一口。

他终于说完了。额上津津汗出，眼里泪水欲滴。

她瞅了他一下，淡然问道："你希望我们做什么？"

他不假思索道："希望党惩罚我，只有这样，我才稍感心安！"

她停顿了一下，说："共产党不是惩罚主义者，这个你应该知道！任何人只要不继续危害革命，党是不会列入锄奸名单的；对幡然悔过而且有立功表现的人，革命阵营是欢迎的。这些你也应该了解！"

他忙不迭点头，"是的，是的！"

她又说："我们不会只看表态，更重要的是看行动。"

他又深深点头，"我知道，我知道！"沉默片刻，又说："我以后会尽我所能，向党提供国民党的动向，特别是对解放区的战略动向。"

她的脸上有了一丝鼓励的微笑，"好呀，这个我们当然欢迎！回头我会把今后的联络方式交给你——记熟以后烧掉。"

他对此竟激动万分，千恩万谢，喋喋不休，不是她不耐烦地挥手制止，他还会"感言"下去。

后来他说，今天就有一件十分重大的事情要"汇报"。

早在国府东归复员之前，在重庆就酝酿了一个针对中原根据地的政治、军事互为配合的双重阴谋。

魏飘萍心里咯噔了一下。表面上依然不动声色，只鼓励地嗯了一声并微微点了一下头。

覃正侯说，中原根据地遭受重重包围，这是国民党在抗战胜利的第一天就着手策划的阴谋；其后又有计划地逐日加重封锁并不时制造摩擦，以图挑起争端。照此下去，中原冲突有成为全面战争导火线的危险。这或许正是蒋介石有意为之，乃谋定而为，并非仅仅是局部现象。不知道中共方面是否已意识到了这种险恶用心？周恩来曾要求军调部查清情况，切实遏制冲突，预防悲剧发生。蒋介石假惺惺应允了周恩来的呼吁，指定军令部部长徐永昌会同中共代表周恩来、美方代表白鲁德在汉口签署了停止中原冲突的《汉口协议》。消息发表以后，外界普遍认为，中原地区这个大火药桶终于给拔除了引信。背后的事实正好相反。

就在签署汉口协议的同时，蒋介石向武汉行辕下达了加速向中原解放区增调部队、积极准备全面进攻彻底歼灭郑位三、李先念部的命令。

"我的学生——武汉行辕参谋处第二科情报参谋袁桓楚因公来参谋总部。我请他吃饭，酒酣耳热之间，他告诉了我有一天在他办公室发生的事……"

以下是覃正侯转述的袁桓楚的话：

汉口协议签署的次日，下午三点钟左右，行辕参谋处处长卢济时，向我和刘当阳参谋详细地询问共军的分布情况和动向。后来他又叫作战科熊彭年参谋马上用电话通知花园县方向第六绥靖区周嵒，密令所属部队迅速占领有利地形，严密封锁共军，随时待命行动。同时命令武昌的整编第五师、咸宁的整编二十六师待命行动。

当时刘当阳笑嘻嘻地问卢济时，"副处长，字都签了，为什么还要这样做？"

卢济时冷笑了一下，"签字能当饭吃呀？你们枉自进过军校，连兵不厌诈都不懂！"

大约在十四日晚上八九点钟光景，卢济时夹了一个公文包，匆匆来到第二科办公室内，对刘当阳和我说：

"从现在起，你们都要值夜班，取消一切休假，密切关注共军动态，随时将情况告诉我。我今天开始就入住德明饭店。如果有时找不到我，可以告诉王振旅（也是二科的参谋），他和我住在一起。"

接下来，卢济时又跑到第一科去密谈了一个多小时才离去。

有一天，熊彭年过来，开玩笑地对我们说："好了，你们忙，我们失业了。"

我鼓起双目做着舞台上手势学着京剧道白问道："此话怎讲？"

他凑近前，压低声音对我说："南京的电报来了，不久就会有惊人事件发生！"

在我的一再追问下，他透露了那份蒋介石来电的内容：出动鄂豫皖边区外围所有军队，对共军严密封锁，分进合击，彻底消灭中原地区共军；为避免共方以及中外舆论的责难，令武汉行辕所辖部队，均归郑州绥靖公署刘峙指挥，由刘峙统管这次行动。这就可以使武汉行辕推诿签字之责，缓急之间可伪称是刘峙的擅自行动。

转述完袁桓楚的话，覃正侯望着魏飘萍说："我不知道这个情况可不可以作为参考？但我知道，中原解放区确实处在险恶的局势中，千万不要轻信《汉口协议》！"

魏飘萍说："我会把你今天的话向组织转述，放心吧。希望你继续关注与中原解放区有关的敌情，及时提供给我！另外，我现在中共代表团工作；以后如果代表团撤离了，也许组织上会让我留下来，专门负责和你联系。"

这等于认可了自己的工作。覃正侯两眼湿润，声音颤抖地说：

"那太好了！"

分手后，在回中共代表团驻地的路上，魏飘萍反复回想覃正侯提供的情报，觉得基本可信。那么中原军区的战火就不可避免了。

她个人认为，危局的形成，蒋介石集团的背信弃义恣意妄为固不可训；中原解放区的内因也是不可忽焉不察的。以局部敌我力量对比而言，蒋军共二十二万人在中原解放区周围，我中原军区仅野战部队就有六万兵力①，敌我力量对比是三点六比一，与华中、山东、东北等地相比相差无几。而且鄂豫皖红军时代就是革命根据地，抗战期间新四军第五师也在那里扎根，群众基础比其他解放区厚实得多，为什么现在情况如此艰危？不能不追溯到领导同志的政治、军事才能问题。魏飘萍是情报部门的人，马歇尔组建军调机构时，她奉派作为中共一方的文书参加进去。跟随军调小组去过很多国共对峙的地区，此前又单独在鄂豫皖根据地待过一段时间，比较了解情况，特别对一九四六年三月在中原根据地首府宣化店召开的中原地区营和县以上干部会上有些高层领导同志流露的不当情绪，印象深刻。

中原局书记郑位三在会上做以"各逃生路"为中心意思的报告。他的根据有八条，大略为：

军队力量小，打不过国军；

地方贫瘠，养不了这么一支庞大的军、政队伍；

实行民主，一时也完善不了；

合法存在，蒋介石明允暗不允；

非法行动，目前又于大局不利；

美国全力支持蒋介石，致国军力量大增；

中原地区的给养缺乏、经济困难逐日增加；

革命高潮尚未到来。

---

① 参阅胡绳主编《中国共产党的七十年》。

他的报告，引起了很大的思想混乱。军、地干部有一些人因而认为希望渺茫，开小差的人不少，总数由原来的十几万锐减成了几万人。

但是，在那个会上，针对郑位三、陈少敏等高层领导同志的悲观放弃情绪，很多干部群众也有不同看法。有的同志直言批评道：为什么要逃跑？我们有八九个满员旅，完全可以跟敌人周旋嘛，完全可以完成中央交付的战略任务嘛。

中共中央本来是希望中原局凭借鄂豫皖三十个县的根据地和六万多野战部队、五万多地方部队以及三万多民兵武装钉在中原地区，与国军周旋，牵制蒋介石二十多万部队，瞰制南京、武汉。这是一着多么高明的棋啊！现在给搞成了这么个样子，中共中央不能不感到着急。决定进行战略思想的整顿。派董必武到宣化店，传达毛泽东指示，反复强调中央要求他们钉在那里的战略意图；希望他们以全国大局为重，务必坚持下去。董必武指出，大洪山、天台山、大别山有利条件很多，可以凭借大山优势与敌军周旋，游而击之，逐个消灭敌人有生力量。其后，周恩来借"国、共、美"三人调处小组赴宣化店之机，秘密召开中原解放区军、地干部会议。再次传达毛主席指示，鼓励他们继续坚持斗争，要看到全国有利于革命的全局，不要把蒋介石的力量估计得太高。

阴谋消灭中原共军的策划最后是在郑州完善的。

程潜的武汉行辕唱白脸，签署《汉口协定》，煞有介事地认同中原停战；刘峙的原第五战区司令长官部刚改称郑州绥靖公署唱黑脸。一旦暴露凶相，则边反咬一口边挥舞屠刀，或者推诿为刘峙自作主张之举，整个状况装扮成地方的局部摩擦，与上边无关。即便要调查也不要紧，边调查边打，查完也就打完了。手段够阴险的。

一九四六年五月十五日，蒋介石飞郑州，向刘峙面授机宜，亲自在鄂豫皖作战地图前，调整兵力分布。

蒋介石这次飞郑州是秘密行动，事前事后均未见诸报端，多年后才出现在当时军委会巡视团团长樊崧甫的回忆录中。①

没有多久，已接替白崇禧出任参谋总长的陈诚奉蒋命飞郑州，召集军事会议，实际策划动手了。

樊崧甫当时意识到，看来"大战迫在眉睫"了；但他只是个高高在上的"军纪巡视团上将团长"，不可能与闻核心机密，所以不了解事变将发生在什么地方，是华中、山东，抑或晋冀鲁豫、陕北、中原。

陈诚召集的军事会议将在六月二十三日午后三时举行；而主持者刘峙家里却

---

① 《龙头将军沉浮录》，上海书店出版社，1998年10月版。

骤发战争，打得一塌糊涂。

刘峙老家在江西吉安。五岁的时候家里就给他买了一个童养媳，尚未成年就给他们圆了房。原因是胖得像头猪的刘父渴望早点抱孙子。刘峙那时虽然尚未发福，而大体还是像乃父。体宽肉厚，两颊肉乎乎的向外嘟着，将双目推挤得眯成了一条缝。中年发福以后，肌肉松弛，多肉的两颊略显下垂；而双目依然受到推挤。不过偶尔睁大，也还不失炯炯有神。童养媳也姓刘，本来没名字，刘父给起了个招财。从此刘招财在刘父支持下一直主持中闱到最后。这刘夫人可不是等闲之辈，仗恃老公公的信赖，从小就对刘峙指手画脚，控驭得服服帖帖的。刘峙对上司（蒋介石、何应钦）服从性特别好的性格，也许就是这样养成的。后来刘峙做了大官，刘夫人的才干也水涨船高，居然学会了引外力以自重。想方设法厚结蒋介石夫人和何应钦夫人。只要刘峙稍有异动，那两位夫人便会登门问罪。

在涉及私利的时候，刘峙的服从性也会大打折扣。对蒋介石是这样，对招财夫人也是这样。这里先不忙说他如何违背蒋介石清正廉明的训诫，长期利用武力以及挪用公款做生意，赚了个家私累万；且说乃父与乃主（蒋介石）所训"君子不二色"，党国法纪也严禁官员纳妾，他偏偏在府中把一个家庭教师变成了地下姨太太。刘夫人发现蛛丝马迹后大闹了多次。苦于没证据，外部势力蒋夫人何夫人也只好各打五十大板了事。

家庭教师名叫卞灵卿，金陵大学刚毕业就被副官用高薪聘到了刘府。做了半年家庭教师就被比她父亲还大几岁的刘峙勾搭成奸。

见刘府闹得不成话，何应钦暗地里给刘峙出了个主意，将卞老师搬出去另立门户，作为第二家庭岂不更好。

刘峙大喜，连称妙计。

很长一段时间刘招财以为卞贱人给打发走了，也就没再发河东之吼。好景不长，刘峙日久渐渐大意起来。刘夫人最近几日看出了什么破绽，派丫头寻踪觅迹，发现刘经扶①竟变换了花招，将那贱人设置成了外室。立时阃威大发，河东狮吼从上午九时一直到午后四时也未消减。

陈诚派人催请多次，才把刘峙救了出来。

由是作战会议直到下午五时才得以召开。

陈诚表面上没说什么，只瞅了一下刘峙的狼狈神情，心里嘀咕，"齐家"尚且有亏如是，何以承担"方面"之重而"治国平天下"啊。总裁不知怎么回事对这样一个蠢猪倚重如是之深。

参加会议者除西安绥靖公署主任胡宗南，就是武汉行辕所辖各个绥署的军以

---

① 刘峙字经扶。

上将领。值得一提的是第三绥靖区参谋长张克侠。他是追随绥靖区主任冯治安与会的。中共中央即时了解到这个连续开了五天的绝密会议详细情况，皆赖他的情报。他是潜伏敌营多年的共产党员。

陈诚说，国军发起戡乱行动之后，郑位三、李先念当然会试图突围。那么其主力往哪个方向行动，这个必须搞清楚，然后设为重点阻击线，并在那里构建包围圈。这次参加行动的国军总共只有二十二万人，那么大的范围，不可能面面俱到，兵力分配必须有主次之分。诸位说说看，共军可能会向哪个方向突围？

刘峙摸了摸被老婆揪得血浸的脸颊，痛得忍不住哼了一声忙缩回手。

陈诚以为他要发言，掉头和颜悦色地望着他。"怎么，经扶兄有高见要告诉我们吗？"

刘峙此时当然没心思说什么话，脸颊刚才不小心被自己下意识地一摸，火烧火燎的痛，久久不褪；下体也挨了老婆暴怒间不管轻重死活的一脚，隐隐作痛。听见陈诚那么一问，愣了一下，尴尬地唔唔半晌也没说出什么来。与会的将军们瞧着他那狼狈样子，都窃笑不止。

"辞修兄的意思是……"

"啊，不不，我是问经扶兄您的意思呀！"陈诚笑嘻嘻地望着他。

刘峙在身旁坐着的第六绥靖区司令官周喦小声提示下，方知陈诚问话的内容，略点了点头，镇定一下情绪，说：

"我认为最有可能的是北蹿，陕北共军则南下接应……"

"刘主任的高见，学生①不敢苟同！"胡宗南冷冷地说。

刘峙被截住了话头，瞅着胡宗南，不满地反诘道：

"什么意思？"

陈诚则不去管刘峙，对胡宗南鼓励道：

"寿山，说说你的高见！"

胡宗南向陈诚恭敬地点了一下头。"辞修师知道，陕北共区西边是马家军十万人马，东边是阎锡山的数万之众，南边有学生的二十万大军，彭德怀区区三万人马敢轻离老巢南下接应郑位三、李先念吗？除非他们疯了！"

冯治安说："胡主任说得很对！另外，从鄂豫皖共区往北蹿，路途遥远，地势险峻，很难快速摆脱追剿。郑位三不会考虑这个方向的！"

第五绥靖区司令官孙震说："会不会向北方逃窜，向刘伯承靠拢？据情报称，刘伯承的机动兵力发展到十万之众，应该有能力分兵南下接应！"

陈诚对任何人的话都没置可否，只默默地倾听。待一个个都把话说完了，才

---

① 刘峙是黄埔教官，所以黄埔学生在他面前有此自称。

唔了一声，说：

"诸位为什么都忽略了东北方向——苏北、皖东、山东？如果我是郑位三，我首选的突围方向定是东北面！理由有三：其一，路途近，沿途也没什么险山恶水，利于急行军；其二，饶漱石所经营的山东、华中两个匪区，兵精粮足，便于养兵，不要说增加郑位三、李先念这区区数万，就是三五十万大军的钱粮也能供给！"

安徽省主席李品仙附和道："陈总长的高见，我不揣冒昧，插上一句：粟裕从皖北派兵接应，也非常便捷。这确实应该是郑位三首选的方向！"

既然陈诚料定了是东北方向，刘峙也不愿去多费脑子——家事国事还有商贸之事需要费脑子的地方太多，他实在太累了——便叫副参谋长韩文元记下来，会后制定初步方案交来审定。

陈诚叮咛刘峙把后面几天的会开好，把方案交给大家深入讨论，以求实效性高一点。然后连夜离开了郑州，到南京去了。

余下来的四天会，讨论来讨论去，基本按照陈诚的意思在东北方向层层设防，并构建包围圈；另外几个方向兵力虽然单薄也须严防固守不稍疏漏。然后以重兵从四个方向突然进攻，力争将郑位三、李先念部全歼。

二

毛泽东最揪心的就是由鄂豫皖边区所构成的中原解放区。他当初从重庆返回延安后所发的第一份电报就是给中原局的。他在电报中说："中原迟早是要放弃的，因为你在蒋介石家门口走动，他睡不着觉；但你们现在还不能走，要把他的部队拖住，以有力地配合华北和东北的行动。"

而此时的中原解放区已从抗战胜利时的面积缩小了十分之九，方圆不足五十公里了。就在这么窄小的区域内，聚集着中原军区数万人的野战部队和家属，还有四十万老百姓。敌人一旦围攻，将十分危险。

同时，由于国军的严密封锁，中原军区的给养越来越困难。征集粮食的次数越来越多，老百姓的负担越来越重，民间的抱怨之声难免越来越难听。国军控制了大大小小可能运输粮食的通道；在边沿地区故意抬高粮价，吸引解放区粮食外流。解放区派出去的粮食采购人员，很少有能回得去的，绝大部分被国民党特务识破而遭杀害。

为了军事主力能生存下去，郑位三请示中央后，决定尽量向外转移非战斗人员。

第一种必须转移的人员是各县基层干部。方法是混在难民中，冒充难民通过国军的重重封锁线。那时适逢因黄河决口而流离长江流域的难民到了返乡的时候，国民党当局专门开辟了一条北返的通道，让其尽快返乡以免在外生事。还有一种方法是利用假身份混出去。中原局制造了大量的外国通讯社记者证、国统区百姓身份证、国民党军官证。组织部门设置了化妆转移站，召集具有敌后工作经验的同志传授化妆技巧，根据每个人不同的年龄、相貌、地方口音、气质来精心设计其身份；同时还编定一套履历，做得无懈可击。就这样，有五百多位基层干部成功地转移了出去。

相当数量的伤病员也得转移出去。尽管疏散这类人员是《汉口协议》中规定国民政府一方必须协助的，并且有美方人员监督，但依旧困难重重。国民党方面故意在沿途设置障碍，或者蓄意刁难；美方监督人员则对之装聋作哑。美蒋本来就是一家，有的史书作者不顾史实，把美方人员虚构成一副公正的面孔，甚至还亲共不亲蒋，不是滑稽可笑，就是用心不良。中原局的伤病人员在国民党方面规定的广水车站集合。上车的时候，国民党军警林立，像看押犯人一样的凶恶，动辄对伤病员拳打脚踢。美方监督人员站在一旁嬉笑观赏，根本不予制止。美方医生在军统人员配合下登车对伤病员进行筛查，其过程哪里是什么严格，简直是鸡蛋里挑骨头。有不少装扮成夫妻的伤病员，如果一方还可以走路，就会被美方医生勒令下车，不许疏散。约莫有四百多人被筛查出"不合疏散条件"而被赶下车。

这列满载着苦难的火车终于还是开动了。

沿途大小车站停靠，不准下车买食物、打水。每个站台上都站满了军警；机枪对着列车，机枪手卧地做着准备开火的姿势。车上人只能靠随身携带的少量干粮维持生命；饮用水是奢侈品，一滴也没有。

三天三夜的奔波，到达河北的观台车站。

在这里，国军岗哨与共军岗哨相距仅十公尺。在共军岗哨的后面，挤满了来接站的老百姓。列车刚刚停稳，民兵抬着担架，老头子赶着大车，妇女抱着棉被，老太婆双手高举煮熟的鸡蛋、热气腾腾的馒头，纷纷挤上列车。看到了这些亲人，列车上的伤病员没有一个不痛哭失声。

转移出去的人毕竟是极少数，百分之九十几的人还是留在那个铁桶似的包围圈里。要保住这支力量，还得继续进行斗争。这些斗争，包括国共两党旷日持久的谈判。

一九四六年初，鉴于国军越来越猖狂的挑衅越来越严酷的封锁，在共产党一再要求下，军调部负责调停中原纠纷的第九执行小组在豫皖交界处的罗山县召集国共双方军队代表开现场会。

国军代表是驻守罗山的四十七军军长陈鼎勋、驻守信阳的六十六军军长宋瑞珂，共军代表是中原军区副司令兼参谋长王震。

王震揭发，陈鼎勋部抢占中原解放区的光山县，是全国最早破坏停战令的部队；宋瑞珂部在停战令下达之后，悍然进攻我中原军区司令部所在地宣化店。这些都有铁的证据。我们希望政府方面给予解释。

陈鼎勋这个川耗子和宋瑞珂这个天子门生（黄埔三期生）在铁证面前满脸通红面面相觑哑口无言，只能用冷笑来掩饰自己的狼狈。

艰难曲折的谈判之后，终于签订了《罗山协议》。

该协议规定，"共产党领导之军队，得在其所驻地区之间运输给养，国军不得阻挠干涉"；"双方军队在国共问题整个解决之前，均停于现在地区，不得再向对方前进，唯无武器的运输部队除外"。同时规定"本协议适用于正规军、非正规军与民兵"。

散会以后，中原军区外出购粮的人员和大车仍然去一批失踪一批。后来知道，全被国军抓获并活埋了。

中原局发给中央的电报说：军队"给养已到无米为炊程度"。

马歇尔到汉口视察，张治中、周恩来同行。中原军区代表向马歇尔提出该军区官兵"被政府围困，粮食断绝，十分困难，请求移防就食"。目的自然是离开这块四围之地。

政府方面代表断然反对，借口是一旦移动部队，"必将惹起误会"。已经达成的协议"必须遵守"，移防之事可留待"执行整军计划时再行解决"。

周恩来十分震怒，指着张治中揭露道："文白的意思是让我中原官兵饿死以后或者被围歼以后再谈'移防就食'之事吗？"

张治中脸红筋胀，连连摆手否认，"绝无此意，绝无此意！"

马歇尔毕竟是老狐狸，明白这样一味硬干无益于大战略。他琢磨出了一个馊主意，"可不可以由国军方面代为购买粮食输送到两军交界处？"

这个主意好得很，既可以通过购粮数目测算出中原军区大略人数；又可以继续扼住中原军区官兵的食道。

武汉行辕参谋长郭忏心领神会，马上表示同意这个建议，他本人可以负责督办；请共方提供购粮总数，国军按月办理。

共产党方面不是傻瓜，当然坚决反对。

周恩来建议，由八路军晋察冀解放区和山东解放区拿出两万吨粮食，卖给位于北平、太原、新乡、济南等处的国军；然后中原军区在武汉购买同等数量的粮食运到宣化店。

大家争论一番，最后还是通过了。

但是，这笔买卖还没做成，有情报称，国民党军队将在五至九月间向宣化店进攻了。

正当国民党磨刀霍霍，共产党苦心孤诣而不惜步步退让谋求和平之际，针对这一情况，美国国务卿贝尔纳斯向国会提交了《拟予中华民国以军事顾问与军事援助法案》顺利获得通过。依据这一法案，美国政府与国民政府签订了《中美处置租借法案物资协定》，从法规的角度确定了美国政府可以放手装备国军。这个系列法案提出之前，美国已经以处理二战剩余物资的借口装备了八个整编师的国军；此后将以此为基础，逐步装备一百个整编师（三百多万人）。

此时，在美国的帮助下，国军已经基本完成了调动和部署，运送到共产党根据地边沿的总兵力已达一百九十三个旅，总兵力一百八十万。

蒋介石更加腰粗胆壮了。六月十七日向共产党提出了最后通牒，要求共产党人退出这些根据地：华北的热河、察哈尔两省；中共军队六月十七日以后从日伪手中解放的山东境内全部区域；东北的哈尔滨、安东、通化、牡丹江、白城子；苏北、皖北；山西、河北境内中共军队从日伪手中解放的全部土地。

大规模内战一触即发。

毛泽东彻夜未眠，权衡利弊，思考如何应对。

如果内战全面爆发，与国军相比实力悬殊，人民军队将面临十分艰危的局面。他估计最好的情况也是要经过一个相当长的苦难历程才能转危为安。这位伟大的战略家在面临重大决策时，总要把困难和危险估计得相当充分。而若继续以退让谋求和平，主要得看外部力量对蒋介石施压的程度。这个外部力量一年多来主要来自美苏两极。苏联当然是谴责蒋介石的穷兵黩武行径，也做了能做的种种制裁。但不会发生作用，因为蒋介石的反苏嘴脸已逐渐暴露出来，对苏联已不再有所顾忌了；美国那一极却图穷匕首见。在对共产主义的遏制与反遏制的较量中，美国义无反顾地站在了蒋介石一边，事实上成了中共与中国人民的敌人。

艰难的思考之后，毛泽东终于选择了针锋相对，用战争而非以往的委曲求全去应对蒋介石的进攻。六月下旬，他指示《解放日报》发表社论，揭露美国政府的军事援华法案"对中国的和平安定与独立民主"构成了极大威胁；"中国人民痛感美国运来中国的军火已经太多太多，美国在中国的军队已经驻得太久，他们已经构成对中国的和平安定与中国人民的生存和自由的巨大威胁"。

毛泽东在历史的关键时刻做出坚决斗争的决策，使中国革命走上了通往彻底胜利的道路。这种对历史大潮所蕴利弊的洞幽烛影，在乌云密布关头准确把握航向的能力只存在于旷古绝代的大战略家身上。是后来那些以优柔寡断、妥协退避为政治智慧的政治庸人根本无法比拟的。

在这样的决策背景下，鄂豫皖的局势既已恶化，保存实力就上升为第一要务了。

针对中原局又一次请求突围的电报，毛泽东六月二十三日为中共中央起草了一份电报，摘要如下：

……同意立即突围，愈快愈好，不要有任何顾虑，生存第一，胜利第一；今后行动，一切由你们自己决定，不要请示，免延误时机……望团结奋斗，预祝你们胜利。

中原局征得中央同意，立刻将中原局机关文职人员撤回延安。其中便包括郑位三、陈少敏等领导同志。

中原军区将这份电报转发给各纵队首长，向大家明确了一个问题：突围已获中央认可，各单位严格执行军区突围部署。

第一纵队司令员王树声将电报转发给第一旅旅长皮定均、政委徐子荣，同时令速来司令部，交给他们一个重要任务。

他指着墙上悬挂的地图说：我们的西面是平汉铁路，东面是大别山，大别山往东是苏皖解放区（华中军区地域）。军区得到的情报是，国民党以为我们会向东突围，靠拢苏皖解放区，已在哪个方向沿途设置了重兵。中原局决定把突围方向选在西面，以收出敌不意之效。向西突围的主力为两路：一路为中原局、中原军区机关和第二纵队主力，组成北路军，经豫南向西突围，计划在柳林车站地段越过平汉铁路，然后北上陕甘宁边区；另一路由王树声——我本人，率第一纵队组成南路军，经鄂中向西突围，在花园车站以北冲过平汉路，向西挺进，去创建鄂西北根据地。

介绍完了全面计划之后，王树声看了看两位部下，默然了一会儿。要说他此刻没有一点担心那是假的，因为这是叫人去赴死的任务，两位部下的情绪会怎么样，他并无百分之百的把握。

皮定均与徐子荣交换了一下眼神，两人意识到上级可能会交给他们一个十分重要的任务。从王司令员似乎启齿颇难的神情，猜测那重要任务的艰险性可能非同一般。皮定均坚毅而又淡然，鼓励王司令员道：

"司令员，我们一旅是什么任务，请下命令吧！"

王树声看了看两位部下，伸出双手拍了拍两人的肩，示意回到座位坐下。又过了一会儿，才说：

"为了确保主力部队突围成功，军区领导决定由我们一纵选派一支精锐部队，佯作向东突围，以掩护主力部队向西成功突围。这支诱敌部队必须虚张声势，猛打猛冲，装成大部队姿态，这样才能吸引大部分敌人上当，涌向东面。自然，这么一来，这支诱敌东向的英雄部队就会遭到几倍、十倍、二十倍敌人的追击，极有可能全军覆没。过去,你们第一旅在豫西单独活动了一年多,具有独立作战的经验,由你们承担这个光荣的任务,无论是纵队党委,还是军区党委,都认为足以胜任!怎么样,愿意干吗?"

"请领导放心,一旅坚决完成任务!"皮定均刷地站起来,用他洪钟般响亮的声音说。

"我们即使打到一兵一卒,也要诱使敌人向东追击!"徐子荣也站起来,"当然,我们也会千方百计减少牺牲,争取完成任务后能把部队带回去!"

王树声也站了起来,微笑着点了点头,说:

"情报显示,国民党部队发动总攻的时间是六月二十六日。我军主力部队今晚就要秘密向西移动了。你们赶快回去,紧急集合部队,与主力部队同时行动,要用一切办法迷惑敌人,使敌人在三天之内都以为我们大部队是在向东运动。三天以后,主力就全部越过平汉铁路了,你们的掩护任务也就算完成了!如果失去联系,你们的掩护任务就以三天为限;其后可以自行寻找机会突围。"

王树声吩咐后勤部长拿来一笔经费,交给了徐子荣,再叮咛道:

"记住,三天以后,你们可以根据当时的具体情况,自行选择突围方向。"

皮定均、徐子荣的第一旅,是全军区人数最多、战斗力最强的旅。军区领导为了数万大军能突围出去,只好把他们这五千多人舍弃了。

三

获悉国军完成了对中原军区的包围并开始秘密推进之际,中共中央华东局指示粟裕向新闻界发表谈话。

粟裕慷慨激昂地揭穿蒋介石企图吞并中原解放区,挑起内战的阴谋之际,饶漱石、张鼎丞、邓子恢等领导就坐在旁边,以示支持。粟裕当时有一句著名的警告之词,被各报以醒目位置刊出:

> 蒋不攻李,粟不攻蒋;蒋若攻李,粟必攻蒋!①

其实,包括华中在内的各解放区都明白,国军围攻中原解放区的枪声就是全面内战的序幕。所有的共产党人和解放区军民都做好了应对准备。毛泽东也及时地下发了蕴含他多年战略经验的指示。

粟裕紧急召开中高层军事干部会。告诫大家,中原枪声一响,华中解放区就

---

① 李,是指李先念。

处在与国民党军对峙的前哨位置了。苏中、苏北解放区与南京只一江之隔。除了南通、江都、扬州等少数城市，苏中、苏北、淮北、淮南，近十一万平方公里土地、两千多万人口，都属于华中解放区。粟裕认为，要保卫这片土地，在敌强我弱的态势下，更要认真贯彻毛泽东军事思想。他向大家详细解读了他所强调的"毛泽东军事思想"：

毛主席最近指出，要粉碎数量绝对超过我军又兼有美械装备的国民党军，必须把握两个要点。其一是运动战。要打好运动战，"若干地方，若干城市的暂时放弃，不但是不可避免的，而且是必要的。暂时放弃若干地方若干城市，是为了取得最后胜利"；其二是变绝对劣势为相对优势（或叫局部优势），也就是"集中优势兵力，各个歼灭敌人"。"当着敌人使用许多个旅（或团）分几路向我军推进的时候，我军必须集中绝对优势的兵力，即集中六倍、或五倍、或四倍于敌人的兵力，至少也要有三倍于敌的兵力，于适当时机，首先包围歼灭敌军的一个旅（或团）。这个旅（或团），应当是敌军诸旅中较弱的，或者是较少援助的，或者是其驻地的地形和民情对我最为有利而对敌不利的。"毛主席指出这种方法的效果是"一能全歼，二能速决"。在蒋军武器占绝对优势的条件下，这是我军必须特别重视的。①

粟裕向部队进行动员的时候，他的第一个重要对手李默庵走马上任了。

李默庵是黄埔一期生，陈诚系统的人。陈诚出任参谋总长后，第三方面军总司令汤恩伯很难与陈诚配合，递交了辞呈。陈诚痛快地接受了辞呈，改任汤恩伯为南京卫戍总司令。陈诚马上委李默庵接任第三方面军总司令职。没几天，方面军的称谓撤销，改称绥靖区。第三方面军改为第一绥靖区。李默庵的职务也随之改为第一绥靖区司令官。

六月二十六日，李默庵率高参罗觉元、副官、译电员等，从徐州乘火车到无锡，接任汤恩伯职。

国防部下达给他的任务是攻占苏中、苏北共区。长江以北地区，国军已占有的地区是南通、扬州等地；其他地区都是共区。陈诚教他分两个阶段进行：

第一阶段攻占东台、兴化、高邮以南地区；

第二阶段攻占盐城、阜平、淮阴地区。

华中共区粟裕部有第一师、第六师、第七纵队、第十纵队，总共十九个团，约三万人。后来又补入第五旅和华中军区特务团，总兵力也不到四万人。

李默庵的部队为整编第八十三师②、整编第四十九师、整编第二十五师、整

---

① 以上自然段引号内为毛泽东语。
② 整编师的前身均为军的编制，故整编师的兵员配额多为三万余人。

编第二十一师、整编第六十五师、整编第六十九师之九十九旅、新编第七旅，还有第七、第十一两个交警总队，总兵力超过十二万人，是粟裕兵力的四倍。

李默庵颇有信心，在无锡他的司令部召开作战会议。

他决定先集中兵力，攻占黄桥、如皋、海安、李堡等城镇，与国军此前占领的扬州、泰县连成一片。随即整治好这一带交通、有线通讯、补给网，然后再向北行动。

在座的师、旅长们大部分没与共军较量过，无不以部队人数、装备看问题，都不把粟裕的三万多人瞧在眼里。第八十三师原系王耀武的基本部队，美械装备，机械化程度高，官兵十分骄狂。现任师长李天霞信心百倍地宣称他的部队天下无敌，一个团就可以打垮粟裕的三万人马。

李默庵皱起了眉头，颇有点担心地瞥了李天霞一眼，告诫道：我当年追随辞公（陈诚）在江西与共军（红军时期）交手很多，深知他们作战灵活，不讲究程序。粟裕部长期盘踞苏中，熟悉地形，对老百姓洗脑也很彻底，我们切切不可轻敌，须稳扎稳打；各部之间必须密切配合，呼应默契，无令不可浪战。

会后将司令部前移，设在常州。

经过周密的准备，李默庵再次召开军事会议，研究进军计划。事后把攻击时间定在七月十三日。

不料突发泄密现象，蒋介石亲自打电话通知他们暂停进攻；紧急改变兵力配备，另择行动时间。

六月二十五日夜晚，中原军区文工团演出京剧《打渔杀家》，招待驻宣化店的军调执行小组成员，陪客是秘密进入宣化店接访的鄂东独立旅部分官兵和当地老百姓。

演出进行到中途时，国民党报务员送进场一份电报。

国民党代表卢济时看罢电报，大惊失色，立刻请美方代表李敦白、共方代表薛子正离场。然后将电报交给李敦白。

李敦白看后，也大为恼怒。将电报交给薛子正，同时质问道：

"薛先生，这是怎么回事？"

薛子正当然知道怎么回事，却佯作懵懂，细读电报，然后说：

"两位稍安毋躁，我马上去查问怎么回事！"

他去把鄂东独立旅政委张体学找来，让他以宣化店警备副司令名义向美方和国民党方的代表解释。

张体学当着美方和国民党方代表的面，表情郑重，断然否认有大部队转移的情况。

美方代表李敦白冷笑道："你们李先念将军在什么地方？我和他是朋友，今晚希望找他聊聊！"

张体学说："李司令员偶感风寒，服了药，刚睡下不久。"

李敦白说："啊，病了！那我更应该去看看他了！"

此刻李先念已离开宣化店十五公里了。

怎么办？薛子正心里紧张异常，表面上却要装成个没事人一样。他也不能插嘴解释什么，一切只能靠张体学那张嘴了。

张体学装得平淡如常，说："李敦白先生要见李司令员，可以在剧场里稍候，先继续看戏，我去把李司令员请来就行了！"

他们在这里交谈时，一旁的鄂东独立旅参谋长早已借故离开。他是去叫报务员立刻给李先念发一份急电，请示办法。

李先念接到电报，二话不说，率警卫排策马赶回宣化店。

张体学回到剧场，请李敦白和卢济时去中原军区办公处，说李司令员请他们二位吃夜宵。

李先念满面病容，不断打喷嚏；吃夜宵时也是浅尝辄止，一副没胃口的样子。

李敦白相信了半个多小时前李先念确因身体不适在休息；卢济时狡诈一些，嘴上没说什么，心里却没断狐疑。

两位客人终于辞别回去休息。

李先念这才又出门飞身上马，在警卫排护卫下追赶部队去了。

次日一早，李敦白、卢济时看见中原军区司令部里一切如常；操场上也有士兵在操练。这才相信"无他"，放心地干自己的事去了。

这天下午，张体学邀军调小组打麻将，旋又上山打猎；刻意营构了一派祥和气氛。

当天夜晚九时许，中原军区主力部队已到达平汉路附近。

张体学接到电报，设宴招待军调小组。

卢济时在举杯之际，疑惑地笑问张体学此宴系何名义？

张体学称，代表李先念司令员款待各位。

卢济时笑嘻嘻问道，李司令员何以不出席？

张体学笑而不答。举杯邀大家先满饮此杯，一会儿有要事奉告。

卢济时心里一惊，脸色霎时变了。他似乎意识到了什么。

宴会进行到最后的时候，张体学站了起来。他满脸严肃，郑重宣告：鉴于国军屡屡践踏停战协议，现又秘密推进二十几万大军，疾速缩小了包围圈，战火点燃只在瞬嗟之间。不得已，为求生存，我中原军区主力部队已经让出了这块是非之地了。

宴会当然进行不下去了。美方、国民党方的代表吵嚷、咆哮，指责共产党不讲信用，中原军区部队擅自行动。

张体学安排军调小组乘上汽车驶往武汉；然后率鄂东独立旅迅速离开宣化店，消失在大山深处。

陈诚获得情报比刘峙早。

他气得在办公室里大骂刘峙是一头猪。他早就多次电催刘峙不必秘密推进，那样速度太慢；要大张挞伐，快捷进攻，抓住战机，一鼓荡平。现在让大批匪军潜出渔网，平添了许多麻烦。

刘峙风闻陈诚的指责，恼羞成怒，隔着几百公里、反唇相讥：你陈辞修叫我们把防堵重点摆放在东面，现在有确切情报称匪军已逸往西北方。这个责任又在谁？

互相责难之后，还是得重新调整兵力。刘峙慌忙率必要人员赶赴驻马店设置前进指挥部，重新部署，催令各路大军改秘密为公开，改变方向，飞速向西推进，大举进攻。

李先念部在信阳车站附近突破了国民党军封锁线，经桐柏、枣阳、襄阳、樊城、新野、邓县及豫陕鄂边境向西转移。

刘峙惊惶失措，严令第五绥靖区司令官孙震转饬十五军军长武庭麟尽力堵击与追阻；同时又令孙震亲率四十一、四十七两军进行战略变更，作超越追击。

武汉行辕也令第六绥靖区司令官周碞亲率所属各军疾追。

马歇尔在南京召集白崇禧、陈诚、张治中、邵力子、俞大维等军政要员商讨对策。

马歇尔笑嘻嘻转达了周恩来的要求：放一条路让李先念部去延安；理由是让出了鄂、豫、皖根据地，以地盘换生路。

马歇尔环顾衮衮诸公，问道："先生们，你们觉得可以考虑这个要求吗？"

张治中面无表情，眼镜片闪了一下光，瞅着马歇尔说："几个月来政府在这一带耗费钱粮无数，所为何来？"

翻译官低声讲了半天，也没向马歇尔解释清楚这句略含机锋的话。马歇尔一头雾水地盯着张治中。

好在白崇禧的话来得直白，把什么都讲清楚了。

白崇禧冷笑道："让他们消消停停回到老巢，舒舒服服养好伤，然后卷土重来吗？"

陈诚颇表赞同地目视白崇禧，又把视线移向大家，最后停在马歇尔脸上，说："白部长说得对极了！决不能放他们一条生路！李先念能把部队带出包围圈，算他有本事。嘿嘿，他也可借以一洗常败将军名声；国军剿灭不了他们，算国军无能，我们自认倒霉！哼，放开一条路，绝对不行！"

马歇尔机智地一笑，不再说什么。

中共驻宁代表团几次求见蒋介石遭拒。

周恩来亲自登门，坐等了五个小时。

蒋介石不得已，只好吩咐接见。

听了周恩来的指控，蒋介石不做任何解释，只笑嘻嘻说：

"恩来不用着急。这个是，你去找陈诚、邵力子商量吧，他们在负责这方面工作。不要紧，总会找到一条解决办法的。"

于是国共双方的代表再次坐到一起继续协商。

中共方面指出，战斗发生是缘于国军的进攻。

邵力子说，李先念无端引兵西移，制造误会，这才引起了战火。

中共方面说，若非遭遇围困，我中原军队何必退出根据地？

双方各执一词，争论不休。

马歇尔七月九日派专机去信阳，把美、国民党、共产党三方调处执行小组人员接到南京述职，口称"进一步了解情况"。

执行小组回到南京，国民党代表卢济时先去向陈诚汇报，称李先念部是分三路突围的。一路向麻城、罗田一带，一路向宣城方向，一路向东北方向。主力部队似已抵达南阳附近。

陈诚吩咐国防部第五厅厅长郭汝瑰写个备忘录送交马歇尔。将理由凑足，明确拒绝让李先念部北移。

后来俞济时告诉郭汝瑰，总裁①不同意将李先念部放在调处范畴；马歇尔则认为该做的文章还是要做的，你国军要干什么照旧干就是了。马歇尔又说，程潜来电说调处执行小组去老河口追上了李先念，劝李先念不要再跑了，赶快派代表去谈判。李先念不予理会，所以责任应该由李先念来负。马歇尔此话的意思是，责任既已明确，国军放手打就是了。

郭汝瑰私下对朋友叹道，两党商谈既无诚意，调处也不过徒具形式。各执行小组混搞一阵，反倒把双方搞得更加互不信任，感情越搞越恶化，不只有碍团结，还虚耗国家钱粮。对李先念部调处不调处都没什么意义，李部要逃出重围，国军要消灭他们，最后都是打仗。

向东突围的皮定均旅由于是冒充主力，以掩护真正的主力向西顺利越过平汉路，所以全体官兵都抱定了赴死的决心。为了吸引敌人，他们有意选择国民党部

---

① 此时军委会撤销，故改称蒋介石在国民党的职务。

重兵防守的区域攻打,而且扬起了几面绣有中原军区司令部字样的红旗。

王树声交代给他们的三天掩护任务过去了,李先念部也越过了平汉路。皮旅的任务算是完成了,而自己却陷入了重重包围。皮定均毫不慌乱,指挥若定,没有像西进主力那样缺乏技巧而瞎闯误撞。他首先派出多路侦查小组去探明敌军虚实,然后把部队分成五路,全线猛烈冲击。打乱了敌人神经之后,突然收缩聚合成一路,掩旗束甲,躲藏起来。待敌人追击而过,便不声不响穿插过去。就这样忽而躲起来,忽而现身,左冲右突,冲过国民党部队一道又一道封锁线。辗转到达一个名叫金寨的地方,终于脱离敌军约莫五十公里。但尚未彻底摆脱敌军纠缠,四面八方的敌军仍在向他们逼近。

沿途他们都在向中原军区、中原局的电台呼叫,欲请示下一步行止。始终得不到回应。金寨已是鄂豫皖交界处了,必须与上级取得联系,不然本旅如果冲出战场难免有擅自行动甚至逃跑之嫌;若再恋战,又不知有无战略意义,而且随时有拼光老本的危险。皮定均和徐子荣商量了一下,决定直接向延安呼叫联系,说明本旅当前处境,请示下一步行动。

天无绝人之路,居然联系上了。

中央的回电只有一行字:"扔掉所有包袱,火速突围,向华中靠拢!"

皮旅官兵得到了尚方宝剑,扔掉全部背包,一边与围上来的敌军做殊死战斗,一边向华中解放区日夜兼程强行军。五天五夜马不停蹄,终于冲到华中解放区边沿。

饶漱石专程从山东临沂赶来①,率华中分局领导同志邓子恢、张鼎丞、粟裕、曾山等人以及接应部队出境五十公里欢迎他们。见这支英雄的部队一个个血染征袍,蓬头垢面,大家不禁流下了眼泪。

饶漱石问大家有什么要求,到家了,尽管提。

皮旅官兵都说,吃一顿猪肉,睡一个整觉。

吃了猪肉下米饭、睡好觉之后,粟裕检点人数,竟有五千三百六十一人,总共损失七十五个人。他拍着皮定均、徐子荣肩膀惊叹道:奇迹,奇迹呀!

向南面突围的王树声部绕错了路,追击他们的国民党两个军竟越过了他们,在前面构筑阵地以逸待劳,阻击他们。他们毫不畏缩,上万人的部队拧成一股绳,向前猛冲,连续踏平敌人几道封锁线。

铁甲列车源源不断运送国民党增援部队,在铁路两侧构成了多层封锁线。王

---

① 华中局和新四军军部迁往山东,华中局改成华东局,饶漱石任书记、新四军政委、山东军区政委。

树声命令必须冲过去。由于敌军越来越多,付出了重大伤亡后,王树声率部转进到襄河。在这里抓到一个国民党整编六十六师四十六团的参谋长,获悉整编六十六师距此只有三公里了。国军的整编师是原先军的级别,所以仍保有原来的官兵足数,也就是说三万多人;而且是美械装备。王树声经过几场恶战,损失过半,不足五千人了。面对如此险境,王树声下令火速渡河。

不料渡河刚刚开始,国军已经追到。

整整一天的血战,王树声的部队死伤无数,而且被分隔在襄河两岸。没有过河的部队由三旅旅长闵学胜率领向北突围,进入伏牛山区;已过河的部队由王树声带领,边打边转进,隐入武当山密林中。

李先念、王震率领的部队是三路突围人马最大的一支,共四万八千人。

他们向西行动之初,因为有皮旅在东面虚张声势,吸引了近十几万敌军向东涌;加上西面山高林密,河流纵横,那是刘峙认为最不可能突围的方向,所以敌军很少。他们比较顺利地越过了平汉路,抵达丹江岸边。国军飞机虽然追上来轰炸扫射,地面上追兵却不多,他们得以从容渡河。但是由于没有船,只能泅渡,不少官兵葬身鱼腹。

后来,在敌人的围追堵截下,李先念、王震不得不分兵突围,希望借以分敌之势。

不料,由于敌情不明就贸然行动,王震部强渡丹江,立刻钻进了敌人预设的圈套,在一个叫鲍峪岭的隘口被截成了两端。官兵拼死奋战,冲出去一部分,最后检点人马,这一仗又损失过半。

与此同时,李先念遭到了胡宗南部的阻击。

获悉李先念突围的路径后,蒋介石迭电胡宗南,令他"务于紫荆关以南将李先念部包围歼灭,不使其一兵一卒逃脱"。

胡宗南派整编第一师之第一旅一万多人马①正面阻击李先念;命令一左一右追在李先念身后的整编第三师、整编第十五师共约七万多人马加速逼近,与整一师之第一旅构成包围圈。

李先念明白,若不抓紧时间冲破横在前面的整一师第一旅的阻击线,全军很快就会遭到包围。命令将部队分成几个梯队,轮番发起冲击。

中原军区数万之众从宣化店一路突破重重包围,死伤无数,早已把生死置之度外。此刻知道只有这么一条道路可以回延安了,无不含着眼泪,争先恐后向敌阵冲击。无数官兵在敌人密集的弹雨中倒下。这个让中原军区官兵血流成河的地方位于陕鄂交界处,名叫南化塘。

---

① 整编师所属旅相当于普通师。

冲过南化塘，李先念身边只一千多人马了。

八月初，仍在突围路上误打瞎撞的李先念竟派出一个谈判小组到西安找胡宗南。这个时候还对蒋介石集团抱有一线希望是最让人无法理解的。这个谈判小组的成员有中原军区干部旅旅长张文津、干部旅政治部主任吴祖贻和毛泽东十九岁的侄儿毛楚雄。

毛楚雄等三人离开部队，在去西安的途中，在宁陕县东江口镇被胡宗南部扣留。扣留他们的是六十一师一百零一团团长韩清雅。

胡宗南得到报告后，立刻下令将毛楚雄等三人活埋。

整个中原战役，我们作为后人，不能过多地去责难前辈。因为每位将领的才具限制了一切，他们自己并不愿意看到那样的后果。可以断定，当时李先念的心在流血；就像现在读史至此，我们的心也在流血一样。重要的是应该对历史有一种负责的态度，有基本的反省意识，而不应该利用当时党中央毛主席的宽厚，去对本来就是一场严重失误的路线文过饰非，为贤者讳。应该明白，历史真相早晚会得到尊重。

中原军区成功突围的部队不足一万，其中有五千多人是皮定均带到华中解放区去的。皮旅总共伤亡七十五人，不能不说是个奇迹。难怪一九五五年叙军衔时，叙衔委员会上报时依据军级干部一般叙少将的原则给皮定均少将衔，毛泽东却批示道："皮中原突围有功，少晋中"，改为了中将衔。

回到延安后，中原局召开旅以上干部会。刘少奇、任弼时代表中央与会。

第九章

一

解根柱打了个电话给孟淑贤，约她晚上去看美国电影《魂断蓝桥》。

孟淑贤欣喜若狂。放下电话，哼着小曲，回到办公桌前收拾自己的东西。看腕上小表，离下班时间还有半个多小时，距电影开映还有四个多小时。而她却再也没法安静地待下去了。向覃科长请了个假，匆匆离开了参谋总部。

有什么必要这么早就开始折腾呢？

她给予自己的理由是：总得画个妆吧？——当然，应该是淡妆；总得挑一件合适的衣服吧？是的，是的，理由还多着呢。

回到宿舍，两位室友当然都不在。

五点钟下班后，大家通常都会去总部机关食堂吃饭，然后才出总部大门。接下来往往还会到街上闲逛一阵子，各找各的乐子去。食堂每天供给午、晚两餐免费便餐，两荤两素，任随选用。工资不高的下级军官都不愿放过。像覃正侯这样的中级军官以及家眷不在南京的劳春亮也免不了常常光顾。但他们当然不在于省钱，只是为了省事。

孟淑贤坐到自己的小床前，对着小圆镜着手化妆。

她明白解根柱那样的政治信仰，厌恶化过妆的女人；而不化妆又不能充分美化自己，所以她就走中庸之道，定了个调子，化"淡妆"。

事与愿违，涂来描去，末了竟是个大浓妆。心太切了啊！当然要不得，赶紧擦去、洗净，重新来。第二次拾掇下来，"淡"固然"淡"矣，却又淡得过了头，达不到预期的"充分美化"效果。没办法，只好再次擦去、洗净又重来。就这样涂了擦，抹了洗，折腾了好多遍，耗费了一个多小时才"差强人意"。

衣服倒不费事。初夏衣服箱子里只三套，没什么可挑的。她穿了一件米灰色短袖旗袍，就算完事了。

未到约定时间，她早就待在电影院大门外了。踯躅了两个多钟头才等来了时间，等来了解根柱。

解根柱已然完全都市化了。向后梳理得颇整齐的大背头，乌黑浓密，油光锃亮；一套鼻烟色亚麻西服十分合体，一看就知道是上海培罗蒙西服店量体裁剪的昂贵东西；脚上是白黄两色相接的皮鞋，与西服颜色搭配颇为协调；举手投足间还不时让人窥见腕上的劳力士金表。

乍一见他,孟淑贤稍感意外,旋即灿然笑了。那笑里多少含了点儿嘲讽的味道:谁说共产党穷呀,面前这位岂不就是活脱脱的布尔乔亚吗。

看电影的过程孟淑贤深感幸福。散场后去一家小吃店消夜把这幸福推向高潮。而分手时对方提的一个要求,却又让她从云端上跌了下来。

他说:"五天后,也就是×月×日,你可以到镇江接我吗?"

她诧异地瞧着他,"什么?镇江?"

他说:"是的。当天下午三点钟左右。"

她越加困惑了。"我不明白。"

他不需要她明白,继续说:"你去借一辆小汽车,吉普、轿车都行;一定要穿上军服,带上军官证。"

她这才开始有点儿明白了。怪不得今天那么殷勤地陪我玩,原来如此。她愠然地问道:

"究竟怎么回事?根柱,你要做什么?"

他不回答他的诘问,微笑了一下,小声问了一句道:

"能办到吗?"

她隐然感觉到这句语气温和的问话后面似乎不无威胁的味道。她明白,如果拒绝,那自己也许从此就在茫茫人海中再也看不见他的身影了。他那脾性呀,无情而又果决。四目相对之下,她只犹豫了几秒钟,赶紧回答道:

"没问题,放心好了!"

"啊,"他高兴地笑了,拍拍她的肩,"这就对了!"

这一句赞扬的话和她自以为还算亲昵的动作,使她高兴了好多天。

第二天,解根柱揣着国统区的身份证,乘长途汽车到了镇江。

从镇江城里到长江边很近。有一处关卡,检查很严,除了看相关证件,还会搜查行李。

他装成游山玩水的样,沿江踏勘,寻找从北岸返回时渡船抛锚泊岸的地方。

江边不时有一两座碉堡,堡外站着几个持枪士兵,懒洋洋地注视从北岸驶来的大小船只,显然一律要检查的。往来行人只要不靠近江边,只沿着江岸约莫三十公尺的简易公路行走,他们是不去管的。

他沿着这条既窄又粗糙的土公路走了一个多小时,来到一个从石碑上看名叫丰下渡的地方。这里碉堡少多了,两三公里远近才有一座;碉堡内外的士兵也越发疏懒,因为没了官长监督。芦苇叶多起来了,棵棵都颇粗大,也颇高,简直像茅竹。一棵挤一棵,森林一般,从江岸往江里延伸,宽可半里许;顺着江岸向前展望,则看不到尽头。他估摸了一番江那边与此相对应的方位,默默记了下来。

然后返回刚到江边的地方。

那里有轮渡。

他以商人身份买了一张票,大摇大摆到江北去了。

他辗转来到华中分局和华中军区所在地淮安,找到了相关负责人,禀报了他是接到交通员传达的李克农同志指示,前来衔接关系和领受任务。

李克农的指示是,以前直属中央情报机关领导的各地情报组织,为适应今后战争形势,都要同时受所在大区的党组织和军事机构指挥,战略性情报送中央,战术性情报则送地方。

华中军区相关部门负责人告诉他,今后具体领导他情报小组的是华中野战军情报部(政治部所属机构)。这里可以派车送他去海安的野战军前线指挥部。那里的政治部钟期光主任已知道此事,正在等他。

这时有参谋人员插话,粟司令员不是回来了吗,可能明天返回海安。军区要派吉普车送,解根柱同志可以搭车同去。

解根柱大喜。不仅可以近距离见着这位声名卓著的将军,还可以同路同车,运气真好啊。

解根柱从他们的一些对话里听出粟司令员一直在前线练兵或者应对国民党部队不时挑起的一些武装挑衅,不容易回淮安来。眼下李默庵在长江北岸屯兵十二万,蠢蠢欲动,更不能轻易离开指挥岗位。这次大老远地跑回来,听说途中又是骑自行车又是乘船又是搭老乡的马车,还步行了好一段路。若不是有重大事情要与华中分局华中军区磋商是不会如此的。

原来,粟裕与中央在近期战略原则上发生了分歧。这一分歧,尽管只是针对华中一隅,却牵涉到了毛泽东对全国的通盘考虑。

全面内战不可避免,已是不争的事实。毛泽东明白,这个时候只靠舆论去谋求和平显然已经办不到了,一味退让更难填蒋介石欲壑,只有坚决地动用武力,以戈止戈了。他在为中共中央起草的党内指示《以自卫战争粉碎蒋介石的进攻》①中指出,"蒋介石破坏停战协定,破坏政协决议,在东北占我四平、长春等地后,现在又在华东、华北向我大举进攻,将来亦有可能再向东北进攻。只有在自卫战争中彻底粉碎蒋介石的进攻之后,中国人民才能恢复和平。"

可见,即使在全面内战爆发的初期,毛泽东仍在力争挽回和平局面;他坚决采取自卫战争的目的仍然是为了恢复和平。

他希望用半年左右时间,在南线和北线分别组织几次大的攻势,歼灭大量国民党部队,扩大解放区,逼迫蒋介石知难而退,接受和平。经过通盘考虑,拟定

---

① 该文收入《毛泽东选集》第四卷,人民出版社,1991年6月版。

了南北两线作战计划。这一套系列作战计划，后来经过实践，经过探索，越来越完善，某些部分甚至做了较大调整——其中包括时机方面和区域方面。

这个南线作战计划大略为：以刘伯承晋冀鲁豫野战军主力五万人、陈毅山东野战军五万余人、粟裕华中野战军三万余人，分别出击津浦路徐州、蚌埠及其两侧地区和蚌埠、浦口段及其东侧地区，在野战中消灭敌人有生力量。在这些行动成功后（不一定要占领开封、徐州），可考虑以刘伯承和陈毅两军南渡淮河，向大别山、安庆、浦口一线挺进。毛泽东解释，这个大踏步进攻行动，其"精神是着重向南，与蒋的计划着重向北相反，可将很大一部蒋军抛在北面，处于被动地位"。"这一计划是依靠老根据地逐步向南，稳扎稳打，并不冒险。""如能渡淮而南，即可从国民党区域征用人力物力，使我老区不受破坏"。① 应该说，这是一步看似冒险而其实精彩的一步棋。只有充分洞悉蒋介石心思的人才敢如此落子。这样的兵锋首先威胁到南京、上海。蒋介石集团中人一旦感觉到那兵锋的闪闪寒光之后可以肯定再无人还能镇定如常，不仓皇调动大军去对付是不可能的；其后共产党军队再做出一副经略中原的姿态，致使一向迷信"得中原者得天下"古训的蒋介石不会不管不顾，哪里还有心思、有富余兵力去乘虚夺取共军老巢呢？以往的战史专家往往思不及此而妄持批评态度。两军大战，了解对方统帅的秉性是制定战略计划的重要依据。谁还能有毛泽东那样对蒋介石的心思、思维方式、秉性做尽了功课从而达到洞幽烛微的程度呢？

北线则提出了一个夺取"三路四城"的计划：以聂荣臻晋察冀野战军和贺龙晋绥野战军主力协同作战，逐一占领平汉、正太、同蒲三条铁路和保定、石门（石家庄）、太原、大同四城，而将冀东、热河作为牵制方向。毛泽东命令他们，"在国民党大打后，你们的基本任务是保卫地方与夺取三路四城"，"须准备六个月或较多时间，但必须完成此任务"。"所有对平汉、同蒲、正太三路之进攻，均是攻城战，望立即训练攻城技术，多备黄色炸药。"②

他对东北局、东北民主联军的要求是坚持执行"一心一意准备以长期艰苦奋斗去取得和平的总方针"。抓住当下停战时机，通过加紧进行军事、政治、群众工作多方面之准备，以"增加革命力量，减少反动力量，使双方力量对比发生于我之有利变化。"③ 而在目前，即所谓休战时期，则应采取"敌不攻我，我亦不攻敌，保持平静"，借以大力巩固根据地、壮大武装力量。他反复强调东北要准备持

---

① 中共中央致刘、邓、薄、陈、舒电，藏中央文献档案馆。其中"舒"指舒同，时任山东军区政治部主任。
② 1946 年 6 月 28 日中共中央致聂、萧、刘、罗并告子华电，藏中央文献档案馆。
③ 1946 年 7 月 11 日中共中央致林彪电，藏中央文献档案馆。

久战争，提倡自力更生。专门电示即将到苏联治病的罗荣桓，"东北斗争主要靠自力更生"，不要向苏联提出"过高要求"；又强调关内各解放区更要"完全靠自力更生"，不能向苏联方面"做任何要求"。①

进行这一系列军事部署的同时，毛泽东仍力图以取得战争胜利来谋求恢复和平。他从"大概半年之后又可能和"的愿望出发，指示中共驻南京代表团周恩来按照"继续争取长期全面和平的方向去进行工作"，"如不可能则争取再延长休战时间"。

一九四六年六月二十六日，毛泽东致电华中分局称："为粉碎国民党之进攻，决令刘邓主力出陇海路东，陈舒主力出徐（州）蚌（埠）间，调动敌人而歼灭之。你区应以一部在苏中吸引并牵制（南）通、扬（州）线上之敌，粟、谭率主力不少于十五个团位于淮南津浦路东，与陈舒配合，一举占领蚌浦间铁路线，彻底破坏铁路，歼灭该地区之敌，恢复三、四分区失地，并准备打大仗，歼灭由浦口北进之敌。"特别强调必须在七月十日以前完成一切准备，待命西移淮南作战。

陈毅对毛泽东这一指示完全赞成，表示坚决执行。在复电中央的同时，以华东局名义②电令华中野战军留一个纵队守苏中解放区，集结陶勇、王必成两纵队以及第十纵、五旅在六合、天长之间地带整训，待命开赴淮南津浦铁路蚌埠、浦口段作战。此外，数月前陈毅已从华中野战军抽调一个多纵队到他负责的作战区域。

对于毛泽东全面的战略思考，粟裕未能置喙；他只是对华中部队主力离开根据地进行外线作战有异议。

他十分担心华中主力部队在华中军区实力尚未充分强大的现在就离开根据地开赴淮南作战可能会遭遇重大挫折。三万多人马，每天需要粮草十万斤，都得由苏中解放区供给，大批支前民工也得从苏中解放区征调。这个当然不会有问题。问题在于主力部队走后，李默庵十二万装备精良的人马一旦进犯，留守部队仅为一个刚刚从地方武装升格的纵队如何对付得了？地富人稠的苏中地区一旦丢失，淮南的作战部队就失去了后方供给。除非淮南作战能赶在李默庵进犯苏中之前速战速决。而这个谁敢保证呢？驻防淮南的国民党部队是蒋介石夸耀的"五大主力"中的两个：第五军和七十四军——后来更名为整编第五师、整编七十四师。何况苏中地区水网密布，大小城镇无不城高池深，是一块易守难攻的区域。一旦丢失，则有利条件尽为敌人所得，再要夺回，就得付出不可估量的代价。更何况

---

① 1946年7月30日中共中央致罗荣桓电，藏中央文献档案馆。
② 这段时期华东局书记兼山东军区政委饶漱石有较长时间来往不定，有时回华东照应一下，有时在延安述职，大部分时间在军调部与美蒋代表周旋。

土改正如火如荼地开展，我们一走，地主跟在国民党后面卷土重来，穷苦农民岂不遭更大的罪？

中共中央关于用兵淮南的命令一个接一个飞到淮安。

毛泽东同时电告华中分局，苏中"有暂时失陷可能，你们宜事先做好准备。"

陈毅也接二连三地电促他们尽快拥兵西出淮南。

每一份电报粟裕都反复阅读，认真琢磨。是服从命令二话不说率部西进，还是向上陈述，争取中央改变主意？他久久难以决断。

参谋长刘先胜、政治部主任钟期光先后来到他的办公室，希望他及早拿定主意。为了不打扰他的思维，两人都不约而同悄无声息地进来，悄无声息地落座，悄无声息地点火吸烟。

不知过了多久，粟裕放下手里那一沓电报，移动目光，茫然望着他俩。长叹了一声，喃喃问道：

"你们说怎么办呀？"

刘先胜瞧了一下钟期光，又移回视线望着粟裕，说：

"中央和陈军长的电报很明确，不执行难免抗命之嫌；但是，我们华中野战军十五个团开赴淮南，苏中只留一个纵队，怎么对付李默庵十二万人马？"

"苏中的土改正在胜利进行，我们向老百姓的承诺是田分到手，永远不会再被地主夺走。那些地主老财跟在国民党军队屁股后头回来，农民的土地被夺走且不说，还会有多少翻身农民人头落地？这样做我们会失信于民的！"

粟裕点点头，再次长叹了一声。无力地缓缓站起来，踱到壁挂式地图前，望着上面自己亲手做的一些标记。良久，自语似的说道：

"仗是非打不可的，问题是在哪里打最为有利？中央决定采取外线出击方针，看来是要以战逼和，意在让蒋介石清醒清醒，接受和平。我看呀……很难！看看蒋介石耗费了多少人力物力，掷进去多少美元、黄金，做了充分的准备，他能甘心停下来吗？再看看他越来越嚣张的气焰，一副不撞南墙不回头的姿态，什么时候他也清醒不了！我斗胆预言，全面较量一经展开，仗就会一直打下去，根本没有谈和的希望！我们唯有一心一意把关注点放在打仗方面才是对的！怎样打才能尽可能多地消灭敌人有生力量，在什么地方打能达到这个目的，就照那样办好了。直到把蒋介石老本消灭光了，和平自然也就来到了！"

"那就在苏中打！从目前情况看，这个最为有利！"刘先胜说，"可是，中央、陈军长那里怎么办呢？"

粟裕无语，踱到座位前，缓缓坐下。他心事重啊。

钟期光同情地望着他，明白他的心思，小声建议道：

"我看……可不可以这样：第一步去淮安，争取先在分局领导层统一意见；然后向中央集体陈诉。我觉得只要充分阐明利弊，毛主席是会接受的！"

刘先胜说："也只有这样了。"

粟裕权衡半晌，终于下了决心。他决定拟一份致中央的长电，发出去。然后才动身赴淮安。

六月二十七日，他亲自起草这份著名的致中共中央电。

电文详细分析了在苏中作战和淮南作战各自的利弊得失，摘要如次：

> 苏中物产丰富，人口近千万，经济发达，足可支持大规模战争。一旦丢失，强大的人力物力将为敌所用。而且水网密布，地理条件于我有利，而不利于敌之机械化部队展开。将敌军引进来分割歼灭应非难事。苏中是我党多年经营的老根据地，近来土改更广泛赢得民心，群众基础十分扎实；华中野战军指战员大多数是本地人，与地方是血肉关系，保家卫国，必义无反顾。若不在苏中打一仗就轻言放弃，很难说服部队和群众——官兵会担心群众遭难而忍不住频频回顾，群众也会骂我们言而无信。如此我们将何以自处？况且，主力西进，苏中失陷不可避免。若淮南战局一旦不尽如我意，我军将处于进退两难境地。淮南贫瘠，大部队集中于此，粮草供应极端困难。若苏中尚在固可远道支应；而区区一个纵队留守，拥十二万大军的李默庵岂会不垂涎觊觎？因此，请中央考虑，我们可否在苏中打一仗再西移？

粟裕心里的小算盘，只要打胜了第一仗，再求中央允许打系列战以图拆卸李默庵十二万人马，那就容易得到同意了。

电报发出后，粟裕也同时着手进行转进淮南的准备。

首先召开各纵队首长会议，传达中央指示，进行战前动员。讲完后，叫大家讨论。

会场上立刻抱怨连天，这位尚未说完，另一位又接上了话茬。一师、六师、七纵、十纵的领导纷纷站起来，七嘴八舌要求在苏中打几个胜仗，粉碎了李默庵的进犯，再执行中央命令转进淮南。

粟裕没有附和，严肃地指出军队以服从上级命令为天职，何况是中央的命令。没有任何条件可讲，必须坚决执行。

会后他与刘先胜、钟期光做短暂商量，立刻动身去淮安。

从海安到淮安弯弯曲曲，有一百八十公里。沿途江河溪渠纵横，湖泊堰塘星罗棋布。粟裕只带了一名卫士——都是解放区领域，治安很好。他大路骑马，小路骑自行车，水路乘船，无路步行，日夜兼程，间道奔往淮安。

进了淮安古城，匆匆往总部赶去，经过妻儿居住的房屋门前也顾不得进去瞧上一眼。

华中分局、华中军区领导听了他的汇报，立刻开会研究。大家讨论了一阵，很快就被粟裕说服，统一了意见。遂共同做出决定，以邓子恢、张鼎丞、粟裕、谭震林名义，致电中共中央（同时抄送陈毅），陈述苏中实际情况以及他们集体的意见：

"华中主力转至淮南后，不仅粮食须由苏中供给，民夫运输亦恐难支持。因淮南地广人稀，交通不便"；"苏中公粮收入占华中二分之一，人口占五分之二，对支持今后长期战争有极大作用"。

"苏中地武①已很弱，难于坚持钳制任务。若苏中失陷，淮南战局万一不能速胜，则我将处于进退两难。如是，不仅对苏中本身不利，即对华中整个作战部队之供应更有极大影响"。因此，请求中央同意华中野战军在战役的第一阶段留在苏中作战，解决当面之敌；在第二阶段，约莫八月中旬，苏中主力西进淮南加入蚌、浦段作战。电文最后以催促语气加了一句"当否请即电示"。

中央将会做何答复？粟裕心里没有把握。而战事准备一刻也不能等待。粟裕在会上向他的领导和同僚们建议，中央正式答复之前，西进淮南和内线迎敌两种方案同时进行。特别是西进淮南的作战计划决不能潦草，必须认真、加紧准备，以备中央坚持原议。

华中军区司令员张鼎丞首先表示同意粟裕意见，请他全权负责实施。

华中分局书记邓子恢也赞成张鼎丞的安排。同时表示，后方支前工作由分局负责。粟裕同志有何要求请尽管提出，我们一定全力解决。

散会时，张鼎丞小声告诉粟裕，马上回家看看，孩子病了。"前几天我叫李振湘去看了，说是天花！"

这个李振湘是军区卫生部副部长，早年毕业于湖南省湘雅医学院。

粟裕心里咯噔一下。那年月天花是会死人的，他紧张起来了。赶紧处理完公务，好赶回家去看看。他把军区测绘处负责人叫来，吩咐立即翻印一百份淮北、淮南军用地图。小到村庄、乡间小路都必须标识清楚，不得有误。

安排好一切，这才匆匆赶回家去。

夫人楚青叫他放心。李副部长治疗后，儿子戎生昨天退烧了，病情渐趋平稳，谅无大碍。又嘱咐他在前线好好打仗，家里有她负责，不用惦念。

华中军区后勤部负责同志安排了一辆吉普车送粟裕。向粟裕请示，南京有一位同志也要去海安，可不可以搭车？

粟裕说，为什么不可以，再加两个人也挤得下。

---

① 地方武装力量的简称。

解根柱顺利地上了粟裕的车。

他第一次见着这位名将,十分兴奋,目不转睛地盯着对方,暗暗唏嘘感叹。

粟裕喜欢开车,教司机到后排与警卫员坐到一起,让解根柱坐到副驾驶位置上。粟裕一边把握方向盘一边故作正经地问解根柱道:

"这位同志,怎么老盯着我看呀?审查出什么来了没有?"

"粟司令员,哪能呢,哪能呢……"解根柱涨红了脸,不好意思地解释。"以前没见过司令员,今天得着这个机会见到了司令员了,这才知道跟我从前想象的完全不一样!"

粟裕给逗乐了,打了一串哈哈。轻轻向右打了一下方向盘,让车子拐了个弯,上了公路。有了汽车,不必走来时的小路,可沿公路奔驰。车子上了正道,这才说:

"你是说,眼前这个瘦小的家伙,怎么瞧也不像个司令员,是吧?"

"不不不,司令员是抗战名将,在国统区也是声名赫赫!哪能不像呢?"

"什么名将,什么声名赫赫,不过打了几个小胜仗罢了;再说,那也是毛主席指挥得好,我们不过就是认真执行罢了!对了,你这位同志是做什么工作的?去我们那里找谁?"

"报告司令员,我是做地下工作的,去司令部找钟期光主任。主要有这么一些事……"

粟裕马上从方向盘上腾出一只手向他摇了摇道:"不要说了!你要注意呀,做'地工'首先得注意保密!"

解根柱望着粟裕微笑道:"对司令员有什么必要保密呢!司令员是我们的……"

粟裕又一次挥手打断他的话,"你这位小同志可不能这样说呀,'地工'保密原则任何人都得遵守,司令、总司令也不能例外!你们做具体地工的更应该明白,不是你的直接领导,再大的首长也不能随便汇报什么!明白吗?"

"明白,明白!司令员批评得对!"

到了海安的野战军司令部,解根柱找到了钟期光。

钟期光告诉他,李克农同志前后两份电报这里早就收到了,欢迎他的情报小组参加华中的工作,具体联系人是情报部主任朱诚基,由朱诚基同志向他交代工作。

钟期光把他领到朱诚基办公室,就握手离开了。

朱诚基告诉他,李克农同志有新指示:涉及全国战略或华中之外解放区的情报,原定直发延安;以后可视具体情况便捷与否,直发延安或由华中代转均可。我给你的小组想了个代号——蚕豆。这个东西在苏南苏北都很普遍,每到暮春,到处田里多得像野草一般,家家餐桌上都有,偶一不慎被人听到也引不起注意。

你就是组长。你回去以后要调整联系方式,必须坚持单线,严禁多头关系与横向关系。镝影不进入蚕豆小组,其战略情报直发延安,涉及华中的情报他会交给你。我们给你准备了一批苏联器材,有微型红外线照相机,小型收发报机——只有一台电话大小,便于隐藏。这次你一并带回去。路上有问题吗?没有问题就好。也给你物色了一位收发报员,苏联捷尔任斯基情报学院的优等生,两年前奉调回国了。你和这位同志装扮成恋人,不然凭什么时不时待在一起呢?如果发展成真正的恋人,甚至进而成为夫妻,组织上不仅认可,而且乐观其成。这可不是玩笑话,是我和钟期光主任商量决定的。因为那样更有利于工作——从形式上看,家庭往往比单身男子或单身女子更具保护色。但是,组织上决不勉强你们,如果你们觉得还是永远成为假恋人为宜,那也行。这就是所谓大纪律不干涉小自由。另外,在上海汇通银行给你存入一笔钱,作为一年的活动经费和小组同志们的生活费。

解根柱沉吟不语,面有难色。

朱诚基问他,怎么,有什么困难吗?

他表示,如果那位女同志这次跟他一起去南京,恐怕有困难。

朱诚基点头说,是的,这个早就考虑到了。你带着器材,要混过敌人关卡已经有极大风险了,不能再增加负担。我昨天就安排她出发了。顺利的话,今天应该进了南京城吧?

解根柱这才松了一口气。

朱诚基将电台呼号,安全密码,以及紧急情况下的联系方式,一一告诉了他。

解根柱问,怎么与那位报务员联系?

朱诚基说,她自己会与你联系的,你记牢暗号就可以了。最好你能帮她找一个职业作掩护。这个有没有可能?

解根柱说这个不很难。可以伪称她是解放区逃亡地主的女儿。对了,她的口音是哪一种?

朱诚基说,鲁南。她就是那里的人。

解根柱笑了,我的老乡呀。那就说她家是鲁南的中小地主吧,说大地主容易被查出来。

二

陈毅先后收到粟裕六月二十七日电,邓子恢、张鼎丞、粟裕、谭震林二十九日电。读完后马上断然否定了他们的建议。

三十日他电告中央并复电华中分局，认为淮南作战"七月间非打不可，王必成、陶勇纵队①应立即西开，保证于七月十五日到七月二十日前后按时发起战斗"。又武断地指出"王、陶（两纵队）留苏中，一、二仗无法改变该地严重局势，胶滞于该地对全局不利"。

　　中央军委两天接到两支大军领导人从两个作战地区发来的电报，提出两种完全不同的作战方针。

　　陈毅的主张，也是中央最初的指示。

　　来自华中方面的建议与中央和陈毅的主张有很大不同，或是说在不明确表示可否的基础上做了很大修改。而且华中方面已经是对同一个问题第二次强调他们的建议了。

　　毛泽东深知陈毅在很多方面确有能力，饶漱石向中央也做过类似的肯定；而在军事方面就弱一些，那显然不是他的强项。饶漱石、邓子恢、张鼎丞、曾山等华东方面的同志也都有此看法。这次他坚持服从中央最初决策固然不错，但有没有故意与华中同志抬杠的意思？毛泽东自己也说不准，只好自嘲地微笑着轻轻摇了摇头。粟裕则是他从井冈山时期就着手调教的青年将领，一向视为爱将；尽管这位爱将颇有锋芒，喜欢独立思考，有时直接与老师抬杠。毛泽东喜欢这种不盲从的秉性。他接到粟裕二十七日电报，对电文中条分缕析地论述苏中内外的实际情况、敌我动向，觉得见解独到，鞭辟入里，不由得频频点头。他立刻召开书记处会议，叫尚在延安的饶漱石列席参加。

　　毛泽东举着陈毅和华中方面的电报向大家晃了晃，掉转视线瞅着饶漱石道：

　　"小姚，你赞成哪一种意见？"

　　饶漱石没料到主席首先考问他，微笑着逐一看了在场的首长们。稍作思考，把视线移向毛泽东，说：

　　"本来我是赞成中央意见的，进军淮南，配合刘伯承部经略中原，同时兵锋威胁宁沪。以此逼蒋调兵应对，然后再在运动中歼敌；这两天我反复思考粟裕的主张，觉得也不无道理。主力此时离开苏中，就极有可能丢失苏中。那确实不划算，而且有风险。我想请主席考虑粟裕的建议！"

　　毛泽东点了点头。再次翻检一番手中的三份电报，借以斟酌饶漱石的话。掉头瞅着五大书记中的另外三位（周恩来尚在南京），笑盈盈地说：

　　"诸位以为如何？"

　　"小姚说得对！"朱德说，"过早放弃苏中，确实不大合算！"

　　"对苏中，对粟裕，小姚比我们更了解，我觉得应该考虑他的建议！"任弼

---

　　① 华中野战军主力。

时说。

刘少奇已然看出了毛泽东有修改中央此前战略计划之意，点头说："我支持粟裕同志意见！"

毛泽东笑嘻嘻说："我们最初决定陈毅部南下外线（在粟裕部则是西进淮南）作战，目的在于搅乱蒋介石预设的战略格局，以求乱中取事。这个设想是否正确，未经实践，不好遽下结论吧？不可否认，粟裕的主张，也有诸多合理之处；特别是不愿丢失苏中这块金子，我很赞赏！而且我这位小老乡①的脾气一向执拗，他认定的理，你不认同，偏要他去执行另一种他不理解的方案，他也会服从，但是会不会影响积极性呢？"

任弼时说："既然大家都认为粟裕的主张有诸多合理之处，他自己也对粉碎李默庵进攻有一定把握，可不可以让他在苏中打一仗再说？"

毛泽东点头道："弼时同志说得对，让他先打一仗，摸摸敌人虚实，再根据实际情况考虑要不要继续留在苏中与敌人周旋，要不要修改南线出击、西进图皖计划。"

商定之后，毛泽东致电华中军区，教华中野战军继续隐蔽待机，听候安排。这份电报是六月二十八日所发。

六月三十日，他又再次电示华中野战军，"部队暂缓调动，待与陈军长商酌之后，即可通知你们。"

同日致电陈毅称，"华中二十九日酉时（来电称）主力留苏中保财源，而将淮南作为牵制方向，以九个团担任破路阻敌。此意见似有道理。你们觉得如何？望告。"

可是陈毅仍然坚持原定的南线作战计划，继续致电中央表明这个观点。

然而毛泽东和中央越来越倾向于认同粟裕意见，甚至对整个外线作战的时间也考虑予以修改。

七月四日，毛泽东致电刘伯承、陈毅和华中分局，明确肯定了"先在内线打几个胜仗再转至外线，在政治上更为有利"。

按照这一指示，粟裕打响了苏中战役的第一枪。

就在这一天，毛泽东又致电陈毅、刘伯承等人，指出"鲁南大军②仍不宜此时南下，以免陷于被动地位"；"刘邓所部亦在现地整训待机，不要轻动"。"苏中苏北各部先在内线打起来，最好先打几个胜仗，看出敌人弱点，然后我鲁南（陈毅）豫北（刘伯承）主力介入战争，最为有利。"

---

① 粟裕也是湖南人。
② 指山东野战军。

陈毅很难被说服，仍然坚持原定的南线出击计划。

七月十四日，他致电中央军委，主张鲁南大军按原定南下计划行动；华中军队也应西出淮南响应。

毛泽东电复认为不可，"必须"让华中野战军在苏中战役的实践中先摸清敌人底细再说。

解根柱提着一口小皮箱——里面装着微型收发报机以及微型照相机等器材，坐上一辆农民拉农作物的马车，离开根据地，迤逦来到长江北岸他来时上岸的地方。早已有当地下党组织派遣的一条小船在这里等候他了。

对岸就是大片芦苇掩映下的丰下渡。

他提着小皮箱上船。

艄公是一位五十多岁的渔民，技术很好，没多长时间就把船划到了对岸丰下渡的芦苇丛中。

解根柱教艄公藏舟苇丛，看好小皮箱。一两个小时他就返回来取。

他步行到镇江。

进城后，按照预先告诉孟淑贤的地方寻去。

那是与大街成丁字形的一条空巷，约定将汽车停在巷子里。那条空巷紧邻着一家门脸向着大街的宾馆——裕和饭店。

解根柱远远就看见裕和饭店大门旁停靠着一辆军用吉普。戎装笔挺的孟淑贤站在车前，向着他的方向，双眉紧锁，望眼欲穿的样子。她是近视眼，又不愿戴眼镜，怕影响容颜，几丈开外就认不清人了；而他却早就远远认出了她。他微微笑了，心里赞叹，真守信呀。可是怎么不遵照约定把车停在空巷里呢？走近了她的视力范围，她终于认出了他。霎时双眉松开，愁容荡然，欣喜激动之色显得那么透明甚至有些天真稚气。他心里升起了一缕歉疚，看得出她心里对他的爱意与依附之情仍如当年那样浓烈、执着，而且更甚；而他自己过去对她的情感就较淡，总是若即若离，告别家乡后就更不在乎了。现在却在利用她的情感，是不是有点残酷？

她迎着他走过去。脸上的笑意含着羞涩，站到他的面前，靠得很近。她多么希望他能向自己张开双臂啊。

他何等聪明人，当然读出了她的意思。借伸手指吉普车的动作轻轻向旁边挪动了半步。

"车子怎么停在人家饭店门前？"

"我是它的顾客，"孟淑贤指了一下身后的裕和饭店，俏皮地笑道。"当然可以停在它门前呀！"

"顾客？"

"是呀，昨晚我就住在这里；怕误你的事，昨天我就来镇江了！"

"啊！"他更加感动了，情不自禁伸出双手握住了她的一只手。如果说一开始心里只有歉疚，那么此时此刻就多了一些东西——踌躇、矛盾，不知道该如何处置心里的天平。

他们上了车。

孟淑贤微扭脑袋向坐在身旁的解根柱问道："回南京吗？"

解根柱伸手拍了一下她放在方向盘上的手，轻声说："先去江边取个小东西。"

她点了一下头说好的，立刻启动车子。居然根本就不问具体去江边的什么地方，去取什么东西。她心甘情愿为他做一切，决心此后什么也不问，既然他不喜欢别人打听他的事情。是刻意要让他感到自己是个十分驯顺的女人，还是处于被爱情熔化后的本能使然？谁也猜不出。也许两者兼而有之吧？

接近江边的地方有一处关卡。几名头戴钢盔荷枪实弹的士兵在那里盘查行人，也就是看看身份证，搜查一下随身物品。解根柱经过此处几次，早就熟悉了这些程序。

他们的吉普停下来。

一名班长模样的士兵胸前横挎汤姆枪，上前向孟淑贤敬了个军礼，说：

"长官，请出示身份证。"

孟淑贤大模大样地将证件递给他。

那班长翻开，看到参谋总部字样，吓了一跳。赶紧双手奉还，退后一步，敬礼说：

"对不起，耽误了长官时间！"

"不用客气，应该的。"孟淑贤点点头说。"喂，我们去给部里长官取点东西，一会还要回来，你们好好警戒！"

"是！请长官慢走！"

他们去取回小皮箱，再经过这里的时候，那班长早早就将卡子打开，笑容可掬地迎着他们了。不断向他们问好，然后敬礼，目送他们驰去。

回到南京城内，按照他的吩咐，她把车子开到云岭路停下来。

他把小皮箱拎下来。叫了一辆黄包车，坐上去。

她依依不舍地望着他。犹豫了一下，小心地问道："什么时候再见面？"

他坐在车上，放妥了箱子。想了一下，说：

"明天我们一起吃晚饭吧。明天中午我给你打电话！"

"啊，真的？太好了！"

李默庵这年四十二岁，中等个子，肩宽臀阔腿短，体形不太好看；而面孔还不算差，长方脸，浓眉大眼，唇上留着又黑又密的一字胡；很少呵斥部属，举止文雅，同僚称有儒将之风——这个还并非恭维之词，说得上是名副其实。黄埔一期做学生的时候，就以好读书著名；多年的行伍生涯，戎马倥偬也不改好读书的习惯，常常手执一卷，不是孙子兵法，就是春秋、左传。

这次奉命进军苏中，他信心十足；却也不时告诫自己要谨慎小心，已经数次开会商讨对策，力求做得毫无破绽。

他的信心来自于手上的十二万大军及其美式装备；此外蒋校长还在江南给他准备了两个整编师，稍有不济就会过江驰援。

谨慎小心源于当年与共军交手多次的教训。十年内战时期，他历任团长、旅长、师长，参与江西剿共，吃过很多亏。因而下过很多功夫研究对方的用兵特点；抗战期间也十分关注共军的作战情况。最后给共军总结出这么一个结论：不按常规出牌，以出其不意取胜。

这天，他在常州举行最后一次战前会议，要求到场的整编师长、旅长们认真讨论。

首先向大家宣布了蒋介石、陈诚制定的作战计划：

整编四十九师从驻地南通北进，直取如皋；整编八十三师从驻地泰兴、宣家堡出发，整编九十九旅从驻地靖江出发，两路夹攻黄桥。得手后协助四十九师攻打如皋；整编二十五师的一四八旅从泰州出发，东进姜堰。各路得手后几路人马会攻粟裕驻节地海安。

这样步步为营三路合击，逼向海安，乃攻其必救之策。迫使共军沿线不敢闪避必须迎头顶住，不得不硬着头皮拼消耗。然则粟裕区区三万多人马经得起我国军十二万大军折腾吗？

"但是，"李默庵坐在他的主将位置上，手持袅袅冒烟的雪茄，扫了长条会议桌两边坐着的部将们一眼。"兵无常态，粟裕用兵更为诡异，大家要百倍小心呀！"

整编八十三师师长李天霞也是天子门生，一向恃才傲物，既不把共军放在眼里，也不把李默庵放在眼里。他感觉到李默庵言语间颇有点儿长敌人志气灭自己威风的味道，大为不满，哼了一声，站起来，要求发言。

"司令官，共军也好，粟裕也罢，用兵都是老套路，没什么新鲜玩意儿……"

"什么老套路？李师长说来我听听！"李默庵乜视他一下，慢声说。

"他们当年与国军较量，后来与日本人打仗，都是两个套路：首先诱敌深入；然后专找软柿子捏，再各个击破。如此而已，没什么深奥东西！"

李默庵没说话。他心里在想，李天霞狂虽狂了一点，说得也不无道理。

李天霞师所属十九旅五十七团团长钟雄飞是唯一有资格参加今天这个战前会议的团长，因为他是少将衔。这是个黑胖子，四十一岁。比他的师长李天霞还骄狂；至于顶头上司旅长，那就从来不被他放在眼里。原因在于顾祝同是他表叔。不过在李默庵面前他还不敢过露锋芒，还有所克制。他要求发言。得到允许后，站起来，傲岸地环顾一番，说：

"雄飞认为，李师长说得很有道理！司令官刚才宣布的进军方略，环环相扣，步步为营，十分严密，毫无破绽；何况我十二万之众，数倍于敌，谅无大碍，司令官不必担心！"

李默庵做手势教他坐下。沉吟一会儿，说：

"校长多次训诫我，在共产党里面，对毛泽东不能小觑；在苏皖战场，对粟裕不可轻视。他们虽无撒豆成兵的本领，却能把手里有限的兵力玩成尽可能大的兵势，不可掉以轻心呀！以往顾长官与粟裕周旋就吃亏多，获利少。"说到这里，不由自主瞟了钟雄飞一下。"所以校长千叮万嘱，要认真研究粟裕，小心对付！"

最后他宣布，七月十五日全军拔寨，照计划进军。

李默庵召开战前军事会议的前一天，粟裕也召开了同样的会议。

华中野战军第一师驻屯地在如皋。实际主持工作的副师长陶勇一早就离开了师部，策马往海安奔去。

本以为自己是到得最早的。不料进了作战室，才知道是到得最迟的。

参谋长刘先胜招呼他落座，一边说就等你了。

他不好意思地苦笑了一下，自责地拍了一下脑袋，迅速偷窥了一下坐在那里翻看文件的粟裕。

粟裕抬起头，环顾大家，宣布开会。教刘先胜把敌人即将展开的进攻态势向大家介绍一下。

刘先胜走到壁挂式地图前，拿起指示杆，点着地图上的一些区域，边移动边解释，简明扼要地讲解蒋介石、陈诚亲自制定，由李默庵指挥的"苏皖会战"部署概况。

敌人第一阶段的作战目标是攻占苏中、苏北。已在苏中南部的南通、靖江、泰州、扬州一线集结五个整编师共十二万人，欲分别攻取黄桥、如皋、姜堰，得手后各路人马合击海安；江南还有两个整编师作为第二梯队，随时准备北渡参战。

刘先胜说："敌人这叫分进合击，三路向心突破。我们苏中要首先打响了！"

陶勇笑了笑说："有粟司令员的神机'庙'算，敌人来得越多我们战果越大！"

粟裕向陶勇作制止手势道："你不要信口开河，什么神机庙算，可大意不得呀！"

第六师副师长王必成说:"蒋介石在报上吹嘘三个星期收复苏北,两三个星期结束苏皖会战。给自己打足了气之后,现在他老人家拐着妖婆子宋美龄上庐山去了。让他先在山上凉快几天吧,看我们非揍他个浑身冒虚汗不可!"

七纵司令员管文蔚、政委吉洛①,十纵司令员谢祥军、政委刘培善,以及各军分区领导,纷纷发言,都在说基层指战员摩拳擦掌求战心切,再不开打恐怕都会憋疯了。

刘先胜打断大家的议论,请粟司令员传达中央指示。

粟裕传达了中央指示。然后分析苏中局势,介绍内线作战逐个歼敌的作战意图,讲解了具体的作战方案。

他说,敌人多路来攻,意在寻求决战、拼消耗。我们本钱小,当然消耗不起,只好对不住,恕不奉陪。我们有我们的传统打法,那就是在运动中寻求机会,各个歼敌。那么这次先打他的哪一路为宜?是打两翼,还是打中间那一路?这是初战,不能失手,必须打胜。所以选择首先收拾的对象至关重要。大家说说看。

这又引起一番热烈的讨论。

粟裕仔细倾听了大家的话,希望能寻求到比自己的思考更优出一筹的主张来。可是,最后微微一笑,还是决定采用自己的计划。毕竟是他经过深思熟虑产生的方案。笔者认为,大策略往往产生于一两位杰出人物的头脑,所谓成大事者不谋于众,实在有道理啊。就像毛泽东思想,它决非什么集体智慧的结晶,而是天才的思想家站在丰厚的历史基石上,长期堆砌建造的结果。

粟裕讲述了自己的方案,并自嘲为"怪招"。

大家听了,无不倒吸了一口凉气,面面相觑。心里都在嘀咕,这样的打法不像我们的传统打法不像我们的传统招数呀?太冒险了吧!作战室霎时万籁俱寂,似乎连呼吸声也没有了。

粟裕笑了一笑,教大家不必紧张,听他把话说完。

他指出,两军对垒,双方都会研究敌方主将甚至最高统帅一贯的用兵套路,以判明当前的部署及其目的。所以,能否闪避对方思路甚而淆乱对方思维,诱其做出错误的决策,就是能否克敌制胜的关键。蒋介石、陈诚都是自许甚高、好谋而断的人。即使不靠情报也可以看出这次进犯苏中的计划必是这二位的亲笔之作。他们显然是在研究了两个特点之后才确定的:其一,我军多年来所采用的诱敌深入,在运动中分割歼敌,以少胜多的打法;其二,苏中地幅窄小,他们认为我军很难实施分割阻断从而寻歼一部的战法。为此他们确定了三路人马分进合击之策。三路人马分进阶段相距并不远,因为只有那么宽的地幅,易于互相照应,驰援友

---

① 即姬鹏飞。

邻朝发夕至，可避免遭受分割吃掉之虞。应该承认，这样的部署是足够谨慎的，不无可圈可点之处。李默庵也非等闲之辈，在黄埔生中有文武双全之誉。他在蒋、陈计划的基础上研究了我军一向阻断强敌以先打弱敌的特点，计划将最强的师、旅、团摆放在前面和外围，企图教我们无从下手。

所以我们这次要打败他，必须要出敌意外，采取一种新的打法；也就是要闪避敌人的思路，使其猝不及防。

红军时代，以及我们的八路军、新四军时代，先打弱敌，后打强敌，几乎成了规律。蒋、陈、李也是这样判断我们这次可能采取的动作的。这次初战，我们偏不按照他们的思路行动，把多路进攻中的弱敌暂放一边，专选这次五个整编师中最强的一支第八十三师开刀。八十三师原番号为第一〇〇军，是蒋介石嫡系中的嫡系。全部美式装备，美军教官训练，抗战时远征缅甸屡建大功，所以上上下下骄横傲慢，不可一世。什么是强敌？什么是弱敌？粟裕指出，骄兵必败的古训是颠扑不破的。因为骄狂，再强的敌人也会变得弱小。八十三师正处在这种变化中。选择它开刀，可收出其不意攻其不备之效。一旦获胜，可以震慑敌军，折其锐气，有利于我们下一步行动。因为谁先取得战争主动权，谁就能最后赢得战争。

红军，八路军、新四军打仗，多采取诱敌深入战法，使根据地天时、地利、人和等优势得以充分发挥；同时拉长了敌军距离，以利我各个击破。这次蒋、陈、李也料定我们会率由旧章，采取老的打法。我们这次采取新的打法，不待他们起兵就主动出击，他们根本想不到。这就叫攻其不备，也是闪避其思路。

同时，尽管苏中地幅狭小，但由于水网密布，敌人进军之前，尚未构成分进合击环环相扣之势，彼此分散屯驻，间隔较大，有条件各个击破、各个歼灭；一旦敌人起兵前进，构成多路向心突击态势，越是深入我根据地，他们相互之间距离就越近，相互支援就越容易；加上敌我兵力悬殊，对我们十分不利。所以我们要一改传统打法，变诱敌深入为先发制人，主动迎敌而上，大胆进入敌防区。这就像《资治通鉴》中的"李朔雪夜入蔡州"，以突然性、出敌不意而稳操胜券。

那么为什么把宣家堡、泰兴作为首战目标呢？粟裕解释，宣家堡是停战协定生效后国民党从我们手里夺走的，泰兴是停战协定签署时国民党军抢占的，夺回来在政治上理直气壮。此外，从战术方面讲，驻扎在宣家堡的十九旅五十六团、驻扎在泰兴的十九旅五十七团，孤单地悬突于敌人十二万大军阵线之外；而且毫不整修工事，骄狂自大。五十七团团长钟雄飞甚至向他的师长请战称，他一个团就可以冲垮粟裕三万人马。他可以率部直薄海安，掷长缨缚粟裕来见。仅凭上述两项弱点，可知这支部队已由强变弱，打它不难。从整个华中战役上讲，拿下了宣、泰（兴），立刻就扩大了泰州与南通两路国民党军的距离，利于下一步分割歼敌。这次国民党以十二万人打我们三万人，是四打一；我们用十二个团打它的宣、泰（兴）两个团，是六打一。科学运筹，占尽优势的未必是李默庵。哈哈哈……

大家这才放心了，都跟着粟司令员开怀大笑起来。

三

七月十三日夜晚，粟裕亲率指挥部进至靠近宣家堡、泰兴的白家庄，把指挥部设在这里。

陶勇率第一师，王必成率第六师，管文蔚、吉洛率第七纵队主攻宣家堡、泰兴；第一军分区直属旅及各县县大队监视和阻击可能由白蒲北犯之敌以及泰州东犯之敌。当然，因距离较远和粟裕部队行动的突然性，这种可能性较小，那只是一种"毋恃敌不来，恃吾有以备也"之举。

白家庄——华中野战军前线指挥部，通向攻城部队的几部电话不断响起。六个参谋轮番接电话，分头向参谋长刘先胜报告；刘先胜遵照粟裕的预案分别做着指示，处置各种情况。大家都在紧张地忙活。

隔壁司令员办公室的粟裕，一个人静静地站在军用地图前，对一切都听而不闻。他脸上没有临战前的紧张与关注，他对自己训练出来的部队十分了解，认为自己的谋划也没什么破绽，更相信前线指挥员能够胜任，临机有效地处置战场千变万化的情况。所以认为克敌制胜没什么悬念。但他心里并不轻松，他担心的是新四军军长兼山东军区司令员陈毅会不会在此时此刻又发出什么不同的指令。

果不出所料。

华中野战军七月十三日发起宣、泰（兴）战役，次日陈毅就致电中央，再次提出：敌军若本月进攻苏皖，苏皖现有力量绝难胜任应对。必须执行此前所定南线作战计划，全面大打，才能分敌之势。也就是说粟裕部主力必须立即西出淮南。陈毅将这份电报同时抄发晋冀鲁豫军区、山东军区、华中军区的领导人刘伯承、张云逸、黎玉、张鼎丞、邓子恢、粟裕。

收到这份电报的粟裕既不作复，也不向任何人传达，而是将它搁置一旁。战斗已经打响，当务之急是夺取初战胜利，而不是忙于参与争论外线作战好还是内线作战好。苏中眼下这一仗经过毛主席批准，也就是通了天了。他可以只专注于打好这一仗，其他的就恕不奉陪了。

远在延安的毛泽东，目光一直关注着华中那块狭小而富饶的土地，关注着军事才能一流、政治意识纯净、人格高尚的粟裕。收到陈毅电报的同时，也收到了苏中业已打响的电报。

毛泽东拿着陈毅的电报，向他的同僚晃了晃，苦笑道：

"这个陈毅呀,怎么在这个节骨眼上发来这么一份电报呢?李默庵十二万大军压境,形成对粟部四打一之势,粟裕肩上担子那么沉重,怎么能在这个时候去干扰他呢?这个陈毅呀!"

朱德严肃地说:"军委的意见早就明确告诉他们了,要不要再向陈毅重申一遍?"

毛泽东点了点头。"那就劳驾老总给他发个电报吧。"

朱德直摆两手笑道:"我的话陈毅不会听的,还是主席直接给他说有效果!"

"事关重大,我赞成以主席名义致电陈毅!"任弼时说,"也要给粟裕发个电报,叫他一心打仗,不要考虑别的!"

刘少奇点头笑道:"朱老总和弼时的意见我赞成!主席呀,事情特殊,必须要由你来充当这个调停人才行!"

听到少奇说调停人,大家都笑了。

毛泽东说:"好吧,我就再来当一回和事佬吧。"

七月十五日,毛泽东亲笔起草了两份电报。

其一发给陈毅,指示他在蒋军尚未进攻苏皖时,我各路大军仍应在现地待机,下一步"看一看泰兴战斗结果如何"再做调整;其二发给华中分局、华中军区,明确指示泰兴战斗无论结果如何,战斗结束后必须立即"整理部队,准备再战"。只字不提"西进淮南"之事了。

这就表明,毛泽东将支持粟裕把苏中战役继续打下去,而不只是限于宣、泰(兴)之战。而对陈毅所坚持的意见,为了照顾情绪,他没有表示可否,只是教他先稳坐一下,"看一看泰兴战斗结果"再做调整。既不伤面子,又支持了应该支持的正确意见。

粟裕收到毛泽东电报,灿然笑了,眼眶也湿润了。他的心里掠过了一句不合时宜的评价,"真乃旷古英主"呀!而对毛主席的知遇之重,他深深地藏在了心底。

宣泰(兴)战役的第一枪是在李默庵十五日常州会议结束后几小时打响的。

李默庵做梦也想不到手里只区区三万多主力的粟裕胆敢主动来碰自己的十二万大军。

李天霞师长刚从常州回到泰州师部,正与帮他用军款向河南倒腾江苏大米的商人牟玉亮密谈两地价格问题,李默庵的电话就打来了。

李天霞生性骄狂,根本不相信苏中共军敢在太岁头上动土。对于李默庵的过分谨慎,打心眼里瞧不起,忍不住无声地嘀咕道:"庸人自扰,胆小如鼠";而对着话筒却说:"司令官不必……"他本欲用"惊慌"这个词,出口时改成了"不必多虑！天霞知道这是共军惯用伎俩，不过是毛泽东教给他们的小玩意'敌驻我扰'而已。小股游杂部队捣乱，掀不起浪头，挠挠痒罢了！"

"灵南兄，"李默庵叫着他的表字，提醒道："不可大意呀！贵师驻防宣家堡、泰兴的是哪两支部队？"

"守泰兴的是五十七团，团长钟雄飞；守宣家堡的是五十六团，团长刘光宇。都属十九旅编制。"

"这两个团怎么样？"

"战斗力很强，一个团可抵共军一个师；两位团长打仗都富有经验，智勇双全，请司令官但放宽心！"

放下电话。李默庵琢磨半晌，猜度粟裕会不会声东击西，攻取他的前敌总指挥部南通呢？越想越害怕，急电已从南通动身北进到白蒲的王铁汉整编四十九师撤回平湖，拱卫南通。

宣泰（兴）战役开始之初，为迷糊李天霞，粟裕的确没投入太多兵力，让李天霞以为是小股部队袭扰，使之保持骄狂情绪。却利用夜幕掩护，不声不响增兵，首先将宣家堡团团围困，然后将泰兴也照此办理。

即使发现共军果真要实取宣、泰（兴），李默庵也在迭电告诫，李天霞也毫不畏惧，依旧在吹嘘，"老子就是不信这个邪！共军打得下宣家堡、泰兴，他们就可以倒背着枪，消消停停踱进南京城了！"

一夜激战，泰兴、宣家堡外围据点全部扫净，只待发起总攻了。

当李默庵终于判断清楚粟裕的主力确在宣、泰之间时，明白并非声东击西，南通不会挨打，复又命令王铁汉整编四十九师再次拔寨北进；同时命李天霞火速派兵救援宣、泰，不得有误。

李天霞这才明白局势已变得不容继续乐观，忙遵命派兵分援两地。

不料两路援兵都在途中受阻。

攻打宣家堡的是陶勇所率第一师。

陶勇用六个团围攻李天霞驻宣家堡的一个团，稳操胜券。为减少伤亡，粟裕吩咐陶勇把总攻放在夜间，从下半夜两点开打。不料一度竟打成胶着。但优劣之势已定，胶着不过短暂而已。到了第三日清晨，陶勇向粟裕报捷，宣家堡守敌大部被歼，只余少部分残敌，正清剿中。

攻打泰兴的是王必成所率第六师。也是用六个团打一个团，稳拿稳打，没有悬念。

王必成动手得早，上半夜九点钟开始。敌人猛闻枪声大作，毫无防备，措手不及，泰兴城内乱成一锅粥。王必成部扫清了外围，逼近城垣。采取步炮轰击、投掷炸药包，将城墙炸开一道五米宽的口子。在几十挺机枪密射掩护下，数千指战员蜂拥冲进城区。双方展开激烈巷战，华中部队一个顶俩，何况实际兵力本来就大于敌人，三个小时就结束了城内战斗。

残敌退往城外一处高坡，负隅顽抗。

获悉粟裕首战告捷的毛泽东十分高兴。他知道整编八十三师是蒋介石五大主力中的主力，电询粟裕歼灭的部队"是否即八十三师？该师消灭多少？尚存多少？"

粟裕复电禀报，"歼敌整编八十三师十九旅的两个团和旅属山炮营、六十三旅的一个营，共计三千余人；缴获山炮十二门，轻重机枪两百一十八挺。尚有残敌不足一千尚在附近凭借地形优势顽抗。"

李默庵也十分急切，打电话询问损失情况。

李天霞也许是为了掩饰自己的无能，只报告他的两个团"吃了一点亏"，只不过"伤及一点皮毛"而已，"并无大碍"；而且此次宣泰战役国军也消灭了"近万共匪"。他只顾吹牛皮，此刻还不知道两个团已基本玩完了，一向心雄万夫的五十七团团长钟雄飞也当了俘虏（后脱逃）。

李默庵误信了李天霞所吹的牛皮，判断攻打宣泰的粟裕部队损失一定不小，不经休整、补充无法继续作战。于是决定照原计划向共区推进。命令王铁汉整编四十九师紧急赶赴战场，充当主攻部队。

王铁汉亲提二十六旅和七十九旅星夜兼程奔袭如皋；整编六十九师九十九旅从泰兴附近前进，协助王铁汉师。李振整编六十五师随后跟进；李天霞整编八十三师之一部向海安方向径直前进——此乃"攻其必救"，以分共军之势。李默庵的基本意图依旧是三路合击，最后在海安合围粟裕主力。

但是，当王铁汉整编四十九师两路迂回，对如皋形成两面夹击态势之际，侧后忽然遭到有力攻击。从枪炮声的密集度、强劲度判断，决非地方部队，定是粟裕主力。王铁汉派出几个侦察小分队绕过战场去遥遥探测。小分队的结论是：确系"数万"主力部队。

李默庵收到王铁汉从战场发回的电报，百思不得其解。那粟裕的野战部队主力难道在宣、泰（兴）间行动的只是其中一部分？然则其总兵力就应达到十万之谱？不可能，绝不可能！那么是攻打宣、泰的那支主力赶到如皋去了？而从地图上看，宣家堡到如皋，直线距离就有一百八十公里。在宣、泰刚打完大仗怎么可能不加休整就再投入作战？即便如此，这么远它也赶不到呀？粟裕官兵不是肉体凡胎吗？

而事实确系如此。

粟裕以四倍兵力将整编四十九师包围了。

原来，宣、泰（兴）战斗还在进行的时候，粟裕就开始推敲预计中的下一步动作了。他觉得，如果战事发展偏离原先预料的轨道，那就必须对原先的整体谋划做适当修订。敌整编六十九师之九十九旅从泰兴以西方向开往如皋，我军可否回头迎击？若回头迎击，我军所占优势是时间充裕，敌军又是远道而来疲困不堪；然而九十九旅由于知道我脱离宣、泰战场的主力距其不远，所以一路探索前进，深恐蹈入包围，警惕性很高，围歼它缺乏突然性，容易打成僵局。那么打径直奔袭如皋的整编四十九师怎么样？敌人这支部队只把注意力放在我如皋少量守军那里，以为我刚打完宣泰战役的主力不经整补无法继续作战，距它又远，所以行动很放心。如果打它，具有突然性，又是从它身后出现，容易一战成功。问题在于我主力刚打罢宣泰战役，损失尽管并非李默庵猜测那么大，指战员疲困亟须休息却是不容讳言的。要保有开打的突然性与意外性，就必须长途奔跑，战士们如何受得了呢！踌躇良久，打四十九师必胜无疑的判断与自己平时抓紧勤苦练兵、科学练兵铸成的部队韧性使他狠了狠心，决定打四十九师。

他用电报给宣泰战役的七纵司令员管文蔚下命令，"率你纵主力火速赶赴如皋，扼守如皋！"

管文蔚正在发烧，得到粟司令员命令，一骨碌从行军床上翻起来。亲率骑兵排，间道奔往如皋。

管文蔚出发不到一个小时，七纵副司令员兼参谋长胡炳云就率领部队登上了粟司令亲自调集的汽艇和木船，轮番驶向如皋。

参谋人员接通了宣家堡十公里外第一师的电话，递上去。粟裕接过电话，说：

"是陶勇吗？我是粟裕。有新任务了……"

刚打完胜仗的陶勇兴致很高。打断对方的话，边打哈哈边说：

"有新任务太好了！司令员怎么说我们就怎么干，保证不折不扣执行！"

"马上转兵东进！一百八十公里，路途远，又要跑步前进！能办到吗？我明白同志们刚打完仗，很疲困，需要……"

"只要能消灭敌人，累点，跑点路，大家都乐意！何况全师刚刚打了牙祭，我们有的是力气！司令员放心好了！"

"好，火速东进！"

参谋人员接通了泰兴城外六师主将王必成的电话。

粟裕说："参谋长已经通知你了吧？对，部队主力立即东移，需要你们跑步前进！时间紧迫，边前进边部署。怎么样，有困难吗？"

王必成回答："接到参谋长电话以后，我们就以最快速度集结部队，现在已经出发了。请司令员放心！"

粟裕说："你要留下一个团，继续打击泰兴残敌。把声势搞大一点，不要吝惜弹药。李默庵不是判断我们的主力还在宣泰一线吗？那我们就帮助他坚定这个判断吧！明白了吗？必成同志。"

"报告司令员，完全明白！"

那是个月黑之夜。

宣家堡、泰兴一带枪炮声大作，喊杀之声震天。制造这个效果的，除了王必成留下的那个团，还有支前的一千多老百姓。

而华中野战军主力各师各纵队已有序东移，衔枚疾进，奔赴新的战场。师、旅、团、营、连，各级作战会议都是在行军路上召开的。用不着进行战前动员，大家刚打完胜仗，缴获颇丰，锐气正盛呢。

国军整编四十九师师长王铁汉刚接到李默庵命令的时候，庆幸自己得到了个便宜活：共军尚在宣泰纠缠，那里距如皋一百八十公里。自己去夺如皋，等于拣了个软柿子。一不怕城内守军（只一个营的地方部队），二不担心粟裕主力增援。这样的便宜哪里去找啊。

七月十七日，整编四十九师的右路部队抵达如皋以东鬼头街、田肚里，左路部队抵达如皋以南宋家桥、杨花桥。王铁汉盘算如皋城内一个营共军用不着认真打，一个冲锋也就解决了。命令左右两路部队从东、南两个方向攻城。不料，他还来不及动手，两支部队的屁股后面突然遭到了猛烈打击。他大为惊诧，急忙命令转身迎敌。打了一个小时，才发现自己居然被粟裕大军三面包围了。

原来，粟军七纵早已先于他们赶到，进入城内埋伏。待王必成、陶勇两个师打响，便杀出城区，与王、陶两师共同构成了对敌人的包围。

鬼头街的战斗很快就结束了。第二十六旅被歼，第四十九师师部全部被俘——后来王铁汉在战俘营里脱逃。

整编四十九师的七十九旅凭借宋家桥有利地形，负隅顽抗，坚守未垮。旅长见师部通讯中断，明白不妙，用电台直接向绥靖区司令部呼号。

李默庵命令已在路上的整编四十九师的一〇五旅、整编八十三师、整编六十三师加快行军速度，开赴战场救援。

见敌人援兵即将大批来到，粟裕见好就收，下令脱离战场，向如皋以北撤退。

战后统计，此战歼灭敌整编四十九师的一个半旅，连同阻击战消灭的敌人，共计歼敌一万三千六百一十二人，俘虏将校以下官兵六千多人，缴获枪炮弹药、物资多如山积。加上宣泰战役毙、伤、俘的敌军，总共超过两万人。粟部付出代价也不小，伤亡四千六百七十一人，其中阵亡为一千五百三十五人。

李默庵吁了一口气，喜上眉梢。虽然受了"一些"损失，毕竟"击溃"了共军，占领了如皋。

参谋总长陈诚亲临南通前敌指挥部祝捷，向李默庵以下十来位军官授勋。然后共同策划攻取粟裕老巢海安的计划。

海安东临大海，西通扬州、泰州，南靠长江，北与盐城、阜宁接壤；纵横南北与东西的三条公路、两条河流在这里交汇。显然是个兵家必争的咽喉要地。蒋介石、陈诚意在海安，决心夺取。这不只是为了端掉粟裕的司令部，也是企图占领海安后，可从泰州经姜堰、海安、李堡直至海边形成一道封锁线，确保长江下游通道，巩固对苏中的占领，以利进一步用兵苏北，彻底消灭苏皖共军。

陈诚在中、高级军官动员会上讲，除了你们现存的十万人马（不再是十二万了！），早就给你们预备在江南的第二梯队现已增至六个整编师共十二万人马近日将渡江北进，配合你们攻取海安、扫平苏北。拿下了海安，总裁将论功行赏。

敌军已增至二十多万，粟部仍只三万——数千俘虏兵送到苏北进行阶级教育，不可能短期内补充部队。对海安是固守还是放弃，粟裕早就成竹在胸。但他不愿独断专行，决定先向华中分局、华中军区汇报，以求形成统一意见。

华中分局、华中军区诸公充分信赖粟裕，认可了他的战略思路：海安是守不住的，迟放弃不如早放弃。保住我军有生力量和掌握战争主动权应该是第一位的。

粟裕指出，"毛主席常常告诫我们，战争的胜败，决定于双方的人力、物力、财力消长对比，特别是人民站在哪一边，哪一边就会最后获胜；而不在于一城一地的得失。"所以，在海安实施运动防御，尔后主动撤离，创造新的战机，这应该是符合当前战局实际的方略。

他的具体部署是第七纵队负责防守海安，起牵制作用，同时消耗敌人兵力；主力部队在解放区人民掩护下，乘机在附近隐蔽休整，以待战机出现。

华中分局将这一决定上报中央和华东局。

已回到华东的饶漱石复电支持。

中央复电同意。

第十章

一

覃正侯刚刚走进办公室，坐下，劳春亮就进来找他来了。

劳春亮笑嘻嘻的。弯下腰，两只手肘撑着办公桌，小声说：

"今天晚上没安排吧？一块儿到上海去！"

覃正侯听了，愣了一下。往椅背上一靠，困惑地瞅着他。忽然省悟到今天是星期六，自责地拍了一下脑门，叹道：

"啊，又到周末了！"

"你老兄只知道勤劳王事，连日子都不省了！"劳春亮嘲笑道。旋又追问，"怎么样，有空一块儿去吗？"

覃正侯想了一想，飘萍最近没有音讯，他自己一人吃饱全家不饿，能有什么私事呢。单独过周末周日，时间也难打发。于是就答应了。

窗户边坐着的孟淑贤见劳春亮诡谲的样子，两人说话的声音也很小，有些好奇，问道：

"劳科长，"劳春亮最近荣任总长办公厅第一科的科长。"有什么好事，大声一点，让部下分享呀！"

覃正侯瞧也不瞧孟淑贤，依旧背靠椅背，面无表情。

劳春亮是个出名的登徒子，马上直起腰来，转身向着孟淑贤，笑嘻嘻说：

"我和覃科长正商量邀请孟小姐一块儿去上海呢！怎么样，孟小姐，肯赏光吗？"

"啊呀，到上海过周末，好得很呀！可是，不巧得很，今天早上有朋友已经约好了我。对不起呀，劳科长！"

劳春亮悻悻然挥了一下手，夸张地叹道："我知道孟小姐是不会赏光的！也难怪，跟着两个大男人出去玩，不安全呀！"

孟淑贤打起了哈哈。"劳科长真会开玩笑！都是我的上司，父兄一样的人，除了保护我，还能有什么呢？"

彼此开了一阵玩笑也就息台了。

劳春亮老家有千亩良田由母亲经营着，父亲又在上海主持一家中型贸易公司，所以他花钱很阔绰；加上又是总部官员，牌子亮，所以各方面朋友多，没有办不到的事。打了个电话就订妥了午后一点钟去上海的火车票，还是两席的包厢。

劳春亮教覃正侯不必吃午饭，到火车上吃去。包厢客人叫菜，什么都有。

中午十二点半，两人到了火车站，登车，安顿下来。

劳春亮穿一套米白色西装，结一条浅鼻烟色领带，白色皮鞋；覃正侯穿得简单，一袭天青色丝质长袍，黑色皮鞋。

果然，刚刚坐稳，点燃了香烟，就有一位面容娇好的女乘务员敲门进来，媚笑着说中午了，两位先生用餐吗？

两人各点了几样菜，要了一坛黄酒。

火车出了南京站，逐渐加速，以六十公里的时速奔驰起来。窗外是长江下游平原，又叫长江三角洲。人说江南颇多美丽的小山小水；而这一带却地势平坦，少有起伏，更不必说山了。水却很多，且不说浩浩荡荡的长江，仅是车窗外远远近近一掠而过的小河小渠和湖泊堰塘就多得令人目不暇接。那些湖塘河渠，这个季节都丰沛甚至满溢，也都是碧蓝有如晴空，往往掩映在色彩缤纷的花树丛中，或者穿越绿色云团一样的大片森林，露出蓝光闪闪玉带般的一段（河流）、蓝宝石般的一角（湖塘）。敞开的车窗不时飘进来原野的味道。那是江南所特有的：有时是沁人心脾的花香，有时是树叶略有些醉人的腥味，以及田间陇头农作物与没膝的花草混合的味道。

覃正侯端着一杯黄酒，眼望窗外不断掠过、变幻万端的景物，感慨地吟哦道：

"春水碧于天，画船听雨眠；垆边人似月，皓腕凝霜雪。未老莫还乡，还乡须断肠！"

劳春亮没什么文化修养，不懂诗词歌赋，当然不会知道这个是晚唐韦庄的词作《菩萨蛮》；以为是覃正侯即兴之作。嘲笑道：

"老兄真不该从军，做个诗人恐怕更适合老兄的秉性！"

"兵荒马乱，何以诗为！"覃正侯喃喃自语，将杯中黄酒一饮而尽，然后喟然长叹一声。

劳春亮笑嘻嘻瞅了瞅他，感觉这人的愁绪来得莫名其妙，真是个书呆子啊，便说：

"兵荒马乱怪谁呢？还不是怪共产党逞兵作乱！不然现在的日子就安宁得多了！"

覃正侯乜视他一下，嚼着刚送进嘴巴的油炸凤尾鱼。过了一会儿，微微冷笑道：

"这个世道，没有共产党也太平不了！"

"为什么？"劳春亮将一片酱牛肉送进嘴巴，边嚼边说话。

"江浙一带鱼米之乡，丰收之年农民也没有饭吃，卖儿卖女的事并不少见！能太平得了？"

劳春亮点了点头，"说得也对！全国各地盗贼蜂起，确实就因为饿肚皮的人太多了。这个问题不解决，就等于什么问题也没解决！"

"你老兄这话算是说对了！但是我要告诉你，这个问题我们国民党可解决不了——永远也解决不了！"

"为什么这样说？"

"想一想吧，党政军警大小官员家里是干什么的？不是地主就是工厂主或者什么公司的股东，你能去均他们的贫富吗？连蒋总裁也不敢动这个念头！以你老兄为例说一说吧。令堂大人在老家掌管的一千多亩良田，如果蒋总裁为了均贫富要强行分给农民，你老兄会怎么办？你不提着枪去把总裁毙了才怪！"

劳春亮笑了，"我哪有那么大胆子？也没那个能耐呀！"

覃正侯冷笑道："你不屈指算一下，国军军官像你老兄这样背景的人有多少？成千上万呀！你们的力量有多大？其实你们就是党国的基石。蒋总裁敢动你们的后院吗？他不敢！"

劳春亮默然。他脑袋里出现了一团混乱的思绪。

"城市的饥饿状况更严重，没有了粮食的市民，连野草树叶都找不到！请看看一会儿我们就要到达的上海吧：法币一贬再贬，而米价却直线上升。一名中学教师一个月的收入只够买一斗米；大学教授多一点，可以买两斗米。这一类社会的脸面人物或许暂时尚有果腹之物；而米价上升的势头方兴未艾，几个月之后不知道会升成什么样子！"

这话引起了劳春亮的一个联想。他放下杯筷，说：

"说到米价，你老兄知不知道最近为了平抑米价上海发生了一件大事？"

"平抑米价？哼，谁平抑得了我们封他做神仙！"

"你老兄说得太对了，闹腾了一阵，结果什么也没解决！"

"啊？说来听听，是何等样不晓事的家伙，敢去平抑米价？"

劳春亮微微瘪着嘴，一副似笑非笑的神情，没马上搭腔。将烟盒打开，让对方取了一支，自己也抽出一支。点燃烟，吸了一口，这才说：

"平抑米价只是个由头，或者说是较量的开始——实质上是两种势力在斗法！"

"两种势力？"

"对，台面上是杜月笙与宣铁吾在斗法。杜月笙背后是一些党国的权要，包括上海市长钱大钧、中央执委张群、军队显要汤恩伯、西北王胡宗南，至于尸骨未寒的戴笠那简直就是杜的莫逆之交。这些人腰包内的金子银子都是杜月笙在代为打理生利；有些人自己就有公司，而货源、买家则是杜月笙在牵线搭桥。杜月笙

大逆底

与他们可以说是打断骨头连着筋的血肉关系。宣铁吾的后台没有那么多,只一个,那就是蒋经国。当然,只这一个足够了!说到老宣与蒋大公子的交情那可就源远流长了……"

宣铁吾是浙江诸暨人,早年丧母,由当裁缝的父亲抚养长大。由于家道贫寒,青少年时代受到共产党员陈兆龙、张秋人影响,加入了中共。一九二四年中共推荐,考入黄埔军校第一期。不久黄埔生中产生了两个组织:一个是"左"倾的"青年军人革命同志会",另一个是右倾的"三民主义革命同志会"。宣铁吾察觉蒋介石校长是后者的后台,由是脱离共产党从而加入了后者。后来又受到陈诚的推荐,宣铁吾进了蒋校长办公机构,充当了一名侍卫,再后来又升为副侍卫长。在黄埔这段时期,宣铁吾与蒋经国私交由浅入深,终至亲如手足。直到一九二五年蒋经国奉父命赴苏联学习,两人才分手,但一直书信不断。

抗战时中苏关系逐渐改善,蒋经国遂回国"参加抗战"。蒋介石对此一喜一忧。喜的是父子终于团聚了;经国是个有才干的孩子,自己的事业后继有人。忧的是经国受赤化影响太深,回国伊始居然还天真地建议在中国试行社会主义公有制,劝父亲扶助农工,打倒地主、资本家。弄得蒋介石哭笑不得。他明白,不下功夫清除儿子头脑中的赤色影响,自己的事业纵有儿子也必将后继无人。

必须对经国强行洗脑。

他选定了两个人做这一工作:马公愚和宣铁吾。

一位负责用国学与传统伦理去挤占赤化的位置;一位用少年友情去唤醒其乡恋情结。

那时浙东尚未沦陷,蒋经国在奉化溪口旧宅读父亲选定的书,由马公愚讲授《曾文正公全集》。

宣铁吾经常往访,不断谈及少年时代两人交往的趣事,以及乃父对他的思念——其中自然不乏宣铁吾随口的虚构或渲染。往往从黄昏时谈起,消夜后继续谈,而不知东方之既白。那时宣铁吾是浙江省中将保安副司令,因"伴读"与"劝导"有功,很快就在中将保安副司令之外又兼九十一军军长、三青团浙江省筹备主任。这反过来又更进一步深化了宣铁吾与蒋经国的关系。蒋氏父子对宣铁吾的信任逐年加深。其实在宣铁吾奉命"劝导"蒋经国的过程中,蒋经国对他也有一定影响。两人对中国的社会改造看法渐趋一致,即只有打倒封建主义恶势力,国民党的天下才可以巩固。

在接管上海前,蒋介石内定钱大钧出任市长兼淞沪警备司令。

当时吴铁城和戴笠都推荐了警察局长人选;钱大钧也开列了一份名单请蒋介石选择。

蒋介石对上海各局人选都无异议；唯有警察局长一职，毫不踌躇就将吴铁城、钱大钧、戴笠的推荐名单置于一旁，钦点宣铁吾出任。

这么一来，大家真正感觉到了宣铁吾的分量。

蒋介石这样安排的原因，在蒋经国身上。蒋经国向他禀报，各路接收大员以及军统、中统在接收上海敌伪财产过程中贪腐之风呈席卷之势，各方巨枭朋比为奸，查不胜查。必须要有一两位清廉而具铁腕的人，才有希望澄清局面。由是向蒋介石举荐了宣铁吾。

宣铁吾上任伊始，也照旧呼朋引类，任用了一些自己的亲信、至交。如奥地利留学生、法学博士俞叔平出任副局长，方志超、徐旭分别担任人事处长和行政处长；戴笠几次登门以"赏给军统编余人员一口饭吃"为名请求安置自己的人。为了敷衍面子，宣铁吾也将一些不要紧的位置给了军统人员。

宣铁吾在上海对新闻界的第一个讲话是"不搞劫收，整顿风气"；特别提出不准存在"隐形政府"，矛头直指杜月笙的青帮。

后来蒋介石又教钱大钧辞去兼任的淞沪警备司令职，让宣铁吾兼任。这让杜月笙越来越感到不安了，决心下大功夫，好好笼络这位"太子党"的头面人物。

杜月笙二十年前协助蒋介石发动"四一二"政变有功，本指望借以染指政界，跻身高位。而蒋介石既成正果，对自己曾经待过的花果山却颇存疑虑，认为毕竟是非政府势力，不可任用。杜月笙心灰意冷之余，仍觉得不挤进政界，只凭自己手上现有的民间势力成不了大气候。抗战军兴，他等来了又一次机会。戴笠奉命组织"总动员委员会""苏浙行动委员会"。杜月笙慷慨解囊，捐助德造轻武器"快慢机"① 五千支。戴笠请得蒋介石俯允，在自己担任主委的"苏浙行动委员会"给了杜月笙一个委员的名义，同时任命杜月笙门徒陆京士、水祥云为支队长。抗战胜利，军统分子"五子登科"，在上海大发劫收横财，也不无杜月笙影子。

火车在镇江停下来，上客下客；包厢这一节没啥动静，大都是去上海度周末的有钱人或者有资格花公款的官员。

劳春亮嘀咕了一句这车子怎么这么慢，随手把吸剩的烟蒂扔出窗外。用侍者送来的湿毛巾擦了擦手，从盘子里拈了一块酱鸭肉。覃正侯听他讲宣、杜"斗法"正入港，抱怨地瞧着他停讲后的一系列动作，皱眉道：

"你讲了半天，这'斗法'也只闻其声不见其事！你老兄这个叫作'盘马弯弓故不发'吧？"

"嘿，你说对了！"劳春亮放下鸭骨头，指了一下覃正侯。"确实是'盘马弯

---

① 可以连发又可点射的驳壳枪。

弓故不发'！不过不是区区在下，而是宣铁吾！"

覃正侯将一颗已从盘子里拈出的油炸花生米复又放回盘里，饶有兴味地瞅着对方，问道：

"啊？此话……怎么讲？"

而劳春亮的"盘马弯弓"动作却尚未做完呢。他款款端起杯子，将半杯黄酒一饮而尽，啧啧赞叹确是好酒呀。然后才说："好故事要慢慢讲、慢慢听，你老兄着什么急呀！匆匆忙忙讲完了，下半截路你又听什么呢？"边说还边戏谑地笑嘻嘻瞅了一下对方。

"好，好好，我服了你了！"覃正侯哭笑不得，无可奈何地摇了摇头。

车子启动，缓缓出站，逐次加速。大片花红叶绿的树林又出现的时候，劳春亮的故事又继续展开。

以下既有劳春亮的叙述，也有笔者依据历史真相所做的校正和补充。

二

钱大钧那么高的资格，做上海市长的兴趣不浓。所以很少理政，却让一个年轻、资历浅的吴绍澍替他主持日常工作。

抗战后期，上海地下市党部为吴绍澍负责；抗战胜利后，以有功之臣而身兼数职：东南军政特派员、上海市副市长、上海三青团主委、上海市教育局长、上海市社会局长、《正言报》[①]社长。

吴绍澍年轻气盛，很想有一番作为，决心将黑白两道皆通的杜月笙及其帮会打压下去，以整肃社会风气。

对这位初出茅庐的政界新星，杜月笙及其智囊团根本不放在眼里。除了政界大佬撑腰，杜月笙集团本身有雄厚的财力垫底；还有他们所掌控的黄色工会，就人数而言，虽然与红色工会相比"弗如远甚"，但掀起风潮还是办得到的。杜月笙想要让抗战前期做过地下市党部负责人的吴开先取吴绍澍的社会局长职而代之，与黄色工会总头目陆京士构成珠璧之合，以控制上海工运。所以，吴绍澍兼任社会局长不久，杜月笙就唆使黄色工会以"改善工人生活"为借口，闹起罢工、游行示威，一度阻断了全市交通，封闭了市政府大门。风潮汹涌了半个月，惊动了蒋介石。军统、中统也上书予以谴责。蒋介石指摘吴绍澍"少不更事"，不宜执掌方面大权，将其撤掉所有政府职务，只保留了《正言报》社长的闲差。

蒋经国和宣铁吾尽管袖手旁观，却更加深了对杜月笙集团的反感。认为继续

[①] 上海市政府机关报。

纵容下去，杜月笙的黑手就会实际掌控上海的党政大权了。

蒋经国嘱咐宣铁吾，一定要扳倒杜月笙。鼓励他不必畏惧，出了事我给你老兄兜着。

推倒了吴绍澍，杜月笙的实力又扩大了许多，牢牢控制了上海所有的地下钱庄和一半银行，以及棉纺业、轮船业、黄色工会。而杜月笙公开的头衔始终只是中汇银行董事长、"恒社"社长。后者即系以社会团体面目出现的青帮组织。

米价飞涨和法币大贬值是一个巴掌的两面。推高上海米价的幕后黑手正是杜月笙恒社的总管万墨林。上海老百姓对这个人恨之入骨，呼为米蛀虫。宣铁吾琢磨，收拾了此人，能得民众拥护，又一拳打在杜月笙心窝上，合算。

万墨林其人乃是杜月笙首席亲信，日伪时期留在上海替杜月笙看管家产，胜利后以地下抗战志士自居。杜月笙回到上海，万墨林更红得发紫，升任为"米业公会理事长"，直接操纵上海的粮价。

岂止是米价，几乎一切物品都在飞涨。小百姓已无法生活下去了，因此工潮、学潮频起，连商店也闹起了罢市。

宣铁吾认为这都源于杜月笙黑恶势力垄断物品哄抬市价所造成的。这更坚定了他扫黑打杜的决心，加快了他向杜月笙射出第一箭的行动。

淞沪警备司令部位于苏州河畔的河滨大桥。宣铁吾下手令逮捕万墨林，关押在警司的七楼看守所。

有人问为什么不按常规关在警察局，然后交法院审判？

他冷笑一下，并不回答。心里的算盘是法院审判能判几年呢；何况杜月笙势力在上海盘根错节，又如水银泻地无孔不入，说不定法院院长早就成了他们的爪牙了；如果采取军法从事，那就容易得多，本司令想怎么"从事"就怎么"从事"。

全上海的日报、早报、晚报以及形形色色的小报都在头版头条位置刊出了这则消息；有的报纸还赞赏为革命行动。青帮横行上海多年，无人敢动，如今宣司令出手不凡，看来海晏河清之日可待矣。那些对工人敲骨吸髓的剥削丝毫不逊及杜月笙集团的企业主，其高兴程度远远超过普通小市民，他们比小市民更需要一个合法竞争的社会环境。

两天后，宣铁吾召开记者招待会，向公众解释这次行动。他说："万墨林有黑恶势力作后台，囤积居奇，操纵米价，弄得民不聊生。政府决定以军法从严惩办，绝不姑息！"

这对杜月笙来说，无疑是沉重打击。

杜月笙派人给宣司令送去花旗银行五百万美元存折，被断然掷回。还受到警告，若再如此，将以贿赂军政人员罪惩办。杜月笙急得成了热锅上的蚂蚁，到处托人去宣铁吾那里缓颊。钱大钧、张群、张治中陆续以上司或前辈资格打电话说情，全部遭到宣铁吾拒绝。宣铁吾成了个油盐不进的家伙。

杜集团哪里受过这样的气。陆京士认为必须进行回击，不能让宣铁吾太猖狂了。

于是，他们发动各业公会以罢市相威胁、黄色工会以大游行相威胁，要求释放万墨林。宣称万墨林无罪。说米价上涨，是产地粮食被共产党所控制，运不出来；与米业公会无关。要求若军方不释放万墨林，则应移送司法机关仲裁。

宣铁吾毫不退让，针对杜集团放出的那些言论，宣称"治乱世须用重典，政府为民除害，杀一儆百，责无旁贷"。

杜月笙听出，万墨林有杀头的危险。急得在家中团团转，束手无策。

"智囊团"出了个主意，先设法办个"保外就医"，保住万墨林的命。再徐图大事化小，小事化了。

杜月笙觉得这实在算不得好办法；但也是实在拿不出别的好办法，只好采纳了。

杜月笙有个门徒，名叫陶建芳，黄埔六期生，曾任浙江保安司令部第六团团长、挺进第三纵队副司令，是宣铁吾过去的部下，关系也很好。杜月笙托他去找宣铁吾求办保外就医手续。

陶建芳不敢直接去找宣铁吾，沉吟半晌，决定从侧翼进攻。一个深夜，他坐着杜月笙为此事提供的专车，到郑重为家里。

郑重为是警司秘书长，也是宣铁吾的亲信。

陶建芳首先送上五千银圆的支票，传达了杜月笙的拜托之意。说万墨林有心脏病和高血压，要求先去看守所探视一下。

郑重为满口答应。亲自领陶建芳去了看守所。

陶建芳向万墨林转达了杜月笙的关心；称正在设法营救，教万墨林什么也不要招认。

后来，杜月笙又在陶建芳陪同下秘密造访郑重为。杜月笙另外送上去五千银元支票，许诺事成之后另有重谢。

郑重为给杜月笙想了个办法，教他派人去收买警司医务所所长冯宁坚。如果那所长能出具病危证明书，我们这里就有办法可想了。

不过就是花点钱的事，这对杜月笙也就是小菜一碟。

两天以后，医务所果然开具了万墨林病危的报告。

郑重为亲自去看守所给万墨林办了个交保就医，要求随传随到。

事情办妥后，杜月笙又送上五万银圆酬金。

事后郑重为才去向宣铁吾禀报。

宣铁吾大为恼怒,把郑重为骂了个狗血喷头。骂完,立即传医务所冯所长来查核。

那冯所长早有心理准备,一口咬定"万墨林确系病危,若不尽快就医,必死在看守所"。

宣铁吾半信半疑。也无可奈何,明白即使万系假病,此时派人追捕一定不会有结果。只好长叹一声,向外界宣告"万墨林交保就医,并非无罪释放"云云。

万墨林事件烟消云散以后,米价照样狂涨。对此,宣铁吾也唯有长叹而已,但打倒杜月笙的意志并未动摇。

交手的这第一招,虽然杜月笙获胜了,但却是险胜。

覃正侯夹了一筷清蒸鲈鱼送进嘴里,细细品味。吞咽下去之后,说:

"依我说呀,险胜也算不得,只能说躲过了致命的一拳!而且总管被抓,还差点问斩,杜月笙在上海算是颜面尽失了吧?"

劳春亮喝了一口黄酒,正要答话,侍者敲门,进来送热毛巾。两人各取了一条,擦了一把脸。劳春亮这才说:

"你纠正得对,确实是颜面尽失!从那时以后,明白惹不起,杜月笙也顾不得颜面了,千方百计邀好宣铁吾。宣铁吾仗恃后台硬,拒绝接招;到处放话不铲除上海黑恶势力决不罢休!弄得杜月笙惶惶不可终日,拿他毫无办法!"

覃正侯端着酒杯,若有所思,说:

"我听说……宣铁吾和杜月笙好像发生了一场什么纠葛,杜月笙拍宣铁吾马屁,拍到了马蹄上了?"

劳春亮愣了一下,片刻间就想了起来,伸出手指虚戳了一下对方,说:

"对,京剧晚会!"

杜月笙是个酷爱京戏的人,和京剧界关系很好。为了一个什么活动,要在上海最大的剧场——中国大戏院,唱两天戏。一时名角云集,轰动全国。

宣铁吾也是个京戏迷,只要是名角,没有不去看的;他的如夫人就曾经是个京戏演员,二十岁刚出头。虽然离开舞台两年了,仍不忘此道,强烈要求他带她去看戏。

就像瞌睡之际有人送来枕头,杜月笙托军队中有面子的人送来两份请柬。

如夫人喜不自胜,见请柬上的座位是第二排正中。

宣铁吾不由分说,从如夫人手中抓过请柬,教来人原封奉还杜月笙,明确表示鸟兽不可同群。

而如此名角荟萃,戏是不能不看的。宣铁吾派人秘密搞到了两张招待券,座位在第七排。到时候穿一套西服,戴一顶礼帽,架一副茶色眼镜,悄悄挎着如夫人进入剧场。

坐定之后,如夫人见前面第二排正中的两个座位空着,此外会场已是座无虚席了。

宣铁吾顺着如夫人的手指掠了两个空座位一眼,明白这是示意他,在下杜某要交你这个朋友是交定了。

全场军警宪特的头面人物都把注意力放在照耀如同白昼的舞台上。一时也没人发现宣司令在场。

这晚演的大戏《锦囊机密》,唱念做打都极考功夫,而台上都是名角,又都知道是杜公馆的晚会,真个是一丝不苟,超凡脱俗,集一时之盛。

宣铁吾看得十分入迷,还忍不住跟着舞台上悄声哼了起来。

如夫人瞅了瞅他,抿嘴一笑,将朱唇凑近他耳根说:鸭公叫一样,快闭嘴吧。

说时迟,那时快,剧场天花板上一大团石灰脱落下来,如夫人尚未说完最后一个字,就掉落在他们前排椅背上。吓得如夫人尖叫一声。

这一下完了,全场目光都投向了他俩。

宣铁吾赶紧把礼帽扣上,压着眉棱骨,拉起如夫人就往外走。

这时场内的人仍未认出仓皇出逃的男女是谁。

走出大门,站岗的军警宪特和青帮中人这才认出是宣司令,但大家面面相觑,不敢追赶。闻讯追出来的杜月笙望着宣司令座车的尾烟,也目瞪口呆,不知如何是好。

次日一早杜月笙登门道歉,表示已设便宴为宣司令压惊;当晚的《烈火扬州》一定要请宣司令光临。

宣铁吾一口拒绝,断然命人送客,不容回旋余地。

三

火车慢了下来,缓缓进站。此刻已近黄昏。

覃正侯与劳春亮各自拎包下车了。

他们所谈论的宣、杜较量到此似乎告一段落了。但其实并未结束,一年多以后这个较量在蒋经国推动下达到了高潮。此系后话。容以后再叙。

劳春亮在火车站外招来两辆黄包车,两人坐上去。劳春亮说了个地址,两个车夫一前一后跑了起来。

劳春亮父亲的宅邸在云阳路,是一座花园洋房。

覃正侯主张去住旅馆,自由自在一些,免得在劳父面前拘谨。

劳春亮为了显示自家房子阔绰、家里生活的舒适,以省几个钱为由,硬要拉他去家里下榻。

　　还好，劳父是个随和的人，一副乐呵呵的嘴脸，并不干预他们的行动。一起吃了晚餐，喝了餐后茶，就叫劳春亮"陪客人出去玩玩，不可怠慢了"。

　　出了大门，他们叫了两辆黄包车，往百乐门方向去了。

　　上海市的中心区，也就是中外布尔乔亚夜生活的区域，灯火辉煌，如同白昼、他们经过静安寺路中段的时候，有一个人在人行道上挥手大声呼叫覃正侯的名字。

　　覃正侯赶快叫两个车夫停下来。

　　他下得车来，那人也跑到了跟前。这才认出是表弟邱连升。

　　劳春亮见那哥俩高兴的劲头，意识到百乐门去不成了。心里不悦。为了礼貌，也只好下车来应酬。

　　覃正侯看出了劳春亮的情绪，便抱歉地说久不见表弟，须叙叙家常，只好失陪，劳兄一个人去百乐门玩好吗？

　　劳春亮只好怏怏地说也行，也行。拱手作别。

　　覃正侯就近带表弟进了一家茶楼，要了个包间坐下。

　　这个表弟三十岁出头，穿一套浅蓝色丝质长袍；模样不大好恭维，獐头鼠目，满口黄牙七差八拐很欠整齐。哥俩上次是在三年前见过了。那时表弟在跑生意，把共区的土特产倒腾到宁沪一带卖，又把宁沪的工业品和医药运到共区。是个红白两方都有门路的人物。

　　各自端起茶碗品了一口，吃了佐茶的花生糕。覃正侯打量了他一下，笑嘻嘻叫着他的表字问道：

　　"雾松，这几年生意可好？赚了不少吧？"

　　"钱确实赚了一些，不过最大的收获还不是这个！"

　　"啊？那……那是什么？"

　　"国共双方都交了不少的朋友，都是缓急之间可以帮大忙的；也就是说以后不论哪方面胜了，都有小弟一碗饭吃！哈哈哈……"

　　"难道你以为共产党以后还有占据秋风的可能？"覃正侯诘问道，旋又笑着摇了摇头。故意说："我们现在的地盘十倍于共区，江南、广东等财赋之区也在政府手里；国军总兵力是共军的五倍，而且得到美国支持，已装备了二十个美械整编师，美国还将陆续装备一百个整编师。共产党获胜，毫无可能！"

　　邱连升笑了笑，没马上说话。从一巨型烟盒里拈出两支装潢精美的雪茄，撕开封口，递一支给表哥。用打火机给他点燃。这才一边给自己点烟一边说：

　　"小弟近年来两边跑，长了不少见识，懂得了政治、军事上一些小道理。以小弟现在了解到的情况看，国民政府要打败共产党，我看很难！"

"为什么？说来听听。"

"人心向背，是立国的根本，这个道理连古人都是认同的！现在政府民心尽失，已经是不争的事实；官民关系势同水火，这是瞎子也看得出来的！这样的政府要想长治久安，可能吗？"

"你说的这个，我不否认，确实都是事实；但是共产党未必就会揽尽天下人之心吧？"

"大哥说得对！在国民政府控制的区域，人们确实不太了解共产党，当然也就谈不上民心向背的问题；但是有一个现象请勿忽视：共产党的地盘拓展到了哪里，哪里的老百姓就会像着了魔似的，从此就把共产党当成了自己的亲人！"

邱连升说的道理，覃正侯哪会不懂呢。他依旧装作懵懂的样子，问道：

"有这等事？太奇怪了！那你说，是什么原因呢？"

"他们的官场和军队，绝没有国民政府这边的贪污腐败、卖官鬻爵、贿赂公行，也从来不会动辄出动警察对付老百姓；更重要的是他们把对老百姓的关怀落实到了具体物质上，那就是现在正实行的土改政策。想一想吧，占中国人口九成以上的农民获得了土地，将会如何发疯一样的支持共产党！大哥，这可怕不可怕？哈哈哈……"

毛泽东曾在延安向苏共代表米高扬陈述一个观点：中国的产业工人数量很少，所以作为革命的领导阶级的中国工人阶级无法承担主力军的任务；而占中国人口九成以上的农民，生存条件最恶劣，政治和经济地位最卑微，他们和工人阶级一样最渴望革命。所以，中国农民是实现布尔什维克社会理想的中坚力量。

一九四六年，有外国记者问毛泽东，国共战争他有多大取胜把握。

毛泽东在回答中几乎没有提到过战略战术问题，却说"那就要看我们的土改完成得好不好。蒋介石是注定要失败的"，因为他党政军官员中三分之二以上都有地主家庭背景，所以他不得不"反对农民的土地要求。如果我们能够解决土地问题，我们就一定会胜利"。在中国这片土地上，赢得农民认同的最有效办法就是土改。历史上任何一次农民大起义几乎都与土地占有问题有着直接的和根本的关系。土地对于亿万穷苦农民来说是生存问题，"他们起来闹革命不是为了改善生活，而是为了能活下去"。对于农民与土地的关系，毛泽东有着比任何人都深刻的理解。

毛泽东在以往的二十多年，为中国革命创造了解决土地问题的几种政策：

红军时期：强行没收地主土地，分配给农民。这多少有一些列宁当政初期的影子。

抗战时期：为了有利于团结抗日，体现民族矛盾上升为主要矛盾，阶级矛盾下降为次要矛盾，采取了较为温和的减租减息，也就是不再剥夺地主的土地。

抗战胜利后：随着阶级矛盾逐渐上升为主要矛盾，毛泽东随即制定了新的土地政策，即对于同情革命的少数地主，采取赎买土地的办法，对于普通地主则仍采取没收办法，将这些土地分配给农民；同时承认地主、富农的权利，分给他们与农民一样的土地。当然，对于反对土改的地主，轻者训诫，重者法办。

西方记者（《泰晤士报》）斯尼尔逊到山东访问，饶漱石特批他可以自由决定自己的去向与采访对象。

斯尼尔逊后来对那里的农民这样写道："古老的木犁翻过来潮湿的泥土，背上那支旧步枪带子上镀铬的扣子，在阳光照射下闪闪发光。他们的脸上已经没有了一千多年来的痛苦与忧愁，代之出现的是欢颜与对未来的憧憬。"

美国女记者格兰姆向山东解放区六十八位翻身农民询问同一个问题："你不怕国军回来收回你的土地吗？"

得到的回答当然不完全一样，而意思却十分相近："我们有自己的军队，国民党回来不了；即便他们回来了，我们会像对付日本鬼子那样赶走他们！"

在林彪主持下，中共中央东北局召开了一次与土改息息相关的会议。

这是讨论撤退到松花江以后，党如何在东北站住脚从而壮大力量的历史性会议。

对毛泽东的土地思想有着深刻理解的林彪指出，当前工作的重心不是进攻，而是巩固现有的根据地。而巩固根据地的关键就是充分发动农民群众，让穷苦农民掌握乡村、县级政权，使东北自卫战争成为广大人民自觉参加的战争。而要做到这点，首先就是进行土地改革，并使农民相信土改的不可战胜性。

为了土改，东北的布尔什维克冒着透骨的严寒和遮天蔽日的大雪，进入到无法挡风避寒的茅草屋，坐到那些毫无热气的炕头，用最通俗的语言向赤贫的农民讲述阶级与阶级剥削，讲述人人平等首先是经济上的平等否则一切都是空谈，讲述必须用革命手段夺回本来就应该属于他们的东西那就是土地。

发动起来了的农民，追随共产党把大地主从高墙深院中揪出来，推上审判台，让他们接受苦难的农民的控诉。哪一户穷人没有一本血泪史啊，闸门一经打开，就一发不可收拾：卖儿鬻女、草菅人命、逼良为娼，种种旧中国的罪恶全部被揭发出来。这些罪恶无一不与土地的占有相关。

当肥得流油的黑土地回到它本来的主人手中时，他们支持革命的热情形成了任何东西也无法阻遏的暴风骤雨①。

后来的事实证明，土改的彻底胜利，对东北解放战争的胜利起到了最根本的作用。毛泽东指出，"所谓人民大众主要的就是农民。忘记了农民就没有中国革

---

① 著名作家周立波的《暴风骤雨》就是反映那个历史时期东北的土改运动。

命，忘记了农民，就是你做了一百万件事情，也没有作用，因为没有力量。"

邱连升在说话的时候，茶喝得很少，却不断拈佐茶的花生糖、油炸蚕豆之类往嘴巴里送。覃正侯后来察觉到了，疑惑地审视他片刻，旋即省悟地问道：

"雾松，没有吃晚饭吧？"

邱连升没想到他会忽然问这个，愣了一下，笑道：

"今天从苏北运一批货过来，到得晚了一些。我们见面的时候刚从货栈出来，正要去寻个饭馆。"

"哎呀，你老弟也不吭一声！知道你没消夜，我们就不来茶馆了！"

堂倌正巧这时进来续水。听见了他们的对话，马上说：

"对门有个淮扬菜小馆，还算精致。二位客官要不要他们把菜单送过来？"

"好呀！"邱连升颇有兴致，"我们也不看菜单了，教他们做几样鸡鸭鱼之类的菜，牛肉也可以；再抱一坛绍兴老酒来。我们只两个人，菜不要太多，但必须精致！"

茶博士应声出去了。

半个多小时，菜和酒陆续送过来了。

覃正侯已在劳家吃过晚饭了，此刻只是陪一陪表弟，提着一双筷子往各个盘、碗虚晃一枪而已；偶尔碰一碰黄酒，不算是真喝。

"你刚才说从苏北运货来。那里不正在打仗吗？"

"是呀。不过这也不影响我做生意，新四军上上下下我都很熟！我离开海安的时候，粟裕刚开完宣家堡、泰兴和如皋两战的祝捷大会。"

"啊！你见过粟裕？"

"不止一次！最近的距离不过十公尺！"

覃正侯脸上抑制不住羡慕的神情问道："这个人怎么样？"

邱连升放下酒杯，笑了一下，说："一点不像将军，更不像名将；倒是很像……部队里文书一类的小官！"

覃正侯对粟裕充满好奇。问道："你听见过他说话吗？哪里的口音？"

邱连升说："浓重的湖南口音；但吐字清楚，不难听懂！"

覃正侯笑了，"你说得那么准确，是真的亲耳听见过？"

"决非吹牛，"邱连升自豪地说，"确实亲耳听见！一次是祝捷大会前在会场后面，和一个青年军人说话，我进会场路过时听见的；另一次就是在会场里，听他在台上讲话。"

覃正侯瘪了瘪嘴，用嘲笑的语气说："你一个外人，怎么会有资格去参加人家的祝捷大会？别不是吹牛吧？"

邱连升打了几个哈哈，说："大哥你是不了解他们解放区——啊，不，在这里应该说是共区或者匪区。在他们那里，祝捷大会是欢迎老百姓参加的，何况我是他们生意上的合作伙伴！"

邱连升确实没有吹牛。海安广场上的祝捷大会他确实参加了，进会场确实经过正与人立谈的粟裕身旁。

与粟裕立谈的人是第六师政治部宣教部长吴强——解放后长篇小说《红日》的作者。

宋家桥战斗第六师没有打好。粟裕关键时刻出现在六师指挥所，亲自调整了六师部署，扭转了战局。但他当时对六师主要领导王必成、政委江渭清连一句批评的话也没说。

吴强对粟裕说："大家当时看见您亲自来了，都吓坏了。可是您没有一句指摘的话，大家都感到奇怪！"

粟裕笑了一笑。沉吟片刻，说："那种情况下，批评、指摘对战事有什么用呢？一支部队仗没有打好，指挥员正处在困难中，情绪很不容易镇定。这个时候上级领导不应该对他们多所指摘，一定要多体谅他们，多帮助他们。尤其是在火线上，在敌我双方激烈交战的时候，如果对他们进行批评指摘，那就会使他们的情绪变得更急躁，会使他们失去理智，去蛮干去硬拼。那样一来，仗会打得更糟，损失会更大。当时我一到你们六师指挥所，看见你们王司令员、江政委脸都很阴沉，铁青铁青，明白他们的压力够大的，心里够难受的，我怎么还能再去责备他们呢？并不是说要废除批评，有时候不仅要批评，还要执行战场纪律。那要看在什么情况下，对什么样的问题，是与非、责任过失是不是搞清楚了。"

覃正侯深深点头，感慨系之：共产党不仅有雄才大略的最高统帅，还有如此体谅部属、是非清楚的方面军主将，难怪这么多年来都奈何不得人家。未来鹿死谁手，看来很清楚了。

邱连升见表哥听得饶有兴味，卖弄地说："粟裕在台上讲话的时候，那才更有趣呢，真是妙趣横生啊！第一个讲话的是从延安来的滕代远……"

滕代远说："苏中战役打得好，粟司令员指挥得好，指战员英勇善战，已经打了两个漂亮的胜仗，抓了那么多俘虏。毛主席高兴得睡不着觉呀！希望你们在粟司令员指挥下打更多的胜仗！"

粟裕发言一改平时的文静沉稳，变得诙谐幽默，引得台下不时发出愉快的笑声。

"……最近南京的电台播送了一条消息，'苏中匪首粟裕负伤，已送东台医院救治'。大家都认识我，我再向坐在前排的宁沪记者朋友们做个自我介绍：我就是粟裕，行不改名坐不改姓，姓粟名裕，货真价实，童叟无欺。我今天站在这里同大家讲话，请大家看仔细了，两条胳臂伸屈自如，行走不瘸不拐；我既没有负伤，当然就没有住院，身板硬朗得很！蒋介石从来都是靠欺骗人民和他们的士兵过日子！他前一向还吹过'一个月消灭苏北共军，三个月解决中共'；现在又编造粟裕受伤住院的谎话。看来他老人家是撒谎成性了，不可救药呀！"

邱连升说："我听说开完祝捷大会之后，粟裕就要率部去抵抗正向他们逼来的二十多万国军了。三万多人马去碰二十多万，这实在是有点玄火啊！"

覃正侯不由自主地双眉深锁，深深地点了一下头说："是呀！"

第十一章

一

夏天的南京，真不愧三大火炉之一的称号，酷热异常；如果是在雨前，那就更为燠热难当。这天傍晚就是如此。

街上来往的行人很少，都找地方纳凉去了。少数不得不上街的人，或者必须经过某条大街小巷去什么地方会友、办事、找乐子的人，无不汗湿衣襟，边走边摇扇不止。孟淑贤也在这个行列中。不过她是坐在人力车上，虽然同样难避闷热，毕竟比那些迈动双腿的人好得多；至于拉着她满大街转悠的车夫，那就不可同日而语了——仅看人家上半身的背部像开了沟一样流淌不止，你就会感慨不止甚至生出某种敬畏来。而孟淑贤对这一切全都视若无睹，她的心思和目光全都在所经过的每一寸路段，尽管大部分路段今天已然反复经过多次了。

解根柱有好长时间——这是她的感觉——没有和她联系了。她陷入了无法抑制的思念，非常希望见到他，哪怕只看上一眼也行。为此她偷偷地哭了很多次。后来，决定主动去找他。说来容易，根本不知道他的住地，连方向都不知道，哪儿找去呀。只好采取一种方法——大海捞针的办法。每天下班后，就雇一辆黄包车，到城市的中心地带去转悠，她相信总能找着他。每天都是这样，从傍晚开始直到夜里十一点钟，才怏怏地回去。

今晚是第九天，运气终于来了。她终于找到了人；可也找来了一腔愤慨与悲伤。

本来今晚她就觉得非找到他不可，今天可是有正经事的呀——她这样对自己说。午后无意间听到部里两位官长的对话，她认为解根柱一定会感兴趣的，因为那对话里有军事情报。

约莫九点钟光景，黄包车经过鼓楼附近一个咖啡馆的时候，她心里颤动了一下。急忙叫车夫停下来。她控制心房的狂跳，仔细盯着咖啡馆临街的落地玻璃窗辨认了半晌，判明自己并非眼花，里面确实坐着解根柱。欣喜万分之余，又发现解根柱并非一人，他对面还坐着一位漂亮的女子。从姿态上看，两人正娓娓交谈，十分入港。这姑娘是谁？孟淑贤紧张起来了。她下车来，付了车钱，急匆匆迈上人行道，准备进去弄个明白。可是刚进咖啡馆的门，又退了回来。这样闯去算什么呀。万一闹得让解根柱不高兴甚至光火怎么办。权衡半晌，决定在门附近一棵大树遮挡街灯的地方观察一会儿再说。

没过多久，解根柱与那姑娘起身，往外走了。

出得门来，那姑娘伸手挽上了解根柱的胳臂。孟淑贤觉得那动作十分娴熟，显系挽过多次了。不禁怒火中烧，由着性儿她会跑过去问个究竟。而这些年的人生周折，使她性格中的棱角磨平了许多，懂得了克制，懂得了进退，懂得了退一步海阔天空。琢磨片刻，决定偷偷尾随他们。看看他们会不会住在一起。

大约只漫步了半条街，解根柱送那姑娘登上一辆黄包车。然后道了再见，又目送车子走远。转身过来，吓了他一跳。孟淑贤站在那里，只两步远近。

"啊，你怎么在这儿？"解根柱讪讪地笑着，问道。

"不欢迎吗？"孟淑贤声音平和，而脸上却没半点笑容。"是不是碍你什么事了？"

"怎么这样说话？什么事不高兴？"

"刚才那姑娘是谁？"

"我表妹呀！从安徽过来看病。"

孟淑贤心里嘀咕，真表妹还是假表妹呀；何况从古至今表兄妹成就好事的也不少，那舞台银幕上这样的故事还少吗。但她察觉解根柱脸上有一丝不悦，立刻省悟到自己太冲动，明白不能再追问了，便说：

"老站在这儿也不是个事呀！怎么，不请我喝杯咖啡吗？"说罢，瞅着他，脸上含着调侃的笑。那意思是你刚才请那"表妹"喝，现在为什么就不可以请我这"表妹"喝呢？她相信他读得出自己的意思。

解根柱伸手夸张地做了个邀请的动作。于是两人往那咖啡馆走去。没走几步，孟淑贤就挽住了解根柱的臂弯。后者明白她的意思，只尴尬地笑了一下。

在咖啡馆里坐下之后，孟淑贤已完全冷静下来。明白因吃醋而和他过不去，结果说不定会使以后连醋都没机会吃了。

刚才解根柱送走的漂亮姑娘，就是华中野司派给他的报务员。他不希望这件事引起孟淑贤的妒意，那样会影响他把孟淑贤打造成潜伏情报人员的计划。但他现在还找不到如何在自己心中摆放这两位年轻女人的办法。对报务员同志当然简单得多，工作关系、同志关系，至于以后的发展他也不知道；关键在孟淑贤，她对自己有个人要求，不然她哪里会服服帖帖地接受对她的"打造"呢。所以他不能按照组织上希望的那样与报务员发展关系，成为真正的恋人，甚至夫妻。因为那样的话，孟淑贤就不会像现在那样是一支驯顺的小羊，而会成为一只母狼的。

他想向她好好解释一下，刚才那姑娘与他的关系并不像她猜疑的那种。

"刚才那……我的表妹，……"

"啊，你不用解释了！"她温柔地微笑着。"当然是表妹，我知道。其实，你的表妹不就是我的表妹吗？"

这话听起来有点霸王硬上弓的味道。但却使他松了一口气；她并未在这件事上继续冷嘲热讽，甚至像以往在鲁南那样死缠烂打。而且"你的表妹不就是我的表妹"这句话倒是忽然间启发了他。报务员需要找个职业作掩护，不妨叫孟淑贤去办这件事。

"我最近正要为表妹的事去找你，今天正巧碰上了，真是天意！"

"啊，什么事呀？"她堵在胸口的石头掉下去了。为那表妹的事要去找她，并不藏着掖着，也许真不是什么恋人吧。

"她不愿在老家那个小县城待着，希望乘来南京之便，求我给找个合适的职业。可是我在这南京城里并没什么朋友呀，于是就想到了你。怎么样，有办法吗？"

"办法是人想出来的！你别管了，表妹的事我来办！这方面，你和表妹有什么具体的想法没有？"

"我知道你在南京也没什么地方上的关系，但是参谋总部那些人应该很熟吧？可不可以通过他们的某一个人帮忙呢？"解根柱的意思是通过敌人中央机关的关系介绍的职业，等于给报务员身上刷了一层保护色。

孟淑贤尽管也一下就想到去托总部一些官长甚或戴季陶帮忙，而听到解根柱主动提出这一项建议却使她愣了一下。那一愣只不过刹那间，却使她顿悟似的明白了，马上做出了一个判断："表妹"定是他的同志！看来确实不是恋人，自己多心了！既然如此，这个忙不仅要帮，而且要让他十分满意才好。

谈完了这事，也知道了表妹带来的安徽身份证材料上的姓名叫单月卿。这个话题结束以后，她就说起自己这两天到处找他的原因来。

"那天科长叫我去给处长送文件。处长正和另一位官长在闲聊，说总长担心山东共军入淮以后会不顾一切发奇兵南下，腰击宣家堡、泰兴、泰州，然后与粟裕形成对苏中国军南北夹击之势，所以令已过江的十二万国军按兵不动，沿宣、泰一线两百公里布防。我当时佯作毫不感兴趣，交接完文件就离开了。处长还要我坐一坐陪他们聊呢！我怕招惹怀疑，就推说有事走了。我不知道，这个情报有没有用？"

这就意味着，目前李默庵攻粟的兵力依然只是他手里的十万人马，新过江的十二万预备队暂时不会参战。这可太好了。必须在明晚之前把这情报发给华中野司。

"太有用了，淑贤！这样，你明天想办法再去佐证一下这份情报的准确性，下班后我们在这里碰头。"

"好的，放心吧！"

拿到经过孟淑贤确证的这份情报，情报处长朱诚基立刻送到粟司令员案头。

粟裕大喜。可以暂时不必去顾虑新过江的那十二万敌军了，集中精力打李默庵他有把握。

他命三万主力部队到距海安城不到十公里的地方隐蔽休整。地方党委组织民兵和解放区翻身农民封锁一切通道，严防敌人探子进入大军屯驻区域。后来的事实证明，这一工作做得非常好，近在咫尺的敌人竟对鼻子底下的一支大军毫无所知。

命令第七纵队用运动战方式防守海安。战略意图是与敌周旋，拖住其主力，尽可能消灭其有生力量，以利大军最后歼敌。

七纵是从苏中地方武装上升为主力不久，补充了大量解放战士，所属四个团只有一个团参与过野战军主力打大仗；而且每个团都不足额，纵队总兵力只三千多人。而李默庵直接用于夺取海安的部队多达五万人，敌我力量绝对悬殊。

所以粟裕认为轻率不得，亲自来到七纵指导部署，对开战以后的打法预授机宜。派五十九团阻击从姜堰、白米东犯之敌；五十七团守海安城区；五十五团加六十一团之二营守备海安外围，构筑工事阻击，大量杀伤其有生力量。

七月三十日，李默庵部在飞机、大炮的交替掩护下，全线向海安推进。上午十时许，在花园桥、袁家桥与共军警戒部队接触。

共军五十五团之三营两个连凭借有利地形与敌人激战三个多小时，杀伤大量敌人后，主动转移至周家庄一带。与此同时，该团一营、二营也与攻来的敌人交上了火。巧妙阻击，令敌人找不到要害下手。当夜，借月黑掩护，五十五团三营教导员赵伯英亲率两个排，摸进敌军纵深，插入其三个团的接合部。突然开火，向三面袭扰，还大吹冲锋号。闹腾了一个多小时后迅速撤出，竟无一伤亡。

而国军各部不明就里，分不清敌我，各自都认为遭到了攻击，便哪里有枪打来就向哪里回击，致使三个团互相对射，形成火并。结果，消耗了很多弹药，死伤了一千多官兵。直到天明这场闹剧才息台。

当晚，东线的柴湾、西线的崔母镇等地也发生了大同小异的战斗。

七月三十一日，全线战斗一度呈胶着状态。

李默庵加大了对共军阵地大炮轰、飞机炸的规模，压得共军官兵在阵地上抬不起头来；国军并不轻松。整编六十五师在飞机大炮掩护下，全力向共军五十五团之一营阵地猛扑，均遭到有力阻击，未能前进一步，还留下了不少尸体。

下午三时，国军一个营进攻共军五十五团一营三连防守的杨家桥前沿阵地。团部调一营预备队协助三连将敌人击退。

下午四时，国军又向杨家桥增派了三个营兵力。而共军一营已没有预备队了，情况万分危急。团部只好从二营抽调第五连加上团属侦察排前去增援，协助打退了敌人进攻。

下午五时，国军再次组织强大攻势。共军五十五团团部将所有勤杂人员、参谋人员全部抽出，全力支援杨家桥。整整一天的鏖战，全线防守的共军消耗敌人有生力量、迟滞其攻势的目的已达到。

七纵首长决定，当晚借夜色掩护，按照粟司令员预先为他们制定的计划，全部退到二线阵地。

八月一日拂晓，共军五十五团刚刚退到张家湾、蔡子湾桥、陈家庄、王家庄一带的二线阵地，敌人竟尾追而来。双方又展开激战。

而国军慑于前一天惨重的伤亡，虽连续冲杀进攻，却颇有节制，不敢冒进。

当夜十二时，共军再向后撤退，进入三线阵地。

鉴于上次撤退的教训，五十五团参谋长李干亲自率领一营一、二两个连断后，不断主动出击袭扰，防止敌人尾追，掩护部队安全转移。

共军西线的五十九团也于下午六时放弃二线阵地，退守黄自粮、胡家集一带三线阵地。

八月二日，西线国军两个旅尾追推进，向共军五十九团退守的黄自粮阵地进攻。

五十九团又按计划转移到海安城以西的三里庙一线。

五十五团所到的三线阵地是五十七团所构筑。因地形不熟，延误了进入时间。而敌人已大量追来，迫近前沿。五十五团三营在杨清营长率领下拼死抗击，方才稳住阵脚。

防守东线的五十五团一营在张家庄一带与敌人激战一个小时才撤退。而该营二连扼守蔡子湾桥，却没有接到撤退命令，恋战不退，致被敌人包围。幸运的是当时敌人并未捕捉到他们的准确方位。他们机智灵活地穿越包围圈，连续渡过十多条河流，终于顺利回到了团部。

二日下午，国军八架飞机轮番轰炸共军三线阵地及其背后的海安城。是时突降倾盆大雨，新筑的工事在国军炮火轰击与雨水冲刷下大部分垮塌，泥浆过膝。纵队指挥部决定黄昏后全部退守城区。

粟裕认为，"疲敌"意图已达到，歼敌时机已成熟。命令七纵马上撤离海安。

当晚十一时，七纵秩序井然撤出了海安。

七纵在海安以三千多人抗击敌人五万多兵力的轮番进攻，奋战四天多，仅伤亡二百多人，却消灭了敌军三千多人，创造了敌我伤亡十五比一的新纪录。战后受到了华东局和中央的表彰。

而七纵上演的只是序幕，海安一线更大的激战即将拉开大幕。

二

一九四六年七月以来，淮北连降暴雨，江河溢漫成灾，到处一片汪洋。陈毅率山东野战军指挥部冒雨艰难行进，七月二十五日抵淮北。

那时粟裕正开展苏中战役，连战告捷。陈毅或许是不甘落后于苏中战友们，或者是为了证明自己一再反复坚持的南下作战主张的正确性，不顾上级的反对与中央的劝阻，决心打两仗以改变淮北局势。

但七月底敌情发生变化，沿陇海路两侧的国军蒋系部队增加到十五个团。陈毅寻思自己手里的野战部队只二十一个团，最多对之"只能击溃而不能歼灭"。便打算"以主力向灵（璧）、泗（县）找桂顽①求战，拟先消灭其两个团即转而进击津浦路宿蚌段"②。

华中分局的邓子恢、张鼎丞深知桂军战斗力强，不是蒋系能比的。十分担心，曾要求华东局书记饶漱石予以制止。饶表示已劝阻多次，毫无效果。邓、张本着对革命负责的精神，七月三十日致电陈毅劝其改变主意去打蒋系部队。

八月二日陈毅复电华中分局云："张、邓三十日要我不打桂系而打蒋系。我们事前经过慎重考虑，蒋军计八个整旅，紧靠在一起，离徐州不到四十里，彼此间隔不到十里、二十里不等，增援多而快，只能击溃不能歼灭。此次打九十二师，我九个团打两天两夜始结束战斗，故无法下决心去打北线蒋军。但蒋军（若）再向东进，则有打的机会。现桂系四个团分布在灵璧、五河、泗县三处，其增援均在七八十里以外。打，定可全歼。历来打桂系均用相等兵力，故奏效不大；此次改变（即增加兵力）是可能奏效的。已决定五日夜攻泗城不再变。"

这份电报陈毅同时抄报中央。同时次日又另拟专电详陈中央。

八月三日毛泽东看到陈毅来电，十分忧虑。他感到正值大雨滂沱，作战条件太差，取胜把握几近于零。急电陈毅，说："凡只能击溃不能歼灭之仗不要打；只要主力在手总有机会歼敌，过于急躁之意见并不恰当。"

毛泽东不放心，次日再电陈毅："你们手里有五万机动兵力，只要有耐心、不性急，总可找到各个歼敌之机会。"

陈毅不听，将在外君命有所不受，坚持要打泗县。

命令八师、九纵的三个团，共同担任主攻；二纵、七师负责打援，切断泗县与灵璧之敌的联系。

---

① 指桂系部队。
② 以上引号内为陈毅致中央电的原文。

八师师长何以祥、政委丁秋生和九纵负责人接到命令，立即赶到泗县附近。

他们登上一处高地，遥望县城周围情况。观察之后，他们十分担心。

泗县有石梁河等五道大小河流环绕；县城周围原为湖泊、沼泽，平坦开阔，易守难攻。加上近日连降暴雨，河水暴涨，城外壕沟宽达五丈许、深不可测，形成天然屏障。壕沟外还设置了纵深五十米的鹿砦。泗县城上修筑了炮楼，城墙上每百米有一个火力点，四角也有碉堡。

大家研究了一番，向陈毅致电建议等待大炮运到再动手。陈毅断然拒绝。

八月七日午夜时分，八师以五个营攻城。连续爆破勇猛冲击，不到十分钟就突破了北大门、西大门，攻入城内。

守军组织反扑，打得也很顽强。

攻击部队准备不足，未能及时打通两个突破口之间的联系，又无有力的后续部队和炮火支援，渐趋守势。

天亮后，桂军在城内全线反击。先以猛烈炮火切断城内共军与城外的联系，接着以连、排规模依托房屋向共军攻击。山野（山东野战军）八师的火炮没能运来，火力大大弱于敌方。桂军占了上风，夺回了西门。山野八师二十二团的三个营陷在城内，苦苦撑持，伤亡很大。

其二营指挥员面对这种危局，惊慌起来，竟掉头往西门跑。战士们以为要突围，也跟着冲向西门。结果二营在敌军火力封锁下，伤亡过半。

但一营、三营顶着巨大压力，顽强坚持战斗。

一营二连连长阵亡，三排长李以琴马上代替他指挥。他真是一员虎将，率部冒着敌人炮火，拼命向前攻打。每占领一个院落，立即组织战士挖好枪眼，建立阵地。敌军发起了冲锋，他们毫不慌乱，沉着应战。九班长钟宝鼎一个人就打死了十七个敌人。李以琴排长带领机枪手们组成机动小组，哪一处防守点紧张就到哪里增援；专打敌军的小股冲锋。

八班长向他要求"我们打了一天了，叫别的连队换换吧？"

李以琴说："各单位都有任务，怎么换？坚持下去，人在阵地在，决不能退缩！毛主席在延安看着我们呢！"

在他指挥下，二连一天打退敌人九次冲锋，守住了阵地，而且伤亡不大。战后总结，他被评为全师最出色指挥员，受到军部嘉奖。

八月八日，九纵七十七团在东门与敌军血战，伤亡惨重，突击排全部阵亡。

战斗最激烈时，山野参谋长宋时轮赶到八师指挥所。

陈毅在睢宁县葛楼镇的山野指挥所获悉泗县作战不利，焦急不安，所以叫宋参谋长到八师坐镇，设法扭转局面。

黄昏时分，八师又派两个营进城增援。但仍没有挽回颓势。

陈毅当夜电告宋时轮，"今夜如已总攻，望坚决打；如今夜不能总攻，则应后撤。"

九日，五河敌人来袭，被第七师击退。但更多敌军向淮北运动，山野攻泗部队十分危险。

城内山野指挥员与桂军拼杀整天，血流满地，河水为之变红。而战斗仍在僵持消耗状态。

鉴于八师伤亡太大，官兵疲劳到了极致；九纵、二纵因大水阻隔无法驰援，山野指挥部不少人主张退兵。

陈毅长叹一声，决定停止攻击，下令全部撤往睢宁地区。

被大家谑称为"陈军长袖子里的小老虎"的第八师，尽管歼敌三千，自己也付出了两千人代价，而且城也没攻下，士气大为受挫。原定西出津浦线的计划只好搁置。

占领海安后，各部向李默庵禀报自己消灭共军的数目，还接受了参谋总部查验小组实地核查——当然都暗中接受了各部官长的红包，一律认可了上报数字。于是海安一战歼敌总数竟超过了三万！这么一来，粟部主力就不复存在了。而国军的伤亡却也很小很小，总数还不到五百。这对官长们是有双重好处的。既体现了自己的指挥才能，保存了实力，消灭了敌人；又可让大批阵亡官兵依然在册，军饷照领——当然是落入官长们囊中了。

李默庵乐滋滋地寻思，共军伤亡三万人，残部当然是向北撤退了，一时很难有什么积极行动。国军当下的任务是巩固既得成果，以利下一步发展、进攻。这就必须把后方交通线搞好，储积一些粮弹；肃清占领区内共军的零星武装；依靠地方绅士，重建地方政权；在角斜、李堡、海安、姜堰、泰县一线布置兵力，把这条线以及通、如、海、启①整个地区巩固起来，为尔后向北进攻做准备。

为此，李默庵到处去抓民工修复公路——暴雨致公路被淤泥覆盖；同时放心大胆地调整兵力，在东起海安西到扬州一百五十公里长线上摆了个一字长蛇阵，意在构成封锁线。然后等待从徐州南下的国军，会攻两淮②。

稍有军事常识的人都不会不知道，一字长蛇阵犯了兵家大忌，除非有二线"长蛇"，否则难免遭到切割；而且李默庵在频繁调动部队时，头脑昏昏，破绽百出，竟然致使东线右翼的李堡防区暴露在外；更可笑的是一〇五旅三一四团刚从海安奉调抵达李堡，屁股尚未坐热，李默庵又命新七旅副旅长田从云率十九团到

---

① 南通、如皋、海安、启东。
② 淮安、淮阴，我华中解放区首府。

李堡从一○五旅旅长刘玉山亲率的三一四团手中接管防务。

三一四团急着撤离李堡，赶回海安，便不管三七二十一把电话、电台全部拆卸，准备动身时带走。

新七旅并不情愿来李堡；加上认为既然粟裕主力全部被消灭了，短期内就应该不会有战事，所以迟迟没架设通讯设备。

不料新七旅十九团刚来，一○五旅三一四团还来不及离开，灾祸就降临他们头上了。

战斗开始之前，粟裕致电中央请求将陈毅调到淮南的第五旅调回苏中参战。这是一个月来三次提出这样的要求了。

第一次提出是在宣家堡、泰兴战役胜利以后，粟裕痛感手中兵力不足，不能在宣泰作战时更多地歼灭敌人。第五旅外加华中军区特务团被调到淮南待命，没有在战役关键时刻发挥作用，是一枚完全被闲置的棋子。七月二十五日，粟裕致电华中军区、陈毅、中央军委，提议"将五旅调至苏中参战，比留淮南更为有效"。

已离开鲁南到淮北的陈毅则希望五旅留在淮南策应自己，未同意，强调淮南在全局上比苏中重要。七月二十七日、二十八日两天，两次致电粟裕指出"五旅不宜东调"，并命令"粟部亦宜逐渐西移"。

针对陈毅这两份电报，粟裕八月致电中央、陈毅、华中军区，分析苏中战场形势，认为五旅及特务团留在淮南是一种浪费，再次提出将五旅东移苏中参战。"只有苏中局面打开，则淮南形势亦可望逐渐改善，然后我再以主力西移，则淮南局面亦可打开。"

中央未正面回答，却电询"一个月内在苏中再歼敌两个旅有可能否？"

粟裕认为，在苏中大量歼敌没有问题；只要解决了兵力问题，八月份歼敌两个旅是有把握的。便于八月五日复电中央，第三次要求"五旅调至苏中参战"，并禀报中央"歼敌良机已到"。这个具体指的是李默庵夺下海安后，竟粗枝大叶甚至可以说不顾常识地摆下一字长蛇阵，并且其李堡防线太过于外突的情况。

毛泽东连夜在地图上研究粟裕电报里提供的敌情。不久，喜上眉梢，用右手食指敲了李堡那一个小点，喃喃说，李默庵的书白读了，越读越蠢。然后直起腰来，对一直守候在屋里的江青说：

"马上记一份电报。"

江青问道："我去叫李秘书吗？"

毛泽东说："不，夜深了，别去惊扰人家的好梦。我说，你记，然后你直接送到机要室，马上分别发给华中分局和粟裕。"

电文的开头两句话是，"歼敌良机已至，甚好甚慰"。然后指示，"如连续歼两个旅有便利条件,则可连续歼敌两个旅;否则可先歼其一个旅,休息数日再找机会歼其另一个旅"。同时,对粟裕一再要求五旅东调参战,毛泽东给予了坚定的支持,还特别叮嘱张鼎丞、邓子恢"尽可能满足粟之要求,集中最大兵力于主要方向"①。

谭震林接到命令,立刻率领第五旅和华中军区特务团间道奔回华中归还建制。

全部主力集结完成后,粟裕做出了如下部署:以第一师攻歼李堡、角斜的敌军一〇五旅主力;以第六师之十六旅攻歼丁家桥守敌一〇五旅之一部;以第七纵队加上第十八旅在贲家巷东南、西场南北地区打援,待歼可能从海安东援之敌新七旅,并阻击可能从如皋东援之敌。从淮南回来的第五旅(三个团)和华中军区特务团在贲家巷以北作总预备队。

粟裕一声令下,隐蔽休整的华中野战军主力立刻出动,首先对李堡发起了攻击。

李堡位于海安城、角斜镇之间。那正是一字长蛇阵最东段,南、北、东三方都无友军,孤零零呆在那里等着挨打。

华中野战军一师接到命令,立刻于当晚来到李堡外围。

主持工作的副师长陶勇命第三旅和第一旅第三团进攻李堡,第一旅的一、二两个团攻打李堡东侧的杨家庄、蒋家庄。

李堡镇内,国军新七旅田从云副旅长正在与一〇五旅三一四团进行防务交接。可是,田从云刚到不久屁股还没坐热,对整个阵地全然不了解,交接之间只能是以己昏昏使人昏昏,语焉不详,使接防者一头雾水;而且警戒也没派,只顾着把自己的物资收拾好(电话、电台自然在内),准备赶快离开。

这夜,华中野战军之一旅三团迅速接近敌阵。悄无声息地进至角斜方向敌军草草安置的哨所。先驱班匍匐前行,完全接近时,一跃而起,冲过去除掉了全部敌哨——留下了一个活口。那"活口"表示投降。不仅供出了口令,还自告奋勇要求带路。

三团顺利地进入敌阵。四连动作尤其迅速,当即从右侧出击,占领敌人重机枪阵地。缴获重机枪五挺、步枪一百三十八支,俘敌一百五十多名;自己无一伤亡。敌人四次反扑,都被三团击退。敌伤亡惨重,被迫退入李堡。三团穷追猛打,次日拂晓突破李堡西端防线,冲进其旅部。

同时,第六师之第十六旅也攻进了李堡。与敌展开近战。

在粟部多路进攻下,李堡国军残部仓皇逃窜,企图突围。一部在逃跑中被歼,一部侥幸逃到杨家庄、蒋家庄。

---

① 《毛泽东军事文集》第三卷,军事科学出版社、中央文献出版社,1993年12月版,第392页。

杨家庄国军是一〇五旅三一四团。

十日夜，华中野战军第一旅第一、二两团对杨家庄连续两次攻打都没能突破。

十一日晨，李堡被华中野战军攻占后，杨家庄就孤立了。庄内又很窄小，兵力无法展开。华中野战军探得庄内敌军已经慌乱，便继续猛攻；同时加强该庄西南方向的警戒，防其突围逃逸。午后二时许，二千多敌人果然向西南方向冲击。遭到华中野战军截击部队打击，被歼灭了大部，仅一〇五旅刘玉山旅长率不足百人逃脱。

由于李堡既未安装电话，也未架设收发报机，李默庵完全不知道情况。而粟裕的侦察部队"四中队"却深入敌后，借重老百姓传播"李堡遭小股共军袭扰"的假消息。李默庵开始警惕起来，李堡在阵线最东段而且外突太甚，可得小心；而且是否真的仅为"小股共军"亦须慎听。立刻电令海安的新七旅旅长率剩下的部队驰援。

十一日下午，新七旅旅长黄伯先正在埋怨副旅长田从云怎么电报也没来一个，电话线也没架设。接到李默庵电令，认为小题大做，粟裕部既已大部覆灭，小股游杂骚扰有什么值得大惊小怪。而军令难违，还是得应付应付。下午四时，率第二十一团离开海安，不快不慢地开往李堡。

黄伯先的行军安排颇符合操典规定：第一营作前卫，其后是旅部、团部、旅和团的警卫连、排，然后是第二营、第三营，顺序前进。

一路上，黄伯先颇感纳闷，都说苏中人口稠密，而一路上看不到一个老百姓。都躲战火去了么？道路两旁玉米秆又高又密，风吹得飒飒作响。他当然不知道里面藏了监视他们行程的老百姓。

五时，到达立发桥。听到前面有炮声，他也没太在意，认为也许是田从云部或一〇五旅三一四团在清剿"小股共军"。黄伯先不知此乃诱敌，反倒坚定了出发前所认定的"只不过小股共军骚扰"。他判断到李堡换防的一〇五旅也许就在前面，决定催兵疾进，以便与之形成夹击之势，一举歼灭"小股共军"。

十二时，前卫营到达西场附近，突然遭到有力阻击。久历戎行的黄伯先感到不妙，就像一个拳击老手对于对方打来的第一拳所透露的力度有着极高敏感一样。随即左侧也发现共军。后来，在越来越密集的枪炮声中，黄伯先与各方失去了联系。打到十六时，意识到陷入了重围。前进不能，后退无路。亲率七、九两个连突围，被共军打回。

原来粟裕早就在那里给他们布下了天罗地网，等着他们来钻呢。

布防在那里的十八旅和七纵承担阻击、围歼东援敌人，同时挡住如皋可能来凑热闹的敌军。由十八旅之五十四团一个营扼守陆家尖，担任正面阻击；以五十四团的另外两个营配合五十二团埋伏在陆家尖以西、公路以北,与公路以南的串场河构成袋行阵地;以第五十三团为预备队,隐藏于西场东北、顾家庄以东地区。部队全部隐藏在民房和玉米地内。老百姓协助民兵严密封锁消息。

黄伯先旅长率领他的部队逐次钻进了口袋深处。华中野战军五十四团给予迎头痛击;友邻七纵和五十四团在立发桥断其退路。黄伯先的部队一片混乱,官兵无一不是晕头转向,哭爹喊娘。华中野战军五十二团、五十四团的两个营猛烈冲锋,将敌军分割包围,使其完全陷入被动挨打境地。

十七时结束了战斗,全歼敌人二十一团,其中一个营缴械投降。

李堡战役包括打援在内,总共耗时二十个小时。歼敌一〇五旅、新七旅共九千多人,活捉两名少将。

至此,华中战役已历四役,共歼敌三万余人,缴获械弹无数。

李默庵鉴于兵力消耗太大,部队疲惫,锐气受挫,原来过江的十二万后备部队又分别运往东北、华北去了,只好暂时放弃了在李堡、角斜一带建立封锁线的打算。重新调整兵力部署,把重点放在扼守南通、丁堰、如皋、海安一线。加强对海安、泰州以南的清剿,加强对海、如、泰(州)一线的防御,以巩固占领区。同时积极准备派整编二十五师从扬州、仙女庙地区北进邵伯、高邮,企图进而夺取两淮。

苏中战役连战皆捷,显示了在解放战争初期内线作战的优势。毛泽东很高兴,曾对饶漱石说,粟裕是不可多得的将帅之才,你们要支持他爱护他,以后我要让他挑大梁呢。饶漱石本来就很喜欢粟裕,马上表示一定认真贯彻主席指示。

毛泽东连续致电粟裕、陈毅、谭震林,指示他们"粟谭主力留苏中作战暂时不要西移。待苏中作战任务彻底完成而淮南方面又十分必要时再行考虑向西移动"[1]。教粟裕"利用苏中各种有利条件继续在那里作战","在今后一个月内再打二三个胜仗,继续歼敌二三个旅"[2]。又说对苏中蒋军"凡能歼灭者一概歼灭之";"你们如能彻底粉碎苏中蒋军之进攻,对全局将有极大影响"[3]。

虽然连战皆捷,而苏中李默庵部元气尚存;主席又下了命令,似箭在弦上,下一仗是必须要打的。下一仗怎么打呢?粟裕叫来政委谭震林、参谋长刘先胜、政治部主任钟期光一起研究。他传达了毛主席指示,请大家各抒己见。自己却走到挂在墙上的大地图前细致审察,比画丈量,沉思不语。

---

[1] 《粟裕传》,当代中国出版社,2000年8月版,第489页。
[2] 《毛泽东军事文集》第三卷,军事科学出版社、中央文献出版社,1993年12月版,第410页。
[3] 《毛泽东军事文集》第三卷,第406页。

刘先胜和谭、钟两位都坐在桌边。有的在吸烟，有的在喝水，有的在摩挲下巴思考。刘先胜放下手里的大茶缸，瞅着粟裕背影说：

"我们和李默庵交手四次了，彼此越来越了解；这位黄埔生当中文武双全的儒将，谅他也不会太蠢，一定在暗中摸索我们的用兵规律！"

"是呀，他惨败了四次，变得越来越胆小越来越谨慎了。"钟期光接着刘先胜的话茬说。"我们歼敌的难度也越来越大了！"

粟裕转过身来，踱到桌旁坐下，说：

"这个时候切忌急躁！蒋介石在苏中摆放了这么多军队，只要它不撤走，不放弃进攻，早晚都会露出破绽，给我们提供打它的机会！"他端起楚青用红漆在军绿色盖子上写着粟裕两个字的大茶缸喝了一口，放下。沉吟片刻，又说："我考虑了两个方案，请同志们斟酌。第一，正面进攻海安、如皋，以夺取海、如为主；第二，避开正面，攻其侧翼或后方，吸引李默庵派遣援兵，以打援为主。"

谭震林也提出了一种方案，但没什么新意，在大家分析讨论下，他自己主动否定了。

粟裕提出的那两种方案，他自己倾向于第二个。他指出，"敌人在南通、如皋一线兵力虽多而战斗力不强，大部分是交警总队，既是敌人阵线的侧翼，又向外凸显；如果我们向那里进攻，便直接威胁到他们的后方基地——给养、械弹都囤积在那里，李默庵决不会不救。这在兵书上叫作'攻其必救'。只要他的援兵一出动，战机就出现了！"

不用说，大家都同意这个方案。

粟裕又说："南京发来的情报说，八月二十五日蒋介石要在庐山召开军事会议，我们应该给他送份厚礼呀！送什么好呢？"

谭震林笑嘻嘻地说："再消灭他一两个旅，给他的军事会议增光添彩！"

大家一阵哄笑。

八月十九日，粟裕致电中央军委，报告主力南下作战的设想。

八月二十日，中央军委两次来电，完全同意。

毛泽东考虑得更为缜密，提醒粟裕，若海安、如皋之敌固守原地不出城去增援怎么办？这种可能是完全可能出现的。

粟裕佩服毛主席棋高一着，把任何意料之内与意料之外的情况都考虑到了。他自责地拍了一下前额说真是粗枝大叶，为将之大忌呀。在前四次交手中，粟裕谋划打援十分周密，奉命增援的国军无不被歼，如今都成了惊弓之鸟，人人胆寒，届时抗命不动是完全可能的。于是他重新调整部署，决定从南通、如皋公路上的两个集镇丁堰、林梓打开缺口，向黄桥方向进攻，钻到敌人肚子里去大闹天宫，逼李默庵非出兵救援不可。

他对心存疑虑的谭震林政委解释,"我们学习孙悟空,钻到铁扇公主肚子里去拳打脚踢,确实带有一定冒险性。正因为这样,所以李默庵绝不会想到!"

三

丁堰、林梓是南通至如皋公路上的两个大镇,位于国军占领区东面封锁线的中部。驻防的是交警总队的六个大队以及第二十六旅的一个营,共约三千七百多人。丁堰驻有交警第七总队的四个大队,约一千五百余人;林梓驻有交警第十一总队的第一大队和一个保安团,约两千多人。交警总队号称国民党的"袖珍王牌军",由抗战时期的忠义救国军和上海税警团合编而成,名义上属交通部,实际由军统控制。全部美械装备,每名士兵配有长枪短枪各一支。

粟裕指挥三万华中野战军主力,秘密插进敌军封锁圈里。那些地方实际上都是粟裕一手开辟的老根据地,一时沦于敌手,人民无不盼望共产党回来。人民军队与人民有着血肉关系,部队进入敌占区,老百姓自觉封锁消息,使国军全部变成了聋子、瞎子。

八月二十一日夜十一时半,华中野战军第一师向丁堰,第六师向林梓,第五旅向丁、林之间另一小镇东陈,分别发起突然攻击。敌人完全是在睡梦中,仓皇间爬起来抵抗,后果可想而知。

次日上午,丁堰之敌大部就歼,只逃脱了几百人。

东陈也于同时结束了战斗。

只有林梓打得久一些,直到下午十四时尚未攻克。第六师重新调整打法,发动第三次攻击。集中步炮进行猛轰。又采取抵近平射方法,摧毁了几座最难攻打的碉堡以及一批阵地掩体。然后,集中轻重机枪开火,掩护步兵第一梯队冲锋。第六师的五十三团、五十四团、五十二团、四十七团先后突破了敌军阵地,歼灭了粮行、沈景芝大院的守敌。最后,围攻三元官、石板桥两处最后据点。敌人成了瓮中之鳖,大部缴械投降;少数跳河逃跑,被击毙在河内。

十六时,战斗全部结束。

丁、林之战共歼灭敌人三千余。

解放后,李默庵在《我与苏中七战七捷》一文中写道:"被打垮的两个交警总队,原先自信火力强,又有较强固的工事,各自守一个据点是有把握的,我对他们原本是放心的。他们受到攻击时,还在电话中向我满不在乎地说,不要紧,可能打上一两钟头就没事了。后来战况转为危急,电话不通,无线电呼叫不灵。

我无法处置,只有任凭他们独立作战。"①

林梓战斗结束的第二天,粟裕来到十八旅的旅部驻地,视察部队的情况。

十八旅旅长是个三十岁的年轻人,名叫饶守坤。向司令员报告,部队连续打胜仗,缴获甚丰,装备全换成了崭新的了,每个班都有十几支汤姆式冲锋枪,战士们也穿上了美国制造的军用皮鞋,情绪高涨呀。

饶守坤的参谋人员兴致勃勃地插话,这样的胜仗真过瘾,再多打它几个就好了。

粟裕笑了笑,拍了拍那位不到二十五岁的小参谋说,蒋介石不会善罢甘休,仗会一直打下去的,而且会越打越大。我们打下了丁堰、林梓,这便直接威胁到如皋。李默庵不会坐视不管,你们要做好连续作战的准备,不要松懈,千万不要被眼前的胜利冲昏头脑。

李默庵痛感于丢失丁、林一线,南通至如皋的交通线给切断了,如皋城半径几十公里外三面都是共军。如皋城兵力单薄,如果粟部进攻,很难守得住。

于是,李默庵令如皋王铁汉部加强城防工事,不可懈怠;又令驻黄桥的整编九十九旅(欠一个营)东进如皋,协同防守。

九十九旅旅长朱志席接到命令,很担心开向如皋途中遭到共军袭击,要求如皋方面派兵接应。

李默庵认为这一要求合理,马上做了相应安排。

当丁、林战役还在进行之际,国军邱清泉第五军就已从宿县东进,占领睢宁,威胁淮阴。丁、林战役结束后,白崇禧以国防部名义,命李默庵派兵策应邱清泉。李默庵想,现在如皋防守得到了加强,可保无虞。共军主力远在如皋东南,江都县邵伯镇守军力量薄弱,此时进攻正是良机。若共军主力北绕东台、兴化前去救援,需要时日,远水不救近火。踏平邵伯,溯流而上,直叩华中共军首府淮阴,与邱清泉形成南北夹击之势,然则大事济也。于是命令驻守在扬州的黄百韬整编第二十五师向邵伯进攻,以呼应邱清泉行动。

粟裕认为,邵伯地处战略要冲,是两淮的门户,决不能轻易丢失。但华中野战军主力当然不可能穿越国军封锁圈赶往邵伯,也不可能天远地远地绕过国军封锁圈去救邵伯。怎么办?情势又一次考验这位常胜将军的智商了。

早在苏中战役开始之前,粟裕就看到了一旦开打,敌人必会夺取邵伯而窥两淮。预先做了周密安排,命刚组建不久的第十纵队、第二军分区负责守卫。这次粟裕还专程赶赴邵伯,逐一检查阵地布防情况。到达邵伯东面五公里的乔墅镇时,他记起了八个月以前,也就是一九四五年九月和十二月,敌人曾两次进犯邵伯,

---

① 《文史资料选辑》第三十一辑,1997年2月版。

十纵所属八十九团曾打出了骄人的战绩,在乔墅两次打退敌人进攻,还歼敌无数。那两次敌人都是正面进攻,没有得手;下一次可能选择乔墅作为迂回攻击邵伯的方向。粟裕指示十纵司令员谢祥军、政委刘培善以及八十九团负责人,一定要估计到这种可能,预先做好准备。又说,十纵和二军分区总共六个团,除下担任正面防守的部队,只有三个团的机动兵力。要对付黄百韬整编二十五师,实在是困难。要善于运筹,把有限的兵力用好。你们的防线不宽,兵力多了不便施展,还会徒然多添伤亡;大家想一下,可不可以采取各团轮番上阵的方式,让部队有休整时间。而且可组织休整部队做短时间短距离的反突击歼敌,得手后迅速撤回。

他最后的结论是:十纵、二军分区要不惜一切代价死守邵伯。

回到司令部,粟裕开始调兵遣将。并不派兵北向邵伯,而是挥师向西。

这是怎么回事?

麾下大将陶勇、王必成等人感到不可思议,粟司令员葫芦里卖的什么药呀?后来在行军路上才悟出:向北绕过封锁圈去救邵伯,路途远,沿途还得攻击前进,来不及;粟司令的意图是"围魏救赵",向西挺进,攻取黄百韬的后方基地泰州,威胁其老巢扬州。黄百韬倾巢出动去攻邵伯,泰州、扬州必定空虚,他闻讯不心慌才怪。当其撤围邵伯回师救泰州时,便给我军提供了运动分割的机会。真是活学活用了"孙庞斗智"啊。粟司令员常爱提起当年毛主席教导他必须抽时间多读书,特别是要下功夫研究古今名战经典战例,结合实践,在战争中学习战争。真是有道理啊!

可是,部队正间道向西疾进的时候,忽然收到粟司令员电报,暂停前进。

原来,华中野战军司令部情报处刚收到"蚕豆"谍报组电报:李默庵不知怎的蠢乎乎地"判断"粟部要去攻取如皋,命令驻守黄桥的九十九旅火速沿如(皋)黄(桥)公路驰援如皋,同时教如皋守军派出一个团南下接应。粟裕计算时间,敌我双方将会在如黄公路上遭遇。

粟裕在随军开进途中,骑着马边走边开军事会议。送上门来的九十九旅打不打?野战军高层发生了点小争论。谭震林政委、刘先胜参谋长都认为当前首要的是解邵伯之围,中途不应被别的突发情况牵扯;可立刻避开九十九旅,不予理睬。

粟裕不同意,力主在如黄公路上打一仗,先歼灭九十九旅再说。他指出,用兵之道,敌变我变,当年主席在中央苏区三次反围剿就是用的这个原则,有不少成功的范例!我们打九十九旅的好处是,第一,送上门来的饺子容易下肚;第二,这个方向一打响,必会震动黄百韬,担心其老巢会给端掉,恐怕就不会专注于攻打邵伯,甚至不顾李默庵的军令擅自班师回朝,也并非不可能。

八月二十五日,国军九十九旅进至黄桥东北面,一个叫分界的地方,掉进了粟部第六师的包围圈。

李默庵接到电报，急令一八七旅、七十九旅火速驰援。不料这一步棋也早被粟裕料定，安排了第一师在加力与谢家甸之间构建伏击圈。

当天夜间，华中野战军各战场经过下午对敌军的消耗后，分别发起了总攻。

不料各路敌军人数比粟裕预知的多，而且格外强悍，打了整整一夜还未见分晓。而主力一师、六师、七纵、十纵和第五旅，分别在各自的战场鏖战，不能抽调；粟裕手中也已没有机动兵力。若不能投入生力军以迅速结束战斗，若敌人援兵赶到，就会腹背受敌。粟裕综合各个战场情况，决定走一步险棋：战场转兵。也就是不避抽虚一个甚至两个战场的兵力，先重点解决某一个战场，然后再回师逐一解决。只有运筹高手才敢于这样决策。

粟裕了解陶勇，知道这位勇将任何时候手里都会握有一张备用的牌，不到万不得已是不会甩出去的。当下各战场只不过是打成了胶着，以单位而论并未出现险境，陶勇这张牌肯定还压在手里。粟裕打电话去一问，果然如是。于是命令把那张牌交给司令部使用。陶勇爽快地就给第一旅旅长张震东打电话，命其马上率部去见粟司令员。

粟裕对刚赶到还来不及喘息的张震东说，敌人被我们分别包围在加力、分界两地。如果我们在两个战场平均使用兵力，则两个战场都可能继续胶着下去。现在我决定集中力量先打较弱的九十九旅。你马上率部赶到分界，协助六师尽快歼灭敌人，结束战斗。

这样，分界的兵力对比增至五比一的优势。两个小时后，全歼九十九旅，旅长朱志席、副旅长刘光国做了俘虏。

张震东奉命转兵奔赴加力。随后王必成也率第六师跟进到加力。粟裕同时命令第五纵队火速插往敌后，切断加力国军退路。这个第二次战场转兵，使加力战场达致华中野战军十五个团对国军三个团的绝对优势。总攻开始时，敌七十九旅、一八七旅乱成一团。

李默庵所有的部队都距此颇远，根本无法驰援。他长叹之余，只能派去十多架飞机掩护突围。结果，仅三百多人逃脱，大部人马非死即俘。

然后，逃脱的三百多人又遇上了华中野战军第五旅。全部都当了俘虏，包括一八七旅旅长梁采林。

粟裕命第五旅就近直奔黄桥，打最后一仗。留守黄桥的一六〇旅五个连全部缴械投降。

史书上称此为如（皋）黄（桥）战役。这是解放战争开始以来缴获最多、俘虏最多的一战。共计歼灭九十九旅全部、一八七旅全部、七十九旅之一个半团、一六〇旅五个连、六十三旅一个营，总计一万八千零三十七人；缴获各种火炮五十一门、轻重机枪六百一十八挺、长短枪三千五百八十六支。

　　守邵伯的华中野战军十纵和二军分区部队，经过四天四夜的激战，顶住了黄百韬两万多人的进攻。如（皋）黄（桥）路战役国军全部就歼的消息传来，黄百韬担心扬州、泰州有失，赶紧班师回朝。

　　至此，七场战斗，历时一个多月，一气呵成，毫无破绽。共歼敌五万七千多人，华中野战军仅伤亡不到三千人。毛泽东给予了高度评价，他说："每战集中优势兵力打敌一部（例如八月二十六日集中十个团打敌二个团，八月二十七日集中十五个团打敌三个团）故战无不胜，士气甚高；缴获甚多，故装备精良；凭借解放区作战，故补充便利；加上指挥正确，既灵活又果敢，故能取得伟大胜利。这一经验是很好的经验，希望各区依照办理，并希望转知所属并一体注意。"

　　远在东北的林彪一直在关注粟裕的动作，七战七捷画上句号，中央也发来相关情况要求大家研究。林彪教东北民主联军参谋长刘亚楼搜集七战七捷的相关资料，关起门来研究了一天，苏北地图上被他用两色铅笔画满了符号。刘亚楼再次进到他的办公室时，他抬起头，满意地微笑着说：

　　"粟裕是个帅才，中央应该让他在华东挑大梁！"旋又摇了摇头叹道，"他打的是神仙仗，五成把握就敢干！我可没这个胆量，没有八成把握我绝不敢动手。"

第十二章

一

庐山位于江西省星子县西北、九江县南面，古代名叫南障山，又叫匡山，所以后人有合称匡庐者。王袆《六老堂记》说它"其阴，土燥石枯，岗阜并出；其阳，则千岩万壑，土木秀润。"山上有黄龙潭、松林坡、小天池、含鄱口等名胜；五老峰为其最高处。

牯岭，原称牯牛岭，是山上一片狭长谷地，某本闲书说它"形势雄峻，如人箕踞而睨。岭畔有隙地，古号长衢，地势长而平，两山环之，风景尤胜。且夏无暑热"。清末光绪年间英国豪绅李德立在这里建造房屋，租赁给夏季游山的有钱人。此后逐渐形成避暑胜地。

早在抗战之前国府要人就都看中了这块宝地，纷纷挪用公款在这里营建别墅；至于蒋介石专用的那幢小洋楼，战前就已由侍从室斥资一万八千块银圆购得，后来又用八千块银圆略事扩建与装修。大体模样是：大门前有一座爬满翠绿藤萝的朱藤架子；四周是松林，可以听松涛、观松景；庭院深深，房前屋后绿地宽阔。正中是两楼一底的小洋楼，为蒋介氏夫妇居住；两旁靠前是平房，挤了几十名侍卫官。

蒋介石一直是国民党政权的权力中心。他人在哪里，哪里就成为事实上的首都。

一九四六年夏天，国共战争早就全面开始之际，他仍有兴致决定到庐山"长住"。那位在华调停国共争端的马歇尔也不得不七上七下庐山找他磋商大事。与此同时，京、沪、汉、穗、平、津的记者也蜂拥上了庐山。

蒋介石这次上庐山的具体日期是一九四六年七月十四日，一住就是两个多月。乘坐美龄号专机飞九江机场，然后换乘防弹小轿车驰向庐山足下。

紧接着戴传贤、宋子文、丁惟汾、陈诚、陈立夫、朱家骅、陈布雷、罗家伦、蒋经国、贺衷寒、陶希圣、马歇尔、司徒雷登、柯可上将（驻华美军总司令）等五十多位有头有脸的人物也相继上山伺候；同时，参加三青团二次代表大会的近千名青年混混也兴高采烈地上山，冀望能一睹"天颜"。

白崇禧也上山去了一次。这位桂系二号人物当然不是去凑热闹，他是去向蒋介石索要国防部的权力，至少要把国防部和参谋总部的权责分开，决不能再像现在这样，两家职权交叉，以致陈诚总是在伸手管国防部的事，弄得他这个部长形同摆设。

一个多月前，也就是一九四六年六月十一日，国防部在南京中央军校内成立了。上午八时，国防部科长以上官员齐集大礼堂开成立大会。部长白崇禧训话，然后参谋总长陈诚介绍新制的特点。讲的人语义混乱，听的人自然是一头雾水，即所谓以己昏昏使人昏昏。十点钟礼成散会，大家完全搞不清楚究竟是国防部管参谋总部，还是国府主席蒋介石管参谋总部；甚至是白崇禧管陈诚，还是陈诚管白崇禧，都被陈诚故意讲成了一笔糊涂账。

原因在于筹备期间的你争我夺并未结束，导致国防部的组织系统不合理，职权不明；内部狗咬狗的人事纠纷不绝如缕；军队派系严重，往往因人设事，任意增添机构，安插私人，以致机构重叠，人浮于事。以上三种情况又互相影响，职权越加不清，互相扯皮，尔虞我诈的事层出不穷，"钩心斗角，迄无宁日"（郭汝瑰语）。人事上的争夺，实际上就是权力分赃。各派系间、各派系内、人与人之间，无不在争权夺利。一次分赃总是不能做到绝对均匀，不可能让各方都满意，其间必会有若干妥协和暂时安排，这就使得一些人屁股尚未坐热就得离开，成了过渡性的"五日京兆"①；有的人要被后台推上高位，就得再次调整，让别人挪位。例如几天之间郭忏就代替黄振球出任联勤总司令，方天、郑介民升任次长，钱卓伦调总长办公厅任厅长。以致一、二、五厅长出缺，再次刮起了争夺旋风。国防部成立也才一个多月，不合理的漏洞暴露无遗。坊间的批评嘲笑越来越多；失意者更是公开谩骂诅咒，或者匿名向蒋介石投柬控诉，无所不用其极。蒋介石居然指派陈诚召开记者招待会平息众怒，置部长白崇禧于高阁。陈诚俨然以国防部负责人姿态，在一次国防部的"总理纪念周"上向列席的记者们解释，说"国防部改组以来，外间批评甚多"。他承认这是大家各自为政，只为本派本系打算造成的。他要求负责军事机构改组事宜的第五厅要注意这些事。

他本人就喜欢安插亲信，在权力上与白崇禧争夺甚烈，却去要求别人大公无私，岂非天方夜谭乎？

陈诚后来下令成立"国防部机构综合检讨委员会"，要求裁减百分之十至百分之二十人员，由刚从国防部次长转任参谋总部次长的林蔚负责；国防部第五厅厅长郭汝瑰任"检委会"秘书长。这个新机构一运作起来，使争夺交椅的风波再次兴起，闹得简直是你死我活。首当其冲的是国防部长与参谋总长权限之争。

国防部的组成，最早是遵照美军代表团所提方案：三军最高统帅权属于总统，中国尚未实行总统制，那就暂属于国民政府主席蒋中正。参谋总长是总统指挥军

---

① "五日京兆"系成语，意为做某一官职的时间极短。请参阅《汉书·张敞传》。

队的最高幕僚；而以组织系统论，参谋总长又隶属于行政院系统的国防部，行政院长隶属于总统。按照这个隶属关系的路线图，参谋总长将完全受制于国防部长。陈诚当然不愿意。这就是他一开始就借蒋介石招牌插手国防部的人事安排、军事节制的原因。他企图借这个"检讨"把隶属关系彻底"纠正"。指使林蔚与美方人员商讨，主张根据参谋总长是最高统帅的最高幕僚这一原则，将系统路线图改成参谋总长直属总统，只拉一条"指导"线到国防部之下。美军代表团团长鲁克斯的私人账户上被无端划入了一百万美金之后，做了妥协，改为画两条隶属线，一条直达总统，一条仍隶属于国防部长。这等于说，你陈诚愿听谁的就听谁的，你甚至可以用总统名义教训国防部长。陈诚是高兴了，而部长与总长的职权则更难划分了。

  白崇禧一向是轻车简从，不闹排场的。只带了两名侍卫、一名副官，就搭乘了一架军用飞机到庐山找蒋介石去了。
  在九江换乘汽车，驰奔十里铺。
  车抵十里铺，停下。副官去雇了一乘软杠轿①。
  此时有几辆小轿车在前后几十辆武装摩托护卫下疾驰而来，停下。宋美龄从车上下来。
  白崇禧想，两口子没同时上山吗？
  正嘀咕着，王陵基从另一辆车内钻出来。
  宋美龄发现了白崇禧，后者只得上前寒暄一番。
  王陵基也跑过来，说白部长怎不先通知一下，我也好尽地主之谊呀。王陵基此时正做着江西省主席。
  宋美龄建议白崇禧一同上山。
  白崇禧说夫人请先起驾，我跟在后面就行了。
  白崇禧坐上自己的软杠轿，摇着纸折扇对副官说，让他们先走，我们跟在后面就是了。他瞅着宋美龄坐上了轿子，却没见王陵基的轿子，纳闷这厮难道不上山吗？宋美龄的轿子上肩启步时，白崇禧却惊讶得张开了嘴巴。那王陵基五十出头的人了，居然紧靠宋美龄轿左，用右手虚抬轿杠而行。前后左右当然布满便衣卫士随行。
  大家一路静悄悄的沿石阶拾级而上。树荫处，十公尺内，就有挎冲锋枪的卫士肃立其间。白崇禧的轿子落后约二三十步，像欣赏西洋镜似的乐滋滋瞅着前面的王陵基。见体魄高大的王陵基身穿全新草绿军服，戴茶色眼镜，左手提一个大

---

  ① 类似于四川的滑竿，但宽大一些、有篷布遮阳，且须四人抬。

公文包，右手扶着宋美龄轿杠，满头大汗，发出气喘吁吁之声。白崇禧心里叹道，昂藏七尺之躯，何苦如此呀。

白崇禧下了轿以后，略事休息，饮了一会儿茶，便去行馆见蒋介石。

蒋介石是个极狡狯的人，见白崇禧秋风黑脸、不事寒暄，便对其来意猜到了七八分；蒋介石又是个深谙羁縻之术的政坛老江湖。对于实力尚存，自己一时难以吞并，又不得不利用其影响的军阀，他绝不轻易与之公开翻脸，尽量保持客客气气。他把这叫作以柔克刚。

"健生，一路辛苦了！快请坐下。我马上叫顺龙①安排下榻之处。"说着便扭头吩咐秘书去通知黄仁霖，给白部长安排行邸。

"总裁，请不要麻烦，禀报事情后我就要返回，不在这里住。"白崇禧并不领情，脸色依然是咄咄逼人。

蒋介石不管，继续施展柔道。笑了笑，说：

"南京城那么热，不要急着回去，教下边把需要的东西送来就行了。"

"谢谢总裁美意！我今天来只有一件事，说完就返回！"白崇禧仍然不领情，从衣服口袋里掏出一个信封，放到面前茶几上，推向侧面坐着的蒋介石那里。

蒋介石见信封上用毛笔写着两个大字：辞呈。不禁愕然，指着那信封，以惊讶的目光看着白崇禧说：

"健生，你这是什么意思呀？"

"崇禧才疏学浅，不堪胜任，所以请辞国防部长职！"

"哎呀！"蒋介石做出一脸的愁苦样子，伸手把那信封复又推向白崇禧那里。"你不能胜任，还有谁能胜任得了呢？收起来收起来，辞什么职呀！"

白崇禧瞅了瞅蒋介石，露出了似笑非笑的神情，故意一本正经地说：

"让陈辞修一并兼任了岂不更好？"

蒋介石愣了一下，明白了白狐狸今天专程登山发脾气的原因了。心里在两三秒钟内打了一个转，便有了化解之法。掼纱帽是不允许的，黄旭初替桂系守着老巢广西，李品仙是安徽省主席，桂系大头目李宗仁是北平行辕主任，桂系的正规军不下二十五万，广西地方部队也不少。这些都必须要加以利用的；但实权也不能给得太多，以防其利用国家资源扶持桂系部队。他故作懵懂地说：

"哪有参谋总长又兼着国防部长的？不合规章，不合规章！"

"陈辞修早就事实上兼了国防部长！"

"什么？健生，这个是……你这样说我就不懂了！"

"国防部一多半的活儿都让他陈辞修干了，岂不是事实上已经兼任了吗？总裁

---

① 黄仁霖，字顺龙，励志社和新生活运动促进会总干事。

索性就让他正式兼了，也就名实相归了呀！"

蒋介石故意愣了一下，旋又做出恍然醒悟的样子，打了个哈哈，说：

"原来是这么回事呀！辞修喜欢揽事，这个是他的老毛病了，健生你不必介意！这样吧，回头我给他说一说，叫他不要干预国防部的事就行了！"

白崇禧冷笑了一下，"总裁，只靠说一说，未必就能治'老毛病'吧？我希望在职权上明确一下国防部与参谋总部的从属关系，以及各自的权限范围。白纸黑字，这样恐怕有效一些！总裁以为如何？"

蒋介石沉吟了一下，顺水推舟，点头说：

"形成文字的东西当然要搞；辞修那里我还是要先说说他，叫他专注于参谋总部的事，不要旁骛。然后……我看这样吧，健生你组建个班子，先搞出个草稿来；然后找辞修商量一下，也可以向美军代表团咨询一下，大家都同意的话，就交给我批示。你看这样可以吗？"

白崇禧瞅了瞅蒋介石，明白新一轮的太极拳开始了。来这里向蒋介石说这个真是多此一举，他后悔自己今天就不该动这个步。事已至此，怎么办？他不想再说什么了，彼以太极来，我则以太极迎之，大家就一起过招吧。他决定照蒋介石的话去搞个草案，然后传给陈诚。料定陈诚不会同意。那也不要紧，他就再直接呈送蒋介石好了。至于批不批准，那只有听凭他了。不过白某也会当仁不让，借这个由头当仁不让，照草案行事，该抓的权就不客气地抓，该揽的事就不客气地揽，包括参谋总部这个理论上应为国防部的下属机构在内。

国防部与参谋总部的扯皮就这样一直扯到最后。

白崇禧刚离开，蒋介石就把陈诚叫来。

进门前，侍卫长俞济时就小声告诉他，白崇禧刚走，看这样子是告刁状来的。

陈诚听了一笑而已。

蒋介石自然不会瞒陈诚，主动把白崇禧告的状一一转述给陈诚。

陈诚边听边点头。听完，沉吟片刻，说：

"总裁，我真不是要跟他白健生抢夺什么、争什么权，我是实在担心他公权私用，利用国防部的权利为桂系谋发展，甚至为他个人谋私利！"

蒋介石点了点头。凝神看了他一下，问道：

"有没有这方面的迹象？"

"总裁，部下我就是因为发现了他这方面的劣迹，所以才担心国防部的公章变成了他白健生的私章！他让李品仙在安徽以省政府名义扩编保安团队，让第八绥靖区司令官夏威将所属部队每个军扩编为五个师，让第二十一集团军副总司令、第七军军长张淦将其所属部队增编两个师。利用国防部新成立权限不明，私自给予番号并且批给装备，薪饷也备案成功。现在桂系部队也许已达三十多万了！另外，他指使别人替他做生意，创建了两个公司，全部启动资金都是从国防部挪用的；有人说他不久还要创办银行。国防部简直成了他桂系的一个分店了！"

蒋介石眉头深锁，看那神情，并无对白某人假公济私、利用职权壮大私家武装的愤慨，却只有很沉重的忧虑。陈诚所揭露的白某人劣迹，他相信没有反唇相诬成分，一定都是事实；而这样的事实岂止白某人一己独为哉。据军统（现在改成保密局了）历年呈送的调查报告，在将校军官中可以说是无人不为。他也处置过几个高级将领，冀能遏制贪腐之势。而杯水车薪，岂能奈何燎原之势；闹不好还会激成兵变。不少时候他只好睁一只眼闭一只眼，将各种送呈要求惩处贪腐军人的报告"留中不发"，不了了之。他长叹一声，看了看陈诚，说：

"让我想想再说吧。"

陈诚看出他是投鼠忌器。陈诚觉得蒋介石已经失去了当年雷厉风行、斩钉截铁的作风，变得十分瞻前顾后。忍不住抱怨地叹了一口气。

蒋介石瞧出了陈诚的情绪。沉默了一忽儿，说：

"辞修，现在正值剿共大局关键时期，我们内部一定要以安定团结为重，能忍的先忍一忍，待剿灭了共产党以后再说！好不好？"顿了顿，又补了一句，"李、白的问题已经二十年了，一直都没有解决好，我也很忧虑！这是个心腹之患，迟早是要解决的！先忍一忍吧。"

陈诚还能说什么呢？他明白，要求立刻就收拾白崇禧，这个太强人所难了。他不禁同情地看了看蒋介石，今年又显老了许多，种种揪心的事困扰老头子啊。他不禁自责起来，作为下属，不仅未能为老头子分忧，运用自己的力量处置事情，反倒把难题上呈，给老头子添堵。他决心非到万不得已，再不上呈矛盾，由自己替老头子排忧解难。

"总裁的训示我明白了！对白健生，我知道怎么去周旋，请总裁不要再忧虑这件事了！"

蒋介石脸上有了淡淡的笑容，点了点头，欣慰地说：

"有了你这句话，我就放心了！"

蒋介石伸手指了指陈诚面前的杯子，那里面是新沏的明前雀舌，示意品茶；他自己则端起了白开水，浅浅啜了一口。借这些动作转换思维，他不想再听内部倾轧的话题。

"辞修，最近军统向我禀报了不少战场情况，前线将领也发来很多捷报。照他们那样说，我粗算了一下，共军差不多被消灭光了！这个可能吗？我看至少一半是胡说八道！你把真实情况说一说，万不可报喜不报忧！"

"我明白，总裁！我一定据实禀报，决不无端夸饰！"陈诚说罢，沉吟片刻，望着蒋介石，神情有点抱歉地说："不过，总裁所收到的捷报，我认为大部分是真实情况;也许夸口之词不会没有,但不会有一半之多!"

蒋介石哦了一声,饶有兴味地瞅着陈诚,注意听其下文。

"因为就总的局势来说,国军节节推进,这个确系事实!以苏北战场为例,李默庵大军席卷了整个苏中,对两淮形成重压之势,收入囊中不过是唾嗟之间的事!"

他在这里隐去了李默庵损兵折将五万多,共军却只被消灭三千多的事实。因为李默庵是他陈诚任十一师师长时的老人,是该师三十一旅旅长,他一手将李默庵推向现在的高位。

陈诚禀报的这些情况,蒋介石虽然早已知道,但经此证实,他就放心了。他叫陈诚且说一说北边情况,即刘伯承部的动向。

当时国共的态势是:

在晋冀鲁豫解放区内,平汉铁路、陇海铁路交汇。内战刚一爆发,国军就在铁路沿线的主要城市集结了十一个整编师共十三万人马。整编五十五师、整编六十八师守卫陇海路开封至徐州段,下一步攻打鲁西南;整编三十师、整编三十二师、整编三十八师、整编四十师、整编八十五师于平汉路新乡及其以南一带,准备袭击豫北;第一战区胡宗南的六个旅和阎锡山的四个师,准备攻击晋南。那时不少部队调往中原协同围剿李先念部,待消灭李部之后再北调完成上述行动。上述那些部署不少是只有番号,暂时并不满员。尤其是陇海路的开封至徐州段,驻防部队仅只整编五十五师、整编六十八师。

共军方面,当苏中的粟裕兴兵出击,陈毅大军也来往于苏鲁皖交界处寻求战机的时候,刘伯承晋冀鲁豫野战军五万人也向陇海路开封至徐州段出击;陈赓、谢富治也率两万人,攻击胡宗南部所占同蒲路南线各据点。

八月十日深夜零点,晋冀鲁豫野战军向正面宽达一百八十公里的陇海路开封至徐州段全面出击。

国军占领的兰封、民权、砀山等地纷纷告急,称全部存储、运输军火的车站仓库和满载这些物资的列车不是被抢劫就是被炮击。

杨勇的七纵队二十旅,在旅长匡斌、政委石新安指挥下,猛攻砀山城。两个团分别从东门、南门攻入,两路夹击,锐不可当。没用多长时间,城内两千多守军缴械投降,砀山车站三十多节车皮内的军用物资全被缴获。

王宏坤第六纵队借雷雨掩护潜近兰封城外。十六旅于城东和城北,十七旅于城西和城南,突然发起攻击。攻打南门的十七旅副旅长尤太忠和参谋长赖光勋指挥四十九、五十两个团正在向南门接近时,看见一列军车沿铁路开来。便顺手将这列军车炸毁了。另外,兰封火车站就在南门外,有两列满载的军列还躺在那里。一列载着十八辆坦克,一列满载弹药;都有几百名国军官兵护卫。尤太忠派一个营发起攻击，企图夺取车上物资。列车上守军立刻下来展开，顽强抵抗；车上坦克开下来，四处开炮。双方在车站上打成僵局。尤太忠命炸开城门。部队从城门洞拥入，与敌展开巷战。天亮的时候，城内战斗胜利结束，而城外车站却还在激战。后来，流弹击中列车，爆炸声惊天动地，国军官兵全被炸死。

三纵八旅和六纵全部，主攻罗王车站，比较顺利。缴获了一车皮美式军服，大家都换上了新衬衣和新军裤——上装当然不能换，干部还分到了长大衣；还有十几吨美国面粉，但炊事员用它蒸出来的馒头，战士们说实在不如咱北方馒头好吃；一千多听美国牛肉罐头，战士们觉得味道好，纷纷吵嚷必须给毛主席送一些去；此外还缴获了六辆崭新的美国吉普。没人会开，只好用骡子拉到纵队司令部，请领导处置。

三纵七、九两个旅攻打民权县城。那里的敌人总共一千一百人，分别把守车站和县城。七旅攻打车站，九旅攻打县城。九旅官兵付出了六百多人伤亡，小小的一座县城却久攻不下。国民党援军正在往这里疾进，三纵只得分出一部分兵力去阻击，这使攻城的兵力更为不足。在持续几天的战斗中，伤亡继续增加，团营干部不断减少。三纵司令员陈锡联后来慨叹"这是纵队成立以来从未有过的"。笔者看来，问题出在两处：一是轻敌，以为七千人打一千人可愉快取胜；二是打笨仗，从陈锡联到旅级指挥员全不动脑子。

整个晋冀鲁豫野战军这次陇海路、平汉路战役共付出了八千官兵伤亡；另外，解放区十万支前民工以两万辆大车、两万副担架随军转战，每天运往前线的白面达一百多万斤，也付出了一千多人伤亡。

二

陈诚说："刘伯承部经国军各路援军反击，伤亡惨重，我们统计的数字是两万多人。后来向北溃逃。我向徐州、郑州两绥署传达了总裁手谕，必须继续追击，务求全歼，让其北逃无路。共军妄称刘伯承为战略家，这次南动居然未曾安排退路。可笑，可笑！"

蒋介石点了点头。他当然记得发布这道命令时，他对全歼刘伯承部所限定的时间是"七日内完成"。

徐州、郑州两绥署指挥的东、西两面大军，将刘伯承部夹压在中间，使之进退两难。此时无论是实力对比还是战略态势，共军都处于绝对劣势，都应该避战让敌，以求保存实力，此后瞅机会再战；但是，一旦撤到黄河以北，豫东和鲁西南这两块具有重要战略意义的解放区就将丢失，苏北、山东和晋冀鲁豫解放区的联系也将被割断。刘伯承意识到，如果这种后果出现，他将受到极大的责难；如果硬要迎敌而上，部队疲惫，弹药消耗过多尚未补充，有全军覆没危险，那样的话罪责就更大了。然而眼下这种态势，若不挫败敌人合击，其得手后不会就此罢手，还会向我黄河以北解放区纵深进犯。看来不迎头抗击也不行。权衡良久，刘伯承最后终于下了决心，并上报中央，准备与敌人一决雌雄。

他考虑敌军从两面夹击过来，类似钳子形状，必须首先挫其一路，才可瓦解其钳形攻势。他选择了从郑州开来的整编第三师。尽管与刘伯承部作战的国军有三十万之众，而向豫东、鲁西南实施攻击前进的只有二十三个旅，二十三个旅中一线部队近十五个旅十万人而已。十万人的部队分别从郑州、徐州两个方向过来，每个方向又兵分三路，所以每一路的兵力不过一个或两个整编师。而且徐州、郑州的部队分属两个指挥系统，加以嫡系与杂牌之间存在着难以化解的矛盾，弱点显而易见。徐州方向来的部队基本上是蒋介石嫡系，其中第五军与整编十一师是国军五大主力中的两支，全副美式装备，机械化运动，必须避让；郑州方向来的部队，只有整编第三师是嫡系，其他都是杂牌军。郑州方向部队的左路是整编四十一师，攻击方向为东明。该师兼有防御任务，不会过深进军；右路是整编五十五师，任务是攻取曹县。这个师曾在民权与刘伯承作战时吃过大亏，存在着虚晃一枪不认真作战的可能性；中路为整编第三师和整编四十七师齐头并进，指向定陶。这两个师之间相距十多公里，具备切割开来的条件。而且整编第三师不久前在中原打了仗后来不及休整，又远道奔波而来，有所疲困。若将其分割出来加以围歼，杂牌部队不会积极来救这个嫡系中的"五大主力"之一的。

整编第三师与整编四十七师都隶属第五绥靖区。而该师师长赵锡田仗恃自己是嫡系和"五大主力"，从来不把绥靖区司令官孙震放在眼里。因为孙震是川军将领，不折不扣的杂牌；而他赵锡田则是黄埔一期生，是郑州绥靖公署主任刘峙的学生，又是陆军总司令顾祝同的外甥。赵锡田路过郑州拜见刘峙时，刘峙给他补充了大量弹药、美国牛肉罐头，还额外给他加配了一个野炮营和坦克连。与顾祝同私交颇厚的刘峙寻思，尽量帮赵锡田一下。若能使其在这次剿灭刘伯承战役中立个大功，就为提拔赵锡田提供了充分理由，实现赵锡田取代孙震的梦想。赵锡田认为胜券在握，故意不向孙震禀报就拥兵赴定陶，企图独得大功。孙震获悉，十分恼怒，巴不得赵锡田此战吃个大亏，最好能阵亡或被俘。

为了围歼赵锡田，刘伯承在战场上集结了三、六、七共三个纵队；他还不放心，又从冀南调取陈再道二纵赶来参战。至此，兵力达到赵锡田部的三倍。这次，毛泽东对他的作战设想和敌我兵力比例都颇满意。以中央军委名义致电刘邓："望令我主力在一个星期内休整完毕，俟（敌整编）第三师两个旅进至适当位置时，集中全力歼灭其一个旅，尔后相机再歼一个旅。该（整编）师系中央军，如能歼灭影响必大。"

赵锡田与共军接仗后，打得十分顺畅，节节推进，势如破竹。参谋长提醒他，进展太顺畅，小心有诈。赵锡田傲岸地回答，共军阵地上丢失的除了背包、军装，还有枪支弹药。若是从容转进，他们是决不会丢掉一支枪一颗子弹的。人家过的是苦日子，哪会舍得呀；再者，共军离开村庄的时候，都会打扫院子、给水缸挑满水，以骗取老百姓好感。你看这次他们住过的村子、农舍，乱得一塌糊涂，显然是仓皇逃遁。

赵锡田踌躇满志，除了不断给蒋介石报捷，还电告刘峙说："飞机不需要了，凭学生现有的装备，不把刘伯承赶下黄河喂鱼，就把他赶进太行山喂狼去。"

刘峙见各路进展出奇地顺畅，也飘飘然起来。居然无端临时改变部署，将原定整编第三师、整编四十七师合击定陶改为整编四十七师单独去攻定陶；却密告赵锡田，据情报刘伯承司令部移驻菏泽，你去奔袭菏泽，捉拿刘伯承，建不世之功吧。这一改变加大了这两个整编师的间距——为二十公里许，让刘伯承喜上眉梢。

刘伯承命令部队继续放弃前边一道道阵地，佯装不支，丢弃装备，引诱整编第三师继续向伏击圈大踏步挺进；待其已然进入时，才命令一部火速插进整编第三师与整编四十七师之间越来越大的空隙，一方面负责打援，一方面参与对整编第三师的包围。

同时，解放区一万多民兵手持武器，两万多民工携带一万多副担架、五千多辆满载弹药、粮食的大车，跟在部队后面。

此时，从郑州方向过来的左路整编四十一师在东明西面遭到共军冀南军区部队的有力阻击，再也无法前进一步；右路整编五十五师在曹县以南遭到共军三纵的一部阻击；至于从徐州方向挺进的部队则十分傲慢，行动迟缓，距离战场尚有六十多公里。

时机成熟了，刘伯承下令进攻。

这天午夜二十三点三十分，赵锡田的师部和三旅、二十旅同时遭到猛攻。

赵锡田只微微一惊，马上镇定下来，傲岸地说这不是送上门来找死了吗。当即命令开炮，又令坦克出来，步兵紧随其后。

不久，外围二十旅五十九团的阵地被突破，团长吴耀东被俘，全团被歼——只有少数官兵脱逃。旋即，旅部与五十八团也失去了联系。

赵锡田这才意识到不妙，开始慌乱起来，急电孙震求援。

参谋长向孙震建议，可令东明方向的整编四十一师袭击刘伯承部侧翼，让赵锡田届时向整编四十一师靠拢，说不定可扭转乱局。

孙震听了，微微一笑，又轻轻摇了摇头。

参谋长立刻省悟了，从此不再开腔。

孙震认为，刘伯承向来用兵谨慎，定然作了围点打援的充分准备。岂能为救赵锡田那厮去牺牲自己的部队；何况，让心存取代自己的赵锡田全军覆灭也未尝不是一件好事。此时刘峙也电令火速救援。作为应付，孙震派出一个团大张旗鼓出发，一路噼噼啪啪乱放枪，虚张声势，好让天上飞机禀告刘峙援军确实出发了。而这个团只前进了十公里，赶快缩进了公路两旁的青纱帐，退回去了。

援兵无望了，赵锡田只好自己突围。叫谭乃大旅长的二十旅向他靠拢；同时再次电求孙震救援，只要求派一个团到老爷庙接应一下。

孙震复电称，援军早就出发，无奈中途遭到有力阻击，请赵师长自己想办法吧。

整编第三师师部最终被陈锡联三纵、杨勇七纵攻破了。赵锡田被俘。

定陶一战胜利结束。整编第三师伤亡五千，被俘一万两千人；刘伯承部伤亡三千五百人。

然而，全线战役并未结束，国军各路大部队的推进仍在继续。第五军与整编十一师很快就攻占了菏泽。接着，这两支部队又向巨野方向攻击前进，意在打通菏济（宁）公路，与友军一起对刘伯承形成合围。不久，第五军到达固集附近，整编十一师凸显于巨野以南的张凤集一带。

刘伯承决定利用整编十一师的凸显位置吃掉他。

刘伯承这次出陇海路的第一仗吃掉敌人一万六，第二仗吃掉赵锡田一万七，不幸有了轻敌情绪。

整编十一师的第一任师长是陈诚，那还是在北伐时期。陈诚对自己的这支起家部队钟爱有加，总是给予最好的装备、最优厚的待遇、最严格的训练。国军不少名将，都曾陆续担任过这个师的师长。现任师长胡琏，刚满三十九岁，黄埔四期生。此人带兵经验丰富，唯才是举，不滥用亲信；对下属和气、公平，时不时还装模作样到兵营与士兵共餐，取得了较高威信。临战时警惕性高，不轻易变更预先的谋划，直夺认准的目标。经过整编后的十一师，兵员充足，全副美械装备，各级军官人才济济。

刘伯承把胡琏当作赵锡田是个极大的失误。

刘伯承命二纵阻击第五军，三、六、七共三个纵队围歼整编十一师之十一旅。

胡琏很快就察觉刘伯承的企图，毫不犹豫就下令停止前进，各旅尽量靠近，占领有利地带，构筑工事。

刘伯承给六纵的具体任务是在一个夜晚借夜幕掩护穿插敌人侧后，分割张凤集十一旅与别的部队之间的联系。然而，六纵楔入敌人核心时却扑了个空。胡琏早已考虑到这一着，预为收紧了部队，缩短了各旅之间距离。六纵只好四处寻找敌人开战。天亮时才在王家垓（村庄）发现胡琏的师部以及一一八旅。这个村庄地势高于周围田畴；刚下过雨，村庄外到处都积水过踝。显然，这里易守难攻，胡琏真会找地方啊。尽管如此，六纵还是不愿放过这个机会，马上就展开了猛烈的进攻。六纵在战斗之间渐渐感觉到这是一块难啃的骨头。没有想到，那一一八旅在短短的一天之内，就构筑了那么坚固的工事：第一道防线是少数人马，主要起警戒哨的作用；其后是一道照明设备；然后逐次是绊发手榴弹阵地，地雷阵地，鹿砦、电网地带；最后才是用深壕和土墙构成的主阵地；主阵地与村内的核心阵地完全隔绝，以防一旦丢失为敌方所乘。核心阵地的工事更加坚固，若无大量重炮，决难摧毁。

六纵数次攻打都以失败告终。

一一八旅大约是看出了虚实，组织强有力反击，轮番进行反冲锋。

六纵伤亡严重，只以主攻王家坂的团而论就伤亡五百多人。

陈锡联的三纵和杨勇的七纵围攻张凤集十一旅也不顺利。

张凤集的敌军其实只有十一旅的第三十二团。

三纵、七纵一开始曾两度攻进村庄。但是，胡琏练兵很重视后续作战能力，轻易不会被冲垮。三十二团沉着应战，凭借坚固工事和强大火力，迅速将突破口封锁，割断突进去的共军与村外主力的联系，意在先围歼这部分共军。一番激战，部分共军溃围而出；另有一部分仍然困在村内。

刘伯承调来生力军，增强攻击力量，力图拯救受困官兵。打了一夜，打开了村西的一角。但占领了村西，攻击部队再也打不进去了，一直僵持胶着。后来，胡琏派出的增援部队突破二纵两个团的阻击，冲进张凤集，将守军接出来。然后一起冲出了战场。

这一仗，晋冀鲁豫野战军三纵、六纵、七纵共伤亡四千一百六十二人，被俘二百七十八人，总计损失四千四百人。国军整编十一师伤亡为四千八百六十三人。

这样的杀敌四千自损四千的结果是刘伯承没有预料到的。他后来承认说：未能大踏步进退以淆乱敌人视听使之暴露弱点，"与敌陷于犄角僵持的笨拙状态"，"结果反陷于被动"，"这种'牛犄角'式的打法甚为不智"。

与刘伯承的这一轮较量，蒋介石最恼怒的是刘峙。撤掉了刘峙郑州绥靖公署主任一职；同时还撤了赵子立第五绥靖区参谋长职务，因为投鼠忌器，怕撤了孙震会惹恼其手下三万川军。

而当陈诚在庐山上向蒋介石细说这场刚刚结束的战役始末时，蒋介石还事后诸葛亮，说：

"伯玉①保存了实力,固然有功,我也给予了嘉奖、旌表;但是未能把握主动权,只在那里被动周旋,没有能够抓住有利战机给予刘伯承毁灭性打击,毕竟也是美中不足之事!"

陈诚向来对蒋介石恭顺逢迎,从来不顶撞,所以点头不迭,口称总裁高见,我辈毕生也学习研究不尽;而胡琏乃其亲信,所以又不得不委婉顶撞一下,维护胡琏在蒋介石心目中的形象。

"总裁的训诲值得伯玉恭习,部下回头详细向他转达;不过当时的情况伯玉也有他的难处。刘经扶是那样一种呆板的指挥,还不容部属有丝毫更改,伯玉岂敢违拗?加以保密局与空军的情报不准,伯玉无法捕捉刘伯承行动的准确踪迹,也是一个无可奈何的因素。"

蒋介石明白他在对胡琏曲予回护,也就不再说什么了;毕竟陈诚也好,胡琏也罢,都是他蒋某人的亲信、爱将。他便掉换了一个话题,问起了胡琏与刘伯承作战战场西边的另一个战场,即山西战场,具体说就是陈赓与胡宗南的较量。

攻占延安建不世之功,是胡宗南最大的愿望。他明白,要实现这个愿望,就要首先切实控制共产党陕甘宁边区侧后的同蒲铁路,在晋南和陕南经营一块牢不可破的后方基地。他此时是第一战区司令长官;与他开战的是他的黄埔同学、晋冀鲁豫野战军第四纵队司令员陈赓。

胡宗南的作战方针是以肃清同蒲铁路南端沿线共军、恢复铁路交通为目的,由他的第一战区派兵入晋,与阎锡山部合作,分别在铁路线的南北对进,形成夹击之势,"一举而破共军主力"。②

七月三日,胡宗南所属整编第一师、整编二十七师、整编九十师,从运城出发,沿同蒲路向北攻击前进。

十三日夜,陈赓四纵突然出现,连续袭击了整编二十七师一部和整编第一师一部。胡军立即收缩,退守闻喜、安邑两地。

山西北部的贺龙晋绥野战军也向阎锡山发动了攻击,将向南前进以呼应胡宗南部的阎锡山部打了回去。

陈赓抓住时机再次出击,连克洪洞以下五座县城;同时向北追剿阎锡山这五座县城的守军。就在此时,闻讯的胡宗南急调整编第一师之第一旅、整编三十师出动增援。还亲赴运城指挥。北撤的阎锡山部也停了下来,把他的第三十四军摆放在介休一线,做出一副与胡宗南部"会猎晋南"之势。

---

① 胡琏字伯玉。
② 《胡宗南手记》文稿,藏中国第二历史档案馆。

见敌人从南北夹击而来,陈赓组织地方武装和民兵阻击北来的阎锡山部,集结四纵主力隐蔽待机。

胡宗南部队慢条斯理进入临汾地区。其整编第一师之一旅二团团长王亚武少将①急于事功,跑得特别快,沿临汾至浮山的公路前进,寻求共军决战,逐渐孤悬于其大部队之外。

战机已至。四纵政委谢富治亲率一个团佯攻一旅旅部及一团;陈赓指挥纵队主力准备围歼二团。

二团开到官雀村,遭到四纵十一旅攻击。王亚武毫不畏惧,沉着应战,同时发电求援。胡宗南派出两路增援部队,紧急驰援。不料共产党地方武装早就在途中掘壕恭候了。援兵首先踩响了一路地雷,旋又踩响另一路连环地雷,只好边排雷边前进,慢如蜗牛。后来终于与共军打阻击的地方部队接触,却怎么也突破不了阻击线,直至二团被歼,团长王亚武阵亡。

紧接着,陈赓旋师赶到陈堰村,配合一直在这里与敌周旋的谢富治政委,将胡部一旅旅部及其所辖一团包围。四纵官兵汗流浃背,穿越无边无际的玉米地、高粱地,从四面八方靠近陈堰村。攻打陈堰村的枪炮声、手榴弹声从白昼响到夜晚;攻守双方从一道阵地一道阵地的争夺,到一个院落一座房子的拉锯,各不相让,都显得十分勇猛。后来,国民党的一团团长被逼退到房顶,居然困兽犹斗,拒不投降,在房顶上窜来窜去继续指挥他的残部。后来失足落下去,被四纵战士捉获。

天边刚露出鱼肚白,陈堰村敌军全部被歼,五千七百名官兵当了俘虏。整编第一师第一旅的副旅长、参谋长也当了俘虏,旅长黄正诚却不见了下落。后来俘虏从一大群俘虏兵里把他指认出来。其时他上身穿着士兵服装,下身军裤却是毛哔叽料子,而且脚蹬皮靴。当获悉与他对阵的是陈赓时,两眼一亮,马上要求见陈赓,说是老同学。

黄正诚见到陈赓,立正敬了个军礼,以黄埔六期小阿弟身份,称陈赓为"学长老大哥",以请教的口吻说:

"这次能与学长老大哥对阵,是正诚的荣幸。但是小弟想不明白,这个仗为什么小弟稀里糊涂的就打败了,以前学到的东西完全用不上?"

陈赓哈哈大笑,然后把十旅旅长周希汉介绍给他,说:

"这位周旅长,穷苦农民出身,没进过黄埔,更没像黄旅长留过洋,但是他打败了你!原因除了'将帅出于行伍'这个道理之外,更重要的是人民的支持——你应该看到,这次战役有多少农民主动承担了全部后勤;告诉你吧,十万男女老

---

① 整编师所辖团相当于旅。

少呀!"

后来黄正诚又问,"国共难道就不可以不打仗吗?"

陈赓肃然道:"不是我们要打仗;是蒋介石坚持要搞独裁,所以他首先就要消灭我们!"

黄正诚还是不明白,一头雾水的样子。"老大哥这话我怎么听不明白呢,他老人家那一大把年纪了,还要搞独裁干什么呢?"

陈赓笑了,拍拍他的肩,说:"不要紧,在人民这边学习一段时期,你就会明白的!"

美国著名记者路易斯·斯特朗是这样记载这次她看到的国军战俘的:

五千七百名俘虏穿着美制军服,戴着漂亮的美军帽子,在尘土飞扬的路上,向北行进。他们一路上受到中国农民的嘲弄:"快看呀,看美国造的帽子衣服,看美国养的兵,专门杀中国穷人来的!这些天杀的狗杂种,跟鬼子一样坏呀!"到了天黑时,这些俘虏都扔掉了自己头上的美制军帽,要求发给共军帽子,要求参加共军。可以完全有把握地断定,不会超过一个星期,这些俘虏将会有五分之四的人成为共军的新兵。他们同时会被告知,他们现在所参加的才是自己阶级的队伍。

庐山上凉风习习。蒋介石客厅的电扇并未停止工作,嘀嘀地响着。

陈诚介绍那些战况,角度与口吻与笔者的叙述自然不尽相同,但内容是一致的。他长叹了一声说:

"寿山多年经营的'天下第一旅',就这么轻易让陈赓给吃掉了!寿山悲痛极了,差点没跳河自杀!幸亏让部属及时抱住了。"

蒋介石恼怒地哼了一声,把水杯重重地磕在茶几上,弄得水花四溅,嘲讽道:

"他如果真想自杀谢罪,那是没人拦得住的——他为什么不用自己的佩枪呢?娘希……哼!"

"总裁也不要生气,寿山虽然输掉了第一回合,可是接下来的战绩还是很不错的!寿山的兵力与装备毕竟大大优于共军。他重新集结重兵,继续北进,夺取了八座城池,占领了铁路线上的大部分要隘,将共军压缩到一块十分窄小的地方。可以预言,用不了多久他就可以克奏肤功,凯旋收兵!"

"要不是其后的战绩,我早就查办他了!"蒋介石说罢,又重重地哼了一声。

陈诚不愿让他老是责难胡宗南,便换了一个话题说:

"总裁,要不要我禀报一下东北的情况?光亭最近在那里干得很有成绩!"

"好吧,说说看。"

三

东北停战令下达后,杜聿明表面文章做得很足,召开记者招待会,声称恪遵上命,勒兵休整;同时攻击共军"蠢蠢欲动","现正集中二万人向驻防拉法的国军进攻"。威胁称"如果共军在停战期间不遵守停战协定实行整军的话,国军将于半月后继续接收东北领土"。

但是,即使没有停战令,北边他也暂时没有足够兵力进攻,只能休整一段时期,等候关内增兵过来。所以就制定了一个北守南攻的计划,呈报蒋介石批准。

八月间,他派郑洞国拥兵进攻热河省,命令必须全部占领热河,以确保北宁路的运输。参战部队为十三军、九十三军、七十一军之九十一师、地方保安部队六个团、汉奸李守信"人民自卫军"万余人,共八万余人。共军驻防热河的是李运昌部十一个旅约五万人。郑洞国先以一部精锐扫荡平泉以东,锦州、古北口铁路以北地区之共军,攻占承德、赤峰、围场等战略要冲。一个月的激战,赶走了李运昌部,占领了热河省全境。

大约在十月间,杜聿明未事先禀报蒋介石和陈诚,派五十二军攻打安东、通化。该军二十五师被共军包围歼灭,师长以下六千五百余人被俘。杜聿明不认为这是自己的部署问题,而是二十五师将领无能。仍然固执地实施既定进攻方针,向南满的临江进犯。在南满民主联军的坚决反击下,并无大的收获,仅以五十二军攻占安东息台。这就是解放军军史上所谓"一保临江"。

这以后国共两军在这一带暂无战事。

林彪、高岗专心致志展开轰轰烈烈的土改以及巩固根据地的工作;随着这项工作的进展,便具有了大规模扩军的条件。在苏军协助下,着手组建远程重炮部队;同时给部队换新枪。新枪的来源一半是苏军提供(销掉了俄文标识),一半是满洲里、佳木斯的兵工厂自造。这两地兵工厂以及非军事性工厂都是由苏军从长春、沈阳等地拆卸的工厂设备构建的,工程师与各车间技师都是苏联人;工厂所有权则是民主联军,厂长、党委书记也都全是由高岗派遣去。

杜聿明苦于所占地方都要派兵把守,不然当地土共就会骚扰甚至袭取之。这么一来能够用于进攻的机动兵力就严重短缺了。他是个急于事功的人;也知道林彪在老毛子积极帮助下正大规模扩军、日以继夜地训练部队,他不能等着东北共军坐大卷土重来。迭电蒋介石、陈诚派兵增援。

土改与扩军、练兵尽管也遭遇无数困难,但也成功跨越了一道道门槛。对于这个,林彪不太担心,反倒感到舒畅。毕竟一切具体工作都由能力和热情都不短缺的高岗这位东北局副书记兼秘书长包揽了;东北局其他几位常委也十分得力。林彪除了抓练兵和部队建设，当然包括制定以后席卷东北的战略计划，此外就什么也不操心了。他曾对毛泽东说，有高岗抓根据地建设，我睡觉踏实多了。

然而，这位一向做派沉稳持重，喜怒不形于色的方面军统帅，有一天却将他办公桌上的文件一股脑儿推到地上，拍桌子骂起娘来。

事后参谋长刘亚楼吐舌惊叹，从来没见过林总这样动怒。

原来，前几天作战科长李作鹏告诉他，副科长王继芳不见了。他惊疑之余，吩咐保卫部、情报部合力查找，生要见人，死要见尸。

政治部主任谭政立刻吩咐所属保卫部的部长钱益民、副部长佟磊，会同参谋部的参谋处长兼作战科长李作鹏、情报处长苏静，限十天内查清下落。

六天之后传来了确凿消息：王继芳在四平时就秘密投敌，向敌人透露了民主联军的虚实；来北满后，复制了作战科所有战略文件，秘密潜逃。现在敌人已将他送到南京，并且叙了少将军衔。这就是林彪震怒的原因。

林彪吩咐，必须除掉这个可恶的白眼狼，决不能让其活在世上。

这个任务具体由保卫部副部长佟磊安排。佟磊立刻派两名得力干部潜赴江南，会同地下党完成这一锄奸任务。

不安宁的地方是在华东苏鲁一隅。

陈毅执意攻打泗县，结果以损兵折将告终。国民党因之看出了虚实，遂决定大举进攻。在苏中、山东、淮北三个方面同时行动。

陈毅见山东解放区首府首当其冲，派一纵前去守卫。而一纵早就被抽空了兵力，哪里能守得住呢？

以临沂为重心的鲁中解放区很快就沦陷了。

关于一纵被抽空兵力的事，王昊《一个老兵心目中的陈毅元帅》[1] 是这样记载的："中央三令五申要求保持和及时补充野战部队，每个团人数不能少于两千至两千五百；必须经常保持满员，每团两千至三千人[2]。给以最好的武器与充足的弹药，勿采取平均主义。第一纵队碰到的倒不是平均主义，军区补充的兵员给了地方部队，一个也不给一纵。迫不得已，第一、第二旅各缩编为两个团，全纵只剩下七个步兵团，而且都不满员……"

由于山野连吃败仗，使苏中苏北部队独力难支。尽管在粟裕指挥下获得了七战七捷这样震惊中外的大胜，但以三万兵力也难以长久独撑危局；加上陈毅固执

---

[1] 上海文艺出版社出版。
[2] 笔者在别的原始史料上发现一纵不少团队不足千人。

地与华中军区争论不休，不积极合作，导致敌人得以集中兵力大举进攻两淮。

蒋军首攻目标是淮阴，然后是淮安。

淮阴是淮安的北大门，牵动解放区军民之心、党中央之心，决不能丢失。华中分局、华中军区请求陈毅预留足够部队守泗阳，以分来敌之势。

陈毅有不同看法。把山野主力撤到六塘河以北，只留下攻打泗县时损失惨重尚来不及恢复元气的九纵防守泗阳。后来蒋军李延年部三个整编师近十万之众南下攻打泗阳，九纵抵敌不住，三天即告失守。

陈毅对守淮阴表现消极。中央电示两淮关系全局，不可丢失，也未能真正说服他。他的心思可能在别的地方。他把主力部署在渔沟、来安之间，说是料定桂系军队会来钻他的口袋，他便可以雪泗县一箭之仇。结果桂军并不凑趣，左等右等都不来。

而此时淮阴却越来越吃紧了。担任主攻的蒋军乃张灵甫整编七十四师，这是蒋军五大主力之一，三万七千人，美械装备，机械化投送兵力。人民解放军华中野战军皮定均旅与九纵防守淮阴，将士用命，英勇卓绝，也无法有效阻抗蒋军攻势。"皮旅"无奈，只好效法关羽水淹七军故事把淮阴城边大运河堤岸挖开，将蒋军的攻击路线淹成一片泽国。而张灵甫的推进只被稍许迟滞了，仍未能根本阻遏。

鉴于这种危局，粟裕主力又远在海安方向，虽衔枚疾走也尚需时日，华中军区迭电请求近在咫尺的陈毅派兵南援。

陈毅同意了。

却始终没有付诸实施。

后来粟裕派遣的先头部队第五旅赶到，给予张灵甫七十四师以出其不意的腰击，才暂时稳住了局势。

不久粟裕亲率第六师赶到淮阴，向陈毅报告，请示下一步行动。同时建议陈毅派兵南援。

陈毅表示马上派六纵南下增援。命粟裕将部队展开，届时六纵赶到后即对七十四师予以夹击。

粟裕认为陈毅这个构想不错。便遵命连夜将部队展开，各就各位，静候六纵开来。

不料次日凌晨陈毅又来电称，六纵不来了。

粟裕等华中同志闻讯大惊失色。部队已然展开，一时根本收不回来。张鼎丞、邓子恢、曾山等人大怒，说用兵如同儿戏，如何得了。

结果敌人就是利用了这种情况，从解放军空虚处突然插入淮阴城。

经过了一天的巷战，颓势铸成，无法挽救了。粟裕只好电禀中央和陈毅，说明蒋军攻入城内后，其后续部队源源不断地跟进。"我军激战一周已十分疲劳，且主力尚未抵达，故决定撤离淮阴。"

张灵甫攻占淮阴不久，又占领了淮安。

解放军在苏中、苏北失去了立足之地。这种本可避免的窘境是就这么造成了，殊为可叹可惜。

一九四六年九月间，粟裕与华中军区几位负责人商榷，并征得了华东局书记饶漱石认同，陆续几次致电中央军委，建议山东野战军与华中野战军联合作战，共同在淮北地区与敌周旋，寻求歼敌机会。

十月十五日中央复电，同意这个建议。电文摘要如次①：

> ……决心在淮北打仗，甚慰。南京息，蒋方计划，引（诱）我（军）去山东，我（军）久不去，乃决心与我在淮北决战。此种情况于我有利。望你们集中山野、华野全力，决不可分散，歼灭东进之敌。然后全军西渡收复运（河）西，于二至三个月内务歼薛岳七至十个旅，就一定能转变局势，收复两淮，并准备将来向中原出动。为执行此神圣任务，陈（毅）、张（鼎丞）、邓（子恢）、曾（山）、粟（裕）团结协和极为必要。在陈毅领导下，大政方针共同决定——你们六人经常在一起以免往返电商贻误戎机，战役指挥权交粟（裕）负责……②

"战役指挥权交粟负责"，次年一月中央电达华东时又强调了一次。这显然是意味深长的。在正司令员在位的情况下，赋予副司令员战役指挥权，不仅在中共历史上是唯一的，在古今中外的军史、战史上也是罕见的。

中央的电报到达三天之后，张灵甫七十四师从淮阴出发，向涟水发动进攻。

守卫涟水城的人民解放军华中野战军部队，人数虽少，却以决死的精神顽强阻击，等待主力增援。

涟水城背靠黄河，解放军以大堤为阵地，打退了敌人多轮冲锋。最后，粟裕调集的援兵赶到，从腰部冲进敌阵，然后分左右发展。致张灵甫部大乱，扔下了六千多具尸体狼狈逃窜，缩回淮阴。

张灵甫对华中野战军的作战大有痛感，为此致函黄埔学长胡琏说："匪军无论战略、战役、战斗皆优于国军。数月来，匪军向东则东，往西则西。本军北调援

---

① 括弧内的字或句为笔者所加——下同。
② 《毛泽东军事文集》第三卷，军事科学出版社、中央文献出版社，1993年12月版，第525页。

鲁，南调援两淮，伤亡过半，决战不能。再过年余，恐死无葬身之地。"①

饶漱石奉中央命，临时专程赶回华东，召集山东和华中领导人开会，总结教训。

粟裕在前线指挥涟水战役未能到会。

会上，大家对解放区的连连丢失深感痛苦，纷纷对陈毅提出了严厉批评。饶漱石的话十分直白，他说不懂军事不要紧可以在战争中逐步学习，总会成为内行的；但是与同志争强好胜，用革命事业和革命战士的生命作赌注，这是什么性质的问题，希望陈毅同志能认真反省。

陈毅承担了责任，表示接受批评。

---

① 原件藏中国第二历史档案馆。

第十三章

一

单月卿收到一份限定由"蚕豆"小组组长亲译的电报,发自华中野战军情报处。

她正要去上班,只好借公用电话向顶头上司请了个假,说要晚去一两个小时。赶快上街叫了辆黄包车,找解根柱去了。

戴传贤受孟淑贤之托,介绍单月卿到陆军医院做护士。

单月卿在苏联情报学院的三年学习期间,只附带学过简单的伤口消毒、包扎以及打针,护理方面更多的技能与知识却没有,只好边学边做。好在"荐头"是党国大员,医院当局对她十分宽容。护士长并不多安排她干具体活儿,最多有时忙不过来时叫她去协助打个针、包扎个什么小伤小疤。

解根柱译出电文,知道华中野战军情报处三天后会来人,向他传达一项任务。

他有点纳闷。以往交代任务都是用电报,这次怎么专门派人来?是什么样特别的任务呀?

三天后的早晨八点钟,他在武定门附近下了秦淮河。租了一艘小船,向下游划去。

秦淮风月,千古绝唱。河水清可见底,鱼游历历可见;两岸芦苇粗大如竹,密如丛林。正值芦花丰盈、飘飞似雪时节,芦、水相映,水天如洗,岂一个"美"字了得。而他却全然无意于此;只对两岸沿河不断的芦苇丛满意,因其几乎遮断了岸上远近行人的视线,河上简直成了与世隔绝的世外桃源。这种优势很快就在他接上客人以后显露出来了——不用去考虑隐秘,什么地方都可以航行、停靠;也不用刻意压低说话声音以防隔墙有耳。

按照约定,他划到晏公庙附近,结缆泊岸。

那里正巧有个极袖珍的河埠头,一道窄窄的石砌阶梯穿越芦苇丛通向岸上。显然组织上预先派人作过勘察。

等候了约莫一个小时,有一位身着浅蓝色绸衫、绸裤的男子,摇着黑色纸折扇,悠闲地沿着石阶而下。

解根柱观察,此人约莫二十五六岁年纪,一米七左右个子,十分强健;脸盘虽然大体是圆形,却有点瘦削,显不出什么特征。

两人通了暗语之后,解根柱便迎他上船,解缆离岸。

　　没什么寒暄,船飘动后,那人便进入了话题。

　　他自报家门,名叫满次轩,是华中野战军情报处的排级参谋,奉朱诚基处长命令,送两位东北的同志来南京。那两位同志是民主联军情报部派到南京执行锄奸任务的。他们先找到华中,请求朱诚基处长协助。朱处长决定由"蚕豆"小组配合东北同志行动。

　　"东北的两位同志现在哪里?"

　　"已经住进了悦宾饭店三一五房间。一位的身份是商人,另一位是商人的伙计;记住,他们是从长沙来的。一会儿我告诉你接头暗语,你今晚上九点去见他们。"

　　解根柱点头唔了一声,沉默了一下,问道:

　　"我能不能知道锄奸对象?"

　　"你们要配合行动,当然有权知道!那家伙是民主联军总部作战科副科长,叛逃以后才知道早在四平还在我军手里的时候就秘密投敌了!现在只知道他到了南京,不知道被安排在敌人哪一个单位。这个要靠你们去查!"

　　"好的,一定完成任务!"

　　"这是林总亲自下的锄奸命令,所以只许完成不许失败!"

　　"请转告林总,放心吧!"

　　交代完了任务,满次轩问他可否用这船顺流送他到秦淮河口,那里与长江交汇处有一艘运布匹的商船在等候,约定他乘那船回江北。

　　这个当然没问题。

　　解根柱一边划船一边与满次轩聊起了闲话来。

　　他说自己在敌占区,能看到的都是敌人报纸,吹嘘造谣居多,不容易了解最近的战略态势,希望满次轩给说说。

　　满次轩微微一笑,点了点头。

　　满次轩告诉他,最近毛主席有个书面讲话,题目是《三个月总结》。毛主席指出,"今后数月是一个重要而困难的时期,必须实行全党紧张的动员和精心设计的作战,从根本上转变军事形势。"《解放日报》社论对此做了准确的说明,"蒋军由战略攻势转为战略守势,解放区军民由战略守势转为战略反攻的重大转变时机,已经不远了。今后几个月,将是这个重大转变的关键!"

　　中央认为,经过此前四个月的战争实践,充分说明,在谈判桌上是不可能实现和平的;并且我们取得的一些胜利也说明,我们确实有能力战胜美式装备的国民党;四个月来的经验与教训也告诉了我们,在我们兵力相对微弱的当下,只要是依托解放区,实行内线作战,我们就能变弱势为强势,往往能以较小代价取得重大胜利,如苏中七战七捷、定陶战役以及东北南满的临江保卫战。而以当下的条件,若过早脱离解放区,深入国统区作战,尤其是攻坚战,遭受重大损失和失败的可能性就很大,大同战役就是明显的例证。大同战役是由聂荣臻决策,由晋绥野战军副司令员张宗逊、晋察冀军区副政委罗瑞卿、晋察冀军区第三纵队司令员杨成武组成的大同前线指挥部统一指挥,从一九四六年七月三十一日开始,到九月十六日以撤离大同、丢失原有根据地集宁告终。上述成功的经验与失败的教训是中央与一些战略区领导的共同认识,例如在战争之前就预先提出类似观点的林彪与粟裕。所以中央决定:暂时以内线作战为主,争取通过大量歼敌,扭转战争态势,适时实现由战略防御转为战略进攻。

解根柱告诉满次轩:国民党方面也有所反省。一九四六年十一月十五日召开了国防部作战会议。陈诚认为,"为争取主动,今后我们应采取战略攻势,战术守势,分区扫荡这一原则。先肃清苏北、鲁南地区,再准备解决刘伯承匪部主力,进一步再准备对刘伯承、聂荣臻两股匪军联合作战。"蒋介石检讨四个月以来损兵折将的原因之后,主张再不能采取以往那样恃强冒进、孤军深入,将杂牌军放在第一线打头阵,过分重视战线的深入和"战略点""战略线"的占领,对作战区域疏于控制等错误做法。应改为稳扎稳打,步步为营;注重歼敌有生力量,切实控制后方,以防敌军穿插;先打敌军弱点,再打强点,逐步推进。在具体作战实施上,采取多路齐头并进、梯级配备的战术;或以较强纵队向共军薄弱侧翼迂回包围,攻击前进的战法。为此,决定向匪区投入的兵力大大增加,共计达到二百一十二个旅一百七十四万人。其六十六个旅用于进攻粟裕之苏皖和陈毅之山东;三十七个旅进攻刘伯承之晋冀鲁豫;二十三个非整编师(即每师一万人上下)进攻聂荣臻之晋察冀;二十个非整编师进攻林彪之北满、南满;二十一个旅包围共匪老巢陕甘宁边区;二十一个旅包围和进攻贺龙之晋绥地区。

国防会议之后,十二月三十日,蒋介石向各战区发出《待天字第七十号密令》:"至明年(一九四七年)上半年各部队作战目标,应以打通陇海、津浦、同蒲、平汉、中东铁路诸线,肃清冀鲁晋陕等地境内股匪,以恢复全国往来交通。"看得出,蒋介石的着眼点首先在华东战场。

蒋介石的这个密令,首先被覃正侯及时传给了魏飘萍,数日后又经镝影证实了其确凿性。

秦淮河上一叶扁舟,掠过飘飞的芦花,顺流漂浮,有时藏舟芦底,有时放乎中流,除了拨正航向,几乎不必太用力去划了。

两人闲聊十分投机,各自说着自己了解的敌我双方情况。

解根柱问对方,"听说华东领导层在战略上有重大争议,不知道是不是统一了?"

满次轩默然片刻，说："统一了，统一了！"

满次轩其实是不愿意透露真相。在党中央的调解下，前一阶段陈毅确实表示了认同张鼎丞、邓子恢、粟裕等同志的主张；不料后来又生枝节，新的争论又发生了。满次轩将话题引到这次南京锄奸方面来，以免解根柱继续追问这个话题。

"我的基本设想是，你的小组搞清了王继芳藏身之地后，设法创造条件，由东北来的同志具体执行。完成了任务，也由你们将东北两位同志安全护送过江。"

"放心吧，一定圆满完成任务！"顿了顿，又说，"今晚我去找东北同志作一些具体商量，然后就开始这项工作！"

满次轩不愿透露的华中分局与陈毅的再次争论，及其涉及的一份重要的密电，足足半个多世纪未能解密，近年来才渐渐为世人所知。

前面提到过，中央决定山野与华中野两路大军合并行动。当时陈毅也表示同意。但由于中央同时又命令"战役指挥交粟裕负责"，结果却影响了山野、华中野合署办公与两军合并的实施。

一九四六年十月上旬，华中军区张鼎丞、邓子恢、粟裕连发三电给陈毅，以当前危局与中央指示为依据，催请陈毅"来此间统一指挥"；"我们始终认为，统一指挥是今后取胜的基本条件。因此建议山野、华（中）野司、政机关必须合并，不要存两套司、政"。

中央也在此时分别致电他们，"今后华中、山东长远依存，合则俱存，分则俱亡。因此，我们认为，两军必须合并，陈粟必须一起行动"。①

尽管陈毅也曾"主张两个野指②合成一个"，后来却忽然改变了主意，提出华中野战军随其退入山东；不然就各自分开，各干各的。

陈毅十月七日和八日电达张鼎丞、邓子恢和粟裕称："目前趋势应是分开南北作战，你们南下负责打南面，我在北面照顾。""如鲁南紧张，则应考虑山野回顾根本"，"我便不能南来你处，只好分任南北。"③

紧接着，陈毅致电毛泽东并抄告饶漱石、华中军区："我意山野必须迅速回鲁，华（中）野应迅速北上派部队恢复淮海区"，"或（尽可）不顾淮海糜烂，让山野北上打仗之后再南下。"④

可见，陈毅无视了中央和毛泽东曾两次来电强调两淮存亡关乎全局，竟认为淮海"糜烂"不要紧。

---

① 江苏省委党史办编《粟裕年谱》，当代中国出版社，2006年版，第191页。
② 野战军指挥部。
③ 《粟裕年谱》，第191页。
④ 同上。

毛泽东早在九月二十二日、二十三日就明确指示陈、粟两部集中行动，陈毅始而同意，继而拒绝两军合并。华中军区张鼎丞、邓子恢、曾山十分焦急，也十分不满，联名给毛泽东发了一份密电。此电十分重要，全文抄录于次：

　　陈（毅）佳电悉。我们对陈此部署决不同意，对陈这几个月在华中指挥亦深表不满。当他大军屯驻陇海时，桂系攻占灵（璧）城。我们建议山野移灵、泗公路间歼灭桂顽，陈不听；后桂顽已占泗城，陈（却又）决攻泗城。我们曾两电建议不应攻泗。陈决心不变，又不亲自指挥，而把如此重任交宋（时轮）一人主持。结果八师、九纵损失甚重，情绪低落。当山野拒守众兴，陈拟北撤回山东，我们建议守泗阳。陈决在众兴与淮阴待机。但以后敌情未明，山野主力即撤到六塘河以北，把泗阳防务交给元气未复之九纵防守。以后李延年①三军南下泗阳，阵地三天即失。陈又不守淮阴。虽经中央电示两淮关系全局，但陈始终不重视，把主力控制于渔沟、来安之间，等待桂顽，（结果）一无所获。而淮阴方面我守军兵力薄弱，主力未到，我们几次求陈派部队南援，终不来。后（华中）五旅赶至，给七十四军②以惨重杀伤。淮阴局面（这才）暂定。六师亦于皓日可到淮阴；陈亦允派二纵南来增援，并派人来要粟谭布置出击。巧晚粟谭遵命布置，将部队摆开。但到皓晨三时半陈又来电，（称）部队不来。此时淮阴守军已摆开，一时收不回来。敌即在此时从我空隙处进入淮阴城。虽经皓日一日巷战，已无可挽救。这完全是由于陈对用兵开玩笑所致。否则不仅淮阴可保，且可歼灭敌人，改变战局。为什么陈如此动摇，固与宋（时轮）有关，但我们估计与陈之（个人）英雄（主义）思想亦不无关系。两淮失后，中央决定山野与华（中）野合并，陈粟统一指挥，命令已（向部队）公布。而陈始终保留两个机关，拖不合并；陈亦自己行动，不（与我们）在一起，仍采取临时接头会商方式。我们屡电建议，陈不采纳。此次因敌知我北移攻宿七十四军，东攻涟水，决一、六师南下配合五旅、皮旅歼敌，要八师接访徐家溜、峻集防务，保持六塘河防线。但陈又于今天提出山野北返山东，甚至让淮海失掉。如按陈如此布置，则六塘河、沭阳一带可能丧失，则一、六师将无归路，因要渡黄河、盐河、前后六塘河、沭河，这对华（中）野是极大威胁。同时陈指挥如此踌躇，山野回鲁南后也不一定打胜仗。而山野、华（中）野分开行动对将来战局无法改变，对全国战局亦有害。因此，我们坚决反对陈这种布置。我们主张：一、

---

① 是时刘峙已撤职，徐州绥靖公署主任为薛岳，副主任为李延年。
② 即整编七十四师。

山野仍应在原地担任后防,候华(中)野十日后北来,再配合作战;二、陈粟应会合一起,不宜分开,使粟能助陈下决心,以便统一两部指挥;三、为了兼顾山东,以八师回鲁南,由叶(飞)去指挥。并要山东补充叶纵五千人;四、如陈定要北返,至少应以二纵留下,山野无论如何要在一、六师北返前确保六塘河与沭阳城,否则前途极坏。

此我们三个人几个月来观察所识,本知无不言之义直告中央。是否妥当,请中央决定;但勿告陈。①

张鼎丞、邓子恢、曾山这三位资历并不浅于陈毅的同志(尤其是前两位,曾是闽西革命根据地的创建者,红军时代始终是毛泽东的坚定支持者)之所以这样做,完全是出于对革命事业负责的动机和责任感。笔者在此依据史料还原史实,无非是想披露真相,别无他意。

对陈粟之间近几个月来在战略方面的分歧,孰是孰非其实毛泽东早有判断。对粟裕不可多得的军事才能他也越来越了解了,对陈毅不长于带兵打仗也越来越痛感于心。让粟裕立刻取代陈毅,对华东战局当然有利无弊。但他踌躇难定。陈毅自尊心、个性很强,去山东赴任也是毛泽东几番劝说才同意的,现在要把他拿掉,会不会太伤人了?而若不及早换将,华东局面"糜烂"下去如何得了呀。朱德、少奇、弼时倒是主张及早换将,毛泽东总是用近乎乞求的目光望着这三位同僚说,大家再斟酌一下好不好?

正当他焦急万分,翘首南望华东战场的时候,张鼎丞等三同志的密电到了。

在家的四位书记传阅之后,任弼时拍了一掌桌子说:这个问题若不及时解决,对华东乃至全国的战局都将产生十分不利的影响,主席决不可再优柔寡断!

毛泽东终于"斟酌"出了一个软性过度的方法,既不伤害陈毅感情,又初步能够解决问题。他百般耐心地向对于这个"优柔寡断"的"软解决"办法不无意见的同僚们解释,让粟裕再打几个胜仗,在华东提升了威信以弥补其资历较浅之憾,那时再做根本解决岂不更好吗。

说得也"似乎不无道理"(任弼时语)。

毛泽东代表中央十月十四日致电陈毅,针对陈要全军回山东的主张,质疑陈毅认为"现在因感渡(运)河向西作战困难,而主张全军入鲁;假如入鲁后仍感作战困难,打不好仗,而苏北各城尽失,那时结果将如何?"②又十分忧虑地对陈毅说:"且渡运(河)作战是你自己曾经同意之方案。此次拟与张(鼎丞)、邓

---

① 此电文藏中央文献档案馆,但读者可在中共中央新闻网搜到。
② 《粟裕传》,当代中国出版社,2000年第1版,第528页。

(子恢)会商,亦以渡运作战列为方案之一。何以元亥电又不相同?如按元亥电实行,你与张、邓、粟诸同志间关系是否将生影响?请对各方利害分析再告。"①

面对领袖苦口婆心的劝说,陈毅终于同意取消自己的主张,暂缓去鲁南,准备与粟裕部一起先在淮海地区打几个好仗。

毛泽东紧接着做出了一个古今中外罕见的人事安排,十月十五日电达陈毅、张鼎丞等人:"在陈(毅)领导下,大政方针共同决定,战役指挥交粟指挥。"②谁也读得懂,大政方针必须集体决定;战役指挥由粟裕全权负责,陈毅事实上成了"决定""大政方针"时的会议召集人。

两个月后,合并成华东野战军的山东、华中部队在副司令员粟裕全权指挥下首战告捷。这个史称宿北战役的大捷,全歼蒋军整编六十九师两万三千人,诚为七战七捷后又一彻底的歼灭战。华东战局开始扭转了。

宿北战役详情下文即将展开。

二

南京城内一条名叫东溪巷的小街,一家名叫悦宾饭店的后门就开在这里。后门的斜对面有一座小小的茶楼,楼上雅间坐了三位客人。解根柱在这里招待东北来的两位同志,扮作"商人"的那位化名为佟超,"随从"化名为辛霸。

一个小时前,解根柱从中央路悦宾饭店正门进入,上了三楼,敲开三一五房间的门,对上了暗号,然后分路到东溪巷这家茶楼。

他们商定了一个大概的工作路线图:先由蚕豆小组查清王继芳藏身地,若能进入其住所行刺自然就简单了;若警戒严不易下手,则设法将其引至一僻静处解决。

商议工作完了后,解根柱问起了东北战局。从国统区报纸上的消息观之,似乎东北局势有些困难。

佟超稍作沉吟,说情况也不尽如此间报纸所云。北满是当前最大的根据地,土改很成功,广大穷苦农民翻身做了主人,对革命十分支持,扩军、筹粮都十分容易。蒋军要想越过松花江侵扰北满不大容易。困难的是南满。南满地域狭小,民主联军只有不到五万人枪。南满部队不久前新开岭一仗,全歼蒋军二十五师,消灭八千余人。这一仗的胜利,打乱了蒋军整个入侵南满的计划,保证了辽东军区机关安全转移;一些医院、工厂、仓库得以安全运过鸭绿江,暂住民主朝鲜境

---

① 同上。
② 《毛泽东军事文集》三卷,军事科学出版社、中央文献出版社,1993年版,第525页。

内。但这并没有扭转南满的劣势。南满民主联军地盘被蒋军挤压得越来越小，部队不得不节节撤退，不安的气氛日趋浓厚。此时的南满解放区只剩下位于长白山麓紧靠民主朝鲜的临江、蒙江、长白、抚松四个县。辽东军区、辽宁省、安东省的机关，三纵、四纵主力，全都挤在这块巴掌大点的地方。而蒋军的四个主力师正向那里开过去。南满部队从战士到中高级指挥员都在呼吁，放弃这块倒霉的地方，到北满去与主力汇合，到林总的帅旗下去。

解根柱好长时间没说话，那两位东北的同志也有一阵没再开腔。这是一个让人担心的情况，也是一个沉重的话题。

可能是为了驱散沉闷的气氛，佟超说："林总有通盘计划，北满的扩军与部队整训都十分成功，东北局势好转不会超过半年！"

"随从"辛霸似乎也希望调换个话题，问谢根柱道：

"今天从南京报上看到，老蒋要召开国民大会了。他是什么意思？"

"他这是在推动登上总统宝座的进程，"解根柱冷笑道，"同时也是个标志性行动——关闭国共和谈的大门！"

聂荣臻部贸然发动大同攻坚战，失败撤围后，其严重后果很快就显现出来了。由于驻守承德一线的晋察冀军区一纵调往大同增援，热河南部、河北东部就没有了可用之兵，事实上已门户洞开。东北的郑洞国部以及河北的孙连仲部乘虚进攻，夺去了承德以及冀东的十五座县城。林彪与关内解放区的陆上通道被切断了；晋察冀解放区首府张家口也一下子陷入了蒋军东西两面夹击的态势。不久，张家口就陷落了。紧接着，赤峰也丢失了。

十天之后，蒋军攻占了高密，打通了胶济铁路。旋又夺取了安阳并威胁邯郸。

全国各解放区大片区域相继丢失。

就在蒋军占领张家口的当天，蒋介石宣布召开制宪国大。他一定是认为大局已定，国民党必胜。

为了这个会顺利召开，也为了各路蒋军消化所占解放区大块区域，同时休整几天以利再战，蒋介石于十一月八日突然向国共两军下令停战，并霸道地单方面宣布十一日生效。

军调部国民党首席成员徐永昌生病，由陈诚代理其职。

陈诚用备忘录形式分别通知马歇尔和周恩来，称政府宣布全面停战。同时威胁中共若不切实执行国民政府主席蒋中正的停战令，准时停止在东北南满与陕西榆林的战事，则应负扩大战事之责。

陈诚还不放心，邀周恩来十一月十一日到宁海路马歇尔寓所面谈。

马歇尔热情地请两位首席成员及其随从秘书落座，吩咐仆佣熬制他带来的咖啡款待。

周恩来面容严肃，但保持着彬彬有礼、举止得体。

陈诚脸上却故作戚忧。与周恩来握手的时候颇用了点力，以示恳切，同时表示私交深厚未减。而当落座以后品尝咖啡时的咂咂有声以及眼里掩不住的光芒，却透露了其踌躇满志的心境。

他微倾上半身，和蔼地看着周恩来，说：

"恩来兄，备忘录谅已垂阅，可不可以先发表高见？"

马歇尔也将他那颗硕大、想必重量不轻的脑袋夸张地点了点，然后瞅着周恩来，说：

"是呀，周先生不妨先抛个石头出来，再引出砖头吧！"

在场的中国人都明白马帅想要说的是抛砖引玉，但没人有闲情逸致去纠正他，只忍不住翕开嘴巴无声地笑了一笑。

周恩来放下杯子，微咳了一下以清清嗓子，说：

"政府单方面宣布停战，我事前一无所知。根据以往经验，只要是政府单方面宣布停战，都有两个目的：一是消化新占领的我解放区土地；二是向前线增派部队，调整部署，此后没过多久就发起了更大规模的攻势；当然，这次恐怕还有个新的内容，为了给你们单方面召开的制宪国大涂抹点和平色彩吧？四个月前，蒋主席宣布过一次停战，后来便攻占了我解放区一百多座城镇。因此，我对这次宣布停战，深感忧虑。尤其使我忧虑的是胡宗南、马鸿逵的部队正在利用停战令的掩护集结大军，准备进攻延安。昨天有四十架次飞机到延安上空进行侦查，多家外电都做了报道。这个事，陈总长不会不知道吧？"

陈诚笑嘻嘻说："这个我还确实不知道！"

马歇尔做出一副和事佬的样子，用半生不熟的汉语说："中国有一个成语叫……叫什么？反正意思是完全没必要的担忧吧……"

陈诚插话道："杞人忧天。"

马歇尔点头说："对对，杞人忧天！我想说的是，停火总比开火好吧？中国人民受战火戕害那么多年，早一天停火，哪怕只是一段时期的停火，对他们应该都是一种贡献！至于中共方面丢失了一百多座城镇，我看没什么大不了的，就算是对和平的一种贡献吧！再说，那一百多座城镇既不是被日本人夺去了，也不是苏联或者我们美国给占领了，国民党也好，共产党也好，不都是你们中国人在管理吗？"

对这样毫无水平的诡辩，周恩来真是愤慨也不是啼笑皆非更不是，只好摇头长叹，不予置辩。掉头对陈诚说：

"政府违背当初政协在重庆做出的决定，单方面召开国民大会，这不是在告诉世人国共已经彻底分裂了吗？在这种情况下，蒋主席给国共双方的军队都下达了停战令，岂非笑谈？而且这次的停战令还预留了开战的借口，那是傻瓜也读得懂的！即使如此，我们仍然愿意做最后的努力，请马帅转达蒋主席，暂缓召开国大，以维持两党合作的最后框架！"

周恩来掉过头对陈诚说："陈总长是政府中人，不知可不可以探听明白政府的真实意向，设法解决万分危急的情况？"

陈诚说："不用探听，政府的意向很明确，那就是就地停战，既不准进兵，也不必退兵！备忘录里面不是陈述得清清楚楚了吗？此外决没有什么幕前幕后的东西，恩来兄大可不必怀疑！"

马歇尔说："我相信只要军事上的问题能得到解决，那是可以影响政治的！所以我认为商谈停战也是可以的，而且愈快停战愈好！至于国民大会，政府要开就让他开好了，只要停战能达成协议，一定会有益于政治方面的妥协！周先生不必有太多的担心，退后一步海阔天高嘛！"

周恩来说："单方面召开国民大会，就是一种事实上的分裂！如果不是明天就将开这个分裂的大会，那么停战有益于政治上各种问题的解决这一说法或许是可以成立的；否则毫无意义！"

十一月十五日召开的国民大会，将历时一年多在打打停停间隙中进行的停战谈判完全否定了，将和谈的道路全部封死了。

镝影利用在参谋总部的有利位置，探得王继芳被安排在参谋总部担任作战参谋。陈诚命令他专门撰写林彪部队高级将领的情况，特别是林彪本人的思维方式、用兵习惯。陈诚的要求是巨细不捐，越详细越好。陈诚特允他的工作可以在家里做，只须每星期一到部里办公厅呈交稿子就行了。这也是为了他的安全。陈诚知道，林彪定会派人追杀锄奸，以为效尤者儆；而陈诚保护他，给他很高的禄位，则是一面招降旗幡，向共军官兵示意，只要归降政府，安全不会有问题，还有高官厚禄之份。镝影告诉了解根柱这些情况；同时也抱歉地说，王继芳的住处没能探得，只听说是在一个与军方全然不搭界的地方。

解根柱说，好吧，我再派人去打探。

孟淑贤在参谋总部是个微不足道的人物，行止不太为人关注，叫她去做这事应该比较方便。他把王继芳的照片交给她，叫她记熟了那张脸后就烧掉。然后每逢星期一就找借口在办公室外蹲守，只要这人进去了再出来，就秘密尾随他，看他住在哪里。其他事就不用管了。

孟淑贤的办事效率真是高，第一个星期一就把情况搞清了。

她告诉解根柱，她尾随那家伙从参谋总部出来，就见两名便衣卫兵已经给他雇好了黄包车。车夫拉上他就被催促往前快跑；两名卫兵则跟在后面追随。孟淑贤赶紧叫了一辆黄包车，远远地跟着。跑了好几条大街，拐进一道小巷，速度慢了下来。最后在一处双扇小门前停下。门两旁有佩戴"南京警司"字样臂章的士兵守卫。那家伙带着两名便衣卫士进去的时候，守卫士兵还向他敬礼呢。知道那是什么地方吗？很多人都认识面向大街的考试院正门即试院路一号①，却不知道它还有个不起眼的后门就开在那道不起眼的小巷子里。

这着实令解根柱吃了一惊，真是做梦也不会想到那逆贼会被安排到这个完全不沾边的机关里藏匿。他沉吟了一下，问孟淑贤有办法混进考试院去搞清那家伙具体住的方位和屋子吗？

孟淑贤说，放心好了，两天内给你结果。

第二天，孟淑贤找了个借口到试院路一号考试院正门找戴传贤。

门岗打电话给尚在公馆用早膳的戴院长，说某某女士求见。

戴传贤教门岗把电话交给求见者。

"淑贤，我还在家里，马上就到。你到院里我办公室去休息，我打电话给值班秘书，他知道招待你的。"

戴传贤不在，她心里一乐，正合孤意呀；乘此时刻，四处看看，说不定得来全不费工夫呢。

进去后，她对值班秘书说，从未到过考试院，希望参观一下。

秘书知道是院长客人，哪有不乐从的。

在距后门内小院十来公尺的一套房子近处，她看见了照片上那厮在打太极拳；旁边椅子上一个俏丽的女人在翻阅画报。

孟淑贤记下了从后门进入直至那厮房间的路径，便离开了。

完成了任务，她这才安心地坐在院长办公室等候戴传贤。

国民代表大会马上要开幕了，主要研究制宪问题，戴传贤要准备做主题发言。不料家里陡生风波，让他手忙脚乱，由是追悔青年时代的荒唐，留下了那么多的孽债。

二十多年前他通过张静江认识了一位美女，名叫赵令仪，一度公开同居，如胶似漆。家里那位后来由如夫人扶正的赵文淑几番干预无果，无可奈何之下，只好默认了这位外室。抗战爆发，戴传贤没让赵令仪去重庆，却将她遣送到浙江省的一个小县城遂安暂住。这一暂住就是九年。

前几天，赵令仪携带养女慕仪到南京寻找他。

---

① 今北京东路四十一——四十三号。

此前多年赵令仪母女的生活费，都是由戴传贤秘书陈天锡从财务科支取并汇出。赵令仪到了南京后便按照信汇地址找到了陈天锡的家。

陈天锡夫妇自然是十分客气地接待。

赵令仪说她知道季陶原配钮夫人早在几年前就病故重庆，续弦赵文淑现在也是多病之身，提出请陈秘书帮忙，她希望回到季陶身边。

陈天锡追随戴传贤多年，深知此公天性。赵令仪如今头发花白，形容憔悴，要想挤入戴府，纯属痴心妄想。只好委婉地但也不失明确地告诉她：不可能。

但是拗不过赵令仪的强求，陈天锡还是向戴传贤禀报了。

戴传贤的反应先是一惊，然后脸上就出现了不胜其烦之色。稍一踌躇，吩咐陈天锡去租一个小宅院，将赵令仪母女安顿到那里。费用到财务科支取。至于陈天锡转达的赵令仪要求见面，戴传贤毫不犹豫就说：不可能。

赵令仪多次苦苦哀求，打了十多次电话，写了十多封信，戴传贤才答应去看望她母女。

她苦苦等待，望穿秋水。戴传贤一次次地延期，久久不来。

后来陈天锡哭丧着脸禀报戴传贤，赵令仪跪在地上向他磕头，哀求他一定说服戴传贤来见上一面。

戴传贤无奈，只好长叹一声说：好吧。

约定在陈天锡家相见。

那天午后，浓云密布，天气格外闷热。赵令仪母女刚进陈天锡家的大门，大雨就倾盆而下。

陈天锡请了一名湖州厨子，精心做了一桌湖州风味的菜肴；也买了两坛湖州黄酒，戴传贤在原配钮夫人影响下，多年来都喜好这一杯。

赵令仪几次到门口去，遥望她的至爱。而一片雨雾，两三丈外什么也看不见。她好几次站到门外，不避雨注，竭力分辨各种驶来的汽车。陈天锡夫妇好几次将她硬拖回屋里。

赵令仪忧心如焚地望着陈天锡夫妇，不断地询问道：

"这么大的雨，怎么会下这么大的雨啊？季陶不会不来了吧？老天爷呀！"

这话无法回答。陈天锡夫妇怜悯地看着她，唯叹息而已。

其实如果不是下雨，戴传贤反倒不会来了。大雨如注，到处都一片黯淡，路上也不容易撞上熟人，他才决定驱车前往。他的座车是很多人都认得出来的。

见到一辆黑色轿车在雨雾中停下，站在门口的赵令仪心里狂跳不止。见一个人下车来，果然是他。赵令仪像疯了似的冲过去，扑到他怀里。她毫无顾忌地放声大哭，直至全身瘫软，跌倒在雨泥成浆的地上。

陈天锡夫妇赶快去扶起她，送到屋里。

一个多小时后，厨子把菜烧好，一件一件送上桌子。陈天锡夫妇、赵令仪母女陪同戴传贤用餐。陈天锡一边给戴传贤斟酒，一边说院长请多尝尝湖州风味的菜肴，那意思是酒却不能多饮。他知道院长近年来查出了高血压，心脏也不太好，但戴传贤还是禁不住饮了几杯。

赵令仪几乎没吃什么，一直在那里倾诉她这么多年来对他的思念和痛苦，边说边泪流不止。

戴传贤也有些愀然。怜悯地瞅了瞅她，当年的美女已不复存在，现在只剩下一张憔悴的面孔以及因而拉长了的下巴，还有那满头的花白。他很难设想这样一个老女人要在他府上长住下去。他倒是有几分喜欢她的养女，漂亮而清纯，像尚未绽放的荷花。

说到最后，她提出了在她自己看来并非是非分的请求：入住戴府；次之也要保持关系，继续做他的外室。

他对此早有心理准备。略一默然，坦率地说：希望她能体谅他的难处。他身居高位，考试院、国民政府、全社会都在看着他，他不能不顾及影响。他要她放心，他会对她母女负责到底。他已做出决定，送她们母女回他的四川老家，在成都落脚。

赵令仪没料到会是这样的结果，辛酸已极，哀怨地叹道：

"真没想到，你这么铁石心肠，就这样把我们踢开了！"

戴传贤愣了一下，不悦地将两手一摊，说：

"你要我怎么办？我又能怎么办？我的儿子都当了交通部民航局长了，孙子也快十岁了，难道你要我在他们面前出乖露丑吗？你们回成都，我已经做了决定；如果你不愿意，那我马上就走了！"

说罢站起来就要动步。

陈天锡夫妇慌忙拉他坐下，一边又劝赵令仪不要太固执。

赵令仪抱着养女哽咽道："没想到你这样心狠，这样无情！早知今日何必当初！慕仪，你以后再不要嫁当官的，当官的一旦官做大了，都会变成负心汉的！"

戴传贤冷然哼了一声，说："我如果无情无义，就不会对你们负责到现在，而且还将负责到底！"

最终，赵令仪还是只得服从戴传贤安排，回成都定居。每月仍由陈秘书汇给生活费；戴传贤又专门给成都老友向育仁和在成都做官的侄儿戴慕陶打招呼，托他们关照赵令仪母女。

三

处理完这些事的次日，也就是孟淑贤借口到考试院找他的那天。

孟淑贤探明了王继芳藏身的方位之后，在院长办公室等他；同时寻思一会儿他来了怎么说话呢，总得说点事吧，当然也不能说是来参观考试院的。老是找不到今天来找他的目的是什么，琢磨半晌，他的脚步声已经响过来了。

随行副官把戴传贤送进办公室。见客人已有了茶，便只给戴传贤沏了一碗送上。安顿好之后，轻轻退出，关上了门。

孟淑贤见戴传贤心力交瘁十分疲乏的样子，以为是高血压、心脏病使然，当然不知道近来还多了赵令仪"寻夫"这档子事。

"你表妹在陆军医院还干得顺心吧？"戴传贤勉强笑了笑，应酬道。

"谢谢你，那地方她很满意！改天我们姐妹请戴先生吃饭，专门答谢！"

"好呀，我等着！"他的心情稍许好了一些，眼睛也有了点儿光彩。毕竟是个登徒子呀。"对了，今天找我，有什么事？"

孟淑贤终于找到一个合适的借口，故意做出羞涩的样子，吞吞吐吐地说：

"你……能不能……帮我个忙？"

"什么忙？直说！你我之间，哈哈，还用得着不好意思吗？"

"能不能借我点钱？我是说银圆——不是法币。"

戴传贤稍稍愣了一下，她可从来没向他开过这个口，今天怎么回事？不过这点小事对他来说算不了什么。马上问道：

"要多少？"

"五十块吧。"

"哎哟，我以为是五万块呢，看你那神态！"戴传贤嘲笑了一句。旋即拿起电话，吩咐秘书到财务科领一百块银圆。

没好一会，秘书将两封银圆——每封五十块，送进来了。戴传贤叫她装进手提袋内。

她说："我写个借据吧。"

戴传贤说："什么话？我又没让你还！"

送走了孟淑贤，他又忙开了——首先得准备明天国民大会上的主题发言。

一九四六年十一月十五日，国民大会开幕。

司徒雷登以驻华大使身份代表美国政府出席；马歇尔的身份是战争调停人，碍于此会有破坏三方调处原则之嫌，不便公开参加。

陈诚是大会主席团成员。今天由他担任执行主席，戴传贤做了主题发言之后，就由他继续主持大会。

陈诚把这当成戏来演,做够了民主、谦逊的姿态。不断地使用"请示各位代表先生"这样的客气话;在他想要说话时,总要先向台下谦恭地笑着问道:"各位代表先生可不可以允许我说几句话?"

大会开始之初,秩序还算不坏;而轮到孙科主持的时候开始乱了起来。司徒雷登后来这样回忆道:"孙科博士,作为临时主持大会的人,没有能力控制同时争着说话的人以维持大会秩序。代表们显然被西方新颖的麦克风所吸引,抢着发言,用武断的语气提出离题万里的议案……对这些离题的过分的热情能起控制作用的只有大元帅①。他坐在前排,不时地向执行主席传送提示的纸条。"甚至有一位肥胖的中年女代表龙骧虎步地大步上台,径直抢过尚在发言者手中的话筒,向台下大声说:"你们男人统统是我们女人的儿子!"这真是声惊四座,全场顿时哑然失语。不过只有片刻,就爆发出了长时间的哄笑。坐在前排的蒋介石没有笑,皱着眉头,嘴里咕噜了一句"娘希匹"——不过在声震屋宇的哄笑声里谁也听不见他那句著名的"乡骂"。那胖女人待哄笑平息,马上又说:"难道不是吗?你们的母亲不是女人吗?"这又惹起了一阵哄笑。孙科可没有陈诚那样的涵养与好作派,急得汗流浃背,在台上团团乱转。最后找来一个工作人员帮忙,连劝带推将那肥妇弄下台去了。

周恩来严正对马歇尔指出,"由于国民大会的开幕,国民党已经关上了谈判的大门!国民党方面特别是蒋主席本人醉心于武力可以解决一切的想法乃是一厢情愿的;共产党永远不会屈服于武力,而是相信只有民心才可能解决问题!"

讲完以后,他就率中共代表团撤离南京回延安去了。

马歇尔与周恩来说了再见之后,派人把蒋介石从大会会场叫了出来,进行了一次忧心忡忡的谈话。从这个谈话,我们看到了这位千方百计想要在中国遏制"赤祸"的军人政客的政治远见与对国民党政权命运的担忧。

> 在最近举行的谈判中,我和司徒雷登博士发现,已经不可能使共产党相信国民政府的善意,甚至不可能使他们相信我们自己(美国)的公平正直。在我看来,国民政府提出的甚至是最宽大的一些办法……都已经由于(国军的)军事行动而失去了作用。据我了解,军事开支正消耗着国民政府预算的百分之九十,从而在我被(蒋介石政府)催促着提出由美国政府提供各种贷款的同时,使国民政府为支持广泛的军事努力而造成了财政上的真空。一旦财政崩溃,国民政府就将陷于危险之中;而共产主义的蔓延也将获得肥沃的

---

① 指蒋介石。

土壤。

共产党军队已经是一支大得不容忽视的军事、社会力量,只靠军事行动消灭他们是不可能的,必须多动脑子,同时动用和平手段。因为在这个国家面临一场彻底的经济崩溃之前,国民政府已然没有能力摧毁共产党了。[①]

马歇尔后来回忆,他告诫了蒋介石达一个多小时,称消灭共产主义的办法很多,并非仅只战争而已。

他说完后,蒋介石不动声色地沉默了一分钟,然后轻描淡写地告诉马歇尔,他有信心在八到十个月内消灭共产党。

对蒋介石的冥顽不灵与自信,马歇尔瞠目结舌,最后只好摇头长叹。他离华返美的当天就对杜鲁门说,中国的陷落不可避免了。

孟淑贤对正在进行中的国民大会完全置若罔闻,对国民党面临的所有军政境遇也无兴趣。这倒不仅仅是她只是个小人物,没有必要去关心"肉食者"的事;而是她觉得自己的世界就是解根柱,她得争取他回到自己的怀抱,决不能让他再在自己视线中消失了。因为"乍暖还寒,最难将息",他若再次消失她知道自己会痛不欲生的。所以她兢兢业业为他做任何事情,用自己的一切努力去感动他,去捂热这块一度冰凉的石头。

她的心境,其实解根柱洞若观火。唯其如此,他深深不安。退后一步怎么样?不行,那会严重伤害她。再说自己的工作也需要她;前进一步去迎合她可以吗?也不可以,因为有违自己的初衷,也许组织上也会提出质疑。如何解决,如何拆解这团纠结的乱麻,他不知道,唯愁肠百结,委决不下。

当她把王继芳居住的房间位置告诉了他,坦言他们定是要诛锄这个人,竟自告奋勇由她去替他干这个活儿时,他再次感到了心灵的颤动,从而更加不安起来。

他说:"不,不行,决不能让你去冒这个险!你一个女孩子,从来没……这样不好!"

她说:"没见过血,见一次不就行了吗?那个地方你们不容易进得去,我去方便多了!"

他坚定地摇摇头,说:"如果脱不了身,就会被指控为共产党,那……"

"不过就是死嘛!"她打断他的话,笑了一笑。"死算不得什么,只要你能承认我就好!"

他心折了,眼眶也有点潮湿,不顾后果地把她揽进怀里,说:

"你不能做这种事,不能暴露,以后我还会有很多事交给你去做!"

[①] 《马歇尔回忆录》,香港亚洲出版社,1951 年版,第 236 页。

他这举动让她甚感意外，也倍觉惊喜。满足地闭上了双眼，用极为绵软的声音在他耳鬓间呢喃道：

"好吧，我听你的……"

接下来，他们商量把那家伙引出洞的办法。

夺取了两淮，蒋介石多少有些轻狂起来。为了配合国大召开，将薛岳从徐州任所召回南京，会同参谋总部制定了一个空前规模的进攻计划。即以十二个整编师二十八个旅共三十五万人，分四路向华中解放区进攻；还特别另派五大主力之一的胡琏整编十一师，专事切断华中解放区与山东解放区的联系，以利聚歼华中解放军。

薛岳具体将华东行动的蒋军分成四个作战集团，对解放军华中野战军形成半包围态势。届时从南、西、北三个方面发起进攻。在挤压解放军山东、华东两军周旋空间的同时，最终迫使华（中）野在苏北残存的狭小地区同他决战。即使不能全歼，也要迫使华（中）野彻底放弃苏北，北退山东。

薛岳的四个集团大略如次：

盐阜兵团，司令官欧震，辖八十三、四十四、二十五、七十等共四个整编师，由东台一线向盐城、阜宁进军；

潍涟兵团，司令官李延年，辖二十八、七十四、一七一等三个整编师以及桂系第七军，由两淮向涟水进攻；尔后继续北上，配合宿迁北犯蒋军，打通陇海路东段交通，并策应该地倒戈之原起义伪军郝鹏举的行动；

峄临兵团，司令官冯治安，辖七十七、二十六两个整编师附加第一快速纵队，从峄县、枣庄、台儿庄地区向傅山口、向城一带进军；

宿新兵团，司令官胡琏，受绥靖公署副主任吴奇伟直接指挥，辖十一、六十九两个整编师，附加四十一旅、预备三旅，由宿迁向新安镇、沭阳进攻，沿陇海线南北两侧扩展其占领区。

十二月十二日、十三日发起进攻，分头突击苏北和鲁南。第一期作战意图为切断解放军华中、鲁南两大野战军的战略联系。

面对敌人四路进攻的严峻态势，怎么应对，成为陈毅与粟裕思考的问题，也是对两大野战军合作以后战斗力的检验，同时也是对华东地区两位最高军事首长战略智商的考验。

陈毅提出了一个五路出击的设想，请大家讨论。

此时饶漱石已回华东。他感到陈毅的考虑有分兵出击之弊，易为敌人分割吃掉。但没有当面否定，只说陈司令员的意见有不少可取之处，例如可以阻遏某些区段敌人的进攻，破其锐气；但大家可以再考虑，看看还有没有更有效、又更能减少我军损失的办法。私下却对粟裕说，陈毅的计划不能实施，不然将造成全线被动，有被敌人分割包围的危险；毛主席把战役指挥权交给了你，事实上是把最后拍板权交给了你。你必须拿出个万全之策，取代他的笨办法。陈毅那里我去说。

粟裕皱着眉头沉吟半晌，说，还是我去请示他好一些，以免发生误会。

饶漱石想了想，点点头说，好吧，就这样办。

几天前，粟裕奉毛泽东命只身离开涟水北上与陈毅合署办公，策划宿北战役。涟水的防守交给了华中野战军政委谭震林。

谭震林率领王必成第六师以及少量地方部队共一万人许，信心十足地在那里等候一个多月前进犯涟水遭损兵折将的张灵甫整编七十四师。

谭震林轻敌了。他上了张灵甫极为"初级"的当——声东击西，没判明真实情况就将大部分兵力摆在涟水南面；而张灵甫主力却从西面乘虚而入。幸赖王必成临败不乱，紧急转兵，实施补救，打死打伤张灵甫一万余人。但最终未能挽狂澜于既倒，伤亡五千多人，放弃涟水。

陈毅大为光火，宣称必须追究丢失涟水之责。

此事若要追责，主要指挥员谭震林首先脱不了干系；陈毅却要追究王必成。他口头通知六师副政委江渭清，令其代行师长职，要将王必成撤职查办。

粟裕认为不公平，王必成并非涟水前线最高主管，不应承担主要责任。他请来华东局最高领导饶漱石，当着陈毅的面陈述自己的意见。

饶漱石也觉得，要处理也应该是谭震林，怎么能是王必成呢？况且王必成临败不乱紧急处置，还有消灭敌军万人之功嘛。

陈毅听后，只好作罢。

然后是研究如何粉碎薛岳的四路进攻计划。

粟裕没有对陈毅的五路迎敌设想说长道短，只提出了自己的考虑。

当前，在蒋军向华东地区进犯的四路大军中，东台、两淮、峄枣这三路因为刚刚受到阻击，推进速度会因谨慎而变慢；从宿迁出动的这一路，当会考虑到陈毅主力在陇海路以北，粟裕主力尚在盐城以北，必然会抓住机会乘虚快进。

情况果不出粟裕所料，十二月十三日，宿迁来敌分左右两个纵队快速推进，沿宿、新（新安镇）公路（宿迁正北面），宿、沭（沭阳）公路（宿迁东北面）分头并进，已不知不觉拉大了与另三路大军的距离一百公里、一百五十公里不等。其左翼整编六十九师占领晓店子、嶂山镇，右翼整编十一师占领曹家集、高圩。

粟裕想，右翼整编十一师是蒋军五大主力之一，附加有一个炮团，全系美械装备。师长胡琏具有良好的军人秉性、作战经验丰富。该师刚从鲁西南调到苏北，不熟悉地形与敌情，以胡琏性格必会谨慎从事；相比之下，整编六十九师冒进的可能性很大。其师长戴之奇是蒋经国的心腹，江西青干班学员，自诩为太子系，早年参加过北伐，抗战期间参加过众多名战，在进犯解放区的各路蒋军中他一直是急先锋，没吃过大亏，所以十分骄狂。本着先打孤悬于外之敌的原则，应先打宿迁来敌；然后又本着先弱后强的原则，先打戴之奇六十九师，然后再转而收拾胡琏整编十一师。

饶漱石、陈毅都同意粟裕主张。

会后，陈毅以军事总负责名义将这计划电告中央，特别在电报上说明，"粟已到达此间，此计划是粟一起参加讨论制定的。"

中央复电"同意"。

第十四章

一

解根柱问孟淑贤，有没有办法接近王继芳的女人？

孟淑贤的思维盘旋了一下，马上回答有办法。

解根柱略歪脑袋瞅着她，问什么办法？

她说，这你就别管了；考试院内我有不少熟人，还怕不能制造个认识的机会吗？

他对她的办事能力深信不疑，点了点头。只叮嘱要抓紧。

她迟疑了一下，问为什么要去接近那女人？

他说，这是把王继芳骗出来的第一步。不过，你去接近那女人，最好别让考试院的人瞧见。

她默然片刻，点头说我会注意的。

她的办法很简单。有一天下午，瞅着戴传贤还在考试院办公，便跑去找他闲聊。

戴传贤对她始终没死心，当然不会不乐意。聊到五点多钟，戴传贤表示要请她去吃大餐。

她皱起了眉头，说那有什么好吃的，我一想起那些大盘大碗就发腻；不如就到考试院后门外小巷子去吧，那里有几家小馆子，又干净又做得精致。好不好？

戴传贤略有点惊讶地瞅着她说，你怎么比我还熟呀？

她诡秘地笑道，每次来我都是从后门进的，我不想让太多人看见我经常在这儿窜进窜出的。

他们必须取道王继芳藏匿的小院才能出后门。经过那里的时候，她有意轻轻挽上戴传贤胳臂。后者却以为是亲昵的表示，心里乐滋滋的。

王继芳和完颜如璧在院子里闲坐。他们自然认识戴传贤，赶紧起身，恭敬地鞠躬如仪。

戴传贤看也不看他们，只略点了点头。

孟淑贤则扭头瞅了完颜如璧一下，同时投以友善的一笑。

完颜如璧受宠若惊，鞠躬不止。

就在解根柱这个锄奸的小小"战役"按预定计划展开之际，粟裕的宿北战役也按预定计划展开了。

抗日战争以来，粟裕大部分时间在苏中作战。华中野战军几支主力部队在他的领导下由小变大、由弱变强，各自的特点、长短，指挥员的性格、优点缺点，他都了如指掌，战役部署时总能把这些部下摆放到足以扬长避短的地方。现在两大野战军汇合了。这次战役使用的大部分是山野部队，除了叶飞的一纵（原属粟裕节制），粟裕都不了解。即使是叶飞的一纵，离开也一年了，部队构成、各级干部多有变化。这次粟裕奉命火速北上，参谋人员一个也没带，他在新的司令部里面对的全是陌生面孔。这些陌生的同志的工作作风能和自己迅速形成默契从而步调合拍吗？他的作战意图能通过他们不折不扣地贯彻落实吗？他的心里出现了从未有过的恍惚与无把握。另外，敌对一方的情况他也尚未来得及研究，其指挥官的性格与用兵特点、部队装备情况、部队编成，都不甚了了。而这些都是克敌制胜必须掌握的情况。

此时毛泽东又连发数电给陈毅，强调宿北战役"只许打胜，不许打败"。那意思多少包含了必须保证战役指挥的各条通道顺畅之意。

陈毅乃聪明人，哪能不懂"个中"含义呢。

陈毅指示作战科长金冶向山野司令部全体人员传达他的指示。

金冶翻开自己记录领导指示的本子，向大家说：

陈司令员对我们参谋人员做了三条指示。第一，即将展开的战役，由粟司令员全权指挥，这是毛主席的决定。粟司令员是我党我军杰出的军事家，每战必胜，毛主席对他评价很高，充分信赖。大家在他的领导下工作，可以学到很多东西。大家一定要认真执行他的命令，实现他的作战意图。这样，就是以实际行动贯彻了毛主席指示。第二，粟司令员待人宽厚温和；但是对工作要求很严，一丝不苟。你们各自掌握的工作情况一定要具体、准确，数字要做到精确。因为粟司令员最不喜欢听的就是"差不多""可能""大概"一类不确定的词。第三，粟司令员指挥打仗有个习惯，喜欢长时间研究地图。遇到这种情况，大家尽量不要去打扰他，不要大声说话，以免干扰他的思路。陈司令员说了，谁违背了这三条，就可能影响战役胜利，那就要军法从事。

陈毅又邀上粟裕去各部队走走，让他熟悉部队及其领导。

他俩在参谋人员和卫队簇拥下，骑马沿宿、沭公路，到离宿迁城二十多公里的来龙庵。这是宿迁之敌向东北方向进犯的必经之路。九纵外加二纵的一个旅就部署在这里，负责阻击。官兵们正在修筑工事，大家都脱光了膀子，尽管天气十分寒冷。

陈毅把二纵司令员韦国清介绍给了他。谑称这是我们的"桂系"，广西一只虎。

韦国清忙扔下铁锹,从刚挖成的战壕里跃上来。举起手向粟裕敬礼说:"报告粟司令员,我们正在修工事。请司令员检查,批评!"声音里有点自满味道。

粟裕和蔼地点点头,伸过手去,紧紧与他相握。然后细细研究远远近近这些即将完成的交通壕和堑壕。与陈毅交换了一下眼神,掉头问韦国清道:

"韦国清同志,这次我们要对付的敌军,他们主要的火炮有哪些?"

韦国清心里颇得意,这个功课他做得不差呀。不假思索就回答道:

"报告粟司令员,除了一门加农炮,其他全部是榴弹炮!"

粟裕唔了一声,略点了一下头,紧接着又问道:

"榴弹炮的杀伤范围和特点是什么?"

韦国清愣住了,旋即不好意思地红脸了。"司令员,我明白了!马上整改!"

粟裕说:"交通壕、堑壕都很好,深度、宽度都符合要求;现在要着重把单兵掩体加大距离——纵深与横距都须这样搞。因为榴弹炮的弹道弯曲,射程短,专门对付大面积目标。其破片多,对集团步兵威胁极大。所以要拉大单兵间距,以减少伤亡。"

韦国清十分佩服,觉得粟司令员真是心细如发,对工事的修筑十分讲究,不容有丝毫苟且。以后在他手下工作,可得加倍认真。

视察完防御阵地,陈毅、粟裕策马到五花顶。这个地方位居宿迁与新安镇的接合部,离公路只五公里,周围山峦起伏、树林覆盖。到了山脉弯曲处,看见一个宽敞的山洞。洞外几十米远近电线密布;洞前五十米设置了一个连的警卫。陈毅请粟裕看看是否满意。

"他们选这个地方做你的战役指挥部,你看合不合适?不要勉强,如果觉得不适合,叫他们马上重选!"

"这里距主战场近,又很隐蔽,我看很好!司令员,你觉得怎么样?"

"哈哈哈,毛主席叫你老弟唱主角,你觉得行就行,不要问我!老哥保证把后勤给你搞好就是了!"

粟裕是个容易动感情的人,霎时想起了抗战期间陈毅做支队司令员,他做副司令员,两人共同走过的那些风风雨雨。禁不住伸出两手,紧紧握住陈毅的手说:

"谢谢司令员!但是司令员也不要忘了,主席电报里有一句'在陈毅领导下',所以,司令员不能放弃了对全盘战役、对我个人的监督、领导之责!"

陈毅哈哈大笑,拍了拍粟裕,说:

"不会放弃,不会放弃!我们是共同策划了战役计划,当然要共同承担责任!"

"还有——要共同接受胜利的喜悦和荣誉!"

"对头！老伙计！"

敌军正在推进，战斗即将打响，中共中央来电指示成立华东军区、华东野战军；野战军属华东军区和中央军委双重领导。人员组成为：华东军区司令员陈毅，政委由华东局书记饶漱石兼，副政委黎玉，参谋长陈士榘；华东野战军司令员、政委陈毅，副司令员粟裕，副政委谭震林，参谋长陈士榘。电报再一次强调了华野的军事指挥交粟裕负责。于是，当发布命令的时候，第一次使用了华东野战军这个辉煌的名号。

五花顶山洞内的电话响起来，火线指挥员向粟司令员报告：蒋军整编十一师和整编六十九师以扇形姿态向前推进。整编六十九师全部钻进了我预设口袋。

粟裕查验了一下地图，用手指敲了一下整编六十九师现时方位，抬头对陈士榘说：

"现在是分割的最佳时机！参谋长，下命令吧！"

"是，司令员！"

陈士榘是一位非常优秀的参谋长，记忆力特别强，从来不用笔，能把首长的指示、战略谋划巨细不捐地牢记胸中，然后一字不错地传达给下面各纵首长；而且他本人就熟读兵书，身经百战，深刻领会毛泽东军事思想，能在关键之际向首长提供合理化建议。

他遵照粟裕预定的计划向部队下达了命令：把整编六十九师分割出来，将我军优势兵力部署在宿迁以北公路两侧高地上，届时两翼夹攻将其歼灭。投入这个主战场的是山野一、二两个纵队，七、八两个师，以及华（中）野九纵，共二十五个团。华（中）野九纵以三个团阻击整编十一师；两个团与整编六十九师纠缠，助长其骄气，将其引入预设的口袋；另有二十八个团专门负责监视其他三路蒋军的大兵团，以防其向此间突进。

黄昏时分，整编六十九师师部和二六七团进入人和圩。其他各旅紧随其后。

对整编六十九师的作战，也不是一口吞下全部，而是分成几口吃完。所以预为安排山野一纵负责穿插敌军接合部并分割之、山野八师负责占据战场制高点。

陈毅专注地监视着战场态势。一时忘记了"战役交粟裕负责"，忍不住时不时插手战场事务，事先也没与粟裕联系。叶飞刚刚率领一纵进入出击地域，他就命令参谋们传去命令，说他判明当面之敌已开始溃退，赶快追击，与二纵一起截住敌人。

叶飞急令三个旅飞速向战场纵深突进。

而敌人并未溃逃，只是部伍整齐地后撤了半华里以避共军锋锐，正在构筑新的工事。叶飞大惊失色。更严重的是二纵的出击方向毫无动静——后来知道，二纵司令员多了个心眼，在电话里追问了一句是否粟司令员下的命令。听到参谋回答是陈司令员，便没有执行，理由是不符合"战役交粟裕负责"的中央指示。如此，一纵便有孤军深入之虞，犯了兵家大忌，从而毁坏整个战役。叶飞赶紧命令部队止步，速回原出发地。早上七时，一、二两个旅成功返回；三旅的两个前卫团冲得太快，传达叶飞命令的通讯员追上他们时已是八时，部队竟已深入到整编十一师腹地，撤不回来了。面对这两个团身陷险地，叶飞拍桌子骂娘，声称一定要找野司①那个下命令的参谋算账。

身陷险境的那两个团真是好样的，沉着应对，决定既来之则安之，不顾一切地展开了主动攻击。一个团负责掩护；一个团负责进攻，冲进了整编十一师师部附近的村庄，将敌军工兵营、骑兵营歼灭，打垮了师属榴弹炮团。从白昼打到夜晚。后来占领了运河上的喜凤桥。此桥距胡琏师部两百二十米，若非兵力太小打不过去，那就会将胡琏捉住了。

胡琏见共军攻势凶猛，疑为遭到主力攻击。急忙调集各部向师部靠拢。天亮之后，发现共军已不见踪影。他十分纳闷，一支主力部队昨夜不知从什么地方插向这里，现在又突然失去踪迹，行动怎么如此轻捷？

其实，那两个英雄的团队见好就收，打得正凶猛之际，突然偃旗束甲，迅速脱离战场，返回了纵队。

叶飞这才松了一口气。

八师对敌军在退却途中抢占的峰山展开攻击。战斗进行得十分不易，付出了较大代价。

峰山是个海拔不到千米的小丘。丘下三公里处是一个叫晓店的村庄，戴之奇师部驻村内。因而这个峰山此刻成了整编六十九师命运的要地，一旦丢失将无所依托。

戴之奇师长命令预备三旅之第七团死守。

七团把山上的树木全部砍光以清除视界；挖筑规范的壕沟，配备了强大火力。峰山下是宿北平原，地势平坦。显而易见，此处易守难攻。

解放军八师来到战场，趁夜色掩护，用五倍于敌的兵力从两面攻打。

二十三团一营从西南面仰攻。冲锋了三次都没能成功，还付出了沉重代价，沿途遍布尸体，伤员也无法抬下来。到了凌晨三时仍无结果，一会儿天亮了就会影响整个战斗进程。原本五百多兵力的这个营，只剩下七十多人了。他们决心誓死拿下这个顽固的山头。在团属炮兵连、机枪连的支援下，七十多位英雄爬向鹿砦，炸开铁丝网，在壕沟里搭起人梯爬向山顶。教导员徐永正头顶上被弹片擦破，血流满面，遮住了视线，仍然身先士卒冲在最前面。

---

① 野战军司令员。

从另一面冲上山顶的二十四团一营一连占领了部分阵地，接应徐永正部上山。两部终于会师。

峰山既克，一纵从峰山以南插到整编六十九师侧后，彻底切断了整编六十九师与整编十一师的联系。

二纵、九纵也完成了对整编六十九师的包围。

戴之奇命令不惜一切代价夺回峰山。

其预备三旅外加六十旅的两个团，在炮火与徐州派来的飞机协同支援下，向峰山轮番冲锋。

解放军八师集中所有的火力坚守这个制高点。外围四面八方的解放军则以这个制高点峰山为核心，将戴之奇部队往里挤压。包围圈越来越缩小，峰山顶上的红色军旗与外围各包围部队的红色军旗可以隐约相望了。

狂妄的戴之奇终于彻底明白，凭他的力量，不仅不能取胜，而且无法突围出去了。他手不离步话机话筒，不断呼叫胡琏，请求向此间靠拢，救他出去。

胡琏认为，解救整编六十九师，于公于私，都义不容辞。即刻调整部署，令先头部队向峰山和晓店方向攻击前进；他自己亲率本部主力随后跟进。心想若能靠近包围圈，与戴之奇内外合力攻击，不仅能救戴，说不定还可全线转败为胜，打垮共军。

然而，解放军的阻击线十分强固，采取的是钳制消耗战术，凭借纵深阵地与之纠缠，咬住不放。

整编十一师完全丧失了行动自由，每移动一步，都要付出不小的代价。自从改为向峰山与晓店方向前进、调整成新的阵势以来就很不顺利，处处受到解放军掣肘。折腾了两天，付出了重大代价才完成了预定的部署，第三天终于得以向峰山、晓店方向攻击前进。尽管如此，在解放军层层阻击下，其十一旅旅长杨伯涛后来撰文回忆当时情景"几于跬步前进。距峰山晓店仅十余公里，耳听那里密集的枪炮声，逆知形势危殆"，但就是无法冲过去向戴之奇伸出援手。"胡琏心急如焚，一度亲自上阵，督促各部尽一切手段奋力攻击；并一再给戴之奇打气，鼓励他再坚守一天，决心以破釜沉舟之志竭尽全力，拼命一搏。"①

胡琏最终劳而无功。

整编六十九师的阵地终于全线崩溃。

黄保德旅长率领六十旅擅自突围，将师部扔下不管。但也没跑脱，很快就被解放军一纵、八师包围，不到一个小时就被全歼。

---

① 《文史资料选辑》第三十一辑，第69页。

戴之奇已指挥不动各旅，只好令特务营打先锋，师部紧随其后向外冲。结果根本冲不出去，被猛烈的炮火打了回来。后来又被打出了晓店，退到人和圩。勉强将各旅逃过来的残部集合起来，准备坚守待援。

粟裕下令，务必于十八日攻下人和圩，完成全歼任务。

二纵司令员韦国清向野司报告，第一次攻击失利。

陈士榘将电话交给粟裕，同时陈述了韦国清报告的具体情况。

粟裕温和地对韦国清说，不要急躁，要冷静地想办法。这样吧，你把所有火炮——包括刚刚缴获的，集中在一起，专门打人和圩的工事，猛击半个小时，然后再用步兵总攻。

轰塌了人和圩全部工事之后，解放军一纵、二纵、九纵、七师、八师、五旅，从四面八方冲向人和圩。

戴之奇明白大势已去，拔枪自杀了。

胡琏知道整编六十九师已全军覆没，开始担心自己的处境来。命令停止攻击，由原地占领阵地构筑工事，转为防守态势。急电绥署副主任吴奇伟，请求速调部队策应，称"形势极为紧张"。

不料解放军并没有转兵包围他，而是打扫战场，满载战利品，押解俘虏，从容撤离战场。

这场宿北战役歼敌共两万一千人，俘虏九千多人；解放军伤亡三千多人，其中阵亡一千人。

整编十一师小心翼翼，严阵以待，几天也不见动静。派人去侦察，才知道解放军早已撤走。紧张气氛才得以缓和。胡琏慨叹道，用兵如此难以逆料，山东共军看来一定是易帅了。

二

一九四七年二月二十日一大早，国府主席侍卫长俞济时中将就拨通了蒋经国公馆的电话。

"请问是哪一位呀？"

蒋经国刚在餐桌边坐下，面对妻子蒋方良摆出的俄式列巴、牛奶等物，正要动刀叉，又不得不去接电话。

他们每天的餐桌分两个国度，早餐为俄式，表示对那段生活的留恋与回味；也为了照顾妻子的口味。午、晚两餐则是中式的，而且倾向于奉化味。

"经国兄，我俞济时呀。"

"啊，侍卫长呀，你好你好。有什么吩咐吗？"

"这么早就打扰经国兄，真对不住呀。是这样的，校长今天要去巡视两个地方，北平和济南，经国兄可不可以一同去呀？"

"好的好的，我马上来！"

蒋经国明白这是父亲点名要他同行，急忙换上衣服。

副官早已叫司机把车开出来伺候。

到了黄浦路官邸，俞济时已在门外候着了。大家笑嘻嘻客气了一番，俞济时引领他往里走，直送到蒋介石办公室门口。

蒋介石坐在长沙发上，蒋经国垂手站在他面前，聆听训示。

蒋介石端详儿子，皱了皱眉头，问道："脸色怎么不大好？是……没吃早饭吧？"

蒋经国赔笑道："不要紧，阿爸不必担心！"

蒋介石不以为然地哼了一声，"不吃早饭怎么行！叫他们搞一碗馄饨或者面条来，你边吃边听我给你说情况。"

旋说旋摁铃叫人。

秘书进来后，蒋介石吩咐他去小厨房，尽快弄点吃的来。

蒋介石指了指对面的单人沙发，示意儿子坐下。然后说：

"当前全国的局势，你也知道，是一个十分关键的时期！这个是……军事方面我倒不怎么担心，一年内消灭共产党，我还是有把握的！我担心的是内部呀！"说到这里，没马上往下说，无目的地瞧着对面关闭着的门，脸上有忧虑之色。

"阿爸是说，内部的派系倾轧？"蒋经国小心地问道。

蒋介石摇了摇头："癣疥之疾，不足以致命！"

蒋经国冥思苦想了一番，困惑地望着父亲。"那，是不是财政方面的问题？"

他知道一些财政上的问题，诸如赤字超过年收入很多倍，通货膨胀越来越难以遏制。他也知道这些都与宋子文出任行政院长有直接关系。

宋子文重新执掌大权以后，在满足个人及其家族的贪欲方面，比过去更加为所欲为；当然，他也的确希望理顺财政，恢复经济，并曾对此充满了信心。然而，抗战以来的财政困境，并未因宋子文的改革而有所改善，相反进一步恶化了。就财政收支情况看：一九四五年，法币发行额为一万零三百一十九亿元，政府支出数为二万三千四百八十点八五亿元，政府收入数为一万二千四百一十三点八九亿元，财政赤字数为一万一千零六十六点九六亿元；一九四六年，法币发行额度为三万七千二百六十一亿元，政府支出数为七万五千七百四十七点九亿元，政府收入数为二万八千七百六十九点八八亿元，财政赤字为四万六千九百七十八点零二亿元。

宋子文不仅无法使财政收支达到平衡，以解决财政危机，他所采取的若干经济政策更使中国的民族工业日趋萧条。战后，由于官僚资本对工商业的垄断、美国的"剩余物资"（其中不少是从日本和德国掠夺的战利品）在中国大量倾销，以及"官倒"大行其道，民族工商业遭受沉重打击，破产的企业与日俱增。从一九四五年八月抗战胜利至一九四六年五月，重庆的一千八百多家工厂，倒闭者占百分之十九，为三百四十四家。据一九四六年十二月十六日《联合晚报》报道，四川中小工业联合会原有会员一千二百家，已关闭百分之八十。至于包括上海在内的广大收复区，绝大部分濒临破产。据一九四六年二月的官方统计，上海各厂的开工率仅达正常情况下的百分之二十；同年六至十二月，上海的企业倒闭了一千六百余家，工业产量仅为抗战前的四分之一。

经济局势的恶化，自然原因是多方面的；而作为行政院首脑、全面掌控经济的宋子文，却掌控不了经济局势。原因是他不管中国的具体情况，完全照搬美国的那一套，生吞活剥，岂有不败之理；此外财政官员层层揩油、雁过拔毛，包括他自己也不遗余力地鲸吞蚕食国家与小民财产，也是原因之一。

于是，上自党国大员，下至黎民百姓，将抱怨泼向宋子文头上。

秘书端着托盘，送进来一大碗馄饨。

蒋介石指了指热气腾腾的碗，示意蒋经国快吃："我们边吃边说吧。"

蒋经国说了句谢谢阿爸，便不客气地拿起汤勺大吃起来。他确实饿了。

"财政形势固然严峻，也不是不可以克服的；我担心的是自上而下的贪污腐化，面积越来越大，连一些过去还算清廉的人也把手伸出来了，这简直成了官场风气！心腹大患就是这个！它不仅掏空了国库，更严重的是加剧了官民对立——老百姓不会认为这个是具体某个官员的个人行为，他们会认为是国民党、国民政府整个的坏了！想一想吧，这多么可怕！我们必须向贪污之风开战，坚决遏制，彻底根绝，不然亡党亡国之祸就在眼前！"

蒋经国边听边点头边吃馄饨。他有意风卷残云，很快就吃完了。揩了揩嘴巴，说：

"如果儿子没猜错的话，阿爸是要儿子去北平安排肃贪？"

"你没猜错！我是想，你先去北平搞，作为试点。积累一些成功的经验，然后到南京、上海再进行检验，逐步向全国推广。记住，这个可是一场战争呀，其重要性丝毫不亚于戡乱剿共！"

"是的，儿子明白！"

抗战刚宣布胜利，李宗仁就由汉中行辕主任调任北平行辕主任。

行辕这个机构，从前的名称是军委会委员长行辕；现在撤销了军委会，蒋介石也只担任国民政府主席了（以及国民党中央总裁），所以也相应改称国民政府主席行辕。

北平行辕设在中南海内。李宗仁及行辕参谋长、副参谋长、秘书长、大部分处室都在居仁堂，只有政工处在瀛台。此外还有一支直属部队警卫团。大小官员的待遇比在汉中①时好得多，乃是托接收敌伪财产的福。所有副处长以上干部都配有小汽车和专职司机；居住的都是小洋楼，有人同时拥有两幢甚至几幢。这些洋楼的设施很齐全，应有尽有。办公条件也很好，皮沙发、地毯、电风扇、壁炉，一应俱全，办公厅还有暖气设备。

行辕刚刚建立时，正逢"接收"之风最盛之际。上上下下利用行辕权势捞了个盆满钵满。科长以上没一个没变成百万富翁，处长以上那就不必说了。

行辕参谋长王鸿韶乃李宗仁亲信，最早到北平建行辕。既然赶上了机会，王参谋长当然先插手接收，轻而易举发了大横财。仅只房产一项，揽到他名下的就达十五幢。松树胡同他自用的公馆规模不小，两楼一底共四百平方米，外带一个半亩地的花园。大小汽车收揽了三十多辆，他自用的专车就有三辆。有报纸揭露，他在上海花旗银行一年内存入的美金高达一百一十万元，存到天津通元银行的黄金三十公斤。

王参谋长以下的人员也都在不到一年内腰缠万贯。有了大把的银子，就可以大做生意，买卖粮食、钢材、烟土甚至军火，什么都干；套购管制物资，甚至敲诈勒索，也不在话下。

具备了物质基础，饱暖思淫，麻将、花酒、出入舞厅妓院成了寻常事。四处副处长卞仲宣满脸黑麻子，其貌不扬，又是个典型的土包子。却也不甘寂寞，经常坐着自己的小轿车去舞场、剧院鬼混。希望借用行辕的名头在舞女中选个绝色的小老婆。尽管碰了不少钉子，绝不死心，老子有钱又有行辕这个大招牌，不愁没人上钩。七撞八撞之后，终于找到了一个能歌善舞的女子做了如夫人。卞仲宣的顶头上司赖和平处长到北平滞后了几个月，也争取后来居上，挖出了几个"漏网"的"汉奸"商人，发了一笔大财。此后便学着副处长卞麻子的样儿忙于出入舞厅一类交际场所，到处托人介绍女友。不久便与一个喜欢攀附的女职员姘居了。至于争风吃醋或别的风波那就数不胜数了。

"北平官场简直是乌烟瘴气！不说别的，单是这些家伙'接收'到自己腰包的钱，就可以在行辕下再组建十个美械整编师！"蒋介石说到这里，连鼻子都气歪了。"有人说李宗仁是个清官。哼，清官会容忍他的下属如此贪污腐化吗？假的！我听毛人凤说，他的内人郭德洁一年内在北平捞的钱足够他们全家十辈子花费了！

---

① 抗战期间，李宗仁曾为汉中行辕主任。

这个就叫上梁不正下梁歪!这个是……北平的形势就有这么严峻,我们如果不出以雷霆手段,后果不堪设想!"

俞济时进来请他们爷儿俩一起驾,到明故宫机场。

半小时后,美国政府赠送的飞机美龄号升空,径直向北平飞去。

李宗仁、孙连仲、傅作义以及河北省、北平市主要党政官员在机场欢迎。这中间有一个名叫刘瑶章的人,年龄不过三十五岁,半年多以前在蒋经国竭力推荐下,由三青团中层干部跃升为河北省党部主任委员。当李宗仁等人伺候蒋介石蹬车之际,蒋经国悄悄拉了他一下,叫着他的表字说:琼文,我上你的车。刘瑶章愣了一下,觉得意外,按照常理蒋经国此刻应上老蒋的车以侍候照护;但只有片刻就省悟到小蒋定有要事吩咐。便伸手作延请状,说经国先生请。

上车坐定后,蒋经国吩咐不跟随车队,直接去省党部。

到了省党部,刘瑶章请蒋经国去专门招待贵宾的小会客室;蒋经国却说不必,去你的办公室吧。进了办公室又吩咐刘瑶章屏退左右。

刘瑶章关上房门,沏上龙井,坐下来。这才向皱眉思索什么的蒋经国小声问道:

"经国先生,是……发生什么事了吗?"

"对,亡党亡国的大事!"

刘瑶章大吃一惊,圆睁双眼望着蒋经国,一时说不出话来。

蒋经国把全国的贪腐情况简略数落了一遍,有针对性地强调了北平行辕乃是北方贪腐的大本营和重灾区。然后传达蒋介石的秘密指令,在北平组建一个肃贪的秘密组织,由刘瑶章牵头。

又说,总裁经常慨叹党的上层已经腐朽,完全失去了信仰,热衷于搞钱,养小老婆、养外室;然后就是蝇营狗苟朋比为奸,所干的正经政务其实是搞一些与国计民生毫无关系的政绩工程来虚耗国家钱粮。这伙"革命前辈"完全不可靠了。今后须在各省市吸收一些新进力量,作为推动政令的骨干,逐步取代旧的班子。将要组建的这个反贪污组织,就是刷新政治的开端。

然后谈到肃贪组织未来的工作。

蒋经国指示,要把平津各地的大贪污案,特别是"接收"中的重大贪污问题,从速查实几件,做成书面材料——这个一定要经得起历史检验,做成铁案。材料秘密呈送给他,由他转呈总裁核批,核准后立刻抓人、杀人。整个过程避开一切行政环节,不让地方权要获闻任何消息。

蒋经国认为,要在华北推广这项工作,就需要多多联合清廉自持的人组成核心,揪出几只老虎,然后把新风气树立起来。

刘瑶章听了后很振奋,认为这是重塑国民党,收揽人心的必要措施。他也听懂了所谓吸收新进力量就是图谋推开国民党腐败躯体，让少壮派、太子系起而掌权。这可是个千载难逢的良机呀！自己在这个过程中多卖力气，可取悦于小蒋，向上爬的机会将成倍增加。

所以他很快就进入了工作状态。没几天就初步组成了核心小组。成员有天津铁路局长石志仁、河北省民政厅长孙振邦、河北省教育厅长贺翊新、北平补给区司令耿幼麟、经济部特派员王翼臣、北京大学教务长郑天挺、辅仁大学教育系教授张怀、辅仁大学教务长张重一等。小组开会是在八面槽的铁道部招待所餐厅或燕京饭店的餐厅，边吃喝边讨论。经费是充足的，蒋经国每月从国府主席特别费里支取一些汇给刘瑶章。后来还给这个组织起了个代号：燕廉。

大家讨论的时候都不约而同地接触了一个话题：党政军官员贪腐成风，大都利用手中权力谋取私利，在抗战期间发国难财，日寇投降后发胜利财。一九四五年秋季的平津一带，"接收"人员甚嚣尘上，硕果累累，结果入国库者微乎其微，入私囊者半数以上，所谓"五子登科"（金子、房子、车子、女子、乌纱帽子）成为一时之盛。若对这类人物进行检举，涉及面太宽、人太多，难免有法不治众之虞。所以，把重点放在主要的"接收"官员身上，可收杀一儆百之功。保定、石家庄、天津、唐山负责"接收"的官员，都是十一战区司令长官兼河北省主席孙连仲派去的。孙本人从这些人手里得到了大量好处。孙的军用汽车不断从上述那些地区把黄金白银、毛料丝绸等物资随同军用物资运到北平，然后卖给中外大商人。他自己用这些钱在平津两市收购了大量古董珠宝，连同金银一起运到老家河北雄县。不到一年，老家的良田就增添了一万多亩。

刘瑶章摇了摇头，叹了一口气说，孙连仲这类人暂时还不能碰。戡乱时期，他们手握重兵，总裁还要依赖他们，缓一步再说吧。可以退而求其次，把目标放到各重要地区直接负责"接收"的人物身上。这类人中，名声最坏的当数第二军军长兼保定警备司令池峰城（抗战时台儿庄战役的功臣）、石家庄专员高挺秀、唐山专员刘培初。他们都是日寇投降后第一批奉派去到指定地区进行财、政两项的接收。日本军人入侵中国多年，对中国军政界的作风了解很深，在投降后编造移交财产目录时，都有公开的、秘密的两套账簿。以日寇在河北省经营的供销合作社为例：在公开的账目上，房屋、设备、物资的类别、数量都细致、确实，经得起核对，可以照册点收；至于贵重物资、金银细软等易于搬运藏匿的，就记录在秘密账目上，届时送给接收大员私纳。用这种办法图谋得到照护、宽纵。尽管日本人替接收大员着想，把公开、秘密两套账目分得毫无纠缠，接收大员可不同他们一般见识，不仅将秘密账目所载的东西照单全部"私纳"，即便是公开账目上的财物也"笑纳"了不少。

刘瑶章建议把这类情况调查落实，整理成文字材料，呈送蒋经国。

这第一份材料他们做得十分认真，确凿而详尽，说得上无懈可击。然而呈送蒋经国后，直至徐蚌会战开始，都还没有下文。他们才突然省悟，便很为自己最初的认真感到可笑。从此只接受和使用蒋经国发来的经费，不再做什么实际的事了。

三

蒋介石在北平只待了一天，就匆匆飞往济南。

他是担心刚刚结束的峄县战役、莱芜战役会对济南的防守产生不利影响。济南兵力单薄，一旦失陷，不仅最初部署的对华东共军的大包围将破损不堪，而且会产生意想不到的战略危局。

飞机上陪同的大员除了俞济时，还有参谋总部次长刘斐。

蒋介石在机舱内专门隔出来的办公室中思考济南的防务。虚掩的门外却时不时飘进来刘斐与俞济时小声谈论东北战事的窃窃私语，惹起了他又一件烦恼的心事。

是呀，东北也令人揪心啊。杜聿明本领实在有限，南满匪区就残存那么小一块地方，为什么久久拿不下来？南满没有清剿干净，以国军在东北的现有兵力，那就无法向林彪老巢北满进军。北满地域宽广，盛产粮食，加上高岗的土改骗取了成千上万农民的拥护，不啻让林彪添上了虎翼，不及时扑灭，整个东北都十分危险。而目前实在挑不出更适合的人去取代杜聿明了。

蒋介石并非杞忧；他对共产党壮大力量的基本方式，对林彪、高岗各自的才干及其特点，以及这两人的密切合作，都看出了其背后那个巨大的身影的作用及其用人技巧。

杜聿明两次用兵南满，都以损兵折将告终。他把这归咎于孙立人、陈明仁等前线将领无能，决定亲自出马指挥。

他调集七十一军之九十一师，新六军之二十二师，五十二军之第二师、一九五师、暂编第二十一师，共五个师，再剿南满。决心夺下其核心地区临江。

具体部署是九十一师、二师正面进攻，一九五师、二十二师跟进以备增援，暂编二十一师在左翼向通沟方向助攻。杜聿明认为，只要是整师放在一起决不分散，共军是啃不动的。于是将暂编二十一师单独放在北部，诱共军去包围，届时已然部署妥帖的各路主力立刻一拥而上将其包围，必稳操胜券。

萧劲光将敌情电禀林彪。

林彪一眼就看出暂编二十一师乃杜聿明放出来的诱饵。教萧劲光将计就计不要犹豫，出其不意去吃掉诱饵。并指出，杜聿明好谋而断，自以为得计，却难掩破绽。一般而论，作战方案的最得意处，往往是最容易失算的地方；有时这种失算非同小可，有可能导致全盘皆输。关键在于考虑好反制措施。只要科学部署，吃掉鱼饵连带鱼钩又何妨。

遵照林彪的部署，萧劲光命令炮营向后撤十公里，以免暴露作战意图。

二月十八日，民主联军南满部队第三纵队七、九两个师秘密迂回，推进至金川以南通沟地区。然后突然分割包围了蒋军暂编二十一师之六十三团及师属山炮营。以迅雷不及掩耳之势将其全部歼灭。

同时，南满部队第八师在通化以东的老岭、四道江一线阻击蒋军九十一师、二师，不让其靠近暂编二十一师。

三纵结束了通沟战斗后，乘蒋军侧翼突出于外，立即集中兵力进军通化以北高丽城子地区。首先割歼大北岔的九十一师二七二团及师属工兵营，一举成功。残敌回窜通化。

三纵乘胜扩大战果，收复柳河、辉南，同时将两地蒋军歼灭；金川、辑安的蒋军弃城逃跑。

四纵之十一师配合正面战场，由通辑公路青沟子一带两次奔袭敌后的抚顺、本溪地区。长距离奔袭，忽东忽西，速战速决，在安东至沈阳一线以东的广大地区与敌周旋，攻取蒋军多处据点，多次摆脱其重兵集团的包围。

不久前，北满民主联军渡过松花江打击敌人，以牵制其对南满民主联军的进犯，取得了预期战果。这次林彪又决定派兵南下策应南满作战。这次行动史称"二下江南"。

林彪常说，保住小小的南满，就是保住了幅员宽广的北满。他认为再次并及时派兵南下作战，以策应南满部队保卫临江，是东北局势好转或逆转的要害。因为一旦南满这个牵制的力量失去，国民党就将得以集结所有机动兵力攻取北满。北满地广人稀、盛产粮食、木材，煤铁蕴藏丰富，是民主联军积储财帛和扩军的理想之地。不久以后夺取全东北全靠它了。所以，必须粉碎杜聿明首先解决南满以剪除北满羽翼的企图。那么为什么要强调"及时"呢？鉴于东北的气候与地理条件，必须在江河解冻以前进行南、北满的战略配合。这段时期松花江上徒步跨越很自由，易于取得预期战果。同时，当前东北蒋军的机动兵力已不多了，若能消灭其一部分，就为全面夺取东北作战的主动权创造了条件。

林彪的部署是：集结北满一、二、六三个纵队外加独立师共十二个师十五万人马越过松花江南下。首先围攻九台以北蒋军的要隘城子街，吸引九台、德惠的蒋军去救援，然后埋伏重兵在途中歼灭之；旋即转兵围攻德惠，待长春、农安蒋军来援时，亦在途中歼灭之。命令南满部队对北满部队的上述动作，实施密切配合；而兵力小的东满、西满部队则开展对吉奉铁路、长沈铁路的大规模破坏，同时阻击长、沈、吉蒋军向南满战场靠拢。

一九四七年二月二十一日，东北民主联军装备精良的北满部队突然跨越松花江，迅速向南作纵深跃进，将九台东北面的城子街包围。

蒋军新一军指挥官见共军来势凶猛，急忙命令处于突出孤立位置的城子街守军三十师八十九团及师属山炮营撤回长春。

包围城子街的民主联军围三缺一，有意纵其突围逃跑。

林彪对此早有预案。一纵之二师、六纵之十六师轻装疾进，昼夜兼程，间道奔赴城子街以南的太平桥、长岭子地区，堵住了正在南撤的蒋军八十九团先头营。蒋军冲锋了三次，被消灭了数百人，只好掉头缩回城子街去。

旋即，民主联军洪学智六纵（欠第十六师）外加总部的一个重炮团迅速出动，参与包围城子街；此外，一、二两个纵队的主力外加第十六师和两个独立师分别设置对九台、德惠来援敌人的阻击阵地。

二十三日，洪学智指挥两个师，在强大炮火配合下，从南北两面突入城子街内。经过七小时激战，歼敌二千七百八十一人，缴获迫击炮、山炮共六十八门；洪学智六纵仅伤亡二百六十三人。

洪学智又遵照林彪的命令转兵，率六纵、独立二师、总部的三个炮兵团以及坦克团围攻德惠；以一、二纵队及独立一、三师总共八个师阻击可能从长春来救援的蒋军。

蒋军德惠的守军为新一军之五十师（欠一个团），外加一个山炮营和保安团，共七千多人。民主联军在火力、兵力上占绝对优势：步兵六倍于敌，炮兵八倍于敌。

二十八日发起总攻，民主联军各部先后攻占了德惠外围大部分据点，几个突击连一度突入城内。但由于洪学智在部署上兵力过于分散——四个步兵师在城周围四个方向同时进攻没有重点，九十门火炮也平均分配给四个师，大大削弱了突击力度，致攻城部队缺乏向纵深发展的后续兵力；同时，步、炮协同有欠缺，对纵深作战未能进行强有力的火力支援。所以，入城部队无法坚持，只好奉命撤出。

杜聿明为解德惠之围，急忙将攻打南满的九十一师、新二十二师之一部，西满的八十七师，加上原驻长春的部队，分三路迅速北援。

民主联军消灭了一部分来援之敌后，撤围德惠，从容回到松花江以北。

杜聿明隐瞒了自己由于北满民主联军十五万大军南指而损失一万多人和无数械弹，同时不得不抽走正与南满萧劲光部打得难解难分的蒋军从而致令师出南满无功的事实；反倒向蒋介石谎报"德惠大捷""歼灭共军不下十万"。

蒋介石被杜聿明精心炮制的捷报冲昏了头脑，不遑详查，派人奖给"东北将士"大量黄金、勋章；同时直接命令孙立人、陈明仁各率新一军、七十一军越过松花江追击"穷寇"，"限十日内攻占哈尔滨"，"提林彪首级来见"。

杜聿明对蒋介石的追击令大惊失色，紧张万分，赶快致电孙立人、陈明仁，命令他们撤回原防。

孙、陈两个昏人已拥大军冲到江边。两人以七十一军为左路，新一军居中，地方保安团为右路，嗷嗷叫阵之余，复电杜聿明非追不可，表示一周之内"恭迎杜总驾临哈尔滨阅兵"。

杜聿明哭笑不得，又不便在电报中说明真相，只得赶赴前线当面说明这次共军过江骚乱，"虽然吃了败仗"，事实上并未受到多大损失，这次撤退也许包藏祸心意欲引我过江。

不料孙、陈两军的先头部队急不可耐，其左翼先头部队已经过江，而且深入到五家店、五棵树地区。

林彪大喜，命令一、二、六纵外加独立师和炮兵部队第三次下江南，绕道腰击蒋军。

孙、陈这才省悟，方知杜总并非过虑，急忙全线撤退。新一军撤向德惠、长春；七十一军的两个师分别撤往农安、德惠。

北满的民主联军南下部队分三路展开追击，意在割歼陈明仁七十一军或孙立人新一军一部于德惠以北地区。

三月九日，民主联军二纵五师执行迂回阻敌任务行经靠山屯，与正拟南撤的敌七十一军八十八师驻此地一部不期而遇。二纵五师首长审时度势，决定临时改变计划，首先吃掉这股敌人。便派出一个团轻装疾进切断敌人南逃之路，师主力从东西两面迂回夹击。部队下午六时半抵达了指定位置，夜幕降下时就发动了总攻。激战三小时，全歼靠山屯蒋军两个营及师直属部队共一千三百多人。

第五师这种敢于临机应变、主动迎敌的果敢作风，受到民主联军总部通令嘉奖。

陈明仁风闻靠山屯遭受共军攻击，派八十八师主力分两路向北返回救援。半道上又获悉靠山屯守军完蛋了。立刻意识到不妙，共军的习惯是"攻城"结束后紧接着往往是"打援"，赶快后卫变前卫，调转方向就跑。

北满民主联军早已发现这头送上来的肥猪，岂肯放手，立刻咬紧不放，穷追不舍，实施远距离迂回包围。其第一纵队由德惠的南面和北面越过中长铁路，以日行六十公里的速度急行军。先头部队第一师边追边打，一夜连打四仗，终于三月十一日在德惠与农安之间的郭家屯、姜家屯地区揪住了蒋军八十八师及陈明仁七十一军军部直属部队。激战一天，全歼这股敌军。

二、六两个纵队也不落后，在沿着靠山屯至农安的公路两侧平行追敌，十二日追上敌人八十七师之一部,予以全歼。乘势包围了农安。

杜聿明手忙脚乱,从热河抽调十三军五十四师,从南满抽调正与萧劲光较量的新六军二十二师,协同新一军主力,经长春全速奔向农安。同时令吉林蒋军打开小丰满水库,企图迫使林彪退兵。此时的杜聿明已不敢对林彪叫板,只希望他能把部队撤回江北去。

北满近日已进入解冻时节,大小河道冰块互撞,遍地泥泞,不便于大部队长途行动。林彪下令全军北撤,回去休整,同时消化大批俘虏。

四

第二绥靖区司令官兼山东省主席王耀武正忙着调动部队加强济南防务,以应对莱芜战役国军失败、主将李仙洲被俘后济南可能遭到攻打的情况。忽然接到济南空军基地电话,说午后有要人前来视察,请王司令官到机场等候。王耀武明白,这就是说来人不进市区。来人可能是国防部或参谋总部的人吧?

到了机场,空军司令部的人才告诉他是蒋介石。今天从北平来。

美龄号专机急匆匆降落,差点滑离跑道。

蒋介石钻出来,在飞机门口停了两秒钟俯瞰了一下恭迎的人们,专门凝视了一下王耀武。然后徐徐走下来。据王耀武后来回忆,蒋介石往日接见他,多少都会带点笑容;这次是板着面孔,一言不发,一面走向汽车,一面盯了王耀武一眼。汽车开行不到五分钟,抵达机场边上的空军司令部。

蒋介石被簇拥着进入一间大客厅,坐到长沙发上。还没来得及喝一口水、喘一口气,就冷冷地叫着王耀武的表字说:

"佐民,说说你的战场辖区情况吧!"

"是,校长!"

坐在斜对面的王耀武不由自主挺了一下自从落座就已挺直的上半身。

王耀武时年四十二岁,山东泰安人,黄埔三期生。为人精明,擅长交际,待人恭敬有礼,对上级机关的人尤其如此,哪怕是那些军衔、职别都比他低的人。他喜欢念叨一句京剧台词:宰相家丁七品官。抗战时期在上海作战时,王耀武的三十一师归霍揆彰五十四军管辖。霍军长带着四十二旅旅长郭汝瑰到三十一师师部去。王耀武盛情接待,招待吃梨。他十分擅长削梨,很快就削了一个给霍军长。然后,从郭旅长手中将正在削的梨夺过去,一边削一边说,郭旅长打仗比我行,削梨不行。很快削完,给了郭汝瑰。一切都做得不卑不亢,恰到好处。几年后,有一次王耀武到军政部军务署公干,顺便到各司各科邀好所有的"宰相家丁"。然而,却让人毫无谄媚之感。例如,他故意索要别人的钢笔写几个字,然后摇头说,"你这支笔不行,我这支派克笔你拿去用吧——不过是用过了的,请不要见怪。"其实,他的笔是刚从商店买来灌上墨水———一买就是一大堆,藏在口袋内。赠送出去一支,再摸出一支插在上衣胸袋上,以备用同一种方式赠送另一个人。这样的将领,这样的军队,心思不在研究兵法上,而在琢磨关系学上,其部队拥有再先进的装备,也不可能打胜仗。北宋军界、官场即为如是,盖有先例焉。

去年(一九四六年)以来,整编六十九师在宿迁被歼,师长戴之奇战场自杀;整编二十六师及配属该师暂辖的机械化快速反应部队在山东峄县、兰陵被歼,师长马励武被俘;整编五十一师在枣庄被歼,师长周毓英被俘。蒋军在华东地区屡战屡败,中外视听也十分不佳。蒋介石认为必须打几个胜仗来挽回颓势。徐州绥靖公署主任薛岳让他很失望,打算罢免。而陈诚与薛岳私交颇深;薛岳取代刘峙任职徐州也是陈诚举荐。所以竭力为之说好话,称频繁变更大将易影响士气。自告奋勇去徐州督师。表面上是勤劳王事,心里盘算的却是帮薛岳一把。

动身去徐州前,陈诚向蒋介石陈述自己的计划,认为首先夺取共军华东首府临沂意义重大。他指出,国军以损失二十多万兵力的代价,占领了鱼米之乡、商贾中心的苏皖地区,将战线推进至陇海路一线,陈粟共军不得不龟缩到山东境内。这应该看作战略上的胜利。而且,陈粟共军连续作战,不可能不伤亡巨大。国军在攻占陇海路两侧的各战略要点时,并没有遇到有力抵抗,亦可以佐证这个判断。当前陈粟主力全部挤在临沂,很难再实施回旋作战,只能死守临沂。全歼陈粟主力就在当前,此诚天降良机于党国也。为此,建议总裁批准以夺取临沂为目标的鲁南会战。

陈诚的话,扭转了蒋介石的悲观情绪。

陈诚到了徐州。与薛岳商定,由薛岳坐镇徐州统筹全面,陈诚率前敌指挥部进驻陇海路东端的新安镇直接指挥战事。

陈诚调集了十九个整编师(军)共四十九个旅三十余万人。其中直接围攻临沂的部队为十一个整编师(军)共三十个旅。

战略布局分南北两线。

北线由第二绥靖区副司令官李仙洲指挥,主攻临沂;南线由整编十九军军长欧震指挥,一方面向北协同李仙洲攻取临沂,一方面防堵可能增援的解放军晋冀鲁豫部队。

陈诚到了新安镇,马上命胡琏整编十八师、张灵甫整编七十四师、李天霞整编八十三师、黄百韬整编二十五师向临沂进逼;命王耀武派霍守义十二军经明水、吐丝口镇向莱芜一带靠拢。以此形成对临沂南北夹击的态势。

以保卫和夺取临沂为核心的生死决战迫在眉睫。

二月四日中央军委致电饶漱石、陈毅、粟裕,及时做出批示:为了夺取战役主动权，不可死守临沂；为了保存有生力量，必要时应毅然放弃临沂。"敌愈深进愈好，我（军）愈打得迟愈好；只要你们不求急效，并准备于必要时放弃临沂，则此次我（军）必能胜利。目前敌人策略是诱我早日出击，将我扭打消耗后再稳固地进占临沂。你们切不可上当！"

根据这一指示，粟裕指挥主力部队适时放弃临沂转移到沂蒙山区。其一部撤至蒙阴，另一部撤至沂水，准备进行大规模的歼灭战。

华野主力这种北移之举，被陈诚利用来捏造战绩。对外宣传已将陈粟主力击溃，"有逃过黄河北窜企图"。命王耀武"务须增强黄河防务，勿使窜过黄河以北，俾便在黄河以南地区歼灭之"。

陈诚把这个捏造的战绩上报南京后，蒋介石受其蛊惑，以为粟裕已无力量打仗了。但穷寇必追，下令乘机将陈粟主力吸引到新泰、莱芜地区彻底歼灭。电令如下：

"匪在临沂等地失败后，已无力与我主力决战，有北渡黄河避战的企图，着该司令官（王耀武）派一个军进驻莱芜，一个军进至新泰，诱敌来攻，勿使其继续北窜。待我军将敌吸住以后，再以部队迅速增援，内外夹击而歼灭之。"

一九四七年二月十三日，蒋介石用亲笔信催促王耀武尽快派兵进驻莱芜、新泰两城。

王耀武不敢延宕，赶快召集绥靖区副司令官李仙洲、副参谋长罗幸理研究如何执行蒋介石、陈诚的命令。很快就决定：

首先命已在博山、明水、莱芜之间的十二军军长霍守义率该军一一一师、一一二师进驻莱芜城；新编三十六师开赴莱芜以北的吐丝口维护交通。

命令整编四十六师师长韩炼成率部到博山，然后向新泰县城前进。

指派李仙洲到博山组成前线指挥所，指挥上述各部作战。

十二军原系东北军，军长霍守义把这支部队看作自己的私产，以保全实力为第一要务，决不愿犯险冒进。无论李仙洲如何软硬兼施督促他前进，他也装疯卖傻踟蹰不动，或者"踌躇而雁行"（曹操诗句），整整两天才前行二十公里。李仙洲无奈，只好向王耀武报告。

王耀武也没有办法，只好令驻周村、淄川、博山的七十三军与十二军对调，以七十三军进驻莱芜，仍以整编四十六师进驻新泰。

二月十八日，七十三军军长韩浚率该军直属部队及十五师、一三九师进入莱芜城。

次日王耀武接到韩浚电报。该电称：莱芜南面约二十公里的劝礼庄发现共军；莱芜西面约三十公里的方下集附近也有共军，并与韩浚派出的搜索部队发生短暂枪战。

同一天，整编四十六师师长韩炼成也致电王耀武，说他奉命从苗山以南出发，经颜庄向新泰城前进。行至颜庄附近时，发现该村庄以西五公里远近有大股共军。

王耀武颇惶悚，强使自己冷静下来，以便琢磨粟裕意欲何为。王耀武是个喜欢研究同僚和上司，以便巧为逢迎图个升官发财的人；这个嗜好也用到了战场对手的身上。他认为粟裕用兵不像谨慎周全的林彪，多少带点冒险性。要冒险就不会百分之百周全，就会留下可以利用的破绽。王耀武觉得自己就是个善于利用别人破绽的人。

他判断粟裕有集中力量先吃掉七十三军，然后转兵再吃掉整编四十六师的企图。

他认为以往别的部队与粟裕较量都是吃了部队分散被各个击破的亏。他必须首先让部队互相靠拢，下一步才说如何打击对方的问题。命令一到，颜庄附近的韩炼成整编四十六师立即开赴莱芜，与七十三军协同固守莱芜。

当晚，绥靖区副司令官李仙洲在莱芜城内召集韩炼成、韩浚商量防务。决定七十三军担任城防任务，整编四十六师防守莱芜城南面山地，两部形成战略呼应。

二月十九日上午九时许，最后一批从博山开往莱芜的七十三军之七十七师在师长田君健率领下，沿博（山）莱（芜）公路蹒跚而行。不料到达何庄附近时，被早已埋伏在那里的粟裕华东野战军一部夹击。半天时间，该师即被全歼，师长田君健阵亡。

二月二十日夜，华野部队突然出现在莱芜周围，以城南面山地、城池西关、城池东关三处为重点，猛烈攻打。而蒋军七十三军防守顽强，城池久攻不克。

二十一日，城南高地被华野部队攻克。

粟裕在十九日已分出一部分兵力去围攻莱芜以北的吐丝口镇，以截断莱芜蒋军的补给线。战至二十一日，蒋军新编三十六师不支，退缩到吐丝口镇东南角顽抗。

莱芜的李仙洲向王耀武索要粮、弹，守吐丝口的新编三十六师师长曹振铎也要求派兵解围。

王耀武综合各种情况，再次展开了对粟裕的琢磨：

截止二月二十一日，尚未收到陈诚命令第二绥靖区派兵增援莱芜，如果自己派兵，尽管是本绥靖区职权范围，但若有闪失便会承担责任，不划算。而且，根据过去的作战经验，与粟裕较量，靠援军去解围，那可是风险重重的，驰援途中不知道会在什么地方掉入共军的口袋。结果是援军完蛋，被围部队也完蛋，鸡飞蛋打，全部玩完。

莱芜守军系两支大部队，只靠空军投送粮、弹，杯水车薪而已；若粮、弹无法接济，莱芜如之奈何？

吐丝口守军被围得铁桶一般，若无外力救援，只有被歼一条路。

二月二十一日上午济南空军也向绥靖区提出要求加强机场防务，说是从空中侦察到有一万多共军经泰安向肥城方向运动，似有靠近机场意图。

王耀武考虑，从用兵的一般原则和粟裕的总兵力等情况看，华野不可能同时进攻两个大的作战目标；不过，粟裕作战一向诡异，济南目前兵力不济，乘虚来攻也并非没有可能。

最后，王耀武得出结论，固守莱芜极为不利；守莱芜的部队与其在莱芜被歼，不如取道吐丝口撤到明水及其以南地区。如此，则东可以支援淄博矿区，西可以保卫济南，又可以解吐丝口之困。

他下了决心之后，马上通知李仙洲部署部队经吐丝口北撤明水；同时派绥靖区副参谋长罗幸理携带书面禀报乘军用飞机去南京见蒋介石。

当时蒋介石反复阅读了他的禀报，沉默了很长时间。后来叹息了一声，对罗幸理说：

"敌前撤退不利呀！王司令官既然已经下令撤退了，那就要特别注意后卫和两侧的安全，妥为布置应对兵力。"

说罢，带着不安的情绪给王耀武写了一纸手令，叫罗幸理携带回去。据王耀武后来在相关文章中回忆，手令的大意如次：敌前撤退是危险的，若部署不周密，就会遭受不测。所以要派得力部队担任后卫及两侧的掩护。吐丝口的新编三十六师必须死守原阵地，以作北撤部队的依托。我会盼咐空军集中力量轰炸扫射，全力掩护部队转移。

李仙洲决定于二十三日开始北撤。命令七十三军派出有力部队为左侧卫，特别注意对左侧山地的警戒，掩护该军主力沿着通向吐丝口的公路前进；命令整编四十六师派出有力部队为右侧卫，特别注意对右侧山地的警戒，协同左侧防卫部队的行动，掩护主力北撤。该整编师主力在七十三军的行进路线以东沿着去往吐丝口的另一条简易公路前进。

李仙洲本人率指挥所人员跟随整编四十六师走。

这两支北撤大军二十三日上午八时行至莱芜、吐丝口的中间地带时，解放军从左右两侧山地枪炮齐发，向七十三军、整编四十六师发起排山倒海的进攻。据李仙洲后来回忆，他感到当时陷入了十多万大军的包围。

收到告急电报的蒋介石，不断来电询问战况。同时严令空军副总司令王叔铭调集飞机轰炸解放军阵地，尽全力掩护李仙洲部队突围。

王叔铭不敢怠慢，亲自架机率六十架飞机出战。但解放军阵地上正部署了两百多挺最新款的高射机枪，接连打下了十二架飞机，使其他飞机不能再恣意妄为。也就是说王叔铭的空中助战，作用甚微。半个多世纪以后，我们才知道那些高射机枪及以后不断装备解放军的部分枪炮,都来自华东局在大连经营的六座中型兵工厂。

华野部队先将蒋军七十三军和整编四十六师所派出的左右两侧掩护部队击溃,占据两侧高地,居高临下猛攻蒋军主力。战至上午十一时许,七十三军、整编四十六师溃不成军,不断后退,缩成一团。

韩炼成见战事恶化,便扔下自己的主力部队,率少数贴身部队向东南山地逃逸。后又逃往青岛。

防守吐丝口的新编三十六师师长曹振铎,见解放军正集中力量围歼从莱芜向北撤退的主力部队,放松了对他的监控。大喜,觉得是千载难逢的好机会,便断然将支援北撤部队的责任弃之不顾,率领残部一千多人逃向淄博。后又逃回济南。

二十三日下午战斗全部结束。蒋军被歼灭了六万三千七百一十五人。将级军官除韩炼成、曹振铎逃脱外,其他不是阵亡,就是被俘。俘虏中包括济南绥靖区副司令官李仙洲。

在这场战役中,华东局政委饶漱石率全体机关干部,动员组织了鲁中地区五百多万翻身农民,参加到各种后勤服务中。直接跟随野战军奔赴第一线做战勤服务的就有五十多万。支前民兵组成了五十多个"子弟兵团"随军行动;青壮年组成的战场救护队抬着一万多副担架,奔波于战场与战地医院之间;一万多辆手推车把弹药和热饭热菜及时地送到作战的亲人面前。莱芜县的十万农民,把以莱芜为中心向南北延伸出去的数百公里公路破坏得只能走人而决不能过车,更别说坦克了;莱芜四周所有可以过人的地方,布满了民兵岗哨,使蒋军派出的任何侦察小队都无法通过。

陈粟大军二十多万人,云集在狭窄的歼敌地域,官兵吃饭、骡马吃草,全部由老百姓供给。鲁中大村小屯,到处是石磨和水碾的声音,翻身农民怀着极深的感情为子弟兵打磨雪白的面粉,宁肯自己吃糠咽菜。他们有一个共同的极朴素的目的,不能让地主还乡团回来,不能让他们再把田夺走。

在济南机场空军基地那间大屋子里,面对蒋介石含着质询意味的垂询,王耀武明白蒋介石最关心的不是检讨过去,而是当下济南的防务。便回答道:

"共匪将我莱芜部队歼灭后,正在打扫战场。如果他们只留下一部分打扫战场,而其主力取道西营(济南东面四十公里)向济南窜犯,那就十分危险。因为比我十二军从周村、淄博来济南还近五十公里;好在西营尚未发现共匪正规部队,济南西、北两面四十公里内外亦无共匪大部队活动。既然莱芜我军已不存在,周村、张店、淄博等地的防务也就失去了意义,学生便斗胆决定放弃,以加强济南防务。那三处守军之特务旅(三个团)已于今晨开回济南,十二军(欠新编三十六师）正沿着胶济铁路以北取道龙山镇向济南疾进。济南目前只有绥靖区直属部队和九十六军陈金城部，战斗力都不强。济南周围既设阵地二十多公里，应有三个军部队填守；而现有部队太少，只好缩短阵地，重点配备。"

蒋介石冷峻地哼了一声，乜视了一眼王耀武，申斥道：

"现在知道兵力不够了，当初是怎么考虑的？我交给你的部队还少吗？你只在莱芜这个战役就丢掉了两个军又一个师；还有那么多的轻重武器、弹药，足够敌人装备一个军两个军的！这样的失败真是耻辱，徒惹友邦笑话！"

王耀武偷觑蒋介石，怯生生地小声嘀咕道：

"事前学生请示过校长呀！"

"什么？娘希……"蒋介石勃然大怒，差点脱口放出了粗话，"好你个王佐民，还要强词夺理！那么我来问你，莱芜既然被围了，你为什么又要部队撤退？结果撞进了粟裕的包围圈，这个你是不能辞其咎的！"

这个行动其实也请示过蒋介石。但王耀武不敢再分辨了。

"选派的将领也不适当——李仙洲的指挥能力差，你能不知道吗？撤退的时候他为什么不重视后卫的安排，这是从哪里学来的部署？我蒋中正这样教过他吗？唉，当时你如果派个能力强的人去指挥，也不至全军覆没！我要正告你王佐民，济南无论在军事、政治、地域方面都十分重要，如果丢失了，你要负全部责任！"

刘斐见王耀武哭丧着脸，实在难堪，便有意把话题引开，说：

"济南确实是战略要地，必须固守。东南两面地形复杂，容易为敌人利用，应该重点防御。为了使阵地与现有兵力相配，王司令官缩短阵地，重点部署是对的。不过我们也不应该太紧张，敌人马上来窜扰济南的可能性不大，刚打完大仗，休整补充是不可免的——他们不也都是血肉之躯嘛！"

刘斐的最后一句话并未让蒋介石得到宽慰。当夜，蒋介石在济南空军基地司令部的房间里，提心吊胆地过了一宿。他总是怕共军来攻济南，使他遭受不测。一再叮嘱俞济时密切注意情况，随时巡视机场的警戒。俞济时只好不睡觉，亲自带人坐守专机；夜里又三番五次询问王耀武情况，闹得这位绥靖区司令官也不敢睡觉。

次日一早，王耀武和绥靖区副司令官兼青岛警备司令丁治磬去见蒋介石。看到蒋介石脸是青灰色的，显然一夜没睡。

不待别人开腔问安，蒋介石就急不可耐地问王耀武，十二军到什么地方了。

王耀武答称十二军主力正间道疾进，目前尚未到达龙山。

蒋介石又板起脸发了一通脾气，主要是骂李仙洲无用，莱芜战役葬送了那么多部队，影响到现在济南的防守，真是该死。

第十五章

一

从济南回到南京的第三天早晨,蒋介石洗漱完毕,在副官经佑下穿上军服,就要匆匆向外走。

宋美龄穿着家居长袍,从小餐厅出来,刚巧在走廊遇上他。见他已是袍笏齐楚,神情也略有点儿躁切。宋美龄稍稍有些意外,打量他一下说:

"怎么啦?早餐还没用过呢!"

蒋介石只好站下来,抱歉地赔笑道:

"今天召开军事检讨会!我现在不饿,早餐这个是……免了吧?"

"那怎么行,多多少少必须用一点!已经摆好了,走吧走吧……"宋美龄不容分说,旋说旋拉上他往餐厅走。

铺着雪白台布的小餐桌中间摆放一大盘水煎包子、两小盘宁波烧卖,周围是一盘素炒青菜、一碗清蒸鲈鱼;两杯热牛奶分别放在两位用餐者面前。

蒋介石咬了一口包子。馅是剁得细若面粉的猪肉与蟹黄,咸中微甜,混合姜丝,合他的口味;加上惦着开会,便吃得快了些。包子吃罢,伸手去端牛奶。

宋美龄瞅了他一下,提醒他慢一点。然后略作沉吟,问道:

"听说立法院要弹劾二哥?"

"唔,可能吧。"

"会让他辞职吗?"

"可能。这个是……他休息一段时期也好。党内外舆论沸沸扬扬,别说他,连我也感到不小的压力!"

宋美龄默然片刻,微微冷笑了一下。"恐怕是有人觊觎行政院长的交椅吧?"

蒋介石喝牛奶的速度放慢了。微皱了一下眉头,说:

"话也不能那么讲!这一年来的经济乱象,子文是难辞其咎的!"

"这么说,你也同意赶他下台?"

"怎么会是'赶'呢?让他休息一段时期也好嘛!"

宋美龄不再开腔了。她实在找不到什么理由来说服丈夫,那些经济大滑坡、赤字飙升都是明摆着的事实,行政院长不负责谁负责呢?

她默默照料他吃完饭,送他到官邸门口。

军事检讨会在与蒋介石官邸紧紧相连的中央陆军军官学校会议室召开。

蒋介石进去时,来自全国各战区以及国防部、参谋总部的两百多名高级将领已经坐在那里了。

陈诚、何应钦、白崇禧等人将蒋介石迎到面对大家的主席位置,然后分坐在他的两边。

蒋介石略向白崇禧方向扭了一下脑袋,哼了一声,威严地说:

"健生,你是国防部长,先给大家讲一下情况好不好?"

白崇禧也向他扭了一下脑袋,做出一副认真的样子把下巴向陈诚那里翘了一下说:

"总裁,宿北、鲁南、莱芜几个战役都是参谋总部在指导,莱芜一战尤其是陈总长亲临前线指挥的,他更熟悉情况。可不可以请陈总长讲呢?"

在座的将领再傻也听得出弦外之音:在陈诚的指导和亲自指挥下,这三场相关联的战役没有一场不是以失败告终的,国军损失了三十万人,三十多名高级将领非死即俘。这样的代价换来的仅是一座空城临沂。而共军尽管丢失了鲁南,却乘这三战之胜,大肆拓展地盘,将渤海、鲁中、胶东、滨海四个原先被割裂的匪区连成了一片,土地面积达到十二万五千平方公里,人口两千六百万。华东共军的总兵力也扩大到六十五万人,其中野战军为二十七万人;武器也大大改善。有人在下边窃窃私语,这都是托陈总长的福呀。

陈诚明白这是白崇禧在将他的军,是要他通过总结、综述来自认无能,来自打嘴巴。他也非等闲之辈,反应十分敏捷,马上接过白崇禧的话头说:

"白部长差矣,我们谁也没有资格在这里僭越!应该先请总裁训示才合适!"

"对对,"何应钦不放过讨好蒋介石的任何机会,马上附和,"请总裁训示!"

蒋介石哼了一声。把副官摊在他面前的文字材料翻了一下,抬头威严地扫视一下对面仰视着他的两百名戎装笔挺的将领,然后说:

"何主任敬之,陈总参谋长辞修,都要让我来讲……这个是,好吧,我就来讲吧!"

何应钦出任联合国军事参谋团中国代表团团长回国后,没有适合的位置,只好屈任战略顾问委员会主任给高搁起了,故蒋介石这样称呼他。蒋介石接着说:

"哼,要我讲,对不起了,首先我就要骂人!骂那些不听指挥,违抗长官命令,甚至对我的命令也胆敢阳奉阴违的人!对这样的家伙,不杀几个就难以儆效尤!"

他口沫横飞,发了十几分钟的脾气,点名和不点名地骂了几名将领,轻而易举地震慑了会场同时也一笔勾销了主官陈诚的责任。

白崇禧脸上此时露出了淡淡的笑,颇有些皮里阳秋意味。是的,蒋介石的用意,他早就洞若观火,要蒋不袒护陈诚、不揪几个下边的人替陈诚顶罪,几乎是不可能的。

"……如果今后你们仍旧不痛改前非,仍旧把违抗军令当作家常便饭,各自为政,任由共匪自由自在狼奔豕突,我敢说用不了一年,我和你们都死无葬身之地!这绝非危言耸听!你们都是带兵的人,不会不懂得一个最基本的常识,编练一个成熟的师、旅,没有一年的时间是办不到的;而且组建、装备新的兵团需要堆成山的真金白银,我到哪里给你们弄去?政府财政历年都是入不敷出,一九四五年以来更是捉襟见肘,哪里还能支撑这样溃堤决海的消耗啊!你们在战场上丢失的部队瞬间就是几个师、几个旅!你们以为我有撒豆成兵的本领吗?"

蒋介石这样的训诫对下边这些将领的灵魂是触动不了的。什么财政赤字、什么新的兵团需要用真金白银去堆砌,他们一点也不担心,更不关心。反正到时候伸手向上索要,上边不可能不给。否则就不打仗,巧妇难为无米之炊呀,理由充足得很。不过坐在那里尽管心里很是不耐烦,却一个个正襟危坐,面容严肃,做出认真聆听的样子;当然更不敢有丝毫骚动。

蒋介石骂完了人,哭穷般抖落完了家底,开始说具体事了。

"现在除了林彪部队之外,关内的共军要数陈粟部队最有实力。华东共产党头子饶漱石,这个人煽惑、组织民众的伎俩十分厉害,土改分田以后使华东农民对他们的认同感进一步深化,居然把党国和地主混为一谈了;除此之外,这个人还是个驭人高手,把军权交给了战场之狐粟裕。毛泽东把饶漱石、粟裕放在华东这个地方,显然经过了深入的思考!宿北、鲁南、莱芜三战使我军吃亏不小!粟裕过去唯一的欠缺是没有重武器,所以我军虽不长于野战,但是凭借工事,还可以固守;自从饶漱石在大连接管了几座兵工厂,勾结苏联兵工专家,陆续制造了一些中远程重炮,近期已经开始装备匪军。这个对粟裕来说是如虎添翼呀!目前共匪官兵还不会熟练使用,据可靠情报他们正在加紧训练。我们必须赶在他们完成训练之前消灭他们!若迁延时日,他们的实力日益增长,地盘日益巩固,我们将战无可战、守无可守,不仅山东将非我所有,就是已然收复的苏北亦将重新沦为匪区!那样的结果会是什么?你们将暴尸疆场,我也将死无葬身之地!"

李天霞目不离台上的蒋介石,却将脑袋略歪向身旁的胡琏小声说:"校长在吓唬我们!"

胡琏也是目不离台上,小声呵斥道:"别胡说!"

不料蒋介石说到这里却忽然停住,唏嘘感慨起来,还掏出手巾抹了抹眼睛。

这个伤感的举动完全出乎大家意料之外,一时都不知如何是好,一个个不安地面面相觑,又不敢有所动作。只有台上的何应钦和陈诚抬起了屁股。一个去端起杯子,请他"润润喉咙";另一个张罗吩咐副官去取热水毛巾,强调"要快"。

而同样在台上的白崇禧却一动不动,目不旁瞬,脸上似笑非笑。

折腾了一阵之后,蒋介石又才继续说话。

"所以我这几天,时时刻刻都在研究对付粟裕这股悍匪的办法,也和陈总长、顾总司令反复进行了切磋。我们都认为,只要集中力量消灭了粟部,再拥大军出关消灭了林彪匪部,大局就基本可以底定了——因为毛泽东依赖的主要就是林、粟两部;其余都是牵制力量,不足为虑!"他只说了这么几句就结束了。随即指了指陈诚向大家说:"具体部署,请陈总长传达吧。"

陈诚说:"总裁指示,任何事情都须有轻有重;就全国局势而论,当下的山东就是重点。华东共军的两支主力(陈毅部、粟裕部)已被国军挤压到了山东一隅,只要消灭了他们,就可以腾出手来对付林彪,然后全国的问题就不难解决了!总裁英明地确立了重点进攻山东的方略,就是基于这样的思考。为了山东战役能够顺利展开,胜利结束,必须干扰毛泽东对山东的指导,所以同时用兵陕北也十分必要!总裁特别强调,鉴于以往多路进攻往往遭到分割歼灭的教训,国军在山东的行动要改全面推进为重点进攻。具体而论就是各大集团密集靠拢,强化联系,稳扎稳打,步步为营,集团滚动前进,使粟裕无从下手,无法分割。凭借我军兵力数倍于粟裕和美式装备等优势,对粟裕主力实施中央突破、四面包围,聚而歼之。

"为了实现这个意图,总裁决定撤销徐州、郑州两个绥靖公署,成立陆军总司令部①徐州指挥部,请陆军总司令顾墨三(祝同)上将坐镇徐州,统一指挥原徐、郑两绥署所属五十万部队;另外,着冀鲁豫战场之王敬久集团、武汉整编第九师速开山东,听顾总司令指挥。"

检讨会结束后,陈诚和顾祝同马上将执行"重点进攻山东"各部的主官召集到参谋总部,交代具体任务。

按照蒋介石的要求:首先必须打通津浦铁路之济南、徐州段以及兖州至临沂的公路,全部、切实占领鲁南共军根据地;然后将主力推进到泰安、莱芜、新泰、蒙阴、沂水一线,逼使粟裕主力在鲁中山区决战。最不济也要将其赶到黄河以北,占领山东全境。

汤恩伯指挥的第一兵团包括一个军和七个整编师。该兵团先以一部配合第三兵团打通兖州至临沂的公路,然后推进主力,向蒙阴进攻;

王敬久指挥的第二兵团包括一个军和三个整编师。该兵团从冀鲁豫东调汶上、宁阳集结,在王耀武第二绥靖区部队策应下,先打通津浦路兖州至济南段,然后向莱芜、新泰方向进攻;

---

① 这个机构刚刚恢复。

欧震指挥的第三兵团包括五个整编师。该兵团集结于兖州、邹县、滕县一带，在第一兵团和第三绥靖区部队协同下，沿兖州至临沂公路东进，先占领鲁南共军老巢，然后向新泰、蒙阴进攻；

　　冯治安第三绥靖区和王耀武第二绥靖区除了配合以上行动，还须担负徐州外围及青岛、潍县、济南各要点防卫；

　　另外，整编第九师正由武汉向山东开进，暂未安排具体任务。

　　华东共产党人的生存形势十分严峻。

　　原华中军区在战略撤退过程中，极大地消灭了蒋军有生力量，包括他们退入山东以后与山东军区协同作战在内，共歼蒋军三十万；而不得不采取的战略撤退却也将自身的战略回旋余地，甚至生存空间，大大缩小了。给养与一切供给随之陷入了很大困难。华中部队，包括野战军与地方武装，在进入山东前后猛增了百分之二十，成为共产党在全国除东北外最大的军事集团。加上原华中解放区政府工作人员、军政干部家属，人口更为惊人；还有山东军区野、地部队以及机关干部和家属；另外，宿北、鲁南、莱芜战役中被俘的十多万蒋军官兵也得吃饭。这就一下子使山东解放区必须供养的人数超过了原来的五倍。尽管山东的党在饶漱石、黎玉等同志领导下，土改十分成功，构建起了整套十分完整的生产体系和供应体系，而如此庞大的军事集团以及连续不断的战争消耗也使之不堪重负。如果不能尽快拓展生存空间，仅物资供应一项就足以压垮他们。

　　所以，这次与实施蒋介石"重点进攻"计划的五十万蒋军逐鹿齐鲁，就不只是战场较量，实质上是生存之争。

　　三月底，蒋军的第一步计划得以实现，打通了津浦路徐州至济南段、兖州至临沂段。

　　大规模的战争正向山东解放区的纵深推进。

二

　　孟淑贤是个聪明人，或者说是个无师自通、天生的间谍。明白要去结识王继芳的女人完颜如璧，一定要避开王本人，而且须不落痕迹地制造一种看似偶然的机缘。她在考试院后门外约莫二十多公尺的巷子东头蹲守了三天，摸清了完颜如璧的出门规律，知道了这个女人每天上午都要去买菜；或者逛逛商场，给自己和男人买回一些生活用品。

　　第四天，她尾随这个女人到了民生路。然后绕到前面去再折回头，这样就刚好在一家卖女人服饰的商店门前与之"邂逅"。

完颜如璧也是个有心人，一眼就认出了面前这位身穿紫色旗袍的高贵女子就是那天搭着戴院长臂肘的人。觉得是天赐良机，哪里还肯放过。忙主动上前搭讪，殷勤地一番寒暄，竭尽见面熟的技巧。

倒是孟淑贤还表现得不无矜持。先是佯作事发意外而愣了一下，以对待陌生人的目光打量对方。及至对方说起考试院后门内的小院，她才故作省悟地哦了一声，伸出手去相握。

就这样，两个女人在女人感兴趣的一些场所玩了小半天才互道"拜拜"。临别还约定了下次一起玩的时间。完颜如璧把家里的电话号码写给了孟淑贤；而当她也要求后者也这样做时，后者却佯作不好意思地婉拒了。理由是供职的机关有规定，不许对外泄露一切，自然也包括电话号码。当然孟淑贤并不会说出自己到底在哪一个机关供职，连不能不告诉完颜如璧的姓名也是临时胡诌的：商小雨。

完颜如璧兴高采烈地回到家里。第一句话就是我今天碰上戴院长那个女人了，而且交上了朋友。详述委曲之后，王继芳也有一种拾到别人贵重路遗的喜悦。在国民党阵营里，傻瓜也明白，攀上党国大员将会意味着什么。这个共产党的叛徒进入角色如此之快，已然熟稔官场三昧了。而冷静下来之后，不禁想起参谋总部负责与他联络的情报处长反复叮咛的一句话：共产党定会千方百计取你的脑袋。你自保的办法只有一个，不折不扣听从我们的安排，断绝一切交游。想到这个，王继芳不能不眉头深锁，把自己的担忧告诉完颜如璧。

如璧听了，愣了片刻，旋即哈哈大笑起来。嘲笑他这是自己恐吓自己，都快吓出毛病来了。戴传贤的女人会是共产党吗？那样的女人会沾共产党的边吗？真是天大的笑话。

见她那么有把握的样子，所说的话也确有道理，便又松开眉头，傻傻地笑了。疑心自己是不是真的紧张过度、神经太脆弱了。

孟淑贤向解根柱建议，趁热打铁，速战速决，就在这两天利用完颜如璧把王继芳诱骗出门。

解根柱也觉得确实不宜久拖，时间长了容易生变。便与东北两同志商量，布置好行动程序：首先由孟淑贤把完颜如璧诱至预设地点，逼其打电话给王继芳，诓称在某街巷从黄包车上下来时崴了脚脖子，叫王速来接她。待王来时，即将他劫持登上一辆马拉小客车，弄到城墙根荒僻处解决。

正当他们准备实施这一计划时，国民党高层发生了一次不大不小的政治地震：宋子文遭到了国民政府、国民党中央的几大机关的正式弹劾。

早在一九四六年三月国民党六届二中全会上，出任行政院长仅半年的宋子文就已遭到了不点名的指摘。同年八月，上海工商界请愿团赴南京求见宋子文。这些资本家是国民党政权的衣食父母，蒋介石指示宋子文必须亲自接见，而且不可敷衍。宋子文无奈，只好组织了一次面对面的座谈会。

不少工商巨子当面对宋子文的财经政策提出了尖锐的批评，他们指出：政府财经政策从来就只为官僚资本、买办资本着想，只图少数人赚得盆满钵满，完全不顾民营资本的死活；买办资本甚至为了本身以及外国资本的利益，不惜牺牲本国民营资本的生存。例如美国棉麦的倾销，使中国农村经济崩溃，不少与农村经济关系或密或疏的工商业也同时遭受池鱼之殃。所以必须首先废止买办政策。接着，这些在政界也有后台的工商巨子又一针见血地揭露，不少所谓国营资本，实为一些官僚的私人经济领地。抗战结束，时任行政院长的宋子文假"接收"之名，独占了高利润的纺织业。名为国营，而宋院长与蒋夫人、孔夫人的个人股份共占百分之六十九；国家股份很小，并不具支配力量。立刻有人附和此论，并举出其中一例：一九四五年十一月底，宋院长在重庆设立中国纺织建设股份有限公司（简称中纺公司），下令由其接管全部日本在华纺织业，不准抗战前的原中国业主染指。宋院长动用国库，专门拨给这个公司营运资金；同时在原料供应、配纱以及产品收购、运输销售等关键环节上，享受种种优惠政策，使中纺公司很快就在国内市场上独占秋风。

在国内经济日趋恶化的情况下，宋子文的所有财经政策，很快成了他的政敌的倒阁炮弹。

陈果夫、陈立夫窥伺财经大权已久——由于经费不足，长期限制了CC系的发展。长期以来，他们对宋子文中饱私囊十分嫉妒。孔祥熙主阁时，他们尚可染指一二；孔祥熙下台后，他们一度图谋接管财经大权，而宋子文以阁揆之身包揽了财经，使他们功亏一篑。所幸宋子文理财很快就失败了，终于有了打败宋子文的机会。他们利用自己控制的名报《申报》发表社论，就物价飞涨、黄金政策的失算，公开向宋子文发难。具体执行黄金政策的是中央银行。其总裁贝祖诒是宋子文心腹，也是施行滥政措施的主要谋划人；中央银行的业务局与外汇审核处等要害部门也由宋子文的"私人"把持。黄金风潮发生后，《申报》抓住中央银行的突然抛售引起金价和其他物价的大幅下跌，发表了题为《黄金风潮》的社论，嘲讽道："中央银行对于银根及利率，显然具有无上的权威。仅仅在黄金政策上小试其技，已够使整个市场风翻浪涌，莫由自主。"

在二陈看来，经济的破产，宋子文实在该负全部责任。而经济破产，是政治、军事失败的主要原因。陈立夫后来在其回忆录《成败之鉴》中做了这样的描述："宋子文先生这个人对国情不了解，书信都用英文写。他所决定的抛售黄金措施，便大招非议。孔祥熙卸任后，移交给他很多黄金，白银也不少，结果抛售黄金、白银不仅未能挽经济狂澜于既倒，反倒使政府的黄白储备所剩无几。……假定抗战胜利后，孔祥熙继续掌握财经，而不由宋子文接手，我们还不至来到台湾。回想起来,感慨万端。"

《世纪评论》也发表了傅斯年的文章《这个样子的宋子文非走不可》。傅斯年其人可不是单纯的学者,美国政府与议会两院的一些团体,都通过某些学术机构对他进行了多次学术资助。所以傅斯年的观点应该在一定程度上透露了美国当局的态度。

傅斯年从五个方面对宋子文进行了谴责:其一,宋子文的黄金政策从不对"立法院、监察院、参政会揭开",其结果"不特不足以平抑物价,反倒刺激物价、紊乱物价",可以说"他是彻底失败了";其二,宋子文对接收的敌伪企业只顾"变钱",不问开工;对中纺以外的一般企业拒绝支持,"坐视其死";其三,"公私不分","自己又是当局,又是业主";其四,宋子文只依靠"私人"(指亲信)、"智囊团",视各部部长为"奴隶,或路人"。以致"一个主管部的事,他(已经)办了,部长(却还)不知,看报方知之";其五,宋子文的中国文化,"请化学家把他分解到一公忽,也(是)不见踪影的"。傅斯年的结论是,为了"中国将来之命运","第一件便是请走宋子文。并且要彻底肃清孔宋二家侵蚀国家的势力","否则政府必然垮台"。

全国舆论纷纷对宋子文申罪致讨,倒宋浪潮成为不可阻挡之势;连蒋介石也在办公室叫着宋子文名字大骂败家子、娘希匹。

结果,宋子文只好辞职。

过了一个月,由张群出掌行政院。

当宋子文的下台尚未画上句号,孟淑贤也正积极投身解根柱指挥的锄奸行动之际,孟淑贤的父亲孟国柱正在鲁南大开杀戒,向分了他家田地的穷苦农民反攻倒算。这中间牵扯到一位年仅十九的女孩子,名叫谷凤。

谷凤从生下地那天起就饱受苦难。家里种着两亩小麦、两亩水稻,她却从来不知道白面饼子和大米饭是什么滋味。吃糠咽菜对穷人家庭来说是寻常事;青黄不接时节连糠菜也见不着,野菜树叶成了主粮。四亩田的稻麦收成到哪里去了呢?村里地主孟国栋收取当年的田租与往昔借贷的利息就全部都拿走了。即使如此,谷凤家背的债不仅没减少,还越来越多。因为那是"驴打滚"式的高利贷呀。

直到共产党人来到孟庄,招收她进了乡里的农干训练班,她才有了阶级意识的觉醒。明白了地主老财奢华的生活,乃是穷人血泪、汗水滋养出来的;懂得了只有把世上的地主老财消灭干净并推倒他们的政权,才会有穷人的活路;第一次听到了北边有个国家叫苏联,没有地主,没有厂长老板,一切都由工人农民说了算。工人农民住着不漏雨、不透风的房子,家里点的灯名叫电灯,有的家里还有电话。将来打倒了蒋介石,咱中国的工农也会过上那样富足的生活。她认同了这样一种美好的理想。为了实现它，她加入了共产党。

由于从娘肚子里出来就没断过的饥饿，她长到十七八岁时仍显得十分瘦弱，体格不像个大姑娘，一副弱不禁风的样子。而在支持解放军作战时却表现出了令人惊叹的力量，令我们今天的读史者深深感动的热情。她出任村里的妇女干部，组织妇女缝制军鞋军装，昼夜磨米磨面为子弟兵煎大饼；在枪林弹雨中，她像青壮年男子一样反复冲上火线抢救伤员。在刚刚发生不久的迟滞敌人侵入鲁南以掩护主力战略转移的阻击战中，她率领二十一名青年妇女往返火线八次，一双赤脚磨得血肉模糊，须臾不离担架杠子的双手也皮开肉绽，她居然不吭一声。躺在担架上的伤员只要是意识还清醒的都会于心不忍，强烈要求她把他们放下地来。这些伤员大都与她年龄相仿，有的或许还小个一岁半岁。

有一次，一名负重伤的十七岁小战士马强见她那样不顾一切地抬着自己奔跑，她脚上的血染红了一路的野草和石头，大受刺激，多次喊道：

"大姐呀！别为俺遭罪了，把俺放下来吧！"

谷凤照旧快步跑着，边跑边喘着粗气宽慰马强道：

"别胡说，姐好着呢，遭什么罪！好兄弟，别乱动，姐送你到后方治伤——穷人指望你呢！"

土改刚开始，华东局书记饶漱石蹲点孟庄，召开村民动员会。饶漱石在会上的一席话，给她留下的印象很深。

饶漱石说："土改将会是一场暴风骤雨般的战争——对，是与前线一样的战争！穷人与地主老财在土地占有权的问题上，是生死较量，不容有丝毫退让与姑息。我们如果不勇敢地冲上前去，斗倒他们，那我们也就仍旧呆在原来的死亡线上，仍旧没有得到生存的权利；我们如果退后半步，那就更危险了，因为是向死亡靠紧了一大步！大家勇敢地与地主斗吧，共产党和子弟兵会生生死死与你们站在一起的！"

就在饶政委离开的那天，她率领全村的穷人冲进孟国栋的深宅大院。把粮食、衣物被盖、各种家具抬出来，分给本村与全乡的穷人；金银细软则上缴给上级。谷凤家里穷得家徒四壁——不，只有三壁，有一堵墙十年前就坍塌了，但她什么也没有要，她要让穷乡亲们多领取一点。而在心灵上她却获得了满足与愉悦。

华野大军战略转移离开鲁南后，孟国栋的还乡团追随整编七十四师进入鲁南。

谷凤率领村干部和民兵撤到附近山上，准备与敌人武装周旋。

孟国栋强迫全村老百姓到村前坝子开会，听他训话。

他说："你们分俺的田、洗劫俺的家，俺都不怪罪你们，只要把俺的东西归还回来就行了！俺知道你们都是愚不可及的群氓，穷疯了的穷棒子，全是谷凤这个该死的丫头挑唆惹的乱子！俺现在只追究她一个。你们把她交出来，或者说出她藏身之地，俺就放过你们！怎么样？"

说罢，傲岸地扫视全村老少。见大家都不作声，完全没有要搭理他的样子，便不高兴了。不怀好意地冷笑了两声，走向人群。打量了一番，揪住一个老人的前襟，拖到坝子中央。

这老人名叫孟树林，七十多岁了，算起来还是孟国栋未出五服的叔父。

"三叔，你老人家可不可以告诉俺，谷凤那鬼丫头躲在什么地方？"孟国栋和颜悦色地问道。

"这个你问不着俺！"孟树林不卑不亢地回答。

"为什么？"

"俺不是共产党，人家共产党去哪里怎么会告诉俺！"

孟国栋又冷笑了两声。装模作样地踱着方步，慢条斯理地说：

"三叔不是共产党不假，这个俺知道；不过俺也知道，三叔是共产党的顺民，关系密切得很呀！他们把俺的田分给了三叔——是五亩吧？三叔怎么会不知道他们的去处呢！快告诉俺吧，谷凤在哪里？"

孟树林两眼望着天空，冷漠、淡然地回答道：

"不知道。"

孟国栋感到自己的权威受到了挑战。一开始就如此，以后还怎么统驭这批愚民呢；眼下的清算运动怎么在全乡、全县推广开来呢？他恼怒地指着孟树林喝道：

"三叔，俺劝你还是老老实实说出来吧；不然，休怪小侄六亲不认呀！"

孟树林哈哈大笑。笑罢，乜视孟国栋，说：

"不知道就是不知道，哪能乱说呢！俺胡乱说个地方，你愿意信吗？"

孟国栋从一名团丁那里抓过一柄短刀，横在孟树林脖子上，继续威逼他说出谷凤下落。

孟树林毫不惧怕，冷笑道："你杀了俺也不管用！不要说俺确实不知道，就是知道也不会告诉你的！"

"俺让你嘴硬！"

孟国栋说着用力一勒。霎时，孟树林脖子上喷涌出鲜血，顷刻倒地。

孟国栋没稍停顿，马上又揪出一位同样是七十开外却早已吓得直打哆嗦的老婆婆。孟国栋见状，有了信心。不料这位虽为血腥与凶残吓破了胆的老婆婆，良心与穷人的骨气依然坚挺地藏在胸中。任随怎么恐吓，始终紧闭双目，一直用不断的摇头回应孟国栋的拷问。孟国栋那被仇恨冲昏了的头脑，此刻又被自己制造出来的血腥刺激得消解了残存的人性，也失去了耐性，一刀戳进老人心窝还在里面搅动了一圈。

当他那柄被第八位遭害的农民的热血炽烤得略见卷刃的刀正要向第九位农民

头上砍去的时候,跑得气喘吁吁的谷凤冲进场来,直抵孟国栋面前,喝令他住手。

"孟国栋,你这个没有一点人性的东西!分你的田、抄你的家都是俺干的,与乡亲们无干,要杀要剐你冲俺来吧!"

孟国栋哈哈大笑,指着正在被团丁们五花大绑的谷凤说:

"有种有种!好吧,你分俺的田、抄俺的家,领着泥腿子造反,闹得咱孟庄天翻地覆,老子今天给你算总账!"

"你不要得意!"谷凤怒目相向。"你要算总账吗?好呀!用不了多久,穷人会向你、向你们算总账的!"

"临死你还要嘴硬!来呀,先给俺吊到树上!"

她被吊到一颗大黄桷树的硕大树枝上。在孟国栋指挥下,还乡团的团丁用孟家修剪花木的巨大铁剪一根一根剪断了她的手指头。她咬紧牙关,哼也不哼一声。她不愿在阶级敌人面前露怯,不愿一个共产党人的尊严受到丝毫损伤。团丁剪完十根指头,她的双手血流不止,人也昏死了过去。即使在意识不清之际,也听不到她半声呻吟。在孟国栋示意下,团丁将一桶冷水向她兜头泼去。待苏醒过来,又开始一根一根剪她的脚趾头。由于她坚决不服软,还破口大骂,从孟国栋骂到蒋介石,她的四肢又被铁棍打断,牙齿也一颗颗被撬掉。当她鲜血淋漓完全成了个血人时,孟国栋命人在她身上捆满干透了的谷草。先用明火把谷草点燃,而后将明火拍灭,让阴火慢慢炙烤,直至她痛苦地死去。

前几天她刚满十九岁。这位丹娘、卓雅、刘胡兰式的英雄刚刚开始幸福的人生,就为土改献出了宝贵的生命。

这是因土地占有方式的公平改变而发生的无数血腥报复之一。

有一位名叫翁鲜豪的中央社记者跟随还乡团行动,拍下了全场屠杀的整个过程。他把这记录十位孟庄农民遭受折磨性杀害的几十张照片送给正在部署向共军进攻的整编七十四师师长张灵甫中将,劝他不要让各种名号的地主还乡团跟随大军行动,担心那种灭绝人性的血腥报复会带来恶劣后果。

张灵甫看完所有的照片后,轻轻将它们掷还翁鲜豪。轻描淡写地说:

"他们分人家的田、抄人家的家,土匪一样,人家当然要出出气呀!有什么大惊小怪的?你们这些记者真是书呆子啊!"

翁鲜豪出于爱护"党国"的形象,写了一篇孟庄屠杀的纪实文章寄回中央社。他的用意在于提醒政府约束还乡团的行动。结果,文章没被发表,他也被中央社辞退了。

三

盛夏的南京,酷热难耐。参谋总部内上百间办公室,每间都传出电扇霍霍的声响,从早到晚没一秒钟停息。

尽管被两部电扇相对吹着,孟淑贤也不时厌烦地哀叹热死人呀。

覃正侯翻阅着案头的文件,用笔记录一些要点,准备给总长陈诚撰拟"情况提要";一边头也不抬地嘲笑她道:

"整天电扇吹着,总务处每小时送一次冰淇淋,你还要抱怨热!知足吧我的小姐!此时此刻你去看看下关码头的工人,看看城内满大街跑的黄包车夫,你恐怕就再也不会抱怨热了!"

孟淑贤苦笑了一下,说:"我不是那个意思,我是说这电扇吹的风怎么不凉,反倒是热乎乎的呢?"

覃正侯说:"不怪电扇!南京是三大火炉之首,盛夏的空气完全被烤热了,当然风也就是热的了!"

电话铃响了。

孟淑贤担心是解根柱打来的,赶紧起身去接听。

"喂,请问是哪里呀?……哦,找覃科长呀?好的,请稍等。"

她接听电话的时候,覃正侯虽没抬头,却也紧张地关注着。平日他的电话多一些,却很不容易接到一次魏飘萍来的。他在盼她。往往在见面之后分手回来的日子里,他总是多夜失眠,苦苦相盼下一次相见。尽管有时候的相见不过只三五分钟,核实一个情报,或说几句话,他也能得到巨大的满足。

孟淑贤还来不及叫他,他已冲了过来,抢去了电话。这样的猴急对于一个中年人来说就叫失态,惹得孟淑贤嗤嗤笑着回到自己的座位。

"我是覃正侯,请问您……哦,知道了知道了!最近您……哦,明白!老地方吗?……好的,好的。再见!"

他放下电话,竭力掩盖着喜悦之情,一本正经地走向自己座位。

孟淑贤抬头瞅着他,似笑非笑地说:

"科长,电话里那位女士是谁呀?声音那么甜美,可以想见人也一定很漂亮!是这样吧?"

覃正侯坐下,重新埋头于文件堆。只咕噜了一句"无聊",就不再理睬她了。

按照约定,覃正侯在莫愁湖租了一条木船,划入秦淮河,到八艳酒家下面的河埠头接魏飘萍。

时值六点过钟,覃正侯庆幸自己又是遵照对方指示不差分秒地到达了,他抬腕看表正好六点三十分。

而魏飘萍也正值此时用散步的姿态踱到这里。

她今天穿着米灰色短袖丝绸旗袍，脚上是一双平底布鞋；浓黑的披肩短发被理发师热处理过，起伏有致而不失飘逸；化了一点极淡的妆，似又像当年那样地年轻了。

覃正侯将船固定，迎她上来。待她坐定，解缆离岸，放乎中流。

"还是让它顺水自己漂吗？"覃正侯灿然笑着问她。他的笑透明得有些像几岁的孩子，没有丝毫矫饰或客套的成分。

她没有开腔，笑盈盈瞅着他，点了点头。

城外的风与城内的风不一样，少了很多暑气，将两岸茂密的芦苇吹动，飒飒作响。她颇感凉爽，拢了拢耳际头发，惬意地叹了一声气。覃正侯打开了汽水，递过去。她喝了一口，更觉惬意，禁不住又叹了一声。

那船顺流而下。有时漂至中流，正好借势下行，不管不顾；有时又撞进傍岸的芦苇丛，这就需要将船撑一下以摆脱羁绊，再用桨拨正一下航向。

魏飘萍说："今天约您出来，又有一件任务要交给您！"

覃正侯郑重地点了一下头，说："好的，我一定完成！"

魏飘萍说："全国的主战场在东北和山东，这个您是知道的。几个月来这两大战场的战绩不俗，不断消灭敌人有生力量，东北还收复了好几座中小城市；但是困难也不小，说是举步维艰也并非夸张。毕竟敌人的兵力成倍地大于我军。东北的林罗，山东的饶陈粟，现在最担心的是敌人会不会增兵！当然并不是惧怕；他们希望及早知道敌人还有没有能力向东北、山东增兵。若尚有能力，那么增兵的幅度可能会有多大？这对于预先制定对应策略十分重要！怎么样，有办法搞清吗？"

覃正侯沉吟了一下，说："这个不是我所在的局和处的业务范围，查起来难度较大；不过我会想办法的，毕竟我在参谋总部干了多年，熟人多。组织上限定多少时间要？"

魏飘萍说："组织上也不便给您限定；不过战局发展很快，一切情报的获取也是越快越好！您自己定个时限好不好？"

覃正侯又想了一下，决断式地说："一个星期可以吗？"

魏飘萍说："可以。不过尽量再快一些吧！"

交代完任务以后，覃正侯说他这几天一直在等着她的联络信号，他有情况汇报。

他说，东北战场由于民主联军的节节胜利，蒋介石十分恼火，正在考虑换将，据说初步已有定案。

覃正侯所说的"节节胜利"系指林彪一气呵成的"三下江南①、四保临江②"的系列战役。这个系列战役历时三个半月，共歼灭蒋军四万余人，收复城镇十一座。

而覃正侯尚未"与闻"的则是三下江南四保临江以后林彪发动的"三大攻势"之首的夏季攻势。

鉴于三下江南四保临江虽然"节节胜利"，但尚未从根本上扭转东北战局，蒋军经过补充，在东北的兵力仍达五十万，大中城市和铁路尚在他们手中。为了尽快改变这种局面，林彪根据毛泽东指示，策划了以杀伤敌人有生力量为主要目的，夺取地盘为连带意图的三大攻势。

第一大攻势，是夏季攻势。

林彪全盘研究了东北敌军驻防分布，决定先易后难，吃掉与其主力游离较远的分散之敌，打通南满与北满的联系，将各解放区连成一片。然后集中更大兵力攻略中等以上城市，从根本上改变东北的战局。

罗荣桓完全同意他的考虑。

此时罗荣桓是民主联军第二政委，地位与司令员兼第一政委的林彪相等。③

林彪首先盯住了吉林省怀德市。那里驻防的是新编第一军之三十师所属九十团，以及保安十七团，总兵力五千。

怀德是长春至沈阳铁路线西侧的重要屏障，北距长春五十公里，南距四平一百公里，夺占此地可威胁长、四两城。

五月十三日，民主联军第二纵队之四师突然包围了怀德之敌。

为了确保战斗稳妥进行，林彪将所有可能出现的意外都考虑到了：同时命令二纵五师、一纵全部、独立第一师分别阻击可能由长春、四平前来的援敌；令西满民主联军的三个独立师奔袭双山、玻璃山，钳制蒋军七十一军之八十七师。

五月十七日，民主联军二纵四师向怀德总攻。一场激战，两个团的蒋军全部被歼。

从四平、长春出发增援的蒋军新编第一军、第七十一军获悉怀德守军被歼，一时拿不定主意是原地止步还是后撤。

林彪判断从四平出来的七十一军离开了老巢，孤立无援，是消灭它的良机。立刻命一、二纵队赶赴大黑林子地区，将其包围。经过一天的战斗，蒋军七十一军所属八十八师、九十一师大部被歼。军长陈明仁率少数部队逃脱。

---

① 松花江以南。

② 临江为民主联军南满根据地首府，此泛指南满。

③ 第二政委并非副政委。

从长春出来的新一军在途中获悉，怕遭到同样命运，军长下令前队改后队、后队改前队，火速撤回长春。

民主联军一、二纵队围歼七十一军之际，林彪又令十一纵攻占公主岭、陶家屯、郭家岭；二纵之一部也随即夺取了昌图县城；三、四纵南下连克辽宁省的山城镇、太阳镇、草市镇，歼灭蒋军六十军所属一个团、暂编二十师一部。切断了沈阳至永吉（吉林）市的铁路线（沈吉线）。

为了恢复沈吉线，杜聿明拼凑了两个师的兵力向民主联军三纵的侧后进行反击。

林彪察觉了杜聿明意图，立即调动三纵和四纵一个师对来敌进行分割围歼。首先将新编二十二师一部歼灭在南山城子地区。

然后，林彪的目光投向吉林省南部重镇梅河口。

五月二十二日，令四纵攻打梅河口。打了五天，蒋军一八四师共六千多人全部被歼；接着，三纵在辽源、东丰消灭蒋军二〇六师全部。

此前的五月十三日，六纵之十八师和独立第三师，相继攻下永吉以东的天岗、老爷岭、江密峰、小丰满，歼敌共两千多人。

六月三日，驻防吉林省海龙的蒋军六十三军之二十一师慑于民主联军声威，弃城北逃。结果并未逃脱，被消灭在途中的昌吉镇。

至此，永吉、长春以南，四平以东广大地区的蒋军全被肃清；南满、东满两个解放区连成了一体；南满、北满主力部队也得以会师。林彪朝思暮想的将多个拳头合成一个，终于实现了。

杜聿明打输了，恼羞成怒，居然向老百姓发泄。一九四七年六月十七日《东北日报》配发照片报道：六月上旬的一天，"国军"以暗中支持共军为由，在安东纵火烧掉五十一个村庄。然后将老百姓集合到大川，用机枪实施屠杀。

夏季攻势第一阶段取得大胜后，毛泽东指示林、罗对战略重镇四平发起进攻。

四平城内的蒋军有七十一军之八十七、八十八师，十三军之五十四师，五十三军之一部，共约四万人马。为固守四平，一年多来陈明仁修建了许多永久性防御工事。城内外有几千个钢筋水泥地堡和纵横交错的交通壕，数不清的火力支援，大片鹿砦、铁丝网、陷马坑、三米多深的防护水沟。火力配备也齐全，由美制轻重火炮及机枪加上三万多支自动、半自动步枪组成了多层次密不透风的火网。

林彪对敌人的火力配备很清楚，觉得是一块硬骨头。指示参谋长刘亚楼制订一套周密的对付方案。

林彪当然不会知道，他的夏季攻势早就惊动了自己的黄埔老校长，即将开始的四平之战更令老头子寝食难安；但他知道，老校长蒋介石此前曾飞临沈阳，申斥作为一期学长的杜聿明怎么还打不过四期的小阿弟呢。林彪听到这个消息后，稀开嘴巴乐了半响。

情报部门给蒋介石送去了两本小册子。一本是《目前的战役问题》，系高、中级干部的战术教材，发给团、师、纵队的干部学习；另一本是《战斗手册》，供营以下干部学习，内容包括《指挥要则》《打胜仗的根本办法》《硬拼仗》《运动战》《一点四面战术》。两本书都是林彪执笔写出初稿，东北局副书记兼秘书长高岗整理并在哈尔滨印行的。这两本小册子让蒋介石看得心里五味杂陈。他对陈诚说：

"我得到这两个小册子，把它看得比任何兵书都宝贵，废寝忘食，昼夜钻研，逐句逐字地细心玩味。现在已读过五遍了！我后悔呀，当初在黄埔为什么没发现林彪，对他着意培养，让他跑到毛泽东那里去了；痛心呀，为什么我发现的尽是杜聿明、陈明仁、孙立人这些花架子、蠢材！"

他在南京的高级将领会上，牢骚满腹，对大家一顿申斥，说：

"最近我们在东北拿到了共匪的两个小册子，已经翻印了二十万套，发给各级军官。你们必须逐字逐句细心研究，看看人家是怎样带兵的。人家是官兵一体，同甘共苦呀！反观我们的军官是不是也能与士卒同吃一样的饭菜、同在野外露营呢？我看很难！我们的军官不但做不到与士卒同甘苦；而且对士兵的生存状态完全不了解，高级军官对下级军官如何管教士兵、训练士兵更不了解。不了解自己的部队，怎么可能得心应手地指挥他们作战？

"还有一些高级将领，自私自利，把所辖部队看作家私，最大的本领就是保存实力。看到友军浴血作战，拒绝去救援，完全丧失了革命军人亲爱精诚的精神！这简直是亡国奴的心态，是万万要不得的！"①

次日又飞临沈阳，作同样的训话。

林彪的夏季攻势让他感到了东北大局的危险。他指示熊式辉、杜聿明等高级将领，既没本事夺取南满北满，也打不过林彪，那就不要再自吹自擂自欺欺人了；赶快收缩兵力，重点守住大城市以保住现状吧。蒋介石甚至主张连长春以东的大城市永吉（今吉林市）也一并放弃。

刚刚受到蒋介石奚落"你黄埔一期的学长还打不过四期的学弟，颜面何在"的杜聿明当场表示反对，还第二次要求将不久前被陈诚抽走的第五十三军调回来。

蒋介石大怒，拍了一掌桌子指着杜聿明呵斥道："杜光亭，离了五十三军你就不能打仗了吗？我问你，一年多以前林彪刚到东北的时候手里有多少人马？当时你手里有多少人马？丢人啊！"

蒋介石走后，杜聿明只是有限地执行了他的决定，放弃了安东、通化等城市，

---

① 《先总统蒋公言论集》，台湾1980年玉泉出版社，第161页。

加强了长春、永吉、四平、沈阳、锦州的防务。

不久，开原失守，中长铁路被阻断，沈阳与四平被分割开了。

没让杜聿明回过神来，民主联军兵薄四平城下了。

震惊万状的杜聿明知道，四平是东北中部地区的交通枢纽，连接沈阳、梅河口、长春、永吉，保有这里就保有东北的战争主动权。林彪是奔这个来的。

六月初，双方开始战役调动。

廖耀湘新六军之一五五师、十四师向开原进攻，力图恢复四平与沈阳的战略通道。付出了六千多人的代价，达到了这个目的。

东北民主联军没有管他这个，继续大规模向四平集结重兵：以十七个师的兵力开赴四平的南面和东南面以及北面，防备从沈阳北上、从长春南下的蒋军援兵；以七个师外加五个炮兵营负责攻取四平。由一纵司令员李天佑、政委万毅担任前线总指挥和政委。

蒋介石发来了电报，命陈明仁死守。称："四平乃东北要地，如失则东北难保。斯时为吾弟成功成仁之际。望砥砺将士，严行防守。"

李天佑对四平敌人的布防有较多了解，但他少估了敌人的兵力、低估了敌人的火力状况；更严重的是大家都滋生了骄傲情绪，认为陈明仁多次败于民主联军手下，这次不过就是一战而定的事。

然而，兵书云：置之死地而后生。这句话，此时此刻大家都忽焉不察。而陈明仁及其部队此时此刻就处于这样的状态。

民主联军各纵队充满"一战底定"的情绪，请战书雪片般飞到林彪那里，要求取代李天佑部去夺取四平；战士们把"解放四平，争取立功"的口号写在枪杆上、炸药包上。士气固然很高，而骄傲也蕴藏其中了。

六月十一日，先锋部队占领了四平部分地段，为攻城部队铺平道路。是时大雨骤下，遮天盖地，似为天公有意掩护民主联军攻城部队让其陆续靠近敌人。十四日十六时，攻城部队抵至最佳位置，待命突击。

半小时后雨停了。

蒋军二十架飞机紧急飞临战场。低空侦察，发现了民主联军突击部队的位置。立刻升空，然后轮番俯冲轰炸。接着又发现了民主联军炮兵阵地，分出十架飞机前去轰炸，有二十八门苏制九十二毫米口径加农炮被炸毁。[①]

二十时，李天佑下令开始攻城。

西北、东北、西南三个方向的攻城部队同时发起冲锋。

---

① 苏联兵工专家阿扎耶夫撰写的《随军笔记：中国东北民主联军攻打四平记实》，载苏联《十月》杂志一九四九年一月号。

蒋军工事坚固，火力密集，攻城部队尽管勇猛顽强，也一次又一次被打回原地。只有西南角方向，一纵二师四团一营借助炮兵协助，打开了缺口。三连三排排长全仲为乘机登上城墙缺口，用冲锋枪扫射，放倒了二十几名蒋军，率全排夺占了保安十七团团部所在的楼房。

这道撕开的第一道突破口太狭窄了，容不下太多人马。蒋军大量部队向这里涌来，飞机、炮火也向这里密集轰炸，企图重新将它封堵住。突破口一时完全被硝烟覆盖了。

就在这个突破口上，双方反复激战了两天。敌人的顽强出乎李天佑预料。

蒋军七十一军八十八师（重新成立的）师长彭锷亲临前沿，左肩中弹，血流如注，依然坚持指挥；其前卫营两名营长先后中弹倒毙，两个营的士兵也全部在突破口的拉锯战中阵亡。

民主联军损失也很大。一纵负伤五千人，阵亡一千一百二十八人；有的连队只剩下七八名战士。由于炮火太密集，救护队一批又一批倒下——这些北满的翻身农民成为烈士的就有三百多人。伤员得不到救治，有的干部连续负伤十次仍在坚持作战；一纵一师师长江拥辉、政委梁必业亲自冲上突破口指挥，一发炮弹落下来，掩护他俩的一个班全部阵亡。

蒋军飞机大炮以及步兵火器组成的密集火网让李天佑十分伤脑筋。突破口太窄小，部队拥上去多了，成了敌人炮弹的靶子，一发就会倒下一大群；上去的人少了，压不住敌人步兵，还可能守不住口子。白昼行动，容易成为敌机的靶子。东北地区夏季夜短昼长，夜晚只八小时，夜里攻击，没多会儿天就亮了。而且即使白天不进攻，伤亡人数也多出夜晚行动时的一两倍。李天佑盼望多几处突破口，分解敌人之势，那就可以摆脱目下的窘境了。前线的官兵也十分清楚这一点，每一个单位，每一个个体，都在努力破解当前这个困局。自觉的革命英雄主义，终于使城西北一角在付出了三百多人牺牲后打开了一个突破口。

蒋军之势受到了分化。李天佑向两个突破口投入了生力军——总预备队。蒋军阵脚出现了松动，渐渐又不得不步步退却了。民主联军逐步向城内推进，渐渐逼近核心地带。攻守双方一座楼一间屋一条街道地进行拉锯式作战，进行争夺，得而复失，失而复得的情况有时多达二十多次。攻守交通宿舍大楼，激战达到白热化。民主联军最初希望保住这幢高档次的大楼，而付出了重大牺牲后仍未拿下。前线部队得到李天佑批准，决定炸掉它。团长慕容遂秦命令一个营负责挖掘暗壕强行接近大楼；一个连飞跑到已被占领的机场，从航空炸弹里挖出两千三百公斤炸药，火速送回来；其余两个营在此期间继续以火力与大楼敌人周旋。负责爆破的单位取道刚挖掘成的暗壕将两千多公斤炸药全部送到大楼下边。然后全部官兵退出，点燃壕外引信。三分钟光景，压倒一切枪炮声的轰然巨响，将大楼送上了半空，分解开来的钢筋混凝土又惨烈地落下。大楼没有了，蒋军一千多名官兵全被深埋在废墟之下。

然而绝大部分地段的战斗仍然缓慢而残酷地进行着。

陈明仁征用了一切文职人员参加战斗。据说有不少人还不会使用美制汤姆式半自动步枪。后来连政府官员、平民百姓也强行被逼到火线上。七十一军军部骑兵营的两百多名马夫，在他的威逼下，由一名五十多岁的老马夫带领开到前沿。这些马夫最后没有一个活下来。

在蒋介石"不成功便成仁"的严令下，陈明仁立下遗嘱，印成传单，向全体守城官兵散发；抬出自备的棺木，巡游展示。他命令各部不必等待命令，独立死守每一寸地段，打光为止；谁敢发布"转进"命令就先杀谁。第一道防线的部队如果后退，二线部队有权射杀，不能宽宥一人。

十九日，民主联军动用了单筒火箭炮。他们将十五门火箭炮同时指向中央银行和市政府大楼，猛烈轰击。两座大楼很快就被占领了。

陈明仁在卫队保护下，突围到了城东一隅。

他的军部在西区，周围半公里的守军并不知道军长已逃走，仍在顽强抵抗。

民主联军一纵十七师四十九团一营三连以及五十一团的五连、六连负责攻取陈明仁军部。一营三连作为突击队，冲进大楼，与一千多敌人反复争夺各个楼层。三连战至最后五人，见敌人仍旧顽抗不降也不退，便将敌人堆放弹药的一间屋子点燃，刹时将大楼炸塌，与守楼敌人同归于尽。

二十一日，城西地区也被民主联军占领。

第八天，民主联军攻城部队付出了八千人的代价夺占了四分之三的城区。

林彪电令："决付出一万五千人的伤亡，再打一个星期，全歼这股敌人！"

得到报告的毛泽东也肯定了他的决定，来电说："你们决心再以一个星期时间全歼四平之敌，占领此战略枢纽，极为正确。"

蒋介石十分震惊。一面致电对折损四分之三人马近三万人，尚余一万人枪的陈明仁慰勉有加；一面同意了杜聿明的多次请求将周福成五十三军从华北火速调回东北，令杜聿明疾调重兵救援四平。并限令六月三十日之前解四平之围。

杜聿明手忙脚乱，急紧抽调部队，组成救援大军，从沈阳和长春两面星奔四平。杜聿明竭尽所能，勉强拼凑出的部队共九个师，由郑洞国指挥这场战役。

刚刚出关的五十三军凭着人多势众，攻占了只有两个团民主联军部队防守的本溪，解除了沈阳侧翼的威胁。接着一路向北直奔四平。

抵达四平以南的援军，尚未勒住阵足就与民主联军阻击部队交上了火；是日，长春赶来的援军也在四平以北与民主联军交上了火。民主联军阻援部队兵力不足，尽管打得顽强,也不能有效消灭来敌,只能与之成胶着状态。

郑洞国十分狡猾,留下战斗力最强的新六军与民主联军阻援部队周旋并担任掩护向四平进发的大部队的任务;自己亲率九十三军、五十三军、五十二军之一部,绕道直扑四平。

而担负掩护任务的新六军很快就支撑不住了。

廖耀湘知道民主联军一向的战略是围城打援,他很担心郑洞国将大部队带领去救四平,自己一个军三万多人留下"与共军周旋,以吸引共军注意力"会遭到厄运。于是抓住郑洞国教他"周旋"一语,决定不主动去碰共军阻援部队,却在自己的周围找好要害地段,安排好部队,防止突然被共军包围。

事后的情况似乎颇能印证廖耀湘的担心。他将各师以及军直属部队部署到可能遭到攻击的要害地段。特别向一六九师师长郑庭笈强调了其防守地段的八棵树乃全军安全所系,实为战略要隘。一旦不保,全军很难安稳;然则整个救援四平的大军侧翼就将受到致命威胁。

一六九师在进入指定位置后的次日(六月二十二日),师长郑庭笈向他报告了可疑情况:该地区虽然暂未发现有敌人攻击;但师部派到李家台、东丰方向侦察的小部队报告,两座城里的共军奇怪地消失了。而两城十公里、五公里远近的几十个村落不知怎的却又驻满了共军。人数、番号却不清楚;但却发现隐藏在林木深处的苏制榴弹炮。老百姓只准进不准出,所以没法混进去探明具体情况。据村里逃出来的地主说,共军在向刚回村的老百姓打听开原、铁岭、八棵树、貂皮屯国军的动态。

郑庭笈将这些情况向廖耀湘禀报完毕,也有点担心友邻部队境况,便向廖军长打听。

廖耀湘说,大家都要高度警惕,林彪诡计多端,出人意料的举动太多。据十四师龙天武师长报告,他那里也出现了情况,只是不明虚实,目前只知道他的正面西丰方向共军有向莲花街、威远堡门运动的迹象;尚不知是佯动还是真动。倒是郑(洞国)副长官指挥的大军向四平挺进比较顺利,其九十三军走在最前头,已在向昌图前进中。

郑庭笈的担心不是多余的。

六月二十三日下午,民主联军以步、炮联合行动,向八棵树高地五〇五团阵地突然发起攻击。火力密集,步兵冲锋锐不可当。郑庭笈后来在回忆文章《蒋军四平街解围战役中的八棵树争夺战》中坦言,"这是我初到东北战场来第一次看到解放军[①]这样的猛烈攻击,是我以前所不了解的"。他的惊恐溢于言表。

---

① 是时应叫民主联军。

激战一个通夜，二十四日早上，第一旅旅长何际元向他禀报，五〇五团伤亡六百多人，团长贾维禄负重伤，营、连长伤亡过半。八棵树高地危在旦夕，若不增援，阵地必失。

郑庭笈将此情况分别电禀廖耀湘、杜聿明。

廖耀湘回电说他无兵可派。严令郑庭笈死守，叫他注意发挥火炮的作用，特别强调只靠步兵是不行的。因为郑庭笈这个师装备虽然一流，却是从交警总队改编而来的，从未在步炮协同下作过战。

战斗进行到下午八时，八棵树附近作为卫星阵地的高地全被民主联军占领，入夜前八棵树也失守了。

守军第一旅退到附近村落与民主联军对峙。

郑庭笈立刻向廖耀湘、杜聿明电禀。

廖耀湘十分惊慌，打开步话机用明语与郑庭笈通话。

"八棵树全部高地都失守了吗？"

"是的！军长……"

"郑师长，你必须从你现有各旅抽调足够兵力，不计一切代价夺回八棵树，恢复全部失去的阵地！否则对我们全军右侧以及整个增援部队的侧后威胁太大了！事情很严重，关系到你我的脑袋呀，知道吗？"

"部下知道！"

廖耀湘最后说，郑（洞国）副长官亲自指挥增援大军正在向四平靠拢，我们千万不可拆台呀。

廖耀湘最后决定抽调二十二师五十六团增援八棵树，并由该团团长马璞帮助郑庭笈部署步炮协同作战；又将二十二师的炮兵营也交给他。

郑庭笈召集营以上军官开会，做出夺回八棵树的具体部署。

第一旅山脚下的第一线部队与民主联军相距很近，为避免自己炮兵射击时受到影响，暂时将其退到村落。俟炮兵轰击完毕后，再行出动。

将师预备队交给第一旅旅长何际元，参加八棵树争夺战。

又在各团选出突击部队和后援部队。突击部队全部装备美制卡宾枪、汤姆枪、美制轻型手雷；后援部队装备八二迫击炮、六〇迫击炮、轻机枪、重机枪、火焰喷射器，支援突击队行动。设定突击队采用纵深配备的队形前进，第一线、第二线互相掩护；若第一线伤亡过大，则由第二线超越前进，原第一线改充掩护。

郑庭笈将部署情况电告沈阳东北保安司令长官部作战处处长姜汉卿，要求派空军协助作战。

同时分别电禀廖耀湘、杜聿明。

廖耀湘同意他的部署，再次强调注意步炮协同作战，充分发挥火炮的威力。

郑庭笈把攻击时间定在六月二十五日下午三时。

姜汉卿六月二十五日中午十二时电告他，空军午后三时准点到达。叫他届时在地上铺好布板，以便联络。

六月二十五日下午三时，从沈阳方向飞到八棵树的美制轰炸机配合郑庭笈的炮兵向民主联军阵地狂轰滥炸。四时，郑庭笈命何际元旅长指挥步兵开始冲锋；炮兵、飞机延伸轰炸以掩护步兵行动。

民主联军的炮火十分猛烈，郑庭笈的师部也成了打击的目标——这是远程重炮才办得到的。第二旅副旅长袁冠南临时被调到师部代理参谋长，遭到弹片击伤了胳臂；师部直属炮兵的两门炮也被同时炸坏。

何际元的第一线突击队乘民主联军炮兵遭到空中轰炸停止射击的间隙，抓紧时间从三面向八棵树高地猛冲。

下午六时，何际元向郑庭笈报告，突击队以阵亡一半的代价，攻占了八棵树高地。不料尚未站稳脚跟就遭到左侧名叫尖山头高峰上民主联军机枪射击。伤亡很大，只好又后退下来。如果不压制尖山头火力，很难成功占领八棵树。

郑庭笈当即命令炮兵向尖山头炮击。

那尖山头又高又小，炮弹不易命中，不是打远了打近了，就是打偏了。

郑庭笈教何际元集中后援部队的轻重机枪和迫击炮，集中向尖山头射击，掩护五〇六团、五〇八团的突击队向尖山头冲锋。民主联军伤亡很大，激战到黄昏撤离了尖山头。何际元这才得以重占八棵树。

六月二十六日上午十时，貂皮屯以北传来密集的枪炮声。

郑庭笈打电话问貂皮屯守军鲍步超团长是怎么回事。

鲍团长回答说已派人向北搜索，尚未回来报告。

郑庭笈要他准备战斗，共军可能从他那里打开缺口，重新反扑回来。

郑庭笈与何际元摊开地图研究。两人一致认为是从八棵树撤退的民主联军转兵向貂皮屯攻击，企图用貂皮屯建立阻击线，遮断八棵树退路；然后以另一支部队攻打郑庭笈师部，聚歼一六九师。

郑庭笈越想越害怕，立刻打电话询问友邻二十二师师长李涛那里的情况。

李师长说，早上的枪炮声来自貂皮屯东北面的山地。他派六十四团前去搜索，十时许与民主联军一部遭遇。双方展开了激战。当时他又派六十六团前去增援。李师长最后说，情况不明，大家都小心点吧。

结果，黄昏时枪声停了。

后来据李涛说，民主联军撤走了。因情况诡异，他也不敢派兵追击，怕中圈套。

其实，民主联军在八棵树与貂皮屯的行动，只是为了牵制廖耀湘这个军，以减轻四平攻击部队撤退过程中的阻力。

六月二十五日，郑洞国亲自指挥九十三军（军长卢浚泉）从正面向四平攻击前进。受到民主联军阻击，进占滞慢。

郑洞国命周福成五十三军从九十三军左翼向八面城攻击。那里是民主联军的侧翼。

二十七日，民主联军由于侧翼遭到了牵制，无富余兵力解决这一窘况，郑洞国得以顺利指挥九十三军占领了泉头车站，进抵四平近郊。

廖耀湘那里却一直未能摆脱困扰。其十四师在威远堡门、莲花街、平岗地区遭到猛烈攻击。不得已，只好加派二十二师去增援。又打电话告诫郑庭笈，虽然八棵树、貂皮屯方面复归平静，但估计共军不会罢休，不知道什么时候又会突然冒出来发动攻击。

六月二十九日，五十三军、一九五师打了三天，攻占了八面城；九十三军攻占了四平以南九公里的芒牛哨镇。

几天前，林彪就考虑到增援的敌军数倍于民主联军攻打四平的部队，当即排除非议，断然决定撤兵。以少量部队对廖耀湘部的攻击，其实也是撤兵的辅助行动。

六月三十日，郑洞国的全部援四部队再也不能前进了。这使他万分焦急；又担心林彪会不会突然派来大量打援部队，将自己一锅烩了。

此刻，侦察队向他报告，四平方向的枪炮声没有了。

他听后呆若木鸡，以为四平已彻底陷落，陈明仁完了。一旦果真如此，他感到无论对苦战中的陈明仁，还是对蒋介石的严令，自己都无法交代。他命令卢浚泉九十三军黄昏之前必须突破民主联军的阻击线。

当天十三时，周福成五十三军在九十三军左前方突破了民主联军防线。卢浚泉乘势集中了九十三军的全部坦克，向民主联军二纵的阻击阵地发动大规模冲击。

二纵稍作抗击，奉命撤出战斗。

郑洞国命令追击。

民主联军最后撤离战场的是一纵第三师。

历时半个月的四平攻坚战，民主联军付出了伤亡一万二千六百四十二人的代价。

蒋军伤亡为五万八千人；其中陈明仁的四万守城部队仅剩七千多人。

林彪的夏季攻势至此画上了句号。包括四平攻守战在内，五十天来共歼灭蒋军八万七千人；自己的伤亡共计一万八千六百一十三人。

第二部

温靖邦 著

花城出版社
中国·广州

图书在版编目（CIP）数据

大逐鹿：全三部 / 温靖邦著. -- 广州：花城出版社，2019.5（2024.2重印）
ISBN 978-7-5360-8875-7

Ⅰ. ①大… Ⅱ. ①温… Ⅲ. ①纪实小说－中国－当代 Ⅳ. ①I247.5

中国版本图书馆CIP数据核字(2019)第069342号

出 版 人：张　懿
策划编辑：孙　虹
责任编辑：夏显夫
技术编辑：凌春梅
封面设计：刘红刚

书　　名	大逐鹿
	DA ZHU LU
出版发行	花城出版社
	（广州市环市东路水荫路11号）
经　　销	全国新华书店
印　　刷	广州小明数码印刷有限公司
	（广州市天河区高普路83号B栋C5号）
开　　本	787毫米×1092毫米　16开
印　　张	62　3插页
字　　数	1,200,000字
版　　次	2019年5月第1版　2024年2月第3次印刷
定　　价	198.00元（全三部）

如发现印装质量问题，请直接与印刷厂联系调换。
购书热线：020-37604658　37602954
花城出版社网站：http://www.fcph.com.cn

目 ★ 录

|第二部|
血沃中原肥劲草,寒凝大地发春华

第十六章	1
第十七章	23
第十八章	38
第十九章	53
第二十章	72
第二十一章	88
第二十二章	110
第二十三章	130
第二十四章	148
第二十五章	164
第二十六章	182
第二十七章	204
第二十八章	224
第二十九章	245
第三十章	262
第三十一章	278
第三十二章	295
第三十三章	311

第一目

第十六章

一

上次覃正侯与魏飘萍秦淮河泛舟，他得到了感情上——不，准确地说是精神上，很大的满足。魏飘萍传达了上级对他覃正侯的慰勉之意，同时表示十分满意他一段时期以来的工作。还希望他继续努力做出贡献，以将功折罪，早日回到革命营垒中来。从这些话他当然听得出来，革命的大门终于有望对他开启了。他等待这样的评价、这样的承诺已经很久了。当时他偷偷拭去了两行夺眶而出的热泪。

人的劣根性乃是欲望无度，往往难免得陇望蜀。他居然进而揆度，自己与魏飘萍的私人关系是否有望改善，可不可以在不太久的将来重叙旧情？

他当然也明白，出现这种转机的基础首先是她能瞧得上自己，得让她觉得自己覃正侯确实在为革命事业而努力做出贡献、愿意为革命奉献自己的一切。其后才会有种种可能。否则皆系奢望。一个曾经因为忍受不了皮肉之苦而背叛了理想的人，做到何种程度才可能让她产生那样的认可呢？他也颇感茫然。

她曾经告诉他，她结过婚。丈夫是南开大学学生，在八路军工作。后来跟随罗荣桓到山东军区，牺牲在抗日战场。她很爱他，自豪地说他是位出色的马列主义者，是无产阶级的英雄。覃正侯明白自己根本无法与她的丈夫相比。在这个内容层面，他不能不自惭形秽，不能不陡然意识到希望实在太渺茫了。

然而，一次又一次与魏飘萍接触，他觉察到她对自己的态度似乎一点一滴地发生着变化。特别是最近一次的秦淮河泛舟，又使他恢复了一些自信，觉得将来未必不能重新赢得她的垂青。秦淮河泛舟这一次，他甚至觉得自己似乎又向她靠近了一步。这一判断的依据是：魏飘萍告诉他，如果有要紧事，可以通过一种特殊方式（具体另告）约见她。如此一来，两人的见面，从由她事先通知，他被动地等待，推进到他可以主动约见她了。

秦淮河泛舟之后十多天，他就第一次行使了这种主动权。

倒不仅仅是渴望见她，主要是确实有两件要紧事须向他禀报：

其一，陈诚即将取代熊式辉主事东北，届时将增调十二万人马出关；

其二，蒋介石将增兵山东，加强此前的战略压力，迫使解放军华野主力决战。

蒋介石官邸在国防部大礼堂左侧约莫一百米的地段，是一座砖瓦结构的两层西式楼房。一进门是一间过道式的内走廊。客人进来应在这里脱下外套、摘下帽子，挂到进门右边的衣挂上。然后继续往前，进入一个过道小厅。迎面就看见了楼梯。右侧壁悬挂着曾国藩写的屏联。壁间一道门通向大客厅；过道小厅左侧的门，通往蒋介石书房和小客厅。蒋氏夫妇的卧室在楼上。客人少，或者来人是贵客，多半被安排在小客厅；大客厅陈设要比小客厅好。墙壁上挂着齐白石和张大千的画作，都有"雅正"之类的款识，说明了画家与房子主人的关系，显系多少有点来往。靠壁一张长条案，上面摆放许多古玩；其中有玻璃匣子盛着一对象牙，各一米多长。这样规格的象牙是外边不容易见到的。客厅四周摆了许多长沙发和单人沙发，沙发前都有矮足长条茶几，供坐在沙发上的人使用。

这天，蒋介石邀请国防部、参谋总部的上层官员吃晚饭。连远在徐州陆军总司令部前线指挥所的顾祝同总司令也被提前召回以便准时参加这个晚宴。可见，这是个借吃饭为名研究山东战场方略的工作会。自从蒋介石确定了"重点进攻山东"的总战略以来，寻求华野主力决战的行动不仅未见成效，局部战场还屡屡受挫、损兵折将。将徐州、郑州两个绥靖公署撤销，改为组建陆总（陆军总司令部）徐州指挥所，也未见改观。这让蒋介石大伤脑筋。

大家讨论了许久。也有争论，而最后照例由蒋介石说了算，代替陆总做了调整：以汤恩伯兵团攻占莒城、沂水，继而进攻蒋峪、临朐；以欧震兵团攻占南麻；王敬久兵团的第五军、整编七十五师、整编八十五师攻占博山。最后目的是三路合作，将粟裕主力驱至鲁中的决战地域。

大家记下他的指示。尚未合上笔记本，宋美龄就走进了客厅。

她笑盈盈伸手做邀请状，用上海话对大家说：

"请各位到餐厅用晚餐！"

大家纷纷起立，向她微笑点头致意，然后到餐厅就座。

据郭汝瑰（时任顾祝同的参谋长）回忆，肴馔虽不甚奢，但比蒋介石在公开场合宴客时装模作样的四菜一汤丰盛得多；饭后的水果是用飞机从广州运来的木瓜。

顾祝同陆总徐州前线指挥所属下各部在山东战场的位置如下：

汤恩伯第一兵团指挥所设在临沂，属下各部分别驻屯于：第七军、整编四十八师在汤头。这两支军级部队是桂系，白崇禧怕被人分开使用遭到歼灭，派张淦统领，自称第三纵队；整编八十三师在临沂、青驼寺；整编七十四师在垛庄；整编二十五师在南桃墟、北桃墟。

欧震第三兵团指挥所在蒙阴，整编十一师与它在一起；整编六十五师在蒙阴西南；整编六十四师在太平邑。

王敬久第二兵团指挥所在新泰，整编七十五师与它在一起；第五军在莱芜；整编八十二师在莱芜左侧。

三个兵团总兵力达三十五万人。

蒋介石和陈诚判断，饶漱石、陈毅、粟裕在坦埠，华野的军资必定也储存在那里。若首先攻取之，华野大军必四面来救，国军正好与之决战，全部歼灭之。

徐州陆总也认为，攻其首脑机关，可改善入鲁以来寻歼共军不成反遭其损的被动局面。指定汤恩伯兵团主攻坦埠；另两个兵团按原计划推进，届时策应汤兵团，共歼华野主力。

蒋介石一再强调，不仅汤兵团各部在行动时一定要互相靠拢，间距不可超过三十公里；三个兵团之间也要坚持决不疏离，间距不可超过五十公里。这样便不会给予粟裕丝毫割歼的机会。他粟某人纵有天大能耐，面对我环环相扣、援手可触的庞大战争机器，也只能徒呼奈何。

按照蒋介石与顾祝同的指示，汤恩伯作了如下部署：

根据张灵甫的要求，整编七十四师主攻坦埠，其他各部配合行动。具体为：第七军、整编四十八师在汤头地区掩护右侧；以整编二十五师与整编七十三师齐头并进，掩护、协助整编七十四师行动——整编二十五师在左、整编七十三师在右；整编八十三师一个旅留守临沂，一个旅机动，一个旅在整编七十四师右后侧梯次前进充当掩护。

这个安排应该说本来没什么大错。但汤恩伯应该知道李天霞与张灵甫的关系——两人积怨很深，这次争当主攻部队自己又未同意李天霞所请，却让他的整编八十三师充当张灵甫的右后掩护部队，这不是怨上加怨吗？用人不当，成了整个部署的致命伤。

李天霞是黄埔三期生，与王耀武同期，曾当过张灵甫上司。李天霞为人跋扈、狡猾。王耀武已高升为绥靖区司令官一级，李天霞仍大剌剌称呼他的表字；还常常当众揭穿王耀武当年在黄埔时，晚上睡觉不断放屁臭得全屋同学苦恼不堪。王耀武表面上陪着大家的哄笑打了几个干哈哈，心里却十分憎恶。

张灵甫是黄埔军校四期生。其品行与李天霞大不相同，头脑比较简单，奴性十足，对上司绝对服从，在第一师时就深得师长胡宗南垂顾；后来进入七十四军，历届军长（整编师长）对他也颇有好评，特别是王耀武、俞济时，完全视若亲知。

一九三四年在剿共作战中，因服从性和战场凶悍得到第一师师长胡宗南赏识，提拔为中校团副。不料当年就在西安做了一件轰动全国的大案。

他认识了一位漂亮的四川女子，名叫吴令梅，断然与原配离婚，由胡宗南主持在西安与吴令梅结了婚。胡宗南还用军费在西安城里给他置办了一座宅第，用于安置新夫人。

婚后，他回家次数极少，不是在外打仗，就是训练部队。他人缘好，关心的人多。第一师驻西安办事处的朋友们发现吴令梅经常与一小白脸进出戏院、影院、饭馆，大为吃惊。办事处主任派干员跟踪、坐实后，偷拍了十几幅照片寄给他。

收到照片，他当然气得发昏，大骂贱人用我的钱养小白脸；捶胸顿足，痛悔娶了个淫妇。思前想后半天，决定自己解决这个问题。以妻子突发疾病为由，向师参谋长请了两天假。策马星夜奔回西安。

进门后不动声色，只说想吃妻子包的韭菜饺子，所以专门跑回来一趟。

家里后院有个小菜地，种了包括韭菜在内的两三种蔬菜。他不动声色跟在妻子身后。到了菜地，冷笑了一声，拔出手枪，低声喝道，淫妇，你害得我好苦呀！好吧，你给我扣绿帽子，我就给你一顶红帽子吧。也不容惊恐万状的妻子分说，一枪打烂了她半边脑袋。

事毕，任随妻子陈尸菜地，立刻返回了部队。

事发后，很快就惊动了全国舆论。吴令梅娘家人将他告上了法院。旋又由南京军事法庭接管了案子。

军法总监何成濬电令胡宗南将他押解到南京。

张灵甫是胡宗南的爱将，当然想袒护他；又迫于上命难违，只好复电表示遵命。但却没有派人押解，而是给了张灵甫一百块银圆，教他自己到南京去。临行治酒饯别，安慰他不必担心，一定设法营救。

张灵甫取道洛阳、郑州、徐州、扬州，一路游山玩水，两个多月才抵达南京。

审判一番，被关进了军人监狱。由于胡宗南的周旋，他在里面十分自由，就只不能出大门而已。

一年后，胡宗南联合王耀武、俞济时上书蒋介石，称千军易得一将难求，请求特赦张灵甫。

受到特赦的张灵甫直接进入王耀武部队当了上校团长。从此扶摇直上。

抗战后期，为了扶持他，王耀武将七十四军副军长李天霞调升一〇〇军军长，目的在于为张灵甫升迁去除障碍。果然，半月后就将时任师长的张灵甫升补李天霞原职，不久又升为七十四军军长。

整编后，七十四军改成整编师，调为南京警备部队，张灵甫也兼任了首都警备司令职，成了御林军，直接归国府（后改成总统府）第三局局长俞济时节制。张灵甫这便有了机会不断拜谒俞济时，尊为老师和前辈，极尽阿谀奉迎之能事，颇得俞济时欢心。

俞济时有意培植原七十四军老部下。大军"重点进攻山东"前，蒋介石令试行组建几个整编军，相当于原集团军的编制，辖三个整编师和一个独立旅。俞济时走陈诚门子，保荐张灵甫为整编第五军军长，整编七十四师副师长蔡仁杰升补张灵甫原职。蒋介石签署了委任状，只待"重点进攻"结束便宣布。

这可气坏了李天霞。他也为争当整编第五军军长在南京走了不少门子，送出了上万的银圆，不想到头来却让张灵甫这个原来的部下僭了先。由是对张灵甫更加嫉恨。

这次"重点进攻山东"乃是百分之百获胜的行动，他又被排挤到一旁唱配角，更让他恼上加恼。汤恩伯命他派部队掩护张灵甫整编七十四师右侧后，具体叮嘱必须先安排一个整编旅（约万人）紧随其后，一旦七十四师遭遇不测，该旅可就近增援，八十三师主力也应随后跟进。李天霞表面应命，实际上只派五十七团副团长率一个连携带报话机，冒充"紧随其后"的整编十九旅，进出沂水西岸，虚与委蛇。

二

蒋军重点进攻山东以来，粟裕几次分割围歼其一部都未获成功；往往是已经揪住了一支敌军，尚未完成包围，立刻就有两支甚至三支、五支敌军赶过来救援。最后只好放弃，迅速闪开。蒋军各部之间靠得很近，采取滚筒式推进，力图恃仗人多势众将华野主力最后驱至鲁中一隅决战。看来蒋介石这次决定的行动正在奏效。

国共两军的意图都是显而易见的。蒋军是采取三个兵团大包围的方式逼迫华野主力决战；华野则以且战且退的策略引诱对方前进，以待这个过程中出现部队之间较大的间距，然后揪住，割而歼之。就这样，在山东腹地，两军开始了捉迷藏般的行动，各自都睁大眼睛在寻找对方的破绽。

蒋军占领蒙阴，粟裕发现是个机会。立刻以四个纵队兵力围上去。蒋军立即退据蒙阴山区与其友邻靠拢。粟裕不甘战机丢失，拟追击退守中的敌七十四、二十五、六十五等三个整编师各一部。但是，敌第七军和整编四十八师迅速靠拢过来。华野几个纵队只好赶快闪开。

五月三日又出现了一次战机。刚刚占领新泰的欧震第三兵团之整编十一师相对突出，若速战速决，可望割歼之。华野迅速将其包围。不料王敬久第二兵团所属邱清泉第五军迅速推进，反倒对围攻新泰的华野部队形成夹击之势。粟裕只好再度命令部队撤退。

饶漱石、粟裕十分焦急，如果再不寻找到歼敌战机，扭转战局，给予蒋介石时间去抽调重兵入鲁，山东局势将更加恶化，当然就更谈不上去恢复丢失的苏皖解放区了。他们一个是华东的党政军最高领导，一个是对华东军事负有责任的实际主将，心里的忧虑以及肩上的压力，自然就比任何人沉重得多。

正在这时，毛泽东好像能遥测他们的情绪，及时致电饶、陈、粟，说：

"……敌军密集不好打，忍耐待机，（你们的）处置甚妥。只要有耐心，总有歼敌机会。你们后方移至胶东、渤海、胶济线以南广大地区均可诱敌深入，让敌占领莱芜、沂水、莒县，陷于极端困境，然后歼击，并不为迟。惟要有极大耐心；要掌握最大兵力；不要过早惊动敌人后方。因此，请考虑一、六两纵队是否暂缓南下？因南下过早，敌可能惊退，尔后难于歼击……"

只隔了两天，毛泽东再次致电饶、陈、粟，教他们"第一不性急，第二不要分兵，只要主力在手，总有歼敌机会。凡行动不可只估计一种可能性，而要估计两种、三种可能性。例如调动敌人，（敌人）可能被调动，亦可能不被调动；可能大部被调动，亦可能只有小部分被调动。凡在局势未定之时，我主力宜位于能应付两种可能性之地点……当不好打之时，避开敌方挑衅，忍耐待机，这是很对的……山东地幅狭窄，你们兵力甚大，转动不易，自应因地制宜……"

秉承毛泽东电报的精神，粟裕为让蒋军放心大胆前进，决定华野主力再次向后撤退，到莱芜、新泰、蒙阴以东的地区。

那一带大部分是岩石山地，山中小路崎岖狭窄。沂河、汶河在雨季来临前很浅，可以徒涉。对轻装的华野部队没什么妨碍，对于拥有大量重型装备的蒋军却十分不利。

蒋军追击华野主力，推进到莱芜、新泰、蒙阴一线。

此时，粟裕发现蒋军阵线出现了一处破绽：第七军、整编四十八师进至沂水以南后，突出于其大军右翼较远处，初步出现了孤悬在外之势。只是这两部敌人都是桂系，作战凶悍顽强是出了名的。谭震林主张不要去招惹为宜。但粟裕不愿放弃这个割歼机会。他征得饶漱石、陈毅同意后，动手抽调五个纵队兵力，准备以迅雷不及掩耳之势将敌人分割包围起来。

此时忽然接到报告，九纵在坦埠以南遭到整编七十四师的攻击。

粟裕最初愣了一下，旋即眼睛一亮，似乎意识到了什么。看来敌人此前和目下都是意在坦埠呀！只不过行动策略改变了，胆子开始大起来了，他们现在恐怕要改集团稳步滚动为以一部精锐主力深入核心地带攻取、四周友邻配合的策略了。显然，顾祝同、汤恩伯耐不住性子了。

正值此时，由李克农情报总部直辖的南京"梅雨小组"（魏飘萍主持）获取了顾祝同发给汤恩伯的指令：整编七十四师攻取坦埠，整编二十五、八十三师为其左右翼，限于三天拿下坦埠。这就充分证实了粟裕的判断是正确的。

敌人恃仗兵强马壮、三倍于华野主力的兵力①来势汹汹，不免使华野总部参谋人员忧心忡忡。连华东局书记兼华东军区政委饶漱石与野战军司令员陈毅也相觑无语，一根又一根地在那里吸烟。

陈毅忍不住了，将烟头扔到地上用脚踏灭，瞪着双眼向饶漱石抱怨道：

"小姚呀，我的大政委，你怎么总是不吭声啊？你是华东地区的总领导，总得拿个基本的主张吧！"

饶漱石也还以一瞥；却没什么表情，也没马上搭腔。只慢慢吸了一口烟，叹气般吐出。这才说：

"'基本的主张'，毛主席前几次电报说得清清楚楚，哪里用得着你我在这里饶舌呢！我们能超越毛主席的高见吗？这个你应该放心，粟裕一定会正确执行毛主席指示，把主席的'基本主张'具体化的！"

陈毅尽管爱抬杠，但在关键时刻还是能服从大局利益。他觉得饶漱石说得对，粟裕定然会琢磨出一个办法来的。

野战军副政委谭震林颇不以为然。笑了一笑，说：

"还是不要太乐观了吧？敌人这次投放到山东的兵力空前庞大，又都是装备精良的主力部队，我们可不能吃这个眼前亏啊！"

饶漱石乜视他，默然片刻，问道：

"你的意见是什么？说说看。"

"很简单，保存有生力量，避敌锋锐，尽快撤到胶东！"

"如果敌人又追到胶东呢？"

"那我们就在胶东与敌周旋。"

"胶东地幅窄小，怎么周旋？"

谭震林语塞，涨红了脸。旋又抛出了一句话道：

"我们也不能坐等粟裕一个人在那里冥思苦想吧？敌情不等人呀！"

"老谭这句话我赞成，"陈毅出来解围。"小姚，我们是不是召开一个前委扩大会？把参谋们、部分纵队首长也扩大进来，由粟裕主讲，大家讨论一下吧？"

"暂时不必！"饶漱石说，"现在不要去打扰他；他考虑成熟了，哪里用得着我们说，他自己就会跑来要求我们召集会议的！你我目前要干的活儿，是做好后勤和部队的战前准备；督促下边各级党组织搞好支前群众的动员。这两点都十分重要！"

其实粟裕并不像一些传记作品说的那样，每临大战总是一个人独处；他当然需要安静的环境，沉思默想，揣测敌方意图，反复比对几种应敌方案。但自从山

---

① 指机动兵力。

东、华中两路大军组成华东军区以来,他就喜欢参谋长陈士榘陪着默坐。时不时提出思考过程中的一个片段,问陈士榘怎么看待;陈士榘也不时说一点妙手偶得的一个见解,补充粟裕的谋划。甚至提出一种新方案供粟裕参考。就这样面对墙上的地图,两人或并排坐着,或各自站着、踱来踱去。大多数时间默不作声;有时谁说了个新视点,便讨论一阵,旋又复归静默。

这次也是如此。约莫过了大半天时间,粟裕打了个长长的哈欠,说:

"参谋长,我们去请饶政委、陈司令员开个会,汇报一下我们的意图吧!"

"司令员这话有点语病!"陈士榘笑嘻嘻说。

"什么?语病?"

"不是'我们'的意图,而是'你'的意图!"

"一样一样,我其实也吸纳了不少你的真知灼见嘛!"

华东军区、华野的前委扩大会刚宣布召开,参谋们悬着的心落下去了,他们明白这往往说明粟司令员的战役腹案已经成熟,至少是已趋成熟了。当饶政委一坐下就对大家说请粟司令员先说,粟裕起立之际的神采,使他们更是彻底放心了。

"敌人从三面向我们包围进攻的态势没变;但是在'没变'中却有一点重要变化,那就是派遣蒋军号称'五大主力之主力'的整编七十四师直插我们的总部所在地坦埠,先击溃甚至消灭我们的总部,造成我全军的混乱,然后三面合围,一举定乾坤。这在兵法上叫'恶狼入室'然后继以'群狼围食'之计。说实话,很高明!"

"粟司令员,这个态势大家都知道了,你长话短说,只说破解之策吧!"陈毅有点急躁,盼望粟裕早亮底牌。

粟裕向他恭敬地点了一下头,说:"司令员,我马上就汇报,呈请你和饶政委研究酌定。"

"毛主席几次强调,军事上由粟裕负责!"饶漱石笑嘻嘻说。"我们的最后'酌定'还不就是你的谋划吗!"

"饶政委,你不要打扰,让粟裕同志赶快说!"陈毅急不可耐,向饶漱石摆了摆手道。

"好的好的,粟裕同志说!"饶漱石抱歉地向陈毅点了点头。

粟裕指出,敌人来势汹汹,主攻与合围的配合也严丝合缝。但是我们的战机也因而出现了。首先是结束了长时间以来由于敌军各部相互间靠得很紧,采取滚筒式推进,我们找不到下手之处只能消极退却的窘况,整编七十四师出现了脱离其友邻而长驱直进倾向,给了我们下手的机会。

参谋们听到这里,似乎都意识到了什么,一个个瞪大了眼睛,相觑讶然。

陈毅也是大为惊愕。呆了一呆之后,脱口问道:

"你是在打七十四师的主意？它现在脱离其左右友邻部队并不算远，只往前冒出了三十公里；而且我们周围都是敌人重兵，如果在这种态势下去与它纠缠，有可能遭到敌人合围，太危险了！"

饶漱石也觉得这个确实是十分危险的想法。整编七十四师三万多人，全部美械装备，官兵训练严格、决战意识很强，不是一时半会儿拿得下来的。若在此时与之纠缠不下，敌军三十万人马会很快合围过来，后果将十分危险。但他没动声色，更没开腔，他想听下文。凭他对粟裕用兵才干的了解，粟裕那些冒险之策的背后总会有其周密的谋划，有时是表面观之为险棋，其实乃一着巧棋。

"司令员的担心是有道理的！"粟裕向陈毅恭敬地点了一下头。"但是，我们还是占有一定有利条件的！首先，我们第一枪对准他们'主力中的主力'的整编七十四师，这会大大出乎敌人预料，可收出其不意之效。更重要的是，整编七十四师甩开左右友邻推进，现已位于我华野主力聚集地的正面，我们不需要做大的调整调动，即可形成五比一的优势兵力。这是我们临机变动的坚实基础——这要感谢毛主席此前不断要求我们必须始终掌握大兵力，不能分散！现在尽管时间紧迫，有了这个由张灵甫送上门来的有利条件，我们就可以把一切安排得妥妥帖帖。我们可以调集几个有力纵队，以猛虎掏心的办法，突然从敌人的战斗队形中插入，将张灵甫分割出来予以包围；同时首先将靠他最近的、掩护他的部队隔开；陆续在我们与张灵甫的四周建立阻击线，坚决阻断增援张灵甫的通道。阻击敌人增援部队的力量当然也不容忽视，其猛性与韧性不能逊色于聚歼张灵甫的部队。只要快速歼灭了整编七十四师，汤恩伯第一兵团阵足必乱，我们可乘势转兵另图。击溃了汤兵团，王敬久、欧震两兵团必转身逃跑。在这个过程中，敌人如果不是跑得太快，我们就会有很多分割歼敌的机会！"

会场骚动起来，只听见椅子、凳子的咯吱咯吱声；参谋们脸上出现了欣喜之色。

饶漱石脸上除了欣喜，大眼睛里闪动赏识与得意，直投射到粟裕那里。当粟裕的目光与他相对，他便微笑着轻轻点了一下头。这个点头代表了华东局党组织的态度。

陈毅有了信心，激动起来，拍了一掌桌子大声说：

"好！粟司令员的考虑胆识俱备，我赞成！这个就叫作百万军中取上将之首，太有气魄了！"

"百万军中取上将之首，陈司令员总结得真好！"粟裕向着陈毅谦逊地笑了一下，继续说，"整编七十四师全部是美式装备，又是美国军官训练，士兵素质在蒋军中首屈一指，军官也有不俗的指挥水平，蒋介石吹嘘为五大主力之首，新闻界誉为御林军、荣誉军。如果打掉了它，不仅是折损了国民党的重要军力，而且将会在精神上给予蒋军以沉重打击。"

最后由饶漱石拍板，以饶、陈、粟名义致电毛泽东，陈述华东方面的决定：

以五个纵队围歼整编七十四师；以四个纵队阻击外围各路敌军，保证核心地段打七十四师的战斗顺利进行。具体为：陶勇四纵、许世友九纵正面出击；叶飞一纵、王建安八纵分别从整编七十四师左右两翼迂回穿插；粟裕预先远放在鲁南而让王必成感到莫名其妙的六纵这时派上了大用场。粟裕电令王必成火速率六纵飞兵北上，以迅雷不及掩耳之势攻占垛庄，封住整编七十四师的退路；宋时轮十纵阻击莱芜南援之敌；何以祥三纵阻击新泰南援之敌；成钧七纵阻击河阳北援之敌；韦国清二纵配合七纵、八纵作战。

军委研究了他们的电报后，毛泽东执笔回电称许有加，并说一切"由你们当机决策立付实施，我们不遥控"。

三

五月十一日，汤恩伯第一兵团北进。

参谋向他禀报，整编七十四师奉命主攻坦埠之后，进速超过了兵团部的规定，突出于大部队之前三十公里。兵团部电令止步，等待左右友邻靠近后再前进。但得不到回电。

汤恩伯担心有失，急忙轻车简从追上整编七十四师尾部。问跑在最后的一个士兵道：

"你们跑这么快干吗？谁下的命令？"

那个士兵名叫卞万才，眼里除了他们崇拜的张师长，连蒋介石也不放在眼里。当即傲慢地说：

"我们师长说了，谁跑在最前面，谁活捉了粟裕，谁就连升三级！"

"胡闹，当心你们把命丢了还不知道怎么丢的！传我的命令，部队立即减速缓进！"

"你是谁？是师长的副官吗？"

"我是你们的司令官！"

"司令官算哪路神仙？你怎么不说是蒋总裁呢？拉倒吧，没有张师长的命令，谁说的都不算数！"

汤恩伯气得暴跳如雷。本欲掏枪打死这个中了张灵甫邪的狂徒，又怕激变大批士兵，会不问青红皂白向他开火。整编七十四师都是狂徒，什么干不出来呀。便挥手对司机说：

"好好好，我们回去，让张灵甫给共军当靶子去吧！"

五月十二日早晨，浓雾笼罩鲁中大地。

五点十二分，张灵甫率部由重山、艾山间渡过汶河，向黄鹿寨、佛山、三角山、马牧池一线前进。他们距坦埠越来越近了。

十二日夜晚，华野在夜幕掩护下，向整编七十四师发起试探性攻击。

张灵甫十分镇定，顾左右而说大话："大家不必大惊小怪，共军想碰我们，恐怕还没这个胆量吧？放出信号，让他们知道我们是七十四师！"

然后命令先头部队五十一旅以炮击为先导，向当面的华野许世友九纵阻击阵地主动攻击。

九纵的第一项任务是牵引整编七十四师前进。既不能让其攻击进展速度过快，以便给穿插分割敌人各部的其他纵队争取时间；也不能太过有力地回击他，把他给打回去了。交代任务时粟裕反复叮咛许世友要切实掌握好火候。所以许世友在守卫阵地的同时，有时也适当反攻，然后佯装不支放弃阵地后撤。这便使张灵甫误以为华野部队根本无力阻挡他的脚步。

十三日拂晓，整编七十四师依旧以五十一旅为前锋攻击前进。在佛山、马山又遭许世友部阻击。中午，整编七十四师攻占了马山；九纵七十四团大崮山阵地也继之丢失。但黄昏时九纵又将大崮山夺回。

在拉锯战中，整编七十四师两天之内仅前进了四公里。

华野各纵队也按照各自的任务，掩旗衔枚飞速行动。叶飞一纵以小部队阻击整编二十五师的同时，主力从整编二十五师和整编七十四师之间向敌纵深迅猛穿插，先后攻占了蛤蟆崮、天马山、界牌；另一部逼近蒙阴城，构筑起阻击整编六十五师的工事。

连夜的大雾，整编七十四师虽然察觉侧翼出现了运动中的大部队，竟以为是整编二十五师在向他们靠拢。其实那是王建安华野八纵刚从整编七十四师和整编八十三师之间的空隙穿插而过。

王必成六纵攻取垛庄十分关键。

那里是整编七十四师的后方仓库，粮食、军火的补给点；更重要的是万一整编七十四师遭遇不测，那里又是它安全后撤的通道——是沂蒙公路上赖以进退的唯一通道。战斗一打响，这个名不见经传的小村落立刻吸引了国共双方主将的关注。

王必成是华野著名虎将，以敢打硬仗著称。蒋军发起"重点进攻山东"之初，华野大部队后撤，粟裕不知出于什么考虑，命王必成率部潜伏鲁南待机，等候重要任务。难道那时粟裕就料定了今天的战役格局？当然不会，他又不是诸葛亮。那又是为什么呢？笔者猜不透。

王必成接到粟裕"星夜飞兵，兼程北上"电令之后，率三万健儿在崎岖的山路上急行，在敌占区隐蔽前进两昼夜，奔跑二百四十公里，抵达垛庄附近。

再说李天霞整编八十三师的情况吧。

根据李天霞密令，五十七团团长罗文浪派少校团副王寿衡率兵一连，携报话机一部，冒充整编十九旅全部，慢条斯理踱向沂水西岸。

五月十一日，汤恩伯几次电询整编十九旅全旅是否遵令开抵位置并严令不得玩忽。

李天霞心里多少有些惧忌，只得教罗文浪率全团进至垛庄以南之老猫窝山地，虚应整编七十四师右后方掩护之责；同时教罗文浪以整编十九旅"前锋团"名义直接受张灵甫指挥。

十三日黄昏，罗文浪团长风闻整编七十四师不仅没再冒进，反倒退至垛庄东面孟良崮山地。

原来，张灵甫发现了华野约有十二三万人马逐渐对他形成了合围之势，大为惊惧。稍一权衡，暂时放弃了向近在咫尺的坦埠进军的计划，命令部队向垛庄、孟良崮后撤。

张灵甫接到李天霞电报后，对所称"十九旅已在贵师右后侧，请灵甫兄直接指挥"，不禁一喜一忧。喜的就不必说了；忧的是李天霞派来的部队究竟是否果真为一个整旅，他实在不敢轻信。他接通了"整编十九旅"步话机，意欲核实一下。

接话的是罗文浪，口称旅长在"前沿"。

张灵甫问，我整编七十四师右后侧也就是沂水西岸究竟有多少你们的部队？

罗文浪怕以后担干系，只好支吾其词，称"先锋团"已在此……另有两个团零一个直属营正在次第"跟进""不日"即可到达指定位置。

张灵甫可不是那么容易糊弄，立刻猜到了只有一个团。不禁大怒，说：

"你们搞的什么名堂？现在右翼出了问题，我师有一个旅撤不下来，就是你们在右后侧毫无作为。现在导致共军大部过了河，对我有可能形成包围。我已经向国防部、参谋总部告了状！出了大事，你们吃不了兜着走！"暴躁吵嚷一阵之后，改用温和的语调说，"霞公（李天霞）是我的老长官，我对他是有感情的！他上次在苏北战败受到撤职留用处分，我心里非常难过；他现在又来玩花活，这怎么得了呀！你要赶紧转告他，尽快设法补救！协助掩护我的整编五十七旅撤过来，大家站住了脚，就不怕了！"

不料罗文浪也胆大包天，没向李天霞转达这些话。因为他也有自己的小算盘。他所带的这一个团，是在苏北两度遭到歼灭的残破部队，原来的团长被俘，无人收拾残局。他是由师的副参谋长派去做团长的。全团装备不全，士气不振；第三营是由伪军改编的。这个团是全师的鸡肋，战斗力最差。罗文浪也明白自己并非李天霞旧部。自进入山东以来，总是派这个团打头阵，纵然全团完了，于全师实力也无什么大的损坏，李天霞还可以用这个来向上要求整补。他意识到李天霞这次要用这个团做牺牲，以搪塞汤恩伯、张灵甫。

后来又接到汤恩伯电话，也是问旅长在不在。

罗文浪又把对付张灵甫的话重复了一通。

汤恩伯说："飞机报告，共军出现在垛庄。是不是这样？"

罗文浪回答："垛庄没有出现共军，现在驻防那里的是整编七十四师的辎重营和通讯营。黄昏前，我军飞机向可疑地段扫射了一阵，没有任何反应；刚才部下我还和整编七十四师通讯营廖营长通了电话。"

汤恩伯听了，稍许放了心。教罗文浪转告张灵甫，垛庄一定要切实占领，至为关键。

罗文浪不敢对汤恩伯玩花活，忙接通了整编七十四师步话机。

接听的人是副师长蔡仁杰。

蔡仁杰只回答知道了，便撂下了电话。

事实上，那时整编七十四师已无力顾及垛庄。部队退至孟良崮、芦山地区，不得不把美制重炮和许多现代化装备扔下了。

华野王必成六纵于十四日下午五时开始攻打垛庄。

汤恩伯情知不妙，下令死守垛庄。

整编七十四师抽出一个团，窜往垛庄加强守卫力量。不料，这个团前往垛庄途中遭遇华野六纵十八师五十三团。短兵相接之下，整编七十四师这个团垮了，团长也被活捉。

然后，六纵一举拿下了垛庄。

如此，整编七十四师退路完全封断。

华野基本完成了对整编七十四师的包围。

华野司令部里欢欣鼓舞，大家绷紧的神经松弛下来，脸上也有了笑容。年轻的参谋们互相的交谈里总夹杂着这样的话头：

"终于围住了！"

"看他张灵甫还嚣张不！"

"这次一定教他片甲不留！"

"真是'毛主席当家家家旺，粟司令打仗仗仗胜'！"

这最后一句嘀咕是苏北七战七捷期间苏北老百姓贴在自家门上的对联，早就被粟裕严令纠正过了。此刻依旧为战事牵引着全部思维甚至听觉的粟裕不知怎的居然听见了。立刻走进前，双眉倒竖，肃然道：

"请同志们尊重我的意见，我早在苏北就说过这样评价粟裕是完全不合适的！大家为什么还要这样说呢？这可不是抬举粟裕，是把粟裕抬到不切实际的高台上——高处不胜寒呀！我现在再纠正一次：这句对联的上联是正确的，而且好得很；下联完全不切合实际，而且与上联并列更是绝对错误的！我党我军能与毛主席的光芒同映同辉的同志，不要说是粟裕这么一只萤火虫，即使是朱总司令、少奇同志、恩来同志也不能！我今天在这里向大家说清楚，要是再听到谁这么说我就处分谁！"

刚好此时饶漱石进来。听见了粟裕的话，禁不住笑了。他说：

"大家不可过早乐观，这次的战役不同于以往——只要是战役合围完成，胜券也就在握了；这次战场态势特殊呀！我军五个纵队包围了整编七十四师；而在外围，敌军却有十个整编师（军）包围着我军。整编七十四师是蒋介石的五大主力之首，战斗力不可低估。而且他们现在退守的孟良崮及其周围山地，山峰陡峭，主峰海拔五百米以上，巨岩累累，土质坚硬如石，易守难攻。战斗如果不能速决，旷日持久之下，蒋介石向外围增兵一旦开始，我军是很危险的！"

粟裕说："饶政委说得很对呀，同志们！大家切不可有丝毫松懈情绪，要高度警觉，把最后的歼灭战打好！"

山东战场意外出现的这种少见的战役格局，也惊动了国民党高层。

粟裕的五个纵队出其不意包围了张灵甫整编七十四师，这让蒋介石大吃一惊；接着又获悉国军十个整编师（军）对粟裕的五个主力纵队完成了反包围，这便打消了他的惊恐，进而引起了他的一个新思考：以孟良崮为中心，在整编七十四师外围，是共军的包围圈；而在构建这个小包围圈的外围，国军形成了一个更大的包围圈。狭窄的地域内，犬牙交错地摆放着国共两军数十万部队，交战双方的距离如此之近，层层叠叠，错综复杂。他逐渐意识到一个千载难逢的战机出现了。

他立刻飞临徐州督战，兴致勃勃地代替顾祝同做出安排。

他说，整编七十四师战斗力很强，不是粟裕短时间拿得下来的。外围包围圈的国军不论是从兵力还是从装备来说，吃掉粟裕那五个胆大妄为的纵队完全可以胜任；现在我已告诉陈诚，再从福建抽调两个军兼程北上，不日即可抵达鲁中，加强外包围部队力量。这个叫作"磨心"战术，整编七十四师就是石磨的中心。叫张灵甫紧紧咬住包围他的那五个纵队共军，等待内外夹攻时机的到来，建不世之功。顾总司令，请你命令新泰整编十一师、蒙阴整编六十五师、桃墟整编二十五师、青驼寺整编八十三师、河阳第七军和整编四十八师火速推进，向整编七十四师靠拢；同时令莱芜第五军疾速南下、鲁南整编六十四师和整编二十师向垛庄、青驼寺推进，楼德整编九师填驻蒙阴，增强包围圈厚度。

蒋军调动了庞大兵力在孟良崮外围加强反包围，与孟良崮整编七十四师的距离，近的不到十公里，远的也只有一两天行程。

粟裕感到战场形势十分严峻。眼下，胜负的关键在于两点：

一，围歼整编七十四师能否尽快结束战斗；

二，阻援部队能否成功挡住外包围圈蒋军的进攻。

饶漱石打电话给指挥一纵、四纵、六纵以及野司直属独立师主攻孟良崮的一纵司令员叶飞，说：

"敌人派重兵把我们给反包围了，如果外围几十万敌人与核心位置的张灵甫三万人马内外呼应，情况将会越来越严重！战场的要害在孟良崮，如果及时攻下了孟良崮消灭了整编七十四师，全盘棋就活了，粟司令员就有了充裕的空间转兵分割吃掉外围敌军的条件，我们就能创造我军空前伟大的战绩！叶飞同志，你们肩上的担子很重呀，华野的生死存亡在此一举，你们要尽快拿下孟良崮——不惜一切代价！"

放下这个电话，又接过了参谋刚接通的许世友电话。许世友九纵打完阻击之后，奉命从东北方向攻打孟良崮，支援叶飞。

饶漱石对着话筒大声强调道："许世友，你要不惜一切代价，奋力攻打孟良崮！"

十四日上午，叶飞指挥一纵和野司直属独立师，猛攻孟良崮。

在华野强大的攻势下，整编七十四师向山上撤退。

粟裕立即打电话给叶飞，说："张灵甫开始后撤；但是战场形势有一些局部变化，八、九、六三个纵队不可能马上到达，你暂时须独立支撑局面，尽快攻占孟良崮，封住张灵甫向山后溜掉的逃路！"

叶飞随即命令一师三团留守黄斗顶山一线阵地，其余两个团配合三师向山上攻击前进。

敌我双方在山坡上、岩石旁尸体枕藉，血流成渠。

整编七十四师副师长蔡仁杰，在烈日炙烤下，满脸油汗，歪斜在头上的瓦蓝色美国钢盔溅了几点阵亡官兵的血迹。他形容憔悴，愁云满面。方圆不到五公里的孟良崮，挤着两万多人马；共军一发炮弹随意飞来无论如何也要打倒一大片。粮食全靠空投，越来越接济不上；更严重的是饮水短缺，有的官兵开始喝马血了，接下来只有喝自己的尿。而嘴里滴水未沾，哪来的尿呢。蔡仁杰最担心的是呆头呆脑的张灵甫会死拼下去，葬送全体官兵性命。

半小时后，使蔡副师长略感欣慰的是孤傲不可一世、万事不求人的张灵甫开始向友邻部队求救了。

四

最初张灵甫开始向坦埠进攻的时候，曾与位于整编七十四师左前方的第三兵团整编十一师师长胡琏联系，请胡琏一起行动。

如果能这样，对华野后来的行动将造成严重困难，说不定还会影响到战役的进程。

可是胡琏回答他，三兵团司令官欧震有命令，要等他们一兵团开始攻打坦埠以后再行动；此前只在外围担任声援与牵制。

张灵甫无奈，又问胡琏，若本师打响攻取坦埠的枪以后，整编十一师能开到哪里。

胡琏回答，坦埠以北四十多公里的地段；欧司令官说，本兵团并未受命助攻坦埠，故不能介入太深。

胡琏当初既是这种态度，张灵甫明白，此刻再去求，人家更不愿来趟这摊浑水了。

还是只有向本兵团友邻部队求助了。

距孟良崮最近的是黄百韬整编二十五师、李天霞整编八十三师。这两个师分别距张灵甫六公里、五公里，其炮火完全可以与整编七十四师构建交叉火力，强化整体打击力量。当初编组时，汤恩伯本来是将整编七十四师、整编八十三师编为一个纵队，由李天霞指挥。但张灵甫惧怕李天霞届时暗中收拾他，坚持请求归黄百韬指挥。现在黄百韬感到责任所系，不敢怠慢，接到张灵甫求救信号，立刻拥兵向孟良崮方向进攻。他采用不惜血本的人海战术，向华野一纵之一部（一纵主力攻打孟良崮）的阻击阵地轮番攻打。黄百韬攻势凌厉，一纵阻击阵地官兵全部阵亡。整编二十五师得以推进了一大步，占领了浮山、界牌一线。

但前面还有一座天马山阻隔着他与张灵甫，而且那里还有华野的又一道阻击阵地。

前面说过，李天霞为了敷衍汤恩伯的严令，最初派出一个连冒充一个旅跟在整七十四师右侧后；旋又因汤恩伯几番追究，不得不加派一个不足千人的残破的团，继续冒充一个旅。结果导致沂水西岸阵地被华野夺占，张灵甫的一个旅被分割出去，不久就遭全歼。李天霞很善于推包袱，干脆声明将那个残破的团归张灵甫指挥，用这个来虚晃一枪，表示他的整编八十三师确实在增援张灵甫；而暗地里却给那个团的团长罗文浪打电话，提醒要"多控制几条路"，并意味深长地补了一句"你懂得的！"意思显然是稍有不测赶快逃跑。接下来还更有甚者。李天霞也许已经猜到了张灵甫的命运，整编八十三师居然悄没声息地向东收缩，与整编七十四师拉开了一段长长的距离。李天霞在师部顾左右而冷笑道,让张灵甫自己充英雄去吧。

蒋介石坐镇徐州亲自指挥山东战事。严令张灵甫不许突围,拖住华野主力;同时令外围反包围的蒋军加强炮击、加速推进向整编七十四师靠拢。

十四日下午,整编七十四师为了开辟逃路,以死伤五百多人的代价,夺回了被华野攻占的孟良崮门户塔山、青山。

但不到傍晚,又被华野攻占。

华野占领的凤凰山、曹庆、天马山、蛤蟆崮一直覆盖着敌人炮火,伤亡严重,要再向前推进十分困难。

傍晚前,瞰制孟良崮的有力地带三三〇高地、二五·一八高地的华野守军全部阵亡。这两个关键性高地遂被整编七十四师占领。

华野九纵、四纵为减轻担任主攻任务的一纵压力,全线奋力扑向孟良崮。

夜幕落下时,惨烈的争夺战仍在继续。

十五日拂晓,暂归一纵指挥的方升普独立师第一团,以伤亡三百多人的代价重新夺回了三三〇高地;一纵二师第六团也不计代价拼死夺回了二五·一八高地;许世友九纵一师也攻占了整编七十四师主力扼守的要隘雕窝峰。

张灵甫明白,丢失的那几处高地乃本师命脉。严令五十一旅不惜一切代价夺回来,恢复旧有阵线。

华野一纵二十六师师长提着冲锋枪,亲率一线官兵勇猛反击敌五十一旅的进攻,与之展开各个山头的争夺战。几经反复,将敌人打退。

鉴于孟良崮久攻不下,毛泽东日夜牵挂。致电饶、陈、粟,指出:"孟良崮一役,应从速解决,不要贪多!首先歼灭七十四师,然后再寻战机……"

粟裕看了看电报,眉头紧锁。当前的胶着状态令毛主席担心,他自己也担心继续如此下去的严重后果。他以从未有过的严厉,向各纵队发布命令,大意如次:"从各线阻击部队中抽兵,每纵都要尽最大力量,具体不限量,集结力量增强攻打孟良崮的力度;总之,阻击部队一面要挡住外围几十万蒋军,一面要抽调一些部队协助主攻部队尽快拿下孟良崮。"

十五日二十二时,夜幕低垂,而枪炮声不绝。粟裕心急如焚,命参谋接通叶飞电话。

"叶飞呀……"

"是司令员吗?"

"叶飞同志,我这可不是逼你们呀,是整个局势十分险恶啊!你们无论如何要在明天拂晓前攻上孟良崮,消灭七十四师——至低限度也要打垮它!这样全盘棋才活得起来,否则很危……"

"请司令员不要说了，我拿党籍保证！"

"很好，我可以放一半的心了！什么时候可以再次总攻？"

叶飞沉吟了一下才回答："需要作两个钟头的准备，十六日凌晨一时三十分实施总攻！一会儿我就向部队确定总攻信号，四纵、六纵、八纵、九纵请司令员给他们下命令，注意我的总攻信号！"

"好的。我会告诉他们，由你叶飞担任这次总攻的总指挥！"

华野阻援的各纵队打得顽强、勇猛。他们除了守住一切通往整编七十四师的路段，还不时对当面之敌主动攻击，消灭了不少敌人。阻援部队的作战势头，竟让多部受阻的蒋军各自以为自己是这次粟裕打击的焦点，从而向顾祝同或各自的兵团部求援；有一支部队认为自己应该距整编七十四师较近，居然向张灵甫致电求救。

正在焦头烂额的张灵甫收到这样的电报真是啼笑皆非，差点失去绅士风度，当着众多部属用他的陕西话骂"我操他……"

在叶飞他们攻打孟良崮打得难解难分之际，华野各路阻援部队成功地挡住了蒋军各路援军。十纵把由新泰过来的二兵团之第五军隔离在莱芜方向；三纵把从蒙阴过来的三兵团之整编十一师阻挡在蒙阴以北；从蒙阴西南方向出动的二兵团之整编六十五师倒是有所推进，在华野两个独立师阻击下，一天之内前进了三公里；七纵在南面将从汤头过来的一兵团之第七军、整编四十八师挡在留田以东；从鲁南北上的整编二十师、整编六十四师则被四面八方的地方部队和民兵用地雷阵、雷木炮石纠缠得举步维艰莫辨南北，连老农民也要抡起锄头与他们拼命。以致这两个整编师共六万人未能抵达预定的青驼寺一线。

五月十六日凌晨一时，叶飞指挥五个纵队向孟良崮发起总攻。

华野炮兵阵地上三百多门榴弹炮、加农炮向敌阵不断泼撒炮弹，各纵队所属的山炮、迫击炮也众炮齐发。孟良崮方圆几公里的山坡上、山顶上、山谷间被火海、硝烟层层叠叠覆盖了近一个小时。山上的整编七十四师官兵残剩的一万多人就像一群没头苍蝇，为了躲避炮火，一会儿拥向左边，一会儿又折向右边；有时竟昏头昏脑往华野阵地的方向乱窜，结果被重机枪打倒一排排。孟良崮山坡上、山顶上尸体枕藉，谁要经过，竟无插足之处。

王必成六纵在拿下了垛庄切断了张灵甫南逃之路后，顷接粟裕发给各纵队的统一电令，教各纵尽其可能抽调相当兵力参与攻打孟良崮。他不仅不感到这是件极为难的事，反倒兴奋极了，认为立大功的机会来了。这位虎将向来不乐于做敲边鼓的配角，总希望充当打总攻的主角。他不稍延宕，略一沉吟，决定只留下一个师镇守垛庄要塞，亲率两个师又一个特务团，直薄孟良崮。

进入孟良崮阵地，王必成在硝烟与炮声激励下，兴奋极了；他决心抢在各兄弟纵队之前拿下张灵甫的师部，建此不世之功。为此，在战役的最后关头，王必成甩出了他的王牌——纵队的特务团。

特务团共两千三百人，配备轻重机枪一百二十挺，迫击炮二十门，战士手中的枪有一半是大连兵工厂仿制的苏联3K冲锋枪（非转盘型），一半是最新式的苏联PC步枪仿制品，少量的美制卡宾枪。这是王必成的预备队，不到最关键的时刻不拿出来。

特务团的小伙子们眼睁睁看着别人冲锋陷阵，自己呆在堑壕里不动，早就怨声载道了。一接到命令，立刻欢声雷动，高喊王司令万岁。马上各自亮出了自己的家伙，拥向壕堑边作上跃的准备姿势，两千多双黑白分明的眼睛齐刷刷注视着团长，等待那实在等待得太久的两个字："出发！"

副团长何凤山主持这次行动，团长率少部兵力作他们的后卫。

纵队司令员王必成赶来亲自向他们下命令。这是他们没有想到的，强烈的使命感霎时被提升得更高了。王必成说：

"同志们，整个山东战场的解放战争都系在你们身上了，粟司令员、饶政委在望着你们，毛主席在等待你们胜利的消息！无产阶级的英雄们，我代表全纵队拜托你们了！"这位著名虎将出人意料地立正，庄重地向他的健儿们敬了个标准的军礼。

这一着，大家完全没有预料到，不约而同地赶快立正，也还了一个标准的军礼。

王必成挥了一下手，喊道："出发！"

二十八岁的何凤山副团长率先跳出壕堑，带领这支突击队冲出去。

此刻的孟良崮战场上，前进的道路都是陡峭而坚硬的石板。这对于攻守双方的官兵，都是十分艰难的。当攻打的一方攀登上去时，双方都会惊诧地发现对方的枪口几乎要碰着自己的头颅或胸膛了。

蒋军战地报告称："拂晓前，共军陆续增加，不断扑犯，弹如雨发，火光烛天，硝烟遮天盖地。顷刻，万泉山失守，共军继而猛攻雕窝高地。同时，东北麓方面共军蚁聚麇集，借着他们炽威火力，逐波冲锋，势如潮涌……午间，垛庄方向窜到之共军第六纵队（王必成部）出人意料沿西麓进犯，致战况更形紧迫。午后迄夜间，共军轮番迫近，我军抵死搏决，反复冲杀，战况惨烈。"

粟裕在回忆录里写道："那是一场剧烈的阵地攻坚战。我军于十五日凌晨一时发起总攻，从四面八方多路展开突击。敌第七十四师和八十三师之十九旅五十七团麇集于孟良崮、芦山及附近山地，依托巨石，居高临下，不断对我发动反冲击。从战术上来说，依托阵地的反冲击，可以给对方以相当的杀伤，何况我军为了争夺每一个山头、高地，要从下向上仰攻，每克一点，往往经过数次、十数次的冲锋，反复争夺，直到刺刀见红，其激烈程度，为解放战争以来所少见。"

仗打到黄昏，整编七十四师的阵地丢失得越来越多，全部人员龟缩在东西三公里、南北不到两公里的狭长地带。官兵、马匹、辎重全部暴露在山下数公里外华野远程重炮的炮口下，一发炮弹就轻易可以打倒一大片。山上没有水源，暂时可以充饥的树叶、野草也没有，因为全是岩石。徐州飞来的运输机将水囊、粮食、美国罐头、弹药空投下去，绝大多数落在华野那边。蒋军官兵饥渴难耐，疲困不堪，除了张灵甫及其一小撮死党，大部分已丧失了斗志。

下午，整编七十四师先锋部队向几个方向试探性突围，都被打了回去。最后他们对突围与友军救援已彻底绝望。官兵的脑袋都一片空白，视线所及，不过盈尺，都只为眼下一小时、一分钟、一秒钟的生存在奋战。要生存，首先就得有水。他们扑向华野九纵附近抢水源。

许世友对守卫水源的部队说，告诉他们，扔下枪，举着手过来，水管够；想抢吗，给我全部消灭。

结果，抢水的蒋军官兵全部阵亡。

酷热，让山上的无数死尸腐败很快。尸味和硝烟味混在一起，幻化成一种奇怪的含着某种凶残色彩的味道，令人发呕，令人战栗。

夜晚，待在山洞里的张灵甫，两天来第二十七次向汤恩伯呼吁救援。

汤恩伯回答，"灵甫，我一定竭尽全力救援你们；但是，你们一定要向万泉山方向靠拢，否则救援部队的手伸不过来呀！"

张灵甫悲愤地回答，"请司令官想一下吧，本部如果还有力量攻到万泉山，万泉山也不致失守了！"

十六日上午九时二十一分，整编七十四师师部所在地遭到炮击。华野王必成六纵特务团距张灵甫近得可以让他听到喊杀声了。

张灵甫命参谋长魏振钺："把这股靠我们最近的共军赶走！"

魏振钺点齐一千多死党，由他亲自率领扑向前沿。与前沿残余守军一起向解放军华野六纵何凤山副团长率领的特务团开火，拼命反扑，企图把已进入他们阵地的特务团赶下去。

何凤山集中全部轻机枪和冲锋枪向敌人猛烈扫射，然后冲上去展开白刃战。半个小时不到就把这股敌军全部消灭了。

俘虏中一个四十多岁的家伙主动向何凤山坦露身份，说："我是整编七十四师参谋长魏振钺少将，请求贵军优待。"

华野的炮火几乎全部覆盖了整个孟良崮山顶。整编七十四师官兵密集地待在裸露的岩石前面或后面，飞溅的弹片和岩石的碎片将他们杀伤，没有一发炮弹不炸死几十个人。

华野各纵队从四面八方向上冲击，最前面的是王必成六纵特务团。

孟良崮前后左右都发生了白刃战，刺刀相碰所发出的冷峻之声逐渐向山顶下的山洞——张灵甫的师部靠近，令山洞内的高级军官们闻而胆寒。

蒋介石向他的山东各路大军发出电报，称"山东共匪主力今向我军倾巢出犯，此为我军歼灭共匪完成革命唯一之良机。我全体将士竭尽全力，把握此一不可多得的战机，万众一心，协力迈进，齐向当面之匪猛攻……若有萎靡犹豫逡巡不前或赴援不力中途停顿以致友军危亡、致匪军漏网逃脱者，定必严惩不贷。"

汤恩伯以蒋介石电令为尚方宝剑，督促整编二十五、六十五、八十三师等部队，拼死扑向孟良崮，拯救整编七十四师。

而山洞内的张灵甫已经绝望，命令军官们与他一起自杀。他先是致电蒋介石，控诉友军见死不救。特别指出李天霞没有遵照汤恩伯命令派出部队掩护整编七十四师右后侧，实为战败主因。然后把师部副师长以下、团长以上的军官姓名列出，说要"集体殉国，以报校长培养之恩"，希望蒋能厚恤这些军官的遗属。

张灵甫的电报发出后，副师长蔡仁杰、五十八旅旅长卢醒拿出妻儿照片，相向而哭，不肯自杀。副参谋长李运良假装自杀，弄得满脸血污，卧在石洞外装死。

这出丑剧刚刚开始，华野六纵特务团已冲了上来。

张灵甫停止了逼大家自杀的丑剧，命令所有人员拿起武器抵抗。

六纵特务团三连在轻机枪掩护下，很快就逼到了洞口。张灵甫的卫队长率领部队刚刚出洞，就被特务团打死二十多人。不料，三连指导员邵志汉身先士卒向洞内冲的时候，中弹倒地。指导员的牺牲，激怒了三连的战士们，更加密集的机枪子弹、飞蝗般的手榴弹，向洞内泼洒进去。张灵甫、蔡仁杰、旅长卢醒、副旅长明灿以及五十七旅的团长安义都在混乱中被打死。①

十多分钟后，王必成司令员赶到。查验了张灵甫尸体，欣慰地一笑，旋又同情地叹了一口气。吩咐拍下照片，保护好尸体。

孟良崮之战结束了。歼灭整编七十四师以及整编八十三师等救援部队共三万二千人，俘虏一万九千六百七十六人；华野伤亡一万两千一百八十九人，其中阵亡五千零一十九人。

六月九日，陈毅召集在孟良崮战役中被俘的将校军官座谈。

陈毅很客气，一一向他们发烟，一迭连声要大家点燃，点燃。又宽慰说，放下了武器，各位就是客人了，请不要拘谨。

"贵军在抗战中战功卓著，战斗力亦是国民党军队中最强的。然而这样一支部队到了内战战场，转瞬就被消灭了。各位应该深思个中原因！"为解除他们的担

---

① 据目击者、幸存下来的张灵甫卫士卞宁永的回忆录《张灵甫之死》证实，张灵甫并非自杀。

忧，陈毅说："各位此来，现在已经成了我们的客人了，我会负责照料大家、爱护大家。我们能帮助你们的地方，一定会尽力帮助！"

会后，陈毅与他们共进晚餐。

事后饶漱石笑嘻嘻地说，陈毅同志的工作做得很好。

张灵甫阵亡，整编七十四师全部被歼；进入山东的蒋军部队纷纷后退，怕遭到粟裕转兵分割围歼。

消息传到南京，蒋介石当即昏死过去。

蒋介石立刻将一兵团司令官汤恩伯撤职，整编二十五师师长黄百韬撤职留用，整编八十三师师长李天霞押解徐州接受军法会审。后来，由于李天霞历年贪污的军款很多，花了几十根金条，最后无罪释放。不到半年，又委任他为七十三军军长。

第十七章

一

孟淑贤今天走到了人生的十字路口，何去何从，她必须做出抉择。

本来是高高兴兴地去见解根柱，高高兴兴地与他一起登舟秦淮，解缆直下长江，又在江边芦苇丛下泊岸，然后到距离江堤三四十米的一家小酒店用餐。不料从解根柱嘴里说出的两件事，让她感觉犹利刃剜心、五雷轰顶，气氛剧变，一切好心境化为乌有。

那两件事，其实也很让解根柱作难。他很清楚，揆情度理，不会不在她心里卷起风暴。而且那风暴极有可能将她卷到敌对一方去。怎样叙述，先说什么后说什么，才可能尽量淡化其破坏力，让他很费斟酌。

当他们的小舟还在秦淮河上飘动时，她就察觉到他温和的微笑后面有一缕被刻意掩饰的愁绪。她并没太在意，一段时间以来他都显得颇抑郁，那是行刺王继芳时留下的阴影。

当时她按照计划把完颜如璧约到预定的地方，逼使这女人打电话给王继芳，伪称下黄包车时崴了脚脖子，叫他快到某处接她。王继芳很警觉，为防不测，向上边要了几个便衣警卫，秘密跟随他前往。结果，一番混乱的枪战，只将完颜如璧击毙，王继芳负了点轻伤而已。

事后，保密局从参谋总部将王继芳要出来，秘密送往武汉藏匿起来。东北的两位同志只好追到武汉，继续执行锄奸任务。

解根柱将小舟系在一块大石头上。拨开芦苇枝叶，扶她上岸。

两人进了那家竹林掩映的小酒店。

店小二上前迎接。殷勤地引领他俩寻了一个绝好的座头——在面临江岸的窗户下，可以听涛声，可以观江景；是个小方桌，一左一右两张竹椅，距别的座头较远，倒还清静。

店小二送上两副盖碗茶来。根据他们的要求沏的是龙井，然后一一报上了本店的菜名。

两人各自点了两三样，要了一小坛绍兴黄酒。

就在解根柱难于启齿，找不到稍微婉转一点的方式告诉她那两件注定会引起风暴的事时，她却先说出了一个打算，希望借以获取一些有价值的情报，弥补在诛除王继芳行动时未能协助他把事情做好的遗憾。

她说，蒋总裁内定派陈诚去东北取代熊式辉，冀能扭转东北颓势。她想，若能作为下层随员跟着去，也许获取有价值情报的机会多一些。

解根柱觉得她的想法不错。问她有没有希望成行？

她说陈诚正在遴选高低两级人员，准备带一套完整的工作班子去，逐渐换掉熊式辉的旧人。她已作为下层人员提交了申请。局长称赞她主动要求去前线，精神可嘉，如果批准了，还会提升她一级军衔。

解根柱问，蒋介石派陈诚取代熊式辉的意思是什么？是战事每况愈下、损兵折将，还是有别的什么更深的原因？

她说，也许各方面原因都有一点；主要恐怕还是在于熊式辉、杜聿明连连损兵折将、丢城失地，没有能力挽回颓势。据说早在林彪发动夏季攻势之初，拿掉熊、杜就已在国府高层开始酝酿了。

美国驻沈阳领事给马歇尔国务卿的一份报告，不知是谁给偷拍了照片，几乎在马歇尔收到的同时就送到了蒋介石案头。

这份报告流露了对中国东北前途的绝望情绪。报告称，"处于惊慌失措的中国国军正疯狂地在各处构筑壕堑，意念中徒以仅有的'马其诺'式战略来保护自己，而非进攻。并有充分的证据证明，冷漠、抱怨、愤恨、失败的情绪像瘟疫般在国军中蔓延，造成投降主义与逃亡。""国军既遭损失又复筋疲力尽；国军军官的豪华生活与士兵薪饷的菲薄、生活的清苦，这种待遇的悬殊引起的仇恨正在日益积累，以致下层士兵毫无兴趣在远离乡井的地方为有钱的军官作战。""熊式辉工作不得力，不能指挥所辖部队；杜聿明是中国军队在东北的部队的总指挥，可是他完全不能胜任，总是受林彪的遥控与调动。"这些情况证明，"危机已经被人为地造成，而且无法挽回。"东北一旦丢失，"对自由世界在远东的利益将是致命的。""那么可不可以由美国出兵予以纠正呢？显然不能。苏联军人在北满不下两千人。虽然只是帮助林彪训练部队，但也表明了苏联当局介入满洲争端的决心，也许他们为此会不惜打一场苏美战争。"

美国记者杰克·贝尔登的中国时评在华尔街日报发表后也送到了蒋介石案头。蒋介石知道这家报纸具有美国国会某些有势力议员的背景，连总统也会受其影响。贝尔登写道："国民政府可以炫耀自己在东北取得了三大成就。其一，它已经把美国所训练和装备的七个军断送了大半，并且还大大削弱了剩下部队的战斗力；其二，它把日本人留下的工农业经济洗劫一空，塞满了大小官员的私囊；其三，它引起了本来对它充满认同感的满洲人强烈的抱怨，不少人转而支持共产党去了，尤其是林彪、高岗策划的'土改'实施以后。"

美国人的指摘与实际情况是相符的，蒋介石和陈诚都明白这点。所以陈诚早在四月份就开始了对熊式辉、杜聿明的调查，获证颇丰。这些都导致了蒋介石、陈诚不得不研究如何调整东北的人事。

最初陈诚向蒋介石建议，让华北、东北两个战区合并，任命李宗仁兼北平、东北两个行辕的主任。这可收一箭双雕之功：既可利用李宗仁和白崇禧的能力整顿东北现状，又可名正言顺地将桂系三十万军队至少调一半出关。蒋介石认为此计大妙。

陈诚数次赴北平劝说。

李宗仁对东北危局洞若观火，自然是坚决不干。

后来，蒋介石问陈诚，他可不可以出关去挽救危局。

陈诚当即就应承下来。

对于蒋介石东北换马，老谋深算的熊式辉早有预感。

早在七月十二日，陈诚在东北召开军事会议时候就做了一件对熊、杜威望大加折损的事。四平战役后，由于廖耀湘新六军没有按照杜聿明指令行动，所以杜聿明没有为廖请功；除廖之外，所有的军长都颁发了勋章。陈诚当场为廖耀湘举行了补授勋章的仪式。弄得熊、杜大为狼狈。然后陈诚用影射的语气说，政治腐败、指挥失当是导致东北国军屡成瓮中之鳖的唯一原因。矛头明确直指熊、杜。

会后熊式辉对杜聿明说，陈诚这家伙一肚子坏水，专门整人害人，要当心他在总裁那里挑唆呀。还暗示，如果我老熊给撵走了，你小杜一个人是难于抗住他的。所以我们应该合力对付才行。

果然，不到一个月，国民政府的命令就到了。由蒋介石签署的这份命令决定：撤销东北保安司令长官部，原长官部机构合并到东北行辕；任命陈诚以参谋总长身份兼任行辕主任，郑洞国为副主任。准许熊式辉辞职回家"养老"、杜聿明辞职"养病"。

孟淑贤端起茶碗，喝了两大口龙井，润润喉咙。继续说：

"陈诚首先要带到东北去的是两个人。第一个是罗卓英，他的保定同学、至交。听说可能会安排为行辕副主任；另一个是楚溪春。此人毕业于保定军校一期。陈诚是保定军校八期；楚溪春留校执教，担任过八期分队长，与陈诚就有了师生之雅，所以陈诚一直尊称为老师。楚溪春去年秋天镇守大同，聂荣臻、贺龙久攻不下，只好撤兵而去。楚溪春以'能守之将'声名鹊起，这使陈诚觉得这位北洋宿将尚能吃几碗干饭，便调到中央军官训练团任副教育长。这次去东北，有人说内定为行辕总参议兼沈阳卫戍司令。"

孟淑贤说罢，喝了一口茶，吃了一块茶食。说：

"我絮叨这么多了，该你说点什么新闻了吧？"想了想，又说："对了，有一件事我早就想问你！"

"什么事呀？问吧。"

"胡宗南攻占了延安后，南京报纸说你们的毛主席在陕北东躲西藏，至今居无定所！这消息是真的吗？"

解根柱鄙夷地一笑，沉默了一下，说：

"百分之九十八是假的，纯属穿凿附会；百分之二是真的，毛主席离开延安后，确实跑了很多路！"

"说说详情吧，我洗耳恭听！"

"唔，好的。"

毛泽东率领中央机关撤离延安，直接的原因是胡宗南二十几万大军逼近，更主要的是全国战略转折已经开始，中国革命的大本营放在西北一隅不合适了。从亲自指挥彭德怀所属三万西北解放军粉碎胡宗南的追击，到东渡黄河前往西柏坡，行程一千多公里，共三百七十一天，居住过十二个县的三十八个村庄。在这一历程中不间断地指挥着全国的解放战争。每个战区的中等以上战役，背后都有他伟岸的身影；每一次关键性的战略部署当然更离不开他的决策。这个三百多天行程的一些重要片段，笔者以后将陆续恭录。

其中一个重要的决策就是晋冀鲁豫野战军十二万人马，由刘伯承和邓小平率领离开晋冀鲁豫解放区，实行无后方作战，千里跃进大别山，到那里重组中共中央中原局，着手经略中原。

为了这个大行动，事先又组织了一个首要行动。那就是由陈赓任司令、谢富治任政委的陈谢兵团的组建。

中央军委正式抽调以下部队组成陈谢兵团：晋冀鲁豫野战军之第四纵队、第八纵队一个旅（二十二旅）、第九纵队以及西北民主联军第三十八军，共二十九个团，八万余人。以后行动主要由中央军委直接指挥。

陈谢兵团的出击路线是：从晋南和豫北的现集结地南渡黄河，直接攻击陇海路一线，威胁胡宗南最主要的后方补给线，调动胡宗南麇集在陕北的部队，减轻彭德怀部的压力；更主要的任务是在豫西建立根据地，以待刘、邓晋冀鲁豫野战军进入中原时予以配合。

粟裕也奉命抽调五个纵队实行外线出击，配合刘邓大军行动。

如此，三路大军在黄河、长江、汉水、淮河之间，布成品字形阵势，以保障刘邓大军千里跃进大别山并在大别山落地生根为战略目的，三军互相配合，协同作战。

解根柱简略说罢上述一些情况的真相（当然不能是全部），提起了店小二留下的小壶给她的茶碗续上水。指了指，示意她再喝一点。

店小二陆续送来三盘六碗的冷菜热炒；又将酒坛的封泥打开，斟上两大耳杯。

道了声客官慢用，便悄悄退出了。

喝了两杯酒，吃了一会儿菜，解根柱开始了对她的艰难对话。

"淑贤，因为工作的需要……"他不能告诉她的是，随着形势的发展，上级命他必须与电台在一起。"我与单月卿的……假恋爱，应该演变为假结婚了，不然就会引起人们的猜疑！所以，最近她得搬来和我一块住。"

"什么？"她伸向黄焖鸡的筷子在空中停住了，脸色也变了。"结婚？"

"不是结婚，是假结婚！"

她呆滞了一阵的目光终于动了。审视了他好一会儿，才无限哀怨地说：

"什么真的假的，两个人住到一起，假的也会变成真的！"

"你这是什么话？我们是有纪律的，哪里容得胡来！"

"就算是假结婚，为什么不是我是她？"

"这是上级定的，我们必须服从！"

"什么狗屁上级，我看没安好心！"

"你别不讲理好不好？"

"他们就是嫌我出身地主家庭，认为我不可靠是不是？我豁出命来做了那么多事，还不把我当'自己人'，这太欺负人了嘛！"

"你误会了！上级之所以安排单月卿和我假结婚，完全是因为牵涉到一些技术性工作，她会，而你不会！绝不是你的什么家庭出生问题！"解根柱顿了一下，心里想，既然已经有了艰难的开始，索性一股脑儿抖搂出来，就艰难下去吧，长痛莫如短痛啊。"你既然提到了家庭问题，我就告诉你一件相关的事吧！对于你个人来说，这应该算得上天大的事了，我希望你能冷静对待！"

"没什么'天大的事'！只要假结婚的不是月卿而是我，再大的事我也只当一阵风吹过而已！"

"我看不见得吧！"解根柱微微冷笑了一下。

接着，他把她父亲孟国栋如何率还乡团跟在整编七十四师屁股后，窜到鲁南地区，对十多个村庄展开血腥报复，蒋军失败后孟国栋被民兵抓住，红色政权将他判为死刑，已经执行了等等事情，向她一一道出。

他叙述的过程中，她一句话也没说，而神情却几经变化：最初是惊愕，继而是愤慨，然后是悲痛；脸色也是由原来的死灰色变得通红，接着是惨白，最后微微透出一抹黑云。他讲完后，她呆了好一阵。然后用仇恨的目光盯了一下解根柱，站起来。忽然，一阵风似地卷了出去。

他惊慌失措，赶快叫店小二算账，付钱。然后追了出去。

而她已然没了踪影。

怎么办？解根柱乱了方寸。他拿不稳她是否会因而投敌。踌躇了一下，觉得必须预作防范，得赶紧通知单月卿见面——首先，两人都须搬离原来的住所，以防不测。

他后悔今天的两个话题吐露得太猛了。

二

陈诚果然出任东北行辕主任。孟淑贤告诉谢根柱的相关消息，例如楚溪春跟随陈诚到东北任职，也一一证实了消息是可靠的。

陈诚一九四七年九月一日抵达沈阳，次日就召开东北高层军政人员开会。在会上，信心十足地宣读了《告东北军民书》。① 他说："目前山东、陕北剿匪工作即将完成，今后剿匪重点无疑应在东北。"又说："今后行辕之首要任务，即在执行剿匪国策。"又宣布了东北必须整军、增兵，以备对共匪大张挞伐；整军之后将反腐戒奢。

陈诚所谓的整军，就是一方面撤换不听话的将领，哪怕是黄埔生也在所难免。同时安插心腹、重用亲信；一方面调整序列，扩充军队。首先砍掉许多由伪满军队改编的虚报编制吃空饷的保安部队，将九个省的五十二个保安团和保安支队（旅级）核编成十个暂编师；将青年军第二○七师扩编为三旅制，实力等同于关内的整编师；将新调来的整编四十九师恢复为军，为升格整编军做准备；把骑兵支队扩编为骑兵师；将承德保安支队扩编为暂编第一师；整理地方杂牌部队为十个支队、四个骑兵旅、一个骑兵军；调整十三个特种兵独立团。重划国军控制区域为沈阳、长春、松北三个绥靖区；组建四个兵团部。第一兵团司令官孙渡，第二兵团司令官陈明仁，第三兵团司令官周福成，第四兵团司令官廖耀湘。两个黄埔生，两个杂牌将领——孙渡是滇系，周福成是张学良旧部。乍一看颇有唯才是举的味道；其实军、师级干部都是中央系将领，最多的是陈诚旧部。

接下来是反腐。陈诚认为，若要挽狂澜于既倒，必须首先从整饬军纪和肃贪做起。他说，东北的国军控制区已然存在"纵兵殃民，逼民为匪，收匪为兵"的恶性循环现象。他决心以壮士断腕手段，坚决割除毒瘤。"与其说向共匪拼命，不如先从自己与自己拼命做起！"②

他运用当年主政湖北时的铁腕，大规模杀人。将暗设赌场的中将田湘藩逮捕，不加审判就拉到野地里枪毙；将不战而逃的本溪保安司令李耀慈以弃守领土罪交军法会审，判为枪决；将利用职权勒索的中将李修业加以拘捕，关了一周后枪决；

---

① 原文见天津《大公报》1947年9月3日。
② 吴相湘《陈辞修生平大事》《民国政治人物》第二集，台北述林出版社，1960年版，第185页。

将收编军队、买空卖空的少将刘介辉砍掉右臂，赶出东北；将辽宁省政府主席徐箴、五十二军军长梁恺及其副军长刘玉章撤职查办。

楚溪春担心，像这样大规模查办高级将领，当心他们有些人会带着部队投共。

陈诚说："晴师①不必担心，谁要投共，就让他投好了！这种毒瘤自己要去贴到共产党身上岂不更好，让他们去祸害共产党吧！"

他还向各地派出督察处，欢迎民众和士兵检举纪律败坏、买卖军火、暗中经商、贪污勒索、滋事扰民的军官与地方官，收获很大。例如汽车团团长冯恺倒卖军车和汽油，日俘管理处中将处长李修业在办理日本人回国手续时大肆勒索钱财，少将参议肖正勋收编伪军时吃空额达一万多人枪。这类人总共查出三十七人，全部拉到野地里活埋了。

督察处还查出了一种令陈诚哭笑不得的贪腐怪招。各部队都不经上级批准，私设了留守处或办事处；这些其实都是军官的私宅或秘密住所。无一例外都有几个士兵守着，门上悬挂某某师、某某旅，甚至某某团、营的留守处牌子，蒙混世人。这些宅院里或者住着正室太太，或者养着情妇，无一例外都藏着非法掠取来的大宗财物；有的还经营着各种与军用物资相关的生意。东北的每一支作战部队在各大城市都设有众多的留守处，从司令、军长、师长、旅长到团长、营长，无一例外都给自己搞了几个留守处。仅仅在沈阳城里为留守处服务的士兵就多达两万五千余人。督察处还查出了很多只挂牌子和领取经费的地方机关。其实都是丢失了城镇后流亡到大城市来的专署、县政府、乡公所。来了后牌子一挂，仍以原来的机关名义领取办公费和薪金。陈诚对这些一律予以查处，取缔。

大刀阔斧、严刑峻法之下，贪污现象确实收敛了许多。而陈诚不知道的是没过多久又死灰复燃了。到他离开东北之前竟又成燎原之势，情况比原来还严重。他当然不会懂得，国家机关、军队的贪腐都植根于社会经济基础，植根于私有制。这样的土壤不铲除，尽管肃贪雷厉风行之下确可收效于一时，而肥沃的土壤里根子还在，春风吹又生的后果是避免不了的。

反腐"胜利完成"后，陈诚将精力放到剿共上来了。为了打破战略僵局，他决心采取主动进攻，积极寻求与共军决战的机会，一举收复全东北。他命令：六十军驻守长春的外围永吉（今吉林市）、九台；新一军驻守长春、德惠、农安、公主岭；新六军驻守铁岭、沈阳、抚顺；七十一军驻守四平；五十二军一九五师驻守四平外围的梨树、八面城；五十二军主力驻守营口、辽阳、本溪；五十三军驻守昌图、西丰、开原；第六军驻守沈阳东面的抚顺和营盘之间的区域；四十九军驻守锦州；九十三军驻守朝阳、北票、阜新；一八四师驻守沟帮子、大虎山；

---

① 楚溪春字晴波，陈诚一直尊称他老师。

十三军驻守承德、平泉、隆化、丰宁。

做完这一切，陈诚的信心充分建立起来了。他对蒋介石承诺，用六个月时间恢复国军在东北的优势地位。

他明白，实现这个承诺的第一步，必须首先把北宁路锦州至沈阳以西的共军肃清，否则关内外的战略联系就随时都有被切断的危险。所以作战首先得从扫荡北宁路开始。他对完成这个设想有把握，因此对不久以后自己将牢牢握住东北战局的牛耳亦持乐观态度。

然而，他严重低估了自己的对手。

东北民主联军从最初的建制不一、兵力薄弱的状况，经过两年时光，发展成为一支兵力强大、装备先进、作战能力惊人的大军。

蒋军只占据着少数大城市及其半径不超过三十公里的乡村；大部分县城和辽阔的乡村都建立了解放区，都实行了土改。民主联军凭借东北丰富的人力、物力的资源，迅速壮大自己的力量。早在陈诚扩军之前，林彪就依靠东北局极有才干的工作班子已经开始大规模扩充军队了。现在，东北民主联军已经拥有了十个野战纵队共二十七个步兵师、八个独立师、两个骑兵师、五个重炮团，总兵力达到五十一万八千多人（不包括众多的地方部队）。

所有的翻身农民都认同共产党，都认为民主联军是自己的子弟兵，他们每一个人都是民主联军潜在的士兵。林彪在东北局的重要助手高岗（副书记兼秘书长）功不可没，他亲手指导地方政权、党组织，选拔、训练了大量的二线部队，数量达到九十一个团三十五万人。这些"预备战士"一方面协助家里搞生产，一方面随时准备应召入伍。即使在搞生产的时候，也挎着步枪，子弹带里装填着足额的子弹。同时，广袤的黑土地提供了充足的军粮，官兵身上是厚厚的新棉袄，头上是暖和的狗皮帽子。

共产党人已经建立起了庞大、有效的军用物资供应体系。军工干部大部分都是在苏联受过技术、管理方面的训练，政治立场无疑十分坚定。他们在苏联的援助下，迅速建立起了一大批足以有效支持战争的军工企业。东北局一九四七年九月十九日致中央军委的报告可窥一斑：佳木斯以北的兴山有子弹厂、手榴弹厂、炼钢厂；鸡西有手榴弹厂、迫击炮弹厂、机械厂；东安有化学厂、电器材料厂；珲春有炮弹厂；图门以北的石岘有手榴弹厂、远程重炮厂；齐齐哈尔有六〇炮炮弹厂；牡丹江有修炮厂；哈尔滨有炮弹厂；辽东辑安有手榴弹厂、九二步兵炮炮弹厂、山炮炮弹厂。

就装备与供给而论，蒋军的情况却由原来的优势渐成劣势。国府外长王世杰照会马歇尔国务卿，说目前东北国军械弹短缺的情况日益严重。因为出关作战的军队都是美械装备，这曾经是一大优势；现在美国给的军火远远接不上茬，分到东北的也随之大大减少。美制武器的弹药中国不能制造，必须赶紧供给中国，否则美械就成了一堆废铁。

令陈诚揪心的还有另外两个大问题，国军在东北征兵困难，关内又不能及时补充兵力，现在是打死一个少一个，被俘一个少一双；在东北筹粮也困难，产粮区全在共匪占领的地方。

陈诚确保北宁路的攻势和林彪的秋季攻势几乎是同时开始的。在双方的这场大较量中，陈诚在军事上的平庸与蒋军整体素质的低劣有了一次总暴露的机会。

为了打通和保住北宁路，陈诚将原来驻守在华北的五个师组成北上增援部队，名为十七兵团，由司令官侯镜如率领出关助战。

陈诚的人海战术虽然打通并占领了北宁路；但截至十一月九日林彪下令秋季攻势结束为止，民主联军共歼灭陈诚六万九千余人，缴获各种火炮一千零五十一门，各种步炮、机枪共八万多支（挺），各种弹药二百七十六万发，手榴弹十五万颗，汽车五百三十六辆；共产党控制区新扩大了四万平方公里。

翻过年以后，林彪着手谋划冬季攻势。他的兵力比秋季作战时多了二十二万人，总兵力达到七十四万，超过了蒋军十六万人，而且装备也优良得多。

一九四八年元旦是陈诚焦头烂额的日子。在林彪的秋季攻势中，他屡遭惨败，损兵折将；现在喘息未定，林彪的冬季攻势又开始了，他深感穷于应付，茫无所措。而大将风度不能失去，朝中纷然蜂起的指摘也须应付，他不得不在元旦告东北军民书中睁眼说瞎话，称"危期已过，战备完成"，也不得不派兵从铁路、沈阳、新民三路出击，主动迎战林彪部队。

他放下文告讲稿不到五分钟，接到报告，林彪部队的名称变了。

一九四七年十二月二十七日二十时，东北民主联军总司令兼政委林彪、第二政委罗荣桓致电中共中央称：根据中央日前指示，"我们拟利用元旦宣布东北民主联军改名为东北人民解放军。"

十二月三十日十七时，林、罗签署的通令发表："东北民主联军总司令部于（一九四八年一月）一日起改为中国人民解放军东北司令部，其简称'东总'亦改为'东司'。"

元旦，林彪发现陈诚的三路大军中，他的四期同窗陈林达率领的左路部队新五军推进快，突出于另两路之前。便微微一笑，指了指地图上那一块，对刘亚楼说：

"就打他了！"

三日，稍许冒进突出的新五军进至新民正北面的公主岭时，林彪大军正向它三面合围而来。

陈林达见状，急电请示陈诚，是否可以退守建有坚固防御工事的巨流河？其时共军合围尚未全部完成，尚可冲出去。

罗卓英对陈诚说，新五军是机动部队，战斗力也不弱，正该攻坚拔锐；退守巨流河会坐失战机，应令其正面进攻，岂能容它畏缩避战。而且可令中路、右路大军各遣偏师一支配合，必收奇功。

郑洞国不以为然。他担心林彪诡计多端，新五军应持重，以退守巨流河为妥。

两位行辕副主任各执一词，似又都有道理。陈诚不知听谁的为好。进攻抑或退守，他琢磨了一天多，举棋不定。后来终于同意陈林达的要求，新五军退守巨流河。

可惜太迟了，林彪大军已经完成了合围。结果，新五军两万多人全军覆没，陈林达也做了俘虏。国军战史的叙述是："七日午前，军长陈林达中将亲率部队向南突围。不料行至黄家山以南之艾家屯，又遭到埋伏截击；增援之国军，亦分别被阻，俱无进展。战至七日正午，新五军竟陷于覆没。"[①]

新五军的覆没，加上一个月前在彰武之战中被歼的四十九军之七十九师的一万余人，短短一个月内陈诚又损失了四万余人。

陈诚惊慌失措，深恐林彪又有什么动作，急忙把驻守辽阳的五十二军主力、驻守四平的七十一军主力调回沈阳协防。

蒋介石气急败坏，一月十日飞到沈阳。

他在飞机的门口出现的时候，站在下面欢迎他的人们看到了一张铁灰色的脸和透出杀机的眼睛。一个个提心吊胆，害怕灾祸降临自己头上。

蒋介石下飞机的第一句话就是："辞修，为什么败得这么快？是哪些人在这中间玩忽职守，一定要严惩不贷！"

陈诚一边伸手把蒋介石往一辆防弹轿车那里让，一边说：

"总裁，容部下向您一一面禀……"

将领们都把目光从蒋介石那里移开，担心地瞅着陈诚。特别是与这次战役有关的将领，生怕陈诚在蒋介石耳里灌谗言，把自己推出来当替罪羊。

到了行辕，俞济时向大家宣布午后两点召开师以上将领开会。

蒋介石被陈诚领进办公室，关上门密谈。

事后蒋介石的一名侍卫官向行辕副主任郑洞国密报（该侍卫官是郑洞国外甥），说陈诚把新五军覆灭归咎于一些将领不服从指挥自行其是，廖耀湘堪称其中之尤。陈诚要求蒋介石惩办廖耀湘。

郑洞国问总裁什么态度？

[①] 《国军战史·戡乱》，台北出版社1950年版，第536页。

外甥说不明确，只点了一下头。

郑洞国呆住了。他与廖耀湘私交颇厚，不愿看到他遭难。

外甥说，舅舅如果要救廖军长，可以找一下跟随先生来的刘次长。最近先生比较听刘次长的话。

郑洞国想了想，点点头，立刻就去找刘斐。

刘斐是参谋总部次长，算是陈诚的副手。陈诚主持东北行辕后，常在蒋介石那里接受"召对"的就是刘斐了。

刘斐听了郑洞国的"拜托"之词，满口答应寻找适当的机会向蒋为廖耀湘说话；但叫郑洞国告诉廖耀湘，如果总裁对这次失败有所质询，千万不可保持缄默，要大胆说出实情。

午后一点半钟，师以上将领陆续到会议室。

大家的神情都显得颓丧；也没人敢说话，见了面只互相点一下头。

距开会时间二时还差两分钟，蒋介石在一群人簇拥下进来了。

大家偷窥时，见他的脸色铁青，眼含杀机。都在猜想不知今天哪个要脑袋搬家了。

主持会议的陈诚站起来，简单说了几句开场白，便恭敬地向蒋介石勾了一下头说：

"现在请总裁给我们作重要训示！"然后领头鼓掌。然后坐下。

蒋介石秋风黑脸，坐在那里，扫视一遍全场。坐在下面的将军们都以为那目光是在审视自己，无不赶快坐正、挺直上半身，把自己的"目情"调整为恭顺之至。然而显然都是无用功，蒋介石那仅是一种浮光掠影的扫视，将任何在场者都看了，又谁都没看清。

然后威严地哼了一声，然后以悲怆的音调甩出了一个省略了主语的短句开场，"丢人呀！"

在座者当然都明白，那省掉的主语就是大家。

"同是黄埔出身，为什么一次又一次败在他的手下？我实在不明白！"

大家当然也明白，蒋校长说的那个"他"即系黄埔四期的林彪；大家不明白的是，你蒋校长还是那个四期生的校长呢，为什么不甩出一两套没传授给四期生的绝招，把他降住呢？当然都只在心里不平地嘀咕，谁也不敢说出来。

接着，蒋介石大发脾气，痛责东北的"众将官"，无非说他们白吃饭，指挥无能，作战不力，把好端端的队伍一批批葬送掉了。刚刚葬送了一个新六军；到目前为止，在新立屯被围困近一个月的二十六师一万多人还没救出来！他愤怒地责问，你们当中绝大多数是黄埔学生，当年的黄埔精神都到哪里去了？一天到晚不研究战略战术，不研究敌人的用兵特点，只知道搞钱、搞女人，更有甚者为卖官鬻爵——我听说一个连长卖一百五十大洋、一个营长卖一千大洋。国家名器如此糟蹋，腐败至极啊！这样下去，不亡党亡国实无天理！

蒋介石的嗓音本来就略有些尖细，又是奉化官话，此时由于怒不可遏，使声音微有些颤抖，大部分人只能听懂个大概。但都明白他是真的气坏了，吓得没有一个人敢出大气。

足足骂了半个小时，才端起面前的白开水喝了一口。

大家以为骂完了，正欲吁一口气，松弛一下绷到极限的神经。不料他重重地将杯子蹾在桌上，伸手指着新六军军长李涛、九兵团司令官廖耀湘，喝令他们站起来。

李涛和廖耀湘大约事前商量好了，无论如何也要把是非辨明，舍得一身剐，敢把皇帝拉下马，无非一死而已。所以也不怎么害怕。

蒋介石将两人大骂了一顿，切责其不服从命令，拥兵自保，见死不救，致使新五军全军覆没。

蒋介石尚未骂完，暂停话头喘一口气。廖耀湘抓住机会，把脖子一挺，大声说：

"报告校长，学生冤枉！"

蒋介石没料到他敢在此刻插话，愣了一下。盯了他半晌，只好说：

"你有什么冤枉？难道我是在编排你吗？娘……"

"报告校长，我们根本没接到过增援陈林达的任何命令！所以我和李军长不能为新五军的失败负责！"

陈诚立刻站起来，恶狠狠地瞪了两人一下，冷笑道：

"廖司令官，这个是赖不掉的！新五军遇险之初，我就叫罗副主任打电话给你，命令你就近派新六军速去解新五军之围！"陈诚说着，侧头俯视坐在旁边的行辕副主任罗卓英说："幼青兄，有这事吧？"

罗卓英赶快起身，面向蒋介石说："报告总裁，总长吩咐刚完，我马上就用步话机给廖司令官打了电话，向他正式传达了命令！"

廖耀湘马上掉头向着蒋介石说："报告校长，事实胜于雄辩，学生根本没接到过罗副主任的电话！"

双方在罗卓英是否打过这个电话上针锋相对，措辞激烈，争执不休；而双方也都拿不出半点证据来支持自己的论点。

后来，蒋介石再也听不下去了，拍了一掌桌子，对陈诚怒目相向道：

"陈总长！大家都拿不出证据来，难道作战期间司令部与下边部队之间的一切程序都废弃不用了吗？一点记录都没有吗？怎么管理的？我真不明白！"

陈诚无可奈何地叹了一口气，神情沮丧地说：

"总裁,既然大家都撇清了自己的责任,那这个责任只好由我来承担了!好吧,新五军的失去,是我陈诚指挥无力,请总裁按党纪国法惩办陈诚,以肃军纪而儆效尤吧!"

蒋介石被陈诚这个出乎意料的态度噎住了。呆了好一会,才长叹一声。谁是谁非看来是搞不清楚了;陈诚自动站出来承担了责任,分明是改变了主意,主张暂不追究廖、李的责任了。

蒋介石又沉默了一下,说:"现在仗还没打完,等东北战事结束后再来评说功过吧!"说着站了起来,扔下一句话就离场而去。"诸位好自为之吧!"

陈诚觉得,既然惩办廖、李不成,还得团结大家共同对敌。便说了一席慰勉大家和自我批评的话。结束语是,"我决心保卫沈阳,如果丢失了沈阳,我定用手枪自杀以谢天下!"

蒋介石当天告诉陈诚,他已决定将五十四军的两个师从山东调来沈阳;同时成立东北剿匪总司令部;并在锦州成立冀辽热边区作战机构,以连接东北和华北两个战区。

陈诚问他,东北"剿总"由谁担任总司令。

他说,当然从属于行辕,但总司令一职尚待商榷。

蒋介石回到南京没一周,就获悉在新立屯被围困了一个月的四十九军之二十六师的噩耗。

这个师一万余人。遭围困时间久了,得不到救援和接济,空投的粮食、汽油、弹药百分之八十落到了解放军阵地上。不仅弹尽粮绝,而且冻伤很多。部队士气低落至零点。而解放军在一月二十六日突然发起了猛烈的总攻。

师长彭巩英想到了一个突围的办法。鉴于包围他们的解放军为了与白色的雪原一色以掩护行动,都反穿大衣、头裹白毛巾,他命令自己的官兵学着如此,冒充解放军。然后趁夜色掩护"和平突围"——混出去。

就这样,二十六师上万人的部队变成了"解放军",规规矩矩地排着队,秩序井然地往包围圈外行进。当遇到有解放军询问,一律用东北话回答是八纵的。

终于有真八纵的一支部队开过来了,与他们擦肩而过。他们依然声称自己是八纵的。八纵指挥员最初以为是本纵队兄弟师的;转念一想觉得不对,怎么仗还没打完就往外边开?顿时醒悟到上当了。于是立刻追了上去。追了二十公里才追上。立即将他们三面包围起来。这些假解放军没有抵抗,纷纷扔下枪,举手投降了。

除彭巩英师长带五百人混出去,以及被打死一千多人外,解放军"东野"共俘虏了蒋军二十六师近九千人。

二十六师遭全歼的前几天,即一九四八年一月二十二日,蒋介石发表了一组新任命:卫立煌为东北行辕副主任兼东北"剿总"总司令,郑洞国、范汉杰、梁华盛、陈铁、孙渡为副总司令;范汉杰同时兼任冀热辽边区司令官。

显然,这个新班子是放在那里准备彻底取代陈诚的。

陈诚着意拉拢郑洞国,作了一些重大许诺。目的在于邀郑洞国与自己站在一起,到南京去向蒋介石进说辞,把东北将领的真实情况说清楚,欲图在蒋介石那里取得某种程度的战场处置权。陈诚在黄埔一期就出任了教育副官,一直到六期都是教官辈,郑洞国与之也就有了师生之雅;陈诚又位列"当朝三公",权倾朝野,郑洞国不敢过于违拗,只好追随飞一次南京。

拉着郑洞国作陪,陈诚在蒋介石面前痛斥东北国军腐化堕落,侵吞军饷,买卖军资,将骄兵惰,不听命令,玩忽职守,不思进取,只求自保,多次战役失利皆因为此。举了不少事例佐证自己的论点。最后指着郑洞国对蒋介石说,桂庭对此也有痛感,可以证实。

郑洞国不愿介入这种纠葛,又不便当面拂陈诚面子,只好点头唔唔两声算是附和了。

蒋介石沉默了半天,只说了一句"我知道了"。

当天下午蒋又单独召见陈诚,慨叹中央衮衮诸公不理解东北事情的艰难,非议声蜂起,甚至"杀陈诚以谢天下"屡见报端。最后叫他"安心治病,别的事就先不要管了"。

二月五日,在东北坐镇五个多月的陈诚,怏怏离开沈阳。

二月十二日,蒋介石发表电令:"在陈诚病假期间,东北行辕主任职由卫立煌兼代。"

这段时期,林彪的冬季攻势第一阶段结束了,共歼灭蒋军五万八千余人,切断了北宁铁路,致蒋军据守的沈阳门户洞开。

陈诚心情不好导致胃疾加重,住进了陆军医院;但仍是参谋总长,终日只好在病榻上处理公务。

卫立煌不断向他发电报索要补给,称"以目前控制地区狭小,就地筹办困难,请求空运补给。"①

陈诚向蒋介石报告此事时,认为"对东北数十万大军之作战补给,纵倾全力空运,运输量亦极有限。为解决该方面补给问题,似应先谋打通新民至锦州间路线,并确保其通畅,始能解决。"

---

① 台北《中华民国重要史料初编》第七编《战后中国》(五):《陈诚参谋总长上蒋主席建议打通新民至锦州间铁路以解决东北补给困难签呈》,1948年2月21日,第386页。

陈诚这个主张当然是正确的，只有打通铁路，数十万大军的补给才有保障。陈诚坐镇沈阳时曾千方百计打通它，但最终却落得个笑柄："铁路南站通北站，公路长度三里三。"卫立煌迭电催请空运，并非不懂铁路才是命脉，更非不懂必须打通铁路，"非不欲也，势不能也"。

第十八章

一

刘斐找了个合适的借口,把罗泽闿请到他的公馆"吃便饭"。

自从刘斐受李宗仁推荐进入总部,白崇禧就一再嘱他广交朋友、结纳权要,以便在某些关键时刻为桂系的发展谋取有利条件。白崇禧命人给他开了个银行户头,随意支取活动经费,教他不必节俭。

参谋总部第三厅厅长罗泽闿是刘斐自以为交得较为成功的朋友。

其实罗泽闿乐于与他这位上司①攀交,也有自己的特殊使命。那是有一次罗泽闿偶然提及刘斐请他参加家宴引起了陈诚兴趣。陈诚密嘱他与刘斐认真交往下去,借以随时了解桂系高层动态。

这一对朋友可谓各怀鬼胎,相互利用。

刘斐的这次家宴,目的性很强,应了一句古代策士常说的话:"宴无好宴。"他是要"借重"罗泽闿在两天后的"大别山作战会议"上说出他刘斐以及所有桂系人物不便说的话,意在抓住此一千载难逢之机,合理合法地进行桂系武装力量的战略集结。

刘斐所谓的"千载难逢之机"就是共产党刘邓的晋冀鲁豫野战军在粟裕大军、陈谢大军②支持下,成功渡过黄河,一路冲破蒋军在涡河、沙河等多条江河设置的阻击线,成功地进入大别山。

毛泽东在他的棋盘上落下的这枚棋子,不只是把战争从解放区引向蒋管区,使沪宁汉都受到了威胁;更重要的是改变了战争的态势,迫使国军由战略进攻手忙脚乱地改为战略防御了。这对南京朝野的震动可想而知。诚如陆军总司令部参谋长郭汝瑰的感叹,"刘伯承部进入大别山,陈赓、谢富治部进入伏牛山,粟裕华野的一支重兵进出于刘伯承右侧后不到三百公里,三路大军已然形成掎角之势,从此中原无宁日矣!"面对这样的战略窘境,蒋介石不得不做重大的战略调整。于是,桂系机会来了。

酒酣耳热之际,刘斐对罗泽闿说,大别山刘伯承部对我们如骨鲠在喉、芒刺

---

① 刘斐是参谋总部次长。
② 陈赓、谢富治。

在背。蒋主席不会不重视，定然要调集大军解决。润湘兄①主持第三厅②，蒋主席早晚必然"召对"你我。（当时陈诚尚在东北，参谋总部暂由刘斐主持。）我想我们应该早作成竹之谋，不要到时候说不出个子丑寅卯来。

罗泽闿点点头说："次长说得对！泽闿这几天正在研究这件事，俟有所得时再向次长禀报。"

刘斐点点头说好。沉吟一下，又说："除了调兵遣将，最重要的是主将人选了！润湘兄准备向主席作何建议？"

罗泽闿想了一想，说："大别山战区的作战指挥非同一般，不仅要主剿刘伯承部，还须对付左侧后伏牛山的陈赓、谢富治，以及右侧后的粟裕大军，必须由一位资深望重的大将主持！"

刘斐问："润湘兄的高见，哪一位大将堪当此任？"

罗泽闿说："何敬公！③ 次长以为可否？"

刘斐摇摇头，"敬公从美国回来，高悬在一个因人设事的战略委员会闲着，早就牢骚满腹了，此时叫他出征，他不可能应允！况且敬公的长处在于坐镇中枢，不长于带兵打仗。"

罗泽闿想了想，说："顾墨公如何？④"

刘斐又摇了摇头，说："顾总司令坐镇徐州、郑州，对付粟裕主力，不可分心，更不可一日或离！刘经扶⑤么……这个是，可不可以考虑呢？"

这次是罗泽闿来否定了。

刘斐其实早就料到他会否定的。

罗泽闿不假思索，边摇头边断然说："恐怕不行！经公绥靖徐州时，连连吃粟裕的亏，被革职赋闲，恐怕蒋主席不会那么快起用他！"

"是呀是呀，"刘斐作苦苦沉吟状，"我们的总长陈辞公倒是最适合的人选，现在又在东北主持战事……奈何？"

"卫俊如⑥怎么样？"

"此公消极得很，只会坏事！到时候你我还要负举荐失当之责！"

"那……"

"我看白部长很适合！"

---

① 罗泽闿字润湘。
② 主管战略计划制定。
③ 何应钦字敬之。
④ 顾祝同字墨三。
⑤ 刘峙字经扶。
⑥ 卫立煌字俊如。

"白……健公？"

"理由有三：其一，蒋主席说，大敌当前，党国内部若不屏除畛域偏见、团结对敌，大家将会'死无葬身之地'；其二，白部长精通兵法，与共军较量多年，对付刘伯承还不是小菜一碟；其三，广西部队抗战以前、抗战期间以至于今，经营大别山区垂二十年，建立了完善的保甲联防制度，培植起了十多万民团武装，不少基层官兵甚至已在那里娶妻生子。白部长率大军到那里，必会一呼百应，事半功倍！白部长以后在那里底定功勋，你我也会因举荐有功而受到蒋主席嘉奖，何乐不为呢？"

罗泽闿知道刘斐抬出白崇禧来挂帅印，必有桂系利益所在；但细细琢磨，确也言之有理。默然半晌，点了点头说：

"次长的高见，泽闿以为是可以商榷的！"

待宴后刘斐拿出一公斤黄金相赠，并说是白部长的意思时，最后的"商榷"也烟消云散了。

一九四七年十月二十八日，顾祝同从郑州打电话给他的徐州陆总前线指挥所参谋长郭汝瑰，通知郭汝瑰下个月一日去南京参加大别山作战会议。

顾祝同说，蒋主席一定会教你草拟兵力调配计划。不论你以后是留在徐州，还是去大别山战场，现在你必须顾及全面的战局，无论如何不能放松胶东与鲁西。如果主席要抽调部队到大别山去，一定不能从陆总这边抽走最有战斗力的第五军和第十八军，至少也要保留住一个。

遵照顾祝同的意旨，郭汝瑰很快就制定了一个方向性的大概计划，先呈交顾审阅，打算到南京后再呈交蒋介石。大意为：集中主力先于大别山击破刘伯承部；同时在鲁中、鲁西、胶东、黄泛区各以一部兵力追剿粟裕部，以使其无力干扰我大别山方面的作战。

十一月三日上午九时，大别山作战会议在国防部会议室召开。主持者白崇禧，参加者为国防部、参谋总部的厅以上官员，以及王耀武一类绥靖区司令官职级的将领。

开场白照例由主持者说几句套话。白崇禧今天却没说套话，而是特别点出了大别山形势的严峻，甚至进行了恫吓性的渲染。在场者无不顿生惶惑，都担心起宁沪的安危来。只有刘斐不动声色，心里暗笑健公居然把刘伯承部千里窜扰大别山沿途的巨大损失轻轻略去，还凭空为之涨了几万人马，说共军已进入大别山十五万兵马了；又把豫皖鄂边区陈谢的八万人说成了十万之众，把粟裕进入豫皖苏边区为刘伯承作牵制之助的五万人说成了七八万。刘斐当然明白，这是健公为大别山掌帅印者舍我其谁这样的结论所进行的必要铺垫。

白崇禧虎着脸把大家恫吓一通之后，改用了一副笑脸向着自己旁边坐着的蒋介石说：

"现在请蒋主席给我们作训示。"

说罢也不待蒋介石示意就坐下。面部恢复了毫无表情的样子。

蒋介石当然不会站起来讲话。端起杯子喝了一小口白开水，用面前盘里折叠考究的小白毛巾碰了一下嘴唇。他有点抱怨白崇禧的话，不该带着太浓的恫吓性；却又觉得挑不出什么刺来：你要责怪老白把共军说得太过于强大吧，共军眼下确实来势汹汹；你要责怪他把局势描绘得太悲观了吧，刘伯承窜进大别山确实对宁、沪与中原都是极大的威胁，闹不好会引起全局糜烂。

"白部长刚才的话……这个是，极而言之罢了，是告诫大家一定要有危机感，不要一天到晚只知道给自己搞钱、歌舞升平！这个是，死于安乐，生于忧患嘛！"说着又端起杯子象征性地啜了一下，用小毛巾往唇际碰了一碰。他是借这个动作来琢磨如何措辞。"当然，情况尽管严峻，共军要想夺取中原的战争主动权，也没那么容易！刘伯承部自从强渡黄河窜扰中原以来，屡遭国军重创，走投无路，逃逸大别山区，以图苟延残喘。为彻底剿灭刘伯承部，阻止其死灰复燃，必须趁其立足未稳，痛加剿办，犁庭扫穴，除恶务尽。这个是，已经刻不容缓，战机稍纵即逝，不容半点迟疑！诸位可以展开讨论，制定出切实可行的作战计划，以彻底肃清大别山共匪！"

蒋介石讲了十多分钟。

接下来由有头有脸的高官、将领报告自己对进剿大别山的意见。

然后分为军令、军政两个组展开讨论。

然后又全体集中阐述。

徐州陆总前进指挥所参谋长郭汝瑰按照他来宁前禀报给顾祝同的设想概略，稍许扩展、加详，说明应责成夏威（桂系将领）率第七、第四十八、第五十四、第二十八等四个整编师从胶东海运到大别山。

白崇禧听了，心里窃喜。明白这是刘斐的"功夫"做到家以后的效果。

郭汝瑰继续说，夏威所部到达黄山附近后，再与第十、八十五两个整编师协同动作，分别从黄山与麻城出发，直扑大别山。与此同时，我国军还必须发起另一面的行动，在鲁中、鲁西、胶东、黄泛区猛烈进攻粟裕部，以配合大别山的进剿。具体为：整编十一师扫荡黄泛区、沙河南岸；以阜阳、太和为中心，向东控制涡河、蒙城，向西控制三河尖；再以第五军配合整编八十四师向鲁西进攻。这样，可使鲁中、鲁西、胶东、黄泛区的粟裕部无力南顾而妨碍我大别山作战。如此，我即可稳操全局牛耳。

大家都同意这个设想。

蒋介石也点头不语。

郭汝瑰轻而易举就完成了顾祝同交办的事：至少将第五军留在徐州战区了。

大别山作战的统一指挥无法决定，会上众说纷纭。有人主张由徐州陆总统一指挥，有人主张应由武汉行辕主持，有人认为干脆由大本营直接节制。

郭汝瑰担心由国防部或武汉行辕直接指挥，都会过多分割徐州陆总指挥所的兵力，让顾祝同不高兴。蒋介石当晚招待大家吃饭时，他趁便向蒋进言，请他在重视对大别山进行剿办时，不可忽视对山东及黄泛区共军的进剿，否则大别山作战必会受到粟裕牵制。

蒋介石听了，稍稍沉默了一下，点头说知道了。

后来经过酝酿讨论，大家都倾向于大别山作战由大本营直接指挥。

蒋介石没表态，但观其神情也默认了这一主张。

四日上午九时开大会，蒋介石大体同意了郭汝瑰的计划。只是由什么机构指挥的问题发生了突变。罗泽闿代表参谋总部第三厅提出由国防部长在九江设指挥所，全面负责九江战事。

所有与会者为之一惊，脸上无不呈现愕然的表情。大家都知道蒋介石最忌讳的是白崇禧掌握兵权，罗泽闿在会上突然提出让白崇禧挂帅实在有点不晓事，必会使蒋介石狼狈。大家不敢吭声，纷纷偷窥蒋、白二人脸上的状况——使大家感到意外的是竟都平静如常，好像什么难堪的话也没听见一样。

罗泽闿旁若无人地为自己的意见作结论：白部长指挥，定操胜券。

大家判断，蒋介石一定会宣布休会，借口再研究研究，以摆脱当前窘境。让大家更意外的是，他微微向坐在自己右边的白崇禧扭过头来，说出了让大家更为吃惊的话：

"健生兄，你看如何？"

白崇禧脸上也毫无表情。扶了一下眼镜，淡然地说：

"看主席怎么决定吧，我服从命令！"

"那就这样定了！"蒋介石当即拍板。

休会时，参谋总部次长兼第五厅厅长方天把郭汝瑰拉到他的办公室，焦急地说：

"坏了坏了，怎么会整成这样？润湘真是个木脑袋，在会上面对面把白抬出来，弄得主席不好说什么！我看润湘一定是受了刘为章（刘斐）那厮的蛊惑！"说罢，长叹一声。抱怨地乜视着郭汝瑰，说："老白挂帅，手握重兵，我看从此就多事了！你在主席面前是说得起话的人，为什么不设法阻止呢？还有，进攻大别山，宜在速战，正该集中兵力！你老兄作的那个计划为什么要平分兵力呢？"

郭汝瑰听了，脸上红一阵白一阵。嗫嚅了一会儿，分辩道：

"进攻大别山确实应该统一指挥，集中兵力，这个我何尝不知道呢！主席既然不放心白部长，为什么又不让顾总司令统一指挥呢？既然敢于让白部长指挥，为什么又不把顾调开，统一事权于白呢？这不明明是让顾分白的兵权以防坐大吗！他老人家闷葫芦里装的什么药，我们既然弄不清楚，还是少说为佳！"

郭汝瑰在后来写的回忆录说："事实上，此后进攻大别山，始终没有当初进攻沂蒙山区①那样大的兵力优势。"

尽管如此，大别山作战还是从华东抽走了一些部队，减轻了华野的压力。国防部长九江指挥所成立后，徐州陆总战斗序列内的第十八军、第八十五军、罗广文兵团、张淦纵队（共两个整编师）调归九江指挥所序列；为对付伏牛山区的陈谢兵团，李振六十五军空运西安；为应付东北吃紧局面，五十四军海运东北。而徐州陆总的作战区域并未缩小；相反，它所要对付的华野的兵力却日益增多，战斗力日益增强。在黄河以北整补的一、四、六纵队近十万人马又重新投入使用，进出鲁西南；胶东的十三纵、苏北的十一纵都迅速壮大起来了；从大连取道烟台陆续运来的各型火炮越来越多，成建制的炮兵部队也组建起来了，各纵分得的炮也不少，攻坚能力大大增强，既可轻而易举地消灭蒋军整军整师，也能攻克中等设防城市。所以在徐州陆总的作战区域，蒋军完全陷入被动境地。

从一九四七年十一月七日起，华野一、三、四、八纵队以及晋冀鲁豫野战军十一纵分别破坏津浦路的西寺坡、龙王庙等处铁路以及陇海路黄口、砀山、刘堤圈、朱集、柳河、野鸡岗一带铁路。十四日攻占萧县，进攻沛县，威逼徐州。

徐州城内一片恐慌，陆总上下都怕当了共军俘虏。

参谋总部次长刘斐传达"蒋主席谕"，叫郭汝瑰在顾祝同"尚未回彭②期间，维稳为第一。"因为徐州附近部队庞杂，战斗力弱，深恐共军一旦突入，就会发生混乱。

郭汝瑰认为，要保徐州不出事，首先须夺回萧县，驱走共军。而当前徐州是抽不出机动兵力去打萧县的。于是便打电话给参谋总部三厅的厅长罗泽闿，请求速调从青岛海运到浦口的黄百韬整编二十五师到宿县、沈澄年整编七十五师到徐州，以便协助李文密的新二十一旅反攻萧县。

十五日，整编七十五师的先遣队第六旅到达徐州，顾祝同也返回徐州。徐州外围这才稍趋稳定。

---

① 即"重点进攻山东"。
② 徐州古称彭城。

二

中国人民解放军晋冀鲁豫野战军改称中原军区、中原野战军，仍以刘伯承为司令员、邓小平为政委。扎根大别山，与蒋军白崇禧二十多万大军周旋。针对白崇禧的"向心合击"战术，刘伯承采取了"敌向内、我向外；敌向外，我亦向外，将敌牵到外线。以小部牵制大部，以大部消灭小部"的深富毛泽东战略思想的战术，即先拖散敌人，然后分而歼之。如此与豫皖鄂边区的陈谢大军、豫皖苏边区的粟裕大军互相配合，经略中原，成为牢牢钉在蒋介石背上的芒刺，使其寝食难安。

蒋介石是顽固相信"得中原者得天下"的古训、墨守成规不识变通的纸上谈兵之徒，所以他无论如何艰难也要把刘伯承驱逐出大别山，或消灭、或赶出中原。否则他就睡不着觉。

但他同时也从一年多来大量损兵折将换得了一些宝贵的教训：千万要防范共军对国军主力的引诱和分割，任何时候都须把部队牢牢扣成一台机器，决不贪图一时的小胜而须臾分散。重点进攻山东时这个战术本来推进得很好，可后来张灵甫急躁冒进，以致太阿倒持，给了粟裕机会。创剧痛深啊！蒋介石学精灵了。他为了对付刘伯承、陈谢、粟裕三支互为声援的大军，调集国军优势兵力于中原战场，在徐州陆总和国防部长九江指挥所之下，设置八个绥靖区以加强防御重要的点、线；以六个机动兵团对共军实施进攻，避实就虚，在各个战略要点之间往返驰援。

刘、陈（赓）、粟三路大军虽遥相呼应，毕竟是分开作战，急切之间很难统一行动。如此分开作战，各自兵力有限，与蒋军交手时只能瞅小的收拾。而在蒋介石的"机器"战术下，很难找到分散的"零件"。中原战局就这样僵持下来了。双方势均力敌，你奈何不了我，我也奈何不了你。

粟裕苦苦思索怎样改变这种僵局。

最高统帅毛泽东也在作这样的战略思考。

粟裕的结论是："我军必须高度集中兵力，打更大规模的歼灭战，方能逐次歼灭敌军主力，迅速改变中原战局。"

粟裕将这一思考，拟成一份短电发给中央。

毛泽东的结论是：从中原战场上抽调部分主力，渡长江南下，威胁兵力十分空虚的宁沪杭地区。那一带除了是国民党的老巢，还是财赋所出之区，蒋介石不可能不从中原抽调主力回援。如此，则中原僵局可破，蒋军在回援江南过程中亦可频频出现我军可以利用的战机。

在这个过程中，一九四七年十二月，粟裕指挥华野兵伐中原的部队和陈赓、谢富治兵团，发动平汉路战役，轻易吃掉了蒋军三万两千人。这更坚定了他关于集中中野（刘伯承）、华野、陈谢兵团打大歼灭战的思考。

毛泽东的思考也在趋于成熟，而且已具体到准备让粟裕率三个纵队下江南创建新区；华东军区部队、华野留下的部队以及当前中原战局则交给华东局书记、华东军区政委饶漱石负责（陈毅已较长时间一直在中央"以备咨询"）。

恰值此时，大别山的刘伯承急电中央告急，称处境十分困难，请求友邻部队赶快设法"调走"部分蒋军以减轻压力。陈诉中原野战军减员甚多，"部队极不充实，弹药亦渐感困难。如无友邻协助，至少将（敌）十一师调走，（因为此刻我军）部队集结均发生困难。"①

中野的危局，促使毛泽东加快部署袭扰江南的步伐。他电令粟裕，率华野三个精锐部队十万人渡江南进，作出兵伐宁沪杭的姿态，"兴风作浪""势将迫使敌人改变部署，至少吸引敌军二十至三十个旅回防江南。"②

如何解决大别山困局，粟裕的看法与毛泽东相反；他仍坚持认为三路大军统一指挥，在中原地区打大歼灭战甚至特大歼灭战才是根本解困之道。

粟裕牢记当年毛主席的教导，没有全局意识，就不能做好局部工作，多年来总是把自己所负责的局部，放到战略全局去考虑。他现在思考的问题其实在山东战场就困扰着他了。孟良崮战役以后，蒋介石吸取了张灵甫冒进的教训，加强了原定的各部紧紧靠拢，严禁独自冒进的大军运动策略，华野部队再没有找到打歼灭战的机会。粟裕想，随着战争的发展、敌我力量的消长、敌人行动策略的变化，我军要想打破僵局，一块零件一块零件地蚕食已无机会，只有整块吃掉一台又一台的大机器，也就是打更大规模的歼灭战才行；而要如此，单靠一个方面军显然不行，必须集中更大兵力并统一指挥。中原战场目前的困局更坚定了他的看法。

粟裕执笔写就了一份比此前发出的短电详尽得多的电报稿，一千四百多字。但却没有发出去，反复斟酌修改之后，交给他的直接领导饶漱石看。

一份一千多字的电报，饶漱石看了一个多钟头，眉头深深锁住了。最后，担心地看着粟裕说，你的意见，我没有把握；但是我看得出来与中央的决策是完全对立的。我想，可不可以暂缓拍发，再作深入思考。以后如果确认自己的意见没有错，那时再发给中央。这样可以吗？

粟裕接受了饶漱石意见，把电报稿放进了公文包。

十二月十日，毛泽东致电粟裕（并告刘邓），只几十个字。电文肯定了粟裕

---

① 江苏省委党史办编《粟裕年谱》，当代中国出版社 2006 年版，第 300 页。
② 逄先知《毛泽东年谱》下卷，人民出版社、中央文献出版社 1993 年版，第 271 页。

主张直接配合大别山作战的意图、部署;同时明确指示"目前时期华野仍以打中等规模之仗为有利;如敌集中强有力兵团向你们攻击,仍宜避开,别求机动。"①这显然否定了粟裕关于打大歼灭战的主张,也隐含了中央要坚持华野出兵袭扰江南的意图。

一九四八年一月,遵照中央军委指示,粟裕率华野司令部和四个纵队,集中河南省的许昌、临颍、漯河休整,开展中央规定的新式整军运动。

在这个阶段,应当如何打破中原战略僵局,他有了较多空闲进行更深入缜密的思考。从起草那份一千四百多字长电那天算起,过去四十多天了,中原战局没有大的改善,大别山处境更加困难了。面对蒋介石更为集中的兵力,华野、中野、陈谢兵团依旧分开行动,连打中等规模的歼灭战的机会也越来越找不到了。粟裕反复思考,下了决心。一九四八年一月二十二日,他在原电报稿后加上十六个字:"管见所及,斗胆直陈。是否有当,尚盼裁示。"然后交给机电室即发中央。

电报是以地支代月、韵目代日。一日为"子",二十二日为"养",故史家称这份电报为"子养电"。

毛泽东没有回复"子养电"的主张,却另发一短电催促他做好奔袭江南的准备。

这态度其实很明确了。

三天后,粟裕复电毛泽东,重申"子养电"的观点,将他的建议进一步深化。他认为,在近一段时期内,将中原战场的中野、陈谢兵团、华野统一指挥,采取忽集忽分的战法,打几个大歼灭战是可能的。诚能如是,必将改善中原整体局势,加速解放战争进程。

毛泽东召集中央书记处开会,讨论粟裕的建议。最后的结论是坚持中央原来的决定,粟裕仍须积极准备率领三个甚至四个精锐纵队到江南翻江倒海,相机创建新区,以吸引中原敌军回援宁沪杭。为了不挫伤粟裕积极性,毛泽东执笔起草的复电语气委婉,有点谆谆教诲的味道,还略含讨论之意。

粟裕读了毛泽东的复电,又去向饶漱石汇报。

饶漱石捧着这份很短的电报研究了半天,最初双眉紧锁,后来眉舒目展,吁了一口气。他认为,毛主席坚持原决定,是因为我军三个纵队下江南确实是个撒手锏,乃兵书上所谓"攻其必救";宁沪杭受到威胁,蒋介石不调兵拱卫是不可能的。而最能有效、快速增援江南者,只有九江指挥所、徐州陆总所属的中原部队,其他地方远水不解近渴。但是,主席也定然看出了你建议在中原打一两个大歼灭战同样具有一定道理,这从他电报的语气可以看得出来。我建议我们一方面

---

① 《毛泽东军事文集》卷四,军事科学出版社、中央文献出版社,1993年12月版,第343页。

遵照中央决定积极做好三个纵队下江南的准备，一方面你再把暂缓过江而先在中原打一两个大歼灭战的设想进一步考虑得完善些，把留在中原打大歼灭战的可能性、好处想透，然后继续向主席禀报。不用有什么顾虑，大胆阐述自己的主张，毛主席从谏如流，我相信最后会采纳的。

三个月后，他再次致电中央，建议华野三个纵队暂不过江，留在中原与中野、陈谢兵团合作，在黄淮地区打大歼灭战。他强调，如此则可以迅速改变中原僵局。为让毛泽东认同自己的观点，他在电报中描绘了一幅美丽的远景。他说，如果中央同意自己的建议，那么打完第一个歼灭战后，"除以一部相机攻占济南外，主力则可进逼徐州，与刘邓会师，寻求第二个歼灭战。"①

这份电报发出之后，距事实上的"第一个歼灭战"不过两个月（即以攻占开封为重心的豫东战役，一口吃掉蒋军十万人）；距"第二个歼灭战"仅五个月（即攻占济南，一口吃掉蒋军十万五千人）；距淮海大战仅七个月。粟裕在电报中的"预计"不久竟全部成为现实。所以笔者有理由认为，粟裕这份电报事实上成为淮海战役最早的战役方向与战场设想了。

粟裕一再致电坚持自己的观点，引起了毛泽东的深思与重视。他不能不自省是不是轻视了我军当下在中原打大歼灭战的能力？他决定命粟裕到中央来，当面详谈他的战略理由。

四月二十一日，毛泽东致电饶漱石、粟裕以及刚从中央回华东军区的陈毅，叫他们到中央所在地河北省城南庄开会，商量战略问题。

四月二十五日，毛泽东致电西柏坡的朱德、刘少奇、周恩来、任弼时，提议召开书记处会议，议题包括华野的战略方向问题。

粟裕在城南庄刚住下来，马上就去见毛泽东。他想早一点探得毛泽东对自己建议的态度，是否有所改变。

江青正在院子里扫地。见粟裕走来，向他敬了个军礼，说："粟总好！"

粟裕赶忙还礼说："江青同志好呀！"

毛泽东听到粟裕来了，马上放下了手中的工作，大步走出屋子。在院子里迎到了粟裕。毛泽东会见党内同志，从不走出门迎送，今天是一次破例了。

粟裕赶忙立正，敬了一个标准的军礼。激动地说：

"主席，终于见到您了！"

毛泽东握住他的手，久久不放。脸上粲然笑着，说：

"欢迎你呀，粟裕同志！"又细细打量粟裕，深情地说："十七年了，十七年没有见面了呀！没有什么大变化，就是老了一点，毕竟步入中年了嘛。"

---

① 《粟裕军事文集》，解放军出版社1993年第1版，第356页。

"是的，十七年不见了，时间好快呀！主席身体很好，精神健旺，华野的同志们知道了会很高兴的！"

"华野打了那么多漂亮的大胜仗，我和中央都很高兴！回去以后向华野全体指战员问好，说我和中央很想念他们呀！"

"我一定传达主席的厚意！"

"华野同志们从七战七捷以来，为党和人民建立了一个又一个功勋，声名远播中外，连斯大林、杜鲁门都为之啧啧称奇呀。这当然首先要归功于流血流汗的广大指战员，但是没有你粟大将军的神机妙算也是不行的！"

"粟裕今天如果也有尺寸之功的话，那是得益于主席当年的教导啊！"

"啊？此话过了吧？哈哈哈。"

"在龙江书院主席给我们讲，练兵首先练政治，要把'支部建在连上'；在天子栋主席给我讲'十六字诀'，粟裕终身受益啊！"粟裕说起当年事，不禁心驰神往，感慨良多。

"啊，都过去二十年了，你还记得那么清楚！"毛泽东也动了感情。拉起粟裕的手往屋里走。"别光顾说话，我们进去吧。"

"解放战争开始以来，主席发给我的每一份电报我都抄录在专门的本子上，常常对照相关的战役，仔细阅读、琢磨，每一次都有收益呀！可以毫不夸张地说，没有主席的教导，就没有粟裕啊！"

毛主席哈哈大笑起来，不断摇头摆手。"言重了，言重了！粟裕同志太谦虚了嘛！"

在用作办公室的小屋子里坐了一个多小时，江青操持的家宴开始了：一大碗红烧肉、一大碗辣椒炒鸡块、一大碗炖羊肉，外加小米饭和河北特有的地瓜烧酒。

第二天，饶漱石、陈毅、粟裕参加了中共中央书记处扩大会。

毛泽东说："这次把华东军区的三位领导同志请来，主要是希望详细听听粟裕同志的意见。粟裕同志进步很快，不负中央所望，指挥了不少成功的战例；而且一直在第一线，最了解部队情况，最了解战场实际，所以最有发言权！中央决策应该多听听你的意见，杜绝闭门造车之弊！"

朱德笑嘻嘻说："粟裕同志，不用客气，你就再'斗胆直陈'一次嘛！"

朱德打趣的话，引得在场的书记们都哈哈哈笑起来；在场的工作人员也都一个个忍俊不禁，翕开了嘴巴。

粟裕看了看几位书记，说："我最担心的是自己偏居一隅，不了解全局，干扰了中央决策，影响了大局，那怎么得了！"

毛泽东摆了摆手，微笑道："你思考了几个月，我相信一定有真知灼见，大胆说出来，不要有顾虑，不要有保留！什么'斗胆直陈'；直陈是很好的，'斗胆'

就言重了!"

大家又笑了。

粟裕也笑了,感到轻松了许多。

粟裕接过工作人员送上的指示杆,站到壁挂式地图前,向书记们陈述他的思考。

他首先详尽地汇报了华野三个纵队渡江南下的各项准备;然后讲他几个月来反复思考的暂不过江,在中原打大歼灭战的建议。

五位书记都在认真地倾听,主席有时还往面前的本子上记一点什么。军委的三位文员则各自在大记录本上笔不停挥地记录粟裕的每一句话和后来别人的插话。

粟裕第一次参加这样最高层的会议,经历这样的场面,最初有点紧张、拘谨,后来也就适应了。他说话不疾不徐,吐字清楚,尽量少用湖南土音,恰到好处地借用地图配合自己的讲解,大家听得很清楚。

他说,中央去年十二月会议的决定我举双手拥护。我们当前的一切思考、一切运筹、一切行止,都是为了贯彻中央会议精神,加速解放战争胜利进程,尽快实现打倒蒋介石、解放全中国的伟大目标!

毛泽东微微笑了一下,他明白粟裕的良苦用心。粟裕首先强调这个大前提、总目标,是为了说明军委的分兵南进决策和他粟某人提出的暂缓渡江,在中原打一两个大歼灭战的主张,都是为了贯彻中央十二月会议精神。

毛泽东的猜测当然不会有误。粟裕接下来开始分析、比较两种战略,哪一种更有把握加速战争进程,实现中央的战略目标。

粟裕认为,为了改变中原战局,进而协同全国战场彻底打倒蒋介石,中野、华野、陈谢兵团还须同蒋军展开几次大的较量,消灭其数十万人、上百万人,这个目标才可能实现。当前,在黄淮地区打大歼灭战的条件正在成熟。在中原战场上,华野有十个主力纵队、两广纵队、特种兵纵队约莫四十万人,还有十多万地方武装;加上中野、陈谢兵团,兵力是足够的。只要统一指挥,集中兵力,打大规模歼灭战我们是办得到的。黄淮地区地势平坦,交通发达,便于敌人驰援;但是这种便利如今是敌我"咸共有之"。我们有三百辆美制"道奇"大卡车、六百多辆苏制"吉尔"大卡车,转兵也可与敌人一比高下;特种兵纵队的坦克速度也不差。敌人虽然在中原集结重兵,而重要的点和线的防守成了他们沉重的包袱,致使其机动兵力减少了很多。我军可以充分利用敌人这一弱点,设法调动敌人,创造歼敌战机。华野在中原新创的解放区在华东局精心经营下,基础十分扎实,又背靠山东、晋冀鲁豫老解放区,能够及时得到人力物力支持,前线部队可无后顾之忧。这些都是我军在黄淮地区打大歼灭战的有利条件。

如果我三个纵队南进江南,确可调动中原敌军回援;但是调动不了敌人在中原战场上的四个主力军。

这时，军委副主席、军委参谋长周恩来神情冷峻地插话问道："为什么？"

粟裕愣了一下才回答周副主席的诘问。敌人这四个军（整编师）战斗力强于蒋军所有部队，是中原敌军骨干。其中五军、十八军是蒋介石嫡系，机械化程度很高，到江南水网地区难以发挥优势，蒋介石不太可能调这两个军回防江南；七军和整编四十八师是桂系，白崇禧好不容易把它们调到自己身边，绝不会同意蒋介石将它们调出九江指挥所序列。如果调不走敌人这四支主力部队，我三个纵队又离开了中原，则中原战场势难组织打大歼灭战，战争进程也可能因而放缓。

周恩来又插话，"江南乃国民党财赋所出之区，宁沪杭——特别是南京，又是他们的老巢，命脉所系！我华野三个纵队十万之众渡江南进，又是声名赫赫的粟裕统率，国民党高层、蒋介石不慌乱是不可能的！以蒋介石性格，老巢周围突然有三只猛虎逡巡，他还会去考虑什么江南水网优势难以展开吗？恐怕他会把中原至少三分之一部队调回江南来，否则他就得考虑暂时离开南京了！至于粟裕同志上次提到的大军南下，后勤接济困难的问题，我想指出的是，我军以往曾有多次无后方作战，不也闯过来了吗？最近的战例是刘邓千里跃进大别山也是无后方作战，最后也站住了脚跟嘛！我提出这些疑问，绝不是否定粟裕同志的主张，乃是抛砖引玉，希望粟裕同志、同志们打开思路，做更全面更深入的思考！"

粟裕说，周副主席指教得很对。我也担心自己看问题陷于一隅之见，会干扰中央的重大决策。我只是把自己的愚见坦陈中央，供中央选择、决定。至于中央命令作好下江南的准备，我们已经完成，只待中央一声令下，就可出发！

最后，粟裕放下了指示杆，向在场的领导们敬了个标准的军礼。说：

"主席，各位首长，我汇报完了。"然后回到了座位。端起茶缸，喝了一大口阜平老荫茶。

会议室没人说话。此时无声胜有声，五大书记和列席的饶漱石、陈毅、聂荣臻都各自在思考华野三个纵队过江与不过江两种策略各自的优劣。

毛泽东吸完一支烟，把尚燃着的烟头权当火媒点燃了另一支烟，深吸了一口，徐徐吐出烟雾。他也沉闷了好一阵，这会儿才瞅着粟裕说：

"你说的大歼灭战，能有……预计能有多大的规模？我是说，一仗能消灭多少敌人，你有没有个粗略的估计？"

主席提出这个问题，粟裕觉得有门。抑制着兴奋，站起来说：

"报告主席，我的估计，一仗应歼敌十万、二十万，还可以更多！"

毛泽东招手示意她坐下，和颜悦色地叫他自由讨论问题，不必太拘谨。

"能够像你粟裕同志说的那样，在长江以北大量消灭蒋军主力，当然是最好不过的事了！可以减少我军远途奔袭江浙可能付出的代价，何乐而不为呢？

可是……"

会场上又是一阵长时间的沉默。

周恩来小声地对毛泽东说："要不，休息一会儿再接着讨论吧？"

毛泽东瞅了他一下，明白了他的意思，点了点头说："好吧。"

周恩来宣布休会半小时，书记处同志留下。

毛泽东补充了一句，小姚（饶漱石）也留下。

书记处继续开会。

研究的过程中，书记处四位书记都认为毛泽东主张华野三个纵队下江南，就像一柄利刃刺入敌人心脏，敌人不手忙脚乱是不可能的，不慌忙从中原抽调大军回防是不可能的。一旦如此，种种战机也就出现了，何愁中原僵局不能打破呢？所以坚持主张照毛泽东原定方略进行。

毛泽东摇了摇头：苦笑道："无论下江南也好，留在中原打大型歼灭战也罢，都要由粟裕来指挥！他这个司令官对下江南不乐意，总想在中原一两口吃成大胖子，你勉强让他去干，主观能动性不容易发挥，不好！"

周恩来问道："换将如何？"

毛泽东瘪嘴摇了摇头："谁来换？事实已经证明，军事上陈毅不行！其他同志能在军事上超过粟裕的，除了林彪，我还没有看到！何况粟裕是我们从最基层培养起来的将领，政治上过硬，军事上天资过人，正应该让他挑更大的重担，经更大的风雨，决不可换！何况他坚持的中原大歼灭战也不无道理，优势也不会太逊于江南扰敌！"

朱德说："主席说得对，主将心里有疙瘩，勉强他去干，积极性毕竟差一些；我们不妨顺他一口气，就依他的主张，留在中原打空前规模的大仗！把中野、陈谢、华野的实际指挥权都交给他！"

毛泽东拍了一掌桌子说："老总说得对，我们就顺他一口气，让他们打一两仗，看看再说！"

饶漱石趁热打铁，望着毛泽东说："主席，陈毅在华野并没有多少实际的军事责任，而粟裕的职务也一直是副职，这个可不可以有所调整？"

刘少奇点头说："小姚说得对！"

毛泽东沉吟了一下，说："陈毅到中原军区担任副司令员如何？华野的司令员、政委由粟裕继任吧！"

周恩来眉头深锁，望着毛泽东说："主席呀，这个……再斟酌一下吧？"

毛泽东说："唔。恩来，我知道你的顾虑！问题在于，个人情绪，必须服从革命利益，我想陈毅同志会想得通的！怎么样，就请你去向他解释一下中央的苦心好不好？"

休会结束，再次开会。

毛泽东待大家陆续进场坐定以后，笑嘻嘻瞅着粟裕，说：

"粟裕同志，怎么样，还坚持自己的意见吗？"

粟裕站起来，望着毛泽东，说：

"中央不论做出什么样的决定，我都坚定不移地执行，保证完成好；但是我个人还是认为分兵南进不如在中原集中兵力打大仗优势多！"

"好！既有坚定的党性，又不唯上，难能可贵！这就是粟裕！"毛泽东由衷地赞美道。"现在请恩来同志宣布中央的决定！"

周恩来说，书记处反复研究，当面听取了粟裕意见，也征求了华东局书记饶漱石同志意见，决定同意粟裕建议，华野三个纵队暂不过江，留在中原参加在黄淮地区歼敌。

书记处扩大会结束后，毛泽东、朱德、周恩来找粟裕谈话。

毛泽东对他实事求是的精神和坚定不移服从中央的原则性做了充分肯定，说真正的马列主义者就是要树立和发扬这种精神。中央要求你们在中原地区用八个月以内时间歼敌十二个旅。为了完成这个任务，中央征求了华东局意见，决定对华野的领导班子做重大调整。具体而言就是陈毅同志、邓子恢同志到中原局、中原军区工作，不回华野了；今后华野由你负责，接任司令员兼政委。你有什么意见，可以坦言。

粟裕大吃一惊，马上提出异议，要求陈毅不调离华野。

毛泽东问他理由是什么？

他说不出具有说服力的理由，就只坚持要求陈毅不脱离华野。

毛泽东似乎猜到了他的心思。与朱德、周恩来当即商量，然后决定：陈毅原职暂且不免去，但必须到刘邓那里工作；粟裕以代司令员代政委身份主持大计。

第十九章

一

东北行辕的两任主任都是好谋而断、自以为是、极端自信的人；这两位上将有不同点：陈诚狂妄莽撞，卫立煌庸懦颟顸而又想入非非。陈诚在东北的历史已经翻过去了；卫立煌的一页已然翻开，且看他如何应对日益强大而且日益咄咄逼人的林彪部队的行动吧。

卫立煌上任伊始，就做出一副胸有成竹的模样对他幕僚们说：面对非常时局，须采取非常手段，简而言之就是用急脉缓受之策，从容与敌周旋，让林彪部队兵疲师老，以待时局变化。具体而论就是，林彪采用的是围城打援的陈旧之法，我们决不可轻举妄动，上其圈套；而应固守沈阳，蓄积力量，待时局变化时再图反攻。他做出睿智的样子指出，中国东北是远东的战略要冲，美苏两国绝不会袖手旁观，他们为将其纳入自己的势力范围，早晚会直接发生冲突，从而引发第三次世界大战。如此一来，整个中国问题就解决了，何虞东北呢。所以我们当下的战略要害就是守住以沈阳为主的几座大城市，保住东北数十万兵力，特别是沈阳的二十几万人马决不可虚掷一兵一卒。固守沈阳是不会太难的，我们有足够的守城兵力、坚固的防御工事。去年共军攻打四平失败证明他们尚不具备攻坚能力。

就这样，此后无论共军攻打什么地方，无论遭到攻打之地如何迭电告急，甚至蒋介石严令派兵救援，他也稳坐泰山，不动声色，一概不予理睬。

这样的"策略"最初颇让林彪不安，以为深藏不露之下必有妙招。时日既久，几仗下来之后，才微微笑了，明白遇到了一个比熊式辉、陈诚更庸懦的对手。于是林彪开始放手大刀阔斧砍杀起来。

作为给卫立煌的见面礼，林彪发动了辽南战役。四纵司令员吴克华指挥四纵、六纵、辽南军区独立第一师攻打辽阳、鞍山；一纵司令员李天佑指挥一纵、二纵、七纵阻击可能从沈阳来援之敌；九纵司令员詹才芳指挥八纵、九纵、热河军区独立师以及骑兵师牵制和打击可能从锦州出援之敌。

一九四八年一月三十日，四纵、六纵完成了对辽阳的包围；二月四日扫清了外围据点。六日，发起总攻。激战八个小时，将蒋军暂编五十四师及一个运输团共一万五千多人全歼（其中俘敌九千人），解放了辽南重镇辽阳。

林彪在惊诧卫立煌未派一兵一卒救援之余，不再多去考虑，立刻乘势扩大战果，攻克了营口、鞍山等重镇。两地守军被歼一万五千多人；此外营口的暂编五十八师八千余人起义。

卫立煌进一步收缩兵力，固守长春、四平、沈阳、锦州。继续等待"局势变化"。

就在此时，卫立煌接到蒋介石一纸电报，使他大为吃惊。他手持那份电报，绕室彷徨，一时不知如何应对为妥。踌躇再三，觉得复电说不清楚，决定教郑洞国飞南京，说服蒋介石收回成命。

郑洞国当天就飞到了南京。而担任蒋介石的秘书工作、侍卫责任的国府第三局①人员告诉他，俞局长陪侍蒋主席去汤山温泉了。

军情紧急，郑洞国不敢疏懒，秘书叫参谋总部安排车子去汤山。

汤山的风景秀丽、温泉水的宜人，郑洞国也没心情关注这些。到达目的地，见俞济时已在洗浴所门口迎候。便一把握住俞济时手，急切地问道：

"培良兄，校长洗好了吧？"

"哈哈哈，桂庭兄急什么呀，校长还泡着呢！"俞济时叫着他的表字拉着他往里走，边走边说。"校长知道你来了，吩咐安排一间好房间，先让你泡舒坦了再说。"

"哎呀，泡什么呀，东北吃紧，哪还有这个闲情啊！"

来到客厅，郑洞国一屁股坐下，坚决不去泡温泉。

俞济时无奈，只好叫来温泉管理所卞所长，嘱咐上茶、上点心，好好侍候郑洞国副总司令。

郑洞国此时身兼数职：东北"剿总"副总司令、第一兵团司令官、吉林省政府主席。眼观六路耳听八方的卞所长岂有不了然这一切的，自然招待十分殷勤。亲自指挥漂亮女侍沏好雀舌茶奉上，精致茶点也摆放了几盘。

俞济时去浴室向云雾中的蒋介石禀报，说桂庭到了；但不肯泡温泉。

蒋介石抱怨地咕噜了一声，这个桂庭。便吩咐侍者侍候他起身。

蒋介石尚待浴后"收汗"，所以穿着又厚又长的白色浴衣出来了。

郑洞国赶紧起身立正敬礼，"报告校长，洞国奉卫总司令命令，来向您老禀报重要军情！"

蒋介石点点头，指了指郑洞国刚坐过的沙发，示意坐下说。然后半躺着把身子放到一张垫着虎皮的逍遥椅上"收汗"。

"卫总司令收到我的电报了吗？"蒋介石仰着身子眯着眼睛，冷冷问道。

"报告校长，收到了；不过卫总……"

---

① 后改称总统府第三局。

"执行了吗？"

蒋介石虽然不愿舍弃东北，但感到要在东北取胜越来越不可能了。为了保存实力，他电令卫立煌将驻守沈阳的国军主力撤至锦州一线，与原先担负锦州、山海关等地防务的部队互为犄角。这样，能守则守，不能守则在傅作义的华北"剿总"接应下退入关内，二十万沈阳主力尚可保全。这样的部署，事实上已表明他打算放弃整个东北了。

而卫立煌可不愿意这样干。他刚刚出任方面军主将不久，兵符还没摸热，就要他事实上退出逐鹿场地，再次赋闲，实在是心有不甘；况且局势并没到如此悲观境地，数十万国军在东北尚有三分之一地盘，占据着几座重要大城，只要坚持下去，国际局势必会给东北带来转机。他上任之后是把沈阳当成支撑全东北战事的战略基地来经营的，大量积累粮草，尽量储存弹药，争取能准备足够沈阳、长春等几个大据点数十万大军消耗半年以上的各种物资。他到东北之前，蒋介石也承诺要全力支持他保住整个东北，决不撤走一兵一卒。

所以他决定派郑洞国去说服蒋介石收回成命，固守东北现有地盘，坚持到局势发生转机的那天。

郑洞国当时还同他发生过片刻的争论，但他很快就将郑洞国说服了。

郑洞国请他认真考虑蒋主席的决定。郑洞国认为，东北的国军分散占据在几座城市里，城外半径二十多公里外都是共军的游击区甚至根据地，几座城市成了互不相连的孤岛。这是十分危险的，等于像一只只肥羊一样等着林彪从容地一口一口吞下去。蒋主席这样决定是正确的，乃是能伸能屈的战略家之举；正视战争失利的事实而不是讳疾忌医，先把主力撤出来，保住能战之军，休整补充，伺机卷土重来，也许还有所作为。

卫立煌苦笑摇头。叹道：要把部队从沈阳撤至锦州，谈何容易。途中要渡过辽河、大凌河、绕阳河等几道大河姑且不论，林彪会让你消消停停渡河从从容容地走吗？途中几场恶战是难免的。国军目前士气如此低落，要冲过林彪设置的道道封锁线是根本不可能的。而且共军惯用的伎俩是围点打援，这在他们是屡试不爽，而我们是屡屡上当。我们的大军从沈阳撤到锦州，必须取道共军辽北、辽西匪巢的边沿，林彪能不派大军沿途埋伏吗？恐怕走不到锦州我们就当俘虏了。那么多重武器和辎重我们不能不携带吧，而这样负重行动的部队尾大不掉，更容易被节节截断，分割包围，各个歼灭。大军失去坚城依托，等于武士被卸去了盔甲，这又失去了一成优势。所以，我军只有固守沈阳，坚持到天下大变那天。"沈阳有兵工厂，抚顺有汽油，本溪有煤炭，粮食也可以想办法——比如不断地空投，完全能够坚持下去。"（郑洞国后来回忆卫立煌说的话）

郑洞国向蒋介石陈述了卫立煌的意见后，蒋介石挥了一下手断然予以否定。

"亏他卫立煌想得出来,哼,空投!大兵团靠空投维持补给,这办得到吗?他卫俊如久历戎行,怎么连这个都不懂?只有赶快打出来才是上策!不行,必须撤出沈阳!我已命令锦州方面到时候出兵策应你们!"

"校长,洞国还要禀报一个情况:锦州至沈阳之间的沟帮子等几处要隘已被共军占领了;巨流河、大凌河已经解冻泛浆,我军大量的辎重很难通过;而且沈阳的部队缺员很多,番号也驳杂,不经一段时间整补恐难应对途中大战!"

蒋介石放下脸来,用尖利的嗓音呵斥道:"桂庭,你是国家的高级将领,怎么变得这般胆小呢?当年北伐之前,樊钟秀率几千人,从广东出发,穿越几省一直打到河南!难道你们这些黄埔生连樊钟秀都不如吗?"

郑洞国回到沈阳,详述了晤蒋的经过。

卫立煌大怒,立即召开高级将领会议,煽动大家集体抗命。

众多将领也都觉得卫立煌的意见是正确的,谁也没有把握打通去锦州的道路;何况沈阳二十万主力走了后,长春、四平的十几万部队就更活不出来了!于是都同意签名拍发电报给蒋介石,请求同意卫立煌的主张。

电报语气虽然谦恭忠顺,不失臣属之道;但内容却颇强硬,大有如果蒋介石要强迫撤离,则途中大军安危大家不敢负责之意。

蒋介石手持这份复电,心里骂了一句娘希匹胆敢要挟中央;然后踌躇半晌,也害怕激变部队,只好同意"暂保现状"。而保全东北数十万美械装备的军队,蒋介石认为比保全东北还要重要,蒋介石不愿它被卫立煌糟蹋掉。所以还是在电令中预留重申旧令的语言空间,强调"一俟条件许可,必须由沈(阳)、锦(州)同时夹击,打通沈锦路,将主力移至锦州。"

就在国民党军队的最高统帅与东北将领之间讨价还价时,林彪部署好了对四平的攻打。

早在一个月前,毛泽东就致电林、罗、刘①,乘冰雪尚未解冻,几道河上都可以自由驰车跑马的有利条件,轻装北上,夺取战略要地四平,彻底切断长春、沈阳两大据点的蒋军之间的联系,进一步剥离长春、永吉(吉林)两城,为全歼东北蒋军创造条件。

林彪确定一纵司令员李天佑为攻取四平的总指挥。一纵、三纵、七纵、独立第二师组成攻城步兵集团,"东司"(东野司令部)直属炮兵纵队的八个炮兵营负责炮火支援。

此前的三月九日,奉派到长春驻守的郑洞国接到卫立煌电令,要他去永吉劝

---

① 林彪、罗荣桓、刘亚楼的简称,下同。

说六十军军长曾泽生放弃永吉,把军队全部撤到长春。

当天郑洞国就与东北"剿总"参谋长赵家骧一起飞赴吉林。劝说了半天,曾泽生才同意撤离。但当听到当晚就行动时,曾泽生就踌躇了,表示有难度,希望给两天时间准备。

赵家骧告诫道,永吉距长春两百公里,周围都有共军出没,万一被林彪察觉了,贵军要再走就不容易了。兵贵神速,宜出敌不意,即刻离开这个是非之地。

曾泽生觉得有道理,便同意了。但他没有执行卫立煌、郑洞国的命令炸毁小丰满水电站,只将带不走的弹药堆放在附近爆炸以虚应命令。这是个功劳,共产党给他记下了。

三月十二日凌晨,东野总攻四平即将开始。

白天在阳光照射下表层微微软乎的积雪,一夜寒风的吹拂,全部凝成了坚硬厚实的冰块。负责攻打四平的十四万东野官兵就匍匐在上面。尽管有厚实的棉衣棉裤,而无孔不入的寒气依旧渗进了肌骨。但没有人顾及这个,他们手持佳木斯兵工厂仿制的冲锋枪,紧紧盯着几公里外的四平。

两百六十三门大口径远程榴弹炮、加农炮,五十多门佳木斯仿制的苏式高射炮,各纵所属不计其数的战防炮、步兵炮、迫击炮,全部在纷纷扬扬的雪花间高高昂起了炮口,就像官兵的眼睛,紧紧盯住了四平。

而四平蒋军大口径的火炮只有二十三门。

六时三十分,东野火炮开始试射。有规律的发射儿戏般在敌阵中次第爆炸,像一朵朵巨大的火花绽放,顷刻又化成了一团浓烟徐徐升空、扩散。

七时正,直射火炮开始对敌人前沿阵地进行毁坏性射击。巨大的爆炸性火光连成一片,此起彼伏;宏大的火光闪射之后,留下的硝烟越来越浓越散越大,把敌阵严严实实覆盖住了,使人一时看不清那些工事其实已经全被翻了个底朝天。

担任第一线突击的三万官兵不断扭头回望不远处的李天佑司令员;有的则不断仰望大雪弥漫的天空,盼望信号弹和照明弹升起。

七时五十分,李天佑司令员身边终于升起了一串五彩缤纷的信号弹,形成彩虹般的弧形,穿越飞雪的天空,弯向第一线突击部队的头上;紧急着,五枚照明弹射向敌人上空,将他们的藏身之地照耀得如同正午。

顿时,李天佑命令全部火炮作延伸射击,掩护步兵冲锋。仅一小时,就将敌人残存的城外城内工事全部摧毁。跟随着炮声、甚至掩盖了炮声的是十四万人马发出的激越喊声:

"为了新中国,冲啊!"

炮声可以消逝,而这振聋发聩的喊声却永远定格在东北人民的记忆中了。

早就憋不住了的尖刀排、尖刀连、尖刀营、先锋团,踩着那惊天动地的喊声,冲向敌阵。他们把标志自己前进位置的小红旗陆续插在身后，像密密麻麻射向敌人的飞镖，疾速穿行，召引大部队前进。

大部队像洪水般涌进四平。

十三日上午八时二十分，随同敌军防守司令部退缩到路东区一隅，躲进石油化工厂、晓东中学等坚固据点的残余部队，在东野的猛烈打击下，终于作出了明智的选择，向人民的军队打出了白旗。

仅用了二十三小时，攻克了这一个蒋军苦心经营的战略据点，全歼守敌一万九千人。这显示了东野的攻坚力量已今非昔比。

林彪为四平之战部署了强大的阻援部队。但卫立煌坐视四平易手而始终不敢派兵出援。

四平之战是属于东野"冬季攻势"范畴的。三个月的冬季作战，共歼灭蒋军十五万六千人，攻克城市十七座，解放了十万九千平方公里土地，切断了北宁、中长两条铁路，将蒋军压缩在长春、沈阳、锦州三个孤立的据点内。

加上此前的夏季攻势、秋季攻势，三次攻势共歼敌二十八万人。

中共中央东北局和东北人民解放军的主要领导人林彪、高岗、罗荣桓等人，为在东北与敌人展开的最后决战，在四平之战结束后，将他们的主要精力放到了部队的整顿与建设上。

一九四八年三月下旬，他们在哈尔滨召开了一系列相关会议。参加者为：东北局第一书记、人民解放军东北军区司令员兼政委、东北野战军司令员兼政委林彪，东野第二政委罗荣桓，东北局副书记兼秘书长、东北军区和东野副司令员高岗，副司令员周保中、萧劲光、吕正操，副政委陈云、李富春，东野参谋长刘亚楼、副参谋长伍修权，政治部主任谭政，全体师以上干部。

林彪在会上正式提出了部队建设的"大兵团、正规化"，着重强调了攻坚部队组织训练。他说：

"我们所处的形势已经转变了，从被动转到主动，从防御转到进攻，从分散转到大兵团聚集。我们从前的任务是怎样把根据地建立起来并站住脚，现在则是怎样解放全东北。这种客观形势和任务的变化，就应引起我们各方面的变化。军队的变化，由分散的作战到集中的作战，由不正规的作战转到正规的作战，由运动战转到攻坚战。大兵团、正规化、攻坚战将成为今后的斗争形式。"

罗荣桓在这个过程中，做了大量具体工作，付出了极大心血。林彪后来说，战争年代，他有两位最好的搭档，一位是罗荣桓、一位是高岗。特别是罗荣桓，从红军时代的一军团到抗战时期的八路军一一五师，一直合作，彼此了解信任。他们各有自己的个性、作风、优势，但互谅互让，而且相辅相成形成一组特殊的优势。林彪专务作战，其他事情一概不管。东北局与东北军区的日常工作委托高岗主持，野战军的组训与政治工作罗荣桓全盘承担下来了。在哈尔滨郊区的双城东野司令部办公室里，林彪倒坐木椅，双肘伏在椅背上，面对壁挂式地图，一呆就是半天。这是林彪每日的功课。外边的警卫员擦枪走火，子弹呼啸着冲向天空，他也不闻不问。他知道一切有罗政委处置。林彪面对地图时，罗荣桓严禁一切人进屋去打扰，一切来电、一切事务都由自己处理。甚至参谋长有事要见林彪，也须先向罗政委报告，由罗政委判断是否由自己解决。

在罗荣桓的组织下，政治部发出了关于在部队里开展诉苦运动的训令。当时《东北日报》发表过一篇题为《部队教育的方向》的社论，阐明了这项工作的重大意义：

> 诉苦运动是部队教育工作一个具有极其重大意义的创造。这种群众性的诉苦证明，罪恶绝不是单个的或偶然地发生的。大家来自山南海北，都受到同样的痛苦，都同样受冻受饿受辱挨打，这证明普天之下都存在着两种人，一种是压迫人的人，一种是受压迫的人。前一种人经过各种线索的追寻，都归到蒋介石那里，蒋介石就是他们的头子；后一种人经过各种事实证明，都归到共产党这里。共产党为人民办事，是被压迫的劳动人民的领袖。要报仇雪恨，只有和共产党一起，大家联合起来打倒蒋介石。

罗荣桓亲自推广与引导，诉苦运动在东北解放军中开展得如火如荼，这很快就引起了毛泽东的注意和极大兴趣。毛泽东亲自修改并向全军批转了这一政治工作经验。很快，全国各战区的解放军部队展开了一场新式整军运动，即"诉苦三查"运动：诉帝国主义和国内反动派给予劳动人民之苦，查阶级、查工作、查斗志。一九四八年三月七日，毛泽东在《评西北大捷兼论解放军的新式整军运动》一文中说：

> 人民解放军用诉苦和三查方法进行了整军运动，将使自己无敌于天下。

而一九四八年的东北人民解放军确已敢于称"无敌"了。在强大有力的政治工作鼓舞下，东野越战越勇，越战越强大。除了六十万野战军，还编练了三十七万的二线兵团，充分保障了野战军的兵员需求。

"辽沈战役"这一波澜壮阔的战争杰作，呼之欲出了！

二

一九四八年三月十五日午后四时，南京西华门六亩园吴公馆门外忽然开来了五辆黑色轿车和一辆大卡车；其中，大卡车上满载服装笔挺的卫兵，三辆轿车上挤满了军服鲜亮的侍卫官，一辆车上坐着国府第三局中将局长俞济时，特别长大且有防弹装甲的那一辆坐着蒋介石。

车队停下后，俞济时吩咐对整条街进行控制。然后他一个人陪侍长袍马褂的蒋介石跨进吴公馆大门。

那吴稚晖在书房里把一名十八岁侍女放在膝上，手伸进其胸前衣襟，正自摩挲。正得趣间，听门卫在房门外报告情况，吓了一跳。忙推开侍女，整理好服装，疾步往外乱窜。不料蒋介石已然到了厅堂。

"总裁……主席……这个，忽然驾幸寒舍，有失迎迓，有罪，有罪！"

见吴稚晖那紧张模样，蒋介石打了几个哈哈。打趣道：

"怎么，刚才忙什么呢？中正没有打扰稚老雅兴吧？"

怀着鬼胎的吴稚晖暗暗一惊，以为蒋介石瞧出了什么。而惶恐地偷窥了一下，又觉得似乎无他。于是努力镇定了一下自己，边答话边张罗蒋介石、俞济时落座，吩咐侍女沏龙井茶。

吴稚晖明白，通常蒋介石"召对"，都是秘书电话通知他去黄埔路官邸；像这样登门访晤，此前不过两三次，都是蒋有求于人的大事。他当然不便主动去问，只东拉西扯说了一些闲话。

蒋介石支吾了半晌，煞有介事地问起了吴稚晖对时局的看法。

吴稚晖心里嘀咕，他不可能为问这样的话跑到六亩园问我这样并不"知兵"的人吧？然则这就应该是开场白了？而主题是什么，还是猜不透。

尽管如此，也还得认真回答呀。

不料一经接触这个话题，竟真正惹动了吴稚晖的忧国之思，禁不住悲怆地摇头叹息起来。这也难怪啊，国军在全国各大战场连连失利，眼睁睁瞧着共军坐大而束手无策，时局实在不能让人有好心绪。最近十来天的情况还越发糟糕。东北的艰危不用说了，山东屡屡告急。王耀武集团的整编三十二师在周村、张店刚刚被歼，粟裕又转兵进攻潍县。陈金城率整编四十五师守潍县待援。国防部急调整编七十五师、八十四军、新编二十一旅赴济南警戒；令王耀武率七十三、七十五、八十四共三个军东进，解潍县之围。不料遭到粟裕预先安排的精锐部队阻击，无法前进。中原也很紧张。日前陈谢兵团一部与华野的陈士榘兵团合作，将洛阳包围得铁桶一般。守将邱行湘迭电求救；又闻刘伯承率中原野战军出大别山，看样子是要参与中原逐鹿。北面的阎锡山也在向南京告急。徐向前指挥晋冀鲁豫军区八纵、十三纵、太岳军区独立旅、吕梁军区独立旅，共三万五千人，将临汾团团围困。阎锡山捉襟见肘，根本抽不出有力部队去救援。而临汾一旦丢失，太原就危险了。

听吴稚晖絮絮叨叨哀叹战场颓势，蒋介石后悔向他提起这个话题，真是言不及义而又惹人心烦。便简单应付了几句，赶快进入正题。

"稚老，战场上的事，就让国防部、参谋总部去管好了；我今天有更重要的事向您老请教！"

"请教不敢当；请主席垂询吧，老朽当知无不言，言无不尽！"

"我要的正是稚老这样的态度！事关党国前途，我们都应该坦诚以言，决不能有丝毫谀假之词！"蒋介石肃然赞扬了一番吴稚晖。然后沉吟了一下，说："稚老知道，行宪国大就要召开了。我党要推选出总统候选人，稚老看推举什么人最适宜？这个是……稚老千万不要考虑中正！这个是，中正的历史任务已经完成，确实希望卸下重担，优游林下，休息一下劳累之身了！"

"主席真这样想？"

"绝无戏言！"

见蒋介石如此坦诚、如此明确，吴稚晖深感欣慰，心里慨叹伟人毕竟不同凡响，识得进退之妙，熟谙韬晦之道。便更加口无遮拦地说：

"主席这样做，堪谓古今少有的大明白人！现今中国的事，不大好办呀！主席统率全国进行抗战，取得了胜利，已成就了全民族伟大人物的形象，此刻急流勇退，真是大智大勇之举！应对现在这样难办的局势，不宜再首当其冲自己去直接处置问题；应该让别人去打头阵，自己退居幕后，留有进退空间，以便在必要时走到前台，做一个能底定全局的唯一人物。所以最好不要自己去当总统，让别人去当。主席自己仍以国民党总裁身份，在幕后控驭鼎鼐，这比自己直接当总统更为有利，也更起决定作用。"①

吴稚晖多年来都是以当"帝师"为己任而又不可得，今天蒋介石"吐渥"垂询，恍惚间仿佛自己已成帝师。昏昏然之际，口若悬河，继续肆意雌黄。进一步剖析宪制国家总统职权受到宪法诸多限制，在这个位置上不能像行宪前那样随心所欲，所以还不如不去当那个总统。

吴稚晖最后这话倒是说到蒋介石心坎里了。蒋介石今天访吴的目的正在于此。他也知道宪法对总统职权限制太多，碍手碍脚，想要动员吴稚晖像从前那样，发挥党国元老和法律专家的作用，在法律体制上帮他再动动手脚。而吴稚晖心绪杂

---

① 钱钟汉文稿《抗战胜利后我与吴稚晖的几次交往》，藏于中国第二历史档案馆。

乱，未能体悟到蒋介石真意，又说了一番对蒋介石而言是南辕北辙的话。

只听吴稚晖又说："主席去年年底有意请胡适出任行政院长，美国朝野赞赏有加；依老朽蠢见，不妨直接让他竞选总统，在政治上更为有利！"

蒋介石语气诚恳地说："稚老的高见好得很！中正本人原来也有这个意思，现在稚老这一席话让中正更明白了！"

第二天，陈布雷来找吴稚晖，说蒋介石要他起草一份不参加总统竞选的文告，还说有什么不明白的，去问吴稚晖好了。蒋介石交代这任务的时候，秋风黑脸，语气冷漠。陈布雷很纳闷，想在吴稚晖这里探得虚实。

吴稚晖将蒋介石有意退隐的诚恳性扩大了十倍，鼓励陈布雷大胆去做，说一定错不了。

蒋介石去年打算叫胡适出任行政院长是为了讨美国人欢心。当时是由胡适的老朋友、外交部长王世杰去与胡适商谈。胡适向来就有用世之志，并不甘于做学者，而是乐于做大官的；唯一的担心是国民党各派各系能否容他袍笏登场。王世杰教他但放宽心，有蒋先生支持，谁敢说三道四。胡适这才放心，从此在家里等待蟒袍玉带，一直等到半年后的今天。正要失望的时候，等来了更让他脸红心跳差点晕过去的特大好事。一心把戏做够的蒋介石，派王世杰把他秘密接到官邸。蒋介石告诉胡适，自己不打算竞选总统，将在国民党中央全会上提名胡先生为候选人。胡适晕了半天之后，声音颤抖着回答道：我听蒋主席的安排。

接下来，在一次国民党的中常会上，蒋介石要大家讨论，国民党要在行宪国大上推举总统候选人，"提谁最合适？"

"帝师"吴稚晖自以为与蒋介石有默契在先，便站起来发言，陈述了他与蒋介石商谈的意见；为了体现自己"帝师"的身份，还把六亩园的"退意"说成了自己主动劝说的结果。

听吴稚晖这么一说，大家不约而同把目光移向蒋介石。

而蒋介石脸上漠无表情，根本看不出对吴稚晖的话是肯定还是否定；吴稚晖把话说完后，蒋介石也不吭一声。熟悉其他做派的人早已看出这已经是对"吴论"的一种温和的否定了。

却偏有一名蠢汉罗家伦，以为"吴论"不诬，认定为蒋介石授意。为了拍蒋介石、吴稚晖的马屁股，马上站起来发言，大力附和"吴论"为必将名垂千古的"谠言"、蒋介石的退隐为古高士遗风。不料却拍到了马脚杆上了。他口沫横飞尚未完结，就遭到了黄埔系、CC系的围攻；有人还把皮鞋脱下向他和吴稚晖掷去。

蒋介石对这一切，全然不予理睬，更没去制止，只在那里品尝他的白开水。

罗家伦其人为蒋政权首任驻印度大使，此前此后担任中央大学教育长、校长，在美国朝野有很大市场。

陈立夫当场痛骂罗家伦为"养不家"的狗，得了国民党无数好处，不思报答，竟掉头来咬主人，实属应一棒打死的疯狗。

又有人指着吴稚晖大骂，说苍颜老贼皓首匹夫，背主求荣，还敢侧身庙堂，实属无耻之尤。

还有人上纲上线，骂罗家伦"要总裁不竞选总统，实质上是要国民党将九鼎拱手让人！你们是不是要把国家送给共产党？"

吴稚晖给骂得昏死过去。

罗家伦狼狈不堪，不知所措，索性号啕大哭，高呼冤哉枉也。

蒋介石对一切都不加制止。全场闹到高潮时，他立刻起身，拂袖而去。

吴稚晖这才省悟到自己可能对蒋介石的本意误解了。

他想把事情彻底搞清楚。便专门跑去问陈布雷，蒋主席嘱其代为起草不参加竞选文告的事。

陈布雷虽没有说是论非，但却一脸牢骚之色。对吴稚晖说，他把文告拟好呈送审阅，不料蒋介石看也没看，只说了一句先交季陶看吧。

戴传贤倒是匆匆浏览了一番。然后就掷还陈布雷，沉默不语。直至陈布雷追问"高见如何"时，才说：蒋总裁参不参加竞选总统，乃是全党的事，不能仅由他一个人说了算。

后来戴传贤要陈布雷把文告放在他那里，他先去找蒋介石谈谈，再做处理。

但文告的事此后再无下文了。

吴稚晖至此才彻底明白，蒋介石煞有介事地做出一副准备隐退的姿态，什么吩咐陈布雷起草文告，要胡适担任总统候选人，要戴传贤审阅文告稿，都是假活路，都是在糊弄世人。就像封建时代篡权的阴谋家，朝思暮想的就是黄袍加身，而到那时节来临时却推辞再三，做够了过场后才苦着脸以勉为其难的样子接受了大家的推戴。自诩为懂历史又懂蒋介石的吴稚晖，痛悔自己一时糊涂，遭到蒋介石的戏弄。吴稚晖慨叹"仙人跳"的祖师爷其实就是蒋介石啊。

一九四八年四月四日，国民党中央召开临时全会讨论总统候选人提名。

蒋介石担任会议主席。

他先讲了一套总统人选是如何重要，接着提出了候选人必须具备的四个条件：文化人、学者专家、国际知名人士、不一定是国民党员。

大家都知道，符合这四个条件的并非蒋介石，而是胡适。许多人又在猜测，蒋介石可能受到美国人压力，真心要让贤了。

吴稚晖此时变得比任何人都清醒了，明白蒋介石其实是在继续演他的"逊谢再三"的登基前的大戏。

蒋介石讲完话，不过才上午十点钟，竟宣布休会，下午三时才复会。

下午开会，蒋介石借故不到场，由何应钦做主席。

何应钦也不说什么，只叫大家讨论和提名候选人。

于是，全场热闹起来了。

特别是从三青团中央并到党中央来的一批亲英美的少壮人士，对蒋介石的独裁、对蒋政权的贪腐、无能怨气冲天，直截了当地提出由胡适作总统候选人；也有人反对胡适，提吴稚晖、于右任、居正作候选人。这些人接二连三上台发言，抢话筒，掷皮鞋，演出全武行，闹得不可开交。

吴稚晖、戴传贤、陈布雷、张群等人坐在前排，无可奈何地看着少壮派闹。

吴稚晖怕蒋介石误会自己，不得已硬着头皮上台抢过话筒发言。说自己昏庸老朽，不堪大用，岂能竞选大位；只有蒋介石才配做总统，别的任何人都没有能力掌控目下中国局势。所以大家要一致敦请蒋介石竞选才是正确的。大有"蒋公不出，如天下何"之慨。

一九四八年四月五日，国民党中常会再次讨论总统候选人问题。

吴稚晖既然参透了蒋介石的心思，决定抢在大批"劝进"者前面为蒋介石捧场，恢复自己作为蒋氏亲信的身份。于是倚老卖老，主持会议者还没把开场白说完，就抢步上台，夺过话筒。也不顾前些天的发言内容为"劝退"，拐了一百八十度大弯，提议蒋介石为候选人，呼天抢地吼叫"介公不登大位，如天下苍生何"。

吴稚晖喘着粗气下台之际，就有许多人跟着发言附和。就这样，中常会形成了一致决议。

蒋介石内心兴奋无比，表面上却逊谢再三。还当着几个亲信的面抱怨，权力如此之小、又得看议员脸色的总统，有什么意思呢。

行政院长张群心领神会，提议"赋予总统以紧急处置权"。这也很快形成了宪法条款。

这样，蒋介石也才做着"我不入地狱谁复入地狱"的样子正式接受了提名。

六日召开国民代表大会临时会议，通过了国民党对蒋介石的提名。

蒋介石收起了"逊谢"的嘴脸，在会上发表了气势汹汹的讲话。首先把提名胡适为总统候选人的人不指名地痛骂了一顿，这当然包括吴稚晖在内，也包括胡适本人（所谓"无尺寸之功，唯知吟风弄月，竟不自量力而问鼎之大小轻重焉"）。骂人结束，开始了自吹自擂。说"中正"如何追随"先总理"闹革命而矢志不渝；如何创办黄埔军校，誓师北伐，定都南京，完成了"先总理"未竟之业；又如何削平内乱，如何打败日寇。最后咬牙切齿地说："我是国民党员，以身许国，不计生死。我决心完成总理遗志，对国民革命负责到底。我不做总统，谁做总统！"

三

北平行辕主任李宗仁在三月十六日晤见蒋介石时，提出自己要竞选副总统。当时蒋介石怕桂系运用李宗仁、白崇禧在中常会里的影响，反对他蒋某人做总统候选人，便满口答应，允诺一定支持"德邻兄"。①

搞定了蒋介石，黄绍竑提醒他，还必须做通戴传贤的工作，否则戴有可能在蒋介石那里下烂药，使蒋改变主意；戴本人在中常会就极有影响。李宗仁便委托黄绍竑去见戴传贤。

黄绍竑早年是桂系军阀的二号人物，那时桂系的权力排序是李宗仁、黄绍竑、白崇禧。当年与蒋介石逐鹿中原、争夺天下，黄绍竑是桂系主要策划者之一。后来黄绍竑厌倦了刀兵，不辞而别，跑到南京，向蒋表示脱离桂系，希望求得一官半职养家餬口。后来蒋桂合作，黄绍竑又成了不可或缺的中介人。此后似乎又隐然回归桂系，至少是做着蒋介石的官儿心却向着李、白的。

一个晚上，黄绍竑突然造访戴传贤。将一尊重九点六公斤的金佛放到桌上。

戴传贤一见，又惊又喜，急忙离座，双手合十礼拜一番。然后问道：

"季宽兄，② 今晚光临，一定有以教诲传贤吧？"

黄绍竑肃然，说了一句"岂敢"，便介绍金佛来历。说金佛乃日本明治时期赤金铸造。是上个月日本和尚从东京本愿寺送到北平，原拟在北平北长安街建寺供奉。后来因建寺资金没有着落，金佛便送到了中南海李宗仁的行辕。

"德公认为，季陶先生乃吾党最虔诚的佛教徒，金佛理应由季陶先生供奉！"

戴传贤明白却之不恭，受之有愧，那李宗仁定然是有求于我老戴了。当听说要竞选副总统时，认为不过是小菜一碟，便满口答应，保证一定支持。甚至还写了一封信给李宗仁，说德邻兄配合介公，珠联璧合，乃党国之福。

不料蒋介石的总统候选人身份被确定下来后，蒋介石对李宗仁的承诺不作数了，戴传贤自然也转而去支持蒋介石支持的孙科了。

副总统一职，蒋介石何以属意于孙科？时任国民党中央秘书长的吴铁城后来向人这样解释：蒋介石一向自诩继承的是孙中山衣钵。现在确定孙科以副总统身份继承蒋介石，将来又由孙科扶植蒋经国成为接班人，孙蒋两家蝉联的局面便可形成；更重要的是孙科近年来对他蒋某人很顺从，简直就是唯蒋马首是瞻。

然而，事与愿违的情况却在党内表决孙科为副总统候选人的会上出现了。副

---

① 李宗仁字德邻。

② 黄绍竑字季宽。

总统候选人一下冒出了六个：李宗仁、程潜、于右任、莫德惠、徐傅霖、孙科；而且得票最多的是李宗仁，最少的正是孙科。

为帮助孙科击败李宗仁，蒋介石动员了党部和军、警、宪、特等全部力量，对国大代表细做思想工作，用尽了各种手段，甚至半夜三更造访宾馆酒店的房间，向代表们坦言蒋介石的意思。戴传贤也拉上于右任、吴稚晖一起劝说李宗仁退出竞选，还许以别的种种好处。但李宗仁不为所动，坚持要干到底。

戴传贤分析，李宗仁在长江以南各省有很大影响，那里的代表必会投李的票；孙科仅占有广东一省，肯定抵敌不过。便利用自己和吴忠信先后任职蒙藏委员会委员长多年的优势，多方动员内蒙古、西藏、新疆、宁夏的代表，争取他们支持孙科。

为了拉拢这些边疆地区代表，戴传贤扶病组织盛大的茶话会，教孙科与他们见面，进行感情拉拢。折腾的结果，收效不错。边疆代表们不仅满口应允投孙科的票，还要求孙科届时当场"验票"。

孙科十分感动，忙起身向大家鞠躬如仪，逊谢不敏，说不必验票，表示绝对相信各位朋友的诚意。

戴传贤高兴极了，冠冕堂皇地说秘密投票是宪法赋予诸位的权利，公开自己投票的对象更是诸位的自由。不过宪法保障于先，哲生①先生对诸位的热忱支持不疑于后，诸位似乎不必坚持"验票"了。

戴传贤活动的成果，蒋介石很满意；但是对孙科能否竞选成功，却仍感到没有把握。他认为几位副总统候选人力量，程潜、于右任不必虞；唯李宗仁势力、影响在抗战后如日中天，对孙科威胁最大。如果能劝其退出竞选，岂不省却了许多麻烦吗？他自信能劝得李宗仁同意。

于是立刻召李宗仁来黄埔路官邸"议事"。

李宗仁与蒋介石寒暄一番，刚落座，蒋介石就开门见山直奔主题。

"德邻兄，这次副总统竞选提名，有一点小小的变动，希望能得到您的支持！这个是……"

"变动？什么变动？中常会不是已经议决了六位候选人吗？"李宗仁立刻警觉起来，意识到蒋介石要玩花招了。

"是这么回事，我考虑了很久，觉得这个副总统人选，还是由哲生来作比较合适；您知道，副总统有职无权，哲生又是个公子哥儿脾性，没啥能力，正好让他来干这个虚应故事的玩意儿！"

李宗仁怫然放下端在手里的茶杯。轻轻冷笑了一下，说：

---

① 孙科字哲生。

"总裁，这个恐怕碍难从命！"

"希望德邻兄顾全大局，不可率性从事！如果德邻兄一意孤行，党内恐有分裂之虞，兄台不可不察呀！"

蒋介石这样不假商量的态度，威胁性的语气，不仅没有使李宗仁罢手退让，反倒火上浇油，燃起了他更旺的欲火，决心较量到底、拼死也要坐到副总统位子上。他强抑住愤慨的情绪，冷笑道：

"总裁，宗仁曾经向您请示过想要竞选副总统一事，蒙您惠允，许以支持之诺。此话如今言犹在耳！后来又拜托礼卿①向总裁请示，您也没有反对！这样我才展开了一系列的竞选活动，各方面朋友的帮忙也如火如荼地进行起来了。我现在就像一个演员，化好了妆，锣鼓敲响了，出了马门，而且走到了戏台的中央，总裁却要我转身进马门去！请问，我这面子往哪里放呀？"

"德邻呀，"蒋介石也意识到自己刚才态度太强硬，改换一副面孔，做出苦口婆心的样子来。"我正是为了顾全你的面子，才特意劝你赶快退出的呀！这才是不失面子最好的办法！如果你执意干下去，一旦落选，不是更失面子吗？"

李宗仁打了几个哈哈。然后用戏谑的眼神乜视蒋介石，毫不客气地问道：

"何以见得我就会落选呢？"

"竞选的事情复杂得很呢；我要是不支持，你还能选得上吗？"

"总裁，宗仁的蠢见以为，竞选和打仗一样，都须讲究天时、地利、人和！对不对？"

"对呀！这三样东西你有吗？哼！"

"宗仁有自知之明，明白自己既不占天时，也不占地利……"

"那你还竞争什么呢？知难而退岂不善哉！"

"但宗仁是个老实人，待人以诚，交友以谦，能与天下人和睦相处，所以略占了点'人和'的秋风！竞选是要靠人投票的，'人和'在这里起着重要作用，所以我有信心！"

蒋介石气得脸也青了。用长时间的沉默来抑制怒火。最后说：

"你一定要这么固执，我也不想劝你了！哼，我们看结果吧！"

两人不欢而散。

李宗仁回到傅厚岗李公馆，召来白崇禧、黄绍竑、黄旭初（广西省主席兼卫戍司令）、刘斐等若干桂系头面人物，把蒋介石的态度无巨无细详说了一遍。

大家尚未开腔，郭德洁（李宗仁妻）首先骂了起来。什么假民主、真独裁，甚至独夫民贼一类的话，连珠炮般射出。直到李宗仁呵斥了一句，她才住口。

---

① 吴忠信字礼卿。时为国府秘书长兼蒙藏委员会委员长。

她的着恼与口不择言是有原因的。司徒雷登在北平与李宗仁晤谈，传达了美国政府对李宗仁支持之意时，郭德洁在场。她认为，有美国人支持，蒋介石当不敢拆台。抱着当副总统夫人的梦想，她已为此花出去了大量的真金白银。不料蒋介石还真敢不买美国人的账，自己付出的一切，包括愿望，忽然化作东流。

白崇禧说："我们不管他，该干什么还干什么！"

但是怎么个干法，才能消解老蒋必将设置的障碍呢，白崇禧并没什么有效的主意。

李宗仁知道白崇禧带兵是好手，玩政治牌却不如黄绍竑。便把希望的目光投向后者。

"季宽有没有什么好办法？"

黄绍竑微微一笑。看样子似乎胸中已有了主意。他着意看了看郭德洁，又把目光转向李、白，说：

"嫂夫人辛苦一趟，明天去香港。登机前向记者宣称是去看望李济深！"

大家都愕然无语，不明白这是什么意思，齐刷刷把眼睛盯着黄绍竑；有的人还疑心他在开玩笑。

其实他并没有开玩笑，这个行动是做给蒋介石看的。

北伐时代李济深、李宗仁、黄绍竑、白崇禧一度结党，共同对付蒋介石的威胁，反击蒋介石的吞并阴谋。后来在蒋介石的金弹银镝分化、政治手段瓦解、军事打击之下，李济深、黄绍竑先后离开两广，桂系实力大大萎缩。但是蒋介石依然不放心，时刻提防着四个广西佬重新聚到一块来。抗战胜利后，李济深以反对蒋介石打内战为号召，团结了国民党内一批有影响的人物，在香港成立国民党革命委员会，公开反蒋。蒋介石并不怕李济深，因为李济深手上无钱、帐下无兵、脚下无地盘，只能摇旗呐喊；如果把李宗仁逼到李济深的阵营去，局势就大不一样了。李宗仁有兵、有钱、有地盘，二李合作，足以造成国民党的大分裂。蒋介石不可能不考虑这个。

李宗仁和白崇禧恍然大悟，都觉得此计大妙。

李宗仁当即叫老婆打点行装，明日一早飞香港。

白崇禧的侍卫长卞晓棣本来没有在这里插话的资格，只有站在一旁侍候的份。此刻不知哪根筋绷起来了，竟出了个别出心裁的主意，弄得大家都愣住了。他说：

"德公，部下有一个办法，保证把老蒋弄得在国内外下不了台！"

"啊？请讲！"

"如果蒋总裁继续反对德公竞选，德公可以给他个意外动作，保管让他狼狈不堪，不得不改弦更张，恭请德公参加竞选！"这下侍卫长就像个说书人样，讲得头头是道。"具体而言就是德公届时青衣小帽，由部下我陪着，夜间从后门溜掉。到下关搭四等慢车，中途下车，到部下我的一个亲戚家隐藏起来。然后南京城里我们的公馆、李公馆、黄公馆大张旗鼓四下找寻德公，弄成一个德公忽然失踪的案子。使朝野以为是蒋总裁为了阻挠德公竞选，或密捕了德公，或暗害了德公，英美两国也必会向蒋总裁问罪。那时他下不了台，定会呼吁德公现身，让步同意德公竞选。"

大家忍俊不禁，都笑了起来。

不料李宗仁却对这个办法有点兴趣，扭头瞅着黄绍竑，问道：

"小卞这想法不无可取之处！季宽以为如何？"

黄绍竑呵呵笑道："我看不必开这么大的玩笑吧！"

事实也确实如此，报纸上对郭德洁突访香港的猜测刚刚蜂起，蒋介石就服软了。他派人通知李宗仁，同意李宗仁参加副总统竞选。

接下来便是实选时的大较量了。

行宪国大是选举正副总统，自然就比以前的制宪国大规格高得多。单是大会堂的通讯部门，把在宁的党政军机关通讯人员全部用上尚嫌不够，还向电信局借用了五十多名工作人员。

此外就是吃喝规模之盛，虽未必绝后，确可称空前。南京城内的大、中型餐馆，完全不接待普通食客，只接待胸佩红绸飘带的国大代表。除了国大总务处办理的饭局外，还有参加竞选副总统的六位候选人竞相邀请代表赴宴。一位代表每天接到七八份请帖是司空见惯。夫子庙大餐厅、秦淮大酒家、六华春、老万全、卞氏饭庄等数十家大餐馆，无不天天宾客盈门，座无虚席。每个雅间，每张桌面，无不珍馐美馔山积，酒香充溢，笑语猜拳、香味、声浪达数里之外。每晚华灯初上，更是另一番景象：夫子庙整整一条街和大行宫一带，街道两旁密密麻麻排满各种牌号的小汽车，因为那两处是高档饭馆最集中的区域。就连大会秘书处的大小职员也沾光白吃白喝。有的职员干脆把老婆孩子也带来，家里熄火一个星期。报上有"吃喝俱来，恭喜发财；国大代表；领骚秦淮"一类讽刺对联频频出现。

各大餐馆、酒楼除了罗致厨艺高手精制各具特色的美味外，还附设了舞池；最著名者要数安乐酒家的舞池，既宽敞又考究。不少餐馆还临时延揽了一些美貌而口齿伶俐同时千杯不醉的女郎充当招待。堪称女招待群芳之冠为夫子庙利涉桥畔大集成酒楼的雅云小姐。这位年轻女子容颜如花，娴静温雅，举止得体，应对有节，还有惊人的酒量。她所管的雅间，每天都要预定；而每天落订者多达数十位。她的老顾客为：国大秘书处、中宣部、财政部监务总局、审计部、中央信托局。

国大会议耗资巨大，所有经费都出自国库。每一大笔款项的拨付，必须经由审计部审核方可支领。所以大会秘书处常常要与审计部打交道，宴请和塞红包就在所难免了。

有一天，大会秘书处请客，主客是审计部，同时还把审计部的顶头上司监察院长于右任也请来了。大家在大集成酒楼雅云小姐所操持的雅间，觥筹交错，欢声笑语不绝。雅云一开始就陪饮了五六位客人；每位一大玻璃杯，每杯约半斤。大集成的"梅花酒"是绍酒的上乘佳酿。香浓味醇，后劲颇大。当时秦淮河畔几家大餐馆各自酿造的黄酒都比外边商店售卖的正宗绍兴黄酒好得多。六华春酒家的竹叶青以颜色黄中透青、香味奇特见胜；老万全餐馆的陈年老雕，上口佳、劲道足，无不各具优长。

酒酣耳热之际，席间一位凑趣者说："雅云小姐，你若再敬院长三杯，院长定会赏你一副对联。"

雅云莞尔一笑，款款起身，走到于右任旁边，调侃地问道：

"院长，如何？"

院长眯着眼睛，斜睨雅云旗袍裹着的酥胸，捋着自己花白的大胡子，微微颔首。

大家哄然发出浪谑的笑声。

雅云给自己斟满三大杯酒，一口气喝完，一一亮了杯底。

举座惊呼好酒量好酒量。

于右任点了点头，端起雅云给他斟满的三杯酒，微笑道：

"老夫权饮一杯如何？"

大家七嘴八舌不同意，叫雅云捧杯相助。

雅云笑嘻嘻一手举杯，一手掀开于院长皓髯，缓缓将三杯酒次第倒入那一张缺牙少齿的大嘴巴里。

举座又是一阵狂笑。

接着，酒楼执事者把早已备齐的笔墨纸砚奉上。

雅云两腮微红，秋波闪烁，趋前轻舒藕腕，铺纸研墨。于右任装模作样，捋捋那一大部胡须，挥毫落纸如云烟，一副对联顷刻出现：

上联：玉壶买春，赏雨茅屋；下联：座中高士，左右修竹。

上款：雅云女史雅嘱；下款：于右任沐手书。

从此，大集成酒楼的雅云更是名噪金陵了。

蒋介石闻之，叹了一口气说，这个于右任真是老不正经，娘希匹。

雅云之外，国大会场有一位女代表，其风头还在雅云之上。代表们暗中把此女称为"国大之花"。其吸引力已大大超过了总统、副总统的选举了。她姓唐名舜君，略查当年南京报刊，即可见其那段时日频频列于报头刊首。

这位体态丰盈、脸盘漂亮、仪态万方、随时以笑靥待人的国大之花，其一举一动、一行一止均为代表们瞩目。本来十分单调乏味的会场，只要她一到，气氛便为之一转。代表们顿时兴味盎然，满场生春。她的座位是代表们注意力的焦点。在会议进行中，擅画的代表为她描速写的多达十几位，勾脸谱的也有七八位；以旧体诗词为韵作打油诗的则更多，其中不乏奇文妙作。

有一天，唐舜君不知何故上午没有到会，全场引颈翘首，望穿秋水；个个交头接耳猜测，议论"花"飘何处。谁还有心开什么劳什子会呢。

下午唐舜君终于到了。全场报以殷切欢迎的目光；她也善解各位期盼美意，报以粲然一笑。

这一笑可不得了，把代表们乐得无法自持，全体都鼓起掌来。

这一来倒把台上正讲话的人吓了一大跳。

蒋介石闻讯后也无可奈何，只低声咕噜了一句娘希匹，这批不自重的淫棍。

第二十章

一

孙科的竞选班子是由蒋介石组织的。他们以南京最豪华的龙门酒店（含餐饮住宿）为大本营，以CC系、黄埔系为骨干，构建了一个声势煊赫的竞选阵线。使李宗仁集团感到了很大的威胁。

李宗仁的竞选大本营设在大悲巷雍园一号白崇禧公馆。广西商人马晓军主动找上门去，要求将自己经营的金陵酒家、安乐酒家作为招待国大代表的场地。

马老板与李宗仁、白崇禧、黄绍竑是故旧，这三位又是大官，得到这个攀附机会，工作当然就十分卖力。对国大代表们招待得格外殷勤周到。每日三餐，早餐茶点，午、晚两餐筵宴，都丰盛到了令人咋舌的程度。为了方便代表们就餐，漂亮的女侍要先奉上菜单。若认为某样菜不合胃口，可随时调换满意的菜肴；若嫌筵宴太程序化，可三五人另外啸聚，或个人独酌。马老板此举深得国大代表欢心，自然也就深得李、黄、白三巨头欢心，他今后生意的发展也就有了牢固的靠山。

李宗仁在上海发表竞选演说后，马上返回南京，到安乐酒家会晤各地代表。

他的老婆郭德洁如影随形地时时跟着。

郭德洁拎一个小包，里面全是李宗仁的名片，准备随时向每一位代表奉上。当她打开小包掏出名片时，脸上总是会浮现出友好的微笑，并轻轻说一句请先生帮忙呀。

在这里，支持李宗仁的声浪很高，几百位代表争着与他握手。

他十分高兴，使尽浑身解数，次第与人握手间，着意留给人们诚实、友善的印象。

他毕竟五十七岁了。高兴归高兴，从安乐酒家回到傅厚岗家里，一屁股窝进了沙发就一动也不想动。太累了啊。

郭德洁却轻松愉快。回到家里并不休息，继续"办公"。首先从保险柜里拿出一大沓钞票，分成几沓，命副官按照地址给几位国大代表送上。因为这几位代表在安乐酒家喊出了"李副总统必胜"的口号。

四月二十三日上午，副总统的选举正式开始了。

一开始就波涛汹涌险象环生。

首轮选举的得票没有一个成功者，无人得到超过代表总额一半的票数：李宗仁七五四票，孙科五五九票，程潜五二二票，于右任四九三票，莫德惠二一八票，徐傅霖二一四票。

选举法规定，这种情况，得于次日对前三名进行第二次选举。

前三名即李宗仁、孙科、程潜。

李宗仁有点沉不住气了。散会后立刻驱车到大悲巷雍园一号的白公馆，招来大家商讨对策。

黄绍竑认为必须马上去找程潜、于右任，建立统一阵线！

第八绥靖区司令官夏威不理解，都是竞争对手，怎么可能建得起统一阵线呢？

黄绍竑微微一笑，叫着夏威的表字说："煦苍，你想一想，程潜、于右任对自己的得票率有信心吗？显然没有！这个时候我们去找他们，与他们约定，李、程、于三人无论是谁在下一轮也就是第二轮选举中得票较少而落第时，都要在最后一轮选举时把自己掌握的选票全部投给得票较多的那位。我可以断定程、于二位都会同意！"

李宗仁赞赏这个既不失朋友交情，又能吃掉对方选票从而最后战胜劲敌孙科的办法。因为他料定程潜、于右任第二轮选举得票是决不会比他李宗仁多的。

"德公，还有一支偏师我们应该借重！"黄绍竑竖着一根指头，诡秘地笑着。不待别人追问，他就用耳语的音量对李宗仁如此这般说了半响。远近坐着的人只断断续续听见了龚柏德三个字。大家当然知道龚柏德其人乃《救国日报》社的社长兼主笔。而此人能派什么大用场呢，大家都想不明白。

李宗仁听罢，脸上渐渐露出了不大好意思的笑。说：

"季宽，这个玩笑是不是开得大了点？"

"这算得了啥？号称民主典范的美国在选举的时候双方无所不用其极，所作所为那才叫卑鄙龌龊呢！你去看看马克·吐温的《竞选州长》就可窥见一斑。我们启用龚柏德这支偏师比起人家来，不过一小巫而已！德公呀，想吃羊肉就不要怕膻啊！要学美国的民主选举，就不能不把它的全部花招学上；否则是会吃大亏的！"

"好吧，好吧，那就照季宽的主意办吧！"

二十四日上午，第二轮选举开始了。

帷幕刚刚拉开就出了乱子。

在广东省代表团的座位那里，支持孙科的广东同乡们惊惶地传阅当天的《救国日报》。那张报纸头版头条除了一篇长文，还附了一幅照片，一对男女在那里亲昵。

"丢那妈，系边个搞的鬼？"陆军上将、国府参军长薛岳拍了一掌桌子，用广东大白话叫嚷起来,"查出来老子不枪毙了他冚家铲的!"

别的广东代表也跟着吵闹起来:

"太过分了!系边个搞的?丢那妈!"

"这样攻击孙哲老,手段太卑鄙了!"

"可恶,可恶,一定是李宗仁干的!"

而广西、安徽、河北等为桂系控制省份的代表却十分开心,挥舞着报纸嘻嘻哈哈,有几十个人甚至打着节拍高呼:"兰妮!兰妮!孙科!孙科!"

一时间,叫骂声、拍案声、嬉笑声、怪模怪样的读报声乱成一片。

执行主席不得不把麦克风调至最高音量,呼吁大家安静,选举马上就要开始了。

秘书从代表席上取来一份《救国日报》,呈送给执行主席何应钦。说会场上的混乱是这份报纸引起的。

原来,今天代表们坐到自己的位子上,都发现了一份当天出的《救国日报》。报纸上头版头条配有照片的文章标题有点怪,曰《敝眷兰妮》。每个人读完报纸都恍然大悟,原来是针对孙科"拆烂污"的。

这兰妮乃是花花公子孙科的情妇。抗战时两人在重庆两浮支路园庐(孙科公馆)姘居。抗战结束之前兰妮离开重庆跑到上海,打着孙科的招牌去找陈公博、周佛海支持她做颜料生意。抗战胜利后,中央信托局在上海没收了一批由德国进口的颜料,作为敌伪财产处理。立法院长孙科却致函信托局,说这批颜料乃"敝眷兰妮所有,并非逆产",要中央信托局发还兰妮。此事当时曾被京沪报纸作为逸闻丑事登载过。不料现在又被旧事重提,给揭载于报端。这对于竞选者孙科来说,简直是当头一记闷棍。

薛岳、张发奎、余汉谋三位广东大将军大怒,决定去找祸首问罪。他们率领广东代表,一径冲到花牌楼救国日报社门前。从门口的招牌砸起,一直砸到内堂的各个办公室。

不料三位大将军正要取道楼梯冲上楼去捉拿祸首龚柏德,意外出现了。

只见龚柏德站在楼上的楼梯口,端着一支左轮手枪,向房顶上砰地开了一枪,以示手中之物并非玩具。然后瞄准薛岳等人大声喝道:

"好呀好呀,不怕死的尽管上来好了!"

正要往上冲的这伙广东人霎时愣住了,个个噤若寒蝉,不知如何是好。

毕竟还是薛大将军久历戎行,比任何人反应都快,向"部众"挥了一下手说:

"我们暂时撤退!丢那妈!"

然而第二次投票早晚是要进行的。

投票的结果是：李宗仁一一六三票，孙科九四五票，程潜六一六票。依然无一人获得过半数的选票，依法必须进行第三次选举。

第三次选举之后，又经过了一些折腾。到四月二十九日上午的第四次选举，才选出了副总统。李宗仁以微弱多数击败了孙科，终于蟒袍加身。

总统就职典礼举行以后没几天，恼羞成怒的蒋介石就向桂系开刀了。

首先免去了李品仙的安徽省政府主席职，"专任徐州绥靖公署副主任"。让李品仙失去了安徽省的全部财源，其麾下近十万人马只能仰蒋介石鼻息了；然后免去了白崇禧国防部长职，使其无法再用国家资源去养肥桂军；同时免去了黄绍竑监察院副院长职，"改任"立法院委员，一个微不足道的闲官儿。

紧接着发表了一组新的任命：何应钦为国防部长；顾祝同为参谋总长；白崇禧到武汉去当华中剿匪总司令部总司令。

白崇禧认为这是把他降职使用了，当场就表示不干。

"对不起，总统，我近来身心疲惫，疾病缠身，打算到上海去治病，所以碍难从命！"

蒋介石沉默了一下，大为不悦。但明白不能谈僵，须以柔克刚；因为武汉辖区除了中央军，有不少是桂系部队，鄂东与皖西又是桂系长期经营的地盘，别人去是玩不转的。蒋介石调整了一下心绪，笑嘻嘻说：

"健生兄，华中地区战略地位十分重要，以后逐鹿中原，将成为中原战场的后盾！别的任何人是担负不了这个重任的；健生兄不愿屈就，如天下何？"

白崇禧放肆地冷笑一通，毫不客气地说：

"总统麾下能干的人多得很嘛，哪里就缺一个白崇禧呢？"

蒋介石也不生气，顺着他的话头屈指数落了一遍麾下那几个一级上将，不是已经重任在身，就是平庸无能，不堪重用。

"陈辞修不是能干得很吗？总统可以叫他去呀！"白崇禧冷不防将了蒋介石的军。而脸上秋风黑脸，显得更加不友好了。

蒋介石却显得特别耐心，特别雍容大度，反复劝说，还详陈利害。

但说了两个小时，唇焦舌燥，白崇禧就是不松口，坚决拒绝。

白崇禧回到公馆，教夫人马佩璋收拾行李，准备到上海隐居，免得蒋介石纠缠。

马佩璋满腹牢骚："德公升官，我们丢官！我们成大傻瓜了！"

白崇禧坐在那里，双眉深锁，不理睬夫人的抱怨。他在想，李宗仁当了副总统，对桂系的发展是有利还是不利，他看不到前景。他觉得自己丢官事小，蒋介石交给国防部长九江指挥所统辖的二十八个师丢失了，转移给了刘峙，他觉得眼前这个损失就够大的。今后怎么办,他不知道。

白氏夫妇到了上海,住到虹口公馆。沪西还有一套花园洋房,都是他抗战以后从日伪手中弄来的。他们的子女都在上海读书;亲朋故旧在沪上的也不少。

次日上午上海市市长吴国桢亲自到虹口公馆,请白氏伉俪到国际饭店西餐厅吃饭,以示欢迎之意。

接下来是杜月笙请吃饭、请看戏。

没几天,总统府秘书长(又称文官长)吴忠信从南京来上海了。这是专程来请白崇禧回南京接受华中剿匪总司令兵符的。

这吴忠信既是蒋介石的亲信,又是李、白的好友,在蒋、桂两方都说得上话。

白崇禧当然明白吴忠信此来何为。不待他开口,就把他的嘴给封住了。

"礼卿兄来看我,我高兴得很;只是千万不要提及武汉的事,否则休怪白某人不认朋友!"

吴忠信无奈,饭后只得快快地返回南京复命去了。

接着何应钦又去上海劝说一番,也失败而归。

端午节这天,南京树德里四号黄公馆接到电话。对方称,蒋总统请季宽先生吃饭,一起欢度端午节。

黄绍竑料定,一定是老蒋搞不定白崇禧,要叫他去上海劝驾。他把此事前后权衡了一下,有了个两全其美的主意。于是欣然去总统府赴宴。

这完全是个家宴。主客有蒋介石、宋美龄、蒋经国、吴忠信、黄绍竑。一看就知道完全是为他黄绍竑而设的。黄绍竑进一步断定自己最初的判断不差。

大家放下筷子,坐到沙发上吃水果、品茶时,蒋介石说正题了。

"这个是……这个是,季宽兄,有个难题要请您解决呀!"

"啊,总统请吩咐!"

"是这样的,健生有些误会,我想请季宽兄去解释一下。我让他暂时不做国防部长,绝没有别的意思,而是华中这个地方十分重要,需要一位深通韬略而又资深望重的将帅前往镇守。这个,舍健生兄其谁呢?至于部长一职,何敬之随时可以改任其他职务,早晚都是健生兄的呀!"

黄绍竑只唔唔连声,故作沉吟状。蒋介石又聒噪了半晌,他才问道:

"不知道总统派人去劝过了没有?"

"这个是,礼卿兄刚去过回来。"蒋介石掠了一眼吴忠信,回答黄绍竑道,"这个是,敬之也去过……"

吴忠信及时地向黄绍竑点了一下头,以示蒋介石所言不诬。

黄绍竑问吴忠信,"健生怎么说?"

吴忠信苦笑道:"我还没开口,他就把我的口封了个严严实实!"

黄绍竑点了点头，又做出沉吟的样子。半响才向蒋介石说：

　　"好吧，我去一趟试试！明天就赶火车去。"

　　蒋介石吁了一口气，微笑点头说：

　　"很好，很好！不用赶火车，就坐经国的专机去吧！"

　　"那自然更方便了！"黄绍竑说。

　　坐在一旁的蒋经国很精灵，马上趁热打铁，问道：

　　"不知黄先生何时可以启程？"

　　"随时都可以走！"

　　"那，现在是午后两点钟……我们可不可以马上动身？"

　　"当然可以！"

　　于是，蒋经国陪着黄绍竑驱车去光华门外的军用机场，登上专机飞往上海去了。

　　午后四时五分，蒋经国和黄绍竑飞抵上海。

　　黄绍竑驱车去霞飞路一一○五号黄公馆时，夫人蔡凤珍诧异地问道：

　　"晚上才有火车返回上海，你怎么……"

　　"搭小蒋飞机回来的。"黄绍竑简单解释了一句，马上吩咐蔡凤珍道，"你赶快吩咐厨子准备一桌便宴，今晚请健生两口子吃饭！"

　　"还请别的人吗？"

　　"只请健生夫妇和他们的孩子！"

　　黄绍竑当即就给白崇禧打了个电话，请白氏全家来赴便宴。

　　但白崇禧说虞洽卿两天前就已发帖邀请今天去虞宅吃饭，只好改日再聚了。

　　黄绍竑冷笑了一声，说："健生是在回避我吧？"

　　白崇禧打了个哈哈，说："我有什么必要回避呢？确实是虞某人有约在先！"

　　黄绍竑严肃地说："健生，你今天还必须暂时辞掉虞席，我有要事相商！"

　　白崇禧停顿了几秒钟，不动声色地说："季宽兄召我如此之急，不会是负有什么使命吧？一定是他教你来的！"

　　黄绍竑毫不回避，当即肯定了白崇禧的猜测；但马上又说明他自己还有别的看法要与白商榷。所以无论如何今天必须一晤。

　　白崇禧此番出走上海，是甩蒋介石的袖头子，以退为进而已；并非真正要息影田园。表面上做出一副乐于赋闲的样子，而暗里却对蒋介石的动向时刻密切窥伺。吴忠信、何应钦次第来沪劝驾，并无什么让他动心的内容，所以他坚持端着架子、拿捕。黄绍竑与李、白的关系自非吴、何可比，而且还可能有什么独到的主张，岂能不见呢。马上就说，我们一会儿就到。

　　黄绍竑哑然一笑。

一个多小时以后，白氏夫妇携子女们驱车到了黄公馆。

宴席尚须一会儿才开办出来，白夫人马佩璋和几个孩子由蔡凤珍请到花园区参观新建的游泳池；黄绍竑请白崇禧到小客厅品茗。

白崇禧喝了一口茶，笑扯扯地瞅着黄绍竑，用调侃的语气说：

"说吧，老蒋有什么新招？"

"还是你先说吧，为什么不想去武汉？"黄绍竑笑道，"真的因为嫌官儿小了？"

"哪里是因为这个呀！你知道，陈诚、顾祝同向来与我不睦，比老蒋还苛刻、还善于挑刺。我现在成了他们的下属，即使老蒋对我能够放手，他们能容得了我吗？这样干得成什么事呢？自古未有权臣在内而大将能立功于外者①！"

黄绍竑愣了一下，哈哈大笑起来。笑罢，伸出食指鄙夷地指了指对方，说：

"你别糊涂了！你还想做他的大将为他立功立事吗？正因为断定你立不了功，我才来劝你呢！共军势头越来越旺；国军一败再败，处处被动。要想扭转局面，谈何容易！我们如果死跟着他跑，其结果只能是为他陪葬。我们应该及早寻求一条出路，时机成熟了就自己干！如果德公、你白健生，还有不才老黄我都在南京城里高坐，这正是老蒋最希望看到的呀！他可以任意摆布我们的广西军队，逐步分化、蚕食，到那个时候呀我们就什么都玩完了。你以为躲在上海就能逃出老蒋的掌心吗？失去了军队你在任何地方都是他的笼中鸟！现在他给了你个难得的机会，你还不乘机远走高飞，更待何时呢？"

白崇禧听了，嘴里没说什么，却不知不觉点起头来。只听黄绍竑继续说道：

"你去到武汉，可以利用职权，把广西部队全部抓回手里来；然后逐步扩大实力……"

白崇禧听得兴奋起来，情不自禁参与到黄绍竑的思维中来，补充道：

"我先要逼老蒋答应三条！其一，扩大华中剿总的职权和区域；其二，直接向老蒋负责，不受国防部、参谋总部节制；其三，他把鹤龄（李品仙）的安徽省主席免了，必须让煦苍（夏威）继任。季宽你是知道的，安徽的财赋与兵源都不容小觑，决不能丢失！"

"说得对，不愧是小诸葛嘛！"

"我们广西部队的张淦兵团、徐启明兵团必须首先调到华中；另外，河南的张轸兵团也必须抓住，这个正在广西化的部队不可放脱；黄埔系在华中带兵的将领李默庵、刘嘉树、黄杰都是湖南人，可以物色一个信得过的湖南黄埔生去统率他们。"

"你是说，陈明仁？"

---

① 语出《宋史》。

"对，正是此公！他防守四平的时候，颇能接受我的意见，对陈诚大为不满，对老蒋也喷有烦言。陈诚以贪腐为名，追究他盗卖十五吨军用黄豆的事，撤了他的职。他对陈诚、老蒋都愤恨不已。我去看望过他。他穿着长袍，宣称不再做军人了。较长一段时间以来，我对他着意笼络，应该说建立起了一定友谊。我打算把他带到武汉去，让他先作武汉警备司令，然后升他作兵团司令官。下一步派他到湖南去，为我们看守湘桂大门。这样考虑，季宽兄以为如何？"

"太好了！你去坐镇华中，抓住了兵权，待老蒋无法应付乱局之际，我们就可以逼他下台，把德公抬出来收拾残局！"

"正是这个意思！"

二

在南京参加国大的王耀武是总统就职典礼之后蒋介石接见的第一位前线将领。由此可见蒋介石对山东战场的揪心，对济南防务的牵挂。

蒋介石没有多谈什么题外的废话，直接进入主题。

"佐民①，军事检讨会两个月以后就要召开了。到时候希望你准备一个有分量的发言，把山东的剿匪作战，尤其是济南这个战略要隘的防守，一段时期以来的得与失，报告给大家。一者把你的成功之处向全国各战场推广；二者让大家指出你的缺陷，给你出出主意。你觉得如何？对了，关于济南防守，你有什么好的想法吗？"

王耀武在沙发上只坐了半个屁股，两手平放在膝盖上，直挺着上身。听见蒋介石垂询，皱起了眉头，似有为难之色。

蒋介石含笑鼓励道："不要有什么顾虑，大胆说吧！"

王耀武略踟蹰了一下，说："济南的方针，校长早已经决定必须固守；学生再来说三道四，恐不相宜吧？"

蒋介石脸上的笑容渐次淡去。他似乎意识到了王耀武要说什么，也许是与自己的决定唱反调。心里一阵不悦。但既已让他不要有什么顾虑，那就且让他说出来听听。

"不要紧，畅所欲言吧。"

王耀武又沉默了一下，迅速捋顺思路。然后看了看蒋介石，鼓了鼓勇气，把自己的想法和盘托出。

"校长，我军的重点进攻山东失败以后，粟裕不断兴兵窜扰，学生所指挥的部

---

① 王耀武字佐民。

队伤亡越来越多。从今年三月到现在，短短两个月的时间，在胶济铁路上，我第二绥靖区就伤亡了八万多人。由此学生感到我们还没有完全克服处处设防以至兵力分散的弊病。这样是最易为共匪各个击破的！况且，当前济南的军事处境又十分孤立，只靠现有的部队要守住济南是很困难的。所以，学生建议放弃济南，把济南一带的部队撤到兖州及其以南地区，与徐州部队背靠背布防，巩固徐州至兖州的铁路交通，以利尔后的作战。"

"不要再说了，我明白你的意思了！"蒋介石不待他说完，就打断了他的话。"你这个看法是要不得的，没有从全局考虑，只是你一隅之见！我和何部长、顾总长研究了很久，都认为济南必须固守！这个是……有三个理由：其一，济南是山东的首府、华东的战略要隘。济南至徐州的铁路已经修复，军事血脉畅通无阻，为什么要放弃？同时，为了不让华东与华北的匪区连成一片，不让他们控制铁路交通，也必须保有济南。其二，为了不使青岛的美国海军和陈纳德航空队陷于孤立，也必须守住济南。特别是陈纳德航空队，一年多来为剿共戡乱提供了无数次空中支援，从道义上说我们也不应该丢掉济南。其三，情况紧张时，我们有能力为济南解困。为什么要不战而弃呢？济南如果遭到围攻，我会亲自督促强有力部队迅速增援。只要你坚守不退，援军定可及时到达。为了确保济南，必要时我会给你增加部队。不过，打仗主要靠的是士气。欲要鼓励士气，首先是你作主将的不能气馁。你要明白，我们屡战无胜，都在于士气低落啊！你们如果不发奋努力，以后大家都会死无葬身之地！"

后来，为了让王耀武进一步坚定意志，又叫新任行政院长张群、国防部长何应钦分别召见王耀武，给王输氧打气。

不料张群的"士气"还不如王耀武。谈不到几句就抱怨说：

"总裁——不，总统老是责怪政治配合不上军事；兵源不足、粮食困难也要责怪我们。军队一打就败，地盘不断缩小，这样一来自然兵源就会越发枯竭、粮食也无处征集。这个是恶性循环，长此以往，危险得很呢！"

何应钦更是怨气冲天。对王耀武也毫不客气，完全是用冷嘲热讽的口气说话。

"你数一数，抗战胜利后，我们与共产党作战以来，我们的将领给共产党送了多少礼？你王佐民司令官也送了不少嘛！陈辞修曾经夸下海口，保证三个月、六个月就灭掉共军主力！现在打了两年多，不但没有灭掉人家的主力，我们自己倒是被人家吃掉了两百多万！照此下去，不堪设想啊！我对你没什么特别的嘱咐，就只希望你守住济南，不要再向共产党送礼了！"

何应钦说的情况一点不差。战争进行到此时，蒋军的总兵力在急剧减少。据共产党方面的统计，蒋军两年间共损失两百六十四万人。其中被俘一百六十三万人，死伤九十六万人，起义共七万多人。此后算上重新补充的新兵，总兵力从内战初期的四百三十万下降到三百六十五万。其中正规军一百零五个整编师（军），共一百九十八万人；非正规军五十三万人，特种兵、海军、空军共四十五万人；后方一百七十四万人。具体分布为：东北卫立煌集团三十四万人，另有非正规军十万人；华北傅作义集团二十八万四千人，另有非正规军十一万人；西北胡宗南二十六万八千人，另有非正规军五万人；华中白崇禧（候任）集团二十六万七千人，另有非正规军十万人；徐州刘峙集团五十万四千人，另有非正规军二十余万人；山西阎锡山集团正规军共七万人。除上述五大战场之外，在长江上游、大巴山以南、兰州和贺兰山以西的广大地区，总兵力约二十三万人，战斗力都较弱。

而共军的情况正好相反。两年来共损失近八十万人（包括五十五万伤兵）。但是，先后有一百一十万翻身农民参军，加上四十五万伤愈归队的官兵，另有八十多万蒋军俘虏自愿参军，总兵力已由战争初期的九十多万发展到两百八十万。其中，野战军四十九个纵队（军），一百六十八个步兵师，五个骑兵师，三个炮兵师，二十个教导团，九个补训团，两个装甲旅，总兵力一百四十九万；地方军区的部队总共一百二十五万。南方各省游击队共四万多人。最近又发生了一件值得注意的事：刘伯承部出大别山威压中原，虽只有残余人马五万，却有收纳陈谢兵团八万人马的趋势。而且他们成立了中原局和中原军区。据情报称，毛泽东将大别山和陇海线以南长江以北直至川陕边区都划给了中原局。中原局书记为邓小平，陈毅、邓子恢为副书记；刘伯承为中原军区和中原野战军司令员，陈毅为副司令员。

这些情况在两月后召开的军事检讨会上都在蒋介石鼓励下坦率地提及。

在蒋介石的同辈而又是他亲信的将领中，除陈诚、顾祝同、刘峙、钱大钧外，最受他眷顾的就是张治中了。张治中在国共对立中是著名的鸽派；在国际关系方面也主张美苏并重，反对向美国一边倒。其理由是若要中共就范，国府必须邀好苏联，由苏联向中共施加压力必会发生奇效。国大召开前他曾请苏联驻华大使罗申①到他在南京的家——沈举人巷一号会谈，就中苏关系的改善问题交换意见。这份会谈文件由外交部苏联司司长卜道明担任记录与翻译，整理后送交罗申过目，定名为《罗申、张治中会谈纪要》。这时张治中早就离开了军政部长职，远赴西北担任新疆省政府（迪化）主席兼西北行辕（兰州）主任。回南京参加国大、选举总统期间，就时局问题找了几位故交好友交谈。

张治中后来在他那本厚厚的回忆录里说："由于内战愈打愈烈，国民党统治区域的政治、军事、经济一切已露出崩溃前的征兆，而蒋也始终拿不出决心来采取果断的措施。在那种低气压的环境下，心情的苦闷真是难以形容！找朋友商量商

---

① 是时罗申尚为苏联使馆武馆。

量吧，谈得来的又太少，可以说只有邵力子一人。上述机密建议①在给蒋看之前，我曾先给邵先生看过。"

张治中是把邵力子邀到他的公馆即沈举人巷一号看这份所谓"机密文件"的。邵力子乃"党国元老"，也是鸽派人物。

邵力子看了文件后，不无忧虑地看着张治中，说：

"你在这里面说蒋先生一边倒亲美，这话是不是太重了些？我担心他会生气！"

邵力子劝他修改一下，把一些过于坦率的语言改得婉转一些。他沉默了一会儿，表示考虑考虑。

过了几天，邵力子在国大开会间隙碰到他，低声问道：

"修改了没有？"

"一字没改，就那样呈交他了。"

"啊，你太冲了！他有没有什么反应？"

"没有反感的情况；还表示有兴趣改善对苏关系，说是可以侧面试试！"

邵力子放心了，高兴起来。沉吟了一下，问道：

"假如蒋先生同意派人赴苏，你推荐谁去？"

"最好请孙夫人（宋庆龄）去！假如请不动，只好你去了。孙科要不是近年的反苏态度，倒是合适的。"

而结果所谓对苏谈判也是"无疾而终"。

军事检讨会是一九四八年七月底至八月上旬召开的，历时七天。地点在国防部礼堂。参加者除了蒋介石、何应钦、顾祝同这三个军事首脑之外，各主要战区的主将、陆海空军的一线将领、国防部和参谋总部的厅局主官都到场了。会议由蒋介石、何应钦、顾祝同轮流主持。

八月三日蒋介石在开幕式上的发言，表现出痛心疾首的情绪。他把两年来军事上的惨败，完全归咎于战场指挥官的贪腐、贪生怕死、缺乏奉献精神、缺乏指挥才能。

"我们在军事力量上本来强过共匪十倍、二十倍。制空权、制海权完全掌握在政府手中，论形势远较过去在江西剿匪时有利。但是由于在接收日伪物资的时候许多高级军官大发接收财，奢侈荒淫，沉溺于酒色中，以致将骄兵惰，纪律败坏，兵无斗志。可以说，我们的失败就是从接收开始的！"他用警告的语气说："现在共匪的声势日益浩大、日益猖獗，大家如果再不警醒、再不奋起，到明年的这个

---

① 即《罗申、张治中会谈纪要》。

时候我们能不能再在这里开会都成问题！一旦共匪控制了中国，吾辈将死无葬身之地！""本来抗战胜利以后，我个人的事业可以告一段落了，我完全有资格优游林下，过闲适的生活；但是我担心你们搞不过共产党，不是共产党的对手，以后生活无着，没有饭吃。为了你们能有个立足之地、有一碗饭吃，我又才被迫勉强带领大家继续奋斗！不料我军很多将领不争气，军队士气低落，屡战屡败，这使我非常难过！"最后他又慷慨激昂地说："但是我既然已经负起了责任，我就一定要为本党同志和广大官兵的生存奋斗到底！希望大家不要辜负我的期望，团结起来，发愤图强！"

蒋介石这一番披肝沥胆之辞，感动了与会的不少人。当天下午分组会上讨论时，就有人这样说：

"上午总统讲话，太沉痛了！"

"是呀，我心里又难受又愤激！"

"是呀是呀。不过，"也有人这样说，"话很沉痛，但是说担心大家没饭吃，是不是说得过了，有失体统？"

第二天上午是对一九四八年上半年几个较大的战役进行检讨，寻找失败的原因。着重探讨的是胡宗南部刘戡指挥的宜川战役（刘戡阵亡，三万多人被歼）、刘茂恩、李仲辛、区寿年指挥的豫东战役（共九万余人被歼）。与会者都明白胡宗南乃蒋介石亲信中的亲信，所以对他的无能，只轻描淡写地说说就算了；不少人十分反感邱清泉，集中火力炮轰他的骄横跋扈以及当区寿年兵团被围时坐视不救的行为。

这个上午，蒋介石亲自授给黄百韬青天白日勋章，以表彰其救出了区兵团的一个师，谓为战功卓著。

然后黄百韬报告帝邱店战斗经过；第五军高吉人军长报告其奉命解榆箱堡之围的经过。

讨论睢杞战役①惨败时，直接参与者或间接参与者居然不是吹嘘自己就是开脱自己，并未去反省失败的原因。

上午十一时蒋介石训话，占了一个多小时。最有趣的只有几句话。他拿起面前案上的一本书，不无轻薄地挥了挥，说：

"共产党阴险暴戾、深刻精至、机警疑忌、严密笃实，如此而已！共产党并没有什么了不起，只不过懂辩证法。你们以后对辩证法要好好研究，才能对付他们。这次我发一本辩证法给你们，希望你们回去认真研究！"

他的秘书当场人手一本发放给大家的是黑格尔的辩证法，并不是唯物辩证法。

---

① 中共称"豫东战役"。

尽管如此,也没人读得懂。回家后不是束之高阁,就是扔进废纸筐。

下午分小组讨论共军作战方法。

陆军大学教育长徐培根趾高气扬地发言,大谈其包围不如突破的理论。据说这是他编写的教材,在教坛上贩卖过多次了。

在场者不少与共军较量多年,感觉他全然是纸上谈兵。有人当场指摘他对共军战法一窍不通。共军一般无固定阵线,"打不赢就走",人家不接受攻击,不接招,走得鬼都没一个,你突破什么呢?对方秉承"打得赢就打",总是窥准你的弱点,集中数倍优势兵力,疾风暴雨般将你包围,"其势险,其节短",① 你还来不及稳住阵脚,人家就已将你解决了。这就是共军的速决歼灭战。这样的闪电行动,你"突破"个球呀。

会议的第三天,国防部长何应钦作军事形势报告。

这是会议期间最紧张的一幕,因为触发了深藏着的蒋介石与何应钦的矛盾。

何应钦报告的头一段是攻击共产党、共军,企图把内战的责任推给对方;第二段指点着悬挂墙上的军用地图介绍各个战场的态势,着意指出国军无处不处于劣势;第三段是用确凿的数字揭示了在场者未必了解的可怕情况,比共产党所公布的数目还多。那是两年来戡乱作战损耗的数字:兵员的阵亡、被俘、失踪总共三百四十六万五千二百一十八人;步枪一百余万支,轻重机枪共七万多挺,山炮、野炮、重炮共一千余门,迫击炮、小炮共一万五千余尊;还有不计其数的坦克、装甲车、汽车、通信器材、多如山积的各种弹药。

何应钦披露这些数字的意图在于,蒋介石三年前完全褫夺了他的兵权,把他驱逐到美国去当中国军事参谋代表团团长,因此军事上的失利应由蒋介石和陈诚去负。局势是他俩搞糟的。言外之意显然是:如果何某人当时还在权力中枢,情况将会完全两样。

何应钦的报告引起了极大的震动。有人说,这个仗实在不能再打下去了;更有人说,陈辞修太可恶了,这个仗就是他极力主张打的!当初他保证三五个月就灭掉共军主力,结果弄得一败涂地,他应该负完全责任;也有人说,党国存亡和美国息息相关,应赶快催促他们出兵。

蒋介石这天并没有到会。

次公子蒋纬国上校始终在会场上,无疑要将全部情况向父亲汇报。

此外蒋介石还特别安排了两名侍从秘书守在会场上,记录每个人的发言、观察会场的大小情况。何应钦报告的内容以及与会人员的情绪,他们在散会后就向蒋介石做了详细禀报。其中一名秘书叫曹圣芬,是宋希濂的湖南同乡,后来在闲

---

① 《孙子兵法·势篇》云:"故善战者,其势险,其节短。"

聊时把蒋介石的反映聊给了宋希濂。他说：

"我们两个秘书把会场情形、何部长的报告向先生细禀时，先生气得满脸通红，两手撑着腰在屋子里走了许久，嘴里咬牙切齿地咕噜着什么，我猜一定有娘希匹之类的！"

第二天，也就是会议的第四天，蒋介石特意穿上了军服，佩戴他自己发给自己的最高勋章，驰往会场。

进了会场也不向任何人点头招呼，气势汹汹冲上讲台。恶狠狠扫视全场，似乎牙齿还咬得格巴格巴响。看他那神情，大家都担心他也许会骂起娘希匹来。最后终于没有骂出来，毕竟是会场，又当着那么多的人，看来基本的克制能力他还是没有丧失。不知过了多久，他才开始说话。

"我自黄埔建军二十多年以来，历经许多的艰苦危难，任何时候都抱着大无畏的精神和百折不回的决心，坚持奋斗，终能化险为夷，渡过种种难关。抗战胜利以后，戡乱剿匪，军事上遭受了诸多挫折，这当然是不容讳言的事实。但是今天最重要的是什么？是津津乐道于我们损失了多少部队，还是夸耀敌人锐不可当？显然不应该是这些！今天最重要的是我们大家要同心同德，共济时艰，抱定有敌无我、有我无敌的决心，激励士气，来挽狂澜于既倒，去夺取胜利！而不是一味地互相埋怨，什么陈辞修怎样，刘经扶又怎样，甚至蒋中正又怎样。更不应该互相倾轧，什么斩谁谁谁的头以谢天下。胡说八道嘛！尤其我们这些高级负责人，更不能丧失信心，处在这样的风雨动荡之际，更宜力持镇定，决不宜有丝毫悲观失败的情绪和论调，以至影响士气、影响全局！"

这一席话，有不少是针对何应钦的。而何应钦坐在主席台上，表情漠然，镇定如常。动心忍性的功夫真好。

蒋介石批评别人达一个钟头。最后说：

"现在我们在军事上，海、空两军占绝对优势，陆军还有几百万；经济方面，我们有九亿美元的基金，长江流域地区物产丰富，粮食绝无问题；政府仍然占有很大的地区，有众多的人力可以征调。就总的力量对比来说，我们仍然比共产党强大，完全没有任何悲观失望的理由！盖'破山中之贼易，去心中之贼难'（曾国藩语），现在最要紧的是要打破广大官兵的'恐共'心理。"

他接着讲了一段曾国藩、胡林翼、左宗棠、李鸿章等清廷鹰犬镇压太平天国及捻军革命运动的历史，勉励大家同心同德，"矢勤矢勇，担负起削平大乱，挽救国家民族的重大责任！"

会议的第五天和第六天，是与会者登台发言。只要预先向大会秘书处交个条子，说"我要发言"，就会得到安排。据若干与会者后来的回忆录说，这两天几乎所有发言的人，都是申诉本部队处境的艰难，向国防部要求补充兵员、增加部队、要军粮、要器材、要车辆、要弹药就是全部内容。

封疆大吏张治中当然不会伸手向何应钦要什么；他的发言另有特点，同样也不让人愉快。他除了讲新疆的情况外，讲了三个让蒋介石十分烦恼的问题。

他回南京途中，路过兰州、西安、武汉，会见过不少军官。这些军官无一例外都认为戡乱作战很艰难，部队上上下下充满了悲观厌战的情绪，大家都不明白为什么一定要打这个仗。是呀，师出无名，拿什么来提高士气呢？此其一，现在几百万元的法币抵不上一块银圆，而物价仍还在逐日飞升。老百姓叫苦连天，怨声载道，对政府的向心力一天天减少，离心力一天天加大。若再不设法稳定物价，安定人心，战场上的颓势是挽回不了的。此其二，其实第三个问题与第二个问题是紧密相关的。由于物价飞涨、待遇太低，士兵吃不饱、穿不暖、面黄肌瘦、萎靡不振；许多中下级军官的月饷（都不会发给银圆，一律用纸币支付）不足以维持家属最低限度的生活。军官们利用手中权力和枪杆子干些非法勾当以弥补家庭，实在情有可谅。但这样的军队能进行大型战争吗？

会议进行到第七天，当晚蒋介石把钱卓伦中将叫到官邸。这钱某人是参谋总部总长办公厅主任，这次大会担任的是秘书处处长。大会的重点发言都由他来审核，认为有价值的也由他决定印刷并分发所有的与会者。

蒋介石没叫他坐，把一份印刷品当胸甩给他。叫着他的表字呵斥道：

"企裴，你这个是搞的什么名堂？"

钱卓伦大惊，赶快从地上捡起来。展开一看，原来是九十三军军长盛家兴的发言稿。他反复看了几遍，却怎么也没看出问题。抬头困惑地瞧着蒋介石，说：

"部下不明白，请总统明示！"

"你怎么这么蠢呀？你看看上面对共匪是什么称谓？这个是……还有那么多对共匪溢美之词！"

"可、可、可人家盛军长原话就是那样说的呀！"

"你就不可以修改一下吗？什么'解放军'、什么'军民一家'，这种字眼居然出现在我们的印刷品上！"

"部下这可是执行总统事先的垂示！"

"胡说八道！我什么时候有过这样的混账'垂示'？"

"总统说，这次检讨会要提倡畅所欲言，言无不尽；又特别垂示秘书处印发别人的发言稿，不许擅改，要保持原貌！"

蒋介石顿时语塞。记起了确乎有过这样的"垂示"。他狠狈地在屋子里窜了几个来回，只好挥了挥手说：

"你还强词夺理！这个是，你走吧！"

原来盛家兴军长作为前线将领，作为与共军打了多次仗的军官，大会发言时说了不少真话。当然，出发点还是在于寻找戡乱作战对付敌方的办法。他说"解放军注重军民一家，尊重人民利益，在这方面纪律十分严明。由于有人民的帮助，他们对国军的动态洞若观火；此外，战斗力旺盛，具有牺牲精神，战术也灵活巧妙。国军今后要想取胜，必须效法解放军。首先是，千万不要跟地主搅和在一起，因为那会让老百姓把我们看作地主的护院家丁！决不能伙着地主去损害人民利益，要全力以赴地争取民众的同情，这样才不会成为聋子、瞎子；要效法解放军经济公开，严禁公款吃喝，纪律严明，才能提高士气……"

蒋介石还没读完这份发言记录就勃然大怒，骂盛家兴公开为敌人歌功颂德，精神已当了人家的俘虏；又骂大会秘书处，"这种东西，怎么不加研究就印发了？不长脑筋，不负责任！"

第二十一章

一

这天下午四时许，劳春亮踱到覃正侯办公室。笑嘻嘻地邀他一会儿下了班去一个地方，办一件"好事"。

覃正侯问什么"好事"。

劳春亮诡秘一笑，偷偷窥视了坐在不远处的孟淑贤一下。低声说不能提前告知，去了那个地方就知道了。

覃正侯明白劳春亮所谓"好事"不外乎风花雪月与钱财。本不愿奉陪，但他刚进门时与孟淑贤相视一笑的神情、眼风让他心里动了一下，便决定应允了。

平时劳春亮来到这间屋子时，孟淑贤要起立向他问好，毕竟军衔高出了四五级；今天却不是这样了。孟淑贤不仅没起身，连问安的字也不吐一个，两人目光相接时的那种表情只有双方共同在从事什么诡秘之事、默契颇深才会那样。莫非他们有了瓜田李下之事？不，不可能。他随即又否定了自己这种猜测。以劳春亮白白胖胖的外貌与并不高的职级、俗不可耐的境界，孟淑贤不可能轻易委身。那么两人之间发生了什么，有了什么样的默契呢？他觉得奇怪了。难道会是什么机密的公事？劳春亮早已调到总长办公室担任治安科长，负责参谋总部系统的安全保卫。会不会与这项业务有关？

下了班，两人按约定在参谋总部大门外会齐。

覃正侯故意做着无兴无趣的样子，懒懒地瞅着劳春亮，问他究竟有什么事。

劳春亮笑嘻嘻地乜视他一下，向不远处的黄包车招了个手，然后小声说：

"到大集成酒家，叫雅云小姐陪酒！怎么样？"

"我以为什么了不得的大好事！嘿，色鬼，真是色鬼！"覃正侯笑着大摇其头。"不可救药呀！"

劳春亮哈哈大笑。伸手示意登车；他自己也一边抬起腿登上了另一辆黄包车，一边向车夫说：

"大集成酒家！"

进了大集成酒家大门，劳春亮就向迎过来侍候的堂倌说，开个雅云包间。

堂倌谄媚地笑着把他俩请上楼去。

来到标有"雅云三"字样的包间房门前，堂倌轻轻推开门扉，立刻闪至一旁,伸手延请两人入内。

堂倌脸上堆起了抱歉的笑容,说不巧得很,雅云小姐一早就被于右任老院长的车接到汤山温泉去了。

劳春亮听了,愣了一下,满脸失望之色。说,那我们还待在这里干吗,不如去也。

雅云不在,正合覃正侯之意。他陪劳春亮吃饭,是想借机探问别的事情。便笑道:

"既已来之,难道酒没饮、饭没吃就让我走?好没道理!"

"两位爷且请宽座,"堂倌郑重地说。"雅云小姐也快回来了!一回来,小的马上请她来陪二位爷!"

"休得聒噪,快把菜单拿来!"覃正侯说。

两人各点了几样菜。黄酒当然是少不了的。

覃正侯了解这位劳春亮的酒量与酒品。没醉的时候,嘴巴是很紧的,凡涉及他负责的机密事,一个字也不会吐露;大醉的时候,他即便是愿意吐露也吐露不出来了,因为已然醉成了痴呆状态;而当半醉的时候,其身心便进入了极乐世界,其人也从而变成了"快嘴李翠莲",即使你不愿听,他也会强迫你听,而且搜肠刮肚把自己知道的秘密全部倒出来。覃正侯心里做好了准备,今天就要不动声色地营造这个境界,弄清这厮与孟淑贤究竟有什么猫腻。

当红烧虾圆、葱爆银鱼等热菜取代了苏味香肠、糖醋鱼段等冷盘时,大集成酒家自酿的绍酒"桂花金汤"也消缴了小半坛。

覃正侯明白,这样的量远不足以让劳春亮丧失理智,只能活跃他的说话神经;而这个阶段所说的话都不会涉及机密,把握分寸的能力尚健全存在。为了不让其往风花雪月的范畴绕,也为了让其逐渐靠近应该靠近的话题,覃正侯刻意推动他去谈论时局。

"听说经国先生到上海出任经济督导员去了,你对这事怎么看?"

劳春亮听了,微微笑了。看来这是他十分了解的事,也是他愿意谈论的话题。他喜欢卖弄自己比别人知道得多。他把已经端起的酒杯放下,打开桌上的银灰色金属烟盒,抬出一支烟。吞吐了一番之后,才说:

"首先要纠正你的一个说法!经国先生到上海不仅是经济督导员,还有一个重要职务是反腐倡廉特派员!也就是说,不只是要整顿上海经济乱象,还要收拾上海官场的腐败分子,纠察官商勾结、遏制贪腐之风。"

覃正侯边听他说,也替自己点燃了一支烟。见他说了那么几句之后,就边吞云吐雾边得意地乜视自己,那神情仿佛是说,怎么样,这个情况你小子不知道吧。

"你还没回答我的话呢!"覃正侯说。

"什么？"

"我问你怎么看这件事？"

"啊，这个很简单呀！我问你，经国先生是谁？当朝太子呀！他出面去整顿经济、反腐败，谁敢设置障碍？吴国桢敢吗？"

覃正侯微微冷笑了一下。吸了一口烟，品味了一番，徐徐吐出烟团。

"怎么？"劳春亮瞅瞅他，诘问到，"难道我说得不对？"

"不是说得对不对，而是此事没你说的那么简单！"

"有什么复杂的，"劳春亮将袅袅香烟暂放在烟缸上，提起筷子夹了一块大虾圆子塞进嘴里，边嚼边含糊地说话。"且说来听听！"

"法不责众，这话你总不会不明白吧？且不说金融乱象、物价飞涨、贪腐横行，其背后有各方面大佬操纵；只说参与其中的人数就足以让有识之士望而却步，绝不敢有小蒋那样的信心！莫说小蒋，就是总统亲自去办，恐也只能望洋兴叹了！现在是无官不贪、无商不奸，大面积的坏掉了，纵然小蒋有胆量惩治几个大佬，也远远解决不了问题；贪腐与金融投机的土壤还在，你总不能永远都抡起锄头除草吧，然则春风吹又生是谁也遏制不了的！更可笑的是企图用几个空洞口号去倡导风气，什么新生活运动、什么三民主义价值观，能有作用吗？"覃正侯用一句古文作结论，"徒增笑耳！"

劳春亮觉得覃正侯所言，似亦不无道理。但其咄咄逼人的语气让他不大服气，抢白道：

"你把天下说得那么黑暗，那你就拿出点可以漂白它的办法如何？"说着就调侃地冷笑了几声。

"总统当年都拿这个贪腐没办法，区区如在下者能有什么办法呢？"

"总统当年……这个，我不明白！"

"怎么会不明白呢！总统指示一批黄埔生组织力行社也叫复兴社而被外间谴称为蓝衣社的事，你怎么忘了？"覃正侯顿了一顿，下意识地瞅了一下雅间虚掩的门，压低声音继续说，"总统就是痛感于国民党腐败了，烂掉了，又无力扭转颓唐局面，这才产生了在党内搞一个健康组织的想法。他老人家是希望这个新的组织来监督党、改造党，并逐渐取代党，让国民党脱胎换骨，恢复最初的革命党性质。不料，这个新组织产生没几年，其成员无一例外也腐败起来！"

劳春亮沉默了一忽儿，把烟头灭在烟灰缸里。叹了一口气，摇摇头，说：

"你说得对！我想起来了，复兴社当初的骨干人物贺衷寒、康泽、邓文仪、戴笠、胡宗南、刘建群，后来确实都变得比党内那些老腐败分子还要坏了，一个个都是吃肉不吐骨头的角色，什么雁过拔毛、坐地分赃、侵吞国有资产、倒卖国家资源，简直是无所不为！只有我们参谋总部这些手中无权的小官，才什么机会也没有!"

"说到机会,太子这次奉旨赴沪反腐打黑、治理金融乱象,我斗胆预判决不会成功,而且他所使用的骨干也必然会把这次行动看作是一次发财的机会!"

一九四八年的春天,对于国民政府来说简直是严冬。战场上的败绩不必说了,经济的崩溃呈现近百年来最恶劣的态势。印刷纸币的费用,居然远远赶不上货币的兑换价值。到了夏天,准确地说,七月十九日,二十五万元面额的关金大钞问世了;法币的发行量飞升到国共内战前的二十万倍,物价也上涨了三百九十万倍。物价上涨的幅度如此可怕,宣告了关金券、法币的末日到了。

在这样一种灾难下,再大的经济天才去当财政部长也回天乏术,唯有依靠印刷机,把法币像洪水似的泛滥出来,以应对前方战场、政府、民用的急需。其恶果随即产生:一方面冲淡了老百姓手中原有币值的购买力;另一方面更以虚构出来的最强大的购买者资格,把都市的、农村的物资囊括而去,以致恶性循环,物价愈益飞涨,币值愈益狂降。

于是,法币成了点火的纸媒,成了补洞的墙纸,成了擦屁股的手纸。都市的大小买卖早已改用黄金、美元计算,银圆重新成了民间的主要货币,农村则干脆以粮食来做一切生意往来的价格标准,有的地区甚至恢复了上古时代的以物易物。法币在人民心目中彻底"失去了价值尺度的机能,失去流通手段的机能,失去支付手段的机能。"[①] 也就是说,国民政府的经济状况与其军事态势一样,面临崩溃的边缘。

为了挽狂澜于既倒,蒋介石在莫干山频频召开会议,研究如何进行币制改革。到了八月十三日,有司徒雷登参加的币改会议在庐山召开,推出了名为"经济紧急处分方案"的新政策。八月十九日宣布行政院下设经济管制委员会。

"经济紧急处分方案"的条款很多,摘其要者为:

从八月十九日起,以金圆为本位币,发行纸币金圆券,限期收兑法币以及东北流通券;限期将私人持有的黄金、白银、外币,兑换成金圆券。逾期持有黄金、白银、外币者,严惩不贷;限期登记本国人民存放外国的外汇资产,违者严办;整顿财政、加强经济管制,以稳定物价,平衡国家总预算。

这种不惜孤注一掷的决心,从八月二十日《中央日报》的一篇社论可以看出来。文曰:"社会改革,就是为了多数人的利益而抑制少数人的特权。我们切盼政府以坚毅的努力,制止少数人以过去借国库发行,以为囤积来博取暴利的手段,向金圆券头上打算。要知道改革币制譬如割去发炎的盲肠。割得好则身体从此康

---

① 笪移今《从金圆券看经济趋势》,载1948年《观察周刊》四卷十八期。

健，割不好则同归于尽。"

这个割盲肠的任务，蒋介石交给了朝野无人敢掣肘的太子蒋经国，也可见他及其智囊团对此的重视程度，说是并重于剿共戡乱作战亦不为过。

蒋经国的具体任务是推行币制改革。以金圆券收兑私人手中的黄金、白银、美钞，整顿金融秩序，稳定物价，反腐打黑。企图在上海搞一个成功的样板，向全国推广。蒋介石给予儿子生杀予夺大权，不论多大的人物，都可任由其处置。总之一定要用铁腕纠正乱象，监督币制改革的推行，稳定市场，安定民心，消除民愤，以利前方的戡乱。

为了支持儿子的工作，蒋介石亲自出马，动作频频，威逼上海金融界缴械投降。

九月六日，蒋介石在南京中央党部"总理扩大纪念周"上说：

"目前……商业银行对于政府法令尚存观望态度，其所保留之黄金、白银及外汇，仍未遵照政府的规定移存于中央银行；并闻上海银行公会理事会拟集合上海所有的行、庄，凑集美金一千万元，卖给（即换取金圆券）中央银行，便算搪塞了事。（由此）可知上海银行领袖对国家、对政府和人民之祸福利害，仍如过去二三十年间，只爱金钱，不爱国家；只知私利，不知民生的脑筋没改变。在共匪如此猖獗，人民如此痛苦，尤其是前方官兵流血牺牲的时候，政府为要加强戡乱建国的力量，决心实行这一个重大的改革，其成败利钝，实有关于国家民族的生死存亡。而若辈拥有巨量金银外汇，尤其是几家大银行，这样自私自利，藐视法令，罔知大义，真令人痛心。这种行为固然是直接破坏政府戡乱建国的国策，而其客观上实无异助长共匪的叛乱。彼等既不爱国家，国家对彼等自亦无所姑息。故政府已责成上海负责当局，限其于本星期三以前令各大商业银行将所有外汇自动向中央银行登记存放。届时如其再虚与委蛇，观望延宕，或捏造假账，不据实陈报（到央行），那政府只有依法处理，不得不采取进一步的措置予以严厉的制裁。"①

蒋介石打电话给蒋经国，要他立即查封浙江第一银行。因为浙江第一银行董事长李馥荪是当时上海银行业同业公会理事长，凑集美金一千万元搪塞政府的主意就是他想出来的。拿这厮首先开刀，可吓住其他银行。

李馥荪闻讯，惊恐万状，托关系谒见蒋经国缓颊。

蒋经国一阵咆哮，比其老子的态度还要严峻，大有若不就范就在上海滩"搁他一排排睡起"（意为枪毙一批人）的意思。

上海各商业银行果然给吓住了。在九月十日左右都将自己的黄金、白银、美

---

① 国民党中央党部编辑印行《先总统蒋公总理纪念周言论集》，台北1979年版，第216页。

钞、英镑列表上缴中央银行。

至于普通的中产阶级、小资产阶级，当然不敢抗拒，都只好服服帖帖地把自己的金银外币奉上，换回一些花花绿绿的纸片（金圆券）。

但也有一些人蒋经国是动不了的，例如党国大佬和高级将领。

蒋介石的亲信吴忠信谁敢去动呢？吴妻宣称，"经国是我抱大的，他敢不认娘，动我的棺材本，我就用鞭子抽他！"

薛岳富可敌国，黄金、白银很多，居然教人传话给蒋经国，"如果小蒋敢夺我的金子，丢那妈，我就用机关枪扫了他！金圆券，丢那妈，究竟系边个搞的鬼？"

薛岳的话一传开，上海的高级将领眷属都采取了同一态度：拒换金圆券。

蒋经国在上海的另一劲敌是杜月笙。他到上海之初，首先打算收拾的就是这个人。

督导员公署设在外滩的中央银行二楼。蒋经国抵沪的第三天就在这里召开记者招待会。记者们看到他的左边坐着宣铁吾中将，右边坐着王新衡上校，明白这哼哈二将即为这次反腐的左膀右臂了。宣铁吾是淞沪警备司令，王新衡是保密局上海站长。

蒋经国明白，老百姓最痛切的感受、呼吁最烈的是腾飞的物价。要赢得人民支持，首先要在这一点上做出成绩来。他向记者们宣布，这次国民政府和总统派他来，他决心不辱使命，定要坚决镇压奸商，平抑物价，不达目的决不收兵。当场指示宣铁吾在警司内成立一个经济缉查机构，专门负责缉捕奸商。上海的金钞外汇黑市、股票涨落、粮价升降，都是杜月笙家族在操纵。记者们意识到，蒋经国在上海的第一棒看来是要敲在杜月笙头上了。

而小蒋敢不敢敲杜月笙，杜月笙怕不怕小蒋呢？记者们都说，尚须拭目以待。

杜月笙见小蒋来势凶猛，也有点心慌气短。跑去找市长吴国桢，又跑到南京去找张群。这两位大官都安慰他不必担心，照常做他的生意。如果有什么事，经国那里是可以打招呼的。

杜月笙镇定下来。但为防万一，觉得还是要做些准备为宜。他指示儿子杜维屏将中汇银行的大笔港币套汇划出境去。杜维屏是这家银行的总经理。不料此事尚在拟议中就被保密局上海站侦悉了。王新衡以此暗示杜维屏，言外之意是教杜家识相点。而杜家嫌他官卑职小，未予理睬。王新衡便将此事向蒋经国密禀了。这不就是顶风作案吗，蒋经国大为震怒，立刻下令捉拿杜维屏，投入市警察局大牢。

蒋经国的手令尚未传达给捕快们时，王新衡就派人知照了杜月笙。

杜月笙这才明白势头上的小鬼也是得罪不起的。急忙派人给王新衡送去三十根金条，希望继续关照。

王新衡叫对方放心，虽然杜维屏难逃一难，但罪证在他王新衡手中，只要他装聋作哑，事情就会不了了之的。

于是，杜维屏就在自己被捕之前，指挥杜家的中汇、通商两家银行，漏夜赶造账册，化整为零，将大笔港币私套到香港。

杜维屏被"捉将官里去"，是沪上一件大事，这在以往是不可想象的。各报用通栏标题报道，老百姓奔走相告。杜月笙威风扫地，惊恐万状，向"党国"高官们求援无果之后曾一度避往香港。

这一番雷厉风行的打击，金钞黑市的确收敛了许多。

蒋经国进一步使出铁腕，强制市场严格按照金圆券实行限价。一切商品的零售价不得超越政府的限价；商店不得转移，不得拒售，必须开门应市。然而，这实在是个非常不彻底的治标不治本的办法。奸商囤积居奇，隐蔽高价售卖，无孔不入，只靠军警的力量，查不胜查，抄不胜抄。强制性开门营业的商店不甘于低价售卖，便将货物转移藏匿，少量的门市商品顷刻便被抢购一空。不到一个月，全上海开着的几乎全部是空店。大、中、小资本家和老百姓都遭受损失，怨声载道。这个限价政策只好宣告失败。

在扣押杜维屏的同时，蒋经国、宣铁吾对兴风作浪的证券大楼、金钞黑市进行了镇压。其中有名的一件事就是捉拿出名的"杨家将"。这个所谓"杨家将"，是指控制场外股票金钞黑市的杨长如、杨长仙、杨长庚。这三人的绰号叫"场外亨鼠"，意思是一伙"大亨"级别的"老鼠"。"杨家将"也是间接受控于杜月笙家族，所以捉拿"杨家将"也是对杜月笙的打击。但不到一个月，随着限价政策的失败，特别是在上上（张群、吴国桢）下下（王新衡）关系户的斡旋下，找不到套汇的罪证，蒋经国不得不将杜维屏"交保释放"，随后也只好将"杨家将"释放了。一系列大公案，就此不了了之。

但对势力不大的罪犯，蒋经国处置起来也是很快的。

保密局系统的戚再玉，在警备司令部担任第六缉查大队的大队长，后台是保密局长毛人凤。这个戚某人仗着毛人凤的宠幸，敲诈勒索、无恶不作，是沪上臭名昭著的坏人。宣铁吾早就想收拾他了。抓住他私释大贪污犯徐继庄一事，突然将其捉拿到案。禀报蒋经国之后，由蒋经国下令，将戚枪决。另一个是保密局上海站副站长张亚民。这张亚民借缉查挪威商人金司伯私售金钞的事进行敲诈。案发后，蒋经国下令缉拿枪决。这两件事，在各报连续报道，轰动一时。

而蒋经国与豪门硕鼠的较量，不久以后在孔祥熙的儿子孔令侃所办"扬子公司"一案发生时才达到高潮。

二

　　劳春亮和覃正侯喝完了一坛黄酒，堂倌应召把第二坛送进来放到桌上，熟练地开启封泥。劳春亮问他道：

　　"雅云小姐回来了吗？"

　　"回爷的话，回来是肯定要回来的，她走前还订了一小桌酒菜，要陪于老院长吃晚饭呢；就只是时间确定不了！"

　　劳春亮不高兴。把筷子重重地拍在桌子上，骂道：

　　"好你个狗杂种，为什么不早说？于老头子要来跟她吃晚饭，还有我弟兄俩的份吗？"

　　"他要预先给你说了，你还能坐下来吃这一顿吗？"覃正侯笑扯扯地指点着堂倌数落。"这家伙狡诈得很呢！"

　　"小的该死，小的该死……"堂倌老练地赔着笑脸，不着边际地道歉，点头哈腰地向外退。

　　劳春亮要起身去教训他一两个耳光，被覃正侯一把扯住。覃正侯一边呵斥堂倌还不快去催一催红烧蹄筋，一边对劳春亮说：

　　"不值得，不值得！区区小事，动什么肝火呀？你我兄弟喝酒闲聊，愉快得很嘛，何用什么雅云、俗云一类烂货在这里污了我们的清听呢！"

　　"但是那厮不该骗我们呀！"

　　"不管他不管他！说实话，那种烂女人真在这里坐着，我还真没兴趣待下去呢！前方将士流血牺牲，我们有美酒佳肴已属过分，再有个女人在此唱《后庭花》，那才真叫商女不知亡国恨了呢！"

　　劳春亮讪讪笑道："我们这算得什么呀，你看东北局势那么艰危，上周我跟随总长飞沈阳，才算开了眼界呢！"

　　覃正侯夹起一筷堂倌刚送进来的红烧蹄筋塞进嘴里，边嚼边问道：

　　"怎么啦，看到什么了？"

　　"由于大军云集沈阳，餐馆酒馆的生意空前火爆，以舞厅作掩护的秦楼楚馆夜夜笙歌不断！这些地方的客人除了从匪区逃出来的大地主，主要就是国军高级军官了！"

　　覃正侯笑了笑，摇头叹气。互相邀饮一杯黄酒后，覃正侯说：

　　"老兄刚才说到沈阳，我想起了那天听说总统正在研究东北的危局，商讨对应策略。听没听说这事？"

　　劳春亮得意地笑了。又慢条斯理点燃一支烟，一吞一吐之后，才说：

"我整天伺候总长,保卫他的安全,能不听个一鳞半爪的吗?想不听也不行的!"说罢又吸起烟来。

覃正侯淡然一笑,既不催促,也不说话。他了解这个白胖子的毛病,喜欢卖弄,每逢这种时候,总要盘马弯弓一番,你越追问他越是这样。对付的办法是不去理睬,做出一副你爱说不说的姿态。

见覃正侯那一副并不是很想听的样子,劳春亮耐不住了,终于像茶馆里的说书人一样开讲了。把覃正侯和大家都了解的前因后果无巨无细地议论了一番。

国军总兵力减少到三百多万人,除了防守各地的准军事部队之外,能机动使用的正规军只有一百九十八万了;而且由于屡战屡败,薪金又低,士气低落至极。五个战略集团,被共军分别牵制于东北、华北、西北、中原、华东五个战场,处于战略割裂状态。蒋总统企图扭转东北、中原、华东的危局,组建了庞大的淮北兵团,贯彻其"守江必守淮"的思考。

此刻共军总兵力增至二百八十万,其中可机动作战的野战军共一百五十万;装备也今非昔比,有了强大的炮兵部队;更重要的是这是一支具有理想的部队,消灭剥削、废除私有制乃其近期目标,实现繁荣昌盛的共产主义乃其远景规划。这样的军队注定将无敌于天下。惜乎蒋介石及其幕僚对此都无充分的认识。

在这样的大背景下,东北"剿总"所属六十万人马,困守沈阳、长春、锦州三个孤立的据点,无法形成战略联系。

其中的长春被围困的时间最长,全靠陈纳德美军航空部队空投物资维持补给。陈纳德的大型货机和喷气式战斗机所需航空煤油是很多的,都要在美国援华美元里扣除。一九四八年七月二十四日参谋总部四厅厅长蔡文治在报告里透露,美国政府的军事援华款一亿二千五百万美元,必须以五千万元买汽油,否则国军的重装备就会成为一堆废铁。可见空投费用不菲。长春军民每天所需粮食三百三十吨,而空投能力的极限每天是一百一十吨;至于冬季军民所需取暖燃料,那就毫无办法了。

蒋介石对此非常头痛。

幕僚向他进言,若十月底以前不能向长春空运过冬物资,则必须毅然决定长春守军突围;届时由沈阳出兵接应。

蒋介石考虑良久,做出决定:先电令长春、沈阳,十月份须打通长春至沈阳的交通;若届时共军集结于四平一带,那么国军还须打通沈阳、锦州的交通线。一俟共军向辽西移动,长春守军就取道西丰方向突围。

参谋总部第三厅依据蒋介石的这个指示拟订了东北作战方案,然后再向蒋介石呈报。

三厅拟的计划,原是向清原方向佯动以误导共军主力;蒋介石琢磨再三,改为向辽中佯动,佯作欲打通辽中、沟帮子、锦州这一线公路的姿态,将共军吸引到中长铁路西面去;长春守军乘虚取道西丰、东丰、梅河口(海龙)、清原方向突围。

最后,蒋介石教三厅厅长郭汝瑰携带这个计划飞到沈阳,向卫立煌传达命令。不料卫立煌坚决反对长春突围。认为突围危险,只要出城,只需两天便会遭到歼灭;而且沈阳方向出兵接应,则沈阳方面也必会乱了阵脚。甚至说:

"沈阳援助长春突围,犹如纵井救人,长春突围部队既不能得救,沈阳也会赔进去。若沈阳、长春皆失,则林彪拥六十万东北共军入关,华北、中原危矣!为今之计,沈阳只能固守自保;至于长春,请政府加强空运,我认为郑洞国是有办法坚守的。"

卫立煌还扳起手指头计算,说沈阳兵工厂已恢复生产(至于六十年后所谓沈阳工业设备全被苏军搬空乃政治谣言而已),一月可产火炮、轻重机枪若干。断言,只要坚持到明年,部队经过休整、充实、训练后,可变劣势为优势,不仅救长春易如反掌,还能全歼东北共军。

卫立煌大言炎炎,郭汝瑰无可奈何。又不便指摘其形同戏言,只好强调政府对长春一城的空投所耗油费几乎占美援经费的一半。耐心解释尽管费用巨大,政府仍每天给长春空投九十吨物资;但根本无法再增加投送量了。现在距降雪只有八十多天了,如果长春城内按照每天消耗六十吨计算,每天最多也就只能储存三十吨,下雪前,也只能储存两千四百吨,决不能支持到明年三月;更何况燃料完全无法解决,长春军民何能度过严冬呢?

卫立煌不做正面回答,坚持说沈、长两地各取守势乃目前最好的策略。

郭汝瑰问卫立煌,怎样代他回禀总统。

卫立煌以大将风度,挥毫草就一行字,托郭汝瑰"代呈总统"。字曰:

"长春应尽最大努力固守以牵制敌军;沈阳部队则力求恢复战力,粮械自给,然后待机歼灭一两个纵队,然后北上解长春之围,进而全歼林彪全军。"

当晚郭汝瑰住在沈阳。趁便去他的陆军大学同窗、新六军军长李涛家拜访。恰值第十四兵团司令官廖耀湘也在。他把卫立煌的主张告诉两位将军。两位听了,唯苦笑摇头而已。好半天,廖耀湘才长叹一声,说:

"沈阳久守不攻,无异于坐以待毙!"

廖耀湘和李涛都认为,沈阳防御圈内安全无事,并非由于国军守势如何强固,而是共军尚无力量进攻之故。

其实,此刻共军正在酝酿辽沈战役,拟先取锦州,暂不打算图沈、长。而廖、李、卫等人蒙在鼓里,对此一无所知。

廖耀湘认为沈阳若能增加两个军,便可采取攻势。因此主张立即打通营口至沈阳的交通，由锦州方面转运两个军，取道营口进入沈阳。

郭汝瑰觉得廖耀湘的想法可取。立即草拟东北作战指导方案，准备连同卫立煌的意见一并呈报蒋介石。

郭汝瑰认同的战略思考如次：

> 国军应立即打通营口，将锦州方面部队转用于沈阳，形成有力之攻势集团，于冬季来临前，进出于开原、昌图附近地区寻敌作战，以解长春之围。辽西则仅保守葫芦岛、锦西，冀东则保持秦皇岛及其以西交通。秦锦间铁路可先拆除以减少损失。长春方面尽量加强空运，以图度过严冬；可能时，则与北上部队夹击敌军。

郭汝瑰飞回南京，先去见参谋总长顾祝同、次长刘斐，向这两位顶头上司禀报东北将领的不同意见和自己的思考。

顾、刘都认为经郭汝瑰规范过的廖耀湘、李涛主张较为可行。当即指示郭汝瑰详细计算运送八个师的舰船吨位及所需时间。

一切就绪，大家才一起去向蒋介石汇报。

蒋介石同意转用锦州部分兵力于沈阳，并命令根据这一方针拟具详细计划呈交他最后审核。

劳春亮很了解国民党极峰与前线将领在东北战略问题上的争执，能巨细不捐地把它讲出来；他完全不知道的是，共产党方面也有类似的意见分歧。

毛泽东一开始就十分看重东北的地理优势。就像高岗说的那样，它背靠沙发（苏联），无后顾之忧，还能直接得到接济。同时，东北在地理特点上是全中国最具"独立"性的区域。尽管它幅员辽阔，然而与绝大部分国土相连的部位却是一片狭长地带，其最狭窄处只有两百多公里。这个两百多公里地带西北面是崇山峻岭与大沙漠，很难穿越；东面是辽东湾。车辆和人行进较为容易的地段只有锦州及其以北更窄的区域了。控制了锦州，其以北易于人、车通过的地段即在瞰制中。占领了锦州，等于关上了东北大门。所以毛泽东的目光始终盯着锦州。他清醒地认识到，如果任由国民党在东北的大军全部撤到关内，将给长江以北的解放军带来巨大的军事压力。

当林彪还在指挥"冬季攻势"的时候，毛泽东就在致林、罗、刘的电报中，首次提出了"封闭蒋军在东北加以各个歼灭"的设想。他希望林彪完成了"冬季攻势"之后，应组织大军从松花江附近长驱南进，突然插到足以关闭东北大门的位置——锦州、承德一线，彻底切断蒋军退往华北的通道，然后将其分割歼灭于东北。

基本的军事态势是：林彪节节获胜、完成了"冬季攻势"及其若干后续战斗之后，蒋军的数十万大军被孤立在长春、沈阳、锦州及其卫星城镇内，三个大据点之间的铁路也被彻底切断了。其中，沈阳绝大部分工厂因无原料不得不停产。长春的情况特别严重，物价飞涨，百姓的生活陷于绝境；有饭吃的人数极少，仅占百分之二十，其余百分之二十一吃玉米糊、百分之二十三吃榨过的豆饼、百分之十七吃树皮、百分之十九乞讨。经济的崩溃引起骚乱频频发生，长春大学两千多名师生冲破蒋军封锁投奔解放区。锦州的情况也好不到哪里去，两万多市民聚集到一起，将几家粮店抢了个精光。

毛泽东致电林彪和东北局指出，东北决战的时机成熟了；言外之意当然是必须首先封闭东北大门。

林彪收到电报的第三天回电表示，东北局接受命令，逐步将蒋军封闭在东北予以全歼；并尽量吸引关内蒋军出关增援以减轻华北战场压力。"这对东北作战及对全局皆更有利。今后一切作战行动，当以此为准。"

但他认为马上封闭东北蒋军退路，条件似未成熟。收到毛泽东这个电报是在占领永吉（吉林市）、四平之前，所以他在回电中又说："敌主力在锦州以北撤退的时机，大约在我军歼灭永吉、四平、长春等地敌人以后，以及关内他们的局势更为紧张时，才会开始。永吉、长春之敌未被我歼灭前，沈阳的敌人是不会退的。"而锦州及其若干卫星城守军较多，战斗力也不弱，我军在该处无主力。故目前在锦州一线没有封闭蒋军的作战条件。

林彪的看法似亦不无道理。卫立煌命令沈、长、锦各地部队据守坚城不出，东野无法以运动战大量歼敌。故作战目标只能从沈、长、锦三城中选一城攻取之。沈阳敌人的兵力、物资相对较丰；锦州附近无解放军主力，须长途奔波；长春已围困较久，最适合的只能是长春了。四月十八日，东北局的林彪、罗荣桓、高岗、陈云、李富春、刘亚楼、谭政诸公联名致电中央，提出攻打长春的设想，并再次强调了当下攻打锦州"不甚适宜"。

这份长长的电文引起了毛泽东的不悦。

因为他认为，过早攻打长春可能带来一个不利的后果：长春丢失以后，客观上给东北蒋军卸下了一个沉重的包袱，促使国民党极峰痛下决心，全面从东北撤退。

但是毛泽东鉴于林彪保证攻取长春"十天半月左右全部结束战斗"，便同意了。毛泽东觉得在那么短的时间内，以沈阳为中心的数十万蒋军要逃到锦州是来不及的；甚至还来不及做出任何反应，东野即可旋师直插锦州。

同时毛泽东仍然在电报中指出东北局在此前的电报中就夺取锦州以"封闭蒋

军"退路所提出的困难并不完全符合实际。电文说:"我们同意你们先打长春的理由是先打长春比较先打他处要有利一些,不是因为先打别处特别不利,或有不可克服之困难。你们所说打沈阳附近之困难,打锦州附近之困难,打榆锦段(山海关至锦州一段)之困难……有些只是设想的困难,事实上不一定有的。"

围攻长春的主将是萧劲光。

林彪命他用两个纵队从东西南三面试攻长春。首先夺取西郊大房身机场,待蒋军出援时趁机歼灭,并冲进城去。

然而直至守备机场的蒋军暂编五十六师的一个团被全歼、该师防守西城门至机场一线的两个团也死伤过半,郑洞国也没有派兵出援;先后出外抢粮的两个师分别遭到东野包围,郑洞国怕出援会引起共军趁机涌入,也照旧按兵不动。

此时如果强攻,东野面对坚城之内的守军,无疑会付出重大代价才能获胜。

而如此获胜的必要性又有多大呢?不能封闭蒋军的退路,反倒会促使他们下决心退到关内。付出了重大代价难道就是为了这个令人失望的后果吗?林彪不能不思考这个问题了。

五月二十九日林彪致电中央军委,要求同意他"改变硬攻长春的决心,改为对长春以一部分兵力久困长围,准备趁其撤退时在途中追歼该敌;而使我主力转至热南承德、古北口之线";或者"主力仍留长春、沈阳间加强整训,以一部进行围困长春,待攻城训练和准备更成熟时和敌人困难更增加时,再行攻城。"

长春一时打不下来,然则何时再打,或者何时移兵用于别处,林彪这份电报都没有把战争中最要命的东西即时间确定,居然要消极地去等待敌军的变化。这便存在着可能丢失本已握在手里的战争主动权,即兵书上所扼腕而叹的太阿倒持;如果由于这种消极等待而让国民党得以从容改变部署,那么关门打狗的设想便会落空,不仅东北的战局将陷入被动,全国的态势也必将受到影响。

毛泽东更为不悦了。六月一日,他以军委名义致电林、罗、刘,质问道:

"你们对长春使用几个纵队,是否已展开全力攻击?八天作战我军伤亡多少?长春外围工事是否均已夺取?是否已和六十军①接触,该军战斗力如何?部队攻坚战术是否已由集团冲击的老办法,改变为小组攻击的新办法?八天作战中是否已采用坑道爆炸方法?是否已实行军事民主,即遇到困难时由连队指挥员在火线上召集战士们开会想办法研究攻克敌阵的策略?现在是否已停止攻击或者还在继续攻击?你们指挥所在何处?是否已召集纵、师干部开会,详细检讨经验?最前线是否有你们的代表执行阵地指挥职务?沈阳方面反应如何,有无准备增援意图?"

---

① 密谋起义的蒋军部队。

这份长电（此处仅为节录）显然流露了毛泽东对东野司令部的不满，甚至流露了对执行指挥萧劲光的能力的疑惑，质问到了具体战斗的细枝末节。

当天，林、罗、刘紧急研究。统一了认识之后，晚上复电军委，回答了所有的质问；同时再次强调了攻取长春的困难：

"此次如攻长春，我们拟八个纵队直接投入攻城，以两个纵队阻援。则我攻城兵力与敌守城兵力对比，不到三与一之比；但即使三与一之比，打援兵力也绝对悬殊。故要攻城则不能同时打援。如敌不增援，我军在攻城战斗中逐屋争夺，消耗必大。能否维持消耗到底，而获得结束战斗的结局，尚无把握。

"目前对长春地形条件还不够具体了解，不知地形条件对我是否有利，须待实地侦察后才能看出（何时能攻占长春）。因此，我们对此战局无最后的确定见解。拟待侦察地形后，才可通过其他条件得出较有把握的意见。"

毛泽东十分抱怨他们当初为什么要固执地要求首攻长春，战前准备如此粗疏，这不像林彪的风格。难道当初他是受了某些行事粗枝大叶的前线将领的误导？但他为什么不去穷个究竟再确定自己的主张呢？归根结底责任在林彪。但他没有追究这一切，却向他们出起主意来。他致电林、罗、刘说：

"以两个或三个纵队几个独立师攻城，以七个至八个纵队打援，是否可能？以下两种打法是否可行：能强攻则用强攻办法；不能强攻，即攻占一半或三分之一后改用长围，构筑坚阵，以一部围困该敌，主力休整待机；你们弹药方面是否够经得起一次性大消耗？"

林、罗、刘复电称，目前"正式攻取长春无把握"、一旦久攻不下，"将来带着失败情绪去执行围困沈阳、锦州、天津、北平的任务，是不利的。"认为东野前些时候考虑以"少数兵力围困长春"，主力南下热河、冀东作战，也是"不宜采取的方案"，因为如果是时长春守敌"在沈阳接应下退到沈阳"，则我军必"两头失利"。而"对长春采取较长时间的围城打援"，待敌彻底兵疲师老之后总攻，"这一行动除多费几个月的时间之外，没有其他坏处，且能有把握地歼灭敌人和拿下长春。"对于毛泽东一再强调的尽快封闭东北大门，林彪坚持认为"只有在长春之敌歼灭之后，东北到热河的铁路公路尽可能向前延伸后""东野主力南下才较为有利"。

毛泽东回电称，既然你们坚持首先攻占长春，那么就不能再游移了，一定要上下都坚定信心。但是，"在攻长春的三个月至四个月的时间内"，必须同时完成下一步在锦州作战"所必需的粮食、弹药、被服、新兵等项补给的铁路运输工作。"

毛泽东一向不愿勉强前线将领去作其不能充分理解的事。但他在同意东野围困长春的方案时，惋叹封闭东北大门的方案不得不暂时作罢。

而过了两个月，长春守敌尽管越来越困难，但并未出现崩溃的迹象；若发动攻击，郑洞国仍能组织相当顽强的固守。沈阳守敌也没有派出一兵一卒增援长春从而给予东野以战机。林彪的期待落空了。

由于攻打长春的战机尚未出现，东北军区和东北野战军的领导们不得不又开会研究行动问题。大军久屯坚城之下总不是办法呀。

七月二十日他们致电毛泽东，表示东野主力还是"以南下作战为好，不宜勉强和被动的攻长春"。

二十二日毛泽东以军委名义复电林、罗、刘："攻击长春，既然没有把握，当然可以和应当停止这个计划，改为提早向南作战的计划。在你们（此前）准备攻击长春期间，我们即告诉你们，不要将南进作战的困难条件说得太多太死，以致精神上将自己限制起来，失去主动性。现在你们已经将注意力移到向南作战方面，研究南面的敌情、地形、粮食等情况，看到其种种有利条件，这是很好的和很必要的。"

然而，林彪在电报中提到的南下作战目标是锦西、兴城、义县、绥中、山海关等北宁线上的几座小城，与毛泽东关于封闭东北大门的设想依然相距甚远。

毛泽东仍希望借助循循善诱，推动东北的战友们再跨一大步。三十日致电林彪说："关于你们新的作战计划，我们觉得你们应当是首先考虑对锦州、唐山作战。只要有可能，就应攻取锦州、唐山，全部或大部消灭范汉杰集团……如果你们不打范汉杰，先打傅作义，则卫立煌将以大兵力集中锦唐线，卫、范协力向西援傅，那时你们可能处于很困难境地。"

林彪八月一日回电说："锦州经常驻有七个师兵力，城市工事已完成，故我们不拟攻锦州。但该敌万一出来增援，在增援中歼灭其大部分，那时当然可以乘胜攻锦州。但根据去年冬季在沈阳附近作战的经验，敌人是不敢出来增援的。"

尽管如此，南下攻取北宁线上的几座小城，林彪毕竟已列入计划，马上要付诸行动了。而且这几座小城若夺取到手，可对锦州形成半包围态势。这对毛泽东的不悦稍许有一点消解。但他似乎未能完全放心，焦急地等待着林彪南下的信息。他是担心林彪会不会又变卦！

毛泽东并非杞忧，他的担心来自对林彪的充分了解。"这个娃娃"（毛泽东语）是他识拔于初级指挥员群体，一手培养起来的。林彪打仗精于计算，总是千方百计以最小代价取得最大战果，从来不干斩获一万自损八千的买卖。毛泽东对他的这一作风了如指掌。而目前的东野已近七十万大军，没有必要受制于这种斤斤计较的盘算，应不计损失迅速封闭东北大门，全歼东北蒋军。这不仅可改变全国态势，更可在此后的战争中极大地减少包括东野在内的全国各战场的伤亡；更重要的是加速全国解放的进程，使全国的老百姓早日脱离苦海。他反复提醒林彪及其东北同僚要着眼于算这种大账。

果然,林彪又变卦了。

十一日林、罗、刘致电中央,解释南下作战遭遇了大难题,即"大批粮食的需要无法解决,向热河运粮道路甚远,必须利用铁路、公路。而今年雨水之大,为三十年来所未有,铁路、公路冲毁甚多,近日来形势更猛。原来估计(八月十五日)左右可修好的铁路、公路、桥梁,以现在的形势来看,能否如期完成仍无把握。"所以"目前对出动时间,仍是无法肯定。"

据说毛泽东读罢这份电报,在他的办公室大发雷霆。甚至叫周恩来给东北局发电报,命林彪到军委与他调换职务,他到东北指挥作战。在周恩来劝解下,半个小时才平静下来。

毛泽东亲自代军委起草致林、罗、刘电。电文的指摘之意溢于言表:

"……大军南下必须先期准备粮食一事,两个月前已指示你们努力准备。两个月以来,是否执行了我们这一指示,你们一字不提。现据来电似乎此项准备工作过去两月全未进行,以致现在军队无粮不能前进。而你们所以不能决定出动日期的(真正)原因,最近数日你们一连几次来电均放在敌情上面,并且因此又放在杨成武是否出动上面。①……对于北宁线上敌情的判断,根据最近你们几次电报看来,亦显得甚为轻率。为使你们谨慎从事起见,特向你们指出如上。你们如果不同意这些指出,则望你们提出反驳。"

收到毛泽东的这份口气严厉的电报,林彪、罗荣桓、刘亚楼相视无语。他们明白这次真的把主席惹火了。沉默了半响,罗荣桓看着林彪,说:

"主席的批评,也不是没有道理;看来我们因为太看重周全,难免对作战条件的要求失之过苛,把困难情况也放大了!"

"林总,以目前情况看,"刘亚楼用试探的目光望着林彪,"大军一边南下,一边同时解决道路、后勤方面的一些问题,也是办得到的!"

林彪瞅了瞅罗、刘两人,明白都改变了态度。沉吟了一下,对罗荣桓说:

"政委再征求一下高岗他们的意见吧?"

"好,我马上给他打电话!"

"把主席的态度……也讲一下!"

罗荣桓会意地笑了一下,点点头。

南下作战的决心终于下了。

但是,在具体作战计划上,林彪仍然极为小心谨慎。九月三日,林、罗、刘致电军委,称:"我军拟以靠近北宁线的各部,突然包围北宁线各城。然后待北面

---

① 此前中央应林彪要求,指示华北军区派兵作牵制作战。

主力陆续到达后，逐一歼灭敌人；而以北线主力控制于沈阳以西及西南地区，监视沈阳敌人，并准备歼灭由沈阳向锦州增援之敌，或歼灭由长春突围南下之敌；对长春之敌，以现有围城兵力，继续包围敌人，并准备乘敌突围时歼灭该敌。"

这份电报表明，南下作战确定了；但仍不马上打最艰难的一仗——攻锦州。而只是一方面致力于夺取附近的卫星城，寄希望于范汉杰将锦州守军派一部分去救援，届时围歼之。或者"待歼"沈阳来援之敌、长春守军突围时出现战机。也就是说，仍未下定决心不计代价地打下锦州以彻底封闭东北大门。

毛泽东无奈，只好同意了他们的部署。因为毕竟听到了林彪推动东北大门的吱嘎声了。但还是强调了要尽快将门扉彻底关上。电文说："在你们未攻锦州以前，长、沈敌人在你们强大兵力威胁之下，是否敢于有所行动，还不敢断定；恐怕要在你们打锦州时，才不得不出动。"毛泽东的这一预测，后来的事实证明具有惊人的准确性。

但第二天毛泽东又致电林、罗、刘，指示他们重新考虑作战计划，立足点为：置长春、沈阳的蒋军于不顾，确立攻取锦州的决心，确立打前所未有的大歼灭战的决心，"争取将卫立煌集团（六十万人马）全部就地歼灭。"

这已不是商榷，而是命令。

林、罗、刘立刻忙活起来。一旦下了决心，尽管这个决心是中央逼他们下的，他们也不自觉地进入了亢奋状态。

九月七日，东北军区副政委、中共中央东北局副书记兼秘书长高岗组织和调动了五十多万支前民工，跟随东野南下大军乘上火车，浩浩荡荡驰往锦州方向。在距前线不远的地方，部队和民工都得下车步行。民工从火车上将支前物资卸到数千辆胶轮大马车上，继续往前赶路。这些物资的总数为：七千多万斤粮食，一万一千多吨油料，一千多万发子弹，十五万枚手榴弹，二十万发炮弹，五万斤炸药，一百多万套棉衣、棉裤、棉帽、棉鞋，以及一百多所前线医院用的医疗器材。每一列火车都是夜间开行，白天空车返回，等到夜晚继续运载部队、民工和医务人员（其中有一百多位苏联骨伤科专家）南下。东北军区后勤部长李富春负责运输、军工部长何长工负责从北满调集军火、东北铁路总局局长吕正操负责调度车辆、野战军后勤部副部长李聚奎负责物资供应。这一切的总指挥是高岗。

林、罗、刘致电中央，称十二日于锦州、义县间打响第一枪。

中国人民解放军的战史是这样说的：一九四八年九月十二日，东北野战军拉开了辽沈战役的序幕，这个序幕拉开的信号是北宁线上的第一枪。

三

　　我们的故事不知不觉跑得太快了，忘了长篇小说的诸多线索应平行推进的规则。还是暂且退回到南京大集成酒家雅云包间里的酒桌上来吧。

　　两坛酒的一坛半是灌到了劳春亮肚子里去了，已进入了不待人问就喜欢吐露一切机密甚至自己隐私的阶段。

　　覃正侯觉得可以探问他在办公室时与孟淑贤那特别的相对一瞥其背后有没有什么内容了。

　　覃正侯认定两人以那样的眼神相视不可能是偶然的。

　　他的疑心确实不是多疑。这一问，问出了个天大的秘密。

　　"老劳，你跟孟淑贤是怎么回事？"

　　"什么'怎么回事'？我不明白。"

　　"我看你们两个……恐怕有染吧？"

　　"有染？有染个屁！你知不知道她跟戴院长什么关系，我敢去'染'她吗？"

　　"她能跟戴季陶有什么关系？不可能，我是她的科长，我都不知道！"

　　"所以你老兄这科长当得不称职呀！"

　　"不可能，她跟戴季陶……传言而已吧？"

　　劳春亮生气了。拍了一掌桌子，指着对方，说：

　　"你知道个屁呀！你什么都不知道，糊涂虫一个啊！"

　　覃正侯故意激他，打了一串极具挑衅意味的哈哈，也放肆地用手指不断地虚戳他。说：

　　"我是糊涂虫？你不糊涂，但你是个吹牛大王！不是吗，凭你红口白牙说人家跟戴院长有染就有染了呀？"

　　劳春亮愣了一下。瞪着一双布满血丝的眼睛，告诫地指了指对方，正色道：

　　"我可没说过她跟戴院长有染，你不要乱栽污我！我只是说，关系不一般……比如说，戴院长是舅父、表叔之类，或者她是戴院长的小姨妈一类！"

　　"怎见得就关系不一般？既然没有根据，那就是你瞎说的！"

　　劳春亮冷笑了一下，竖起大拇指向上顶了顶，说：

　　"戴院长打电话给顾总长，说孟淑贤有事要禀报，请顾总长关照！你说，普通关系，能这样吗？"

　　"有这样的事？"

　　"而且顾总长听了孟淑贤的禀报，马上就做了具体安排！"

　　"唔，看来关系确非寻常！不过我还是不明白，孟淑贤一个普通女孩子，能有什么了不起的事需要总长去办？她找我这个科长不行吗？找处长、厅长不行吗？"

劳春亮又冷笑了一下，还向覃正侯投以鄙夷不屑的一瞥。说：

"你一个区区科长办得了那样的大事？"

"我实在是不理解了，一个区区小女孩还能有什么大事！"

"告诉你吧，她要混到匪区去报国仇家恨的！"

"什么，她？"

"她父亲被山东共匪残酷杀害了，她希望亲手杀掉山东共匪一个重要人物为其父报仇，而这个重要人物必须是要造成共匪重大损失的！顾总长召来保密局副局长毛人凤和她谈。正好毛人凤从总统府三局俞济时局长那里获悉，总统认为，共军如果没有林彪、粟裕这两个人，就不会有现在这么春风得意！毛人凤建议她对粟裕下手，其实这也是党国的需要！毛人凤要她听从安排，让她和几个长期伪装亲共的学生一起混入山东共军中；这几个学生可暗中协助她取得成功！厅长吩咐我负责她的安全，所以她与毛人凤初次交谈时我就在座！"

覃正侯听罢，目瞪口呆。他知道，仅凭孟淑贤的智力、能力，要混进解放军去进行破坏活动是不具有威胁性的；特别是行刺粟裕这样方面军主将一类人物，更是不可能得逞的。然而，如果是毛人凤聚集保密局的秘密行动专家来进行精心策划，再利用孟淑贤强烈复仇心理所造成的献身精神，那就不能不认真对待了。

当晚，与劳春亮分手后，他就紧急约见了魏飘萍。

魏飘萍听了他的这个情报，也很重视，立刻电达华东军区情报部。

潜伏在蒋军参谋总部高层的镝影次日早上就得到了上级指示，奉命查清此事的全部情况。上级将这个案件定名为"孟淑贤行动"。

镝影动用一切关系，查清了毛人凤在南京郊区溧阳组建了个训练班，对包括孟淑贤在内的六名特务进行短期强化培训，对孟淑贤着重是使用各型手枪、匕首甚至爆炸物行刺要人的培训。计划两个月后以亲共学生身份投奔山东匪区。

这个孟淑贤一度加入了解根柱的"蚕豆小组"，镝影是知道的。虽然孟淑贤暂时还没供出解根柱、单月卿，但镝影认为那只是迟早的事。一个被仇恨蒙住了双目的自私自利者是没有什么做不出来的。他要求解根柱及其小组离开南京，并把这一考虑上报了华东情报部。

解根柱向情报部表示了不同意见。他认为情况并没那么严重，就算是敌人知道了"蚕豆小组"的存在，只要暂时隐蔽起来就行了，用不着离开南京。

镝影认为，不离开南京暂时隐蔽起来也可以。但敌人阵营认识解根柱与单月卿的人是孟淑贤，保不住哪天她会出卖他俩。我们不能把安危寄放在私人感情上；私人感情在阶级本性与阶级仇恨的重压下是十分脆弱的。他主张应考虑除掉孟淑贤；强调此举可收一箭双雕之效，在免除了"蚕豆小组"成员被指认的危险的同时,也彻底消解了一个对革命充满深仇大恨的人将会给解放区军民带去的危害。尽管也许她并无能力对我军高层领导形成威胁。

镝影的建议得到了上级的首肯。

解根柱要求由他来执行这一任务。理由是孟淑贤目前可能不会回避他,因此他比起其他同志来条件好得多,可收事半功倍之效。

组织上同意了。

镝影提出过异议,他担心解根柱心慈手软,斩狼不成反被狼害。

而组织上依然相信解根柱经得起考验。

不料孟淑贤没几天就完全失踪了。从此没到参谋总部来上班——厅里只通知覃正侯,孟淑贤已调离,不再属于他这个科了;所谓溧阳训练班也是子虚乌有,根本上就是毛人凤喷洒出去的烟雾,障眼法而已。

毛人凤在玩什么伎俩呢?暂时还不得而知。不过,无论他和他们玩什么小伎俩,在汹涌澎湃的海潮面前也不过如虾戏浅滩而已。

那第一波海潮就是东野大举进攻北宁路及义县、绥中、兴城、塔山、高桥,为攻取锦州扫清外围。

首攻义县。

义县是锦州北面的重要屏障。城垣高三丈,厚八尺。北临大凌河。蒋军以城墙和外壕为依托,修筑了纵深地堡群。地堡群外布满绊马索、鹿砦等障碍物。又从城内修筑了穿越城墙根的多条暗道,与城外各地堡群连通。守军暂编二十师系美械装备;四分之三士兵从戎八年以上,作战经验丰富。

东野包打义县的是三纵、二纵之第五师、炮纵一个旅。

一九四八年十月一日九时,东野的大炮把义县城垣及地堡群打成一片火海,地面颤抖不止。不久,城墙的西南角现出巨大豁口。炮火延伸射击之后,步兵从豁口冲进城去。激烈的巷战在城内每一条街道展开。四个小时之后,全歼守军,生俘师长王世高在内的官兵五千二百一十八人。

义县攻坚战是人民解放军步炮协同攻坚作战的一个成功范例。东野炮纵司令员朱瑞在城边观察炮火突破情况时,触雷牺牲。

东野经过二十天作战,相机攻克昌黎、北戴河、绥中、兴城、塔山、高桥、义县等城,共歼灭蒋军三万多人。达到了截断北宁线、孤立锦州的战略目的。

卫立煌惊惶失措,飞赴南京请示。

参谋总部第三厅的业务是作战谋划及拟订作战草案。厅长郭汝瑰奉蒋介石命与卫立煌研究对应之策。

郭汝瑰建议:若共军攻打锦州,国军应放弃沈阳,全力援锦,在锦州一带与共军展开决战。而当敌我主力决战之时,长春守军即可乘机突围南下,加入决战行列；若共军对锦州只是虚张声势，则国军可袭击彰武，消灭部分共军，并破坏铁路，然后撤回沈阳。此时，若判定共军确在辽西，长春亦可立即突围。

卫立煌不断摇头，始终主张不论锦州一线发生了什么，沈、长大军决不能出城轻蹈险地；即使锦州可能丢失，"也顾不得了"。

他们一起去官邸汇报时，蒋介石居然被卫立煌说服，也担心沈、长大军南下途中有失。决定空运第四十九师到锦州再说。

郭汝瑰明白好谋无断的蒋介石现在的心情是首鼠两端，也担心沈阳成为孤立的据点。便向蒋建议若锦州受到攻击时，沈阳应破釜沉舟向彰武、新立屯进攻，切断共军后路和运输线。如此尚可死里求生；否则拖延下去，丢失了锦州，沈阳即成长春第二，"虽欲突围而不可得矣"。

蒋介石觉得有理，又改变了主意，拍板确定了郭汝瑰这一方案。命卫立煌回去后照此实施，不得妄改。

卫立煌对蒋介石朝令夕改大为不满，又无可奈何。只好要求顾祝同一起去沈阳，心里的小算盘是让顾为一切后果共同承担责任。

蒋介石毫不踌躇就同意了。

于是，当天（二十六日）十三时半，卫立煌拉上顾祝同飞沈阳。

与锦州战役差不多在同一时段发生的是蒋经国上海反腐的攻坚战。

孔祥熙的公子孔令侃与蒋经国有表兄弟的名义。孔令侃仗恃背后的势力，根本不睬黄金、白银、外币兑换金圆券的政府法令，对蒋经国派人几次致送的催促文书一掷了之，该干什么仍然干什么。沪上逐渐出现这样的讥笑之词："中国的经济沙皇是纸糊的拍子，只能拍苍蝇不能拍老虎"。这让蒋经国很恼火，决心要碰一碰真正的老虎。他当然不会不知道，孔大老表的父亲孔祥熙是做过两届政府（行政院）首脑的人物，尽管这位表面慈眉善目、十分亲民的老狐狸以推高粮价、棉布价、房价为手段让自己家族赚了个盆满钵满后光荣下台了，但百足之虫死而不僵，能量还大得很；但他也必须要动一动孔家了，否则此前取得的一切反腐成绩都将付诸东流。

在蒋经国的指使下，宣铁吾用他控制的《大众夜报》，以头版头条新闻，揭露孔令侃的扬子公司私套外汇八百万美元大案；文章旁边还配发了孔令侃的大幅照片。一时间不仅是上海，连全国都轰动了。举国上下都把目光投送到上海的扬子公司套汇案上，都想看看蒋经国的拍子拍下去后是什么结果。两天后，军警查封了扬子公司，同时以警司名义限制孔令侃出境，又以经济督导员公署名义勒令孔令侃翌日投案自首。

恰逢蒋介石夫妇到上海。

孔令侃跑到宋美龄面前哭诉，说经国六亲不认，近日就要抓他了。

而且此时孔令侃的扬子公司也不是孤家寡人了，同气相求、同利相携，他早已和过去的经济对手江浙财团携起手来，以共同对付蒋经国。

二十年前支持蒋介石起家的是江浙财团，二十年来蒋介石政权的基石也是江浙财团。这是连蒋介石都不敢轻易得罪的势力。而正是这股势力的十多位人物在孔令侃向宋美龄哭诉时包围了蒋介石。

结果是可想而知的。

蒋介石单独召见蒋经国。长叹了一口气说，不要操之过急，还是从长计议吧。

不日，孔令侃飞美国。

沪上各金融大佬弹冠相庆。

因为蒋经国收兵回南京了；宣铁吾也调任衢州绥靖区副司令官，事实上降级使用了。

这段历史说明，不铲除贪腐违法所由滋生的土壤，不过是治标而已，无论如何轰轰烈烈，最终也是根治不了的。要不就像美国那样把商业回扣与政治献金等经济犯罪合法化，那就再不会有贪腐案去恶心公众视听了。当然，也决不会有人去向蒋介石作此建议。

第二十二章

一

淮海战役的序幕是济南战役。

济南战役的总指挥是谁？这么一个极为简单的问题长期以来被人为地搞混了，不少粗劣的书籍、影视剧、话剧都说是陈毅，有的标志性建筑物上赫然刻着陈毅的名字。而稍稍有点解放战争史知识的人都知道，那时陈毅已经正式调到中原局、中原军区去了。华东军区是由中共中央华东局第一书记饶漱石在负全责；华东野战军是由粟裕任司令员兼政委，只不过由于他三次向中央要求，才在两个职务前加了个"代"字。显然，陈毅早就与华东的一切事务没有关系了。而且，中央军委的电报明确指出，攻打济南，"全军指挥，由粟裕担负"。① 遍观济南战役之前、之间、之后毛泽东致华野、华东局的所有电报，接收人也没有一个是陈毅。历史需要真相，不容混淆，笔者将对此予以澄清。

在济南周围及其西南面，蒋军兵力多达五十三万，统由刘峙担任总司令的徐州剿匪总司令部辖制。徐州南面的李弥十三兵团，屯驻徐州至蚌埠一线；邱清泉二兵团布防在徐州西部的商丘、砀山、黄口一线；孙元良十六兵团位于徐州西北部的郑州；第四绥靖区陈兵于开封、兰封、菏泽；黄百韬七兵团位于陇海路东段的新安镇一线；第二绥靖区部分人马布防于临城、枣庄、台儿庄，其司令官王耀武亲率十几万人马镇守济南。

人民解放军华东野战军的兵力却没有那么集中，被蒋军阻隔在四块区域：以曲阜为中心，六纵被阻隔在兖州、济宁一带；二纵、十纵、十一纵分布于金乡、巨野、嘉祥一带；九纵、十三纵位于莱芜、泰安；渤海纵队位于济南以东的邹平；华野总部率一纵、四纵、八纵、先遣纵队位于徐州的西南方涡阳、马店；苏北兵团的二纵、十一纵、十二纵在涟水一带。

这样一种战略态势表明，攻打济南非同小可，必将是一场恶仗、险仗。

粟裕召集华野参谋长陈士榘、政治部主任唐亮、副参谋长张震、政治部副主任钟期光商榷，教大家来想办法，如何打好这一仗。

粟裕开门见山，举着七份电报，严肃地说：

---

① 《毛泽东军事文集》第五卷，军事科学出版社、中央文献出版社1993年12月出版，第7页。

"毛主席在半月之内连续七电,命令我们夺取济南,及早控制这个战略要隘,以影响和震慑全国战局。主席的这个决策,我个人认为是十分英明的!主席几次电报都强调指出,攻取济南或者发动其他战役,都必须要和下一步发动更大规模的歼灭战联系起来思考和运筹。我理解主席的意思是不能孤立地去夺取济南和歼灭王耀武集团,而应该是为了下一步更大规模的歼灭战创造条件!我的理解不知道是否正确?陈参谋长、唐主任,请大家讨论。"

桌上摆着几个装潢精美的香烟听子,上面印着俄文。这是苏军巡洋舰波将金号上个月协助华野从大连兵工厂①运送弹药时,苏军大连卫戍司令捷帕廖夫少将指名赠送给饶漱石、粟裕的。粟裕不会吸烟,将烟听放在桌上,任大家取用。刚坐下,陈士榘就抽出一支点燃,边吸边咳呛几下,笑了笑说老大哥的烟和他们的伏特加一样劲道特别大。

粟司令员刚说完,他就沉吟着慢条斯理地说:

"主席命令攻取济南,我们当然要执行;但是也要把我们的想法报告给主席。能不能马上攻济南,采用什么样的方式攻济南,才是更好地执行主席指示?这个我们必须认真考虑,向他提出我们的建议!"

"陈参谋长说得好呀!"粟裕点点头,脸上有一丝淡淡的笑容。"我们身在前线,了解的情况毕竟更具体一些,向主席提出我们的建议,那是义不容辞、不允许有丝毫回避的!"

其实,从接到毛泽东的第一份电报开始,粟裕就进入了战略思考。较长一段时间以来,反复与陈士榘商榷,他心里基本有了主意。今天是想拿出来征求更多人的意见,集思广益,弥补缺漏。

他认为,拟议中的济南战役,是豫东战役②之后又一次高度集中、统一指挥的大兵团作战,规模可能是空前的。诚如主席的预期,一旦成功,对全国战局会产生极为有利的影响。在主席所说的"更大规模的"战略决战"即将到来的时候,攻取济南至关重要,丝毫轻率不得,必须谨慎从事,集结兵力,做好一切战前准备。争取做到不战则已,战则必胜,从根本上改变敌我战略态势,推动战局向南线战略决战发展!有鉴于此,马上攻打济南,实现我们的全套战略目的,现在条件还不够成熟。许世友的山东兵团不足十万人马,济南守军十三万;王耀武指挥能力不差,他在济南经营多年,城防工事做得很完备很坚固。而且,济南被蒋介石视为徐州屏障,我山东兵团攻打济南,刘峙必会派邱清泉、黄百韬、李弥三个兵团北援。山东兵团攻济兵力本来就大大不足,能分出多少兵力去阻援呢?

---

① 苏军移交的大连兵工厂共六座,统由华东局兵工部管理。
② 此前由陈士榘指挥的以攻取开封为中心的战役。

我华野九个兵团相距虽不算太远，但是一者连续作战，十分疲劳，急需休整补充；二者尚需进一步集结部队。所以，目前最好的办法不是马上就动手攻济，而是从容集结部队；然后利用雨季休整一个月，积极做好攻济准备。

陈士榘和同僚们都赞同他的意见。

粟裕进一步征求大家意见：济南战役的方针，是否可以攻城与打援并举？

陈士榘点头说："我们攻打济南，刘峙必会调兵北援。若单纯阻援，一旦济南久攻不下，十分不利；而且即使顺利攻下济南，让敌人援兵轻易溜走也不划算。所以我们可否预先做好准备，攻济和打援，究竟是次第进行，或者同时进行，也许可以视当时战况决定？"

粟裕说："王耀武的绥靖区总共有十三万人马，徐州有条件北援的邱、黄、李三个兵团十七万人，我们攻济打援欲全盘获胜，必须集结尽可能大的兵力才行！我们可以上报军委，调取隶属我华野序列的苏北兵团北上参战。"

陈士榘转身吩咐坐在背后记录的野司参谋处长夏光、副处长王德，"粟司令员刚才的讲话，会后你们立即整理成上报军委的电文！"

这份报告次日即呈送华东局书记饶漱石案头。

饶漱石表示完全赞同。作了少许改动，然后以粟裕、饶漱石名义发出。

毛泽东接到饶、粟来电后，立即与刘、周、朱、任四位同僚商榷，决定采纳华东方面意见，暂缓最初要华野山东兵团立即攻取济南的决定；指示华野主力转入休整。什么时候攻打济南，攻济与打援如何协同，毛泽东叫粟裕提出计划交军委审核。

此后，华野各路大军从苏北、皖北、豫东各地向山东集结。总兵力达十五个纵队三十七万人。

饶漱石召集粟裕和华东军区、华东野战军两个司令部的主要干部，商讨未来的战役。最后确定了三个方案，致电军委请示。

第一个方案：围攻济南只是虚晃一枪，诱饵而已；集中主力，转到豫皖苏及淮北徐蚌线以东作战，切断徐蚌铁路，孤立徐州。将重点放在打援上，求得于运动中首先歼灭新五军，继而扩大战果，歼击其他兵团。这是华东军区政委饶漱石提出的意见。

第二种方案：集中主力首先攻占济南。对可能援济之敌，仅以少量兵力阻击。这是华东军区、华东野战军参谋长陈士榘的意见。

第三种方案：攻取济南与打援同时进行，但应采取重点配备兵力。此战可分两个阶段。第一阶段以两个纵队夺取济南机场，在王耀武反夺机场时，歼灭其反夺力量，以削弱其守备兵力；另安排十一个纵队打援，则兵力足够歼灭敌人北上援兵之一路或两路。只要援敌被歼，则攻济易矣。第二阶段则于歼灭援敌之主要一路后，以一部继续担任阻击，而将主力转移参加打济南。这是华野司令员粟裕的主张。

关于打援区域，粟裕选择在汶河以北、泰安以西、肥城以南地区，或邹县、滕县之间；阻援战场则选择在鲁西南金乡、巨野、嘉祥地区。

八月十二日，毛泽东为军委起草复电，大体同意饶、粟攻济打援的设想。毛泽东在电报中预作判断：你们如果真打济南，徐州的三个兵团定会北上援济；然在此前刚发生"区（寿年）兵团被歼、邱黄两兵团受重创"的情况下，敌人很可能采取"谨慎集结、缓缓推进"的策略。毛泽东指出，"你们第三方案之目的是为了争取第一种方案的结果。其弱点是只以两个纵队占领机场，对于济南并不真打，而集中十一个纵队打援。"当初豫东战役"邱清泉、区寿年兵团之所以增援开封，是因为我们真打开封；敌明确知道我是阻援，不是打援，故以十天时间赶到了开封。如果你们此次计划不是真打济南，而是置重点于打援，则在（此前）区兵团被歼、邱黄两兵团重创之后，援敌必会采取——不会采取这种谨慎集结缓缓推进方法。"他认为，在使用山东兵团"全力而不要其他各纵参加，或者即使参加也只是个别的师、至多不超过一个纵队的条件下，我们目前倾向于攻城打援分工协作。以达既克济南又歼灭一部援敌之目的。即采取你们第二方案（陈士榘方案），争取上述第二项结果。""你们集中六至七个纵队不但能阻援敌于适当地区，而且能歼灭其一部，至少能保障攻克济南。"

毛泽东的指示，给粟裕很大启发。他认识到，以往不论"攻城阻援"还是"围点打援"，都是为了歼灭敌人有生力量；济南战役则前进了一步，在大量歼灭敌人有生力量的同时，还为了将重要战略据点永久占领，以便解除后顾之忧，利于集中更大兵力去争取前所未有的大胜利。

粟裕决定将参战兵力（作总预备队的两个纵队除外）的百分之四十四组成攻城集团、百分之五十六组成打援集团。

攻城集团兵力为六个纵队、野司直属特种兵（坦克）纵队、地方武装共十四万人；以山东兵团司令部为攻城集团领导机关，遵照毛主席点将：许世友任司令员、王建安任副司令员。

打援集团兵力为八个半纵队加上特种兵部队一部分、地方武装共十八万人；由野司直接指挥。

前面提到过，王耀武在南京向蒋介石禀报，共军各部逐渐在向济南周围云集，看样子不久就会打济南。蒋介石数日后命令空运八十三师之第十九旅到济南，空运一批美械改善吴化文六十九军的装备。

十几天后，蒋介石仍很担心济南防务，觉得孤城无援，命令先准备一个师，必要时空运济南。徐州方面则以邱清泉、李弥两个兵团监控粟裕主力；以黄百韬兵团对苏北的华野二纵、十一纵、十二纵发动袭击，用以牵制。待苏北共军遭受严重损失，再转兵攻取兖州。

顾祝同命第三厅厅长郭汝瑰到徐州、济南传达、解释蒋介石的战略意图。

八月二十六日上午九时，郭汝瑰与陆军总司令三署徐志勖署长到明故宫机场搭乘运送器材到前线的飞机，十一时十五分抵达徐州"剿总"。总司令刘峙已召集相关将领等候了多时。顾祝同转任参谋总长后，"陆总徐州指挥部"的牌子便换成了"剿总"的牌子。

郭汝瑰、徐志勖将蒋介石关于袭击苏北华野三个纵队的意图传达给刘峙、黄百韬。

午饭后，十五时十分，郭汝瑰、徐志勖、徐州剿总参谋长李树正搭乘运送十九旅的运输机，飞往济南。

郭汝瑰向王耀武说明全盘情况，然后传达蒋介石的意图。代蒋介石承诺，共军若进犯济南，国防部必将于开战前十天内空运第八十三师到济南。

又传达蒋介石的担心与指示：济南周围防御圈太大，长达七十多公里。若一处被突破，就会引起整个阵线的慌乱；要尽量缩小防御圈，以收缩兵力。

王耀武诺诺虚应，心里并不以为然。

旋又领郭汝瑰、徐志勖巡视阵地，显示其钢筋水泥工事的坚固性；意思就是没有必要缩小防御圈。

次日，王耀武教他的二绥靖区副司令官牟中珩陪同郭汝瑰、徐志勖继续视察阵地。

第一站是济南城南的五里山。

随后到城东的茂林山、窑头、农业学校一带。七十三军在这里构筑的阵地还算坚固；只是没注意火力配备和工事的伪装。

接下来到城西的腊山一带。那是吴化文六十九军防区。工事做得差劲，火力配备也不得力，一下就看出来杂牌军特点。

不过从整体看，济南的防御工事做得还差强人意。当然也免不了有不尽如人意的地方。工程浩大，上千个明碉暗堡，五里山、茂林山几乎被掏空了；所有工事都有一个共同的弱点，只注意到了掩蔽，忽视了火力配备和伪装，外八字的射击孔十分暴露。而且射击死角很大，敌方人员易于靠近。

在王耀武召开的营以上军官大会上，郭汝瑰、徐志勖分别讲了各自的观感，要求对工事存在的缺陷进行整改。

事后郭、徐二人飞到另一座孤城青岛视察。然后回到南京。

他俩向顾祝同汇报了情况。

顾祝同将三十二师增编一个旅，配齐武器弹药，决定及早空运，以增强济南防御力量。

但王耀武还不满足。半月后，飞南京继续要求增派兵力。

蒋介石又顺其要求，下令整编七十四师立即空运济南。但结果下边并未执行。

粟裕了解到的济南城防情况比亲历其境的郭汝瑰、徐志勖还具体。他知道其外围防御阵地的纵深为十余公里，由一百六十余个支撑点组成。分别以齐河、长清、崮山、张夏、中宫、王舍人庄一带为警戒阵地；依托鹊山、中店铺、峨眉山、大庙屯、兴隆山、砚池山、茂岭山、华山，构筑主要阵地。

城厢地带由三道阵地拱卫：商埠为第一道阵地；外城为第二道阵地；内城为核心阵地。

鉴于敌人分为东西两个守备区，东线是中央军，西线是杂牌军吴化文部，粟裕判断东线为防御重点，兵力、官兵素质、武器、工事必然优于西线。西线守敌六十九军军长吴化文，一个月来几次向济南地下党表示要弃暗投明。若促其战场起义，就可使西线成为缺口。而敌人的机场在城西，攻下机场，可威逼吴化文下决心起义；也可切断济南的空中补给，同时对王耀武整个守城部队的心理也是沉重打击。以此为依据，粟裕决定将攻城兵力适当加强西线。

打援部队则采取"夹运河而阵"的部署。在运河以西配置四纵、八纵以及冀鲁豫军区的两个旅。依托水洼地带，构筑多道纵深工事，阻击取道鲁西南北犯之敌；打援集团的大部队配置在运河以东，由一纵、二纵、六纵、七纵、十二纵、中原野战军十一纵、鲁中南纵队组成。拟在邹县以南集中三十个团歼灭援敌三个旅；以其余二十二个团钳制援敌的其余部分。尔后再据战况发展寻歼下一个目标。

攻城部队分成两个集团。以三纵、十纵、鲁中纵队为西集团，由十纵司令员宋时轮指挥；以九纵、渤海纵队组成东集团，由九纵司令员聂凤智指挥。另外，助攻部队为两广纵队、冀鲁豫军区部队、渤海军区部队，分别从南、北两个方向攻击济南，配合东西两个集团的主攻行动。整个攻城行动由华野所属山东兵团的司令员许世友、副司令员王建安指挥。

毛泽东同意了粟裕这一方案。

毛泽东还命令刘伯承：若位于信阳的蒋军张轸兵团、郑州的孙元良兵团有异动，出现了战机，中野当在运动中割歼其一部，以配合济南战役。

九月十一日，毛泽东致电许世友、王建安，对攻济打援方针作了解释。指出粟裕的"此次作战部署是根据军委指示决定的，即目的与手段应当联系而又有区别。此次作战目的，主要是夺取济南，其次才是歼灭一部分援敌。但在手段上即兵力部署上，却不应以多数兵力打济南。如果以多数兵力打济南，以少数兵力打援敌，则因援敌甚多，势必阻挡不住而不能歼其一部，因而不能取得攻济的必要时间，则攻济必不成功"。特别叮咛许世友必须服从粟裕指挥，"攻城指挥由你们担负；全军指挥由粟裕负责，军委赋予粟全权执行战场纪律"。后一句话颇有先斩后奏之意。

二

九月九日，粟裕参加西兵团作战会议时，获悉济南城西的机场外围敌人防守兵力增至五个旅，正日夜加固工事。担心三纵、十纵进攻时会有较大难度，会拖长时间。粟裕致电身在前线指挥部的许世友、王建安，指示"鲁中纵队首先沿大沙河东北攻占大高山、双山头、羊洞顶、马林并转向党家庄、井家沟攻击前进；第一步作战，十三纵最好全部——若不能全歼，至少抽一个师或更多兵力协同鲁中纵队从南面攻取飞机场。"

许世友对粟裕的命令有异议。当天复电，反倒主张将西兵团的一个纵队调到铁路以东，意在先攻打商埠。

粟裕断然否定了这个设想。指出，"攻济战役能否成功，正如军委所示，在于时间的取得；而攻济之第一步要求在于迅速攻占机场断绝敌人空援。……攻城第二步再以主力转向济城及商埠。"命令许世友不得擅改原定计划；同时决定十三纵紧随鲁中南纵队跟进，必要时加入攻击。

为了激励士气，粟裕特地到十纵给营以上干部讲话。鼓励他们不负毛主席所望，英勇奋战，"打进济南府，活捉王耀武！"

九月九日、十三日，华野攻城部队的西集团和东集团，在陈士榘参谋长指挥下，先后从泰安、汶上、济宁、莱芜出发，秘密向济南靠近。

从九月十三日（济南战役发动前）起，华东军区序列的江淮军区部队、豫皖苏军区部队攻击徐州至商丘、徐州至蚌埠、徐州至运河站的铁路线，将沿线蒋军歼灭或驱逐，兵锋所向，直指徐州。

刘峙大惊，不得不从山东撤回部分兵力以加强徐州防卫。

华东军区的淮南部队攻击蚌埠至浦口的铁路线；留在苏北的华野三十三旅向运河沿线出击，配合济南战役。

九月十五日（济南战役发动的前夕），华野两广纵队攻克长清。这座小城乃济南西南面屏障，距济南三十多公里。由于两广纵队打仗勇猛，力度亚似主力；加以位于西郊的机场附近华野大军云集，王耀武判断粟裕把主攻方向放在西面了。便将预备队十九旅调到城西的古城一带，将西南面距城十五公里的五十七旅撤到济南城内防守西郊。

粟裕致电许世友、王建安并报中央军委:"按原计划于铣(十六日)晚开始对济南攻击。三纵、十纵、两广纵队、特纵已按计划开进,我已令他们听从你们(指许、王)指挥。"

一九四八年九月十六日二十四时,粟裕向许世友发出命令:"许世友同志,现在,我命令你发起总攻;你须向东西两路大军传达我的命令!"

顷刻,济南城内外方圆五十公里万炮怒吼,大地为之颠簸不已;火光冲天,宛如白昼;硝烟形成了一道无边无际的大幕,将中秋节前一天的月亮完全遮住了。

华野十纵沿黄河东岸开阔地带,从西南方向向古城攻击前进;

三纵、华野司令部警卫团,配合十纵,向琵琶山一带攻击前进;

冀鲁豫军区部队向济南西北面黄河对岸的齐河(即晏城)守军发起攻击。一小时不到就夺取了城池。旋即追击逃敌;

渤海军区部队由济南正北面的黄河渡口,攻击鹊山,并逼向黄河铁桥;

华野渤海纵队从济南东北方向,向王舍人庄攻击。此地为济南的东北屏障;

华野鲁中南纵队由济南的南边向双头山一带进攻;

十三纵作预备队,集结济南的南面

九纵司令员聂凤智战前在连以上干部会上说,我们九纵本来已被安排担任助攻,东西两路主攻都没有我们,是我和刘政委①利用跟饶政委的关系,饶政委帮我们从粟司令员那里争来了东路主攻的任务。得来不易呀,同志们一定要珍惜,可不要让我和刘政委丢脸呀。

大家齐声高呼口号,作为回答:"打进济南府,活捉王耀武!"

当十二颗红色信号弹升起,在夜空中划出一道红色弧形时,前面说到的万炮齐发顷刻发生。长时间炮火覆盖轰击,摧毁了蒋军大量的外围工事;然后延伸压制,掩护步兵突击队挺进。

九纵二十五师的七十四团、七十五团突击济南的东大门茂岭山、砚池山。凌晨二时,攻占了茂岭山主峰。五时许,茂岭山战斗全部结束,敌人除被击毙者,生俘一千余人。当七十四团攻打茂岭山之际,七十五团也直插茂岭山南边的砚池山。激战仅半个多小时,守敌打出了白旗,要求投降。

王耀武战前曾吹嘘,济南东大门茂岭山、砚池山"固若金汤,足够共军啃半个月",不料几个小时就丢失了。

接下来的三天内,九纵的突击队越战越勇,接连攻克敌人一大批主阵地以及村庄据点。

---

① 九纵政委刘浩天。

与此同时，华野攻城西集团也取得了重大进展，攻克西城、玉皇山等城西外围阵地，乘胜向济南主城近处的党家庄、腊山进攻，直接威胁济南西郊机场。

这让王耀武惶惑不安，一会儿认为共军主攻方向在西面，一会儿又说不对，"看来应该在东面"。就这样把他的总预备队在东西两面调来调去。这被华野攻城部队官兵嘲笑为"调兵大游行"。

王耀武哪里知道，粟裕有意违背"用兵教程"，东西两线安排的都是主攻部队。

设在宁阳的华野指挥部。

粟裕密切关注着济南西郊机场。据南京"蚕豆小组"获得的情报，蒋军重新组建的整编七十四师通过空运向济南增援。第一批一个团正在登机，很快就要起飞了。而宋时轮用于攻取机场的兵力太少，许世友并未及时增派攻打机场的援兵。粟裕发了一通脾气，质问许世友怎么搞的。然后马上叫通了宋时轮电话，教宋时轮亲自带一支部队增援机场外围；野司炮纵将直接轰击机场，不让敌机着地。

顷刻，炮弹密集飞向机场，将跑道、停机坪、塔台炸了个稀烂；一百多门高射炮在机场周围上空编织了一片火网，飞机根本无法靠近。

运送整编七十四师的飞机只好返回徐州。

蒋介石无奈，只得从地上想办法。催促徐州"剿总"副司令官杜聿明火速派兵救援济南。

杜聿明不敢怠慢，赶快调第二兵团经鲁西南北上；第七兵团、第十三兵团尽快集结徐州，从津浦路北上。

粟裕微微一笑。立即命令打援部队进入阵地，以逸待劳，准备在这里打一个规模不小于攻城的歼灭战。

但杜聿明获悉粟裕握重兵以待，不敢轻易冒进，叮嘱两路援兵"持重"。

他这一叮嘱，三个兵团的头头正求之不得。结果，直到济南战役结束，第二兵团只向前移动了十五公里，又赶快缩了回去；第七、第十三兵团则还没有集结完毕。

王耀武部署在西面的主力师吴化文六十九军，该军共两万多人。

吴化文战前与地下党联系，明确表示要在"关键时刻"起义；后来又一再推托，有骑墙的迹象。后来看到九纵攻势凌厉，接连踏平东面几道阵线；十纵又在重炮封锁机场之际，突破外围大部分主阵地；看情势城破只在旦夕。吴化文这才害怕起来，赶快派代表穿越火线去找宋时轮接洽。

粟裕得到宋时轮报告，当即用电话向华东局书记、华东军区政委饶漱石请示。

饶漱石指示，立刻派野司政治部副主任钟期光赴十纵，协同宋时轮做好这一工作。对吴化文不要提过高要求，例如参战之类；只要求他率领部队离开战场，把阵地交给我军，开到黄河以北的章丘、梧台待命。起义后的经费暂时维持现状，以后按我军待遇拨给款项。为防止其中途生变，应命令吴化文按我们划定的路线即刻撤离战场；同时我军西兵团加紧扩大战果，向吴部逼压。

十九日夜，吴化文率三个旅两万余人起义；将飞机场及所有防区交给宋时轮。

粟裕命令攻城集团十纵、三纵、两广纵队（附野司特务团）趁机向商埠、城区猛攻，扩大战果。又因打援部队暂时无事，调叶飞纵队北上加入攻城部队，以尽快结束战事。

济南腹背受敌。王耀武束手无策，只好放弃外围残存的阵地，收缩兵力。企图凭借内城固守。

二十日，九纵直薄东面城墙，立刻向外城开展抵近作业，挖掘延伸战壕。只用了两天就完成了总攻外城的一应战斗准备。

王耀武自作聪明，认为共军连续作战六天六夜，定然人困马乏，完成了抵近作业后，在这种已然稳操胜券的情况下，怎么着也会休整数日。

不料就在抵近作业完成后不到一个小时，粟裕就向许世友、王建安发出了总攻外城的命令。

于是，攻城大军从四面八方拥向城垣。

聂凤智在茂岭山指挥所接到王建安的命令，立即下令纵队所属炮兵向各攻击点实施打击。

十九时许，九纵各主攻团同时对各个预定突破口发起连续冲击。

次日，东西两个攻城集团攻占外围阵地的一百六十余个支撑点，包括商埠、外城在内，至此，攻城部队的锋芒直指王耀武的核心阵地——内城。

内城的城墙高十四米、底宽十米。城墙上建造了三层射击设施，附有消除射击死角的侧击掩体，构成严密有效的交叉火网。城墙外是宽大的护城河，墙根下暗堡成群、鹿砦密闭、雷阵环绕。王耀武的守城部队尚余九万，全部退缩到内城防守。

二十三日十八时，总攻内城的炮击持续了一个小时，摧毁了大部分城外暗堡、鹿砦、雷阵以及城墙上工事之后，全部炮弹延伸飞进城内，掩护攻城突击队行动。

九纵七十三团冲击最快，于次日凌晨四时五十分突破城上阻击，进入内城。九纵主力部队和十纵紧随其后，冲破硝烟，也进入了内城。突击队与身后大部队最初形成了一条长龙，不久分作三路，最后是六路，分头追击敌人。

仍然冲在最前头的七十三团，分两路直奔新、旧省政府衙门。

二营首先炸开旧省府围墙，缴获美制榴弹炮十门、山炮七门、坦克一辆，五分钟内推进了五百多米。

三营从突破口向西攻击前进，转而插向西北角，打遍了半个内城。机枪兵王会康在抢救老百姓时,裤子烧掉一半。团长张慕立刻脱下自己的裤子,命令他穿上。三营五连打进新省府,发现这里是广播电台,四周埋了许多炸药,上面倒满煤油。他挥手命令战士们闪开,亲手去剪断引线,然后命令大家将炸药挖出来,搬开。

西面攻城集团十三纵之一一〇团、一〇九团从城西南角跃上城墙,控制了突破口,掩护大批主力部队拥进城去。他们在西半城扫荡残敌,有力地配合了东半城九纵的行动。

王耀武的绥靖司令部设在山东银行大楼四楼。守大楼的司令部卫队团和解放军交上火之际,王耀武叫参谋长罗辛理代替他指挥。他自己则化装成商人,在少数侍卫簇拥下,经地道潜出城去。结果也没逃脱,在寿光县被老百姓捉获。

二十四日十八时,九纵与三纵、十纵、十三纵在济南城内会师,宣告胜利。

济南战役历时共八昼夜,全歼守敌十三万人,包括起义的吴化文部在内。其中九纵歼敌最多,为两万八千人。九纵二十五师之七十三团被中央军委命名为"济南第一团"。

菏泽、烟台、临沂的蒋军闻讯弃城而逃,只青岛及南部边沿地带尚在蒋军手中。山东全境基本解放了。

华野攻占了济南,等于拔除了蒋军在山东解放区腹地的最大战略据点,消除了心腹之患,为下一个更大规模歼灭战的开展免除了后顾之忧;同时,济南是华东的工业和商业并重的大城市,无疑会增强华东解放区的经济实力;打下了济南,解放了城区七十万人,也使华东与华北两大解放区连成了一片。

早在一九四八年八月份,也就是济南战役尚在谋划中时,粟裕就在考虑下一步、下二步、下三步的行动了。他严格根据毛泽东的指示,没有孤立地去谋划济南战役,而是把它作为下一个行动的起点,作为推动下一场规模更大的战役的序幕战。

八月二十三日,他与饶漱石商量后,向中央报告,夺取了济南之后,"我们即可举全力沿运河及津浦南下""攻占两淮及高邮、宝应"。他所提出的这一思考就是在徐州以东作战的问题。他认为,兵出徐蚌线以东,首先攻占两淮、高、宝,则可孤立徐州,"亦为将来渡江作战创造有利条件"。他设想:华野兵出徐蚌线以东,再筹划一个类似"攻济打援"的"围点打援",在以足够兵力攻取两淮、高、宝时,部署华野主力于运河两岸,待歼从徐州、海州来援之敌。继而攻占海州、连云港。他在致中央电里给这个系列行动取了个名:淮海战役。

过了一个多月,济南战役已经展开数日,华野也已破城而入,胜券在握之际;南线援敌面对华野八个纵队的打援大军,不敢越雷池一步。粟裕此刻好整以暇,又想起了他盘算良久的"淮海战役"。九月二十四日早晨，在济南巷战激烈的枪声伴奏下，粟裕给军委草拟了一份电报，同时发给华东局、中原局，"建议即进行淮海战役"。

二十五日上午九时，毛泽东致电饶漱石、粟裕，指示饶漱石到华野司令部召开会议，讨论下一步行动问题，把最后商定的意见上报军委。

当天下午四时，毛泽东再次致电粟裕，要他把下一步作战地域的敌情详报上来。

还是在二十五日这天，傍晚七时，毛泽东为军委起草第三份电报，明确认定"举行淮海战役，甚为必要"。还预设了战役的三个阶段：歼灭黄百韬兵团于新安、运河之线，是为第一期作战；歼灭两淮、高邮、宝应之敌，是为第二期作战；歼灭海州、连云港、灌云地区之敌，是为第三期作战。①

从一天之内电报的密集程度，可窥这位伟大的统帅对"淮海战役"这一战略命题兴趣之浓与兴奋至极。

就这样，淮海战役的初步设想确定了下来。

但是这个设想还只是把战役范围定在徐州以东的苏北地区，寻歼对象主要是黄百韬兵团。史家后来称此为"小淮海"计划。

三

当人民解放军东北野战军部队纷纷南下，次第攻克了义县等几座卫星城时，围攻锦州的态势自然而然地呈现了出来。

蒋介石命令卫立煌立即增援锦州。

这一命令一直遭到卫立煌、廖耀湘的反对；他们两人认为，解锦州之围，最策略的办法是由华北剿总的傅作义出兵。傅出兵对林彪大军可形成牵制；是时沈阳出兵，便可顺利抵达锦州，与傅作义会师。此时若只由沈阳出兵，林彪大军云集，岂不是往人家早就挖好的火坑里跳吗？

蒋介石又再次强调，沈阳已成孤城，沈阳守军应在共军攻打锦州时，放弃沈阳，取道辽西的彰武、新立屯折转南下，救援锦州；否则拖延下去，沈阳必会成为第二个长春（陷入共军重围），那时想要突围就不可能了。

前文提到过，卫立煌十分不情愿地带着这个命令，拉上顾祝同，回沈阳去了。

廖耀湘认为蒋介石的命令完全没有考虑到辽西共军云集以及东北国军的士气低落。他对卫立煌说，即使要撤退，也应该制定一个安全稳妥的办法。

---

① 《毛泽东军事文选》第五卷，军事科学出版社、中央文献出版社1993年12月版，第19页。

卫立煌瞅了他一下，问道："像目前这样的敌我态势，能有什么安全稳妥的撤退办法？"

廖耀湘说："可以从辽中向南突然进军，攻占营口！"

卫立煌沉默了一下，问道："依据是什么？"

这个问题，廖耀湘成竹在胸，从容说：

"此刻林彪正在部署围攻锦州，以及安排打援，辽南相对空虚，至少共军主力不在那里，通行问题不会太大；我们沈阳的部队互相距离不远，两天完成集结、准备足够了；从辽中到营口，急行军的话，二十个小时即可抵达。攻下营口以后，情况可望改善。既可以取道海上增兵葫芦岛、锦州，也可以取道陆上突袭义县共军侧背，增援锦州；而且营口港还可以发挥全东北补给转运站的作用。"

卫立煌尽管根本反对大军离开沈阳这个坚固的大堡垒，但廖耀湘这个离开沈阳的办法比蒋介石从辽西攻击前进要安全得多，也就勉强点了点头。

见他首肯了，廖耀湘解释说：

"我并不是不认为卫总固守沈阳待变的办法最好，但是我们若只坚持这个办法，拒绝上边的一切命令，总统会误会我们，觉得我们是在一味避战；所以我们要主动向总统提供策略。而且，从道义上说，我们也不能一再抗拒总统命令，看着锦州危急而袖手旁观！"

卫立煌沉吟半响，决定把廖耀湘的方案和自己死守沈阳的策略一并告诉顾祝同，请顾选择其一呈报蒋介石。

他马上打电话请顾祝同来吃晚饭。

这是个看似简单的晚宴。参加者为主人卫立煌，客人有顾祝同、廖耀湘、东北剿总参谋长赵家骧。表面简单的晚宴，卫立煌却用心做了准备。首先是派人到全城各大餐厅酒楼，寻找一名苏北厨子；然后搜尽所有商店，购得两瓶涟水大曲。到了开宴的时候，满桌子都是苏北口味的佳肴，杯子里也斟满了后劲颇足的涟水大曲。这是卫立煌给灶王爷上供，让他高兴了，也才会上天言好事。今天的灶王爷是苏北涟水县人顾祝同。要他所言的好事就是帮着劝说蒋介石同意卫立煌固守沈阳，次之则是同意廖耀湘向营口撤退的方案。

席间，卫立煌把自己制订的固守沈阳的作战计划及其作战地图拿出来，请顾祝同"审阅、指教"。

顾祝同不悦。默然片刻，放下筷子，接过来，一眼也不看就交给了身后的副官。面无表情地说：

"俊如兄，你应该知道，祝同此来是监督你们执行总统命令的！如果你制订的是向辽西进军直下锦州的计划，祝同一定拜读；其他方案，对不住，则不敢有所闻！"说罢放下脸来，不吃不喝，兀自坐在那里。

卫立煌有点尴尬，不知道说什么好。

赵家骧赶快端起酒杯，劝大家再干一杯，以打破僵局，松弛紧张气氛。

后来，卫立煌向廖耀湘使眼色，示意把营口撤退计划说出来。

而廖耀湘似乎没注意到，只顾在那里喝酒吃菜；时不时与当年的黄埔教官顾祝同聊点儿往事。

卫立煌有点着急，索性点名教他说话。指了指他，对顾祝同说：

"墨三兄，廖司令官要向你报告他的重要战略考虑！"

顾祝同刚喝了一口让他着迷的涟水大曲，边放杯子边扭头乜视廖耀湘，问道：

"唔，你想说什么？"

廖耀湘做出省悟的样子"啊"了一声并拍了一下额头向卫立煌扮了个歉意的笑。然后对顾祝同说：

"报告总长，部下琢磨了一个蠢见，希望总长能……"他滔滔不绝地向顾祝同介绍自己的出辽中抢占营口的计划。无奈只说了一半就不得不停下了，中途被不耐烦的顾祝同切断了。

"总统的命令并不是你们所理解的如何安全从沈阳撤退，而是要你们取道辽西，攻击前进，与锦州守军形成夹击之势，歼灭围困锦州的共军！这道命令不论是总统，还是在下顾某人，都反复向你们交代多次了！怎么还在那里蠢想一些古而怪哉的什么计划出来？"

"恐怕是闭着眼睛硬要往共军预设的火坑里跳，才叫作古而怪哉的计划吧？"卫立煌乜视顾祝同，反唇相讥，"辽西是什么地方？两边不到五十公里都是共军根据地，不远处的西南面眼下正集结几十万准备打锦州和打援的共军。可以断言，我们一旦兵出沈阳，最多前进二三十公里，必会陷入林彪的打援包围圈！"

顾祝同瞪了一眼卫立煌，不客气地伸手指了他一下，说：

"你这完全是危言耸听！你二十多万大军滚动前进，他林彪有多厚的包围圈才围得住你呀？没个几十万人他能做成这个包围圈吗？包围锦州、包围你卫俊如同时进行吗？除非林彪有撒豆成兵的妖法！"

两个人争执了半天也没个结果。据在场的赵家骧后来回忆说："顾对卫将一切不堪入耳的话都说出来了。卫为了免于被解放军消灭，极力忍耐；但出辽西的命令卫是绝对不下的。"①

事后顾祝同用电话向蒋介石汇报，称："东北负责将领不服从命令，不愿意打仗，企图避免作战！"

蒋介石大为生气，在屋子里大骂卫立煌；若按以往脾气，如此不听话的将领，

---

① 《硝烟弹痕：近现代重大战役目击记》，中国文史出版社，第192页。

他是一定要换掉的。为难的是像熊式辉、陈诚、顾祝同、刘峙、卫立煌、张治中这类一层高级将领，资历够又能独当一面者，再也找不出人了。军队是讲资历的地方。有的"才堪大用"稍年轻一点的二层将领，没有办法服众。例如杜聿明，最初放到东北，也只能在赋予全权主持军事的同时屈居熊式辉之下，现在又以同样方式在徐州作刘峙名义上的副手；再者东北主帅已换了三次，再换就是历史笑话了。没奈何，骂归骂，还是只得靠卫立煌办事。踌躇半天，决定以更严厉的口吻，电促卫立煌立即整顿兵马，向辽西攻击前进，去增援锦州。

卫立煌接到蒋介石电报，惶恐之后，仍不甘心屈从。召来廖耀湘一起商量。待廖读完电报，愤慨地问他怎么办。

廖耀湘毫不客气地把蒋介石的电报拍在桌上，愠然说：

"我看老头子不把本钱断送干净是不会甘心的！"

卫立煌同情地瞧着他，鼓励般点了几下头；只慨然长叹，并不说什么。

"在葫芦岛、锦州两地部队会师之前，沈阳主力决不可单独攻略辽西！"廖耀湘继续说。"其实这只不过是时间、空间如何配合的问题，我们并不是故意抗拒总统的命令，而是为了有效挽救当前的危局，为了保全沈阳的主力！他老人家为什么就这么……不明白呢？总司令千万不可屈从，应该再次犯颜直谏，坚持我们商定的主张！"

卫立煌听了，又点点头。默然片刻，说：

"沈阳主力不能单独出辽西，这是真理！"

"是真理就应该坚持！卫总，在这件事上，部下我愿意始终和您站在一起！"

沈阳二十多万人马，廖耀湘第九兵团就占了一多半，是主力中的主力。见廖耀湘态度坚定，卫立煌心里有底了。他沉吟了一下，愤愤然地说：

"我宁愿被撤职查办，也绝不使沈阳主力单独出辽西！"

廖耀湘激动地说："谢谢卫总！"

两人商量了一会儿。廖耀湘认为，最好能争取顾祝同转变立场。不妨再找他痛陈利害，试试有没有效果。

两人一起去顾祝同的行邸。

顾祝同见他俩表情严肃，明白定是为蒋介石电报而来。

果然，刚刚落座，卫立煌很动感情地说：

"墨三兄，你我多年同事，又是共患难的好友，以往您总是把我的事情都看作您自己的事情，那些共同经历让我铭感难忘！"

"俊如兄怎么忽然说起这个？"顾祝同脸上浮出颇有点困惑的笑。

"我这次遇到了平生以来从没有遇到过的困难，无论如何希望墨三兄帮助我！"

"俊如兄是说……"

"我们不是不愿执行总统命令,也不是有意避战,只是要求在时间和空间上一定要配合妥帖——也就是要求在葫芦岛与锦州的两支部队会师后,我们再出兵,以收东西夹击之效。这样方可避免被共军各个击破!"

顾祝同见他一副恳切沉痛的态度,也只好友善对待。沉吟了一下,推托说:

"我已经把你们的意见电禀总统,总统不同意,坚持要你们执行他原定的计划!俊如兄,你说我能怎么样?我是奉命来监督你们执行命令的,我再向总统多说什么,那我就是在抗命了!"这其实是又在告诫对方不要抗命。

"正因为墨三兄代表总统,一言可以定兴亡,所以我才希望您再次向总统进言,采纳我们的意见!这毕竟是关系到东北数十万将士生死存亡的大事,您我都应该负起责任来才好!"

"我的责任就是督促你们尽快兵出辽西,解锦州之围!"顾祝同有些不高兴了。

卫立煌按捺不住内心积存多日的愤怒,霍地站起来,说:

"我斗胆断言,沈阳主力单独出辽西,一定会全军覆没!墨三,你如果不信,我两个来赌一赌如何?"

"军机大事,何以赌为?我不跟你讲这些,只执行总统命令,督促你们立即出兵!"

最初的"尽快"出兵,被顾祝同变成"立即"出兵了。

不欢而散之后,顾祝同马上命文案副官草拟电文,向蒋介石禀报"卫立煌等存心抗命避战"。

蒋介石大怒。决定先去北平,然后到沈阳亲自督战。

九月三十日他率领"大内总管"俞济时、海军总司令桂永清、空军总司令周至柔、联勤总司令郭忏、新任西安绥靖公署副主任罗泽闿以及一干参谋人员直飞北平。

稍事休息,当天午后就到中南海华北剿总司令部作战室研究情况。

傅作义率领他的大批高级将领奉陪。

在这间约莫一百平方米的屋子里,蒋介石对东北将领作了严厉指摘;然后对傅作义和华北将领表扬了一番。接下作了半个多小时的训话,主要内容如次:

当年国民革命军从广州出发时,兵力很少,武器很差,一路势如破竹,战胜了装备精良的军阀队伍,完成了北伐。现在对共军作战,尽管遭遇了一些挫折,并不是我们的革命事业就不行了,只不过是一些将领没有尽到自己应尽的责任。目前我们的军事实力还是比共产党强大得多,只要大家努力,最后胜利是不成问题的。最近美国已经做出了决定，要加大对我们的援助，支持我们把戡乱救国战争进行到底。我已料定，几年之内美苏必有一战。战端一开，那就必然是世界大战。美国的战争准备已经完成了，不久就会有所行动。战争的结果当然是美国一方获胜，自然而然那时候我们也就彻底胜利了。华北将领都是先总理的信徒，应当为三民主义而奋斗，慨然成功成仁，不应有所顾虑。

走出作战室，大家簇拥着蒋介石进入餐厅。

傅作义举办宴会为总统洗尘，华北的师以上将领作陪。

蒋介石喝了半杯饮料，吃了一些菜，对大家说了一些客套话，就在傅作义陪侍下退席离去了。

走到外边，他就失望地长叹了一声，不再说一句话。因为他在席间注意看了每一个人的神情，感觉到自己的鼓动之辞竟没起到一丝一毫作用，没有人显露出兴奋或者愉快，相反都忧心忡忡，思想包袱似乎益发沉重了。

蒋介石的观察一点不差。

他离开餐厅不一会，大家就边吃喝边自由交谈起来。

华北剿总参谋长李世杰问李文，"质文兄，你对总统的训示有什么感想？"

质文是李文的表字。他是黄埔一期生，现任第四兵团司令官、北平警备司令、华北剿总副总司令。此刻他早已放下了筷子，在那里吸闷烟，一脸忧郁之色。

他这样回答李世杰的话："总统老了，从前的英雄气概一点也见不到了！他老人家教我们把希望寄托在第三次世界大战上面，而不是像当年那样带领我们奋勇冲杀，让我十分失望！"

当晚，傅作义也用同样的话问李世杰。

傅、李乃至交，可以无话不谈。李世杰这样回答傅作义的询问：

蒋介石在作战室想以那番讲话鼓舞士气，结果适得其反，不啻自打耳光。北伐时期从广州出发的军队是救国救命的革命军，所以意气风发斗志昂扬；而现在的国军，是有钱人的打手，所以有钱人的腐化习气不会不浸袭军队，使军队也成了市场经济的场所，卖官鬻爵、贿赂公行、倒买倒卖军用物资，无所不用其极。他怎么可以凭借以往的经验来对今天的情况妄加判断呢？不是糊涂，就是无知！他让大家把希望寄托在美国人身上，这个连他忠心耿耿的学生李文也认为太荒唐了。抗战胜利以来，美国势力进入我国，引起各大城市不少工商业倒闭；美国大兵横行霸道，估吃霸赊、枪杀平民、强奸妇女，简直比日本鬼子好不了多少。这已经引起了全社会的公愤。至于说到第三次世界大战，我看不可能发生。因为美国当局并不糊涂，二战时期他已经看到了苏军的实力，他怎么可能冒这个险去挑战斯大林呢？苏军在东线独立抗击德寇陆续投放战场的九百万装备精良的大军，一直打到柏林城下；西线美英军队诺曼底登陆已是二战的尾声，有捡落地桃子之嫌就不说了，与之对垒的德军总共也只三十八万；非洲战场德军的总数也不过三十万。这样一个对比、这样一笔计算实力的账簿，杜鲁门、马歇尔及其幕僚团心里是一清二楚的。他们敢去惹苏联吗？寄希望于世界大战爆发，望梅止渴而已。

傅作义没有制止李世杰这番话。一副忧患重重的样子，喃喃自语说：

"这怎么办？怎么办啊？！"

以后的两天，蒋介石都是与傅作义商议从华北剿总序列抽调部队增援锦州。最后确定调林伟俦六十二军、黄翔九十二军（后来傅作义临时变卦只允该军的二十一师去）、独立九十五师；另外，从烟台撤出的王伯勋三十七军也并入援锦集团。这些部队先海运到葫芦岛，与该地原有部队会合。由华北十七兵团司令官侯镜如赴葫芦岛统率；侯镜如未到前由原驻葫芦岛的五十四军军长阙汉骞指挥。

安排好这一切，蒋介石飞沈阳。当天午后就召集军以上将领开会，党政高级官员也列席参加。

十六时准，各种面目的人员无一缺席，都在剿总大楼四楼坐定。

蒋介石坐在那里，"这个是，这个是"地咕噜了半晌，把头掉向卫立煌说：

"卫总司令，先请赵参谋长把整体态势给我们介绍一下如何？"他边说边略指了一下随行来沈阳的郭忏、周至柔、俞济时、罗泽闿等人。"然后嘛，请廖司令官讲一讲你们抢占营口的……这个是，好处在哪里吧。"

卫立煌点头说是。马上就目视赵家骧发言。

赵家骧讲完后，廖耀湘站起来讲他的兵出辽中向南突击抢占营口的计划。只讲了一半，蒋介石就招手教他坐下。

"廖司令官不用讲了！"蒋介石沉吟了一下，克制着不悦。瞅了一下卫立煌，说，"你们的这个是……这个，设想，客观地讲，也并非一无是处，至少把沈阳部队保全了；但是，我要告诉你们的是，等不到你们跑到营口，锦州就完了！共军一旦夺取了锦州，消化了范汉杰部队，立刻就会转兵分割解决我们在东北的所有部队！请问，那个时候你们抢占了营口又有多大意义呢？过去你们不是抱怨寻找共军主力总是找不到吗？现在东北共军主力已经集中到辽西走廊了，范汉杰已经牢牢牵制住了他们，你们为什么要放弃这次立功立事的机会呢？我相信你们这次一定能发挥过去的革命精神，和关内大军协同动作，一举消灭共军主力！关于空军的协助，后勤的补给，周至柔总司令，郭忏总司令已经为你们做好了一切准备，完全不必担心！"

说到这里，他沉默了一下，神情从刚才的昂奋变得有些悲怆。说：

"我这次来沈阳是救你们出去的！如果你们一定要抗命赖在这个弹丸之地，那么我们只有在来生再见了！"

他最后这句动感情的话暴露了真实意图。配合范汉杰会猎辽西是假，或者说只是手段，真实目的是把东北大军撤出去。

次日蒋介石又飞回北平。

徐州剿总副总司令杜聿明头天已经来北平了。听到蒋介石回来，马上到圆恩寺行邸见他。

杜聿明制定了一个《对山东共军作战计划》，呈请蒋介石批准。

蒋介石草草看了一遍，马上提笔签字同意了。

杜聿明离开北平前，俞济时等蒋介石随行人员请他吃饭。

席间谈到了东北的危局。俞济时说：

"原先有人建议由傅作义统一指挥这次的东北战事；多亏润湘兄（罗泽闿）提醒老头子，傅作义在华北任上就不断扩张他的私人部队、拉拢别的杂牌军，若再给予东北事权，恐以后形成尾大不掉之势。老头子深以为然，所以亲自来操持。"

罗泽闿盛气凌人地说："现在范汉杰在锦州牵制住共军，葫芦岛集结国军精锐向东攻打，廖耀湘出沈阳向西打，再加上空军、海军的协同动作，一战可以消灭林彪主力，改善东北的局面！"

杜聿明在东北吃亏颇多，知道林彪用兵诡异，而共军数量已超过国军，恐怕结局未必有罗泽闿说的那么乐观。心里这样嘀咕，脸上就掩不住露出了不然之慨。

俞济时瞧了瞧杜聿明，问道："光亭兄在东北时间较久，多次与东北共军交手，有没有什么高见？"

杜聿明踌躇了一下，说："东北共军的兵力、装备、地盘都今非昔比，与我在那里的时候大不相同了！我不了解当前敌我之间的具体战况，不敢妄作判断！"

罗泽闿轻蔑地瞪了杜聿明一眼，鼻孔里还轻轻哼了一声。他显然听出了杜聿明的弦外之音。

后来杜聿明才知道，蒋介石那个在辽西走廊、锦州会歼共军的计划就是罗泽闿出的主意。

接下来，蒋介石飞天津视察了塘沽新港，转乘重庆号军舰到葫芦岛。

重庆号排水量七千四百吨，是当时中国最大最新的军舰。

十月六日在葫芦岛召集师以上高级军官开会。他训话的主要内容仍然是强调这次援锦行动关系重大。待华北的两个军以及原驻烟台的一个军运到后，就展开行动。一方面将包围锦州的共军反包围起来，一方面接应沈阳主力到锦州，三路大军将共军聚歼于辽西走廊或锦州城下。侯镜如司令官未到任前，由阙汉骞统一指挥。

蒋介石乘重庆号军舰离开葫芦岛返塘沽，然后转乘火车返北平。据侯镜如后来回忆,在重庆号舰上,蒋介石脾气特别坏,常常莫名其妙就发火了。有一次海军总司令桂永清陪他吃饭,他不知发现了什么事,质问桂永清未获满意答复,便大骂桂永清"饭桶、蛀虫子、甩手掌柜",咆哮道:"海军腐化堕落成这样,要亡党亡国的!"

第二十三章

一

距哈尔滨十六公里的小城双城子与往常一样颇为宁静，没有丝毫异常景象；唯有南门外封锁了一切道路，车站内外三步一岗五步一哨，连每天不断的客、货两种列车也暂停开行，匆忙进出的全是身穿解放军制服的人，而且须向岗哨出示证件。

车站上今天有一个人是最高指挥员，那就是运输司令郭维城。就连刚刚上车的林彪、罗荣桓、刘亚楼、谭政也是在他的指挥下，从城里的野司动身，出城，登上火车的。

今天是野司大搬家，几乎有一半的人要跟随林、罗、刘、谭到锦州前线去。

第一列车被临时编为〇〇一号，共十五节车皮，运载两千多人的野司警卫团。

第二列车被临时编为〇〇二号，只十节车皮，运载的是野司首长以及参谋人员、电讯设备及其操作人员。也就是说，这组列车上装载的就是东北野战军的统帅部。

为了保证〇〇二号列车安全、顺利南下，除了安排〇〇一号列车在前面开行警卫外，郭维城还亲自打前站，在〇〇一号前检查轨道，亲自乘坐铁道摩托车在最前面开路。他牢记着东北局副书记、秘书长高岗的交代：列车若有闪失，唯你是问。

两列火车像长龙一样，喷着白烟，徐徐出站。出站不久就拉开了近五公里的距离，由慢到快，逐次加速，飞快地奔驰起来。

〇〇二号车的前几节车厢是参谋人员、作战室、电讯室；然后是谭政、刘亚楼、罗荣桓、林彪的车厢。四位首长各占用两节车厢。

他们的行车线路是：北上哈尔滨，转向东南的牡丹江，到拉林车站，又突然北返，经三棵树的江桥，由江北转向滨洲铁路，经昂昂溪南下。这样转来转去是为了迷惑敌特的注意。

出发的前一天，野司获悉蒋军即将空运四十九军到锦州。刘亚楼电令八纵司令员段苏权、政委邱会作用炮火封锁锦州机场，不许敌机降落。

今天列车开出双城子没多远，段苏权来电称："锦州有两个机场，东郊机场毁坏严重长期未用，西郊机场仍在正常使用，请示应封锁哪个机场？"

刘亚楼一看电报，勃然大怒，骂道："这个段苏权、邱会作是吃草的还是吃饭的？"

马上教参谋人员给詹才芳司令员、李中权政委发电，命令他们九纵负责控制机场，让八纵靠边站。

参谋人员问："怎么回八纵的电？"

刘亚楼说："就给他们八个字，'你们是吃草的吗'！"

九纵得令后，炮击锦州西郊机场，击毁敌机五架，有效封锁了锦州的空中通道。

东野司令部的列车为避空袭，昼停夜行，速度没法快起来。十月二日早上八时才抵达郑家屯。

按照预定计划，要在郑家屯以西两公里的一片森林里宿营。列车脱钩，暂时拆卸成若干截，散置于若干条支线上，并做好伪装。

大家正在树林里埋锅造饭之际，听到飞机由远及近的声音。旋即听到警卫团架设在车厢上的八门高射炮发出一连串密集的"嗵嗵嗵"声和二十多挺高射机枪的"嘎嘎嘎"声。

郭维城跑进树林，向林、罗、刘、谭四位首长报告，刚才有三架侦察机从沈阳方向飞来，被警卫团轰跑了。

刘亚楼夹了一块狍子肉送进嘴里，又扒了一口饭。边嚼边瞅了瞅林彪、罗荣桓，含糊不清地说：

"看来卫立煌……还在摸我们的底！"

林彪已经吃好了，擦了擦嘴巴，却说起了另一件事。他乜视了一下刘亚楼，说：

"去告诉李作鹏，军委回电必须立刻送来！"

李作鹏是参谋处长兼作战科长。林彪明明知道，任何时候中央军委来电，李作鹏都要及时送到刘亚楼手里，根本用不着特意去叮咛；怎奈一天来他心里火烧火燎，急于知道毛主席对自己昨夜发去的电报是什么态度。

他昨夜的电报，缘于中央军委电告的"敌情通报"。

最初，在酝酿主力南下作战时，林彪就疑虑重重，迟迟下不了决心。林彪是顾虑东野主力部队南下，远距离作战，若华北傅作义大规模援锦，与卫立煌形成两头夹击，恐难对付；而且东野大量的坦克、重炮、汽车届时将很难撤出。而在中央军委多次督促他南下夺取锦州，尽快封闭东北大门的情况下，他也估摸了锦西、葫芦岛蒋军兵力不大，即使北上增援锦州，也不是太大威胁。这才决定拥兵南下。鉴于锦西、葫芦岛敌人兵力不大，林彪在兵力分配上，除了集中主力准备打锦州，另将战斗力很强的五纵、六纵部署在沈阳以西、以北的彰武、新立屯、黑山、大虎山一线准备迎战沈阳派出的援锦大军；而在阻击葫芦岛、锦西可能派出的援军方向，只放了一个不满员、只两万人的第十一纵队。

然而，近日情况突变，中央军委"敌情通报"称，蒋介石大量增兵葫芦岛，最终将会使锦西、葫芦岛方向的蒋军增至十一个师，组成东进兵团，由侯镜如指挥，随时准备增援锦州；驻沈阳的第九兵团加上其他部队组成了西进兵团，由廖耀湘指挥，从新民地区南下，自东向西增援锦州。这就形成了夹击林彪主力之势。而且目下锦西、葫芦岛的蒋军部队距锦州仅五十公里，又有铁路、公路，其间无险可守，东野的十一纵是守不住的。林彪踌躇良久，与罗荣桓、刘亚楼反复商榷，决定上报中央军委，要求更改计划。

林彪吩咐机要秘书谭云鹏记录，由他口述致军委电。

这份电报十月二日二十二时交给列车上的电讯室机要电台，以"特急电"发出。

电文说：获悉敌人增兵葫芦岛消息后，"本晚我们研究情况和考虑行动问题。估计攻锦州时，守敌八个师虽战力不强，但亦须相当时间才能完全解决战斗。在战斗未解决之前，敌必在锦西、葫芦岛地区……抽出五十四军、九十五师等五六个师的兵力，采取集团行动向锦州推进。我阻援部队（只一个较弱的纵队）不一定能堵住该敌，则该敌可能与守敌会合。在锦州、锦西之间敌阵地间隙不过二十几公里，无隙可图。锦州若能迅速攻下，则仍以攻锦州为好，省得部队往返拖延时间。长春之敌数月来经我围困，我已收容其逃兵一万八千人，外围战斗歼敌五千多，其士气必甚低。我军经数月整补，数量质量均大大加强。故目前若攻长春，则较六月间准备攻长春的把握大为增加。只须多延迟半月到二十天时间。以上两个行动方案，我们正在考虑中，请军委同时考虑与指示。"

尽管电报中就"现时立刻"攻打锦州抑或回师打长春，称"正在考虑中"，而谁也读得懂他是要求军委同意回师打长春。

但此时进攻锦州的部队仍按原部署在完成着对锦州的战略合围，野司的专列也按时在黄昏离开郑家屯，继续向前开行。

林彪把未来锦州战役的敌情估计严重了，以致忽视了自己的战略优势和兵力优势；此时他尚不能预知夺取锦州将引出一连串的战机，以致创造出他一生军事成就的高峰。

罗荣桓走进林彪的办公车厢。两人只互相对视了一眼，并不像普通的熟人或同事那样，要打个招呼甚至寒暄一下；林彪也只向靠窗的沙发看了一眼，罗荣桓便踱过去坐了下来。这是生死之交与意识形态高度融合的同志才有的那种脱略凡俗的默契。

罗荣桓把沙发旁茶几上的烟听揭开，拈出一支烟，点燃。

林彪没有挪动座位，仍在办公桌后。他仰视罗荣桓，皱了皱眉头，用责备的口气说：

"怎么又吸烟？不是戒了吗？一会儿医生又该说你了！"

罗荣桓吸了几口，把烟掐灭，放到烟缸里，长叹一声。

林彪瞅着他，眼神含着点儿探究。问道：

"怎么，遇到什么难题了？"

"难题？是呀，是呀，难题！"罗荣桓感慨系之。沉默了片刻，抬头看着林彪说："老林，我们先前商议回过头去攻打长春，是不是仓促了一点？"

"怎么仓促？"

"刚才亚楼找我谈了一下。我们俩谈来谈去，我总是觉得我们作这个决定仓促了一些！"

"不是仓促不仓促的问题，迫不得已的呀！蒋介石在葫芦岛、锦西大规模增兵，组成东进兵团；十一纵两万多人，还有一半是新兵，你说，能挡得住吗？"

罗荣桓点点头，承认有这个问题。沉吟了一下，说：

"我们也可以增兵呀？围困长春、监视沈阳的部队，为什么不能调一些到锦西方向来呢？"

"老罗你这是糊涂了还是怎么着？敌人的援兵不只西面这一股，更庞大的是东南方向过来的廖耀湘兵团！如果锦州久攻不下，两边敌人夹攻过来，这个风险实在太大了！"

罗荣桓又点了点头，说："我也考虑过，这个风险确实非同小可；但是从全局看，一旦这个险峻的高山被我们踩在足下，前面就会是一马平川，不仅东北的问题好解决了，对全国战局也是极为有力的支援！所以我认为，这个险值得冒！而且军委和主席一直以来都主张尽快打下锦州，我们那个电报恐怕也说服不了他们！"他停顿了一下，望着林彪笑了，说，"你不是很佩服粟裕'尽打神仙仗'吗，我们不妨也打一次神仙仗如何？"

林彪不知什么时候起身离开了办公桌，在车厢里踱来踱去。刘亚楼进来见状，没敢打扰，悄悄坐到一角去。

罗荣桓又说："何况几十万大军突然拉回去……"

林彪停止踱步，唔了一声。这时才发现刘亚楼坐在那里，便瞅着他问道：

"亚楼的意见呢？"

"我觉得还是打锦州为宜！"

林彪沉吟片刻，大声唤谭云鹏秘书进来。吩咐谭云鹏马上去电讯室查一查，看看先前那份致军委电拍发没有；若尚未发，就不要发了；若已发出，则再考虑是否加发一电说明之前那份电报作废。

谭云鹏直奔机要处。一查，由于是特急电，机要处是随到、随译、随发的，当然早就拍发了。

谭云鹏回到林总车厢禀报。

林彪没说话，一时不知如何处置为宜。他似乎感觉到毛主席看了那份电报以后正在大发雷霆。

罗荣桓说："不必去电声明作废；只需再发一电，说明我们慎重研究后，认为仍以攻打锦州为宜。好在上一份电报也并没说死，只不过强调了蒋介石增兵葫芦岛，我们正考虑究竟可不可以回师打长春。"

刘亚楼望着林彪笑道："完全说得过去！"

于是，就在疾驰的列车上，一份万分重要的电报于十月三日上午九时发出了。

这份电报除了表示仍决定打锦州，完成军委关于尽快封闭东北大门的指示外，还禀报了调整部署的大体情况："……以四纵和十一纵的全部及热河两个独立师对付锦西、葫芦岛方面之敌；以一、二、三、七、八、九共六个纵队攻锦州；以五、六、十、十二共四个纵队对付沈阳增援之敌；以九个独立师对付长春突围之敌。"

毛泽东收到林、罗的第一份电报时，大为生气，拍桌子对周恩来说，这个林彪什么时候变成了小脚女人，这也怕，那也怕，你看看，又改主意了。

当即在当天（三日）的十七时、十九时连续发出两份措辞严厉的电报。

毛泽东在一番严厉批评并否定了回师打长春的主意之后，又讲解了目下打锦州的战略优势和合理性。这份电报更为重要，摘要如次：

> 假定你们改变方针，打下了长春，你们下一步还是要打两锦。那时，第一，两锦敌军不仅决不会减少，还可能增加一部，这样将增加你们打两锦的困难；第二，目前沈阳之敌因为长春之敌存在，不敢将长春置之不顾而专力援锦，你们可利用长春敌人的存在牵制全部、至少一部分沈阳之敌。若你们先打下长春，下一步打两锦时，不但两锦情况变得较现在更难打些，而且沈阳之敌可能倾巢援锦，对于你们攻锦及打援的威胁将较现时为大。因此……只要打下锦州，你们就有了战役上的主动权；而打下长春并不能帮助你们取得主动，反而将增加你们下一步的困难。

第二天（四时）凌晨，毛泽东收到林、罗、刘的第二份电报，脸上出现了笑容。对送电报来的周恩来说，他们总算想通了，改过来了，这就好了。立刻（当日六时）复电说："你们决心攻打锦州，甚好，甚慰……在此以前我们和你们之间的一切不同意见，现在都没有了！"

林彪收到毛泽东"措辞严厉"的第二份电报时，他们的列车抵达彰武北面的冯家窝棚。

林彪阅读这份电报时，脸上颇有点尴尬。读罢，传给身旁的罗荣桓、刘亚楼看，半是自语地说：

"这份电报就像湖南的辣椒，辣得人狼狈呀；又像醍醐灌顶，让人格外清醒，拓展了视野。心悦诚服，心悦诚服！"

十月五日，列车到达阜新后不能再往前开行了。林彪一行换乘汽车，抵达锦州西北面牤牛屯，在这里设置东野前线指挥所。

林彪确定了攻打锦州的计划：首先扫清外围据点，接近城垣；南北两路大军对进之际，同时各派一支劲旅，直插中心地带，以收打乱敌人阵线之效。

二

蒋介石在葫芦岛逗留期间（他曾声称要在这里亲自指挥锦州战役），又改变了主意。他认为必须乘林彪立足未稳，抓紧战机。征求幕僚罗泽闿（又兼了总统府参军）、郭汝瑰（参谋总部三厅厅长）意见，可否不待三十九、九十二两个军到达，立即派五个师兵力先打通锦州、锦西之间通道？

罗泽闿认为可行。共军只一个纵队在那里阻击，国军投入五个整编师即为三倍的兵力，足以达到扫荡之目的。

然后就由负责战略计划的参谋总部第三厅把蒋介石的这一考虑制订成具体的方案：以六十二军的两个师、暂编六十二师、八师、九十五师组成攻击部队，向高桥西北的东清堡、大清堡，以及头台子进攻。在占领这一线区域后，立即进出杏山、陈家屯，与锦州南下部队夹击敌人。锦州兵团则以一部守锦州；主力南下占领梁家屯附近高地，与北上兵团会师。

蒋介石在书面方案上签了字。然后登上重庆号巡洋舰返航塘沽。在塘沽换乘小艇到新港，登陆，上火车，回北平。

刚入圆恩寺，席不暇暖就叫郭汝瑰把这个新方案向范汉杰、卫立煌通报，并命令阙汉骞立即实施。

蒋介石是十月七日到北平的。第二天上午俞济时就对郭汝瑰说：总统有事要到上海，然后回南京主持国庆；郭厅长不必跟随去上海，请搭另外的飞机回南京吧。

傅作义却叫俞济时去请蒋介石暂缓动身，下午召开个作战会议，研究一下华北与东北如何配合作战的问题，尤其是辽西作战可能发生的战场推移，应早做准备，以免以后又处于被动；另外，不久前徐向前发动临汾、晋中系列战，陆续吃掉了阎锡山十万人马，毁掉了太原屏障，太原防务危险，也须研究如何改善。

俞济时觉得有道理，去圆恩寺向蒋介石请示。

蒋介石"这个是，这个是"地哼哼唧唧半天，教俞济时去告诉傅作义，夫人那里有更要紧的事必须去解决，这里让郭厅长留下陪傅总司令开会吧。

傅作义冷笑道，是不是上海遭到了共军攻击？要不还有什么比东北、华北局势更要紧的呢？

后来傅作义才知道，蒋经国在上海打虎，查封了扬子公司、扣留了老板孔令侃，宋美龄求情无效，这才强要蒋介石去上海解决。傅作义摇头叹息，当此全国战略决战的关键时刻，如此轻重倒置，后事不问可知矣。

而蒋介石也并不是糊涂虫，他对辽西即将发生的大战作了十分具体的部署；甚至在临去上海前还告诉郭汝瑰，他对锦西、葫芦岛东进兵团进军路线又做了进一步的考虑。

他指出，北上援锦有三条路：一条是明清的驿道，北洋奉系军阀作过改造，可以行驶辎重车辆。缺点是经过虹螺山区，那片区域地形复杂，有利于林彪设伏；另一条是从打渔山沿着海岸北上。这条路的困难之处在于路太窄，又崎岖，辎重过不去；最后一条最好，有宽阔的公路、顺畅的铁路，能迅速逼近锦州外围。共军最可能设置阻击线的地方是这个线路中段的塔山。从锦西出发到塔山只有十公里，从塔山到锦州四十公里。

郭汝瑰把这个命令传达给了阙汉骞。然后召来军事地理资料查看，这才知道那个叫塔山的地方并不是山，而是个有一百多户人家的小村庄。那个地方地势略有起伏，东边濒临锦州湾，西面与白台山相连，山与海吻接最狭窄处只十公里宽；山海关到沈阳的公路、铁路（北宁线）并排从村庄东面穿过；村庄周边大部分是低洼地，有的地方一脚踩下去稀泥会没了脚踝；村西有一些矮矮的小丘，也算不得山；唯有东边濒海的打渔山稍高一点，那个地方涨潮时是岛，退潮时又变成了与海岸混为一体的滩涂。从海边往西，地势逐渐高陡，直至高达两百米的白台山。这个白台山是塔山地区唯一的制高点，他叮嘱阙汉骞要注意抢占。

阙汉骞却认为他多虑了。整个塔山地区，从防御的角度看，几乎无险可守。他手提十多万人马，一冲就过去了。

林彪离开司令部，在参谋人员陪同下，骑马驰往帽儿山。

这个帽儿山距锦州只六公里。他站在并不高的山顶上，用望远镜观察了半晌，没说一句话，脸上的表情像生铁一样。后来，招手示意警卫员牵马过来。一边揽缰上马，一边说了两个字：回去。

他最不放心的是塔山。西北方向的廖耀湘兵团尚远，一时无法构成对攻打锦州战役的威胁；而东南方向的塔山却离锦州近在咫尺，那实在是个要害之地。塔山守住了，攻取锦州不在话下；塔山守不住，那就不仅仅是打锦州失败的问题，整个辽西战役都将输给敌人，最终退到北满甚至中苏边境去。

他已经对塔山阻击部队增兵添将了，不再只是十一纵在那里。具体部署为：

东起打渔山，西至白台山，约莫十公里正面，系防御主阵地。其中塔山左右四公里为重点地段。这个十公里主阵地全部由四纵负责。

四纵司令员吴克华、政委莫文骅布防之后，向林彪禀报了大概情况：十二师、十一师之三十二团组成第一梯队，防守塔山村、塔山桥、白台山等几处主阵地；十师、十一师主力为预备队；野司直属炮纵派出的两个团，分别支援塔山全线的东西两翼。

林彪将十一纵调整到四纵的西翼担任协防；野司直属独立四、六两个师开往锦西以南，独立八师开往山海关附近，视战况对锦西守敌发起牵制性进攻，以分进攻塔山的敌军之势。

不论从兵力调整与防守阵线的结构来说，塔山阻击线应该说只能如此了，因为目前辽西的兵力并不是十分充裕。林彪不放心。口授电文指导塔山全线师以上指挥员，他说：锦西以北的大小东山，锦州以南的松山街，都是敌人阵地，故锦州、锦西两地敌人相距只有十五公里。锦西敌人可能抽出六个师向北驰援。有鉴于此，我军绝对不能采取运动防御，而必须采取在高桥、塔山及其以西、以北布置"顽强勇敢的工事防御"。以四纵一两个师的兵力，构筑工事，加强防御的军事训练，准备在此线死守不退。近距离开火，在阵地前大量消耗敌人有生力量。准备抗击敌人数十次猛烈进攻。这完全是一个正规战，绝对反对游击习气，必须死打硬拼，不应以本身伤亡与缴获多少计算胜利，而应以完成整个战役任务来看待胜利。

四纵上上下下确也做好了死守硬拼的准备。莫文骅政委对营以上干部说，塔山防守，关系着东北大局的胜败！我们要不惜一切代价，以鲜血和生命，死守到底，一步不退。敌人打到营部，营部就是第一线；打到团部，团部就是第一线；打到师部，师部就是第一线，打到我们纵队司令部，司令部就是第一线。我们的身后就是锦州，就是天塌地陷，一步也不能退。

纵队召开了战士代表大会。莫文骅政委、吴克华司令员分别对这次塔山阻击战的军事意义和政治意义进行了讲解，要求大家回去向战友们传达。

一位名叫郝在新的战士代表回到连里，激情万丈地传达了经过自己渲染、升华的政委、司令员的讲话。一石激起千重浪，全连都沸腾了，纷纷争着上台发言，向党表决心，势将一腔热血淹没胆敢靠近塔山的蒋匪军。

著名战争文学作家、卫国战争长篇小说《日日夜夜》的作者西蒙诺夫（苏联）来到中国进行文学写作,他后来关注到了其中的一位战士。这位战士名叫卜凤刚,不到十八岁,安东人,父亲是雇农,解放前母亲是地主家的佣人。父亲送他参军的时候叮嘱他,你不要顾家,专心去打老蒋,决不能让地主回来,要不咱家分到的田就保不住了。郝在新向全连战友传达的一句话与当初父亲的叮嘱大同小异,让他铭记难忘。郝在新说:只要守住塔山,就可以保证兄弟部队拿下锦州,国民党反动派就再也回不到咱东北来了。卜凤刚心潮澎湃,向党写了一份申请书,要求火线入党,为此保证做到:

  轻伤不下火线,重伤不哭;如果食物不够,就让同志们先吃;死守阵地,如有同志负伤,把他背下火线后再回到阵地上去;进攻在前,退却在后。

  这份按了这位年轻战士血手印的入党申请书如今存放在革命军事博物馆。当年这份入党申请书及其撰写者曾让西蒙诺夫热泪盈眶。

  正在向葫芦岛与锦西集结的蒋军东进兵团也在进行战前动员。
  蒋介石任命的东进兵团司令官侯镜如回塘沽他的十七兵团接部队,所以战前动员就由代理司令官阙汉骞作了。
  他的战前动员与东野四纵吴克华、莫文骅大异其趣。基本调子是鼓励军官们抓住时机立功立事,闯过塔山阻击线就可封妻荫子。
  阙汉骞本人其实就是这样的心思。正好锦州攻守战打响了,范汉杰迭电救援,这个情况促成了他这一心思的发展。他认为他手里所掌握的兵力已比塔山共军多了两倍,完全有把握在侯镜如率部来到前就拿下塔山,然则头功就归自己了。说不定蒋介石一高兴就把东进兵团司令官的大帽子从侯镜如头上摘下来戴到阙某人头上了。
  六十二军军长林伟俦提出反对。理由是他率领的六十二军之七十六师从塘沽港刚刚船运到此,晕船官兵呕吐不止,身体、精神状况都极差,尚待恢复。最好等侯司令官率部来到后再出发,这样有把握一些。
  阙汉骞举着范汉杰的一摞救援电报说,等不及了,只好让各位勉为其难了。如果锦州丢失了,我们的罪过恐怕会比范司令官大,因为我们的东进援锦兵团居然这么长时间没放一枪一炮,总统不会轻饶我们的。林军长不必多说了,准备十日拂晓开始进攻吧。
  他向大家讲解了自己的进攻计划。
  先由林伟俦的六十二军之一部迂回大台山进行侧击,以配合主力的正面进攻。然后这支偏师沿铁路、公路的左侧(不上路)挺进锦州城西,夺回飞机场,以保证尔后的空运补给。五十四军留两个师分别守葫芦岛、锦西；其第八师加入正面进攻行列，突破塔山后，取道铁路、公路挺近。逼近锦州城南地区，即与城内范汉杰守军切取联系。暂编六十二师夺取铁路桥头堡，然后跟随第八师之后，作总预备队。

遵照阙汉骞的命令，东进兵团各部推进到塔山。

先用火炮轰击半小时，然后步兵开始出动。以为可以依仗猛烈炮火的摧毁、人多势众的冲击，塔山阵地便唾手可得了。黑压压一大片步兵，说是像成千上万归巢的乌鸦吧，气势远远不足以譬喻；倒是很像垂天的乌云，即刻就要将人间的一切光线席卷一空。他们狂呼乱叫往前走，开始是小跑，后来是快走，接近共军阵地将近一百米时放缓了脚步，一边乱放枪一边改用蜗牛速度推进。他们狐疑地窥察共军阵地，几乎人人都在嘀咕，怎么共军阵地上寂静无声，难道被我们国军的威势吓跑了？

当他们闯进一百米距离时，一声清脆的驳壳枪声从共军战壕内鸣镝般呼啸而出，蒋军走在头里指挥的一名少校衔军官应声倒地。蒋军里的老兵立刻省悟到这是发令枪，慌忙就地卧倒。然而迟了，由一千多挺轻重机枪与早就瞄准了各自目标的无数仿苏式"帕克"步枪所组成的火网，以间不容发的闪电速度暴雨般泼洒向他们，顷刻就倒了一大片。见势不妙，这些刚才趾高气扬的家伙纷纷掉头就逃。而部署在东野四纵两翼的炮兵阵地却以密集的炮火封锁了他们的退路，只好又掉头向共军塔山阵地方向跑。然而那里的机枪与步枪编织的火力网比当前的炮火还密集，而且刚才事实上他们也并未逃离其射程。没奈何，只好不顾一切又向炮弹的弹着区冲。只要冒死冲过去就是国军的阵地了。可以想见，在共军炮击下丧命的比先前冲到共军阵地前的要多得多。

尽管第一轮交手就损兵折将，阙汉骞自恃人多，输得起，下令不惜代价，上午必须冲过塔山。

前线将领不敢怠慢，又组织了几次冲锋。结果仍是碰得头破血流。到了中午十二时许，才不得不停了下来。

阙汉骞有点心慌意乱了。他心里盘算，若不在侯镜如来到之前闯过去，眼下已经损失了这么多人马，不仅功劳泡汤了，闹不好还会被蒋介石查办。他午饭也顾不得吃，下令投入三个师向塔山全线平推进攻。

而塔山十公里阵线就像钢铁浇铸的一般，飞机轰炸，大炮轰炸，数万武装到牙齿的步兵猛烈冲锋，怎么也无法撞破。

下午，北平警备副总司令罗奇带着独立九十五师从塘沽海运来到。

罗奇还有一个钦差大臣职务：总统府战地督察第四组组长。所以一来就叫"阙代司令官"陪他去前沿"看看"。他询问了前沿一线指挥官情况，指责塔山战事尚无尺寸之进先就损兵折将，表示这个是一定要追究的。又说：

"锦州战事十分激烈，关系重大，你们必须不计损失地硬性闯过去！敝人代表总统前来督战，对师以下军官，有先斩后奏之权；对师以上将领有临机撤换拿办、押送南京之权。希望各位好自为之，我也不愿与各位伤了和气！"说着瞟了阙汉骞一下。

阙汉骞自知理屈，不敢言语。表示准备制订新的进攻计划，并亲赴前沿督战。

三

锦州防御工事经过长期的改建、补充，形成了全钢骨水泥结构的完整体系，被美军顾问团的夸克少将赞为东方马其诺，预言可守一年。守军利用城外半径几公里许的亮马山、双山子、罕王殿山、紫荆山等高地，作为城市外围防守的支撑点，构筑了以钢筋水泥工事为主干，同时设置多重障碍物的工事网络，形成互相掩护、照应的外围阵地。城垣阵地，以老城和环绕新市区的土城垣为依托构建主要阵地：具体为北依北半城高地，南傍穿城而过的小凌河、女儿河，建立了许多独立固守的据点；这些据点又以临时性工事相连接，以便可以互为支援。城墙高四米多，顶层宽两米。墙上密布互为交叉的明暗火力点。城墙外有一道宽五米、深两米多的外壕，壕外设置层层叠叠的防御设施；城内构建了多处可以独立作战的核心阵地。

东北剿总副总司令范汉杰将他的两个军七个师作了这样的部署：

新八军的三个师担任锦州东面紫荆山至南面南山的防守任务；其中暂编五十四师防守紫荆山至松山，暂编五十五师防守南山，八十八师为总预备队。

九十三军的两个师加上六十军所属一八四师防守锦州北面、西南面包括飞机场地区。其中暂编十八师防守女儿河、车站两侧高地至一八八高地，暂编二十二师加上一八四师的一个团防守从二郎洞向东经合成燃料厂、黑山团管区前沿高地并延伸至配水池、旧市政府前沿这一长段；一八四师主力为这一线的预备队。

此前从沈阳空运来的七十九师两个团防守笔架山（女儿河东侧高地）。

罗荣桓留在距锦州西北十五公里的牤牛屯东野前线指挥所主持东北全面战事，林彪、刘亚楼到锦州北面距锦州更近的帽儿山，直接指挥攻城。

他的攻城部署如次：

以二纵、三纵、六纵之十七师、炮纵两个团、坦克营（二十辆坦克）、高炮纵队一个团，组成北面突击集团，由三纵司令员韩先楚、政委罗舜初统一指挥，自北向南进攻。此系主攻部队。

以七纵、九纵、炮纵一个团、高炮纵一个营，组成南面突击集团，由七纵司令员邓华、政委吴富善统一指挥，由南向北进攻。

以八纵加上一纵之炮兵团组成东面突击集团，以八纵司令员段苏权、政委邱会作指挥，由东向西进攻。

将一纵屯驻高桥地区，兼作攻打锦州和塔山阻击战的总预备队。

扫荡锦州近城的外围战斗是十月九日正式开始的。

蒋军在城北的重要据点是自来水厂的配水池。它位于离城不及一公里的一个高地上，火力可以瞰制锦、义公路，说得上是城北屏障。

这个配水池足有五六间房子大，高出地面六米多，钢骨水泥建造，将水放掉，就是一座巨大的堡垒。

以配水池为核心，半平方公里的阵地，有二十几个明碉暗堡，它们之间有交通壕相连。

坡下大片的庄稼地里挖掘了深三米、宽三米的环形外壕。壕外是雷场，其间还埋设了电发引爆的航空炸弹。

防守配水池阵地的是暂编二十二师一团二连，共一百五十人，是从全团抽调八年以上军龄的老兵组成的；还配属了一个重机枪连、一个战防炮排；战斗开始后又增调了一个营来。这里的守军等于是半个团了。

攻打配水池的是东野三纵七师第二十团。

十二日八时，二十团用战防炮进行准备性炮击。配水池马上就被炮火淹没了。炮击半小时后，硝烟像浓雾一样弥漫天地，久久不散。这是个很有效的掩护。二十团一营营长把自己的驳壳枪插到腰间，抄起一支"波波沙"（转盘冲锋枪），向身后部队挥了一下手，就头一个扎进了硝烟里。他们在短短十分钟之间就踏平了几座未被炮火摧毁的敌人碉堡，往前推进了五十多米。

但是，守军多数地堡建得很隐蔽，炮火不易命中，在他们靠近时，突然吐出了魔鬼舌头般的火光，一伸一缩，令人惊惶也令人烦恼，它已经扫倒了十多位同志。被这火舌送出的子弹压得抬不起头的赵营长对身后的战士们问道：谁敢去炸掉它们？

靠他最近的十几位战士立刻争相报名。

赵营长说，只有四座挡道，四个人够了。他随便指了指四个人。叫他们各带几枚威力巨大的反坦克手榴弹，一捆十公斤的炸药包，隐蔽前进；命令机枪进行超越射击，瞄准地堡的枪眼打，掩护他们的行动。

这几位战士，两位是佳木斯贫雇农的儿子，一位是图们江的乡下孤儿，另一位是罗荣桓从山东带来的老战士（现在是排长）。他们凭借一身练就的好本领，以及对革命的无限忠诚、创建一个平等而干净的新中国的强烈愿望，在敌人机枪织成的火网中匍匐穿行,完全把生死置之度外。

随着四声巨响,敌人的四座地堡被炸开了膛;四位英雄也付出了宝贵的生命。请历史记住他们的英名。

赵营长率领部队,爆破声尚未完全消失就冲了上去。配水池这个大地堡及其西面的房子被他们占领了。

然而前面的核心地堡群还在敌人手中。

赵营长他们尚未修整完刚占领的阵地,蒋军暂编二十二师第一团在两辆装甲车的带领下,向一营发起了反冲锋。企图将他们打回原地,夺回配水池。

一位家住永吉乡下的战士,家里分了田,长期欺压侮辱他母亲致死的地主周善人也被人民政权枪毙了。他怀着感恩的心情,保家卫乡的愿望,长期以来总想立功,也没找到机会。现在敌人的两个铁乌龟就在眼前,正是千载难逢的立功机会,不能被别人抢去。他乘赵营长皱眉瞅着铁乌龟犯愁如何对付的时候,主动请战;还保证一个人就能把那两个东西收拾掉。

营长说,一个人去,难度大;我再给你配一个人吧。

那战士说,营长,前面的仗还有的打,能节约一个就节约一个吧。

营长踌躇了一下,问他,你一个人能行?

战士粲然笑了,露出了一颗小虎牙,拍了一下自己的胸口说,放心吧营长。

营长点点头,拍了拍他的肩说,注意安全,我们等你回来!又亲手将几枚特别大的手榴弹挂到他身上,边挂边说,带上老大哥给的这几个东吧。营长想说,这个连德国鬼子的虎式坦克都足以炸翻的东西,美国人给老蒋的铁乌龟岂在话下。但话未出口,那位小战士一个"就地翻滚"已经出去一丈开外了。

十分钟之内,两声巨响将两辆装甲车次第炸翻。后来查明,敌第一团团长孟柏言就在其中一辆内,脑袋被削去了三分之一。老大哥的东西确实效能不错。但是我们这位小英雄也被飞来的弹片击中要害,不幸牺牲了。

赵兴元营长带领全营勇士,就这样打退了敌人几次冲锋,保住了配水池阵地。

主力部队在黄昏时开到,将战场向前推进了一公里。

三纵司令员韩先楚将他的指挥所迁到配水池。

炮兵阵地也推进到这里,占据了这个在总攻时最有利的阵地。

到了十三日,城外据点全部被肃清。守军一部分被歼,大部分退到城垣以内。

根据外围作战所了解到的敌人守军情况以及地形特点,林彪吩咐刘亚楼对北面突击集团的兵力配备和突击重点进行了较大调整,确定主要突破点应改在二纵的地段上。因此,炮纵的主力重炮、大部分坦克转交二纵使用。当天晚上炮纵主力、坦克部队便向新确定的主攻地段移动,由二纵司令员刘震、政委吴法宪接收。

一切就绪之后,只等次日(十四日)全线总攻了。

阙汉骞鉴于十日上午进攻塔山几次被挫败，重新制订次日的进攻计划。

首先集中五十四军的全部炮火轰击塔山，以支援第八师的行动；六十二军的全部火炮指向白台山足下的二〇·七高地，支援步兵的突击行动。要求各部队据此做出调整，补充弹药，把第一线部队改为预备队，以原预备队调充第一线。

十日晚间下达了次日拂晓进攻的命令。

而刚刚下达了命令，就接到前线报告，共军后续部队正乘夜色掩护向塔山一线开进，不知会不会在晚间有什么动作。阙汉骞担心遭到夜袭，命令部队不准休息，整夜待在阵地上守着。

十一日拂晓前，阙汉骞在六十二军军长林伟俦陪同下，到了六十二军设在鸡笼山附近的指挥所，摆出一副要亲自督战的姿态。他重申了自己的命令，要五十四军限时夺取塔山，六十二军限时夺取白台山，然后分两路进逼锦州。

不料，五十四军不采取正面进攻，而是自作聪明以主力沿铁路线进行侧击，遭到解放军袋形火网打击，伤亡惨重，打到上午九时也未能前进一步。

六十二军派出的一支部队倒是有收获，拂晓前以夜袭方式攻占了白台山山麓二〇·七高地。整个高地全部阵地都占领后，唯有前哨阵地拿不下来。最先攻打的就是这个前哨阵地，不仅没有攻下来，里面共军究竟有没有伤亡也闹不清。六十二军的这支进攻部队只好在那个前哨阵地的左后、右后、正后友邻阵地上的解放军全部牺牲后，干脆绕开它去肃清整个二〇·七高地了。

前面提到的那位受到西蒙诺夫关注的小战士卜凤刚就在这个前哨阵地上。班长带领全班在这里镇守这个前哨地堡。在阻击蒋军的战斗中，班长的腿给打断了，接着胸部中了一枪。班长临死前指定卜凤刚代理他的职务，叮嘱决不能放蒋匪军越过地堡。战斗发展到后来，地堡被敌人炸塌了，全班大部分阵亡，只剩下卜凤刚和另外两位战士。卜凤刚对那两位战士说，决不能放蒋匪军越过去，我们要记住班长闭眼前的嘱咐。

他们看见连里派来增援的三位战士在半路上被敌人打倒了。卜凤刚教两位战友掩护，他出去救他们。不幸那三位战士已经阵亡。卜凤刚不甘心，打死了敌人的那名机枪手，夺回来一支机枪。

几小时后，解放军增援部队又将敌人打退，夺回了二〇·七高地。这期间，卜凤刚爬向敌方阵地，高声呼喊："蒋军弟兄们，你们要是穷人，为什么要为有钱人卖命呢？锦州已经被我们占领了，林总马上要带百万大军来包围你们，趁早过来当解放军吧，迟了就没命了！"

居然有十几名蒋军士兵倒提轻机枪跑过来了。

卜凤刚尝到了甜头，又爬到前沿阵地上去，除了恐吓对方林总的百万大军马上就开到之外,又解释解放军是穷人的队伍,是穷人就应该站过来支持自己的队伍,大家一起打倒蒋介石,打土豪分田地。

接下来又有十几名蒋军士兵带着武器起义过来了。

西蒙诺夫后来写道:"卜凤刚自己觉得生命里似乎有某种东西已经发生了变化……塔山阻击战开始前,他只是一个立下决心要保卫自己的土地、为受苦受难而死的乡亲、亲人复仇的青年农民,塔山阻击战结束之后,他已经成为一个自觉的无产阶级战士了。"

这场战斗进行到上午十时,蒋军已然气衰力竭;解放军则发起了局部反击,将部分蒋军逼退到鸡笼山六十二军指挥所附近的山足。

十一日下午,十七兵团侯镜如率第二十一师(属九十二军序列)来到。

阙汉骞只好向他交出东进兵团的兵权。

侯镜如获悉锦州战事危殆,必须尽快前去增援;而塔山攻击却又失败,心里也很着急。当晚在锦西县城的省立中学召开军事会议,东进兵团的师以上军官(含参谋长)参加。

侯镜如查阅了战报,询问了战况,也研究了作战地图。教各位参谋长研究一个方案。

然后招呼罗奇、阙汉骞、林伟俦到另一个房间休息,吃一些点心。

侯镜如边稀里呼噜地吃着鸡汤面边口齿不清地说话。他认为,一方面要留部队守备葫芦岛的海口补给线,一方面要派兵援锦,兵力这样分散,连区区两个纵队阻击的塔山都打不过去,即使到了锦州又能如何呢?廖兵团距离锦州有三百多公里,只靠我们目前的兵力,与林彪在锦州外围的兵力相比并不占有优势。

听了侯镜如的话,另外三位稀里呼噜地吃着鸡汤面,不置一词。

留在会议室讨论的参谋长们,面对墙上的大地图指指点点,七嘴八舌各说各话。直到侯镜如、罗奇、阙汉骞、林伟俦进来,才停止了高谈阔论,回到各自的座位。

侯镜如说,诸位恐怕已经议论得差不多了,一定有什么真知灼见,希望能不吝赐教我们。哪一位先说?

结果,刚才几位主官不在时的口若悬河不再出现,全场噤若寒蝉。侯镜如又动员了一番,依然如是。只得扭头瞅着林伟俦说,林军长可不可以把此前攻打塔山遭遇的难题说一下?

林伟俦对共军的战术是有痛感的,也愿意说出来,集思广益,探寻破解之法。他说,我们的步兵不抵达他们的阵地前沿一百米甚至五十米内,他们一枪不放,很容易让人认为已经撤退了;等我们接近障碍物的时候,完了,他们突然开火,步枪点射弹无虚发,冲锋枪居然也弹无虚发,因为我们的冲锋队形宽度足足有三十米，厚度也至少五六十米，每一粒子弹总会碰上一两个人。我步兵只好全部卧倒避弹；然而也躲不过，共军的手榴弹简直就像下冰雹一样落到头上。惨啊，简直就成了活靶子；全然失去了还手的机会。就像这样步兵被困在前沿让人家打着玩，炮兵怕伤着自己人而不能及时用炮火支援，导致部队伤亡很大。

五十四军参谋长杨中藩主张插过共军工事相对稀薄的白台山地区，绕到塔山的后面，然后与正面进攻配合，前后夹击，可破塔山阵线，说不定还可全歼塔山共军。

侯镜如冷笑道，共军为什么在白台山地区部署如此粗疏？这是不可能产生的破绽。预留这个空缺，难道不会是一个大口袋的口子吗？你不知道共军正陆续向这里增兵吗（其实是林彪调动地方部队往塔山靠拢，以为疑兵），安知不是在加固口袋？人家是围点打援、构筑口袋的专家，班门弄斧会吃大亏的。

跟随侯镜如从塘沽来的十七兵团参谋长张伯权认为当务之急是驰援锦州。塔山共军所处的地段总体上地势较低，国军目前所处地势较高，用强大火力掩护主力沿锦葫公路冲过共军防线，有可能成功。然后不与塔山共军纠缠，直驰锦州。说白了就是仍采用阙汉骞此前的打法，凭借地势高、火力猛，步兵正面平推，继续硬碰硬。

张伯权的这个主张是侯镜如授意的。

侯镜如本不愿到这个是非之地来，在蒋介石严令之下又不得不来。私下对他的参谋长张伯权说，按照敌我双方的兵力强弱与部署情况，我们是既过不了塔山也进不了锦州的。即使侥幸进了锦州，我看要再出来也难啊。如果过不了塔山，也就进不了锦州，那倒是幸运的事，至少我们带来的这个师保住了，这个临时性的东进兵团也保住了。

罗奇认为张伯权正面进攻的主张符合总统指示的基本精神。他指出，如果变更就要重新请示，不然倘若有个闪失，谁也承担不了责任。（意即让总统去承担责任最好）他给大家打气，说葫芦岛有四个军（其实只是番号而已）的东进兵团，沈阳西进兵团有五个军，加上锦州的两个军，共十一个军；再加上空军、海军的炮火支援，无论是数量和火力配备国军都占绝对优势，怎么可能不取胜呢。

刚开完会，就有人禀报卫总司令、罗（泽闿）参军坐飞机来了。

侯镜如陪同他们视察前线部队。

乘罗泽闿去撒尿之机，侯镜如低声试探卫立煌的态度，问道：

"卫总，您看我们能不能闯过塔山去锦州？"

卫立煌边在高低不平的地上踱步边作沉吟状。半响才压低声音说：

"你这个东进兵团要去解锦州之围，甚至要与廖耀湘的西进兵团会师，都是一厢情愿的事！想一想吧，廖兵团还在三百多公里以外，每前进一步都遭到当地共军的纠缠；锦州范汉杰的两个军被林彪大军围攻，城破只在唾嗟之间；锦西、葫芦岛的部队还得担负陆路和海上防务，不能让人抄了后路。你能用于攻打塔山的只有不到两个军的兵力。谨慎一点吧！"

侯镜如默默点了点头，神情有些黯然。也许此刻他由这个局部想到了不妙的远景。

卫立煌只待了小半天就飞回沈阳去了。

侯镜如再次召集开会，研究具体部署。最后确定，以独立九十五师担任主力，正面进攻塔山，以六十二军进攻白台山，以五十四军之第八师进攻铁路桥头堡，以九十二军所属二十一师为总预备队，其余部队防守葫芦岛和锦西县城。

阙汉骞提议十二日拂晓进攻。

罗奇却说不必急，煮熟的鸭子飞不了，大家休息一天吧，十三日再干不迟。我个人不会休息，我亲自带领（担任正面主攻的）独立九十五师连长以上军官先到塔山前线侦察地形，以便他们心里有个数。

会上又决定由六十二军军长林伟俦担任前敌总指挥，统一指挥前线各部；各部炮兵集中使用，归五十四军炮兵指挥官统率。

十二日，塔山无战事。

解放军的目的是将他们阻挡在这里，静候锦州易手，他们不进攻，也乐得休息一天。

独立九十五师的军官们到塔山阵地前侦察的时候，其他各部的军官也到他们将要进攻的阵地前观察。

骄狂自大的独立九十五师没有遭到过东野的打击，认为打下塔山没有问题；而别的部队多次与共军交过手，本来就心存疑惧，现在看见塔山阵地坚固，周围密布铁丝网、纵深鹿砦，联想起日前惨败，无不顿生畏惧。

蒋军各部做好了准备。

拂晓前四时三十分开始炮击，塔山被炮火覆盖了半小时之久。

步兵五时开始进攻。独立九十五师遵照罗奇的主意，集中兵力实施重点突破。具体是采取波浪式冲击，把一个团分为三波，每营为一波。一营伤亡多了，二营顶上去继续冲击，二营伤亡多了，三营顶上去冲击；另用一团进行侧击助阵。

不料就是这个被罗奇认为是有效的作战阵式，推进到塔山阵地前沿时，照旧遭到了沉重打击。在严密火网的封锁下，独立九十五师营长以下数百人横尸阵前，一千多人扶伤逃回。

当天晚上侯镜如、罗奇又召集各军的师以上（含参谋长）将领开会，研究惨败原因，寻求转败为胜的办法。

将领们找到的失败原因是共军障碍物纵深达五十米，炮火又未能将其清除，致使步兵无法逾越作战；不能理解的是共军正面主阵地只一个纵队，前沿实际的阻击兵力只四个团，而且根本无险可守，看似唾手可得的塔山，怎么大集团轮番攻打都铩羽而归呢？

罗奇说："刚接到总统来电，锦州战事危急，援锦部队必须尽快赶到！"

在场的人们面面相觑，不知道说什么为好。

罗奇沉下脸来，用威胁的口吻说："我们代表总统来督战，可能要有所得罪了！凡有奉行命令不力者、擅改命令者，将报请严办！"

他打电话到北平，要求空军提早到阵地前来助战，在上空多盘旋一些时间以掩护部队前进。他说这话是事出有因的，飞机总是每天上午九时三十分才到，投下几个炸弹就溜走了。

后来北平方面同意凌晨六时飞机就到达。

又要求葫芦岛海面上以重庆号巡洋舰为旗舰的舰队协助炮击塔山共军。

侯镜如商得他同意，决定仍按昨日部署，十四日继续攻打塔山。只将行动时间推迟一个小时，上午五时开始炮击，六时步兵出动。这是因为要等待北平空军六时前来作空中掩护。

当晚深夜，难以入睡的罗奇打电话给林伟俦，慨叹攻打塔山之战开始以来总是失利，任何限令都不能得到贯彻；可不可以用悬赏的办法来激励士气？不待林伟俦回答，他自己就先作了结论：

"我看一定行！林军长，请你先通知前线官兵，就说我们要悬重赏了！"

"办法好是好；可是，这么多的钱从何而出呢？"

"打完仗，我去向总统要，没有问题的！你告诉大家，用银圆和黄金支付！"

林伟俦当晚就叫他的副参谋长莫汉英转知前方的师长们，上司悬重赏了。

第二十四章

一

先前，也就是十月二日，蒋介石在沈阳召见廖耀湘，教他率领本兵团五个军，外加东北剿总临时配属的炮兵部队、坦克部队，取道最快捷的道路，也就是沿北宁线，直下锦州，与塔山以西的东进兵团形成对林彪主力的南北夹击。

卫立煌不同意大军弃此坚城（沈阳）轻出辽西援锦；廖耀湘的观点要温和一些，愿意屈从蒋介石命令出兵。但是须待"适当时机"。所谓"适当时机"，就是要待侯镜如西进兵团攻破塔山阻击线，与范汉杰会师之后。理由是辽西险境丛生，只要沈阳主力离开沈阳，不能不"背辽河、新开河与绕阳河三条大水侧敌行动"，那就势必遭到共军主力分割围歼，那就赔了夫人又折兵——援锦不成，沈阳主力也完了。

蒋介石不同意，坚持要他兵出沈阳，而且仍是沿最快捷的通道北宁铁路南下。

争辩良久之后，廖耀湘退让了一步，表示可以接受命令兵出沈阳；但是不能沿北宁路南下，因为那样就太快地接近锦州，而且所经过的大片地带都是共军根据地。具体而论，"在锦、葫两地军队未会合进抵大凌河沿线之前，我沈阳西出部队，在时间、空间上均无法与东进部队直接协同；锦州共军居于内线，那他就可以集中全部主力先击破一翼，最大可能是先击破由沈阳西出的主力。因之，（若实在要兵出沈阳）我认为沈阳主力应先到西面与北面的新民、彰武地区，完成一切准备，俟锦、葫两地军队会师之后，再东西对进以夹击共军方为万全之策。"

蒋介石仍不同意，指摘他所谓屯兵新民、彰武，乃远水不解近渴，坐视锦州陷落。

蒋介石如此态度固执，廖耀湘只得勉强奉命。

廖耀湘讲了那么多道理，其实今天看来，一条也没道理。他坚持去彰武、新民，真实的原因在于心存观望，一旦锦州真的守不住了，他可以平安退回"坚城"沈阳。他表面奉命，待蒋离沈后，征得卫立煌同意，仍决定以自定的"徘徊观望"出兵策略应付蒋介石。

十月八日，廖耀湘兵团的十五万大军开始行动：新三军从沈阳出发，向几乎是沈阳正北面的彰武攻击前进（而锦州在西面）；新六军跟在新三军的后面；四十九军跟在新六军后面；七十一军附兵团骑兵第一旅从新民出发，向西南方向黑山地区接近；新一军从辽中出发，到新立屯。

新一军的前任军长孙立人给军官们创建的不少福利设施都是优于其他部队的。专门从各大城市招募了一批姿色出众的女"政工队员"，设置了"军官之家"，经常邀约各部军官参加舞会及吃喝嫖赌。孙立人以吃过洋面包的权威口吻向同僚解释，这是盟军的有益经验，有助于提高军官们的斗志。新一军代理参谋长陈时杰后来这样描述道："在廖耀湘带领我们出动，特别是我们发现前进的方向好像不是朝着那个倒霉的锦州的时候，各级部队长官们很乐意回味那些愉快的时光。"

毛泽东对廖耀湘的行动洞若观火。他致电东野领导们，说："该部署表现出极怕我攻锦打援战法而采取逐步推进看势行事的谨慎方针。因此你们不必顾虑该敌难于阻击，大约九个师左右即够阻击该敌。"

林彪认同了最高统帅的分析，用了十个师对付廖耀湘：在彰武以东、以东南，摆放五纵、六纵（欠一个师），节节防御，诱使廖兵团继续向北（而不是向西）推进；在新立屯以西，由十纵、一纵之第三师、独立二师阻止廖兵团（可能）向锦州方向的黑土、大虎山推进。

五纵司令员刘兴元、政委万毅率部赶到秀水河、叶茂台、彰武以北。到达不久，正在做工事，廖兵团的新六军、新三军就扑过来了。东野五纵立刻展开阻击。双方在这个区域拉锯一个整天，互有得失。

廖耀湘知道彰武是北满来的火车必经之地，夺占了彰武，就切断了东野的补给线。他命令部队，不要与当面共军纠缠，集中兵力夺取彰武。

他哪里知道林彪并不怕这个。高岗早就在解放区组织了五十万翻身农民，用大马车甚至肩挑背扛，绕道内蒙的甘旗卡，经库伦旗，进入辽宁的旧庙直达阜新，将物资源源不断地运往前线。林彪为了诱使廖耀湘继续北进，命六纵撤至秀水河子西北、彰武东北布防；命五纵撤到彰武东南方向，只留下十四师担任彰武县城的防守。

十日早晨五时，对彰武充满兴趣的廖耀湘命令以十倍兵力对东野十四师展开攻击。廖兵团的步兵在十五辆坦克、二十架飞机的配合下，与东野十四师展开了实力绝对悬殊的较量。战斗进行了差不多一整天，居然打成了胶着。廖耀湘十分恼火，对他的部队恨铁不成钢，限令部队尽快拿下彰武，否则师以下军官立斩不饶。

为了诱使廖耀湘继续北进，林彪命十四师在做足了文章后，佯作不支，退到新开河西岸。然后与五纵主力一起利用河西的丘陵，在通往锦州的各条公路两侧构建强有力的阻击阵地，准备坚决挡住廖兵团西进的步伐。

六纵也遵照林彪命令在彰武以西集结，只许廖兵团北进，不许其西窜。

蒋介石最初抱怨廖耀湘遛到北面徘徊是文不对题；当听到占领彰武，切断了共军补给线，又默然而喜。

不料就在廖耀湘攻占彰武这天，蒋介石又获悉锦州城南高地上的外围阵地被突破，塔山方面连续攻打两日毫无进展。立刻感到问题严重，电令廖耀湘立刻率部加速西进解锦州之围。警告锦州如果有失，唯廖个人是问。同时派参军罗泽闿去督促。

廖耀湘当即给卫立煌打电话，抱怨总统逼他立即西进是不智之举。应该将兵团主力置于彰武、新开河以东地区，以便一旦锦州失守，部队可从容退回沈阳；否则临事才从河西拔寨动身，将受几条大水限制，容易陷入进退维谷窘境。

卫立煌不愿他这支主力去沈阳太远，自然是赞成的。考虑了一下，如果能说服罗泽闿，让他说服总统就容易了。

廖耀湘说，能不能请总司令把他拉到我这里来，我们一起说服他？

卫立煌、罗泽闿乘车驶往新民，与廖耀湘晤见。

罗泽闿没有半点笑容，冷冷地问道："卫总一定要拉我来拜见廖司令官，又不肯说是什么事！廖司令官可以告诉我吗？"

廖耀湘见这年轻气盛的家伙是那种态度，心里十分不悦。但不敢得罪，因为他名为总统参军，其实到东北来是做类似明朝的监军的。赔着笑脸，客气地说：

"请润湘兄和卫总来，主要是视察一下前线部队，以提升士气……"

罗泽闿微微冷笑，似乎看出这不过是托词而已，也不愿去说破。

在一大群参谋人员簇拥下，三人到彰武前线、彰武台门、新民县西北面新开河两个渡河点走了一遍过场。

廖耀湘指着这一带地形地貌，又指指参谋人员摊开的大地图，对罗泽闿委婉解释目前立即西进的种种不利因素。他说：

"润湘兄请看，这里的河岸全是流沙，过了河又全是丘陵，都不利于机械化装备的行动！如此，无论进退都是极大的障碍！所以，我主张把兵团主力置于新开河以东，这样就进退裕如了！"

卫立煌也在一旁帮腔，说在侯镜如东进兵团未攻破塔山阻击线，与锦州范汉杰部会合前，把西进兵团（即廖兵团）主力"暂时"（他强调了这个词，以图打动罗泽闿）摆放于新开河以东是有利的。

罗泽闿放下脸来，断然否定了他们的主张。说：

"战况危险，地形困难，都不能成为不打仗的理由！"

廖耀湘火了，不顾一切地和他争论了几句。

卫立煌赶紧将双方劝住，以免闹得太僵。

罗泽闿当即给蒋介石发去电报。

尚在北平的蒋介石次日又飞到沈阳。

廖耀湘奉召赶到沈阳励志社去见他。

蒋介石没让廖耀湘坐，指着这个不听话的学生的鼻子，"骂了个狗血喷头"（廖耀湘回忆录中语）。然后下令他马上率西进兵团径出辽西，直接去解锦州之围。锦州如果丢失，唯他廖耀湘是问。并命令他从现时起，"直接由我指挥"。

廖耀湘无奈，只好硬着头皮掉转方向，拥大军西进。

留下一九五师在彰武掩护，主力向新立屯、黑山攻击前进。

廖耀湘明白，大军渡过新开河，就意味着"再没有向沈阳回顾的余地"（廖耀湘语），只能一直往西硬闯。他祈祷范汉杰能多坚持几天，等待他的到来；否则，一旦共军攻占了锦州，腾出手来，他的西进兵团就十分危险了。

就在廖耀湘不得不掉转兵锋西进的当天，也就是十月十四日，也几乎与廖耀湘兵团抬腿的时间相一致，侯镜如和罗奇于早晨五时开始了新一轮攻打塔山的行动。

蒋军炮兵集中火力向塔山共军阵地开炮，海上军舰也用数十门舰炮协同轰击。

步兵都蜷缩在阵地前的准备出发位置。他们在等待飞机前来，好掩护他们进攻。

到了六时半，飞机来了。是一架轰炸机。它傲慢地在塔山上空嗡嗡咆哮，投下两枚五百磅的炸弹。一枚落在塔山村的村后高地斜坡，离共军阵地尚远；另一枚落到塔山河滩西岸蒋军阵地附近，伤亡连长以下六十多人。蒋军官兵有的向天上大骂瞎了眼呀，什么臭手艺；有的干脆骂狗入的空军投共了，拿起机枪向飞机扫射。

后来终于有三架战斗机飞来，较准确地向共军阵地扫射了一番。

共军的苏式高射机枪派上了用场。一阵猛烈的突突，打下了一架；另两架仓皇逃走了。

这时，三路步兵才分别向塔山中央阵地、向塔山左翼高地、向塔山右翼铁路攻击前进。结果，轮番攻击之下，都没能占到便宜。

五十四军之第八师师长谎报军情，称已攻占铁路桥头堡了。

兵团副参谋长为了激励各部，将八师的成功告知独立九十五师朱致一师长，并询问他当面的塔山战况如何；又告知一五七师侯师长，也诘问他负责进攻的二〇·七高地战况。两位师长并无尺寸之进，只好答称正在激烈战斗中。

不久兵团副参谋长接到独立九十五师朱师长电话，说他派参谋到前沿用望远镜观察，发现八师是谎报战功，他们不仅没有占领铁路桥头堡，而且相隔还很远。

报告以后，朱师长见兵团长官并未处罚八师。踌躇一番，索性自己也来他娘的一个谎报，说他的先锋营已经攻入塔山；但各部损失很大，请求速派部队增援以巩固战果。

罗奇闻讯很兴奋，打电话给林伟俦军长说：

"九十五师前锋部队已经攻入塔山！但该师伤亡过大，应即刻投入预备队二十一师去增援，协助巩固战果！"

林伟俦一面将独立九十五师获得进展情况转知二十一师师长，教他迅速准备增援兵力；一面用电话命令八师师长查清塔山实况。

不久，八师师长和各方面侦查人员向林伟俦报告，独立九十五师是虚报战绩，并没有一兵一卒进入塔山。

打到下午，塔山一线蒋军毫无进展。枪炮声停息下来后，受伤官兵源源不断运到锦西县城。轻伤的留在县城医治，重伤的三千多人则用轮船转运出去；阵亡者随地掩埋。独立九十五师伤亡过半，每个团仅剩一个营人数；另外各师也大体如此。

这天晚上，垂头丧气的侯镜如、罗奇再次召集将官们在锦西中学开会，研究失败原因。

大家都说共军阵地堡垒星罗棋布，而且厚实坚固；加以铁丝网、鹿砦纵深达几十米，炮兵、海军、空军并未能给予有效摧毁；各兵种得不到协调，飞机在上空只逗留十几分钟就溜掉了。

半夜时，北平的战车团海运到葫芦岛。

罗奇又高兴起来，说："有了水牛（指战车），打下塔山不成问题了！"

他们哪里知道，当天上午东野对锦州城垣的总攻正式开始了。

一九四八年十月十四日上午十时，抬腕看了一下手表的林彪，不动声色地点了一下头。

一直紧张地盯着他的刘亚楼，立刻拿起电话发布命令："开始！"

一千零二十门远程重炮同时响起来。炮弹出膛时闪现的强光使上午的太阳黯然失色；烟尘冲天而起，把相距十公里之遥的炮群和锦州一并淹没了。不到半个小时，城垣被摧毁了多段，有的地方竟夷为平地。

一个小时后，炮火向蒋军阵地延伸射击。

突击部队沿着弯弯曲曲的交通壕，向城垣接近。在距城垣几十米的地方是交通壕的尽头。突击部队的尖刀连正要跳上去往前冲，突然间密集的机枪扫射封住了去路。原来炮击过后的大片蒋军官兵尸体上，重新架起了机关枪，其预备队赶过来填补了空缺。

东野突击队索性以整营为单位，几个营多路冲击，不到半个小时就消灭了蒋军填补上来的预备队，将第一道防线完全占领。

十时五十分许，东野北突击集团的突击部队，在炮火与三百多辆坦克的掩护下，全线摧毁城垣防线。

二纵主力沿惠安街、良安街攻击前进；

三纵在省公署遭遇守军顽固抵抗，便留下一部进行包围，主力绕过省公署东侧墙攻入市中心；

北突击集团及时将留作预备队的六纵之十七师投入使用。十七师在三纵左侧沿康德街、大同街向市中心攻击前进。

坦克队始终走在头里，为步兵开路。

南突击集团于十时十五分开始炮击，为步兵扫清道路。半小时后，七纵、九纵都突破了城垣，攻入市区。两个纵队以中央大街为分界线，与敌展开巷战。

东突击集团第一次突击失败。经再次炮击，摧毁了敌人工事。傍晚时分，步兵在十多辆坦克导引下，终于突破了敌人防线。

至此，北、南、东三个方向打开了十个突破口，三个突击集团相继完成了对城垣主阵地的占领，进入纵深战斗。

纵深战斗开始后，根据野司首长指导的"一个营打一条街"的战术，"先吃软的，后敲硬的"打法，各突击部队在坦克掩护下，避开守敌的强固据点，穿墙越顶，向范汉杰总部和第六兵团司令部逼近。

二纵相继攻占天德烧锅厂、高等法院、国际仓库、红十字医院、邮局、市公署、税务局等敌军据点；

三纵、六纵之第十七师陆续攻克省公署、锦州神社、铁路警署，包围了铁路局、火车站；

七纵沿大凌街、小凌街、女儿街攻击前进，接连克服央行、陆军医院、锦州电影院；

九纵沿太子街、牡丹街、国和街推进，几次粉碎了守军的反扑；

八纵在节节胜利过程中，全歼顽固不降的瓦斯会社、面粉厂、赤城街、中纺公司守敌，生俘敌九十三军军长盛家兴及其属下将领数人。

十五日拂晓前，三个突击集团陆续在白云公园、央行一带会师。然后配合作战，协同攻克了几处强固据点，歼灭蒋军九十三军军部、六兵团司令部及其直属部队、东北剿总锦州指挥所及其卫队团，迫使拱卫这三个首脑机关的暂编五十五师残部六千多人投降。

新市区战斗全部结束。残敌退据锦州老城。

东北剿总锦州指挥所在老城区尚有一处地下办公机构，全钢骨混凝土建造，安全得很。解放军刚攻破城垣，范汉杰司令官就及时入了地。但解放军已开始进入老城区了，炮弹不断在指挥所周围落下，硝烟、尘埃以及建筑物烧毁的浓烟通过甬道，钻进了范汉杰的地堡。呛得不断咳嗽的范司令官，顾不得梳理颏下乱成一包草的一部大胡子，也顾不得不知什么时候歪斜在头上的军帽，没命地在那里摇电话。他不知道，十几路电话线全都炸断了。不独此也，由于爆炸声不断，无线电话收发报机也被种种干扰声弄得不能正常使用了。

范汉杰气极了，将电话扔到地上，操着他的广东大浦县土白乡谈骂道：

"丢那妈，这系边个搞的？狗日的廖耀湘究竟在哪里？牛日的侯镜如近在咫尺，就是爬也应该早就爬到了呀！"

六兵团司令官卢浚泉仓皇地钻进地堡，大声责怪道：

"副总司令，你怎么还在这里呀！"

"浚泉兄，慌什么，有话慢慢说！"

"全完了！全完了！赶紧跑吧！"

二

再说塔山战场。

十四日一天，锦州方向炮声不断，到了下午，更为密集。到了十八时，枪炮声逐渐停了下来。而范汉杰那边的无线电讯从十三时起就断了。锦州情况无法了解，侯镜如、罗奇忧虑起来。

十五日拂晓前，八师阵地的沿海地带，忽然有一个锦州守军的副团长，化装乘小舢板逃过来。那副团长据当事人回忆，似乎叫卞什么，是个南京人。他被带到侯镜如那里。他说：

"十四日整天战斗异常惨烈，国军在城外城内伤亡惨重，死尸枕藉难以插足。我离开前共军像潮水般涌入大街小巷，只有零星据点在战斗！"

侯镜如、罗奇震惊无语，呆若木鸡。

林伟俦在一旁提醒道："援锦看来是无望了！……我们应该早作准备，林彪一向的作风是当围困的'点'解决后，'阻援'就会变成'打援'！"

侯镜如明白他的意思，瞅了他一下，没搭腔。因为罗奇在场。

罗奇说："林军长说得对，我们要早作准备，迎击林彪主力！"

这时有电报来，说蒋介石一小时后乘飞机到葫芦岛。

侯镜如指派阙汉骞参谋长谢义去葫芦岛向蒋禀报这里的情况。罗奇说他也要去。

陪同蒋介石飞到葫芦岛的是俞济时、罗泽闿。

罗奇、阙汉骞、谢义与葫芦岛警备司令等几位高级将领在机场迎接，将蒋介石一行接到五十四军军部。

蒋介石一脸铁青,刚落座就指着罗奇说:"振西,你说说情况吧!"

罗奇起身立正,说了一声是,就开始禀报。首先说根据情况分析,锦州可能已经失守了。又说共军一向的策略是打下了"点"之后,紧急着就会打"援"。又解释共军在塔山一线的工事非常坚固,铁丝网、鹿砦面积大、纵深长,所以几天下来国军苦攻不下。

蒋介石忽然怒形于色,大声说:"拿地图来!"

罗奇赶紧叫随从副官拿出地图,摊在蒋介石面前。这是早就用红铅笔注明的塔山阵地工事位置图。蒋介石看了一会儿,用力在地图上拍了一掌,怒吼道:"塔山距离我军阵地如此之近,共军怎么会这样快就做了这样多的强固工事?阙军长驻防葫芦岛那么长的时间,早就应该发现,予以摧毁!阙军长,你整天究竟是在干些什么?我问你,你是黄埔的什么?是学生,还是蝗虫?你信不信,我今天就要枪毙你!"

阙汉骞站在那里,哭丧着脸,汗水顺着两鬓流淌,不断说是,是,是。

大家也都吓得保持立正姿势,不敢动一下。

待蒋介石骂完了,罗奇又才禀报。说:

"请总统息怒,不要气坏了身体!这个是……其实大家已经尽到了努力;此次不利,原因在于陆海空协调得不好,空军尤其疏懒,战车也来得太迟,致令步兵伤亡很重!据前线官兵讲,共军的工事是一夜之间做成的,有上万的老百姓帮他们的忙!"

谢义又禀报,今天早上从锦州逃回来一个姓卞的副团长,在前线林军长那里休息。要不要送过来以备垂询?

蒋介石恼怒说:"垂询什么?锦州沦陷已经无可置疑了!"

锦州攻坚战耗时三十一小时,东野将城内十万余蒋军全歼。其中打死打伤一万九千多人,生俘八万多人(经过教育,除军官外全部加入人民解放军);缴获各种火炮一百二十一门、冲锋枪和步枪六万多支、机枪八百多挺、坦克八辆、汽车二百五十八辆以及大量各种物资。东野的受伤、阵亡总数为两万四千多名。

东北剿总副司令兼锦州指挥所主任范汉杰十六日早晨,逃到锦州东南十公里的谷家窝棚,被解放军巡逻队抓获。身穿士兵服、头戴普通军帽的范汉杰被他的士兵们指认出来后,既狼狈又害怕,声称"是林总司令的老同学,希望能见见故人"。大家按他的要求把他送到牤牛屯东野指挥所。

刘亚楼笑嘻嘻地走进林彪的办公室,调侃地说:

"林总,你的老同学吵着要见你呢!"

"老同学？"林彪困惑地瞅着刘亚楼，问道，"谁呀？"

"范汉杰！"

"啊，抓住啦？送过来吧！"林彪笑了笑，说："我是四期，他是一期，算是学长吧。"

在两位东野士兵押送下，范汉杰进了林彪办公室。一进门，赶紧立正敬礼，说：

"林总司令，败军之将范汉杰向您报到！"

林彪上前与他握手，请他坐下，并吩咐上茶。说：

"放下了武器，你我就不再是作战的两方了，剩下的就是同窗之雅啦！请你放心，优待俘虏是我党一向的政策，没有人会为难你的；如果有什么不顺心的事，以后可直接告诉我。"

"谢谢林总！"

林彪留他吃了一顿饭。席间，范汉杰为他的速败唏嘘感叹，也困惑不已。并以此询问林彪。林彪说：

"你老兄的速败，以及此前你们在全国战场上的被动局面，其根源有两个！"

"啊，两个根源……愿闻其详，望林总赐教！"

"第一个根源，也就是最根本的根源，那就是你们彻底抛弃了占中国总人口百分之九十五以上的穷人、劳动人民，站到了地主、资本家一边；第二个根源，是我们有一位当今最伟大、最杰出的统帅，而你们却被一个平庸而又自命不凡的小人物①牵着鼻子到处乱窜！"

这话让范汉杰一头雾水。

十六日拂晓以前，廖耀湘收到老部下新编第六军所属暂编六十二师师长刘梓皋拍发给他的电报。战前刘梓皋师就被空运到葫芦岛，参与攻打塔山。刘梓皋在电报里说，据从锦州跑出来的军官报告，锦州已经丢失。

这个消息让廖耀湘十分震惊。他立即命副官接通卫立煌和赵家骧的电话。通报这一消息。

卫立煌回应说，极有可能，锦州昨天以来就不通电报了。

廖耀湘十分恐惧，同时对蒋介石逼他把主力开到危险区域十分激愤。对卫立煌说：

"卫总，结局果不出我所料！一切必须马上重新考虑！"

"当前局势更为严重了，确实必须重新考虑！"

---

① 史迪威对蒋介石的蔑称。

"这样吧,我上午把这里的事情处理好,同时考虑一下如何应对,下午回沈阳向总司令面禀!"

"很好!你抓紧时间回来吧,我们等你!"

放下电话,他立即草拟命令,教七十一军军长向凤武暂停对黑山共军防线的攻打;新编第一军主力不进军芳山镇了,暂时驻在原地待命,只将骑兵营靠近芳山镇警戒;新编第三军仍然向西面远出搜索,主力做好准备随时应命行动;新编第六军也须高度集结部队,随时准备行动。布置好一切,拟一份长电,向蒋介石详禀一切,试图让其改变错误的决定。

他觉得锦州既失,情况大变,蒋介石应该同意放弃他一直坚持东西合进,寻求与共军决战的错误方针了吧?也就是说,辽西兵团(即廖耀湘所率西进兵团)不应该再向锦州前进了。因为塔山攻守战证明不能再指望侯镜如的东进兵团能够"东进"以完成战略合击了;事实证明,原先有些人(指罗泽闿、郭汝瑰、蒋介石)对东北共军的兵力与战力的评估是"谬以千里"的。辽西兵团现在被蒋介石整来成了两不靠岸的无根浮萍。此外,卫立煌坚持的"退回沈阳",战术上不利的因素是背着三条大河,尽管如此,也还可以勉为其难;但从根本上说这其实是个慢性自杀的方案,也就是重蹈长春守军覆辙,被人家久困长围而全然动弹不得。他决心说服卫立煌放弃这个主张。

廖耀湘在两个月前东北局势紧张时就反复申诉取道辽中南下营口,现在虽然情况大变了,他仍然认为这是个"利多而害少的方案"(廖耀湘语)。他挑选了退向营口的两条道路:

其一是由巨流河再渡辽河,取道辽中到营口。这条路的缺点是要渡四条大河,需时较长,容易暴露战略企图;若共军察觉,则会从沟帮子经盘山,直出营口与大虎山插到辽中,距离比廖兵团近得多。所以走这条路,须顾忌背后的敌情。

其二是从兵团主力现在所在地新立屯,取道大虎山、黑山以东和以南地段,向大洼、营口撤退。这条路也不是没有缺点。须在共军附近"侧敌行军",战略企图若不慎暴露,锦州一线的共军取道沟帮子、盘山到大洼、营口,距离近、路也好走,优势仍在人家;而且廖兵团所要走的路,是新立屯、黑山、大虎山与饶河之间的走廊(即饶河走廊),十分狭窄,而且由北向南的道路少,没有一条永久性公路,辎重通行困难。但有一个大优点,不必经过大河,距离也短,行动可以出敌意外,两天半急行军可望完成。实行这一方案,首先必须争取时间;另外必须占领黑山作为战略侧卫的据点,以掩护兵团主力通过饶河走廊。万一不能占领黑山,也要对之猛烈攻击,阻止共军经过黑山向东活动而切断饶河走廊。占领黑山也有虚晃一枪的作用,让共军以为廖兵团要向锦州进军。

廖耀湘反复权衡利害,觉得应采取第二条方案。尽管也带有冒险性,而要害在于争取时间。

高明战略家的首要标志，就是能够清醒地区别哪些能够办到哪些不能够办到。锦州丢失以后，长春更加朝不保夕。在这样的局势下，蒋介石最应该做的，也是可能做到的，就是如何救出以廖兵团为主的沈阳集团；出去的路，就是廖耀湘一直想走的营口。

而这，正是毛泽东所一直担心而多次提醒林彪的。

不过蒋介石痴心不改，固执地要侯兵团和廖兵团东西对进，会师大凌河，收复锦州。

毛泽东正希望如此。

三

十月十五日早晨，杜聿明在徐州剿总大院内登上轿车，要去火车站乘车到商丘，指挥三个兵团向山东解放军发动进攻。

副官从大楼里冲出来，边跑向小轿车边挥动手中的一张纸大声说杜副总请稍缓，总统来电了。

杜聿明伸手从车窗接过电报。看了后，丈二和尚摸不着头脑，皱眉呆了一会儿。原来是蒋介石教他暂不要执行原定计划，马上去机场等他的专机，一起到东北去。

后来蒋介石专机没有降落徐州机场，径飞沈阳去了；另派了一架飞机到徐州接杜聿明。

杜聿明到沈阳时，蒋介石已先期到达。

杜聿明下榻总部招待所，卫立煌临时公馆也在所内。本欲稍事休息，就去蒋介石休息的励志社拜见，不料蒋介石知道他来了便主动赶过来了。

"校长，您怎么来了？应该我过去向您报到呀！"

"光亭不用客气，你腰不好，还是我来看你，我来看你吧！不用站着，坐，坐，我们坐下谈！"

杜聿明侍候蒋介石落座后，吩咐副官道：

"总统来了，快去请卫总司令！"

"暂时不用，"蒋介石挥手制止，"就我们俩，这个是，我们爷儿俩单独谈谈！"

蒋介石坐在那里，沉默了一会儿。长叹一声说：

"东北的事情，让卫俊如一帮人办坏了！唉，必须要想办法纠正才好！这个是，我今天飞过锦州的时候，给范汉杰空投了一封信，教他能守则守，实在不能守就退守锦西。局势如此,这也是没有办法的事呀!另外,我也在长春上空给郑洞国空投了一封信,教他赶紧向沈阳方向突围,否则沈阳不能等他了!"

杜聿明不明白,东北的事,蒋介石把自己这个徐州剿总副总司令拉来干什么?更不明白,锦州、长春的放弃与固守,关系到东北的全盘作战计划,他不同东北主将卫立煌商量就随心所欲地空投了两封极不负责任的信下去,是不是脑子被近来的乱局急坏了?杜聿明知道,锦州被围得铁桶一般,这个时候才想到撤退,痴心妄想罢了。长春更不可能突围,离开了城垣只能更早遭到消灭。

"光亭,你说说看,有没有什么更好的办法?"

"校长,聿明离开东北日久,敌我情况都不甚了了,不敢妄言!"

"好,好,好……这个是,你先去找廖耀湘他们谈谈,然后我们再商议!如何?"

杜聿明踟蹰了半晌,无可奈何,只得说了个"是"字。

当晚,除卫立煌外,剿总参谋长赵家骧等几位东北将领都到招待所看望"老长官"(此前杜聿明曾任职东北)。

杜聿明长叹一声,询问大家东北局势何以这么快就搞得如此不可收拾?

有人心里暗笑,你杜老总当初在这里的时候,共军尚弱小,你都奈何不了人家,还屡屡遭到共军砍腿断臂,事情的"不可收拾"不是由你肇始而然的吗,装什么孙子呀。这话当然不能当他的面挑出来。可以对他说的是杜聿明离开东北以后的情况。大家一致慨叹的是总统的命令和卫总司令的主张老是南辕北辙,扯不完的皮,错失了不少战机。

杜聿明问,卫总与总统的主要分歧是什么?

大家说,总统命令集中沈阳主力向大虎山、黑山之敌攻击,进至辽西解锦州之围,同时与侯镜如东进兵团、范汉杰锦州集团一起合歼林彪主力;而卫总则认为此举乃驱羊饲虎,东北国军三大集团都会次第断送。

赵家骧说:"目前廖司令官在总统严令下,不得不准备率兵团主力西进;卫老总则坚决反对此举,已多次犯颜直谏……"

杜聿明满面忧色,沉默不语,偶尔喟然长叹。

赵家骧说,东北当前局势应如何扭转,望他对大家"有以垂教"。

杜聿明好一会儿沉吟不语。后来似乎考虑成熟了,说:

"锦州战役之胜败,取决于范汉杰集团能否在锦州坚守半月以上!如果锦州长时间不破,共军大兵团久屯坚城之下,粮草定然接济不上,加上久攻不克导致的兵疲师老,诸多败象就会产生。那时国军再从沈阳、葫芦岛出兵对击,可奏肤功,东北大局亦可由以底定!"

大家听了,脸上由忧转喜,都赞成他的看法。

问题在于锦州守得住吗?

杜聿明对蒋介石在飞机上投柬锦州、长春一事却没说,他是怕影响东北诸将的士气。

次日(十六日)上午锦州通讯中断。蒋介石心里有点打鼓。催促杜聿明抓紧时间去新立屯视察,并与廖耀湘交换意见,然后向他禀报。又指定随同他来沈阳的国民党中央执行委员会常务委员、国防部新闻局局长邓文仪,以及国防部二厅厅长侯腾等人陪杜聿明同去。

杜聿明一行数人乘火车去新民。

廖耀湘与四十九军军长郑庭笈到车站将他们接到兵团司令部。

用了午餐,稍事休息,廖耀湘就陪同他们到新立屯视察。新一军军长潘裕昆、新三军军长龙天武、新六军军长李涛早就在那里恭候他们了。

杜聿明向廖耀湘询问情况。

廖耀湘隐瞒了他伙同卫立煌抗命、踟蹰不进的事,大吹他在彰武切断共军补给线,在新立屯给共军以"极大的打击"。说如果范汉杰守住锦州勿失,侯镜如东进兵团协同我西进兵团合击锦州共军,是可以取胜的。

然而他又来了个"然而"大转弯,说锦州电讯中断了一整天,恐怕多半是"沦陷"了。接着便把他从营口撤退的计划滔滔不绝地讲解一通,仿佛不是在讲退却,而是在讲进攻。

几位军长的意见是在卫立煌与廖耀湘之间徘徊,有的认为缩回沈阳;有的担心沈阳久守恐难保全,还是撤到营口安全得多。

杜聿明赞同廖耀湘的方案。

杜聿明一行连夜返回沈阳。

在沈阳得到了确凿消息,锦州已经易手,十万守军被全歼。

蒋介石确证了这个消息后,便乘飞机走了。也没给奉他命令来沈阳的杜聿明留下什么话,这让杜聿明不知做什么为好。

此时卫立煌、赵家骧觉得,蒋介石当初是企图救锦州才教廖兵团西进的;现在锦州既失,廖兵团再无西进的必要,而且久屯辽西会有遭到林彪转兵包围的危险。都认为蒋介石没有理由不变更他的计划了。

不料蒋介石飞到北平后两次派飞机到沈阳传达他的手谕,依然是要廖兵团西进;不过也有一点修正,已不再是当初的"救锦州",而是"夺回锦州"了。

第一封"手谕"说:"据空军报告,窜扰锦州共匪大批向北票、阜新撤退。令廖耀湘兵团速向黑山、大虎山、锦州攻击前进。"

第二封"手谕"是命令卫立煌设法援助郑洞国突出长春,与沈阳主力汇合。

第一个命令是卫立煌决不愿执行的。他认为现在林彪在锦州附近表面上按兵束甲，休整补充部队；其实很可能是张开大网，谁撞过去谁就跑不脱。但又不敢公然命令廖兵团撤回新民。

至于第二个命令，已然没有意义了。

郑洞国本来已经决定率部拼死突围的，不料十月十七日担任长春一半防务的六十军宣布起义，曾泽生军长率部撤出战场，将长春东半部交给了人民解放军围城部队。

解放军接管了六十军防地的制高点，火炮与高射机枪平射即可控制全城。

东野围城部队总指挥萧劲光，政委萧华知道，六十军起义后，剩下来的新七军人心大乱，都在暗中要求上司赶紧决定起义；各级军官通过各种渠道与解放军暗通款曲，有的甚至在城里寻找地下党而与查究他们的军统分子交起火来；前线连队索性打通了壕沟，到解放军阵地上搭伙吃饭。萧华说，若能争取郑洞国率领新七军走曾泽生六十军的光明之路，那么长春就可称为兵不血刃而获得了解放。二萧懂得林总的一贯思维：尽量少牺牲，才是完美的胜利。

中央军委收到林彪、罗荣桓关于动员郑洞国走和平道路的电报后，指定周恩来以担任黄埔军校政治部副主任的身份，与郑洞国算是有师徒之雅，致书劝其投向人民一边。此信摘要如次：

> 欣闻曾泽生军长已率部起义，兄亦在考虑中。目前，全国胜负之局已定。远者不论，近一个月，济南、锦州相继解放，二十万大军灰飞烟灭，王耀武、范汉杰束手就擒，吴化文、曾泽生相继起义，即可证明人民解放军将取得全国胜利已无疑义。兄今孤处危城，人心士气早已背离；蒋介石纵数令兄突围，而解放军重重包围，何能逃脱？曾军长此次举义，已为兄开一为人民立功自赎之门。兄宜念当初黄埔之革命初衷，毅然重举反帝反封建大旗，率领长春全部守军，宣布反美反蒋、反对国民党反动统治，赞成土地改革，加入中国人民解放军行列……

读了周恩来的信，郑洞国并未幡然悔过。他是决心对蒋介石愚忠到底了。

六十军起义后，他设在原伪满国务院的兵团司令部和柳条路的公馆已不安全，只好迁到伪满中央银行大楼。

十九日上午，李鸿军长的新七军与解放军接洽成功，全体官兵放下了武器；地方保安团队也陆续向解放军投诚了。只有兵团警卫团（两个营）还保着郑洞国在伪满中央银行大楼内，负隅顽抗。

十月二十日夜十一时，郑洞国给蒋介石拍发了最后一份诀别电，表示要为蒋死战到底。

郑洞国不知道,除了他自己还在死心塌地守着"名节"之外,他身边根本没有一个人追随他死战到底。他的参谋长杨友梅为了残存的官兵,更是为了郑洞国,私下以郑洞国名义安排了一个体面投降的结局。大家商议了一个方案,暗自派人去找解放军商榷。

萧劲光司令员、萧华政委接受了郑洞国的投降条件。

长春失守的前一天,蒋介石再度飞沈阳。随行者有罗泽闿等幕僚。

他将卫立煌、杜聿明、赵家骧等人召到励志社开会。

出乎大家意料的是,锦州失守,长春在曾泽生率全城一半人马起义后显然已不可能再守得住,蒋介石居然还要坚持令廖兵团向锦州攻击前进的计划;而且要卫立煌将沈阳的五十二军、六十军调给廖耀湘以加强西进兵团兵力。态度很固执,但也还客气,讲完他想讲的以后,不忘客气地问卫立煌道:

"俊如兄,有什么高见吗?"

卫立煌心里冷笑,你明明知道我的主张,也明明不许我坚持自己的主张,还问我干吗?而嘴里却说:

"请光亭、大伟①先讲讲如何?"

赵家骧瞧着杜聿明,希望杜能先讲,自己再作一些补充。而杜聿明却看了看蒋介石与卫立煌,说:

"我对整个情况尚在了解阶段;可不可以请大伟兄作情况判断,我们再研究下一步行动?"

赵家骧微微苦笑了一下,只好站起来。轻轻咳了一下,说:

"家骧不敢妄作'判断',先向总统和卫总、杜副总介绍一下情况吧。"旋说就指挥副官们摊开作战地图。

他介绍道:"共军在东北总的野战兵力已发展至八十多万,使用于锦州方面的约莫六十万,长春方面十万,超过国军两倍;而且共军无后顾之忧,随时可以调集大兵团与我们决战。如果我军既要保卫沈阳,又要收复锦州,我担心……"

卫立煌见他怯怯地偷窥蒋介石,不敢说下去,便不客气地替他说完。"我们都担心有被各个击破之虞!所以,目前向锦州进军值得商榷!"

蒋介石不满地乜视一下卫立煌,哼了一声,没有说什么。过了片刻,掉头看着杜聿明,和颜悦色地说:

"光亭有什么高见吗?"

---

① 杜聿明字光亭,赵家骧字大伟。

"赵参谋长、卫总司令的判断可能符合实际,目前敌我兵力悬殊,是不是可以先行持重,各部守住自己的要隘,下一步再相机收复锦州?"

蒋介石又放下脸来。杜聿明没有迎合他的主张,让他更加不快。沉默了一会儿,也没作硬性规定,只叫他们次日(即十九日)到北平,大家一起讨论后再说。

第二十五章

一

十月十九日早晨，沈阳北陵机场的跑道上，一架中型轰炸机由缓而快逐渐加速，差不多跑了一公里的长度才脱离跑道腾空而起。

飞机上坐着卫立煌、杜聿明等数人。

卫立煌用眼角余光觑了觑闭目养神的杜聿明。过了约莫一两分钟，说：

"光亭，你知道总统为什么不顾一切也要收复锦州吗？"

杜聿明睁开眼睛，不知道卫立煌为什么会问这个简单的问题。一时也不知道怎么回答，想了一想，说：

"这个问题……他好像几番强调过吧？我听大伟（赵家骧）兄说，自从林彪把主力用于锦州方面，他就认为这是个战机，要廖兵团、侯兵团、范汉杰锦州兵团三路合击林彪。"

卫立煌点点头，又摇摇头，冷笑了一下，说：

"三路合击，只是坚持要抱紧与锦州相关的一系列具体主张之一而已，并非他的潜在动机！"

卫立煌皱眉琢磨，困惑不解。道：

"我还是不明白！"

"光亭你只要回忆一下，一九四五年十一月二十日前后你奉命到锦州主持东北军事，总统三次致电告诫你'非有命令不准再前进'，并且指定熊式辉的东北行辕也设在锦州；你当时还不断用电报与他争论，说不乘胜前进将失去大好战机。哼！事实上那个时候起，他就不想要东北了！"

这个判断对杜聿明来说真是闻所未闻，不由得睁大了眼睛，瞧着卫立煌。说：

"不要东北？卫总……这个，有没有什么根据？"

"抗战胜利以后，陈布雷和张治中都对他分析过，苏联是不可能放弃东北的，他们不可能再让远东边境外再出现一个敌对政权，所以支持中共占领东北是斯大林的既定国策。当时总统很认同这个分析。他曾经一度这样考虑，教毛泽东把关内全部根据地让出来，举家搬到东北去，任他们在关外称王称霸。他这样考虑未必不对！不打仗了，集中全部经济、军事力量经略关内，以后再图大举嘛。但是，美国政府不同意！出于全球战略的考虑，他们必须要占有东北。他们把东北看作远东的反共前哨，抗拒苏联势力南侵；若有了东北，适当时机，又可以与韩国南北对进消灭北韩共产党政权，将东北亚连成一片。总统能怎么办呢？局部的思考必须服从全局的谋划，只能跟着山姆大叔的指挥棒转；何况若美国人全力帮助收回东北，广袤肥沃的黑土地以及发达的工业，也是对他深深的诱惑。到了一九四六年二月间，他按照马歇尔的建议，把东北的两个军增加到了七个军。后来，国军在东北接连失利，放弃东北的念头又在他头脑里占了上风；美国当局怕国军数十万精锐全部葬送在东北，也改弦更张，要他把部队全部撤到中原。这就是他前前后后屡屡要我们去锦州的一系列原因！"

杜聿明十分佩服卫立煌的分析。点点头说：

"原来是这样！"

"但是，两年来大军已经深入东北腹地，岂是说撤就能撤的？他是只在那里一厢情愿地拨动自己的算盘，全然不去顾及人家共军如何对付你；共军巴不得国军离开坚城的屏护，巴不得我们往前挪动呢！"

杜聿明又点点头，赞叹卫立煌的见解鞭辟入里。旋又摇了摇头，喟然长叹道：

"他既然早就有放弃东北的主意，看来也难以改变呀！"

"不见得！光亭，我们联合起来谏诤，争取让他改变主张如何？"

杜聿明迟疑了一忽儿，说："试试吧。"

其实杜聿明的主张并不尽然同于卫立煌；当然他更反对蒋介石不顾危险强要廖兵团从辽西攻击前进，不切实际地要去夺回锦州。到底怎么办，他也没有定见，只有到北平后再见机而作了。

卫立煌不断聒噪，强要他持共同意见。两人最后能达成一致的意见是劝蒋介石不要马上就打锦州，应将廖兵团迅速撤离辽西险地，布防沈阳西北面三十公里的新民一带。然后待东北所有部队补充足额，整训完成，再相机收复锦州、打通北宁路也不为迟。这个主张既是卫与杜互相让了一步达成的共识，也是卫、杜向蒋的主张退让了一步，以便能使他认同。最后又商量，万一蒋介石坚决要放弃东北的话，那也要逼他同意大军决不能取道辽西，必须从营口撤退。两人还商定了一个策略，先由卫立煌坚持原来固守沈阳不出的主张，其后再作让步，以逼蒋妥协。

午前飞抵北平，各自到傅作义给他们安排的临时公馆休息。

午后二时，傅作义邀他们一起到圆恩寺蒋介石行邸开会。

这个会开得很长，足足五个小时。

蒋介石和卫立煌之间依然是一个要催促沈阳主力西进夺取锦州，一个要按兵不动，待在沈阳城里。各自都有理由，争执不下。

蒋介石不得已，问杜聿明道："光亭，你说一说！"

杜聿明做出愁苦的样子，结结巴巴地说："学生认为，现在……去救锦州，有可能撞进林彪的圈套！锦州当然是要收复的，可不可以……"

"宜生的高见呢？"蒋介石生气地打断杜聿明的话，转而询问傅作义。

傅作义不愿过多的掺和。想了想，说："总统的命令当然是高见；俊如兄的意见，也不无道理。这是国家大事呀，我不敢轻率，得考虑成熟才敢贡献刍见！"

蒋介石见没有人附和他的意见，恼羞成怒，头胀眼红，忍不住从沙发上跳起来，指着卫立煌大骂。说是东北的事情搞得一塌糊涂，都是你卫俊如为首的一班蠢材不懂韬略又胆小如鼠所致；再这样下去，国家非亡在你们手里不可。

骂完了卫立煌，又骂马歇尔。说世无英雄，遂使竖子成名，什么二战名将，浪得虚名。德国是他们打败的吗？诺曼底登陆是什么时候，俄国人都逼近德国本土了，美国人不过是捡了落地桃子而已。当初为什么不让马歇尔去苏联战场对付八九百万德军呢，那才是显真本事的地方！

傅作义劝他息怒，不要气坏了身子；又不解他为什么言不及义，骂起了万里之外的马歇尔。听了他接下来的抱怨，才明白"个中"。

"就是那个该死的马歇尔害了我们的国家呀！本来，抗战结束后，我决定军队进到锦州以后，再不向前推进，以免和苏联闹翻。后来马歇尔说，收复东北是美国的国策，叫我们务必照办。我们听了他的话，把所有的精锐部队都调到了东北，而且消耗过半。弄得现在连守南京的部队也没有了，真害死人呀！"

杜聿明觉得蒋介石这样不顾体统地乱骂下去，会越骂越不成话；同时也觉得推出自己的战略思考，此时正合适。

"请总统暂息雷霆之怒！学生考虑很久，有两条方案，供总统裁择。"

蒋介石听了，冷冷地站在那里，犹自气呼呼的，又不便马上息台、坐下。俞济时赶紧过去，一边小声劝解着什么，一边把他扶回沙发，落座。然后对杜聿明说：

"光亭兄，你说吧，总统听着呢。"

杜聿明向俞济时点了点头。看了看蒋介石，见他脸色复归平静，这才说：

"报告总统，我思考的第一个方案，就是沈阳主力，应迅速从营口撤退，以完整保全这部分力量，用于中原逐鹿。第二个方案是以营口为后方，一部守沈阳。主力交给廖耀湘指挥，先转移到大虎山、黑山以南，将通向营口的道路切实控制，再向大虎山、黑山攻击。如果攻击成功，进而一举攻向锦州，占领锦州；如果攻击不顺，则逐次抵抗，向营口撤退。当然，此前应先令五十二军占领营口，以便届时接应廖兵团。"

卫立煌瞥了杜聿明一下，不想说话。他觉得第一个方案与自己首先应巩固沈阳的主张完全大相径庭；即使是第二条也与飞机上两人商定的相左以远，倒是像廖耀湘方案的修订版。

罗泽闿试图打圆场，偷觑了一下蒋介石，又看了看大家，说：

"我看杜副总司令的第二条方案……倒是不无独到之处？"

蒋介石唔了一声。没有点头，但已算是认可了。

此时已过了十八点。傅作义向蒋介石笑了笑，说：

"总统，可不可以休息一下？"说着指了指卫立煌、杜聿明等从东北来的人，"我还约了他们几位吃饭呢！"

蒋介石似乎已然消了气，点了点头说："好，好，你们去吃饭！吃了饭再过来开会吧。"

傅作义的便宴设在北平最高档的酒楼华北大酒家，席间鹿脯、虎背、松江之鲈、汉水龙鞭（幼鳄）都是少不了的。反正是军费支付，也不要傅作义私囊一个子儿。

宴罢，杜聿明说："一下午在圆恩寺，我都快支撑不住了，我这腰坐久了就这样！傅总、卫总，我今晚再不能去了。"

卫立煌也说他不去了。

傅作义笑了笑说："你们二位都不去了，我一个人去讨骂吗？不去了，不去了。"

杜聿明回到下榻处，躺在床上难以入睡。倒不是因为腰疼，主要是担心徐州战区的局势。东北弄得一塌糊涂，危在旦夕；徐州可大意不得了。据情报称，华东共军可能会发动冬季攻势，如果自己再在北平待下去，刘峙也可能会像卫立煌那样弄得一败涂地。东北自己是局外人，而徐州却不能不负责。他打算明天（20日）一早向蒋介石请辞，要求马上回徐州。

刚刚入睡，副官就把他叫醒了，说罗参军来了。

他对罗泽闿这个黄埔六期的小阿弟没什么好印象，总觉得老头子一系列错误思考都可能是小罗这类"君侧小人"糊弄之故。便冷冷哼了一声，说不见。

副官蹑手蹑脚靠前一步，压低声音说，是总统教他来传达命令的。

杜聿明没吭声。他在想见还是不见。

副官猜度杜聿明不得不见了。便问是否把罗参军领到客厅去？

杜聿明说，不，就在这里见。

副官觉得太失礼了，踟蹰了一会儿，没行动。

杜聿明看出了他的心思，乜视他一眼，教他去告诉罗泽闿，腰疼起不了床。

副官这才说了声是，悄没声息地退出。

罗泽闿跟随副官进来，堆着满脸的笑。关切地问候杜聿明道：

"老学长欠安，就不要起来了，我们就这样谈话挺好的！"

杜聿明心里道，爷本来就没打算起来。便冷着面孔，用下颏略指了指床对面靠墙的沙发，示意客人坐。

副官倒是乖巧，罗参军刚落座，就已经沏好了杭州香片送进来了。

杜聿明说："今天一直腰疼，实在支持不住了，所以后来就没有去圆恩寺。"

罗泽闿说："老学长腰不好，校长是知道的，没去当然是不得已的，校长很体谅；但是傅先生、卫先生没去，那就欠妥了！"

杜聿明佯作不知道，问道："怎么，他们二位也没去？"

罗泽闿肃然说："是的，没去。校长很伤心，觉得国难当头，治不了骄兵悍将！"

杜聿明心里一惊，明白这"悍将"一词岂独傅、卫而然，显而易见是说给自己听的。是罗泽闿自以为是所做的猜测，还是蒋介石授意这样说的？他越想越有点骇然。便往上耸了耸身子，作半坐半躺状。这个细节被罗泽闿注意到了，明白刚才的话起了作用，忍不住微微一笑。

"老学长，校长命我来，不是传达命令，是叫我找你商量一件事……"罗泽闿沉吟着没马上说出来。

"校长有事情叫我办，吩咐就是了！"

"光亭兄有这样的态度，校长胡复何忧！是这样的，校长对卫俊如已经完全失望，他希望光亭兄到东北去取代他！"

杜聿明大为惊讶，这才明白叫他跟随去沈阳并非仅仅是出出主意，原来是这个。他明白东北目前是烫手的山芋，谁接过来谁就得烫脱一层皮；同时还有抢夺卫立煌乌纱帽之嫌，那是要遭天下人侧目的事。不能干！

"你看，我这个样子怎么去呢？"杜聿明摊开双手，又指了指自己的病躯。"请润湘兄代我向校长解释一下吧！"

罗泽闿不作边际地唔唔两声。沉吟一下，仍做出笑容可掬的样子，说：

"老学长有这个……贵恙，校长很体谅，他老人家说'光亭可以躺在床上指挥嘛！'这个是……校长认为，只有老学长去东北，他的命令才能得到认真贯彻；只有老学长才有能力挽回东北败局！现在卫俊如撺掇东北诸将不听校长的命令，不执行他的作战计划，所以弄得一败再败；希望老学长去东北担此重担，为校长分忧！泽闿认为，为国家民族和老学长个人着想——这正是立功立事的重大机会，老学长还是去东北为好！"

"卫先生的能力、见解都远在我之上，经验更比我丰富。我去了反倒会偾事；请转禀校长，还是卫先生在东北有办法。况且我在徐州有一大摊子事；现在几十万军队都沿着铁路线摆开了，万一共军发动攻势，来个措手不及，势将一塌糊涂！"杜聿明停顿了片刻，对罗泽闿分析东北的形势："我今天不妨在这里实话实说，东北的败局已经形成，别说我杜聿明才疏学浅，再高明的将帅也无法击退共军；现在重要的是徐州所担负的华东和中原这一大块地方！万一再给搞成了东北那样，则南京危矣，半壁江山亦将不保！当务之急不是东北换不换人，大家应该向校长建议，赶紧对东北定下决策！要守就让卫先生守着，尚可牵制林彪主力；如果守不住，就干脆从营口撤退，免得一个一个被敌人吃掉。然后将东北撤出来的部队加入徐州战场，相机消灭粟裕部队。"

罗泽闿见话不投机，便不再说什么，起身告辞了。

杜聿明觉得罗泽闿这个第六期的小子竟敢拿老头子来威胁他，太不自量力了，便对他的告辞不吭一声，径自将半坐半躺的身子梭下去，甚至闭上了眼睛。

罗泽闿尴尬地瞅了他一下。踟蹰了片刻，只好走了。

杜聿明翻来覆去不能合眼。寻思阎王好见小鬼难缠，今天给了罗泽闿这个小鬼尴尬，则可能回阎王那里告他的刁状。那就麻烦了！不禁有点后悔自己太任性了。

次日一早，他连早饭也没用，就赶赴圆恩寺。准备等候蒋介石一起床就陈述自己的意见。

到了圆恩寺行邸，杜聿明就听说罗泽闿半小时前就到了，现在楼上蒋介石下榻的房间。杜聿明被安排在客厅就座，等候传见。

不一会儿，罗泽闿笑嘻嘻下楼来，说校长请他去。

罗泽闿把杜聿明领到楼上的小客厅。

蒋介石坐在书案后面，端着一碗馄饨在吃，桌上摆着几盘精致的小菜。

"光亭，你先坐下吧。唔，吃过早点了吗？没有就一块吃吧！"

"谢谢校长，学生已经吃过了。"

"你昨晚同罗参军谈得怎么样？"蒋介石边吃边说，咬字有点含混。

"学生觉得……"杜聿明沉吟着没马上说下去。

"什么？"蒋介石瞅了他一下，又舀了一个馄饨送进嘴里，"说吧说吧，不要紧，这个是，知无不言，言无不尽嘛！"

"学生觉得，还是卫先生继续在东北主持，学生我依旧回徐州，要好一些！学生这个想法，已经请罗参军代为向校长禀报过了！"

蒋介石不悦。把碗和勺子都放下来，听声音有点重。沉默了一会儿，说：

"谁放在什么地方，这个不是由你决定的事情，也不是由卫俊如考虑的！"蒋介石说了这一句话，顿了片刻，又说："徐州目前不要紧，重要的还是东北！你去接卫俊如的事，指挥廖耀湘打到锦州去，全盘棋就活了！"

杜聿明仍执拗地拒绝去东北，反反复复分辩他不宜去东北的理由。罗泽闿在一旁协助蒋劝他去；而且说东北的麻烦没有他想象的那么严重，化解办法多得很。

杜聿明十分讨厌这个家伙,便顺口讲了个秦王伐楚的故事。说老将王翦与"年少壮勇"的李信争议需要投入多少兵力,李信说大话终于招致失败①用以讽刺罗泽闿。然后说:

"罗参军有高见,学生建议校长委他为卫总司令的参谋长,以收速战速决之效!"

罗泽闿大吃一惊,急忙摆动双手说:"不不,我不能去!我不能去!"

"哎呀,光亭呀,"蒋介石无可奈何地说,"现在不是谈罗参军的事,是谈你去东北接替卫俊如!怎么样,劝了你半天还不答应吗?"

"校长怎么使用都是对学生的栽培……"杜聿明想要摆脱这个话题,便用蒋介石顽固地坚持要夺回锦州的主张相诘,"校长看,收复锦州,我们有几成把握呢?"

蒋介石想了想,说:"六成把握总有吧!"

杜聿明在心里慨叹蒋介石真是老糊涂了,有六成把握就要和共军决战;何况这"六成"也是他自己想当然耳。大局所系,杜聿明觉得有必要好好提醒一下这个老糊涂虫。他努力把语气调整得委婉而认真,但说出来的话还是锋芒毕露。

"孙子说庙算胜者得算多,庙算不胜者得算少;多算胜,少算败,而况无算乎?现在我们只算到六成,恐怕获胜的希望甚微;学生觉得应该全盘研究才行!"

蒋介石掩不住窘态,呆了半晌。然后"这个是这个是"地嘟哝了一会儿,问杜聿明道:

"那……你看如何才可以收复锦州呢?"大约觉得杜聿明也是出于一片忠心,就没去计较他的态度,"光亭呀,你要知道,锦州是我们的生命线啊,无论东北放弃与否,锦州都必须夺回来!我这次来之前,已经和美军顾问团商定,只要我们夺回锦州,他们就成倍地加大对我们的援助。现在你应该研究如何把林彪打出锦州,打出辽阳。要办到这点,就不能不把沈阳主力向锦州转进!总之,只要我们占有锦州,以后一切就有办法了!"

杜聿明这才醒悟,蒋介石之所以总是咬住锦州不放,是美国五角大楼那伙纸上谈兵的家伙干预所致。看来在飞机上卫立煌所做的分析是正确的。

杜聿明沉吟了一下,觉得还是要心平气和地帮蒋介石厘清思路,免得他继续受美国人蛊惑。他十分恳切地说:

"校长,我现在还不甚了解我们的全盘战略!究竟放弃不放弃东北?如果我们要放弃东北,就干脆明确下令放弃沈阳,迅速从营口撤退!我预料共军两三天内

---

① 秦王欲伐楚,李信夸口率兵二十万即可轻易成功,不听王翦所劝,结果大败而归。秦王后来又派王翦率兵六十万去,终于灭掉了楚国。

尚不至于发现我军企图；即使发现，我亦处于主动地位，边打边按照原定计划撤离，全师而归当没有太大问题！诸葛亮失街亭之后冷静处之，安排大军成功撤退，成为千古佳话。我们也来学做一个退却的英雄，当不失颜面！其后，我们可将主力控制于锦西、葫芦岛、兴城一带，先打通北宁线西段锦西至山海关。俟整补完成，再大举进攻，收复锦州。如果不想放弃东北，是否可以如此考虑：锦西、锦州在战略上相差不太大，我们也可以利用锦西作为收复锦州的跳板，不必一定要太早地去考虑锦州！"

蒋介石听了这番话，觉得尚未完全违背自己的基本思路：收复锦州。面色渐渐平和了许多，沉吟了一下，问道：

"夺取锦州，你估计需要多少时间？"

"目前还不敢妄议，要看整补的情况。若及时将损失补齐，三个月以后当可反攻；若整补不积极，半年也不得行！"

"太久了，太久了，要尽快把锦州拿回来，否则全盘都是死棋！"说到这里，蒋介石又提起昨夜教罗泽闿传达的命令，"我把东北完全交给你好了，党政军警归你统管，恢复行辕，你做主任！你可以自己发行纸币、找粮食，招兵买马，我完全不干预！光亭，你看如何？"

"校长给我压这么重的担子，我就更不敢去了！我从来没搞过政治、经济；不夸张地说，我对这两项是一窍不通！校长还是让卫先生继续在那里搞吧！他在政治方面经验丰富，又有现成的班底；我还是回徐州去准备对付共军的冬季攻势吧。"

蒋介石又冒火了。瞪圆眼睛，审视地盯着杜聿明，说：

"你该不会是惧怕林彪吧？你堂堂一期的老学长，还会怕一个四期的小阿弟？大笑话嘛！"

"校长误会了，这个不是怕不怕的问题……"

"不怕就好！"蒋介石不由分说，霸王硬上弓了，"我决定你去东北，请你杜光亭接受我的命令，赶快去接手卫俊如的事！"

蒋介石这样说话，杜聿明就不敢再抗命了。想了一下，说：

"既然校长命令学生去，学生当然服从。但是，希望校长对东北的军事、政治、经济，依旧同过去一样，由中央统一管理；还有就是尽快补充部队缺额，调拨装备，这样方可完成收复锦州的计划！"

蒋介石又冒火了，挥舞着拳头申斥道：

"为什么共产党的军队从不伸手向毛泽东要粮要装备，我们黄埔生就不能做到呢？什么都要伸手向我要，总有一天要把我榨干的！娘希……"

"校长请息怒，请让我解释！"杜聿明觉得这个问题不厘清不得了，蒋又会教他自己发行纸币、就地筹集一切，那还了得。"共军现在占有整个东北，自然要什么有什么；我们只有锦西、沈阳大小两座孤城，怎能就地筹集粮饷呢？巧妇难为无米之炊呀，何况学生不是巧妇，怎能担当如此大任？"

这么一来，蒋介石的火冒得更大了。霍然离座，挥动拳头，面红筋胀，咆哮道：

"现在连你们黄埔生也学着那些军阀余孽，不听我的命令，不贯彻我的计划，怯懦惧战！这样我们要亡国灭种的，要死无葬身之地的！"说罢拂袖而去，噔噔噔地急匆匆上楼去了。

杜聿明本欲乘机溜走，又觉不妥。蒋介石盛怒之下，破罐子破摔，说不定会做出大大不利于自己的事来。踌躇半响，决定还是坐在那里等等看。如果蒋再不下楼来，就大着胆子上楼去，继续耐心劝谏，陈明徐州战场的重要目前已超过了东北，还是放他回徐州为宜。

等了一个多钟头，蒋介石下楼来了。步履放得和缓了，不像一个钟头前上楼时那样急匆匆的；脸上居然还带着点儿笑意，好像刚才并未恼怒过一样。落座后说：

"好好好，我们再谈谈，再谈谈。"

杜聿明以立正姿势站在那里，不敢说话。

"这个是，"蒋介石和颜悦色，"你有什么意见，这个是，可以讲讲嘛！坐下，坐下，你腰不好，别老站着！"

杜聿明遵命落座。沉默了一下，抬头望着蒋介石，说：

"刚才学生的话没有说完全，惹校长生气了！校长栽培学生到东北，在我个人讲，是衷心感谢的，也应该服从命令！可是从国家大计着想，目前剿共主力是黄埔学生，我应该不计较个人名位，以国家民族为重，服从命令……"

杜聿明话还没说完，蒋介石就截住他，插嘴说：

"好好好，你既然……"

"请校长容学生毕其词！"杜聿明怕蒋介石钻他承诺服从命令的空子，赶快又把话头抢回来。"不久前在长春、锦州覆灭的都是我们黄埔同学；如果我们再将沈阳丢失，势必引起舆论谴责，影响校长威信，使校长不便再重用黄埔同学。何况，东北大局已然……如此，攻既不能，守则卫先生驾轻就熟，比我强得多，由他继续指挥较为有利；同时，徐州之战关系到中原、南京安危，原订攻击计划尚待实施，学生实在有赶回徐州的必要！"

蒋介石又放下脸来，显然对杜聿明的话又着恼了。但忍了忍，没有作正面驳斥，也没有再咆哮，只说：

"好了，你不要再说了，马上到东北去接替卫俊如吧！"这是不容分说的口气了,换句话说,是下命令了。

杜聿明给噎住了,半晌开不了腔。后来,长叹一声,说:

"校长一定要我去东北,我遵命就是;不过,有一点请求,还望校长能够俯允!"

"说罢,什么要求?"

"我去东北,仍要以卫先生为主官,我辅佐他,就犹如在徐州代刘总司令主持战事那样。不知可不可以?"

"这个完全可以!"蒋介石高兴起来了。"这样吧,你作东北剿总副总司令……这个是,兼冀热辽边区司令官。你的司令部就设在葫芦岛,总管东北战事。"

当天下午,蒋介石在圆恩寺召集杜聿明、傅作义、卫立煌开会,宣布对杜聿明的任命。当场指示杜聿明同卫立煌一道去沈阳,共同向廖耀湘下命令,具体指挥由杜聿明负责:廖兵团离开沈阳,以营口为后方,全力进军锦州;刘玉章五十二军占领营口,掩护葫芦岛、锦西部队,同时分兵一部向锦州进攻;沈阳由周福成的五十三军镇守。

蒋介石说:"光亭去指挥,我相信收复锦州是有把握的!"

卫立煌表示欢迎杜聿明到东北。

傅作义没发表什么意见。

二

二十日午后,杜聿明与卫立煌乘专机飞沈阳。

卫立煌坐在那里,一言不发,脸上也木然没什么表情。

杜聿明怕他对自己有什么想法,特别害怕他误以为自己去东北是谋夺他的交椅的。寻思怎么向他解释一下。直接解释显然不行,那就是此地无银三百两;得找个由头,慢慢说到那事的缘由。

他咳了咳,问道:"总司令接到总统的书面命令没有?"

卫立煌愣了一下,说:"没有啊!"

杜聿明抱怨地说:"总统只凭嘴巴说了那么一大摊子,不给书面的东西,我们怎么给下边下命令呀?"

卫立煌说:"到沈阳研究一下再说吧。我还以为他给了你书面命令了呢!"

杜聿明知道解释的机会来了,"怎么会呢!他这一两天都是动员我离开徐州,没少骂我;我向他反复解释我必须待在徐州的理由,他根本不听!直到最后硬性给我下命令!东北的军事部署也只是今上午在圆恩寺才说起的,卫总你也在场的。"

卫立煌这才面露神采，大约明白杜确实不是抢交椅来的。

杜聿明说："不明白总统为什么把打锦州，而且非得立刻打不可，看得那么要紧？"

卫立煌冷笑了一下，说："从春天开始，他就三令五申要打通沈锦铁路，把主力转移到锦州。我一直顶着不办。他几次来沈阳都是不顾大家的苦谏硬要那么办，还不分皂白地骂人。后来我也学乖了，也不再多说什么以免招骂，反正就是拖着不执行他那个让部队去送死的命令！"

杜聿明意识到，要卫立煌妥协一下，哪怕是打折扣地执行蒋介石命令是根本办不到的；甚至要他接受任何与他自己主张有些距离的建议也是不可能的，他最感兴趣的就是待在沈阳一点也不挪动。这简直是又一个蒋介石啊！杜聿明猜想，这位卫老总一定是怕大军离开了东北，他又得恢复赋闲的日子了。

杜聿明试探道："是不是请求总统再考虑一下？"

"没有用的！"卫立煌神情绝望，摇了摇头。沉默良久，才说："我们发电给廖耀湘、刘玉章，叫他们马上回沈阳城里，晚上大家商讨一下。"

"好的。"

就在飞机上以卫、杜两人名义给廖、刘发了一份电报。

约莫十八时，卫、杜抵达卫在沈阳的行邸。

卫邀请杜就在这里下榻，因为那是个官方的高档招待所。

晚饭后，东北剿总参谋长赵家骧领着第九兵团司令官廖耀湘、五十二军军长刘玉章到卫立煌行邸来开会。

卫立煌神情懒懒的，也是无可奈何的。瞅了一下杜聿明说：

"光亭，你传达一下总统的新命令吧！"

"是，总司令。"

听到新命令，赵、廖、刘都提心吊胆，深怕又是对自己不利的东西。

杜聿明传达的内容，其实就是他向蒋奉献的计策又由蒋"修正充实"的版本。他明白不能说破，以免招致东北将领的怨恨。他说：

"总统要廖兵团全力攻取锦州，同时葫芦岛、锦西部队亦向锦州攻击前进。廖兵团除现有兵力外，增加第二〇七师。该师沿北宁路，向大虎山、黑山攻击前进，并负责确保营口后方交通补给线。若黑山敌人被击退，即向锦州攻击前进，协助葫、锦（西）部队攻打锦州；若黑山、大虎山敌人顽固不退，即向营口逐次退却。在廖兵团向黑山、锦州攻击前进的同时，五十二军抢先占据营口，并与廖兵团切取联络。八兵团司令官兼五十三军军长周福成指挥五十三军及在沈余下部队守沈阳。"

杜聿明传达完后，请卫立煌给大家作重要指示。

卫立煌消极地摇摇头，"总统的命令要旨，大体就是那样，我没什么说的。请大家发言吧！"

刘玉章首先发言。他说："目前辽南共军不多，我率五十二军打营口不会有太大麻烦；但周福成五十三军守沈阳是守不住的！为什么呢？占领长春的共军几个纵队南下，莫说沈阳，连营口也会受到威胁！"

杜聿明说："所以你的动作要尽量快些，要是给长春共军留下时间空当，他们挥师南下，我们的全盘计划都会失败的！"

廖耀湘说："杜副总说得对，只要动作快，问题不会好大。辽中现在有我军一个师，可担任掩护；盘山共军也不多，营口后路没什么问题！"

杜聿明强调道："实行这一计划，要害就在行动迅速，能战则战，不能战则绕行。"

谈完具体部署，进入闲聊阶段时，卫立煌慨叹道：

"不知道总统为什么一定要放弃东北呀！"

廖耀湘见卫立煌伤感的样子，宽解道："总司令不要太执着了，老头子要怎样就随他好了，反正江山是他的！"

刘玉章附和道："是呀，我们不过就是大大小小的一群伙计而已，哪里拗得过大老板呢？"

大家散会后，卫立煌全无休息之意，在那里踱来踱去，不时发出一声微叹。杜聿明见状，也不好独自去休息，只好在这间小客厅陪他。

踱了半天，卫立煌停下来，愤愤地瞅着杜聿明，说：

"我真不明白总统为什么要出此下策，大军离开坚城必凶多吉少，难道这么简单的道理他也不明白？"

"总司令不必太担忧了！只要廖耀湘行动快捷，一路作战灵活，将黑山、大虎山敌人牵制住，就有可能从营口撤退；当然……要是相反的话就有可能全军覆没！"

卫立煌叹了一口气。沉默了一阵，问道：

"沈阳怎么办呢？"

"总司令看出老头子意思没有，他显然已经决定放弃沈阳了！其实呀，他这么安排也不无道理，沈阳久守是无望的！"杜聿明瞅了瞅卫立煌，见他没有生气，索性进一步说："最好请总司令准备一下，等刘玉章在营口立住脚，把总司令部和沈阳余下的部队向营口撤。"

卫立煌一心希望各部能因故退回沈阳，没去理睬杜聿明的思路，却说：

"新立屯的后路一断，盘山再过不去，廖耀湘危险得很！我决定派工兵到辽中架几座浮桥，万一廖兵团没有了去路，也还能退回沈阳！"

杜聿明知道他总是盼着廖兵团遭到阻挡，然后顺理成章地退回沈阳。也不去违拗他，顺着他说道：

"也好，我马上叫大伟（赵家骧）去安排。"

次日（二十一日）杜聿明飞到葫芦岛，先找陈铁来谈了一阵。这陈铁也是黄埔一期生，半月前刚从东北剿总副总司令职转调葫芦岛取代侯镜如担任东进兵团司令官。

午后，又召集陈铁、侯镜如、阙汉骞、林伟俦、王伯勋（三十九军军长）开会。

杜聿明向大家讲解蒋介石下令必须攻取锦州的战略意义。

这些攻打塔山失败的将领当然知道那意味着什么，面面相觑，都有难色；侯镜如甚至冷笑不止。

杜聿明当然看出了他们的态度。沉默了一下，问道：

"塔山当面的敌人有多少？坚固工事的位置在什么地方？我军应该采取什么策略进攻，才可以摧毁这道防线，去锦州与廖兵团会师？请大家讨论一下！"

这些败军之将一个接一个发言，都颇能说会道。大意是塔山有共军四五个纵队（夸大了一倍多），所有的阵地都很坚固，把国军两个军又一个师都打光了，现在再要去攻，恐怕再葬送几个军也不得行。林伟俦甚至说，我军现在伤亡甚重，守锦西都有问题，如果再主动去招惹共军，他们一反攻，锦西、葫芦岛都会丢掉。

杜聿明感觉这些人给打怕了，有了恐共病。必须设法给他们打气，恢复信心，鼓起作战勇气。于是不顾一切地瞎吹一阵，把廖兵团的实力大大夸耀一番，又说傅作义有五个军将在必要时出关助战。教训他们打仗要打巧仗，而不是打笨仗；要打活仗，而不是打死仗。"你们打塔山不是打巧仗而是打笨仗，不是打活仗而是硬碰硬的死仗，所以伤亡大而且没完成任务。现在我们的第一个任务仍然要打塔山。但是我们一定要改变策略，不要打塔山本身，而是要选择敌人的弱点，予以突破，插到敌人后面，然后两面夹击，才可能消灭他们。"

侯镜如微微冷笑，心里说，你这算什么特别本事，攻塔山的部队早就这样干过了，结果"敌人的弱点"根本就攻不破，你怎么"插到敌人后方"？

林伟俦没在心里嘀咕，却把话说出来了。他说道：

"锦西三面都是共军，根本闹不清有多少，我军一离阵地攻向塔山他们就窜扰进来！怎么办？"

"我们的战法是稳扎稳打，"杜聿明解释道。"就是说，要先把现有阵地巩固下来，站稳脚跟，再找敌人的弱点去打。等到把敌人打垮以后再全力出击，迂回包围敌人。这个时候敌人自顾不暇，哪里有力量窜扰我军阵地呢？共产党又不是神将天兵，转瞬就能把态势调整好。只要你们抓住他的弱点，打得猛，追得快，不给敌人喘息的机会，就会把他打垮，予以包围消灭。可是也不能大意，必须考虑对侧后的警戒、搜索。警戒搜索的人马要少，要搜索得远，才足以充分了解情况。攻打敌人阵线的兵力要多而且是精锐部队。譬如塔山正面，都是坚固据点，就只派少量部队去佯攻；应将主力派去寻找敌人的薄弱部分打。"

侯镜如心里冷笑，什么地方是敌军的弱点呢？鬼才知道。

但阙汉骞却认同杜聿明的思路，说："锦西的北面，敌人工事不太坚固，西面敌人连工事也没做。我看可以照杜副总的指导打！"

杜聿明当场口述具体命令，按照自己的主观思考安排东进兵团采取穿插迂回，围歼塔山共军。然后向锦州挺进。

廖耀湘兵团在辽西走廊方面的部署，原约定杜在葫芦岛用无线电联络，后因机械故障一直未能如愿。杜聿明也没有到廖兵团去。他对廖耀湘有足够信心，认为廖抗战时远征缅甸以"逐次抵抗"拖垮了日军而闻名中外。这次的总战略是撤往营口，正好能充分运用"逐次抵抗"战法。而且有卫立煌坐镇沈阳指挥，廖兵团当无大虞。便始终未去过问廖耀湘的部署。

杜聿明既然在北平圆恩寺贡献方略时包含了倘有不利，廖兵团可撤向营口的意思，当时也得到了蒋介石认可；所以他决定照自己的想法干。叫廖兵团打黑山以收复锦州，不过是摆摆样子。若共军在黑山自动退却了，那就顺势向大凌河、锦州攻击前进；否则，便只对黑山、大虎山共军进行牵制，掩护主力撤往营口。因为若不对黑山、大虎山共军实行牵制，只顾奔往营口，那肯定跑不过共军；共军一天可走六十多公里，国军只能走四十公里许。

但廖耀湘还会不断受蒋介石的直接干预与卫立煌的影响，不可能完全照杜聿明的意思干。

三

打下锦州后，毛泽东最初的考虑是教林彪主力就近先打锦西、葫芦岛，判断如此必有打援机会；消灭了东进兵团以后再转兵北上收拾沈阳之敌。他在十月十七日五时致电林、罗、刘说：

> 你们下一步行动，我认为宜打锦（西）、葫，并且不宜太迟，休整十五天左右即行作战。先打锦西，后打葫芦岛，争取十一月（份）完成夺取锦（西）、葫任务。在你们打锦（西）、葫期间，沈（阳）敌可能被迫增援。因为锦、葫守军是国民党嫡系，和（当初）锦州守军多为杂牌不同。我克锦

州，卫立煌坐视不救，必为许多人所不满。故我攻锦（西）、葫，沈（阳）敌可能增援。而只要沈敌远离沈阳，走大虎山、大凌河增援锦（西）、葫，便于大局有利。

十八日二十三时，毛泽东致电林、罗、刘，再次提出先打锦西、葫芦岛。他在电报中说：

我们不知道你们部队是否可以利用蒋、卫踌躇不决时，很迅速地攻下锦（西）、葫，然后迅速以主力回围沈阳？

朱德也把目光盯到了西边。在军委的战况汇报会上说：
"现在我们有两个打法，一个是打锦西，这比较好打；一个是打沈阳出来的敌人。最好是遵照主席的考虑，先打下锦西，使沈阳敌人更加孤立！"

十九日二十一时，林彪致电军委，要求先打廖耀湘。

他的理由是：估计彰武、新立屯地区的廖耀湘兵团，有可能原地不动。要等待蒋军整编第八军到锦西，东进兵团兵力由是大大增加后，再南北配合向锦州推进；沈阳余下的蒋军则向营口撤退。但也有另一种可能，彰武、新立屯的廖兵团主力，撤回新民、沈阳。进一步再利用辽河对我军的阻隔，全部向营口撤退。所以先打锦西、葫芦岛，则有可能放脱廖耀湘。而且，若我军攻锦西，须投入十二个师才够；但海岸边地幅狭窄，大兵团无法展开，一半部队用不上。敌人却可凭借原有的强固工事抵抗，战斗可能旷日持久。新立屯、彰武的廖兵团便会乘虚疾进，袭占锦州。所以我们建议：如果廖兵团仍继续向锦州前进，则待其再前进一段路，即将其围歼。但是，当有若干迹象显示廖兵团不会再前进，或有向沈阳撤退转向营口溜掉的苗头时，则我军立即转兵包围彰武、新民两地，以各个击破方法，将新一军、新三军、新六军、七十一军、四十九军全部歼灭。目前廖兵团确有随时缩回沈阳的可能！所以我军须火速决定行动方针，"盼军委即回电指示"。

林彪欲转兵东进，既是看透了蒋军连遭惨败，决策层手足无措、进退失据；也是基于辽西走廊地幅狭窄的考虑。而辽西走廊北部的黑山、大虎山地区，正是打歼灭战的理想地带：西北是医巫闾山；东南是沼泽地；沟帮子附近，山脉与沼泽之间的通道狭窄，仅十五公里；黑山、大虎山附近是一道专阻机械化部队的丘陵。廖兵团在这里尚来不及修筑坚固工事，又没有有利的自然条件可以凭借，只有几十个叫作窝棚的大小村庄。而攻击部队却可依托医巫闾山隐蔽，又可利用饶阳河、辽河轻易阻挡敌军退路。所谓"形势之地，生死之道"（岳飞语）即为其然。

毛泽东看来是没有林彪了解东北地形的细枝末节，而这正关乎"生死之道"。

但毛泽东的优势之一正是从谏如流；优势之二在于能推动部下向着正确的目标迈进，同时迅速地校正自己。

十九日这天他一连给林彪发了四份电报，可见其兴奋情状。二十一日的电报说：

> 你们的行动方针已有电示，即不打锦（西）、葫而打廖耀湘。我们完全同意你们的建议：若廖兵团继进，则等敌再进一步再进攻之；一经发现敌不再进，或有退沈阳或退营口的迹象时，则立即包围彰武、新立屯两处敌人，各个击破，全歼廖兵团。望即本此方针，即刻动手部署，鼓励全军完成任务。

牤牛屯金寡妇家，一个地主的大宅院，注定要成为中国革命的纪念地。打锦州以迄拿下沈阳之前的一段时间，东北野战军司令部的几位主要成员就住在那里。

在布置成作战室的一间大屋里，一位个子瘦小，脸色苍白的中年男子，背剪两手，不紧不慢地踱来踱去。中途若要口述一份电报，便踱到地图前，一字一句，口齿清晰，一气呵成，绝不重复。完事后又继续踱下去。他当然是在反复推敲哪一处关键的细节。实在太累了，就拽过椅子来，椅背对着墙上的地图，像骑马一样跨坐，双手搭到椅背上，再把下颏搭上去，仰起脑袋研究地图，有时竟将就这样的姿势向贴身秘书谭云鹏口述电报。后来，便就着这种姿势，悠然睡去。这人就是林彪。据说关内南边那位个子与他仿佛、同年龄的名将粟裕也有这样的习惯。当他就这样入睡的时候，他的亲密战友罗荣桓政委总是会蹑手蹑脚进来，挥手把屋子内的参谋人员、勤务人员全部都赶出去。然后自己坐到某一处地方，代他处理可能要处理的事情，以便让他多睡一会儿。

他们都在等待各路将领赶来，召开一次重要的战前会议。

不久，院子里的寂静被打破了，各纵首长陆续来到，被总部参谋人员请到后院去休息。嚷叫声越来越大时，林彪醒了，起身。见只有罗荣桓一人在场，便问道：

"怎么，都来了？怎么不进来呢？"

"你只睡了二十六分钟！"罗荣桓答非所问，笑嘻嘻地说。旋即大声向外喊"小谭"。

正巧刘亚楼推门进来。问什么事。

罗荣桓说："叫各纵头头进来，马上开会！"

有的单位来的是纵队司令员，有的单位来的是纵队政委，独立师的领导也来了。

会议一开始，就由林彪布置任务。

他说，攻占锦州时，我们对付敌人两路援兵的基本策略是"东缠西阻"。西边坚决顶住侯镜如东进兵团；东边与廖耀湘的西进兵团纠缠不休，教它进也不是退也不是。现在要收拾廖耀湘了，我们得采取明修栈道暗度陈仓之计。具体安排为：

原在辽西牵制廖耀湘兵团的十纵、一纵之第三师、内蒙骑兵师前进到黑山以北的头道镜子一带隐蔽待机；敌不动则不动，敌西进则退到黑山、大虎山。若敌人向东退却，则间道火速插至新立屯以东，断其去路。

五纵开到广裕泉西南待机；敌停则停，敌进则进，紧紧黏附。若敌人向东退却，立即进至新立屯以南，切断敌新六军去路。

六纵（欠一个师）潜伏于彰武西北，准备参加包围彰武之敌。

调派了负责牵制的三个纵队，林彪暂停进一步部署，指着坐在下面的三个纵队的首长，特别强调道：

"这次大战能不能圆满完成毛主席的战略设想，关键就在于能否切断新立屯、彰武之敌的去路；如果其退路能被我们切断，那么沈阳城内的敌军也被拖住了。所以，目前各部指挥员战斗员应忍受疲劳，奋发精神，彻底歼灭廖兵团五个军，进一步歼灭沈阳内外的敌军。这样，全东北就解放了！希望十纵、五纵、六纵和第三师的同志们，切不可稍有疏忽与踌躇，切不可让新立屯、彰武之敌逃掉，轻率放过这次我们获得伟大胜利的机会。特别是三纵，须时刻准备临机应变，采取大胆冒险的坚决行动。如此，我锦州主力方能赶到，策应你们！"

五纵司令员万毅站起来说："请林总放心，我们三纵全体指战员坚决完成任务！"

六纵司令员黄永胜是著名猛将，站起来说："请林总转告毛主席，黄永胜决不辜负他的期望！"

林彪眨巴了一下眼睛，困惑地盯着他，有几分嘲弄地问道：

"毛主席专门给你发了电报？"

"不不，不是这个……"黄永胜不好意思地笑了，解释道："四年前在延安，毛主席拍着我的肩膀说，黄永胜呀，你是一员猛将，我可告诉你，任何时候我都不希望听到你打败仗的消息呀，要像你的名字一样，'永胜'呀！"

全场愣了一下，哄然大笑起来。连很难一笑的林彪也张开了嘴巴，呵呵笑了几声。

大家笑罢，林彪继续部署：在锦州附近休整的一纵（欠一个师）、三纵、八纵以及十七师为第一集团，十月二十日拔寨东返，沿北宁线向大虎山疾进。其一部分直奔黑山，一部分取道义县向白土厂边门①挺进。

二纵、七纵、九纵、炮纵为第二集团，于二十二日随后跟进。

辽南独立二师不参加围歼战，以四天的行程赶赴营口，切断敌人海上逃路。

林彪说："我们用九个纵队共二十七个师四十多万人围歼廖兵团五个军十五万人；具体打法是拦住蛇头，切断蛇尾，夹击中段！假如未能在新立屯、彰武地区揪住敌人，可在敌人转营口时，所有部队立即兼程奔向营口，在营口与牛庄之间歼敌！所以，南满独立二师要先去营口，阻止敌人取道海路逃走。另外，长春的十一个独立师和十二纵，立刻南下，看住沈阳守军。以上所有部队，一律夜间行动！"

以上系暗度陈仓。

接下来布置明修栈道：

林彪命令原在塔山成功完成阻击任务的四纵、十一纵，继续守住原阵地，阻击可能东进之敌。增调一个重炮团，协助四纵、一纵作战。

原在锦西附近的两个热河独立师、十一纵的一个师，则在白天向西南佯动，沿途大办粮草、征用房舍，刷写标语，动员山海关一带群众做好迎接大军南下的准备，做出东野主力将要进关的姿态。

一当进入大型运动战的棋盘，林彪就兴奋不已，思维就进入了一种出神入化境界，连言语也比平时多了几十倍。拿破仑认为，"在战争中只存在一个有利的时机，谁能抓住它，谁就是战略天才！"克劳塞维茨认为，"在决定性地点上能够集中多大的兵力，这取决于军队的绝对数量以及运用兵力的艺术！"显然，林彪两者兼备。毛泽东教他"休整十五天即行作战"，他六天就出兵了，兵贵神速啊！

围歼廖耀湘兵团的四十多万东野主力，加上塔山一线、长春南下的一兵团以及种种偏师，林彪这次共投入总兵力七十八万。

---

① 东北有许多类似的怪地名。

第二十六章

一

当国民党在东北的败局初露征候时,杜鲁门命人向蒋介石传话,指摘他管得太多太细,甚至亲自坐镇北平指挥东北决战,以致一败涂地;明确主张由何应钦以国防部长身份主持军事。

何应钦则担心蒋介石在东北把精锐部队全部输光,同时也是秉承友邦(也就是美国)意旨,致电尚在北平披挂仗剑的蒋介石,劝其放弃沈阳,将东北残存人马取道营口退出,扼守锦西、葫芦岛走廊,牵制东北共军,以便华北剿总能应对华北共军(聂荣臻部)越来越频繁的进攻。

二十二日上午,何应钦邀参谋总部次长萧毅肃、刘斐以及第三厅(作战谋划)厅长郭汝瑰到他的公馆斗鸡闸二号吃饭,研究退路。

别看何应钦平素软不拉几的像一摊稀泥,他毕竟是搞多年军事战略的,从东北的速败,看到了全国潜在力量已经易势,多米诺骨牌效应说不定会发生,须预设退路。他与萧毅肃次长两天前就吩咐郭汝瑰制订一个南京如果失守,迁都广州组织军政府继续抵抗的计划。

郭汝瑰作了一个依托南岭山脉设防,右翼依托福建,左翼依托云、贵、川三省继续作战的书面计划。

第三厅的美军顾问库希曼将这个计划的草案拿去请示美军顾问团团长巴大维。

巴大维召见郭汝瑰,倍加称赞这个计划;表示将全文转呈美国国防部,以求得支持。

吃饭之间,郭汝瑰将这些情况一一向何应钦作了禀报。

何应钦确认了这个计划。

接下来,又研究了中原战事。

何应钦指出,中原会战必将在徐州一带发生。但徐州剿总的部队被杜聿明分散在东起海州,西达郑州的陇海铁道沿线,形同长蛇,极易被粟裕截成几段分割歼灭;所以,最好是放弃一些城镇,把部队集结于徐州周围几十公里、一两百公里的各地以形成一个防护圈,这样来对付共军的进攻当使粟裕无隙可乘。

大家都赞同何应钦这一思考。

萧毅肃补充道,刘伯承、陈毅(时任中野副司令员)邓小平的中原野战军正在向禹县移动，已然透露了一个意图，中野将与华野协同在中原发动空前规模的战役。萧毅肃建议，将华中剿总（武汉）第二军、十五军加入黄维的十二兵团序列。让黄维追缉刘伯承中野主力北移，保持不远不近态势，视以后情况策应徐州剿总作战。

刘斐微微一笑，调走华中黄维兵团，那恐怕得由白总司令统一指挥才行吧？

萧毅肃附和刘斐的意见。说请"福将"（刘峙）休息一下也好。反正他的活儿基本上是杜光亭在干，倒不如请白先生这样能干活的人直接指挥为好。

刘斐强调道，白总直接指挥武汉、徐州两大块地方，调配兵力可以免去手续重叠、扯皮不尽之弊。

何应钦多年前曾伙同桂系逼蒋下野，后来私下与白崇禧一直保持着良好关系。也不反对由白来全面指挥。

这样大的事，何应钦是做不了主的。他首先去商得顾祝同同意；然后教第三厅的业务人员漏夜做成方案，再由郭汝瑰次日带到北平请示蒋介石。

十月二十三日郭汝瑰搭乘刚上任不久的行政院长翁文灏的专机去北平。

行前何应钦、顾祝同反复叮咛他，"一定要报告总统，白健生统一指挥是暂时性的；会战一结束，华中剿总、徐州剿总依旧分区负责！"

郭汝瑰十二时抵达。

从机场直接去圆恩寺等候传见。

十四时才得到召见。

郭汝瑰呈上书面计划，扼要介绍了一下在何应钦公馆商量的经过。

蒋介石沉吟良久，叫郭汝瑰记录他的指示。

"华中剿总、徐州剿总的部队，可以由白崇禧统一指挥；第二军、十五军可归入黄维十二兵团序列。华中剿总方面必要时放弃南阳，以便十二兵团进出周家口，追蹑刘伯承中野；令宋希濂任徐州剿总副总司令，所遗十四兵团总司令职可在霍揆章、吴绍周二人中选一人担任；徐州方面应取攻势防御，可放弃郑州、开封等城市；第四绥靖区刘汝明固守商丘；第十四军李振涛部由郑州退至黄河北岸；徐州剿总限期收复宿迁。"

郭汝瑰遵照顾祝同、何应钦的吩咐，向蒋介石说明，教白崇禧统一指挥两总部只是暂时性措施。不料蒋介石却坚定地说：

"不是什么暂时，就教白健生统一指挥下去好了！"他是怕"暂时"之说传到白崇禧耳朵里，惹得白崇禧拿搪不接受，或者虽然接下来却又不卖力。

郭汝瑰当天下午飞返南京。十九时着陆，立即就去向顾祝同禀报。

顾祝同便遵照蒋介石这个新指示，电令孙元良兵团撤离郑州；同时，次日就通知白崇禧统一指挥两总部以开展中原逐鹿。又根据蒋介石指示的精神下达作战令：

  对饶、粟部采取攻势防御，逐次消耗共军并巩固徐州附近地区而确保之。

  黄百韬七兵团、李弥十三兵团分别屯于阿湖、新安镇、八义集附近，灵活进退，击退南窜共军，呼应东海方面作战。

  邱清泉二兵团机动进出于砀山附近，视情况协同黄维兵团夹击窜扰黄泛区的刘伯承部。

  将要去柳河附近的孙元良十六兵团于刘伯承主力向黄泛区窜扰时向宿县、蒙城附近转移，尔后屯驻蚌埠待机。

  冯治安第三绥靖区将主力部署于运河以西台儿庄、枣庄一线，担任守备。

  刘汝明第四绥靖区以主力守备商丘，同时派出有力部队守护商丘至徐州的铁路（陇海铁路东段）。

  徐州剿总应加固徐州、蚌埠、淮阴防御工事，以形成机动兵团之核心，并预为饶、粟部南窜可能引起的各种作战准备。

  黄维十二兵团附加第二军、十五军，应追索刘（伯承）、陈（毅）主力进剿。若刘陈主力越过平汉路东窜，则先机推进至周家口附近，配合邱清泉兵团夹击之。①

这样安排的第一个遭遇是，二十四日孙元良兵团退至柳河附近，其四十军向黄河北岸转移时，遭到解放军沉重打击，军长李振涛受重伤。

这时，塔山方向又打响了。

此前东进兵团在阙汉骞、侯镜如、陈铁先后指挥下攻打塔山多次，时间长达十五天，不仅没打下来，还碰得头破血流损兵折将。现在那支要与他们在锦州会师的西进兵团（后被廖耀湘故意改称辽西兵团）已然自顾不暇，四处探寻逃跑之路；他们却还要遵照杜聿明两天前的指示，以及半个多月来一直要去实现的会师廖兵团于锦州的预案，再次发动对塔山的进攻。这种已失去意义的举动，令我辈读史者一头雾水。

东野塔山阵线首长程子华及时召集两个纵队师以上干部开会，指出蒋军在杜聿明飞临葫芦岛之后发动进攻，定会变换打法，或许会避开久啃无效还磕掉大量牙齿的塔山正面四纵阵地，将主攻方向转到兵力较小的十一纵阵地，企图沿老锦西大道迂回到塔山的侧后。所以须预为调整兵力。

---

① 《国防部戡乱文电集》，台北"国防部"1954年编印，第5673页。以下除蒋介石外的蒋方文电均出自此书，不再一一注明。

不出所料，蒋军东进兵团主力改为向解放军十一纵阵地重点进攻了，时间是十月二十四日凌晨六时。他们遵照杜聿明指示，对锦西县城东面的塔山方面解放军主阵地采取佯攻和牵制，对锦西县城以西地区进行扫荡，以五十四军两个师充当主力向城西解放军警戒阵地进攻，以六十军一五七师进攻锦西县城以北的高地，全部火炮转移到县城以西一带协助攻打。

林伟俦指挥对东面塔山的佯攻和牵制，阙汉骞指挥西面的主攻。

他们对几个村庄和小高地进行了反复争夺，战斗十分激烈。五十四军伤亡惨重，六十二军一五七师阵亡营长以下两百多人。直至十三时也未有尺寸之进，只好将主力退回原阵地。

二十五日，蒋军休整一天。

二十六日，忽然发现塔山、大台山的解放军全部不知去向，也看不到阵地前线各山头之间穿军服的人员来往。大家惊疑之间搞不明白其行动意图；只林伟俦莫测高深地冷笑道，这是有预谋的行动，意在引诱我军离开既设堡垒阵地，然后各个歼灭；或者是等待我们向锦州前进时，袭取锦西和葫芦岛，再东西对进全歼我军。

大家点头之余，深感骇然。

林伟俦制止部队冒进；同时向陈铁禀报情况。

陈铁思索良久，也不得要领。只好教他派出小股部队前去探索究竟。

林伟俦派出小分队向大台山、塔山一带进行侦察。

各侦察队最初是匍匐前进；后来觉得前边没有动静，渐渐站了起来，改为猫腰移动；再后来便直起了腰，大摇大摆往前走。

解放军阵地上没有一兵一卒；阵地背后的几十个村庄也找不到一户老百姓，全是空房子。

侦察队有点惴惴不安，怕遭到伏击，不敢再向前进。

林伟俦得到报告，教他们将共军的堡垒阵地及其分布绘制详图，带回来研究。他自己也在卫队簇拥下，到塔山阵地前沿观察。只见蒋军官兵横尸枕藉，占据了方圆两三千米的地面，使他惊骇而又伤感。在那些尸体上都插着竹片、木板做成的标语，上面写着这么些文字：

"你为四大家族殉葬，不值得！"

"你替有钱人打仗，傻瓜！"

"你的亲人在怀念你！"

林伟俦感到这足以瓦解军心，就命令全部拔掉烧毁，将尸体随地掩埋。

他继续在原地考察。

尽管是在白昼，也无法通过解放军设置的鹿砦、木桩、铁丝网，还得小心触发地雷和拉发式爆破筒。便急调工兵来排除这些障碍物。

他大着胆子进入塔山村。

村里竟空无一人，也见不到解放军尸体。足见是有计划的撤离。

转道又去大台山足下的二〇·七高地。沿途堡垒星罗棋布，纵深不短的障碍物群、四通八达的交通壕，构成了铜墙铁壁般坚固的阵地。在每段工事中都刷了白色大字标语，分别为：

"沉着瞄准杀敌！"

"与阵地共存亡！"

"向剥削阶级讨还血债！"

"为人民立大功！"

解放军的所有阵地都十分完善。林伟俦环顾四周，令他百思不得其解的是：半径几十里以内树木并不多，怎能在那么短的时间内，做出那么坚固精致的阵地来？从哪里运来的木料？他当然不会知道，那是人数多出塔山一线解放军几倍的老百姓的功劳！

林伟俦接到陈铁叫他回葫芦岛开会的通知。

原来杜聿明发来电令，停止进攻，各部火速退回原阵地固守。因为廖兵团情况不明，共军有可能来攻锦西、葫芦岛。先守住阵地，下一步如何动作，等待命令。

二

黑山、大虎山的北面是海拔一百八十米的医巫间山脉，这两道浅丘乃是医巫间的余脉。

这个医巫间尽管海拔不高，但雄奇险峻，深潭怪涧纵横密布，步兵翻越十分艰难，更不必说随行的汽车、大炮了；南面紧靠着方圆一百二十公里的沼泽地带，别说辎重，人员徒手蹚入，顷刻就有没顶之灾。山脉与沼泽之间宽仅二十公里，低矮易于通行的黑山、大虎山便坐落其间。北宁铁路、大郑铁路（大虎山、郑家屯）以及一条单车道公路弯弯曲曲地穿过这条狭长的走廊。这个走廊，正是廖耀湘兵团主力通向沈阳的唯一途径，也是它和沈阳部队退往营口最便捷最安全的一条路。黑山、大虎山如此便成为廖兵团主力当面两扇坚实的铁门，开阖之间关乎命运。

十月二十日，廖兵团主力（另有三万多人未跟随主力行动）进至胡家窝棚、尖子山、拉拉屯、正安堡。在此安营扎寨，休息了一天。

次日命令新一军、七十一军之一部、二〇七师徐万寿旅向黑山、大虎山猛攻，以便主力部队（分三路）奔向营口。

后来又将新六军加入黑山、大虎山的战斗。

也是在十月二十一日，东野十纵完善了黑山、大虎山阻击线的部署：

二十八师以一个团负责望北楼、尖子山一线警戒阵地；师主力在黑山城、十里岗子、陈家屯组成主阵线，选择地段，构筑工事。原则是黑山城决不可丢弃，战至一兵一卒也要固守；

二十九师在二十八师左翼。在前大虎山、后大虎山、沈家窝棚、兴隆堡构筑工事，抗击敌人可能从东北方向、东南方向的绕攻；

骑兵第一师屯驻在胡家窝棚、雷家窝棚、王家窝棚，担任纵队总预备队；

纵队炮团（一个榴弹炮营、一个野炮营、三个山炮营、共有火炮六十门）部署于大营盘；

野司临时配属给十纵的一纵第三师部署在黑山与大虎山之间构筑二线阵地。

二十二日早上七时，各部先后进入自己防区。在当地群众协助下抢筑工事。在四台子、大虎山铁路桥、兴隆堡、高家屯（一〇一高地、九〇高地、九二高地）、大小白台子构筑第一线阵地工事；在三台子、二台子、大虎山（一八五高地）、黑山城北面的高地、薛屯构筑二线阵地工事。

"老周，来者不善啊！"纵队司令员梁兴初笑嘻嘻的，露出一排洁白、坚实的巨大牙齿，对政委周赤萍说。"一场恶战是打定了！"

梁兴初乃著名虎将，以敢打硬仗著称。一九三〇年参加红军，同年加入中国共产党。

周赤萍却没有笑容，面孔凝重得像一块生铁。他不断地吸烟，也不看梁兴初，说：

"廖兵团主力少说也有十二万人吧？装备精良就更不用说了！咱们一个纵队又一个师，要对付四倍的敌人呀！"

梁兴初脸上的笑容渐渐淡去。点了点头，说：

"以我们一个纵队又一个师的兵力，担负二十公里的防御正面，除留一个师构建二线阵地，三个师的主力必须同一线展开布置在第一线，每个师的压力都十分沉重；而且整体防御阵线的纵深配备也十分薄弱！"

"林总命令战至一兵一卒也不放廖兵团南逃！"

"尽管难度大，我认为以我们纵队的基本素质，可以完成这个任务！"

"那当然！"

二十八师师长贺庆积将八十四团二营部署在以一〇一高地为核心的高家屯一

线阵地,将一营、三营部署在黑山城北面的高地;八十三团全部作为师的第二梯队,潜伏在高家屯西南的孙屯、贺家洼子一线,必要时西可支援黑山城北面的高地,东可反击高家屯;西侧大白台子,以八十二团三营占领,一、二营作后备队。

梁兴初在纵队作战科长陪同下,到负责正面阻击的二十八师,视察黑山阵地,检查工事构筑。

这是主阵地。中间是黑山,西侧是大白台子,东侧是高家屯;正面宽三公里;主阵地是黑山的一〇一高地。

梁兴初登上一〇一高地,发现这个全线最高处的高地是个石头山,没有树林,寸草不生;最麻烦的是锹、镐根本挖不动,全体官兵折腾了半天,才分割卸下了几块巨石。梁兴初皱着眉头打量这座几乎就是一整块石头的高地,对二十八师师长贺庆积说:

"换个思路吧庆积!不要再挖了;把山下的铁轨拆了,再用大量装满土的袋子,先建成浮面工事;然后再挖掘散兵坑,加强阵地的副防御。"

"是,马上按照司令员的指示执行!"

"只靠部队,速度太慢;去联系当地党组织,动员老百姓帮忙吧!"

没多久,黑山附近的老百姓,不分男女老幼全部出动了,即将成为战场的黑山,霎时变成了个大工地。不到半天,山下两条铁路近五公里的轨梁全被拆下来,与无数麻袋泥土一起构建成了一座浅浅的"城堡"。

十月二十二日,廖耀湘在他的兵团指挥部,扶了扶眼镜,从容不迫地下达了作战命令:二〇七师之第三旅主攻高家屯正面,兵团重炮予以配合;七十一军的两个师从侧面迂回进攻。争取五个小时拿下黑山,以保障兵团大部队通过。

他信心十足,认为兵力如此悬殊,共军是挡不了道的。

次日(二十三日)凌晨五时,廖兵团"抢滩"部队沿新立屯、芳山镇南下,兵临十纵前哨阵地尖子山、胡家窝棚。就地整顿休息了三个小时,开始进攻。

梁兴初在电话里命令贺庆积师长,对尖子山一线进犯之敌,不要硬拼,要巧打;在保存自己有生力量的前提下,尽可能多杀伤敌人。死守一天,你们就算完成了任务。同时,前哨部队要密切监视敌人大部队动向,能够抓到"舌头"(带情报的俘虏)最好。

野司也致电十纵嘱咐,"务须使敌在我阵地前尸横遍野而无尺寸之进;只要你们守住黑山三天,廖兵团必遭全歼。"

二十八师八十二团七连负责守卫尖子山。这里是前哨警戒地段,所以没有正规坚固的工事。上午敌军投入两个营,轮番进攻三次。七连一排冯祥瑞排长是个十九岁的北满佳木斯乡下农民,在苏军设在哈尔滨郊区双城的军事训练营待过半年,懂得如何巧妙组织火力,充分利用步枪点射、机枪扫射相配合产生的奇效;

同时待敌人进入五十米内开火。他的排使进攻的敌人每次都扔下几十具尸体，铩羽而退。

然而，毕竟兵力太小，其守卫主峰的八班伤亡过半，弹药耗尽，尖子山主峰终于失守。

冯排长率领本排残存的二十多人退到主峰后面的高地继续抗击敌人。

七连全连的抵抗状况也十分严峻。午后敌人发起的两次进攻，耗尽了全连的弹药、手榴弹。同志们在连长率领下与敌人短兵相接，用刺刀、石块打击敌人。就这样搏斗到黄昏，只剩下八位同志后，才奉命退出战场。

七连的英勇抵抗，为全师主阵地完善工事赢得了宝贵的一天。

二十三日夜晚，二十八师侦察队抓获蒋军的通讯参谋，缴获了送至八十七师的作战命令。梁兴初据以分析判断：敌二〇七师、一六九师全部摆在黑山正北，看得出廖耀湘的主要突击点是黑山；推进到本纵队三十师正面的是敌新编二十二师，显然是迂回包抄部队。梁兴初立刻作了应对安排。

二十四日凌晨六时，敌机飞到黑山城上空进行轰炸。每次七架，轮番九次轰炸，达三个小时之久；还以两百多门重炮配合轰击，将黑山覆盖在乌黑色的浓烟下。三个小时之后，廖兵团派出七个师的步兵，向黑山、大虎山发动全线进攻。而进攻方向正合梁兴初的判断：

其七十一军、新一军从黑山以北尖子山、拉拉屯一线，自北向南进攻；新六军二十二师向大虎山迂回袭击；二〇七师之第三旅、新六军之一六九师向黑山以东的高家屯阵地突击。张家窝棚方向的廖兵团重炮阵地延伸炮击，掩护步兵前进。

梁兴初不放心，率领参谋人员赶赴主阵地，一头钻进硝烟滚滚的二十八师指挥所。

刚刚从阵地上回指挥所因而灰头土脸的贺庆积师长吃了一惊，抱怨道：

"司令员，你跑到这里干啥？你这不是给我添乱吗？你要有个闪失，林、罗首长不把我捶成肉泥才怪！"

梁兴初笑了，露出一排洁白整齐的大牙，亲昵地擂了贺师长一拳道：

"用不着他们，我这就把你捶成肉饼了！"玩笑话甫毕，梁兴初严肃起来，说，"庆积，从刚才敌人的炮击，我发现了一个新情况，过来提醒你一下！"

"那也不用亲自来呀，电话指示就行了嘛！"

"这个情况很重要，电话给炮声震得嗡嗡响，说不清楚，还是跑过来说一下稳妥！"旋又吩咐贺师长的作战参谋铺开地图，边指着图上的一些圈圈点点边说，"敌人的炮击密集度已经从黑山转向我军防线的侧翼高家屯，所以可以判断敌人发觉了我黑山正面阵地坚固程度、兵力大小都是全线最好的。他们将避实就虚，把矛头指向我军侧翼高家屯。如果拿下了高家屯，横向发展就容易多了。廖耀湘真是行家里手,这一招够凶险的!"

贺庆积微锁眉头,指着地图的一处地方,对梁兴初说:

"高家屯全是岩石山,挖不动,只做了浮面工事;又地处侧翼,所以没有作为防御重点,九〇高地、一〇一高地,三个地方只摆放了八十四团的第二营防守,外加一个山炮营作临时性火力支援。廖耀湘也不是吃干饭的,居然判断出我们的兵力分配状况,认定高家屯是薄弱环节,企图先攻破那里,然后影响全线!"

"他想要避开我们的刀刃,从侧翼攻我刀背;我们到时候就把刀翻转过来,让高家屯成为刀刃,让他们往锋刃上碰吧!"

"司令员,我一定照你的指示进行调整,充分发挥炮火的作用,死守高家屯!请纵队党委放心,二十八师是经得住这场考验的!"

梁兴初摇了摇头,用手指鼓励般戳了一下这位年仅三十五岁的贺师长,说:

"不仅是纵队党委在瞅着你们呀,毛主席从前两天起就时时刻刻关注着我们黑山啦!"

贺庆积严肃起来,心里升起了崇高的责任感。说:

"我要把司令员的这句话传达给全师指战员!"

廖耀湘委任的攻打黑山前敌指挥官是七十一军军长向凤武;攻打黑山的主力除了七十一军,还外加了新六军的徐万寿旅。正是这个许旅担任高家屯的主攻。

徐万寿旅共六千多人,一色的美制瓦蓝色钢盔扣在头上,卡宾枪或汤姆式步枪端在手里,嗷嗷怪叫着像一群被人驱赶的野猪,向高家屯仰攻上去。

徐万寿在第一线投入三个营的兵力,后面摆放了两个团的纵深配置,首先向一〇一高地及其侧翼的石头山作定点清除式冲锋。十二时,廖兵团重炮群向这两处阵地集中炮击,压制解放军火力,以掩护步兵的前进。

攻打石头山的蒋军有一个半营共八百多人;防守这里的解放军是二营六连的第一排,六十多人。第一排的指战员,就在这浮面工事全被敌人炮火摧毁的阵地上,没有掩体,顽强地抗击敌人一波大似一波的冲击。他们先是用机枪、步枪、手榴弹,后来用石块、铁轨,再后来面对面的拼刺刀,打退了敌人多次冲锋。后来,全排只剩下了四个人,石头山阵地失守了。

这么一来,九二高地侧翼就暴露在敌人的作战视线下了。

十五时,蒋军一个营,会同占领石头山的那一个半营(此刻连一个满员营也不足了,只剩下四百多人了),从西、北两个方面向九二高地进攻。

东侧倒是有一个设在山东屯的解放军阵地;但受到蒋军四面围攻,无法支援九二高地。

十六时,九二高地失守。

一〇一高地就成了高家屯防线最后一个制高点了。

徐万寿调集兵力，多次扑向一〇一高地。

廖兵团炮火将一〇一高地上打得弹坑重叠，无一尺一寸完好地皮；解放军阵地上的全部工事也被摧毁。

坚守一〇一高地的解放军是两个连。激战到后来，只剩下二十三人了。面对近千名蒋军的轮番集团冲锋，沉着应战，等待援兵赶过来。不幸，敌人的攻击越来越猛，人数越来越多，而且从三面合围上来。此时，阵地上只剩下了三名战士，一位名叫冯大水、一位名叫金正元（朝鲜族）、一位名叫黄正雨，平均年龄不到十九岁，都是南满翻身农民的儿子。三位同志商商量量，把剩下的十二枚手榴弹集中在一起，然后背靠背坐在阵地上，静候敌人冲上来。几十名抢攻的蒋军官兵冲上来包围了他们。他们毫不理睬，齐声喊出了预先商定的口号"打倒总地主蒋介石！"最后一个字刚落音，手榴弹就爆炸了。

一〇一高地失守了。

这是黑山整个阻击线的制高点，现在落入蒋军手中，全线就有崩溃的危险。

预先准备好的刀刃行动之一的纵队重炮团立刻调好落角，乘蒋军立足未稳，向一〇一高地实施暴雨般炮击。顿时，胳臂、断腿、头颅横飞，毫无掩体的蒋军官兵顷刻就伤亡三分之一。在这一阵炮击掩护下，贺庆积师长命八十四团团长蓝芹，率五个营，及时发动反击。

在蓝芹团长统一指挥下，八十二团一营向主要突击点一〇一高地进攻，三营分成两路，冲向石头山、九二高地；其余部队作纵深推进。战士们冲破遮天盖地的硝烟，以猎豹式的速度、猛虎般的强劲，突然出现在敌人面前。蒋军官兵根本无法组织有效的反抗，顷刻全部就歼。一〇一高地、石头山、九二高地在一个小时内就全部收复了。

廖耀湘对向凤武很失望，抱怨他打了三天都得不到尺寸之进。黑山之战不能及时结束，十万大军滞留此地，危险得很。

第三天干脆临阵换将，命新一军加入攻击部队。由新一军军长潘裕昆取代向凤武担任前敌指挥官，统辖新一军、七十一军、新六军的徐万寿旅，限一天攻破黑山。

次日拂晓，增加了新一军这支生力军的进攻集团，战斗力大大增强，发动了空前规模的大冲击。

然而守军更顽强，不仅固守阵地，还不断组织局部反击以杀伤攻击方的有生力量。战斗激烈的状况，可来看看亲历者新一军参谋长陈时杰在战俘管理所的回忆：

"潘裕昆意在坚决打通黑山走廊，使兵团能有安全空间行动，向黑山发起最后一次攻击。其战斗之激烈,诚为前所未有。特别是连日来进行持续作战的徐万寿旅伤亡更大。是日上午,当黑山守军(解放军)向东猛烈反击时,我军(蒋军)虽作决死战斗,但官兵疲惫不堪,伤亡惨重,且弹药与给养均不济,全军(新一军)二十四门重炮的炮弹仅敷一日之用;饮水也成了问题。而守军之阵地,其间多数为分立而又能互相联系的土堡群,巧匿于丛林、丘阜间,掩蔽极佳,甚难辨认。我军眼看不能支持,而守军却有进攻胡家窝棚以西一带高地(即黑山东北至饶阳河的一带高地)的迹象。这些高地可以瞰制整个走廊,并可以用炮火封锁走廊的要隘。如果这一带高地被解放军攻占,就可以阻止进而切断我兵团(廖兵团)主力退向营口之路。

"潘裕昆此时基于以上状况,尚图整顿主力,于次日拂晓再一次攻击。……

"入夜,我军之第一线各部队,先后对守军阵地要点施行夜袭。但仍遭到守军的顽强反击。截止二十四时左右,除新编三十师攻击正面略有进展及胡家窝棚以西一带高地稍许巩固,其他方面均未奏功。

"是日晚间,廖耀湘率兵团指挥所到达了胡家窝棚。潘裕昆立即向其建议,认为必须集中兵团主力进行攻击,才能够摧毁黑山守军抵抗。"

廖耀湘没有理会潘裕昆建议,命他次日(二十五日)必须将黑山拿下。但他内心已经慌乱了,获悉锦州方向的解放军东野主力已旋师东来,前锋也进至距此不到一百公里的北镇地区。他哪里敢再把主力纠缠在这里啊!这时,他命潘裕昆打黑山的目的早就不是通过黑山,而是让潘裕昆以攻为守挡住共军,主力赶快通过这条让人极度烦恼的走廊,向营口退却。

就在廖耀湘坚定地迈开了向营口退却的步子时,发生了两个"没有及时知道但极端严重的情况。"(廖耀湘语)

向营口撤退之路在大虎山以南被切断了。

三

切断去路的是东野辽南独立第二师。

这个师是辽沈战役前两个月组建的。排以上干部大部分是山东人;士兵全是辽南人,故有辽南独立师之称。其实正式名称是东野独立第二师。师长左叶是江西永新人,出生于雇农家庭,母亲被地主糟蹋后上吊自杀,父亲死于地租剥削。这位苦大仇深的革命战士,对阶级敌人从不手软,参加红军后与地主的"护院家丁"白军作战凶悍顽强,被战友们谑称为"好战分子"。

锦州解放以后,林彪命独立二师在饶阳河西岸的柳树窝棚至半拉山门,配合十纵在黑山、大虎山构建阻击线。在这里与敌四十九军、新三军之十四师激战两天，林彪又令他们隐蔽南进，火速赶赴盘山待命。野司参谋处长苏静带着一个重炮连八门大炮赶来，留下协助左叶工作。他们的任务是从南面堵住廖兵团，以待主力赶来包围歼灭之。

苏静对左叶说，据情报说，敌人用一个军于昨日（二十四日）占领了营口，今天廖兵团肯定会南逃，我们不能在这里死等了。

左叶的潜意识里本来就盼望早点开战，苏静这话正合其意。他摩拳擦掌，两眼瞪着苏静说，林总派你这个大知识分子来，就是替我们独二师拿主意的。你说怎么干就怎么干！

苏静说，十五时半出发，迎头赶上去，目标还是大虎山方向，截住廖兵团，不许它动弹。我们对付的是十倍于己的敌人，而且是不顾一切逃生所以十分凶悍的穷寇。大家一定要有打大仗、打硬仗、打恶仗、打血仗的心理准备。

当晚二十二时，独二师衔枚疾进。抵至大虎山到台安的公路与饶阳河交汇的地方，出现了情况。

这个夜晚，夜色浓重。几步外只看得见人影看不清面庞，自然也就看不清军队符号。只听见"楚楚楚"的脚步声与粗重的呼吸。拐上公路之后，前面压低嗓音传来消息：注意，侧面有不明队伍。

左叶向侧面略略靠近，注目审视，见影影绰绰一大片美式钢盔、船形帽晃动，一支队伍作四路纵队行进。那显然是一支因昼夜连续行军而疲困不堪的队伍，官兵摇摇晃晃半睡半醒犹如一大群醉汉。左叶大喜，用递进传话方式命令一个团加速前进，去阻断敌人通道；另外三个团分左、右、后三个方向散开，形成弧形包围圈。一切都做得悄没声息。

左叶判断这是敌人的前卫部队，看规模应是一个团。敌人大部队定然就跟在后面，不会超过十公里。便在包围圈形成后下令：不许响枪，只能掐脖子制服，或者用刺刀逼降；凡不服者断然弄死。

这支蒋军是郑庭笈四十九军属下一〇五师的前卫团。郑庭笈是奉廖耀湘命令为兵团打通大虎山至营口通道的。就因为这个任务，四十九军在离开了大虎山后，竟无意间逸出了即将形成的大包围圈。此刻他们做梦也想不到擦肩而过的"友军"是解放军。当迎头有几位身穿厚实的长棉大衣的解放军战士喝令他们停止前进时，一〇五师前卫团走在最前头的一个连长还上前立正敬礼，询问情况。

"长官，不能向前走了吗？"

"是的！现在听口令：立正！"

一长溜蒋军全都站直了。

"全体——放下枪！"

这下他们才明白，遇上"老共"了。而事已至此，加上人困马乏，都放弃了反抗，扔下枪投降了。

后面跟进的蒋军依次序是一〇五师主力、郑庭笈的四十九军军部、一九五师，最末尾才是新三军的十四师。他们不知道前卫团不声不响就当了俘虏，以为没有枪声就说明前途平安，便放心大胆地开进，高级军官大都在汽车上打盹。

解放军独二师则对他们的情况完全清楚了，还掌握了行军口令、联络信号。左叶率领部队迎头赶去，不声不响包围了一〇五师主力以及随行的四十九军军部及其直属团。这样冷不防的行动易生奇效，不到一个小时就结束了战斗。只有两千多人拥着郑庭笈冲了出去。左叶乘胜急进，又以迅雷不及掩耳之势包围了一九五师。一九五师来不及展开部队，又遭到苏静带去的重炮连的炮击。重炮的特殊巨响使逃到这里集结部队的郑庭笈以为是与解放军大兵团遭遇了，不禁肝胆俱裂，哪里还敢反击。他悲凉地慨叹，看来营口之路堵住了。没奈何，只好收缩一九五师、新三军十四师以及自己的直属团，沿来路且战且退，再回大虎山去。

左叶咬住不放，穷追猛打，将这股一度漏网逸出的敌人重又驱赶进即将形成的包围圈中。

独二师这次断然迎头应敌而并非待在原定阻击线掘壕候敌，其勇猛程度和惊天动地的重炮巨响，让本来就心神不宁的郑庭笈军长产生了一个错觉，以致魂飞魄散。他认为自己太倒霉了，廖司令官说共军主力正向黑山、大虎山合围而来。其实是在这里啊！廖司令官说共军的大口袋正在黑山、大虎山形成，其实早就形成了，就在这片上不上下不下的倒霉地方呀，首先要吃掉的是我四十九军和附加的新三军十四师啊！郑庭笈根据自己判断的此地林彪正张网以待，马上又得出了撤往营口的路当然也被解放军封死的判断。当遭到的攻击被他夸大十倍之后，他并没有向廖耀湘禀报，而是越级向卫立煌请示。尔后才向廖耀湘通报。

这正中卫立煌下怀，他需要尽量多地拉回一些部队来为他守卫沈阳。于是便下令郑庭笈多带人马冲回沈阳来。

同时，郑庭笈的描述也严重影响了本来尚还清醒的廖耀湘的判断。廖耀湘一直认为锦州一失，沈阳大军取道营口渡海撤退是唯一可靠的。这种判断不无道理；而且，即使在黑山的攻击受阻之后，解放军的合围尚未形成，四十九军的意外逸出证明跑出去的机会是存在的。而郑庭笈从去营口的路上仓皇逃回后对解放军人数、攻击力度以及重炮数量的夸张叙述，让廖耀湘感觉去营口之路被一支不容小觑的解放军大部队（郑庭笈告诉他，至少五个纵队）切断。本来要拥十万人马跟在四十九军后面向南前进，而且不无成功可能，此刻却不敢动身而待在原地不知如何是好了。廖耀湘的徘徊难决，为解放军的合围提供了宝贵的时间。如果此时廖耀湘仍坚持原议，重新派遣前卫部队，十万主力紧紧跟随，迅速向南攻击前进，坚定不移地奔向营口，情况可能会是另一个样子。而且此前营口也早就在他们的五十二军占据之下。

正是这个五十二军对营口的突然占领，让毛泽东颇为担忧。他用电报向林、罗、刘批评道："你们事先完全不估计到敌人以营口为退路之一；在我们数电指出之后，又根据五十二军西进的不确实消息，忽视对营口的控制，即使五十二军于二十四日占领营口，是一个不小的失着！"毛泽东担心的是锦州这扇大门倒是关闭了，而廖兵团又从后门（营口）溜掉了。

当四十九军的前卫团被左叶独二师俘获后，所属的师长不知道，兵团司令廖耀湘更不知道；直到一〇五师被击溃，郑庭笈才知道前面有"兵力不小"的解放军。慌乱中被尚能收拢来的两千残部拥着一路狂奔，在二十二师接应下狼狈西窜，逃到大虎山以东的陈家窝棚，收拾陆续逃回的残部。

遭此打击，郑庭笈不愿被顶头上司廖耀湘逼着再去营口，直接向沈阳的卫立煌禀报被他大大夸张的"南路敌情"，要求回沈阳。

这就是廖耀湘所谓"没有及时知道但极端严重的情况"。

廖耀湘十多年后在战犯管理所这样写道：当遭到左叶独二师（后来才知道）包围时，"郑庭笈没有使用他的主力对敌反击或继续向侧翼搜索，看看解放军的包围圈究竟有多大（以判断其兵力）；反之，他却在新二十二师掩护之下，停止于大虎山以东陈家窝棚地区。他（甚至）直接报告卫立煌。卫竟要他率该军（残余的）两个师和在近旁的新六军二十二师、新三军十四师经老达房退回沈阳。也是直到二十六日黄昏，我到新二十二师师部才知道这一重要情况的。这才知道退营口之路被解放军'大部队'关闭了。另一个情况是从黑山经新民至沈阳的公路也被切断了，就是说，辽西兵团退归沈阳的道路也不通了。"

切断"辽西兵团退归沈阳的道路"的是东野六纵。

早在锦州、长春解放时，六纵司令员黄永胜就及时地与政委赖传珠商议，猜测攻锦主力一定会回师收拾廖兵团。而在大军到达之前，廖耀湘很可能向营口或沈阳退却。根据六纵当前的位置，很可能受命负责阻击敌人撤退。近半个月以来，任务变来变去的要数六纵，很容易把人搞昏。作为局部的指挥员，最可贵的是眼光不局限于本纵队的任务，要眼观全局，充分发挥自己的创造性，遇事主动做出正确判断，以预作准备。若能预先做出正确的判断而先期派出偏师缓缓移动，一旦上级命令下达，就会更为有利。

二十五日傍晚，林彪电令黄永胜，命令"你纵务必于二十六日拂晓前赶到大虎山以东的前后十八家子、么家窝棚、厉家窝棚一带，切断廖兵团的退路……"

早有预案的黄永胜微微一笑。他事前已令纵队副司令员兼十六师师长李作鹏率部向前移动了一段路；此刻便令李作鹏十六师作先锋队，仍沿右翼行动，从二道镜子、一长岗子向大虎山以东、北宁线以南的十八家子、么家窝棚前进；另以十八师为左翼，由靠山屯向厉家火车站、厉家窝棚前进。纵队机关及直属团跟随十八师行动。赖传珠率余下部队作后卫。

黄永胜提醒各师长，经过北宁铁路两侧可能与敌遭遇，不要与之纠缠，要不顾一切赶赴指定地区布置阻击线。各师一律轻装跑步前进。

他口述完给各师的电报，飞身上马。

赖传珠政委提醒道："野司一定很牵挂我们，给林总回个电报吧！"

黄永胜勒住马缰，低头瞅着挽缰尚未上马的赖传珠说：

"来不及了！架设电台太费时间！现在必须分秒必争，不然廖耀湘跑脱，林总会要你我的脑袋！哈哈哈……"

说罢，策马率部而去。

从此地到厉家窝棚一百二十五公里，距野司限定的时间二十六日拂晓六时仅三十多个小时。部队跑两个夜晚一个白昼，途中不能不打个尖吃个饭，时间异常紧迫。黄永胜始终牢记林总在哈尔滨郊区双城给团以上干部上大课时说过，一分钟可以成为支撑大胜的杠杆。

黄永胜不发电报，却急坏了林彪。一天两夜，六纵杳无音讯，从他的视野中消失了。大战在即，这样一枚关键性棋子若不能及时落到预定点上，就会有全盘皆输的危险。林彪急得绕室而行，恼怒地说，这个黄永胜呀究竟跑到哪里去了？要是贻误了战机，非割下这家伙的脑袋不可。刘亚楼参谋长也不断给黄永胜发电，追问其方位，措辞中也出现了严办这样威胁性的字眼。这确实并非戏言，林彪早就宣布过，大兵团作战，军纪必须严格；倘黄永胜贻误战机，林彪定会要他的脑袋的。

二十六日凌晨四时半，终于收到了六纵发来的电报。

电文报告，该纵十六师已先期占据了新民以西的厉家车站，正构筑阵地。左翼十八师前卫也抵达了厉家窝棚北面。解释他们之所以一直没同野司联系，是顾虑架设电台耽误时间放脱了廖兵团。部队全程跑步行军，只间或缓步行走权当休息。中途为减轻战士负担，黄永胜下令把背包、粮食扔了，留下纵队机关人员一路捡拾，放到卡车和马拉大车上随后运达。二十多个钟头，没有停步休息过一分钟，更没有埋锅造饭。有的战士还跑得昏倒在路边。

林彪舒了一口气。营口的通道被独二师封锁了，现在去沈阳的隘口也被六纵占据了，消灭廖兵团已稳操胜券。他将手中电报传给罗荣桓，笑道：

"这个黄永胜，动作还真快，难为他们了！"

罗荣桓一边接过电报，一边笑嘻嘻瞅着老伙计调侃道：

"怎么，现在不割下他的脑袋了？"

十六师为什么能"先期占据厉家车站"呢？第一个原因是早在林彪下令之前，黄永胜就依据自己的分析，让他们向东南方向（即沈阳方向）迈进一步待命；第二个原因是纵队副司令员兼十六师师长李作鹏奉命之后跑得最快。他亲自率领四十六团之前卫营在最前面为全师开路，手提苏式"波波沙"（转盘冲锋枪）亲自参战，甚至领头冲锋。他们一天一夜急行军，先于纵队司令部和其他兄弟单位抵达预定位置，也就是北宁铁路。过铁路时，在姚家窝棚与敌人先锋部队遭遇。李作鹏端起冲锋枪向敌人一阵扫射，边躲闪敌人的还击边向前猛冲。前卫营紧紧追随着他，也弹雨齐发。蒋军新六军前卫营给冲得七零八落。李作鹏没有恋战，甩开这股敌人，一路狂奔。直到攻下了厉家车站才安顿下来。立刻在此挖掘简易工事，准备迎击廖兵团。

厉家车站至姜屯一线，是廖兵团退往沈阳的必经之路，这里是阻击的正面防线，较为漫长，须全纵到达才能完成布防。李作鹏十六师现在面临的是廖兵团十万大军，乃十倍之差，在全纵到来之前，在东野数十万主力完成合围之前，将要承受不可想象的巨大压力。

李作鹏在用作临时指挥所的一座农舍里，向参谋人员发出指示："马上电告纵司、野司，敌人大军距此不到二十公里，战斗即将开始！"

就像给他的话作佐证似的，话音刚落，敌人对他们的炮击就开始了。方圆三十公里，全被炮弹爆炸的无数火光、硝烟所覆盖。炮击长达两个小时。后来，敌人以为把拦路虎消灭得差不多了，首先占据了李作鹏阵地前方的么家窝棚等几个村庄，然后其步兵就大模大样冲向崔家岗子。

解放军十六师四十八团早就在这里掘壕以备了。团长洪太生一声令下，全团一千多支步枪，几百支冲锋枪，三十挺冲锋枪，一阵猛烈射击，子弹像成千上万的飞蝗扑向冲在前头的几排敌人，连续倒了几大片；纵队炮营也进行支援，向敌人队伍的中段炮击，轰倒了一大片之后，使前头往回逃的步兵又扭头返回了前头。

这是蒋军新三军的部队。其指挥官急于驱逐当面这个要命的拦路虎，集中全部火炮向李作鹏十六师阵地猛轰。然后整营、整团地向十六师阵地轮番冲锋，妄图撕开一道口子。

昨天黄昏，蒋军空军通报，在彰武以南发现了长达三公里的队伍，问是否为国军，若不是就要轰炸。这个情况关系着廖兵团的生死存亡。它事实上是在告诉他们，退往沈阳的道路将可能被这支"长达三公里的队伍"切断。事后知道，那是解放军六纵的先锋与右翼部队十六师正在奔往厉家窝棚。

然而，接到空军通报的廖兵团参谋长杨焜竟然拿不稳那是国军还是共军，所以没向廖耀湘报告，只提醒将要向那个方向挺进的新三军军长龙天武注意。

龙天武是个彝族人，向来胆大包天，根本就没当回事。

当夜，新一军军长潘裕昆来催促龙天武赶快走。龙部拔寨离开后，他的新一军才动弹得了。

龙天武却说前面有队伍在走，可能是国军，我们何必急呢。

潘裕昆大怒，说像你这样磨磨蹭蹭，等着到哈尔滨去扫茅房啃包谷窝窝头吧！

廖耀湘解放后评价道，就是这样的拖拖拉拉，让解放军六纵赢得了时间，打破了我们退回沈阳依托坚城顽抗的梦想。

四

李作鹏十六师在厉家车站打响不久，黄永胜亲率的左翼部队十八师、纵队直属团也在其北面打响了。

黄永胜展开地图，指了一下图上一个小圆点说，正是野司规定的地点，不错，正当敌人退路。马上下令部队展开，就地阻截，死打硬顶，不许后退。这道命令也迅速传给了附近的李作鹏十六师。

六纵的厉家窝棚阻击战预先做了充分准备，全纵队也及时赶到了；却也是一场猝不及防的遭遇战。首先是人来得太多，以致简单的工事都来不及构筑，而且"坚守能手"十七师半月前就被调离纵队挪作他用，至今尚未归建。要堵住的又是五个美械军（其实此时只有四个了），力量十分悬殊。一旦顶不住，辽西围歼战就将流产，六纵这支曾建"辽西三战三捷"给予刚上任的陈诚沉重打击的英雄部队，其荣誉、尊严就会一扫而空，黄永胜亦无面目见林总，更无面目面对对他钟爱有加的伟大领袖毛泽东。

敌人进攻前的炮击十分密集，几发炮弹直接落到指挥所头上，院墙和门楼也给炸塌了。大家推拥黄永胜离开这里。他睁圆了一对环眼，用力挣脱，咆哮道："怕什么？我的指挥位置就在这里，哪里也不能去，今天就死在这里了！我死了，政委接着指挥；政委牺牲了，参谋长接着干；战至一兵一卒也不许退！同志们难道就没有感觉到吗，毛主席正在看着我们，担心我们呀！为了毛主席，我们必须血战到底！"

赖传珠小声纠正道："是为了无产阶级革命事业！"

黄永胜对赖传珠政委环眼一瞪："毛主席就代表无产阶级，代表中国的革命事业！"

这样的对话，很快就传遍了全纵队。全体指战员热血沸腾，无不隐然感觉到阵地上一副巨大的身影罩护着他们——那就是毛泽东。

厉家窝棚位于黑山县城东南五十公里处，距厉家车站不远，十六师与十八师的防区几乎就是无缝连接。

黄永胜不知道，廖耀湘的兵团指挥所此时也进至不远处，仅八公里地。

当天上午，十六师侦察队抓获了敌人一名少校参议。从俘虏口中弄清了不少情况。首先获悉新一军全部数万人已到达张家窝棚，计划冲开姜家屯，再到台安；或者经半拉山门去沈阳。这个情报坚定了黄永胜就地阻击的决心；鉴于廖兵团将陆续"到齐"，他又电请野司派遣屯驻北面的五纵南下助战。

新三军十四师在么家窝棚被击退了，丢失了这个刚占领而屁股还没有坐热的前哨据点。

新三军军长龙天武找新一军军长潘裕昆商量，决定绕道翟家窝棚向东北方向冲过去。

黄永胜针对敌人的这一动向，除了命两个师固守正面之外，抽调十八师的五十四团跑步前去占领段家窝棚。

五十四团刚抵达，敌人一个工兵营也同时出现。这个遭遇战只打了十多分钟，该工兵营就被全歼了。紧接着，敌人的开路部队从翟家窝棚扑过去。打了半个小时，也被五十四团击退。

六纵十一师四十六团是打响全纵厉家窝棚阻击战第一枪的单位。紧接着他们又夺取了敌人前卫部队进占的么家窝棚。

团长吴纯仁、政委张天涛察看了地形之后，率领部队抢修工事，准备迎接恶战。

么家窝棚是北宁线上一个二十多户人家的小村落。共九个破败的独立院落，都是土墙，麦草房顶。一条小街横贯东西，约莫三百米。村庄周围是尚未收割完的田野，一捆捆苞米秸秆在田里堆成一个个小垛，上面都抹了一层薄霜。不远处的蒋家窝棚、朱家窝棚、铁家窝棚，蒋军十四师正手忙脚乱地部署兵力。

敌人的蠢蠢欲动，六纵四十六团张天涛政委用望远镜看了个一清二楚。

这位年仅二十六岁、全军最年轻的团级政委明白，将要到来的绝不是一般的大战，而是最后决定东北命运的大决战。胜则东北马上成为全国最完整、面积最大的解放区。而且东野入关，将会改善战略格局，推动全国早日解放；否则不仅是东北，全国的解放也将推迟不知多久。

战前动员的时候，他对同志们说：锦州大门关上了，现在就看我们这边了，决不能让廖兵团跑脱。现在是党和人民考验我们的时候，毛主席在西柏坡看着我们。我们四十六团今天就要当个凶猛顽强的拦路虎，无论付出多大的代价，人在阵地在，决不放过一只耗子窜过去。

这位对无产阶级革命事业无限忠诚、对以私有制经济为标志的不平等社会充满政治仇恨的青年布尔什维克并不是穷人家庭出生的孩子。他是四川宣汉县人，生于一个豪族地主家庭。同乡一位名叫王维舟的共产党人在当地闹革命，举起了红旗撞响了自由钟，创建了宣汉革命根据地，加入了红四方面军。王维舟也系地主家庭出身。他除了推倒自己的地主家庭，将自家的一千多亩田分给了穷苦农民；还对敢于对抗土地革命的大地主，以及多年来血债累累的豪族大户，进行了坚决镇压。年仅八岁的张天涛的父母也在其中。从此张天涛（当时叫王宗贵）成了孤儿。红军收养了他，后来大军带着他长征去了陕西。从此有了中国版的《团的儿子》，这比苏联版的《团的儿子》（电影故事片）产生得还要早许多年。卫国战争时期，苏联红军的一个团队收养了一名七岁的孤儿，带着他转战三年，一直打到柏林城下。苏联电影故事片便是依据这个真实的人和事拍摄的。中国版的"团的儿子"与苏联版"团的儿子"有着惊人的相似，也是最初由老兵搂着他睡觉，用成年人的体魄温暖他；长大了点就跟着首长生活，充当传令兵。部队是个最好的学校，他不仅在那里学到了文化，还享受到了大家庭的温情；更重要的是受到了最好的政治教育，逐渐成长为马列主义的忠诚卫士。他主动要求更名换姓，是思想升华的一种标志，意在与原来的剥削阶级家庭彻底决裂。一位级别很高的政委特别钟爱他，给他更名为张天涛。后来，他做了司令部的机要员，再后来是政治部的宣传干事、宣传队分队长、组织科长；他坚决要求离开疏离战火的机关，到火线上去杀敌立功，于是就成了营教导员、团参谋长、团政委。刚做团政委时才二十四岁。此前曾随西路军西征，与一些战友被敌人俘虏。三个月后带领难友们越狱，转战西北两个月，回到延安。党送他进了抗大学习。校长林彪很快就发现了这个品学兼优的学生，从此着意培养，后来又带他到了东北。做营、团级干部是到东北以后的事。

此次阻击廖兵团战役之前的倒数第三个月，他所在的部队在吉林整训，妻子来部队探亲。妻子是来东北后林彪托人给物色的，当时只十九岁，名叫蔡均。探亲结束，夫妻分别时，张天涛交给她一个小小的红布包。叮嘱她，如果我牺牲了，一定要把这个小包交给党组织。妻子不知道里面包的是什么；后来打开一看，乃是一块银圆和一封短信。那信写道：

亲爱的党：
　　为了壮丽的共产主义事业，我将奋斗到最后；为了消灭剥削、实现人人平等这一宏伟目标，我愿贡献出自己的一切。这是党给的钱，作为最后一次党费，交给我最亲爱的母亲中国共产党。党的儿子张天涛随时准备为党的事业献身。

那时的共产党为什么让这孩子如此着迷如此赤胆忠心，这十分值得我们今天的人们反省和深思。

廖兵团开始向东野六纵的厉家窝棚阻击线炮击了。张天涛四十六团防守的么家窝棚、姬家窝棚一线是前哨阵地，承受的炮击最多也最密集。爆炸声惊天动地，硝烟、尘土淹没了一切。所有的村庄都被疯狂的轰击从地图上抹去，再也看不见一间农舍，甚至找不到农舍原来的地址；大树小树都被炸成了树桩。有的连树桩也没有，因为那地方干脆就成了一块又大又深的弹坑；阵地前后的田里成千上万堆包谷垛全部起火，以致方圆十几公里全部成了火海。张天涛政委和吴纯仁（二十九岁）团长几次被炮弹掀起的泥土埋到地下。每次他俩都自嘲着从泥土里拱出来、钻出来，吐去满嘴巴的泥砾，继续沉稳地指挥战斗。全团指战员望着团首长的乐观模样，信心更加坚定，一次次打退敌人的冲锋。

炮击结束，敌人步兵小心地缓缓前进。进入一百米以内，靠近了五十米，解放军阵地上竟一点动静没有，只有炸得没了痕迹的工事还在冒着烟、燃着一簇两簇的火苗。敌人的一个军官高兴地说，看来共军被我们的炮火轰走了，弟兄们，冲呀。

这位军官的话未落音，霎时，像盛夏突发的骤雨似的，机枪、冲锋枪、步枪齐发，上千枚手榴弹也扔了过去。爆炸的烟尘未散，张天涛就挺着上了刺刀的步枪冲出战壕，踩踏着横七竖八的敌人尸体，冲到敌人队伍中。大群的战士紧紧追随左右，一边奋勇杀敌，一边护卫着他们的政委。他们一口气追杀了两三公里，才及时收兵。他们杀掉的敌人很快就超过了本团的人数；但是他们的伤亡也不小，而且形势也越来越危急。

十六时许，防守姬家窝棚的团警卫连，受到敌人骑兵旅的攻击。当发现时，有十几骑已冲到眼前，最多不超过三十米。那时张天涛正好在这片阵地上检查。他是团长去左翼阵地之际，偷偷地再次来到前沿的。

此前李作鹏电话里问情况时，团长吴纯仁抱怨政委又跑到前沿去了。李作鹏大怒，骂张天涛完全是个不听话的家伙，他的岗位在团指挥所，说过多少次了就是不听。吴纯仁，你给我看住他，不然唯你是问。

张天涛见敌骑兵来得又快又猛，便伸手闪电般夺过战士手中的一挺机枪，嘎嘎嘎一阵扫射。敌人冲在前头的那十几骑顷刻就人仰马翻了。警卫连的一百多支冲锋枪也一齐射击，又打翻了几十骑。其余敌人勒转马头逃回去了。

然而，东野部队很少与敌人骑兵交手，缺乏打骑兵的经验，张天涛心里没底。敌人的骑兵师一个旅，刚才的死伤算不了什么，定然正准备二次攻击。姬家窝棚位于么家窝棚左后侧，若姬家窝棚陷落，将直接威胁到么家窝棚。张天涛曾目睹当年四方面军打马家军骑兵，算是有一点儿经验。对战士们说，射人先射马，擒贼先擒王；马的目标比人大，较为容易打中。把马打倒了，骑马的人就容易收拾了。大家照他的方法首先就瞄马头、马脖子，果然奏效，很快就打退了敌骑的二次冲锋；阵地前横七竖八摆满了死马，少说也有三百多匹。

敌骑的第三次冲锋最凶猛，规模最大，其实也是最后的一次。

张天涛也看出了敌骑乃强弩之末，敌人的图谋定然是能为东逃大军冲开一条血路最好，倘再失败就只有另谋他图了；他还得到了令人鼓舞的讯息，东野大军合围已完成，五纵也绕道开到了他们师的侧翼，阻敌的力量将成倍加强。在这最后的时刻决不能允许敌人在本团阵地上冲开缺口，影响这次大围歼。他派人去通知团长，掌握全团指挥，他要组织奇兵先行挫敌锐气，灭其猖狂气焰。

他对警卫连全体同志说，战斗需要五位同志献出生命，但必须是自愿，愿意参加突击队的请举手。

立刻有八十七位同志高举自己的手臂。这是一百七十人的警卫连残存的全部人员，包括连长在内。

张天涛皱了皱眉头，做手势教大家放下手。沉吟片刻，说：

"共产党员请举手！"

八十七只手臂又毫不犹豫地举了起来。

张天涛诧异地瞅着连长，说：

"我记得你们全连只有四十三位党员呀！怎么回事？"

"是呀！"二十二岁的连长盖舒文也颇困惑，看着政委，似乎也想从对方脸上寻求答案。旋即掉头瞪着大家喝道："你们开什么玩笑？乱毬整！"

一位刚满十八岁的战士跨前一步离开队列，说：

"连长、政委，我不是党员，连团员都还不是；我要求参加突击队立大功，牺牲以后被追认为党员！"这位战士是朝鲜同志，名叫吴克华。他又伸手指着队列里的战友们，笑着说："我知道大家和我想的一样！"

张天涛不由得心折情动，喉咙哽塞好一阵说不出话来。他跨前两步，伸出两手扶着吴克华的两肩，将他送回队列。说：

"你一定能加入组织的，不用急！但是，这次一定要用共产党员！因为……入党是为了什么？就是为了吃苦在前享受在后，就是为了在关键时刻向人民向革命事业贡献自己的生命！连长，你给我选五位党龄最长的同志——你自己和排长例外，一会儿还要指挥阻击战！"

连长很容易就挑出了五位同志；不料新的难题出现了，这次是让连长作难的难题：张天涛政委要亲率这支小小的突击队冲出去。连长挥动两只手臂、双足狠狠踏跺土地，大声咆哮，指摘张政委这是不负责任，是胡闹，是绝不容许的。

张天涛用更厉害的咆哮制止了他。指着他的鼻尖，凶神恶煞地说：

"你现在只负责守住你的阵地，其他行动不用你管；听好了，这是命令，如果不服从，我马上枪毙你！"

连长急得蹲在地上大哭起来。边哭边诉说：

"政委，你不能这样！你这样胡搞，我怎么向团长交代呀，怎么向林总交代呀！"

战士们也七嘴八舌支持连长的意见。

张天涛说："同志们，我刚才怎么对你们说的，忘了吗？共产党员吃苦在前，牺牲在前，现在战役局势需要我们去赴死，每一个党员都有义务做到这一点！我是不是党员？你们谁的党龄有我长？革命经历就更不能同我比了吧，十年以上呀，哈哈哈！"

在这道短短的战壕里，谁能说得过他呢？谁的权力大得过他呢？他让大家哑口无言了。

他率领五位共产党员，各自都在身上捆满了手榴弹，每人挎一支"波波沙"冲锋枪，悄没声息爬出战壕，向敌人骑兵要来的正前方匍匐前行。离开自己阵地约莫一百多米，他叫大家散开，保持间距二十米左右，原地卧着待敌。

半个小时左右，敌骑来了。这次是倾巢出动，残存的两千多骑都来了，黑压压一片，犹如大凌河溃堤了一样浊潮滚滚。

敌骑进入射程之内，张天涛打了第一枪，击倒了冲在头里的第一匹马。

这是发令枪。

紧接着，六支冲锋枪齐射，前头二十多骑人仰马翻。

张天涛和战友们各自随身带的几只弹盘（每盘一百发子弹）全部打完之后，敌骑冲到他们面前。一大群疯狂的黑马，在卧地的人的感官中像铺天盖地的黑云。以张天涛为首的六位英雄，齐刷刷拉响了手榴弹，也许用张天涛的话来说就是顷刻间撂倒一排排睡起。这一刹那间敌人损失了一百多骑；更重要的是这支骑兵锐气尽失，在接下来的冲击中，很容易就被警卫连挡住了。

五纵赶到后，接管了一部分六纵阵地，李作鹏有了富余兵力增援四十六团警卫连阵地。

更重要的是辽西大围歼的包围圈全部形成了。

无论是南逃营口还是东去沈阳，廖兵团都没有机会了。

第二十七章

一

廖兵团的电讯失去联络，蒋介石焦急万分。二十七日拂晓，派飞机去葫芦岛接杜聿明到北平来商议应变办法。

杜聿明到达圆恩寺蒋介石行邸，还不到上午九时。

他发现蒋介石变得十分谦虚，那是一种以往从未见过的谦虚，颇有点古代明君"虚谷"之风；另外也不无竭力掩盖却欲盖弥彰的尴尬、狼狈。这当然是因为他所顽固坚持的主张和部署，已在东北濒临彻底破产之故。

蒋介石说："现在廖兵团失去联络一天多了，怎么办呢？这个是……罗参军有个很好的意见，马上调海军运输舰将葫芦岛部队海运到营口登陆，协同营口的五十二军接应廖兵团从营口撤退。光亭，你看怎么样？"

杜聿明心里愤慨地说，姓罗的这厮向你贡献了一连串馊主意，差不多把东北的部队断送完了，现在又要断送葫芦岛的部队了。但却只在鼻孔里冷冷地哼了一下，瞅了一下坐在蒋介石旁边的罗泽闿，用嘲弄的口吻说：

"罗参军的主意真好，这回可能不会把葫芦岛部队断送掉了！罗参军考虑过没有，调集运输舰要几天？"

蒋介石知道杜聿明和罗泽闿不睦，此时脸色与口气都有点冒烟，怕他同罗闹起来，赶紧代替罗泽闿回答道：

"我看，两三天够了吧。"

"从葫芦岛把部队运到营口要几天？"

"三四天可能运得完。"

"这就是说，要把葫芦岛的部队运到营口，至少也要一个星期，对吧？在这一星期内，廖兵团要是还存在的话，说明他们自己是有能力打到营口的；否则，我看今明两天就完了！再把葫芦岛的部队调过去，何异于驱羊饲虎？罗参军真是好主意啊！"

罗泽闿坐在那里，不敢开腔。

而蒋介石已全然没有了前几天见人就骂的坏脾气，变得很虚心，有了一副从谏如流的古明君之风。赔着笑脸问杜聿明道：

"那……光亭你看怎么办好？"

"我看廖兵团是没有希望了！为今之计，抢救一点是一点，赶快调船把营口的部队撤退；至于沈阳的八兵团，只好让其自生自灭了。"

"好！好！就依光亭的办法搞！运输舰我叫桂永清（海军总司令）准备。我马上发表赵家骧为第六军军长，率领六军留在沈阳的二〇七师协助周福成五十三军固守沈阳，牵制林彪大军。你马上去沈阳协助卫总司令——不，就由你负责，召集周福成、赵家骧部署防务，然后再回葫芦岛。"

杜聿明后来回忆说，他当时觉得罗泽闿固然可恨；而蒋介石却很可怜，蒋仍依然那么信赖他。此情此景，他不好太伤老头子的心，只好同意去沈阳。

蒋介石说："事情间不容发，你赶快去吧！"

杜聿明当天午后在北平起飞，路过葫芦岛时着陆。对锦西各部队叮嘱一番，教大家守住阵地，严防共军突然进攻。又说廖兵团情况不明，凶多吉少；如果已经覆灭，共军大部队极有可能很快就会来攻取锦西、葫芦岛。

"等我从沈阳回来再决定尔后的行动。"

他飞到沈阳时，已是黄昏。

见到卫立煌，二话没说，立刻就问廖兵团的下落。

卫立煌招呼他先坐下，喘口气再说。然后微微冷笑，别的什么也不说，首先就开始撇清自己，说：

"我不只一次对老头子断言，沈阳主力一旦离开了坚城，定会全军覆没；他不纳忠言，冥顽不灵！现在怎么样，我不幸而言中了吧？哼，廖兵团下落不明，凶多吉少啊！"

杜聿明和在场的东北剿总参谋长赵家骧没去接他的话头，唯摇头长叹而已。赵家骧的长叹算是对卫立煌抱怨之词的赞同；杜聿明则不然，那意思是你老卫不必抱怨了，你和老头子也差不多，"冥顽不灵"有之，"好谋乱断"亦有之。

赵家骧提议抓紧时间研究一下应变办法。眼下瞬息万变，拖不起呀。

杜聿明不开腔，他要瞧瞧卫立煌是不是还要寄希望于"依托坚城"，以不变应万变。

没想到卫立煌还真的是这样在琢磨。他沉吟了一下，以睿智的神情看了一下杜聿明说：

"要尽快把五十二军从营口调过来，加强沈阳防务！"

杜聿明心里冷笑，脸上却毫无表情，也不瞧任何人。用漠然的口气诘问道：

"五十二军放弃营口北上，途中极有可能遭到围歼！总统追究下来，谁来负这个责？"

卫立煌给噎住了。尴尬地唔了一声，不好再说。

赵家骧看了一下杜聿明，试探道：

"杜副总觉得……退往营口如何？"

杜聿明绝望地皱了一下眉头，呻吟般说道：

"太晚了；前两天这样做的话是不错的，还可以把大半部队保全！现在我们不可再自作主张了！如果命令五十二军来沈阳，半路上出了问题谁负责？或者照几天前还算正确的策略，现在再把沈阳的第八兵团撤往营口，此刻也是会出问题的。如此又该谁负责？那样一来，擅作主张贻误戎机之罪就落到我们三人头上了！"

卫立煌点了点头，又唔了一声。沉吟一下，瞅着杜聿明，问道：

"光亭觉得怎么办为妥？"

"最好是遵照总统的意思，叫周福成以他那个八兵团司令官名义，率领他的五十三军加上几支杂牌部队守沈阳；我们大家离开这里，去北平向总统报到。总统要发表大伟为六军军长，协助周福成守沈阳。我一会儿就电呈总统，让大伟跟卫总一起走！"

卫立煌同意了这个意见。

赵家骧便把周福成叫来了。

周福成是张学良旧部，遇事好谋无断、迟疑不决，接受任务的时候往往都是喜欢把困难强调透彻并夸大之。

赵家骧向周福成指了指卫立煌、杜聿明，说：

"两位总座奉总统命令，安排周司令官负责沈阳防务……"

"金五兄，"卫立煌深怕他不干；或者虽然同意干，但须在其五十三军以及沈阳现有部队之外再增加部队以形成货真价实的一个兵团，便赶快插嘴哄骗。"十天之后，总统调派的大军将由杜副总率领解沈阳之围。届时内外夹攻，必获大胜！"

杜聿明暗暗吃惊，这卫立煌真个了得，谎话随口诌出，就像真的一样。但卫既然如此说了，自己也不能不为其圆谎，便煞有介事地向周福成点了点头。

不料这次周福成完全没叫嚷困难，也没讲价钱，毫不踌躇就应承了下来，就像预先有心理准备似的。交代完任务后，居然面带欣悦之色，脚步轻快地走了。

赵家骧觉得这个周某人今天的行径有点奇怪，与其一向的作为大异其趣。沉吟了一会儿，忧虑地瞧瞧两位总司令，说：

"我看周金五恐怕靠不住！"

卫立煌审视般瞅着赵家骧，仿佛赵就是周福成。似乎渐次察觉了问题，骇然问道：

"你是说他可能投敌？"

赵家骧表情严峻地点了一下头。又把视线调向杜聿明，眼神是"怎么办？"

杜聿明叹了一口气，沉重地摇了摇头。顿了一会儿，才说：

"他现在手握重兵，谁也奈何不了；大限来时各自飞，由他去吧！重要的是大伟兄要抓紧安排卫总离开，不要成了人家的礼物了！"

后来杜聿明提起蒋介石接到空军的一个报告，然后蒋轻率地判断那是廖兵团回沈阳的前卫部队郑庭笈四十九军。杜聿明问卫立煌，蒋的这个判断会不会也有一定道理？因为廖兵团距离沈阳不是太远，撞破封锁线回沈阳也不是不可能的。

卫立煌不屑地摇了摇头。"老头子说那一万多人是国军，甚至具体到是郑庭笈部，那是老头子发了臆想症了，白日做梦！两天前电讯尚畅通时我就给郑庭笈下过命令，叫他率部回沈阳来；他本人也希望回来。有了我给的命令，他是可以毫无心理负担地回来的！但是，直到现在还不见人影！这说明什么？说明有一道无法逾越的阻击线横在他们回沈阳的途中！"

杜聿明沉默不语。过了好一会儿，才喟叹道：

"看来廖兵团凶多吉少啊！"

仿佛佐证他的话似的，副官将两个身穿老百姓服装的人带进来。这两个人神情沮丧，蓬头垢面。大家仔细打量，才认出一个是新三军军长龙天武，一个是新一军军长潘裕昆。

杜聿明惊诧地问道："二位怎么弄成了这个样子？你们的部队现在处于什么方位？"

两人哭丧着脸，面面相觑，摇了摇头，回答"不知道。"

杜聿明愤慨地哼了一声。沉默片刻，又问道：

"廖司令官在哪里？"

"前天还通过电讯，后来就断了，不知道他在哪里！"

杜聿明跺脚，仰天长叹，说："党国有这样的将领，安得不败啊！"

二

让我们把时间上溯一两天，大略察看解放军东野四十多万大军是怎样在辽阔的辽西大地上包围、追歼廖耀湘兵团的吧。

林彪不再长时间跨坐在木椅上、双臂搭在椅背上用以枕着下颏瞅着墙壁上的地图了，而是半躺在一张不知道从什么地方搞来的安乐椅上半眯着眼睛惬意地晃动椅子养神。他不再多管什么事了；罗荣桓与刘亚楼没什么特别重要的事情也不去干扰他。

其实此时最忙的也不再是政委，而是参谋长刘亚楼。

合围虽已形成，廖兵团纵然用尽吃奶的力气死打硬撞也出不去了。但各纵在追敌过程中随时会按照"条例"的规定向野司报告情况，后来是各师也径直向野司请示了。因为大军在追击、分割敌人的过程中，不少区域的局部形成了敌我犬牙交错态势，不经意间把自己也分割开了，以致纵队找不到师，师找不到团，有的单位首长惊呼乱套了。

刘亚楼把这个情况向林彪报告了。

林彪的安乐椅继续摇晃，没睁开眼睛，说：

"我军是双层包围圈，廖兵团漏不出去的，乱套就乱套吧。你要知道，敌人的乱套比我军更厉害，你怕什么！传令各部，不要怕乱套，只须把敌人往自己的前方驱赶，不让其向自己身后溜，敌人就逃不掉。我军不论是纵队、师还是团、营，只要看到敌人就消灭，不必再用电台了！"

辽南独二师将蒋军四十九军击溃并歼灭一部分，追击了一程就放弃了。遵照野司"把敌人往前方驱赶"的最新命令，沿大沙河挺进。

十月二十六日凌晨二时许，抵达三家子屯附近。

见屯里屯外到处是篝火，蒋军官兵围着蹲成若干堆，正狼吞虎咽吃饭。一点戒备也没有，连哨兵也没派。可能是断定这个方向不可能有解放军。

左叶师长做手势命令停止前进；召集各团首长开会。只简单作了部署，就叫大家分头回去执行。

敌人吃罢饭，吹号集合。一时间口令声，杂沓的脚步声，此起彼伏。显然敌人是要出发了。

独二师静悄悄地然而却是疾速地靠近敌人。一万多人的部队要完全做到悄没声息是不可能的，尤其是脚步声，靠近的脚步声更无法掩盖。蒋军几个军官察觉不对劲；只是已经晚了，双方距离不到三十米，冲锋枪、机枪哗啦啦扫射，顿时倒了一大片。成百上千枚手榴弹飞过去，又炸倒了一片。蒋军乱成一锅粥。接下来，寒光闪闪的刺刀戳到了他们身上，发出噗嗤的沉闷声响。蒋军组织不起有效抵抗，指挥官只好率领这股乱兵向义合庄方向逃窜。

后来左叶才知道，这是新六军的二十二师。

解放军从锦州方向转兵到黑山方向的四十万大军中的第一纵队在司令员李天佑、政委梁必业率领下，没有休整片刻，二十五日凌晨就投入了驱赶或者歼灭敢于阻挠之敌的行动。方向是自西向东，根据野司命令，不管遇到哪股敌人，先将其打垮，若方便的话便就地歼灭。

第三师向杨家窝棚、王家屯方向进展很快；

第二师在第三师的左翼向东疾进，在杨家窝棚截住了新三军的炮营；

第一师负责扫清第三师右翼，支援第三师作战。

第一师第三团进至大兴庄附近。敌人正在赶修工事，企图赖在这里不走，抗拒解放军的驱赶；此外还有一支重炮部队。

　　王敬之团长、张集华政委进行了片刻商议，决定由一营、二营分左右两翼向敌人突然夹击；张政委率三营居中，一方面防止敌人从两翼中间的空当逃出去，同时充当预备队。这股敌人遭到突然夹击，来不及抵抗就乱起来；往西逃出包围圈不可能，有张政委率三营在那里挡着，只好向东窜往大包围圈的核心区域。东野一师三团追击不舍，进至十公里才止步。这场战斗歼敌两千多人。

　　一师一团进至黄家窝棚，发现了大股敌人。杜秀章团长派人飞驰通知尚在后卫率两个营跟进的柴川若政委火速前来增援；然后命令二营率先发动攻击，团警卫连绕行敌人后面堵住敌人退路。战斗打响不久，柴政委率两个营赶到，立刻投入战斗。打了两个小时，歼敌两千多人，俘虏一千五百多人。原来这是蒋军的一个师部和一个团部，新三军十四师徐颖师长、董觉民副师长也在其中。

　　旋即，一师又奉纵队司令部之命向黑山县城的北面穿插前进。要求他们遇到敌人不论多少，都不能放手。能歼灭则歼灭，歼灭不了则紧紧咬住不放，等待友邻赶到共同围歼。

　　韩先楚司令员率领三纵主力（罗舜初政委率领一部协助友军防守锦州以南），按照野司指示的路线，从锦州出发，向东北方向急行军。越过十纵的对敌阻击线，二十五日凌晨进入平原。正在埋锅造饭，突然遭到一阵炮击。这才意识到已经楔入到敌我双方犬牙交错地带了。

　　韩先楚指挥部队散开。

　　命令九师占领詹家屯，以之为立足点；尔后立即向黑山东北部的五间房（村名）和烂泥泡（以湖为名的湖畔村庄）的蒋军七十一军进攻。

　　命令八师在九师左翼向蒋军七十一军侧面进攻。

　　七十一军不敢恋战，边抵抗边后撤。三纵紧追不舍，二十六日凌晨，一直攻到胡家窝棚东北方向。

　　九师主力在小谢屯附近发现了蒋军新三军狼奔豕突胡乱窜逃的队伍。九师二十五团首当其冲，立即予以拦截，歼其一个团残部一千多人。

　　七师越过尖子山追击逃往胡家窝棚方向的新三军一支残部。

　　二十一团三营是七师的前卫营。该营获悉北山有蒋军七十一军的一个营，迅速追踪寻找。可惜已经逃逸。老百姓告诉二十一团徐锐副团长，前面有个名叫胡家窝棚的村子，小汽车、卡车、大炮很多，佩戴短枪、身穿毛呢长大衣、足蹬长筒靴的很多。

　　徐锐系由团党委分工率三营行动。他告诉三营副营长李德章，胡家窝棚里至少窝了个蒋军的师部，正在准备逃跑。决不能让他们溜掉，应冲进去打他个冷不防。

李德章马上作出部署：八连配属重机枪两挺，迅速绕到村东头，切断敌人退路；七连配属重机枪一挺，攻占村庄西北的高地；九连为预备队，与营部一起行动。

二十六日凌晨六时，三营悄悄向胡家窝棚靠近，各连进入预定地段。

当时廖耀湘刚从胡家窝棚的兵团司令部出来。蒋军以为解放军的三营八连是哪一部分友军，便没有去管。八连的第三排安全地通过了胡家窝棚西北面的开阔地。但刚走完开阔地就被发现了，只听得到处都在惊呼："共军，是共军！"

三排的同志们迅速展开，向敌人猛烈冲击。敌人的重炮、机枪一齐向他们打过来。

重炮因距离太近，打到不知什么地方去了；但迫击炮和机枪却将三营打得抬不起头，又是处在没有任何掩体的旷野。三营的同志们毫不畏惧，他们反倒很兴奋，从敌人火力的严密、猛烈，判断出胡家窝棚绝不止于一个师部。他们在猜测，今天他们打击的说不定是蛇头啊！

任炳全（朝鲜人）排长率领八连二排，在村东头小桥上堵住了一辆卡车。车上挤满了蒋军军官。这些军官无一人抵抗就交出了佩枪投降了。任炳全把他们关在路边一座民房里，也舍不得拨出一两个人看管，率领全排继续往前冲。

冲到河滩上的时候，发现二十几门榴弹炮排列在那里。炮后是一百多辆卡车。这显然是个炮兵阵地，有一个营的兵力守在那里。任炳全率领同志们冲了上去，用冲锋枪扫射，用上了刺刀的步枪戳，将敌人放倒了几十个，将敌阵冲得七零八落。

敌人后来发现将他们六百多人的阵地打成肉酱的共军不过只有五十几人，马上展开了疯狂的围攻。二排陷入了十分凶险的搏杀。

徐锐获悉，对任炳全排十分担心，敌人火力封锁既密又猛，无法分兵驰援。只好集中兵力火速攻占村西各高地，以牵制敌人，帮助任排冲出来。八连三排攻占了村西北两个小高地，各以机枪瞰制村外开阔地。

蒋军已经全部回过神来。他们从火力状况判断出解放军仅系一支小部队，胆粗气壮起来，开始组织反击。

解放军三排英勇奋战，打退了敌人的几次冲锋。终因寡不敌众，大部阵亡，只剩下了一名战士。

八连指导员率领一排前来增援。他们拼命向三排阵地靠近，也大部牺牲，只剩下几名伤员在坚持奋战。

徐锐副团长调整迫击炮连向这个方向炮击支援，总算稳住了阵足。

正在二十一团三营苦撑危局之际，本师（七师）所属山炮营赶来增援；十九团一营听到胡家窝棚枪炮声激烈，也闻道赶来，协同二十一团七连作战。很快就攻占了两处高地，俘敌一百多人。接下来，两个营陆续夺去了敌人在村外的全部阵地，旋又两头夹击，冲进村内，占领了全村。抓住了八百多名俘虏，这才知道是廖耀湘兵团的司令部。

当解放军二十一团在徐锐副团长率领下与将军激战于村西高地之际，廖耀湘在村东头观战，距解放军不到半公里。他思考之后，认定这是解放军穿插部队的前卫尖兵，此后解放军会越打越多，其主力赶到就走不脱了。决定离开这里去新一军的三十师。

廖耀湘没走多远，解放军就攻下了胡家窝棚。

约莫上午十时许，廖耀湘在兵团部人员簇拥下，抵达三十师。顾不得喘口气，就命三十师师长文小山派人与正在南边的二十二师取得联系，同时把能找到的军长都找来。他是想在这里重建指挥部。

而其电台指挥车已被解放军二十一团三营打成了破铜烂铁。文小山的电台也正在赶修，他暂时只能用古代军队的方法联络部属。

兵团参谋长杨焜、新六军军长李涛、新一军军长潘裕昆、七十一军军长向凤武陆续来到。他们向廖司令官禀报的都是坏消息，一些部队被打垮，一些师、旅失去联系而存亡未知；最好的消息是某个师"正在遭到攻击"，说明这个师还存在。

此时的廖耀湘还以为那个失去联系的四十九军尚在去营口的路上苦战。

当天十六时许，廖耀湘用三十师刚修好的电台联系上了新六军的二十二师。

该师滞留在大虎山通往辽河边老达房公路上的唐家窝棚。二十二师师长罗英向他禀报，四十九军败退回来了，军部就在东边的陈家窝棚，距二十二师很近。是二十二师把四十九军残部接应回来的（前文已叙述）。罗英又说，卫总司令已与郑庭笈军长联系上了（前文说过，其实是郑庭笈主动与卫立煌联系的），命令四十九军捎带上二十二师退回沈阳。

廖耀湘骂了几句郑庭笈，没再纠缠这个问题。他征求大家意见，应如何应对"正在糜烂"的局势。

潘裕昆认为，现在共军包围得铁桶一般，突围就等于光着脑袋往铜墙铁壁上撞；当前勉强算得上稳妥的办法是不要轻易移动，应该就地抵抗。我料定"共军在不能忍受我们的火力杀伤之后，会自行撤退"。（潘裕昆原话）

廖耀湘痛苦地皱了皱眉头，心里说，这个潘裕昆怎么会当上了军长，简直是痴人说梦。他断然给予了否定，说：

"就地抵抗更危险！你以为我们还有多少弹药吗？莫说子弹了，各种口径的炮弹已经所剩无几！给养也大成问题，十几万人窝在几十个窝棚内，很快就会把当地粮食吃光！当然，弹药可以空投，解决一部分；十几万人的口粮靠空投根本解决不了！"

他认为，大虎山以南的共军不会太多，因为林彪用在此地实行包围的兵力至少也应该有四十几万，他哪里有富余兵力放在营口与大虎山之间呢？所以突围到营口是有希望的。

最后，他决定到二十二师去，了解清楚四十九军、新三军的情况再作决定。他离开期间，此间各部就地抵抗，等待命令。

十九时许，抵达唐家窝棚二十二师师部。

他用刚搭上线的电话与郑庭笈通话。

如前面章节所述，郑庭笈向他成十倍地夸大了去营口路上的解放军兵力。

廖耀湘颇纳闷，难道林彪把北满、南满的守军全部调到辽西战场来了？郑庭笈言之凿凿，赌咒发誓，不由得他不信。

更可笑的是此刻郑庭笈根本不知道一〇五师前卫团下落，却向廖耀湘担保，此去沈阳，一路畅通。说军部陈家窝棚有一条大马路直通辽河边的老达房，沿途一个共军也没有，他已征集了一批船只，又铺设了两道浮桥（其实他派去探路搭桥的工兵营已经就歼），可由这条路去沈阳。又恐吓廖耀湘，此地不能久留，危险性太大，共军不久就会缩小包围圈，那时就一点撤出去的缝隙也没有了。

廖耀湘问他新三军下落。

郑庭笈说不知道。

三十师、二十二师分别用电台向新三军呼叫，得不到回应。

而二十二师师部刚连通线路的五部电话铃声不断此伏彼起，都是各团报告战况异常惨烈，称共军越来越多，除了外围压力进一步加大之外，小股部队到处渗透，危险极了，纷纷要求增援。

各师处境都如二十二师，大同小异而已。

廖耀湘不知如何是好。向营口突围，据郑庭笈所述是根本突不出去了。去沈阳，前有大河，又有解放军阻击部队，一旦离开现在立足的地方，身后的解放军大部队乘势压过来，就可能遭到分割歼灭。思前想后，尽管去沈阳也是危险重重，但沈阳毕竟近一些；旋又觉得冲到营口也许最好，可以得到营口的五十二军接应，其后又可得到葫芦岛增援。但如果郑庭笈所言不虚，途中有大军阻隔，那危险就更大了。

正委决不下的时候，廖耀湘接到了卫立煌电报，命令他立即退回沈阳。

廖耀湘后来在回忆录里描述了自己此时的心情："我感到恐惧，感到羞愧，因为我退营口的主张现在彻底失败了。我拿着电报犹豫难决。"

兵团参谋长杨焜提醒他说："司令官，现在正是万分紧急的时刻，容不得再踌踏了！卫总要我们退回沈阳，那我们就遵照他的命令办好了。是他要您这样做，自然由他承担责任！"

廖耀湘寻思，有条件冲出铁围的部队是二十二师、十四师、三十师以及四十九军的一个半师，其他部队被解放军咬得很死，很难摆脱，只好任其自生自灭了。

最后决定，取道老达房地区去沈阳。

他命令郑庭笈入夜后再次派卡车到陈家窝棚至老达房一线公路探路。

郑庭笈一边给车队头目下命令，一边对廖耀湘说那条路上一个解放军也没有，工兵营早就去了。

然而实际情况并非如郑庭笈所言。

廖耀湘用电话命令潘裕昆，由他潘裕昆指挥新一军、七十一军、一六九师以及兵团的重炮部队，于二十七日拂晓沿北宁线、大虎山至新民段的铁路的南北区域，向沈阳进发。计划在新民以南至老达房之间渡辽河。车辆、不能带走的重炮就地炸毁。途中遭遇敌军须断然攻击，突破包围，决不能胶着。廖耀湘告诉潘裕昆，他自己和兵团部随二十二师、四十九军、十四师走，经大虎山至老达房公路去沈阳。

潘裕昆在电话里显得激动而痛苦，告诫司令官"这是很危险的"。

廖耀湘不动声色地说，这是卫总的命令，我们必须执行。

自从兵团司令部在胡家窝棚遭到袭击，在物质上和部队心理上损失都很大，廖耀湘对时间与行动速度空前重视起来。以致在用无线报话机向部队下命令时，抛弃了他认为可能使接受命令者含混的代号与密码，不惜用明语通话。

他的参谋长在一旁惊恐地提醒，司令官，不能用明语。

廖耀湘痛苦地摇摇头，两害相权取其轻，眼下的要害是时间，其他的就顾不得了。廖耀湘用明语呼叫十四师派得力部队到二道岗子扫清道路，兵团部与二十二师、四十九军（残部）随后跟进。

刘亚楼笑嘻嘻说："看来廖耀湘参加我党地下组织了！"

林彪瞅了他一下："怎么讲？"

刘亚楼用标杆指着墙上地图二道岗子一带说："要不他怎么会把具体位置、兵团部的动向都告诉了我们呢？"

林彪陪着罗荣桓打了几个哈哈。问刘亚楼道：

"哪个部队靠二道岗子最近？"

"六纵。叫他们去？"

"对！你告诉黄永胜，叫李作鹏先带一个师去，解决廖耀湘那个什么……'扫清道路'的部队；然后纵队主力跟进，抓廖耀湘去！"

"估计廖耀湘本人多半是在半拉门方向！"罗荣桓拿起标杆，指着二道岗子后面不到十公里的半拉门,对林、刘两位说。"只靠六纵,恐怕会漏掉一些鱼!"

"命令各部,以现在各自的攻击位置为起点,向二道岗子、半拉门收缩包围圈!"林彪对刘亚楼说。

厨子把饭菜送到办公室来。一大钵红烧大凌河白条鱼,一大钵焖野鸡,然后是用洗脸盆盛的甜菜汤,主食是东北很少的大米饭。

刘亚楼笑嘻嘻问厨子老边:"今天怎么这么丰盛?"

卞边厨子说:"廖耀湘马上就要抓到了,庆祝庆祝!本来还想上点高粱烧,知道政委和司令员都不喝酒,参谋长一个人也喝不起劲,就算了。"

大家已经拿起了筷子。罗荣桓瞅了一下刘亚楼说:

"亚楼,能喝就喝一点吧?"

"不喝,今天活儿多,不能晕乎!"

林彪好像想起了什么,向门外叫谭云鹏。

机要秘书谭云鹏知道只要是叫他,就一定会有电报要拍发。拿起记录本进门来,说:

"司令员……"

"向参战的所有纵队发报:今夜及明日、后日各纵应勇敢主动寻找敌人,应集中主力各个击破敌人。最好以三个师围敌一个师,以两三个团歼敌一个团,各抓住一股敌人,先包围,经过两小时炮击再发起攻击,以减少我军伤亡。对溃退之敌则不一样,应立即发起冲锋。"

罗荣桓补充道:"从现在起,野司将指挥权下放到各纵,哪里有敌人就往哪里打;哪里枪炮声密集就往哪里打,直打到听不见枪炮声为止!"

林彪对谭云鹏说:"政委说得对!"

谭云鹏当场拟妥电文,请林、罗签字。这是毛泽东在"三湾改编"时定下的规矩,任何命令,必须同级的军事首长和政委同署才能生效,否则下级有权拒绝执行。

二十七日凌晨,东野对廖耀湘兵团发起总攻。

七个纵队在外围筑起第二道包围圈,严防漏网之鱼;九个纵队从四面八方向胡家窝棚、半拉门、二道岗子攻击前进,将第一道包围圈越缩越小。就在这块不足一百平方公里的狭窄地段,双方犬牙交错纠缠在一起的部队多达五十余万。双方都无法辨清哪个方向是友军,那个方向是敌阵。兵败如山倒,蒋军阵线之乱大大超过了解放军,狼奔豕突这个词或可形容一二。他们随时都在遭受攻击,又全然弄不清攻击来自哪个方向;他们从接到廖耀湘撤往沈阳的命令起,就像囚犯得到了大赦令一样,没命地奔逃。不幸得很,不到半个小时,上下级之间就失去了联系,各级长官仿佛上天入地一样杳无踪迹。不同建制的官兵挤在一起,前头的往什么方向跑,中段的和后面的就跟着往什么方向跑;看见前头的扔下了枪,高高举起了双手,后面就像多米诺骨牌效应一样不问青红皂白也扔下了枪举起了手。

东野三纵七师二十一团八连指导员几十年后对一位采访他的军旅作家这样描述当时的情景:扔手榴弹炸,然后挺着上了刺刀的步枪冲进敌人堆里,猛冲猛打,将敌人逼到村头。刚到村头,我军另一支部队也压过来,堵住了去路。于是,我们一个连就抓了四百多俘虏。

八纵政委邱会作跟随二十三师六十七团行动,将二十三师指挥所设在距敌不到一百米的一条雨沟里,指挥部队堵截敌人四十九军的逃路。敌人的"开路炮击"很疯狂,炮弹一排排落到指挥所所在的沟里,泥土炸得飞上天,落下来把整条沟都埋住了。二十三师指挥所伤亡三人。

二十三师的师长、六十七团的政委都劝邱会作回纵司去。

邱会作说,腿还能跑过炮弹呀?要跑就得往前跑,跟敌人靠得越近他的炮越打不着你。

第二天他回到纵队。在辽河边,敌人疯狂逃跑,把纵队部也冲散了。邱会作、纵队参谋长黄鹤显和一名警卫在一起。

有几百个敌人冲了上来。

黄鹤显自称枪法好,用冲锋枪打倒了一排敌人;一边叫警卫员保护邱政委去调部队来反击。

邱会作去找自己的八纵部队,途中却遇到七纵的一个团。他对这个团说,我是八纵政委邱会作,你们现在听我指挥。旋即带着这个团返回原地,将那几百个敌人悉数消灭了。

五纵甚至和六纵打起来了。五纵三万多人穿的都是锦州仓库里的蒋军棉衣,六纵把他们当蒋军打了。两下交起火来。后来双方都发现对方有苏式武器,特别是以苏式高射机枪平射(这是苏军教官在佳木斯训练基地教的方法),就警觉起来。赶快进行阵前喊话,这才知道大水冲了龙王庙了。

二纵五师十四团二营教导员李兆书率领部队走在全团、全师最前头,把敌人往核心地带推压。二十七日深夜,迎头来了一支部队,黑乎乎的也分辨不清。双方都停下来察看对方。

对方问李兆书他们:"弟兄,请问哪一部分的?"

李兆书还来不及回答,身边的一个小战士平时就好恶作剧,抢着回答道:

"新六军的!你们呢?"

"我们是新一军的!弟兄,可找到你们啦!"

说话时,李兆书已乘势将队伍展开,悄悄把这股敌人包围起来。一阵缴枪不杀的喊话,敌人没有反抗,都扔下了枪举起了双手。

次日拂晓，在行进中，团里的几个炊事员挑来饭菜，喊"二营开饭了"。

大家都分成班组蹲在地上吃饭。天亮了才看见队伍里有好多蒋军。原来这伙蒋军也是"二营的"。

炊事员用扁担威胁那些刚吃完饭的蒋军官兵说：狗入的，解放军的饭都吃上了，还不赶快归顺？

于是，这些"狗入的"纷纷举手投降。兵败如山倒，谁都希望早些寻找到生路啊。

六纵打仗勇猛是东野之冠，抓俘虏也抓出了妙招。

前面已经说过，仗打到这个时候，东野各纵队各师的指挥员都带着自己的部队各自为战，而且纵队找不到师，师找不到团的现象普遍存在。只要是向着包围圈的核心区域推进，方向就没错，哪里发现蒋军，就向哪里攻击。往往在交火之际，弄不清被攻击的蒋军有多少，打红了眼的解放军战士如入无人之境，一个排就抓了一个团的俘虏，甚至一个班抓一个团也有过。抓了一大片俘虏就让几个战士看管着，也留下几个炊事员埋锅造饭，给饿鬼般的俘虏们充饥。各级干部在追歼敌人途中，面对遍地的"甲仗"（枪支、火炮、弹药、汽车、坦克），不知道如何管理，只好写个标签插到路旁，上面写着"从此地往前一公里是人民解放军东野×纵×师×团缴获的物资"。至于政工干部就更着难了。他们满头大汗，忙个不停，要将成千上万的俘虏按照他们原来的番号编成大队、中队、小队，还要将团级以上军官清查甄别出来，工作量太大了。

李作鹏所带的十六师这方面的麻烦最多，因为抓的俘虏最多。他把难度向纵司首长黄永胜报告，黄永胜又向野司首长报告。

罗荣桓政委拿着电话沉吟。一旁的林彪说：这有啥难的，搭个解放门，过了门就算参加了解放军，就给戴一顶我们的军帽。特事特办嘛，俘虏过来了再补教育课。

解放门搭起后，蒋军士兵（军官不许进门）争先恐后拥过门。过了门以后，那边的解放军政工干部就向他们伸出了手，就算是同志了。蒋军士兵脸上都露出了如释重负的笑容。然后就接受分配，或者协助看管军官们，或者跟着部队去追歼逃敌。

六纵在二十七日这一天中就俘敌三万多，杀死杀伤的敌人更多。

三

廖耀湘兵团的官兵，在解放军的围歼中，这个窝棚窜到那个窝棚，又从那个窝棚窜回这个窝棚，比起他们以往正常行军的速度快了一倍多，毕竟是逃命啊。

兵团参谋长杨焜多年以后这样回忆道:

> 一九四八年十月二十七日拂晓,我和廖司令官所在的那一路撤退的部队还剩下二十二师、新六军的军部及其直属团、兵团部及其直属旅。那时还在继续遭到切割、隔离、分别包围。那种惊慌、混乱、胡乱奔逃的情景,真是无法形容。廖耀湘、李涛(新六军军长)和我也混在这种毫无秩序毫无等级之分的狂奔乱跑的人群中没命地奔跑。那是在一个相当大的开阔地上,我们这一伙被分割包围在这里的人至少也有五千;还杂有辎重,如汽车、大车、骡马等物。东边枪响,人群就向西跑;西边枪响,人群又跑回东边。我们几个人,先是站在汽车门的两边,后来又坐了上去,命令开车狂奔。由于颠簸太凶,又压死了几个士兵,只好又下来跟着一大群官兵瞎跑。跑来跑去,只听到四面枪响,却又没见对方人员逼近过来。于是我们几个人分别向跑的人群大喊大叫道:
>
> "你们不要跑,组织起来吧,帮我们突围出去,要官有官,要钱有钱啊!"
> "司令官、军长都在这里,你们保护我们冲出去,保证你们升官受赏!"
>
> 我们喊得声嘶力竭,这些人还是不理不睬,奔跑如旧。我们认不出他们是什么官阶,职务,更叫不出名字。无可奈何,这才明白兵败如山倒这个词的真正含义。后来,人群渐渐跑散了,渐渐稀少了,只剩下我们少数人在那里蒙头转向,不知如何是好。最后我说:
>
> "我们三个人都带着随从,同在一起行动,目标太大;还是分散开来各跑各的好,免得大家同归于尽!"
>
> 他们两个人都同意。于是就分散开来了,各走一方。
>
> 但是解放军人数众多,辽西到处是解放区,人民已经组织起来了。尽管我们躲躲藏藏,昼伏夜行,也逃不出去。

比较起来,郑庭笈、潘裕昆就要幸运得多了。

二十七日凌晨,损失惨重的七十一军得到"争取时间,夺路回沈阳"的命令,官兵如获大赦般欣喜若狂。他们一分钟也不愿停留,匆匆忙忙离开了噩梦般的黑山战场,丢弃了数千伤员和重武器。

撤到胡家窝棚附近,那里已是人山人海,各军的部队都或多或少在场。秩序荡然,竟有为争吃食而开枪互射的;大量的伤员躺在打坏的大炮、汽车下面,无人照顾。

不久就听说东北籍的军官们瓜分了军费逃跑了,七十一军军长向凤武也不见了,紧接着参谋长王多年也没人了。七十一军所属几个师从此各自为政,再后来各团各自为政。结果在厉家窝棚附近全部被包围。

军长向凤武是拉上副参谋长卞桂谟一起溜的。临行将后勤处的多年公积金三千两黄金也顺走了。他俩跑到一个四通八达的小村旁边，钻到田里的玉米秸秆垛里藏起来，待天黑下来再跑。

不知过了多久，解放军九纵二十六师七十六团追击到这里。见田里那么多玉米秸垛，一个战士冒喊了一声：知道你们藏在秸秆垛里了，快出来，不然用机枪扫死你们。

卞桂谟是南京人，具有南京人胆小的特性，马上大声说别开枪，我出来了。出来后又扭头大声呼叫向凤武：军长，出来吧，躲不了啦。

七十一军九十一师师长戴海容倒是逃脱了。他的部队在黑山战场不战而退，原因在于这个师长临阵扔下部队跑了。气得廖耀湘派人到处缉捕他。

他一趟跑到沈阳。自然不敢停留，用重金买了几张飞机票，带上老婆和佣人飞到北平。

在北平机场却被宪兵盯上了。

他的模样一看就是从东北战场开小差的，加上随身一口沉重的大皮箱，宪兵们哪能不对他产生极大兴趣呢？

临阵脱逃是个什么罪，戴海容当然知道。只好将一千多两黄金分出一半向宪兵行贿，求得对方的"理解"。

就这样得以脱身，飞到武汉。后来辗转去了香港。

四十九军军长郑庭笈和一九五师师长罗莘莱见自己的部队陷于解放军十纵的围歼，大部队突围根本无望，便一起跑到边沿地带易于溜掉的一七八团，住在李家窝棚的团指挥所里。不料很快就被包围了。罗莘莱率部打了整天，到了傍晚还没突围出去。半夜时分，郑庭笈、罗莘莱命令一七八团向西南方向突围，以引开解放军，他俩却率特务连向东北方向的辽河溜走了。

他们以为跑脱了，却不知道是跑进了东野七纵直属工兵连的作业区了。天亮后，一群解放军端着冲锋枪包围了他们。郑庭笈只好乖乖举起了双手。当他百般辩解自己只是个伙夫时，一名刚刚被俘随即参加解放军的战士指着他和罗莘莱，喊出了他俩的名字。

当夜，黑山北侧的新六军也受到了围攻。

最初是东野十纵从西向东作正面攻击，旋即东南方向被八纵堵死，然后五纵又把西北方向封住了。五纵还派了几支以团为单位的小部队穿插歼敌，收效显著。新六军参谋长就是在五纵的穿插中给"穿"上的。

五纵十三师三十九团与新六军警卫营遇上了。由于天黑，双方都看不清对方的穿戴。三十九团政委蒋名清见一拨队伍向相反方向开进，以为自己的前卫营把

方向搞反了,便大声喊道:

"谁让你们往那边跑?都给我回来!"

"咋呼什么?"新六军黄有旭参谋长压低声音呵斥道,"暴露目标枪毙了你!"

旋即,负责保护黄参谋长的警卫营长上前询问蒋名清政委是哪一部分的,并骄傲地宣称自己正在保护军部长官突围。

蒋名清早已意识到对方是蒋军了。忙应付说是五十师的,也是奉命突围。然后示意部队展开,将这个警卫营包围起来。结果没费一枪一弹,就将黄有旭以下六百多人全部俘虏了。

在胡家窝棚以西,面对解放军几路大军围攻的龙天武新三军、潘裕昆新一军,陷于走投无路的绝境。龙天武得到的报告是前后左右都有数不清的解放军压过来,所到之处国军无不瓦解,不是授首,就是倒戈求降。更要命的是新一军与新三军在二十七日拂晓被分割开了,只有龙天武、潘裕昆两位军长还各带一支卫队待在一起。两人从二十六日晚上就彻夜交换意见,忧心忡忡,以泪洗面,绝望到了极点;两人同时也在探测对方态度。

二十七日天亮以后,参谋长陈时杰向军长潘裕昆报告:新一军主力已被分割在军部驻地周围约四五公里的环形零散村落上,共军的包围圈如同一条不断的铁链子,我军以置之死地而后生的精神从包围圈内向外发动逆袭,无数次被打回来,根本撞不断那牢固的铁链。最激烈而血腥的战斗是在前孙家窝棚与后孙家窝棚一带,即新一军主力被包围的地方。

新一军的主力就是五十师。这支部队曾在抗战时远征缅甸,到如今不少老兵尚在部队服役,军龄八年以上者有一千多人。这些老兵都由蒋介石特批领取排长的薪饷,所以对蒋介石格外忠心。五十师此时尚有残部五千多人,他们凭借孙家窝棚内的房屋和村外寨墙拼死抵抗(他们进驻前村民已逃光)。

解放军喊话命令他们投降,保证生命财产安全。

五十师一名连长高声戏谑道:我老家湖北有一百多亩水田,你们能不分我家的田地财产吗?

解放军用庄严的炮击回答他的问话。顷刻之间,有一百多枚炮弹飞进孙家窝棚。紧接着,不下一千枚重炮炮弹轰击了这个小小的村落,将全部房屋夷为平地,周围一平方公里尽成火海。

战争是阶级较量的极端方式,乃不得不为之举。对孙家窝棚毁灭性的炮击,反映了解放军清醒的阶级意识。因为那个历史时段,土地问题是无产阶级革命需要解决的首要问题,是救民于水火的迫切之举,容不得被人嘲弄与戏谑。

五十师全军覆没了。

极度震惊的龙天武和潘裕昆终于在百般互探之后袒露了自己的"心襟",两人决定放弃指挥岗位逃跑。说干就干，他俩带着几个人，分乘一辆吉普车和装载行李、食物的卡车，向沈阳方向跑。

不幸得很，过一条叫猪栏河的小河时，两辆车都陷到泥水里，怎么推怎么拽也弄不出来。没奈何，只好丢弃了汽车步行。东北的十月底，徒步涉水可不是玩的。"水深没膝，河面结有一层薄冰。过河后，寒冷打战。裤管和皮鞋内都灌进了冰水，走路时哧哧作响，我俩成了落汤鸡，退逃大为不便。龙天武仅夹军用大衣一件，我（潘裕昆）只提皮包一个……"后来潘裕昆这样记述当时的狼狈。

两位军长黄昏时进入了一个名叫包家屯的小村子。遇到了几十个士兵，是新一军的。潘裕昆把他们收编为自己的卫队。接下来的逃亡路上，他们又不断收容各军的溃兵，还包括身边已无一兵一卒的五十九师师长梁铁豹。

他们一路上都遭到小股解放军和民兵不断的攻击，顾不得疲累，不得不在荒原上一路狂奔。终于跑到新民火车站，搭上开往沈阳的火车。见到卫立煌与杜聿明时的情景，前面已有描述。

一九四八年十月二十八日凌晨，廖耀湘兵团十多万人全军覆没。

廖耀湘本人则踏上了仓皇逃亡之路。

途中，随身保卫他的卫队连逐渐离他而去。接下来，贴身副官、新六军军长李涛及其几名卫兵也不见了，只剩下二十二师副师长周璞陪伴他继续逃亡。

到达一个小村外，遭到民兵的追击。两人拐了几个弯，侥幸得以逃脱。赶紧钻进玉米秸秆垛里躲藏。他们在垛垛里遭受着寒冷与饥渴的煎熬，度过了漫长的白天。天黑下来，才试探着钻出秸秆堆。廖耀湘四处张望，见四处都有移动的火把，不断有缴枪不杀的呵斥声。意识到是民兵和解放军在搜捕他辽西兵团的官兵，不禁流下了眼泪。

他俩闯到一个富农家里，用重金购买了一些食物和两套衣服。装扮成老百姓后，两人继续向前走。来到了辽河边。过了河就基本逃出了战场。而河边到处有解放军巡逻队。他俩躲进了一处草丛，等待机会过河。路边不断有解放军来往，说话。他们从谈话中得知沈阳已被围得铁桶一般，失守只是旦夕间事；又有人说沈阳城里到处都是解放军。他俩商量之下，只好决定转身往回走，到葫芦岛去。

他们到了一个名叫中安堡的小商埠。

这里距离锦州约莫十五公里，是山海关进入东北腹地的商贩们喜欢经过的地方。因为那里饭店、旅馆、烟馆、妓院一家挨着一家，甚至还有一家小戏院。

为了不惹人注意，廖耀湘二人住进了一个名叫松原饭店的中等旅馆。

旅馆老板觉得这个客人可疑，神情紧张惶恐，衣服裤子都太肥大了。廖耀湘是个矮胖子，那衣裤显然是个高大的胖子穿的。正好当地的民兵队巡逻到门外，老板跑出去告诉了他们这一情况。

民兵队长立刻带领大家进旅馆去，敲开了廖耀湘的房门。民兵队长客客气气地盘问廖耀湘：

"你叫什么名字？"

"胡庆祥。"廖耀湘操着改不掉的湘音回答。

"从什么地方来，要到哪里去？"

"从湖南省东安县来，原打算贩点东北的土产回去。"

"你这身服装是别人的吧？"

"昨天在黑山县被乱军抢了财物，还剥光了衣服，这身服装是借朋友的。"

"不对吧？黑山已经解放多天了，哪里来的乱军呀？我看你还是说实话吧！"

廖耀湘坚持说自己说的每一句话都是实话，求民兵队长放了他。

民兵队长觉得自己问不出真相来，便带着他出去。说是交给解放军审问去。

廖耀湘吓坏了，抖抖索索跟着出去。途中，将一个金镯子和金元宝悄悄塞到民兵队长手里。

民兵队长这下心里有底了，断定这家伙一定不是好东西，随手把两个东西交给身旁的民兵。然后对廖耀湘说，有多少东西，待会儿都交给咱解放军吧。

留守这里的三纵七师的敌工部的股长特意赶到了当地农会，审问廖耀湘。发现他很像通缉令里的廖耀湘；但又不太拿得准，便带到敌工部的警卫连继续审问。

连部的卫生兵恰好是个解放战士，一见到他便乐呵呵指着他对股长说：

"股长，你逮了条大鱼，这是廖耀湘呀！"

"不不不，这、这位老总认错人了，敝人不姓廖，姓胡……"

马上又有个年龄较大的炊事兵过来，端详一番，指着他大声笑道：

"廖耀湘！廖司令官，你也被解放了？"这个炊事兵也是个解放战士。

"不不不，你认错人了，"廖耀湘此刻已带着无可奈何的哭腔了，"我不是廖……"

"唉，什么话呀！"那炊事兵存心打趣他，一本正经地说，"我还给你做过三个多月饭呢！怎么，连老朋友也不认了吗？"

原来，这是廖耀湘当年担任新二十二师师长的时候专门给他做湘菜的厨子。这下抵赖不下去了，只好默认。

周璞却跑掉了。当廖耀湘被民兵队长盘问的时候，他见势不妙，就从茅房的围墙上翻出去，逃了。

三纵七师政治部主任刘振华审问廖耀湘时，廖说他与林彪是同学，希望见见。

刘振华请示了纵队政委罗舜初，便派人用车将廖耀湘送走了。罗舜初找了一间厚实的军大衣给他换上。此时，廖耀湘的神经才松弛下来。

野司从牤牛屯搬进锦州城里，因沈阳尚未解放，所以暂未东移。廖耀湘被送进邮政大楼三楼的小客厅，坐在那里等林彪。

林彪在隔壁会议室与他战友们研究沈阳解放以后如何管理的问题。至于如何解放，则已不必多费心思，那已是瓜熟蒂落的事了。

高岗、陈云、伍修权等东北局领导人都专程到锦州来参加这个会。这个开了半天的会，由东北局副书记兼秘书长高岗主持，由东北局第一书记林彪介绍情况。

林彪说，辽沈战役已经进入尾声，解放沈阳将是最后画上的句号。现在我们要重点研究的是东北工农业生产的恢复，特别是几个工业城市，须尽快恢复生产；至于大军何时入关，不是我们研究的问题，那是毛主席和军委在考虑，我们只须做好休整部队、积草屯粮就可以了。

高岗说，中央的意见让我们推荐沈阳市长兼军管会主任人选。我的意见是陈云同志。老林、老罗，你们以为如何？

林、罗都点头同意。

林彪说，我和老罗要抓紧时间改编几十万（包括即将攻下的沈阳城内守军）俘虏，整训部队，东北的党政和地方军区就请老高全权主持了。

高岗说，这个我明白。

罗荣桓问，苏联专家的事定下来没有，斯大林同志什么意见？

高岗说，斯大林同志说，东北需要什么，就给什么，自己同志，不要客气。今年年底（也就是一个多月以后）专家组三百多人就要来了，由苏联交通部长柯瓦廖夫同志担任组长。（为此，柯瓦廖夫还辞去了部长职）

开完会，高岗、陈云、伍修权立刻乘飞机回哈尔滨去了。

林彪却笑嘻嘻对罗荣桓说，廖耀湘来了，就在隔壁。

罗荣桓也一乐，说贵客光临了，一起去看看。

林彪、罗荣桓刚进客厅，刘亚楼也跟进来了。

廖耀湘一下子就认出了林彪，惶恐地站起来，立正，敬了个标准的军礼。说："报告学长，六期小弟、败军之将向您报到！"

林彪哈哈大笑，伸手和他相握。"廖司令官不必客气，来了就好了，来了就好了。"旋即向侧旁让开半步，指着他的两位战友对廖耀湘说，"这两位也是和你神交已久的朋友，东北野战军政委，罗荣桓先生！东北野战军参谋长，刘亚楼先生！"

每介绍一位，廖耀湘都要立正敬礼，倒还识趣。

大家落座以后，林彪又指着刘亚楼，对廖耀湘调侃道：

"我们这位参谋长也和廖司令官一样是留过洋的哟！伏龙芝军事学院，与廖司令官就读的那个圣西尔军校、机械化骑兵专校（法国）比起来，高下如何？"

罗荣桓、刘亚楼都大笑起来。

廖耀湘哪里敢笑，慌忙摆手道："哪里能够相比，将天比地，将天比地呀！败军之将……惶愧之至，惶愧……"

这时，秘书来请罗政委和刘参谋长去处理事情。两人起身，向廖耀湘告了失陪。

林彪问廖耀湘对生活方面有什么要求。

廖耀湘说："承蒙学长关心，耀湘感激不尽！败军之将，岂敢有所奢望；能蒙宽大，苟全性命足矣！"

林彪又笑了起来。"没那么严重，老廖！我党的政策是优待一切解除了武装的敌对分子，并且帮助他们走向新的生活，这个请你放心！而且，共产党人的目的是推翻反动腐朽的旧政权；不到迫不得已，决不会从肉体上消灭对方！至于报复心理，更是共产党人所不能容许的！"

"贵党贵军宽大为怀，令人敬佩！"廖耀湘这不过是逢迎之词。其实他对林彪的话并不十分理解。

已经到了晚饭时分。林彪早已吩咐谭秘书，叫厨下准备几样好菜，他要陪廖司令官吃饭，也算是压惊。

席间，廖耀湘基本放松了，开始主动"请教学长"一些他深感困惑的问题。他说国军在北伐的时候，装备不算好，兵力也不算大，却势如破竹，算得上一支劲旅；可是一年多以前来东北，不论是装备与人数，都大大优于、超过贵军，为什么败得那么快，东北三易主将也未能挽救全军覆灭的厄运。"我想知道，学长使用的是什么样的战略思想？"

"战略方面的问题……以后你我有的是机会讨论；今天我要向老同学谈谈胜负的根本原因！当年北伐的时候，国军是一支革命部队，目标是救国救民。所以得到人民拥护、支持，给养、敌情通报，都有人民主动承担，人民把北伐看作自己的事业；后来，国民党腐败了，国民党的军队不可能置身事外，自然也跟着腐败起来。尽管蒋介石坚持称自己的党是革命党，军队是革命军队；而人民并不认可，连儿童都知道政府是有钱人的政府，军队是有钱人的军队！革命政党变成反革命政党，其实只有一步之遥。蒋介石不懂得这个！"

廖耀湘用请教口吻问道："他不也在组织专门机构反腐吗？"

林彪说："事实证明，他可以杀掉一大批贪腐分子，但是根绝不了腐败；因为腐败是私有制的产物！生产资料私有性，是一片肥沃的土壤，专门孳生腐败和一切经济犯罪，这是一条不以人的意志为转移的客观规律！"

林彪忽然从廖耀湘一脸茫然的表情中省悟到，自己讲的这一番在东野官兵中人人皆知的浅显道理，对于廖耀湘来说却太深了。禁不住自嘲地笑了一下，指着桌上冒着热气的菜肴说：

"不说了，不说了！先吃饭！"

第二十八章

一

毛泽东收到了东野报告战果的电报后，十分高兴，立即为军委起草致林、罗、刘的电文，做出下一步的指示。

毛泽东说，获悉东野歼灭廖兵团五个军十五万人许，我们极为欣慰。当面的残敌解决以后，希望你们抽调三五个纵队组成有力兵团星夜兼程东渡辽河，歼灭营口、牛庄、海城一带的敌军并切实占领之，堵塞敌人的海上逃路。廖兵团被歼后，蒋介石必将从葫芦岛运送一部分兵力加强营口；并令沈阳一带敌军向营口退却，望你们充分估计到这种情况。如果在最近的几天内，沈阳敌军已经或正在向营口逃跑，那么你们的主力部队就须迅速向营口、海城方向进击，决不可稍有迟缓。

这一次，林彪与他的最高统帅非常及时地想到一块儿去了。在收到毛泽东上面所述电报之前，他已经做出了相应部署，并向毛泽东做出电禀。他的电报在毛泽东拟上述电文之前五个小时即已发出。大约在机要室有所耽误，到了中央军委参谋长周恩来那里又延宕了一下，到了毛泽东手里竟已近五个小时。据说还是江青跑到机要室问有没有东北电报，然后到周恩来那里才拿到了。原来是军委领导传阅了一遍才又回到周恩来案头的。江青把这份电报交给毛泽东时，却推说自己揣在兜里没及时拿出来。毛泽东还发了她一通脾气。

毛泽东阅电后，欣然命笔，再拟一电致林、罗、刘。

他说，二十七日二十三时三十分发了一电给你们，其后就收到你们二十七日十八时电，知道你们业已部署迅速向鞍山、海城前进，以歼灭沈阳南逃之敌，"甚好甚慰"。希望你们立即抽出几个纵队于二十八日兼程东进。如果能在二十九日渡过辽河，那么沈阳之敌就逃不掉；否则沈敌就有可能于三十日退逃营口。

毛泽东在辽沈战役尚在部署阶段就很关注营口、担心营口。不幸的是林彪一度认为营口不足为虑，没有及时占领营口。当时驻守辽阳的蒋军五十二军军长刘玉章暗自打算为自己和本军保住畅通的逃跑之路，向杜聿明建议占领营口，同时主动请缨。获得杜聿明同意后，他动作异乎寻常神速，十月二十三日拂晓拔寨离开辽阳，二十四日黄昏就到了营口。现在，廖兵团覆灭了，毛泽东对于营口的担心仍有增无减，他是怕沈阳、辽中、新民、铁岭、抚顺、本溪、鞍山、营口这几个大小城市的总数十几万蒋军从营口溜掉。

林彪在歼灭廖兵团的最后一枪响过之后,立即就作了"同时歼灭沈阳、营口之敌"的部署。派遣一纵、二纵、十二纵以及辽北独立一师、独立三师、独立四师、独立十二师、独立十三师专打沈阳;七纵、九纵、独立二师、内蒙骑兵一师、第一兵团所属各独立师包打营口。

东野各部行动神速。从长春南下的十二纵及各独立师,三百公里的急行军,间道奔袭,以闪电般动作将铁岭与抚顺之敌分割开来。三十六师旋即攻占了铁岭,三十五师抓住正在逃跑的五十三军一三〇师的前卫团并歼灭之,独一师、独三师攻占沈阳以东的前台屯,独四师攻占本溪,独十师攻占抚顺。从辽西战场出发的一纵、二纵也是日夜兼程,间道疾进,攻下新民、巨流河敌人据点,从西北面兵临沈阳城下。

沈阳此刻成了名副其实的孤城了。

杜聿明才回葫芦岛一天多,蒋介石就派飞机到锦西机场供他使用。随飞机捎来一信,教他再去沈阳,把混乱的局势调整好,同时检查周福成的防务部署。

杜聿明马上就乘坐这架飞机到沈阳去。

还没到沈阳上空,空军副总司令王叔铭来电告诉他,"沈阳北陵机场人很多,十分混乱,情况不明!其实整个沈阳的情况也不清楚!光亭兄如果已经到了沈阳上空,千万不可降落!"

杜聿明皱了皱眉头。没有蒋介石的命令,他也不能擅自返回去呀。

"那我怎么办?"

"请光亭兄在天上盘旋一会儿,我马上向老头子请示!"

"那好吧。"

十多分钟后,王叔铭的电话来了,说:"老头子叫你别去沈阳了,还是回葫芦岛!"

杜聿明心里一凉,明白沈阳已然无药可救了;尽管他早就有此预料,而真正成了现实,还是感到难过。此刻最要紧的是把营口、锦西、葫芦岛的部队赶快撤退。他吩咐机长慕引宁少校,暂不去葫芦岛,先飞北平吧。他是想要去见见蒋介石再说。

杜聿明的飞机十二时过一点在西苑机场(军用)降落。

他钻出机舱门,意外地看见美龄号停在不远处,而且有待飞的迹象。果然,下了舷梯就见一伙人从机场大楼内出来,拥着个瘦高老头儿向美龄号方向走去。那正是蒋介石。

蒋介石的军服外披着黑色斗篷,被风吹得飘动不已;而脸却很红,不知是心里很急，或者是血压升高的缘故。

蒋介石见到跑步过来的杜聿明，有些诧异。问道：

"光亭，怎么来了？什么时候到的？"

"报告校长，我刚刚着陆。有些事情，想先来请示一下……"

蒋介石点了点头。沉吟片刻，挥了一下手说：

"到作战室谈吧！"

一行人又跟随蒋介石走回大楼。

到了空军作战室。蒋介石教大家坐下。

他自己没坐，踱到壁挂式地图前。盯着标有"沈阳"字样的那个小圆点呆了半晌。转身问杜聿明道：

"沈阳现在情况如何？"

"我只在沈阳上空转了一圈，共军的高射机关炮向我打了一串炮，似乎是警告之意，所以只看见下面乱糟糟的，具体也不清楚。但是有一点可以肯定，沈阳靠不住了！"杜聿明说罢，轻轻哼了一声。那似乎是抱怨的冷笑。

蒋介石窘态毕露，没有说话。走到他的位置那里，坐下。

这个时候，杜聿明很担心卫立煌的安全。此前也就此事商诸王叔铭，希望派一架飞机到沈阳，交卫立煌掌握。王叔铭表示，他个人也主张及时把卫总撤出来，毕竟千军易得一将难求；但这个需要总统点头，否则我们谁也不敢自作主张。杜聿明点点头，理解王叔铭的苦衷。他觉得沈阳局势瞬息万变，将卫立煌撤出来一时片刻也拖不得。趁蒋介石端杯子喝水之际，抓紧说道：

"校长，沈阳危在旦夕，卫总司令的安全……"

"沈阳别的机场情况怎样？"蒋介石截住他的话，问起另一件事。谁也看得出，这是有意如此。

"这个我不清楚。"杜聿明只好回答他的话。

蒋介石又把视线调向空军副总司令王叔铭。王叔铭马上报告道：

"共军昨天攻占了北陵机场；还不断炮击东塔机场，也无法使用了；城内还有一个民航机场暂时无虞，可不可以给卫先生留一架飞机？"

蒋介石却王顾左右而言他，掉头问杜聿明道：

"你还有什么事向我禀报？"

"沈阳既然已经没有希望，请校长早定大计！营口、葫芦岛的部队要赶快撤退；华北也应该及早做好应变准备，林彪叩关是早晚的事，更重要的是徐州战局……"

蒋挥了一下手表示不愿再听下去。也许他真的累极了，也烦极了。旋即站起来，向外边走边对杜聿明说：

"你回葫芦岛等候命令!"

"撤营口的船队一直没有到!"

"我会督促桂永清加紧办!"

说着话大家已送蒋介石到了美龄号旁边。

杜聿明赶紧说:"校长,卫先生在沈阳很不安全呀!"说罢马上推了王叔铭一把。

"校长,是不是先把卫先生接出来呀?"王叔铭急切地说,"先接到北平……"

已经在登扶梯的蒋介石扭头抱怨地瞪了他这两个黄埔一期生一下。瞬息间,大家感觉到那眼神似乎有责备之意:究竟卫立煌是你俩的"老子",还是我蒋某人是你俩的"老子"?娘希匹!直到要钻进飞机时才扔下一句话:

"叫他到葫芦岛去继续履行东北剿总总司令职务!"

杜聿明和王叔铭这才相视长吁了一口气。

沈阳的国民党守军是第八兵团,司令官为周福成。包括五十三军的三个师、一个军级整编纵队、暂编第五师、青年军二〇七师(三个旅)、骑兵团、炮兵团以及约莫等于两个师的地方保安团队,总共约十万人。

五十三军是周福成的基本部队,也是第八兵团的主力,一直由他自己兼任军长。他哪里知道,中共早已通过对五十三军副军长赵镇藩的策反,成功渗透了军以下的三个师。

十月二十七日中共代表李书城女士与赵镇藩商定了起义的诸多事项就离开了。

十月二十八日二十时,周福成在兵团部召开紧急会议,研究应变措施。拟定出席人员为周福成、兵团参谋长蒋希斌、五十三军副军长赵镇藩、五十三军参谋长郭显荣,以及师长王理寰、刘德裕、张儒斌、毛芝荃。全是他五十三军的人员。

刘德裕、张儒斌两位师长尚未赶到。周福成说不必等他们了,先开着会吧。他展开蒋介石命他代理卫立煌职务并固守沈阳待援的电报读了一遍,声音琅琅,充满自信和得意。

在场的全是他个人"嫡系"。但他哪里知道,这些人早就各怀鬼胎,有几位还结成了同盟。听了他读的电报,在座者有的面面相觑,有的漠然毫无表情,谁也不愿说话。

周福成见状,不悦地皱了皱眉。沉默了一下,心里寻思,总得有人说话呀。便瞥了一下赵镇藩,希望这位副军长来打破沉闷,鼓舞一下大家。

"国屏,"他叫着赵镇藩的表字,"一直是你在打理军部事务,你来说几句吧!"

赵镇藩瞅了他一下,慢吞吞把身子挪动了一下,坐坐正。说:

"你要我说,我就说!不过,如果不中听,可得让我把话说完呀!行吗?"

"教你说你就说,哪有那么多毬屄讲究!"

赵镇藩环顾了一下大家,在座者大部分都与他有了或深或浅的默契,都迎着他的目光,用眼神告诉他,"我已做好准备,一切听你的了"。他于是把目光移向周福成,说:

"司令官,现在情况越来越严重了!第一道工事那么坚固,没想到那么快就失守了;第二道、第三道工事原本就大大不如第一道,我很担心呀!共军正在节节逼近,一部分共军逼近大北关和铁路以北地区,兵锋指向旧城。他们如果来个一点突破,再来个左旋右转,我五十三军就完了!"赵镇藩停顿了一下,严肃地盯着周福成,语重心长地说:"司令官,我同大家交换了意见,大家一致认为这个仗再也不能打了!再打下去……"

没等赵镇藩说完,周福成就猛地拍了一掌桌子,指着他呵斥道:

"你怎么能这样说话?再要胡说八道,当心我对不起你!"

赵镇藩毫不畏惧,镇定如常。他早有准备,这座房子里里外外全是他自己的卫队营。但他还是要耐心劝说与自己交情不薄的周福成。

"司令官,全军覆没,我们大家也跟着完蛋,这个容易得很;但是凡事应该问个所为何来呀!首先,这个国共内战并非抗击外侮,说是忠于民族、忠于祖国,显然说不过去;忠于领袖吗?我们的主公是汉卿少帅,已经遭总统关押多年了!当年,总统对司令官加官晋爵,现在做到了一镇诸侯,取代了卫先生职务。这又有什么意义呢?何况关羽都知道'新恩虽厚,旧义难忘',我们为什么就不省得呢?二少帅张学思在共军那边可做了高官的呀!"

"你信不信,我要对你执行总统颁布的战场纪律?"周福成跳起来,指着赵镇藩咆哮。而环顾四周,自己的贴身侍卫一个也没有了。这才明白今天着了赵镇藩的道儿了。只好颓然坐下。

赵镇藩说:"司令官不要动怒,冷静下来再想一想吧!镇藩做了司令官多年部下,自信双方感情不薄,难道还会害司令官不成?镇藩是为了司令官不当战犯,为了众袍泽能有个前途……"

这时王理寰师长愤然离座,对赵镇藩说:"副座,请出去一下,我有话说!"

赵镇藩起身,目示留在室内的几个亲信侍卫,跟着王理寰出去。

周福成惊疑地盯着两人背影,拍了一掌桌子,失望地长吁短叹。

在门外,王理寰也没有在乎门口的周福成副官杨宁坚,直截了当对赵镇藩说:

"司令官是被蒋光头喂了秤砣了,副座不用再劝他!我先回师里去,解放军代表还在那里等我去部署部队呢!"

"好,你去吧!有事打电话。"

赵镇藩拉上杨宁坚副官回到屋里，对周福成说：

"司令官，王师长说他回去部署部队起义！他一旦放解放军进来，我们被俘了，还能算起义吗？"旋即指着杨宁坚说："不信就问杨副官！"

周福成惊惶地盯着自己的副官。杨宁坚迎着他的目光点了一下头，又补充说了一句："王师长说他师里有共军代表！"

赵镇藩又说："王理寰的一三〇师早就有共产党代表在那里了，马上就要起义！不信你可以问夏副师长……"

夏副师长是周福成连襟。

赵镇藩马上接通了一三〇师电话，叫着夏副师长的表字说：

"时之吗？是这样的，我把大家的意见向司令官说了。他大发雷霆，说我要是再啰嗦，他就会对我不起。你把你们那边的真实情况给司令官说一说，如何？"旋即就把话筒交给周福成。

周福成拿着话筒听了半晌，愤怒地一甩，仰头摊到在椅子上。指着赵镇藩说："国屏，你把我坑苦了！"旋又坐起来，要通了张儒斌师长的电话。问道："你们是不是也不打了？"

对方说："谁说不打，枪还在响呢，你听；不过，部队节节后退，官兵都是朝天开枪，大家都不愿打了！"

"他妈的，说了半天还是不打！"说罢又瘫倒在椅子上，仰天埋怨道，"国屏，你真对得起我啊！"

二

沈阳的各界团体组织了个"和平保乡会"，军方大部分将领都参加了。二十九日夜晚开会迎接解放的诸多事宜。

大家推举警备司令赵毅为代表前往解放军那里洽商沈阳总体起义的细节；推举赵镇藩对沈阳各种部队负总责。

对周福成的顽固不化，大家深感伤脑筋，担心他会起坏作用。有人主张将他杀掉。赵镇藩坚决不同意，说：

"他统率五十三军多年，裙带关系不少，一多半已经赞同起义了。如果杀他，会引起祸端，对起义不利！大家放心，我有办法使他不起作用的！"

大家都说那当然更好了。

散会后，赵镇藩到兵团部找周福成。从办公室找到会客室，没人。又找到卧室，也没人。只有兵团部几个人在争相传阅一封什么信。

见他进来，卞世宁参谋将信递过去，解释道：

"副军长，司令官走了，给你留下了这封信。"

信很短，上面写着："国屏弟：事已至此，我无能为力，请你善其后吧。我走了。周福成即晚。"

赵镇藩问大家，走了好久，是军服还是便服，有谁跟随护卫。

大家七嘴八舌说走了一个多小时，化装成商人，梅丰年跟随他。梅丰年是兵团部副官长。

接近零点的时候，王理寰打电话给赵镇藩，说解放军要求他的一三〇师回戈指向西南方向的青年军二〇七师，从侧面协同进攻。他说他没有照办，理由是集结困难。

赵镇藩惋惜地说："人家几十万大军攻城，你以为真的就稀罕你区区一个师帮忙呀？这是一个政治测验！你没有照办，是错了！"

"确实是部队分散，想照办也来不及！"王理寰讪讪地说。

十月三十日上午，赵镇藩得到报告，青年军二〇七师向五十三军阵地方向布防。

赵镇藩给二〇七师师长戴朴打电话，请他到兵团部来研究一下目前情况和对策。戴朴回答道：

"副军长，部下这里头绪太多，实在抽不开身，待捋顺了头绪，立刻就来！你那边的事情我们都知道了，缓急之间请副军长多关照！"

赵镇藩又给暂编第五师师长许庚扬打电话。暂编第五师与青年军二〇七师都不属于五十三军序列，态度不明，他想落实一下。

许庚扬说："副军长，我抽不开身；事情稍缓一点我就来。不过，我的行动和副军长是一致的，请放心！"

赵镇藩说："怎样一致？请明确一下！"

许庚扬说："不打了，举行起义！副军长请放心吧！"

中共代表李书城和沈阳起义部队代表赵毅到城外接洽，已过去了十个小时，不知怎的久未回来。以后的事实证明，这是李书城的失误，耽误了起义行动，多付出了一些本不必付出的代价。赵镇藩焦急万分，绕室而行。虽已停火，但目前应该做些什么？总得做点事吧。又不知道做什么。忽然想起兵工厂来，这个可疏忽不得，忙把兵工厂的徐科长召来。

徐科长以为是催他炸毁兵工厂的事。一进门就说：

"司令官命令做好炸厂准备，我早就安装好了四吨炸药，待命实施，请副军长放心！"

"你领会错了！周司令官已经逃跑了，现在部队由我统领。你马上回去把炸药拆除，把工厂保护好！明白了吗？昨天解放军广播护厂问题，你的收音机没听到吗？"

"听到了听到了！"徐科长笑呵呵说，"是不是护厂有赏，破厂要惩罚？"

"对了！现在我们起义了，军事上我负总责，谁破坏工厂我有权就地正法！兵工厂我交给你了，若有损坏，唯你是问！现在我们一起去厂里看看……"

兵工厂厂长陈修和是赵镇藩的老熟人。徐科长领着赵镇藩找了好一阵也找不着人。赵镇藩就指着徐科长说："工厂暂由你负责。有没有什么要求？"

徐科长想了想，说："能不能每人多发一个月面粉，用来鼓励护厂？"

赵镇藩说："很好，照你说的办！"

随后他又电话告知沈阳的兵站总监，沈阳和平解放，应通知所属单位办理移交手续。

十一月一日，总攻沈阳开始。

二纵司令员刘震、政委吴法宪统一指挥一纵、二纵，进攻沈阳西面和西北面；第一兵团司令员萧劲光、政委萧华指挥独一师、独二师、独四师、独十二师、独十三师进攻沈阳的东面和北面；十二纵司令员钟伟、政委袁升平指挥本纵队从沈阳的南面向北攻击。

当天拂晓，新一军暂编五十三师在许庚扬率领下起义。

五十三军一三〇师放下武器接受改编，让开沈阳北大门阵地。

一纵三师攻打的西面，是青年军二〇七师防区。这支部队是蒋家死党，十分顽固，工事也很坚固。十月三十一日夜间，一纵三师突破第一道防线，遭到炮火拦截、坦克冲击。纵队司令员李天佑带炮团赶来增援。炮击半小时，打死二〇七师近三成官兵。步兵立刻冲锋，突破二〇七师防线。

十一月一日上午十时，各路解放军推进到了市区。大街小巷已没有大规模的战斗，只有零星小范围的交火。

程璠是二纵四师十二团的参谋长，团党委分工命他率第一营率先穿插。他们冲进市区，迎头撞上蒋军的一个战车团。事出突然，程璠指挥部队进入一座大楼，权作掩体。商量如何消灭敌人。

敌人的装甲车包围了大楼，用车载火炮攻击大楼，将窗户全部打碎。

解放军一营的战士大半是锦州战役俘虏过来的，另一小半是新兵，面对装甲车密集的机关炮的轰击，不免有点惊慌。程璠大声说：

"沈阳马上就解放了，怕他们什么？再说，装甲车能上楼来吗？"

大家这才省悟，终于心定神宁。

程璠对一连连长许维国说："许连长，打个样板给大家瞧瞧行不行？"

许维国心领神会，笑嘻嘻大声说："行呀！参谋长，你就瞧好吧！"

许维国挑选了两名老战士，都是一年前在北满入伍的翻身农民，组成爆破组。由他亲自率领，悄悄下楼，遛到大街上。

许维国教两名战士各去左右两端，用冲锋枪吸引敌人。

他拖着爆破筒，就地打了几个滚，靠近最前头的一辆装甲车。将反坦克爆破筒塞入车肚子底下，拔出导火索，又一个打滚回到大楼下。轰隆一声巨响，装甲车在浓烟中翻了个身，仰面朝天不动了。许维国带着两名战士嘻嘻哈哈登楼。见了程璠就乐呵呵说"老大哥"的家伙真灵，一下就教那铁家伙翻了个身了。

程璠鼓励全营战士道："同志们看见了吧，铁家伙也没什么了不起！"

战士们受到了鼓舞，纷纷要求组织爆破组。

接下来，三个爆破组携带佳木斯产的"冒牌"苏式反坦克手榴弹，冲出大楼。每组负责一辆装甲车，成功进行了爆破。虽没有爆破筒那样的威力使装甲车仰面朝天，却也让其再不能动弹了。

旋即，蒋军一名中校举着白旗边喊话边向大楼走来。

程璠下楼来问他是不是要投降。

这名中校向程璠敬了个军礼说："敝人是装甲车旅第一团副团长娄志伟。请问贵部是东北人民解放军第二纵队刘震司令的部队吗？"

程璠说："是的，我们是二纵。娄……副团长，你还没回答我的问题呢，是不是要投降？"

娄志伟皱了皱眉头，说："请容兄弟纠正一下，是要求起义！"

程璠愣了一下。脸上有点啼笑皆非的表情，说：

"娄副团长真会开玩笑！仗打到这个分上了，还能起义吗？只能是投降！"

"贵军林总司令说过，革命不分先后，是不是？我们这个叫……叫火线起义呀！"

"不行，只能算投降。投降也不错呀，生命财产的安全都有保障……"

"那……投诚行不行？"

程璠觉得这个家伙真难缠，只好勉强同意算他们投诚了。不料这家伙又出了一招，要求程璠给他出具一份证明，写明某部某装甲团于某日在某条大街投诚。还解释说兵荒马乱的，以后谁能说明政治身份呢。程璠无奈，只好照办了。马上命令娄志伟带着尚称完好的余下五十八两装甲车到东野二纵司令部报到去了。

上午九时许，蒋军第二守备纵队的总队长毛芝全派人开车去接二纵五师十四团的解放军"长官"去谈判停火。

王佐邦奉命带几名随员去五马路盐业大楼蒋军守备总队司令部。这位王佐邦是二纵五师十四团政治处主任。

毛芝全和他的副总队长佟道、参谋长胡大谟出面接待王佐邦一行。

"诸位先生投向光明,我们十分欢迎!有什么要求,我当代为转达解放军纵、野两司首长。"

"赵镇藩副军长前些日子策划起义的时候我就参加了开会!只因为贵军李书城女士从沈阳返回贵部联络时有所延宕,一直没有再回来,所以弄成了今天这个样子!责任实在不在敝方……"

"毛总队长说的这些我都不知道,所以无法做出评价!不过,毛总队长可以明确说明有什么要求!"

"希望贵军承认敝部是火线起义!"

王佐邦唔了一声,沉吟片刻。说:

"毛总队长,这个有难度!因为上级没有通知过我们对于你们起义的确认,我们前线部队也没有和你们事先达成过相关协议。所以碍难承认你们火线起义!希望鉴谅。贵部现在只能立即交出防御地图,全部撤出防区,到我们指定的地点集中。"

双方对于"火线起义"这个问题争论起来。

王佐邦一再解释他并非有意为难对方,而是他实在没有这个权力。

就在他们争论之间,电话铃声一拨接一拨打进来。毛芝全不得不一次又一次暂停与王佐邦的嘴仗,去接听电话。电话里传来的都是坏消息,不是报告他的哪一个旅被消灭了,就是哪一个团投降了或者给打垮了。他心急如焚,不知如何是好。

副总队长佟道、参谋长胡大谟同意先达成停火协议,再商议别的。

总队长毛芝全反对,坚持必须承诺他属于火线起义;理由依然是早就参与了赵镇藩起义的密谋,现在被弄成了别的,实在冤得慌。

突然有个名叫罗小纲的蒋军上校提着枪进来,向天花板上打了半梭子,咆哮道:

"我们早就起义了,他们还在打我们!总队长,还谈判什么呀?"

王佐邦的几名警卫战士也端枪对准毛芝全等人。

王佐邦严肃地指出:"刚才那一梭子是向我放的吗?这说明你们并不想停火,是想打下去!既然这样,我们就告辞了!"

说罢就要离开。

佟道、胡大谟赶快把他拉住。

毛芝全也下令将胡闹的罗小纲抓起来。

大家继续争论是不是属于火线起义的问题。

后来,毛芝全的部队陆续被解决光了。他只好长叹一声,接受了火线投诚名义。

二纵前卫部队包围了东北剿总的时候，大楼里出来了几名少将自称谈判代表，说是找萧劲光联系起义的事。

二纵政治部副主任周彬感到可笑。对前卫部队说：

"都什么时候了，还有资格谈起义？叫他们放下武器，投降！"

东北剿总副参谋长袁克征也跑出大楼来，坚持提出同意他们起义的要求。

周彬用电话向纵队政委吴法宪请示，转达了对方的要求。

吴法宪说："这个时候还起什么义？告诉他们，马上投降！"

得到这个回应，袁克征还是不死心，要求去见林彪。

周彬称不可能。

袁克征不得已，只好同意投降。

二纵六师十六团一连冲进日经银行的大楼内。

他们穿越走廊，进了一间约莫八十多平方米的大屋子。里面光线很暗，长条桌上狼藉着酒具、罐头、电话机。战士们散开形成弧形包围圈，用冲锋枪逼着所有的蒋军官兵，喝令举手投降。

蒋军官兵纷纷举手之际，一个外披军大衣内穿便衣的中年人走出来，对解放军连长说：

"我是周福成，八兵团司令官。我们正在和你们辽北独立一师的长官联系起义事宜，你们怎么这么早就来了？"

"这个我不知道，"连长说。"我可以带你去见我们的张师长，有话你找他说去！"

连长的上司营长听说抓了个大官，马上赶过来。见都缴了械，坐在那里。便对周福成说：

"你能识时务，很好！你们的二〇七师还在浑河那边顽抗，你马上命令他们投降！"

"他们是青年军序列，老蒋嫡系，我指挥不动。"

周福成被送到二纵六师师部。

师长张吉诚惋惜地叹道："你如果早些起义，我们何必动用这么多军队！"

周福成抱歉地说："你们辛苦了！"

仗打到最后，将军们、各级官长们为了保住头上的官帽，不惜运用他们过去倒卖军火的手腕，与对方苦苦讨价还价，拼命索讨一个"起义"的名分。根本不再去过问他们的下级官兵的死活、生存状态、出路。以致不少背着枪、扛着机关枪、守着炮的士兵不得不自寻出路，见到解放军就揪住不放，求着缠着说怎么还不"解放我们"呀，求求你们领我们走吧。

一位东北剿总特务团二营六连的张班长在十月三十一日下午跟随全营去守卫

剿总的飞机。大多数将军乘飞机走了，特务团的团长、营长也卷款逃走了。二营四连的士兵们拖着枪到处找连长，大骂连长把军饷卷跑了，要找他算账。副营长没跑，因为他没法控制公款，跑出去吃什么喝什么呢。他命令尚未乱跑的六连把枪架在院子里，让大家等着，他去找解放军。终于来了几个解放军，也分不清是士兵还是军官。张班长等人围上去问，我们怎么办呀？让我们参加解放军吧，我们都是穷人家的苦孩子，抓壮丁抓来的。解放军挥手叫不要吵，你们先到二楼待着，楼下要住我们的部队；你们放心，政工科会来管你们的。至于吃饭问题，楼下部队开饭的时候会叫你们的。

沈阳大街上乱哄哄的都是兵，解放军、蒋军，来来往往，谁也不管谁。有的蒋军觉得这样游荡下去很危险，便拦住街上的解放军战士问，我们到哪里去"集合"？要不你老兄来"解放"我们吧。

一座大院里还发生了这么一件趣事。门外两名蒋军士兵站岗，见来了一拨解放军，看起来有两名是"官长"，便立正敬礼，报告院里楼上楼下住满了"国军"，要求解放军"解放"。这拨解放军进门看了看。吩咐他们把枪堆到院子里，后边会有人来管的。说完就走了。

过了两天才有几个解放军"政工科"的人来接收。吩咐大家列队。军官站一队，发路费教他们回家；士兵站一队，不愿参加解放军的也站到军官的队列去。愿当解放军的还得接受挑选。挑个头、挑身板。挑中的就出列，另站一队。一个名叫汪志伟的小兵没被看上，说是个头小，才一米六〇。他大哭起来，说自己才十七岁，以后还会长嘛。政工科干部笑了，拍拍他的肩，同意接受他，说：小兄弟，那你就快点长啊。这个汪志伟解放后做到了团副政委职务。当天他就被分配到二纵五师十三团二营六连一班。由于他上过初中一年级，班长高兴极了，在欢迎会上说：新战友汪志伟同志是"大知识分子"，今后就担任咱班的学习组长。连队选举士兵委员会主席，大家都因为他有文化，投了他的票。监票的营教导员握着他的手说：汪志伟同志，祝贺你光荣当选主席。

沈阳蒋军溃散部队长时间没人管的一个原因是解放军部队都忙于去接收物资去了。

刘震司令员、吴法宪政委的二纵进入沈阳最早，接收的物资占全部物资的三分之二以上。指战员身上里三层外三层全换成新的了；什么香烟、罐头、糖、酒、水果、面粉、棉被服装多如山积。部队后来打到湖南居然还在吃加拿大面粉蒸的馒头。

吴法宪政委亲自验收大宗缴获物资，丝毫也不马虎。他说，谁马虎了，林总可是要枪毙人的。他带领后勤部几个人，坐上吉普车，到处点验签收仓库。总共有九个大仓库。他留下了一个库存差一点的，给后进城的三纵留了三个中等仓库，其余全部上缴野司后勤部。

这次战役，东北军区、野战军参战部队共有十二个步兵纵队、一个炮兵纵队、一个铁道兵纵队以及二十个独立师、骑兵师共七十万人，再加上地方部队和补训部队，战役投入总兵力一百万人。至战役结束，东北人民解放军共损失人员六万九千二百一十三人。其中阵亡一万零四百零一人，负伤不能归队者五万三千三百二十九人（根据一九五三年革命军人伤残证发放情况归纳），失踪一千八百四十七人。缴获甚丰，计有各种火炮六千五百四十六门，轻重机枪一万六千二百九十三挺，长短枪支二十万三千九百七十一支，飞机九架，坦克一百六十辆，装甲车一百八十辆，汽车二千二百六十一辆（主要是大卡车），战马二万三千五百九十五匹，大车一千零六十二挂，电台三百五十三部，炮弹两万七千零一十八枚，枪弹二千四百三十五万发。

蒋军先后陆续投入五个兵团，包括十六个军五十一个师，加上特种兵和地方保安部队，共六十三万兵力。在五十二天战役期内，被消灭了东北剿总司令部及其锦州指挥所、四个兵团部、十一个军部、三十六个师、非正规军九个师总计四十七万二千人；其中伤亡五万八千六百人，俘虏三十二万四千三百人，起义、投诚九万零九百人。

三

在解放沈阳之前，也就是十月二十九日上午，卫立煌之妻韩权华在北平行邸给宋美龄打了个电话，探问卫立煌可否离开沈阳。

宋美龄说，怎么，卫先生还没离开吗？总统已经决定他去葫芦岛了。

韩权华又问，我可不可以告诉俊如总统的决定？

宋美龄说，当然可以。

其实早在两天前蒋介石终于同意杜聿明、王叔铭所求，让卫立煌离开沈阳，王叔铭就派了一架飞机到沈阳浑河机场，供卫立煌使用。卫立煌毕竟没得到蒋介石的直接命令，更无一纸书面的东西，仅凭王叔铭在电话里的口头传达，他怕蒋介石不认账，治他的临阵脱逃罪。所以就让飞机在浑河机场停着，打电话叫老婆去找宋美龄把事情坐实。

卫立煌这才敢于向飞行员下令三十日中午起飞。结果因机场拥挤混乱，直到下午十六时才从东塔机场起飞成功。

跟随他逃离的有剿总参谋长赵家骧、东北政务委员会副主任高惜冰、辽宁省政府主席王铁汉、新一军军长潘裕昆、新三军军长龙天武。

黄昏时分，杜聿明、侯镜如等人在锦西机场迎接卫立煌一行。

卫立煌握住杜聿明的手说："光亭呀，我们差点就见不着了！"

杜聿明说："回来就好了！安安心心休息一下吧！"

卫立煌在葫芦岛却安心不下来，可以说是寝食不宁，长吁短叹。

杜聿明见他心事太重，宽慰道："东北的失败与总座无关；是总统命令我直接下命令给廖耀湘的，责任在总统自己！如果他实在不讲理，透过于人，那也只能追究到我的头上。总座不用过忧！"

卫立煌见杜聿明愿意承担过失，这才宽心了一些。

卫立煌、杜聿明、赵家骧在一起闲聊东北失败的原因，一致认为蒋介石已经老糊涂了。只要他到哪里指挥，哪里的战事就一败涂地；一意孤行，谁的意见也不接受，只一味骂人。

卫立煌说："总统的用人策略是军事长官不过一木偶而已；下面的兵团司令、军长甚至师长都可以直接通天，弄得谁也无法统一指挥！"

十月三十日，何应钦召开国防会议，研究东北丢失以后的战略部署问题。

国防部次长萧毅肃、参谋总部第四厅厅长蔡文治都主张把葫芦岛的部队，全部撤到中原、以增强对付饶粟（饶漱石、粟裕）、刘陈邓（刘伯承、陈毅、邓小平）两部共军的力量。

第三厅厅长郭汝瑰却有不同意见。他认为东北丢失后，林彪必然入关。傅作义对付聂荣臻华北共军已感吃力，怎么能把锦（西）葫守军本来隶属华北剿总序列的六十二军、九十三军、九十二师调走。

蔡文治说华北是持久战、拖住共军就行；只要中原能一举决战获胜，华北则可无虞。

郭汝瑰大不以为然，说中原战场增加一两个军，未必会收到速战速决的奇效。迁延日久，傅作义将无法坚持。华北如果不支，那么林彪入关部队就会得以转兵中原，中原的一点点兵力优势必将不旋踵而丧失。

争执良久也没有结论。

何应钦本来就是个庸懦之徒，只好对顾祝同说："还是请总统定吧！"

恰好当天下午蒋介石从北平飞回南京。

顾祝同向他禀报了会上的两种意见，请他定夺。

晚上，顾祝同打电话给郭汝瑰说："总统采纳了你的高见！明天派许朗轩（三厅副厅长）去葫芦岛传达撤退命令。"

当天在国防部的会上还研究了中原作战的基本方针。

大家一致的看法是中原作战应是一种战略防御，目的在于保障江南的安全；也都认同郭汝瑰"守江必守淮"的主张。

但对"守淮"却有两种不同意见。

第一种主张是以攻为守。徐州剿总除了用一两个军坚守徐州外，陇海路上的城镇全部放弃，集结所有可以集结的兵力，摆放在徐、蚌之间津浦路两侧，作重点防御。无论共军从平汉路、津浦路进攻，或取道苏北南下，均应集中全力寻求与之决战。为了配合徐蚌会战，华中剿总必须派黄维十二兵团屯驻周家口附近。

第二种意见是退到淮河南岸，利用河川进行防御。

研究结果，认为退守淮河南岸，尔后就不便于向平汉路、苏北方面运动；而且共军打通了陇海路，其向东西方向调动兵力都很方便，对国军十分不利。

何应钦、顾祝同采纳了第一种主张。

沈阳解放的消息证实后，杜聿明十分惶恐、着急，担心林彪马上转兵攻取锦西、葫芦岛。那将使东北剩余的这点部队无法安全撤出。他一面急电蒋介石催促来船，一面召集将领们研究安全撤退的办法。

锦（西）葫的将军们，人人都希望尽快离开东北这块危险之地。有的建议不要傻等船了，立刻从陆路经山海关向冀东逃；有的说山海关一带都在共军手中，会遭到共军阻击，从而招来共军主力，太不安全；有的说海路固然安全，如果船来得太慢，最后掩护部队势将无法撤退。

有人问杜聿明，部队撤到什么地方？

杜聿明对此有自己的打算，但不愿说出，只推托总统尚未通知。

侯镜如很着急，私下催促他道："你应该当机立断，快下决心，带大家迅速从陆上打出去！等船不是办法，不知会等到什么时候！"

杜聿明握着他的手，宽慰道："不要急，老兄！从陆上走危险得很，一字长蛇阵摆到北宁路上，又会被分割吃掉的！船来了我先安排你的部队走好不好？"

许朗轩来的时候，顺便把根据国防部开会草拟的《徐蚌会战计划》和蒋介石的亲笔信带给杜聿明。

信里说："目前徐蚌战役关系国家存亡！许副厅长带来的计划若吾弟同意的话，请到徐州全权指挥。"

杜聿明琢磨，计划中所说将徐州剿总主力撤退到淮河以南，这样以守为攻，应该说是正确的。但执行过程中有可能会放弃徐州，如是势必遭到朝野攻讦。此后战局稍有闪失，会被蒋抛出作替罪羊以平众怒。便在复信中坚持仍做刘峙副手，而且"须将葫芦岛部队指挥撤退完毕，再去蚌埠。徐蚌会战部署，请刘总司令尽快将部队调至蚌埠，否则有被共匪牵制无法撤退的可能。"

同时，他一方面希望自己不久去蚌埠时，尽可能多增加徐蚌战场兵力；也判断华北多几个军少几个军也挡不住林彪入关至少百万的兵力，便在写信之后又致电蒋介石，力陈利害，要求将葫芦岛部队全部撤到蚌埠。

蒋介石复电，肯定了他的战略思考；但说葫芦岛部队原属华北剿总序列，故须"向傅宜生（作义）商量后再决定"。

过了两天，蒋介石来电称"华北情况吃紧，原调华北剿总（当初暂加入锦、葫东进兵团）之六十二军、九十二军及第九十五师仍归还华北建制；其余第三十七军、五十三军、五十四军全部撤至上海、南京"。也就是说不向徐州增兵了。

十月三十日上午，白崇禧欣然登上专机，从武汉珞珈山机场飞往南京。

副官将刚沏好的杭州龙井送进他的机舱，双手放到他面前的小桌上。不料正值此时飞机穿越气流，微微颤抖了一下，茶汤被荡出了一半，桌上的文件给打湿了，白崇禧穿了多年的毛呢军服的袖口也给溅湿了。

副官吓坏了，慌忙收拾桌子，一边惶恐地说：

"部下该死！部下该死！健公……"

不料这位"健公"今天心情特别好，居然哈哈笑了起来。一边在副官长经佑下换上美式毛呢将帅服，一边说：

"我们此刻在天上飞，这个不就叫'泼天之喜'吗？哈哈哈……"

副官长这才省悟，他的这位"健公"今天心情之好是可以宽宥任何过失的；也明白这份好心情源于即将到手的百万大军的金虎符呀。

蒋介石接受了何应钦意见，为了利于综合调动华中、徐州两大集团兵力于中原战场，也因了白崇禧出众的军事才干，决定由白崇禧出面指挥华中剿总、徐州剿总的百万大军。何应钦为此召白崇禧赴宁商洽具体事宜。白崇禧已在电话中原则上接受了这个活儿。他明白蒋介石要与共军展开生死攸关的中原逐鹿，已然派不出足以胜任愉快的领军人物了，不得不让蒋介石最不放心的桂系二号人物白某人拯救他的南京政权了。白崇禧暗自窃喜，这一来心中的全盘棋都活了。徐蚌地区刘峙剿总属下有七十万国军，绝大部分都是美械装备，是当今中国最强大的武装集团；自己武汉的华中剿总名下有三十万精锐（除了桂系部队，也有中央军），这样总数就超过一百万了。没想到，这支百万大军将由自己来统率，怎不让他乐不可支呢？尽管早在北伐时代就当上了中国军队的参谋长，一直干到抗战结束，又当上了国防部长，可是真正能指挥的还是只有桂系那一点点家当；数百万国军，蒋介石从来不让他染指。如今迫于形势，蒋介石才不得不尔。白崇禧暗自盘算要充分加以利用，完成自己的两大夙愿。其一，他自度不逊于诸葛亮、张良，可运筹庙堂帷幄而决胜千里。故率百万大军开展战略决战，建不世之功而名垂竹帛，是他多年来梦寐以求的，是其终极追求，甚至是其生命的原动力；其二，他还暗自打算在这次相对自由的权力掌控之际，偷偷挖掘蒋介石的墙脚，悄没声息地将一砖一瓦搬运到自家地里，不动声色地以之扩建自家院墙。具体而论，就是将中央军一个旅、一个团甚至一个营一个连地挖出来，充实桂系序列。绵绵不绝地这样干，一年内扩编两三个兵团应非难事。想到这些，他怎能不笑出声来呢？

何应钦、顾祝同、周至柔、刘斐一干军事大员在南京明故宫机场迎接白崇禧，一径送到国防部。稍事休息，吃了点心，一起到作战室。

何应钦从白崇禧钻出机舱的那一刹那就看出白崇禧笃定愿意挂帅出征了。那一身簇新的美式四星上将制服，说明了白崇禧对这次回京行程的重视（他当然不知道飞机上导致换装更衣的真正原因）；白崇禧脸上发自内心的喜悦，也说明了这点。何应钦心里有底了。

大家坐定后，何应钦示意参谋总部第三厅二处处长曹永湘上校禀报华东敌我兵力概况。

曹永湘用标杆指着墙上悬挂的巨幅地图，向长官们介绍：

共军方面，华东野战军十六个纵队，华东军区的地方武装，加上中原野战军七个纵队，总兵力约六十万人；国军方面，徐、蚌一带，三个绥靖区共五个军，四个兵团的十二个军，加上剿总直属部队、交警总队，共约七十余万人。

曹永湘说："总统的战略是，以少量兵力凭借永久性工事防守徐州；却将主力置于徐蚌之间，吸引共匪饶（漱石）粟（裕）野战军主力于徐州，消耗其兵力，磨损其锐气。时机一俟成熟，国军主力即对其实行外线反包围，迫使饶粟部主力决战；同时对可能驰援的刘（伯承）陈（毅）邓（小平）中野部队进行伏击。"

白崇禧一边听曹永湘的汇报，一边瞅着墙上的地图，心里思索道：老蒋把徐州剿总的部队全部布置在陇海路、津浦路沿线，形成两道交叉的阵线。表面上看，可以互为支援，实际上十分危险。两道阵线就像两条长蛇，蛇头和蛇尾相距甚远；这条蛇的蛇头与那条蛇的蛇头相距也甚远；两个蛇尾也是如此。饶粟大军显然在鲁南、鲁西南早就完成了集结，以逸待劳，随时可能举刀斩蛇。然则应该如何调整为宜呢？

何应钦见他沉思不语，知道这位小诸葛已然进入角色，正在想象自己作为两个方面军的统帅，对整体战况进行盘算。微笑道：

"健生兄，想必已有成竹在胸了吧？可否吐露一二，让我们长长见识？"

何应钦一句话打断了白崇禧的思维。他明白自己现在成了中心人物，是包括蒋介石在内的南京衮衮诸公不得不热捧的人物。他得意极了，此刻最盼望的是颏下长出一绺清须来，以便像诸葛亮一样伸出三个指头捋上一捋，然后缓缓摇着羽毛扇睿智地说勿着急，山人自有主张。尽管他无法望诸葛亮项背，毕竟还是算得上那个时代优秀的军事将领，至少在国军中无出其右者。他对战略战术问题思虑严谨，胆大心细，对战前准备工作的巨细都力求心中有数，有时比团长都还知道得细微。他说：

"敬之兄，还是请大家闲谈吧！兄弟刚刚回京，仅仅是从曹处长那里知道一些情况；对于主阵地位置、工事强度、机场布防、部队官兵的长处和短处，还一无所知！兄弟能否敢于接这个兵符，自己尚无把握呀，哈哈哈……"

顾祝同担心他变卦，赶紧说："健生兄，千万不可推辞，这次非得老兄去挂帅不可了！"

白崇禧想摸一摸底牌，便故作愁眉苦脸的样子沉吟一番，说：

"兄弟觉得，还是由总统亲自指挥好一些，部队调动没有掣肘，徐、蚌又近在咫尺，指挥起来方便！"蒋介石喜欢越级指挥，常常直接指挥到军级、师级，闹得兵团级主官、方面军统帅往往找不到自己的部队。徐蚌会战的区域距南京如此之近，安知他会不会又手痒起来呢？再说蒋介石是否真的放心把那么多军队交给他，他也不是十分吃得准。

空军总司令周至柔听出了白崇禧的弦外之音，说："总统方寸已乱，他老人家哪里还会再亲自指挥呀！我在北平亲耳听他慨叹，'累了，太累了，把中原会战交给白健生，我要好好休息一阵了！'"

顾祝同说："当时还有人说，由健生兄指挥华中（武汉）、徐州两个剿总，只作为暂时措施；可总统马上就纠正了，说为什么是暂时呢，就这样指挥下去很好嘛！"

尽管都这样说，白崇禧还是担心蒋介石故态复萌，又直接插手各级部队，把自己悬空到卫立煌那样窘境。他一边口头应允不日就职视事，一边寻思采取些什么方法来抵制老蒋的直接插手。

国防部的会结束了，大员们出门来各自登上自己的座车回私邸去。

司机扭头问坐稳了的白崇禧，请示是不是回公馆？

白崇禧说，不忙，先去傅厚岗九号副总统官邸。

"德公，收到我的电报了吗？"握手之际，白崇禧忙不迭小声问道。

"当然收到了！知道你马上要回来，又事关紧要，就没有回电，等你来了再面谈！"李宗仁胸有成竹的神态，仿佛握在手中的不是白崇禧所希冀的百万人马，那不过区区而已，而是整个中国已入囊中。旋即大气磅礴地把手向侧后小楼一指，说："健生，我们楼上去谈！"

白崇禧微微惊讶，不明白老主公得了什么彩头，竟隐然透出了如是王霸之气。

在楼上书房坐定，各自捧上了一杯龙井。

白崇禧把蒋介石要他统一指挥两个剿总的部队，以及刚才在国防部那几个老蒋亲信所说的话，还有就是自己欲趁机鲸吞蚕食老蒋部队的打算向李宗仁和盘托出。

李宗仁不假思索，马上就说："不要干，明天就赶回武汉去，把队伍抓牢实！"

白崇禧惊疑地说："德公你这是怎么想的呀？抓老蒋的部队，这是个多好的机会呀！"

李宗仁摇摇头："现在不是时候，应该等待局势进一步糜烂，我们再出面全盘接收！你现在去挂帅出征，是帮老蒋打仗。打胜了，帮老蒋稳住了局势；打败了，我们的广西部队也同样遭受损失。你个人还会遭受朝野攻讦。两者都不划算！更主要的是局势很快就会向着有利于我们的方向转变！"

白崇禧问道："此话怎讲？"

李宗仁说："司徒雷登明确向我透露了美国政府的意思！美国政府准备迫使蒋介石退休，由我们来干！而且承诺，只要我们肯接下这摊子，美国将大规模扩大对中国的投入，美元是不会缺的！"

白崇禧听得惊喜不置，两眼放光，看见了比百万人马还大万倍的东西——中国！他兴奋地说：

"德公，这个有点像天下掉馅饼呀！怎么会突然发生了如此大的转机？愿闻其详，愿闻其详，哈哈哈……"

李宗仁说："司徒雷登告诉我，东北战事临近结束，老蒋就教驻美大使顾维钧上书国务卿马歇尔，向美国政府提出了一个让想象力最丰富的美国人也会为之瞠乎其后的要求！"

白崇禧饶有兴味地问道："什么要求？总不会是天方夜谭吧？"

李宗仁脸上略略有点嘲弄的笑意："唔，我看不亚于！他居然要求人家加速加大提供军火的同时，建议美国派艾森豪威尔、麦克阿瑟或者就是马歇尔本人，以顾问名义来华实际指挥国军！心急如焚的老蒋等不及美国人的答复，又写了一封亲笔信给杜鲁门总统。这封信很有趣，健生你先看看吧。奇文共欣赏呀！"

李宗仁将司徒雷登转给他的蒋介石那封密函从抽屉内拿出，递给白崇禧。

笔者将采于台北"国立"图书馆文档部的这份有趣的函件摘要如次：

华中之共产党军队①现在已达到宁沪甚近地方。若我们不能阻遏这一浪潮，中国便将陷落。我因此不得不向阁下再作直接与迫切之呼吁。中国军事局势之恶化……最根本原因在于苏联政府不遵守《中苏友好条约》之故。阁下无疑当能忆及中国政府系由于美国政府之善意劝告而签订该约。我几乎不必再次指出的是，中共若无苏联之持续援助，则不能占领满洲而成为如此之威胁……我以抗击共产主义在全世界的进袭与颠覆之自由世界共同防卫者之

---

① 指中野和华野。

身份要求你迅速给予并增加军事援助，并发表关于美国政策之坚定声明，支持我国政府从事奋斗之目的。当此在华北、华中①正展开重要战斗之际，此一声明足以鼓舞军民士气并巩固政府之地位。阁下若能派遣一高级军官与本政府共商有关军事战略计划，包括直接指挥作战，本政府当无任欣快之至。

李宗仁待白崇禧阅罢，说："司徒雷登告诉我，美国政府拒绝了蒋介石的要求，只同意继续提供军援。"

白崇禧何等聪明之人，很快就省悟到与自己的连带关系上来。说：

"我最初颇有些纳闷，老蒋这次为什么敢于把他最后的百万精锐交给我，冒着被我蚕食鲸吞的风险，原来是遭美国拒绝后的不得已之举！"

"他方寸已乱！这个时候，你去帮他打胜仗，等于帮他稳住权力！"

"是的是的！不过，美国人那边真的靠得住吗？"

"放心吧！美国人既要抗击共产主义在中国的发展，又不敢直接与苏联干仗；而蒋介石又已在国人心目中臭不可闻！不靠我们，他们靠谁去？"

白崇禧微笑点头："有道理！有道理！"

李宗仁说："司徒雷登向美国政府明确提出了两条建议：我们可以劝告蒋总统退休，把权力交给副总统李宗仁或者国民党内别的较有前途的政治领袖，以便组织一个没有共产党的共和政府，并且更有效地进行反共战争；可是，目前的中国人和政府要打败共军是不可能的。若能推出李宗仁之类的政治新星，使之能通过谈判暂时结束剿共战争以利于休养生息，一两年之后再战，则是最明智的选择。"

白崇禧问："美国政府如何回应司徒雷登的建议？"

李宗仁面露欣慰之色："基本同意！"

白崇禧又有点担心："叫老蒋让位，恐怕不会那么容易吧？"

李宗仁点头说："那也不怕，司徒雷登说他正在坚定美国政府让蒋下台的决心，一旦形成为美国国策，那就会采取各种手段达致成功！司徒雷登近来多次向美国政府陈述蒋介石不适合担负反苏剿共大业的种种近况，说他近年来衰老迹象大大超过其六十二岁的实际年龄；很多时候别人向他汇报情况，他不能迅速做出决断，往往要由罗泽闿、郭汝瑰一类并不高明的幕僚为他出一些并不高明的主意。由于不能有效地处置事变，他正在日益丧失威信。司徒雷登认为，要靠这样一个当初被史迪威嘲为'庸懦无能的小人物'承担自由世界在远东阻遏'共产主义浊潮'的重任，显然是不行的。司徒雷登大使也不止一次向马歇尔国务卿推荐了我，认为我尚能做到礼贤下士，有民主风度，颇获人望，是个取代蒋介石的最佳人选。

---

① 指解放军中野和华野所涉战场。

健生，这就是美国态度的大概情况。"

白崇禧大喜。有美国的支持，桂系上台执政当无问题。摩拳擦掌地说：

"只要我不去染指徐蚌会战，靠刘峙……即便再加上一个杜聿明吧，要想'不偾事者，未之有也'！让老蒋再吃一次大败仗，事情就快了！那么，我干脆不辞而别，今天就赶回武汉去？"

"不急！明天他们不是还要你去开会吗？公开辞差不干，影响更大！"

"啊，对对对！"

"再说，"李宗仁露出了他天生宽厚的笑容，"你也应该回去与弟妹、孩子们吃顿饭呀！"

"这个，倒不要紧。"白崇禧也笑了。

第二天，即十月三十一日，上午十时，何应钦再次在国防部召开会议，具体研究白崇禧昨天已首肯的将华中剿总序列的黄维十二兵团调赴中原参战的问题；顾祝同也要提议将张淦第三兵团（桂系）、徐启明第十兵团（桂系）也调到中原参战。张淦三兵团其实昨天是白崇禧主动提出要随黄维十二兵团行动的。

不料，白崇禧变卦了。他不待大家说话，马上就表示"经过一夜的斟酌"，自己还是不宜统领两路大军主持徐蚌会战，认为敬之、墨三、经扶诸公皆大将人选，铭三（蒋鼎文）也不错，可任选一位即可；要不就恭请总统御驾亲征，可收一举数得之效。何乐而不为呢？

何应钦目瞪口呆，顾祝同也傻眼了。

接下来大家哄然而动，纷纷劝驾，要他勉为其难；因为当此垂危大局，能挽狂澜于既倒者，舍白公其谁？白公辞差不干，如天下苍生何？

白崇禧做出一脸苦相，说："诸公要我统一指挥，无非是为了把华中剿总序列的黄维兵团调赴中原参战嘛！没问题，你们调去就是了；不过原来拟议的抽调徐启明兵团的两个军暂归黄维兵团序列，我考虑在距离和形势上都不适宜，张淦兵团我也要用来收拾陈赓部队。可以把熊绶春第十四军（中央军）、吴绍周八十五军（中央军）拨归黄维十二兵团，这个我没意见。"

任随大家如何劝驾，他也以温和的态度坚定地逊谢。

散会后就飞回武汉去了。

第二十九章

一

　　任何事情都有一个形成过程，无论是决断、决裂、会盟，还是背叛，都免不了萌发、酝酿、发酵、成熟（或者叫形成）等一系列过程。当孟淑贤惊闻其父被山东根据地人民诛杀的消息之初，她一门心思就是复仇。那时充斥她脑子的只有血海深仇，尚未形成经过思维过滤以后的理智性物质。既然无法找到对父亲具体"施暴"的那些穷棒子，她就只有把仇怨对准给穷棒子撑腰的华东共产党和共军的首脑饶漱石、粟裕了。于是她参加了一次对粟裕的行刺。不料除了制造了一些小小的骚乱，他们连粟裕本人也没见到过。不久就在距离华野司令部尚有三十多公里的地方被识破了。行刺小组十人，只有她和组长侥幸逃脱。事后她被送进了保密局在南京郊区的一个训练班。在教官的训诲下，她的复仇意识经历了发酵阶段，继而达到成熟。认识到最好的报仇不是袭击某一个共产党人，而是彻底扑灭共产主义这一挑战自由世界价值观的瘟疫。认识上的升华甚至还唤醒了她认为值得怀疑的记忆。抗战胜利以后，她送父亲及其率领的还乡团在重庆朝天门码头登船，偶然窥见在参谋总部见到过的一位少将身着便装出现在那里，更奇怪的是此人竟钻进了解根柱的游艇。现在想来，一定是潜伏在参谋总部的共谍。不然怎么会以那样的诡秘方式与解根柱会见？她不知道这个人的姓名和职务，但记得他的相貌。她决定去找总长办公厅的劳春亮科长，揭发这个极有可能是共谍的少将。

　　她向训练班的教官请了一天的假，就到南京去了。

　　她持过去的工作证，应付了门岗，进了参谋总部大门。

　　不巧，劳春亮跟随总长和厅长到徐州去了。

　　总长办公厅只有劳科长了解她的情况，也有责任接受她的相关呈报；厅长钱卓伦倒是知情，但别说现时带着劳春亮跟随总长去了徐州，即使在家，没有劳春亮传禀，她也是见不了的。

　　她又转而去自己所在训练班的上级机关保密局。

　　没有证件，进不了门。只好对门卫里的一名少尉陈明情况。

　　那少尉沉吟一番，建议她还是回参谋总部找相关的长官禀报为妥；因为参总与国防部都是保密局的上级机关，没有钱厅长、顾总长点头，即使毛（人凤）局长甚至侯腾厅长（保密局的直接上司）也不敢擅自径直调查参总的人。

她失望地在大街上踯躅，一边也在寻思怎么办。找戴传贤是不行的，这老头大病住进了上海的医院。思来想去，忽然想起了覃正侯。此人是共产党的老叛徒，是共产党党章绝对不能容忍的人物，应该和共产党没有什么瓜葛。可不可以找他引见总长办公厅另外什么官长谈事呢？覃正侯与劳春亮过从甚密，也许还可以帮忙用电话联系到劳春亮？她又恢复了信心。叫了一辆黄包车，径去参谋总部。

覃正侯倒是在办公室。见她进来，颇有些诧异。问道：

"怎么，又要回来上班了？"

"不是，"她扮出友好的笑容，不待邀请就坐到覃正侯办公桌的对面，"我有个事，要请科长帮忙！"

"啊。什么事，请讲。"

她一时又不知道从何谈起。忸怩了一番，才说：

"是这样……我想找劳科长禀报一件事。"

"啊……不巧，他陪钱厅长和顾总长去前线了！过几天就回来，等他回来我叫他跟你联系，好不好？"

孟淑贤没有马上回答，脸上不由自主流露了为难之色。顿了一会儿，欲言又止。

覃正侯对她审视地一瞥："怎么，事情很急？"

她点了点头："覃科长，您能不能用电话帮我联系一下劳科长？"

覃正侯一时没吭声。心里寻思，看她那模样，不像私事；会是什么公事呢？劳春亮在总长办公厅专门负责联系情报方面的事，她会不会有什么要紧的情报？想到这里，便决定设法套出她的口风。于是便做着为难的样子，沉吟一下，说：

"这个事情很难办到！你知道，只有总长办公厅的电话才可以挂通剿总，还有就是各厅厅长的电话；我们这类小办公室的电话机要处是不会给你转接的！"

"我是说……覃科长可不可以到总长办公厅帮我打个电话到徐州剿总找一下劳科长？"

覃正侯抱歉地笑了，说："孟小姐这是给我出了个大大的难题了！你不要忘了，我只是个小小的上校科长呀！"

孟淑贤明白，只要他肯帮忙，凭他在总部多年的人际关系，并不是完全办不到。便说了一大箩筐的好话，又许了一些不着边际的大愿。最后，终于"说动"了覃正侯。

"这样吧，我试试看。"覃正侯应允后，又想了想，说："我先告诉他，你找他有要紧事，教他马上打个电话到我们这个办公室；因为我不可能领你到总长办公厅去直接通话，那样会惹大麻烦的！"

"这个我知道！我先谢谢覃科长了！"

覃正侯教她在这里等着，他马上去找总长办公厅的朋友想办法。

他实实在在去到三楼的总长办公厅（整个三楼都是），敲开了一个朋友的办公室。那朋友是个中校参谋。他进去坐下，却并没有提及孟淑贤的事，而是山南海北地扯淡一番，便告辞而去。弄得那中校一头云雾。

回到办公室，他煞有介事地告诉孟淑贤，电话倒是接通了；但是劳科长下部队去了。我只好托那边的人带话，只要劳科长回到剿总，请他即刻给我打个电话。

"情况就是这样！孟小姐打算怎么办？"

孟淑贤十分失望。犹豫了一下，只好说：

"那……也只能这样了。我留个训练班的电话，烦覃科长转告劳科长，请他务必给我打个电话，我有一个天大的秘密向他禀报！"

"这没有问题，放心好了！"

"那我告辞了。"

"孟小姐这就不近人情了！我替你办事，你总得拿点什么东西谢我吧？"

孟淑贤愣了一下。旋即露出狡黠的笑，若有深意地乜视覃正侯，用挑逗语气问道：

"覃科长要什么呢？"

"至少要请我吃个饭吧！"

"啊，是这个呀！请覃科长选时间、选地点！"

"此时此刻，金陵酒家。如何？"

金陵酒家是全城数得着的高规格餐厅，收费自然特别高。孟淑贤心里嘀咕，这家伙真会宰人啊。而嘴里却马上应承道：

"听覃科长的！"

他俩在金陵酒家二楼要了个小雅间。里面一张小方桌，围着三把椅子；显然是一间专门接待两个、三个客人小酌的屋子。与门扉正对着的屋子正面，是一扇窗户。窗外是垂杨围绕的莫愁湖。湖上一艘画舫随意飘弋，传出隐约的丝竹声，曲调似乎是古韵的《平湖秋月》（不是后来作曲家那支同名的粤调作品）。

他们各要了几样菜，无非鱼虾鸡鸭之类；酒仍然是绍兴花雕。

覃正侯今天刻意在劝酒。理由是孟淑贤求他帮的忙，他尽心尽力做了，而且还将帮下去；所以她必须好好陪他喝，不许有丝毫作假，不许推杯辞盏。

她哪敢不答应呢，只好一杯又一杯的黄酒往肚子里倾倒。

覃正侯表面上喝得很豪放，其实很有节制，一杯酒真正倒进肚里的不到一半。他见她两颧潮红，自我约束显然松弛的时候，就开始套她的话了。

"如果劳科长没有回电话……这个可能是完全存在的，毕竟官差不由己，他是侍候钱厅长出行，说不准有空子没有！你打算怎么办？"

她用布满红丝的眼睛瞅着他，茫然无计地说：

"怎么办……我哪里知道怎么办呀？"

"你为什么要一棵树子上吊死呢？除了劳春亮就没人办得了你那……什么事？"

"谁办得了呢？我一个小女子，在参总机关里只知道劳科长可以管那事，其他能找谁呢？找你覃科长行吗？不行！"

"那可不一定，没准我会比劳春亮办得漂亮呢！问题是我得知道你那……什么事是否在我能力范围呀！"

"当然不在你的能力范围！我识破了一个共产党间谍，参谋总部的一位少将，你能去抓捕吗？"

覃正侯心里一惊。故作平静地冷笑了一声，说：

"你喝醉了吧？"

"这点酒，醉什么醉？不让你知道这个事的缘由，谅你也不会相信！"

"只要不是开玩笑，只要实有其事，我就能办妥！你当然不知道，我和二厅侯腾厅长有旧，可以直接向侯厅长禀报！"

孟淑贤只是小醉微醺，心里大半还是明白的。她在参总机关干过，自然知道二厅是主管情报搜集和反间谍工作，在理论上还是保密局的顶头上司。但既有醉意，辨别真话假话的能力比平时就差了许多。听见覃正侯这随口吹的牛，竟高兴起来，后悔自己真该早点向他坦陈一切。于是便把解根柱及其"表妹"单月卿，解根柱在朝天门码头与她在参总机关走廊上见过的少将相晤的情景，一一向覃正侯说了。

覃正侯听罢，真是骇然万分。倒不是这么短的时间内，孟淑贤出现了这么多故事，而是从孟淑贤对那位少将外貌年龄的描述，他已猜到了是谁。没想到那人竟有可能是地下党！他明白自己必须阻止这件事的进一步恶化，必须拯救那为少将；那位名叫解根柱的同志也很危险。从孟淑贤的叙述，他察觉到她确实曾经深深地为情所困，而杀父之仇让她渐渐解脱出来。然则出卖旧情人的可能性就不容置疑了。阻止事态发展的办法有两个，其一是少将、解根柱及时撤退；二是从孟淑贤这里掐断线索。前者是消极的，后者并不难。但他什么也不能做，必须向上请示。

他把孟淑贤安顿到璇宫饭店，开了个三楼的房间让她先住下。然后启动紧急联络方式，找到了魏飘萍。这是火烧眉毛的事，他不得不以电话方式约魏飘萍到璇宫饭店大堂旁用屏风阻隔的茶厅见面。他知道这是危险的，但另约地方将延宕时间。因为发出信号和电话号码后，他得在饭店大堂等候她来电话。

魏飘萍来到这里，听他说完一切，明白事情确实非常紧急；当听他说将孟淑贤安排在此饭店三楼房间时，立刻警惕地诘问是谁出面去柜台开的房间。

他说是自己。

她当即不悦地指责他太大意了，应该让孟自己去开，你不应该露面。

他解释是出于不得已，因为她醉了；但他进饭店之前，对孟伴称感冒了，在街上买了一副口罩和通光眼镜戴上，谅无大碍。

魏飘萍又说，但也不能在她下榻的饭店见面，这难免会留下我们两人在这里出现过的踪迹。

他又解释，事情太紧急，不敢延宕。

魏飘萍点了点头，明白他确系不得已，并非大意。她说：你把房号告诉我，我去向上级报告，然后再做处置。我先走，五分钟后你离开这里。

覃正侯走出茶厅，进入大堂。正欲以佯装的悠闲步态踱出去。却见旋转门转进来一个熟悉的身影和面孔。此人白白胖胖，穿一套藏青色毛呢西服，趾高气扬的步履，顾盼自雄的做派。不是劳春亮是谁！要闪避已经来不及了，只好硬着头皮迎上去。

劳春亮早已看见了他。惊喜地挥了一下手，几步就走了过来。

"你老兄怎么在这里？"劳春亮抓住他的手。

"我在这里很正常呀；倒是你怎么会在这里出现，不是在徐州吗？"

"下午厅长教我搭运输机回来，给何部长送份文件！刚从斗鸡闸何部长府上出来，想找个地方吃饭……"

"找地方吃饭，为什么一定要在这里？走吧，到金陵酒家去，我给你洗尘！"

"你请客当然好！就在这里，饭菜、雅间、女招待都不比金陵差，何必舍近求远呢！"

覃正侯不好再坚持，他怕使劳春亮感到奇怪。再说只要进了雅间，即使孟淑贤从房间内出来，撞上劳春亮的几率也很小。最危险的应该是吃完饭离开这里穿越大堂的时候。没办法，只好到时候再想办法了。

餐厅就在底楼，过了总台旁边的走廊就到了。

漂亮的女招待将他俩引入一个小雅间。

刚落座，另一个女招待就进来送菜单；领路的那位便含笑退出了。送菜单的女招待脸蛋好、体态也丰盈。大约很对劳春亮胃口，挑逗了人家一番，还在屁股上捏了一把，才开始点菜。

上冷碟的同时，黄酒坛子也打开了。

劳春亮端起杯子饮了第一口时，就啧啧赞叹，马上就忍不住饮第二口。

"这不就是平常喝的黄酒吗，用得着那么夸张？"覃正侯淡淡嘲笑一句。旋又提醒道，"先吃点菜，别空肚子灌酒！"

"你不知道，徐州那地方真没好酒，什么彭城大曲、涟水大曲充斥各种饭桌子。这几种白酒口味都很烈，下肚后火烧火燎，过一阵还会头痛。简直是粗人喝的东西！"

覃正侯点点头，说："你这话我信，白酒还是只有川酒好！一方水土养一方人，一方人也只宜于喝一方酒；我们喝惯了黄酒，也离不开它了！"

劳春亮过了一会儿，又想起了刚才大堂两人遇见时他问覃正侯的话，问道：

"你还没回答我的问题呢！你到这里干什么？不会是摘下假面具，寻花问柳来了吧？"

"哪有什么花呀柳呀的，我不怕得花柳病么？我是来看朋友！"覃正侯搪塞了一句。怕他继续刨根问底，赶紧把话扯到别的话题上去，"怎么样，你陪侍总长视察前线，有什么观感？即将开展的徐蚌会战，我军胜算有几何？"

"你这个问题太有深度了，是大战略家、方面军主帅才可以回答的；我辈平庸的小人物，焉能置喙！"

"何必妄自菲薄！张良、诸葛亮'未遇'之时，即知天下大势，并作出了八九不离十的预测；像刘峙这样的方面镇帅，他能回答我的问题吗？总统总是要重用他，太缺乏知人之明了嘛！"

劳春亮听了覃正侯这话，不以为然地淡然笑了一下，又摇了摇头。说：

"这个你就只知其一不知其二了！我听前任厅长郭忏、现任厅长钱卓伦都慨叹过，用人方面总统有难处啊！谁不知道，军队里的指挥官要服众，得有两个先决条件：一个是戎马资历，另一个是战功，两者缺一不可！有黄埔教官资历又多少有点战功的，同时又算得上总统'亲知'的人有几个？陈诚把东北弄得一塌糊涂，声名扫地还擦了桌子，不能用了；张治中有资历，但没什么战功，又不知兵；钱大钧贪财成性，又整天和小姨子泡在一起，更重要的是比张治中还不'知兵'；蒋鼎文倒是略有点'知兵'，但是嫖赌成性，贪贿成命，声名狼藉，谁敢用他？军队里谁又愿服他？比较下来，还是刘峙好一点，而且听话。黄埔学生中倒是有几位'才堪大用'者；只是资历不足以镇住场面，特别是杂牌军的军长，例如刘汝明、冯治安之流，军衔是上将，资历又深，肯听你一个中将摆布吗？总统的办法是，让刘峙在徐州坐主帅的虎皮交椅，给他配个有才干的黄埔生做副手负实际指挥责任；就像当初让杜聿明给熊式辉、卫立煌做副手一样的方式！"

覃正侯点点头，说："这也实在太难为总统了！对了，我听说总统最初是教宋希濂出任徐州剿总副总司令，给刘峙做副手；现在这一安排似乎有变化？"

劳春亮点头说："那是东北胜败已露端倪的时候，也就是十月二十四日吧，总统已在考虑加强徐蚌防务，所以叫宋希濂考虑这一任命……"

二

宋希濂这位黄埔生，解放战争以来，特别是最关键的一九四八年，尚未认真提到。这里暂且借着劳春亮的闲聊简述一下他的近况。

一九四八年八月，国防部发表他为武汉的华中剿总副总司令兼第十四兵团司令官，驻节湖北沙市。兵团所属部队为陈克非第二军、刘平第十五军以及一万人的三个地方纵队，全部在十月间撤离原驻地南阳向襄樊地区转移；杨干才第二十军，早就在襄阳、宜城一带，自然就不必行动；刘秉哲第二十八军，分驻当阳、荆门、天门；李振第六十五军，原驻宝鸡，九月间就接到国防部命令开到湖北加入十四兵团序列，但胡宗南不放；方靖第七十九军，原驻四川北部万源、城口，奉命到湖北荆门、宜城之间集结；张际泰第二九八师，仍驻沙市。

十四兵团要对付的共军是江汉军区所领导的黄德魁部，约莫三千人左右，以东巩为根据地。东巩的位置在远安、荆门、南漳三县的交界处。这支小小的敌方部队极为活跃，经常主动出击，以突袭、伏击的方式消灭小股蒋军，截击车辆，破坏公路；同时努力发展组织，动员贫雇农起来打倒地主、分田地。影响日益扩大，声势日益浩大；弄得鄂西国民党政权、地主豪强风声鹤唳，草木皆兵。远安县的公务员不敢在县城办公，当阳县城一夕数惊，宜、沙时常告警。这很使白崇禧伤脑筋，责令宋希濂限期平乱。

十月间宋希濂到当阳视察八十师，当阳的县长与县党部书记长宴请他。

宋希濂问他们县内多少土共活动。

县长答称约莫四五百人。

宋希濂问书记长，他领导下的国民党员有多少。

书记长说两千多人。

宋希濂说，当阳县总人口二十多万，党员就有两千多人；还有地方保安团队的兵力也不在少数。为什么还对付不了几个土共呢？几乎经常要我们派至少两个团来保护你们，我们还要不要去同大股共军作战呢？

劳春亮放下杯子，夹了一筷清炒细虾送进口里，边嚼边说：

"没多久宋希濂因公回南京。应邀去斗鸡闸何府吃午饭，席间有陈立夫、黄季陆、黄少谷等人。宋希濂聊起了他在当阳县的见闻，颇让组织部长陈立夫难堪，脸上红一阵白一阵。党组织涣散，全国都一样，岂止一个当阳而已哉！"

覃正侯点头说："号称几百万党员，实际没有多少愿意为党国效命的！"

劳春亮冷笑了一下："地方上固然庸堕无能；宋希濂自己的部队，力量也并不怎样，土共照样活跃如旧！好在待的时间短，十月二十日他就在荆门接到总统电报,教他到徐州担任剿总副总司令,实际负责指挥未来的中原战事。二十五日又接到国防部正式调职的命令。当天晚上刘峙也致电表示欢迎他去,他的同学、剿总办公室主任郭一予也去电催请赴任。"

覃正侯说:"离开那个土共横行的地方,对他未始不是一件好事!"

劳春亮摇了摇头:"土共有多大力量呢,对他那么一支大军,最多不过伤及皮毛罢了;中原地区,共军刘、陈、邓部和饶、粟部总兵力不下六十万,去与之较量,闹不好是要伤筋动骨甚至断头折腰的!宋希濂并非'才堪大用'的人,也许他自己也有这个自知之明;而且他又是个工于心计的人,对新岗位在人事方面的情况也不会不关注。他应允了这个新职务以后,不久又犹豫起来了!"

劳春亮的判断十分正确。宋希濂自度对华东两支共军主将刘伯承、粟裕都不甚了解,对共军的作战风格、部队素质也所知杳杳;此去名为副手,实则独当一面,心里缺乏战而胜之的把握。此外他还担心指挥上的困难。徐州剿总的骨干部队主要为邱清泉、孙元良、黄百韬、李弥四个兵团。李弥是他的旧部和至交,人也敦厚,也许能够相处;黄百韬系北洋宿将,总统把中央军一个主力兵团交给他,他十分感恩,不会捣蛋;孙元良为人虚伪狡诈,个人利益看得高于一切。宋希濂了解此人,觉得不好打交道;邱清泉骄横跋扈,狂妄自大,胡作非为。豫东战役期间他连总统的亲笔命令都敢拒不执行。宋希濂明白,邱、孙两人很难合作。而邱清泉兵团偏偏又是徐蚌地区骨干中的骨干,不仅全部是美国机械化装备,人马也是最多的。这么一支主力部队指挥起来一旦掣肘,后果堪虑。加上他去南京开会时,中央社一个熟悉的记者去看他,两人谈及的情况,更让他背脊发凉。那记者名叫雷渊澄,在徐蚌一带采访半年,刚回南京。那记者说,那边形势严峻,前景不容乐观。国军根本无法夺回主动权,对于共军行动,几乎就是瞎子;而共军对于国军则了如指掌。全部老百姓都是他们的间谍。老百姓恨国军,称为地主的看家狗;尤恨中央军,称为遭殃军。民心丧失如此,还打什么仗呢?

宋希濂与他的几个亲信幕僚磋商再三,觉得徐蚌地区十分危险,不能去蹈那个火坑。于十月二十日致电蒋介石,以"鄂西情况渐明,敌情严重,民众附匪者多。生正作种种规划和积极部署,冀能以两三月为期荡平匪患、肃正地方。况生对徐蚌情形陌生,恐偾大事"为理由,辞受新职。

不料蒋介石二十七日以"限一个小时到"复电称,"吾弟到鄂西后的种种规划颇为妥善深洽余意;惟今后战事重点在徐蚌,是处为首都门户,党国安危所系。望吾弟毅然负此艰巨,速赴徐州与刘总司令及诸将妥善部署,勿再延宕为要!"

这份电报口气严厉,不容商量。宋希濂生性胆小,不敢再说辞谢的话。二十八日(辽沈战役这天基本结束)致电蒋介石,谓"将此间事料理后即赴京转徐。惟有一事不能不事先向校长呈明:徐州邱兵团堪称骨干,惜乎邱清泉为人跋扈,目空一切，与友军不能和衷协调。若再有类似豫东战役之事以致贻误戎机，则所关甚大，谁负其责？"

电文发出后，宋希濂抓紧料理军务，于十月三十日率司令部部分人员从荆门到沙市，候船东下。这中间三天未收到蒋介石复电。

当天（三十一日）夜晚，蒋介石的电报来了。电文摘要如次："已决定杜聿明赴徐州负责；吾弟可仍供原职。望按原拟定计划积极实施，早日肃清匪患而平靖地方。"

就才干论，蒋介石不十分看好宋希濂，在杜聿明尚无法脱身东北事务之际，以宋权充而已。现在东北事已经了了，自然最好的方案是杜回徐州复旧职，所以不再要宋去了。

女招待进来送上一盘清蒸鲈鱼，打断了劳春亮的话。刚放到桌上，正要笑盈盈退出，劳春亮趁其转身之际又伸手在人家屁股上狠狠摸了一把。

女招待离去后，覃正侯笑嘻嘻嘲讽道："你这个有什么意思呢？难道有趣？"

劳春亮毫不感到羞耻，竟振振有词地说："且夫沉酣固然必要，浅睡也别有风味嘛！我这个叫过过干瘾而已！"

覃正侯哈哈笑道："拉倒吧，什么干瘾呀！还是继续说你的前线见闻，我觉得那才有趣得多！"

劳春亮吃了一筷热热的鲈鱼，又饮了半杯黄酒。点燃了一支烟，兴致盎然地说：

"宋希濂的事暂且打住，再给你说一段刘汝明的佳话吧。这家伙比宋希濂更为畏敌如虎，根本就不愿打仗！"

刘汝明原为冯玉祥西北军将领。抗战后担任第四绥靖区上将司令官，负责山东的菏泽以及河南省开封等五十三个县的防务。蒋介石现在要筹划徐蚌会战，命令刘汝明收缩部队，放弃菏泽到开封、商丘一线（不含商丘），防守徐州外围，更名为第八兵团。刘部十月中旬便在商丘地区集结，与驻砀山的邱清泉兵团靠拢。刘汝明本人驻节商丘。

刘汝明刚到商丘，就向他的参谋长李诚一少将抱怨道："从菏泽到开封、商丘这一带是小麦产区，十分富庶；人口也稠密，容易抓到壮丁。现在仗还没开打就无缘无故放弃了，不知道是哪个屌小子给老糊涂出的屁主意？搞什么会战，安安心心待着不好么？哼，中原这个要害地区，会战只要失利，全国就完了！"

刘汝明一方面不愿有战事发生，只望拥兵自重，享受生活；另一方面是不愿放弃五十三个县的防区。从一九四七年开始，蒋介石为了让诸将各自为战，珍惜足下地盘，便给了他们在自己防区委任各县县长乃至专员的权力。刘汝明有了税收之利，便请准蒋介石新编六个绥靖旅。这个即将形成的军事势力，恰似一块已送至嘴边的肥肉,他哪里舍得扔掉呢?难怪他怨气冲天了。

十月下旬,集结在山东济宁、兖州一带的小股解放军部队向临沂、薛城方向移动。徐州剿总判断解放军队会对徐州采取行动,便命令邱清泉兵团逐次离开砀山地区,向徐州靠拢。这就使刘汝明突出孤立于徐州以西的商丘前线了。

刘汝明经历过数次与解放军交手,没有一次不遭受沉重打击,早就恐共如虎了;大战在即,刘峙竟将他扔在前沿作牺牲品,以此为代价来与解放军对消有生力量。恼怒之余,对参谋长李诚一说:

"你把我的话一字不改告诉刘峙,就说:现在把冯治安①放在东面的第一线枣庄,把我放在南面的第一线商丘;而邱清泉、李弥等中央系部队早就扯到后面的徐州躲清凉去了。我们这些杂牌总是在第一线替他们挡子弹。你们这样做,太让人寒心了!"

刘汝明就在旁边守着,让李诚一打电话。

刘峙在那头听完电话,哼哼唧唧一番。李诚一又威胁了一句道:

"现在徐蚌会战杂牌部队占了三分之一,都让你们送到共军枪口下了,以后就靠中央军打去吧!"

刘汝明窃笑。向李诚一竖起了大拇指,示意他说得好。

果然,刘峙沉吟了一下,说:"你等十分钟吧!"

等了一会儿,刘峙说:"好吧,你们除了留下米文和的一八一师继续守备商丘,其余全部撤到蚌埠!这个可以了吧?"

刘汝明对李诚一点了点头。李即对刘峙说:

"那好吧。"

最后,劳春亮被灌得酩酊大醉。

覃正侯将他弄回家去。然后返回璇宫饭店,去三楼敲孟淑贤房门。敲了半天也无应答。只好掏出另一个钥匙(饭店通常给的是两把钥匙)把门打开。里面空无一人。他大为震惊,惶恐不安,那女人是不是察觉到什么跑掉了?如果那样,参谋总部那位少将和解……根柱就十分危险了。

他在忐忑不安中度过了一夜,一直无法落枕睡觉。

第二天上班后才接到一个陌生人的电话,用密语告诉他,昨晚已由解根柱将孟淑贤弄走,意思是请他放心。

他倒是暂时放心了。事实上此事并未结束,后来又发生了变故。

---

① 冯治安时任第三绥靖区司令官,其人其部队也是冯玉祥旧部。

三

钱卓伦十一月三日传达顾祝同指示,教第三厅厅长郭汝瑰带必要人员,次日早上七时以前到大校场机场等候陪同总统去徐州。

郭汝瑰带本厅二处处长赖成梁上校按时抵达机场。等了半个多小时,机场方面传达总统府第三局俞济时局长通知,说总统因故不能去了,由顾总长代表总统去,改由明故宫机场起飞。

在徐州落地时已上午十一时。

刘峙率领若干军长、师长,当然还有兵团司令,在机场欢迎。

顾祝同与黄百韬握手时见他形容憔悴,问是怎么回事。

黄百韬说,患疟疾多日,现在尚未全好。

到了徐州总部。顾祝同传达蒋介石的意旨,大部分是空话;然后由郭汝瑰代表参谋总部介绍东北失败经过,以及其后的全国形势。

次日(五日)上午,顾祝同主持讨论徐州战场的作战部署,鼓励诸将畅所欲言,犯颜直谏。

孙元良、李弥持相同观点,认为徐州易攻难守,补给线拉得太长;最有利的办法还是总统的主张,退守淮蚌地区,前可依恃淮河之险,后有层峦叠嶂,右有沼泽屏护,可以节约守卫兵力,以便集中重兵与共军周旋。待其兵疲师老之后,突然出以重拳,必获大胜。

邱清泉不同意。他认为徐州有完善的永久性工事,粮弹储备丰富,半年之内休想攻破,可以吸附共军大量部队。然后国军就能集中精锐,主动出击,歼灭共军主力。又得意地说刘总司令已经采纳了他的一项建议,不日就会见效。

顾祝同问他,什么建议。

他说,共军历来的战术是专打分散孤立之敌,先吃小的、软的。我主张因势利导,采取"钓鱼战法"。刘汝明留在商丘的米文和一八一师守城是老手,商丘城虽小而城高池深,外围工事也完善,必能引诱共军去攻打,共军一时半会也不至于攻破城池。待其攻击受挫以后,我即以迅雷不及掩耳之势率大军去反包围,可一战而胜。

孙元良不屑地说:"共军有那么容易上当吗?你太小看粟裕了,他可没有那么冒失!"

邱清泉打了几个哈哈,说:"你还别太高看粟裕了,他正在上我的当呢!他放在鲁西南的三纵、八纵、十纵、两广纵已经拔寨,正向商丘包围而来,前卫部队已抵达曹县、成武!"

黄百韬看了看邱清泉，似有什么疑问。顿了顿，说：

"郯城①以北约莫五六十公里处发现共军强大部队，看情况是要压向郯城攻击我七兵团！"他的意思显然是共军开向商丘的也许只系偏师，压向郯城的才是主力。

会议的结果，都认为无论华野主力在什么位置，徐州剿总一多半兵力在陇海路上一字儿排开，容易遭受分段切割歼灭，必须调整。同时根据总统认可的"守江必守淮"原则，决定放弃非要隘城镇，集中兵力于徐州、蚌埠之间，津浦路两侧地区，部署战略守势、战役攻势（即以攻为守），以巩固长江防务而保京沪；必要时，将徐州剿总移至蚌埠，徐州以一两个军凭借坚固工事防守以牵制大量共军。顾祝同就此下达如下书面命令：

徐州守备部队应切实加强工事，完善防务，不可有丝毫疏漏；

黄百韬七兵团负责确保运河西岸，与第一绥靖区、第三绥靖区切取联系，并清剿运河以西共军地方部队；

邱清泉二兵团以永城、砀山地区为中心屯集部队，清剿共军地方部队；

李弥十三兵团集结于灵璧、泗县地区作机动力量，附带清剿左近共军地方部队；

孙元良十六兵团以蒙城为中心，清剿共军地方部队，保障津浦路安全；

刘汝明第四绥靖区部队改为八兵团，移屯临淮关；

第四军防守淮阴；

原驻节海州的第九绥靖区撤往徐州，其四十四军加入七兵团系列，一同退过运河。

原属华中剿总的黄维十二兵团由确山地区开阜阳、太和，改归国防部直接指挥，准备参加徐蚌作战。

这样，便把原来的一字长蛇阵外加十字交叉阵改为沿津浦线两侧布防，各兵团相对靠拢。顾祝同的如意算盘是用少数兵力固守徐州，以使解放军无法有效利用陇海铁路向东向西投送兵力；且国军主力控制于徐、蚌之间，则当解放军向徐州进攻，沿平汉路或经苏北南下时，均可集中五个兵团共五十万精锐寻求决战，一举解决中原问题。退而求其次，在解放军未能打垮其主力以前，便可确保淮北，自然江南也可无虞了。

最后，他改变态势的企图落空了。他遭遇的是一代名将粟裕，以及支撑粟裕

---

① 苏鲁交界处的鲁西南城镇。

足以自如发挥潜能的是华野背后那大山般巨大的身影。

笔者在前面一些章节曾提及，随着一系列历史档案的解密，我们逐渐知道，"淮海战役"这一命题最早是由粟裕提出并筹划，其主体部分的作战也是由粟裕指挥的。诚如刘伯承元帅所说，淮海战役的策划者是粟裕，直接指挥者也是粟裕；总前委当时所起的作用是在毛主席统一指挥下，协调全局，推动后勤工作。中共中央书记处办公室主任师哲说："一九六一年九月毛主席接见蒙哥马利元帅。蒙帅称赞毛主席是高明的军事家，用兵如神，特别是淮海战役，其神机妙算真是不可思议。毛主席很谦虚，说'我的战友中有一个最会带兵打仗的人，这个人叫粟裕，淮海战役就是他指挥的'。"[1] 这是十分公允的，笔者据以将以往对历史的虚构部分给予纠正。

当辽沈战役即将结束之际，中原野战军副司令员陈毅、政委邓小平指挥部队先后攻克郑州、开封，东进到徐州方向。这样，华东、中原两大野战军已由此前的战略上配合，发展为可以在战役上协同了；新出现的有利条件使淮海战役的规模比原先设想的更大了。

粟裕想，为了最大限度地发挥两支大军的威力，必须建立统一的指挥体制，以免临事出现掣肘。

按照古今中外的惯例，若几支部队共同参加一场战役，通常是主要方向上的主将指挥次要方向上的主将，兵员多的主将指挥兵员少的主将。粟裕的华野有十五个纵队共四十五万人，陈毅、邓小平的中野为四个纵队共十万人（其时刘伯承率两个纵队在豫西）；所以中野是配合作战，华野是作战主力。

西柏坡的毛泽东笑嘻嘻地问他的同僚："大家说，谁来担当这个总指挥？"

刘少奇说："淮海战役是粟裕最先提出来的，从华野现在所处的战略位置以及兵力状况，更重要的是从军事才干来看，由粟裕指挥最佳！"

周恩来说："按能力讲，粟裕是挑得起这副重担的；可是其他方面的因素也不能不考虑到啊！"

朱德说："是的是的，如果其他同志闹情绪就不好了！"

周恩来又说："刘伯承、邓小平在党内军内资历很深，陈毅又是粟裕的老上级。即使这几位老同志风格高不介意，粟裕恐怕也不好意思向他们下命令吧？"

他们正讨论时，秘书送来了粟裕十月三十一日来电。

这是一份致中央军委并报华东局书记饶漱石以及中野陈毅、邓小平的电报。电文首先禀报华野当前位置；然后表示同意军委确定的淮海战役发起时间，最后

---

[1] 《淮海战役史》，上海人民出版社1983年版。

说"此次战役规模很大,请刘司令员、陈军长、邓政委统一指挥。"

军委同意了粟裕的请求。

而战役打响后,其实是军委在直接指挥这两路大军作战;否则后果堪虞。

不过,这个阶段中央与粟裕商榷的淮海战役尚非后来那样的特大规模,史家称为"小淮海";十一月九日以后运筹的方为"大淮海",即那场以少胜多震惊中外的淮海大战。

"大淮海"之所以能催生出来,客观上与蒋军徐州剿总决定退过黄河有关,与黄百韬七兵团退往徐州有关,以致仗火越打越大了。

近来黄百韬察觉,饶粟华野部队调动十分频繁,来来往往约有十多个纵队,而且距离他的防区郯城、新安镇不远。显而易见,这是冲自己的七兵团来的。他感到骇然,对方兵力数倍于己,一旦完成调动,包围上来,后果就不必说了。必须设法说服刘峙,同意把七兵团退往徐州。要办到这点,必须与徐蚌会战的整体利益挂上钩,否则很难说服刘峙。

他对刘峙说:饶粟主力正向新安镇靠近,其屯驻苏北的三个纵队也在向北移动,显然意在包围我七兵团。对方那么大的兵力,只凭七兵团十二万人是根本顶不住的。而刘伯承部与饶粟另一部将会从西南方向牵制我徐州剿总兵力,使其无法增援七兵团。待七兵团被吃掉后,再依次分割吃掉各兵团。粟裕的这一意图已然暴露无遗。令人担心的是国军分布在陇海路沿线,拔剑四顾心茫然,因为"四面八方均有敌情,备左则右寡;备前则后寡;无所不备,则无处不寡"。他建议"集结各兵团于徐州四周",在"东西南北四个方向备战,深沟高垒,各兵团互相衔接",趁共军尚未完成部署之际派遣进退有备的兵团将其各个歼灭。

刘峙深以为然。但他不敢擅改此前蒋介石批准的参谋总部计划,便径电蒋介石请示。

黄百韬是十月三十日到的徐州。向刘峙陈述完自己的思考后,在那里坐等决定。直到十一月四日才得到南京的批复,同意七兵团撤退徐州。

他五日返回新安镇途中,对随行下属说,可惜我这个计划批准太晚,恐怕太晚了。唉,尽人事而听天命吧。

新安镇距徐州一百二十公里。黄百韬回到这里,命郯城部队赶快向这里靠拢,担任总撤退的后卫部队;同时以最快的速度向各军下达命令,火速拔寨,向徐州方向前进;亲自指挥后勤部门将械弹、粮食、被服装上火车转运徐州。

然而,一切就绪之后,他还得向刘峙请示是否马上动身。

他还来不及请示,刘峙的电话就到了。

刘峙命令他暂时按兵不动，等待海州的李延年九绥靖区司令部及其所属第四十四军（驻防连云港）；此后四十四军便划归七兵团序列。

黄百韬一喜一忧。喜的是他手下多了一支三万人的生力军，加上即将"归建"的一〇〇军，兵团将达到十五万之众；忧的是刘峙虽说四十四军两天就到，而沿途风大雨大（指军情），是否能按时抵达也很难说。即使能按时，两天时间对于用兵神速的粟裕来说也并非不可逾越。也就是说两天之间七兵团也有遭到不测的危险。

其实七兵团的被耽误早就发生了，要向徐州靠拢早就应该进行而却被忽略了。刘峙及其幕僚、还包括参总第三厅厅长郭汝瑰，当发现解放军华野部队大规模向徐州方向作战略调动时，居然一致做出了判断：饶粟主力进攻的第一个目标是远远的海州九绥区。于是十一月四日抽调黄百韬兵团一〇〇军星驰海州加强防务。一〇〇军刚走到半道，也就是一天多以后，刘峙等人终于明白了饶粟主力要攻打的是黄百韬七兵团，而且确认了黄百韬向刘峙所剖析的危情的正确性，又命令一〇〇军转身回归，同时也命令李延年以及四十四军"准备"放弃海州。

遵照军委指示，粟裕率前线指挥部到了南线。他已三天没睡觉，时时刻刻关注敌人动向，随时调整部署。各种情况汇总到他案头。形势有所变化，驻连云港的四十四将军将西撤新安镇，黄百韬七兵团将退往徐州。

军委此前与华野商定，并以正式命令下达，淮海战役于十一月八日在运河东西两岸同时打响，后勤、物资、部队抵达并屯驻位置等准备工作都是按这个时间表进行的。时间就是生命，时间就是成败，有时候五分钟可以决定历史格局；既然敌情变了，八日就不再是有效时机，必须提前发动。

陈士榘参谋长提醒道："司令员，军委十月三十日那份电报怎么办？"

粟裕说："不要紧，我们的综合报告待战事稍缓时由我来写！"

陈士榘说："中央会不会误以为我们又在拖延？"

粟裕说："放心吧士榘，饶政委说了由他亲自向主席解释，我们集中精力打仗就行了！"

陈士榘这才吁了一口气，露出了笑容。"饶政委去解释，当然比我们去说起作用！"

粟裕也感慨系之："是呀，没有这样一位理解我们的领导在这里支持我们，华东的工作还真不好开展呢！"

这个"电报事件"是几天前发生的。

十月三十日，华东局书记饶漱石忽然收到中央军委来电。全文如次：

漱石同志：

　　自中央子虞电至今已九个月，未寒电至今亦已两个半月，华野前委书记（指粟裕）对于执行中央请示报告制度及在军队中开展反对无纪律无政府状态，反对事前不请示，事后不报告，经验主义与游击主义的恶劣作风，至今没有表示态度，亦未电明理由，在此问题上失去主动性，落在一切部队之后，实属不合。你是华东军区及华野全军的政治委员①，现责成你转达中央意旨，处理此项问题，并以结果电告为盼。

　　　　　　　　　　　　　　　　　　　　　　　军委，三十亥②

饶漱石将电报交给粟裕看了。

粟裕着实有点紧张，不知如何是好。饶漱石宽慰道：

"我们华野没有那些散漫现象，就只存在一个迟迟没有按照中央规定向上发送'综合报告'的错误！你不要有思想负担，我马上就拟电向主席解释！记住了，你的任务就是专心打仗，其他一切有我担着！"

料准了黄百韬七兵团动向，粟裕一边下令今天（十一月六日）夜晚行动，一部兵力从赣榆、临沂、滕县、单县等地出发，间道向南疾进；另一部从宿迁出发，星奔向北。南北对进，包围黄百韬。同时电禀中央。

军委复电"完全同意鱼戌（六日）电所述攻击部署，望你们坚决执行。"并告诉粟裕，由你们"机断专行""不要事事请示"。③

这天（六日）夜晚华野各部行动神速。

东线，鲁中南纵队完成了对郯城地区保安部队的包围；六纵主力渡过沂河，向马头镇攻击前进。

北线，十纵进至官桥、临城；七纵进至永安庄、北子里、峄县、枣庄一带；十三纵进至采口、兰陵地区。

西线，根据军委指示，暂由粟裕指挥的中野一纵、三纵、四纵、九纵进至商丘西南地区；华野三纵、两广纵分别进占刘堤圈、马良集；冀鲁豫军区独立旅进

---

① 饶漱石虽以华东局书记、华东局政委之职主管华东党政军事务，但并未担任华野政委。此处毛泽东的笔误说明他其实认为华野的实际政委是饶漱石。

② 粟裕传编写组编著《粟裕传》，当代中国出版社2000年版，第731页。

③ 《毛泽东军事文集》第五卷，军事科学出版社、中央文献出版社1993年12月版，第177页。

占古心王庄、马牧集。

粟裕的战役目标是合围、歼灭黄百韬七兵团,切断津浦路、孤立徐州蒋军。具体战事分为运河以东作战、运河以西作战,也就是先在运河以东歼敌一部;若敌逃过运河,则在运河以东彻底歼灭之。

第三十章

一

黄百韬于六日这天,做好撤退部署。然后在屋子里困兽般窜过来窜过去,大声问道:

"四十四军究竟何时可以到达?"

他是在向天地发问。他也只能向天地发问;因为也同样是这句话,他已用电话问了刘峙五次,每次刘峙都用确凿语气肯定地告诉他,快了快了。事实证明那都是一句空话。

他的撤退部署是:一〇〇军掩护兵团主力撤退时右侧后的安全。待兵团主力完成了撤退,再与二十五军在陇海路北侧相互轮换掩护撤退。抓紧时机抢渡运河,占领碾庄圩西面的彭庄、贺台子等村庄;二十五军待四十四军到达,与之同时西撤。渡过运河后,占据碾庄圩西北的大小牙庄、尤家湖;六十四军过运河后,以一部占领运河西岸并构筑临时阵地,掩护兵团主力渡河。该军主力须占领碾庄圩东面之大院上、小院上、东楼,以及碾庄圩北面的小费庄、吴庄;四十四军渡过运河,占领碾庄圩车站以及铁路以南若干村庄;六十三军待兵团全部人马过运河以后,经窑湾渡过运河,到碾庄圩南面集结;部分粮弹药品用卡车载运,随部队行动,大部分粮弹被服用火车运到徐州;兵团部及其卫队过运河后到碾庄圩休息。

正当黄百韬绕室而行焦躁至急的时候,专列从海州把九绥靖区司令官李延年、总统府参军李以劻一行一千人送到了新安镇。

黄百韬一见面就迫不及待地抓住李延年袖口问道:"吉甫①兄,四十四军什么时候到?"

李延年宽慰地拍拍他的臂肘,叫着他的表字说:"焕然兄莫急,听我慢慢说!"

国民党包袱之沉重,从九绥靖区这次撤退可窥一斑。

海州几乎是整座城市大搬家。财政、盐务、司法、商业、学校等机关的少数官员乘船去上海,普通公务员一律步行跟随绥署、专员公署的火车到新安镇。跟在货车后面的还有第一挺进支队,最后是四十四军。

---

① 李延年字吉甫。

至于四十四军什么时候能赶到，李延年苦笑着摊开双手，说他也不知道。

黄百韬愤慨极了，顾不得礼貌，咆哮道：

"四十四军为什么行动如此迟缓？他们就不怕延误戎机吗？"

李延年脸上飘过一缕淡淡的冷笑。摇了摇头，慨叹道：

"他们当然不怕，因为是刘总司令教他们在连云港等一个人！"

黄百韬困惑地瞠视李延年。呆了一呆，问道：

"什么样的大人物，能让一个军、连带我一个兵团十几万人马冒着被困的风险等候？"

"一个为刘总司令经营贩盐生意的商人，名叫卞鲁宁。刘总司令特意叮咛我命令四十四军呆在连云港不动，卞老板到了以后才一起动身！"

黄百韬颓唐地仰天长叹："个人赚钱比军国大事重要，怎么得了啊！"

黄百韬设宴招待李延年、李以劻。

新安镇地方，条件简陋，不过鸡鸭鱼的资源是很丰富的，这三样东西被黄司令官的厨子烹调成了三大碗（碗是从镇上饭馆借的土斗碗）具有山东风味的烧菜、蒸菜、炖菜。因为李延年这位黄埔一期生乃山东人。虽经黄百韬叮咛，厨子烧出来的菜却是有鲁菜的模样，却掩饰不住天津风味。黄百韬祖籍广东，却生于天津长于天津，所以挑厨子也是挑的天津手艺。品种太少，副官吩咐厨子开几听美国牛肉罐头，略略加热一下。用的酒是天津产的"包谷烧"，副官通常都带了两箱在身边。

"这么偏僻一个地方，唾嗟之间摆出这么些佳肴美馔，太令人惊叹了！"落座之间，李延年客气地说，"只是，焕然兄不应该这么客气，你我都在'奔疲'途中嘛！"

"基本的礼数百韬不敢省却，应该的，应该的！请各位举杯……"

几杯下肚，大家免不了很快就感叹起了当前的局势。

从李延年口中获悉，由于遵命等候刘峙的商务经济人卞鲁宁，四十四军此刻（六日二十时）才拔寨。三万多人的部队，绝大部分只能步行；四十四军卡车很少，连物资都装载不完。这样算起来，两天抵达新安镇都算快的了。而共军大部队正在南聚，黄百韬五个军"侧敌"西撤，十分危险；又不能违背刘峙命令马上动身。他十分窝火，抱怨连天。

"两位请看共军的动向，分明在几天以前就打算要先吃掉我七兵团，可国防部偏说要对你吉甫兄的九绥区下手，我们就这样白白浪费了几天！将帅无能，累死三军啊！现在更可笑的是刘总司令为了他的一个商人，居然要我十几万人马冒着被消灭的危险，在这里坐等四十四军！哼，现在我七兵团的位置极为不利，新安镇周围半径一百公里以外没有友军，孤立无援，侧敌西退，途中风雨难测，也许

大逆庭 | 263

到不了徐州就完了!"

李延年放下杯筷,摇头叹道:"东北丢掉了,虚掷了几十万精锐,使林彪集团迅速膨胀为一百多万!如果这次徐蚌会战再输,前景不堪设想!"

少将参军李以劻说:"今天的徐蚌会战,颇有点像楚汉相争的垓下一战,乾坤由是底定。诸位司令官身系党国安危,责任重大啊!"

黄百韬有几分慷慨也有几分无助地说:"国事千钧重,头颅一抛轻,百韬唯有尽人事而已!"

半夜时分,黄百韬又去敲开李以劻的房间,想要托他给蒋总统带几句话。

李以劻满口应允,并保证原话奉达。

黄百韬神情严肃。沉吟了片刻,说:

"我这里得到了可靠情报,粟裕派遣十多个纵队南下,先头部队已经抵达郯城、邳县、费城一带。这个态势无疑是先打我七兵团了!共军近四十万人;我兵团仅十二万人,又在西撤途中,立足未稳,殊堪忧虑!请参军转知刘老总,督促其他兵团加速集结,稍迟将误大事!"

李以劻点头,保证向刘峙陈以实情,请他催令大军行动。黄百韬又说:

"国防部作战计划一再变更,总是按照共军的忽东忽西去修改,处处被动。作战厅郭汝瑰、许朗轩这些关在屋子里的人做出这样的计划来,幼稚到了极点,令人愤慨!大军作战,随时变卦,动摇军心,影响士气,难道他们会不知道吗?我徐州部队每一个兵团十几万人,粟裕主力近四十万人,如果集中来犯,哪一个兵团能单独应对?尤以西撤途中,立足未稳,侧面受敌,最易被各个击破!烦参军务必请刘总司令火速集结部队接应我兵团。若我不幸被围,希望督令别的兵团来救。古人云,胜利弹冠相庆,败则生死相救。唉,我其实知道,我们国军是办不到的!但这次战事与以往战役不同,是主力决战,关系到国家存亡!烦告刘总司令,注意督促各级指挥官;否则不只是我七兵团走不了,我看任何兵团也跑不脱的,毛泽东、粟裕的胃口大得很!请参军面陈总统,百韬受总统知遇之恩,生死早置之度外,决不辜负总统!百韬临难决不苟免,请参军记下这句话!"

黄百韬小声述说,絮絮叨叨,而情真意挚。李以劻禁不住泪下。

就在黄百韬宴请李延年,事后又找李以劻面谈之际,粟裕正催兵疾进:华野一纵、四纵、六纵、八纵、十一纵、鲁中南纵队以及苏北兵团的三个纵队、特种兵纵队为正面攻击集团,向新安镇、阿湖地区挺进。

次日凌晨,四纵司令员陶勇、政委郭化若统一指挥四纵、八纵行动。四纵占领运河东岸,八纵渡河继续南进。

鲁中南纵队突破郯城城垣防线;

一纵、六纵、九纵、苏北兵团的三个纵队进至新安镇附近；

苏北兵团的十一纵驻宿迁，从运河西面向运河车站、窑湾挺进。这是从南面包围新安镇；

江淮军区的两个旅北上到土山镇的北面；

谭震林、王建安指挥的七纵、十纵、十三纵从临城、枣庄方向往南进攻，牵制冯治安部，诱使邱清泉、李弥两兵团北援或将其抑留徐州附近，以保障正面突击集团对黄百韬的围歼。

冯治安部受到攻击后立即退缩到韩庄、台儿庄。

十纵攻到冯治安部七十七军前沿，先头部队强渡运河成功；

十三纵以主力包围台儿庄，一个师从台儿庄以西强渡运河成功；

七纵攻占万年闸后向南强渡运河成功。

七日凌晨，四十四军没有音讯。一夜未眠的黄百韬在兵团部里像疯子一样大喊大叫，命令机要室继续向四十四军发出呼号，询问究竟到了哪里，距新安镇还有多远。

临近中午，疲于奔命的四十四军终于赶到了。

黄百韬命令全兵团马上撤退。

首先是一〇〇军派一个师到堰头东面以外去接应四十四军；其主力则沿公路向西，占领运河东岸以北地带，掩护兵团大部队渡过运河。

六十四军过了运河之后，立即占领陇海路以南，掩护兵团主力向西开进。

二十五军派一个师进至新安镇东北的阿湖监视可能南窥的共军先驱；其主力掩护四十四军、一〇〇军西撤。完成掩护任务后，退到大许家。

六十三军担任后卫。第一阶段在新安镇南侧展开，掩护兵团主力（加上四十四军和一〇〇军）撤退完毕，然后经窑湾渡过运河，并向南作防御展开，徐徐退却。

兵团部及其直属部队跟随六十四军行动。

可笑的是十几万人马都是从一条铁桥上过运河，这么一来就得几天才可以过完；若共军追到，就得边作战边过桥，时间还得拉长。这位临事只知责怪别人的将军，居然事前的几天没想到自己必经之路须渡过运河，没有派出工兵搭架几座浮桥。事到临头黄百韬才发现自己这一重大失误。七日上午才接到他命令的工兵团长仓促间也只能在铁桥北面架起一道平行的浮桥。结果由于军长们的争执，浮桥最终并没有架成。首先是一〇〇军的军长周至道说，这倒浮桥应该在炮车（地名）以西搭架，以便一〇〇军撤退有个后路，否则他可不敢去炮车一带接应四十四军。六十三军军长陈章表示，他没有必要在这里与大家一起拥挤过河，他要率部去窑湾渡河。被弄得不知所措的黄百韬只好同意大家各寻方便之处过河；只要求各部过河之后到碾庄圩集结。

自寻渡河通道的六十三军离开兵团约莫一个小时，就遭到解放军的攻击。炮声传来，黄百韬恐惧地意识到解放军已经迫近了。

黄百韬的判断没错。

七日晨，粟裕率华野前线指挥部抵达临沂，就近掌握前沿情况。

此时，黄百韬兵团的四面都是华野勇士：

后面有一纵、六纵、九纵、鲁中纵队沿陇海路南侧向西紧追；

前面有贾汪、台儿庄地区的国民党三绥区副司令官、地下党员何基沣、张克侠率两万人起义，让开了通道，使南下的华野七纵、十纵、十三纵和从宿迁、睢宁北进的二纵、十二纵、中野十一纵畅通无阻，及时切断了徐州与黄百韬的战略联系；

右面有四纵、八纵沿陇海路北侧追击，直逼运河东岸；

左面是苏中十一纵、江淮军区两个旅沿运河北进，切断黄兵团左翼先头部队六十三军去路。

紧随华野各纵之后的是百万支前民工。这些翻身农民把子弟兵的追剿行动看做自己的切身大事，怀着极大的政治热情，冒着枪林弹雨，车推、肩扛、背负，把万吨物资送到前沿，部队打到哪里，粮食、弹药就送到哪里；民工组织的一千多支担架队，及时将伤员抢救出来，抬下阵地，送到战地医院。华东局书记饶漱石率领各级党组织，直接组织和指挥各路后勤大军，保证了前线战士无一丝一毫的后顾之忧。这并非华东局领导层有多大本事，而是那个年代党和人民的关系是真正的血肉关系。这种关系不仅成功地支撑了解放战争，而且支撑了整个毛泽东时代！那是一个多么有魅力而令人心折的时代啊！

黄百韬七兵团撤离新安镇地区，那个要自寻渡河地点的六十三军军长陈章还有一个任务是掩护兵团行动。这位上位不久的军长是个十分自信的妄人。

掩护任务完成后，全军官兵都急不可耐地要追在兵团尾巴后面逃跑。只有他出奇地沉稳从容。部下催促他抓紧时间撤退，他却胸有成竹地责备道：

"丢那妈，瞅你们那个样子！我不明白你们慌什么？我们广东部队在薛（岳）老总率领下，从南打到北，势如破竹，天下无敌！共军有什么了不起，这次我就要挫挫粟裕的锐气！"

为了显示自己的豪气，他命令本军主力先走，他亲率四五六团作后卫，以随时"挫挫"追上来的共军锐气。说是今天本军长就是要牛刀小试，丢那妈。

他是从四五六团爬上来的，由营长而团长，由团长而旅长，而师长，而军长。他认为经自己亲手调教出来的这个团是打不垮拖不烂的铁军，鼓励李友庄团长要坚定自己的信心，今天是个立功立事的良机，万不可错过。

陈章行军也显示出了傲慢自信，简直就像饭后散步一样。无论李友庄怎样提醒他后边十多公里远近频频有信号弹升起，他也一笑置之，戏谑说那不过是给我们送行的烟火而已。更要命的是居然不走了，固执地要在堰头（距目的地窑湾有十多公里）停下来休息打尖，吩咐去附近村庄捉几头猪来给官兵"煲汤"（广东佬喜欢干这玩意儿）。

李友庄叫苦不迭，又不敢不照办。

陈章本人在距堰头不到一公里的卢圩子村住宿。那里有一家地主的宅院，舒服，方便。

不料凌晨（八日）就遭到小股解放军袭击。随侍的副官长被击毙；军参谋长见势不妙，扔下他逃出卢圩子，一径向窑湾追赶本军主力部队去了。

李友庄是他的亲信，又是同乡，闻讯立刻率全团来救。途中受到解放军有力阻击，只有一个营冲进卢圩子。士兵们拉着他往外逃的时候，他居然还挣扎不愿走，大喊大叫道：

"丢那妈，等我收拾了这伙共军再走不迟！"

这个不知天高地厚的家伙还是被士兵架着胳臂逃掉了。所有辎重和机密、非机密的文件全部扔下不管了，毕竟命才是最要紧的。

逃到窑湾镇，豪气不减的陈章军长住进了一五二师师部。一安顿下来便开始数落这个师的师长、副师长、参谋长，怪他们跑得太快，失去了一次歼灭共军的机会。

牛屁吹罢，还是得填充辘辘饥肠呀。而一五二师跑得太快，粮食都扔光了，卫兵给他端上桌子的仅是几块煮地瓜。

他大怒，本军长从来不吃猪食。命令师长马上派遣"人民服务队"去抢粮。

当天晚上，黄百韬来电话命令他不许延宕，立刻向北突围。渡过运河后到曹八集集结待命。

陈章说尚未见有桥梁。

黄百韬冷笑道，你不是自以为有办法找到有利的渡河地点吗？

陈章辩解道，有利地点确实找到了；可没有桥，也没有船，奈何？

黄百韬真是哭笑不得，问他打算怎么办？

陈章说，只要空军投了粮食弹药，我就能自己解决渡河问题。

黄百韬只好答应马上向剿总报告，请求给他的六十三军空投物资。

放下电话不到半个小时，他就被解放军华野一纵追上并包围起来了。

陈章命令把窑湾镇的老百姓全部赶进天主教堂，理由是为防止老百姓向共军提供情报；又组织起督战队，宣布了"连坐法"，胆敢后退者立即枪决。他向军官们宣布道：

"兵法云,置之死地而后生;六十三军一战成名天下知的机会终于来了,哈哈,丢那妈!别看共军人多势众,我们只要沉着冷静顶他几个浪头,后面的好戏就要开幕了!"

大家都哭丧着脸,不明白陈军长的"好戏"是什么,也不明白是不是真有"好戏"。可没有人敢追问他。

真实的情况是六十三军已远远落在七兵团的后面,被围困在运河边的这个叫窑湾的小镇一带。

二

华野一纵、四纵,因国民党三绥区副司令官何基沣、张克侠的起义,让开了通道,顺利从台儿庄附近的万年闸渡过运河,直插黄百韬兵团与徐州剿总的通道。徐州剿总惊恐万状,急令各兵团火速向徐州方向收缩。原驻大许家、曹八集的李弥十三兵团一部连夜逃走。解放军南下部队九日晚进占大许家,及时挡住了黄百韬退却的道路。(很快将在下文详述)。

可笑的是黄百韬居然在一个短暂的时空内产生了乐观的情绪。

十一月九日,四个军大部分渡过了运河向徐州东南转进。他认为已经基本摆脱了解放军的追堵,决定在碾庄圩休整一天,再从容西撤。

他分别致电蒋介石、顾祝同、刘峙,说兵团百分之八十的部队已渡过运河,"基本摆脱了共军追扰";同时也禀报了"连日惨死状况":二十五军伤亡官兵两千人,一〇〇军阵亡、失踪五千人,六十四军阵亡四千人,四十四军阵亡三千人。

他发这份电报的时候,陈章六十三军正在窑湾遭解放军围歼,黄百韬在电报中没有提及。

就在黄百韬以为危险已过,放心休整的时候,华野从碾庄圩的东、南、北三个方向压过来了。

四纵、八纵沿铁路北侧向西逼近碾庄圩;

一纵、六纵、九纵、鲁中南纵队从新安镇及其以西地区沿陇海铁路南侧,向碾庄圩逼近;

七纵、十纵、十三纵是最早渡过运河又接着渡过不老河,直插徐州东侧的。不久,七纵进而占领大许家、黄集铁路一线,十纵进至徐州东北面的荆山铺、大庙、侯集。十三纵控制了宿羊山并歼灭了西撤的黄兵团先头部队一〇〇军之四十四师主力,占领曹八集。

黄兵团西去之路被彻底阻断。

粟裕率华野前线指挥所紧紧跟随突击部队,十一月九日抵达运河车站以南的花庄,在这里指挥各个"分战场"的战斗。

前面说过,蒋军六十三军被华野一纵包围在窑湾。一个纵队对付蒋军一个军,兵力相当,但素质不一样,战斗力更是有强弱之分。一纵司令员叶飞在后方治病,副司令员张翼翔代理他的职务。粟裕有点不放心,接通了一纵"前指"的电话。

"怎么样呀翼翔,一个纵队对付一个军,有把握吗?"

"没问题,司令员放心吧!"

经过一番激战,一纵歼灭六十三军两个师共两万多人。

陈章抢渡运河时负伤,逃到对岸又遭到堵击。他不好意思再见故人,只好开枪自杀了。

杜聿明结束了在北平的短暂停留,九日下午奉召回到了南京。

彻底告别了东北后,从葫芦岛到北平的那两天,已知道蒋介石决定教他恢复原来的职务去徐州,以刘峙副手身份实际主持战事。他知道他即将要对付的敌手在职务方面与他的情况惊人地相似,也是曾经以主官副手身份、现仍在职务前冠以"代"字而实际主持军务;而且出现这一滑稽现象的原因也是那么相似,都是为了照顾主官情绪,同时双方极峰也都是为了资历所困。苏军就没有这样的尴尬;善战者可一夕三升,不善战者则被搁置一旁喝茶下棋去。卫国战争期间资深望重的布琼尼老元帅和伏罗希洛夫老元帅被奉以高位其实不用即为其然。斯大林可不为一些包袱所困。

为了解徐州战场当下的全面情况,他从机场直接去顾祝同家中。

他是熟客,副官没有通报就把他领进去。穿堂过屋,径入书房。

顾祝同正在打电话。见他进来,指了指沙发,又瞅了一下副官。

副官会意,安顿杜聿明坐下后,立刻沏茶、敬烟。

杜聿明听出顾祝同是同徐州的刘峙通电话。看来话已基本说完,最后一句话是:

"教黄百韬在碾庄圩待命,明天总统官邸汇报会决定后再通知他!"顾祝同瞅了一下坐在沙发上喝茶的杜聿明,对着话筒说:"光亭在这里,你要不要同他讲话?"

顾祝同把电话交给杜聿明。

"总司令,聿明刚到南京。"

"光亭你赶快来吧,我们大家都在等着你呀!"刘峙盼望之情溢于言表。这位刘总司令乐于有一个能干的副手替他顶雷,他情愿做一个高高在上不干事的主官。"

"这个……要等到见了总统以后再说。"待刘峙倾诉了一番渴念之忧后,杜聿明问道,"总司令,黄百韬的情况怎么样?"

"现在主力已经成功进到碾庄,兵团过运河桥的时候损失很大;共军已经窜到运河以东……"

其实这个晚上解放军已过运河、不老河,正在完善对黄百韬七兵团的包围。不知为什么刘峙要那样说。

打完电话,杜聿明又倾听顾祝同介绍一些情况。

顾祝同说,何基沣、张克侠的叛变事出突然,防不胜防;但是三绥区司令官冯治安也有失察之罪。两个副司令官都是他举荐的,是他多年的亲信,他居然一点情况都不知道,让大家把三绥区两万多主力带走了。更重要的是给粟裕让开了一道口子,人家轻而易举就插到黄百韬兵团前面去了,使徐州也暴露在共军的枪口之下。真是罪不可逭。顾祝同说他今天整天都忙于将临城、韩庄的李弥兵团南撤,以巩固徐州防务;令邱清泉兵团且战且退,向徐州靠拢。

杜聿明有点诧异,"早先议决又经总统批准的徐蚌会战计划是必要时将徐州主力转进到蚌埠……怎么现在又改了?"

顾祝同脸上有一缕不悦之色,似觉杜在质问他。冷冷地哼了一声,说:

"你问得很好!事出突然,变生不测,谁能预想得到?李延年来不及从海州撤回来,紧接着又是三绥区何、张投敌,共军行动迅速……"

杜聿明赶紧向顾祝同解释了几句,表示自己别无他意。

顾祝同劝他明天开完会后,立刻就去徐州就职视事。

杜聿明没有正面应允,只说明天开会时再研究。

然后就告辞,回他中山北路私邸去了。

途中,他在汽车上想,今天回到南京,看到的听到的都是不祥之兆;南京大街小巷都在抢米、抢面粉。"抢民"与警察冲突激烈形同战争。后来警察采取了装眼睛雾,虽与"抢"事近在咫尺,也不去干涉。他摇了摇头长叹一声,眼耳所及无不令人揪心啊。徐州的军事部署也改来改去,以致还未大战而先就丧师失地。他实在不想去徐州,又不敢抗命,怕触怒了蒋介石。最好的逃避办法是称病。他希望妻子今晚能从上海公馆赶回南京,明天由她去给宋美龄说他腰疼厉害起不了床,请宋去对蒋解释。

到了私邸,第一句话就问弟弟杜子丰,你三嫂什么时候可以到?

杜子丰回答,电话早就打了,三嫂说她来不了。

杜聿明坐在那里,失望极了。不知明天如何才能让蒋介石收回成命。

弟弟又告诉他,张治中从西北回来了。

杜聿明知道张治中与邵力子都主张和谈。

杜聿明叫弟弟打电话约一下张治中,明天确定一个时间,他去张公馆拜望。

次日早上，总统府三局武官处通知杜聿明午后四时参加官邸汇报会。由于张治中也要参加这个会，两人的见面便约在了午后三时。这样一来，他上午就可以自由支配了。何应钦一向待他不薄，他决定去拜望一下。

在斗鸡闸何公馆，杜聿明受到了热情接待。

两人谈到东北易手，国军全军覆没，都扼腕不已。

杜聿明了解何应钦为人，一向嘴巴很紧，不至于乱传话，所以交谈就较为坦直。他抱怨东北失败，完全是蒋介石干预太多，一意孤行的结果。

何应钦很赞同，但不说出口，只深深点头。

何应钦竭力劝他接受蒋介石任命，到徐州去主持大计。表示一定在中枢支持杜聿明的一切作战主张，负责劝说蒋介石放手。

杜聿明碍于与何应钦的私人情谊（他在回忆录里是这样解释的），不好推却。应承下来以后，请何应钦拨给一辆质优的军用吉普，供战场上使用。

何应钦表示没有问题。

后来果然拨了一辆全新的吉普车，安排空运到徐州。

午后三时，杜聿明又去拜见张治中。

他向张治中陈述了东北惨败的经过，讲了徐州局势也不容乐观。这很投合张治中主张与共产党和谈以求缓兵的策略，等于是给张提供了目前"不能再战"的依据。

杜聿明问道："听说长官和邵先生一起劝总统罢战言和，不知总统意下如何？"

张治中笑了笑，摇了摇头，又长叹一声，说：

"邵先生和我都向他从多方面分析了全国的民意、政治、军事、经济情况，向他指出目前唯一的出路是和谈。我们费了几个钟头的唇舌，结果他却说：照你们的意思这样办，那就是说我们大半辈子都白干了！我和邵先生见他是那种态度，相视苦笑，无法再谈下去了。"

杜聿明怅然无语。过了一会儿，问道：

"现在战场上不占上风，又不愿谈和，张长官看，我们应该怎么办为好呢？"

张治中向墙上的蒋介石画像嘲弄地笑了一下，说："那就只能照他的意思打下去了！不过，打到最后，恐怕连谈和的机会都没有了！"

午后四时以前，杜聿明就驱车赶到了黄埔路官邸。

进了会议室，见郭汝瑰、侯腾等人已坐在里面了。由于主要角色尚未到，大家就你一言我一语地谈开了徐州战场的情况。都对黄百韬兵团、李弥兵团的一个师在接应李延年部撤离海州时被打得丢盔弃甲，深感恐慌，都慨叹没有想到共军行动如此迅速。

四时过几分钟，顾祝同、蒋介石先后到场。

顾祝同指定参谋总部二厅厅长侯腾介绍战况。

侯腾走到壁挂式地图前，拿起指示杆，略向地图浏览了一遍。然后小心地看了蒋介石一眼，旋即把目光移向大家。声音有些沉重地说：

"刚收到的情报与上午有所不同，局势继续在发展！共军华野饶粟部已占领贾汪，迫近运河以东地区。一部渡过运河以后又渡过了不老河，进占曹八集、薛家湖，切断了碾庄后路；共军中野陈邓部在徐州以西、黄口附近与邱清泉兵团发生了交火。邱兵团且战且退，正从容由黄口向徐州转进。黄百韬兵团在通过运河桥时遭到敌人火力封锁，伤亡很重；过了运河以后在碾庄圩一带有被困趋势。九绥区司令官李延年本人已到徐州。黄百韬兵团序列的六十三军到达窑湾，来不及过运河就被包围，目前尚未联系上，情况不明。孙元良兵团成功摆脱了共军纠缠，昨日已到宿县附近。刘汝明部改为八兵团后，转进固镇以南，近日向蚌埠前进。我二厅根据情报判断，粟裕将以有力之一部①牵制（阻援）我军，主力②用于包围歼灭黄兵团。"

侯腾停顿了一下，喘了口气；同时略窥视了一下几个主要人物的表情。见都很平静，唯蒋介石眉头深锁忧虑不安。侯腾接着说：

"徐州情况吃紧，令人不安的还有后方！南京本应为首善之区，而秩序混乱，每况愈下，近两日满街抢粮，警察袖手旁观，所有粮店都关门不敢营业……"

不料蒋介石拍了一掌桌子，大发雷霆，用手指着侯腾训斥道：

"顾总长叫你汇报战场敌我态势，谁叫你说这些？况且南京哪有你说的这些事？你造谣！胡说八道！娘希……顾总长，不要他说了，叫郭厅长说！"

杜聿明曾亲眼见到侯腾说的那些情况，本来也想提醒蒋介石整顿后方秩序，见他心情那么恶劣，咆哮如雷，也就不敢说了。

第三厅厅长郭汝瑰走到地图前，拿起侯腾放在那里的指示杆，汇报应对计划。他说：

"以目前情况看，共军有包围歼灭黄百韬七兵团的企图。坏事可以变成好事，这其实可以成为我军千载难逢的战略良机！"

蒋介石听了这句话，不禁调整了一下坐姿以便更好地倾听；两只小眼睛似乎也亮了一下。郭汝瑰瞧在眼里，明白蒋介石和自己想到一起去了。

"我军占有空军、火炮的优势，采取内线作战策略，立体协同作战，先趁势反包围运河西岸徐州以东的共军，顺便解黄兵团之围；此前黄兵团不要突围，固守

---

① 实际是华野主力半数以上。
② 实际是华野主力不到一半的兵力。

碾庄一线，待大军到后里应外合。其六十三军也须死守窑湾待援①；李弥兵团附七十二军守备徐州；邱兵团现已到达宿县附近，令即返回徐州迅速向东转进，击破徐州、碾庄之间的共军，以解黄兵团之围……"

蒋介石点了点头说："用黄兵团来调取共军入我彀中，这个没错；但是必须保证成功地解黄兵团之围，千万不可弄巧反拙，赔了夫人又折兵呀！墨三，你怎么看？"

杜聿明见徐蚌会战改来改去，与原计划相去已然甚远。蒋介石没有在会上指摘什么人滥改计划、不执行他的命令，猜到一定是蒋介石自己在朝令夕改。看来昨天回到南京，蒋介石未马上召见，也是怕杜聿明因为他改变了原先拟订并经他批准的计划而不去徐州；就先教顾祝同、何应钦劝驾，待杜聿明应承了以后，他就在会议桌上将这个活儿硬套到杜的头上。这时，杜聿明心中忐忑不安，"觉得上了蒋介石的当"（杜聿明原话）。杜聿明认为蒋介石、顾祝同是完全听信郭小鬼②的纸上谈兵，才造成目前的糟糕局面。他准备站起来质问郭汝瑰为什么不照原计划撤到蚌埠一线；却见顾祝同等人，以及蒋介石，都七嘴八舌赞同郭汝瑰这一方案，又犹豫不敢马上开腔了。

正在这时，蒋介石将视线移向他，十分和蔼地问道：

"光亭还有什么意见吗？"

"报告校长，敌情……以及我军各兵团当前的情况我都不大了解，不敢妄言；还是要到了徐州以后，一边了解情况一边向刘总司令请示，研究用什么方法去解黄兵团之围。"

"好！好！你到了徐州，一切由你做主，设法解黄兵团之围，同时歼灭徐州与碾庄之间的共军！我已经教周至柔把飞机给你准备好了，你今晚就去！"

散会以后，顾祝同拉住杜聿明的手，低声说：

"你们两个人都在徐州，有些不大方便。我考虑叫经扶（刘峙）到蚌埠去！好吗？"

"指挥这样大的集团作战，情报、补给是极为繁重、复杂的工作，总部离开了徐州，我的机构又不健全，临事难免掣肘，影响战事。请总长放心，我同经扶老师③不会合作不好的！"杜聿明略一沉吟，又说："请总长俯允我一个要求：水无常态，兵无常势，聿明指挥部队去解黄兵团之围，战略战术、兵团调配，有时可能会改变今天会议的决定！"

---

① 侯腾的情报又误导了他们，此刻五十三军正在遭到最后的歼灭。
② 郭汝瑰是黄埔五期生，身材又矮小，所以杜聿明等人背后以小鬼称之。
③ 刘峙曾在黄埔一期授课，与杜聿明有师徒之雅。

顾祝同略一沉默,说:"可以,没问题!你临机决断吧,我支持你!"

当天夜晚二十二时,刘峙径电蒋介石,说:"徐州以西之共军尚有强大力量,其企图为牵制邱兵团,策应共军徐州以东兵团之作战。我军作战之基本方针,应采取攻势防御,先巩固徐州;以有力部队进行有限目标之机动攻击,策应黄兵团作战。俾争取时间,然后集结兵力,击破一面之共军。"这就否定了蒋介石批准的郭汝瑰计划。

蒋介石复电予以批改:"所呈之作战方针过于消极,务宜遵照国防部电所示方针,集中全力迅速击破运河以西之共军,以免七兵团先被击破。"

杜聿明当夜就率领他的必要幕僚邓锡光、冯石如、张干樵,乘坐周至柔安排的美制全天候飞机,径飞徐州。

南京到徐州的飞机是经常飞的,连最老的运输机也是来来往往十分顺畅。何况这是刚购买的全天候飞机。不料这一次很奇怪,居然迷失了方向,沿途找不到徐州。直到发现了黄河,驾驶员才知道飞过了。急忙回头,一路找去。直到零点前后仍未找到。机长向杜聿明报告,再过一小时找不到,油就用完了。大家正恐慌间,左侧地上发现了一片灯光。飞机转身过去,徐州终于找到了。杜聿明从此怀上了鬼胎,看来此番徐州之事不大吉利。

落地时已经是次日凌晨一时半。

三

杜聿明到了徐州剿总,径入作战室,马上投入工作。

获悉蒋介石复刘峙电于几小时前已到;而刘峙并未执行,刘峙和剿总参谋长李树正都认为无法执行。因为邱兵团被解放军中野陈(毅)邓(小平)所率的几个纵队牵制,无法抽身东进;孙元良十六兵团得待到十一日夜晚才可能抵达徐州以南的三堡一线;黄百韬七兵团渡运河时损失甚大,目前碾庄粮弹两缺,攻既不能,守亦太难;李弥兵团荣誉师之一部因掩护七兵团而退到曹八集,九日夜间被共军消灭。现在共军已在不老河以南的曹八集、薛家湖一带占领阵地;不老河北岸有共军大部队集结,对徐州形成了直接的战略威压;黄维十二兵团现在才抵达阜阳,鞭长莫及,无法参与解黄百韬之围;昨晚黄百韬电话尚通,今(十一日)其线路断了,仅无线电可联络。

徐州剿总十分混乱,刘峙、李树正对解放军的战略意图毫无所知,也无自己的判断,只是被各方面传来的表面现象牵着鼻子走,难免动辄得咎,终致束手无策,不知如何是好。

杜聿明初来乍到,也感到一头云雾,无法作出准确判断,当然就下不了处置的决心。他摊开徐州剿总作的最新敌我态势图，见除了徐州东南的褚兰、八义集之间尚无敌情外，远近外围其他地方都有兵力不详的共军活动。要抽调哪一方向的兵力去解黄百韬之围，都不合适。加上剿总和保密局的情报工作效率太差，除了直接收集显而易见的第一线敌军"情报"（这实在算不得"情报"）之外，几乎就什么也弄不到，更不用说对方的战略意图了。在这种情况下，第一线部队的各级主管总是夸大他当面之敌的情况，层层糊弄，而使高级指挥官大受误导。更主要的是徐州远近的人民对于"有钱人的军队"恨之入骨，主动对蒋军实行了消息封锁。人民对他们以虚报实，以实报虚，竭力糊弄。例如丰县、黄口之间仅有中野陈、邓部一个师，而蒋军从人民口中得到的供述是不下十万人，便判断是中野主力；又如中野主力已到涡、蒙一带阻击黄维兵团，而那里所有的老百姓都对蒋军"官长"赌咒发誓说只有一支几百人的游击队。以致刘峙每天都骂黄维以谎报军情来掩饰自己的行动迟缓。至于从徐州派出去的特务，只要进入解放区，那就很少有回得来的。

杜聿明琢磨了很久，在手里毫无可信情报的情况下，认为共军兵力再多，（分配给他的前线指挥所副参谋长、著名吹牛大王文强居然说粟裕出动了两百万兵力！）总有主次之分，决不会到处都是主力。他根据自己的经验和揣摩判断粟裕目前还不是直接攻取徐州，而是集中野战军主力（实际不到一半）消灭黄百韬兵团，另以有力之一部阻援（实际是一半以上兵力）；徐州以西的黄口、九里山以北至不老河北岸的共军，只有极少数，甚至是游击队，用以牵制国军，所以那个方向可以大胆抽调（邱清泉兵团）兵力用于解救黄百韬兵团。

刘峙、李树正很怀疑这个判断的正确性，不敢同意抽走邱兵团。

杜聿明其实也不敢说自己的判断百分之百正确，见刘、李反对，觉得审慎一点未尝不好，便说那就再了解核实一下情况再说吧。

他命人接通了邱清泉电话。

邱清泉向他禀报，黄口附近共军主力有南进迹象，但尚在证实中；驻守商丘的米文和师失去了联系，情况不明。

杜聿明吩咐邱清泉尽快弄清共军中野陈、邓部动向。

他据此初步判断陈、邓主力可能意不在黄口的邱兵团，而是南下阻击黄维兵团。于是提出两个方案与刘峙、李树正商榷。

其一，令黄百韬兵团坚守一周至十天，以李弥十三兵团守备徐州；以邱清泉二兵团、孙元良十六兵团会合黄维十二兵团先消灭中野主力（杜估计为六个纵队），然后回师东向解黄百韬之围并歼灭华野主力。

采取这一方案的理由是，国军不必做太大调整，可从现有态势转守为攻，以将近十个军的优势兵力歼灭中野主力（他估计是六个纵队）。况且目前带兵的不是刘伯承，而是相对容易对付的陈毅。但这个方案能否实施成功，要害在于黄百韬是否可以坚守一周以上。

其二，以孙元良十六兵团守备徐州；以邱清泉二兵团、李弥十三兵团全力解黄百韬七兵团之围；令黄维十二兵团兼程向徐州疾进；以七十二军为总预备队。

这个方案虽不如第一个方案，但其优点是可以安定黄百韬七兵团的情绪，坚定固守待援的信心；而且整个行动稳扎稳打，徐州也不受威胁。缺点是若黄维十二兵团被中野陈、邓部牵制，不能及时赶到徐州以东参战，则击破粟裕部主力就颇感兵力不足。

刘峙、李树正坚决反对第一方案。理由是黄百韬兵团上上下下已成惊弓之鸟，要他们坚守一周根本不可能，三天以内也许尚可。坐视黄百韬全军覆没，这个责任谁也负不起。况且共军中野主力的真正位置在哪里，也吃不准，目前只是推测而已。万一不在涡阳、蒙城的北面，我们去扑了空；东面的黄百韬七兵团又被吃掉，总统会认为擅改计划，见危不救，追究起责任来，我们三人都跑不脱。

杜聿明尽管认为第一个方案最佳，也无充分把握，况有责任问题，便不敢坚持了。

刘峙、李树正认为第二方案比较接近蒋介石批准的郭汝瑰计划，大家可以不担后果。

杜聿明说，邱兵团是否不受共军牵制而顺利东调，以及东调之际若陈、邓主力尾随到徐州，我们如何应对？

李树正不开腔；刘峙也觉得这确实是个问题，必须把敌情靠实，否则大家很难下决心。他下令召邱清泉来徐州说清楚情况，同时也听听邱的意见。

碾庄圩和碾庄是两个地理概念。碾庄圩是一个地区，并不只是一个村庄。它位于陇海路以北、运河以西，包括十五个自然村，方圆十一公里。这个范围内有不少土台、洼地、水塘、沟壕，多为平地。村庄都建在土台上，以三米左右高的土墙围之，意在防堵洪水侵袭，也是为了防御匪患。据地方志记载，这种结构始于明朝万历年间。不久前李弥兵团曾驻防这里。李弥有一个绰号叫土鳖蒋军，是指他善于修筑防御工事。黄百韬来到时，果然见李弥的工事既完善又坚固。黄百韬立刻进行了进一步的改善，组成环形防御阵地：以地堡群为骨干，自然村为支撑点，交通壕、堑壕相沟通，兵力、火力能自如地相互支援。

碾庄是其间最大的一个村庄，算是碾庄圩的"首府"吧。黄百韬七兵团的司令部就设在这里。

十一月十日，黄百韬在这里召开紧急军事会议。

参加会议的除了黄百韬自己以及他的兵团参谋长魏翱，就是尚存的各军军长。会议主要研究两个问题：是继续西撤还是固守待援；是否营救窑湾被困的陈章六十三军。

黄百韬一开腔就抱怨道："刚才空军来电告知，六十三军在窑湾及其以东地区遭到共军分割包围！陈章盲目自信，不听命令，非拖到七日午后才撤退不可！哼，现在怎么样？吃亏在眼前！全兵团自顾不暇，我的意见是让他听天由命吧！"

他沉吟了一会儿，愁容满面，说：

"我们遇到的情况不容乐观，处境十分危险！我的意见是迅速离开这个险地，趁饶、粟主力还没有完成合围，各部队以迅雷不及掩耳之势脱离战场，昼夜兼程，进至大许家一线，与徐州连成一片。不知诸位以为如何？"

兵团参谋长魏翱和四十四军军长王泽浚、二十五军军长陈士章、一〇〇军周志道都表示赞同；唯六十四军军长刘镇湘反对。他冷笑道：

"就这么不战而退，恐怕不够妥当吧？"

黄百韬不悦。乜视他一下，叫着这位黄埔五期生的表字说：

"涵纬兄有什么高见，说给大家听听！"

"十三兵团早就在这筑好了半永久性工事，司令官也已下令进行加固改善，现在不守而退，必会遭受各方面诟病！如果我们凭借坚固工事防守，我相信没有一两月共军休想啃得下来！去年我们在范家集防守，不是就成功了吗！"

陈士章竭力反对，"我主张执行司令官意旨！目前的态势险恶，我们往西退却一里，就安全一分！豫东之战的时候，我二十五军与七十二军只相隔十公里，互相能用炮火支援，但始终冲不过共军的阻援阵线！如果我们留在这里，共军的合围完成以后，别想邱兵团远道来援！"

黄百韬冷笑点头："即使只相隔两三公里，他也不会冒险来救我们的！"

就在这时，刘峙的电报到了。

刘峙传达蒋介石命令：七兵团固守碾庄圩，准备配合决战；黄维兵团正兼程前进，拟经宿县、宿迁渡过运河，至运河东岸后对共军实行外线反包围；又已令杜副总司令率邱、李两兵团东援，一起包围共军。

刘镇湘很得意。

黄百韬无奈，也只好依他了；而且也只好改变说法了。毕竟是气可鼓不可泄呀。

他说："既然总统有了明确旨意，我们就须坚定执行，不可动摇！大家放心，届时邱清泉不伸出援手，还有李弥、孙元良嘛，而且是杜副总司令亲自出马，我看不会有什么差错！现在我正式命令：兵团部位于碾庄这里不必移动；二十五军占领碾庄圩北部的小牙庄、尤家湖，向北防御；六十四军占领碾庄圩东部的大院上、吴庄，向东防御；四十四军占领碾庄圩车站及其以南各村庄，向南防御；一〇〇军占领碾庄、彭庄、贺台子，向西防御；各军火炮集中，由兵团直接指挥。

第三十一章

一

一九四八年十一月以来,因了东北的全部解放,淮海战役也拉开了序幕。华北的傅作义草木皆兵、风声鹤唳,坐不住了。就在这时,蒋介石召他去南京商量"大计"。

傅作义华北剿总的兵力比起解放军华北军区的兵力多出四万多人,装备也要好一些。共有五个兵团:第四兵团,司令官李文;第九兵团,司令官石觉;第十一兵团,司令官孙兰峰;第十七兵团,司令官侯镜如;兵团级的天津警备部队,司令官陈长捷。此外加上绥远、大同等地傅作义老巢的驻军,总兵力为五十万人。这五十万人中大部分是蒋介石的嫡系,傅作义自己的嫡系约十万人。

人民解放军华北军区司令员聂荣臻,麾下共有三个野战兵团,包括十一个步兵纵队和两个炮兵旅。第一兵团,司令员兼政委徐向前(华北军区副司令员),副司令员兼副政委周士第;第二兵团,司令员杨得志,政委罗瑞卿;第三兵团,司令员杨成武,政委李井泉;另外是军区直辖部队、七个二级军区所辖纵队以及石家庄警备部队,总兵力为四十六万人。

尽管双方兵力对比,华北解放军要输却一筹;而东北的一百多万装备精良而且有大兵团作战经验的人民解放军一旦叩关而入,情势就将绝对逆转。这对傅作义和蒋介石都将是灾难性的。华北何去何从,这两个人不得不坐下来坦诚交换意见。

不过,事情尚未临到火烧眉毛的当口,筹措、准备的时空尚有;因为无论是蒋介石还是傅作义都具备一个军事常识,刚刚完成一场规模巨大的战役,部队必须经过整补。也就是官兵需要休息、调理心态,英模需要表彰,干部需要做适当考察,大量的俘虏需要消化(用蒋、傅的语言说就是甄别、洗脑、吸收到部队里)。这个时间应该为五个月左右。这样的时空,蒋介石、傅作义都认为是大有可为的。

有趣的是,毛泽东最初给东野的休整时间也与蒋、傅作义的推测差不了多少;后来却又缩短了。他在辽沈战役基本结束时给林、罗、刘发了一个电报,商榷解放华北的时间安排时这样说:

"东北主力除四纵、十一纵等部即行南下外,其余①在沈阳、营口的战斗结束后,应休整一段时间,约于十二月上旬或中旬开始出动,攻击平、津一带。"

毛泽东最初考虑发起平津战役解决傅作义集团的时间是一九四八年"十二月上旬或中旬"。

在此期间,毛泽东认为须事先肃清傅作义的老巢,亦即他个人及其小团体的战略后方,为东野入关做一些准备。命令聂荣臻、徐向前攻取太原、归绥。特别是归绥,必须拿下。那是傅作义私家部队的后方基地。傅作义用了一个满员的军共四万人防守。

十一月五日,也就是傅作义飞南京到何应钦家里商榷华北问题的那一天,华北军区杨成武第三兵团完成了对归绥的包围。

杨成武可能轻敌了,竟忘了兵贵神速,忽视了中央军委要他们速战速决的命令,把总攻时间定在了十六日!整整十天他在干什么呢?

傅作义获悉归绥被围,十分焦急,立刻调集有力部队西援。从北平到归绥,步兵三天足够了,他命令归绥至少坚守三天。

敌人的援兵大大多于解放军攻城部队,归绥久攻不下,敌人内外夹攻,我解放军处境将十分不利。杨成武和副政委李天焕反复研究,颇感进退两难。

后来,中央军委解决了他们的疑难,替他们卸下了包袱。

徐向前、周士第第一兵团攻打太原也是久攻不下,部队伤亡很大。徐向前致电军委,要求增加两个纵队来太原参战。华北军区野战部队各司其职各守要隘,已无机动兵力可以抽调。毛泽东叹了一口气,只好致电在外的周恩来,命周打电话与聂荣臻司令员、薄一波副政委商量怎么办。电报全文如下:

周:请以电话与聂薄商量:一,杨成武停止攻归绥(因无打援把握)②,即在归绥、卓资山、集宁地区休整,待东北我军南下攻平津时再攻归绥。二,杨、罗、耿③率三四两纵队及八纵一个旅即开保定、石家庄之间休整补充至十五日为止,十六日向西参加太原作战。三,在本月及十二月内给徐、周④一万俘虏及新兵的补充。四,杨、罗、耿另外两个旅加入七纵集团,在平保⑤线活动。

毛泽东 十一月九日

---

① 即后来说的百万大军。
② 括号内亦为电报原文。
③ 杨得志、罗瑞卿、耿飚。
④ 徐向前、周士第。
⑤ 北平、保定。

蒋介石教何应钦先和傅作义谈，探探傅的底线；也向何应钦交代了中央给予傅作义"好处"的底线。

所以何应钦便设家宴为傅作义洗尘。请了几个陪客，有顾祝同、郭汝瑰等人。客人们傍晚陆续到了斗鸡闸二号何公馆。

宴席间没人谈及局势，只聊了一些闲话，不外乎风花雪月与南北饮食的异同。

餐后移樽客厅品茶。这才由主人何应钦把话题引入时事。大家自然而然就说到了徐蚌和华北的局势。

一接触华北的局势，傅作义就忧形于色，摇头叹息。他说：

"华北剿总的全部人马加起来不过五十多万，比聂荣臻多不了多少；如果林彪拥百万之众入关，华北必然糜烂！我怎么负得起这样大的责任呢？古人说'知难而退'，我希望中央允准我把原先拨给我指挥的中央部队全部交出，请总统另择良将到北平坐镇；我只带我的基本部队三十五军、一〇二军、暂编第三军退回绥远，展开游击战，与共军周旋。"

大家听了，面面相觑，一时都不知道说什么为好。

何应钦却胸有成竹，只沉默了片刻，就说：

"华北的国军分散在平绥路沿线，任何一段遭到切断，就全盘皆输了；绥远一隅又能怎么样？华北不保，华中亦危，进而全国局势终将糜烂。覆巢之下，安有完卵？你一个小小绥远焉能置身事外？游而击之，到后来恐怕只能游而不能击，最后连游也无从游了。与其如此，不如集结大军巩固平津；必要时，退出北平，固守津、沽，保住一处可以安全撤退的海口。如果愿意与共军决战，可以通过这里源源不断求得海运和空运的增援；若事不济时，也能通过海路从容撤退。如此进退自如，比诸躲进绥远偏僻之地坐待末日到来无疑好得多！"

傅作义仍是摇头，不以为然。顾祝同问他有什么高见。他说：

"即便放弃大片地方，把华北现有兵力收缩到平津，恐也难以抗拒共军炽焰啊！"

何应钦沉吟了一下，说："宜生兄不可妄自菲薄，拿出当年守涿州的精神来，够共军麻烦一年半载的！宜生兄看这样好不好，如果你能招募大批兵员，我可以马上将三船美制装备运往天津，由你先行扩编三个军，以增强华北国军力量；此后你若能继续招到兵员，还可再给你四个军的美械。这样，不知宜生兄觉得华北事可为否？"

傅作义愣了一愣，霎时惊喜得瞪圆了双目。旋即迫不及待地说：

"诚能如是，我就有办法打败共军了！"

郭汝瑰感到纳闷，怎么一下子又变得有"办法"了？客气地问道：

"不知傅总司令采取什么办法?"

傅作义略一思索,神秘地说:"各个击破!"

郭汝瑰仍感到一头云雾。鉴于职级悬殊不便追问,只困惑地笑了一下。

何应钦瞥了顾祝同一眼,镜片闪了一下光。顾祝同会意,以恳切的语气说:"宜生兄请讲得具体一点,我好吩咐郭厅长他们替你制成书面的东西,呈交总统审定。"

傅作义一时语塞,略有点窘迫;但只片刻就掩饰过去了。毕竟是老宦了,驾驭自己表情的能力是不弱的。调整好以后,又是一副胸有成竹的样子,说:

"这个……还只是初步的设想;考虑成熟以后,自然首先向何部长、顾总长禀报!"

见他这样说,何、顾也不好再追问了。

离开斗鸡闸,郭汝瑰搭乘顾祝同的座车。

在车上,郭汝瑰担心地提醒顾祝同道:

"总长,傅宜生得了那么多装备,会不会只顾扩充他的私家武装,完全不给中央军那几个军呢?"

顾祝同一笑,没马上回答。从容地点上一支烟,吸了一口。吸时的火光,让郭汝瑰窥见了他脸上有一丝淡淡的狡黠。顾祝同吐出一口烟雾,才说:

"你要人家听你指挥,替你办事,总得让人看得见一两个饼子吧?哪怕只是画在墙上的呢!"顿了一会儿,又说:"华北还只得让他领头干,不然他那三个军谁也指挥不动!"

"这个考虑固然没错;不过他长期把持华北那么大片地方的军政大权,万一异动起来怎么办?"

"他麾下不是还有中央军的九个军吗?我们之所以教李文以第四兵团司令官而兼华北剿总副总司令,就是防备有什么异动时李文把九个军统带起来!"

郭汝瑰佩服地点点头,"啊,这个才叫魔高一尺,道高一丈!"

次日,蒋介石召见傅作义。

蒋介石此时对华北问题十分纠结,确实拿不定主意。他想探探傅作义的态度,再进行研究、酌定。

蒋介石以商榷的口吻向傅作义提出,可不可以将华北的部队通过海路和现在尚畅通的陆路全部南撤?

傅作义心里的小算盘是万不得已时宁可率领自己的嫡系西去归绥,也不愿南去。因为去了南边,那就会身不由己了;自己多年苦心经营起来的三个军也定然会被蒋介石吞并掉。当然,说出口的话却是另一个调门。

"总统,在部下我看来,固守平津是全策;退守江南为偏安,历朝历代都视为畏途！非万不得已，不要放弃平津。若是平津有失，尽管华北国军按国防部先前的打算攻取山东，加入徐蚌会战；但林彪的百万之众、聂荣臻的四十几万人同样可以南下参与逐鹿，我们在中原的总兵力也会变得大大不如人家的！"

蒋介石点了点头，认为他的考虑是对的。但又忧虑地慨叹道：

"林彪的百万大军入关，加上聂荣臻的四十多万人，这种沉重压力，要哪一个单独承受都是不轻易的事！"

"林彪刚打完大仗，至少需要休整两三个月才可能拔寨入关，平津方面大的战事当在明年开春以后！这期间，如果总统支持我新编练四五十万部队，对付林彪、聂荣臻我就有办法！我还可以加固津、塘八十公里弧形阵地，完善北平碉堡群系统……"

蒋介石当即表示尊重傅作义的意见，"固守平津，置主力于津、塘，以利尔后行动"；至于由傅作义招募、编练新兵团，则待与国防部商榷后再说。

傅作义离开南京返回北平后没几天，南京酝酿了一个如果当时傅作义知道了必会大为愤慨的阴谋。

昆明的保密局云南站站长沈醉少将接到毛人凤局长密电，教他秘密去南京。

次日，沈醉在明故宫机场落地，立刻乘坐来迎接他的汽车驰往保密局在马台街二十二号的局本部。

毛人凤告诉他，这次密调他赴宁，是总统亲自点的将；任务是秘密除掉李宗仁。解释说，最初因为他离不开昆明的工作，没考虑他；毛人凤首选的是局里专门主管暗杀、秘密护卫业务的行动处处长叶翔之，已经进入了布置的程序。蒋总统听说叶翔之是文人出身，写文章不差，但从未亲手杀过人，立刻就否定了；点名教你这位老手来执行。

旋即就带他去黄埔路中央军校内蒋介石私邸叩见。

他俩在会客室坐下。不敢高声说话，默默地等了两个多钟头，才得到传见。

进了蒋介石办公室。蒋虽没有起立迎候（因他俩职级太低），但很客气，有点像蔼然可亲的长者。并没有马上提到让沈醉干什么活儿，却问起他在云南的工作情况；然后做起关切的样子问起家庭情况，以及生活有什么困难。最后才说：

"毛局长告诉你执行什么任务了吗？"

"报告总统，局座已经指示过部下了！"

"唔，好，好，好。"蒋介石点点头，表情十分平静，让人感觉今天的召见就是拉家常小事而并非叫他去干杀人勾当。"这个是……这个是，叫你去主持这项工作，关系重大，说是关系到党国的存亡也决非夸大其词！这个是……我相信你是可以圆满完成任务的！是不是？"

"请总统放心,部下一定不辱使命!"

"好,好,很好!"蒋介石满意地微笑点头。沉吟了一下,又说:"这个是……共产党早迟总会打倒的;对我们威胁最大的不是他们,而是我们党内的敌人!党内敌人是非常难对付的,所以只好采取一些非常措施。以后我们内部完全统一了,才好一致对付外部的敌人。人家共产党办事比我们有利得多,他们的敌人只有一个,所以没有掣肘,能打胜仗;我们却有两三个甚至更多的敌人,几方面都要对付,困难就多得多。所以必须趁早解决!你这次行动关系着党国安危,绝对不能有半点泄露;一切要从速布置,然后等待我的命令。接到我的命令,便要绝对完成使命!"

在半个多小时的谈话里,蒋介石始终没有说是完成什么使命,没有涉及杀人方面的字眼,当然就更没透露行刺的对象是谁了。

告辞的时候,为了讨好蒋介石,沈醉激昂地表示绝不辜负他的期望,一定想尽一切办法完成任务,付出任何牺牲也在所不惜。

他听了,高兴地握着沈醉的手,对毛人凤说:

"这是我们最忠勇的好同志!他工作上、生活上如果有困难,你要负责解决!"

次日上午,毛人凤把沈醉、局长办公室主任潘其武、行动处处长叶翔之叫到办公室密商;连徐志道副局长都没让参加。马上组建了特别行动组,分成两拨人:一拨人监视,防止李宗仁离开南京;一拨人负责实施暗杀。毛人凤后来还亲自命令经理处、人事处,凡是特别行动组要钱要人,必须充分满足。

二

一九四八年十一月十一日中午,邱清泉在几名卫弁护卫下,来到徐州。

他告诉刘峙、杜聿明,他新掌握到的情况是中野主力(其实并非主力)南移,他的二兵团当面仅有一个两广纵队(华野);还说商丘陷落时米文和师投共了(其实是被围歼的)。

刘峙这才判断徐州尚无大碍。同意将邱清泉二兵团东调,协同李弥十三兵团解黄百韬之围。但仍留下一个尾巴,令七十四军不随邱清泉东去,布防于九里山附近,一方面作总预备队,一方面防备中野袭扰徐州。刘峙马上命李树正参谋长将他的意图制成完善的书面命令:

共军中原野战军主力(其实仅系一部)与邱清泉兵团在黄口一线激战后,向南转移到宿县、涡阳、蒙城一带。华野主力已渡过运河、不老河将黄百韬兵团包围于碾庄圩,刻正激战中。我军以击破华野主力、解黄兵团围之目的,即以有力

之一部守备徐州既设工事,以主力展开于苑山、张集地区,借助空军、炮兵、装甲车掩护,迅速向碾庄圩攻击前进;具体如次:

着孙元良十六兵团附七十二军守备徐州机场、云龙山、九里山一带既设阵地,并特别加强对徐州以西的萧县、徐州西南的符离集的搜索、警戒;

着邱清泉二兵团(欠七十四军)附独立骑兵旅、李弥十三兵团归杜聿明前进指挥所指挥,展开于苑山、张集地区,迅速向碾庄攻击前进;

着二兵团所属七十四军为总预备队,控制于九里山一线;

陆、空、炮、装甲车协同计划由前进指挥所拟订;

交通、通讯、补给计划后拟。

这是刘峙与杜聿明共同下的决心。

杜聿明即刻命令邱清泉兵团主力(五军、七十军、十二军之一师)星夜向徐州东南张楼一带集结;该兵团其余部队随后跟进。李弥兵团将徐州防务交给孙元良兵团,然后集结于徐州以东苑山附近。两兵团预定十二日集结完毕,十三日开始攻向共军对黄兵团的包围圈。

杜聿明又产生了一个新想法,抽调孙元良兵团绕向共军一翼,实行迂回侧击;同时加大正面进攻力度,可成功粉碎共军阻击线。但又苦于共军阻击部队的虚实未明,弄不清共军的真实意图仅仅是阻援还是打援(他甚至疑心包围黄兵团仅是诱饵,虚晃一枪而已),不敢下决心;刘峙也反对,深恐大部队全部远离徐州后为飘忽不定的中野主力所乘。到了十二日上午十时许,空军发现渡过不老河的共军有多支小部队(团以下单位)陆续取道曹八集南进;接着,午后又发现大部队(规模不详)分别取道曹八集、薛家湖南进。而苑山附近的李弥十三兵团始终对不老河北岸与曹八集之间的敌情搞不清楚。直到黄昏时候,邱清泉二兵团骑兵旅才发回报告,"在徐州机场以东、白楼附近发现小股共军"。杜聿明深感头痛,觉得刘峙的担心也并非杞忧:共军行动诡异,飘忽难测,其总共投入多少兵力,徐州与碾庄圩之间摆放的阻援部队有多少,是意在阻援还是打援,都闹不清楚。当然就无法寻求对方的弱点;同时徐州机场也受到了威胁。已进入决战阶段,主将完全无法"知彼",杜聿明心中不能不感到害怕了。他不敢冒险采取以一支偏师去迂回包抄共军侧翼的策略了,只好"率由旧章"地去正面攻坚。虽然打法很笨,但可进可退,不至于把徐州主力也赔进去。

当晚决定把主力展开于刘集、苑山、不老河一线,十三日开始进攻。

其攻击部署如次:

共军饶粟部主力在徐州以东渡过运河、不老河,现正与黄百韬兵团激战。其有力之一部已进至白楼、薛家湖、曹八集、周庄附近占领阵地,企图阻止我东进。

徐州以西共军陈（毅）邓（小平）部主力已南移，九里山、萧县以西仅有饶粟部两广纵队及陈邓部少许部队，对我聊作牵制。

我军对应之策为：击破饶粟部阻击线，挺进碾庄圩，解黄百韬兵团之围。着二兵团（欠七十四军）在白楼、李庄至陇海铁路（不含）地区展开，十三日拂晓在空军掩护下攻击前进；着十三兵团以一个师沿不老河两岸占领阵地，掩护大军的左侧背，其兵团主力展开陇海铁路（含）以北、苑山以东、周庄一线，十三日拂晓在空军、炮兵掩护下，与装甲车团协同，攻击前进；（剿总所属）炮兵部队在苑山以东列阵，支援两兵团作战（步炮协同计划另订）；七十四军为总预备队，布防于九里山附近。①

粟裕的布阵情况上文已粗略勾勒。到十一日，七纵、十纵、十三纵与从皂河北上的十一纵、江淮军区两个旅，在徐州以东的大庙、侯集地区汇合，负责切断黄百韬西退徐州之路，并占据了阻击杜聿明东援的有利阵地；二纵、十二纵、中野十一纵，也从宿迁附近渡过运河，从东南方向逼近徐州，并于十三日在大王集地区揪住徐州剿总临时直接指挥的一〇七军，战果颇丰，下文将详述。

至此，华野成功地将黄百韬兵团残存的四个军包围并压缩在南北三公里、东西六公里的碾庄圩地区。

前文也说过，粟裕调集了八个主力纵队担任阻援，意图显然是将视战事发展的情况变为打援。正面阻援的是华野七纵、十纵、十一纵，布防于徐州以东的侯集至大许家之间，沿铁路两侧构筑多道防御阵地，准备迎战邱、李两兵团主力；华东军区苏北兵团的二纵、十二纵、一纵、鲁中南纵队、江淮军区两个独立旅以及中野十一纵，摆放在徐州东南，伺机攻击杜聿明东援集团侧背，使其无法全力向东。

蒋军一〇七军奉调从睢宁奔赴徐州时，粟裕迅速做出反应，命滕海清司令员、康志强政委率二纵及时歼灭，以免骚扰大局。

孙良诚的一〇七军是一支汉奸部队，抗战后被国民党收编，共有二六〇、二六一两个师。

十二日下午四时，二纵四师先头部队十二团与孙良诚部遭遇，歼灭其两个连，其主力随即仓皇西窜。滕海清命四师紧追勿失。

与此同时，二纵六师的先头部队也与孙良诚主力遭遇，发生短暂战斗，俘敌四十余人。孙良诚一〇七军主力又向东回窜邢圩地区。滕海清令六师按原计划紧

---

① 杜聿明电报原文。藏台北"国立"图书馆。以后凡未注明出处的国民党方面文电均出此。

咬勿失，继续追击。当天十七时，六师抵双沟镇，与孙良诚部二六一师发生激战，歼敌一部。余敌在其师长孙玉田带领下向徐州方向狼狈逃窜。

孙良诚率军部和二六〇师沿海郑①公路仓皇向西逃跑。只走出十公里就发现公路两侧都有解放军向西与其平行疾进，并不时向他的部队射击。他担心部队会被切断、各个歼灭。一面令军直属队、二六〇师东返邢圩，抢占有利地形，构筑工事，坚守待援；一面令二六一师掉头回师，向邢圩靠拢。

二纵五师跟随四师、六师抵近邢圩附近，发现孙良诚的军部、二六〇师都猬集在邢圩、高集一线防守。立即向滕海清报告了敌情；一面迅速展开部队，和淮北独立团一起，准备进攻。滕海清派炮兵团驰赴邢圩，协助五师行动。

五师通过喊话，命令孙良诚十三日上午十时半以前放下武器，免遭消灭。

到了中午十二时，孙良诚仍无投降表示。五师首长遂令十二团向孙良诚的军部教导团进攻。至十六时三十分，全歼该教导团。五师趁势缩小包围圈。

十九时，邢圩村庄内开出一辆亮着灯打着白旗的吉普车。刚出村，解放军哨兵便勒令停车。吉普车置之不理，径直往前开行。哨兵向天空打了一梭子冲锋枪子弹警告。吉普车这才停下来。十多名解放军战士一拥而上，包围了车子。车门打开，走下来一名中年军官。他说：

"各位同志不要误会！我是一〇七军军长孙良诚，是来接洽起义的！"

孙良诚被带到了五师师部。

五师政委方中铎向纵队首长汇报，请示处置办法。

滕海清司令员与康志强政委研究。两人都认为孙良诚这人反复无常，说不定是缓兵之计。决定不见孙良诚，由五师向他下令投降。

孙良诚不待五师政委方中铎说话，就先下手为强，说：

"敝人是来洽谈起义的！请贵军给予敝部番号，让我开拨到朝阳集起义！"

"现在孙军长才来谈起义已经迟了！我们过去曾派代表劝你起义，你都采取虚与委蛇态度；如今兵临城下才跑来谈这个话题，我们不便接受，只有一条路，缴械投降！"

"怎么会是投降呢？你弄错了吧？你打电话问问纵队首长，看看我应不应该属于起义范围！"

方中铎接通了纵队司令部电话，请滕海清给孙良诚训话。然后把听筒递给孙良诚。

滕海清对孙良诚说："你必须立即投降，否则将动用武力全歼你们！"说完挂断了电话。

---

① 海州至郑州。

方中铎对他说："你不愿投降可以，我们让你回去。但我们打进村去，把你捉住，那时就要把你作为当过汉奸、现在又参加反人民内战的战犯处置，情况对你就更不妙了！"

后来，孙良诚只好同意投降。就留在解放军这里，向他的部队下达了放下武器的命令。

十四日上午八时，孙良诚的军部和二六〇师共六千多人放下了武器。

二纵四师也在双沟镇西北追上了拒不投降的一〇七军二六一师，并予歼灭，俘虏三千多人。

一〇七军被解决，打开了徐州的东南通道，为解放军进逼徐州，侧击杜聿明东援集团创造了条件。

十一月十三日九时，杜聿明东援集团二十一架轰炸机狂轰滥炸，一百多门重炮、一百多辆坦克和装甲车的车载火炮，连续炮击，将华野阻击线三十公里宽的正面阵地打成了一片火海，不少工事被轰塌。

炮击长达一个小时。

然后，其步兵在装甲车、坦克导引下，向铁道两侧的华野阵地攻击前进。十三兵团之第九军一六六师用三十辆坦克打头阵，步兵隐藏在后面，攻打华野十纵阵地，攻占了胡庄、寺山口、安子村、马山、团山、顾山等地。

第二兵团之第五军四十五师、二〇〇师在十二辆坦克掩护下，攻占了韦庄、赵家屋、宛山等阵地。

华野十纵组织反击，将敌人打退，夺回了赵家屋、宛山。

第二兵团之第七十军向华野七纵、十一纵阵地进攻。占领七纵的殷山、邓庄阵地和十一纵的盛山、邓家楼阵地。

十一纵立刻进行反击，夺回了盛山、邓家楼两地。

就这样反复争夺了两天，华野在大量消灭敌人有生力量后，主动后撤。

杜聿明的东进集团推进了四公里。

杜聿明寻思，以东进集团此刻位置到黄百韬七兵团被围地约莫四十公里，若加强攻击力度，一周多可以打到。

而战斗到十五日，他的信心动摇了。他发现解放军的阻援部队越打越多、越打越强。而且抓住蒋军不习惯夜战的弱点，集结力量进行夜间反击。例如邱兵团右翼的张集一线，七十军驻地，被解放军包围，彻夜攻击，死伤无数。

天亮后，空军遵照计划向前轰炸，为邱兵团开路。

邱兵团官兵夜战之后疲困不堪，懒得动弹。

空军指责邱兵团不配合，浪费了他们的弹药，威胁不干了。

待邱兵团休整好，要行动时，要求空军配合，空军果然不来了。

双方互相指摘，对骂不绝。邱兵团这一天无尺寸之进。

铁路以北十三兵团八军尽管空、地协同较好，也只攻占了两个村庄，推进了一公里；左翼第九军毫无进展。

杜聿明、刘峙都明白，再这样蜗牛般进展缓慢，迭电告急的黄百韬一旦玩完，共军旋师，东进集团将十分危险。

刘峙赶到前进指挥所，与杜聿明一起视察前线。

刘峙叹道："这是徐蚌会战的第一个回合，没想到这么艰难，打成了个被动局面。"

言外似有埋怨杜聿明之意。

杜聿明有点尴尬。只好说："这次战役不知道是怎么回事！邱、李两个最强的兵团都用上了，开战之初还有点进展，后来就疲软了，共军的阻击线就是撕不开；空军侦察到的是五道阻击线，我们至今连第一道都没有全部闯过！而且共军的阻援部队越打越多，这个现象十分反常！"

刘峙对此更为惶惑，"粟裕究竟有多少阻援部队？"

杜聿明忖度了一下，说："我看至少八个纵队；从这两天的战事看，他们的后劲尚未用出！"

刘峙大惊失色："不会在这里投入这么多吧？黄百韬那里才是主战场啊！"

前进指挥所副参谋长文强为了附和他的举荐人杜聿明，便说："我看不止八个纵队！"

由于文强是军统特务出身，刘峙以为他运用故伎，获得了什么情报，便问道："那你认为有多少？"

"我看至少须加一倍，起码有十六个纵队！"

"我看你是在胡说八道！"刘峙申斥道，"光亭，你怎么用这样的宵小做幕僚？"

"念观，"杜聿明叫着文强的表字，埋怨道，"你不要太夸张了！"

后来，杜聿明又重提抽调部队迂回到敌阵一翼或背后，配合正面主力的强攻。

刘峙原则上不反对，但只同意从当下的正面部队中抽调。

杜聿明马上用无线电报话机叫邱清泉抽两个军、李弥抽一个军，以组建一支绕攻的偏师。

邱清泉坚决反对。他说，我的兵力已经消耗万人，如果再抽调两个军去迂回，恐怕我不仅没有力量再作正面进攻，要守住现有阵地都困难。一旦敌人攻破我的正面，徐州也将不保。我的七十四军早就被你们弄到九里山去了，调过来用不行吗？

李弥的态度软和一些。他说，如果邱清泉派出兵力，我也派；邱清泉不派，我也不派。我的兵团只有三个军，邱兵团有六个军，他的兵力多我两倍，应该抽他的。

杜聿明只好打徐州九里山七十四军的主意了。反复劝说，刘峙才同意把这个军交给他使用。

杜聿明马上命令七十四军立刻拔寨东来，到潘塘镇集结。然后从左翼向解放军阻击线迂回侧击，以配合正面，打破屡攻不破的僵局。

三

距离阻击杜聿明东援集团不到四十公里的东面，华野围歼黄百韬七兵团的战斗正有条不紊地展开。

粟裕以四纵、六纵、八纵、九纵、十三纵、特纵（坦克纵队）十五万人和八十一辆坦克组成突击集团，包打黄百韬兵团；其余部队紧随其后跟进。

六纵进至单集、顺河集一线，向南攻击；

十三纵从夏河圩以东至大同山、景墩一线，向南攻击；

四纵在景墩以东至秦家楼、碾庄圩一线，从东北方向进攻黄百韬兵团的西南部；

八纵沿铁路线，由东向西攻击；

九纵沿顺河集、杨家集、吕圩、四里庄一线，从东南向西北攻击。

这便构成了对黄百韬四面八方的攻击态势。

华野以绝对优势的兵力，排山倒海般攻向黄兵团猬集的狭小地狱。先后突破了黄兵团四十四军、一〇〇军、二十五军、六十四军外围阵地，给予敌人重大杀伤；一五〇师师长赵壁光率部投降，四十四军军长、一六二师师长杨自力被捉。

十一月十五日，粟裕决定"攻其首脑，乱其阵足，以尽快歼灭黄兵团，结束战斗"。

命令聂凤智九纵从碾庄正南、西南突击，然后直插黄百韬的兵团部。

九纵前进指挥所及时召开短会。

纵队副参谋长叶超站在地图前，以自豪的语气对本纵队团以上指挥员说，我们九纵这次是主攻中的主攻，担任直插黄兵团司令部捉拿黄百韬的任务。

纵队政委刘浩天截断他的话，叫他先不忙说本纵队任务，把粟司令员的总体安排告诉同志们，大家心里应有个全局概念。

叶超介绍完野司的总体部署后，开始安排纵队的具体战略：

本纵队沿邵墩、火车站，向碾庄圩核心地带实施突击，直捣黄百韬兵团部。据此，纵队首长命令二十五师在左、二十六师在右并肩攻击前进，迅速突破第一线防御，攻占徐井涯、新庄、前板桥、后板桥等要隘，控制铁路路基。继后，攻取碾庄圩南面屏障曹庄、李庄，向兵团部突击。

九纵的炮火向徐井涯、前板桥、后板桥轰击二十分钟。

炮击结束后，二十五师师长肖镜海、政委谭佑铭命令七十四团、七十五团攻打黄兵团四十四军四四九团守卫的前板桥阵地，二十六师师长张至秀、政委张少虹命令七十六团、七十八团攻打黄兵团四十四军四五〇团防守的徐井涯阵地。九纵的四个团近九千人一字排开，展开了猛攻。

九纵二十五师一路势如破竹，攻村掠地，不久就兵薄碾庄圩车站。

敌四十四军军长王泽浚见解放军攻势凶猛，担心阵地有失，亲自窜到站台上指挥。他用四川西充县那怪头怪脑的腔调狂叫道：

"弟兄们，怕个锤子啊，共军又不是三头六臂！大家一定要顶住，决不能后退，不然蒋总统不给饭吃啊！"

矮小的川军官兵见军长亲自上阵了，胆子大了起来，拼命抵抗，乱枪齐发。

华野九纵二十五师师长肖镜海分别打电话对两个团长说："四十四军这是临死前的挣扎，其实他们战斗力最弱，你们尽快用铁拳砸烂它！"

解放军展开了更凌厉的攻势。川军哪里是敌手，很快就垮了。军长王泽浚也被手榴弹炸伤了左腿。

王泽浚狼狈逃到车站地下室包扎伤口。

副官处长鲁宗周叫司机发动车辆，不要熄火，以便军长缓急间使用。

王泽浚见解放军一部已进入车站，情知不妙，赶紧乘车冲出车站。向前黄滩、后黄滩方向逃去。其守车站的特务营，以及新庄、梁庄的一六二师残部，纷纷向铁路以北逃窜。

与此同时，九纵二十六师也进展神速。全纵队一夜之间全部攻占铁路线以南的敌军阵地。

其他几个纵队也在成功推进。

按照野司的计划，各纵应连续突击，五天内结束战斗。而碾庄圩进入腹心地带，水沟、水塘越来越多，民房当初为了防匪也建得十分坚固，利于防守不利于进攻；各纵到了最后，再不能像最初那样飞速推进，逐渐转为村落的攻坚战。这颇出意料之外，所以战前未能作此准备，炮兵也未能及时跟进；加上黄百韬兵团困兽犹斗，又有空军掩护，以致华野各纵三天之间虽攻取了二十一座村庄、消灭了四十四军、一〇〇军大部，六十四军、二十五军一小部，而进展缓慢，部队伤亡增大。

正值此时，粟裕在邳县土山镇召集四纵、六纵、八纵、九纵、十三纵、山东兵团的负责人开会，传达毛泽东最新指示。粟裕说：

"主席指出,不能让杜聿明东援集团到达碾庄圩,但也不可打援太狠使其缩回徐州。因为他们缩回徐州,将使我们解决了黄百韬之后,增加我们歼灭邱、李两兵团和最终吃掉刘峙徐州集团的难度。主席担心我们不能在最近的两天内解决黄百韬,又担心我们阻援兵力不足或者虽足而阻击不得力,致使邱清泉、李弥得以靠近黄百韬。所以建议我们首先解决黄兵团的二十五军、四十四军、一〇〇军,留下兵团部和战斗力最强的六十四军。这样,打黄的兵力便可适当减少,增加对付邱、李两兵团的兵力;同时,黄百韬尚存,可以吸引邱、李两兵团不放弃东进救黄。然后,我们便可抽调司令员韦国清、副政委吉洛(姬鹏飞)的苏北兵团,政委谭震林、副司令员王建安的山东兵团迂回到阻击战场的西面,构成徐州与邱兵团、李兵团之间的阻绝线,以待解决了黄百韬之后能成功歼灭邱、李!"

在兵力调配上,会后又做了些调整,有一些变化。

参谋长陈士榘说:"这一两天部队伤亡较大,而战果有限,请同志们注意这个问题!也请大家对下一步作战发表意见。"

会议最后决定按照毛泽东指示的精神调整兵力,逐次歼灭黄百韬兵团;同时动用大兵团协助阻援部队牢牢"看"住邱、李。

毛泽东在同一份电报里,还提及了那个调离白崇禧华中剿总序列的黄维兵团。这个兵团正按蒋介石意图西窜,准备加入徐蚌会战。毛泽东指示了对付的办法。毛泽东在电报里说:"请刘陈邓集中全力于歼灭宿县之敌后迅速南进,歼灭现已进至固镇等地之刘汝明①六十八军。此着胜利,则黄维兵团处于孤立地位,较易对付。"

毛泽东在电报里称"刘陈邓",是因为刘伯承已率参谋人员离开豫西,到豫皖交界处的卞庄,与陈毅、邓小平所率中野主力会合了。

毛泽东其实并不担心华野阻击线的牢固程度,所以他把精力放在指挥中野对付碾庄圩以南一百二十公里的黄维兵团。在他的指挥下,刘陈邓中原野战军挺进徐州的东南方向。他们一旦在那里收拾了黄维,徐州的刘峙、杜聿明集团"撤至淮河防线"的唯一通道同时也就封住了。

粟裕再次调整了兵力以后,华野对付黄百韬的部队重新行动了。

六纵负责打前滩、后滩,攻击目前被九纵打残后窜逃那里的四十四军。

前滩、后滩不是村名,是地名,包括了几个独立的村落。村与村之间只相距几十米。敌军工事做得很坚实。王泽浚指挥两个残破的师在这个地方负隅顽抗。

六纵黄昏时分开始炮击,摧毁了一部分敌军工事。接下来坦克出击,十七师跟在后面前进。有一个移动的堡垒掩护,指战员们既觉得有趣又很有信心;可惜

---

① 原为四绥靖区,现更名为八兵团,刘是司令官。

他们缺乏配合坦克作战的经验，没有主动向坦克提示攻击的方向，只跟在它后面乐哈哈地走。结果坦克走错了方向，后面的炮兵找不到他们而无法用炮火支援。初次进攻没有成功。

次日，六纵再次发动攻击。

十七师师长梁登华登上坦克，开到敌四十四师阵地前探路。到前黄滩、后黄滩转游了一圈，察看敌人阵地上的情况。还用车载加农炮打了几炮，引得敌人的机枪还击，借以搞清火力点位置。

当夜二十四时，六纵发起进攻。这一次炮击十分准确，摧毁了敌军前沿大段工事。四十四军军部所在地的几座地堡也被掀翻了，飞上天的泥土落下来时差点把军长王泽浚活埋。他在部下协助下，从废墟中爬出来，向村后逃命。炮击之后，六纵各部在坦克协同下，发起冲锋。五十三团插至前、后黄滩之间，切断了两村之间的联系；四十九团、五十二团向纵深猛烈推进，攻取了后黄滩。接着，把前黄滩敌军切割成三块，分别予以歼灭。再后来，四十四军被全歼，王泽浚终于当了俘虏。

同时黄百韬兵团一〇〇军也被全歼，黄诗云副师长以下五千人被俘。

战斗力较强的二十五军、六十四军也被歼近半。

空军向蒋介石指控邱清泉兵团作战怠惰。空军为他们"打出了通道"，邱清泉却按兵不动，致误戎机；杜聿明也向蒋介石禀报邱清泉不听调遣，拒绝抽调部队迂回侧击共军阻击阵地。

蒋介石大怒，致电邱清泉，申斥二兵团"竟为骄兵悍将把持"；警告再不听命令，立斩不饶。又派顾祝同去前线督战。顾祝同拉上郭汝瑰同往。

顾祝同一见到杜聿明就抱怨道："光亭，敌人的阻击部队只不过三个纵队，为什么我军两个兵团还打不过去？"

杜聿明窘相毕露，辩解道："不只三个纵队，至少八个⋯⋯"

顾祝同不客气地摆了摆手，焦躁地说："哪里有那么多！空军反复侦察，几次的结论都是三个纵队约莫十二万人！至少当前你们与之交火的就只有这三个纵队！"

刘峙也说，决不只才三个纵队。"墨三兄，空军的情报你还不知道吗，哪一次是准确的呢？"

顾祝同沉默了一下，对杜聿明说："我不管是三个纵队还是四个纵队，必须在两天内打过去，不然七兵团就完了！光亭，我告诉你，总统对你们总是闯不过阻击线十分生气，整天在办公室骂人！"

杜聿明强调了内部的困难，兵力不够，无法采取迂回与正面配合的巧妙策略；邱清泉又与空军互相指摘，无法妥善合作。抱怨道：

"打仗不是纸上谈兵,画一个箭头就可以到达目的地!"说着狠狠地视了一下旁边的郭汝瑰,"况且敌人早就先于我占领阵地,从容构筑工事,深沟高垒,以逸待劳,占尽了地利;兵力越打越多,显然是在陆续增加。共军官兵作战凶悍顽强,每一处村落,每一个据点,我军都要反复争夺,付出不小代价,才可攻取。"

这时刘峙建议放弃徐州,全力解黄百韬之围。

顾祝同摇了摇头,认为这是将原计划大大修改了,不呈请蒋总统批准谁也不敢决定。仍然叫杜聿明抽调兵力,先绕道去解救黄百韬七兵团。黄兵团若覆灭,总统恐怕会杀人的。

然而,怎样抽调兵力,既可保徐州无虞,又可解黄百韬之围,顾祝同及其智囊郭汝瑰却拿不出具体办法。

后来,顾祝同只好对杜聿明说,你是前线主将,应该拿出办法来。你认为应该怎么办为宜?

杜聿明略一沉吟,提出了上、中、下三策供顾祝同选择。

"我认为这场战役的关键在于黄百韬七兵团坚守的程度如何。如果能像陈明仁那样守四平,以邱、李两兵团两日的进度看,是可以成功解围的,这是上策;如果黄百韬坚守不住,那就及时退兵保全徐州,这是中策;如果放弃徐州,也就是放弃了机场这个补给基地,倾巢出动去解黄百韬之围,也许可以成功解围,但也有全军覆没的风险,这是下策!"

顾祝同、郭汝瑰听了,瞠目以对,无话可说。

后来两人又抱怨邱、李两兵团攻击不力,这其实是影射杜聿明指挥无能。对杜聿明所谓上、中、下三策,顾祝同没有正面应对,只叫他加紧进攻。

其实杜聿明对解救黄兵团并未完全丧失信心。此前,也就是十四日夜晚,他已请刘峙下达了调取位于九里山的七十四军东进,用作"奇兵"。

十五日,七十四军来到潘塘镇,只作了短暂休整,杜聿明就命令它取道双沟镇方向衔枚潜行,向解放军阻击线侧背土山镇迂回攻击。

不料从潘塘镇出发不久,就在途中的张楼、陈庄附近遭遇"北进"的解放军。七十四军在禀报杜聿明的电文中声称有"三个纵队"。这可不得了,闹不好这个军反倒成了送到虎口的一块肉呀。杜聿明急调空军前去增援,同时用远程重炮轰击。然而,激战了一整天,不只毫无进展,七十四军的一线部队还被歼灭了。

七十四军原本是二兵团序列,这可急坏了邱清泉,打电话向杜聿明告急,要求调七十二军增援。

但七十二军在徐州西北面受到解放军牵制,不能抽调。

杜聿明无奈,只得教邱清泉用出自己兵团的预备队,并以坦克、重炮支援。

又激战一整夜,七十四军伤亡惨重,进退失据。

十七日，杜聿明获悉黄百韬兵团外围据点全被拔除，解放军从四面八方向纵深推进，碾庄危在旦夕。杜聿明焦急万分，催促邱、李两兵团加紧攻击前进。

九时许，空军报告，阻击线上的张楼、房村"共军大部队经双沟向东南分路撤退"；各地段的前线部队也向他禀报，当面的"共军被我打败，向东溃退"。杜聿明愣了一下，旋即吁了一口气，恍然大悟地点了下头。以为"这才应该是战场真相，共军全线崩溃了"。他兴奋地下令全线追击。

当天午时，邱、李两兵团向前追击。

而到达黄家楼、大许家、顺河集、房村附近时，突然间，正面长达三十公里宽，暴雨般一阵弹雨挟其尖厉呼啸声向邱、李两兵团的先头部队泼洒而来，顷刻就倒了数千官兵。后面的十多万人马不得不卧下迎战；同时赶紧抢筑简易工事，以防共军反冲锋。

邱、李分别向上报告，遭遇共军第二线阻击工事，无法前进。

杜聿明认为邱、李都有意夸大敌情；向他们睿智地指出，那只不过是共军少数部队掩护大部队溃退的工事。不必畏惧，加大进攻力度，定会冲破它。

而邱、李两兵团用尽各种力量，冲击到第二天，解放军阻击阵地岿然不动，越战越强。

杜聿明亲赴前沿指导。命令全线进攻，配合重点对大许家实行中央突破，空军、炮兵、坦克也全部投入到攻打大许家一线。激战整天，大许家没攻下，全线也没什么进展。从几天前开始"东进攻击"到此刻，"各兵团伤亡过半，士气更加低落"。（杜聿明原话）

第三十二章

一

十一月十七日，参谋总长顾祝同乘飞机到碾庄上空，与黄百韬通电话。

"黄司令官吗？我是顾祝同，总统派我代表他来看望你！"

"谢谢总统，谢谢总长！"

"黄司令官，目前战况如何，望如实告诉我！"

"报告总长，局势危如累卵，我兵团外围的四十四军、一〇〇军已经覆灭，仅有二十五军、六十四军尚在碾庄、大院上等少数村庄苦撑！请总长催促邱清泉、李弥以党国大局为重，尽快打过来……"

"焕然兄呀！"顾祝同恳切地呼叫黄百韬的表字，"杜副总司令亲自在前线督战，邱、李两兵团也很尽力！但是，两个兵团打到如今已伤亡过半，在陇海路两侧遭到共军凶恶阻击，实在是无法前进！焕然兄如果能集中兵力向西突围出去，与邱、李两兵团形成两面夹击之势，共军必败，我军必能挽狂澜于既倒！"

黄百韬默然，明白外援无望了。

顾祝同不断喂喂，"焕然兄，怎么不说话了？"

黄百韬黯然神伤，叹道："那还有什么说的呢？我临难不苟，对得起总统，问心无愧足矣！"

顾祝同的飞机飞走了。

黄百韬心里很悲哀，对二十五军军长陈士章说："突围是完，不突围也是完！即使你我舍弃部队突出去了，难道就为了让邱清泉看我们的狼狈相吗？还不如坚守此地打到最后，一死而已，没什么了不起的！让黄埔同学看看，我们非黄埔系的人是怎样忠于总统的！"

十一月十九日，解放军的包围圈越缩越小。黄百韬兵团残存人马龟缩在碾庄圩地段较为狭小的区域内；兵团部、二十五军军部、四十师在碾庄、尤家湖，六十四军的四个团在大院上、吴庄等几个村内。

碾庄有百多户人家，由两道围墙护围，两道围墙之间有一百米左右的开阔地。两道墙上都有地堡等工事，组成严密的火力网；围墙外有水壕，宽十多米，水深一米多。村内黄百韬的兵团部、卫队营、工兵营、炮兵、二十五军和六十四军各一个团，总共一万人。

十九日二十二时，华野动用一百多门重炮，对碾庄敌阵进行轰击。几千发炮弹连续爆炸，冲天的火光、浓黑的烟团把碾庄覆盖得严严实实，停炮后半个多小时也没有消散。

六纵承担支援中原野战军作战的新任务，一天前撤走了；对碾庄的最后攻击由四纵、八纵、九纵承担。

九纵从南面突破，两天之间进展不顺利。敌军死守南门外水壕上的一座小桥。九纵二十五师所挖掘的交通沟距碾庄外壕五十米左右，从交通沟向外壕进攻期间暴露时间过长，以致黄兵团守军早做了准备。他们在南门正面部署了二十挺机枪，待华野战士过桥时，开火扫射，打倒了不少。

九纵司令员聂凤智亲临主攻南门的七十三团指导。

一营董万华营长向他禀报，有个战士曾试探水深，仅只及胸，徒涉可过，不必一定要按照团里的决定强攻过桥。

聂凤智点点头，心里有了主意。指示暂停进攻，继续发展工事。实施"迫近作业"，把交通沟向前开掘，直抵水壕边。重新攻打时，以突然的动作跃入水壕，徒涉过去；纵队炮兵届时集中炮击南门一段，压制敌军火力，步兵突击队紧贴炮弹的硝烟冲进圩墙。

战斗按照聂凤智的具体策划重新打响。四十七团第二连指战员跳进冰冷刺骨的水壕，借助身后综合火力的掩护，徒涉过去。很短的时间就在西南角突破了第一道圩墙，撕开了突破口，构建了掩护友邻部队突击各段圩墙的阵地。

七十三团一营在正南面攻击。涉水过壕之后，连续打掉了几个地堡，冲进第一道圩墙。

正南面、西南面的第一道圩墙全部被解放军占领后，蒋军凭借两道圩墙之间开阔地上的地堡，用火力封锁道路，随即又组织反冲锋。双方拼杀非常激烈。

八纵的一支突击队也赶到了，及时介入了战斗，在九纵七十三团右翼协同攻击。有了兄弟团队支援，七十三团终于冲开了第二道圩墙，进入碾庄内。在战斗中抓住了不少俘虏。

据俘虏供述，黄百韬此刻躲进了东北角钟鼓楼下的一个洞中。

聂凤智将这一情况禀报野司，命令部队继续围歼庄内残敌。

八纵的主攻方向是东南部。二十二师六十七团担任主攻。由于九纵突击成功，吸引了大量敌军，所以东南角的攻取相对容易。六十七团很短的时间就突破了第一道圩墙。后续部队三个团紧紧跟进，扩大突破口，向纵深发展。第一道圩墙与第二道圩墙之间的开阔地上，他们也遭到了敌军顽固阻击。敌人除了凭借地堡，还发起过一次较大规模的反冲锋。但解放军进入圩墙的部队已占优势，用多层组合的密集射击将反冲锋的蒋军官兵击毙在开阔地。

当第二道圩墙被突破时，蒋军官兵慌乱至极，没命地四处寻找逃生通道。

黄百韬命令二十五军残部从碾庄东门方向突围，因为他从枪声的疏密度判断那里解放军较少。而他的部队完全混乱了，根本组织不起来。

一〇〇军军长周志道化装逃跑；二十五军军长陈士章化装成伤兵瞒过了解放军战士的盘诘，逃掉了。

黄百韬和参谋长魏翱、二十五军副军长杨廷宴及下面官兵一千多人逃到大院上六十四军军部。

九纵占领了黄百韬的兵团部，俘虏了一万多蒋军官兵。

粟裕命令部队不许松懈，已占领碾庄的突击队立即出发，向东直捣大、小院上和三里庄，彻底歼灭残敌。

二十日白天，华野突击部队调整部署。四纵攻打尤家湖（村庄），九纵攻打大院上，八纵攻打小院上。各部接到命令后，立刻挖掘进攻的工事，实施"迫近作业"，将交通沟发展到距敌军工事仅三十公尺的地方。

尤家湖在碾庄正北方三公里，蒋军二十五军四十师残部四千人盘踞在那里。这个村子地势特别高，四周还有两米高的土墙；蒋军构建了三层地堡群，交通沟纵横连贯。但是其官兵士气极度低落，斗志全无。而主攻此地的四纵则兴高采烈斗志昂扬。在战斗打响前就挖掘了七条交通壕，总长度四千多米，迫近敌人工事三十米，形成对村庄的环形包围。

前一阶段四纵伤亡较大，陶勇司令员交代各师要尽量抓活的，将俘获的士兵立即补充部队。

二十一日，四纵的三个师集中全部火炮，在野司特纵派来的八辆坦克配合下，十六时三十分开始炮击。不到三十分钟就将前沿地堡大部分摧毁了。接着，坦克从西南面方向出动，带领十一师三十一团冲锋。蒋军官兵似乎从来没学过对付坦克的办法，无不惊惶失措。三十一团战士用手雷炸开鹿砦，撕开圩墙敌军防线，攻进村内。

十二师三十四团、十师二十九团也分别从东北、西北突破了敌阵，进入村内。村内敌军乱作一团，势如热锅上的蚂蚁。

解放军各部炸开房屋，穿墙破寨，挺着上了刺刀的步枪追歼残敌。三个小时的战斗，四纵歼灭敌四十师近五千人，其中俘敌四千一百名。陶勇命令把俘虏中的军官剔开，士兵全部补充进各团。

华野七十七团主攻蒋军一五九师盘踞的小院上。正要发起进攻，忽见一名蒋军的军官高举白旗，大声呼喊不要开枪，敝人是来接洽投诚的。得到允准后，他便来到了七十七团五连的阵地。

他向五连连长王运山敬了个军礼，自我介绍叫冯柏成，是个上尉副营长。

王连长问他是代表一个营还是整个一五九师？

他说奉师长钟世谦、副师长李振中的命令，前来接洽全师投诚事宜。说罢把《求降书》双手呈上。补充了一句道：

"这是李副师长亲笔所拟，望笑纳！"

王连长看了《求降书》，掏出钢笔在上面批示了几句话：

"准予投降。立刻命令该师所属四七五团、四七七团放下武器；解放军保证放下武器官兵的安全，私人财物一律不加侵犯。"

然后把《求降书》还给冯柏成。

冯柏成读了王连长的批示，很高兴，不断说这就好这就好。踟蹰着没有马上离开。王连长问他还有什么事。他说：

"能不能辛苦官长亲自枉驾一趟？我怕师长不相信我！"

王连长用电话向团领导请示。团政委指示王连长掌握部队，做好受降和攻击两手准备；由张副连长随冯柏成到敌人师部去，进一步阐释解放军政策。

一五九师的临阵投降，等于是抽掉了黄百韬作困兽之斗的最后一点兵力。

十一月二十二日夜，逃到尤家湖芦苇滩的黄百韬、杨廷宴等几个人，耳闻四面八方零星的枪炮声，明白整个兵团都完了。黄百韬心如死灰，乘人不注意拔枪自杀了。

至此，淮海大战的第一阶段结束。战役从十一月六日到二十二日，历时十七天，华野共歼灭蒋军一个兵团司令部、一个绥靖区（三绥靖区）司令部、八个军部共计十五个师以及一些游杂部队总共十七万八千零十一人；其中俘虏九万六千六百六十六人，打死打伤五万零五百九十四人，投诚七千八百人，起义两万三千人。

然而，中原地区尚可参与淮海逐鹿的蒋军还有十八个军共五十多万人：徐州邱清泉、李弥、孙元良等三个兵团三十万人，开至安徽蒙城不久的黄维兵团十二万人，蚌埠地区李延年、刘汝明两个兵团十万余人。三个战场紧密联系，可互为声援，环环相扣。战局发展，还有很大悬念。

毛泽东早已酌定，由中野担任围歼黄维重任，华野给予有力协助。

华野虽说只是扮演"协助"的角色，但担子不比中野轻。不仅要拨两个纵队交中野首长指挥；还要调遣主力钳制和阻击南北两线四十万蒋军，以保障中野围歼黄维兵团的成功。

二

总前委几天前已经成立，但全体成员暂时还没有机会聚在一块儿；不过后来的事实证明，也不会影响淮海战役的展开、进行和胜利结束，因为战役全过程都是毛泽东在亲自指挥。淮海战役策划者粟裕所指挥的歼灭碾庄圩黄百韬兵团和后来歼灭陈官庄杜聿明集团，都是在毛泽东直接指挥下完成的；淮海战役的第二阶段歼灭双堆集黄维兵团，也是毛泽东指挥下的产物。总前委在战役进行中，笔者研究全部文电往来，发现主要是监督各部对中央命令的执行，协调部队的调动，后勤保障等。

那么，十一月二十二日夜晚在淮北临涣集总前委召开的会议，其实应该算作中原野战军的战前会议。因为是研究由中野担任主攻、华野两个纵队协助围歼黄维兵团。会议的三位主要角色既是总前委成员，又是中野的领导：司令员刘伯承、政委邓小平、副司令员陈毅；以下参加者为中野各纵首长和华东少数部队的领导。

刘伯承说："目前，我华野围歼黄百韬兵团的战斗已是尾声，黄百韬的兵团部与绝大部分兵力已被我军消灭；邱清泉、李弥两兵团被我华野强大的阻援部队牢牢地隔绝于徐州以东大许家一带。刘峙、杜聿明援救黄百韬兵团的企图成了泡影。黄维兵团孤军冒进，也企图参与救援黄百韬，现在又决定介入淮海大战，实在是自寻死路呀！我中野十多天来，对他层层阻击，使他迟迟进不了徐州战场；目前，他好像察觉危险正在向他的兵团逼过去，所以急于渡过浍河奔向宿州，向杜聿明集团靠拢以摆脱险境。毛主席指出，这是隔歼黄维兵团千载难逢的战机！当然，黄维十二兵团是刘汝明兵团不能比的，甚至同属中央军的李延年六兵团也要逊及一筹；十二兵团共有四个军，大部分为美械装备，一部分为日械装备，还有一个全机械化的快速反应纵队。这是一块硬核桃，但是人民解放军有一副钢牙！"

大家哄笑起来。

刘伯承教参谋长李达宣布具体任务。

李达一开始就说，华野正分兵南下，钳制徐州、蚌埠两地之敌，不使其干扰我中野的行动；中野的任务是先完成对黄维的战略包围，尔后分割歼灭。

刚说完这么一句，陈毅副司令员就皱起眉头插话说：

"虽然野司已对各纵队的任务有了基本的考虑，但是我还是在想，这个大凡做诗，要考虑'诗眼'；一首诗没了'诗眼'，就等于没有灵魂，诗味荡然无存！我们要成功围住黄维，'诗眼'在哪里呢？"

刘伯承、邓小平和部分懂诗的纵队首长都会心地笑了。刘伯承说：

"陈副司令员问到点子上了！哪一位同志对此有心得，欢迎发言！"

时年四十五岁的四纵司令员陈赓站了起来，要求发言。

陈赓和政委谢富治指挥的四纵是整个解放军中人马最多的纵队，共五万人。刘邓大军千里跃进大别山时，中央一度将陈、谢纵队当方面军使用。一九四八年五月以后，陈、谢四纵一直随陈毅、邓小平行动，那时陈赓基本上充当了陈、邓的参谋长的角色。到十一月十日刘伯承与陈毅、邓小平会合,这三位中野的巨头也是随四纵行动。所以中央关于围歼黄维兵团的意图,陈赓、谢富治就比别的纵队首长知道得早,也思考得早,也具有一定心得。

陈赓说:"黄维兵团机械化程度高,随行有大量辎重,黄维其人又是个急于事功的人。我和谢富治同志讨论过,我们认为黄维一定会选择宿县到蒙城的公路为主要通道;在宿蒙公路上,只有南坪集有一座大桥可以通过重炮、坦克。所以南坪集就是大诗人陈毅所说的诗眼!"说罢就坐了下来。

大家又哄笑起来。

刘伯承笑嘻嘻地说:"陈赓抓住要害了!扼守住南坪集,是成功包围黄维的关键!那么哪一个纵队去完成这个'关键'的任务呢?"

陈赓不待别人抢功,刘伯承的话音未落他又站了起来。而不待他开口,刘伯承哈哈大笑起来,招手叫他坐下。说:

"你放心吧,早已安排了,就由你们四纵去扼守南坪集这个'关键'!"然后又说,"大家不要打断参谋长的话了!李达同志,继续……"

大家又笑了。因为打断李达发言的,是个随时都喜欢打断别人话头的人。

李达站起来,走到地图前,说:

"拿下黄维兵团,夺取淮海战役的第二个胜利,是野司向毛主席立下的军令状!遵照毛主席的具体部署,我们中野和华野两路大军已经由刘司令员、粟司令员协同作出了安排。中野四纵、九纵、中原军区所属豫皖苏军区独立旅,由陈赓、谢富治指挥,布防在南坪集一带,与黄维兵团保持接触,打打停停,将其诱至浍河以北,利用浍河将敌人分解阻隔;中野一纵、二纵、三纵、六纵、十一纵,隐蔽在浍河以南的曹市集、五沟集、孙疃集、胡沟集,待黄维兵团半渡浍河之际,分别从东西两翼进行夹攻,配合陈谢正面部队,实施分割包围,各个歼灭;华野七纵和特纵一部、炮纵一部归中野指挥,参加歼灭黄维兵团。

"此外,华野二纵、六纵、十纵、十一纵布防在宿县、西寺坡地区,阻挡李延年六兵团、刘汝明八兵团北援黄维。力争歼其一部,同时保障中野侧背安全;华野一纵、三纵、四纵、八纵、九纵、十二纵、华东军区所属鲁中南纵队、两广纵队,以及冀鲁豫军区独立一旅、独立三旅,布防在徐州以南的夹沟至符离集之间、跨津浦路两侧,构筑多道阵地,阻击徐州刘峙、杜聿明集团南援。"

李达介绍完以后,刘伯承说:"以上部署,是在毛主席指导下做出的;毛主席也给予了我们充分的自主权,叫我们不必事事请示,可以临机与粟裕同志商量决断!这次是由我们中野担任主攻,也有华野部分纵队参与。单以我们中原的兵力与黄维兵团对比,都是十二万多人,看似不相上下;而黄维兵团却是由美械、日械装备的!但是,有华野大军的支持,我们不必旁骛左右也不必担心前后，只须专心打黄即可。具体这样的有利条件，我认为歼灭黄兵团是不会有太大问题的！"

黄百韬兵团完蛋了。刘峙十分丧气，不知道如何是好。他把杜聿明叫到办公室商议应对之策。

杜聿明的情绪也好不到哪里去，救援黄百韬兵团失败，他是要负主要责任的。进了刘峙办公室，一屁股坐下，垂头丧气。刘峙问他有什么打算，他也推说没想好，然后摇头叹气。彼此沉默了一阵，刘峙说：

"我们索性全部向西撤退，放弃徐州！如何？"

杜聿明想了一下，摇了摇头。说：

"今非昔比，岂能像月初那样可以安然撤退呀！万一撤退途中，遭到共军伏击，被分割消灭，反倒不如坚守徐州，还可以牵制饶粟主力南下。我在想，为今之计，如果能集结徐州主力，另外再调五个军充实李延年兵团，协同黄维兵团，实行南北夹攻，打通津浦路这一段，也许局面可以改观？不过，战、守、进、退乃大事，这样的决策关系到党国命运，我再也不敢轻率地出主意了！还是请总统指示如何？"

刘峙听了，觉得这样太被动。嘴唇动了动，却又没说出什么来。大约转念一想杜聿明说得有道理，这干系太大了啊。

正在这时，蒋介石电召他俩飞南京开会。

此前，获悉黄百韬兵团覆灭后，蒋介石就召开了一次官邸会议。与会主要成员为何应钦、顾祝同以及郭汝瑰等一干幕僚。会议气氛沉重，一开始谁也没有吭声，都默默地坐在那里，虚应故事般不断喝茶。后来还是蒋介石先开腔了。

"我们徐州集团五个兵团数十万之众，眼睁睁看着黄百韬兵团被共军吃掉，诚为黄埔建军以来最大的耻辱！徐州战事失利，刘峙、杜聿明必须承担罪责，李弥、邱清泉更难辞其咎！这个是，责任一定要追究的；但当务之急是商议徐州方面的战略问题，这个是，必须尽快拿出个切实可靠的办法来！这个是……墨三，你有什么高见？"

"总统，目下我们必须痛下决心了，没有壮士断臂的精神，局势会越来越糟的！"顾祝同十分严肃，也十分沉痛。"共军刘陈邓部和饶粟主力会合徐蚌地区，显然是要寻求与我军决战！黄百韬兵团覆灭，徐州东面失去屏卫；宿县也被攻占，徐州几乎成了孤城；加上黄维北进受到重重阻击，李延年、刘汝明两兵团进展慢如蜗牛。久守徐州已无意义，而且凶多吉少！我建议退守淮河，保住实力，再徐图与共军周旋。"

蒋介石没有表示可否，掉头看着何应钦，说：

"敬之的高见呢?"

"我同意墨三兄的高见!"

蒋介石又问郭汝瑰,作战厅有没有什么预案。

郭汝瑰站起来,说:"顾总长退守淮河的考虑是当前最好的选择!不过,这须先行解决三个问题!苏北方面淮阴就得决定放弃,不然徐州大军一撤,淮阴守军就孤悬于共军腹地了;徐蚌之间交通如何打通?须首先解决这个,才能决定徐州的主力如何转移;最后才能确定蚌埠、淮河一线如何防守。"

蒋介石听了,沉吟片刻,轻轻摇了摇头。他认为,必须首先弄清徐州以东的敌情,才能确定打通徐、蚌交通的问题。说下午刘峙、杜聿明到了,再向他们了解清楚、问问他们的看法吧。

下午的会议,除了上午的与会者之外,增加了刘峙、杜聿明以及徐州剿总参谋长李树正。

经过讨论,综合了两种意见。

蒋介石叫作战厅厅长郭汝瑰把大家统一后的思路捋清。

郭汝瑰站起来,走到地图跟前,拿起指示杆,三言两语就说清了。他说:

"我军以打通津浦线为目的,集合徐州主力向符离集进攻;李延年六兵团、黄维十二兵团向宿县进攻,形成南北夹击之势,一举可破共军,可打通徐蚌间交通!"

蒋介石认可了这一思考。说:"光亭,你马上回去,抓紧部署,明天就开始行动!"

杜聿明说:"总统和各位长官做的这个决策很好!但是,兵力不足,必须再拨给我五个军;不然,一旦又是久打不通,陷入胶着,黄维十二兵团就有被围的危险!我建议调取清江浦附近的第四军、南京附近的八十八军以及五十二军、三十一军、三十六军,迅速向蚌埠集结,这样我可以保证完成任务。"

蒋介石说:"五个军有困难,两三个军我可以设法给你调去。你先回去部署攻击好了!"

杜聿明认为蒋介石等人的这个决策有希望反败为胜,当天即飞返徐州。

他的座机路过黄维十二兵团司令部野外临时驻节地。见远处的双堆集以东的浍河东岸炮火连天,很多村庄甚至小丘都被夷为平地,可见战况之激烈。

杜聿明在空中与黄维通电话。

"培我兄,我是杜聿明;我和经扶老师在你的上空!现在情况怎么样?"

"杜副总司令,刘总司令……"黄维的声音有些焦躁,也有点嘶哑。"我当面的共军可能有四五万人,十分凶悍死硬,有情报说是陈赓、谢富治部队!我们这样去硬闯,死伤太多,而且不知什么时候才闯得过去!请你们想想办法吧,这样蠢打是不行的!"

"培我兄勿急!今天校长和墨三、敬之、经扶三位师长已经商定了大计,情况会改观的!马上就会给你下命令,请你照命令实施好了。"

三

浍河南岸的南坪集,是宿蒙公路的必经之地。

黄维十一月二十一日突破涅河"共军的稀松防线"以后,就以第十军在左、第十四军在右、第十八军在中、第八十五军随后的规范布局,用坦克导引,重炮延伸轰击开路,在十五公里的正面,向南坪集攻击前进。

陈赓很熟悉这位黄埔同期同学的特点:在一线打仗的经历很少,办教育的时间很长,熟读兵书,固执地照常规办事。在学校时陈赓就嘲笑过他,老弟,将来你一定是个赵括;也正因为熟读兵书,黄维决不打无把握的仗、冒风险的仗,对此陈赓也明白。

从野司开完会回到部队,陈赓马上带着十一旅的旅长刘丰、政委胡荣贵到南坪集一带察看地形。

陈赓伸手指着北侧,说:"浍河水深流急,正好借此阻滞敌人、消耗其有生力量,你们要好好加以利用!"

旋又转过身去,指着南坪集的南面,叮咛道:

"注意公路两侧的杨庄、南湖庄,那一带地势隆起,正是切断宿蒙公路的好地方!你们要好好利用起来。但是也要看到,南坪集以南像杨庄、南湖庄那里对我们有利的地形是仅有的,大部分是南高北低,平坦开阔,无险可守;黄维兵团是美式装备,机械化程度高,对他们很有利。所以你们不要去固守村庄,圩子、房屋在大炮和坦克面前不堪一击;要把工事做在野地里,以杨庄、南湖庄一线为重点,构成大正面、大纵深、以班排为单位的集团工事。纵司给你们的任务是担任主要防御;要求是切断宿蒙公路并控制其两侧,不让敌人过浍河。你们的左翼东坪集至沈集,由九纵和豫皖苏独立旅防守。"

刘丰、胡荣贵教他放心,保证完成任务。

"我们纵队只要能在这里坚守三天,就可以为整个战役赢得时间,兄弟部队就能对敌人形成合围。我们要不惜代价打好这一仗!"

十一旅只有二十七个连。防御正面从大王庙、南坪集直至东坪集共十五公里,阻击的是用钢铁武装起来的十二万大军。他们白天黑夜连续施工,在南坪集、浍河以南的开阔地上,构建了以班、排为单位,既能独立作战又能相互支援的集团工事。全部的火力工事和各级指挥所,都由三层木梁加三层土石覆盖;在阵地前几十米处，横七竖八，堆积了各种树木，以阻挡敌人坦克行进；地雷也埋设妥帖。

为了屏卫正面阵地，十一旅三十一团团长梁中玉、政委戈力商定，把右翼阵地伸展到西面五百米的杨庄，由六连镇守；把左翼阵地伸展到南面的胡庄以南，由八连的张小达排镇守。同时派出一个步兵连和骑兵班抵近敌人宿营的芦沟集，进行武装骚扰。

十一月二十三日早上八时，敌人开始行动了。

担任主攻的是十八军一一八师的三个团，配属快速纵队的二十多辆坦克、榴弹炮营。他们照例先进行炮击，主要针对南坪集东西两侧两公里的正面。炮击结束，步兵就在飞机、坦克的掩护下，分三路向南坪集猛扑过去。

十八军军长杨伯涛到前沿指挥，他命令炮兵重新延伸炮击，以增加炮击力度。伴随着飞机的轰鸣声，一串串重炮炸弹落下来，在开阔地带炸出了一个个大如房屋的土坑；一〇五榴弹炮、七五山炮，不断射击，声震天地，在浍河中掀起接天的水柱，房屋也一座座倒塌，解放军阵地后面的镇子被夷为平地。

旅长刘丰接到陈赓电话。陈赓教他不用太在乎飞机，它们带不来多少炸弹，工事上的三层掩体足资对付；最不好对付的是敌人后面的大炮，它携弹充足，你不知道它什么时候结束炮击。你们可以用山炮远射，纵队炮团也会协同你们。敌人炮兵怕死，定会挫挫他们的气焰，至少压制一下它的火力。

纵队炮兵与十一旅炮兵从两个方向炮击敌人炮兵阵地，果然稍许压下了一些它的嚣张气焰。

解放军的反坦克小组用炸药包、手榴弹扔向事先铺设好的柴草，将其惹燃，阻挡坦克继续向前；反坦克地雷次第爆炸，掀翻了几辆坦克。阵地上，步枪、机枪织成密密的火网，将黄维兵团的官兵牢牢地阻隔在两百米外。

蒋军一线指挥官观察、分析，认为解放军左翼胡庄西南坟地阵地上的三十一团八连张小达排是他们进攻线上的要害，必须拔除。于是集中十个排的兵力，连续攻打十多次，消耗了近一半的兵力；也把张小达排的工事炸平了，三个班长牺牲了，张小达本人也负了重伤，仍没有攻下这段阵地。

张小达排的卫生员魏树荣（十七岁）宣布自己代理排长。他对还能作战的九名战士说：

"同志们，为了决战的胜利，为了早日建立我们无产阶级自己的国家，我们决不能后退，决不能给毛主席丢脸！"

区区十个人，居然挡住了多他们百倍的敌军的进攻。

陈赓获悉十一旅前沿左右两柄尖刀（指六连和八连的前伸据点）锋利犹存，一边命令火速增援，一边用电话告诉三十一团梁中玉团长道：

"嘉奖全团指战员，教司书①记录每一位同志的功绩，战后我要上报毛主席！"

陈赓的话十几分钟就传遍了阵地。阵地上顿时一片欢腾的声音；战士们要求团首长转达他们的决心，要陈、谢首长放心，要毛主席放心，人在阵地在，决不让蒋匪军靠近一步！

战斗进行了四个多小时，敌对双方的位置一尺一寸也未移动。

蒋军指挥官又进行了观察、研究，认为解放军的火力点和大部分有生力量布防在距离杨庄两百米的一线。于是，又集中了一个师的兵力，向南坪集西侧杨庄前发起进攻。把空军和炮兵的火力全部泼洒在那一段的解放军阵地，主要目标是杨庄前面的六连阵地。那是三十一团右翼最突出的阵地，是陈赓的另一柄尖刀。蒋军以十二辆坦克为先导，潮水一样的步兵群跟进，决心在那里撕开口子。

双方的炮战将大地震动得仿佛要倾覆，枪声密集得分不出丝毫间隙而成为经久不息的一片哗哗声。

六连通讯员向梁中玉团长报告：六连的工事全被敌炮摧毁了，战士们不得不在没有掩体的地面上作战；一排和二排各自都只剩下几个人了，连长、指导员都负了不轻的伤。现在由党员战士指挥剩下的同志，打退了敌人的四次冲锋；但是第五次冲锋突破了我们的阵地……

二营营长祈大海在电话里对各连首长说：蒋匪军已经冲进了六连阵地，必须火速补救，一定要把敌人打回去。

敌人以一个营的兵力打先锋，用火焰喷射器开路，冲进了六连三排阵地。左右两翼的五连、十一连配合六连三排，以交叉火力封锁敌人，不许敌人扩大突破口。敌人也不计代价，没有退缩，趁势把一个多营的兵力拥进突破口，强行扩张突破口。后续部队迅速跟进，大河决堤一般，涌过了杨庄。此刻敌人距祈大海的二营指挥所仅只十几米了，距梁中玉团长的三十一团指挥所也只有两百米左右了。

梁中玉教戈力政委指挥全局；他抓起几个手榴弹，带领团预备队（连）及其两个副连长，沿着交通沟奔向前沿。

从团指挥所到二营阵地，须经过一百多米的开阔地。梁中玉边跑边观察二营阵地战况。只见硝烟遮天盖地，飞来的炮弹不断爆炸；六连阵地上的树木全被打断，有的还成了碎片；十几辆敌人的坦克在距二营指挥所约莫一百米的地方用车载火炮和机枪四处射击。忽然，坦克火炮打中了营指挥所的工事，顶上的覆盖物全飞上了天。梁中玉心里想，完了！可不一会儿，营教导员杜守信从工事中钻了出来，满头满身都是泥土，一手提着电话机，一手提着汽油桶。见团长来了，便报告说祈营长带两个班增援六连去了。

---

① 二十世纪五十年代以前专职记录的人称司书。

旅长派来增援的三十二团六连也赶到了。

迫击炮连一边向敌人猛烈射击，一边向梁中玉报告："道路遭到敌人封锁，炮弹运不上来！怎么办？"

梁中玉回答："把最后一发打出去，拿起步枪，跟着我杀敌！"

说罢，梁中玉率领预备队，分两路迎着敌人冲过去。

在解放军战士步枪上闪着寒光的利刃面前，蒋军官兵吓得四处乱跑，混乱极了。有一个蒋军少尉，手持火焰喷射器，正欲烧倒一大片解放军战士以稳定他们的阵脚，被三十二团六连的曾国华排长发现。曾国华飞跃过去，用刺刀一下子就把那厮的胸口戳穿。附近一个敌军班长举起卡宾枪指向曾国华，来不及扣扳机，就被一位名叫娄树力的解放军战士一足将他踢倒，然后加了一刺刀。这样的锐不可当，吓坏了蒋军官兵，纷纷转身逃命。作为先导的坦克被炸坏了几辆后，改先导为后卫，跟着步兵向来时的方向溃退。

阵地终于夺回来了。

这时，忽然天低云暗，倏忽间便下起了大雨。

蒋军黄维兵团正面攻击受挫，只好改变打法。以十四军两个团向南坪集以东解放军阵地进攻，企图从那里渡过浍河，迂回南坪集侧背。

南坪集以东浍河岸边的解放军部队兵力很少。但在三十二团副团长胡尚礼指挥下，打退了多出自己几倍的敌军的八次冲击。

八连曾国广班，守卫的阵地突出在全线阵地之外，首当其冲，承受着最大的压力。连续打退了多次敌人的进攻，全班牺牲了一半；活着的也无一没负伤。他们互相包扎伤口，坚持战斗，没有人后退半步。他们的枪口下，成百具敌人的尸体滚落浍河。

这时，旅参谋长王砚泉电话命令各团撤向浍河北岸。

根据陈赓的计划，这是要诱敌深入；把敌人牵一部分到浍河北岸，然后封锁浍河，分割歼敌。

梁中玉团长明白，中野的合围部队已到达指定位置，完成了整个部署。此后将教黄维进退维谷，只有就歼这一条路。

梁中玉团跟随全旅，冒着大雨，踏着泥泞的道路奔赴浍河北岸。

已经完成的南坪集作战，是举足轻重的一步棋。刘、陈、邓中野首长的安排是，由陈赓、谢富治率四纵、九纵、豫皖苏军区独立旅，布防于南坪集地区，与黄维兵团保持接触，并将该敌诱至淮河以北，利用浍河把黄兵团一分为二；一纵、二纵、三纵、六纵、十一纵，隐蔽于浍河以南的曹市集、五沟集、孙疃集、胡沟集一线。待黄兵团半渡时，从东西两翼夹击，配合正面部队，将敌人分割包围，各个歼灭。

二十三日夜，陈赓、谢富治率四纵、九纵放弃南坪集，转移到徐家桥、朱口、伍家湖、半埠店一线，与位于孙疃的三纵、位于郭家集、界沟集的一纵、位于白沙集的二纵、位于曹市集的六纵和陕南军区十二旅、位于湖沟集的十一纵一起构成了一个大而不易察觉的袋形包围圈，只待黄兵团半渡时将其分别包围于浍河南北。

这时的黄维还沉浸在占领南坪集，打开了兵团通道的喜悦中。准备继续进军。

兵团司令部进驻南坪集后，他发出的第一个命令是：十八军主力经南坪集北渡浍河，其他部队陆续跟进。他的目标仍是宿县，完成蒋介石交给的任务，打通徐蚌交通，同时与杜聿明集团会师。

然而，十八军向他禀报：通往宿县的公路上有共军大部队运动；十一师的前卫部队在宿蒙公路两侧遭到共军有力阻击。而且发现共军构筑了鱼鳞式大纵深阵地，非常坚固，兵力雄厚，看样子正以逸待劳；十军侧背有大批共军由西向东而来，并与十军后卫团发生火力接触。

八十五军军长吴绍周连夜跑来找他，带来了一个十分可怕的消息：蒙城已被共军占领！

黄维大惊。他前脚离开，共军后脚就占领了蒙城，这是什么意思？是断我后路吗？然则共军在前面要干什么？

正好十八军军长杨伯涛也来了。

黄维向两位军长问计："我们的任务是打到宿县去和杜光亭会合；现在情况如此，二位看，怎么个打法，才能完成任务？"

吴绍周没有说话，只是在那里专注地看地图。双眉深锁，不知道在想什么。

杨伯涛脸上不无抱怨之色。也不知是怨蒋介石、顾祝同的命令有问题，还是怨黄维指挥无方？也许两者都兼而有之吧。他说：

"共军大军云集，十有八九正在构建大包围圈。看来他们涡河战败和浍河退却都是阴谋，是诱敌深入。为什么我们连这点小伎俩都看不破呢？现在我们的周边友军可能都已被隔绝，我们成了孤军了。为今之计，决不能继续执行国防部要我们打到宿县去会合杜集团的命令了，那很可能是死路一条，将会在共军的大纵深包围圈里越陷越深；须趁尚未被围死，另打主意。将在外君命有所不受，我们可以今夜就突然撤向东南方向的固镇，此地到那里不会超过五十公里，急行军一夜可赶到。固镇西南面有铁路，可以取得补给；同时可以与李延年会合，然后沿津浦路向北进军，各方面都可保无虞。"

吴绍周觉得有理，马上说可行；催黄维决断。

黄维没有吭声。在屋子里绕室而行，拿不定主意。改变蒋介石批准的国防部作战计划，对于军长们来说没有责任，黄维则要对此负责。成功了自然无话可说，如果有一差二错，他可要吃不了兜着走的。这就是他眉头深锁委决不下的原因。

直到半夜过，在两位军长反复劝说下，黄维才下决心向固镇转移。

两个军长走后，黄维立即下达了书面命令："以集结在南坪集东南的第十四军，迅即向东坪集以西浍河之线前进，沿浍河南岸占领阵地，向北警戒、阻止共军南下，以掩护兵团转移；第八十五军主力在南坪集附近占领阵地，向西北警戒，以掩护十八军、十军的转移。待两军退走后，八十五军始取道罗集向固镇以西瓦疃集转进；第十军迅即脱离敌人，会同快速纵队取道双堆集向固镇西北的湖沟转进。兵团部在十八军后跟进。"

可笑的是，书面命令下达到各军后，他却迟迟没有发布执行命令；而是继续催促部队渡过浍河。谁也无法理解为什么他在二十三日深夜作出了二十四日拂晓向固镇方向退却的部署，却又在二十四日命令部队继续北渡浍河？在黄维后来的回忆文章里找不到他的解释，他当年的部下数十年后也都说搞不明白。唯一可以猜测的恐怕是他要用最后的这个行动表示他仍然在执行蒋介石命令；如果后来不执行了，可以解释为"非不为也，势不能也"。当然，这不过是笔者的肤浅猜测，一笑。

杨伯涛按照转进计划部署完毕。见黄维老是不下令执行，打电话也不接，便气急败坏地赶到兵团部问是怎么回事。

黄维一副焦头烂额的样子，说："莫忙，必须等我下令才能行动！"

杨伯涛大怒，质问道："司令官，为什么又改变决心？"

"你先别急，听我说！"黄维解释道，"你不知道，出怪事了！没想到参谋长叫胡参谋给吴绍周送转进的书面命令去，胡参谋和他同去的吉普车都失踪了，这事太奇怪了！参谋长正在派人寻找，你还是等一等再说吧！"

杨伯涛心急火燎，敌情瞬息万变；也只能毫无作为地在黄维屋子里坐等，因为黄维迟迟下不了决心。他一会儿坐下，一会儿站起来跟着黄维绕室而行。什么送书面命令的胡参谋失踪了，说不定是黄维为自己的优柔寡断找的托词。这样下去怎么得了啊！杨伯涛几番撞到黄维面前，顾不得上下之礼，重复诘问同一句话，"到底走还是不走？"黄维一律支吾其词，特别耐心地作一些莫名其妙的解释。

在此期间，前方不断传来坏消息，一个比一个明晰，一个比一个严峻。

杨伯涛哭丧着脸，再次向黄维痛陈厉害，几乎是声泪俱下地说：

"兵团从驻马店出发以来，我就一直有不祥的预感，总是疑心我们走的是一条自投罗网的道路！司令官还记得吧，我不只一次、两次提醒过你一些反常的现象！我们进入徐蚌战场不久，不断拾到共产党的传单，上面都是鼓舞动员的文字，宣示这一次是'打垮蒋政权，解放全中国的决定性一仗'；还有就是专门针对我们兵团的，什么'看黄维往哪里逃'之类。共军的行动也与过去大不相同！过去刘陈邓、饶粟两军都是相距甚远，各自为战；这次却紧紧靠拢一起，甚至有情报说在刘陈邓部队中发现了饶粟的两三个纵队！这说明什么？说明其志不在小呀！过去共军一贯采取侧击、尾击、突袭的打法，占了便宜就溜掉；这次却是迎头堵击，堡垒式的工事随处可见，显系要打空前未有的硬仗、大仗！这次共产党动员军队和发动民众空前广泛，各地的地方武装甚至民兵都拥到徐蚌地区来了，大有孤注一掷的味道。保密局发给我们的一份情报司令官不也看见了吗？桐柏山区一个叫'王老汉游击队'的武装，已经尾随我们进入徐蚌战场，这难道是偶然的吗？人家是在倾巢而出，孤注一掷！种种迹象都说明，我十二兵团已经撞到了人家预设的圈套里了；不赶紧决断，必会深陷泥淖！"

黄维反复权衡，终于听劝了。决定不顾蒋介石以后的追责，三十六计走为上。保全了兵团，以后什么都说得脱。

然而，此刻已是十六时过了，耽误了整整十二个小时；当初若按急行军速度，此时差不多接近固镇了。

杨伯涛动作最快，他早在十二小时之前就把他的十八军摆成了行军纵队，官兵枕戈以待。黄维点头之后，杨伯涛就用黄维的电话向部队下达了"半小时之内动身"的命令。

十八军行至双堆集，正好十八时。当然要继续往前疾进的，而杨伯涛的包袱沉重，兵团部的几十辆坦克、几百辆大小汽车，夜晚开行不比白天，小小的河沟也会成为障碍；何况此处河渠密布。没奈何，请示了黄维之后，只好宿营。

这个夜晚，黄兵团的第十军撤回浍河以南后，就向双堆集地区的西面集结；十四军在浍河南岸掩护兵团主力；八十五军一部进至南坪集以南，掩护十军退却。

刘峙、杜聿明两天前从南京飞经南坪集附近与黄维短暂通话后，回到徐州，马上做出了南下接应黄维的部署并下令开始行动。

命令李弥十三兵团守备徐州；邱清泉二兵团、孙元良十六兵团担任南下攻击任务。

当天十六兵团就有了战绩。他们趁解放军不备，突然攻击，一举拿下了华野部队的前哨阵地笔架山。

第二天，攻击正式展开。

有几个美国记者到前线观战。

这一天，步兵、战车、炮兵协同动作，机声轰叫，炮声震天，向解放军阵地进攻。解放军则顽强抗击，寸土不让。双方的枪战，发挥到极致，两军阵地之间全被闪光的弹道充斥，几乎没了空隙；几度短兵相接，更是以命相搏，武艺、勇气、政治志气在这样的场合缺一不可。蒋军士兵是奉命上阵，不得不尔；尽管有层层督战军官，也不能使他们舍命发挥。士兵们往往拥挤成一团，人人都把对方充作盾牌以躲避解放军勇士的刺刀。这个时候，空军、炮兵完全失效，坐视其士兵大量在刺刀下阵亡。

解放军第一道阵地的作战意图是消耗蒋军有生力量，迟滞其前进速度。达到目的后，便会从容后撤几公里。真正的阻击战是在最后一道阵地。

这一天，蒋军十六兵团以消耗五千多人的代价，占领了白虎山、孤山集、纱帽山；二兵团推进约莫两公里，只付出了两千多人的代价。

两个兵团作了调整补充，二十五日继续攻击前进。

解放军华野部队是学习苏军二战名将科涅夫元帅的方式构建的几道纵深防御阵地，特点是逐次加固工事、逐次强化防守力度，以保证逐次加大对敌军的消耗。所以，蒋军这一次进攻，就明显感觉到比头一次难啃了。屡攻无效，两天过去了，仍在原地踏步；白白扔下了无数尸体。

蒋军参谋总部得到空军报告，共军约莫四万人从李集向宿县、任桥、固镇等地前进。

顾祝同十分不安，这就是说李延年侧背受到威胁了。

参谋总部次长刘斐、第三厅厅长郭汝瑰都主张黄维兵团向李延年兵团靠拢，互为犄角、互相掩护侧翼。

蒋介石考虑到蚌埠方面无人指挥，命顾祝同去坐镇，可协同指挥徐、蚌两大块区域作战。

顾祝同率三厅许朗轩副厅长及一些参谋人员，当天就飞往蚌埠。

夜间，许朗轩电话报告参总，侧背受到威胁的李延年兵团尚未遭到实际攻击；顾总长考察战场后，决定采纳刘斐、郭汝瑰意见，教黄、李两兵团切实靠拢。下令黄维兵团向蕲县集以东地区转移，与李延年兵团靠拢。

此时其实黄维已动身了，转进方向与南京此刻下的命令一致，蕲县集东南方就是固镇。

然而，二十六日空军报告，黄维兵团主力退到南坪集东南的双堆集，突然遭到共军几个方向的包围；与此同时，进至龙王庙、西寺坡的李延年察觉华野从徐州以东地区南下许多部队，李兵团侧背的威胁越来越大。他请得顾祝同允准，迅速缩回以避敌锋。

这么一来，黄维兵团在双堆集就成了孤军了。

第三十三章

一

覃正侯在办公室接到一个电话，听到声音，明白是魏飘萍。

往日，不是紧急情况，魏飘萍都是教一个年轻人用电话约他。他心里嘀咕，发生了什么意外情况了吗？

当魏飘萍告诉他"侄儿从老家来了"。他知道其含义是立刻见面，同时见面地点是距参谋总部只二十多米的街尽头一家咖啡馆。这个地方太近，容易让人注意到，所以不是十万火急的情况不轻易如此。他心里直打鼓，会是什么事呀？！

他来不及换便服，匆匆出门，赶到那家咖啡馆。

魏飘萍已经坐在那里了，正悠闲地翻阅一份时装杂志。但覃正侯却看出，她眉宇间有一缕竭力自我掩饰的焦虑。

他坐下来，要了一份咖啡。做出幽会的神情；可这次却怎么也做不像，他自己意识到了这点。

她告诉他，上次解根柱从璇宫饭店把孟淑贤哄骗出去后，并没有按照上级指示那样将这个危险的女人除掉，而是将她秘密关押在城外一间小屋里。异想天开地想要她正确理解其父被处决一事，教育她背离剥削阶级，回归人民阵营。不料这女人反倒企图说服解根柱背叛人民，跟着她投奔国民党，然后两人结成夫妻。在这件事上，解根柱不太清醒，依然对她反复教育，试图最终说服她。一个小时前，上级通知我们，解根柱十万火急地向上级报告，孟淑贤脱逃了。孟淑贤手里没有一文钱，也被搜去了所有证件，不可能打公用电话；她首先想到的应是立即去找劳春亮。所以我放下电话就跑来找你，商量办法。

覃正侯听了，大为震惊。他知道这孟淑贤不只会向劳春亮揭发解根柱、单月卿；更重要的是她曾经在重庆朝天门码头窥见参谋总部那位少将被解根柱迎上了游艇。覃正侯根据孟淑贤那天描述的年龄和相貌，已经知道少将公开使用的姓名是什么了。他猜测一定是位重要的战略间谍。

他说："我知道最受威胁的是谁，我也知道孟淑贤势必出卖的那位少将的重要性！请你放心，也请你转告党放心，我一定用尽一切办法解决孟淑贤；如果我失败，我也会及时通知少将转移！能告诉我怎么让少将相信我吗？"

魏飘萍没有任何选择，只踌躇了一下，便告诉了他与镝影接头的暗语。

她严肃地对他说:"你记住,党在期待你!"

他有些激动,说:"请党放心!"

她说:"抓紧行动吧,那个可恶的女人说不定什么时候就去了……"

没待她说完,他已经站起来了。"我知道,我这就回去守着!无论如何请您和组织放心,我决不会让她和劳春亮、和任何一个人搭上半句话!"

覃正侯回去,先到自己办公室。马上把多年来未用的手枪取出来。检查一遍,塞到裤子口袋里。立刻到劳春亮办公室。

那是三个人合用的屋子,除了劳春亮,另外两个少校是劳的助手。

覃正侯佯作轻松的神情,踱到劳春亮办公桌前,亦庄亦谐地说:

"一位小姐找你,见着了吗?"

"什么小姐?"劳春亮抬起头,困惑地问道,"什么时候?"

"就刚才,大门外。"

"胡说八道!我可没空陪你玩,看吧,上面交办的,紧着呢!"

覃正侯又扮出戏谑的笑容。做了个再见的手势,离开了。

他放心了,那女人还没来。

可他不知道的是,三分钟前劳春亮接到了大门口警卫室电话,是孟淑贤求门卫打的。孟淑贤称,她要向他指证一个潜伏在参总的共谍。

劳春亮半信半疑。踌躇了一下,教门卫让她进来。

覃正侯刚走出劳春亮办公室,就见走廊上一个女人匆匆走过来。

那正是孟淑贤。

覃正侯赶快迎上去,故意挡住她的去路。笑容可掬地问道:

"孟小姐怎么来了?走吧,到我们办公室去!"

"不不,覃科长!"孟淑贤心急火燎地要绕过去,"我找劳科长……"

"一会儿再找吧,我有要紧事告诉你!"覃正侯固执地拦着她。

"你这人怎么回事?"孟淑贤恼火了,大声说,"我找劳科长又不是找你!"

"可我要告诉你的事重要得很呀!"

劳春亮闻声出来了,大声说:"孟小姐。怎么回事?进来吧!"

孟淑贤趁机挣脱了纠缠,绕开了覃正侯,抱怨道:

"覃科长不让走,不知道是什么毛病!"

覃正侯明白,他没有任何选择了,只剩下一个动作,而且必须是不能有任何闪失的动作。他迅速掏出手枪,用拇指打开保险,挥手指向近在咫尺的孟淑贤后脑,啪的一声打去。孟淑贤正在倒地的刹那,他又向她后脑补了一枪以增加保险系数。

劳春亮见这情景,一开始是惊愕,尔后似乎明白了什么,伸手去掏枪。可是枪放在办公室里呢。

刹那间,各办公室的人都跑出来看发生了什么。胆小的马上又缩进门去躲了起来;但有几个人回办公室去抄起枪重新冲了出来,两头堵住了去路,纷纷喝令覃正侯放下枪。覃正侯发现,那位少将也出了办公室,眼神焦虑地望着他。这时,他放心了,党组织会知道自己今天做的这件事。他不愿像当年那样去经受酷刑的折磨,他也担心自己在酷刑折磨下会不会重犯当年的错误。他面向那位少将,把枪对准自己的太阳穴,激昂地高呼口号:"中国共产党万岁!"然后扣动扳机,倒了下去。

这次枪击事件在军政高层引起了极大的惶恐。这不是在别的城市,而是在南京,民国首都,首善之区;也不是在街头巷尾、茶楼酒肆,而是在总统的幕僚机构参谋总部。尽管竭力封锁消息,而消息还是不胫而走,首先是外国报纸登出了种种猜测之词,接着是香港和内地大小新闻纸上闪烁其词的报道。总之,那三声枪响,不亚于徐蚌前线正在进行的炮击对金陵达官贵人心灵的震撼。

然而,还有比这个更危险的事情在这座城市的某些角落酝酿着。一旦实际发生了,那后果岂独"心灵震撼而然",必将引起国民党的大分裂,从而给这个已经陷入重重危机的政权雪上加霜。

沈醉接受了行刺任务后的一周内,毛人凤除了给他配备一支装备齐全的行动队,还给他挑选了两名副组长秦景川、王自伟。前者的专业是杀人,神枪手,自律颇严,临事沉着;后者是文强收编的山东惯匪,少年时就学会了杀人越货,练得一手好枪法,能击落空中飞鸟。

沈醉考察了傅厚岗后面的李公馆,发现李宗仁座车进出转弯时不得不放缓速度,届时可同时从两面射击。

沈醉在通往李公馆附近的马路转角处开设了一个旧书摊,监视李宗仁的进出。除了书摊的摊主,还可随时放置两三个人在这里翻阅书报。这个监视点的"点长"由毕业于军统临澧班的吴德厚担任。

为了防止李宗仁突然从南京出走,还在光华门外通往飞机场的一条名叫下侯巷的小街开设了一家小杂货店,以便一旦发现李宗仁座车驰往机场,立刻用电话禀报。然后由毛人凤通知随时做好准备的两架战斗机立刻升空,尾随李宗仁座机。只要离开南京上空,立刻将其击落。

李宗仁还可能去杭州玩玩。沈醉便在汤山附近公路上开设一个小饭馆以备监视。如果李宗仁的座车驰往城外,便用毛人凤拨付使用的两辆高速汽车追去,在半路上进行狙击。

即便部署如此周详,毛人凤仍几次叮咛一定要再往细微处琢磨,查缺补漏,以策万全。后来又告诉沈醉，俞济时交代，如果李宗仁不辞而别，则一定是去调部队"武装逼宫"。因此在南京以外的地方追杀，可以不必请示；只有在南京城内动手，则一定要等俞济时（其实就是蒋介石）的命令。

这项工作到了翻过年后，也就是一九四九年一月的中旬，达到了高潮。

但南京城内无论怎么折腾，也不及徐蚌战场的热闹、激烈、危机四伏、波谲云诡。

二

打黄维兵团系由中野担任主攻，中野作战谋划的主要担子压在刘伯承肩上。

华野并不担任主攻，按道理说粟裕应该相对轻松一些了；而事实上他反倒更紧张了。他晚年说："淮海战役中最紧张的是第二阶段（即打黄维），我连续七昼夜没有睡觉，后来发作了美尼尔氏综合征，带病指挥。"

毛泽东敲定了淮海战役第二阶段的作战方针。交给粟裕的任务是派遣几个纵队协同中野围歼黄维兵团；钳制、阻击南北两线蒋军，确保中野歼黄的彻底胜利。遵照这一命令，粟裕派三个纵队加上江淮军区两个旅，阻击李延年兵团、刘汝明兵团的向西增援和向北挺进，阻断其与黄维、邱清泉、李弥、孙元良四个兵团的联系；又派遣八个纵队阻击邱清泉、李弥、孙元良，使其无法增援黄维，也无法增援李延年、刘汝明。华野对付的是五个兵团的四十多万人。

粟裕后来指出，大兵团作战，钳制和阻击行动至关重要，不仅是为着保障主战场胜利完成任务；还须充分发挥主观能动性，促使战局向有利的方向发展，同时创造下一个有利的战机。粟裕的这个观点，受到毛泽东和华东党政军最高领导人饶漱石的充分肯定和极高评价。

"兵无常势"，战局发展瞬息万变，随时必须做出准确判断，否则后果难料。粟裕认为，最易引起战场形势逆转的是徐州杜聿明集团四十多万大军。这是十分让他揪心的。他想，杜聿明的行动无非是两种，固守和出走。为了下一步歼灭杜聿明集团着想，粟裕认为不能为了确保打黄战役而把杜聿明集团堵死在徐州；应该是既要利用打黄把它引出徐州，又不能让它靠黄维太近，必须把它限制在我们预先设定的地域。

中野的打黄战场同样教粟裕牵肠挂肚。从刘陈邓致中央电（按规定都抄发粟裕）知道，围困黄维之后，中野决策层判断三天可结束战斗。中央军委于是指示粟裕阻击杜聿明集团的兵力后退六十公里，以免打黄维结束后杜聿明迅速撤回徐州；阻击李延年兵团的华野部队也向后退，引诱李延年前进。待打完黄维之后，也方便收拾李延年兵团。粟裕认为三天歼灭黄维兵团的判断太乐观了，应考虑至少十天。因此华野阻击部队大幅度后让是十分危险的。

粟裕集结了机动部队，准备在中野围歼黄维的作战进入阵地攻坚战时，随时派兵前去增援。

粟裕在一个月以前，奉毛泽东指示组建的一支特遣部队，此刻发挥了很大作用。这支部队放在津浦路徐蚌段，专门干扰李延年、刘汝明在铁路线上的行动。这支部队名叫先遣部队，以孙忠德为司令员、谭启龙为政委、严振衡为参谋长，全纵队有百分之七十的共产党员。早在粟裕向军委建议举行淮海大战获得肯定的第二天，他就命令这支部队南渡淮河，插到敌后。淮海战役第二阶段即将展开之际，粟裕电令先遣部队协同地方武装，破袭津浦路徐蚌段，直接配合中野对黄维的围捕。

刘伯承司令员请陈毅副司令员给粟裕司令员打电话，询问包围了黄百韬后那么快就攻破了层层强固工事，用的是什么方法。

粟裕回答：近迫作业，把交通壕挖到敌人鼻子底下。这样，用炸药炸或者步兵突击都容易了。粟裕讲得又细又多，刘伯承和李达参谋长一直用分机在听；李达还作了不少记录。陈毅最后说：

"好！好！你们这个办法好，我们中野正碰上了你们碰到过的类似情况！"

刘、陈两位司令员把华野攻克碾庄的经验传达到各纵队，调整部署，准备再次攻打。

黄维兵团刚刚遭到包围，蒋介石就严令刘汝明、李延年首先各派一个军打先锋，迅速驰援，不得有误。

刘汝明尽管老大不情愿，也不敢违拗。盘算来盘算去，令五十五军前去。他的这个军在右，李延年"驰援"的九十九军在左，沿津浦路南侧向北开行。

这两个军分道冒进了三十公里。十一月二十五日抵达距黄维被困的双堆集尚有四十公里的地方，听到了虽因遥远而很小但十分密集的炮声。

当天夜间，刚到蚌埠的顾祝同向他们下了一道紧急命令：火速撤回浍河南岸，并一定炸毁新马桥，然后改道前进。

官兵不明白为什么突然要后退，而且是夜间，以为共军打过来了，刘汝明的部队十分混乱。尤其是通过狭窄的新马桥时，风声鹤唳皆为敌情，争相过桥，互相践踏，死伤无数，落水者也不少。

刘汝明在蚌埠闻讯大怒。次日一早，派参谋长李诚一去当面诘问顾祝同。

李诚一见了顾祝同就说，总长，我们司令官派我来向你请教，几万人马行动可不是儿戏，已经前进三十多公里了，无缘无故教往回撤，然后又命令"改道前进"。我们司令官教我问清楚，总长是不是在玩烽火戏诸侯的游戏？

顾祝同深知战乱时期不可与骄兵悍将计较，要顺着虎毛捋；耐心地指着地图向他解释道：

"空军侦查到共军有四个纵队正由泗水、灵璧方向往南窜扰！这么一来你们八兵团和李延年兵团的侧背就大受威胁了，所以命令你们撤到浍河南岸；然后以浍河为依托，再向前推进，才安全可靠！"

后来，刘汝明派人侦察，发现顾祝同所谓"共军四个纵队向南挺进"，乃是各地国军打散的部队、地方官吏、民团等几万人盲目乱窜。空军最后也证实了这一结论。顾祝同自知没趣，十一月二十八日离开了蚌埠。

遭遇这次顾祝同瞎指挥造成的慌乱之后，刘汝明、李延年两个援黄兵团上上下下互相埋怨，厌战情绪越发严重了。再次拔寨出发援黄的行动，就变得皮大嘴歪，行动迟缓了。刘汝明的五十五军还有意姗姗而行；不料李延年的九十九军更狡猾，总是要落在五十五军后面。

双堆集处于浍河、淝河之间，南坪集的东南，固镇的西北面。它因为北部是平谷堆、南部是尖谷堆两个小丘，所以被称为双堆集。这个小集镇周围东西五公里、南北三公里有大大小小十八个村镇。

黄维的部队从南坪集退却，本来只是歇足双堆集；不料次日就发现再也走不了了。

黄维不得不坚守此地待援。

狭窄的地域挤满了十多万人马。

他命令顺着十八个村镇组成拱卫双堆集的环形防御阵地。大量构筑地堡群、掩蔽部、交通沟，互相贯通连接。由或二、或三道鹿砦阵地和三道地堡群构成外围防线；以村庄为支撑点，用盛满泥土的汽车当工事，构成大纵深核心阵地。双堆集南面约莫两三百米的地方，是三十多米高的尖谷堆，是这里唯一的制高点。黄维吩咐十八军把尖谷堆构筑成一个巨大的堡垒：由下而上筑成螺旋形工事，用六百多具蒋军官兵尸体堆叠成围墙，浇上泥水，借助严寒冻成坚固的"城墙"。防守尖谷堆的是黄维钟爱的"英雄团"。

黄维也不愿消极地呆在这里等待援兵，打算试行突围。

十一月二十六日他决定于二十七日凌晨，抽调四个师齐头并进，向东南方向突围。

不料，他的这一决定，引发了一颗埋藏在国民党军队中达二十年之久的定时炸弹。这就是黄维刚从八十五军抽调出来由他直接指挥的一一○师。

八十五军本来是汤恩伯部队的主力，后来被白崇禧带到武汉，加入华中剿总序列。其军长吴绍周对白崇禧十分崇拜，白崇禧对吴绍周也很看重，两人甚是相得。这支部队正在桂系化之际，却被蒋介石编进了黄维十二兵团序列。蒋介石的借口是十二兵团也是华中剿总序列。白崇禧找不到抗拒的借口。吴绍周十分不愿意，借口治病跑到武昌去了。直到兵团奉蒋介石命出援徐蚌时，白崇禧才以抓牢兵权为由劝他赶快归队，他才又跑回部队。黄维对吴绍周有戒心；但对八十五军一一〇师师长廖运周却颇有好感。除了廖运周是黄埔四期小阿弟之外，他觉得廖忠于校长而且通晓兵书。他暗自决定要好好扶植，以后设法用来取代吴绍周。他哪里知道这个小阿弟早在一九二七年四月十五日就秘密加入了共产党，奉命潜伏敌营。这一潜伏就是二十一年。

一九四六年春以来，党组织派遣多位党员进入一一〇师。一九四七年夏天，饶漱石秘密会见廖运周等三十八位在一一〇师工作的同志，宣布华东局的决定：成立国民党部队一一〇师中共师党委，由廖运周任书记。

黄维下了向固镇转移的决心（前已述及）后，吴绍周匆匆回到八十五军军部。正在那里等他的廖运周和二十三师师长黄子华见他神色焦虑，便猜到情况可能不妙。

吴绍周压低声音说："情况很糟糕，整个兵团将会遭到包围；共军已经形成了远距离战略包围圈，正在缩小！不抓紧时间转移就只能等死！黄维那厮怕总统不同意，迟迟不敢决定；我们劝了他半天他才下了决心。我们八十五军的任务是在南坪集附近占领阵地，向西北方警戒，掩护十八军、十军转移；待两军通过，我军才可取道罗集向固镇以西转进。廖运周一一〇师黄维说暂归他直接指挥，他教你们明天向湖沟集方向打头阵突围。要小心啊，千万别被他当炮灰消耗了！"

廖运周故作不满地抱怨道："黄司令官为什么要把我师抽出去？一个军分割使用必然造成力量分散！再说，十八军、十军各自转移完全可以，为什么要我们军掩护呢？难道我们是小妈生的？"

廖运周的抱怨正是吴绍周的抱怨。吴绍周虽没应和，却点头给予了肯定。

过了一会儿，吴绍周说："你只是担任尖兵部队的任务，用不了那么多兵力；给我留下一个团作预备队好吗？"

廖运周心里一动。一一〇师三个团有两个团的团长是党员；有一个团比较难办，党组织长期不敢去触动。若这次要起义，保不准会捣乱。便马上说：

"军长要用，我就把三二八团留下吧。"

廖运周急忙回到师部，召集地下党委研究，决定立即把黄维兵团要逃跑的情况、逃跑方向、用兵计划送到中野。

第二天拂晓，解放军把黄维兵团的动向完全搞清楚了。原来，前面提到的黄维向杨伯涛军长说的那个与吉普一起失踪的参谋，其实是被中野前沿部队俘虏了，突围计划当然也搜查出来了，与廖运周派人送出的计划一般无二。

所以，黄维逃跑的阵势尚未展开，解放军就开始了全面出击。在猛烈打击下，黄维兵团十几万人惶恐极了，所有将领的方寸都乱了，左冲右突半响，几乎是原地打转；而外边的包围圈却越来越严了，冲出去的希望一点也没有了。

中野六纵负责堵击东南方向。激战了一天，将疯狂冲击以图逃生的敌人打了回去，把这个方向的路堵得死死的。

六纵司令员王近山、政委杜义德守在杨庄指挥所，随时根据前沿敌情调整部署，并尽量将太累的部队换下来作短暂休整。他俩可没人替换，半分钟也不能休息，一直守在地图前，不时头挨头低声商量一些处置办法。

刘伯承打来电话。浓重的四川口音已为他的部下熟知，没有听不懂的情况发生。

"近山同志，我是刘伯承。"

"司令员好！我们这里没有什么问题，已把敌人的大规模冲突打回去了，现在只有一些小规模、可能是试探性冲锋。"

"你不可大意！你们所在的区域是双堆集的东南方，很可能是黄维兵团突围的主要方向，非常重要！我们每天都要向中央禀报战况，你们那里是关键部位，所以我禀报的时候也把你们六纵的情况作为关键上报了。连毛主席也关注着你们啦，可不能出问题啊！"

"请司令员放心，请司令员转告毛主席放心！我们每占领一个村庄、每推进一公里，都要构筑工事，都构筑了可以独立作战的堡垒，也挖了能沟通各村、沟通全线的交通壕，以便于部队机动来往。我们的阵地不仅可以成功阻击敌人外逃，而且是向敌人进攻的坚固依托！"

"很好！你们做好了进攻的准备，我就不多提醒你了；我要告诉你的是，我们不会让黄维司令官等得太久的！哈哈哈……"

杜义德政委在王司令员和刘伯承司令员通电话的时候，接到报告：敌四十九师冲出包围圈，逃窜到了大营集。

王近山放下电话命令追击，决不许漏掉一条鱼。这才考虑到敌四十九师能冲出去，原因在于其当面的我军十二旅防线太宽，而宽则薄，必须及时弥补。然后又接通了十七旅旅长李德生的电话。

"李德生，我告诉你，刘司令员是向毛主席立了军令状的，放跑了黄维兵团，他把脑袋割下来交给毛主席；如果从我们纵队的防区溜掉的，他就要我王近山的脑袋；现在你的小马庄阵地丢失了，敌人向你推进了五公里，你说怎么办？"

李德生吓坏了，急忙解释，慌乱中难免答非所问。

"报告司令员，敌人十八军派一个多营偷袭我五十四团阵地，一度从小马庄的西面打进村内。我五十团的两个连、四十九团的一个营、五十一团的一个连，三面围攻占领了小马庄的敌人，短兵相接……"

"李德生，"王近山恼怒，咆哮起来，"我要的是结果，别给我讲过程！"

"是，是，司令员，阵地在三十分钟前已经夺回来了！"

王近山放下电话，吁了一口气。马上低头扒去桌上地图的一点烟灰，察看小马庄两翼的部署情况。

这时，只见作战参谋武英带着一个国民党军官笑嘻嘻地走进了作战室。

大家都吃了一惊，都警觉地盯了一下那军官，又都把视线移向武英。

杜义德政委问道："武英，怎么把俘虏带到这里来了？"

武英赶忙解释："政委误解了，不是俘虏！这是我党在一一〇师的地下党员杨振海同志！野司政治部刚打了电话介绍情况，杨振海同志就到了。"

王近山此时才认出了杨振海，省悟般拍了一下自己的脑门，乐呵呵地说：

"我们见过，我们见过的！"

"是的，王司令员！"杨振海握住王近山伸过来的手，"一周前，华东局把我们的组织关系转到中原局的时候，是我到中野接洽的，你当时正在野司呀！"

杨振海急忙掏出了黄维的突围计划复制品以及军用地图，详细介绍了黄维兵团四路并进的突围部署。

黄维的兵团部和一一〇师同在双堆集附近的村里。十一月二十六日十七时，黄维打电话把廖运周叫去了。黄维把廖运周视为亲信，也认为廖乃智勇双全的军事人才，决心培养为股肱。所以每临大事都喜欢叫廖运周商量。

黄维指了指墙上地图，语气平和地说："刚才空军通报，两个小时前共军对我们的包围圈已经全部形成。他们正在构筑工事，其志不在小呀！不过我兵团十二万之众，刘伯承有那么大的喉咙吗？"

廖运周见他胸有成竹的样子，知道他对突围出去有足够的信心。便说：

"司令官有什么命令，我一一〇师一定完成！"

"四个主力师齐头并进，迅猛出击；共军立足未稳，措手不及，很难挡住我们！问题在于，得有一个师首先出击，吸引共军蚁聚一处，另三个师从各自位置出击，必获大胜……"

廖运周很清楚，黄维兵团尽管有一些消耗，部队及其装备依然完好，将校级军官大多数是死硬分子，战斗力犹然存在。现在我中野大军确实立足未稳，黄维以四个主力师齐头并进，现在又要将其中一个师稍许突击，形成尖刀效应，闹不好会真让他窜了出去呢。廖运周决定将计就计，自己充当这个尖刀，届时也好破它这个齐头并进之阵。

"司令官的妙计太好了！我请求打头阵，充当开路先锋！"

"国难见忠臣呀!有你这样的忠勇之士,突围一定成功!"

"我们一路上攻占了几道堡垒式的工事、河川阵地;现在对付他们临时构筑的掩体,那还不唾手可得?"

"说得好!你现在马上回去做好准备,听我的命令!"

回到自己的师部,廖运周把即将行动的过程捋了一遍,觉得有点不对劲。四个师基本齐头并进,一一○师稍许突出,总的态势仍是夹在中间,两翼稍后一点都是敌人精锐部队。万一出现失误,一一○师被消灭是小事,让黄兵团冲出去可不得了。琢磨一会儿,决定去给黄维献上一计。

返回兵团部,对黄维说:"四个师齐头并进,万一有个闪失,损失就大了;应尽量避免有风险突然出现时,减少损失!"

黄维眨巴着眼睛看着他,"你有什么好办法吗?"

廖运周故作沉吟状,说:"可否把十八军的主力师节约下来,留在兵团部做预备队,可以随时策应第一线?让我一一○师先去探路,如果顺利,另两个师一左一右即刻跟进;若有不测,左右两翼出动,将我接应回来。这样整个行动可保无虞!"

黄维想了一想,觉得很有道理;同时感喟,在这样的险恶之际,有这样敢冒矢石、勇于打头阵,又能为整个兵团着想的人,实在是难能可贵啊!黄维既高兴,又感动。顾不得职级悬殊,眼睛有点潮湿,对廖运周说:

"党国的忠勇之士啊!这次仗打完了,我一定要举荐你做兵团参谋长,或者五十八军军长!"

当场指示兵团副参谋长韦振福,通知空军配合一一○师行动。

廖运周又说:"我派了几个便衣小组深入敌后,如果发现共军部队之间的接合部有缝隙,我们就提前夜间行动!"

黄维不断点头,"好,好,你考虑得很周到!是的,是的,发现机会就要马上抓住,立刻行动!"

解放军中野六纵指挥所里,王近山聚精会神地听杨振海介绍情况,不时插问一两句。杨振海说:

"请解放军在黄维兵团突围的口子,最好是左翼,闪开一个口子,让一一○师通过;然后立即再关上口子。"

大家听了,都没有回应。气氛霎时变得沉闷、紧张。

杨振海一下子明白了什么,不禁有点着急,问道:

"同志们是不是觉得有风险?甚至有诈?"

王近山没有说话,脸像生铁一样。

杜义德微笑了一下,说:"我们当然坚定地相信在国民党部队艰苦工作的同志们,这个是丝毫也没有疑问的;但一一〇师毕竟不全是我党的同志们,里边会不会潜藏了不稳分子,那可是谁也说不清的呀!国民党对一一〇师这样的西北军老部队,一向不放心;如果黄维来个将计就计,黄兵团就很可能突出去!一一〇师也很可能被他们消灭!"

杨振海辩解道:"杜政委多虑了!黄维现在一门心思就是赶快突围逃掉,没那么缜密的心思;而且您顾虑到的情况,我们也研究过,师党委做了很周密的部署……"

王近山点点头,温和地对杨振海说:"振海同志不用急,您先去休息一下好吗?我们纵队党委先研究一下,再请示野司刘、陈、邓首长……"

说罢教武英陪杨振海吃饭;特别吩咐搞两个好菜。

王近山颇费踌躇。他担心照杨振海、廖运周等同志的谋划,让开一个口子,万一黄维兵团后续部队早有准备而跟进快捷,紧随廖运周一一〇师一涌而出,我军那时将如何堵得住口子?刘伯承一再告诫他把守的东南方向是疏忽不得的,否则将铸成大错,谁也担待不起呀。然而,一一〇师起义,对这次搅乱黄维兵团阵脚、对围歼黄兵团,实在是有极大的帮助,决不能绕开。

杜义德提醒他,本纵队现在只有四个旅十二个团的兵力,那么宽的区域要堵。一一〇师起义部队为两个团,万一届时廖运周等几位同志驾驭不住,后面还有黄兵团跟进的两三个主力师,危险性很大。我们既要考虑起义部队的安全;又必须做好应对各种意想不到事件的发生,粉碎敌人可能的"顺水推舟"大突围,不做好周密谋划是不行的。

王近山把他的设想告诉大家。

"在十六旅、十二旅阵地之间预设一个通道。这个通道尽量避开我纵深阵地内的村庄。两个旅各抽出一个团在通道的东西两侧设置阵地,以防意外情况,同时掩护起义部队通过,阻击起义部队后面的任何跟进的敌军。"王近山顿了顿,借此略作沉吟。马上又说:"我考虑用十二旅的两个团、十六旅的一个团、十七旅的两个团,外加十二旅的预备队两个营,总共五个半团的兵力,阻击可能尾随起义部队的黄兵团两到三个师;十八旅三个团、十六旅一个团组成总预备队。大家看,这样部署有没有什么问题?"

政委和参谋长都表示同意。

王近山马上吩咐参谋接通刘伯承司令员的电话,禀报这一切。

刘司令员与陈、邓商榷后,告诉他:野司完全同意。

王近山这才吩咐,请杨振海同志来。

王近山将一份地图展开,用红铅笔在上面标出行军路线。对杨振海说:

"振海同志，刘伯承司令员已经代表野司批准了你们的起义计划！现在是凌晨两点，你回到廖运周同志那里，约莫三点过，是吧？唔，那你们就确定五点出发，有没有问题？唔，好，没问题！为了确保起义成功，我们为你们划定了行军路线，沿途用高粱秆作为路标，每二十米一捆，横放中央以便于识别；起义官兵左臂一律扎白毛巾或白布条；两军互相看见时对空打三发枪榴弹。近距离接触时，口令是：我们问'鹤飞何方'，你们回答'回家'！你们成功通过最敏感的路段后，由纵队政治部主任率相关几位同志领你们到罗集附近的大吴庄、西张庄暂驻。那里将准备热菜热饭招待起义官兵。须争取在天亮前通过敏感区域；敌情复杂，为避免误会，一定要按照规定路线通过！还有什么不明白的吗？为了确保你们能准确沿规定路线行军，我们决定派武英同志跟你回去，届时做向导。"

杨振海十分激动，眼眶湿润，嘴唇动了动，想说什么，大约又觉得多余，只从胸腔深处推出了一个低沉的"是"字，同时向王近山、杜义德敬了个庄重的军礼。

杜义德还礼后，紧握他的双手，动情地说：

"请转告同志们，野司首长、毛主席，期盼他们回家！"

三

一个小时后，杨振海带着武英来到廖运周的师部。

大家一起研究了王近山用红铅笔标示的地图后，廖运周又跑去找黄维。

他告诉黄维，侦查小分队报告，共军调整部署，一一〇师正面出现了一公里宽的缝隙。

黄维大喜，教他抓紧行动，以免那缝隙又闭合了。还教他放心疾进，后边两个主力师与他相距不远，只要看到他的信号弹升空，半小时就会赶上。

廖运周回到师部，与武英商议行军部署。确定分成四路纵队，以正常速度前进。武英、杨振海带三二九团为前卫，师部及卫队营居中，三二〇团为后卫，最后面是特务连，负责收容掉队的官兵。

廖运周对武英说："为了对付途中的意外情况，我看应该向比较可靠的连级、营级军官公布起义决定！"

武英迟疑了片刻，问道："有把握吗？"

廖运周说："不会有问题！"

规定的出发时间是五点钟，已经快六点了还无法行动；原因是廖运周在应对突然来到的兵团司令部参谋处副处长卞小沪。是黄维派此人来核对行动计划。廖运周与之周旋，必须装着不急不躁很平静的样子。幕后的武英却急得如热锅上的蚂蚁。廖运周后来解释，那个南京人卞小沪鬼得很，面临这种特殊的行军，只要稍显慌乱，露出急于求成的情绪，就会招致怀疑，以致偾事。

姓卞的那厮终于走了。

东方出现了破晓的迹象；不料后来却升起了浓雾，五步开外就看不清一切。这对起义有一定掩护作用，却也带来了意想不到的麻烦。

一一〇师三二九团在团长、共产党员刘协侯率领下，紧紧跟随武英和杨振海，穿越浓雾闭锁的村庄、田野、沟渠，以急行军的速度"回家"；脚步声、车轮声混杂在一起。出乎意料的顺利，从横放的高粱秆捆看出，距解放军接应部队只两公里了。

"发信号！"武英提醒杨振海和刘协侯。

刘协侯从士兵手里拿过枪来，亲自向天空发射了三颗枪榴弹。然而，三团火球，射出五米许就被大雾吞没了。

解放军接应部队什么也没看见，自然就不可能做出回应；回应信号五发枪榴弹当然也就不可能发射。

武英十分焦急，接应部队得不到信号是会开枪拦击的，那就全盘糟糕了。怎么办呢？杨振海告诉他，黄维兵团十八军的一个团就在右侧后不到两公里，我们丝毫也耽搁不得呀。武英点点头，吩咐刘协侯团长，命令部队，跑步前进。

在廖运周的指挥车上，无线电报话机里传来了黄维兵团参谋处的呼叫。廖运周拿起话筒问对方有什么事。对方说：

"廖师长，我是卞小沪！司令官问你们到了哪里？"

"转告司令官，我们尚未抵近敌人；现在一切正常！"

"好，好！司令官说突围成功与否，全仗你们了；现在后续部队已开始跟进，可以随时增援你们！"

这话提醒了廖运周。他马上下令后卫部队加快速度，追上师部。

亲自在前沿掌握接应部队的王近山也十分焦急、紧张。他在工事内向前方引颈探寻，而白茫茫的浓雾锁住了一切，什么也看不到。王近山身经百战，什么复杂险恶的场景都经历过，而今天这样的情况却让他格外揪心：既怕缺口放脱了黄维兵团，那自己将罪莫大焉；又牵挂起义部队的安全，怕他们在混乱中遭遇不测。两小时前刘伯承司令员专门打电话告诫他：潜伏敌营多年的同志们今天回家，对这些同志来说是命运攸关的大事，我们必须协助他们成功；同时也决不允许黄兵团借机逃脱一兵一卒。出了问题以你王近山是问！

其实所有参与接应的指战员都像王近山司令员一样，既牵肠挂肚，又紧张万分；一个个竭尽全力睁大眼睛向前探寻，虽然前面雾锁云遮，也不遗余力地辨别这一丝一毫的动静；同时紧握手中的武器，手指放在扳机上，分分秒秒地关注着首长的态度。眼睛看不明白，耳朵却终于发生了作用：隐隐约约传来一丝什么声音；尽管只有一丝一缕之微，却显得十分厚重。这声音越来越近，像潮涌又像疾雨，渐渐大得如遮天盖地一般；也分辨得出是千人的脚步声、马蹄声、车轮声甚至人的喘息声混杂而成。来的方向显然是被围困的蒋军所在地；但无人敢肯定就是起义部队！

怎么办？

各团团长不断请示，搅得王近山心乱如麻。他也不知如何是好啊！

各团团长只好自行做出决定，分别命令自己的部队做好战斗准备；但是没有命令不许开枪，否则"执行战场纪律"。霎时，四千多支步枪、冲锋枪、机枪的上膛声响彻天地，压过了远处传来的那一片越来越大的声音。

突然，云雾中闪出两个人影，都穿着蒋军的军官服。

接应的解放军团长大声问道："鹤飞何方？"

那两个闪出浓雾的人影一个是武英，另一个是杨振海。武英大声回答道："回家！"马上又补了一句，"我是纵队参谋处的武英！"

紧张的气氛顷刻缓和下来。

武英紧跑几步，跳下战壕。见王近山在那里，报告道：

"司令员，一一〇师顺利到达！"

"为什么不发信号？"王近山指着武英的鼻尖咆哮道。

"发了，发了两次……浓雾太大……"

"险些接上火！乱弹琴！"王近山余怒未消，"快去告诉廖运周同志，后续部队跑步通过！"

武英回身跃上战壕。教杨振海带部队快速通过；他策马去找廖师长。

王近山长长吐了一口气，擦掉脑门上的汗。还嘀咕了一句，这个武英，吓出了我一身冷汗。

一一〇师的最后一个人通过后不到五分钟，六纵负责接应起义部队的两个团就将缺口封闭了。

约莫二十多分钟，黄维兵团十八军赶来的部队就与刚封闭缺口的中野部队交上了火。过了不久，黄维派出的另两个师也赶来助战。总共三个师，在坦克导引下，分成多路纵队，展开攻击。但最后都被击退。

一一〇师的起义，对黄维兵团造成了极大的恐慌与失望。

当天，毛泽东以自己和朱德名义致电一一〇师起义官兵，对他们表示欢迎和鼓励；同时，以中野负责人刘伯承、陈毅的名义给一一〇师原先的"领导"黄维也发了一份电报，敦促其率部投降。

黄维断然拒绝了要他投降的命令。

他当然只不过是在硬撑着；此刻的黄维，其实陷入了极度的惶惑。他说："兵团部对于徐州地区的战况，一直没有得到国防部及其他上级的指示，兵团部的无线电通讯始终没有和刘峙、杜聿明取得联络，只不过推断徐州方向在大战而已。至于双堆集战场，是秋后毫无隐蔽物的广阔平原。所占据的村落都是土墙茅草盖的小房子。老百姓早就逃跑光了；当地几乎毫无可以利用的物资，不仅无法征集粮食，就连燃料、饮水和骡马饲料都极为困难。"①

黄维的身陷重围，以及全国各战场的不利消息，都让蒋介石忧心如焚。林彪大军似有入关迹象，张家口一带的共军调动频繁，再傻的人也能猜到华北大战在即；西北战场，兵力占绝对优势的胡宗南与彭德怀多日苦战无法取胜，后来七十六军军长李日基居然被俘，这似乎是个多米诺骨牌效应：七十六军第一任军长廖昂在清涧战役中被捉，第二任军长徐保在宝鸡被击毙，最近第三任军长李日基又在永丰镇被捉。这一连串的情况竟然是在一年内发生的，也实在是太离奇了。到底是胡宗南是倒霉蛋呢，还是七十六军这个番号不吉利呢？

蒋介石又电召杜聿明回南京开会，研究如何打破徐蚌战场"僵局"（其实应该叫危局）的问题。

杜聿明怀着忧虑的心情，离开了徐州，飞往南京。

以他对共军战力、战场策略的了解，一旦战场出现了"僵持"现象，背后一定酝酿着一个极大的阴谋；他现在所担心的不仅仅是千方百计要去救援并与之"会猎江淮"的黄维兵团，更有出徐州而南向救黄维的二兵团、十六兵团。从表面看，这两个兵团要攻破粟裕华野在徐州不远处的阻击线而把手伸向黄维兵团，似乎处于主动进攻状态；但安知不是故意以"僵持"来拖住两个兵团，待腾出兵力后予以包围呢？这样的鬼胎，堵在杜聿明心中，越长越大。

自从十六兵团占领了白虎山、孤山集、纱帽山以来，兵团却不过才推进两公里多，三天以来屡攻屡挫，再没有尺寸之进；共军纵深阵地出奇的坚固。

二十七日，二兵团司令官邱清泉、十六兵团司令官孙元良向杜聿明建议，如此强攻，步兵徒然成为共军的靶子，伤亡重而战果甚微，照此下去不可想象；必须增加空袭和炮击，也就是以优势火力打击为主攻。

杜聿明在理论上同意他们的意见；但目前空军的炸弹和炮兵的弹药都已消耗到饱和点，短时间不可能有大量补充。反倒是共军的重炮显然弹储充足，打到两兵团炮兵阵地上的炮弹越来越密集。至杜聿明动身赴宁那天（二十八日），两兵团仍止步于孤山集、四堡、褚兰一线，当晚十六兵团还遭到共军局部反击而不得

---

① 黄维手稿《徐蚌会战经历》，藏中国第二历史档案馆。

不退出孤山集。

二十八日上午,杜聿明到了南京黄埔路总统官邸。

落座不久,陆续来了一些参加会议的人。

顾祝同来了后,蒋介石尚未下楼;顾就将杜叫到会议室旁边的小客厅去。

杜聿明心中本来就有怨气,此刻正好诘问这位参谋总长。

"上次总统面允再给我几个军,为什么至今一个军也不给?这样弄,仗怎么打呀?僵持局面是很危险的!"

"光亭呀,你不知道,到处都遭到敌人钳制,调不动啊!"

"既然知道抽调兵力困难,原先就不该决定发动决战!弄到现在,把黄维兵团推进敌人的重围,无法救援!"

"光亭,你看有没有什么办法?"

"为今之计,就是调集一切可以抽出来的兵力,投入决战;否则黄维兵团完了,徐州部队也危险,南京也危险了!"

顾祝同沉默不语。过了一会儿,长叹一声,道:

"总统也有困难;我知道他确实是想尽了一切办法,连一个军也调不动。本来想把宋希濂兵团调过来,白崇禧千方百计扣住不放,至今还没有下文!现在我们打算下决心放弃徐州,到外边打!你看能不能安全撤离?"

杜聿明心里一阵发凉;蒋介石又来老一套,全不考虑当前局势已不同于十天、半月前,随心所欲地乱出新招。这么一搞,黄维完蛋,徐州几个兵团也将不保。不予增兵,打不破粟裕阻击线,还有什么希望呢?他沉思良久,说:

"既然各方面都困难重重,那也只好撤离徐州了!可是,既要放弃徐州,就不可恋战;若要恋战,就不可放弃徐州!总长刚才说放弃徐州,出来再打,我认为很危险,等于把邱清泉、李弥、孙元良三个兵团葬送掉!"

顾祝同有点尴尬,一时没说话。他没有计较杜聿明的态度,因为蒋介石离不了这个人。顿了一会儿,只好再征求杜聿明的"高见"。

杜聿明说:"要放弃徐州也可以,但必须冒险让黄维自己坚守在双堆集,牵制刘伯承部队;然后,徐州部队突然脱离与粟裕接触,取道永城奔赴蒙城、涡阳、阜阳一带。此后,以淮河防线为依托,再向敌人进攻,则可进可退,说不定还能解黄维之围……"

顾祝同沉思半晌,长叹一声,点头认可。

何应钦进来,听到了他们的后半部对话。惶然问道:

"怎么,完全无法打了吗?"

杜聿明将自己的意见重说了一遍,问何部长怎么样。何应钦沉吟了一下,说:"也只好这样了!"

"一会儿开会的时候，"杜聿明压低声音说，"请总长和部长不要在会上说，无论参谋总部和国防部有没有共谍，还是小心为尚！"

顾、何都点了点头。

顾祝同又说："会后我向总统说，光亭你也同他单独谈谈！"

三人离开小客厅，回到会议室。刚坐下，蒋介石就下楼来了。

由于所有由他蒋某人"纠正"的计划在战场上都经受不住检验，全部失败了，他进来时免不了满脸窘迫之色。故作安详地向大家点点头说：

"大家都来了，好，好。马上开会！"

顾祝同照例教郭汝瑰在《敌我态势图》前介绍情况。

郭汝瑰说："目前共军南北两面都是坚固的纵深工事；我徐蚌各兵团攻击遇到疯狂反击，进展缓慢。如果继续这样攻打，迁延时日，恐只能徒增伤亡，不可能达到与黄维兵团会师的目的！所以第三厅建议徐州主力经双沟、五河转进，与李延年会师后再整军北进，解黄兵团之围。"

刘斐问他，"那么徐州守不守？"

郭汝瑰说："当然要守！"

杜聿明既不同意这一主张，又一向就反感这个郭小鬼。忍不住大声质问道：

"那一带河道纵横、湖沼甚多，大兵团如何运动，你考虑过没有？"

郭汝瑰愣住了，嘴唇动了动，却什么也说不出来。

杜聿明扫了全场一下，面含冷笑，道："这不是在葬送吗？"

郭汝瑰面红筋胀，更加难堪了。

一时会场上争论蜂起。大家似乎忘了蒋介石在场了。何应钦挥了挥手，大家才安静下来。

顾祝同对蒋介石说："叫光亭到小客厅谈谈？"

蒋介石瞥了瞥顾祝同，会意地点了一下头。

在小客厅里，杜聿明又把对顾祝同讲过的主张对蒋介石讲了一遍。

蒋介石不假思索就同意了，马上掉头问空军副总司令王叔铭道：

"教黄维今天午后突围的信送去没有？"

"报告总统，尚未送出。"

"那就好！不要送了；电告黄维，坚守待援！光亭赶快回去部署徐州撤退！"

= 第三部 =

温靖邦 著

中国·广州

图书在版编目（CIP）数据

大逐鹿：全三部 / 温靖邦著. -- 广州：花城出版社，2019.5（2024.2重印）
ISBN 978-7-5360-8875-7

Ⅰ. ①大… Ⅱ. ①温… Ⅲ. ①纪实小说－中国－当代 Ⅳ. ①I247.5

中国版本图书馆CIP数据核字(2019)第069342号

出 版 人：张　懿
策划编辑：孙　虹
责任编辑：夏显夫
技术编辑：凌春梅
封面设计：刘红刚

书　　名	大逐鹿 DA ZHU LU
出版发行	花城出版社 （广州市环市东路水荫路11号）
经　　销	全国新华书店
印　　刷	广州小明数码印刷有限公司 （广州市天河区高普路83号B栋C5号）
开　　本	787毫米×1092毫米　16开
印　　张	62　3插页
字　　数	1,200,000字
版　　次	2019年5月第1版　2024年2月第3次印刷
定　　价	198.00元（全三部）

如发现印装质量问题，请直接与印刷厂联系调换。
购书热线：020-37604658　37602954
花城出版社网站：http://www.fcph.com.cn

目 ★ 录

‖ 第三部 ‖
三百年间同晓梦，钟山何处有龙盘

第三十四章	1
第三十五章	24
第三十六章	40
第三十七章	59
第三十八章	75
第三十九章	91
第四十章	113
第四十一章	133
第四十二章	148
第四十三章	166
第四十四章	185
第四十五章	202
第四十六章	217
第四十七章	231
第四十八章	248
第四十九章	268
第五十章	287
第五十一章	304

第三十四章

一

一九四八年十一月二十八日，蒋介石召回杜聿明，与顾祝同等人商榷了今后徐蚌战场大计；之后，马上交国防部通知另一员大将，立即飞赴双堆集，以兵团副司令官职务协助黄维指挥部队固守。

这个人就是蒋介石和陈诚都很器重的胡琏。

胡琏四十一岁，黄埔四期生。十二兵团组建时，他的愿望是出任司令官；不料被黄维僭了先，他被宣布为副司令官。心里当然老大不高兴，便称病到武汉去了。到黄维兵团被困时，胡琏脱离部队一个多月了。他心里暗自高兴，黄维玩不转，正是自己用武之时。便从容打点行装，准备销假回部队视事。正在此时，国防部命他去双堆集的电报到了；只过了半小时，蒋介石的电报也来了，教他先去南京陛见。

胡琏在南京明故宫机场下了飞机，立即兴冲冲驱车去黄埔路叩见蒋介石。

蒋介石问他对十二兵团目前的战略战术有什么看法。

他决心趁此机会在蒋介石面前显示自己比黄维"知兵"，便口没遮拦地大讲特讲起来。

"校长，徐蚌会战，共军两大野战军，倾全力介入，规模空前，无疑是命运攸关的大决战。我们如果战而胜之，可以凭借江淮设置防线，拱卫南京；以后再图恢复。目前应该有勇气放弃，先舍弃而后方可取得；学生建议，放弃华北，固守江南，集结大军与共军逐鹿中原！"

蒋介石见他不触正题，大言炎炎，不悦地皱起了眉头。温和地叫着他的表字责备道：

"伯玉呀，你不是方面军主将，不用操那么大的心，应该把自己职权范围内的事谋划好才是正理；我是想问你，十二兵团的事情被黄维弄成了那个样子，你有没有办法补救？"

"我胡琏受校长栽培多年，自当为党国驰驱；拜辞校长以后，即飞双堆集，协助培我①兄调整部伍，重整士气。请校长放心，有学生胡琏在，十二兵团定会转

---

① 黄维字培我。

危为安！"

蒋介石又皱起了眉头，不耐烦地挥了挥手打断他的话。说道：

"不要不着边际，说你的具体策略！"

"学生一定率十二兵团坚守一段时期，直到援军的到达；请校长赶快檄调援军，驰赴中原，与我十二兵团会猎于双堆集！"

"你自己就没有一点独得之见了吗？"蒋介石终于竖起了眉毛眼睛，用申斥的口气问道。

胡琏毫无惶恐之色，反倒微微一笑，解释道：

"且夫'水无常态，兵无常势'，这是校长当年谆谆教导我们的！须待学生到了兵营之后，考察战场实情，详加梳捋，再向校长禀报。"

蒋介石被这话给噎住了。沉默了一下，只好无奈地说：

"好吧，你先去双堆集！我已经盼咐联勤总部全力空投补给；国防部也正在抽调部队组成援兵集团。你们要牢牢给我守住了，不得有误！"

"是！请校长放心，学生胡琏定当不辱使命！"

大将出朝，地动山摇；胡琏以一副挽狂澜于既倒舍我其谁的架势，登上王叔铭提供的专机。在两架战机护航下，威风凛凛升空，飞往双堆集去也。

着陆之后，谢绝了"培我兄"请他稍事休息，立刻召集军长、师长们开会。见他那一副踌躇满志的乐观神情，身陷危境忧患重重的军长、师长们大为困惑，面面相觑。他又摆出了大言炎炎的样子，展示了十二兵团令人鼓舞的前景，以不容置疑的口吻描绘总统正在调集"数十万"援军，言之历历，就像他亲眼看见的那样；还断言，只要我们守住这里，后事用不着担心。

散会后他仍不消停。陆续召见军长、师长，听取情况汇报；然后视察部队，做一些莫测高深或莫名其妙的调整。着实忙活了好一阵子。

胡琏能改变十二兵团命运和战场格局吗？

不久就会有结论了。

杜聿明十一月二十八日在南京开会时向蒋介石献计放弃徐州，怕泄露计划而百般保密；不料就在他离开南京的当天，不知是谁十万火急地通知徐州的党政财机关紧急撤退。这么一来，这三大类机关的家属也知道了，主动加入到撤退大军内。徐州四面都有共军，能走的通道只有天上。于是，拥向机场的人成千上万。以致当天连刘峙也没走成，直至二十九日才飞走。

二十八日夜晚，杜聿明召集三个兵团司令官开会。

他宣布了蒋介石放弃徐州的决定；又重申了自己"撤即不可打，打即不可撤"的主张。然后命令二十九日发动全面进攻，以迷惑共军，掩护主力撤离。

这个全面佯攻由二兵团担任。待剿总大部队撤离后,二兵团留下少数部队于小孤集、四堡、白楼等处继续牵制共军,掩护该兵团主力撤离;该兵团主力必须于三十日夜晚到达瓦子口、青龙镇附近,以掩护剿总主力右翼的安全;尔后取道王寨、李石林赶赴永城以东及永城的东关、南关一带。剿总大部队须于三十日夜晚突然与敌脱离接触,迅速撤离,一口气奔赴徐州西面五十公里的永城;然后折向西南面的蒙城、涡阳、阜阳一带,以淮河为依托构建阵线,与共军周旋。十三兵团三十日夜晚留少数部队在苑山附近及徐州阻击共军,掩护兵团主力撤离;尔后于十二月一日夜幕降下后全部撤离。该兵团主力于十一月三十日夜晚取道曲星堡、袁圩开赴永城北关。此前应先派遣一个师占领萧县瓦子口等重要路段,以便主力顺利前进;尔后撤退归还建制。就这样以"滚筒战术"逐次互相掩护行动。

徐州剿总存有大批军用地图、军事档案来不及装车;而补给区司令部存放的大量武器弹药已挤满火车,库存被服、用具、粮食也很多,很让杜聿明伤脑筋。

到二十九日夜晚,十三兵团先遣萧县的一个师行动迟缓,尚未占领萧县。

这个师对萧县敌情不清楚,怕遭到伏击。到了次日早上,才先施以炮击,然后步兵向萧县进击。

不料十六兵团二十九日夜未遵照命令实行佯攻,反倒退守孤山集、笔架山、白虎山。

这两个兵团的颠顸蠢笨,彻底暴露了徐州剿总的意图。这便印证了解放军华野主帅粟裕的最初判断:徐州集团若逃离,不会取道两淮和苏北;必是徐州以西或西南(他事前用电报向中央汇报过自己的预测)。

当晚解放军就攻占了孤山集;而且几乎是兵不血刃就进占萧县。

因为十三兵团故意误解杜聿明的命令,将这个担任掩护的师随同兵团主力一并撤走了。

十一月二十九日夜晚,工兵部队并没有接到命令,急急忙忙就把一切电话线都撤除了,包括剿总前线指挥部的电话也给搞瘫痪了。因此,三十日早晨,杜聿明对各兵团的行动情况十分模糊,只好赶快率指挥部人员出发。

徐州城内商店、住户的门上都一律悬锁。人们居然昨夜就得到了消息,为躲战火都或早或迟逃了;满城混乱不堪,车辆、人马塞满大街小巷。

杜聿明一行好不容易挤到西城门。不料出城以后,交通状况与城内一般无二,通向萧县的公路车辆拥塞,前进慢如蜗牛。杜聿明发现,带领指挥部及其直属部队前进的第三处犯糊涂了,把原计划的取道铁路附近"改为"经萧县公路了。部队已开始行动,无法退回去,只好绕冤枉路,到徐州南门外,绕凤凰山便道向萧县方向行进。这时见徐州城内火光冲天，疑为共军先遣队追到了。① 杜聿明深恐追兵迫近，教参谋人员指挥各部车队绕道北行。然而番号不同的各部车辆却各有主张，根本不听命令，有的绕道脱逃，有的仍向萧县前进。

杜聿明黄昏时才到达大吴集。

次日（十二月一日）杜聿明获悉，萧县已被共军占领，一半的车辆和后卫部队被俘了；晚上时分，共军进入徐州城。

这时的蒋介石，如同热锅上的蚂蚁；他的本钱快要输光了，已无可调之兵了。除了平津地区傅作义集团五十万部队已被入关的百万东北野战军远距离战略包围（以后将详述）之外，长江以南的广大区域内，没有一个完整的或较有战斗力的军；几个新兵编练司令部新组建了一些部队，还有几个战场上撤回亟待整补的残破之师，都是绝不可能马上投入战场的。所剩下的就只有白崇禧的张淦兵团，胡宗南的几个军，宋希濂十四兵团所属的几个军。蒋介石曾计划空运胡宗南集团的第一军到徐州。而空军总司令周至柔表示第一军几万人，又有太多装备，没有那么大的空运能力；胡宗南也反对把他仅存的骨干部队调走，声称那样的话他更无法对付彭德怀部队了。国防部研究到最后，扳着指头数，就只有宋希濂的部队容易调了。

就这样，在十一月下旬的某一天（宋希濂几十年后说记不得具体是哪一天），宋希濂一连收到国防部的几个电报，调十四兵团的二十军、二十八军立即开赴武汉，待船东下。

二十军军长杨干才是四川人，部队属于四川军阀杨森体系，官兵大部分是四川人。他们对东调十分反感。杨干才对宋希濂大为抱怨，说当初部队开到鄂西归附麾下，靠四川近，大家都很高兴；现在要东调，官兵怨声载道。

宋希濂说自己也没办法，上边下了命令，我们大家也只好执行。

这时，属于十四兵团序列的十三绥靖区王凌云指挥的二军、十五军及三个纵队（师级）在老河口、襄樊一带，方靖七十九军在宜城、南漳、保康。宋希濂命令二军开到荆门、十里铺、江陵集结。

十一月二十八日，蒋介石发来一份急电，教宋希濂、王凌云立即到南京去。

次日下午，宋希濂和王凌云搭上一艘小轮船到武汉，去向总司令白崇禧辞行。

白崇禧告诉他们，已通知空军第四部队司令部，明天（十二月一日）上午派飞机送他们去南京。

王凌云告辞时，白崇禧叫宋希濂留下，称有事"请教"。

王凌云在时，大家一起在会议室坐；此时白崇禧做出"体己"的样子，把宋

---

① 其实是管资料的参谋为了早走在提前烧毁资料。

希濂领到他的办公室。

白崇禧特意把房门关了，闩上。然后与宋希濂同坐一张沙发上。

白崇禧叫着宋希濂的表字，恳切地说："荫国，你我一向合作很好，私交也不错。我想，谈点体己话，不为过吧？"

宋希濂认真地点头说："我是总司令的部下，总司令待我也很好。只要总司令有吩咐，我一定执行！"

白崇禧高兴地笑了；又伸手友好地拍了拍宋希濂规矩地放在两膝上的手，表示对他的表白理解了。说：

"没什么'吩咐'，就是作为好朋友，聊聊时局，坦诚交换一些看法！"

"啊，总司令请讲。"

"荫国，你看目前的战场情况怎么样？"

"很紧张，很危险！"宋希濂颓丧地说，"现在黄埔同学在一起谈时局，都觉得前景迷茫！"

"荫国说得对，情势确实很危险！东北几十万美械装备的部队那么快就被共军吞没了；共产党得到了大量的精良武器，大量的俘虏兵，很快就可以扩编很多部队。东北工业发达，物产丰富，又有苏联对他们的援助，林彪的军事力量定可得以惊人地膨胀！我得到的消息是，他已经拥百万之众进关了！"

宋希濂大吃一惊，说："这么快呀？朝野最担心的事情终于临头了！这可如何是好呀？"

白崇禧趁势就把话锋一转，触及他要谈的主题上来。他说：

"黄百韬兵团覆灭以后，紧接着是黄维兵团掉入陷阱；我敢说接下来肯定是杜聿明带的那三个兵团倒霉！毛泽东狡诈呀，一环扣一环，一气呵成，用不了多久，他就会像一条贪婪的鲸鱼，长鲸吸水般把中原几十万国军吞下肚去！总统一定也是在担心这个！他电召你们赴京，多半是催促你把整个兵团都开到徐蚌地区挽救危局。你要知道，共军刘陈邓集团、饶粟集团、野战军加上地方部队，合起来也是百万之众；把你的兵团调去，也是杯水车薪，后果不言可知！而且你走了，华中地区兵力单薄，岂不又是人为地制造了一个兵微将寡的危险区域吗？仅剩下一个张淦兵团还算有战斗力，其他像鲁道源、张轸、陈明仁等几个军都是由新兵编成不久，没有多大战斗力。然则，此后华中怎么办？"

宋希濂沉思一番，不理解白崇禧为什么要向他下问这个，他也明白自己确乎回答不了这种属于中枢考虑的全盘战略问题，便谦虚地把球扔回给白崇禧。

"部下愚钝，对这样的全盘问题常常是望而却步；请总司令指教，我们应该怎么办？"

白崇禧微微笑了。他其实并不需要对方回答，那只是一种设问的修辞方式，他要自己来回答的。他站起来，走到长沙发对面的壁挂式地图前，拿起指示杆。看那神情，对国民党当前的危局，不仅毫不忧虑，反倒有些兴奋，更多的是踌躇满志。

"徐蚌战局不足虑，糜烂就让它糜烂；只要我们能保有武汉、湖南、两广、云南、贵州、四川，以西南半壁抗衡共产党。只需坚持一年半载，国际局势一定会起巨大变化，我们就会得到大量美援，当年的北伐胜景又将重新出现……"

他喋喋不休地讲了半个多钟头，吐出了一大箩筐的话，归纳起来就只一句话：让蒋介石滚蛋，由桂系来主持大计，则天下事尚有可为。

宋希濂并不"愚钝"，哪能听不出他的弦外之音呢。宋希濂也明白，以后桂系如果真的行取代之事而且侥幸成功的话，哪里还有我宋希濂的饭碗呢。宋希濂自然不会去正面反驳讨个没趣；但也不愿随声附和，便这样说道：

"《春秋》云，'忠臣谋国，百折不回；勇士赴难，万死不辞'。当今国步艰难，诚如总司令所说，到了极为严重的关头；如果大家同心协力、同舟共济，尚可撑持一个时期，以待国际形势的变化。这样在长江以南编练的二线新兵部队亦可陆续投入使用。记得民国三十五年（一九四六年）三月在重庆六届二中全会时，总司令在会上曾说，如果不迅速遏止共军在华北、东北的发展，总有一天会形成南北朝局面。现在东北丢失了，华北也岌岌可危；若徐蚌一带的国军主力再遭消灭，恐欲求南北朝局面亦不可得了！至于我个人的愿望，我很愿意在总司令麾下服务，希望不要离开鄂西，尤其是不愿意国防部把我的部队分割使用！"

白崇禧对他的后两句话很感兴趣。沉吟了一下，说：

"这样吧，明天你去南京，先了解徐州和黄维兵团的情况。如果已无法挽救，你的部队投入也于事无补，最好还是向总统请求免调！"

"是，总司令。"

第二天，上午十时，宋希濂、王凌云乘坐空军临时调拨的一架专机飞往南京。十二时许，在南京光华门外机场降落。没想到蒋介石派了总统府第三局（军务局）局长俞济时在机场等候；以往无论是重庆还是南京，他去见蒋，从来没有受到过官方的迎候和接待，今天享此殊荣，他和王凌云都十分高兴。

到了官邸，刚进入客厅，蒋介石就从楼上下来了。

蒋介石和蔼地叫着两人的表字，居然还伸手与他俩相握；这对宋希濂来说也是第一次，蒋介石对他们这样级别不太高的学生是从来不握手的。

落座后，蒋介石向他俩简单询问了部队的情况，就说出了自己批准的参谋总部决定。

"这次叫你们来，这个是……主要就是要把你们兵团的全部力量东调，参加徐蚌地区的作战，来改变目前我军所处的不利形势。这个是，从黄埔建军以来，我们革命事业的危机,从来没有过像今天这样严重;徐蚌决战,关系党国存亡,凡我黄埔子弟及爱国军人不可不察也!希望你们兵团尽速东开,不可延宕。进入战场后,先以全力解黄维兵团之围;再会同徐州部队,击破共军,稳定局势,建不世之功!"

两人恭顺地聆听,唯唯而已;宋希濂也没有如白崇禧所希望的那样,向蒋提出"免调"的要求。

关于部队的调运及补给问题,蒋介石说:"等一会儿我告诉顾总长,今天下午开个会,教相关单位的长官一体参加,研究办法;最重要的是愈快愈好!"

在飞机场时,宋希濂偷偷对俞济时说过,有重要事情须向校长密禀。这时,蒋介石就叫王凌云先走,宋希濂留下。然后把宋希濂领到他楼上的办公室。

"俞局长说,你有事要单独对我说?"

"报告校长,是这样的……"宋希濂把白崇禧对他说的话,一句不漏地向蒋介石揭发了。

蒋介石听得十分专注;对每一段话,每一个细节,以及白崇禧当时的神情,都问得很详细。最后,蒋介石说:

"好,我知道了!这个是……你答复他的话,说得很得体!这个是,很好!"

二

十二月一日午后,奉蒋介石指示,国防部研究宋希濂十四兵团东调的运输问题。参谋总长顾祝同主持会议,参加者除宋希濂、王凌云外,有国防部次长兼参谋总部次长林蔚、参谋总部次长萧毅肃、联勤总司令郭忏、空军副总司令王叔铭,以及和运输、补给有关的局长、署长、处长。

首先讨论的是先期将十四兵团的二军、十五军从老河口空运南京,再车运蚌埠。顾祝同解释,这样的投送方式,是总统的指示。

空军总部主管运输的署长面有难色。他将目前能调运的运输机数目、每架运输机的载重和能装运的人数,往返一次所需要的油料数量,每天能往返的次数,做了详细的说明;又解释老河口机场没有存油,若要飞机携带往返油料,那么装运量就要大大减少。最后的结论是,空运这样多的部队,目前没有这样大的空运能力,这个计划无法实施。

接着又研究用轮船运送。即是先让部队从老河口、襄樊步行到沙市,分批在沙市登上木船,航行到汉口,再换轮船运到浦口,然后车运到蚌埠。联勤总部运输署署长算了个细账,现在集中最大限度的运输力量,将二十八军、二十军运到浦口,最快也要到十二月十二日才完成得了;若再运三个军,那就要翻过年方能运完。

又有人提议以急行军方式步行到蒙城。但计算行程，最快要二十天；而且途中会不断遭到共军地方部队袭击，就会更加迁延时日。

那么，可不可以采取步行、船运两种方式呢？一律先到武汉，然后一部分用火车运、经粤汉路、浙赣路、沪杭路、沪宁路到南京，再由津浦路转运蚌埠。顾祝同考虑后，说：

"这个方式稍好一点，暂时保留吧，俟部队集中武汉后看情况再定。"

会开到十九点才结束。

二十时蒋介石又召见宋希濂、王凌云。

他对王凌云说："明天一早有飞机送你到老河口；你去督促部队迅速开赴沙市集结，等待登船。"

又对宋希濂说："你暂时留在南京，和顾总长、俞局长经常保持联系。"

杜聿明集团尚未行动时，华野高层与中央军委对他的动向进行了多次讨论，久久难以达到一致；究竟杜集团的逃离路线是向两淮或连云港，还是徐州的西南方向？粟裕倾向于后者；但也不敢断然否定前者，毕竟两淮、连云港（海运协助）都是捷径，尽管有水网之阻。

最后，粟裕作了灵活的部署：此前为了阻击徐州之敌增援黄维兵团而把华野在北线的八个纵队全部摆放在徐州以南的津浦铁路东西两侧，仍基本维持原状，只做微小调整。一者继续阻断徐州与双堆集的牵手；再者，即使杜聿明出徐州向两淮或连云港方向逃窜，那一带水网密布，辎重运行不畅，行军速度快不起来，我大军西向猛追完全可以赶上。

陈士榘点头不迭，笑道："这个叫作一刀两用，又叫一箭双雕！"

张震副参谋长说："这样就完全可以纾军委西顾之忧了！毛主席一直担心徐州集团会不会东窜两淮、连云港。"

就像为了印证粟裕的预料似的，杜聿明集团果然向徐州以西撤退了。

部署在徐州以南的津浦线东西两侧的八个纵队迅速向西北方向靠上去；从南线紧急调来的三个纵队也如离弦的箭般出动了；从山东南下的渤海纵队也出发了。华野十二个纵队，多路、多层尾追、平行追击、迂回腰截、超越阻击，向杜聿明集团兜围过去。粟裕把华野可以抽出的兵力都投放到了徐州的西南方向。数十万大军形成三面包围之势；而鉴于杜聿明大军屯驻的陈官庄距双堆集仅五十公里，粟裕部署在南面的兵力格外厚重，以防杜聿明冲向双堆集。

正在进行对杜聿明集团的远距离战略包围之际，粟裕获悉蒋介石正千方百计从武汉、江南檄调部队增援黄维。华野手中再也没有富余兵力可以用于阻击蒋介石可能调来的援兵；中野总兵力本来就少，现已全部用于围困黄维兵团。粟裕寻思，必须迅速完成歼黄作战。粟裕、陈士榘联名致电军委毛主席和华东饶漱石政委、中野刘陈邓首长，阐明华野的思考，主动提出从华野抽调部分兵力，协助中野先解决黄维，再收拾杜聿明。

毛泽东欣然同意；饶漱石也表示全力支持。

陈士榘参谋长率领华野三个纵队近十万人，连同一个重炮团，急速出发，加入围歼黄维兵团行动。

临行时，粟司令员特意叮嘱陈士榘道："老伙计，这次参与双堆集作战，所有缴获，一枪一弹都不要留，全部交给中野！"

陈士榘笑了："放心吧，我知道！中野毕竟家底比我们薄得多，我们怎么还能去争东西呢？"

此刻的粟裕又想到了另一个问题，那是一个倘若处置失误就将功败垂成的大问题。早在淮海大战第一阶段（歼灭黄百韬）结束后，毛泽东就致电饶漱石政委、粟裕司令员、陈士榘参谋长，提醒道："我大军屯于徐蚌之间日子久了，粮食亦必感到困难"；就此指示华东、中原两大军区领导人"必须用一切办法克服此项困难"。毛泽东指出的这一问题，饶漱石一直悬挂于心。淮海大战开展到当前，战线西移，部队调动频繁而且聚集到一个大的区域内，不少是离开了原先的"就食"之地，粮供问题紧张起来。饶漱石跑到前线与粟裕研究，两人都觉得华东、中原、冀鲁豫几个根据地之间必须有统一协调的机构，方能解决。他们充分研究之后，决定以华野粟裕、陈士榘名义致电中野副政委邓子恢，并报华东局、中原局、中央军委，建议召开由几个根据地代表参加的联合支前会议，合理解决这个问题。

这份电报首先从宏观上分析淮海战役粮食供应现状面临的新困难；然后从微观上精确计算粮食的供应和需求之间的矛盾，及其解决办法。对于每日每月粮食需求量，按（包括支前民工）一百四十万人计算，还须考虑到越来越多的俘虏；严格区分毛粮和加工粮，以免发生误差。他们还注意到各个解放区度量衡标准不一样，计算时一律以国际标准公斤和吨来计算。粟裕还指出，冬天多雪，运输不便，必须提前筹措粮草，在规定的时间运到规定的地点。

粟裕、陈士榘还联名要求华东局、华东军区首长饶漱石带队到前线慰劳将士。给每个战士发五包香烟、一公斤糖果糕点，同时与战士会餐。

毛泽东接到饶漱石的电报，感动地说："粟裕、陈士榘想得很周到，很周到！我们的战士很了不起，应该多加关心！"

周恩来代表军委致电华野、中野，说"凡我华东、中原参战人员、前线人员，每人一律追加猪肉一斤、香烟五包；不吸烟者，得以其他等价的食品代替"①。

十四兵团东调的事一直蹉跎不果。二十八军从鄂西开抵汉口时，白崇禧就扣留船只不让走。顾祝同用电话向白崇禧央求了半晌；白崇禧考虑到自己与顾的私谊，又明白二十八军是顾祝同的起家队伍，人事方面与顾有千丝万缕的关系，只好同意调走。接着二十军也奉宋希濂命开到汉口等待东进。白崇禧利用这支部队是川军，官兵反感东调，唆使杨干才向国防部请求免调；白崇禧也向何应钦发牢骚，抱怨"你们把部队都调走了，武汉还要不要！"，还下令运输司令部不准装运。国防部一再打电话来催，白崇禧都拒不执行。后来，顾祝同对参总第三厅副厅长许朗轩说，你在陆大将官班就读期间与徐祖贻有师生之雅，可不可以动员他劝一劝白健生？许朗轩说没把握，只能试试。没想到，由华中剿总参谋长徐祖贻说项，白崇禧就勉强同意了。但白崇禧有个条件，十四兵团的其他部队不许再调了。许朗轩满口答应。这么一个小人物满口答应能有多少含金量呢？

不料二十军刚开拔，蒋介石又下令调取第二军。这可把白崇禧气坏了，关起门来大骂蒋介石。那第二军辖三个步兵师，外加炮兵团、运输团、工兵团，共四万多人；全是美械装备，战斗力很强，为中央系骨干部队之一。这个军接到宋希濂从南京发给的指令后，陆续开到沙市待运。其先头部队到达汉口，正准备登上轮船东去，白崇禧的卫队团将轮船看守起来，不许一兵一卒登船。

此后国防部的电话，至交好友何应钦的电话、顾祝同的电话，一律被白崇禧硬邦邦地顶了回去；任何好话疏解，诚恳央求，都毫无效果。而徐蚌战场的军情似火，盼望救兵之殷，如久渴望饮。这可把蒋介石给急坏了。只好亲自与白崇禧通电话。

白崇禧拿起电话，很客气地问道：

"请问是总统吗？啊，总统好！对，对，我是白崇禧。"

"健生呀，徐蚌战场我军将士正与共匪浴血奋战，此战关系到党国存亡，非同小可呀！光亭率徐州集团撤离徐州两天多了，我刚才下令他停止向永城转进，转向濉溪口方向攻击前进，与第六兵团、第八兵团南北对进，协同解黄维十二兵团之围……"

"总统这个策划很好嘛，一定会取得胜利的！"

"唉！策划再好，兵力不足，也属枉然呀！你必须让荫国的十四兵团东进，加入作战，以策万全！"

白崇禧沉默了一下，微微一笑。然后就叫起苦来。

---

① 《淮海战役》第三册，中共党史出版社1988年10月出版，第18页。

"总统，上次你调走了黄维十二兵团，结果不仅没帮到徐蚌战场的忙，反倒陷入了重围；这次又要把宋希濂十四兵团调去，安知又不会是肉包子打狗呢？"

"不，不，这个是，这不会的，不会的……"

"况且武汉是关系大局的战略要地，不能没有两三个能打硬仗的兵团来拱卫；武汉一旦丢失，南京也就保不住了！还望总统三思呀！"

"武汉暂时不会有问题；眼下东线决战事关生死存亡，必须确保兵力使用……"

"武汉怎么会没有问题呢？我有确凿情报，陈赓、谢富治部队五万之众正在秘密向襄樊靠近，似有攻取襄樊、宜昌、沙市之意。总统把第二军又调走了，我手里不足七个军，有大半是新编练的部队，怎么对付？不仅武汉不保，川东大门也大受威胁！"

"健生，你犯糊涂了吧？陈谢部队早就离开了豫陕鄂边区，目下正参与双堆集之战，根本不可能威胁到襄樊、宜昌、沙市！不用多说了，你立刻让第二军东下，我有重要安排！"

白崇禧向一旁的徐祖贻挤了挤眼睛，悄然冷笑了一下，又向蒋介石抛出了一条理由。

"报告总统，其实也不完全是白某要硬拖住不让调，实在是这些部队的官兵都不愿意东调……"

"健生，你这不就是胡说了吗！"蒋介石终于克制不住了，好不容易才把"娘希匹"三个字忍住，"你派兵封锁码头，扣留船只，不要以为我不知道！你别再玩花招了，我命令你，赶快给部队放行！"

白崇禧的冷笑终于从无声变成有声了，一阵夸张的嘿嘿之后，不客气地说：

"将在外君命有所不受；合理的命令我接受，损害全局的乱命，白某坚决不接受！"

"胡说八道，什么'乱命'?!"蒋介石气得脸发青、手发抖。

"哼！增援徐蚌，已经丢了一个十二兵团，你还不心甘？现在不把十四兵团也扔进火坑，你心里不痛快是吧？你打的这叫什么仗？我看你简直是昏君乱国！"

白崇禧的咆哮声震屋宇，阵阵袭击蒋介石耳鼓。蒋介石一时说不出话来，只有粗浊沉重的喘息声。最后声嘶力竭地对着话筒喊了一声：

"娘希匹！"

"他妈的！你想用对待黄埔学生那一套对待我，办不到！"

白崇禧用力放下了电话，啪的巨响震得蒋介石的耳膜痛了几天。

白崇禧马上亲自给第二军军长陈克非下命令，集结在沙市待运的二军部队不许再开武汉了；已到武汉的第九师返回沙市归建。

这么一来，十四兵团的其他军就更没法离开湖北了。

十二月十二日，拿白崇禧毫无办法的蒋介石，无可奈何地对他的亲信学生宋希濂叹道：

"荫国，你还是回到沙市去吧；一定要把十四兵团牢牢抓在手里，把鄂西、湘西好好经营一番，借以屏障四川！可以在那边多扩编一些部队，这个事情你去找顾总长、林次长研究一下。"

宋希濂明白，蒋介石与白崇禧商谈十四兵团东调的事谈崩了。

宋希濂这次在南京待了十二天，同蒋介石见了七八次面，没有一次不见蒋介石两眼疲乏、焦灼不安、神情沮丧；过去那种自命不凡、趾高气扬，连一点影子也没有了。

宋希濂多年以后说，十二月八日在蒋介石官邸吃晚饭，是他一生中难以忘怀的具有标志性的一幕。

那一天，十二兵团副司令官胡琏飞到南京禀报双堆集的艰危情况。

胡琏销假视事回到部队，局势并未如他自己所愿有所改善；几天下来竟越发糟糕了，解放军攻势一天强似一天，蒋军阵地每天都要失守几处，这就意味着包围圈在逐步缩小。解放军还采取了重点强攻、夜晚袭击等"锥心"战术，使蒋军十二兵团一夕三惊，无法应对。黄维、胡琏将凡是能拿起步枪的部队如工兵、炮兵，都摆放到步兵阵地上；即便如此，兵力仍不敷使用，一个连的机动兵力抽调都有困难。军长、师长们各自在所驻村庄直接指挥战斗。面对这样的狼狈境况，黄维抱怨胡琏真不该逞能自蹈险地；与其如此，还不如就守在南京催促补给、催情援兵，对艰危中的兵团还有点帮助。

胡琏已明白自己回天乏术，也想趁机溜掉。便与黄维商量，再去南京，敦促救兵。还约定，待援军来时，如何协同作战；若援兵无望，为保十二兵团一部分力量，向总统建议允许突围。

胡琏到了南京，向蒋介石详陈了双堆集的艰危情况。

蒋介石教他们不要自行突围；国防部调集的援兵已抵达浦口，近日就会开赴蚌埠参加李延年兵团，后续部队亦可源源到达。那时即可内外夹攻，全歼刘陈邓共军于双堆集一带。

所谓援军，其实就是费尽周折才从白崇禧麾下抽出来的十四兵团所属杨干才二十军、李勃二十八军。这两个军共四万多人，投放那样规模的战场，不过杯水车薪而已；况且只一万多人的二十军乃"小妈生的"（杂牌部队自况），装备很差，没多大战斗力。这些情况，胡琏抵宁的当天即已全部探明。

胡琏向蒋介石恳切进言："十二兵团装备精良，机械化程度高；校长要我们坚守，谅不成问题，共军即使攻占，必付出重大代价。但请校长考虑，第十军、第十八军都是党国中坚，大部分军官作战经验丰富，对党国忠心耿耿，实属有用之才；若一旦遭共军围歼，党国将失去一大批忠勇之士，太可惜了！与其坐等不知何时可期的援军，莫如突围，既能重创共军，亦能保存一大批良将优佐！"

蒋介石琢磨半晌，以为有理。马上又改计划，令黄兵团不必等南北援兵，"毅然突围可矣"。

胡琏又请求加派空军掩护，空投足够的粮食、弹药。

蒋介石全都满口答应；表示他将亲自过问，督促空军和联勤总部执行。

实际上，自从黄维被围、徐州也陷入了共军的远距离战略包围以来，空军总司令周至柔和副总司令王叔铭、联勤总司令郭忏就昼夜不停地指挥从全国各地调用飞机和粮、弹；凡是可供作战的飞机和运输机都弄到了南京，甚至储存在重庆、昆明的美制械、弹都扫数动用，已到了罗掘俱穷的地步。

有一天，蒋介石约顾祝同、林蔚、王叔铭、宋希濂、胡琏吃晚饭，蒋经国也来做陪。饭后在会客室放电影——故事片《文天祥》。

看完电影，蒋介石起身，幽然赞叹道，真是好电影啊。然后向大家点了点头以示告别。不再说话，迈着老迈的步子，缓缓上楼去了。颇似南唐李后主"无言独上西楼……"的情景。

宋希濂望着他的背影，不禁潸然泪下。

胡琏这次飞南京，临行前黄维和各军军长都主张他就蹲守在南京，不必回双堆集了，以备收拾残局，处理善后事宜。

但蒋介石却命令他回去，说多一个人多一分力量。教俞济时准备大量烟酒水果，让胡琏带去，供师长以上干部享用。

胡琏回到双堆集，传达了蒋介石准予突围的指示。

但黄维与大家研究之下，认为此时与最初被包围的情况大不一样了，兵团损失趋于严重，共军也更加完善了包围圈；现在突围必须有强大空军协助，固镇方向也须有大兵团策应。否则十二兵团单独向外冲，比守在这里更危险。最后决议，待南京的空军布置就绪后再行动。

三

杜聿明集团的日子也不好过。

离开徐州后，在大吴集与邱清泉二兵团联系上了；其他兵团尚未能联系上。当晚只好离开大吴集，继续向永城方向退却。所幸十二月二日午前与李弥十三兵团也联系上了。不久，空军发来通报，说共军一支大部队由濉溪口向永城开进。杜聿明顾虑夜间行动，可能与共军发生穿插混乱，决定当晚休息，明天再向永城前进。

粟裕布防在徐州到萧县的公路以东的部队是华北军区所属冀鲁豫军区（二级军区）部队。十二月一日凌晨，他们发现五十多辆满载物资的美国军用十轮大卡车拥挤在公路上。望不到头的车队与黑压压的步兵群混杂在一起，蜗牛般向前移动。

军区司令员赵健民立即向野司请示，打还是不打。

野司指示，现在打不得，可能会让杜聿明主力缩回徐州城内；待其彻底脱离徐州后再说。

次日凌晨，野司副参谋长张震来电话，说徐州已被我渤海纵队占领，现在可以打了。

冀鲁豫军区部队突然发动进攻；敌人步兵不明白情况，稍作抵抗就四散奔逃。五十多辆大卡车及其所载各种物资全部做了解放军俘获。此时已是傍晚。

冀鲁豫军区独立第一旅奉赵健民司令员命令追击逃跑的步兵。

追了几公里，发现前面灯火杂乱。

大家向上级报告，说可能是支前民工，应派人去联系一下。

况玉纯旅长说不对，民工大队哪来的马达声音！

他找到一块有利地势观察，见不仅有火把，还有手提马灯、汽车灯、手电筒。况旅长断定这是敌人。

侦查班抓了个俘虏，审问后才知道是邱清泉二兵团的第五军。该军的行进顺序为：四十六师作前卫，已然经过这里走到前面去了；其后为四十五师，二〇〇师；军榴弹炮营和兵团司令部左右两边各一个团护卫；后面是杜聿明剿总前线指挥部及其卫队。

冀鲁豫独立第一旅在这里的只有两个团，旅政委带的直属营尚未赶到。这个旅是由解放区各县的县大队和区小队升格组成的新部队，指战员除了营以上干部外都是冀鲁豫平原上的翻身农民，都有着强烈的保田卫乡意识，也都牢记着不久前华东军区饶漱石政委的动员报告：这是长江以北的最后决战！打胜了，唱着歌过长江，夺取全国胜利；打败了，田也没了，还乡团杀回来了。饶政委这话对指挥员、战斗员产生了巨大震动，无不决心打好这一仗，做毛泽东的好战士。

面对眼前这伙兵力大于自己几十倍的敌人，独一旅两个团的指战员无一人胆怯，一见到一串绿色信号弹升空，他们便呐喊着奋不顾身地扑向敌人。

第一团冲向公路，将敌人冲得七零八落，杀死了一大片。但并没恋战，一直冲到前头的青龙集，占领了有利地势，回过头来，准备阻击敌人；

第三团冲向另一个方向，抢占了襄山庙。两个团组成掎角之势，将敌人的逃路完全阻断。

邱兵团第五军见去路遭到切断，也不知有多少解放军，最初有些慌乱。

邱清泉闻讯，命令五军一定要打开通道。

半小时之后，五军终于组织起了进攻队列。用坦克、装甲车开道，分别向青龙集、襄山庙发动进攻。

邱清泉从徐州撤退的时候，命骑一旅向反方向突击，以误导共军。骑一旅在徐州以东三十公里遭遇了解放军，噼里啪啦放了一阵枪就以为完成了任务，得意地掉转马头回去了。但解放军并没上当，各部照野司的规定，毫不犹豫地奔赴指定位置。

但解放军冀鲁豫独一旅毕竟只有两个团。敌人除了当面的二〇〇师外，已经走到前头去的四十五师、四十六师也掉头回来参加战斗，将解放军独一旅包围起来。独一旅顽强拼杀，击退了敌人几轮冲锋，有几次与冲近的敌人展开刺刀战，杀得敌人尸横遍野，血流满地。

后来，独一旅的战士们发现敌人队伍中不断落下巨大的炮弹，明白是野战军远程重炮发射的。不禁欢呼："主力来了！同志们，主力来了！"

果然，华野三纵赶来了，接着来的是一纵、两广纵队。

一纵司令员叶飞对冀鲁豫独一旅战士们翘起了拇指，赞叹道："你们一个旅就把敌人打得丢盔弃甲，英雄啊！"

华野各纵以及华东军区各二级军区地方部队，毫不畏惧敌人的总兵力超过自己，不顾体力严重透支，有时脱离后勤支援太远而整天吃不上饭，对敌人迅疾追击，不分昼夜。各部队各自为战，有的追上杜集团后卫部队，一阵攻击之后，像糍粑一样紧紧黏住，敌人用尽招数也甩不脱；有的拦腰插进敌人行进的部伍中，左冲右突，打得敌人序列混乱，找不着北；有的出现在杜集团前卫部队的前面，拦住了去路，寸步不让；华野一个团还袭击了杜聿明剿总的直属部队，夺取了九门重炮和五十辆十轮大卡车。在这种完全脱离"陆军操典"的死缠烂打之下，敌军混乱不堪，军长、师长们竭尽全力稳定部队。

十二纵司令员谢振华解放后回忆当时他看到的情景："乌云笼罩天空，大地灰蒙蒙的。杜聿明总部的汽车、摩托车、坦克、大炮、马车、大车、部队和眷属，混乱无序，人马嘈杂，竭力躲避我军的追击，没命地向西逃窜。"

杜聿明在徐州城里部署时就指定了第八军担任掩护；行动开始不久，第八军就放弃了掩护任务，跑得比受掩护的部队还快。不料有几个段落公路堵塞严重，第八军的步兵迫不及待地离开公路到田地里行进，也不遑顾及辎重和重武器队离开大队步兵后极有可能会被敌方俘获。

华野四纵奉命追击他们，以每小时六公里的速度疾进，在萧县西面的郝汉楼追上了敌八军之四十二师。追在最前头的四纵十师之三十团立刻对敌人发起猛冲猛打，将敌四十二师前卫部队打垮，俘虏其副师长以下三千二百人。敌第八军四十二师残部退到阎间庄组织抵抗。华野四纵十师之一部展开攻击，将阎间庄夺下；敌人拼凑大量兵力反攻，企图再夺回去。在这个局部战场，敌人兵力强大，突破了前沿，后来又冲入庄内。解放军指战员与敌人短兵相接，使敌人久久不能得手。拼杀正激烈间，一支生力军插了进来，见到蒋军就用冲锋枪扫射。一问才知道是两广纵队侦察连；因见这里有兄弟部队与敌厮杀正酣，便主动加入进来。蒋军第八军四十二师逃跑后，战场上扔下了一千多具尸体。

四纵七十六营担任后卫。夜晚行进中，营部通讯班长詹美玉察觉与他们并行走了几公里的一支部队有点奇怪，近处观察尽是怪头怪脑的面孔。赶紧悄悄溜去对营长耳语一番。营长意识到遭遇敌人了。后来知道是蒋军七十七军军部及其警卫营。两支敌对的部队并排行走了那么长时间，居然谁都没有察觉有什么异样，可谓一大笑话。华野二营营长教大家上刺刀，闪开，对敌悄然施以包围。然后冲上去就狠捶猛刺。一番混乱之下，抓了两百多俘虏。

正厮杀间，一个中年军官驰马赶过来大声训斥道：

"他妈的争什么争？自己人还窝里斗，警防共军把你们都干掉了！喂，你们是哪一部分的？不抓紧行军在这里乱搞什么！"

营部通讯班长詹美玉抓住这军官的一条腿，用力一拽，将他拖下马来。

那军官大怒，挣扎着从地上爬起来，咆哮道：

"他妈的，反了反了！老子是副军长，不睁开狗眼看清楚呀！"

原来这副军长名叫许长林。许副军长终于知道自己当了解放军俘虏，马上改换了态度，友好地说：

"共军弟兄，共军弟兄，兄弟许长林，和陈毅司令官是同学，劳烦引见一下！"

"陈司令员正在指挥围歼黄维；这里是粟裕司令员负责！"

"啊，粟司令员，知道知道，如雷贯耳！见他老人家也行啊！劳烦……"

黑夜行军，类似这样与敌人并排在一起走了大半夜互相间也没察觉的情况不少。

聂凤智九纵的二十五师七十三团担任前卫任务，要奔往芒砀山与一纵会合，共同封住杜聿明集团的去路。

七十三团两天两夜都在奔跑，黑夜中与蒋军混在一起了。蒋军是一支数万人的大部队，对华野七十三团来说十分危险。行进了大半夜，侦察连察觉本团掉进了大群敌人中。瞅准机会，悄悄把七十三团从敌人队伍中带了出来。

九纵二十五师七十四团之三营拂晓时开进一个叫范庄的村子休息。披着缴获的蒋军美式军大衣的三营长进了一个空房子，他疲困极了，躺下，想要休息片刻。有个士兵进来要卸门板。他不经意地问道：

"哪个连的?"

"报告长官,八连的。"

"别卸了,去把你们连长叫来!"

"是,长官!"

连长被叫进来了;却是个戴美式军官帽的上尉。

三营长一骨碌翻起来,缴了这个蒋军连长的枪;营长的警卫员一枪打死了跟随上尉进来的蒋军士兵。

门外顿时大乱,蒋军士兵们大喊共军包围上来了。

三营已知道不慎住进了蒋军防守的村庄。两下里顷刻间打了起来。

三营还有追上本部主力的任务,不能恋战,杀死杀伤一批敌人后,及时撤出了战场。

李弥十三兵团在徐州附近出发时,兵团部跟随九军三师行动。

他对三师的师长周藩说,剿总几十万人马一起撤退,速度定然快不了;教我们在后面掩护,等于让我们充当挡箭牌。我们不能跟他们走在一起,要避开萧县到永城的这条公路,从他们的右翼绕过去,向薛家湖方向走。他妈的,看谁跑得快。

杜聿明给李弥兵团下达的撤离掩护岗位的时间是十二月一日,李弥给部队下达的命令却是十一月三十日撤退。这支担任掩护任务的部队悄悄变成了逃跑最快的部队了。

李弥切断了与杜聿明的通讯联系,使杜聿明短期内找不到十三兵团。

十二月二日,十三兵团跑出徐州五十公里之外;李弥认为还没脱离危险区,要过了薛家湖才算安全。他对大家说,决不能和剿总大部队一起行动,一旦有敌情,大家都跑不脱;如果他们没有跑脱,我们跑脱了,在总统那里我们就是功臣。

黄昏时分,十三兵团到达洪河集。李弥命令停止前进,就地埋锅造饭;吩咐打开报话机,联系本兵团各部。

不料刚安装妥帖报话机,里面就传来"李弥在哪里"的呼叫;监听通讯的副官没有心理准备,脱口说了句"在这里"。

李弥狠狠瞪了副官一眼,扇了一耳光。不得不接听电话了。

杜聿明愤怒地质问道:"为什么不和指挥部联系?为什么不执行剿总命令?"

李弥故作懵懂,解释道:"报告副总,可能是电讯信号不好,一直没有联系上呀!"

谎话很快就戳穿了。十二月三日,杜聿明一行到了孟集,与李弥兵团的九军撞上了。九军的任务应是在后面掩护,现在居然跑到前面来了。杜聿明大怒,指着九军军长黄淑咆哮道：

"你们怎么跑到这里来了？再窜几步就是前卫部队！谁叫你们提前撤退的？马上返回去占领我给你们军指定的阵地，负责掩护全军！再敢玩忽职守，我马上把你黄淑绑送南京交给军法总监！"

九军军长黄淑只得率部往回走。

没走多远就与解放军遭遇了。赶紧展开部队抵抗，黄淑同时电告他的司令官李弥。

李弥教他不能再照杜副总的命令往回走了，必须边抵抗边往永城方向去。

黄淑又电告李弥，被共军纠缠得十分严重，无法脱离战场。

李弥气急败坏，大骂杜聿明。"他们为了保全自己，把我们支出去当炮灰；能够走的时候不准走，现在想走也走不了！他妈的，党国的事情就坏在这些人手里！"

杜聿明暂驻孟集，四周远远近近枪声如麻、炮声如雷如雨，使杜聿明感到这个小集镇就像海上狂风巨浪里的一叶小舟，随时都有倾覆的危险。已经联系上的各兵团，也都在向他禀报情况时流露了同样的"末世"之感。

在邱清泉二兵团的右翼，一个剿总的直属旅莫名其妙地消失了，用无线电呼叫了半天也得不到回应。杜聿明命令十六兵团负责去寻找。

孙元良派他的兵团卫队团去寻找。卫队团循着可能的方向寻了过去，见着一个明显有部队的村庄。便派遣上尉副官吴少甫进村去联络，看看是不是剿总直属旅。

吴少甫进村后迎头碰上一位穿国军少校军服的军官，自称是剿总直属旅的。还表示欢迎"贵团"进村休息、用餐。

吴少甫欢天喜地出村去报告情况。团长也很高兴，这么快就完成了任务；挥手教大家进村去"用餐"。

不料，刚进村就被包围缴械，一千多人全做了解放军的俘虏。不用说，那"国军少校"是假的，剿总直属旅也早就完蛋了。

更让杜聿明恼火的是李弥兵团八军所属两个团在混乱中互相对射起来了。从半夜打到天亮，才从服装上认出了是自己人；而官兵却已死伤一大堆。

除了孟集被剿总前指（前线指挥部）住满了之外，周围一公里内外大小村庄都挤得水泄不通，车辆、散兵游勇、从徐州跟着剿总前指逃出来的各种地方机关官员及其眷属、小孩；后续到达的部队只能在村外搭帐篷，无帐篷者就在野地里露宿。皖西北的十二月摄氏零下三度，加以夜里朔风怒号，苦况可想而知。

夜半时节，忽然有人传话共军打进来了。

但是，从哪个方向打来的，来了多大规模的部队，众多传话者各说不一。整个孟集风声鹤唳，人心惶惶。杜聿明的前指附近有一座建于清朝的碉堡，没人上去过。前指二处李剑虹处长亲自带兵上去查看。发现了三名身穿便衣腰悬手榴弹的人。审问了半天也没弄清是共军侦察兵还是当地民兵，这让杜聿明等人大为惶恐。

不知什么时候，孟集内外枪声大作，人声鼎沸，人们呼喊的内容大同小异，都是"共军来了！"，甚至"粟裕打进来了！"，惊得马群嘶叫，马蹄不安地踏来踏去。四面八方都有军官向前指副参谋长文强报告，不是"我团当面之敌攻击甚烈，可能不下一个师"，就是"共军几个团已逼向我阵地"之类。文强本来就是个胆小如鼠而又愚不可及的人，不加分辨就把这些报告扩大了几倍向杜聿明禀报，称共军恐有三五个纵队赶到了。

混战后来蔓延到了杜聿明住的地方了。

文强自作主张，打电话给邱清泉，说杜副总命令二兵团来增援。

邱清泉颇纳闷，寻思共军来了按理说首先应冲击我二兵团，怎么可能插到孟集去呢？而且文强说有"三五个纵队"，这就是说不是十万人就是十五万人，这样的大部队越过我二兵团去打孟集，我怎么一点也没察觉呢？邱清泉最后估计绝不会是大部队，最多一两个团而已；这就用不着兴师动众了，以前指的兵力完全可以对付，只须派几辆坦克在孟集周围巡逻就可以了。

邱清泉的几辆坦克很快就开到了。分成东西南北驻守，穿梭巡逻，不时开炮显示自己的存在，以恐吓"窜扰的共军"。不料流弹飞进村内，引起了更大的混乱，有人大喊"共军坦克来了！"，于是，邱清泉派来的坦克遭到了前指警卫部队的攻击。

拂晓时分，杜聿明派人把警卫第三团团长杜宝惠叫来查问情况。

这个杜宝惠名灵兼，以字行；时年刚满二十岁；杜聿明嫡亲伯父杜良辅的长孙。这个白白胖胖的孩子十八岁时就离家跑来找二叔父，要求从军。杜聿明让他做了自己的侍从副官，次年升警卫营长，半年前还不到二十岁就升任警卫三团团长。

杜聿明问他："宝惠，究竟有多少共军？"

杜宝惠回答："黑压压一片，搞不清楚！"

杜聿明瞪大眼睛呵斥道："情况都没搞清，你瞎打个屁呀？"

这白白胖胖的孩子辩解道："都在闹共军大部队来了，不打不行呀！"

天亮后，除了几百具打死的国军官兵，一具共军尸体也没有。不用说，昨夜这孟集根本没一名解放军光顾过。

杜聿明气坏了，命令查清责任。

最后才知道，几名电话兵夜里检查线路时，相互之间联络时声音高了点，说

"来了，来了"。结果被杜宝惠团长放出的流动哨听见了，以为共军的追击部队来了，慌忙开枪报警。结果引起了一场自相残杀的闹剧。

此乱停息后不到半小时，邱清泉就跑到孟集向杜副总司令禀报，殿后的第五军四十五师师长郭吉谦来电，该师突然遭到共军华野大部队包围，快要顶不住了。邱清泉无奈，只好赶紧派七十二军的一个师沿来时的路回去救援。邱清泉要求杜聿明暂不忙西撤，他解释看情况说不定还要增派兵力去救援。

但这个主张遭到了邱清泉自己的三位部下极力反对；反对者甚至还包括四十五师的顶头上司五军军长熊笑三，此外是七十军军长高吉人、七十二军军长余锦源。军长们认为四十五师的任务是掩护兵团主力撤退，发生战斗和受点损失很正常，即使全部战死也是无可奈何的事；兵团主力不能在此傻等，应继续随剿总前指往永城前进。如果停止行动回去救援四十五师，那就是把主力部队变成了掩护部队，全部送进虎口。黄百韬当初就是傻等四十四军，结果全兵团都被共军吞没了。

邱清泉坚决不同意，他说郭吉谦师长是他的爱将，以往在苏北、鲁西、豫东屡立战功；今天不把他救出来，会使将士寒心，大家会骂我无良心！将来谁会再为我作战？

邱清泉兵团就这样停在了原地。

这时，蒋介石的命令到了；是空军投下的蒋介石亲笔信。信里说："据空军报告，濉溪口之敌大部向永城流窜，弟部本日仍向永城前进，（言外之意是那里有强大共军对付你，你去了没好处）如是行动，坐视黄维兵团消灭，我们将要亡国灭种。望弟迅速令各兵团停止向永城前进，转向濉溪口攻击前进，协同由蚌埠北进之李延年兵团南北夹击，以解黄维之围。"

杜聿明看罢这信，心里凉了半截。蒋介石又变主意了；这个新主意除了葬送徐州集团几十万人马，别无好处。

紧接着又收到蒋介石更为严厉的电报。说："务望严督各军，限两日内分路击退当面之敌，严令其达成所赋之任务……切勿再作避战迂回之图！"

收到空投的信之后，杜聿明还打算作"将在外，君命有所不受"之举，令各兵团继续执行原定计划，向永城进发。收到电报后，又寻思若再照原计划退过淮河倚淮建立阵线，再出而解黄维之围，成功了尚可将功补过；然而，蒋介石又说永城有大量共军，万一沿途遭受截击，部队遭受重大损失，而不能照原计划解黄维之围，两头损失，蒋介石"必迁怒于我杜某人"以致自己"受到军法审判"。像这样，战亦死，不战亦死，当如何是好呢？

杜聿明将蒋介石命令的要旨用电话通知各兵团，并叫各兵团司令官到孟集以北的小村子慕容庄开会。

孙元良很快就到了；李弥本人没来，派了两位副司令陈冰、赵季屏到会；邱清泉借口向各军传达停止行动的命令，直到十四时才来。

杜聿明将蒋介石的亲笔信和电报交给他们传阅。他的目的是让大家共担责任。

大家阅罢都瞠目相视，默不作声。因为他们都明白，照原计划先到永城然后转道去淮河，乃是避敌锋芒的安全之途；现在要直端端南下救援黄维，等于穿行于共军锋林刀丛之间，危险得很。

大家不开腔，杜聿明只好旁敲侧击去启发。

"照目前情况看，我们原计划选取的这条转进道路，不可能有共军主力活动，大不了只是一些地方游杂部队。这条路走得通是没有问题的；但这是抗命之举，我一个人承担不起这样的责任，需要大家共同来负责！如果大家不愿背抗命之嫌，我们就只好执行校长现在的新命令，往濉溪口打，然后奔赴双堆集。不过，这条道路恐怕凶多吉少啊！"

邱清泉想了半天后，不知是哪根筋蹦起来了，以决绝的态度说：

"副总，没什么可怕的，共军也是肉体凡胎，我们就照新命令从濉溪口打过去好了！但是，此后不能再像近两三天那样了，"说着便乜视陈冰与赵季屏，"绝不能再躲闪避战，就像十三兵团负责萧县一带掩护，完全是虚晃一枪就跑了！① 招致后面车辆辎重的大批损失。像十三兵团那样怕死，还打什么仗呢？"

陈冰与赵季屏相视，眼神里都有是可忍孰不可忍之慨；尤其是陈冰，秋风黑脸，似在竭力抑制心里的暴风骤雨。终于顾不得有杜副总司令在场，拍案而起，指着邱清泉怒吼道：

"邱……"他本欲直呼其绰号邱疯子；忍了一下，仍觉得尊卑之序不变淆乱，临出口迅速改了，"邱司令官，说话可得凭依据，不要出口伤人！我们在什么地方'虚晃一枪'了？我们怎么就'怕死'了，希望邱司令官说清楚，我们哥俩回去也好向李司令官禀报！"

邱清泉环眼一瞪，左脸那一道刀疤闪闪发光，也拍了一掌桌子跳起来，指着陈冰咆哮道：

"陈冰，你休想在此撒野！我问你，杜副总司令命令你们在萧县担任掩护任务，你们在萧县待了多长时间？嘿嘿，比兔子窜得还快！"

"杜副总是命令我们在萧县掩护吗？"陈冰用讥笑的目光扫了邱清泉一下，准备好好数落一下这个目中无人、张冠李戴的邱疯子。

赵季屏站起来帮腔道："邱司令官，请你先弄清楚杜副总命令在萧县掩护的部队是不是我们十三兵团，然后再骂人！好不好？"

---

① 事实上是十六兵团的责任，邱记错了。

邱清泉愣了愣,心里自问,难道记错了?但马上决定蛮横到底,依次指了指赵季屏、陈冰,说:

"不是你们是谁?!"

杜聿明招手叫双方都坐下。"有话好好说,不要伤了和气!这样的时刻,精诚团结比什么都重要!坐下,坐下,都坐下!孙司令官,你的高见是什么?一边是校长的最新命令,一边是退过淮河的安全之路,你觉得我们怎么办为好?"

本来问的是孙元良,可落座的邱清泉余怒未息,明白陈冰他们害怕南下去救黄维,马上怒气冲冲喊道:

"当然是执行总统命令!"

杜聿明不理睬邱清泉,依然盯着孙元良问道:"你的意见呢?"

孙元良怕邱清泉弄清了在萧县放弃掩护职责的是他,不敢说照原计划取道永城然后折向淮河,顺着邱的主张说:

"邱司令官的高见很好,我完全赞成!"

杜聿明沉默不语。见没人敢支持"将在外君命有所不受",他很失望,心也冷了;他认为,照蒋介石的命令去救黄兵团,定然凶多吉少。

邱清泉见他踌躇不决,鼓励道:"副总,我们近三十万人,硬闯也闯过去了!这样吧,我二兵团甘冒锋镝,担任主攻;十三兵团、十六兵团在东、西、北三面跟随,明天就向濉溪口攻击前进!"

杜聿明瞅了他一眼,没搭腔。沉默了一会儿,环顾大家一遍,说:

"大家可不可以再考虑一下?"

"还考虑什么呢,副总?"邱清泉纳罕地问道。

"考虑……如若是大家敢于一起负责,就照原计划过淮河;不敢负责……就照校长的命令攻击前进,向黄维靠拢。可是,大家要明白,我们现在处于二十几万近三十万大军的生死之地,存亡之道呀,不可不慎重!"

大家不再吭声了;显然都不敢"一起负责"。

杜聿明绝望了。长叹一声,有气无力地说:

"好吧,遵照校长的命令行动。我决定采纳邱司令官的主张,采取三面掩护,一面进攻,逐次推进的打法;但要切记,能攻即攻,不能攻则守。更重要的是我们几个兵团千万不能跑散了!"

杜聿明马上做出具体部署:

剿总前线指挥部、二兵团司令部进至曲兴集;二兵团应在陈官庄、孙厂、前王楼、刘集、鲁集一带占领阵地,明日向濉溪口攻击前进;行动时,二兵团应与其右翼十六兵团、左翼十三兵团切取联系。

十三兵团司令部进至李石林;该兵团部队右翼与二兵团连接,在孙瓦房、后刘岗、王楼一带占领阵地,掩护二兵团进攻。

十六兵团司令部进至王白楼;其部队左翼连接二兵团,在赵破楼、僖山集、义村、庄楼一带占领阵地。

部署完毕后,杜聿明致电蒋介石称"奉钧座手谕,当即遵命改变部署。职不问状况如何严重,决采取逐次跃进战法,以二面掩护攻击的一面,向东南作楔形突击,以会师黄维"。请求蒋介石,"督饬李延年兵团向北采取积极行动;并饬黄维不断转取攻势;望饬空军助战并空投粮弹"。

杜聿明没想到的是,他现在所犯的错误不是往哪个方向行动,而是在孟集一带一待就是一天;这等于是坐等华野部队从容包围上来。

第三十五章

一

黄维兵团防御体系的外围阵地在解放军中原野战军、华东野战军的预备性扫荡下，一个又一个地丢失了；蒋军能够控制的地域东西不足两公里，南北不足三公里。官兵伤亡更为严重：吴绍周八十五军，只剩下了黄子华二十三师；熊绶春十四军，大部被歼，或成建制地投降，只剩下八千多人；覃道善的十军，每个师都伤亡半数；能够勉强维持建制的，只有杨伯涛十八军。

十二月五日中野司令部研究认为，敌黄维兵团被围困半月以来，损失总兵力至少达三分之一，总攻时机已经成熟。当天，由刘伯承司令员下达了对黄维兵团发起总攻的命令。该命令摘要如次：

> 从明日十六时半起开始全线对敌总攻击，各部不得以任何理由再事拖延。陈赓、谢富治集团务歼沈庄、张围子、张庄地区之敌；陈锡联集团务歼三官庙、马围子、许庄地区之敌；王近山、杜义德集团务歼双堆集以南玉皇庙、赵庄及以西的前周庄、周庄、宋庄之敌，并控制上述地区，然后主攻双堆集，全歼敌人。

陈赓、谢富治集团即东集团，由中野四纵、七纵、十一纵和豫皖苏军区独立旅组成；

陈锡联集团即西集团，由中野一纵、三纵以及华野十三纵组成；

王近山、杜义德集团即南集团，由中野六纵、华野七纵以及陕南军区第十二旅组成。

一九四八年十二月六日十六时，总攻的准备是摧毁性炮击，清扫黄维兵团周围抗拒性障碍物和守军密集区域。一个小时后炮击暂停，解放军步兵三个集团从东、西、南三个方向同时发起了进攻。

前一阶段的攻击重心是由陈赓、谢富治的东集团负责，夺取李围子、沈庄、杨围子、杨庄（杨庄共有大小四个），歼灭守敌，使敌人防御体系瓦解，将其兵团司令部所在地双堆集核心阵地、临时飞机场完全推至解放军枪口下。

第二阶段的攻击重心由王近山、杜义德的南集团负责，待陈、谢集团得手后，即改牵制性攻打为向心突击，由南向北直奔双堆集，活捉黄维。

陈、谢集团所属四纵的首攻目标为李围子。

事前陈赓征求谢富治意见，李围子守军是敌十四军之第十师（欠一个团），两个旅去攻取怎么样？

谢富治认为，三天前周希汉（旅长）第十旅两次攻取李围子都铩羽而归；现在是总攻，贵在速决，无论如何要设法调集三个旅投入才可保无虞。可否三个旅给周希汉、廖冠群（政委），让他们去报一箭之仇？

陈赓哈哈大笑起来。笑罢点头说，好吧，就让周希汉去报一箭之仇吧。

商议战场分工时，谢富治请陈赓在司令部总管全局，他去前沿掌握。

陈赓不同意，理由有三：其一，他喜欢瞧热闹；其二，他是军事指挥员，理当在前沿掌握战况。后来又搬出了毛主席的指示，政委必须在作战期间牢牢掌控全体指战员的思想情况；所以得守着司令部的所有电话。

最后是陈赓争赢了。

陈赓在战斗打响的头两天就来到前沿。在十旅旅长周希汉陪同下，远距离考察李围子的地形和敌人火力配置情况；还亲自用冲锋枪对敌人进行侦查性射击，吸引敌人开火，以观察各火力点所在位置。

他向周希汉指出：前几天攻打李围子为什么没有成功？问题在于你们轻视了敌人在平原开阔地带设防的专业水平，以致忽视了其工事的坚固程度。这次你们应该采取抵近攻击战术，学习华野打黄百韬时行之有效的近迫作业经验抵近敌人前沿，筑成攻防两用阵地，尽量缩短我军冲锋时暴露在敌人火力下的时间，以减少伤亡。另外，攻击部队须采取多路出动齐头并进以分散敌人之势，向中心地带猛力穿插。

攻击开始前的一个小时，陈赓巡视到二十八团、三十一团的阵地上。电话兵向他请示，在哪个团架设"前指"的电话线？

陈赓微笑说，"前指"在谢政委那里，这里只有陈赓一人；不用架电话，我是来观战的。

谢富治在指挥所接到前沿各部打来的战况汇报电话，总是在第一时间用电话通知二十八团和三十一团，命令立即向陈赓司令员报告。

陈赓接到的第一个报告是二十九团的捷报：该团仅用了五分钟就突破了敌人西北角阵地，直逼敌人集团工事，夺取了敌人炮兵阵地。

第二个消息可就让陈赓紧张起来了。二十八团的突击部队第三连冲到敌人阵地前残存的障碍物地带，遭到敌人两个连的反击。敌人使用的美制火焰喷射器对三连的杀伤较为严重。三连指战员不顾一切，前仆后继，勇往直前；连续三次猛烈冲锋，全连只剩下一个班的兵力。敌人也不轻松，死伤超过半数。三连剩下的这个班以伟大的英雄主义精神打进了敌人工事。残敌也不甘失败，疯狂围攻这个英雄班。危急时刻，在三连左翼与敌作战的一连分出了一半兵力冲过来助战，终于消灭了这股残敌。

陈赓这才稍稍呼了一口气。

三十一团和三十二团二营战绩不差，较短的时间就突破了敌人阵地，向纵深稳步发展。

生死存亡关头，敌人也十分顽强，拼命抵抗，与解放军展开了每一个地堡、每一段阵地、每一座房屋的争夺战。

一个半小时的激战，蒋军第十师的两个团被歼灭，其师长张用斌负重伤；李围子被陈、谢集团的火炮打成了一片废墟。俘虏兵被炮火吓傻了，喃喃自语炮火太凶了，打得好惨呀。十师特务连（负责勤务与通讯）的伤兵对解放军战士惊恐万状地说："你们炮击的时候，整个村子就像水上的一只船，乱摇晃，好吓人呀！"这个特务连只剩下三十多人，八十多人死在炮火下。

宣称来观战的陈赓一点也不轻松，比直接参战的人还紧张。直到周希汉向他报告李围子战斗胜利结束时，他才长长地吐了一口气，擦了擦脑门上的汗水。事后他对谢富治说，过去部队冲锋开始的时候，我从不紧张；两次打李围子把我打"怕"了。这是第三次呀，发起冲锋时我紧张得不得了，好像犯人上刑场似的，魂飞魄散。

四纵乘胜以四个团的兵力，围歼沈庄守敌第十四军之八十五师（欠一个团）。承担围歼任务的这四个团分别隶属于十旅、十三旅、二十二旅；十一旅则以火力压制杨围子、杨庄，支援沈庄的战斗。

三十八团的九连借助抵近工事，预先潜伏到敌人鼻子底下。全团发起冲锋时他们跃身而起，像一百多只老虎般飞步跳入敌人工事，压制住尚在抗击的敌人；使后续部队得以迅速突破了前沿。不到半个小时就占领了整座村庄（沈庄）。

二十九团、三十团以十分钟的快速冲击，突破了敌人前沿阵地。接着便向纵深穿插。

六十六团也快速突破了敌人前沿阵地。

两小时战斗，解放军全歼敌八十五师师部及其两个团，俘虏八十五师代师长潘琦以下一千二百多人；解放军伤亡十九人。

杨围子同样是敌十四军阵地。军部率十师一个团、八十五师一个团和一个炮连防守；阵地的纵深大，工事坚固复杂。

陈赓派遣四纵十旅、十一旅、十三旅、九纵一旅各一部，分多路攻打杨围子。经过九个小时的激烈战斗，反复争夺，攻占了蒋军杨围子的全部外围阵地。各团向纵深地带发展，一个小时就将杨围子守敌全部歼灭，军长熊绶春被击毙，副军长谷炳奎、参谋长梁岱被俘。

梁岱被送往后方俘虏营途中,遇到解放军一位中年军官。

这位中年军官骑一匹高头大马,戴一副眼镜。后边的几名警卫员都骑着马。

这中年军官翻身下马,看了看俘虏队伍,高声对梁岱笑着说:

"啊,你是少将!哪个部队的?你职务是什么?"

"报告长官,我是十四军参谋长梁岱。"

"啊,是梁参谋长!你们熊军长呢?"

"回长官话,已经阵亡了!"

"啊,很遗憾!尸体在什么地方?"

"在杨围子村里。"

"把熊军长的卫士留下来!"他吩咐押送俘虏的政工干部。那政工干部找来熊绶春的卫士后,他又吩咐那干部道:"你陪熊军长卫士去找熊军长尸体,好好埋葬,立个碑,以便于他的家人查找。"

"司令员,碑上写什么字?"

"就写……国民党军队十四军军长熊绶春之墓吧。"

这位被唤作司令员的人走了后,梁岱才从押俘战士那里知道是陈赓。

九纵的任务是在兄弟纵队协同下,首先攻打张围子。

守张围子的是胡琏曾任军长的十军之七十五师二二三团。这个团是十二兵团的"九大主力"之一,人数达到两千,一色的美械装备;而且胡琏经营了多年,部队里中其毒者很多,十分死硬。胡琏把这个团命名为"青年团"。张围子防守的优势是既能得到双堆集核心阵地炮火支援,又可用张围子自己的步炮构成前沿的炮火之墙。

不过,战前九纵七十六团、七十八团接到陈赓指示后,就已冒着敌人的火力压制进行了三昼夜的近迫作业,挖好了三条主交通沟和连贯主交通沟的多条支沟,将攻击出发地抵近至敌阵六七十米处。

十二月六日十六时,二十六旅七十八团由张围子东北和正东进行主要突击。这个团刚从郑州调来,有轻敌情绪,没有周密组织步、炮协同;加上守敌战斗力不弱,攻击没能成功。

九纵司令员秦基伟获悉,向二十六旅向守志旅长下令,加派该旅主力七十六团参加战斗,重新组织进攻。

秦基伟还不放心,亲赴前沿,与向守志一起研究进攻策略;首先叫向守志将交通壕再向前延伸二十米,把平射炮抵近敌前至一百米处以加强直射威力,同时增加突击队力量。

七日十八时,再次向张围子发动攻击;这次是两个团的兵力,期在必克。

平射炮的炮弹直接冲击一座座堡垒，钻进去后立刻爆炸，效果特别好；敌人的工事大部被摧毁，战壕也被填平。突击队顺势冲过去，不到十分钟就占领了前沿。蒋军不甘失败，组织了八次反扑，一次比一次疯狂；都被解放军粉碎。解放军后续部队陆续跟进，战果也逐次扩大。

八日凌晨四时，九纵终于全歼张围子守敌。

胡琏的这个"青年团"确实不愧为十二兵团内"九大主力"之一，死硬分子很多，顽固不降。战争结束后留下的尸体很多，俘虏却不多。为数不多的俘虏中有一个战防炮连的连长，他说："我们青年团是九大主力中最强的；这次我发现你们比我们更厉害。你们打败了我们，别的团就更不是你们的对手了！"

陈锡联指挥的西集团由中野一纵、三纵和华野十三纵组成。

六日十六时，三纵向东马围子实施炮击。

待炮击延伸时，七旅之二营派遣六连乘硝烟弥漫，一举突破敌人第一道阵地。该营之五连、七连迅速跟进，在六连两翼扩大阵线，与之平行推进。一小时之内，击毙两百多敌人，俘虏营长以下一百多人。

但在向纵深发展中，遭到敌人密集炮击；接着又出现了事前未发现的暗堡突然用机枪火力封锁。两位营首长负伤，战士伤亡也很大。

蒋军乘他们立足未稳，从大王庄、西马围子各遣两个连进行反冲锋；解放军二营因为此前损失太大，只好转入守势。

七连二排排长李家海毫不慌乱，指挥全排战斗。肚子被子弹穿了个洞，撕下布条扎紧，继续作战；带领战士们打退了敌人一个半连的三次冲锋。最后只剩下两名新战士（刚入伍两个月的俘虏兵）和三名负了重伤的老兵，李家海排长血流尽后牺牲了；但阵地没有丢失。

这李家海是一年前在大别山入伍的穷孩子。入伍前是打土豪分田地的土改运动骁将，深深懂得紧跟共产党、毛主席，打倒剥削阶级，建立无产阶级自己的国家，才可能彻底挖掉剥削、压迫穷人的总根子；所以他打仗总是那样地奋不顾身，对一同奋斗的战士总是那样地爱护，对敌人总是那样地憎恨。

十九团的一营之三连协同二营五连向纵深进攻之际，突然遭到敌人的火焰喷射器、燃烧弹和炮火攻击，阵地上烧成了一片火海。因为伤亡过大，次日拂晓只好稍作退却。

二十二团一营、二营，攻打西马围子（东马围子次后再打），分别攻占了正北面的暗堡。当继续发展，冲进敌人主阵地时，遭到敌人火力封锁，无法推进。团部此刻不恰当地投入第二梯队，与前两个营的突击队拥挤在一线，成了敌人炮击的目标，致使伤亡很大。只得退出战斗。

十二月九日，解放军十九团负责攻打东马围子。三连、四连在步炮、机枪等武器的火力掩护下，迅速突破了敌人东北角防线。激战一小时，夺取了东马围子，全歼守敌一个连。

同一天，二十三团二营主攻西马围子。因错失炮击掩护的良机，只突破了敌人前沿，打退敌人三次反冲锋；未能攻占敌人的主阵地，反倒遭到来自双堆集的炮火攻击，造成了较大伤亡。攻取西马围子再告失败。

三纵各处攻击也陆续受挫。

三纵司令员陈锡联将情况向刘伯承汇报：部队伤亡超过了四千人，有的连队只剩下几个人；纵司、各旅各团都把机关及直属部队人员充实到了连队，火线整编后再实施进攻。他要求野司增援下一次攻击行动。

刘伯承口气严厉地回答：野司没有援兵可派，须靠你们自行挖掘潜力；作为高级指挥员，要懂得珍惜火线上指战员生命，要打巧仗，切忌打笨仗。

陈毅拿过话筒说：陈锡联，我们的革命战士个个是好样的，就看你怎么使用他们了！

陈锡联懂得野司首长这些话的分量，马上做出了保证：请首长们放心，我一定重新组织，精心指挥，不完成任务我就不回来了！

十二月十日夜，中野三纵迅速抢修工事，将原先已经伸至敌人鹿砦外的交通壕，加筑了横向交通壕以及突击队的出发阵地；重火器尽量抵近敌阵，预设了大量的炸药包抛射筒，准备了总量为两千公斤的大小炸药包。

十一日拂晓，部队隐蔽进入阵地，先事休息。

十一日十六时三十分，华野参加围歼黄维的榴弹炮群开始炮击，中野直属炮兵同时开始炮击，三纵自己的步炮也加入进来，各种各样土法制造的炸药抛射筒也加入步兵出发前的重火器大合奏。敌人的大部分阵地都被掀翻，地堡被连根铲起来抛到半空。前沿的蒋军尚未醒过神来就被震死或震晕了。埋伏在敌人近前的三纵步兵战士，炮击停止后只几秒钟，就一跃而起，冲向敌人。

十九团三营在东南角猛烈冲击，吸引敌人火力，以掩护主力从正东方向冲进村去。

二十六团在敌人阵地东北角攻打，突破敌人前沿，然后向村北攻击前进。

十九团、二十六团密切配合，发展顺利，楔入敌人纵深和侧背，分割包围了敌人。

十九团二连一班，分成两个小组，携带炸药包、手榴弹、手提式轻机枪，攻入敌人前沿阵地，"借用"敌人尚未被华野榴弹炮群摧毁的交通壕，攻击敌人地堡群的侧背，炸毁一个又一个地堡；炸毁了敌重机枪五挺，缴获轻机枪三挺。十九时许，将中马围子的敌人全部肃清。二连一班牺牲了五名战士。

二十六团分兵攻向西马围子东南，切断该处敌人退路。

十九团另一部分协同友邻部队攻打西马围子。

八旅二十二团、二十三团分别从西南角、西北角突破敌人前沿阵地，冲进村内。

敌人十分顽固，拒不投降，还组织了几次反冲锋；但都被解放军打退。南京两天前给黄维运来多枚毒气弹；敌守军狗急跳墙，投入使用。

解放军十九团四连不顾毒气的肆虐，向敌阵猛插，迅疾包围了敌团部，全歼了敌人。

十九团十连完成了自身任务后，审时度势，主动插到马围子敌人的侧后，切断此地敌人与大王庄敌人联系的唯一交通壕，堵住其逃路。敌人从大王庄派出援兵接应马围子蒋军残部，与马围子残部形成对解放军十连的夹击。十连毫不退缩，决心牢牢控制这条敌人逃跑的通道。十连全体指战员打得十分顽强；最后只剩下两个人，仍然坚守着阵地，为保证主攻方向顺利进行赢得了时间。

马围子蒋军守军不是投降就是被击毙，终于全部肃清。

双堆集的西大门被推开了。

二

王近山、杜义德指挥南集团，遵照野司规定的时间，十二月六日十七时，发动了对敌人外围据点李土楼、小周庄的进攻。

开到此地只两天多的华野七纵十九师，几乎没有什么准备时间，向前运动的交通壕、进攻出发阵地都来不及构筑好，也按时发起了对小周庄之敌的进攻。他们以秋风扫落叶之势，席卷小周庄，全歼守敌两千三百人，俘虏副团长以下一千二百八十一人。

中野六纵十八旅五十二团、陕南军区十二旅三十四团等两个团攻打李土楼。

用炮击完成了前沿清扫，向纵深延伸不到一分钟，五十二团就迫不及待地冲出去。从村东北角突破敌人前沿，插进去猛打猛冲，分割开敌军。

三十四团主力从西南方向突击，村外水塘边的敌人凭借优势地理条件，将其阻住；该团另一部分从敌人侧翼插入，与正面受阻的主力呼应，终于击溃了敌人，全歼了守敌二十三师六十九团的一个营又一个连。

八日拂晓，敌人企图依托尖谷堆的优越地势，夺回李土楼。

接替李土楼防务的陕南军区十二旅三十五团坚决反击，打退了敌人六次冲锋，巩固了阵地。

总攻的第一天，王近山南集团首战告捷，攻下了几道防线，迫近大王庄、小王庄。

大、小王庄和双堆集东北面阵地是黄维兵团司令部小马庄在东南方向的屏障。所以，解放军志在必得，蒋军赌命死守；一场恶战避免不了。

十二月九日黄昏，解放军炮火对大王庄敌阵进行了一小时轰击；炮声震得地动山摇，硝烟遮天盖地久久不散。炮击延伸之后，华野七纵二十五师五十八团以轻机枪连和冲锋枪营开路，迅速放倒一排排胆敢阻击的敌人，冲进大王庄。短时间的战斗，就歼灭了守敌十八军八师之三十三团。

当夜，蒋军步兵借助炮火掩护，疯狂向大王庄反击，意在将这片屏障夺回去。接防大王庄的华野二十五师五十九团顽强抗击。但敌人越来越多，五十九团伤亡很大，只好退出。只有该团一营的一部分战士仍坚守村西南角。

二十师张怀忠师长急调四十六团增援。

四十六团首长率部赶去，统一指挥本团和二十五师之五十九团，消灭了反扑回到大王庄的蒋军，夺回了这片让黄维揪心的屏障。

正因为系揪心之地，就不能失去；十八军军长杨伯涛派两个尚称完整的两个团攻打大王庄。以炮火轰击了五十分钟，将村内外打成火海。然后，步兵在坦克导引、屏蔽下开始进击。有几辆坦克还从两翼迂回到村南的解放军阵地侧后袭击，以收腹背夹击之效。华野七纵五十九团一营与中野四十六团一营配合坚守，逐沟逐堡反复争夺，寸步不让。

华野七纵从华东带来了反坦克火箭筒，此刻派上了用场。这玩意儿体积小，连筒（发射器）带弹仅十二公斤，效能却极好，只要打中，连当初德国"虎王"坦克都得瘫痪；这是华东局所属大连兵工厂借用苏联图纸自制的。华野五十九团有一个排能熟练地使用这种兵器。不到半个小时，就将前后五辆坦克打翻在那里了，其中有两辆还大火不止。

敌人步兵的冲击也十分强劲，人数多，狂劲足，倒了一拨又来一拨；阵前的尸体狼藉，堆了一层又一层。战斗进行了七个多小时，敌人见攻不下来，只好放弃了。

当天夜晚，小王庄蒋军不愿重蹈大王庄蒋军死伤过半的覆辙，挂起白旗向华野七纵投降了。

解放军三个进攻集团全部剥开了黄维兵团的防御外壳；至此，黄兵团的内层防线就暴露在了解放军十万支枪的枪口下了。

惊天动地的枪炮声和震人心魄的喊杀声，使黄维几天来都睡不着觉。他的兵力越来越少，地盘越来越小；最初他还指望凭借他十二兵团强大的实力保住一块空间，充当蒋介石整体计划的一枚棋子；后来，随着战斗的深入展开，他意识到充当"棋子"的资格也失去了。军心涣散，部下各寻出路，成建制的投降越来多，势如决堤之水，怎么也堵塞不住。

八十五军所属的二十三师和一一〇师一个团、后方师一个团，挤在双堆集东南角落；八十五军军部挤在一间小茅屋里，军属炮营、勤杂部队则在双堆集东北空地上露宿。全军官兵忍饥挨冻，怨声载道。

八十五军的二十三师最初接替十八军在双堆集东南几个小村的守卫任务，刚进入阵地就遭到解放军的打击。这个师是湘军，地域封建意识较浓，十分团结。他们的后方是十八军（中央系）阵地，戒备森严，不许他们后退，形同督战队；这引起了他们上上下下强烈的愤慨。这两个军初次靠在一起作战，彼此没有信任感。空投的粮弹极为有限，不少落到解放军阵地上了，分配给各师的自然就很少。但二十三师见分到手的东西如许菲薄，总怀疑十八军比他们多。师长黄子华几次以弹药打光为名，要求补充；而兵站每次都是平均分配，并无存余。黄子华不相信，去找黄维说理。黄维怎么解释，他也不听；只得叫十八军抽出一部分给他。十八军有卡车营，从出发地拔寨时就满载弹药，这个与后来由兵站分配多少无关。十八军军长杨伯涛为了安抚替自己挡枪炮的二十三师，也同意给黄子华一些。不料这样一来，更加深了二十三师的怀疑，确认十八军不是一般的多分而是极大的多分了。

现在解放军多支突击部队伸入八十五军多处阵地，与其形成犬牙交错状态。八十五军情势危急，吴绍周的军部和其下属黄子华部只一箭距离，等于处在前沿了。吴绍周军长要求杨伯涛军长给他让出一个摆放其军部的位置。杨伯涛就请吴绍周及其军部人员到十八军军部同住，合组指挥部。

吴绍周便搬家过去。吴绍周及其副军长张文心、参谋长陈振武、几个参谋人员与杨伯涛军长合用一间屋子；通信系统全部使用十八军的，不再另设。这么一来，使十八军不少军官发生猜疑，认为是黄维密令十八军将吴军长和八十五军军部监视起来了。在廖运周起义后，产生种种猜疑是很自然的；但解放后杨伯涛坦陈，他确实没有受到过黄维的类似指示。

十二月八日夜，吴绍周和杨伯涛在屋子里研究情况。二十三时许，双堆集东南面传来一片喧哗，十几分钟后就沉寂下来了。不久，十八军阵地上的军官打电话禀报，二十三师副师长周卓铭要进双堆集，说有要事面禀吴军长。

周卓铭进来后，报告说："二十三师阵地被共军攻破，官兵星散，我一个人逃了出来的！"

杨伯涛寻思，既然是"攻破"，怎么听不见枪响呢？瞅了瞅吴绍周，见吴并未追问；自己不是八十五军的人，不便说出自己的疑惑。

后来才知道，黄子华率二十三师投诚了，十几分钟前就让出了阵地。周卓铭其实也参与了这事，他没跟着黄子华走，是想替大家照顾后方家属。

二十三师向解放军让出了阵地,使十八军失去了挡箭牌,全部阵地敞开了。黄维、胡琏更加惶恐失措;两人瑟缩在掩蔽部里经受着解放军一阵紧似一阵的炮击威压,一筹莫展。

十二兵团到了最后的"弥留"阶段。

这两个人是不愿投降的;剩下的只有两条路:被打死和孤注一掷地突围。他们选择了后者。

黄维的突围计划是采取"四面开弓,全线反扑,觅缝钻隙,冲出重围",说白了就是四散逃命。

他认为解放军围攻的重点是在双堆集的南面和东南角,目的在于挡住十二兵团逃往蚌埠的路;西面和北面应该是解放军的后方,除直接参与围攻的兵力外,第二线梯队配备的兵力必定不多。基于这种判断,他确定主要突围方向是西、北、东三面。具体部署是:

覃道善十军所属七十五师、一一四师残部向东突围;出去后再南折,奔往蚌埠。

十八师主力向东北角突围;脱离与共军的接触向东北方向绕个大圈再折往蚌埠。

十八军之十一师向正西面突围;由黄维、胡琏亲自指挥战车队向前开路,步兵紧随其后。黄维、胡琏、吴绍周各乘坐一辆战车。只要前面的战车打开一个缺口,他们就奋力冲出去。

杨伯涛率一一八师和兵团全部工兵、炮兵残余部队,向西北角突围;突出去后向西绕个大圈,再向南折往蒙城或蚌埠。

全兵团突围出去后,胡琏指定的集合地是凤台县。

临分手时,胡琏特意叮嘱杨伯涛:"合肥系桂系势力范围,李品仙①在那里经营多年,盘根错节,对我们持敌视态度;要告知所有干部,决不能奔那个范围去,他会缴我们的械!"

黄维、胡琏命令各部队将能够带走的武器如机枪、小型迫击炮、步炮,无论官兵都须人手一件,尽量带走;没法带走的兵器如重迫击炮、山炮、野炮、榴弹炮,一律破坏。

十二兵团的受伤官兵一万多,都扔在原地,无人照顾了。(解放军到了后,组织民工将他们抬到后方医院救治。)

突围命令大体上指定了各部突围方向和集合地点;具体行动并没认真规定,以致不到十六时电话线就收起来装车了,彼此不通消息,各自为战各自逃生。

---

① 当时李品仙的职务为安徽省政府主席兼保安总队司令,同时遥领华中剿总副总司令。

杨伯涛多年以后指出，造成这种局面的首要责任在兵团最高长官。胡琏强调，为了保密和保证突然性，各部队须待夜幕落下后才可行动。杨伯涛严格遵照命令，处理完一切善后事宜，到黄昏后才行动。而黄维、胡琏就像惊弓之鸟，十六时就带领十一师和战车部队动身突围；根本没有通知杨伯涛和覃道善。直到杨伯涛出外瞭望情况，发现西北方向乱成一片，有人向他报告黄、胡两位司令官提前跑了，他才知道被人家"扔死耗子"了。杨伯涛赶紧命令部队行动，火速向外冲。

但是，黄兵团光天化日之下向外冲，是很容易就被发现的。大批解放军立刻如倾山填海般将这股已无多少力度的浊流堵塞住了，同时竖起了一道由强大火力构成的铜墙铁壁；除了少数漏网之鱼，大部分虾蟹都没逃脱。

杨伯涛亲自率卫队督战。事前选定了一名最勇悍狂暴的韩姓营长，命他带前卫营冲锋开路。这个营长上阵不到十分钟就被打成了筛子；前卫营无人约束，乱作一团。杨伯涛和跟随他的部队前进不得，后退也无路——双堆集内没有人再敢开枪抵抗，只听得解放军一片缴枪不杀的喝令声。

杨伯涛明白，另一个方向进攻的解放军已经占据了双堆集；他赶紧带领残部折向黄维、胡琏和十一师逃窜的西北方向，幻想跟上十一师的后卫部队。他不知道十一师已经被打垮了。结果他迎头遭到解放军枪击，又慌忙掉头再往回跑。到处都是解放军的喊杀之声，往哪里逃呢？随行的残兵败将、他的几名副官陆续作鸟兽散。杨伯涛绝望了，一头跳进小河去寻死。不料水浅，只及胸部，一时无法淹死；水寒彻骨，实在受不了，只好又爬上岸去。正撞上一队解放军，他只好束手就擒。

十一师残余部队在战车配合下，保着黄维、胡琏居然冲了出去。

胡琏乘坐的战车跑得快，逃脱了；黄维可没那么幸运，战车发生了故障，下车步行时被解放军捉住。

十一师师长王元直和十军军长覃道善及其几个师长也做了俘虏。

八十五军军长吴绍周没有使用黄维分配给他的一辆战车，也没有跟随突围，坐在兵团部等待被俘；他自度逃不出去，也断定黄维他们逃不出去。

淮海大战的第二阶段即围歼黄维十二兵团，共计歼敌十一万四千九百三十九人，其中击毙五万九千四百四十七人，俘虏四万六千六百九十九人，投诚三千二百九十三人，起义五千五百人。

三

宋希濂十二月十四日离开南京飞到汉口。在跑马场附近的一座楼房内下榻；他的兵团办事处设在这里，他个人的临时公馆也在这里。一住就是几天，以恢复疲惫的身心。

十二月十八日早晨，他正在用早餐，大门上执守的副官慌忙跑来报告。

"司令官，总司令的汽车进院子了！"

宋希濂一愣，赶紧放下碗筷，疾步出去迎接。边走边在心里嘀咕，这个白狐狸，这么早就来干什么？

白崇禧已然进了会客室。

"总司令打个电话叫希濂去就是了，怎么还亲自来了？"宋希濂敬礼之后，客气道。

"你这个地方我还没来过，认认门呀。"白崇禧落座之后，笑嘻嘻地打量屋子，半是调侃地说。

接下来，白崇禧问了一些宋希濂南京家里的情况；勉强聊了几句闲话，便沉吟不语了。过了一会儿，宋希濂审视他片刻，试探着问道：

"总司令……是有什么吩咐吧？"

白崇禧唔了一声，似乎从沉思中醒悟过来。又停顿了一忽儿，站起来，说：

"我们到一个地方去谈谈吧！"

宋希濂跟随他下楼。到了院子里，又在他的坚邀下，挥退了自己的副官和司机，只身一人和他同乘一辆车，驶向白公馆。

白崇禧引宋希濂穿堂入室，登上二楼的一间书房。

女佣沏上茶之后，白崇禧教她带上门，吩咐不许任何人打扰。

室内有一张写字台、一把藤编圈椅，墙角处有三张沙发，墙上挂满军用地图，此外别无长物；看得出白崇禧过日子还不算奢华。

白崇禧说："荫国呀，现在的形势比我们上次交谈的时候更糟糕了！"

宋希濂由衷地点头说："总司令说得是！"

白崇禧拿起桌上的烟听向宋希濂让了一让；旋即记起此人是不吸烟的，便又缩回手，自己抽出一支。吞云吐雾之际，接着说：

"黄维十二兵团被共军吞没了；那么好的装备，那么多训练有素的士兵，一下子成了刘伯承的财富，他至少可以扩编五个纵队！杜聿明率领的三个兵团也遭到了粟裕包围，进退维谷，最后的命运不会比黄百韬、黄维好多少！林彪百万大军突然进关之后，会同聂荣臻四十万之众，正在进行对傅作义集团的战略包围；老傅现在要跑，已不可能。他恐怕应该后悔当初没听总统的命令把五十万大军撤到南边来了吧？可以说，我们目前已没有足以进行决战的兵力了，都被总统浪费得差不多了！"说罢慢慢地吞云吐雾，一时没再说话。

宋希濂心情也不好起来。端详白崇禧一下，问道：

"总司令认为……怎样才能挽救危局呢？"

白崇禧皱着眉头伸手把面前的烟雾挥了挥。瞅了瞅他，说：

"唯一的办法就是使用缓兵之计；而缓兵之计的办法……唯一有效者就是国共重开谈判，以免生灵涂炭。利用和谈，在长江以南编练新军，一年以内形成一两百万新部队应该没什么问题；这样，进可以恢复失地，退可以与共党平分秋色。否则这个局面是维持不下去的！"

"共产党能够接受和谈的呼吁吗？"

"问得好！共产党最怨恨者，莫过于我们的总统；所以要呼吁和谈，必须请总统暂时引避一下，共产党才有可能罢兵言和！"白崇禧说着，审视了一下宋希濂，"华中地区黄埔系部队，大半由你掌握；此外，陈明仁、李默庵、霍揆彰各带了一个军。你如果能邀约他们会商一番，达成共识，然后联名电陈总统不能再战的理由，以及请他暂避的原因。我想，总统一向恢宏大度，定会重视你的意见！"白崇禧说罢，认真注视宋希濂的情绪。呆了一会儿，问道："荫国以为如何？"

这个要求使宋希濂感到很难回答；他既不能驳斥白狐狸"悖逆"，更不能随声附和。本来不会吸烟的他，为了掩饰窘境，竟伸手从桌上烟听里笨手笨脚地拈出了一支。

白崇禧见状，一笑；熟练地将他打火机凑过去，打燃。

宋希濂吸了两口烟，咳呛了几下。说：

"总司令对战争所做的分析、判断，希濂完全赞同；我们同共产党打了两年多，我们没有取胜，这个毋庸置疑。稍有头脑者都能认识到我们确实没有力量再进行大规模作战了！同中共恢复和谈，利用和谈来争取时间，这个主张非常好！总司令嘱咐我联合陈明仁、李默庵、霍揆彰上书总统下野，本应遵办。但是，我们同总统有二十多年师生关系，这样做，在道义方面容易引起世人误解；从军纪方面说，我们作为下属，恐怕也不尽相宜。况且陈明仁等人是否同意这样做，我也没有把握。"

"道义、军纪方面固然不能不考虑；但是目前还是要从国是方面考虑，顾全大局，不能过多顾及一个人的进退！若能借用和谈赢得喘息的机会，剩下的军队得以保全，则大事尚可为；这也正是在爱护总统，让他以后还有复位的希望。总之，我们不应该太多考虑小节，受其羁绊！"

宋希濂又默然半晌。后来说："我们能不能运用一些民意机关，例如参议会，由他们来发表意见？我总觉得由我们带兵的人来说，有点说不出来的味道！"

白崇禧说："这当然是要做的；但恐怕作用不会大！"

白崇禧随即对蒋介石的任用非人、乱指挥、政治上经济上搞得一团糟等等，对蒋介石做了尖锐的批评，整整说了两个钟头。最后又回到主题上来，继续煽动宋希濂去联合黄埔同学劝蒋退位。

宋希濂见已十二时，便说："这个事关系重大，总司令请容我考虑一下！"

然后诈称有朋友请吃午饭，告辞走了。

宋希濂离开白公馆后，径直到一个名叫袁守谦的人家里。

这个袁守谦是蒋介石硬塞给白崇禧的官员。时任华中剿总政委会秘书长，实际上是专门监视白崇禧的。

宋希濂把白崇禧一上午说的话无巨无细全告诉了袁守谦，由袁负责向蒋介石禀报。

袁守谦教他马上回军中去，由袁自己去代他向白辞行；以防白采取不测之举。

于是，当晚宋希濂就悄悄溜出了汉口，取道长沙、常德回到了沙市。

且把时间往回倒几天，看看杜聿明集团在四面硝烟弥漫之际，何去何从吧。

十二月三日夜晚，各部队按照蒋介石的新命令，向濉溪口方向攻击前进。

四日，杜聿明按照逐次攻击计划，命令邱清泉二兵团攻击前进，李弥十三兵团、孙元良十六兵团坚守两端阵地，掩护邱兵团行动。

杜聿明致电蒋介石，请求空投粮食、弹药。

但蒋介石回电称"无粮弹空投。着即迅速督促各兵团向濉溪口攻击前进"；这无疑给杜聿集团各部泼了一头冷水。这期间国防部也来了一电，无非是催促尽快攻占濉溪口，以打开南援黄维兵团的大门。

杜聿明摇头长叹，不想多说什么；邱清泉却口没遮拦，破口大骂道：

"国防部那批大佬实在是混蛋至极，最大的本事就是坐在屋子里想当然而然，乱下命令；老头子也糊涂，让他们蛊惑得颠三倒四！他不想一想，没有粮食弹药，几十万人如何能打仗呢？"

"杜副总，再向校长力陈利害如何？"李弥对杜聿明说，"免得他被国防部那帮人说糊涂了！"

杜聿明于是又给蒋介石发了一份长电。

蒋介石这才同意给他们一点东西，回电称"六日开始空投粮食"。

杜聿明一行在这里踌躇进退大发牢骚的时间是十二月三日夜晚；此时华野十二个纵队按照粟裕、陈士榘的部署，正在进行淮海大战全过程中规模最大的追击、堵截作战。读者请想一想吧，为了创建一个干净而平等的新中国，几十万大军在两百平方公里范围内从四面八方冲向同一个地方，喊杀之声响彻云霄，那是如何的惊心动魄，如何的波澜壮阔，如何的让人忍不住泪如大雨滂沱般倾泻。这种场景，势如拓荒，势如犁田，又势如平整土地，以备建起一座全新的大厦；这座大厦里将再不会有资本家、地主，当然就再不会有剥削压迫，再不会有贪污腐败，再不会有黄赌毒。几十万大军前面有一副多么绚烂、多么激动人心的场景啊！全体指战员不顾蒋军飞机的袭扰、轰炸，不顾天寒地冻、不顾粮食供给不及、不顾炮兵部队跟不上等等艰难险阻，争先恐后，奋勇追击、堵截敌人。

四日拂晓，聂凤智九纵追到永城以北的埋子集、薛家湖地区，继续向芒砀山攻击前进；张仁初八纵追到永城的苗乔地区；鲁中纵队从南面兵薄青龙集；孙继先三纵追到祖老娄、王砦地区，顺势歼灭了蒋军七十军三十二师的一个团；陶勇四纵追到张寿娄、张新娄一线；叶飞一纵追到袁圩；韦国清两广纵队在冀鲁豫军区两个旅协同下，追到张新娄至洪河集一线；宋时轮十纵从南面直逼大回村；滕海清二纵兵锋直指永城；胡炳云十一纵追到涡阳以北地区。也就是说，华野在永城西南地区完全堵住了杜聿明集团，并于五日由两天前的战略大包围推进为战役合围。由是，一个大家耳熟能详并具有历史标志性意义的小地方陈官庄浮出了历史大海的水面。

四日白天，邱清泉二兵团一度攻到青龙集、陈官庄以南，旋又被打了回去；十三、十六兵团担任掩护二兵团的任务，却自顾不暇，阵地的几处被突破。杜集团的邱、李、孙三个兵团奋力作战，左冲右突，到处碰得头破血流；他们这才更为清晰地意识到情况比原来担心的更为严重，四面八方好似在一天之间就竖起了坚不可摧的铜墙铁壁。

五日，他们再次向不同方向横冲猛撞了几次，都被五百多门远程重炮打成的火海与上万挺机枪、二十万支步枪、冲锋枪所形成的暴雨给挡了回去，而且扔下了无数尸体。

与此几乎只差几个小时，中野开始了对黄维兵团的总攻——这在前文已经述及。

五日夜晚，攻击受挫、伤亡惨重的兵团司令官们，齐集李弥兵团部亦即剿总前线指挥部，参加杜副总司令召开的紧急会议。

杜聿明早已待在这里，把一张近来急速消瘦而又青灰的脸埋在地图里，借助昏黄的马灯光，焦眉愁眼地搜寻着什么。大家进来，他才抬起了头，长吁了一口气，说都坐下吧。

落座以后，半晌没人吭声；邱、李、孙三位兵团司令脸上满是愤慨之色。杜聿明逐一看了他们一遍，也没说话。

邱清泉忍不住了，大声说："副总，他们这样瞎指挥，我们再听他们的，非把老本赔光不可！请副总重新考虑一下战略，将在外君命有所不受！我们大家都来签名负责好了！"

孙元良赞同邱清泉意见，说："副座，我们吃亏就吃在每每都等共军做好了圈套，我们就照上边的命令乖乖地往里钻；黄百韬是这样，黄维也是这样，哼，我们岂能独善呀！"

邱清泉抢过话头，抱怨道："前两天我们要照直往永城走，共军的圈套尚未形成，我们早就折转到淮南了；还用得着在这里成天挨打、一夕三惊吗？这一天多，我兵团攻击迟缓；十三兵团、十六兵团阵地又遭到突破，无法再掩护我了！再打下去恐怕凶多吉少啊！不过，据我的观察，共军此刻的阵地也并非铁板一块无隙可乘，突围并非没有可能；何不乘共军阵地尚未巩固的时候断然冲出去，照原计划走？请副总当此千钧一发时刻，一定要专断呀！"

杜聿明默然片刻，沉重地摇了摇头。"'将在外，君命有所不受'，三天前如果诸位同意这句话，大家共同来负责，那就可以全师而归，也对得起老头子了！今天做，恐怕晚了；既担违令之责，又不可能全师而归！有何面目见老头子呀？"

邱清泉明白这是在影射他，有点尴尬；随即用吹牛皮来为自己遮羞。

"副总不要太忧虑，我们还有相当的兵力，亡羊补牢，犹未为晚！"

"一个兵团如果能突破一个方向，还有一线曙光；可是打了两天，情况怎么样呢？邱司令官应该比我清楚吧！还不如照老头子的命令蛮干到底，我们一点责任都没有！老头子有办法就调兵增援，调不来救兵我们就为他效忠了事！我判断，林彪大军入关后再南下到这里，起码还要一个月；在这段时期由我们牵住共军，请老头子调兵与敌决战，大事似乎尚有可为吧？"

没有人再附和执行蒋介石的命令了；反倒都七嘴八舌议论如何去利用缝隙逃出包围圈。孙元良力主逃跑，呼声最高；邱、李两人也随声附和。

杜聿明见状，心中莫衷一是。又寻思往濉溪口打，得靠他们；向永城逃，也得靠他们，自己不可过分执拗了。就说：

"只要大家一致认为突围可以成功，我就下命令。各兵团必须侦察好突破点；重武器、车辆是我们的优势装备，不到万不得已不可舍弃！"

邱清泉看出杜聿明很伤感，宽慰道："副总，我给您保驾；我出得去，副总就出得去！"

杜聿明不答，只对邱清泉苦笑了一下。

杜聿明教他们分头突围，到阜阳集合。

第三十六章

一

杜聿明做完部署，明白三个兵团司令官得令之后，一定会急不可耐地拥兵行动。便赶快回到只半华里远近的剿总前进指挥部，吩咐焚毁不能带走的文件。

收拾完一切，正欲率直属队跟随李弥兵团突围，李弥的电话就来了。

李弥向他禀报，派去侦察的小分队探得东北方向共军纵向宽阔、横向纵深都部署得很厚，根本无法向这个方向突围；李弥问他，邱、孙两兵团探测的情况如何。

杜聿明答称电话尚未打通，待联系上了再说。

约莫过了三十多分钟，邱清泉闯进了杜聿明的屋子，气急败坏地说：

"副总！坏了，坏了！我派了一个师向西面、南面进行试探性进攻，结果当面共军阵地重重叠叠，根本撞不动；看情况，即使突出去，部队也会缺胳膊少腿、残破不堪！我重新考虑了一下孙元良的主张，觉得照他说的那样干，简直就是自取灭亡！"

杜聿明乜视他一下，听得出邱清泉其实是在抱怨他。因为不执行蒋介石向黄维兵团靠拢而自逃生路的策略是他杜聿明自从大军撤出徐州以来一直的主张，而并非孙元良；同时他也厌恶这个邱疯子的为人，明明是大家一致决定的办法，一遭遇困难就向别人身上推卸责任，实在是有点卑劣。但杜聿明在"驭兵"之道方面，说得上熟稔练达；当此艰危时刻，他对邱清泉半句也不反诘，只含糊地唔唔两声。

邱清泉又出新招，说与其让大军分散去撞得头破血流，不如固守现有阵地，吁请校长增援。

杜聿明未置可否，只说待接通了李弥、孙元良的电话后，大家再研究一下，视情况再改换策略吧。又教邱清泉暂不回兵团，在这里坐等一下。

没多久，电话通了，是李弥打来的。

杜聿明把邱清泉的"新招"告诉李弥，问李弥"以为如何"？

李弥立刻表示同意邱清泉的"新招"；因为在李弥的当面，也发现共军阵地纵深很厚。

杜聿明十分惊讶，粟裕哪来这么大的兵力？如此部署，没有八十万人是办不到的；杜聿明也是个"知兵"的人，猜测粟裕也许在某些方向采取的是"疑兵"之计，也就是所谓虚实相间。那么若能找准虚点，闯出去是大有可能的；而包围圈的"虚点"在哪个方向呢？根本无法探明！完全得靠运气！战场上靠运气用兵，不啻赌牌，那还了得吗？

杜聿明久等孙元良电话不至，教副官抓紧联系。

副官打了半天电话不通；又用无线电收发报机呼唤，也得不到回应。

杜聿明踌躇半晌，下了决断；分别接通了邱清泉、李弥电话，与他们商定，不管孙元良究竟如何，邱、李两兵团也决不突围。

原来孙元良玩了个小聪明；与杜聿明、邱清泉、李弥分手，回到他的兵团部以后，下令拆除电线、关闭无线电收发报机，径自率领本兵团一部分（几支部队一时没联络上，就大方地留给杜聿明了）悄悄向外溜了。

聪明反被聪明误；向永城方向"溜"过去不久，孙元良兵团就遭大难了。在永城附近的黄瓦房、张老窝、亳县一带陷入了华野八纵、晋鲁豫军区部队、豫皖苏军区部队的小包围圈。激战到七日黎明，孙元良及其跟他往外溜的三万二千人全部就歼，大部分高级将领就擒；仅孙元良和四十一军的两个师长张宣武、严翊峰化妆成"讨口子"①逃脱。

蒋介石朝令夕改，思绪混乱，很使他的学生、亲信大将杜聿明伤脑筋；先是只图引共军上钩不顾黄百韬兵团可能掉入险境，然后是只顾徐州不顾黄维兵团死活，后又只顾黄维兵团不顾杜聿明集团。如果当孙元良已经完蛋的消息传到南京，邱清泉、李弥两兵团及孙元良兵团来不及跟随司令官逃跑的一部分又都掉进了共军重围之后，蒋介石是不是也要牺牲他们呢？杜聿明想到这里，禁不住打了个寒战。他觉得自己必须再次致电蒋介石，痛陈利害；并对他加以鼓励，详加解释中原事并非完全不可为。邱、李两兵团及其他余部尚足二十万之众，固守一段时日谅无大问题。这里将共军大批量牵引住，校长迅速从西安、武汉抽调大军，对共军实施反包围，然则中原之鹿擒于谁手尚不可料，反败为胜亦并非不可能。

这份长电到蒋介石手里的时候，蒋介石正在南京空军俱乐部为执行徐蚌会战轰炸任务的空军立功者授勋发奖。也正在这个时候，一声沉重的巨响在俱乐部旁边发生了。

原来是一架美制 B-24 轰炸机掠过此处上空，扔下了一枚重磅炸弹；目标是蒋介石。后来知道投弹者是第八飞行大队飞行员俞勃等五人。这五位青年军人早就密谋投奔解放区了；当获悉徐蚌会战黄维兵团完蛋，杜聿明集团又掉入重围，

---

① 孙元良的四川土话，乞丐。

觉得不能再等了，决定马上驾机起义。他们盘算送给解放区人民的大礼就是取蒋介石的老命。尽管没能成功，但那声巨大的爆炸声在国民党内和蒋管区社会所造成的"地震"烈度是怎样估价也不为过的。

这五位可敬的青年原拟飞到沈阳，由于当时天气不好，只好在石家庄迫降。他们没有想到，解放军东野和华北军区的一些领导、石家庄各界代表都在机场欢迎他们。

惊魂甫定的蒋介石拿着刚刚阅罢的杜聿明长电，轻轻摇了摇头，将它扔到案头。中原已经糜烂，他担心毛泽东会拥得胜之师投鞭渡江，到南京来"问鼎之大小轻重焉"。这样严峻的局势，哪里还能再顾及杜聿明集团呢？他认为必须火速收缩兵力，确保长江防线的安全；杜聿明集团此刻在他心中的分量和作用，已经从一支主力集团跌为对共军尽量羁縻、消耗以延缓其窥伺江南的牺牲品了。他电令蚌埠的刘峙，嘱其加强江淮防务；同时刘峙集团的后方机构全部撤到长江以南。具体安排为：李延年六兵团主力、刘汝明八兵团主力、原属华中剿总的四十六军防守淮河；若遭到进攻，须逐次抵抗，以争取时间将主力全部撤过长江。第五十四军、三十九军、六十六军立即开赴南京，归入汤恩伯京沪杭警备司令部序列，参与完善长江防务；二十八军、五十二军也须速退长江一线。他最后向刘峙着意强调，"依淮河地嶂抵抗，非万不得已不得撤退"。

安徽萧县和河南永城交界处有个村子叫蔡凹，华野前指①设在村北的一座土坯房里。粟裕在这里对已掉入重围的杜聿明集团设置了七层包围圈，以防再发生孙元良三万多人溜出去的情况。此时粟裕及其麾下数十万将士最迫切的愿望是尽快展开向心总攻，早日吃掉这块大肥肉。前线将领一有机会就向粟裕或者陈士榘探询，何时动手？这两位的回答大同小异，意思都是：快了，快了；大家做好一切准备吧。

正值几十万将士摩拳擦掌，跃跃欲试之际，他们的最高统帅却来了一纸电报，教暂且围而不攻，部队乘这段时日抓紧休整。

原来，毛泽东此举的目的在于抑留傅作义的五十万人马。

平津战役迫在眉睫，东北野战军也正在陆续入关；对傅作义集团的战略包围虽正在构建，却远未达到密不透风的完善程度。若傅作义在蒋介石严令下，也可能并且有条件把部队带到中原来；或者蒋介石单独把近四十万中央军用船运到江南。这对解放战争的进程会产生严重的不利影响。所以在东北野战军和华北军区部队将远距离战略包围完善为近距离严密包围，使傅作义集团无法动弹之前，必

---

① 前线指挥部的简称，下同。

须稳住蒋介石,让他觉得南边战场似乎尚未到非要傅作义集团来帮忙不可;让傅作义也觉得并未到非逃跑不可的地步,因为长江以北尚有杜聿明集团坚挺着,与其保持掎角之势。毛泽东在电报里明确指出,为"关照淮海战役与平津战役之间的联系……歼灭黄维兵团之后,留下杜聿明指挥之邱清泉、李弥、孙元良(已歼一半左右)诸兵团之余部,两星期之内不作最后歼灭之部署"。教华野部队"整个就现阵地态势休息若干天",对杜聿明集团"只作防御,不作攻击"。

毛泽东又致电刘伯承、陈毅、邓小平,命令中野"各纵迅速完成战后(歼灭黄维兵团之后)整备,待李延年第三次北进时担任南线防御;并准备为华野对杜聿明作战接近解决时,放敌深入,围歼其一部"。

毛泽东同时指示淮海战役总前委尽快安排第一次会议,着重研究长江以北作战结束以后,大军渡江的问题。

刘伯承对陈毅、邓小平说,粟裕自从淮海战役开展以来,主要的担子都压在他肩上,他比我们三个都辛苦;现在又负责指挥对中原地区最大军事集团的围困,仍然无法喘一口气。我建议,我们三个跑点路,到他那里去,如何?

粟裕获悉他们"移樽就教"(刘伯承致粟裕电)到蔡凹来开总前委的首次会议,兴奋不已;他最想念、最希望见到刘伯承同志,因为他与刘伯承有旧。在中央苏区时期,刘伯承曾担任红军大学的校长兼政委;粟裕从红四军参谋长任上调红军大学担任学员总队长,算是在刘伯承领导下作教学工作。两人相处时间不长;但接触频繁,相知甚深。当时刘伯承就对中华苏维埃政府主席毛泽东兴奋地说,你的这个警卫连长粟裕基础甚好、天资不一般,将来必成我军扛大梁的人物。毛泽东呵呵大笑,称赞刘伯承慧眼识英,十分认同刘的预见。

粟裕派人到符离集老字号买来几筐脱骨扒鸡,准备招待刘伯承一行。

"客人"的车队来到之前,粟裕就换了一身没有补丁、特别干净的军服,早早地就率领谭震林、陈士榘、唐亮、张震、钟期光到村口迎候。

"欢迎呀,欢迎三位首长光临!"粟裕和刘、陈、邓握手问候之后,对刘伯承说,"刘校长,我们有十七年没有见面了!"

"粟司令员好记性呀!"刘伯承颇动感情地端详粟裕,握手不松,"那时你才二十三岁吧?现在都胡子巴茬了!岁月不饶人呀;不过岁月也造就人,我当时就对主席说过,粟裕今后必成我军挑大梁的角色,现在果不其然!"

邓小平也说:"刘司令员说得好呀!淮海战役如果不是粟司令员的推动,恐怕中原逐鹿的时限要拉长一段时间啊!"

刘伯承又说:"我们在大别山最困难的日子里,你们兵锋指向中原,给予我们极大的支持,还没有当面谢过你……对了,还有陈士榘、唐亮同志!"

陈毅拍了一下粟裕的肩,乐呵呵说:"老伙计,华野发展得这么强大,你功不可没呀！"

粟裕称呼老领导过去的职务，客气地说："军长过奖了！没有军长过去打下的基础，没有饶政委和军长的长期指导和关心，华野哪能有今天这般气象啊！"

陈毅不愿提及饶漱石，便把话题移开。"你们打黄百韬的战法真高明，我们如法炮制，很快就把黄维兵团打下来了！我代表中野谢谢你啊！"

"军长千万不要这么说，都是一家人呀！这次与中野老大哥在一个战场作战，使我们打黄百韬、围堵杜聿明都完全没有后顾之忧，那才要谢谢呢！"

在会议室开会的时候，大家首先传阅了军委十二月十二日的电报；刘伯承特别强调了这份电报是由毛主席亲自起草、修订的。

"电报的主旨，就是要我们两大野战军做好渡江准备；同时将渡江设想，由粟裕同志起草为书面报告，电发中央。"

"由粟裕同志起草很好！"邓小平说，"粟裕同志已经胜利渡过三次长江了，积累了不少经验，有真知灼见！"

"老伙计，"陈毅笑嘻嘻瞅着粟裕说，"你有没有什么初步考虑？如果有，先说一说如何？"

粟裕是个不大擅长开玩笑的人，今天因为高兴，瞅着陈毅道："谨遵钧命！"

大家都笑起来。

粟裕说："一九四〇年七月我们第一次渡江是谨遵陈军长之命……"

陈毅笑嘻嘻纠正道："哪里是'陈军长之命'啊，是毛主席之命！"

粟裕继续说："那时我们不到一万人，武器也差；心情紧张，也没底。赖将士用命，从南岸顺利到达江北！二次渡江是一九四四年底，从江北到江南；三个团分东西两路过江，也比较成功。第三次是一九四五年九月下旬开始的；苏浙军区部队和地方干部六万五千多人渡江撤到江北，沿途遭遇挡路的国民党部队，有一些伤亡，也胜利过江了。这三次过江给我个人有一个最大的启发，就是认真准备，一丝不苟地组织，这样就可以顺利一些，牺牲也少一些。这次渡江应该与以往有很大不同；是蒋介石的精锐部队被消灭在江北以后，是在我军占有压倒优势的条件下进行的。所以不妨采取以实击实的战法，大部队、宽正面地渡江，迫使敌人拉大防御面①。"

不久以后的渡江作战、夺取沪宁杭，都是由粟裕实际指挥；因为华野改称第三野战军后，他仍以代司令员、代政委身份以及三野前委书记身份主持工作。②

会议接下来研究军委对当前作战的指示；大家一致采纳了粟裕的调整部署设

---

① 这就使敌人在任何一段的防御都变得很单薄而缺乏纵深配备。
② 这些都是有史可考的。

想，并将此设想形成书面文字，电呈中央请求批示。

中央也很快就批准了。

这个调整大略如次：

华野方面，谭震林、王建安指挥一纵、九纵、渤海纵队，宋时轮、刘培善指挥四纵、十纵、冀鲁豫军区独一旅、独三旅，韦国清、吉洛（姬鹏飞）指挥二纵、八纵、十一纵，以上三个集团为一线部队，负责包围和监视杜聿明；一线部队"边围困边休整"，以逸待劳。

此外，华野二线部队的屯驻地为：十二纵在薛家湖、山城集、火神庙一线，冀鲁豫军区之三军分区两个团在夏邑，两广纵、野司警卫部队在会亭，豫皖苏军区独立旅和野司骑兵团在鄢阳，鲁中南纵队在永城，三纵在铁佛寺、百善，十三纵在马村桥，六纵在三铺，七纵在萧县，三十五军在山城集。

中野方面，除豫皖苏军区五个团在浍河沿岸向蚌埠那边警戒之外，主力集结于宿县、蒙城、涡阳一带，担任战略预备队，随时准备协同华野对杜聿明集团的总攻行动；同时阻击蚌埠方向可能援杜的李延年、刘汝明两兵团。

后来，随着蒋介石在战略上惊弓之鸟似的判断，及其部署调整方面的失误，例如为了京沪安全将李延年兵团撤退，便使华野彻底没有了后顾之忧；这同时意味着杜聿明集团在劫难逃了。

前文已经提及，面对徐蚌战场明显的危局，蒋介石已无兵可调，他的总兵力经过辽沈战役和淮海大战已经结束的一二阶段作战，急剧下降；正在编练的二线兵团全是新兵，根本无法投入战场。

反之，人民解放军虽然也屡经伤亡，但兵员补充的速度却十分惊人。以华野为例，在围歼黄百韬兵团和参与歼灭黄维作战的过程中，华野共负伤、阵亡官兵七万三千三百多人，其中两万三千七百多名轻伤员经过短期治疗很快就归队了。

华东军区领导的苏、鲁、皖地方武装随时可以成建制地升格为野战军，到粟司令员那里去报到。粟裕最近的一个月内所接受的由二级军区升格的部队就有十三万人左右。其中十六个地方基干团全体加入野战军；他们都有至少两年的戎马生涯，党员占百分之三十以上。

此外，更多的是县级以下的区小队武装人员、村庄里的民兵以个人身份参加野战军；这些分了田以后大部分时间在自家的三亩、五亩地里用心经营，战争发生时协助解放军进行一些边缘战斗的农民，梦寐以求的就是参加解放军。那在村里可是个无上的荣誉啊，村政府还会派人帮你侍弄那三五亩地呢。

还有相当一部分是俘虏兵。那些昨天还与解放军厮杀的蒋军士兵，一旦被俘，很短的时间就可能成为国民党的仇人，不顾性命地向蒋军扑杀过去。华东军区政委饶漱石对上千的各级政工干部说：蒋军士兵绝大部分是被迫从军的穷苦农民的儿子，他们站错了队，我们要启发他们的阶级意识，引导他们站到穷人的军队这边来，这个应该叫作"归队教育"。这些蒋军士兵都有一定的战场经历，"归队"以后用不着进行太多军事培训，马上就可以投入战斗。所以，同志们一定要重视这项工作呀！饶漱石以生动的事例来佐证自己的观点：中野刚刚胜利结束的围歼黄维兵团的作战。当战斗进行到白热化阶段时，陈赓、谢富治所辖四纵、九纵伤亡严重。这时十旅旅长周希汉向陈赓报告，他说他下边有一个步兵营，齐装满员为五百三十人，连续战斗下来受伤、阵亡了五百零一人；可现在还有五百八十二人。陈赓给说糊涂了，问他怎么回事，周希汉说是蒋介石给我补充的。那些被俘的蒋军士兵，只要陈明自己的苦出身，立刻就会受到我军战士和政工干部的热情关照，紧握他们的手说：兄弟，你回家了、归队了！送来热饭、热菜和香烟、糖果（也是老蒋空投的）的手有无数双，让他们不知道接哪个为好。就这样，数万蒋军士兵一夜之间就成了自觉地对蒋军部队开枪的解放军战士。但教育断不会就此止步，连队开会将继续讨论相关话题：过去是为有钱人、地主、资本家卖命，现在是为穷人夺取江山打仗。饶漱石又点名道姓地历数了一串名字，都是打黄百韬时才俘虏过来的蒋军士兵。他们参与打黄维的时候都被评为战斗英雄；有的被战士们推举出来，经过党组织的批准，成为排长、连长。这些昔日的蒋军士兵、今日的解放军新干部在就职时对战友们说的话大同小异，几乎都是一个意思：从今以后请同志们监督，别的不敢吹嘘，打仗冲锋在前、撤退在后保证做到。

这就是人民的军队啊！

这就是革命的大熔炉啊！

这样的军队、这样的大熔炉岂是你想建造就能建造的啊！

反思历史，可以明是非、知兴替，从而不致犯糊涂、浑浑噩噩自得其乐！

淮海战役开始的时候，华野总人数为三十六万九千人，战役过程中受伤、阵亡十万五千人；战役后期，华野总兵力增加至五十五万一千人。疾速增加的十八万人是从哪里来的？饶漱石向外国记者介绍，除了六万人是军区所辖地方部队外，十二万人是"解放战士"（俘虏兵）。外国记者又问，没有像东北、华北、西北那样进行一段时期的"政治同化"，你们怎么就敢用呢？饶漱石指出，阶级教育，是让俘虏兵在政治上迅速认同解放军的好方法。国民党士兵大部分是被强行抓壮丁送进军队的劳苦大众子弟，俘虏过来后经过"诉苦教育""寻找穷根教育"，阶级意识觉醒很快，主动要求参加解放军，掉转枪口向蒋军开火。以致"解放战士"之多，还给"我们的粟总"造成了一些困难。什么困难？解放军的军服呀！没有那么多现成的，赶制也来不及。没有明显的识别标识，冲锋时或短兵相接时发生了多起误伤事件。饶漱石严肃指出，这丝毫也不能责怪战士们，全部责任都在我这个政委身上,我的工作做得缺乏前瞻性。后来,我们决定首先制作十万个军帽,以资识别。一周过去了,十万个军帽未送达,"我们的粟总"发火了,直接打电话给我,严肃地责备我,前线不断有"解放战士"被误伤;他们现在已经是革命战士,是我们的阶级兄弟,我们为什么不对他们的生命负责?

二

十二月十七日蒋介石针对杜聿明固守待援的请求,教他派人来南京聆听指示。杜聿明派参谋长舒适存十八日乘战斗机飞宁。

同日获蚌埠的总司令刘峙通报:"黄维兵团突围,除其副司令官胡琏个人到蚌埠外,其余全无下落。"

十九日午后,舒适存和空军总部三署副署长董明德飞到陈官庄。捎来蒋介石和空军副总司令王叔铭各一封信。

蒋介石信的大意是:十二兵团突围失败,是黄维固执地要在夜间行动,没能得到空军掩护。现在所有部队都遭到敌人牵制无法调动,贵部唯一的办法是突围,决不能在那里"固守待援"。空军掩护突围时要投放毒气弹,方法可与董明德具体商议。

王叔铭的信简单得多:"……校长对兄及邱、李两兵团至为关切,决以空军全力掩护突围。特派董明德前来,请将对空援要求向董谈清,弟当尽力照办。"

舒适存向杜聿明口头传达蒋介石的意思。"总统说,不可能有援兵来;一定要与空军协同动作,迅速突围!"

舒适存又将自己在南京听到的情况向杜聿明禀报:蒋介石曾下令宋希濂兵团的主力部队第二军、十五军到徐蚌战场参战,遭到白崇禧坚拒,不让部队登船,鼓动部队软拖硬抗,无所不用其极。

杜聿明认为,现在突围太晚了;除非有大量外部援兵。但蒋介石的命令又不能不执行;即使抗命不遵,在此地守下去也是死路一条。只好令指挥部三处处长邓锡洸拟定陆空协同突围计划。

杜聿明问董明德,空军在陆军突围时施放什么毒气?

董明德回答,是催泪性的;窒息性的威力太大,会遭到国际上谴责,不敢用。

杜聿明仍不甘心,还想蒋介石派援兵来;他写了一封信,再次提出上、中、下三策,请蒋介石抉择:

上策是放弃西安、武汉,调两处大军参与中原逐鹿;待消灭饶粟华野、刘陈邓中野之后再徐图恢复。

中策是各兵团持久固守,以待政治上有利时机到来(大约指世界大战爆发或争取重开国共和谈）。

下策就是蒋已下达的命令：突围。

信写好后交给舒适存，指示他次日乘董明德飞机去南京，交给蒋介石。

不料当夜风雪交加，连续十天不停，飞机无法起飞。直到二十九日风雪暂停之际才赶紧飞走。

这么多天，解放军阵地上每天都数次向蒋军播送题为《敦促杜聿明等投降书》，搅得杜聿明更加心烦意乱。这是毛泽东为中野、华野两个司令部撰写的广播稿，摘要如次：

> 杜聿明将军、邱清泉将军、李弥将军和邱、李两兵团诸位军长、师长、团长：你们现在已经到了山穷水尽的地步。黄维兵团已在十五日晚全军覆没，李延年兵团已掉头南逃；你们想和他们靠拢是没有希望了。你们想突围吗？四面八方都是解放军，怎么突得出去呢？
>
> ……
>
> 你们的士兵和很多干部，大家都很不想打了；你们当副总司令的，当兵团司令的，当军长、师长、团长的，应当体恤你们的部下和家属的心情，爱惜他们的生命，早一点替他们找一条生路，别再教他们作无谓的牺牲了。
>
> ……
>
> 黄百韬兵团、黄维兵团和孙元良兵团的下场，你们已经亲眼看到了。你们应当学习长春郑洞国将军的榜样，学习这次孙良诚军长、赵壁光师长、黄子华师长的榜样，立即下令全军放下武器，停止抵抗，本军可以保证你们高级将领和全体官兵的生命安全。只有这样，才是你们的唯一生路。你们想一想！如果你们觉得这样好，就这样办；如果你们还想打一下，那就再打一下。总归你们是要被解决的！①

粟裕主持起草了华野致杜聿明、邱清泉、李弥的劝降书，指出他们的部队"现已粮弹两缺，内部混乱，四面受围，身陷绝境……古语云'识时务者为俊杰'，望三思之。时机紧迫，宜早作抉择"。

这两份广播稿，比当年张良的楚箫之声更有力量，杜聿明集团官兵的意志被大大瓦解了；杜聿明、邱清泉、李弥也清醒地意识到那一次次的广播对他们残存的战斗力具有多大的摧毁作用。

外无援兵，内无粮弹；陈官庄外的解放军越围越紧，蒋军地盘越来越小。连

---

① 《毛泽东军事文集》第五卷，军事科学出版社、中央文献出版社，1993年12月出版，第418页。

老天爷也与他们过不去，大雪一天紧似一天，严寒一天比一天厉害。蒋军官兵将老百姓家里的门板、窗框都敲下来当柴火烧了；甚至把地下的棺材板也挖出来烧火取暖。没有粮食，把军用骡马杀光以后，又去抢老百姓家的牲口吃。为了抢夺空投粮食，他们不惜刺刀相向，开枪互射。七十二军少尉李丰年在日记中记录了一个片段，"今天去抢米，我连分成两拨，一拨手持上了刺刀的步枪，负责掩护徒手抢米的一拨，在临时机场等候空投大米。飞机掠过上空，米袋纷纷落下。地面抢粮的人一下子乱了，机枪、冲锋枪响了，子弹从耳旁飞过了；互相还拼上了刺刀；要是有人抢到一包米，立刻就有几百人围上去向他抢"。

舒适存与董明德到了南京，呈上杜聿明的信。

蒋介石展开，看了半晌，眉头深锁，也不说话；后来却向舒适存问起了别的事。

"舒参谋长，我听说你们的杜主任①近来身体很不好？具体是怎么个情况？"

"报告总统，杜主任腰上的病一直没有真正得到根治，加上徐州出来风餐露宿、军务操劳，病情就加重了；最近又发现肺部好像有问题，整夜咳嗽，不得安宁……"

蒋介石听了，有点焦虑。叹了一口气，抱怨道：

"他自己为什么不向我说呢？要不是邱清泉专门为这事发了个电报给我，我还完全不知道！"旋又喃喃自语道，"这可怎么办好啊……"

他似乎在忧虑找不到堪与比肩的人去替换杜聿明。

当天蒋介石就致电杜聿明称："闻吾弟有恙；若属实，日内派机接弟回京医治。"

邱清泉见电报，力劝杜聿明回南京去；这里的事他可以暂代，劝杜聿明尽管放心。

杜聿明沉默半晌；后来沉重地摇了摇头，长叹一声，说：

"抛下二十万将士只身逃走，予心何安啊！"

随即电复蒋介石："生虽残疾在身，行动维艰；唯岂忍抛却二十万忠勇之士乎！请钧座决定上策；② 生一息尚存，誓效忠到底！"

蒋介石叫来相关幕僚人员，宣布他的决定；事实上仍旧是他几天前就动手操作的一系列愚蠢行动：倾绝大部分力量部署长江防务；令李延年、刘汝明两个兵团退守淮河南岸，以掩护长江南岸部队构筑工事。至于杜聿明集团，则应遵照前

---

① 杜聿明兼任剿总前进指挥部主任。
② 即舒适存携往南京书信里所建议的上中下三策之上策。

令,"击溃当面之敌南下"。

负责战略谋划的是参谋总部第三厅,这个厅近来很难在总体决定尚未成熟前插得上手,甚至总长顾祝同也未能与闻其事,"均由总统个人乾纲独断"。三厅厅长郭汝瑰不甘心,当场指出守江、守淮都太消极,不过拖延时日而已;因为杜聿明集团一旦有什么闪失(被消灭),共军便可随意集中兵力,那时就随处都可过江,国军防不胜防、守无所守。

蒋介石皱了皱眉头,乜视郭汝瑰,道:

"依你之见,又当如何?"

"杜部如果能'击溃当面之敌',那么当初就不至于被包围;现在教他们突围,情形不会不混乱,一旦通信系统失灵,那么指挥就会失灵,后果不言而喻!所以要救出来杜聿明的二十万大军,唯一的办法就是杜副总司令上总统书所说的上策集结大军从蚌埠方面出击,尚能反败为胜;否则后果恐不只于输掉杜集团!"

蒋介石不愿放弃西安,要放弃武汉他又做不了主(白崇禧尾大不掉),所以不愿理睬郭汝瑰的建议;一心要抓紧时间与王叔铭研究空军掩护杜聿明突围的问题,便问郭汝瑰道:

"郭厅长还有其他意见吗?"

"报告总统,没有了。"

"那么,你去忙你的事吧。"

郭汝瑰辞别蒋介石出来,心里不无诧异。寻思蒋介石研究作战,竟完全不与参谋总长、主管作战的次长、作战厅厅长商议,不知道听信了谁的这个葬送杜集团的主意?郭汝瑰怀疑有共谍在暗中作祟。① 如此则大事不可为,将越来越糜烂了。他自告今后一定要小心,最好要求出去掌管一支部队。

当晚参谋总部萧毅肃次长约郭汝瑰、国防部副官局局长陈春霖吃饭。三人都是四川老乡,谈话较为放得开。

萧毅肃告诉两位同乡兼至交:"朱绍良②请求在四川成立四个绥靖区③,总统已经同意了,指示新编十个军充实。十个军长的名单,请春霖兄提个初步方案给我。"

一九四九年一开年,蒋介石就一方面呼吁和平;一方面密电杜聿明,照原定以空军协助突围方案执行。并说明从五日起开始空投粮食,以备突围途中使用。

---

① 郭汝瑰几十年后说自己一直在为共产党做谍报工作,但笔者查阅相关史料也无任何可以佐证的东西,故不敢采信。

② 时任重庆绥靖公署主任,名义上管辖川滇黔三省军务。

③ 绥靖区是绥靖公署下辖机构。

杜聿明彻底绝望了；不再对蒋介石建议什么、提什么要求，只请求多投粮食，让官兵吃饱肚子，做个饱死鬼好了。

五日开始空投粮、弹。空军的运输机，"中国""中央"两大公司的民航机，全部出动，每天达到一百二十架次；空军总部专门指派了一名少将担任这次的空投司令，指挥全部空投行动。杜聿明怕出现前几天那样哄抢空投粮食的情况，指派副参谋长文强率卫队营负责地面接收。

空投了两天，文强去向杜聿明禀报，每天空投的大部分粮、弹都投到共军那边去了；我们自己收到的不足三分之一。文强表示怀疑这个空投司令有问题。

杜聿明摇了摇头，认为多疑了。"这个人不会有问题；跟随我去滇缅路打日本鬼子的时候，表现很不错的！一定是风向问题；你去测定风向，然后叮嘱空军投送时注意……"

后来，文强他们当了俘虏。那位空投司令笑嘻嘻来看望他们，一身的解放军服装。交谈之间才知道人家已是有十年党龄的老布尔什维克了。

就这样，空投的东西大半投到共军阵地上去了。每天晚上分配给各部队的粮食十分少，每人每天只能吃一顿稀饭。这个事情搞得文强焦头烂额。

更麻烦的是抢夺物资导致械斗的事又死灰复燃了。

邱清泉、李弥也为粮食的分配吵得剑拔弩张，各军、各师、各营也为粮食闹得势如水火。

李弥直接找杜聿明指控文强，说文强分配不公，邱清泉二兵团的粮食人均比他的十三兵团多一倍以上；所以他不再相信分配，他要自己开辟空投场，直接接收自己应得的东西。

杜聿明无奈，只得同意。

然而，李弥自己开辟的空投场，离解放军阵地更近，首次空投就有一多半落到解放军那边去了。李弥只好另外又开辟一个他认为安全一些的空投场。

南京也空投了一些美国牛肉罐头、糖果糕饼、水果，那是给团长以上军官的；连长、排长都沾不到气味，何况小兵娃子。

十九日开始，雨雾变成了暴雪。士兵们吊命的每日一餐稀饭也没有了，因为无法空投了。

饥寒交迫的蒋军官兵不断地越过阵地向解放军投降；最初是一个、两个零零星星地爬过去，以后越来越多，成群结队络绎不绝。最后，根本无法解决肚子问题的杜聿明也不得不对各级官长说："士兵愿意到共军那边去，就随他们去吧。吃饱了回来也好，不回来也好；唯一的要求是不准带武器去。"

四纵的前沿阵地，与敌人相距不过几十米。这很有利于向敌人官兵进行宣传教育，鼓动他们投诚过来。

最初，敌方阵地上的士兵都在战壕席地而坐，静静地、十分专注地听着；后来遭到了军官的呵斥，就又都懒懒地起身，把自己的枪重新架到战壕的胸墙上。接着，步枪、机枪向解放军阵地上胡乱射击。解放军一位名叫慕容宁山的小战士手里的喇叭筒给打了个洞，气得他向宣传处的干事周润芳吼道：

"周干事，不跟这些家伙磨嘴皮了，他们愿意找死就让他们去找好了，我们总攻的时候会让他们如愿的！他妈的，我们的家伙又不是吃素的！"

纵队敌工部的部长刚好巡视到这一段战壕，听到了慕容宁山的抱怨。拍了拍这位十七岁小战士（三年前初中毕业就入伍的老兵，部队培养的骨干），对他，同时也是对周润芳说：

"政治斗争不能急躁；要学会把政治攻势和军事威压结合起来，坚持下去，就会有成效的！"

周润芳、慕容宁山按照部长的意思，把这段阵地的机枪、六〇炮（小口径迫击炮）都架了起来，向蒋军发出警告道：

"老实点，不准打枪；如果不听话，我们就让枪炮向你们训话了！"

不料蒋军又噼里啪啦向这边乱打了一阵。

周润芳教部队立刻狠狠还击。霎时，蒋军阵地上尘土飞扬，哭爹叫妈的喊声不断；机枪、步枪都成了哑巴了。

慕容宁山趁机再喊道："蒋军弟兄们，以后不要再乱打枪了；不然我们是会加倍还击的！现在尝到滋味了吧？你们手里的枪，是蒋介石的干爹美帝国主义给的；小命可是自己的啊！"

接着，又重复宣讲了解放军优待一切放下武器的蒋军官兵的政策，劝他们投降过来；白天不方便，可以晚上过来。只要轻轻拍拍巴掌，我们就明白了。

这次喊话之后，敌方阵地上再也没放枪了。

当晚，风紧雪骤。周润芳与慕容宁山伏在战壕的胸墙上。正要喊话，隐隐约约听见十来米外有拍手声。慕容宁山惊喜地对周干事说，还真过来了，这么快！周润芳也回应对方拍了几下手掌。对方又拍了几下；这次拍的频率有点快，似乎是心急与喜悦交织在一起。然而，一两分钟过去了，听到的仍然只有拍手声，看不见人影。会不会是敌人利用假投诚来发动偷袭呢。这一段阵地的连长拔出了驳壳枪，小声吩咐战士们做好战斗准备。又过了两分钟，一个黑影出现在眼前。那黑影一边拍手，一边向战壕爬过来。快到壕沿时，周润芳、慕容宁山伸手把黑影拽了过来。

这人右手提着一支捷克式步枪①，左手提着一袋手榴弹，浑身哆嗦，不断说

---

① 正式名称为792毫米VZ24式步枪。

话，却只有"长官、长官"两个字。

周润芳、慕容宁山叫他不要害怕，夸赞他这样做就对了。把他领进地堡，才发现是个三十出头的老兵，胡子拉碴的，脸型像猴子，大冬天的脸上却直流汗；穿一身破烂的棉军服。半晌，这猴子才气喘吁吁说了一句正经话：老天保佑，可算过来了！然后坐下来，狼吞虎咽地吃了几个热包子，喝了一大碗热菜汤，才开始介绍自己：他名叫周顶，特务连三班的兵。解放军的喊话他全听见了，早就想过来了。今天，趁排长不在战壕里，就壮起胆子爬过来了。又说，三天没见过一颗饭粒、一粒面粒了，弟兄们都想过来呀。解放军喊话，弟兄们都想听。可是当官的不许听，说谁听枪毙谁；还逼着弟兄们打枪。你们白天打了一阵子炮，把连长吓跑了。说完了话，他居然陆续吃下去了二十几个包子！

周润芳、慕容宁山对他宽慰一番，及时进行了阶级意识的启蒙教育。然后安排他暖暖和和地睡觉。准备明天带着他喊话。

第二天，慕容宁山带着昨晚投诚过来的周顶来到前沿。

慕容宁山刚喊出了第一句"现在广播开始"，就听见敌方战壕里有人在嚎叫："开枪！快开枪！妈的，再不……"

慕容宁山向六〇炮排做了个手势。随即，敌人阵地刚开火，解放军的六〇炮就开始了排射，轮番打了几分钟。敌阵传来阵阵惨叫声，枪也哑巴了。

慕容宁山又开始了喊话："你们三天没吃饭啦，再撑下去就没命啦！为老蒋、地主老财卖命，不划算呀！"

敌方有一个人回应道："娘希匹，哪个说老子没饭吃呀？我们吃的是鸡蛋糕呢！"

慕容宁山问伏在身边的周顶："听得出这是谁的声音？"

周顶肯定地点了一下头："这就是连长，姓金，蒋总统的同乡人……"

慕容宁山马上又大声喊话："金连长，别拿自己当小蒋介石啦！饿了三天就饿了三天嘛，吹牛皮可填不饱肚子呀！"

那家伙慌乱地大声辩解道："胡说，老子不姓金，也不是连长……"

慕容宁山以严峻的口吻喊道："我们早就知道你是特务连的金连长了！我们正告你，不要对士兵太凶狠了；不然，以后我们抓住了你，要以虐待士兵罪惩办你的！"

慕容宁山又叫周顶喊话；主要是向蒋军士兵介绍，他昨晚过来后，怎样受到解放军的欢迎和优待。

当天晚上，又有三个蒋军士兵投诚过来，都是周顶的"同僚"——三班的；以后，每个晚上都有过来的，先先后后二十八名都说自己是特务连三班的。慕容宁山困惑了，这个三班究竟是个什么班呀，从来没听说过一个班有差不多三十个人。

慕容宁山把周顶叫来，问他认不认识那几个人；周顶回答，只有前几个过来的他认识，确实是三班的。

慕容宁山又问了前前后后过来的，才弄清了事情的原委。周顶过来以后，原先的三班剩下的十个人，陆陆续续都跑过来了；蒋军军官只好从预备队里调拨士兵把这个班补齐；一共补了三次，也不济事，最后从班长到士兵跑得一个不剩。

后来，这个特务连在华野总攻前陆续过来七十一名，全连的一半了；而且都戴上了簇新的解放军军帽。

如此，整个包围圈内每天跑过来投降的有四五百人，而且从单个的发展为整班、整排、整连，后来是团长、情报科长也率部过来了。华野总攻之前跑过来的达到一万多人。

邱清泉向杜聿明抱怨："国军政工人员简直就是吃死饭的！共军的宣传攻势比张良吹箫还厉害，搞得我们上下猜疑，惶恐不安，兵无斗志……"

三

傅作义最初判断辽沈战役结束后，东北野战军至少需要三五个月休整才可能入关。便没有打算听从蒋介石的劝告收缩部队准备南下；采取了暂守平津，保住出海口，同时扩充兵力，以观时局变化的方针。一九四八年十一月间，派人在天津、塘沽安排轮船，先分批将原先住在北平、天津的军官家眷南运到上海；再分批将张家口、北平自己的嫡系部队军官家眷以及主要的地方官吏用火车运到天津集中——天津是傅作义认为的大后方，缓急之间又易于登船南逃。

傅作义将他华北剿总所辖中央军、傅系部队共四个兵团十二个军五十五万人，收缩到以及平、津为中心，东起唐山，西至张家口，长达五百公里的铁路沿线，摆成一字长蛇阵；将其嫡系部队摆放在平绥路的北平至张家口段，将中央系统部队摆放在北平及其以东地区。这个一字长蛇阵的蛇头在唐山、天津，蛇腹在北平，蛇尾在宣化、张家口。

毛泽东向中共中央军委副主席兼代总参谋长周恩来指出，傅作义摆出这么一个长蛇阵的意图很明显，打得赢就打，打不赢就逃。或者以天津为跳板，让中央军从海上南逃；自己率嫡系人马西窜绥远老巢，保存实力，联合青海马步芳、宁夏马鸿逵，自成格局。目前其要害不在蛇头而在蛇尾。因为平张线是连接平津地区与傅作义老巢的唯一交通线，是傅作义西逃的唯一交通线；而张家口是这一交通线的要冲。我军若能迅速包围张家口，傅作义绝不可能不派兵去救；这个就是兵书所谓"攻其必救"。我们把傅作义嫡系部队向西引，既可在张家口阻其西撤绥远，又使傅作义无法舍其主力而率中央军南逃，从而达到将整个华北剿总五十多万人马吸附在平津地区的目的。

基于这一思考，毛泽东命令华北军区杨成武、李天焕第三兵团放弃久攻不下的归绥，"回师东进，包围张家口"。

此外，杨得志、罗瑞卿第二兵团于十二月一日"集中于易县西北紫荆关地区隐蔽待命"，"准备以五日行程进至涿鹿地区相机作战"；已入关的东野程子华二兵团"数日内在平谷地区集中"，"待杨成武揪住敌军后，迅速超越密云、怀柔、顺义线上之敌"，"向延庆、怀来地区相机作战；冀热察军区部队负责在宣化、怀来之间破坏公路、铁路，阻击张家口、宣化守军南撤和北平守军可能的增加北援兵力。"

这是一箭双雕之举：既扼住了傅作义七寸，又掩护了东北主力隐蔽入关。这已是寒冬季节，塞上的气温常在摄氏零下二十多度；朔风怒号，大雪纷飞，两层棉衣重起穿也难以御寒。就在这样严酷气候笼罩下，华北军区第三兵团的指战员们白天黑夜间道疾进，日行五十多公里；一天只能停下来造饭一次，然后只能吃点炒面粉充饥。光脚涉渡洋河时，炮兵行进慢，在齐腰深的冰水中一站就达一小时，上了岸便被送进野战医院。

抵达张家口外围。杨成武、李天焕不假休息，立刻挥师展开攻击。夺取了沙岭子、怀安，切断了张家口、宣化敌军的联系；二纵占领柴沟堡；六纵占领郭磊庄，形成了对张家口的包围。郭磊庄、柴沟堡位于河北、内蒙古、山西交界处，在张家口以西五十公里，是傅作义一字长蛇阵最西段。解放军对之发起的攻击，标志着平津战役的开始。①

张家口国民党十一兵团司令部作战室内，孙兰峰②急得在屋子里窜来窜去，不知如何是好。他给一〇五军军长袁庆荣下了摧毁共军包围圈、全歼共军的命令后，素有"虎将"之誉的袁庆荣并不争气，费劲周章，左冲右突，非但没有"摧毁"包围圈，反倒是越去撞击，那包围圈越紧密，把他们给牢牢地圈住了。孙兰峰当初是向傅作义跨过海口的，再多的共军也休想拿下张家口，而且教他有来无回。所以一直不好意思向傅作义求援。兵团参谋长的视线被他牵过来牵过去把脑袋都牵晕了，最后不得不提醒他道：

"司令官，现在是'寇深祸亟'，顾不得面子了，赶快向傅先生请求增援吧！"

孙兰峰停住了步子，盯了参谋长一会儿；然后像泄气皮球似的一屁股坐在沙

---

① 二十世纪六十年代以前称平津张战役。
② 十一兵团司令官兼代理察哈尔省政府主席。

发上，挥了一下手说：

"你去办吧！"

傅作义接到电报后，除了埋怨孙兰峰无能外，还有点不安和焦虑。他怎么也没料到共军会远途奔袭张家口而且来得如此之快，显然企图扼住他缓急之间的"回家"之路。他心里感喟道，其志不在小呀！

他稍作踌躇，很快就决定驻北平郊外的三十五军、驻怀来的一〇四军日夜兼程，奔赴张家口；任务是解围、击溃共军。然后班师回朝，仍归驻原防区。

西柏坡获悉郭景云率三十五军出发后，中央军委几位领导都露出了笑脸。

军委副主席、秘书长、代总参谋长周恩来说："三十五军果然被主席'攻其必救'之策给调出来了！这是傅系部队的主力，吃掉了它，等于砍掉了傅作义的一支胳臂，够他痛的！"

"恩来呀，现在还不敢乐观啊！"毛泽东向周恩来笑道。旋即向当时兼任军委秘书在周恩来手下工作的江青说："你尽快给我查查，张家口敌人有多少兵力。"

江青说："杨成武同志出发前，周副主席就叫我查清楚了：总共是一个兵团部，两个军，一个骑兵旅，两个保安团；孙兰峰所辖部队还有驻宣化的两个师、一个保安团。"

毛泽东点了点头。旋又陷入了沉思，喃喃自语道："傅作义是个不算太蠢的人，可得认真对付呀！"

傅作义的确是个不简单的人物，很值得研究。他的来历，此处只说一说他就任华北剿匪总司令以后能够透露其心机的一些趣事吧。

一九四七年的十一月中旬，蒋介石在李宗仁任行辕主任的北平召开军事会议，宣布撤销行辕下属的保定、张垣（张家口）、太原三个绥靖公署；另成立华北剿匪总司令部，由傅作义出任总司令。

傅作义回到张垣，召集少数高级幕僚讨论是否接受这个职务。

参与讨论的人一致主张接受；理由无非是出任华北战区的总司令名气更显赫，距行辕主任仅半步之近。

傅作义又飞到太原征求他早已背叛的老长官阎锡山的意见。

一九三八年傅作义脱离阎锡山体系后，太原曾酝酿过讨伐傅作义大会。直到八年后傅作义才借着去给阎锡山做寿的名义去太原看望老长官，表面上消除了隔阂。对于这次傅作义的升官，阎锡山说："宜生，你一向是有主意的人，此事自己斟酌决定就行了！何必问别人呢？"

一九四七年十二月五日，傅作义在张垣宣布就职；然后飞北平，七日在中山公园中山堂出席李宗仁为他举办的一次集会。

傅作义先到会，在院子里踱步。见到李宗仁来了，立刻按照军人动作跑步过去，立正，敬了个标准的军礼。

察哈尔、绥远两省的政权早就在傅作义控制之下；傅作义要打主意的是河北省主席。因为孙连仲失去保定绥靖公署主任的同时也不能不交出河北省政府主席一职。傅作义必须赶在李宗仁推荐人选之前，迅速推荐一个蒋介石能接受而又能听他傅某人招呼的人来充任。他选中了陈诚信任的楚溪春。这楚溪春乃北洋宿将，陈诚接替熊式辉出掌东北时，邀楚溪春出任沈阳警备司令。傅作义推荐楚溪春，陈诚当然大力支持。于是此事傅作义便如愿以偿了。

平、津两市在李宗仁手中，傅作义暂时不敢置喙；行辕撤销，李宗仁高升为副总统，傅作义以闪电般动作举荐刘瑶章当北平市长，也成了。

另一个难题是山西省。按照蒋介石的原意，华北剿总的指挥范围为河北、山西、热河、察哈尔、绥远五省的国民党部队。傅作义对接近阎锡山的人说："委员长要我连山西也指挥起来，这个很不妥当！我怎么能指挥阎先生呢？"便竭力请求蒋介石把山西划出剿总之外。因此，当太原绥靖公署也须按原计划与保定、张家口两绥署同时撤销时，蒋介石便给阎锡山的军事机关改了个不伦不类的名称："国防部太原指挥部"，阎锡山任主任。

傅作义及其工作班子离开张垣到达北平，选定了"避开闹市区"的复兴门外罗道庄附近的一幢楼房，作为华北剿总的办公地点。这幢楼房以及附近的一片平房建筑群，是日寇侵占北平时期修建的兵营。

华北剿总机关的人员大部分是张垣绥靖公署、保定绥靖公署的干部；不久以后北平行辕撤销，也吸收了这个机关的一部分人员。傅作义对北平行辕和保定绥署的人员一律欢迎，其中包括专业性较强的参谋人员、军医、政工人员。

华北剿总的副总司令有邓宝珊（本职为晋陕绥边区总司令）、陈继承（北平警备司令）、上官云相（原保定绥署副主任）、刘多荃（热河省主席）、宋肯堂（原保定绥署副主任）、冯钦哉（原张垣绥署主任）、吴奇伟（原北平行辕副主任），还有阎锡山驻北平办事处的主官郭宗汾也被傅作义保举为副总司令。这些人只有宋肯堂、郭宗汾真正到职视事，其他几位都是"遥领"而已。

剿总的参谋长为李世杰。傅作义的考虑是，这个李世杰毕业于保定军校五期，又上过蒋介石的陆大将官班，与老资历和新进的军人都有交往，便于沟通人事关系；更重要的是追随自己多年，可以托与心腹大事。

更足以体现傅作义用人之道的是剿总秘书长的人选，他居然举荐了一个与军事、行政都不搭界的人。此人名叫郑道儒，是国民党四大行（央行、中行、交行、农行）驻北平办事处负责人。任用此人，既可见好于四大行背后的大佬宋子文、孔祥熙、陈果夫，又可在经济上拮据时借头寸方便。

大逆辰

最滑稽而又最值得一提的是傅作义这位在老家山西省荣河县（解放后名为临猗县）等几个县拥有一千多公顷良田的大绅粮，居然在剿总下面专设了一个土改工作队，声称要同共产党争夺农民。这是个什么样的土改呢？可以看看他主持制订的《土地改革方案》。这个方案的基本要点是对"不在乡"的地主，应没收其土地。具备这种条件的土地，仅占华北土地总量的万分之一；在乡的地主实行二五减租。这个二五减租并不伤及地主的基本利益，更不是废除地租剥削制度，根本不能叫土改。一九四八年秋天，招收了一批大学毕业生，成立土改工作队，首先在北平南苑展开试点。

这一行动立刻招致不少有"有力人士"的反对。首先是在河北老家良田万顷的国民政府顾问、国民党中央执委李培基就大骂傅作义赤化，威胁将在南京掀起倒傅浪潮。为了安抚这位大地主，傅作义趁他回乡省亲，设盛宴接风。李培基却不领情，在宴会上当着众人指摘傅作义效法共产党搞土改是东施效颦反增其丑。傅作义很能忍气，不置一词，只频频劝酒。另一在北平郊外拥有土地的热河籍政客则勾结北平宪兵司令官，派宪兵抓捕土改工作人员，诬指为共产党。反对的人越来越多，以致蒋介石也不得不致电傅作义，劝其"缓行"。

第三十七章

一

郭景云是个瘦高的陕西大汉。皮肤粗黑，满脸麻子；下半截面孔遍布络腮胡子，虽常常都在剃，却长长短短地从来没剃干净过。此公是傅作义的爱将，被安排担任傅系部队唯一的主力三十五军军长可不是偶然的，乃是在战场上一刀一枪拼杀、敢冒矢石而屡立战功赢得了傅作义的器重，从排长逐级升到了军长而且是主力军的军长的。三十五军前三任军长分别是傅作义、董其武、鲁英麟，清一色的山西人；只有郭景云是陕西人，可见不容易。

郭景云一九四八年一月在就职演说中向部队说："三十五军是常胜军！常胜军的军长是不好当的！你们这些师长、团长、营长、连长、排长都不是好干的差使；前任军长①已经做出了榜样！② 如果你们给我丢了脸，我也只好自杀！"

他牵着爱犬"郭小云"向傅作义辞行时，傅作义笑嘻嘻地指了一下那大狼狗，叫着郭景云的表字说：

"秀山，带着它打仗不方便吧？交给我替你养几天如何？"

郭景云迟疑了一下，拍了拍狗脸，亲昵地说：

"小云，陪总司令玩几天好不好？大（爹）很快就回来接你！"

那狗仿佛能听懂人话，忽然咬住郭景云军服的胸袋不放；后来竟在拖曳中撕下了半片胸袋。郭景云乐得哈哈大笑，又拍拍狗脸，对傅作义说：

"这家伙舍不得我走呢！"

此刻傅作义却笑得很勉强；他心里升起了一缕不祥的预感。禁不住上前握住了郭景云的手，郑重地说：

"秀山，解了围不可追击，马上回来！"

郭景云嘴里回复着"是"，心里却有点纳闷：总司令这是怎么啦，也舍不得我走？

郭景云率领三十五军出发了。

这是一支堪比中央军的全机械化部队。重装备全用大卡车载或拉，步兵也用

---

① 鲁英麟。
② 鲁英麟在涞水战役中战败自杀。

汽车代步；四百多辆汽车沿平绥公路摆放了六公里。中央军主力部队的那些美制榴弹炮、野炮、山炮它也应有尽有。

而当郭景云趾高气扬地抵达张家口区域，向北面的万全方向进攻时，解放军却虚晃一枪，从容撤离了。郭景云是企图先撕破对张家口的包围圈，再说下文。

宁远堡守军向他求援，称共军攻打甚急。

郭景云又挥师扑去。解放军又虚晃一枪，主动撤离，向南而去。

原来，这是毛泽东的猫玩老鼠之计。

早在华北军区杨成武、李天焕三兵团从绥东出发之前，就收到了毛泽东电令："你们的任务是必须包围几部敌人……不重在歼灭，而重在包围，至要！"

接下来，郭景云探得华北军区三兵团指挥部驻在孔家庄，便兴致勃勃地派两个步兵师、一个骑兵旅向孔家庄方向气势汹汹地扑去。从早晨开始进攻，激战了七八个小时，付出了两千多人的伤亡，也未将此处解放军防线撞破。

郭景云驰援张家口一周，一份急电送到傅作义案头。

电文大意为：北平北面八十公里的密云县城，突然遭到共军大部队袭击；十三军之一五五师不支，阵亡六千多人后，败下阵来。后查实，这股共军一律头戴厚实的狗皮帽子，身穿簇新的大棉衣，脚上是皮套棉鞋，不可能是华北共军。

旋即，收到情报部门电报，才知道东北野战军先遣兵团即程子华、黄志勇率领的东野第二兵团秘密入关了。

对于傅作义来说，密云丢失，北平失去了一面屏障固然危险，最可怕的还不是这个，而是林彪的百万大军拔寨行动了。

傅作义陷入惶恐不安中。

参谋长提醒他，赶紧调三十五军回来拱卫北平；张家口丢就丢了吧，不能将兵力糜费在那里。

傅作义决定亲自飞到张家口，安排善后。

一九四八年十一月二十三日，在中国共产党中央军事委员会严令下，东野主力十二个步兵纵队、炮兵纵队、特种兵（坦克）纵队近百万人，分别从锦州、沈阳、营口向冀东开进；一色的狗皮帽子、簇新的棉军服，各式苏制、仿苏制、美制武器，后面二十万民工跟进，三千辆大道奇（美制）、吉尔（苏制）卡车，八千辆大车及十四万匹牲口，随军出发。美国记者路易斯·斯特朗发表的随军采访记写道：

"他们一跨入河北平原就有当地农民的成千辆大车迎接他们并随后跟着大军载运粮食和饲料；冀东一个县有五万农民冒着风雪，只用三十六小时就修复了一百八十英里的公路。"

十一月三十日，林彪、罗荣桓、刘亚楼率东野指挥机关在沈阳登上火车踏上入关的道路；在锦州，林、罗、刘三巨头换乘吉普车，取道义县、朝阳、平泉、承德从喜峰口入关，到达遵化、蓟县一带。

蓟县的孟家楼距县城十公里，距平、津、塘三大城市各九十公里，是一个比较适合作战指挥的中间地带。刘亚楼请准了林、罗首长，将野司选驻这里。村里一户豪族地主早就逃亡了，其大院就成了野司的前线指挥部。

林彪连气也不喘，瞅了一眼刚挂到墙上的大地图问刘亚楼道：

"各纵今天到了什么位置？"

"五纵已到这里——蓟县，距我们十一公里；三纵到了丰润；十纵到了迁安；九纵到达建昌营；六纵已经入喜峰口；特纵到了绥中；七纵到了锦州；一纵、二纵、十二纵分别到达朝阳、黑山、新民。"

林彪沉吟片刻，拿过刘亚楼手里的指示杆，向地图上指点着说：

"随后跟进的几个纵队不必再绕行冷口，可以取捷径出山海关，争取时间，直插天津、塘沽，及早阻断傅作义的海上通道！"

说罢瞧了瞧罗荣桓。罗荣桓点了点头表示同意。

刘亚楼用顾虑的目光瞧着两位首长，提醒道："军委要求我们隐蔽'企图'，秘密入关！这样做会不会……"

林彪说："山海关以北及平泉到遵化的路上，人烟稀少，连日来我们这么多部队络绎不绝南下，敌人飞机不断飞来飞去；程子华兵团也在敌前展开了，哪里还有什么秘密可言！"

罗荣桓点头说："现在的要害已不再是隐蔽；而是争取以最快的速度入关，封死傅作义东逃之路！我们向军委报告一下就行了。"

傅作义飞到张家口后，立即召集相关将领开会。

他丝毫也不提及林彪部队有大军入关迹象的事情；却装出满面春风的样子，坐在那里侃侃而谈。

他的两边坐着这么一些人：第九兵团司令官孙兰峰，一〇五军军长袁庆云、三十五军军长郭景云，察哈尔省保安部队副总司令兼张垣（张家口）警备司令靳书科，一〇一师师长冯梓，二六七师师长温汉民，二五一师师长韩天春，二五八师师长张惠源，二五九师师长郭跻堂，二一〇师师长李思温，整编骑五旅旅长卫景林，整编骑十一旅旅长胡逢泰。

傅作义说："虽然目前军情紧急，我看也没什么大不了的；我们总兵力有五十五万之众，美械装备达三分之一以上。只要我们运筹恰当、指挥得力、将士用命，别说聂荣臻那区区四十万人，就是林彪来了，也奈何不了我们！大家看看在座的诸位，每个人都红光满面，哪里是外间报纸所说的'灰头土脸'呢？"

"红光满面"的郭景云及其三十五军在"驱逐"共军过程中没遇上敌手之后，进得城来，高级军官们一个个"红光满面"地忙着与地方政要和土劣应酬；中下级军官则在大街小巷闲逛，遇上酒馆就进去痛饮饱餐一顿。这两天快活的日子让三十五军上上下下从精神到肉体都亚似神仙，难怪傅作义要赞赏地说他们"红光满面"。

这个会议开到最后，傅作义自己也"红光满面"地用快活的语调宣布，暂时放弃张家口，所有部队都退到平津周围去。

平津可是个快活之地呀，不是张家口可以比拟的；将领们一听，更加乐不可支"红光满面"了。至于为什么要放弃张家口，他们也懒得去多想，反正有傅先生掌舵，错不了。

傅作义要求将领们暂时对部队保密，做好一切准备后再宣布。

他还说要在张家口来一次"荣誉交代撤退"。

他想了想，说："古今中外，当大军撤离某座城市时，将一切可能为敌所用的物资和设施破坏掉，这当然符合一般的战争行为；但是，我们不这样干。你们要指派专人将武器、弹药、粮秣、服装等一切物资作一次认真清点，撤退时尽量带走；不能带走的物资、电厂、医院要一律造具清册，储存物资的库房须上锁加封，让不愿跟我们走的当地干部替我们作一次'荣誉交代'。"

孙兰峰听罢，仍感到一头云雾。事后也只好照他的指示去安排"荣誉交代"。

后来率部进入张家口的杨成武却对这个"荣誉交代"颇表理解地笑了，这是傅作义在为自己预留后路啊。

张家口一带的傅军、特别是傅作义唯一的主力和心尖上的肉——三十五军要撤往北平，引起了毛泽东的高度重视。他亲自起草的电报一封又一封地飞到杨成武、李天焕的手里。他向这两员追随他多年的大将指出，"傅作义此举是要丢卒保车"，即宁肯失去张家口，也要使郭景云部平安退保北平；对我们来说，这也是要害。如果三十五军退守北平，将影响我们开展平津战役的全盘计划。所以你们"不可不察也"！

对于郭景云来说，西线实在是太危险，回北平靠拢大军（中央军）是他求之不得的事。因而他手足特别麻利，督促各师火速集结，准备动身。

张家口有一个武器修械所，郭景云不愿留给共军，命令将机器拆卸分解，全部装上卡车；仓库里堆积如山的一袋袋面粉也尽量多装车。镇守怀来的一〇四军军长安春山求他让出几十辆卡车把一〇四军所属二五八师运走，他坚决不干，致使该师滞留此地未能及时东撤。安春山怀恨在心。

郭景云部队乱哄哄挤上汽车，离开张家口向东疾驰。

军委和毛泽东一再向华北三兵团指出郭景云三十五军将撤回北平,强调这是对我全盘部署最具破坏性的一着棋,所以必须重视。

然而杨成武居然"忽略"了最高统帅的提醒,自行做出了一个判断:张家口敌人在发现东野先遣兵团,华北军区杨得志、罗瑞卿二兵团向平张线运动之后,则向西逃的可能性增大而并非东逃北平。

我们明白,作为作战的主将,"知彼"包含一个重要内容就是要了解对方主帅的人格与思维轨迹;然则就不会不懂傅作义无论如何要将三十五军回撤北平是基于什么动机了。

依据自己的判断,杨成武决定以防止张家口守敌西逃为重点,在张家口以西部署了两个纵队;在东南地区只摆放了一个纵队"以防万一",亦未重视阻断张家口、宣化两地敌人之间的联系。

而"以防万一"放置在张家口以东的第一纵队却又奉杨成武之命,临战之际犯了另一个致命的错误:张家口、宣化守敌为打通张、宣交通以利于三十五军东撤北平,向沙岭子阵地发起两面夹攻。防守沙岭子阵地的一纵第一旅顽强阻击,多次打退敌人;终因兵力太小,连续三天的战斗,伤亡很大。请准了杨成武之后,决定放弃沙岭子阵地;留一个旅在张、宣线东侧的西望山"监视",将一纵主力撤至张、宣西侧的洋河两岸。这就等于给郭景云让出了通道,任其向北平逃窜。尽管有少数的地方部队仍在那里,但工事粗糙,部队配置不可能有纵深。以致郭景云过来后一撞就破;三十五军大摇大摆地越过沙岭子,向新保安开去。

毛泽东获悉杨成武自以为是地违令做了上述系列蠢事以后,十分生气,十分着急。立刻以军委名义致电杨成武、李天焕(并抄发华北二兵团杨得志、罗瑞卿、耿飚,东野先遣兵团程子华、黄志勇,以及林彪、罗荣桓、刘亚楼)。电文摘要如次:

> 我们多次给你们①电令,务必巩固地隔断张、宣两处,使两处之敌不能会合在一起。如果一纵不够,应将二纵一部加上去。何以你们置若罔闻?你们务必要明白,只要宣化敌四个师不能到张家口会合,则张家口之敌无法西逃;如果你们放任宣化敌到张家口会合,则不但张家口集敌九个步兵师和三个骑兵旅,尔后难以歼击,而且有随时集中一起西逃的危险。只要看敌人连日打通张、宣联系之努力,就可知敌人孤立两处之不利;而这种孤立对于我们则极为有利。因为我们可以先歼灭宣化四个师,再歼灭张家口五个步兵师三个骑兵旅。因此,你们必须坚持执行我们历次电令:一纵确保沙岭子、八

---

① 指杨成武及其兵团部。

里庄一带阵地，必要时将二纵一部或全部加上去；待杨（得志）、罗、耿到达再另行调整部署。不可违误！

为了尽快弥补杨成武的错乱造成的空隙，毛泽东把希望的目光投向了杨得志、罗瑞卿、耿飚的华北军区二兵团，一天之内就发给他们三份电报。现分别将三电摘要如次：

估计（敌人）暂（编）三军尚在怀来及其以东地区。我杨、罗、耿应以最快手段攻占下花园一线，隔断暂三军与张、宣敌之联系。（十二月四日凌晨二时）

毛泽东在以上这份电报里解释，只要切断北平、怀来之敌和张家口、宣化之敌的联系，张、宣地区之敌就逃不掉。

杨、罗、耿务以迅速行动，以主力包围宣化、下花园两处之敌，并相机歼灭；先歼灭下花园之敌。以主力一部隔断怀来、下花园之联系，切实阻止怀来及其以东之敌向西增援。（十二月四日午后四时）

杨、罗、耿务于明（日）用全力控制宣化（不含）、怀来（不含）一段，立即动手构筑向东西方向的坚固阻击工事，务使张家口之敌不能后退，这是最重要的任务。（十二月四日九时）

在夜晚九时电的最后，毛泽东还关切地询问："杨、罗、耿明（五）日是否能到宣（化）、怀（来）线？"

杨、罗、耿率领华北野战军二兵团在崎岖难行的太行山里穿行；山路陡险，朔风怒号，雪片如席，战士们却大汗淋漓湿透了棉衣，小跑疾进。一天一夜急行军，兵团司令部抵达大洋河南岸。

杨得志下令稍事休息。架设电台给冀热军区部队和本兵团十二旅发电，教他们"围住沙城（即怀来）、土木堡，等候主力到达"。

这时，他们收到军委抄发来的致三兵团杨成武、李天焕的电报，感觉到了毛主席的焦虑和对二兵团的期望：尽快到达平绥线，以切实阻断敌郭景云三十五军逃路。

杨得志下令渡河。

战士们毫不踌躇就跳下河去。河水及胸，浮面上一层薄冰。随着冰层被火热的身体撞破的声音，干部、战士互相牵扶，陆续涉了过去。

刚上岸，立刻边整队便跑步前进。

无论是解放军还是郭景云的三十五军，都在争分夺秒地前进；时间，意味着胜败。

郭景云三十五军由于杨成武的失误，东逃之路异常顺畅；已然越过了宣化，直奔新保安而去。

西柏坡的作战室内，毛泽东大发脾气，说杨成武真是"无法无天"。他向一旁的周恩来咆哮道：

"恩来呀，这个杨成武究竟怎么回事？我们几次给他们的电令上明明清清楚楚明确了要对张、宣之敌实行隔断，还强调了'不可违误'；可他就是不听！这个杨成武呀，真是个莫名其妙的犟牛！"

"主席，要不，我们再给他发一份电，口气再严厉一些！"

"好，再发一电！"

"我来起草吧？"

"不，恩来，还是我来吧！"

毛泽东坐下，提笔，略作思索，决定同一电报发三支部队。这是十二月七日了。

> 杨（成武）、李（天焕）过去违背军委多次清楚明确的命令，擅自放弃隔断张、宣联系的任务，放任三十五军东逃是极端错误的。今后杨、李任务是包围张家口之敌，务必不使该敌向西、东或绕道跑掉；如果逃跑，则坚决全歼之。杨、李严令所部负此完全责任，不得违误。现敌三十五军和宣化敌一部正向东逃跑。杨（得志）、罗（瑞卿）、耿（飚）应遵军委多次电令，阻止敌人东逃；如果该敌由下花园、新保安向东逃掉，则由杨、罗、耿负责。军委早已命令杨、罗、耿应以迅速行动，于五日到达宣化、怀来之间铁路线，隔断宣、怀两敌联系，此项命令也是清楚明确的。杨、罗、耿所部即便五日不能到达，六日上午也应该可以到达。三十五军于六日十三时由张家口附近东逃，只要杨、罗、耿六日上午全部或大部到达宣、怀段铁路线，该敌也跑不掉。（东野先遣兵团）程（子华）、黄（志勇）应令所部迅速到达并占领怀来、八达岭一线，隔断敌人东西联系，并相机歼灭该段敌人。

华北三兵团司令员杨成武、副政委李天焕承担了责任，向军委呈交了检讨书并请求给予处分。

哥俩明白此后再不能自作主张了。旋即对各部下达了死命令：不准敌人突围；从哪里突围，哪里的主要军政干部负责。各部队须加修工事，查缺补漏，不准有豆腐渣工程。

一纵奉命将功补过，攻占了沙岭子周围的村庄和庙鬼山阵地，避免了张家口残敌循着已跑脱的三十五军之路再跑脱。

同一天，郭景云三十五军东逃的车队出宣化不远便遭到二兵团四纵政委王昭率领的第十二旅阻击，不得不下车攻击前进；行至下花园时，再次遭到阻击，只好又下车作战。结果被阻止在新保安以西的鸡鸣驿。

杨、罗、耿找了一个略避风雪的地方，传阅军委的来电。三人的目光久久凝视着一行字："希望杨、罗、耿能于六日夜或七日早在下花园、新保安线上抓住三十五军及一〇四军主力。"

他们知道，现在是六日清晨，而兵团的大部还在平、张线和大洋河以南，只有四纵政委王昭率一个旅在新保安附近阻击，时间刻不容缓；也震慑于主席对杨成武、李天焕的严厉申斥。

二

一位参谋跑步过来向耿飚参谋长报告："郭景云三十五军已经越过下花园，正在窜向新保安！"

耿飚大惊，立刻跑去向杨得志、罗瑞卿报告："司令员、政委，情况紧急！郭景云越过下花园，直奔新保安了！"

杨得志问道："两地距离多少里？"

耿飚回答道："十五公里！"

杨得志目瞪口呆，旋又与罗瑞卿相觑无言。沉默了半晌，罗瑞卿问道："下花园和新保安之间那个鸡鸣驿离下花园多远？"

"十公里。"耿飚说，"鸡鸣驿有詹大南的三个团，可以抵挡一阵；可是，众寡悬殊呀！"

杨得志说："给王昭发电报，十二旅无论如何也要堵住敌军，坚持到大部队赶到！"

五十公里、十公里对郭景云的十轮大卡车算不了什么，一旦三十五军闯过新保安，形势将疾速逆转！三十五军不仅更容易东逃了；怀来的一〇四军主力亦可把手伸向郭景云。他们会合在一起，再歼灭他们就十分艰难了。北边的东野和南边的华野都战功赫赫；我们华北野战军早已落后，难道还要继续落后吗？心里急啊！

杨得志说:"不要再发呆了,我们三个分头回去催促部队加速前进,跑死也要快速追上去!"

三十五军一路上遭到共军地方部队阻击,打打停停,到鸡鸣驿时已经傍晚。

郭景云命令就地宿营。

地方太小,直到二十一时部队才全部进入宿营地。

全军官兵安然入睡,正做着回北平的美梦。

郭景云却无法下榻。接连有侦查小分队向他禀报敌情:

"从鸡鸣驿以北山上下来的共军很多,分别在公路以北和山上构筑工事!"

"从下花园南边窜来的共军部队不少,在公路附近构筑工事!"

"鸡鸣驿四周,共军正在云集大军!"

郭景云大惊失色,赶紧派人去叫醒全部师长、团长们,来军部开会。

他征求大家意见,可否乘共军构筑阵地尚未完成,部队也尚未全部到位,今晚就冲过去?

大家累了一整天,都不想马上走,纷纷反对;理由是共军不可能太多,此前途中遭遇战多为土共。今晚养好精神,明早一下就冲过去了。

郭景云自己也很困,觉得大家言之有理,点头同意。指示明早以二六七师为前锋,来他个拂晓突击;大部队随后跟进。

郭景云就这样失去了解放军华北部队完成合围前突围的最佳时机。

华北军区二兵团四纵政委王昭是一位智勇双全的骁将,著名的八路军"平山团"创建人;河北平山县人,十五岁就参加了革命;这位穷苦农民遗下的孤儿,逐渐被共产党培养成有文化、有理论、有正确的革命理想的高级干部,三十岁不到就成为纵队政委了。

王昭率领的十二旅,趁敌我混乱的间隙,玩了个小花招,他将一个团全部换为国民党军服,大摇大摆开赴新保安。

一〇四军军长安春山的警卫团在镇守这座城。哨兵在城楼上问道:

"弟兄,你们是哪一部分的?"

"三十五军前卫团!"

城门一打开,解放军蜂拥而入。不到半个小时就解决了战斗,击毙数百敌人,俘虏三百多人,其余趁乱逃逸。

占领了新保安,切断了郭景云归路。

王昭命袭占新保安的这个团镇守城池,他自己率另两个团,迎着郭景云大部队开来的方向前进。

郭景云三十五军正准备离开鸡鸣驿时,忽闻前边传来激烈的枪声。郭景云惶惑不安,难道前卫部队刚出发就遇上了共军?

原来,王昭率十二旅两个团和一个营的地方武装赶到这里,向兵力大于他们十倍的三十五军挑战了。

三十五军二六七师闹不清冲杀过来的共军究竟有多少,在混乱中仓促还击。战斗持续了十个小时。前卫部队二六七师前进不了,三十五军大部队也只能屯驻后面等待。

郭景云几次电询:"道路打通了吗?"

二六七师师长温汉民每次都回答:"我师健儿正英勇激战中。"

中午十二时,没有打通道路;十四时,枪炮声仍很激烈。

傅作义派了六架飞机来助战,郭景云也增派了两个团协助温汉民。

王昭感到须见好就收,不能继续在此硬碰硬了。十五时便率部脱离敌人,退往新保安。意图是利用坚城阻击敌人。

郭景云好不容易打通了去新保安的道路,率三十五军涌到了新保安城外。正欲攻打,却发现是一座空城。怎么回事呢?他们满腹狐疑地一步三窥进了县城。

原来,王昭得到了刚成立的平津战役总前委①命令,解放军大部队已经到达战场,正在完成对新保安的战役合围,十二旅可以撤离新保安城垣,向东退却十公里,在西八里、东八里两个村庄间构筑工事。

王昭率部退却时,动员老百姓沿途破坏了从西八里到东八里的公路;然后从西八里开始,构筑了纵深八公里的三道阻击阵地,准备在这里逐次迟滞敌人的推进。

郭景云在新保安城内获悉前面公路被破坏了,十分焦急。其时太阳已经落山,夜晚行军对他们十分不利。

副军长王雷震认为新保安地幅狭窄,不利于机械化部队作战,不宜久留,主张赶快离开;可以经沙城(小怀来)以南向怀来行进。他说:

"上路虽然破坏了;下路还可以慢慢地过汽车,问题不大!如果马上出发,两个小时就能越过怀来;即使走不出去,也应该抓紧抢占有利地域,以便应变!"

"些许土共骚扰而已,哪有你说的那么严重啊!放心睡你的觉去吧!再说,夜间行动更危险,土共最擅长的就是夜间伏击!"

王昭率第十二旅以及地方武装的层层阻击,加上郭景云的骄傲自大,为华北二兵团合围新保安争取到了时间。

华北军区二兵团四纵司令员曾思玉率本纵队三万人对新保安形成了包围态势;

詹大南率冀热察军区部队一万人在土木堡、沙城一线阻击增援之敌;

程子华率东野先遣兵团向平谷、怀来铁路线靠近;

---

① 林彪任书记,聂荣臻、罗荣桓任委员。

华北军区二兵团三纵司令员郑维山率本纵队两万人也顶风冒雪赶来，正在靠近新保安。

郭景云在睡梦中就已经被团团围困了。

据说当晚他的"郭小云"在傅作义的院子里彻夜狂吠不止。

接下来一连两天，郭景云多次率部突围，都以失败告终。

这时的郭景云，自信心已经荡然，开始惶恐起来。

北京的傅作义比郭景云更加焦急；三十五军是他起家部队，干部多为他的忠臣良将，全机械化装备，四百多辆大道奇十轮大卡车，美制榴弹炮，无论如何也不能舍弃。他下令驻怀来的一〇四军和十六军迅速西援，救出三十五军；任命一〇四军军长安春山为西部地区总指挥，统一指挥一〇四军、十六军以及被围的三十五军行动；又令张家口的一〇五军向下花园、新保安方向攻击，策应三十五军突围。

安春山接到命令，意识到此次行动凶多吉少！闹不好也会把自己搭进去；况且郭景云那厮是个自大狂，恁不仗义；但又觉得临危受命，傅先生如此信任，自己也不能畏缩推拒。就在这样的矛盾心境下，决定派副军长王子法率本军的二五〇师、二六九师向新保安进发；自己相机率军直属团跟进。

十二月八日，副军长王子法率领一〇四军进至土木堡地区，遭到有力阻击。

在这里设防的是詹大南冀热察军区独立第七师。

王子法不敢在此久战，待夜幕落下时绕道新保安的东南方向前进。不料又被华北军区三纵给堵了回去。

九日黎明，王子法集中了四个团兵力，在十架飞机掩护下，向新保安方向攻击前进。

华北军区热河军区（二级军区）独立骑兵旅主动向他们发起冲击；杀伤大量敌人后，终因兵力对比悬殊，只好且战且退。

王子法进占马圈子；此地距新保安仅四公里。

安春山在怀来用无线电通知郭景云，马圈子已占领："无论如何也要抓住这千载难逢的良机，果断向马圈子方向突围。"

而郭景云却坚持要一〇四军打到城垣附近，接应他的部队。

安春山解释他的部队每前进一步都极艰难，必须要三十五军出城向马圈子方向突围。

争吵了半晌，郭景云大骂道："安春山你这个混蛋，回到北平我定要向傅先生指控你！"

两人争吵不休之际，东野四纵靠了过来，将开到康庄准备进军新保安的十六军前卫部队歼灭；然后占领了康庄、盆道、青龙桥，重重包围了一〇四军。

王子法察觉遭到了包围，意识到自顾不暇，不能去援救郭景云了。十二月十日十六时向南边突围，逃出了包围圈。

程子华先遣兵团的四纵、十一纵咬住不放，紧追不舍。

当天二十三时，四纵、十一纵将一〇四军的二十七师后卫部队抓住；同时派穿插部队打入一〇四军军部，粉碎其指挥系统。旋即，失去首脑机关的一〇四军之二十七师官兵满山乱跑，溃不成军。

次日上午，在横岭、白杨城地区，一〇四军大部被歼。

如此，平绥线被彻底切断。

郭景云西援无兵，东突不能，三十五军陷入了绝境。

突围几次失败，郭景云骄狂之气荡然，随之而来的是惶恐与慌乱。迭电傅作义请示之后，接到傅作义复电，命他抛弃一切辎重，"轻装撤退"。

于是他立刻把迫击炮、一〇五榴弹炮、汽车全部炸毁，无法带走的文件也就地烧毁。然后邪恶地笑了，心里说：我可不会搞什么虚头巴脑的"荣誉移交"，给他们一座空城就够仗义了，我操他妈。

不料傅作义的电报又来了，说"突围不易，应该固守待援"。并许诺将空投粮、弹。

郭景云首先后悔不该把重装备给毁了；火炮没有了，怎么固守呢？继而对傅作义的命令十分不解：一会儿叫撤，一会儿叫守，傅先生这是搞什么名堂呢？困惑归困惑，命令是要执行的，他吩咐马上加修工事。

他对固守倒是颇有信心。除了对自己部队的战斗力坚信不疑之外，新保安本身城高池深，现在再予以加固工事，定是个易守难攻之地。

这座古城位于下花园与沙城（怀来）之间的铁路线上，南临大洋河，北靠八宝山，前有张家口，后有京畿，为历朝历代兵家所必争。城区面积虽仅只一平方公里；而城墙异常坚固，表层全部由大青砖砌成，内部夯筑厚厚的土层，城高九米，顶宽三米。郭景云在原有军事设施基础上，加筑了不少工事，以集结和加大火力配备。

新保安的护城河宽可一丈、深可八尺；有东、西、南三座城门；明朝初年为防异族入侵，有意不置北门。城内主要街道为两条，一为东西走向，一为南北走向，在城中心交叉；这个交叉部有一座钟楼，是全城的制高点，上面一块由明代大将戚继光题写的匾额，文曰"燕北锁钥"。钟楼大院内就是郭景云的司令部。

增修工事完竣后，郭景云的心绪又好起来了。他坚信凭借如此坚固的壁垒，以及他钢铁"喂大"的部队，守一个月也不在话下；何况傅先生平津地区那么多机械化程度很高的中央军部队，还不朝发而夕可至了吗？

傅作义给他运送补给的飞机也来了，大量的食品、弹药、医药，应有尽有。可是，飞行员的技术太差，也许还因为新保安实在太小，绝大部分投送到城外去了。郭景云气得操这个操那个，就只没操他自己的娘了。

他命令部队把城内百姓家的粮食尽数搜罗出来；为了不担抢劫之名，强行将那些早就贬值得没了底线的金圆券塞给老百姓。

飞机投送给养的时候，解放军包围圈已缩小，兵薄城下了；所以傅作义的物资全部给了解放军。

塞外的严冬十分可怕，朔风如刀，雪花如镝，不仅脸上难耐，还穿透大棉衣直刺肌肤。解放军在城外抢修工事，困难重重；地皮冻死了，一镐下去啄不了个鸡蛋大的坑。战士们想尽了各种办法，用火烤，换更重的锹，凭借苦干，硬是把一道道战壕挖出来了。大家吃住都在旷野里（一捧炒面，一捧雪而已），硬是把若干条交通壕挖到了城墙底下。城上敌人瞧着也只能干瞪眼，无可奈何。他们也曾开枪开炮进行干扰，却遭到了解放军加倍还击，后来就不敢主动惹事了。装炸药用的几百具新棺材，登城用的云梯，炸药架，程子华带来的火箭筒，都大堆大堆地码在那里了。在新保安周围十五公里的阵线上，解放军指战员干得热火朝天；大家跃跃欲试，只待总前委发来攻城的电令了。

但是，毛泽东却发来了电令，指示总前委林、罗、聂，对新保安暂时"围而不打"，"目前全力防敌突围，大约十天以后方能攻歼该敌。你们预先做好攻击准备是很好的，但不要实行攻击"。

毛泽东此举与命令粟裕对陈官庄围而不打的目的是一致的，即抑留傅作义集团。他的考虑是，若过早吃掉郭景云部，傅作义见自己私家武装唯一的主力失去了，失望之余必会率残部跟随中央军撤到中原或江南；我们暂时留下郭景云，让傅作义有个盼头，待在平津思考救郭景云的办法；待东野完成了对平、津、塘的分割，切断了海上逃路之后，再来收拾郭景云。

三

在华北风声鹤唳、中原危如累卵的情况下，金圆券贬值势如倾泻瀑布般一发而不可收。翁文灏主持的行政院受到各方责难日甚一日，翁本人也一再上书表示辞职。蒋介石殷勤挽留之际，同时也在物色替换人选。

大约在一九四八年十二月中旬的一天，蒋经国奉父命去上海拜访孙科。

孙科对"当今"太子突然造访颇有些诧异，延请入座之际不断猜度此为何来？两人是从来没有来往的，所以肯定是"公访"而绝不会是"私晤"。然则是什么样的公事，蒋介石要派这位比亲信、心腹尤胜一等之亲的人来说项？一向蠢乎乎的孙太子根本猜不透。

蒋经国对这次访孙，揣度难度定不会小；第一难度就是称呼。从父亲蒋介石那一辈来说，是孙中山的部下加徒弟，自己就应尊孙科为叔父；而以孙科继母宋庆龄的嫡亲姐妹关系而言，蒋介石又被抬到了与孙中山是连襟的高位，那么自己应该称孙科为哲生兄了。他在火车上想了一路，委决不下；直到进了孙公馆的客厅，才决定以中性的称谓来他个"不了了之"。

孙科大模大样地斜靠在长沙发上，跷起二郎腿，吸着硕大的吕宋雪茄。乜视蒋经国，问道：

"经国，不会只是来看我的吧？"

蒋经国是不吸烟的，只端起茶杯略碰了一下嘴唇，就放下了。说：

"哲生先生，这么久才来拜望，实在太失礼了！"

"不用客气，说吧，什么事？"

蒋经国笑了。伸手又摸了摸茶杯，似乎马上省悟到刚刚才放下，就又缩回了手。虚咳了一下，说：

"先生还是这么坦诚！唔，是这样的，翁院长最近遭到朝野指摘很多；翁院长自己也说才疏学浅不堪大位，有辞意！家父希望先生能毅然出山，担此重任，遣我来奉问一下尊意。"

孙科心里跳了一下，副总统没做成他并不沮丧，入阁拜相手握实权、独当一面倒是他一向希冀的。这不是送上门来了么？但马上又联想到了时局；当下的华北、中原两大战场岌岌可危；党国内部也危机重重，首先是金圆券成了废纸，财政下滑如脱缰野马，这个时候的行政院长不好当呀。旋又再转念一想，大局有老蒋撑着，我怕什么呢？

"这个……恐怕不才我，也是难堪重任吧？"他觉得架子是必须端一端的。

"先生过谦了！先生才、学、识、望四者兼备，力挽狂澜者舍先生其谁呢？"

"经国过奖，过奖……"

"国难当头，先生就不必推辞了吧？"

"我近年来闲云野鹤惯了，忽然要在肩上压一副担子，而且是沉重的担子，心里没底呀！容我考虑一下如何？"

孙科言谈之间的一笑一颦，蒋经国十分关注；他看出自己已然不辱使命。便满意地微微一笑，再奉承了孙科几句，然后起身告辞，打道回府了。

蒋经国回到南京向蒋介石禀报了与孙科谈话的经过；蒋介石微笑点头，说哲生已经同意了。过几天待他来了，问问他有什么要求吧。

不料次日中午孙科就进京了；而且没有回自家的南京公馆，直接到总统官邸陛见。

蒋介石十分客气地招待他；问他有什么要求，尽管提出来。

孙科说，出长行政院他可以干；但必须支持他组织一个"巨头内阁"。

蒋介石对这个词颇困惑，呆了一呆，问道：

"哲生兄，你这个……这个什么'巨头内阁'是个什么东西？能不能讲得明白一些呢？"

"总统，这也没什么深奥的，也就是邀请几位强有力人物入阁，担任各部部长或者副院长；目的是更为有效地力挽当下已然倾倒的狂澜！"

蒋介石啊了一声，点点头，连称有道理、有道理。沉吟了一下，又问道：

"你需要哪些人呢？"

"张治中、张群、陈立夫、吴铁城、邵力子！"孙科随口就说出了一串名字。然后略一沉吟，强调道："也不一定都招齐，但张治中是非来不可的！"

蒋介石唔了一声，点点头。沉吟一下，说：

"哲生，我原则上没意见；但是容我考虑一下如何？"

"好的，总统。"

既然孙科的首选是张治中，蒋介石便急召张治中来南京"对策"。

"文白，你对现在的局势有什么看法？"蒋介石一开始就这样问道。

"局势糜烂，让人忧虑啊！总统，这个仗是决不可再打下去了！"

"不打……又怎么办呢？"

"我觉得，可以由总统来倡导和平！"张治中热切地对蒋介石说。然后，从军事、经济、民心、外交几方面加以分析，也暗示了不能不响应共方提出的谈和的先决条件（意为蒋介石下野）；指出不恢复和谈是根本不能走出困境的。

蒋介石对张治中的"分析颇为动容"（张治中回忆录中语），倾听间点了几下头予以肯定。听完后沉默半响，长叹一声，感慨系之，说：

"文白呀，现在还不能讲和。照共产党的要求，和谈的首要条件是蒋某人下野。目前我是不能下野的！文白，我决不是恋栈，有些情况你不大了解，我一旦下野，军队非出乱子不可！"

张治中默然。过了一会儿，喟叹道：

"现在如果不谈和……"

蒋介石打断他的话，赶紧切入正题，说：

"这次请你来，主要是商量另一个问题……"

"总统请吩咐！"

"不，不是吩咐，确实是商量；因为必须要自愿，不能有丝毫勉强！"

"好的，总统。"

"翁文灏不能干了；这个人太缺乏能力，一切都搞得一塌糊涂！"蒋介石说着，用审视的目光看了看张治中。"你来担任行政院长好不好？"

张治中愣了一下。马上意识到接手这个烂摊子是十分犯险的，说："总统，这个事我干不了！我管一个地方都吃力了，遑论主持全国的行政！"

"那么可不可以让孙科来干，你帮帮他的忙，出任副院长兼国防部长？"

张治中心里寻思，"总觉得军事形势太坏，局面太急；孙科既已反苏在先（意为孙科反苏反共的真面目早已暴露无遗），此时绝不可能发生什么作用了"（张治中回忆录中语），所以还是拒绝出任实职，只同意挂个政务委员虚衔从旁协助孙科。

后来孙科组阁的时候，蒋介石也对他交代过："内阁组成后，由你们去研究，如果大家认为一定要谈和的话，我也不是不可以考虑的！"

自从与张治中谈话以后，随着战场上的多米诺骨牌式战败，蒋介石对张治中的意见也进行了几次认真思考。要和谈，自己就不能不照中共要求下野；自己下野之后就得照宪法规定由副总统继任或代理。

是暂时避让由李宗仁代理，以便一方面和谈，一方面请求美援或由张群去日本招募雇佣兵；还是照原计划把李宗仁杀掉再说？蒋介石迟迟难以拿定主意。

在这么一段时期，毛人凤天天去见蒋介石；从官邸出来，每次都要去叮嘱沈醉，随时做好下手准备，不许离开，只待总统点头，不论是白天黑夜都要立即执行。届时如果李宗仁没出门，就直接闯入公馆去动手。

毛人凤又叫在南京电灯公司的军统潜伏人员，届时协助行刺：假借检修变压器，在围墙外站在变压器上用手提式机枪扫射，以确保成功。

无论是闯入公馆行刺还是站在围墙外变压器上扫射，所有的子弹弹头要涂上最猛烈的毒药，以收见血封喉之效。

同时又组织了另外几拨人，准备在杀死李宗仁后，将在南京的所有桂系头目都干掉，其中包括参总次长刘斐。

后来，蒋介石为了他的缓兵之计呼吁和谈，不得不准备下野时，便命毛人凤取消了行刺计划。

毛人凤去告诉沈醉，结束工作，所有人员交保密局人事处另行安置；只让沈醉把吴德厚、秦景川、王自伟带到他的昆明站去工作，准备暗杀别的人。

第三十八章

一

一九四八年十二月十七日,东北野战军二纵、五纵、十一纵包围北平;六纵、十纵、一纵和华北军区七纵横亘于北平与天津之间,隔断了两个战略要隘的联系;十二月二十日,东野八纵、九纵、七纵、十二纵、特种兵(坦克)纵队,完成了对天津的包围。至此,我东北虎群入关不多日,就联合我华北雪豹群,将傅作义集团的一字长蛇阵腰斩成五段——张家口、新保安、北平、天津、塘沽。傅作义集团由是首尾不能相顾,陷入欲攻不能,欲逃无路的困境。

四面被围,傅作义不得不响应中共的呼吁,考虑"和谈"。

他派遣《平明日报》社社长崔载之,前往中国人民解放军平津张战役总前委。

崔载之转达了傅作义的"和平条件":与中共组织联合政府,保留傅作义名下全部军队。

总前委林、罗、聂三位首长听了参谋的汇报,都冷笑不止;遂将傅作义开的"价码"电发西柏坡。

毛泽东接过江青交给他的电报,边看边问周恩来:"恩来,你看了吗?"

周恩来说:"是我叫江青同志交给你的。"

江青补充道:"周副主席已经审读了!"

毛泽东似笑非笑地问道:"意下如何?"

周恩来说:"距离太大,不好谈!"

毛泽东冷笑道:"什么联合政府,他是蒋介石吗?见他的鬼啊!城下之盟而已,他有什么资格提这么高的条件?告诉林彪,我们的底线不变:命令傅作义交出全部军队,那么我们可以承认他为起义,战后给予应有的政治地位;否则就教他玉石俱焚!"

接到毛泽东复电,林彪对两位同僚说:"我们三个就不必见他的代表了吧?就叫亚楼告诉他好了!"

罗荣桓、聂荣臻都表示同意。

于是,刘亚楼严肃告诉崔载之:"中国共产党对于和平解决平津的基本原则是傅作义所属部队必须放下武器、接受改编为前提;更不允许什么华北联合政府之类的条款存在。希望转告傅先生，拿出诚意来，及早做出起义决定！"

傅作义已经跑不脱了，解放军对新保安"围而不打"阶段自然结束；毛泽东发出了"先打两头，后取中间"的命令；西边这一头是新保安，东边那一头是天津、塘沽。他命令杨得志、罗瑞卿的华北二兵团并东野程子华部包打新保安；杨成武、李天焕三兵团看住张家口，防止城内敌人可能的西逃之举。

新保安城外解放军十万大军，就像海底潜伏的蛟龙群，一动不动，海面上平静无波；大家其实都在焦急地盼望那石破天惊的瞬间快点到来。

离城墙根五十米的交通壕里，突击队指战员匍匐在那里，连呼吸都控制得很轻，整个是波澜不惊、寸草不摇。这样的交通壕一圈又一圈，像鱼鳞般组合在一起；城周围还有长达二百公里的电话网，可以从兵团部接通每一个连队的电话。

杨得志司令员有点克制不住类似摘桃子前的激动和喜悦，对他的政委罗瑞卿说："自从我们开往这个张（家口）新（保安）战场以来，将近一个月的时间，每一步都是毛主席在指挥我们，这才有今天的胜利在望！"

郭景云专门成立了新保安防守司令部，以一〇一师师长冯梓为司令，二六七师师长温汉民为副司令。把整座城分为东西两个防区。东防区由二六七师、一个军属山炮连、一个当地保安团防守；其中八〇一团守城东南，八〇〇团守城东北，当地保安团守城东关，七九九团为预备队。西城区由一〇一师外加一个军属山炮连防守；防守重点确定为西门外。其中三〇三团守西门以北，三〇一团守西门以南，三〇二团为预备队。

杨得志的作战部署为：四纵攻打东南面，三纵、八纵分别攻打南门、西门和西北面城垣。

二十一日十四时，各部用炮击扫清外围，打通各自正面的道路；密集的炮火将城外的鹿砦、铁丝网、地堡全部摧毁，夷为平地。炮击断断续续进行了几个小时。

午夜时分，各个方向的突击队进入突击位置；数千顶瓦蓝色钢盔在雪光映衬下寒光闪闪。

二十二日早晨七时，参谋处把电话调为"通播"状态，耿飚参谋长叫各纵首长听电话；然后把话筒递给杨得志。

杨得志伸腕看了一下表，开始下命令：

"曾思玉同志！"

"杨司令员，我在马家台指挥所等候你的命令；四纵一切准备就绪！"

"郑维山同志！"

"司令员，我是郑维山，三纵等待你的命令！"

"邱蔚同志！"

"司令员，八纵等待你的命令！"

……

"各纵听着，现在总攻开始！"

瞬间，解放军炮群向新保安城上发起炮击，意在摧毁城上火力点；装满炸药的棺材，早已埋在城墙根，此刻轰然几声巨响，将城墙炸开了巨大的缺口。

指挥攻打城东南的部队是曾思玉司令员、王昭政委的四纵。

火炮轰开了东城门，四纵的三十三团在浓浓的硝烟里穿云破雾，击溃了防守城东门的敌二六七师之一个团（团长叫李上九）。

九时，八纵攻打城西及其西北面的敌阵，交锋甚为激烈。由于西面靠近郭景云的军部，所以是防守重点，其主力部队一〇一师守卫；修筑了大量的底层暗堡：即把城墙下部掏空，构筑成隐蔽火力点，突然射击。这一时成为解放军的难题，二十二旅、二十三旅先后在这里受挫；多组爆破队都是刚一接近城堡，就被敌人隐蔽火力点袭击，不得不一次又一次退回来。

十四时，兵团司令部再次为八纵调整炮火，投放了总预备队；八纵的司令员亲自蹲在前沿控制局面，旅级指挥员提着冲锋枪亲自上阵；团以下领导各率爆破队轮番作业。一小时后终于将城垣炸开了两个缺口。二十二旅、二十三旅各自冲进缺口，登上城垣。随即展开，占领城上阵地，压住敌人火力。

郑维山司令员为了加速进度，组织部队从南城突破，然后向西北攻击敌人侧背，接应从正面攻城的部队。这样，三纵的部队便全部攻进城内了。

部队攻进城后，与敌人展开了激烈的巷战。

敌人凭借城内大量的地堡及别的工事，顽固抵抗。他们封锁了大街小巷，将各个路口都塞满了障碍物；残存的汽车也填满了土石砖瓦，权当掩体。

解放军战士挖墙凿洞，逐房跃越，小部队穿插，纵横迂回；或用枪击，或拼刺刀，逐步将敌人消灭。

华北的翻身农民争先恐后，冒着密集的弹雨，不断穿梭于前沿和弹药库之间，保证了部队每一分钟都不缺弹药。在临时搭起的战地医院，农村妇女大大多于穿白大褂的医护人员；她们有的刚从阵地上抬来伤员，有的在为子弟兵喂食品，有的在洗血衣和绷带，有的在埋锅造饭。

十七时，三纵、四纵、八纵在钟楼胜利会师。报捷的信号弹升上了天空。

正值此时，钟楼大院里的郭景云用手枪打穿了自己的脑袋。血涌出来染满脸颊，这个时候才真正"红光满面"了。

新保安之战，消灭了敌三十五军的一个军部、两个满员的师，活捉了副军长王雷震、一〇一师师长冯梓、二十六师师长温汉民以下八千多官兵；缴获武器弹药及其他物资无数。

十六时，杨得志、罗瑞卿向军委和总前委分别发出报捷电。

毛泽东代表军委复电，"二十二日十八时悉全歼新保安之敌，甚慰"。又教他们学习粟裕华野在"作战中即俘、即查、即补方针，立即将最大部分俘虏补入部队，并迅速加以溶化"。

意气风发的华北二兵团将士，只休整了一天，就披着一身征尘奔赴北平去了。

九十四军本来是在天津，平绥线上新保安被解放军包围，便奉傅作义命令将它所属两个师用火车运到平绥线；傅作义同时也将芦台、汉沽、杨树的六十二军三个师运到平绥线。这五个师乘火车到达清河镇、丰台时，因新保安的三十五军被歼，傅作义叫他们就地宿营待命。不久，发现解放军"有窥伺平津"之图，傅作义又急忙将停留丰台的六十二军两个师抽到天津。运载这两个师的火车刚通过，杨树与豆张庄之间的落垡大桥①。就被"土共"炸毁了。这座必过的铁桥短期殊难修复，这就迫使滞留清河镇的九十四军两个师、六十二军一个师去不了天津了。紧接着，平津交通完全被切断，无法投送兵力；傅作义只好将就平津塘各自原驻部队布防，准备迎战"东北虎"。他将北平定为一个防守区，由四兵团司令官李文兼司令；天津、塘沽为一个防守区，由十七兵团司令官侯镜如兼防守司令，陈长捷任副司令。塘沽防守司令由侯镜如兼，天津防守司令和警备司令由陈长捷兼。平、津、塘三个防守区的总兵力共五十万人。

十二月十六日，在天津外围金钟河以北三十公里许，八十六军前哨部队遭到解放军攻击；十七日成了对峙状态。夜晚，八十六军支持不住，只好退却，在天津东北部布防，拱卫那里的飞机场。

十八日，参谋总部次长李及兰、新任第三厅厅长罗泽闿飞到天津，传达蒋介石旨意。

这两位钦差应邀住在市长杜建时家里。

杜建时设宴洗尘，陈长捷等主要将领作陪。

李及兰说，这次捎来总统给傅总司令和各位司令官、各位军长的亲笔信；总统在信里向各位指出，华北战事，关系到党国存亡。各位既为党国干城，望务本亲爱至诚、团结一致，服从傅总司令指挥，统一行动；勉励所属，努力杀敌。

李及兰打电话给傅作义，说明来意；然后询问北平郊外机场可否降落。

傅作义答称，郊外机场全被共军攻占，"刻正抢建城内机场"，尚未完竣，暂不能起降飞机。

李及兰叹了一口气，说那只好将总统给总司令和李文司令官的信用空投方式

---

① 铁路线正式名称为十一道桥。

转呈了。李及兰说：

"老先生（蒋介石）的亲笔信和国防部的公事（即公文、文件）收到后，请总司令回复一个电报。"

放下电话，与陈长捷等人继续交谈时，李及兰试探着问道：

"老先生多次嘱傅先生把部队靠拢津、塘一线来，他怎么还不来呢？"

"中原糜烂，局势已明，杜聿明集团命运已定！"罗泽闿说，"傅先生应该为老先生分忧，尽快率大军南下勤王！"

李及兰又说："老先生是希望傅先生移旌天津，把部队全部集结到这边，且战且退；南运部队要多少船，就有多少船，这是不成问题的！"

陈长捷当即叫副官拿出地图查看，暂时没说话。

八十六军军长刘云瀚与六十二军军长林伟俦窃窃私语，两人都对及早脱离华北这个是非之地感兴趣。刘云瀚怂恿林伟俦发表意见。

"我们都拥护总统的指示！现在共军的包围圈尚不很厚实，傅先生率大军从北平过来是可行的；天津到塘沽的公路、铁路、水路也还没被阻断，大家分头走公路、铁路，到塘沽等待总统派船来！"

陈长捷不大同意撤离，心里念着只有立功立事才可能见重于傅作义与蒋介石。他说：

"天津做了这么多永久性（指钢筋水泥）工事，防守不会有问题；如果现在部队一撤，整个天津恐怕会乱得不可收拾！究竟怎么办，我们还是听傅先生的吧！"

李及兰当即打电话请塘沽的侯镜如来津，一起商谈。

侯镜如在电话里说，正在塘沽督促加紧修筑工事，各种军务缠身，离不开塘沽。

孙科内阁组成，徐永昌取代何应钦任国防部长，吴铁城任外交部长。

就在这一片除旧迎新的忙活中，白崇禧、程潜①联名致电蒋介石，请他下野以"引避贤路"；接着，华中剿总副总司令（手里有一个军）兼河南省主席张轸、武汉守备区司令官鲁道源也致电蒋介石，请他"暂时回家休息"。

在这兵败如山倒、党内倒蒋声浪骤起之际，多年来与共产党有过一些似有若无联系的郭汝瑰，这才开始加快了同地下党的联络。他与共产党之间实质性的联系也才真正开始。②

---

① 时任长沙绥靖公署主任兼湖南省政府主席。
② 至于他回忆录里自称一直与共产党保持联系并不断提供情报，那是缺乏史料佐证的。

他与地下党的代表任廉儒商量后，决定辞去参谋总部第三厅厅长职，争取谋得一支部队的掌控权。

他以战略谋划屡屡失败，请求处分为名递上辞呈。

不料顾祝同不许，对他殷切挽留。道：

"你不过是承办业务的人，重大决策都是我和总统定的，哪能由你负责呢？你不必引咎辞职！"

在他坚持下，顾祝同无奈，只好允准。

过了几天，他又去找顾祝同。要求给他一个军带带。

顾祝同一听，睁大眼睛瞪视他。良久才说：

"这是啥时候呀？你看看，别的军长都在到处走门子想脱身溜掉，你怎么还想去当军长？你这是在自找苦吃嘛！即或是实在想带兵威风一下，最好搞个兵团副总司令或者绥靖区副司令官，挂个名算了！哪里能蠢乎乎地去找顶军长乌纱帽戴呢？"

郭汝瑰志在必得，继续恳求。他意识到南京已是危险之地，解放军吃掉杜聿明集团后乘胜过江并非许久的事，那时自己算什么呢？决不能以战俘身份或无尺寸之功的反蒋人士身份迎接解放军；一定要掌握一支部队届时临战起义！他说：

"总长！别人总嘲笑我做幕僚，纸上谈兵，头头是道，是个不会带兵打仗的无用之徒！时穷节乃见，现在我临危受命，置生死于度外，才不辜负党国的期望，才不辜负总长对我的栽培。这是我想去当军长的主要原因；其次，形势虽然危急，但是如果关键性的一战获胜，完全可以挽狂澜于既倒。更何况英美舆论界都在预言三次世界大战，所以我们不必悲观；再其次，越是危急存亡之秋，越应该抓基本部队，练得一个军作为骨干，就可扩大兵力形成有力集团。我决心去为总长创建一支基本力量；到那时，总长手里有一个兵团甚至两个三个兵团，什么事不可为呢？"

顾祝同听罢，好长时间没吱声；但郭汝瑰从他脸上瞧出，此公动心了。

后来，顾祝同伴作喟叹，说："你一定想当军长，我去找总统争取一下！"

没几天，有人向他透露，可能会让他出任十八军军长。这是蒋介石、陈诚亲手建立的亲信之师，通常都是要交给最信任的人带的，黄维、胡琏都相继作过这个军的军长。尽管已被打得残破不堪，但各级骨干还在，兵员也正在优先补充中。郭汝瑰感到为难了；这支军队因为是蒋介石亲信部队，各级军官都是蒋介石死党，要发动他们造反很难成功。但如果任命书下来，他又不能推拒；哪有第一流部队的军长不当，反倒企图去接手二三流部队的呢？

胡琏正在活动组建新的兵团，兴冲冲跑来找他，说："校长已经批准你出任十八军军长了，望老兄早日到职视事，重振十八军军威；下一步我还要请你以十八军军长兼任兵团副司令官,协助我工作呢!"

第二天任命书果然发表了,这让郭汝瑰不知如何是好。

许多人都登门向他致贺。

胡琏高兴之余,以他暂任的第二编练兵团司令官名义给他拨了一笔款子作为建军之用。

二

一九四八年十二月二十日,毛泽东因不放心而急调的东野四纵抵达张家口外围时,华北军区三兵团已全部控制了城池周围所有的制高点。

杨成武与李天焕分析了敌我态势,反复研究敌情,认为敌人鉴于其友军三十五军已在新保安被歼,张家口彻底成了孤岛;北平欲图救援则因必须攻破解放军的重重防线,殊不可能。唯一的逃路就是向西奔回傅作义集团老巢绥远;同时也因为张家口西面地形开阔,便于跑路。

李天焕提醒道,城池北面有一条简易公路通向张北(县城名),敌人会不会也有可能取道那里跑掉?一九四六年十月傅作义部偷袭张家口(是时张家口尚为解放区)时,就是从这条路来的。

杨成武颇然其说:但两个方向重点设防,兵力就显单薄了,他十分为难。所幸东野四纵(近四万人)及时赶到,这个难题也就迎刃而解了。不过他的防御重点仍在西面,北面只增添了少量兵力。

调整妥当后,杨成武带领前指,从大洋河南岸转移到贴近战场的西太平山上。这西太平山位于张家口西北面,与东太平山隔河相望;敌人无论向西逃或绕向北面逃,都可用望远镜看得清清楚楚。东西太平山之间是一块直径五公里的河滩,北起西甸子、朝天柱,南通大境门,右侧有一条公路经过。到达西太平山当晚,杨成武就到最高处观察敌情。朔风比山下厉害,裹着雪粒击打脸颊,他也浑然不觉;尽管棉袄之外又套厚实的长大衣,浑身上下也冻得冰凉。他发现张家口城北面有大批敌军在游弋,似在安排搬开路障,以利兵车通过;而大洋河南岸却有敌人骑兵出没,似在探路。难道也会向西南面逃跑?

国民党部队十一兵团司令官孙兰峰是张家口的最高军政长官。

他采取的防御方式是"依城野战",以应对城池四面都是山的不利条件。具体部署就是把部队分成城内和城外两大块,以互相支援。孙兰峰认为这样便可逃可守了:一〇五军的二一〇师、二五九师,一〇四军的二五八师,整编骑兵五旅,整编骑兵十一旅,组成野战部队,总指挥为一〇五军军长袁庆荣。在战事发生之前,他们的任务是在城外抢掠马饲料和粮食;一〇五军二五一师,察哈尔省保安司令部所属三个保安团,兵团直属炮兵营、战车大队、侦察大队,组成守城部队,总指挥由察哈尔省保安副总司令兼张垣警备司令靳书科担任。

后来,傅作义鉴于三十五军在新保安覆灭,二十二日傍晚电令孙兰峰,"张垣已无守备意义,可相机突围,转至绥远"。

这份突围电令高度保密,孙兰峰是怕引起恐慌;而另一份密电所导致的三个人的行动,却无法保密了。

次日上午,北平来了一架军用飞机,专为运三个人去北平;这三个人是察哈尔省的银行经理张慎伍、省府田粮处处长曹朝元、财政厅长白玉谨。这三个察省的财神爷在此时此刻突然被接走,消息不胫而走,半天不到就传遍了全城;再蠢的人也会意识到,张家口即将被放弃了。

果不其然,这架飞机刚离地,孙兰峰就命令部队向商都县方向突围。

袁庆荣将他的一〇五军分成两个方向跑:步兵往北,从大境门(城北)出去;骑兵向南,从茶坊方向前进。两路人马冲出包围圈后再转进绥远。

二五九师先头团夜晚出大境门向外围作试探性前行,发现共军不多;次日黎明前电禀军长袁庆荣,称可以突出去。

大境门乃张家口的北城门。由于因应地势建在两山的峡谷中,所以城门洞颇小,宽仅六米。城门外是通往张北县城的一条无水山沟,为南北走向,长达六公里许。这条山沟东侧紧靠大清河,西侧是简易公路。出大境门约三公里,山沟分成了两道:一道继续往北延伸,经陶赖庙可达张北;另一道向东拐,通往乌拉哈达、高家营。

为了保密,孙兰峰指示一律用口头传达命令的方式通知各部拔寨时间;特别叮嘱袁庆荣,一俟其先头部队二五八师探路无碍,立刻负责通知靳书科的守城集团动身。

一〇五军之二五八师出大境门前进时天已经亮了。发现路上障碍物并未完全排除掉,部队行进磕磕绊绊,十分麻烦;更要命的是队伍两侧甚至营与营、团与团之间的小间隙,夹杂着不少地方官员及其眷属、仆佣,这些人的车、马也混在里面。这些人跟随部队突围是自以为得计,其实十分危险;同时也给部队增添了累赘。袁庆荣率军部跟在二五八师后面,出得城来,见此情景,哀叹哪里是在突围,简直就像蜗牛爬行。他严令部队绕开地方官们,跑步前进,违令者斩。

早上七时半,靳书科仍什么也不知道,用完早餐到他的省保安司令部上班。刚在办公室落座,警察局边大和局长闯进来,慌乱地向他禀报:十一兵团天不亮就开始撤离了!

靳书科惊得霍然离座,瞪着警察局长说道:"边大和,你造谣吧,老子枪毙你!"

靳书科知道昨天孙兰峰召集开会只说一〇五军派部队探路,并没说马上撤退。

边大和局长慌乱地摆着双手后,辩解道:

"一〇五军昨夜就把带不走的东西或烧掉或拆卸了;早上出发的时候还带着家眷,哪里像是去探路呀!"

靳书科愕然。旋即拍了一掌桌子,冲出门去。驱车去十一兵团司令部。

一进兵团部大门就见大院内放满了早已打包装箱的行李,明白边局长所言不诬。他恼怒地质问孙兰峰道:

"司令官,你们这究竟是怎么回事?这样干,是不是太不仗义了吧?"

孙兰峰一时也颇困惑,审视对方,不明白为什么发这么大的火。

"欣然①没有通知你吗?我教他一俟前面的路况探测明白了,立刻口头通知你呀!这个欣然,怎么回事呢?"

靳书科气得话都说不出来,立刻转身冲了出去。

他回去后,立刻通知他指挥的城防部队,全部跑步到大境门外集合。

城内已经大乱,各部队的长官也不见踪影;较为整饬的是正开始出城的孙兰峰兵团司令部及其卫队。

一〇五军所属二五一师韩田春师长跑到靳书科那里,心急火燎地催促他:"赶快收拾!我在大境门外东山坡等你!"

显然,这次杨成武的判断又失误了。他判断孙兰峰突围的方向是西面,所以将防堵的重点放在西面、西南面;北面、东北面前后两次调整的结果是只安排了一纵的第三旅和三纵,其考虑是以防万一而已。

而黄埔四期生孙兰峰是一个狡猾的家伙,也在捉摸他的心思,所以玩了个出其不意的花招。

二十三日拂晓,华北军区三兵团前指的参谋人员向杨成武禀报,大境门外十分混乱,敌人可能要向北门突围;不久又接到一纵之三旅和三纵的禀报,敌军正在向他们逼近。

杨成武这才省悟到,孙兰峰是要向北门突围!

他赶快紧急调整部署,从各个方向抽调兵力赶赴大境门外三公里处那道山沟分岔的西甸子、朝天洼,争取在那里聚歼孙兰峰部。大部队赶到之前,一纵三旅应在那里迎面挡住敌军。聚歼主力则为:六纵从朝天洼至大境门这一线的北面向南攻击;东野四纵所属一个师迅速奔赴朝天洼、西甸子以南,然后向北攻击;东

---

① 袁庆荣字欣然。

野四纵的两个师和华北二纵同一时间向张家口以北出击;一纵另一个旅、北岳军区部队、内蒙古两个骑兵师迅速在敌军的突围方向构筑第二道、第三道阻击阵地。限以上各部必须在二十三日二十二时赶到指定位置。

一纵三旅坚守的朝天洼、西甸子是敌军逃亡的必经之路。三旅阻击敌人的成功与失败,关系着张家口敌人能否被全歼,责任非常重大。

三旅旅长张开荆是一九二七年入党的老布尔什维克。在抗战时期开辟了江北根据地;尔后以三个连的兵力打退了敌伪军的进攻,在江南沙家浜一带扎下了根。革命京剧《沙家浜》就是以他及其战友的事迹为材料创作的。

敌人的逃亡大军窜到这里,发现前面的阻击部队不过三四千人左右,便没有放在眼里。立刻投入一个师,企图一举撞破阻击线。

黑压压的敌军向张开荆的正面阵地西甸子冲来。早已准备好的迫击炮次第击发,无一弹虚发,全部打在敌群中;三纵的机枪、步枪齐发,顷刻间就撂倒一排排敌人,活着的晕头转向,到处乱窜。不到半个小时,溃退的洪水把后面的督战队也席卷而去。

敌人又组织兵力向镇北面冲击;另派遣一支偏师绕道三纵一团一营的右侧高地,居高临下压制解放军正北面火力。敌人的正面大部队趁机重新冲锋。一营一连的解放军战士顽强抗击,用手榴弹和机枪又一次把敌人挡住。随即,一团的解放军全部出动,端着刺刀反冲锋,很快就将敌二五九师的阵线冲垮。敌人官兵纷纷转身狼奔豕突向来时的方向逃跑。二五九师刚停下逃跑的步子,解放军炮弹就追到了一〇五军军部附近。

上午十一时许,孙兰峰离开兵团部的行进队伍,在骑兵卫队护卫下向前疾驰。越过几支队伍,到了一〇五军军部。军部临时设在一所农家院落。他进门就大声呼唤袁庆荣道:

"欣然!欣然!"

"在这里,在这里呢!啊,是司令官呀!"

"你的部队呢?"

"二五九师还在前面打!敌情复杂……"

"不行!必须尽快打开通道,后续部队在山沟里拥挤了几里路,很危险呀!"孙兰峰说,"留在市区的少数保安团队已经遭到了攻击,可能张家口很快就会失陷,我们后退不可能了;屯在这沟里目标太大了,很容易遭到共军包围!"

"司令官不要担忧,我马上到前边去督促二五九师加大突击力度!"

袁庆荣跑到前沿去,命令炮击当面的第一只拦路虎——解放军华北三兵团一纵第三旅。持续炮击一小时,结果怎样呢?袁庆荣后来回忆道:"他们固守的高地尽管被我们的炮兵炸成了一堆黄土,但仍纹丝不动地挡住我军前进的路。在这前不着村后不靠店的地方窝着，官兵怨声载道。"

后来，袁庆荣用两个师轮番冲击，同时延伸炮击以掩护正面步兵。激战了八个小时，付出了三千多人伤亡的代价，攻占了华北三兵团一纵张开荆第三旅的西甸子村阵地。结果仍未打开通路。张开荆从容率部退后一公里，进入二道阵地的工事，继续阻击敌人。

这时，张家口方向枪炮声越来越密集越来越宏大。紧接着，以下消息传到敌我双方：华北三兵团一纵、二纵、东北四纵，攻入张垣；然后将城内敌军逐出大境门，在城外将敌人拦腰斩断，俘虏一万多人。张家口的得胜之师沿干沟压过去，与西甸子外的一纵三旅两头堵死，左右两翼的华北三兵团也及时抵达，这就形成了四面八方的挤压之势。近六万敌人就像压缩饼干般被包围压缩在大境门外到朝天洼、西甸子仅几公里的狭长地带；车辆、人、骡马争相夺路逃命，骑兵撞倒、踏死步兵，大车被挤翻压倒了人，一长溜汽车因带不走而被付之一炬，火光冲天、人喊马嘶乱成一锅粥。更要命的是那位一九二七年入党的张开荆简直就是桓侯三爷的后代，端着一支上了刺刀的日制三八大盖步枪，率领数千健儿，冲进沟内，就差没有像乃祖那样大喝一声"燕人张翼德在此，谁敢与我决一死战"了。他的部队就像一柄又宽又长的宝剑，他本人就是剑尖，所到之处，敌人非死即伤，纷纷避让，哪里还敢上前迎其锋刃展开较量呢。他的勇敢穿插、与敌短兵相接，有效地支援了周围主力的围歼战，协助主力将沟里的数万敌军分割成了几块，顺利地聚而歼之。

十二月二十二日十五时，人民解放军围歼张家口全部敌人的战役胜利结束。

此战歼灭傅军十一兵团司令部、一〇四军之二五八师、骑五旅、骑十一旅，察哈尔省保安司令部及其保安四大队、五大队；共击毙五千多人；生俘五万多人，包括将级军官十三名，中将军长袁庆荣也在内。

只孙兰峰在少数卫兵簇拥下逃往商都去了。

十二月二十四日深夜，毛泽东致电称："华北二三兵团：庆祝你们在几天内歼灭新保安、张家口两处敌人并收复张家口的伟大胜利！"

张家口（含新保安）战役的胜利，给予了傅作义沉重的打击，失去了主力和骨干部队；西逃之路也彻底封死了。

三

当华北军区二兵团、三兵团及临时配属的东野两个纵队相继解放新保安、张家口之际，东北野战军以闪电般动作完成了对平津地区敌人围而不打以及隔而不围的部署，将傅系部队和蒋系部队分割于平津两地。

毛泽东制定的平津战役"先取两头，后取中间"的作战计划中，西头指的是新保安，东头指的是塘沽。毛泽东原先考虑的是西线作战开始时，东线应"力争先歼塘沽之敌，控制海口"；因为歼灭塘沽之敌后，海口即被控制，"则全局胜算在望"。他为军委草拟的一九四八年十二月二十一日致林彪、罗荣桓、刘亚楼电里对此做了较详阐述。

东野奉他的指令作了部署，以左路大军隔断了天津、塘沽的联系，并以北面、西面、南面（东面是大海）形成对塘沽、大沽的包围。指派七纵司令员邓华、政委吴富善统一指挥二纵、七纵、九纵共十个师十万余人包打塘沽、大沽；开火时间也确定了：二十七日或二十八日。

后来，东野首长获悉：塘沽地形特别，东濒渤海，其余三面都是滩涂，河网密布，不便于展开兵力，更无法构筑工事，大兵团难以行动；而且塘沽被围后，蒋军十七兵团的几个师长都建议兵团司令官下令撤退。侯镜如采纳了这个意见的一半，命将临时配属给他的海军第三舰队数十艘船舰，分配到各军、各师、各团，一有不测就乘船逃跑。他的兵团司令部则搬到第三舰队的旗舰重庆号上。

十二月二十六日，林彪致电军委，建议推迟攻击塘沽、大沽时间。电文说："平津敌突围征象甚多，塘沽、大沽目前水的障碍很大，兵力用不上，故拟予推迟。有何指示，盼告。"

毛泽东考虑了林彪的要求后，一连发了三份电报，作出指示。

这三电都十分重要，摘要如次：

> 首先应加固平津两敌的包围，严防其突围逃跑。若东野四纵归建后仍感兵力不足，则可调华北第三兵团、第二兵团参加平津作战。可令第三兵团在张家口休整待命；暂停第二兵团（原定的）围攻大同计划，准备东进。

> 如果平津两敌确有突围征候，即应断然放弃对两沽的攻击计划，将对（付）两沽主力移至平津之间，只以一部隔断津塘、津沽的联系，改变目前平分兵力的情况。

> 迅速控制卢沟桥、静海等处，防敌南逃。在目前情况下，平津敌向西面突围可能性不大；北京敌向天津集中然后会合津沽敌从海上逃跑的可能性是有的。但因我有充分力量位于平、津、两沽之间，故必不会成功。我们认为两沽之敌从海上逃跑、平津两处之敌则向南面突围然后会合于石家庄或德州，沿平汉路或津浦路南下可能性较大。由于永定河可能成为部署追击的障碍，而我南面又最空虚，敌向此方向突围的危险性就最大。同时因杜聿明尚未歼

灭……此种危险性就更大了。因此，应速以必要兵力控制卢沟桥、静海等处，并迅速在永定河上架设多座桥梁以利追歼逃敌……

十二月二十七日，林、罗、刘再次致电军委，强调目前情况下，除了防敌南逃之外，改原定先打塘沽、大沽的计划为先打天津，是最为有利的。

毛泽东爽快地同意了。他以军委名义致电林、罗、刘："放弃攻打两沽计划，集中五个纵队夺取天津是完全正确的。"

林彪指定刘亚楼担任总指挥，率领五个纵队共二十二个步兵师、两个炮兵师，向天津靠近。

毛泽东致电华北军区司令员聂荣臻，要他组织兵力，配合东野歼灭平津可能南逃之敌；旋又觉得太原久攻不下，索性把华北第一兵团大部调来协助平津作战。致电华北一兵团司令员徐向前、副司令员周士第："你们准备华北一兵团三个纵队，以五天行程赶到石家庄堵击平、津南逃之敌，以利东野赶到聚歼。这只是一种可能情况的准备，不一定实行；但你们应当有此准备。"

十二月二十八日上午，林彪致电军委："为慎重起见，我两杨（杨得志、杨成武）兵团索性开至北平附近为好；这样能使力量有余裕，即令我军在作战过程中有某些差误，也能有充裕力量补救。"

毛泽东十分高兴，向周恩来赞扬林彪"一生唯谨慎"，很好。立刻复电照准。

与战场上一样，南京的政坛也处于风雨和漩涡中。

黄绍竑这位桂系过去的二号人物，早就已游离于外了；这当然是他自己的选择，也是他自以为最聪明的格局。然而事情的发展却出乎他的意料之外。

尽管多年来做着蒋介石的高官，他却无法避开蒋桂斗争的格局。桂系的存在，才是他在南京政权内存在的价值根基；没有了桂系，蒋介石早就将他一脚踢开了。所以，桂系的存亡荣辱，就像一团乱麻般将他千束万缚，剪不断理还乱；桂系的一举一动，蒋介石都会自然而然地将探究的目光投向他黄绍竑。

一九四八年十二月二十五日夜，寓居上海的黄绍竑忽然得到南京传来的信息，说白崇禧一再致电蒋介石，"劝"蒋下野。

黄绍竑吓坏了；比一九二七年十一月十六日夜晚广州事变时候还怕得厉害。抱怨白崇禧那厮害人不浅，如此重大的事情为什么不事先知照，以便离开宁沪地区，去外地躲一躲？因为老蒋决不会认为是白某人的个人行为，而必会认定是桂系谋定而后动的全体行动；莫说我老黄不能置身事外，就是刘斐等亲桂人物也难避其腥味。

他像困兽般在屋子里走过来撞过去，不知如何是好。

后来夫人出了个主意，改名换姓，躺到医院里去，听听风声再说。

他待了片刻，颇以为然。便乔装打扮一番，找了一家大医院，让手下人将他扶进去。哼哼唧唧地对医生说头痛、脚痛、肚子痛、腰眼痛、屁股痛。那是个上了年龄的洋大夫，被他说得一惊一乍，以为自己遭遇了大半生以来从未见过的怪病。赶快命令收进去住院，让住院部医生去深入琢磨去。

黄绍竑自以为得计，舒舒服服地待在病房里，每日读几页《江湖奇侠传》或者《五子登科》一类小说消遣。

其实这哪里逃得过蒋介石的眼线呢！上海如此重要地方，"做公的甚多"（《水浒》语），中统、军统分子多如过江之鲫。没两天，张群就发来电报，询问："惊闻季宽兄染恙，无任担心；诊断可有结果？"

黄绍竑拿着电报的手无力地垂了下去，半天愕然无计。

紧接着李宗仁发来一电，要他马上到南京。这更让他惊诧莫名，疑虑重重；难道德公遭到控制，在勒逼之下发了这份电报，诱他黄绍竑入彀？下细研究电文，似又不像。他曾与李宗仁约定，一旦有不测之事发生，互致文电中应在言语间设置某种机锋，而此电前后言语均甚正常。难道白狐狸的致蒋介石电没惹上麻烦？哼，除非蒋介石变得宽宏大量了；然而那还是蒋介石吗？

他翻来覆去思忖了半晌，也不得要领。后来想，横竖在上海也躲不了，不如壮起胆子去南京，是凶是吉也同李老哥待在一起领受吧。

其实事情并没有黄绍竑想的那么凶险，至少暂时没有囹圄之虑，更无性命之忧。是时黄百韬、黄维次第完蛋；孙元良兵团残部支离破碎，依附于邱、李两兵团之侧，大家都被共军华野部队围困在陈官庄，死期不远了。这种情况下，蒋介石对握有重兵的异己派系是不敢动什么歪念头的，而且还会客客气气地供着；欺软怕硬是蒋介石一贯的做人之道。

张治中、张群、吴忠信这三位蒋介石多年的亲信重臣拿着白崇禧的电报（白不仅向蒋发了一电，还给在宁的党国大佬每人一电，内容一般无二，呼吁蒋介石"避让贤路"）聚在一起研究了半天。都觉得不论白崇禧用意如何，目前军事形势如此危殆，财政崩溃、民怨沸腾，根本不能再打仗了，只有谈和才会有一线生机；而共产党对和谈有若干先决条件，其中重要的一条是叫蒋先生下台。所以哥儿仨商定一定要劝他下台。哥儿仨相携去官邸劝驾，当然不是"劝进"，而是"劝退"了。

蒋介石耐着性子听完哥儿仨的劝退之论，半晌沉默不语。

吴忠信问他"意下如何"？

张群劝他"早定大计"（下台）。

张治中解释此乃以退为进之举，不必看得太严重。

蒋介石不着边际地唏嘘感喟了一阵，然后伤感地说：

"礼卿、文白、岳军呀①，中正与诸公相知二十多年，可谓情深义厚；没有想到来劝中正交出国柄者是你们三位！"

这三个人闻言都惶愧起来，一时不知如何是好。吴忠信脑子转得快，说：

"介公不必忧虑，刚才文白说得好，这不过是以退为进之举；只要和谈成功，我们就赢得了整军经武的时间、空间……"

蒋介石挥了挥手打断他的话："这个道理不用讲了，我都明白！"

张群又说："只要军队仍然握在介公手里，谋权篡位者不过就坐了一把四足不全的交椅而已；待我们缓过气来教他滚蛋，岂用吹灰之力？"

蒋介石摇了摇头，说："国柄岂容私相授受？这样吧，大家开个会，讨论一下吧！"

李宗仁电召黄绍竑回宁，就是参加这个会。

会议在中央党部召开。

蒋介石在会上讲的话，有点像古代帝王发布罪己诏，历数了抗战以来内外各方面的种种失败，除了指摘相关人员"谋事不忠"，就是谦逊地自责领导无方，负有"失察"之罪。最后的结论是表示自己有"归隐"之念。

在座的蒋系人物有三分之一沉默，三分之二七嘴八舌反对蒋介石下野，据理力争者有，痛苦挽留者有，内容都一般无二：天下大乱，正需我公挽狂澜而正乾坤；我公此时悠然"归隐"，轻松固然矣，而如苍生何？

蒋介石要的就是这个效果；他一脸严肃，心里却乐滋滋喜洋洋，一时竟忘却了整日价挂在嘴边的"内忧外患"。

后来，他友善地对副总统李宗仁说："德邻兄，会后你召集季宽、礼卿、岳军、文白他们几位，商讨一下我离职期间的善后吧！"

李宗仁故作憨厚状，什么也不多说，只微微点头道："宗仁遵命。"

黄绍竑心里冷笑道，下野就下你的好了，还有什么"后"需要善呢？宪法明文规定了由副总统继任，照此办理不就得了嘛！他把这个意思对李宗仁说了；李宗仁拍了拍他的肩，说出了一番不同的读解。

"季宽有所不知，老蒋这个'善后'的研讨，盖大有深意焉！说白了就是对内的缓兵之计！借着商谈、研讨来拖时间，等着看徐蚌会战是否有转机，也就是杜聿明集团能不能活得出来。如果历史垂青于他，杜集团突围而出，进一步还反败为胜，他也尚未离开总统宝座，利用法理名义宣布我们逼宫，是叛逆之臣；如果老天不垂顾他，杜集团覆灭，中原丢失，不由得他不下野，那么就暂时由我来

---

① 吴忠信字礼卿、张治中字文白、张群字岳军。

收拾残局，他躲在幕后窥察时局见机而作！"

黄绍竑大点其头，说一言顿开茅塞，有道理呀。

果然，为了"代理总统"或"暂代总统"这两个词，吴忠信、张治中、张群就和李宗仁、黄绍竑争论了几天，久久没有一致意见。

蒋介石知道后，请他们五位"议政大臣"吃饭，笑嘻嘻说：

"诸位不必急躁，心平气和地各抒己见吧！"

武汉的白崇禧却急了，电邀张群和黄绍竑去武汉商议。

第三十九章

一

白崇禧邀张群、黄绍竑去武汉，目的有两个：

要张群去，为的是向蒋系表示自己并不是欲与蒋决裂，此前致电种种无非是对总统表明自己个人的管见而已，决无逼宫之志；无论采纳与否，依旧还是会服从总统命令的。同时还要做些手足让张群感觉到，武汉方面仍在积极备战，当然也就决无沟通共军之事。

张群也明白是白狐狸的技法；他和蒋介石本来就害怕桂系与共方私通款曲，所以也乐于与其周旋。

要黄绍竑去，则是桂系内部要作商量；不只是黄绍竑一人，广西省主席兼保安司令黄旭初、安徽省主席兼保安司令夏威、华中剿总副总司令李品仙、湖北省副省长李任仁、参谋总部次长刘斐也应邀齐集武汉。

白崇禧白天宴请了张群等人后，晚上就秘密邀约桂系的这几位头面人物到他的宅邸品茗。

他把自己这次分别致电蒋介石和南京几位蒋系人物的前后情况做一个详细说明之后，提出了一个问题。他说：

"不到万不得已，我们不要把德公牵扯进来担干系，让他继续在南京以副总统名义与蒋周旋；若我们以后能成功逼蒋引退，德公可以名正言顺地顶上去！"

"但是现在健公与蒋介石闹翻，"刘斐皱起眉头，边思索边慢慢说，"已经不好再与南京合作了！南京说来说去仍然是中央，我们这里也不能不弄个政治组织的名义出来呀！既然不能把德公牵扯进来，总得暂时抬一个人出来领头吧？"

白崇禧立刻点了点头，叫着刘斐的表字说：

"为章言之有理！我想向诸位推荐一个人，供诸位考虑；当今天下论资历、论声望足以与蒋某人相颉颃者，唯任潮先生而已！"

大家都纷纷额手称妙，以为白崇禧所选得人！李济深在国民党内资历、声望都与程潜、李宗仁、蒋介石差不多；而且多年来与蒋不睦，找他来武汉扛大旗，一定一拍即合。

黄绍竑说："现在不知道李任公①是不是还在香港？他临离开上海的时候对我说过，不久就要到哈尔滨去；还希望我也快些去香港商量。我当时谢绝了，表示我个人对投共没有兴趣。"

白崇禧问道："那么电报请一请他，看他愿不愿意来武汉主持政治？"

黄绍竑说："电报……不知道能不能让他顺利收到？我想……莫如由健生以个人名义写一封信，我拿着信去香港请他！怎么样？我还有一个想法，如果任公已然离开香港，可不可以干脆由我代表你直接与中共方面接头联系！"

白崇禧不假思索，马上表示同意。"一切由季宽兄全权办理！"

李品仙瞅了瞅白崇禧、黄绍竑说："汉口的民航班机已经停航了，季公走陆路去香港，起码要走十天！怎么办？"

白崇禧一笑，胸有成竹地说他自有办法。

他抗战时与美军飞行大队头头陈纳德关系很好；近年陈纳德又以其掌握的空中投送力量协助国民党"剿共"，也与白崇禧时相过从。白崇禧发了个电报租用一架专机，果然当天就解决了。不过陈纳德说好了，专机只能到广州。

黄绍竑乘专机在广州着陆的时候，夜幕刚刚落下。

张发奎在机场迎接，将他带到家里。

吃夜宵的时候，黄绍竑把白崇禧正在组织倒蒋，一俟班底拼凑好了即着手与共产党谈和的情况约略介绍了一番。

张发奎当年曾与桂系合作讨蒋，不久前蒋介石又取消了他为主任的广州行辕、拿掉了他的广东省主席职，对蒋十分怨恨，所以很听得进黄绍竑的话。

次日，张发奎派车把黄绍竑送到香港，安排住到自己在香港的花园小洋楼里。

亲共的国民党人黄琪翔闻讯立刻跑来看望他。听他谈完来意，黄琪翔说："季宽兄早来几天就好了；李任公已经搭乘苏联轮船北去了。昨天有电报来，说已在石家庄住下来。不知道这里交给什么人负责！不过……你如果要找中共驻港负责人，我倒还可以想办法！"

第三天，果然见到了中共驻港负责人潘汉年。

黄绍竑把代表白崇禧来港与中共方面接头的意思详谈了一番，表示十分希望知道中共方面的意见。

潘汉年略一沉吟，说武汉情况他也知道一点；但他现在很难表态，须致电中央请示。

又过了一天，中共中央复电指示潘汉年：白崇禧可派代表由信阳向郑州沿铁路线去找刘伯承司令员面商一切。

---

① 李济深字任潮，资历浅于他的人尊称他为任公。

黄绍竑要找的李济深正在北方忙活，参与促使傅作义起义的工作。

一九四八年年底的一天，已是二十四时，傅作义的秘书阎又文打电话给已入睡的周北峰，教他马上到总部；并说对他的"夜间通行已作了安排"，接他的车子马上就到。

这位周北峰一九二六年加入过共产党，一九二七年革命低潮时退党进入教育界，在一些大学执教有年。因他是傅作义的同乡，又与共产党有点渊源，缓急之间可派上用场，就被傅作义聘为绥远省地产局局长，华北剿总成立后转为总部交际处少将处长。

他被阎又文领到傅作义的客厅。见傅作义正在踱来踱去地思考问题，似乎有什么问题委决不下。便不敢打扰，只低声叫了一下总司令，然后站在那里不再吭声了。

傅作义听到声音后，似乎才从沉思中浮出来。停步，转身，盯着周北峰，长达两分多钟。

周北峰被这种无言的盯视弄得惶悚不安，小心地问道：

"总司令有什么吩咐吗？"

傅作义愣了一会儿，挥手说："坐吧。"

然后两人就分别坐到相斜对的两张沙发上。

过了一会儿，傅作义问周北峰对时局有什么看法。

周北峰上班的交际处距总部有一公里远，所以并不经常去总部；偶尔去办事，遇上傅作义，也多半只向傅立正敬个军礼，谈不上什么话。这次忽然夜半电召，单独晤见，开门见山立刻垂询对时局的看法，周北峰猜到了傅作义的用意。便反问道：

"总司令是不是打算与共方联系？"

傅作义没回答；仰头倚着沙发靠背，闭了一会儿眼睛，才说：

"李任潮派了个代表，叫彭……彭什么的，跑来建议我反蒋起义，然后独树一帜，走什么第三条路线；民盟也来了一个叫张……张东荪的代表，自称是燕大的教授，建议我与共产党联系。"

"那么，总司令打算怎么办？"

"那个彭某人的意见，不是个好意见；我有什么力量独树一帜？胡说八道。我也有点疑心他根本就不是李任潮的代表！另外……前些日子司徒雷登大使来北平，约上胡适，来探问我的态度。他俩建议我进军山东沿海一带，以青岛为首府，创建根据地，武器、物资、经费全部由美国来解决。我听着怎么和彭某人的意思大同小异，也是鼓动我自成格局！这不是要分裂中国吗？"

周北峰沉吟了一下，问道："总司令，那个彭某……是不是叫彭泽湘？"

傅作义想了一下，伸出手指遥遥虚戳了一下周北峰说："对，就是这个名字！怎么，你认识？"

周北峰点了点头："认识，但没什么交往；我知道这个人是胡适的学生，师生之间关系一直很密切！可以肯定不是李任潮的人，恐怕是胡适指使来的！"

傅作义冷笑了一下："这个胡适，真是被美国人养家了！有人说他背后是以洛克菲勒财团为背景的杜威？要搁在前些年，我非收拾他不可！哼，文人而无行，其余何足观？"

过了一会儿，傅作义喟叹一声，说：

"国民政府，蒋介石，看来是王朝末日啊！即使美国人倾囊援助又能怎样？一个政治集团、一个政权，只要染上了贪腐这个自由世界的瘟疫，就谁也救不了！要是我对蒋介石还存有一点信心，也不会拒绝出任东南军政长官了！"

周北峰知道，东北虎入关前后，蒋介石曾多次打算放弃华北，将华北大军南调以挽救徐蚌战役危局；为了让傅作义接受这个计划，曾哄以东南军政长官高位（这已类似撤销前的行辕主任了）。傅作义担心遭蒋控制，将自己的私家武装蚕食掉，以各种借口拖延，事实上就是婉拒了。

"那么，总司令是打算恢复与共方的联系？"

"对，恢复联系！"傅作义大概对"恢复"这个词颇觉得体，用强调的语气重述了一遍；然后才解释道："我考虑再三，还是觉得我们只剩下这条路了；而且根据我对共产党、毛泽东多年来的所作所为看，他们清廉自律，有能力把中国搞好！几个月前，我曾经给毛泽东发了一个长电，请他派南汉宸①先生到北平来一趟，至今没有复电；半月前，我派崔载之社长（平明日报社）去易县与共军接上了头；还带去了一组电台、报务员。一个多星期也没见到林彪、罗荣桓、聂荣臻，只有参谋长刘亚楼见了他两次。最后说我们没有诚意。我当时只好电令崔载之返回北平；但是留下电台，以为余地。前天我去电，要求重新商谈，也说明是派你去；他们复电同意了。你回去准备一下，明天就同张东荪去，好不好？"

周北峰探询自己去了可以谈哪些内容？应该怎样谈？底线是什么？

傅作义边思索边慢慢站起来，简单说了一番他的意见。后来说：

"也不一定设什么底线，你去了可以相机行事！"

说罢又在室内踱来踱去，一言不发。踱了十多分钟才停止，转身盯着周北峰说：

"好了，你回去准备吧！记住：一定要十分机密，不要向任何人透露；对家里

---

① 南汉宸，著名中共党员，多年来负责与西北各路军阀周旋，与傅作义相熟。

也只能说是要在中南海①住几天!"

沉寂了十天的陈官庄地区,在一九四八年十二月三十一日十八时,陈士榘参谋长代表人民解放军华东野战军前线委员会向炮兵发布炮击命令。千门火炮立即射击,每门击发五枚炮弹,以提醒新年很快就要到了,赶快投降,不可自误。顷刻,数千枚炮弹次第落到狭小的陈官庄地区;由于人口太密集,炮弹命中率很高,炸死炸伤的蒋军官兵多达五千多人。

在这片不足三十平方公里的地域内,即使没遭到炮击,也犹如人间地狱。除了近二十万蒋军官兵,还有三千多从徐州跟着他们跑来的失势军阀、地主、银行老板和高级职员、行署和县府的官员,以及莫名其妙跟着跑的教师、学生、戏子甚至大和尚。那些饿得前胸贴着后背的官兵尚有武器将附近小村庄老百姓家可以充饥的东西洗劫一空,军队以外的人员则只有待在某个地方等着饿死。当地老百姓更为遭殃,不只粮食被"遭殃"军抢光了,身上衣服也被他们扒得一丝不挂;那样的严冬只有饿死了事。蒋军官兵把老百姓的家具、门框和门扉、房梁拆卸下来做取暖燃料。妇女则无论年龄大小,一律遭到蒋军官兵的多次轮奸;被轮奸致死者超过半数。村民悲愤控诉他们超过了当年的日本鬼子。学生、教员被强行征兵,补充到军队里;不会打仗不要紧,可以到前沿挖战壕、做苦力。最悲惨的是女学生,以种种表面上正常的名目强行将她们发到军部、师部、团部,充当军官们的临时小妾。

元旦早上,华东局、华东军区的领导饶漱石等十多人到陈官庄前线劳军。他们带来了大量慰问品,指示发到战士手中以后,他们要进行抽查;若发现漏发或没有发足额,马上追究发放者责任。

几个小时后,陈毅、邓小平也代表总前委和中野赶来了。

慰问团还要检查备战情况,因为几天后就要总攻了。

战士的取暖情况是必须要检查的,天寒地冻,不能冻坏了。

饶漱石特别指出不能在战壕里随便撒尿,必须到茅厕里去解决。这个要作为纪律定下来;另外,不论是指挥员还是战斗员,都要认真刷牙。他是抽查了几个战士的口腔后做出这一指示的。

他们钻进一个连队的炊事班。那里面热火朝天,炊事员们正忙着包饺子;四菜一汤早就准备齐楚,牛肉、猪肉、鸡肉、羊肉都有。

饶漱石忍不住夸了粟裕几句:"你这个代政委的工作做得真好!"

粟裕笑嘻嘻说:"你这位大政委不把这些东西送来,我就会是无米之炊,更不

---

① 傅作义的总部迁到中南海了。

用说做好了！"

饶漱石哈哈大笑，掉头瞅了瞅陈毅和邓小平说："哪里是我送的呀，都是根据地人民犒劳子弟兵的！"

陈、邓都点头说是的是的。

一九四九年一月四日，蒋介石纡尊降贵，到傅厚岗访晤李宗仁。

李宗仁将他延请到客厅，边安排入座边说：

"总统有什么吩咐，打个电话来，我去官邸就是了；如此枉驾，我很不安呀。"

"德邻兄不必客气！中正早就应该来府上看望了；一直忙于处置各种烦恼的事情，拖到了今天。"

李宗仁点点头，说："是呀，抗战胜利以来，种种烦恼的事情不断！说起这个，现在回想起来，我想我们的事情坏就坏在接收期间的乱象……"

蒋介石摇了摇头："过往的事情就不必再提了吧？我想请教一下德邻兄，共军鲸吞长江以北，恐已没有什么悬念了！德邻兄觉得，我们以后该怎么办？"

李宗仁沉吟了一下："我们现在军事、经济、政治、人心各方面处于下风，步履维艰；尽管如此，我们也只有和共产党周旋到底，走一步算一步了！"

蒋介石又摇了摇头："这样下去不是个事；我觉得，仗是不能再打了，至少一年之内不能再打了！我看这样吧，我暂时退休，由你顶起局面，找共产党讲和吧！"

李宗仁听了，心里一阵狂跳，脸也红起来；但他明白不能猴急，得装起一副恬淡的样子。

"你尚且没能让他们同意和谈；我就更不行了！不，不行……"

"不不，这个是，情况不同了！共产党对你的成见相对小一些，你站出来倡议和谈，一定会发生作用，至少共军的进攻也会缓和一些！"

李宗仁心里寻思，这厮如此急不可耐，不可遽然应允。便佯作愁眉苦脸状，说：

"总统，这种复杂局面连你都掌控乏术，我就更不行了！无论如何，我是不能承担此事的！"

"不用担心，这个事我会在幕后全力支持你的！你出来之后，共产党至少不会逼我们那么紧嘛！"

李宗仁心里想，狐狸尾巴露出来了吧；好家伙，我在台上当木偶，你在幕后提线，"娘希匹"，想得美呀。必须要逼你"娘希匹"的把权力交出来，你李爷才会松口。

蒋介石劝说了两个小时，李宗仁还是不肯。最后蒋介石只好叫他务必再考虑一下,"勿让天下失望",就告辞走了。

第二天,蒋介石又派张群、吴忠信到傅厚岗劝驾。

这两个大员仗着平日与李宗仁颇有交游,私谊不坏,竭尽舌底翻澜之功,轮番摇唇鼓舌,整整折腾了五个小时。

李宗仁冷笑着索性揭露了蒋介石又在玩以退为进花招,暂时把别人当木偶送上台表演一番;时势顺了后便一足踢开。他说:

"礼卿兄、岳军兄,二位怎么也跟总统一样犯糊涂了?当今局势与民国十六年完全不一样了,总统这次下野可比不得那次下野,未必能解决问题呀!"

"那德邻兄觉得用什么方法才解决得了问题?说说看,总统一定会采纳的!"

李宗仁当然不会说出"掏心窝子"的真话,即蒋介石交出全部中央军,而且出洋游历五年,我老李就能解决问题。木讷了一阵,只好两手一摊说:除了请总统干下去,别无长法。

最后,张、吴二人只得索然告辞。

过了几天,蒋介石派俞济时把李宗仁接到官邸谈话。还是谈同一个话题,李宗仁同样还是拒绝出头干活。蒋介石后来怫然说:

"我以前劝你不要竞选副总统,你偏要凑这个热闹;需要你担担子的时候,你又这样推三阻四!我不知道你居心何在?我告诉你,我横竖要回溪口休息去了,按照宪法规定,我不干了,便应该由你来接着干;你既然争夺到了副总统的大帽子,那就干也得干、不干也得干!"

李宗仁听他说到"回溪口休息"的时候,很想马上说"你只要是出洋休息",我马上就会同意干;但明白此时还不是可以如此直白的时候。

李宗仁如此三番五次做为难状,拒绝登台,意在把已然焦头烂额的蒋介石逼上绝路,不得不交出中央军的兵符。

其实,所谓蒋介石走投无路,主要在于军事上的一再溃败、经济上的一塌糊涂;并不是桂系捣乱所致,后者不过是落井之后投以石块而已。

二

粟裕在华野前指对他的参谋长陈士榘说,军委向我们通报了全国战场的发展态势,可以说是一片大好。北线的平津战场,东野与华北军区完全切断了傅作义集团陆地、海上的逃路,顺利地进入了第二阶段的作战,拿下津、沽指日可待。所以,我们这里缓攻杜聿明集团以配合北线我军抑留傅作义集团的目的已经达到了。我华野各纵在休整期间秣马厉兵,现在堪谓空前的兵强马壮,士气高昂。而杜聿明集团却在饥寒交迫中苟延残喘,自然减员十分严重,成建制跑过来投降的陆续达到一万多人。

陈士榘笑嘻嘻问道："司令员的意思是不是总攻时刻已到？"

粟裕兴奋地说："说得对！我们应该马上电禀毛主席，建议趁敌人尚未能得到粮弹补充之际，发动总攻，尽快解决这伙敌人！"

粟裕命副参谋长张震起草致军委电文，同时附呈作战部署。

军委收到他们的请示电两天后，复电同意他们的请求，也肯定了他们的部署；那是一九四九年一月二日十四时。

当天二十四时，粟裕和陈士榘向部队下达了对杜聿明集团的总攻令。

这份总攻令较长，以下仅摘录其作战部署。

总共用十个纵队二十五个师组成东南北三个突击集团。各突击集团的编组及任务为：

东集团由三纵、十纵、四纵、渤海纵队共九个师编成，由十纵司令员宋时轮、政委刘培善统一指挥。该东集团负责分割、攻歼李弥十三兵团。

其三纵首先攻歼窦凹之敌，尔后攻歼陆菜园、刘庄、陈楼、王刘庄之敌，得手后向罗庄、竹安楼扩大战果；向北与一纵打通联系，楔入邱清泉、李弥兵团的接合部，以割裂邱、李兵团联系。坚决阻断邱清泉兵团从西向东救援，保障十纵、四纵作战安全。

十纵首先攻歼李庄、后刘园、赵园之敌，尔后纵队主力攻歼小新庄、小丁庄、张庄、朱庄、孙庄、崔庄之敌。得手后，以一部监控青龙集之敌；先以主力向西攻击，协同三纵作战，或以四纵一部加入，协同该纵攻歼青龙集之敌，视战况发展再定。

四纵首先攻歼鲁老家、臧凹、吴楼之敌；尔后向耿庄、邱庄、夏凹、胡庄、贾庄之敌攻击，协同渤纵、一纵攻歼八军、五十九军。

此前渤纵除以一部包围监控陈阁之敌，主力首先攻歼万庄之敌，尔后继续向王庄、孔楼、马庄、陈庄、周庄之敌攻击，协同一纵、四纵攻歼八军、五十九军。

以上具体部署由宋时轮、刘培善掌握。

北集团由一纵、九纵、十二纵共六个师、二个旅编成，由谭震林、王建安指挥。

一纵首先攻歼贾庄之敌，尔后攻歼朱小庄、朱楼、竹安楼、邓楼之敌，并向南与东集团的三纵打通联系，阻断邱、李兵团，协同四纵、渤纵攻歼八军、五十九军。

九纵、十二纵由北向南攻打李弥兵团,歼灭当面之敌,策应东集团作战。其间,十二纵攻歼夏砦之敌;尔后向丁枣园方向发展,协同一纵作战,保障一纵右侧作战安全。九纵以一部伴攻刘集以钳制该处敌人;其主力攻歼左砦、郭营之敌,或争取敌人投降、起义,尔后向王大庄、刘庄、赵庄方向进展。

三十五军①除炮兵调给渤纵外,其余部队仍驻原地待命。

以上具体部署由谭震林、王建安负责执行。

南集团由二纵、八纵、十一纵共五个师、三个旅编成,由韦国清、吉洛(姬鹏飞)指挥。从南向北攻击李弥兵团,歼灭当面之敌,以策应东集团作战。

八纵以一部协同北集团之九纵伴攻钳制刘集之敌;主力首先攻歼魏老窑、魏小窑之敌,尔后向宋小窑、陈官庄方向进展。

二纵主力固守现阵地,防敌向南突围;另以一部攻歼范庄、李明庄之敌,协同八纵、十一纵作战。

十一纵首先攻歼徐小凹、李楼之敌;尔后向鲁楼、乔庄方向发展,协同三纵作战,保障三纵左侧作战安全。

以上具体部署由韦国清、吉洛负责执行。

此外,八纵、九纵、十一纵除主力用于进攻外;应切实注意防备敌人在十三兵团大部就歼和陈官庄纵深受我致命威压后,邱清泉二兵团趁乱大举向西南面、南面、西面突围。对此须预作安排,以免临时措手不及。

外线堵击部队应作特别安排:

鲁中南纵、豫皖苏独立旅、野司骑兵团、两广纵、野司警卫团、冀鲁豫军区之三分区基干团、十三纵,均仍驻原阵地执行原任务不变;七纵三个师仍驻原地待机。

六纵三个师限于五日拂晓前抵达百善集、濉溪口、古饶集之间待机。

冀鲁豫军区两个独立旅,待三纵的两个师接防后,移至铁佛寺一带集结待机。

以上各部,除主力控制阵地集结待机外;各自应向前方友邻部队保持无线电联系,掌握被围敌人动态,及时发现向外突围之敌,并适时配合第一线部队截歼之。

---

① 济南战役时起义的吴化文部。

特纵所属重炮师编成四个炮兵群，分别在陈官庄二十公里外设置阵地，以炮火支援东、南、北三个集团作战。

总攻时间为一月六日十六时；炮击则提早半小时。

一九四九年一月六日十五时，人民解放军华东野战军各部首长，听到参谋长陈士榘用电话发布的指令：

"同志们，开始吧！"

瞬间，上千门远程重炮、各纵所属共约近千门火炮同时射击，持续三十分钟，直如山崩地裂。敌人前沿的地面工事、制高点火力群、地堡系列全部被火海淹没。

炮击暂停，步兵开始冲锋。

东集团从东向西进攻，分割邱清泉、李弥两兵团。

三纵的第一个攻击目标是窦凹。

窦凹守军刚刚遭受华野炮兵群的致命轰击，死伤枕藉；活下来的虽也不少，但都昏头昏脑，不知道解放军将从哪个方向打过来。其高层指挥官懵懂间忽然察觉到了解放军的意图，手忙足乱地抽调一个团去增援窦凹。

三纵炮兵延伸射击，将增援之敌拦截在半道。将其打得落花流水，不久就狼狈逃窜。

随即，三纵炮兵调整射程，转换落角①，向窦凹之敌兜头轰击。只用了十多分钟，就摧毁了窦凹守军的地表阵地。

通道打开了，华野三纵的一个团猛虎般冲进庄内。蒋军乱作一团，纷纷中弹、挨刀倒地；活着的无不晕头转向，稍稍清醒的则哭爹喊妈不知所措，惹得解放军战士大笑不止。

这一个局部小仗，最后俘敌六百多名。

一纵速度更快，仅用了两个小时就攻占了夏庄，继续向纵深攻击前进。

野司参谋处当天统计结果：三纵攻占窦凹，四纵攻占阎庄，八纵攻占魏小窑，九纵攻占郭营，十一纵攻占李楼、徐小凹；都是在三个小时以内解决战斗，共占领李弥兵团九座村庄，歼敌一万三千四百五十二人。邱清泉兵团的七十军军长高吉人也在这一轮战斗中被半华里外飞来的炮弹碎片划成重伤。

正当解放军华野三个集团加紧进攻、迅速缩小包围圈之际，陈官庄临时开辟

---

① 炮弹的弹着区域。

出来的粗陋机场上降落了一架小型飞机。

飞行员彭拔臣给杜聿明送来了迅速突围的书面命令，同时要接走高吉人军长。

彭拔臣送完命令，返回机场。听说高吉人已抬上了飞机，便赶紧跑步前去登机，意在尽快离开这个死亡之地。

不料登上飞机，却见驾驶座被一位中年军官占坐了。

彭拔臣不悦，对这位军官说："请长官到后面去挤一挤吧！"

军官说："后面只一排座位，挤了五位女眷；担架上又躺着高军长，我能去挤吗？"

彭拔臣说："那就只好请长官下去了！你坐了驾驶座，谁来开飞机？况且这是教练机，不能多带人！"

军官说："老弟，将就一点吧，快起飞呀！"

彭拔臣哭笑不得："这个怎么将就呀？请你快让开吧！"

那军官放下脸来，说："鄙人是徐州剿总办公室中将主任郭一予！怎的，中将还不配坐飞机吗？还不够资格吗？"

这时，飞机外面的一些被准予离开战场的高级军官和眷属大吵大闹，说大家都是党国的人，为啥中将可以挤上去，外面就不可以挤上去？剿总总务科长黄绍宽上校发一声喊，冲呀，大家都上去呀。

恰值此时，解放军的炮弹接二连三打到机场来了。

彭拔臣急得满头大汗，心想再飞不走就交不了差；不管三七二十一，一屁股坐到郭一予中将的腿上，推动引擎起飞。谁知那个倒霉的剿总总务处上校科长黄绍宽，挤在飞机的推进器旁边没有走开。推进器一转动，他的手臂断了，腰上裹的金条和银元也被打得满天飞舞；推进器因而发生故障不动了。解放军的炮弹打过来，恰好命中飞机左翼，机尾机足都受了伤，再也飞不动了。那些瞎起哄的人一哄而散，机场上连警戒兵也跑光了。那位瞎耍赖的郭中将也不知去向。只有高吉人跑不动，在飞机上干喊救命呀。①

七日，李弥命令放弃陈阁、马庄一线多处阵地，向邱清泉兵团靠拢；八军转移到罗庄，九军和兵团部转移到空投场和李庄。上午解放军尚未攻击，李弥兵团各部就从青龙集（不含）以西的所有村庄后撤了。华野东集团不战而向前跨了一大步。

七日夜，华野东集团再发动进攻。又歼敌三个团，生俘三千多人，进占二十一座村庄。

九日早晨，李弥兵团再次收缩兵力，企图向西突围。

华野很快就察觉了其意向，命令前线部队提高警惕。

---

① 彭拔臣《我在淮海战场上的短暂时日》，载香港《文史春秋》1985年6期。

三纵以猛烈火力组成火墙，阻止了敌人的去路；继而发起声势浩大的冲锋，歼敌一千多人。

杜聿明东部防线已支离破碎，总部也暴露在华野大军威压之下，连迫击炮也可打到陈官庄了。

杜聿明匆忙将七十二军残部数千人调过来，沿鲁楼河组成防线；在乔庄的桥头南北两侧设置十挺重机枪、五十挺轻机枪，以阻止解放军过河。

华野东集团三纵派遣八师之二十一团拟先将乔庄之敌包围歼灭，然后再全力攻歼胡楼守军；九师二十团、二十七团配合八师行动，向乔庄、胡楼进攻。当夜，二十一团借夜幕掩护，分路偷渡鲁楼河，突然包围守敌。在无数支冲锋枪扫射下，乔庄蒋军完全丧失了招架之力，虚晃一枪就仓皇逃遁。

十纵也相继夺取了李庄、赵园、小辛庄、金寺庙、朱庄、孙庄，歼灭了大量敌人，还迫使了一个营投降。

青龙集是李弥的兵团部，也是陈官庄的屏障。此时这个地方已十分危险了。

杜聿明下令必须死守青龙集以外的各个据点；企图依仗这些据点事先筑就的坚固工事，作困兽之斗。

十纵二十九师一部在纵队参谋长李曼村带领下，在陈官庄临时机场以外向蒋军第八军军部发动攻击。

八军军长周开成不敢接招，仓皇逃离。他晕头转向，到处乱窜，倒是逃离了解放军八十七团的枪口，却又撞进了八十五团的阵地。他居然误以为是"友军"阵地，派了随行的一个排长前去联系。

那排长一进入阵地就当了俘虏。

李曼村参谋长命令这个俘虏排长"喊他们过来"！

俘虏排长遵命回头向周开成一行招手。

周开成长吁了一口气，在随从簇拥下，稀里糊涂地走过来了。刚进入阵地，先前当了俘虏的那排长就指着他向李曼村参谋长介绍道：

"报告长官，这就是我们军长！"

李曼村乐滋滋点头，风趣地对周开成说：

"军长来了，欢迎欢迎！"

周开成揉揉眼睛，发现对方军服不对，这才发觉上当了。只好叹了一口气，说：

"算我倒霉！"

华野南集团从西南面向东北面进攻。

正式打响前的五日夜晚，二纵的三个师实施近迫作业，将交通壕挖到敌人阵地不到一百米的地方；然后左右横向发展，修建成总攻时突击队的出发基地。作业过程中，蒋军前沿部队开火骚扰，企图阻止；二纵炮团及时开火压制，阵前重机枪也射击掩护。蒋军的骚扰未达目的。

六日，攻击令发布后，野司炮群作例行清障式炮击，纵队炮兵也配合射击。

炮击刚一停止，四师十一团、十二团就从还残存着新鲜土腥味的突击出发基地跃身而起，以闪电般动作脱离壕沟，箭一般冲向蒋军的一线据点李明庄。在步炮与机枪群掩护下，三分钟就冲入村庄。激战一个小时，全歼李明庄守军二〇七团，其中俘虏八百多人。

四师首长动员俘虏写信向范庄守敌劝降。

蒋军九十六师副师长田生瑞接信后，举棋不定。

四师首长命令继续攻击。

十二团七连奉命担任先锋突击，直插范庄，冲进敌指挥所。全歼敌人九十六师师部及其属下二八六团。

七日十六时三十分，六师对王庄发起攻击。

他们将步兵炮推到距敌仅五十米的地方直接对准目标，当平射炮用。轰然击发，一座地堡火光四射，旋即硝烟和土石又吞没了火光，地堡完蛋了；五门步炮次第击发，炮炮命中，不费吹灰之力，全部将其堡垒摧毁。

十分钟炮击结束之后，步兵冲入阵地，冲锋枪扫射、上了刺刀的步枪不断猛戳。全歼敌九十六师残部。

六日夜晚，华野北集团由西北面向南、东南发起攻击。

一纵二师在纵队炮团火力和野司远程重炮支援下，步兵突击队奋勇冲向敌人重要据点夏庄。

敌人在夏庄外围构筑了几十座地堡，村庄正北面高地上精心建筑了六个火力层；其多数兵力则转入地下，依恃深沟高垒作困兽之斗。然而华野部队乃得胜之师，指战员没一个孬种，个个都是不怕死的好汉。他们组织了十多个爆破组对付未被炮击摧毁的地堡和别的工事；每个人都背负炸药包，一手拖着火箭筒，一手协助两腿侧身爬行。就这样近距离将敌人工事摧毁，无法靠近的地堡则用火箭筒直射，很快就扫清了道路。步兵冲到敌人阵线内，一阵拼杀，除打死的外，生俘了一千多人。

一纵三师从三个方向对朱小庄发起进攻，仅用了三个小时就将守敌全部歼灭。然后向陈官庄方向推进，向丁枣园发起钳形进攻。用了一整天，将蒋军王牌军邱清泉兵团的第五军四十五师逼向死角。此刻四十五师已是第五军的残部了。

深夜十一时，一纵三师政委邱相田接到七团政委徐放的电话：对面敌人过来一个打着白旗的蒋军少校，自称四十五师新闻室主任，是来接洽谈判的。

敌人投降了。

三

李弥兵团部所在地被突破了。这让杜聿明霎时心如死灰。尽管全军覆没已无丝毫悬念，他也准备为报蒋介石的知遇之恩而血战到底，满心希望能坚持得久一点，杀伤共军多一点。致电蒋介石，称已无望再坚守下去，请求恩准他十日突围，请求派飞机支援，投掷毒气弹开辟一条通道来。

蒋介石复电同意了。

国防部通知出动一百五十架飞机，由王叔铭率领，九日上午飞到陈官庄上空向解放军阵地狂轰滥炸，企图为杜聿明集团炸出一条突围的通道来。然而，解放军的五百多挺高射机枪向空中射出道道火绳，织成了严密的火网。王叔铭的座机也差一点被击中，他率领的飞机在半个多小时之间陆续被打下去十二架。震慑于共军的防空力量，慨叹一番真是今非昔比之后，命令机群撤离共军高射机枪所及空域；俟瞅准机会，趁其不备，再飞回来投弹，然后迅速飞离。

九日黄昏前后，杜聿明到陈官庄第五军司令部。命令剿总前线指挥部、战车部队在陈官庄以西集结，教副参谋长文强指挥；企图次日一早再约空军掩护，能突出去多少算多少。

杜聿明刚到陈官庄，解放军的炮击就跟踪而至。

杜聿明十分困惑。

文强自作聪明地说，总座身边一定有共谍。

杜聿明知道他一向喜欢胡吹，没理睬他的话。一径钻进了五军军部的掩蔽部。

李弥、邱清泉和五军军长熊笑三跟进隐蔽部见他。

这三人都主张当夜借夜幕掩护突围。

杜聿明说，既然总统已经明确指示十日突围，又有空军掩护，我们就执行命令吧。他心里的盘算是，仗打到这个程度，蒋介石气不打一处来，可能以违令或修改命令为由找替罪羊，让替罪羊替他承担徐蚌会战失败之责；所以这最后关头一定要不折不扣照他的命令办，他就奈何不了别人。这个心理活动当然不能对邱、李二人坦言；特别是邱，极可能以后向蒋告密，说杜某人的心没放在作战上，专门与校长斗心思。

邱清泉、李弥、熊笑三一致认为白天突围无希望；熊笑三说空军根本靠不住，今天上午被共军打退，又损失那么多飞机，明天即使来也不过虚应故事，不会认真帮忙的。

杜聿明怫然挥了一下手，说："如果你们要今晚走，那就先走吧；我个人在这里守到底，免得耽误大家！"

邱、李两位愣了一下，面面相觑，一时不知怎么说为宜。

熊笑三却不忌生冷，冷笑了一声，说：

"总座怎么耍起了小孩子脾气？我们作部下的向您请示，也是为了您老人家的安全着想，为部队的存亡着想！"

邱清泉是熊笑三的直接上司，两人早就配合默契了，无论采取什么办法，定要迫使杜聿明下令今晚突围。邱清泉佯作愠怒，训斥熊笑三道：

"你怎么能对总座这样说话？目无长官嘛！"旋又转面对杜聿明赔笑道："总座，笑三这厮确实是好意，就只脾气太糙！都是清泉平日有失管教！"

杜聿明哼了一声："不管他好意歹意，我还是主张执行总统命令，明天上午在空军配合下突围；你们也不想想，夜幕掩护得了吗？人家是夜猫子长成的大老虎，打夜战的专家，你能占便宜？"

邱清泉向熊笑三使了个眼色。

熊笑三会意，故作恼怒地冲出去了。

邱清泉向杜聿明、李弥苦笑着摊开两手，说："这厮脾气太糙了！"

不一会儿，四周机枪、大炮之声大作；听声音弹着点还不及一公里。旋即，熊笑三气急败坏地跑进来，喊道：

"总座，共军逼近司令部了，要赶快下决心呀！"

"哎呀，不好！"邱清泉也故作惊慌，"总座，再不下命令就太晚了！"

杜聿明枪炮声一响就在注意侧耳倾听。他是老行伍了，很快就判断绝不是共军打的。他冷冷一笑，掠了邱清泉一眼，又瞅着熊笑三，平静地说：

"拉倒吧，别闹了！这是你的五军自己在打；笑三，你出去问他们为什么要这样！"

熊笑三嘴巴动了动，似乎还想争辩什么，却终于没说出来。

邱清泉见杜聿明识破了，只好解嘲地对熊笑三说：

"没听见吗？总座叫你出去看一下，制止他们不要乱打；问他们是不是手里的弹药太多了消耗不完？"

熊笑三出去只十分钟，枪炮声就停了。

杜聿明气得用力挥了一下手臂，对邱清泉、李弥咆哮道：

"既然你们都是这样坚持今晚就走，那就分头突围好了！"

邱清泉、李弥都劝杜聿明同自己一起走；意思是扔下部队，几个人偷偷溜出包围圈。

杜聿明双眉倒竖，怒斥道："跟你们一起走，好让共军一网打尽？再说，我就这样逃跑，如何对得起部下？办事要对得起自己的良心！还傻站在这里等死吗？

赶快去通知部队自找出路吧！"

杜聿明说到这里，悲从中来，忍不住声嘶力竭地呼叫了一声"天呀"，随即泪如雨下。

他随后给蒋介石发了最后一份电报，大意是：各部已在共军强势攻击下陷入混乱，无法维持到明天，只好当晚分头突围。

随后就通知前指副参谋长文强集合总部直属战车部队，并焚毁重要文件，等待命令。因前指参谋长舒适才在南京未归，几天前杜聿明就叫李汉萍代理参谋长；并不是吹牛家文强在几十年后的口述实录里说的他正式升任参谋长了。可见"口述"也未必真实，必须得核对原始材料才能确认。

这时邱清泉又来了。他整死也要跟随杜聿明，并声称已安排好部队分头突围了。

李汉萍也劝杜聿明让邱清泉一起走算了。

杜聿明一言不发，呆坐在那里。李汉萍借着汽灯的光，见他面如死灰，双目呆滞得令人打寒战，像死人一样。

邱清泉到了这个时候居然还要分清是非曲直，撇清自己的责任。他说："现在这里三面都有重重共军，根本碰不得；我的侦察兵探得西南方向共军少一些，能够找到走出去的缺口。只是……大家突出去以后，谁能活着到南京，谁就向总统报告这次失败的全部经过，还有今天晚上的情况！"

杜聿明的眼珠终于可以动了，第一个动作就是鄙夷地乜视了邱清泉一下。然后艰难地起身，只说了两个字：

"走吧。"

大家让杜聿明走在最前面；后面是邱清泉、谭辅烈①、李汉萍。为了不致走散，后一个人的一只手搭在前一个人肩上，作蜿蜒翩翩蛇形状，杜聿明就是蛇头。由二〇〇师工兵营作前卫，总部特务营作后卫。文强率领的战车部队被安排在这条蛇的左右两侧担任掩护，但相距都在一公里左右。

然而，乱兵拥过来，跑过去；加以天黑难辨，他们很快就走散了。

李汉萍是这个蛇形队伍中最早当俘虏的。

邱清泉就可悲了，出陈官庄不到十分钟就精神失常了；一会儿窜到东，一会儿窜到西，不断高声大呼"不得了啦，共产党来了！"。后来，居然窜到一队解放军跟前，而且举着自己的冲锋枪作准备开火状，嘴巴咆哮道："燕人张翼德在此，谁敢与我决一死战？"结果，一位小战士怕他开枪，迅速举起冲锋枪扫了一下，这家伙就从此再也不发疯了。

---

① 徐州警备司令。

李弥离开了杜聿明、邱清泉、熊笑三后，急急忙忙跑到他的十三兵团九军三师师长周藩的张庙堂师指挥所。

"司令官，您怎么来了？"

"哎呀，傍晚的时候东边防线就垮了，共军正在趁势发展战果！杜老总叫我们去他那里商量；我们建议他下令今晚突围，他不干，固执得很！我离开他出来，不知怎么的迷路了；只好看见有我们的队伍就跟着走。不料走了没多远，就被共军挡住了，只好又回头跑；这样反反复复好几回呢！后来我想，老是这样跟着编制混乱的队伍跑，目标大，容易挨打；便决定来找你们九军。用指北针确定张庙堂方向是朝北，恰好走到你这里了！"

周藩说："我们一直在等司令官的消息！直到二〇〇师接到通知要走了，军长这才判断司令官走了，才决定叫我们出发。司令官来得正好！"

"现在你们打算怎么办？"

"当然是服从司令官的命令！"

"很好！周楼的工事做得怎么样，守不守得住？"

"这个，要问问甫团长。"

"接通电话，我同他谈。"

甫团长对李弥向他垂询受宠若惊。夸张地说他那里工事坚固，部队战斗力也很强，守一周没问题。

李弥不作分析，竟有点欣慰。对周藩说：

"这样就好了！我们到周楼去守住再说，免得被乱枪乱炮打死；一方面也好向总统求救！"

此刻已是凌晨二时了。一路上都是溃兵，根本搞不清番号，来来往往简直像是赶大集。黑夜里走路，加以人挤人、人撞人，不一会儿李弥就走失了。

周藩到了周楼，才接到无线电通报，李弥稀里糊涂地摸到三师的警戒哨去了。

周藩赶快派卫队营去把李弥接到周楼来。

到了周楼，李弥的紧张心情才得以平静下来。他吸着周藩刚给点上的雪茄，斜着身子半躺在椅子上，点点头说：

"好，好，好，到了这里就可保无虞了！不要紧，不要紧，南京老头子他们正在呼吁和平，快要有结果了！只要你们能坚守几天，就有希望出去！"

周藩愁眉苦脸地说："没有吃的、喝的，怎么能守得住呢？等南京谈判谈出了结果，还不把人饿死了呀！"

李弥宽慰道："不会好久，不会好久的；我敢说，三两天就可以谈成的！"

这句话刚说完，李弥就迷迷糊糊地睡着了。

大家见他那么有信心，以为有什么内部通报，也安下心来，都睡去了。

但只睡了两个小时；凌晨七时，持续不断的炮击声把他们全都惊醒了。

周楼阵地上的一名营长的一只胳臂炸飞上了天；另一名营长的腿虽没脱离身子，骨头却断了。紧接着，周楼的几千人马全部跑了，只剩下一个营还在那里坚持着。

兵团副司令赵季屏、三师师长周藩，以及周藩麾下团长甫青云等几个人都跑到李弥躺着的椅子旁，请他拿主意。

"你们以前都当过参谋长，平时一个个都做起足智多谋的样子，现在想出个办法有什么难的！"李弥说罢，闭上眼睛装睡。

大家面面相觑。好几分钟，谁也不说话。

赵季屏把周藩拉出去，对他耳语道："看来司令官是想让你们去投降，掩护他脱身出去！"

周藩这才恍然大悟，难怪夜晚李弥睡得那么踏实，原来早就想好招了。周藩觉得，去投降，寻求一条活路，未尝不是个办法。便去叫醒了李弥，说：

"司令官，再打下去，残存的三五百官兵全都得输光；我们也跟着完蛋！我可不可以派个人送个请降书给共军？"

李弥眼睛一睁，不假思索地说："可以这么办！"

副官把求降书写好后，李弥、赵季屏、周藩都不敢署名；最后由副官写上"周楼守备部队长"。

后来，条子送出去了。

一会儿有人送来了一封劝降信。是被解放军华野九纵二十七师俘虏的九军一六六师师长萧超伍写的。那信告诫他们，不投降就会被一个不留地消灭。

李弥将信扔到椅子的小桌上，说："看来他们还没有收到我们那封信；还是等一等吧，等我们那封信的回音吧。"

又过了一会儿，又一封劝降信送来了；是解放军前线指挥官写的。大意是立即投降，主官出来报到，部队放下武器待在原地等候点验："否则立即进攻，玉石俱焚，不可自误！"

李弥狡黠地扫视大家，说："共军要主官去报到；我是兵团主官，不是周楼主官！哪一位出去？"

大家你瞅我，我看你，谁也不吭声。

大家沉默了很久。后来李弥居然出乎意料地放声大哭。边哭边说：

"我不能死呀，总统还需要我组建新的兵团呀！我如果出去了，一定厚待你们的家属，请大家放心！"

周藩意识到，李弥是要他去共军那里报到。他心里很反感，但又鉴于上下之分，不便多说。旋又想起甫青云这家伙是李弥同乡，李弥把他从排长一级一级提拔起来的，而且又是周楼实实在在的主官。便故意说：

"应该是甫团长去共军那里报到！"

甫青云一听，吓坏了，立刻放声大哭。边哭边诉说：

"我不能去呀！师座，我家里有九十岁老母呢，谁来管呀！"

"甫团长，你才三十二岁，哪来的九十岁老母呢？"周藩冷笑道，"好了，好了，不用哭了，我去不就行了吗？"

李弥瞅了一眼始终跟随着他的副司令官赵季屏，目光有所示意；却对周藩说：

"周师长，你也不用急，等一会儿再去。"

周藩却瞧见了他对赵季屏以目示意，猜到了叫他"等一会儿再去"，其实是等他们化好装。

果然，他们两个以及受到指定陪伴李弥逃跑的几个人都换上了士兵服装；李弥这位化装大师还不顾别人以不吉利劝阻而坚持套一件刚打死不久的士兵的血大衣。

一切就绪，正要行动，已经被俘的九军参谋长卞根湘奉解放军命前来催促投降。看见李弥在这里，略有点诧异，说：

"啊，司令官也在这里呀！"

李弥将一根食指竖在嘴唇上并嘘了一声，叫着卞根湘的表字小声说：

"宁良，千万不要告诉共军我在这里！"

卞根湘会意地深点了一下头，做了个教他放心的动作。

李弥又做出可怜的样子，泪汪汪地瞅了瞅周藩和卞根湘，央求道：

"你们千万不要揭露我呀，就算我求你们了！如果我能回去，我一定奉养你们的双亲、照顾你们的妻儿！"

功夫不负有心人，此后虽几经折腾，李弥终于逃脱了。解放后在缅甸北部当了几年的土匪头子。

杜聿明在副官、卫兵簇拥下，先向西窜。出了陈庄（不是陈官庄）又折向东北。

到处都是运动着的解放军部队，时时刻刻都威胁着这一小股队伍的安全。剃光了胡子的杜聿明，在几个卫兵搀扶下，跑跑停停——停的时候就隐藏在炮弹坑里或战壕里。杜聿明估摸着，跑出了十多公里了，怎么共军越来越多？他们的包围圈究竟有多厚呀？难道那个粟裕有撒豆成兵的本事不成？究竟什么时候能跑出包围圈呀！

忽然，几名解放军战士端着上了刺刀的步枪围住了他们，问他们是什么人。

副官上前解释，口称是送俘虏的；还随口胡诌了一个番号。

这当然难逃人家的法眼，马上就被收缴了武器，抓起来了。

他们被押送到距陈官庄几公里的莫庄；这里是华野四纵的俘虏收容所。

卫生处处长赵云宏告诉收容所负责人陈茂辉（四纵政治部副主任），又抓到一个身穿蒋军士兵服的中年人，细皮嫩肉，还有十来个卫兵、副官，看来官儿一定不小！

俘虏收容工作有一项就是清查高级军官，不使漏网。

送这十来个俘虏来时走得特别慢，几公里路程走了两个多小时。

陈茂辉很光火，抱怨道："怎么搞的，你们是在逛大街呀？"

押送俘虏的战士委屈地解释："首长，你可不能怪我们；都是这几个俘虏实在太娇嫩了，什么都怕，飞机、枪声都怕得不行！一听到枪声，马上就趴到地上，听到有飞机声音也要趴下！我们真拿他们没办法！"

陆续进门的几个俘虏，陈茂辉都觉得较普通；最后进来的一个家伙，脚被绊了一下，头撞在门框上，疼得双手抱了半天脑袋。此人年龄较大，一身士兵棉军服，虽自称是军需官，目光里却透出一缕说不出是自持还是傲岸的味儿。经验丰富的陈茂辉心里一喜，认为定是一条大鱼。陈茂辉客气地把他请到小方桌边的长条凳上落座，递给他一支美国骆驼牌香烟。

陈茂辉突然问道："将军是哪个兵团的？"

那厮正在吸烟，赶紧回答道："十三兵团的……不，不，我不是将军；惭愧，只是少尉！"

杜聿明终于被一个部下认出来了。

陈茂辉为了优待他，把他安排到一个单间居住；那是个小磨坊。不料杜聿明却一头撞到石磨上，企图自杀。但因为怕痛，撞得较轻，只碰破了一点皮。

很快，他就被送到了四纵司令部。

四纵政委郭化若热情地接待了他，递烟（也是骆驼牌），亲手给他沏茶。郭化若笑嘻嘻地说：

"杜将军，你可能不知道吧，我们可是黄埔校友啊！算起来，你是我的学长呢；我是四期的，与我们东野的林总同期，你是一期的嘛！"

"黄埔……"杜聿明欲言又止；此刻不知想起了什么，禁不住眼眶潮湿，"我很惭愧啊！"

"杜将军，你经历了两个战役，我想请教你对辽沈、淮海的看法！"

"败军之将，岂敢……"

"我拜读了你的日记，有的看法还不错；有的嘛……还值得商榷！"

"如果真要说几句的话，我认为……我们在东北战场的失败，根本原因是陈诚、卫立煌太无能了！此次徐蚌战役，完全是因为蒋校长听了蠢猪刘峙的话，拒不采纳我的意见！"

郭化若没点头。沉吟了一下，说："老学长，请恕学弟不敢苟同！道理我不想深说，你只需想一个问题就明白了：为什么你们的军队损失多少，总兵力就永久性地减少多少；而我们部队的总兵力在战斗中也在大量伤亡，为什么不减反增？"

杜聿明木然，他此刻脑袋里一片云雾，想不明白这话的含义。

郭化若又说："因为我们的屁股坐在占全国人口百分之九十五的人群那一边；这个群体就是穷苦的农民和工人！这才是你们失败的根本原因！"

从一月六日十六时起到一月十日十六时，历经九十六个小时不停息的战斗，英勇的人民解放军华东野战军全部肃清了陈官庄、青龙集地区几十个村庄的蒋军二十个师十六万八千一百六十二人，只三万余人逃脱。这是淮海战役中，解放军消灭蒋军最多、所花时间最短、付出代价最小的一次作战。这是淮海战役的第三阶段；这个第三阶段还须包括一九四八年十二月十六日（含）以来的一些时日。把那些前前后后对付率部突围的孙元良部分人马包括在内，那么到陈官庄战斗结束，华野就共歼敌蒋军一个剿总前线指挥部、三个兵团部（二兵团、十三兵团、十六兵团）、十二个军部、三十个师（其中有二十五个整编师）共二十六万二千一百五十人，其中打死打伤六万一千一百一十人，俘虏十七万七千四十人，投诚二万四千人。（第一阶段的歼灭黄百韬兵团当然未计算在内。）

淮海战役总共历时六十六天。参加作战的华野部队为十六个纵队，中野为七个纵队，以及华东军区所属地方部队（鲁中南军区、苏北军区）共六十万人；蒋军参战者为徐州剿总所属七个兵团、两个绥靖区、三十四个军共八十万人。解放军共歼灭其五个兵团部五十六个师共五十五万五千多人，其余二十多万人或溃散或及时退缩了。

斯大林获悉，在记事本上写道："兄弟的中国人民解放军以六十万战败八十万，旷古奇迹！"

新中国建立以后，斯大林对首任驻人民中国的大使尤金说："淮海战役打得那么成功，是世界战争史上少有的！毛泽东同志真是战争天才，他绝不是西方那些只靠钢铁打仗、毫无战略艺术素质的伪战略家可以比拟的！你到中国以后，帮我办一件事好吗？就是探问淮海大战获胜的过程，细枝末节都要，我要好好研究！"

毛泽东听罢尤金转达的斯大林的请求，乐呵呵地说："要说第一份功劳，那不是我，应该是粟裕同志；我只不过是个协调者罢了。最早提出淮海战役设想的是粟裕，最后完善这个设想，也是粟裕和中央反复讨论确立下来的；同时，前线的主要指挥者也是他，不是我毛泽东呀！"①

---

① 《在历史巨人身边：师哲回忆录》原话，中央文献出版社，1995年4月版。

解放军在此前调整了称谓：东野改称第四野战军，西（北）野改为第一野战军，中野改称第二野战军，华野改称第三野战军。各野战军领导机构不变。例如三野，陈毅仍为司令员（中野副司令员）；粟裕仍为代司令员兼代政委并兼野司前委书记，实际主持工作。

第四十章

一

一九四九年一月六日，华北剿总政工处处长王克俊一早就到周北峰家里。

这天是腊月八日。周北峰笑嘻嘻说，来得正巧，家里厨子正在熬腊八粥，一会儿咱俩喝两杯如何？

王克俊摆了摆手，请他一同坐自己的车到李阁老胡同张东荪家去。前一章提到过，张东荪是民盟驻北平的代表。

到了张东荪家。略事寒暄，王克俊就切入了正题。他对张东荪说：

"张先生那天代表民盟所谈的意见，我们研究了好久；前天傅先生请你吃饭的时候对你谈及一些意见，周（北峰）先生也赞成。傅先生说，今天你们就可以出城找解放军去！你做好准备了吗？路线和联络方式都安排好了。出西直门，一直到前线；解放军那边也有接应的人。你们两位就坐我的车去吧。……没关系，我叫个黄包车回去就行了。"

交代完任务后，王克俊就告辞了。

不一会儿，后院一位青年男子出来。笑盈盈向周北峰伸出手，自我介绍名叫崔月犁①，是解放军平津前线指挥部派来与民盟联系的代表。时为华北局城工部学委秘书长。

"周先生，我们知道你的情况。我代表前指欢迎你去商谈和平解放北平的事！"

周北峰也很高兴。说："我们是否先在这里交换一下意见？"

"不必了。两位现在就出发吧！我们已经给两位安排好了，出西直门直奔海淀，那里有我们的人迎接；联络口号'找王东'，也就是'直往东'的谐音。希望两位能做好这一工作！路上请保重！"

崔月犁此前吩咐张东荪的儿子做了一面小白旗。现在就将小白旗交给他俩，通过火线时使用。

周北峰、张东荪乘坐王克俊留下的汽车出发。

到西直门，停下来接受检查。

---

① 二十世纪六十年代曾任中华人民共和国卫生部党组书记。

城内外关键地段都是傅系部队，不会检查他们。只一名上校跑步过来敬了个军礼，笑嘻嘻对周北峰说：

"主任还认识部下我吗？"

周北峰端详一番，搜索记忆，却没有这个人的印象。却又不好意思扫人家的兴，只好说：

"面熟得很！就只想不起来我们在什么地方会过……瞧我这记性！"

"部下名叫卫树槐。在河曲军官训练团的时候，您是我们的政治部主任！现在部下是负责西直门一线守备部队的团长；今天专门在这里恭迎二位，免得下边官兵不晓事，怠慢了。"卫树槐又说："出西直门，汽车直开万牲园；万牲园前面白石桥拐弯的地方，有人接主任。不敢耽误二位的公事，请吧！"

汽车于是又向颐和园方向驶去。

到了白石桥，一个军官拦住了汽车。上前敬礼，问道：

"是周处长吗？"

"是的。"

"汽车不能向前开了，请下车吧。这里是第二道防线，距前沿战壕只五百米。二位步行到那里，有人指给你们穿越火线的路线和办法。我认识周处长，前沿的人不认识；我写个条子，请处长交给前沿那个连长。"

就这样，这两位夹着皮包头戴皮帽像大学教授的人，提着手杖步行前进了。

他们一面走，一面注意道旁情况。

后面那个军官大声喊道："请走马路中间；千万别走两旁的土路，那里有地雷！"

他们又向前行走了一段路，就到了前沿战壕。

这时，道旁草棚里出来一名上尉军官。周北峰将纸条交给他。这军官看后，说：

"两位先生过火线要慢慢走；走快了容易引起对方误会，有可能开枪！从昨天到今天，这里很安静，对方没有打枪打炮；不过还是要小心，听到枪声赶快卧倒！另外，要看见对方招手才可以过去！"

周北峰、张东荪又继续向前走。心情越来越紧张，生怕什么时候一颗子弹呼啸飞来。走了约莫一百多米，突然听到威严的喊声：

"什么人？站住！"

他俩这才看见农业研究所大门外石桥上有几名挎冲锋枪的解放军战士。周北峰赶紧拿出小白旗摇晃，边摇边走了过来。到了跟前，解释是燕大教授；好久没回家了，要回家看看。

一位十七八岁的战士自称是班长，笑着点点头，说明白了。便把他俩请到前沿的一个指挥所去。

这个指挥所设在海淀镇西南角的一个大院内。一位解放军干部接待他们,陪他们谈话。他们向这位干部说"找王东";随后简单说明了来意。

两个小时许,来了一辆吉普车,请他俩上车。行驶了一会儿,周北峰发现是在向颐和园方向开,不解地问道:

"我们应该去清河镇呀,现在怎么好像是在向颐和园方向走?"

陪伴他们的解放军干部笑着解释道:"上级指示把二位送到西山那里去!"

半小时许,吉普车进了一个小村庄。在一个大院的门口停了车。

第四野战军十三兵团司令员程子华站在门口迎接他们。

抗日时期,周北峰与程子华在山西汾阳、离石等地接触过多次,彼此颇熟。程子华热情地向他伸过手去,脸上是老朋友见面的笑容。说:

"欢迎呀!路上辛苦了,累了吧?"

周北峰向程子华介绍了张东荪。大家一面寒暄,一面进入专门为他俩布置的小房间。

房间里有一个大火炉,上面坐了一壶开水,沸水的热气直冒。

程子华陪他俩吃过饭后,大家就漫谈起来。

后来程子华说:"今天本来准备请你们从海淀向东去总部;后来我考虑时间晚了,要绕道北山足下,路不好走,所以请二位就在这里休息。明天一早再出发吧;也不要紧,当天下午就能到总部的。"

次日早晨,程子华派了一辆大卡车送他俩;由一位参谋带一个班战士护送。

下午四时许,到达蓟县。

刚下车,就有一位穿解放军制服的人笑嘻嘻上前招呼道:

"周先生、张先生一路辛苦了!周先生不认识我了吧?"

"好像……在哪里见过,记不准确了。我这脑子!"

"我叫李炳泉,在《平民日报》干过;现在由我负责接待您和张先生。我已经用电话向领导报告二位来了。这个地方是蓟县城东南的八里庄,总部离这里还有一段路。"

李炳泉陪他们吃饭的时候,听见门口有汽车停下来的声音。

一会儿,总前委成员、华北军区司令员聂荣臻进来了。

大家忙放下筷子站起来。

李炳泉作了介绍。

聂荣臻很客气,请他们继续用餐。

饭后,聂荣臻与他们漫谈了一番,没有接触正题。只半小时,说他们一路劳顿,累了,先休息吧。然后握手道别。

几分钟后，李炳泉又把周北峰叫到院子里，低声对他说：

"聂总在东边那个院子里，请您过去谈谈！"

聂荣臻只与周北峰谈了几句闲话，很快就转入了正题。

"你的情况我们了解，这次由你来商谈，很好！一九四六年在张家口，你代表傅先生和我们会谈。那时傅先生找我们商谈只是个骗局，所以我没有和你们见面，只让王世英同志和你们见了两次。这次你来了，我们很欢迎！你看傅作义有没有诚意？"

"我看傅先生应该是看清了形势！他这次叫我来，也不是马上就谈出结果；主要是想了解人民解放军对和平解决的条件！"

聂荣臻点头唔了一声。沉吟片刻，说：

"条件很简单，就是请他停止抵抗！另外……你这次来，是谈傅作义全部统辖的部队和地区呢，还是单谈北平的问题？"

"傅先生命我谈全面问题，包括平、津、塘、绥的一揽子和谈！"

聂荣臻点了点头。稍事思索，又说：

"傅先生有没有可能是一方面借谈和来虚与委蛇；一方面又在作困兽之斗的准备，用当年守涿州的办法与我们周旋？"

周北峰想了想，说："这个看不出！他这次叫我出城来谈，我看是有诚意的；当前这是大势所趋，他也明白没有力量抗拒解放军百万之众，只有走和平道路。当然，在具体问题上，还可能会费些周折！"

次日上午，约莫十时，林彪、罗荣桓、聂荣臻、刘亚楼一起到住处看望周北峰、张东荪。这就是说，正式商谈开始了。

林彪首先说话。"周先生，你昨天向聂司令员谈的情况，我们都知道了；今天我们想了解一下傅先生的打算、要求和具体意见。"

周北峰说："昨天夜间我给傅先生发了电报，说我们安抵蓟县后，与聂司令员见了面，约定今天正式商谈。傅先生马上就复电了，电文只有'谈后即报'四个字。"

林彪听了，用询问的眼神瞅了罗荣桓一会儿。罗荣桓向他略点了一下头，就掉头对周北峰说：

"那好吧，我们今天先作初步的会谈。请你电告傅先生，希望他这次要下定决心，不要再变卦了，时势不等人呀！我们的意见很简单，也不能更改：所有军队一律解放军化；所有地区一律解放区化！在接受这样条件的前提下，对傅部的起义人员一律不咎既往；所有张家口、新保安、怀来作战被俘的军官一律释放。傅先生总部人员及他的高级干部，一律予以适当安排。"

"至于傅先生个人的安排，"林彪补充说，"那就是我们中央和毛主席的事了，我们不便在这里妄议;但是我相信会有个很好的考虑,因为保全了古都、交出了军队,傅先生就是立了大功的人。"

时间已近中午,大家一起共进午餐。

饭后,又谈了一段时间。

最后,罗荣桓嘱咐周北峰、张东荪多住几天,好好休息,然后再谈。这显然是让傅作义得到消息以后,考虑一下再说。

此后,周北峰两人每天除了在村内外走走,就是浏览李炳泉给他们送来的报章杂志。每天夜间与傅作义通电报;复电有时是傅作义署名的,有时是王克俊署名的。周北峰从复电中感觉到,傅作义对第一次与林、罗、聂的会谈只谈了笼统的意见,也没有约定第二次会谈的时间,有点焦急。历时五天中,傅作义来电每次都强调了一个意见:希望再次会谈时,尽量具体些。

一直到第五天晚上,林、罗、聂、刘才再次来。

这次开始谈及如何使傅部解放军化,以及总部机关如何改组和人员的安排,以使这些人获得新生活、很好地为革命做贡献。以上内容大都是罗政委代表总前委谈的。

谈了这些后,林彪又对周北峰说:"周先生对刚才罗政委谈的意见有什么看法,傅作义将军还有什么要求,都可以畅所欲言!"

周北峰谈了一些傅作义的考虑。他说,关于军队的改编,出城前傅作义曾教他草拟了个初步意见:以团为单位出城整编;新保安、张家口、怀来作战被俘的人员,希望能全部释放;文职人员则吸收到新的机关继续工作。

周北峰又说:"傅先生在北平的《平明日报》,他希望能继续办下去。另外,他追随蒋介石多年,做了些不利于国家、不利于人民的事;随他工作的人或多或少都犯有不同程度的错误甚至罪恶,这一切他认为应由他一个人承担,对他的下属请不要追究……"

林彪说:"这些都没问题;周先生谈及的那些地区作战被俘人员都可以一律释放,以往的责任也可以不追究,用一句成语说'不咎既往'嘛!愿意为解放战争效力的都可以留下来安排适当的工作;要还乡的,我们除了发给盘川欢送,还要给予证明书,叫地方党政部门以起义有功人员看待。至于傅作义先生本人,毛主席说了,不仅从战犯名单上删除,还要给予一定的政治地位。"

会谈由刘亚楼做记录;任何参谋人员、书记员都不许在场。

谈罢,罗荣桓吩咐刘亚楼将记录整理成文。然后对周北峰说,今天休息吧,明天再谈。

罗荣桓带领林、聂两位司令员和周北峰、张东荪到另一间屋子去喝茶、休息;将刘亚楼留在会谈室整理"会谈纪要"。

几位首长离开这座院子后，李炳泉教周北峰明天不要出去，上午林、罗、聂要来，约莫就在十时。

第二天上午实际上是草签会谈纪要。

签署之前，将刘亚楼整理出来的"会谈纪要"正式文本让周北峰、张东荪传阅了。罗荣桓问周北峰有没有异议；得到了肯定的回答后，就与林彪、聂荣臻一起签上了名。周北峰也签名认可。

张东荪表示自己并非傅作义的代表，只是代表民盟在中间进行联络牵线，所以不宜参与签名；何况他已不准备回北平了，要到石家庄民盟机关去。

当天下午周北峰就回北平去了。

周北峰刚回到家，王克俊就用电话通知他马上去见傅作义；接他的汽车已开出来。

接上周北峰的小车进了中南海，一直开到傅作义办公室"居仁堂"。

不料周北峰刚下车，就碰见中统安插在傅作义总部的张庆恩，心里暗自有点紧张；两人互打招呼之间，他也感觉张庆恩眼神里有点似笑非笑的味道。难道中统有所察觉？

大客厅里，傅作义正在召开军事会议，部署、调整北平城防。

周北峰在大客厅外找到傅作义的随侍副官，叫他设法通知一下里面参加开会的王克俊，说在办公室等候传见。

周北峰在傅作义办公室坐了不到十分钟，傅作义就来了。而大客厅的军事会议仍在继续。

傅作义向他道了辛苦；落座后马上就说起了正题。

"你来电说签了个协议，有文本吗？"

"不，总司令，不是协议；只是一个会议纪要！"周北峰将纪要交呈傅作义。

傅作义看了很长时间；据周北峰数十年后的回忆，傅作义翻来覆去看了不下七八遍。

看完后什么话也没说，更没像八一厂电影《平津战役》那样震怒，大骂是城下之盟；而只是长吁短叹了许久。

周北峰见他情绪不好，寻思是不是缓些时日再告诉他解放军给的答复期限；旋又考虑军情似火，时间不等人，便鼓起勇气说道：

"这个文件是双方谈完后，归纳整理的；最后一段附记说所谈各项务必于元月十四日午夜前答复，总司令可注意到？"

傅作义仍是不吭声；此刻只是慢慢站起来，又在屋子里毫无方向地踱来踱去。脸上愁云密布，心里不知如何是好。他的愿望本来是：傅系部队虽改称解放军，却仍由他自己来统辖；蒋系部队本来就不是他的，共产党要拿得过去就让他们拿去好了。而会谈纪要的意思则要全部进行整编，各级单位从指导员、教导员到政委都要设置，各级军官也要由共产党来调整。显然这是不容易商量的！

周北峰见他那么难过，只好安慰道："总司令，林彪说了，毛泽东说过他们要给予总司令一定政治地位；我想……应当不低于现在的职务吧？"

傅作义停住脚步，扭头盯了他半响；好一会儿脸上才浮现出一抹淡得几乎看不出来的冷笑，旋又唼叹了一声。

傅作义平静一些后，吩咐周北峰道："你电告林、罗、聂，只说你已经平安回北平了；至于这份纪要……先不要对他们说什么，过两天再说吧。"

过了两天，傅作义才对周北峰说："你电告林彪，就说……前次所谈都研究了；只是限于十四日午夜前答复，我们感到太仓促。不日你将同邓宝珊去他们那里再商谈。就这样吧！"

邓宝珊乃失势军阀，时任华北剿总副总司令。

当晚接到以林、罗、聂名义发来的复电，同意他们再去。

二

傅作义秘密求和的事，中统特务有所察觉。南京准备派飞机到北平接走蒋系部队。

北平南郊、西郊两个飞机场已被远程重炮定点打坏，根本不能用了；傅作义在城内天坛附近修了个粗陋的机场，尚可使用。南京来的飞机，试用了一次，运走了一个营。首运成功了，接着就会增加飞机数量，整天多轮进行抢运。

南苑的解放军获悉，便炮击这个机场，封锁了一切飞机的起降。

傅作义教周北峰电告解放军平津前指，请不要炮击机场。

解放军复电，可以停止炮击；但必须制止空运部队。蒋系高级军官和特务，不愿参加起义的可以走。

十四日到了，傅作义仍未向解放军表达是否接受"会谈纪要"所载项目；他只把邓宝珊、周北峰请到办公室进行"研究"。

周北峰心里很急，提醒傅作义道：

"总司令，十四日了，我担心我们再不答复，午夜二十四时以后他们就要发起平津战役了！"

"我知道。这样吧，你们今天就去吧！告诉他们，有些条款我们还需要研究！"傅作义显然是意在缓兵。他究竟在等什么呢？谁也猜不透。

周北峰致电解放军："我偕邓宝珊今日来。请指定路线、地点及接头地点。"

平津前指复电："欢迎你与邓将军同来；仍在清河镇接头，我方派科长等候你们。"

午后一时，邓宝珊、周北峰、王焕文、刁可成①乘车去德胜门，然后骑马前行。

解放军前指的王科长在两军相对峙的中间地带接着了他们；然后用汽车送到通县西面的一座大院。

没想到，林、罗、聂三位领导居然在门口迎接他们。

进了院子，大家到一个屋子里落座。

罗荣桓说："诸位先休息，等一会儿再谈好不好？"

邓宝珊说："不用休息；几位首长方便的话，可不可以现在就谈？"

林、罗、聂互相看了看，都点了点头。

这次是聂荣臻先说话。他瞅了瞅邓宝珊，又把视线移向周北峰，说："周先生，我们前次说得很清楚，十四日午夜是最后期限；现在已经剩下最后几个小时了，我们已经下达了武力解放天津的命令！这次谈判就不包括天津了。"

邓宝珊等人吃了一惊，旋又面面相觑，不知道说什么好。后来邓宝珊只好说："那就容我们发个电报给傅先生如何？"

林、罗、聂三位都点头同意。

周北峰马上向傅作义报告了情况。

不知道傅作义获悉解放天津的炮声已经打响了，是什么样的心情？周北峰不到半个小时就收到了他的回电。

傅作义电文说："吾弟与邓先生相商，斟酌办理。"

于是双方又开始了谈判；不过已经不包括天津了。

参加谈判的解放军方面有林彪、罗荣桓、聂荣臻，还有一位担任记录的是平津前指参谋处长苏静。刘亚楼参谋长指挥天津作战去了。

会议一直开到深夜。主要内容是傅部军队的改编原则和具体办法，对傅的总部里团级以上人员的安排，以及对北平的文教、卫生、银行、行政等单位的接收办法。共整理出条款十余条四十多款。

人民解放军第四野战军（东野）担任天津作战的部队是五个纵队（已更名为军）及特种兵纵队派出的战车，共三十四万人；参战的山炮、野炮、榴弹炮、加农炮共五百三十八门，坦克三十辆，装甲车十六辆。总指挥刘亚楼。

十四日九时三十分，刘亚楼在电话里发布命令："开始！"

顷刻，五门迫击炮同时射出红、黄、蓝、白、紫五色信号弹。总攻开始了。

---

① 后两人是随行副官。

战前，四野天津前线指挥部里，总指挥刘亚楼分析了敌我双方各种有利与不利的因素，决定将主攻方向置于天津的中路；从蒋军的兵力配置看，防御重点在北郊，南郊的永久性工事又十分坚固，南北都不易突破。这位深受斯大林大元帅器重的中国年轻将领，回国后追随林彪，学得了林彪思维缜密、用兵谨慎、力图以最小代价夺取最大成果的作风。他采取的策略是：东西两面夹击以牵制敌军，捆住其手脚；首先以主力歼灭中部之敌，将其拦腰斩断，贯通中部。然后主力旋师南面，最后才吃掉北面。

兵力配备为：梁兴初、梁必业三十八军，刘震、吴信泉三十九军，配属特种兵纵队三分之二的炮兵和坦克，组成西集团，由西向东攻击，是为第一主攻方向。从天津和平门突破，尔后在金汤桥与东集团会合。

方强、吴富善四十四军，黄永胜、邱会作四十五军，配属特种兵纵队三分之一的炮兵和坦克，组成东集团，由东向西攻击，是为第二主攻方向。具体路线为攻取天津的王串场、民族门一线，在金汤桥与西集团会合。

詹才芳、李中权四十六军，钟伟、徐斌洲四十九军之一个师，组成南集团，由南向北进攻，是为助攻、牵制方向。具体用兵路线为突破天津的南尖子山，配合东西两大集团，歼灭南半城敌人。

五门迫击炮射向夜空的彩色信号弹尚未消失，五百门远程重炮齐射，惊天动地的声音持续了一个小时。数千发重型炮弹发出可怖的呼啸声次第穿越天空，倾泻到天津蒋军的各种碉堡、战壕上。烟尘遮天盖地，大部分工事飞上天又塌下来；蒋军的炮阵也被解放军炮火牢牢压住，完全不能发挥作用了。居然还有几架飞机不揣冒昧飞来助战，被四野的高射炮一顿密击，全部给打下来了。

一小时的"炮火准备"结束，解放军四野各路突击部队在硝烟弥漫的田野上以排山倒海之势向各个突破口冲击。

装备精良的四野工兵在炮火、坦克护卫下，神速快捷排除护城河外各种残存的障碍物。其实最大的障碍就是护城河。蒋军从上游放一次水，解放军工兵就奋力堵一次水。以致流过来一次水就结一层冰；河面上的冰越结越厚，别说人了，重装备也可以从上面轻松开过去。原先工兵打算的架设浮桥、将坦克沉到河中央作踏板等渡河方法都用不着了。刘亚楼额手称庆说真乃天助我也。

在天津东北地区和西门监狱南运河一线，解放军在延伸炮击掩护下，以集团冲击方式，轮番进攻。

蒋军七十六师的一个营很快就抵敌不住了，沿着交通壕争相逃命。互相践踏之下死伤不少。旋即，这个营的上司团长亲率督战队开枪向他们射击；溃兵悍然还击，两下火并起来，团长也被打死了。

解放军紧追不舍，突破了西门监狱前面的防线，夺取了附近残存的碉堡。

蒋军六十二军派了几辆装甲车反扑，被解放军的反坦克火箭筒（正式名称为BM44式）打坏了一半，其余的赶紧扭头逃窜。

解放军突击队接下来又攻占了西门监狱及其附近全部建筑物，迅速起构建临时阵地，掩护后续部队跟进。

蒋军炮兵全力轰击西门监狱南运河两岸土堤大道，企图阻止解放军后续部队的行动。而四野的重炮则迅速调整了落角，猛烈轰击，很快就将这个方向的敌炮打哑。郊外的解放军便源源不断地进入市区了。

城东北金钟河两岸附近蒋军八十六军防守的东门系列碉堡，全被炮火摧毁了。解放军踏着河上厚冰冲过城防线。八十六军军长刘云瀚派兵反扑，企图夺回阵地，都被击退。解放军揪住这股反扑的敌人不放，紧紧追击，突破了八十六军的预备阵地（即二三线阵地）。

陈长捷获悉东、西门防线丢失，慌忙派总预备队保安师到西门监狱附近增援七十六师，并受七十六师师长李学正指挥。

不料保安师更衰弱，一派上阵去，几乎是一触即溃。

各个方向都以"十万火急"向陈长捷告警。

陈长捷电禀傅作义，请示机宜。

可笑的是傅作义一方面叫邓宝珊、周北峰等人与解放军谈和；一方面却指示陈长捷坚守，"设法抽兵恢复被突破的地区"。

然而陈长捷已经无兵可"抽"了；市区只有一个警备旅分散守在各条关键性街道。市区兵力也不敷分配，原计划城破了就展开巷战也不可能了。

陈长捷十四日深夜召集各军军长和市长杜建时开会。

他说："目前天津局势，没法再打了！我主张放下武器；请杜市长派人明早出城谈判吧。诸位以为如何？"

大家都表示同意；但又都担心明早来不及了。

陈长捷觉得这种担心有道理。以解放军的进展速度，全天津陷落只在几个小时之间。他琢磨了一下，请杜市长采取进行连续广播的方式，一方面知照解放军，天津守军已决定放下武器，一方面通知自己的部队停止抵抗。

解放军四野前哨部队并未停止前进。

但蒋军各部已听到了广播，纷纷停止了抵抗，缴枪投降；少数几支部队守备的地方没有喇叭，还在继续抵抗，很快就被全歼。

十五日上午，全城蒋军都插上白旗，投降了。

枪声停止下来，大街小巷恢复了交通；一队一队的俘虏在解放军客客气气护送下，开赴城外。其中也有陈长捷及其各军军长。

至此，天津十三万蒋军就不存在了。

十六日凌晨四时许，李炳泉叫醒了沉睡的周北峰，告诉他天津解放了。

邓宝珊等人闻讯也都起床来，一个个呆若木鸡；他们做梦也没想到，傅作义、陈长捷原认为守三个月没问题的天津，二十九个小时就丢失了。

不一会儿苏静来了。他笑嘻嘻告诉大家，陈长捷及其守军被消灭了一部分，大部分投降了。侯镜如在天津打响的那一刻就从大沽口登船率其十七兵团从海上逃跑了。

午后，继续会谈北平问题。

罗荣桓说："绥远的问题，毛主席指示放到以后再谈。如果北平的和平解放能顺利完成，使古都完整地回到人民手里，绥远的问题就好谈了！毛主席说，对绥远将采取一种更和缓的方式；我们管它叫'绥远方式'。"

双方签署了北平和平解放的协议。决定明天由邓宝珊和苏静、解放军前指的队列科王科长一起进城。

周北峰与电台报务组仍留在通县。

晚宴后，林彪交给邓宝珊一封未封口的信，托他捎给傅作义。此信后来刊发于一九四九年二月一日的《人民日报》。

十七日苏静、王科长和邓宝珊等人倒是平安进了北平；但城内当晚就发生了变故。

夜半，李炳泉叫醒了周北峰，说北平城内恐怕发生了兵变。

大家果然遥闻城内传来密集的枪声，而且火光冲天。

北平城内的蒋介石嫡系李文、石觉所辖部队有十多万人，如果风闻傅作义要起义，一定会制造事端的；而傅作义的部队只有两个主力师驻在城里，恐怕弹压不住。

李炳泉要周北峰转告傅作义，首长们请你急电傅先生，如果需要的话，请他开放西直门，解放军可进入一个军，由傅先生指挥。

这时，听到城内枪声越来越紧。周北峰赶快致电傅作义，把解放军的意思转告他。

傅作义回电称："谢谢！我们完全能控制城内治安，请林、罗、聂首长放心！"

枪声直到凌晨，才渐渐停止。

后来才知道，傅作义亲赴李文、石觉驻地，请他们约束各自的部队；声称剿总这里并无异常，教他们勿听信谣言。

傅作义同时派部队将朝天门内自来水厂的小股兵变解决了。

此后，起义过程顺利进行，再没什么意外发生。

傅作义商得解放军同意，对蒋系高级将领网开一面，允许他们乘飞机回南京；其中有四兵团司令官李文、九兵团司令官石觉，以及他们麾下的军长、师长们。

几十万平津国民党部队以独立师名义分别编入人民解放军四野和华北军区部队。

三

郭汝瑰正在担心自己出任十八军军长势必成为炮灰的时候,林蔚次长把他叫去,告诉了他一件求之不得的好事;而且这好事是刘斐次长在蒋介石面前给他下烂药而客观上却帮了他的忙而促成的。

前面说过,十八军是蒋介石、陈诚的亲信部队;从双堆集逃出来,虽已损失三分之二,但骨干尚在,忠于蒋介石的氛围尚未消散。三个前任军长尚存两个,即总统府第三局局长俞济时、新任编练兵团司令官胡琏,他们对这支队伍具有不容置疑的影响力。他郭汝瑰去当军长,只好规规矩矩为蒋介石出力卖命,别想有任何异动。本来,他辞去参总第三厅厅长,要求出去带一个军,就是为了在这天下大乱时节,可以相机自由选择出路;作了十八军军长,比诸作厅长还要动惮不得,怎不教他心急如焚呢?

刘斐却以为他是蒋介石的忠实鹰犬,担心十八军在他手里会成为日后桂系的劲敌。便跑去找蒋介石,决心给他搅黄。

"总统,十八军是国军劲旅,将来要派大用场的;郭汝瑰去带,不合适!"

"唔?"蒋介石盯着刘斐,审视了片刻,郑重地问道,"怎么不合适?为章,说说看!"

"郭汝瑰学历、学识都绰绰有余;只是实际带兵的经历短,历练少、战场经验浅;而且此公好出奇招,做事不够稳当。我怕他以后把这支精锐部队糟蹋了!"

蒋介石唔了一声,沉思良久。最后决定郭汝瑰改任七十二军军长;并率领该军的"架子"回四川去招兵买马。

顾祝同知道后,当面骂刘斐不道德,进谗言敲掉了人家郭汝瑰的好事。

七十二军是川军。军长余锦源在陈官庄率部投降;跑散了一部分官兵,后来在蚌埠被收容了一千人,送到了江南。

委任状一下达,他就将上海北四川路卞宁小学的师生撵走,在那里设立军部,开始了搭床架屋。利用了在总部工作多年的关系,要足了整整一个军的装备和钱粮;加上挪占了胡琏拨给他重建十八军的经费,足够他招募两三万人了。

军部主要干部和三个师的中、高层军官很快就到位了;至于兵源,他也认为不会有问题。那年头,失去土地的农民、失业的城镇贫民多如过江之鲫,大路旁、小道边哪天不饿死几个人呢;据国民政府统计,仅苏浙这样的膏腴之地,每年饿死的人都在三百万以上。只要把写着"快来吃饭"的大旗一竖,饥民便会不顾死活而争相景从。同时，命新到任的二三三师师长赵树德率领收罗、杂凑起来的人马，先行经浙赣路，到宜昌乘轮船去四川。要他每经过一所伤兵医院就高喊"愿回四川的，快来一道回去呀"。这办法果然收到了奇效。以后，郭汝瑰就是凭借这个军在四川倒戈的。

他正在兴冲冲办理这一切的时候，听到了一个令他心里五味杂陈的消息：蒋介石将于近日正式宣布下野了。

蒋介石发表元旦文告，故意流露了辞意。目的是观察一下朝野态度，究竟有多少人还会挽留他；如果挽留的声浪高，他就"俯顺"民意，继续赖在第一把交椅上不走。同时，利用文告缓解一下内外攻讦的压力，作好可能不得不真正下野的人事安排，以便到时候把一个空壳子政府交给李宗仁。

他首先将京沪警备司令部扩大为京沪杭警备总司令部。任命汤恩伯为总司令，全盘掌握苏、浙、皖三省以及赣南地区的军事指挥权；派朱绍良出任福州绥靖公署主任；委张群为西南军政长官公署主任驻节重庆；余汉谋驻节广州，担任广州绥靖公署主任；张治中依旧担任西北行辕主任（旋更名为西北军政长官公署主任），驻节兰州；陈诚为台湾省主席，蒋经国为省党部书记长。

秘嘱蒋经国去老家溪口作好万一下野的准备。

蒋经国率总统府第三局（军务局）俞济时局长、警卫组主任石祖德秘赴溪口。布置大型的通信网络，勘定各种指挥机构、参谋机构的地址，以备蒋介石下野后来此继续掌控军政。

然后蒋经国去上海，将央行黄金、白银、外钞移存台湾，以策安全。

蒋介石亲自召见央行头头脑脑，下令将央行、中行未移走的外钞，化整为零，存入私人户头，以免被继任者（李宗仁）接收。

俞济时对蒋介石一下野后南京的电讯监听（主要针对李宗仁及其桂系）也作了秘密安排。

一月十七日夜晚，交通部电信局几个官员在该局人事室马主任家吃饭，饭后玩牌豪赌。

十时许，"重要军话台"值班人员邱桐阶上尉打电话找到这里，说军务局俞局长在宁海路公馆等军务局电话监听官王正元中校，请速去。

王正元借用二区电信局姜局长汽车直趋宁海路。

俞济时独坐会客室等他。勤务兵把他领去后，随手关上门出去了。

俞济时教他坐下，略事寒暄，就说到了正题。

"我们可能几天后就要侍奉总统离开南京了！这个是……我们走后，有件重要的事交给你办！这个是，你跟随我们很久了……"说到这里，沉吟着，迟迟没有说下去。

王正元赶快站起来，习惯性地称呼俞济时过去的官职，说：

"请侍卫长吩咐吧，部下誓死完成任务！"

俞济时招了招手，示意他坐下。然后亲切地说：

"总统是知道你的，认为你才堪大用！不过，他老人家这几天太忙，就不召见你了……"

"明白！"

俞济时又沉吟了一番，说："以后凡是李宗仁、白崇禧、黄绍竑打出去和接听的电话。都要监听！每次的监听内容，要立即通知我……这个是，我现在和你约定一下，把他们都定一个代号，你记录一下……李宗仁为甲先生，白崇禧为乙先生，黄绍竑为丙先生……另外，我们两人在电话中也不要称职务，互报自己名字就行了，姓都不必说出来，比如你呼正元、我呼济时后，就可直接说事情。"

王正元一边唯唯称是，一边记在小本上。

溪口的警卫，蒋经国、俞济时也是煞费苦心。这有两个原因，首先是溪口不远处的四明山是解放军浙东游击队根据地，该游击队不唯多年来无法剿灭，还时常主动出击，几次兵薄奉化县城，声势不小；再者程潜的女婿段沄的八十七军在宁波整训，值得提防。因为有情报称程潜已在沟通共匪。俞济时最初建议，由汤恩伯选调一个军担任溪口外围半径五十公里的警戒。蒋介石认为宁沪与长江防线的部队最好不要动，调交警部队来就行了；至于侍卫总队，叫俞济时自己斟酌办理就行了。

俞济时电令交警局长周伟龙（抗战初期曾任军统上海站长）选调可靠劲旅来奉化担任溪口外围警戒。问周伟龙，实力很强的交警五总队、六总队可否？

周伟龙其实已生异志，他正在活动何应钦、顾祝同，企图将交警部队里装备精良、实力强的部队编为一个兵团，拖到湖南以观时势。于是就竭力向俞济时推荐刚从华北战场逃出来的第九总队、十二总队，把这两支早就打得残破不堪的部队吹得天花乱坠，说是素质优异，历经东北、华北、苏北诸战，富有作战经验；官兵多属浙江子弟，可保无虞。

俞济时毫不怀疑，欣然同意了。

于是周伟龙便派交警九总队开赴浙东嵊县，十二总队开赴慈溪、余姚。

俞济时同时电令七十三军军长李天霞，叫他在原七十三军与七十四军（俞济时曾任七十四军军长）的老人（意为历时长久）中，以军校毕业、忠实可靠者抽调一百五十人编组侍卫总队。

李天霞认为事关"老先生"安危，自己也保举有责，十分慎重地挑选了中下级军官一百五十人。以七十七师属下中校副团长史璞如为侍卫总队长，率领开赴溪口担任内卫。

蒋经国认为只靠两支交警总队仍不够保险，又把驻防汉口的国防部绥靖总队调到宁波。这个部队是蒋经国亲手培训的武装特务部队，总队长刘培初少将是小蒋的心腹。

部队都到位后，小蒋分别召见了驻溪口外围团长以上部队长，设宴招待。还亲自把盏，着意慰勉；强调"反共不会孤立，美国不久就会出兵干涉。宁沪杭我们只要守住三个月，美国必会出兵；因为美国是生产资料私有制的国家，也就是共产党说的资本主义国家，而苏联是公有制的社会主义国家，两者冰炭不相容，早晚必大打一仗"。旋又对他的亲信刘培初、项克如、刘裕绶（均系国防部绥靖总队高层干部）进行夸奖："家贫出孝子，国乱出忠良！当我们向上走的时候，很多人跟着我们跑；而当我们向下走的时候，你们在华中共军重围中费了不少周折，一心向往地开到我的跟前！我很感动呀！"[①]

蒋介石的元旦文告发表以后，并未收到预期效果。他以为自己表达了下野以谋求和平的"态度"，定会引来各方面的"挽留"之声；结果朝野反应冷淡，大约人们早就识破并厌倦了他那屡试不倦的以退为进伎俩了。而且军事、财政窘蹙加剧的速度并未因了它的一纸文告就减弱，社会和人心的不稳达致极点。他见虚晃一枪不行了，没奈何，只好决定真正下野，暂避一时，以图回旋余地。

一月十九日，下午四时，他约来张治中、张群、吴忠信、孙科、陈立夫、吴铁城、邵力子等亲信去谈话。他开门见山说：

"我是决心下野了！现在有两个事情请大家研究：一个是教李宗仁出面谈和，谈妥了我再下野；另一个是我现在就下野，一切都交给李宗仁去办。"

半晌没人说话；一个个你看我，我瞅你。

蒋介石只好一个个地问。第一个问到的是吴铁城。

吴铁城说："这个问题是不是召集中常委来讨论一下？"

蒋介石立刻怫然了。"什么中常委，我听见这个词就烦！我现在并不是被共产党打倒的，是被国民党打倒的！从此我再也不会进中央党部大门了！"

见大家始终不愿说，他明白了，其实都是希望他下台，以便共产党同意和谈。他长叹一声，说：

"好吧，我明白诸位的态度了！我决定马上就下野！下野的文告怎样说，大家去研究吧；主要意思应该包含我蒋某人既不能贯彻戡乱的主张，又何忍再为和平的障碍，就沿着这个思路撰写！"

蒋介石后来叫人通知陶希圣来写这篇文告。

---

① 引号内为蒋经国原话。

一九四九年一月二十一日中午十二时，蒋介石官邸的大会议室，坐满了国民党的中央大员。然而却像一个人也没有，即使一根针掉到地上也能听见；空气极为沉重，每双眼睛都黯然神伤如丧考妣。不小心进来撞见的人，会以为在开追悼会。

蒋介石迈着沉重的脚步，走进门来。到他的座位前，点了点头。说：

"让诸位久等了，对不起！"说完便坐下了。咳了一下，端起面前的白开水碰了碰嘴唇。然后开始了他的下野演说。他用略显沙哑的嗓音，将目前的局势做了坦率的分析；这是他自从执政以来对国民党最尖锐的一次剖析，使每一个与会者都感到惊心动魄。"……军事、政治、财政无不濒于绝境，人民遭受的痛苦达于极致。在元旦文告里，我已表明，只要和平能够早日实现，则个人进退无所萦怀，惟国民公意是从。目下，为实现和平，中正引避贤路，请李副总统依法执行总统职权，与中共进行和谈；中正于五年之内绝不干预政治，惟从旁协助而已。希望各位同志以后同心协力支持李副总统，救国救民于水火……"

蒋介石沉痛、伤感的语调，引起了不少人的共鸣，发出了一片唏嘘之声；这种情绪反过来又感染了蒋介石，使他在继续讲话时渐有哽咽，终于语不成声。忽然，有几个人失声痛哭起来。社会部长谷正纲站起来，鼻涕眼泪糊了一脸，边哭边大声呼号道：

"总统，你不能退呀！你退下去倒是轻松了，如天下何呀！请求你领导我们同共产党拼到底啊！"

宣传部长张道藩更是离座跪下，以头撞地，号啕大哭道：

"总统要下野，我就不活了！"

蒋介石没有力气去读完他的下野文告。喟然长叹一声，说：

"大家不必挽留我；既已做了决定，就不能儿戏待之了！我今天就离京回奉化去了……"

说罢，起身宣布散会。

蒋介石马上出门登车，前往中山陵。

他舍车登山，迈着艰难的步履，走完长长的墓道，来到了陵门。

陵门前是一块三十多平方米的平台。蒋介石在那里伫步片时，走进了拱门。进入陵门就是那座世人皆知的碑亭。他站在石碑下，脱下手套交给侍卫官，伸手抚摸碑上"葬总理孙先生于此"几个大字，禁不住眼泪夺眶而出。

然后拄着手杖，从碑亭后拾级而上。

从碑亭到祭堂的路是苏州金山石砌成的八块大石阶，为二百九十级。石阶两侧的山坡，植有桧柏、枫树、石楠、海桐等树木，枝叶上都覆盖了一层薄雾。

祭堂前两旁立着一对高耸的华表；平台前两个石座上，各放着青铜铸造的鼎，象征着国之缔造者。蒋介石在这里伫立了一会儿,似乎想到了这是永诀。

步入祭堂,他将手杖、手套、披风、帽子都交给了早就待在这里的几名侍卫官。在孙中山雕像前,鞠躬如仪,如是者三;然后肃立了一会儿。

然后出来,直奔他预先选定的一个目的地去。

侍卫官们当然不知道他要去什么地方,只一头云雾地前后左右护卫着他走。

他为自己选定的墓地在中山陵和明孝陵之间,紫金山主峰北高峰下面。此地场面开阔,气象雄伟;左有中山陵,右有明孝陵,面对朱雀山,背靠玄武岭,形胜天成。他顶风踏雪,来到这里,在预定的墓穴位置上踏步沉思。然后又脱去披风、手套、帽子,蹲下身去。伸手扒开积雪,用手指挖开土层,小心翼翼地捧起新鲜的黄土。一缕在今天倍感亲切的土腥味袭来,他禁不住泪如雨下。

终于懂了他的心思的侍卫官急忙拿出带在身上随时为他拭汗擦手的洁白毛巾铺在地上,让他把黄土放上去,替他包妥;然后扶他起身。

他大泪滂沱,扭头望了望山陵,悲怆地摇了摇沉重的头颅,这才恋恋不舍地转身,离开。

当天下午四时十分①,蒋介石乘坐美龄号飞机,从明故宫机场起飞。

飞机升至五百米时,他吩咐驾驶员兼机长衣复恩上校,绕飞一圈,他要再看看石头城。心里却在喟叹,南京啊南京,先总理陵寝之所在,中正事业发展鼎盛的地方,难道这会是永诀吗?耳畔不禁似有若无地飘来什么人的吟哦,"最是仓皇辞庙日,教坊犹奏别离歌,垂泪对宫娥"。

他愣了一下,四顾茫然;复又大声责问谁在念诵什么?

侍卫官遍查飞机,随行者并无一人吭过声。

蒋介石豁然省悟,这是上天示兆啊!忍不住悲从中来,又潸然泪下。

跟随蒋介石座机升空的还有一架大飞机。分乘两架飞机的有陈诚、汤恩伯、蒋经国、俞济时,等而次之的有新闻秘书曹圣芬,随从秘书俞国华、周宏涛,英文秘书沈昌焕,总统府机要主任张廷桢,陆海空三军武官蒋庆祥、皮宗敢、夏元时,总务局长陈希曾。另外还有一名王正元派遣的"重要军话台"少尉李再兴。

下午五时二十五分,飞机在杭州笕桥军用机场降落。

浙江省政府主席陈仪鉴于蒋介石每次到杭州,都要去西湖畔楼外楼餐馆吃西湖醋鱼,便在那里设晚宴为蒋一行接风。

然而,席间尽管东道主陈仪不断劝敬,蒋介石仅在每样菜上用筷子点了点,虚晃一枪,并没吃什么。还时不时离席凭窗眺望发愣,愀然慨叹。

陈诚、汤恩伯、俞济时见状,心情也不好,没人去端杯动箸。陈诚甚至潸然

---

① 很多人对这个时间的说法不一,笔者从侍卫官张令澳《侍从室回梦录》称。

泪下。

陈诚微叹一声。敛衽起身，到窗边蒋介石身旁，小声说：

"总裁，多少吃一点吧！"

蒋介石又沉默了一下，转身回到席位上。然而举箸者三，最终都未伸向盘碗。

陈仪关切地望着他，劝道："总统，你要拿得起放得下呀！"

不料这话惹恼了蒋介石，怫然道："我早就说过，我不是总统了，怎么还这样称呼？叫蒋中正不好吗？"

陈仪惶恐不语。

陈诚打圆场说："陈主席，今天总裁胃口不大好，还是早点回去休息吧！俞局长，侍候总裁起身！"

于是一同送蒋介石到笕桥航校。这里长期给蒋介石布置了一幢小楼，以候其不时之光。

次日上午，除陈仪外，蒋介石仍由陈诚等原班人马陪同，乘飞机到宁波南郊栎社机场。

没在宁波停留，立即换乘汽车，沿鄞奉公路驶向溪口。

车队穿过溪口镇上的街道，径直驶往离镇一公里多路的王太夫人（蒋母）墓道按照他的指示，此番要在墓庐"慈庵"居住。

陪同前来的陈诚、汤恩伯、俞济时三位大员以及等而下之的沈昌焕等十多名高级工作人员则分别下榻于武岭学校礼堂楼上的十多间客房里；蒋经国及电台报务人员则住在学校对面的小洋房和附近的平房内。

蒋介石母亲王太夫人墓地位于白岩山鱼鳞岙中垄。山脚下有一座牌坊，上面刻有"蒋母墓道"四个阴文大字。从牌楼到墓冢，有一条六百六十米的卵石小道；而蒋母庐墓则筑在上行四百多米处。是处共有十二间平房。头门上端刻有"墓庐"两字；二门题额为"慈庵"。正室左边的两室套间，是蒋介石居室。据当年的《奉化日报》记述，"慈庵为蒋氏卧室，四周配有浅绿色窗帘，壁间悬挂与宋美龄女士结婚时俪影，中间安放着一张席梦思弹簧床，窗口斜放一张小书桌，旁边立有一个紫红色龙形灯架"。

据侍卫官们多年以后回忆，这次蒋介石回慈庵后火气特别大，处处觉得不顺眼。刚踏进卧室，就大声责问："衣架到哪里去了？你们要我把衣服挂到地上吗？"

侍卫官们慌忙跑到武岭学校去取来衣架。取来的是两组衣架，不料他又火了，责骂道："我是卖衣架的吗？娘希……我一个人用得了那么多衣架？"

晚餐时，他见大米饭是机器加工的米做的，又勃然大怒，命令马上去换水磨房石碾加工的大米重新煮。

侍卫官们又赶快去乡间向老百姓买石磨大米回来重做。

武岭学校教育长（校长为蒋中正）施季言是蒋经国从中央干校调来的亲信，兼做丰镐房蒋府总管。施某人特地送来两只大甲鱼给蒋介石下饭。不料端上餐桌时，换来一顿申斥。

"现在是什么时候，国难当头！你们还要买这么贵的东西来吃！你知道这个东西要多少钱一斤？"

卧室里的席梦思他也责令换掉，说是棕绷床垫可矣，何须那么奢靡。

侍卫官们私下嘀咕，以前回来不都是用的席梦思吗，这次怎么了？

次日早晨，蒋经国过来请安。

父子共用早餐；然后蒋介石说，去拜望祖母吧。

从慈庵沿着鹅卵石墓道再往上走约三百步就到了墓地。

墓碑上刻着"民国十年　蒋母之墓　孙文题"几个字；顶端扇形的应栏上刻着"壶范足式"四个字；墓碑两边的别头柱上刻有对联：上联"祸及贤慈，当日顽梗悔已晚"，下联"愧为逆子，终身沉痛恨靡涯"。是蒋介石自撰，张静江所书。

蒋氏父子对墓冢肃穆致礼，又对着石碑说了一些该说的话。

回到慈庵，陈诚、汤恩伯已等在那里，准备辞行。

陈诚说："总裁，我们要回去了。还望钧座保重！"

说着这话，陈诚甚是凄然。

蒋介石也是百感交集，对两人说："多谢相送！两位身荷重任，宜早日回去，各自把握好所负责的事情！"

陈、汤都连连称是，并请他放心。

陈诚问道："总裁还有什么吩咐吗？"

蒋介石沉吟了一下，说："眼下局势如此，前途未卜。淞沪乃是最要紧之地，汤总司令好自为之，万勿有失……至于辞修，台湾今后的作用，我就不再说了，你去刻意经营吧！"

汤恩伯略上前半步，低声说："溪口警卫务策万全，应将……"

蒋介石没让他说下去，摆了摆手说："这事你们不必担心，俞局长知道怎么安排！"

到香港访李济深不成，又与潘汉年接上了头，从而自以为给桂系找到了出路的黄绍竑，忽然看到报载蒋介石下野，李宗仁出掌总统府，真是"其喜为如何也"！

紧接着，白崇禧来电催他速返武汉，李宗仁也电促他回宁。

黄绍竑兴冲冲地先飞到汉口。

他的第一句话就是问白崇禧，上次决定刘仲容去河南找刘伯承，情况怎样？

白崇禧不经意地回答还没有呢。

黄绍竑有点诧异，问道："为什么呢？"

白崇禧说："信阳到郑州的铁路尚未恢复通车，汽车行走没有一个团护卫也不安全，所以就蹉跎下来了；况且，刘仲容在上海也有要事得办！"

黄绍竑大为抱怨，苦着脸大摇其头，慨叹道：

"健生呀，当下还有什么'要事'比得上赶快停火更重要呀！"

白崇禧没回应，只沉默着在那里擦拭他的眼镜。重新把眼镜戴上以后，温和地瞅着黄绍竑说：

"季宽，你也不要太急了；一切问题，我们到南京再商谈吧！"

到了南京后，有一天白崇禧到黄绍竑公馆吃饭。

饭后他对黄绍竑说，共军不断打击他的武汉所属部队，看来和平合作没什么希望。

黄绍竑摇了摇头，对他的判断不以为然。说：

"上次中共明确教你派刘仲容去商谈，你迟迟没有派去；必须双方谈妥了才可能停止敌对行动嘛！人家绝不可能因为蒋介石下野了、李宗仁代理总统了，就算了！彼此仍处于敌对地位，人家安得不打？"

白崇禧不吭声，似乎在忖度什么。黄绍竑关切地问道：

"你现在……到底打算怎么办？"

"如果共军逼人太甚，那我就还是要打！"

黄绍竑听了，大为惊诧，禁不住霍然起身，瞅着他数落道：

"健生呀，你手里就这么点本钱，人家共军现在发展到三百万之众，装备精良，你怎么去打？你一个月以前电蒋呼吁和平，朝野都以为你是和平派；为什么老蒋下野之后又要打呢？好不容易弄来一副和平的脸谱，为什么不珍惜呢？"黄绍竑停了一下，又说："现在讲打，也只有蒋介石还有一点资格；既然如此，你最好到溪口去向蒋介石请罪，请他回来复辟算了！"

两个人争吵得一塌糊涂。

黄绍竑这才意识到，白崇禧的态度突然转变，定是因为逼蒋下野、捧李上台的目的已经达到；特别是毛泽东一月十四日发表的和平谈判必须先行认同全部改编国民党军队、解放军必须过长江的条件，使他觉得不能接受。

第四十一章

一

　　傅厚岗六十九号代总统的官邸今天是一派节日的气氛，大门外张灯结彩，油漆彩华。今天是一九四九年元月二十九日，是夏历元旦，也就是后来所谓春节；李府上下都知道，更重要的是另一个原因，李宗仁终于挤走了蒋介石坐上了"天下第一把交椅"了。

　　李宗仁今天身穿四星上将制服，一袭黑色将帅斗篷挂在衣架上待用；夫人郭德洁吩咐李府内外的侍从，对李宗仁的称呼从此要改了，不许再叫职务或者德公，要叫先生。李宗仁饶有兴趣地问她所以然者何；她正色道，蒋介石的侍卫官不就都是这样称呼他的吗。

　　夫妻俩用过了早餐，坐在客厅里，等待朝中达官显宦来这里会齐，出发去犒劳三军。

　　前几天，李宗仁指示央行南京分行，为首都卫戍部队每个士兵准备一块银元、军官准备几块或十块二十块不等的银元，以为节日之赏；同时也体现新元首厚待官兵之意。

　　李宗仁坐在那里时间有点久了，却全无焦躁之意；悠闲地吸着吕宋雪茄，从容地在烟缸里蹭着烟灰，脸上始终挂着拂之不去的笑意。他认为耐于候人，可以体现一个开明领袖的谦和与礼贤下士风度；当然也是今天心情特别好之故。上台几天来，他十分满意自己处理的几件大事，而且预测必会产生良好的效果。坐上"天下第一把交椅"的当天，他就颁布了七项和平措施：

　　一、将各地剿匪总司令部一律更名为军政长官公署；
　　二、取消全国戒严令。接近前线的部队，俟双方下令停战后再行取消；
　　三、裁撤戡乱救国总队；
　　四、释放政治犯；
　　五、启封一切在戡乱期间因抵触戡乱法令而被封之报馆、杂志；
　　六、撤销特种刑事法庭，废止刑事条例；
　　七、通令停止特务活动，对人民非依法不得逮捕。

　　第二件大事是致电中共毛泽东主席，同意毛泽东所提八项条件为和谈基础（其中有惩办战犯和改变旧军队等条款），请共方迅速指定和谈代表与谈判地点。

李宗仁这一系列举措,与美国政府不无关系;我们从《杜鲁门回忆录》与《司徒雷登回忆录》里可以看出,背后的导演并非以往一些相关著述所猜测的或妄篡的仅系司徒雷登的个人行为。李宗仁的亲信甘介侯出入美国大使馆,据毛人凤称,不下二十次。司徒雷登对甘介侯说:"蒋介石之所以失败,是由于(政府)贪污无能,不能善用美元。现在美国还有十八船(万吨级运输舰)军火和政府专用援外资金两百多亿美元放在那里;只要李代总统不是真要与中共和谈,而是缓兵之后再打,这些美援都可以直接交给他处理。局面仍然是大有可为的。"① 李宗仁对司徒雷登所传达的美国政府旨意在原则上是接受的;但也略有修改。他在台面上公开做的这一系列动作,是企图以"法统"的化身来对抗蒋介石的"党统"和"军统"② 地位,以期联合党内外一切亲西方势力,与共产党进行和谈,赢得一段喘息的时空。这样便既能骗得共军不过江也能阻挡蒋介石复辟,还可获得源源不断的美援。

　　李宗仁终于等得焦躁起来了,开始有失风度了。

　　他规定的时间是上午十时以前,五院院长和内阁各部部长须到这里会齐出发,现在差不多十一时了,还一个人也没见来;李宗仁刚任命的总统府第三局局长刘士毅一早就到央行南京分行提款去了,到现在还没见回来。李宗仁有点担心了;郭德洁也在问他,该不会有什么差错吧?

　　满头大汗的刘士毅回来了。一进来就哭丧着脸报告道:

　　"德……不,先生,他们不给,说是没有钱呀!"

　　李宗仁大吃一惊。还来不及询问究竟,郭德洁就先开腔了。郭德洁叫着刘士毅的表字责备道:

　　"任夫,大好的日子,怎么开口就说不吉利的话?那么大岁数的人了,还不懂事!"

　　李宗仁向她挥了一下手,叫她不要胡说。和气地问道:

　　"怎么回事?任夫,你慢慢说!"

　　"银行说拿不出这么多现洋,最多只有一千块!"

　　李宗仁再也忍不住了,霍然起身,在客厅里困兽般走过来走过去。一边恼怒地咆哮道:

　　"我作为国家元首,要几万块钱劳军都不给,欺人太甚!他们把钱弄到什么地方去了?"

---

① 详见黄绍竑 1960 年 5 月 12 日撰《我与蒋介石和桂系的关系》,载中华书局 1960 年 7 月版《文史资料选辑》第七辑。

② 这里不是指戴笠、毛人凤的特务机关,"军"乃军队之意。

"银行方面一开始的时候搪塞我没有钱;我百般追问之下,才吐露了实情!说蒋总裁有令,硬通货须陆续搬运到台湾存放,现在没有他的手令任何人不得提取!"

听了这话,李宗仁更是气得脸都青了。撸袖握拳,似乎要揍蒋介石;而挨揍的人不在场,只好挥动老拳咆哮道:

"岂有此理!我堂堂总统……就算是代总统吧,连几万块钱的开支都无权,岂不是纸糊的、木头雕的东西吗?"

国民党内蒋桂两派展开新一轮内斗之际,中共方面正积极准备打过长江去,解放全中国。

毛泽东决定淮海战役中期成立的总前委不变,继续负责领导、协调中国人民解放军即将发动的渡江、解放宁沪杭的战役;同时,指示组成以粟裕为书记的第三野战军(华野)前线委员会,实际负责上述战争。

第四野战军(东野)负责牵制白崇禧集团,以支持二野、三野承担的长江下游的渡江作战;然后直捣武汉,南下湘桂,追歼白崇禧集团。

这天夜晚,四野司令员林彪久久地伫立在崭新的巨幅作战地图前,揣测毛泽东主席的战略心机,同时谋划自己的作战任务。看着地图上代表国共两军的红蓝两色小纸旗与不时变化的红蓝两色箭头,以及这些旁边注明的各种统计数字与说明,他细致准确地探察道路是否被破坏?晴雨情况如何?河流的宽度深度如何?其流速又如何?渡口与桥梁情况如何?可以通过哪类兵种?他的目光沿着京广线缓缓南移,穿越华北平原、中原,掠过黄河、长江,直至鄂、赣、湘、粤、桂。他一遍又一遍地细细观看,反复思考各种方案;就这样几个小时地待在那里。最后,目光落在长江中游三个米粒大的圆点上——武汉三镇,久久地停伫在那里。

武汉是国民党华中军政长官公署驻节地。

更名前,这个机关名叫剿匪总司令部,总司令是白崇禧;更名后,军政长官仍是白崇禧。

林彪十分清楚白崇禧的兵力状况。其桂系部队五个兵团,包括十一个军,共二十多万人;粤系余汉谋集团六个军约十五万人(理论上不在白氏管辖范围),鄂西宋希濂集团约十万人,长沙程潜集团四万余人,构成了统一由白崇禧指挥的华中、华南防卫网。其中桂系部队战斗力最强,林彪认为不可等闲视之。他曾猜测毛泽东会用他的四野来对付白崇禧;而他没料到的却是毛泽东会迫不及待地动用他的部队。

就在平津战役结束后不到半个月,部队刚开始休整,西柏坡毛泽东就急电平津总前委的林彪、罗荣桓、聂荣臻,命令他们:

……为配合华东、中原两野战军（二野、三野）三月半出动，三月底渡江之行动，决定林、罗先出两个军约十二万人左右，于三月二十日以前到达郾城、信阳间地区，于三月底夺信阳、武胜关，四月十五日以前夺取花园、孝感地区，迫近汉口，休整待命。钳制白崇禧部不敢向南京增援，以利刘陈邓粟夺取南京。为执行上述任务，该两军应于二月二十八日以前完成出发准备，二月十九日由平津线出发……

林彪决定四十军、四十三军外加一个重炮团组成先遣兵团，由萧劲光任司令员兼政委、陈伯钧任参谋长。他今天站在地图前，就是一边反复捋抹四野将要打的系列追歼战，一边等待萧劲光的到来。

二月十一日夜晚，萧劲光赶到了野司。

罗荣桓政委、刘亚楼参谋长、萧克副参谋长分别与萧劲光握手道乏；林彪仍站在地图前没动，只微侧脑袋向萧劲光点了两下，算是打了招呼。

萧劲光早就习惯了林彪的这种接待方式，笑嘻嘻上前敬了个军礼，说："林总好！"

林彪瞥了一下刘亚楼，淡淡地说："亚楼，把情况给劲光说一下吧！"

刘亚楼向林彪注目一下，说了声是。便伸手向萧劲光做了个邀请姿势，一同走到大地图前。他拿起长长的指示杆，向萧劲光侃侃而谈。

林彪则早已让开，回到桌前落座，与罗荣桓一起听刘亚楼说话。

"……所以，野司决定派你率领先遣兵团先期南下。你们应先在黄河南岸郑州、开封一线集结，然后围歼信阳之敌，争取迅速扫清平汉路南段敌人，保证安庆、九江地段友军右翼安全，然后在主力南下前相机夺取武汉。"

罗荣桓说："先遣兵团由四十军、四十三军，附重炮一团组成，你看够不够？"

没待萧劲光回答，林彪赶紧说："不能再多了！目前只有这两个军有一个月没打仗；各部连续打了半年仗，后面还有一连串恶仗要打，必须保证一定时间的休整和消化俘虏！白崇禧、余汉谋、程潜加起来还有五十多万人马。特别是白崇禧，他自己就是个打仗的高手；他的桂系部队训练得很严酷，比蒋军作战能力强。不可轻敌呀！"

刘亚楼说："四十军沿平汉路，四十三军沿平太路，兵团司令部、炮兵、后勤部门由津浦路转陇海路同时开进。从明天起，用两天时间动员、准备；二十三日出发！"

罗荣桓问："有困难吗？"

萧劲光挺了一下脖子，大声回答道："没有困难！"

林彪瞥了萧劲光一下，慢条斯理地说："就剩这个白崇禧没交过手！你去以后，相机碰他一下，探探虚实，为主力提供点资料，以便最后彻底收拾他！白崇禧的脑袋确实比国民党其他将领灵光得多！他在汉口以东、以南布防了八个师。他的主力兵团第三兵团摆放的位置尤其狡诈，进可迅速开到赣北，阻止我军渡江；退可守汉口，再不济，调头取道湖南回广西老家。要设法纠缠他，不让他滑走，等到主力赶到；如果他毅然放弃武汉，以后再要揪住他可就麻烦得多了！这家伙心机诡异，不好对付！"

刘亚楼觉得林彪小心过头了，说："廖耀湘也鬼得很呀，结果还不是到俘虏营里去了！"

"白崇禧可不是廖耀湘！"林彪乜视刘亚楼一下，又把视线调向萧劲光，严肃地说："千万不可轻敌！南方的仗我们还没打过；而白崇禧和他的部队却是熟地熟手，这方面他占着优势！"

"是，林总，我知道了！"

"时间紧迫呀，"罗荣桓说，"本来应该留你吃饭的，下次吧！这次长途行军，不同于入关那阵，不方便用卡车投送兵力，得靠两条腿；又是敌占区，困难一定不小。等着吧，主力南下以后就好了！"

"坚持一下，两个月左右，我们就找你们去了！"林彪瞅着他，宽慰道。

第三野战军在华东前线长江以北也是密锣紧鼓地调兵遣将、积草屯粮，做着打过长江去的准备。

三野代司令员、代政委、前委书记粟裕白天黑夜忙碌，召开三野前委扩大会，商讨作战计划、部署渡江的准备工作，赴商丘参加总前委研究渡江作战的总体设计。后来累得旧病复发，中央批准他到济南疗养，前线工作暂由华东局书记、华东军区政委饶漱石主持。而他人在济南，却心系前线，仍思考着渡江作战的巨细。离开了前线，他反倒烦躁不安，无法自我遏制。后来实在放不下心，便断然放弃了疗病，返回野司。

原参谋长陈士榘出任兵团司令员去了（陈士榘希望直接带兵打仗，为此向饶粟和中央要求了一年多，终于如愿），副参谋长张震升任参谋长。见粟裕回来，张震十分高兴，马上向他详细汇报各部的准备情况。

各个兵团、各个军、各个师正在陆续开抵长江北岸预定的位置，同时进行着紧张的战前训练；已筹集到八千多只木船，兵工部门自制了一部分汽船以及运送火炮、车辆、骡马的大型竹筏、木排；开辟了从湖泊通向长江的引河，所有船只都隐蔽在大大小小的湖泊内；动员了一万九千多名船工，各兵团也分别训练了一千多名水手；打掉了敌人设在长江以北的所有堡垒和江心洲据点，基本控制了长江航道。

即将回济南去的饶漱石玩笑地说:"粟总,怎么样,还满意吧?"

粟裕感激地说:"哪儿的话呀,有饶政委坐镇,张参谋长直接处置,一定比我做得更好!"

大家打了一通兴会淋漓的哈哈。

饶漱石又说:"部队的作战热情和解放区群众的支前热情很高呀!地方政府支前工作做得不错,要人有人,要船有船,要粮有粮。动员了三百三十多万民工修路、疏浚航道、运粮运物,组织了十六个地方团队随军参战。有如此强大的后盾,打过长江去,解放全中国,绝无问题!"

粟裕点头说:"饶政委说得好呀!现在是万事齐备,只等毛主席一声令下,便可千帆竞发打过去了!这次我们是在一千多公里的战线上实行宽幅正面渡江,敌人防线薄如蝉翼,而且无兵无堡的空隙多得很,过江没什么难度!"

粟裕根据毛泽东的指示,策划渡江作战分三个突击集团:东路突击集团由三野之八兵团、十兵团组成,中路突击集团由三野之七兵团、九兵团组成,西路突击集团由二野的三个兵团组成。将此策划上报中央前,粟裕亲赴徐州向刚从商丘到是处的总前委汇报、协商。刘、陈、邓、粟最后确认这一策划,并请示军委批示:东、中两路由粟裕指挥,西路由刘伯承以二野前委书记名义指挥,总前委负责协调一切。笔者从后来战事开始、发展过程中的电报往还发现,整个渡江行动是中央军委在直接指挥。

进入具体部署阶段时,粟裕指着地图对张震参谋长说:

"长江的芜湖至江阴向北弯曲成弧形,是实施钳形攻击、达成战役合围的有利条件。我们可以把扬州三江营至江阴张黄港段作为东集团重点突破地段。这里突破成功,便可迅速切断宁沪铁路,楔入宁沪敌人之间,协同中集团合围南京地区的敌军。"

"蒋介石、汤恩伯一旦发现我军钳形夹击南京,会不会撤退守军,退保上海?"

粟裕点了点头,肯定了张震不是杞忧。然后说:

"南京守敌的撤退方向不外乎两个!一是利用宁沪铁路窜逃上海;如果我军东集团迅速切断宁沪铁路,敌人就会采取另一方案,沿宁杭公路向杭州方向逃跑。"

对此,粟裕早就做了精确计算。东集团渡江以后,直趋无锡,抵达太湖边,大约五十公里路程。战斗顺利的话,三天以内可以切断宁沪铁路;中集团渡江以后,东进至广德、长兴约莫一百五十公里、两百公里。战斗顺利的话,五天内可以切断南京至杭州的公路。南京至广德、长兴约莫一百五十公里。敌军向杭州方向逃窜,速度快不起来,怎么也得四五天时间。敌人受到攻击后,定下撤退决心,至少会晚于我军渡江成功一到两天；因此我军先期到达广德、长兴是能够做到的。如果东集团发展顺利，迅速向溧阳、宜兴方向挺进，可以先于中集团切断宁杭公路。

张震担心蒋军江阴要塞对渡江部队形成威胁。

粟裕点头说是的。"饶政委说，地下党一直在加紧对江阴要塞开展策反工作。如果策反成功，可以大大减轻我东集团的伤亡，还可缩短切断宁沪铁路、宁杭公路的时间。"

江阴要塞处于长江下游水流最急处，东临上海、西靠南京，背倚宁沪铁路，是蒋军重点设防区段，也是解放军重点突破的地带。要塞以江阴城北黄山为中心，东起萧山与蒋军一、二、三师防区相连，西至君山与二十一军防区衔接，在三座高约三四百米的山上部署了一百零六门大炮，还筑有无数地堡，形成高低火力交叉，对三十公里宽的江面进行有效封锁。要塞内隧道相连，盘山公路四通八达，江上布满水雷、木桩、铁蒺藜，使进攻的船只无法靠岸；江面上则由舰艇昼夜巡逻。蒋介石告诫这片绥靖区的副司令官李延年，江阴要塞乃长江门户，万万不可丢失。李延年多次陪同美军顾问团到要塞视察，直接调整、增强防务。

但中共华东局早在一年多以前就开始在要塞内发展地下党，派进去几十名得力党员，逐步控制了各个要害部位，架空了要塞司令戴戎光。最近一个月，粟裕亲自给华东局社会部（负责地下党和对敌工作）第三科王澂明科长布置工作，要他专职负责江阴要塞地下党的活动。

粟裕对十兵团司令员叶飞、政委韦国清说，你们要从靖江两侧渡江，对岸江阴是汤恩伯确定的重点防守地段，江阴要塞更是其重中之重。华东局已指示要塞地下党做好起义准备，接应你们顺利渡江。你们今后就直接与王澂明联系了。

叶飞、韦国清找来王澂明研究工作。韦国清对他说：

"你是粟总亲自点的将；十兵团这次渡江顺利与否，就要看你们的了！要塞地下党的任务是在部队渡江时，控制三十公里防区和四个港口，做到不开枪、不打炮，以利部队兵不血刃登陆！有没有问题？"

王澂明肯定地回答："两位首长请放心，万事俱备，只欠东风了！"

韦国清又说："有困难，千万要提出来！"

王澂明沉吟了一下，说："如果能抽调几名军事经验丰富的营团级干部打入要塞协助工作，那就是锦上添花了！"

叶飞、韦国清很快就从二十九军抽掉了四名营团干部交给王澂明。又由地下党安排，分别以卫士、副官身份安插进了要塞。

二

蒋介石回到溪口的第五天便是中国的传统节日除夕、春节。中国人的习俗，过年是一件大事，其隆重和恭谨，大约类似于西方的圣诞节吧。蒋家少夫人蒋方良，孙少公子蒋孝文，孙少女公子蒋孝章，都在杭州流连于秀丽的山水之间，蒋经国派人去把他们接回溪口过节。

丰镐房占地一千八百五十平方米，大小房间四十五间。整体结构分七部分，即前厅、中堂、东西厢房、右平房、左楼房，以及西厢旁边的一幢独立小楼。前厅有三间。楼下是账房以及会客的用房，楼上原是蒋介石发妻毛福梅拜佛的经堂。中堂是"报本堂"；堂前正中悬挂一匾，系吴稚晖墨宝。堂内神龛内供奉的是蒋介石三代祖宗牌位。两边立柱有蒋介石亲书挂联：上联"报本尊亲是谓至德要道"，下联"光前裕后所望孝子贤孙"。

东厢房楼上原为宋美龄住房，室内全是西式柚木家具；西厢房是毛福梅卧室和客厅，用的是宁波木器。

毛福梅在世时，宋美龄回溪口从不住东厢，总是跟随蒋介石住在东亭小山上的文昌阁。那是一座改建过的二楼三底宫殿式楼房。旁边有水塔，俯览溪口碧潭，颇为惬意。

毛氏去世，抗战胜利后，蒋介石夫妇还乡才不时下榻于东厢房。

这次蒋氏父子回来，东厢房就成了蒋方良起居之地。

今年的除夕，政治境况尽管不佳，丰镐房还是十分热闹。报本堂内和外面走廊张灯结彩，大门及堂前屋柱上贴上了红底黑字的春联。

入夜，蒋介石率蒋经国夫妇及孙儿孙女向祖宗牌位上香叩头，然后围坐一张大八仙桌吃年夜饭。在座者有专程赶来拜年的张群、陈立夫、郑彦芬、黄少谷。

蒋经国给大家斟酒一巡放下酒壶。嘱咐妻子蒋方良好好伺候父亲和宾客，就要离席出去。

蒋介石知道要去主持另一处的年夜饭，就说："代我好好慰问大家！"

蒋经国恭谨地说"是"；又叮嘱般看了看妻子，才退出去。

蒋方良不大熟悉此道，给大家斟酒和敬酒时难免拙手笨脚。蒋介石向大家道歉说：

"敝小犬媳乃化外人，不谙华夏礼仪，请诸位不要笑话！"

客人们也客气了一番。

武岭学校大礼堂早就摆开了几张大圆桌，几种高档酒和冷盘、冷碟亦已上桌。这里是招待驻守溪口内外团以上军官。俞济时中将在这里张罗一切，单等蒋经国来了就开宴、上热菜。

蒋经国预先调整好一张笑容可掬的脸，进了大礼堂就抱拳拱手向举座道歉。

"对不起，对不起，我迟到了！"

"经国兄，"俞济时扶着给他留的椅子招呼他，"快入席吧！"

"好，好。"蒋经国边落座边拉俞济时，"俞局长也请坐下！嗯……人到齐了吧？"

"只差杨遇春旅长了，"俞济时回答，"他从杭州赶来，可能要迟一点。"

"那……不等了吧？"

"不等了！"

"好，我们开宴！"蒋经国又站起来，准备致祝酒词。他不善辞令，说的基本上是最近重复过多次的几句话。听者无味，他自己却被自己感动了。"诸位兄弟！俚语有之曰：家贫出孝子，国难见忠臣。我们向上走的时候，不少人跟着跑，这不稀奇；而在我们走下坡路时，你们不辞艰难，应召来到这里，忠心耿耿为领袖效力，这才是最难得的啊！大家放心，反共戡乱不会孤立，美国必会出兵干涉，第三次世界大战就快打响了！"

蒋经国啰啰唆唆讲了十几分钟。这个过程中，副官进来，神色紧张地向俞济时耳语了几句什么；顿时俞济时也变脸变色的。这引起了大家的注意和不安。

蒋经国说完坐下后，俞济时小声告诉了他刚才副官禀报的情况。他听了，惊诧地说，怎么会出这种事？

原来，鄞西梅园乡公所报告，在距溪口十多公里的公路上，看到几个国军军官被四明山下来的共产党武工队押解着向建岙方向走去；附近还有一辆丢弃的轿车。但未听到交战的枪声，也没见到尸首。

俞济时沉重地慨叹，估计杨遇春旅长被共匪绑架了！刚才已吩咐副官去调派部队，到溪口十五公里外蜻蜓岗一带加强警戒。

他们的对话大家都听见了。顿时吃年夜饭的兴致大减，都觉得除夕发生这样的事，不祥之至啊。一个个索然坐在那里，虚应故事地吃喝，也很少有人开腔；偶尔有人说一两句什么，也无人应和。宴会在黯淡气氛中收场。

蒋经国回到丰镐房，这里的宴席也结束了。主客都各自回下榻处去了。

他没去惊动父亲，也去休息去了。

禁不住又想起杨遇春被俘，在床上辗转反侧，久久难以入睡。

次日是大年初一。一早，溪口二十公里内各乡的保长、联保主任带领地主、富农敲锣打鼓舞着龙灯狮子灯，来到溪口向蒋氏父子拜年。为增添节日气氛，施季言教育长兼丰镐房总管特地从上海、宁波请来了几家著名剧团，有京剧、越剧、甬剧，轮流演出，每晚武岭学校大礼堂锣鼓喧天，煞是热闹。蒋氏父子大年初一亲临看戏，以示与民同乐；终因心境太差，没坐多会儿就借故告退了。

为冲淡共军大军压境带来的紧张惶恐气氛，安定人心，蒋经国吩咐去宁波的"大有南货店"（当时名闻方圆百里的糕点店），购来大量油包、年糕等年货，分赠乡民、犒赏各乡龙灯队，以制造欢乐。

大年初一，蒋介石召见黄少谷（时任中央宣传部长）。吩咐黄回去张罗把中央党部迁往广州。向外公布的理由是，对党的现状进行整顿，以图根本革新；实际上是暗示由他做总裁的国民党不同代总统李宗仁合作。

随即，仍在春节期间，又唆使孙科把行政院也迁往广州，公开闹府院分裂。

这么一来，南京就只剩下了总统府和代总统了。

其实，广州也好，南京也罢，政治重心都不在那两地，而是在溪口。凡牵涉中枢权力方面的事，蒋介石丝毫也没放松，什么都要过问。军事方面，蒋介石每天通过"重要军话台"直接与参谋总长顾祝同通话、作指示；空军副总司令王叔铭也每天都用电话向他禀报、请示；宁沪杭警备总司令汤恩伯事无巨细都要向他禀报，根本不搭理那位李代总统。政治方面，大至组阁，小至各省主官任免，蒋介石都不放手。例如不久以后孙科干不下去了，李宗仁要任命居正出任行政院长，蒋介石拒不点头，居正也就不敢接受了；李宗仁无奈，只好改请何应钦组阁。经蒋同意后，才正式宣布。即便是任命一个首都警察厅长，李宗仁也做不了主。警察厅长因黄珍吾辞职而出缺，李宗仁拟任命桂系特工头目刘诚之出任。蒋介石获悉，横加干涉，硬要派一个军统人员去接替。李宗仁火了，决定不理睬蒋介石，抢先公布了刘诚之出任警察厅长。蒋介石虽大为不满，在溪口骂娘希匹也无可奈何。

蒋介石这样名义上离职下野，其实紧攥权力不放，理所当然引起桂系上下的愤慨。李宗仁两次打电话到武汉请白崇禧到南京商议应对蒋介石之策。白崇禧到南京后，到处活动，公开谴责蒋介石离而不休、恋栈不去；与李宗仁等策划于密室，准备动用舆论逼蒋彻底下野。而让其交权最有效的办法是逼他出洋游历。

白崇禧安顿好以后，赶回武汉掌握军队。

黄绍竑在南京不断与他电话联系，催促他尽快策划两湖（湖南湖北）一市（武汉）全部国大代表、参议员联名通电，要求蒋介石取消临时"去职"，正式辞职下野，出洋"考察"。

两人的通话被"重要军话台"监听得一清二楚，给一五一十禀报到溪口去了。例如以下这样的对话，令蒋介石拍案大骂娘希匹：

白说："已分头联络好国大代表、参议员，连日都齐集汉口开会，接下来就会发通电！"

黄说："已和德公商定，先把蒋干预朝政的重要问题发到报上！"

白说:"很好!季宽兄,对他死不放弃权柄、退而不休的事要痛加揭露!这一点,最好抢在我们武汉发通电之前见报!"

黄说:"好的!已和各通讯社商定了……"

而在司徒雷登的暗中活动下,美国合众国际社抢先发表了一则消息,更是差点没把蒋介石气得昏死过去。摘要如次:

"……对于蒋介石虽然离职,却一直对中央军政、经济、人事任免等等,握权不放,中国朝野指摘良多,民主国家亦为之侧目……"(俞济时安排人翻译的。)

紧接着两湖一市的国大代表和省、市参议员联名"吁请"蒋介石放权出洋的通电也发表了。

就连蒋介石的亲信大员张治中、张群、吴忠信也打算劝他"暂卸仔肩,出洋考察"了。

三

据张治中在回忆录里陈述,他回到兰州任所后,本欲"安定下来多做些工作,但是李宗仁的电话电报不断催请"他赴宁"商讨"大局。他明白李宗仁是想要他担纲与中共进行和谈;因为此前李宗仁曾拟派孙科为首组成和谈代表团,遭到中共拒绝;共方暗示了可接受一向主和的张治中。张治中琢磨良久,接受了李宗仁邀请,束装就道。

他二月二十二日飞南京。不料东南天气不好,天低云暗,雨雾蒙蒙,能见度仅两百米,十分危险。好在有惊无险,终于平安着陆了。

到机场迎接他的有何应钦、白崇禧、李汉魂(时任总统府参军长)。

白崇禧抢先握住张治中的手说:"我听到飞机在空中盘旋了半个多小时,一直在向真主祷告保你平安!"

张治中回到南京的几天之间,不断有桂系以及中间派人物来拜访。这些人向他谈的内容大都是蒋介石握权不放,十分有碍和谈。不仅是桂系抱怨,中共那边更持怀疑态度。李宗仁身边的高级干部坦率地对张治中说,蒋介石这样身在溪口、手还留在南京的状况,李代总统是什么事也办不成的。这些人说,既这样仅让德公当个木偶,那就把一切交还给蒋先生吧;反正不过是代理,不必担责,一走就可以了事的!

张治中担心起来。便动了劝蒋介石出国的念头,以便让李宗仁放手去谋求和平,以后再相机回来复职。

他向张群、吴忠信谈了自己的想法;这两人都表示赞成。刚好吴忠信也想去看蒋,两人就一道坐飞机去宁波。预先发了一电给蒋介石。

张治中、吴忠信在宁波机场着陆。见蒋经国远远地向他们挥手致意。吴忠信感到特别亲切，指了指蒋经国，对张治中说：

"文白，你看，经国接我们来了！"

张治中点了点头唔了一声，脸上随即露出理解的笑容。蒋经国小时候，吴忠信夫妇常常带他，蒋经国视他为父执，故有这样的感情。

他们步下飞机时，蒋经国已来到跟前并伸出了双手，握紧吴忠信的手，高兴地呼叫道：

"礼卿叔，家父命我在这儿恭候你和张主任！"说着就让开了吴忠信，向张治中伸出手去，说："张主任，一路辛苦！"

"经国兄，过年好啊！总裁身体怎样，还康健吧？"

"劳张主任挂念！家父还好，还好……"

蒋经国将他俩引向不远处的一辆黑壳奥斯汀小轿车，自己则和两名侍卫官上了一辆吉普车。在前后两卡车士兵护卫下，向奉化溪口开去。

到了溪口，车队没去丰镐房，却拐弯抹角往雪窦寺妙高台开去。原来这两天蒋介石住在那里，方便每天拜佛。

蒋介石与他俩寒暄两句，然后脸上就露出似笑非笑的神情，劈头就说：

"文白，礼卿，我知道你们的来意！哼，是要劝我正式辞职出国吧？"

张治中、吴忠信都愣住了。各自都在寻思，他怎么会知道的？旋即赶紧摆手摇头，连连否认，说不是这个意思。

蒋介石脸上微微有一点嘲笑的神情，哼了一声，说：

"别不承认啦，昨天报纸已经登出来了！"

原来中外报纸揭载他俩赴溪口的来意都称"据可靠人士透露"。事后查询，才知是李宗仁的首席谋士甘介侯故意透露出去的，目的在于推动逼蒋出国的风潮。

蒋介石愤慨不平地说："他们逼我下野，可以呀，我已然赋闲在乡了；要逼我亡命海外，那就不行！下野后我作为一介草民，在国内总有居住权吧？何况是在我的家乡！你们两位是我的刎颈之交，怎么也跟着李、白瞎起哄呀？傻嘛！"

蒋介石这么一说，就把张、吴两位心腹大员的嘴巴封起来了。他俩只好把劝其出洋的事搁置一边，先说说一般性局势及其应对之策，看看能否慢慢引向这个话题。

蒋介石留他俩和自己住在一起；在妙高台住了几天，回到溪口又住了三天，早晚起居都在一起。白天蒋介石拉他俩游山玩水，其余时间在屋子里谈古论今。话题渐渐靠近了时势。上午谈，下午谈，逛山水谈，吃饭时也谈，夜晚围炉也谈，"这八天，真是无所不谈，一切的问题差不多都谈过了。"（张治中语）

谈到与中共和谈的底线，张治中请蒋介石给予明确指示。

蒋介石唔了一声，沉吟半晌，反问张治中和吴忠信有什么意见。

吴忠信表示他和张治中对此做过多次商讨，意见一致。"请文白向总裁禀报如何？"

张治中点点头说好吧。然后略作沉吟，说：

"现在南京方面①的意见经过多次商榷，已趋于一致！对于中共所提八项条件的第一条，我们是不能接受的！什么叫战犯？荒唐！关于军队改编一项，我们认为应该先决定全国军队数额，并且确实达到军队国家化的目标。我们必须坚持确保长江以南大部分省区的完整，由我们来管理；就如东北、华北、中原由共产党管理一样。实在谈不下去的话，我们可以让步到可以由国共联合管理湖北、江西、安徽、江苏四省和汉口、南京、上海三市。至于联合政府问题，几年前重庆谈判时有过三三制之议；最近我们商议了个六六制，也就是使双方在未来政府中享有同等发言地位。至于双方共管的区域，将来也应分期实现政治民主化，使国家真正趋于统一。"

蒋介石默然，半晌也没有开腔。军事主力已在三大战役中遭到消灭，要凭现在的一百多万兵力（一半是新编练兵团）抗拒锐气正盛的三百多万共军，他知道很难坚持半年；唯一的办法是求和。只有罢战才可避免手里的这点军队被打垮。求和不过是缓兵之计，过个一年两年喘过气来再争雌雄是他现在最真实的想法。既然只是缓兵之计，只要共军不过江，什么样的条件也可权且应允下来。

他对张治中说："这些意见大体可以接受；不过，四省三市共管的问题，也许共方还没想到这么苛刻的条件吧？所以我方不必先提条件，待他们提时再说！"

张治中说起李宗仁他们要邀请吴忠信参加代表团，意思是征求蒋介石意见。

蒋介石对此是无可无不可。他瞧了瞧吴忠信说："这还得看礼卿有没有兴趣干。"

吴忠信摇了摇头："我不想和共产党打交道，不去，不去！"

蒋介石说："不想干就不干吧。"

张治中见状，说："那我也不想干了！"

蒋介石乜视张治中一下，说："全部交给桂系在那里包干，我们不去个人不大好吧？"

就在张治中、吴忠信在溪口与蒋介石商谈种种之际，孙科干不下去了，正式向李宗仁提出内阁总辞职。

李宗仁打电话到溪口找蒋介石商量阁揆人选，提出何应钦来干。

李心里的小算盘是何是你的老伙计，你没有理由不同意；与我桂系关系亦不

---

① 指李宗仁以及非桂系人物如何应钦、居正等。

错，历史上的几度风雨都证明能合作（曾合作倒蒋）。

不料蒋介石仍有否定的理由。他说："为什么一定要提与我有关系的人来做院长呢？院长应该让别人来做才好！至于敬之，我认为可以做副院长兼国防部长嘛！在这个准备和谈之际，敬之这样的主战派代表人物出任行政院长颇有不便，人家会认为是'战时内阁'；况且，我们求和的目的是为了备战，敬之应该集中精力整顿军备，不应该分心于其他。"

张治中说："总裁，你的用意当然是很好的，也合乎当前的事理；只是，何敬之的情绪、李宗仁的阴鸷狡诈，也不能不顾及呀！"

蒋介石愣了一下，想了想，问道："文白这话怎么讲？"

张治中说："何敬之要不就不考虑入阁问题；如果入阁，就不能让其只做揆副（副院长）。他追随总裁多年，资历不浅，他能不多心吗？当下多事之秋，我们自己人内部还是要尽量抱团才好，避免别生罅隙；再说李宗仁推出了何敬之来组阁，事前没有征求过何敬之的意见是不可能的；你若不同意，不必说会寒了老何的心，李宗仁也会向外界抱怨，把责任推给你！"

这话就说到蒋介石心病上了。他沉默了半晌，这才同意出何应钦出面组阁。蒋介石后来还写了一封亲笔信给张治中"袖至何府"，交给何应钦。

元宵节，按奉化习俗，正月十三开始上灯，到十八落灯。这期间，所有祠堂庙宇大门洞开，合村、合族子弟都要去给祖宗、神明上香献贡，求得一年太平和顺。各村还要组织迎神会，内容有舞狮、舞龙、踩高跷、出台阁、跑马灯，可说是春节热闹喜庆的最后一个高潮。戏班子自然是不可少的，有的在溪口演，有的到处巡回演出；白岩庙、武山庙、蒋家祠堂，甬剧团、京剧团、越剧团穿梭来往。以前蒋介石回来，看到这番景象，是很高兴的，抛掷赏钱也很大方；今年共军在长江对岸陈百万虎狼之师，随时可以投鞭断流，他竭力振作情绪，怎么也提不起兴味来。

只在元宵那天，蒋家祠堂摆了几桌酒席，宴请南京来的亲信、奉化地方官、溪口保长甲长、乡里长者毛颖甫和王良鹤，由蒋经国夫妇作陪。

蒋介石强颜为欢，致简短的祝酒词，说今天请诸位来喝杯薄酒，请开怀畅饮，千万不要客气；说罢却又忍不住慨叹了一句，往后这样的机会恐怕就不多了。

毛颖甫是毛福梅出了五服的本家兄长。其子毛庆祥从北伐开始就追随蒋介石，掌管机要工作垂二十年。抗战胜利后向蒋索要交通部长职，蒋没同意，一怒之下辞职下海到上海办公司去了。

席间，蒋介石问毛颖甫道："庆祥呢？他人在哪里？"

毛颖甫摇头叹气："这个不肖子，半年前就带着他的妻儿去阿根廷了，在那个地方开办什么农场；丢下我这把老骨头不管了！"

蒋介石默然良久。他明白，毛庆祥对党国一点信心也没有了，远走他乡乃预为避祸之计。

王良鹤是蒋母王太夫人的本家族侄，与蒋介石同辈。其子王世和担任蒋介石侍卫长多年，出任军职后大肆贪污豪赌并酿成事端，蒋介石也只给予痛骂、训诫。后来闹得太不成话，才不得不将其革职逐回老家。

蒋介石问王良鹤："老鹤头，世和在哪里？"

王良鹤回答："前一阵在宁波，年前已经回家了。他不敢来见你！"

蒋介石点点头说："他还识得羞耻，这就还可以救药！哎，这孩子不能再糊涂下去了；这样流落在家无所事事很不好，还是回到我身边来吧！"

王良鹤一听这话，喜出望外。立刻差人去叫王世和。

王世和扑爬跟斗跑了来。见了蒋介石，立正敬上一个军礼，说：

"报告表叔，世和奉命来到！"

"世和呀，愿意回我身边来吗？"

"世和追随表叔到底，至死不渝！"

"好，好，好，国难见忠臣呀！"

蒋经国见状，便安排王世和入席。

第四十二章

一

蒋介石在溪口伪装隐退之际,毛泽东发表了一篇著名文章对他所谓"在野"之身进行了辛辣讽刺。文章的标题为《四分五裂的反动派为什么还要空喊"全面和平"?》。毛泽东指出,"在野"的蒋介石在奉化"继续指挥他的残余力量",控制一切;李宗仁这个代总统的命令"没有一项是实行了的";孙科的行政院叫嚣把战争进行到底,而军事统帅机关(国防部和参谋总部)"既不在广州,也不在南京,人们只知道他的发言人在上海";如此"四分五裂土崩瓦解的国民党而要求所谓'全面和平'"是非常可笑的。此时此刻,国民党"既没有什么力量实行全面和平,也没有什么力量实行全面战争。全面的力量在中国人民、中国人民解放军、中国共产党和其他民主党派这一方面"。

蒋介石读到这篇文章的时候,没有生气,更没有咆哮;而是无法排解的凄惶与忧虑。因为人家所揭露的东西句句是实,所指出的力量悬殊情况也无一句虚妄。

当他得到以下情报时,他不禁产生了病树前头万木春之感,而且陷进了更深的伤感和绝望之中。

一九四九年三月五日至十三日,中共中央第七届二次全会在西柏坡召开,讨论建国大事。

毛泽东在大会报告里指出中共的工作重心要转移到城市去了,定出了中国从农业国转变为工业国、将从新民主主义社会转变到社会主义社会的发展方向,特别告诫其部下和同僚要警惕受到资产阶级腐蚀从而变质的问题。毛泽东豪迈地宣称:"我们不但善于破坏一个旧世界,我们还将善于建设一个新世界。"

会议结束以后的第十天,毛泽东率中共中央离开西柏坡去北平。

蒋介石悲凉地意识到,他这是要去那里建都啊。

毛泽东在西柏坡动身的头一天,武汉的白崇禧拉上宋希濂飞往南京。

白崇禧总是想把宋希濂的十四兵团拉到桂系这边来;他把宋希濂对他表面上的服从和偶尔也附和一两句他对蒋的批评看作是一种"可能性",这不能不说这位徒有小诸葛之称的老白实在缺乏知人之明。

他们是二十二日飞宁的;二十四日早上八时宋希濂就应召赴参谋总长顾祝同

公馆参拜。

宋希濂刚在会客厅落座，陆军总司令关麟征也来了。

顾祝同向宋希濂询问白崇禧近来的秘密活动。

宋希濂因关麟征也是黄埔同学和蒋校长心腹，便没有避讳，把白某对自己的拉拢一五一十全部说了出来。

顾祝同知道桂系活动十分猖獗，不禁忧上眉梢。沉默了一会儿，让关麟征与宋希濂闲谈了几句。然后说：

"你们两位去溪口见见总裁吧！我给周总司令（空军总司令周至柔）说，由他安排飞机送你们去。"

"墨三师①的意思是今天就走吗？"

"对！你们马上去明故宫机场好了。"

宋希濂、关麟征搭乘军用运输机到杭州笕桥空军军官学校。

落地时，发现这个学校一大部分搬空了，满地都是散落的器材、书报。他俩费了很大工夫才找到学校教育长胡伟克。

这位空军上校一向性情活泼，谈笑风生；这次见面却满面愁容，心事重重。言谈间叹道：

"两位老大哥今天到这里来，既不能放点美国电影给你们看，也没有好一点的吃食奉献，真是抱歉万分！"

关麟征问道："怎么，要搬迁呀？怎么没听说！"

胡伟克说："两天前才传来校长的命令，搬到台湾去！今天上午大部分搬完了。"

宋希濂见状，也略有一些伤感；嘴里却在宽慰对方，道：

"没关系，台湾是暂时的，以后再回来嘛！"

"宋司令官……"胡伟克摇头苦笑道，"谈何容易啊！一九三七年秋天，当时我还是学校的一名学生，跟随航校搬迁过一次，是到西南去。当时人人虽怀着悲壮的心情离开，但都满怀信心一定可以打回来的；这一次搬家就完全不同了，人人都充满了悲观失望的情绪，没有人会相信能够回得来！"

听了他这话，宋希濂与关麟征相视无言。

胡伟克吩咐炊事兵给两位长官搞点打尖的吃食。那厮两手一摊，哭丧着脸说什么也没有，只能炒两碗蛋炒饭。

下午三时，两人登上胡伟克给安排的小型飞机，直飞奉化简易机场。

俞济时在机场迎接。同登一辆轿车，半个小时就抵达了溪口。

---

① 顾祝同字墨三。

俞济时把他俩安顿到武岭学校下榻。

五时许，蒋经国来看望他们，邀他们出去散步，说是看看风景。

蒋经国领路，沿小溪缓步而行。

一路上谈话很少。大家心绪都不佳，也无意观赏风景。倒是在蒋经国家里吃晚饭的时候，拉拉杂杂地谈了一些问题。多半是三年来失败的原因；而对以后怎么办，却没人能说个子丑寅卯来。

次日早上七时，俞济时到武岭学校接他们去蒋介石下榻处用早点。

蒋介石大约是想念亡母吧，这两天又移榻慈庵。

小汽车从学校沿公路往上行驶约莫一公里，然后下车步行。在松林中循石板路走上去。宋希濂是第一次来，他在回忆录里说"走了一千多步便到了蒋介石的住宅，是修建在丛树中的一座小平屋。"

他们在蒋介石秘书安顿下，坐在客厅里喝茶。

没多久，蒋介石就进来了。

蒋介石和他们略事寒暄，说我带你们到林子里走走吧。然后带他们出门，绕到屋后，沿石板路走去。不久就到了蒋母墓前。

宋希濂和关麟征各上了一炷香，鞠躬如仪，十分庄重。

蒋介石在旁边向他们弯腰答谢道："谢谢两位！"

接下来在后山一带散步眺望了一番，回"小平屋"去用早点。

饭后，宋、关两位分别向蒋汇报属于自己工作范围内的情况，南京、武汉方面各派各系的动态。关麟征还谈及李宗仁邀他出任参谋总长，向蒋请示对策。

随后，蒋介石说他经过一段时间的反省，对三年来的失败有了一些认识，找到了一些原因。他说：

"我们从黄埔建军以来二十多年间，遭受过许多的挫折；从来没有失败得像今天这样严重！本来，抗战胜利后，我们的军事力量较以往任何一个时期都要强大得多；为什么短短三年的时间会弄到今天这个地步呢？军事上失败的最主要原因，就是我们军队的战斗意志太薄弱了！一个师甚至一个军，一旦被共军包围，只有几个小时，或者顶多一天工夫，就被全部消灭了。这打的什么仗呀？共军行动快捷无常，飘忽不定，我军总是找不到它的主力，和它进行决战。要知道，一个部队被围，指挥官勇敢沉着，选择要点，固守待援，本是我军捕捉和歼灭共军的良机；可惜的是，每当增援部队快要到达的时候，被围部队已被共军吃掉了，结果总是扑了个空！更严重的是增援部队顷刻间也会被围！人家把包围、打援玩得溜熟，我们的前线主将只会吃亏，总是学不会！蠢呀！蠢呀！就这样，共军越打越强大，我军一天天被削弱。抗战期间，日军一支小部队防守一个据点，我军以数倍乃至十倍的兵力围攻多日不克，原因在于日军有武士道精神，官兵不怕死；我们北伐的时候,能以一当十,势如破竹,那是因为官兵有不怕死的革命精神。但是后来,我们夺取了天下以后,部队徒有国民革命军的名义,丧失了革命的实质;尤其是一些中上级军官,趁抗战后接收城市的机会,大发横财,做生意、置房产、包养女戏子,骄奢淫逸、腐化堕落,以致上下离心离德,士无斗志。这是我们军事上失败的根本原因!你们现在带部下,首先最要紧的就是要彻底恢复国民革命军的传统精神,才可能担负起救亡图存的重大责任。"

接下来,蒋介石又"以相当激动的态度和语调"(宋希濂回忆录中语)指摘国民党内外反对他的一些人。他说:

"共产党和追随他们的一些小党派、社会上的自由派,对于我个人、政府,攻击、厚诬,无所不用其极;他们指摘政府是如何地横征暴敛,说我个人是如何的有钱,说老百姓是如何的痛恨我。可恼的不是这个,而是党内居然也有人随声附和!须知共产党的目的就是消灭本党;本党同志不知团结一致来对付之,反倒离心离德,太阿倒持,实在令人痛心之至!你们是我的学生,也是和我共过多年患难的同志,你们万不可轻信旁人对我的毁谤污蔑;不仅这样,还应该对这种谰言坚决予以驳斥!"

两个学生兼部下都挺直上半身,有力地回答:"是!"

蒋介石用了一个多小时讲完一大堆虚虚实实的话以后,休息了一下,喝了点白开水。把视线移向关麟征,说:

"我离京前,曾和敬之、墨三谈过,叫你担任陆军总司令;李宗仁现在要叫你当参谋总长,这是企图让你和墨三产生矛盾,是分化我们的一种阴谋!你不要听他的,仍旧当你的陆军总司令吧!"

关麟征说:"是,我听校长的!"

蒋介石又把视线调向宋希濂,说:"如果和谈不成,共军必然渡江;今后西南地区至关重要!湖南境内的几个军,必要时教他们退到湘西去;若共军向宜昌、沙市进攻,你的部队应转进鄂西一带山地。你的司令部设在恩施,那里有飞机场。陈明仁兵团将来可退到芷江、沅陵一带。这些部队以后由你统一指挥,负责巩固川东门户。这件事你回到南京,找顾总长研究一下;然后把我的意思传达给陈明仁等湖南的几位军长。"

蒋介石说罢,起身走过去打开房门,教门外警卫"去请俞局长来"。

没几分钟俞济时就进来了。

蒋介石吩咐他编几本专用密电码,交宋希濂带给湖南的几个军长。

大家辞别蒋介石回到下榻处休息。

一小时后俞济时送来几本密码交给宋希濂,要宋对军长们说,今后直接向总裁请示一切。

这天正午十二时，王叔铭派来接宋希濂、关麟征的小型飞机在奉化机场起飞，午后一时半到了上海。

宋、关决定在上海玩一玩，明日再飞南京。

上海市府秘书长陈良是两人共同的老友，以公务名义安排他俩入住相当豪华的金门饭店，然后在江南酒楼治宴款待。

这陈良是个乐天派，酒量好，会讲笑话，任何一次聚会，只要他在场，气氛都十分活跃。这次除了一杯又一杯地灌自己的酒，就是唉声叹气，后来竟痛哭流涕，哀号道：完了，完了，我们被共产党打垮就在这几个月了；人心已经完全丧失，我们的党国气数尽了。

闹得宋、关心绪不好；宴席不欢而散。

次日上午十一时他们飞抵南京。

下飞机就径直去见顾祝同，汇报溪口听蒋训示的经过详情。

顾祝同教他们近日不要离宁，李宗仁要宴送赴北平的和谈代表，邀请参加的名单里有他俩。

这个欢送宴会三月三十一日傍晚七时在总统府举行。

国共双方的代表团名单几天前就发表了。

国民党方面，首席代表张治中，代表邵力子、黄绍竑、章士钊、刘斐、李蒸，秘书长卢郁之，顾问屈武、李俊龙、金山、刘仲华。

中共方面，首席代表周恩来，代表林伯渠、林彪、叶剑英、李维汉、聂荣臻。

送别宴会参加者有何应钦、白崇禧、顾祝同、张治中、林蔚、萧毅肃、汤恩伯、王叔铭、刘士毅、关麟征、宋希濂。此外就是代表团成员了。

宴罢，李宗仁和代表团成员告辞离去；何应钦教其他人全部留下开会。

会议讨论了三个问题：

第一，加强长江防务部署；第二，将驻新疆部队东调。国防部认为，长江防线长，兵力不敷分配。新疆驻兵十万，在目前情势下似无必要。会后李宗仁、何应钦都同意疆兵东调；旋因张治中反对而作罢。第三，十个师的美械分配。半年多以来，蒋介石计划在长江以南地区征兵一百五十万，在各地设立了许多新兵训练司令部。美国政府给了十个师的装备。这些装备近日已运抵上海。

在第三个问题上，有两个人发生了纠纷，差点没打起来。

白崇禧要求分给他四个师的装备，声称广西有几个新兵训练营，有十万之众。

顾祝同却说现时全国新兵训练营很多，大家都要求领取新装备。僧多粥少，只好由国防部核实情况后再统筹发放。

白崇禧借此大发牢骚，说过去许多美援武器送到国内，能打仗的部队不发，不能打仗的部队倒发了，结果都送给了共产党。听说共产党那边嘲笑我们是运输大队！你们把局面操纵把持到现在这个地步，现在还想继续这样干吗？

顾祝同大怒，立刻进行反驳。

一个坚持要四个师的装备，一个死活不肯，争执不下，"声音越说越大，意气越来越盛，弄得脸红脖子粗"（宋希濂回忆录中语），大有发展成辱骂甚至动手厮打之势。

何应钦见情势不对，连忙起身劝解。说此事待他再核实一下各方情况，请示了李代总统再说。

后来分给了白崇禧两个师的美械装备才算完事。

但白崇禧并不甘心。

他回武汉不到十天，有一艘满载美械的大轮船经过湖北驶往四川，用来装备驻川中央军。白崇禧获悉，下令在武汉扣留。

顾祝同、何应钦打电话交涉，他置之不理。

顾祝同只好打电话向溪口禀报。

蒋介石听罢，话也说不出来，啪一声就挂断了电话。

宋希濂这次在南京前前后后共待了十天。

在这十天里，凡所接触的人，除张治中对和谈还抱有几分希望与信心之外，其余都十分悲观甚至绝望。二十年来蒋介石所信赖的幕僚、参谋部次长林蔚，向来是个稳重、不随便发悲鸣的人，尤其是对带兵的将领，任何时候都只说鼓气的话。宋希濂到他的办公室谈事，不慎说到国民党的前景，林蔚摇头叹息，满嘴都是泄气的话。

"我们几百万军队，都是二十几年积攒起来的精华，现在三分之二被共产党吃掉了，剩下的三分之一也打得残破不堪；局势败坏到这个地步，还有什么办法可以挽救呢？共产党提出的和谈条件，实际上就是叫我们投降，哪里是什么'和谈'呀！我自从离开军队到中央当幕僚以来，没摸过手枪，现在天天带在身上，万一被共军抓住，我就自己了结自己！"

宋希濂听了，感喟摇头，不置一词。

他去看望空军总司令周至柔，也是如此。

周至柔是他在北伐时期的老上司，多年来都是朋友。

周至柔在空军总部大楼的台阶上迎接他。双方刚握住手，周至柔就说：

"老弟，我们在这里见面，说不定是最后一次了！唉，抗战胜利后我们那么好的一个局面，想不到仅仅三年工夫，就会失败到这个地步，真是像做梦一样！"他又指着小营附近的一片新房子摇头苦笑说："都是这两三年空军修建的，有的还没竣工。现在得让共军来住了！"

周至柔还告诉他，鼓楼至挹江门以北的新住宅区，数以千计的小洋楼，户主都是党国上层官员，现在已是十室九空。新街口、花牌楼、夫子庙一带，乃金陵最繁华区域。许多大旅馆，上等餐馆酒楼茶厅，一向车如流水马如龙；现在门前冷落车马稀，不少已经关门歇业了。颇有点元代萨都剌词"六代豪华，春去也，更无消息"的景况。

二

南京中央航空公司安排了一架大客机"空中行宫"号供赴北平的和谈代表使用。四月一日起飞。飞机上除了正式代表、顾问，还有秘书和译电员，总共二十几人。

到了北平，被安排下榻六国饭店。

当天傍晚六时，周恩来、林伯渠、叶剑英、李维汉、聂荣臻到他们下榻饭店公宴他们。

宴后，周恩来、林伯渠邀请张治中、邵力子谈话。

周恩来用尽可能温和的口吻质问张治中："文白先生，离开南京前为什么要到溪口去见蒋介石？"

张治中愣了一下，旋即对这样的质询生出反感。笑了笑，说：

"恩来兄，难道我连见谁不见谁的自由都没有了吗？"

"问题在于你文白先生在这样一个敏感时候去见他，我们不能不理解为向他请示方略！就连你们的报纸也作了这样的揣测，不是吗？他是名列首位的战犯，你却要在来北平之前去见他，我们十分不理解！要知道，这是牵涉到贵方究竟有多大诚意的问题！像这样由蒋介石遥控的假和平，我们断难接受！"

张治中也有些激动。针锋相对地指出，去溪口是必须的；蒋先生虽然下野了但还掌控着军队，这是目前无法改变的现状，所以不争取他对和谈的理解，治中等人在北平谈出的任何协议南京都没法实施。

双方对去溪口的事争执始终，无法达致谅解。

周恩来后来就暂时避开了这个话题。

张治中又对将来组成联合政府以后中共的对外政策进行了探询。

周恩来没回答，反问他有什么高见。

他说，应该平时美苏并重，战时"善意中立"；因为"如果亲苏而反美，则美必武装日本和用经济封锁来对付中国"。

周恩来微笑摇头。说：我们主张的是建立一个新民主主义然后过渡到社会主义的国家，所以与苏联和各社会主义国家保持友好甚至同盟关系是新中国的基本方针。至于以美国为首的帝国主义国家，他们必须放弃敌视中国共产党的政策，然后才可能得到我们的谅解。

毛泽东接见张治中等人时，对他们说："人民的要求，我们最了解。我们共产党是主张和平的，否则也不会请你们来。我们是不愿意打仗的，发动内战的是以蒋介石为头子的国民党反动派嘛。只要李宗仁诚心和谈，我们是欢迎的。李宗仁现在是六亲无靠呀！第一，蒋介石靠不住；第二，美帝国主义靠不住；第三，蒋介石那些打得残破不全的军队靠不住；第四，桂系力量单薄也靠不住；第五，南京一些人士支持他是为了让他和谈，他不诚心和谈，这些人士也靠不住；第六，他不诚心和谈，共产党就要消灭他，更靠不住。其实六亲中最靠得住的是共产党。只要是诚心和谈，共产党是说话算话的、守信用的，是会给大家很好的政治出路的！"

从四月二日到十二日，完全由双方代表个别交换意见；或是广泛地谈，或是就某一个具体问题深入地交锋。

后来，毛泽东分别约见国民党方面代表，听取意见。

到了十三日早上，周恩来到六国饭店张治中房间，交来共产党方面草拟的《国共和平协定草案》，并通知当晚九时开始正式会议。

张治中马上召集全体代表、顾问、秘书长进行研究。

他自己把这个草案一口气读完后的第一个感觉是全篇充满了数落国民党罪状和敦促其投降的语气；第二个感觉是完了，和平是不可能的。不要说蒋介石不会同意，李宗仁也不会同意。国民党的主观幻想是"平等的和平""划江而治"，而周恩来草案却与之相去十万八千里。即便是他张治中这样的国民党鸽派人物，也觉得不少条款太苛刻了些。固然，和谈是以毛泽东元月十四日公开发表的"八项"做基础，这是预先向国民党方面讲好了的；但由于张治中本人和蒋介石、李宗仁都希望借谈判使共产党方面后退一步。然而从草案观之，共产党清醒得很，仍然坚守毛泽东的"八项"声明不让步。

张治中心情尽管沉重，仍然耐着性子与他的同仁们逐条进行研究，并且商定今晚在会上应采取的态度。

中南海勤政殿，是一幢宽敞、华贵、幽静的清代建筑物。大厅中间横放着一张长条桌，用阴丹士林布覆盖。两端分坐国共两方代表。条桌两端的后侧还各有三张小条桌，是双方列席和记录人员的座位。

会议没有固定程序，双方首席代表略商量了一下，就宣布开始了。

首先由周恩来对《国内和平协定草案》做了一个详细说明。他说：

"这次南京政府代表团诸位先生到北平来，我们经过十二天的非正式会议，大家充分交换了意见；从现在起，就进入正式谈判的阶段了。我们昨天晚上已经把

《国内和平协定草案》送给文白先生了。草案的主要内容,在过去十二天非正式的商谈中,大致都已经谈过,并且充分地交换了意见。最初,双方有很大的距离;经过十二天的商谈后,曾经有距离的意见,得到了以张治中先生为首的六位正式代表的同意,双方有了同一的理解。对此我们觉得很高兴。并且南京代表团也明确宣告,中共毛主席在今年元月十四日所发表的声明中的八项主张,已经得到李宗仁先生同意(以这八项主张为谈判的基本条件);同时南京代表团没有一个具体的答案提出来,愿意由中共代表团提出一个实现八项基础条件的具体方案。因此中共代表团就起草了这么一个草案。

"在这个协定草案中,我们认为必须先讲清历史责任;不如此,就无从使全中国人民、全世界爱好和平的人士明白我们为什么要提出这样一个协定。

"首先必须说明的,是从民国三十五年南京政府在美帝国主义的鼓励和帮助下,违背了人民的意旨,破坏当时的停战协定和政治协商会议的决定,在剿共的名义下,向中国人民及其子弟兵发动全国规模的反动战争。这种战争,至今两年零九个月了。在这么长的时间中,全国人民遭受了空前的灾难;不但财力物力生命遭受了很大的损害,国家的主权也受到损失。所以全国人民对于南京政府背叛了孙中山先生革命的三民主义与三大政策,也就是背叛了孙中山先生最终的遗嘱,引起了全国人民极大的不满。这种情形,不只这三年来如此,从国民党执政以来就是如此;尤其以这次为全国人民所反对的空前规模的反革命战争,也是南京政府发动的。惟其如此,人民对于南京政府所采取的各种错误政策、反动政策表示更大的不满,从这点来说,这种错误,是应该由南京政府负责的。它已经完全丧失了人民的信任。在这个两年零九个半月的战争中,南京政府所统率的军队,已经被中国共产党所领导的、也是中国人民革命军事委员会所统率的军队所击败。这一点,现在已经肯定而无疑了。所以南京政府在今年(一九四九年)一月一日向中国共产党提出停止内战恢复和谈的要求。但是,南京政府在那一个文件里所提的条件,我们认为不能接受;不过在一月十四日毛泽东主席所发表的声明中,我们已经同意进行和平谈判,所以才有八项具体的原则性主张的提出,这就是大家所共知的:惩办战争罪犯;废除伪宪法;废除伪法统;依据民主原则改编一切反动军队;实行土地改革;没收官僚资本;废除卖国条约;召开没有反动分子参加的新政治协商会议,成立民主联合政府,接管南京国民党反动政府的一切权利。这八项发表以后,得到了南京李宗仁先生发表的声明,同意以此为谈和的基础。

"根据上述情况,事实是很清楚的:战争的全部责任应该由南京政府承担。因为这是一个历史性的协定,是保证今后国内和平的一个文件,所以必须在条款的前文里明确这个责任。"

周恩来还对条款里涉及土改的问题进行了特别说明:

"第六条是确立土地改革制度。这一点,我们不仅在原则上规定了在解放军到达的地方,先行减租减息,再行分田;即使是解放军还没有到达的地区,也一样要实行土地改革。南京政府所属的地方政府必须负责保护农民的组织及其活动,等到解放军到了,就实施减租减息,然后分配土地。在这条的两款中,规定得很切实,我们所以规定要南京政府所属的地方政府对解放军未到的地区保护农民的组织及其活动,是有事实根据的。这种事实,也不必列举。直到最近,当南京代表团离宁之际,在南京政府统治之下,还有打死打伤学生的事情;最近两天还有逮捕南京政府立法委员会的事。这些都是事实昭彰,应该严禁发生的!"

周恩来讲了两个多钟头,内容涉及《草案》的所有条款,篇幅太大,此处只好从略。

他讲完后,客气地微笑了一下,欢迎张治中等国民党代表发表不同看法。

张治中的发言首先表示对国民党的错误,愿意承认;对国民党的失败,也有勇气接受。接下来指出了南京不可能接受的一些条款,希望由南京代表团提出一份修正案,然后双方再开会磋商。他说:

"至于用什么方式来商量,我们没有成见。等到双方代表团能得到一致的意见,我们当派人回南京请示。"

最后,双方同意再作会外协商;然后定期举行第二次会议。

第二天,南京代表团在张治中主持下研究修正案的撰写,直至深夜甫告完成。

张治中后来在回忆录里解释:这个修正案和原草案最大的不同点是词句力求和缓,避免刺眼的词句;同时对军队改编、联合政府两项也有若干修正。目的完全在于希望南京方面或者能够接受,使和平能够实现。代表团同仁都认识到,国民党的失败已没什么悬念了;既然如此,寻求这个失败能平稳着陆,是唯一有利于国民党的办法。至于中共方面,当然胜券在握,如果在达成最后彻底胜利的时候,能够减少国家元气的凋丧、人民生命财产的损失,也未始不是一件好事。张治中慨叹,后来的事实证明,即使这个修正案为中共方面接受了;南京,特别是溪口和广州,也是不会接受的。

十四日晚上,张治中把这个修正案交给了周恩来,并做了口头说明。

十五日早上,南京方面代表全部出动,分别与中共代表进行商谈,企图各个施加影响。但是没什么进展。

当晚七时,中共送来了最后决定的《国内和平协定》,并通知两小时后在勤政殿举行第二次会议。

周恩来在发言中再三强调今天的这个《国内和平协定》是不可变动的定稿。在本月二十日以前,如果南京政府同意就签字;否则解放军马上过江。周恩来说:

"经过十三日第一次正式会议后,十四日一天我和文白先生就《国内和平协定草案》全部内容要点再度具体交换了意见。昨天晚上文白先生在会谈后，也将南京代表团对这草案所提出的书面意见交给本席。我们根据这两天的交谈，参考各种材料，改定了中共代表团方面的和平协定最后稿件，就是今日下午七点钟送达南京代表团各位先生的本日所印出的《国内和平协定》。

"在这两天交谈中，中共代表团尽可能吸收南京政府代表团许多意见。就是说凡是予推进和平事业有利，予中国人民有利的意见，我们就尽量采纳；换句话说，就是在某些大问题上，凡我们觉得应该求得妥协的，总尽量妥协。所以今日提出的这最后定稿，较上次的草案已有若干修正。

"在目前定稿中，最重要的一个问题，是中国人民革命军事委员会的权力问题。文白先生和南京方面好几位朋友都希望能有变动。经过我们的研究，觉得为使和平事业能实现，我们愿意让步。在联合政府成立前，双方成立的机构，还是用一种合作的办法；南京政府暂时行使职权，一直到自己宣告结束之时。也就是联合政府成立以后，同时与人民革命军事委员会合作协商，以解决过渡时期一切问题。在军事方面，成立整编委员会，依照定案上所规定情形办理，上面不再冠以人民革命军事委员会统率和指挥字样。这是我们一个重大让步，是为使得南京代表团向今日南京政府负责人李德邻先生、何敬之先生进行说服时有更多便利，俾和平能早日实现。军事整编委员会双方合作、政权方面互相协商解决。这样的重大让步，我想南京代表团方面当能体谅得到。另外，我们必须指出两点，也就是双方曾经讨论过并为我们所不能接受的。关于这两点，我要向南京代表团各位先生说明。一是军队改编程序问题，二是人民解放军开往江南接管各地政权之事，那是决不能改变的！"

周恩来详细解释了为什么要在和平协定签字后就要在"整编委员会"领导下，立即着手改编国民党军队的现实原因；又解释了为什么解放军也要尽快过江接管政权。条分缕析，讲了一个钟头。其中有一个极现实而又横亘千年的原因，占中国人口百分之九十五的赤贫人员在水深火热中亟待解放：饥饿待哺，因贫病而大面积死人，在乡村地租制下不得不承受非人的待遇，这些情况让共产党人处在深深的不安中并因而急不可待。

周恩来请张治中发表意见。

张治中谦恭地向周恩来颔首说"好的"。稍稍沉默了一下，整理思维。然后说：

"刚才听到恩来先生的高论；同时今下午七时许和恩来先生见面时他交给我一个《国内和平协定》文件，说这是最后一个文件。刚才恩来先生也说了，这是中共最后提出的一个定案。当时（今下午七时）我问恩来先生，所谓最后的文件，是不是可以理解为最后通牒？是不是只许我们说'对'或者说'不对'？恩来表示,这确实是中共最后的态度。我说,这样也好,干脆利落。我们来北平半个月了。双方代表团分别经过无数次的会谈,对几个重大的问题,已经交换了很详尽的意见;可以说,应该说的话,应该陈述的理由,通通都倾吐出来了。到十三日,恩来交给我们《国内和平协定草案》。这是中共方面根据双方十多天来的会商所提出来的一个草案。我们代表团对这个草案作了详细研究,对草案许多原则上、文字方面,提出了一系列的修改意见。今天下午七时,恩来交给我《国内和平协定》,草案两字没有了;恩来说明这是最后的文件。我们知道,这是双方半个月来无数次交换意见的结晶。

"刚才恩来对这个文件的解释,对我们所提的修正意见,有许多是接受了的。我拜读了以后,觉得确实如是,修改的地方多达二十多处。当然,刚才恩来先生说了,有些地方是中共的原则,是不能变动的。例如军队改编的一些原则性问题、军队接管地方政权的问题,都是不能变动的。

"恩来的解释除了有关这个文件的内容之外,还提到渡江的问题;刚才他与我会面的时候也在说,中共方面预定解放军四月二十日渡江。我问他,你过去说在和平协定签字后三两天就渡江的话我是没有同意的;现在和平协定还没签字,怎么就说预定四月二十日渡江呢?恩来解释说,你们代表团派人把这个最后文件带回南京去请示,如果来电报说可以签字,当然渡江的日期和办法是可以商量的。我理解恩来这句话的意思是我们派人回南京请示,得不到同意的话,解放军就要在四月二十日渡江。是这样的意思吗?"他瞅着周恩来,等待回答。

周恩来直视他的目光,郑重地点了一下头,说:"是这样!"

张治中凄然地点了点头。停顿了片刻,继续说:

"这一点,刚才恩来先生解释时,可能内容多,一时遗漏了;所以我不得不把它补充出来,因为事情重大。对这个文件,既然我们只剩下了同意不同意的权利,那么再发表意见也就没有必要了!这次会议之后,我们就派人回南京禀报,请政府作最后的决定。

"这里,我想说一说我个人的看法或者感想。国共两党的斗争,到今天可以说是结束了。谁胜谁败,谁得谁失,谁是谁非,当然有事实证明,将来也自有历史作评判。打个比方来说,国共两党之争,好比是兄弟之争。我们同是中国人,同是一个民族。俗话说,'便宜不出外',今天谁吃了亏,谁讨了便宜,那是不必太认真的。国共两党等于兄弟一样,大哥管家管不好,让给弟弟管,没有关系,'便宜不出外'。做大哥的人,不但对于弟弟的能干、有这个能耐来担当重责大任,表示敬重,表示高兴;而且要格外的帮助他,使他做得好,做得比哥哥好。这不仅是站在弟兄的立场应该如此,就是基于民族之爱、同胞之爱、人类之爱,也应该如此。今天的中国,是不是一个独立的国家?先总理孙先生说'余致力国民革命凡四十年，其目的在求中国之自由平等'；但总理去世二十四年了，我们还没有实现自由、平等、独立；我们的同胞在国外受到人家的鄙视，我们实在是无比的惭愧与羞辱！幸运的是，我们同一民族里，今天出来了很好的兄弟，能够有这一个能耐、有这一魄力来把家当好，使全国人民得到解放，使国家得到独立自由，使民族得到复兴，使邻家再不敢看不起我们。这是一家子的光荣，也是做哥哥的光荣。这是一个通俗的比方，而其中有真理存焉。所以现在对于中共确定的这个《国内和平协定》，如果还想字斟句酌地去辩论，是不必要的；我们应该把眼光放远大些，胸襟开阔些，重新合作，这才是国家民族之福。对国民党来说，今后应该有这个眼光，有这个态度。说到这里，我想到了中国的一句古话，叫作'兄友弟恭'；我们今天的情形，正应该如此。我也希望中共方面也能保持这种开阔的胸襟，远大的目光，来领导未来的新政权。"

张治中讲完之后，向周恩来等中共代表点了点头，画上了句号。

"刚才文白先生说的几句话，我不能不辩白一下；那就是关于'兄弟'的比喻。假使文白先生说双方的关系等于兄弟一样系指在座两个代表团，我们很乐于接受，因为我们都是为和平在努力。但是如果拿过去国民党二十多年来，尤其是最近两年零九个半月的蒋家王朝来说，那就不是兄弟之争而是革命与反革命之争！孙中山先生当年革命的时候，对清王朝进行的斗争，对于袁世凯的讨伐，对曹锟、吴佩孚的申罪致讨，如果我们解释成兄弟之争，孙先生泉下有知是不会同意的。因为那是革命与反革命的斗争！对此，我不能不指出其严肃性。如果把蒋家王朝及一切死硬分子也包罗进兄弟的范畴，显然是不合适的！孙中山先生以往领导的多少次革命都失败了，也是因为敌、我、友三个概念的含混使然。等到国共合作以后才补救过来了。可惜的是以后蒋介石叛变了。我们今天可以在以工人阶级为领导、以工农联盟为基础的原则下，与全国绝大多数人进行合作；但对于蒋家王朝、四大家族，那是决不能合作的，更不能以兄弟视之。

"还有一点，就是这个文件本身的问题。因为如果没有最后的定稿，你们南京代表就没有依据去说服南京当局；没有这个最后的定稿，南京当局就无以考虑同意与不同意的问题。而且，任何一个问题，不能久拖不决，总得要有一个结束。我们这个方案，南京代表团乃至南京当局，同意、不同意，都有充分的自由。当然，我们也预料到南京的顽固派、好战分子不会接受的；其实，任何东西他们都不会接受的。"

会议结束后，南京代表团议决由黄绍竑代表和屈武顾问携《国内和平协议》回南京请示。

三

获悉黄绍竑被张治中等指定为回南京的代表，不到一小时，周恩来又返回六国饭店访晤黄绍竑。

周恩来对黄绍竑说，在和平协商开始我们就表示过，希望李德邻先生、何敬之先生、于右任先生、居觉生（居正）先生到北平参加签字盛典，大家共同促使中国早日变成和平的国度。我们至今非常热望这一个日子到来。李任潮（李济深）先生已经在各党各派会议上表示，李德邻先生来北平，他愿意陪送李德邻先生回去。意思是有些地方是蒋介石势力所及，万一有什么变故，可以一起去汉口白健生那里。

周恩来抬起手腕看了一下表，又说："现在是四月十六日凌晨两点钟！你回去对李德邻、何敬之两先生说，我们愿意等到四月二十日。"

黄绍竑郑重地说："我一定把周副主席的话，还有前些日子毛主席对我与刘为章说的那些话，传达给德邻和健生！"

他指的是几天前毛泽东专门接见他与刘斐这两位与桂系有密切关系的人，明确告诉他俩：如果李宗仁同意在和平协定上签字，将来可选为联合政府副主席。白健生的部队可继续留在武汉，也可以开到两广去。两广在两年内不实行军管和土改。白健生喜欢带兵，将来可以给他四十万人马带；人尽其才嘛。

周恩来辞去后，黄绍竑坐在沙发上一支又一支吸烟。昨晚的会议一直开到午夜，后又与周恩来交谈，他虽然疲倦，却知道无法入睡。思考着回南京后如何去说服李宗仁、白崇禧接受《国内和平协定》。他当然知道没有多少把握；因为这份文件与李、白的底线"划江而治"完全是两条永不相交的平行线。李、白的这一观点与蒋介石是一致的，"划江而治"求得喘息，然后卷土重来。然而共产党已然是个十分成熟的政治团体，哪里还会再受你们骗呢。周恩来已经反复说过，南京在协定上签字不签字，解放军都要过长江。

回到南京，在傅厚岗李宗仁府上，黄绍竑与李宗仁、白崇禧以及从广西任上赶来的黄旭初一起研究对应办法。

黄绍竑说："我认为这个协定应该说是差强人意的！签字以后，毛泽东承诺德公可以出任中央人民政府副主席。这与现在的副总统不是一样的吗？所以，我们还算保住了一些本；再者，广西子弟可以保存下来，两广在两年内不搞土改……"

白崇禧对共产党许下的任何好处都不感兴趣，他最关注的是共军过不过江；而黄绍竑对此只字未提。便不耐烦地打断黄绍竑的汩汩之论，说：

"季宽，其他的先别说，你快把协议拿出来让我们看看！"

黄绍竑点头说好。从容拿起放在茶几上的黑皮公文包，取出《国内和平协定》文本。看了看白崇禧和黄旭初，问是不是先让德公看？那两人点头后，他便送给了李宗仁。李宗仁翻阅时，黄绍竑继续对白崇禧、黄旭初说：

"那上面的好些条款，对我们每个人以后的出路，都还算有利！在北平，我和李任公（李济深）畅谈了几次……"

白崇禧根本没去听黄绍竑絮叨什么，而是全神贯注地盯着李宗仁的脸，想要从读文件的那么一张脸上看出情绪来。但是可惜他忘了，李宗仁一向沉稳，喜怒不形于色，只要没开腔说话，很难窥见其内心活动。白崇禧看了半天，也没看出个所以然来。急于知道文件内容的这位小诸葛，越来越焦躁了。

李宗仁终于取下了眼镜，放在茶几上。面色变得阴沉起来；因为通观全篇都找不到他期盼的"就地停战""划江而治"一类字眼。他失望了，一时不知如何是好。

"德公，怎么样？"白崇禧小心地问道，口气显得不无提心吊胆的味道。

"健生，你自己看看吧！"他把文件递给白崇禧。

白崇禧心情紧张地翻阅文件。随着他一行行、一页页地看下去，失望的情绪越聚越大，终至绝望，然后又成了恼怒。最后把文件往茶几上一扔，埋怨道：

"季宽，像这样的条件亏得你也能乐颠颠带回来！"

黄绍竑早有心理准备，并未发作，耐着性子解释道：

"健生呀，像这样的条件已经很不错的啦！经过了多次争取，共方原先所提惩办战犯问题，经过多次讨论，删去了'首要''次要''元凶巨恶'等字眼，对于做了有利于和平事情者，都可取消战犯罪名；次之，把'南京政府及其所属部队置于人民革命军事委员会指挥统辖之下'这样的表述也改成了温和的表述。代表团一致的意见呢，认为尽管条件与我们的'划江而治'相去甚远，然而如果能正视'战败求和'的现实……"

白崇禧没容他说下去，拍案而起，咆哮道：

"别说那么多，我的条件只有一个！"

"那……请讲吧。"

"共产党不过江，则一切都好商量！"

黄绍竑嘿嘿干笑了两声。旋又摇头长叹，似在为白崇禧的不晓事而发出怜悯之音。他苦口婆心地将谈判时的艰难略略讲述一番，以说明目前的结果已来之不易了，要珍惜呀。

"人家拥兵三百多万，兵精粮足，胜券在握；周恩来把话讲死了，这个协定签不签字共军都要过江。限定我们四月二十日前必须答复！"

"这不就是哀的美敦书吗，"李宗仁坐在一旁，冷冷插上一句，"哪里是什么协定！"

"德公呀，这个时候我们还能有什么讲究吗？协定也好，哀的美敦书也罢，都不是当下的要害……"

"他们要不讲理，一定要过江，那就只好一战定是非了！"白崇禧拍了一掌桌子吼道。

黄绍竑的忍耐已过了极限，厌恶地瞥了白崇禧一下，觉得这厮太不识时务、太狂妄了。便冷笑了两声，嘲讽道：

"你掰开指头数一数你究竟还有多少本钱可以对付三百万装备精良的共军？如果现在实在要打，只有老蒋还有点资格，他那一百万新兵蛋子抵抗一两个月也许还可以。你一定要打，可以去溪口负荆请罪，请他复辟，这样他的部队你也才可以调得动。近一年来我们以主和赢得了声望，对我们来说，只有息兵罢战才有出路；否则你手里那二十万广西子弟兵只会打得一个不剩！"

"没什么了不起！我们当年是穿草鞋出广西的；今天，也还可以穿草鞋上山，同他们周旋到底！"

"健生呀，别再发梦呓了！清醒清醒吧！大兵团正规战都输到底了，还穿什么草鞋上山？人家是打游击的老祖宗，你玩得过人家？别嘴硬了，那当不得饭吃！再说，和谈的调子是你最先哼出来的，朝野都知道；现在举国都盼望和平，人心所向，大势所趋。你这位首倡和平的党国大员忽然间变了调，一个月之间出尔反尔，你叫人民怎么看待你？难道你就不爱惜自己的令誉吗？"

白崇禧恼羞成怒了。他毫无顾忌地伸手指着黄绍竑的鼻尖，反唇相讥道：

"你黄季宽有什么资格讲'令誉'？民国十一年，你背着德公拉上部队出走；民国十九年，我们打了败仗，你又不辞而别，投入老蒋怀抱；现在，时局艰危，你又要背叛团体，与共产党拉拉扯扯！你说，这是有'令誉'的人干得出来的吗？"

黄绍竑也气极了，拍案而起，也指着白崇禧鼻尖，咆哮道：

"好呀，白健生！你要翻历史老账，恐怕最终也要翻到你自己的头上，我劝你老弟还是不翻为好！民国十六年八月，我率部在潮汕打垮了周恩来的起义部队，逼得周恩来到处跑滩。这个仇不小吧？这次我跟随张治中去北平求和，人家周恩来只叙交情，根本不提历史旧账！难怪人家要成功啊！你还自诩小诸葛，我看是小……小肚鸡肠，成不了大事！"

一直坐在那里少言寡语的李宗仁，见哥俩闹得太不成话，只好起身把两人拉开，按到沙发上坐下。大家也一时都没说话。李宗仁点燃一支香烟，一口接一口地长吸，面容出现了从未有过的悲怆与无助。后来，长叹一声，说：

"刚才，季宽讲了很多，其中有关于我个人的出路问题！这个，请不必为我担心！我这个代总统是为求和而上台的；求和失败，那就应该去职以谢国人！况且，团体一旦失败，个人的出处也就成了海市蜃楼，失去了实际意义；岂不闻覆巢之下安有完卵乎？"

李宗仁的话，重重地敲击在黄绍竑的心上，使他本来有疾的心脏隐隐作痛。

白崇禧的脸色由赤红转成了青白色。待李宗仁说罢，他马上又瞪着黄绍竑，愤慨地说：

"政府派出的代表团，应该代表政府的立场！什么是政府的立场，你们难道忘了吗？老蒋也好、德公也罢，早就分别向你们交代过底线：先就地停火，然后划江而治！但是，你们没有坚守我们的底线，反倒回来替共产党做说客，劝德公签署这个城下之盟！将来太史公该如何为你黄季公、张文白落笔呢？"

"嘿嘿，健生老弟，我和文白的这段历史，相信史家自有公论，当务之急恐怕不应该讨论这个吧？当下共军在长江北岸陈兵百万，旦夕即可投鞭断流，我们的团体和德公守着的这个半壁江山何去何从，这才是应该赶紧议决的大事！其实这也关系到你我的历史应该怎么写的问题！我知道你特别关心自己的历史和后世的毁誉；但历史从来都是胜者为王败者为寇，特别是对内战的评价更为如是，你我是奈何不得的！现在，国民党大势已去，即使真正的诸葛亮再世也回天乏术，况我小诸葛健生老弟乎？我们桂系团体现在面临的局势，既非民国十四年你我到广州去商讨加入国民革命阵营，也并非民国二十六年老蒋请你和德公参加抗战。那些可以讨价还价的日子已经一去不复返啦！我们在军事上已经由强转弱，共军的精锐数倍于国军，这能在政治谈判中求得平等的地位吗？"黄绍竑说着，禁不住悲从中来，声泪俱下。"德公、健生、旭初，我们千万要认清形势，绝不可以听从蒋介石蛊惑！他最后还可以退保台湾；我们能把多少桂军运到台湾去呢？没有自己的部队，我们在台湾能见容于蒋介石吗？所以，我们没有别的路可走，唯有坚定不移地同共产党讲和才足以自保啊！"

白崇禧又被黄绍竑这番话激怒了。拍了一掌沙发扶手，投袂而起。指着黄绍竑厉声喝道：

"黄绍竑，要不是看在二十多年情分，我白某人今天就要对你不起了！我自投笔从戎，就只知命令敌人向我投降，而不知我向敌人拱手称臣；我从太史公那里也只学得从一而终的道理，鄙弃那种认贼作父的二臣！共产党执意要过江，没什么了不起，打到底而已！请德公转告老蒋，叫他出国引避；叫何敬之命令汤恩伯，立即将所部从上海延伸到长江中游，与我华中部队紧紧靠拢，以阻共军过江！"

李宗仁反应平淡，只应付地点了个头唔了一声。他虽然反对中共的《国内和平协定》，但对打仗也没有一丝一毫的信心。

白崇禧根本无暇去关注李宗仁情绪，立即又转面吩咐黄旭初道：

"旭初！你马上回广西，抓紧征兵征粮，就是挖地三尺也要给我征集三个月军粮、凑足二十个团兵力！我会命令李品仙回桂林主持绥署，实施总体战，做好打游击的准备！"

"健公，我一定办好，请放心！"

白崇禧又把头掉向李宗仁，"德公，我马上飞回武汉，抓紧整顿部队，准备与共军在华中一决雌雄！胜了就拥兵过江恢复中原，若天不与我，大不了回广西打游击！"

白崇禧看也不看黄绍竑，拂袖而退。

李宗仁与何应钦商量后，又打电话向蒋介石请示。

蒋介石在电话里咆哮道："文白无能，丧权辱国！"

二十日深夜，南京政府就《国内和平协定》答复中共，除了表示拒绝，还异想天开地要求另外商谈一个临时停战协定。

但次日上午，北平大街小巷到处都是"号外！号外！"的喧嚣声。原来毛主席、朱总司令已经命令解放军向江南进军了。

第四十三章

一

蒋介石明白自己在家乡余日无多，须抓紧时间祭祖、联宗并一一辞别宁波、奉化的亲友。

清明节，他带上蒋经国夫妇及孙辈，到白岩山鱼鳞岙祭扫王太夫人（蒋母王采玉）墓。蒋介石特意换上了长袍马褂，蒋经国也着如是装，甚至蒋方良也不得不别别扭扭地换上了中式旗袍，最可笑的是一副洋人面孔的孙子给扣上了一顶瓜皮小帽。

蒋介石在墓前跪下，拜叩再三，口中念念有词。起身时大家见他已是涕泪俱下。

然后，他叫蒋经国一家下跪叩首。

蒋方良不习惯这种礼仪，只鞠躬三次，并不下跪。

蒋介石无可奈何地嘀咕，化外之人，毕竟不识中华礼仪。

接着，蒋介石吩咐堂弟蒋周峰等族人，挑上祭品，抬上供桌，去桃坑山祭扫另外两座墓：其父蒋肃庵、其兄蒋介卿。

蒋介石父母分葬两处的原因，二十世纪五十年代香港出过两部"纪实"小说《金陵春梦》《侍卫官杂记》都曾作过解释，但都流于胡说八道，只能归入典型的"小说家言"一类，完全不可信。笔者将真实的情况略述于次：

蒋父命肇聪，字肃庵，以字行。这位肃庵公曾先后娶过三房妻室。原配徐氏，生有一子一女。徐亡，又娶孙氏，不久病故，无出（没有生下子息）。最后续弦王采玉，即蒋介石生母。肃庵公死于一八九五年，蒋介石仅八岁。十八年后蒋介石、蒋介卿哥儿俩才将父亲葬于桃坑山。是时墓地共四穴，其中三穴葬父及许、孙两母，另一穴留给王太夫人采玉。一九二一年王太夫人辞世时，曾再三嘱咐蒋介石，死后将她独葬别处，断不能再葬于徐、孙两氏一侧屈居第三的位置。并非那些闲书所云蒋介石只知有母不知有父。蒋介石每次回溪口扫祭，总是两处都祭，决无疏忽。这次回来，还特意到石鳝岙去祭扫了曾祖父和祖父。

第二天，蒋介石又带蒋经国到奉化、宁波各乡去祭祖联宗，行踪遍及这一带所有与蒋氏宗族有关的地方。这是以前从来没有过的。

首先去的地方是宁波南郊的柳亭巷。蒋氏祖坟在那旁边。又给旁边月照庵当家老尼一笔钱,嘱其以后悉心照看这片坟地。然后到白水巷蒋氏宗祠。再后来去宁波东乡天童山旁边的小盘山,祭扫弥陀寺旁边蒋氏始祖蒋宗霸之墓。给了寺院方丈果如禅师五石大米,托其供奉香火。做完这些事,天色渐暗,蒋氏一行借宿浙东名刹天童寺。

天亮后,他们又从宁波乘小船到鄞县横溪。舍舟登岸,改乘软轿(又名滑竿)上金峨寺拜谒。盘桓整日,宿于寺内。

次日乘轿到奉化县后琅乡楼隘村。据当地《文史资料》记载,当地村民正在田间干活、林间挖竹笋,上午九时许,见一队衣甲鲜亮的士兵拥着三乘轿子进村。村里的豪绅和蒋氏族长当然早就得到了县府通知,纷纷端着香烛前去迎候。村民们见状,也拥上去看热闹。有一蒋姓老者不顾侍卫官阻拦,一边往前挤,一边大声喊道"我要看看蒋介石"。蒋介石听到后便迎上去笑嘻嘻地说,老哥,我就是蒋介石。老者端详他一番,感叹道,果然是我蒋氏子孙。旋又纠正道,你不该叫我老哥,按辈分该叫我阿叔。蒋介石愕然。

在族长、豪绅陪同下,蒋氏父子先到蒋氏家庙敬香,然后去蒋家宗祠叩拜列祖列宗。没耽搁多久就离去了。

回溪口歇了几天,蒋介石又带领儿孙多人,去到距奉化县城十华里许的山岭村祭祖。先拜了祖坟,在墓前拍了全家照。在族长陪同下,又进祠堂叩拜神位,然后去摩诃庵喝茶小憩。

这里的族长高蒋介石一辈。蒋介石称其为阿叔,族长则直呼蒋的小名阿桂。当卫士阻挡围上去看热闹的蒋氏族人时,蒋介石摆手说不要拦不要拦,都是自家人嘛。

第二天,在俞济时导引下,蒋介石一家老小又去访谒奉化城南十六公里的沙栋头青莲寺。

这也是奉化三大名刹之一。蒋介石在大雄宝殿敬了香,叩了头,观看了一番佛像。在寺内吃了午饭,便去沙栋头村。

村里也有一座蒋氏宗祠。蒋介石在这村的蒋氏族长陪同下,进祠堂上香叩头。又同大家合影留念。蒋介石逐一问这些在场的同宗名字,其中一人答称为"蒋兴宝"。蒋介石像中了头彩般高兴,说:"如果调过去叫蒋包兴(宝的谐音)就更好了。"可见他此时寄希望于今后能兴旺发达,卷土重来。

几天后,蒋介石带领大家到葛竹他的外婆家扫墓探亲。

这是个坐落在奉化最西面的一个小山村,在四明山之南,剡溪后川上游。是处山峦环绕,一泓清水从村前流过。全村五十多户人家,大部分姓王。

随行者有蒋经国夫妇及长孙孝文、孙女孝章,俞济时、王世和以及几十名侍卫官跟前跟后侍候。

他们乘竹筏从溪口出发，漂到亭下登陆，改坐竹舆上山。当然沿途早已部署了军队警卫。翻过浓荫覆盖的两座大山，顿觉豁然开朗，葛竹村出现在山下的小盆地中。几乘竹舆在侍卫官前呼后拥下，沿着一条石子小路前行，进了村子。在全村最高最大的一幢房屋前停下。这是蒋介石远房表弟王震南的私宅。

王震南之父王贤甲是蒋母王采玉的堂弟。蒋介石少年时代曾在葛竹村的私塾读书，一切都由王贤甲照应；后来蒋介石追随陈英士反袁失败（即所谓二次革命）受到官府通缉，到葛竹村躲藏，又是受到王贤甲百般庇护。所以蒋介石待他比亲舅父还好。蒋介石发迹后，他就把王贤甲之子王震南招到南京做官，先后做过军法处长、抗战胜利后上海特刑庭庭长。但这个王表弟在任上贪赃枉法，声名狼藉，常常弄得蒋介石十分狼狈。葛竹村的这幢规模、设置都远胜溪口丰镐房的住宅以及远近千顷良田都是贪腐所置。

蒋母王采玉的娘家在王震南大宅的下方。

这次蒋介石归省，两个亲舅父还健在，都在八十开外了。蒋介石对外祖家感情特别深，外祖父、外祖母的墓是他亲自督造，并亲题墓碑。当年他还在王氏宗祠中题写了一块匾额，文曰"音容宛在"。在堂屋前，蒋介石夫妇各写一块匾额：左为"乡国望众"，落款为"外孙蒋中正"；右为"慈云普荫"，落款为"外孙媳蒋宋美龄"。

这次来葛竹，蒋介石一行就都住在王震南宅邸。

第一天，去蒋介石外祖母墓前祭扫；回村后，蒋介石派人分发给村中每户人家两个大油包。他去看望两位年迈的舅父时，伤感地告诉他们，总统职务已交给别人，以后准备到五台山去静修，恐怕就不回来了。舅父无言，只是流泪。蒋介石与舅父一家叙别，表现出无限依恋之情。多次嘱咐表弟王良穆"你到溪口来吧，我在那里等你"！他是希望王良穆同他到台湾去，只是没说破。

当晚，蒋介石吩咐俞济时道：明天我要和经国到四窗岩去一次；你叫王世和送方良和孩子们先回溪口。山路难行，你要做好准备。

四窗岩在四明山中心处的大俞山，周围山峦起伏，岩壁险峻，风景甚好，为传说中刘阮遇仙处。明代张瓒曾在那里题壁，其中一句"自从刘阮遇仙后，溪上桃花几度红"颇有名。这一带是中国人民解放军浙东游击队（属三野）活动区域，所以俞济时调派大部队沿途进行警戒。

明知山有虎偏向虎山行，蒋介石为什么要冒险重游此地呢？据蒋介石对人讲，当年蒋介石反袁大败，逃到葛竹村躲避。官兵闻讯追来，舅父王贤甲带他到四窗岩一处石室藏匿。某天下午，蒋介石在石室内浅睡。迷糊中见两位青衣美女进来对他说：主人有请。蒋介石不假思索，跟随前往。走没多远，蓦然看见一座宫殿建筑兀立前边。一位身着道袍的老者降阶迎接。领他进殿，款以香茗，含笑说大驾到此，有失远迎，幸勿见罪。蒋介石惶恐地摆手说：我乃一逃犯，尊者何苦如此？实不敢当。老者摆手道：不必过谦！今虽蒙难，不日即可腾飞，贵不可言。蒋介石欲问究竟，不料老者用手一推，似若跌下悬崖。顿时惊觉，才知乃南柯一梦。

这个梦当然是蒋介石杜撰，不足为训，笔者随手记在这里，聊备一笑耳。

蒋介石带着蒋经国、俞济时，在大军护卫下，辛辛苦苦登上那凌云巨岩。在那个石室中焚香默祷多时，又在那块做过好梦的巨石上休息了一个多小时。这一切显得有点"戏过了"！

一九四九年四月十五日是蒋经国四十岁生日。

张治中在北平谈和不利的消息正好当天传到溪口，共军也宣称二十日或二十一日就要大举投鞭渡江，这些风风雨雨完全冲淡了生日的喜庆。依蒋经国的本意是不过这个生日了；蒋介石不同意，四十也是大寿，焉能默然矣耳。况众目睽睽，毫无表示必将影响朝野视听。于是蒋介石决定按惯例举行家庆。

他给儿子的礼物是他亲笔题写的一方匾额，文曰"寓理帅气"；并附有一段跋语解释这话的含义和自己对儿子的期许。

"国难期间"，丰镐房里不设寿堂，更没有张灯结彩吹吹打打的祝寿仪式；只在晚间治几桌酒席，蒋氏家人、随从僚属、少数亲信学生坐席。酒席也不丰盛，无非鸡鸭鱼而已。蒋介石稍坐片刻就告退了。蒋经国起立敬酒，殷勤周到。他是苏联伏特加灌出来的酒量，向来是千杯不醉，饮界名气很大；今天却顿失往日豪饮风度，喝得很少。客人们祝酒也都虚应故事，空气十分沉闷。蒋经国试图烘托一下冷苦的气氛，站起来讲了一番鼓励的话。客人们却听而不闻，眼睁睁瞅着他掩盖不住的沮丧神态；一张张脸上密布的愁云反过来又影响了蒋经国，竟使他最终不能毕其辞，却掉下了几滴眼泪。一直到终席，听不到欢笑声，更没有什么堂会或沪上式的音乐舞会。

岩头村的蒋经国外婆家，大舅母毛张氏按照奉化贺寿的风习，亲自带着大红公鸡、长寿面、鸡蛋到溪口。这是个旧式家庭主妇，长年累月居住乡下，消息闭塞，又不识字，对蒋家王朝风雨飘摇之势毫无所知，当然也就不了解蒋经国心境。一见面就说了几大箩筐吉利话；还解释她送来的三样礼品大有讲究的：大公鸡象征"金鸡独立"，长寿面是长命百岁，几十枚鸡蛋（宁波话，蛋与代同音）是说多子多福，代代相传。

蒋经国强颜为欢，连连说谢谢舅妈，谢谢舅妈。内心却充溢苦涩。

几天以后，获悉共军大举渡江。蒋氏父子只得离开溪口了。

走前，蒋经国专程去岩头村辞行。

他祭扫了外公外婆墓之后,到大舅母毛张氏家吃饭。

席间,他对舅妈说:舅妈,我们就要离开溪口了,你和我们一起走好吗?

毛张氏问,你们到哪里去啊?

蒋经国没正面回答,只说,我们到哪里,舅妈也到哪里吧。

毛张氏沉默了一下,摇摇头说,我这么大一份家业,一大家人,丢不下呀!

二

四月二十日,人民解放军集结长江北岸,一切准备就绪,只等中央军委一声令下,就千帆竞渡、万船齐发直取南岸。

不料上午九时,英国皇家海军四艘军舰溯江而上,驶到扬州东南的三江营,企图阻止、干扰解放军渡江。这个地段是三野八兵团二十三军渡江的首要出发地,显然英国海军远东舰队副总司令梅登中将预先得到了汤恩伯提供的情报,蓄意在这个要害地段进行军事干涉。如果这一军事试水吓住了解放军从而采取"韬晦"政策予以避让,那么英美海军势必大规模卷入。

二十三军军长陶勇请示了八兵团司令员陈士榘,命令本军炮兵鸣炮警告英国佬。

英舰紫石英号、伴侣号不睬解放军警告,悍然开炮,打死打伤解放军官兵。

解放军三江营炮兵毫不踌躇就发炮还击。五炮命中紫石英号、两炮命中伴侣号。

伴侣号急忙向下游狼狈逃窜;紫石英号受了重创不能动弹,在距三江营炮兵阵地七千米处挂出了白旗告饶。

当天十三时半,另一艘英舰开到三江营,企图将紫石英号拖走;并且向三江营炮兵阵地炮击骚扰。

陶勇军长在陈士榘司令员支持下,命令炮兵狠狠打,谁打沉了英舰给谁记一等功。

英国海军航空兵也放出了几架飞机来增援。

野司直属高炮部队的对空机关炮一阵扫射。英机见势不妙,急忙掉头飞走了。

粟裕接到陈士榘报告后,一面命他们坚决击沉英舰,一面致电毛泽东禀告此事。电文说:

> 我已命令部队,若悬挂外国旗的舰船闯入我防区或干扰我渡江,应坚决还击。妥否?请示。

军委复电肯定了八兵团二十三军的处置，同时指示：

> 凡擅自进入我战区，妨碍我渡江作战的兵舰，均应坚决击沉，不得踌躇。

二十一日，梅登中将率领伦敦号旗舰、黑天鹅号驱逐舰，闯进江阴以西江面，阻碍三野炮兵向南岸炮击。

粟裕命令野司所属榴弹炮部队坚决还击。

刹时，英国舰队周围被炮弹打出了成百道水柱，有几发炮弹命中英舰。

梅登慌忙命所有舰炮齐射，企图以此压制解放军火炮。但毫无作用，解放军炮击反倒更加猛烈。片刻间，伦敦号的指挥塔被命中，断了半截，舰长卡勒上校的右胳臂断掉，梅登中将礼服被弹片撕破，官兵被打死十八人、重伤二十六人。黑天鹅号也遭受重创。

遍体鳞伤的伦敦号、黑天鹅号在别的军舰牵引下慌忙掉头东向，仓皇逃往上海。

停泊在黄浦江的美国舰队见势不妙，也起锚驶往太平洋。

毛泽东亲自起草了《中国人民解放军总部发言人为英国军舰暴行发表的声明》。

苏联政府也在《消息报》发表声明，警告英国不得介入中国内战，否则苏联不会坐视不管。

一九四九年四月二十日夜间，解放军发起渡江作战。

最先打响的中路集团只用一个多小时就突破蒋军江防阵地；东路集团和西路集团随后也顺利过江。蒋介石、汤恩伯苦心经营的长江防线全部崩溃。

二十三日，三野进占南京。

当天，粟裕到江阴要塞视察，对起义成功的七千多名蒋军官兵致欢迎辞。

在部署渡江作战之前粟裕就认为渡江并不难，最重要的是过江以后如何及时抓住和歼灭南京、镇江、芜湖一带蒋军的有生力量。这就像弈棋高手，未动步就已盘算好了第二步、三步、四步；部队尚在江北，他已把指挥的重心转移到了追歼逃敌上了。

然而，就在这个至关重要的问题上，陈毅、邓小平、中路集团负责人谭震林等同志和粟裕发生了争论。

粟裕向他们分析局势，指出解放军胜利过江势必造成蒋军全线混乱。此时应趁登陆后得胜之威，迅速展开部队；同时以精锐作闪电追击，插入敌人纵深区域，实行西路集团、中路集团与东路集团的东西对进，断敌退路，以利我军分割包围之。

陈、邓主张"在战术上仍应稳扎稳打,有组织有准备地进行战斗,防止轻敌乱碰"①。邓小平以总前委名义电令中路集团七兵团、九兵团在二十五日以前消灭沿江当面之敌,二十六日方可开始下一步作战,继续向南挺进,支援东路集团作战。

张震收到这份关于过江以后行动日程的电令,大为抱怨,心急火燎跑去找粟裕。一进办公室,就将电报啪地拍在桌上,大声说:

"粟总,他们这算什么?这叫蜗牛战术!照他们这样安排,你原计划在广德、长兴堵住、歼灭从南京撤退的蒋军就势必泡汤了!"

粟裕认真读完电报,沉吟不语。

年轻的张震忍不住了,屈起手指头叩击一下桌面,说:

"粟总,毛主席明确叫你全权处置前线军机,你又是三野前委书记,中路集团是三野部队,你直接指挥就行了嘛!"

"不能这样,不能这样,这样做就盛气凌人了;而且过江作战是一盘棋,不可各干各的!当然,你的顾虑完全正确,我军动作稍一迟缓就会失去歼敌良机,给下一步行动增加困难。这样吧,立即给中央军委发电报,强调我们的主张……电报抄送总前委和西路集团刘伯承同志。"

粟裕这份带有学术争论性质的电报是二十一日十九时拍发给军委的,同时抄送给总前委、刘伯承和指挥中路集团的谭震林。

粟裕详细陈述他对当前战局的分析,然后主张:九兵团主力应排除困难,不为小敌所阻,向东北方向挺进,截断南京之敌向杭州的退路,有效地协同东集团作战。而且其先头部队务须于二十六日前开到郎溪及其东北区域;七兵团于二十七日前后星奔抵达广德待命;十兵团向宜兴、金坛、溧阳疾进,截断太湖南北走廊,会同九兵团聚歼南逃之敌;八兵团攻占南京后,其主力参加太湖会战。

次日(二十二日)中午,军委复电尚未传到,总前委和谭震林的复电却先到了。

谭震林电报称,七、九两兵团只能在二十八日、二十九日才能分别进至郎溪、广德。

总前委电报称"同意谭震林此部署";显然再次否定了粟裕意见。

此刻,可靠情报显示,国民党统帅部正部署撤退,南京、镇江、芜湖之敌已开始南逃。敌情瞬息万变,战机稍纵即逝!

所幸军委此刻及时致电总前委,明确指示"谭震林率七、九两兵团直接归粟

---

① 《粟裕传》,第807页。

裕指挥"①。

总前委遵照党和人民军队的纪律及时将军委指示转告粟、谭。

张震手持总前委第一份电报和谭震林电报，无可奈何地暗示粟裕要断然处置。说："敌人已开始行动，我们却要休整，这贻误战机之罪……"

粟裕笑嘻嘻拿出刚收到的总前委电报说："先看看吧！"

张震看罢电报，立刻笑逐颜开。"军委这是间接肯定了你的主张呀！一定是毛主席亲自起草的，哈哈，春秋笔法！粟总，有了中央发的尚方宝剑，赶快向谭震林下令吧！"

粟裕打起了哈哈："那我就当仁不让了！"

张震乐哈哈挺了一下胸，说："好，请司令员下令，我马上执行！"

粟裕略一思索，口述命令如次：

谭震林部如此行动：九兵团之二十五军、二十二军急行军向郎溪、溧阳之线挺进，不为小敌所阻惑；七兵团火速转向宣城方向，在九兵团右侧后方成梯次队形前进。

粟裕立刻将此部署电禀军委，仅三小时就收到复电批准。

与此同时，粟裕命令东集团兼程疾进，与中集团打通联系，以有效截断敌人南逃退路。

张震明白，敌我双方都在抢时间，谁能抢在前面，谁就抓住了主动权，谁就能达到目的。颠顶踌躇是为将者之大忌！他由衷地钦佩粟总对敌情的判断准确而且超前，在军事部署上之大胆机断（临机决断），几十年以后他都在津津乐道地讲述此事。

从二十三日到二十四日，粟裕连续发出几道电令，中心内容都是一个字：快！快追、快堵、快围、快歼。

暮春三月（阳历四月），江南草长，细雨如烟，道路泥泞。三野各部日夜奔跑，风雨兼程，猛追强堵，战场纵深顿时扩展了一百多公里。东西对进围歼逃敌的态势很快就要形成了。

不料总前委一个电报又将粟裕推下两难的谷底。

总前委认为渡江已经成功，此后歼敌不会有太多，部队因追击而出现"混乱现象"（其实什么"混乱现象"也没有），应该停止追击，就地整顿。

按照总前委的命令，此前的一切努力将前功尽弃，眼睁睁放任十多万蒋军漏网脱逃。

关键时刻，粟裕又一次显示了机断专行的胆识。他首先下令包围割歼杭州之

---

① 《粟裕传》，第808页。

敌，造成上海的孤立。同时电禀军委，请求毛主席给予临时处置权。

毛泽东立即复电，教他"临机决断可也"。又一次向他颁发了"尚方宝剑"。

粟裕甩掉思想包袱后，轻松多了。他判断蒋军的四军、五十一军尚在溧阳地区，命令部队将其截住，予以包围，待命总攻。

他同时断然纠正谭震林的错误主张，强硬命令九兵团在二十七日前后必须进至长兴、吴兴，与十兵团会师，断敌逃路。

四月二十八日早上，九兵团之二十七军协同二十八军最后完成了封闭合围。南逃蒋军三万余人就歼于宜兴、溧阳一带；准备撤往杭州的八万余人被包围在郎溪、广德的山区，经一天战斗，全部被歼。

三

在这风雨飘摇的日子里，南京的衮衮诸公又在忙活些什么呢？让我们把时间的车轮推回到解放军过江的前几天吧。

李宗仁安排夫人飞往桂林之后，举行了一个小型茶会，邀请司徒雷登作为主宾出席。

李宗仁没有绕弯子，不到十分钟就直奔主题，说：

"大使先生，为了遏制苏联势力在中国的疯狂蔓延，也为了美国式民主能早日在中国实现，我的这个过渡政府必须要存在下去，否则悲剧就不可避免！希望你动员美国政府借给中国二十亿美元，或者十亿也行，以便我的政府能维持下去……"

司徒雷登耐心听完了李宗仁披肝沥胆般的倾诉和乞求。沉默了片刻，叹气般说：

"代总统先生，我个人非常理解你的心情，也非常同情！但是，美国政府此时此刻借给中国十亿、二十亿美元，甚至一百亿美元，又能起什么作用呢？要知道，两年多来我们已经交给蒋先生一百一十亿美元了！可是产生了什么作用呢？恐怕代总统先生比我更清楚吧！"

李宗仁点了点头，表情十分诚恳、驯顺。顿了片刻，赔笑说：

"大使先生说的，一点不差！不过，那是蒋先生主政时候的事了，是蒋先生虚掷了那些美元！宗仁不才，主持政府，再不会容忍种种渎职、贪腐、颟顸行径；如果贵国政府能追加援助十亿、二十亿，宗仁保证都用在刀口上，保证收到奇效！"

司徒雷登一时没有开腔。片刻之后苦笑着轻轻摇了摇头，说：

"请恕我直言！国民政府各级官员都在渎职、贪腐而且颟顸不作为，像这样大面积的朽坏，靠修修补补是无济于事的，杀几个坏官也不起作用，所以李代总统尽管才力超群，最终也只能徒呼奈何！"他顿了顿，又说："况且，即使美国政府再次借钱给中国，恐怕还没到代总统手上，就被装进蒋先生的口袋里了！谁也知道，蒋先生仍旧在幕后控制着一切，中国政府一点没有改善！这怎么能进行剿共战争呢？所以目前美国国会很难通过拨付援华款项！"

"大使先生，如果美国现在拒绝帮助中国遏制共产主义的蔓延，今后它就会在远东看到一个又一个的民主国家多米诺骨牌般倒掉。那时候美国将不得不进行干涉，不得不多花一百亿美元、两百亿美元来做本来在今天就可以做好的事，还将使十万、几十万美国青年掷命疆场！"

司徒雷登对李宗仁的告诫并不太在意。他其实是在想另外一个与美援有关的问题。过了好一阵，算是对李宗仁告诫的回应吧，他说：

"代总统阁下，有一个问题一直困扰着我，能否请您指教？"

"大使先生请讲。"

"美国两年来给了中国政府那么多美元、军火，还有充作军粮的面粉，我闹不清美国这样做是在援助国民党，还是间接援助了共产党？"

"大使先生这是在开玩笑吧？"

"旅居天津的美国人向我报告：他们目睹攻取天津以后进城的共军，除少量仿苏式武器外，大部分是国军在东北'赠送'给共军的美式装备，其中包括大量美制汽车和坦克！"

李宗仁这才听明白了。禁不住有点尴尬。只好说：

"那，那都是蒋先生瞎指挥造成的！"

李宗仁与司徒雷登谈了半天，一文钱没得到，还感觉到美国可能会放弃中华民国了。

尽管失望极了，局面还得维持下去。几天后，共产党发出了向江南进军的命令，李宗仁最揪心的是江、浙、皖五百多公里的江防。

何应钦现在是行政院院长兼国防部长。李宗仁打电话给他，询问情况。

"敬之兄，今日江防情况有没有异常？"

"德公，我正要向你禀报！"何应钦的声音有点惊惶。"据空军报告，共军在西起九江东北面的湖口，东至江阴，长达五百公里的长江北岸，开始大举渡江！初步估计有百万之众呀！"

"啊！"李宗仁大惊失色，持话筒的手抖了起来，"这么快……南京正面的江防不会有问题吧？"

"共军正向浦口逼近！我军的岸防炮、海军舰炮密集射击，阻击共军前行……"

"能顶得住吗？"

"二十八军之八十师，装备不差，能顶一阵子……"何应钦实在是毫无把握，应付地这样说，旋又向对方告假，"德公，今晚我去一趟上海，办理……"

"敬之，你决不能走！"李宗仁口气严厉起来，"非常时期，你我两人一旦离开，南京城内必然人心浮动，那还了得？"

"好吧，好吧，我不去了……"何应钦无奈地应允着，放下了电话。

李宗仁久历戎行，百战沙场，从连长到统帅。但从没有直接指挥部队与共军对阵。他判断共军短时间内占领了那么大片的地方，不可能不花时间消化，很快渡江南进不过虚声恫吓而已。白崇禧前些时也向他保证，共军日后渡江的部队不会超过六十万，因为东北、华北、中原都需要部队防守。区区六十万共军，国军的江防完全可以挡住，大家没有必要杞忧。然而，解放军并没有照他们的安排待在长江以北休息，这么快就在长达五百公里的江面上开始行动了；而且兵力达到百万之众！向来自诩泰山崩于前而色不变的李宗仁此刻也稳重不起来了。

秘书又送来一份急电，是北平的和谈代表邵力子、章士钊联名拍发的。电文说："协定之限届满，渡江大军朝发夕至。顽固派已如惊鸟骇鹿分奔去路；唯我公坐镇中枢，左右顾盼，擅为所欲为之势，握千载一时之机。恳公无论如何，勿离南京一步。万一别有良机，艰于株守，亦求公飞燕京共图转圜突变之方。"

李宗仁顿时产生众叛亲离之叹。黄绍竑离开他走了；留在北平的那几位，看来也投共无疑了。邵、章两位拍发此电就显系为共产党说降讨取功劳。李宗仁能指责他们临难苟且、变节吗？当此大多数人都在各寻出路的乱局，何必再得罪人啊。他想，作为代总统，自己应该把责任尽到，派一架飞机去北平接他们。至于人家愿不愿回来，也只好天雨娘嫁由他去了。他电话吩咐何应钦，安排飞机去北平接人。

安排完事情，他点燃一支香烟，边吞云吐雾边走来走去，不知道应该如何来处置这个乱麻般的局势：一边是共军百万之众正在渡江，一边是江浙一线的军事长官汤恩伯根本不服从他这个代总统指挥，事事都要请示溪口。他感到自己就像王朝末日的孤家寡人，像陷阱里的困兽，又像热锅上的蚂蚁。

这时，白崇禧来了；刚从武汉飞来，直接从机场乘车驰往傅厚岗。

"健生，快坐下；看你满头大汗！副官，快上茶，给健公绞毛巾来！"

白崇禧用热毛巾揩了揩秃顶和前额、两鬓的汗，端起杯子喝了一口龙井。这才开始通报敌情。

"林彪四野的萧劲光先遣兵团前锋部队逼近黄安、孝感，显然志在武汉！"

李宗仁沉重地点了点头，又无助地摇了摇头。"这边共军粟裕、刘伯承也开始大举渡江了！唉，汤恩伯能支持多久呢？"

白崇禧同情地看了看他，明白任何宽慰的言语都无济于事。觉得一切乱局都是蒋介石瞎指挥造成的，愤慨地质问道：

"老蒋为什么把汤恩伯的主力放在上海周围？他不知道江防完了，上海根本就守不住吗？"

李宗仁微微冷笑了一下，无可奈何地说："老蒋大约认为江防摆放再多的兵力也守不住，从这边到你那边一千多公里，共军什么地方也可以过江，防不胜防！他的真实意图肯定是想让汤恩伯把部队的精锐留在上海，缓急之间能顺利撤往台湾……"

两人伙着骂了一阵蒋介石以解气。

后来，李宗仁问白崇禧那边的防守有多大把握。

白崇禧略一沉吟，说："我并不担心武汉正面之敌，也就是萧劲光兵团吧；让我担心的是我华中部队的右翼浙赣线和南浔线。粟裕部过江以后，必会以一部夺取上海，另一部直插赣东、浙西，截断浙赣线。如此，我华中部队就陷入了腹背受敌的危险境地了！"

对此，李宗仁有什么办法破解呢？没有。所以，他只好还是沉重地摇了摇头，深长喟叹而已。他实在是很悲观啊。

白崇禧则不然，并没有完全丧失信心，居然认为处此危局对桂系的发展说不定是一大机会。他说：

"两广和大西南如果保住，则事情尚有可为！所以，必须放弃京、沪，把汤恩伯的主力火速转移到浙赣线、南浔线，与我华中部队构成掎角之势，共同保住湘、赣、闽、粤、桂以及云、贵、川。以宋希濂部防守宜昌、沙市一线，巩固川东北防线。国民政府抓紧迁往广州，争取美援，动员民众，实行总体战。只要做到这些，反共复国就大有希望！"

李宗仁觉得这个计划不错。虽不能达到最初所期望的划江而治、保住东南半壁；但若能割据两广和云、贵、川一带大片土地，事情仍大有可为。此刻他尤为赞赏白崇禧临乱不乱的大将风度，城破国亡就在顷刻，却全无悲观颓唐之色，镇定自如，谋划得当。真是桂系的中流砥柱，亦为党国栋梁。然而他也明白，要实现白崇禧胸中之策，必须得蒋介石首肯才行；否则胡宗南、汤恩伯、宋希濂的部队，一兵一卒白崇禧也是指挥不动的。

"健生，你这个计划很好，我完全赞成！可是，只怕老蒋不理解我们救亡图存的苦衷，奈何？"

"是呀，像目下这样一国三公，什么事也办不成！为今之计，只有向他摊牌了！德公，趁此局势艰险之际，你向老蒋明确提出，必须统一事权，这个家只能由一个人来当：不是他，就是你！希望德公挺起腰板，逼他把权交出来！"

这话既在谴责蒋介石，其实也在抱怨李宗仁。

蒋介石下野几个月以来，一直在幕后操纵，李宗仁在台上只能撩袍舞袖徒作表演，一件大事也办不成。白崇禧多次要李宗仁命令汤恩伯部主力从上海延伸到长江中游，与华中部队切取联系，以巩固长江防务。但汤恩伯断然拒绝，明确表示他"只听总裁的，总裁没有发话，代总统的命令碍难从命"。事后汤恩伯不只不把所部向长江中游延伸，还把四军、四十五军、五十一军、五十二军、七十五军等精锐部队调往上海周围，搜刮民财，在四郊建造永久性工事，一副长期固守上海的姿态；而南京、镇江、芜湖一带江防要地，却以战斗力极为薄弱的部队防守。白崇禧闻讯大怒，坚持要求李宗仁行使总统大权，撤换汤恩伯。李宗仁苦笑摇头，汤恩伯手握重兵，何敬之、顾墨三都招呼不动他，遑论我这个空头代总统了。蒋介石将金银、美元、英镑全部运到台湾，南京央库如洗，京沪经济崩溃，部队饷糈无着。白崇禧又要求李宗仁向蒋介石交涉，将财帛运回一部分以解燃眉之急。但此事最终也被蒋介石的太极拳给比画成了空气。为了争取美援，白崇禧要求李宗仁撤换毫无作为只知花天酒地的驻美大使顾维钧，李宗仁也毫无办法。李宗仁没有一件事让白崇禧满意。李宗仁自己也觉得太窝囊，也想逼蒋彻底交权。倘若蒋再不交权，他决心将乌纱帽挂起来不干了。

"健生这主张正合我意！我不是林子超①要干下去必须享有实权，他不答应我就挂冠而去！明天我们一起去向他摊牌！"

"好得很！我奉陪德公去找他！如果德公觉得有些话不便说，就由我来说好了！"

"不！"李宗仁断然挥了一下手，激愤地说，"一切由我向他谈好了！"

次日一早，李宗仁给何应钦打电话，打算拉他一起去。

何应钦惊慌失措地向他说起了另一件火烧眉毛的事。

"德公，我正要向你禀报！不好了，昨夜江阴要塞七千多官兵倒戈，接应共军过江了！要塞叛军利用岸防炮攻击我江防舰队，击沉军舰三艘，其余八艘被共军俘虏；二十一军、五十四军的阵地上也遭到炮击，后来这两个军也跑了……"

李宗仁惊吓得摇晃了一下，几乎站立不稳。江阴要塞丢失，南京城破就不过是旦夕之间的事了。既已如此，他知道急也无用，必须抓紧时间向蒋介石索取大权才是当务之急。他镇定了一下情绪，吩咐何应钦尽快调拨列车和飞机，将政府人员分批运到上海、广州；并叫何应钦安排好后，今天一同去杭州见蒋介石。蒋介石前天已到杭州，在那里召集汤恩伯为首的沪宁杭将领开会。

何应钦到明故宫机场时，李、白已经在那里了。大家各自登上自己的专机，徐徐升空。

---

① 林森字子超。此公曾任国府主席，傀儡而已。

四

三架专机在空中盘旋时，笕桥航校机场上有两人向他们引颈张望。那便是蒋经国和俞济时。

着陆后，大家握手互致寒暄。然后一同去见蒋介石。

蒋介石是两天前从奉化机场飞到这里的。

他知道共军即将过江，特地飞到杭州，给汤恩伯集团高级将领打气来的。

蒋介石现时关心的不是南京，而是沪杭的存亡。当初他下野后，没几天，就在溪口召见何应钦、顾祝同、汤恩伯，指示防务问题。他命令汤恩伯，以长江防线为外围，以沪杭三角地带为核心，采取持久防御方针。最不济时坚守淞沪，与台湾相呼应，伺机反攻。又当场给汤恩伯写了一个手令，命令他在上海的金银外币尚未抢运完毕时不得放弃上海。金银外币抢运完后，若实在守不住，可以向舟山群岛撤退。若金银外币不能妥运台湾，唯汤恩伯是问。李宗仁上台后，曾指示南京卫戍司令部制订防守南京的计划，叫国防部拨款修建防御工事。领受了蒋介石意旨的汤恩伯当然意不在南京，命人秘密将江阴要塞以及那一段江防阵地的美式重炮拆运上海，将主力部队配置于镇江以东地区。就这样，蒋介石和李宗仁，一个要重点防守上海，抢运财帛，伺机卷土重来；一个要守住长江，梦想割据江南。同床异梦，各打各的算盘。然而共产党一下就看穿了他们的图谋，限定南京政府必须在四月二十日前签署和平协定，以免拖到长江汛期误了渡江的大好时机。解放军二十日夜晚响起的渡江炮声，敲碎了蒋介石、李宗仁各自的美梦，打了他们一个措手不及狼狈不堪。蒋、李这一对冤家就是在这种情况下晤面的。

蒋介石在笕桥航校会客厅门口迎接他们。

握手的时候，蒋介石、李宗仁互相凝视了对方片刻，都发现三个月不见，对方瘦多了、憔悴了：蒋介石那一对时时夺人眼目的颧骨，现在更为突出了，两颊深陷，下巴翘得更为厉害；李宗仁那张素称饱满的国字脸，现在变得形销骨立，简直是国将不国。

进了会客厅，里面还有一间小办公室。

蒋介石领李宗仁进那间小办公室；俞济时在外间会客厅招待何应钦、白崇禧以及到溪口看望蒋介石又被蒋带到这里的吴忠信、王世杰。

李宗仁牢记他来这里的目的是索权。一坐下来就直奔主题，说：

"你当初要我出来，为的是和谈；现在和谈已经破裂，共军大举渡江，南京失守只在旦夕，你有什么打算？"

蒋介石摆了摆手，郑重地说：

"德邻兄，你要继续把担子担下去！这个是……不必灰心嘛，我一定支持你，支持你到底！"

他知道美国人对他已完全不感兴趣了，对李宗仁多少还有些好感；桂系二十万军队也还能起些作用。所以李宗仁还不能下台。

李宗仁悻悻然傻笑了一会儿，显然觉得这话不得要领。顿了顿，说：

"那么，军事指挥权是由你总裁继续掌管，还是由我这个代总统掌管？局势已经糜烂如此，再这样一国三公，事权不统一，根本无法有效抗击共军！"

"没有问题，当然是由你李代总统掌管！"

"我怎么掌管？"

"军事指挥权在国防部，你完全可以向何敬之下命令，要他遵照你的意图行事！"蒋介石一副恳切的神情，"放心，以后我完全不过问了！哎呀，德邻兄，我实在是太累了呀，哪里还有精力啊！"

李宗仁盘算，不能松手，必须把一切漏洞都堵上。又说：

"顾墨三的参谋总部与何敬之的国防部，长期以来关系不清，如果不理顺，恐怕又会有大的掣肘！"

参谋总部长期以来成了蒋介石下属的办公室，直接对蒋负责，蒋介石往往通过它指挥军队，有时连国防部也不知道。蒋介石见李宗仁逼得一步紧似一步，"这个，这个"了半天，才找到对付的话。

"何敬之是国防部长，我看以后……这个是，就由他统一陆海空指挥权，参谋总长直接向国防部负责，好不好？"

李宗仁寻思，老蒋把顾祝同的权力一并交给何应钦，而且确实不插手，那自己就招呼得了何应钦；何应钦是指挥得动黄埔将领的。若再把钱的问题解决了，那就"大事谐也"。于是马上又向蒋提出将台湾的金银运一些回来解决军饷和政府的办公费问题。

没想到蒋介石不假思索满口应允，说李代总统需要多少钱，只管派人去台湾取就是了，一会儿中正就致电陈诚教他配合；还用强调的语气说那本来就是国家的钱，代总统有权支配。

蒋介石是如此配合李宗仁，李宗仁就不大好意思讲至关重要的一句话了：教蒋介石出国考察。也担心逼迫过甚会惹恼蒋介石，一旦翻脸，那就前功尽弃了。然而蒋若不出国，前边应允的一切，根据以往的经验也很难真正兑现呀。怎么办呢？

蒋介石对他投以一瞥，冷笑了一声，骂起了张治中来。

李宗仁纳闷不解，怎么忽然骂起了张治中？

"文白无能，丧权辱国！他到北平前，异想天开，居然劝我出国！娘希……这个是，我是一定不会出国的，一定不会亡命海外的！我可以不做总统，可以不干涉大家做事；我在国内、在自己家乡做个小老百姓难道也不可以吗？哼，他们不要逼人太甚，兔子逼慌了也会咬人的！"

这下子李宗仁听懂了。哪里是骂张治中，分明是指桑骂槐，在骂李宗仁啊。他更不好开口了。

"德邻兄，你说是不是呀？"

"是的是的，总裁说得是！"李宗仁只好这样回答。

白崇禧在会客厅里与何应钦、吴忠信闲聊，等待里间小办公室内两位巨头结束谈话；也就是等待李宗仁摊牌的结果。

李、蒋闭门密谈，时间很长。也没听到高声和争执，说明双方都还心平气和。那么结果是什么，外间却一无所知。白崇禧有些焦躁，不时抬腕看表。时间很快就滑到中午十二时了，小房间依然没有动静。他今天必须赶回武汉去，共军过江后军情瞬息万变，不能没有他坐镇；他的飞机又不能夜航，必须在天黑前降落武汉机场。

会客厅里大家心绪都不佳；面对糜烂的时局，也没兴致多说什么，闲聊渐渐变成了沉寂。白崇禧仿佛听见了腕上的表发出的滴答声，一声紧似一声地催促他起程。他的时间已剩下不多，李宗仁、蒋介石仍不见出来，他急得实在是坐不住了。

不知又过了多久，那两人终于出来了。

白崇禧急于知道摊牌的结果。当然此刻不能当着蒋去问李宗仁，便只好紧紧盯着蒋介石和李宗仁的脸，冀能从神情上审读出一二来。他见两人的脸上似乎都有一种默契；不，是一种谅解，还夹杂了些许满足。白崇禧立刻警觉到大事不好；如果李宗仁达到了目的，蒋介石就不应该是这种表情，而应该是愤懑、仇怨、悻悻然。他猜测蒋、李之间不是在摊牌，而是达成了什么妥协。妥协，就意味着蒋介石仍然留在国内，待在他愿意待的地方。那就是说仍将暗地里支配他的那些军队；李宗仁仍将无法调动一切，只能继续当他的傀儡代总统。那样一来，割据两广、大西南的计划将完全落空。

他正不知如何是好的时候，俞济时来请大家用餐。

白崇禧明白他没有时间在这里用什么餐了。便向蒋介石和李宗仁说明缘由，告辞而去。

李宗仁叫程思远去送他。

去停机坪的途中，他悄悄对程思远说，如果德公与老蒋做了什么妥协，那就一切都完了；一定要敦促德公在今天之内向老蒋摊牌。

"放心吧，健公！"

餐厅的饭桌上，蒋介石正侃侃而谈，内容主要是团结对敌。然后又说：

"我现在是引退之身，大家万不可再以总统视之；政府的一切都由李代总统主持，今后大家有什么事多向他请示！"说着又把视线调向李宗仁，勉励道："国势艰危，德邻兄须勉为其难，坚守中枢！我一定支持你，这个是，支持到底嘛！"

李宗仁听了，更加放下心来。

他没想到的是，几天后蒋介石采取强奸的办法，派人把一个"新机构"的名单交给他。这个新机构的名称是"国民党非常委员会"；其规定，任何重大决策，都须由这个"非常委员会"先行审定，才能实行。委员会的主席是蒋介石，副主席是李宗仁。李宗仁又回到傀儡位置上了。

饭后，李宗仁辞别蒋介石回南京；蒋介石也要在次日回溪口。

李宗仁在明故宫机场着陆时，已经傍晚了。

没想到，密集的机枪、步枪射击声、炮击声传到机场，显然战斗已在近郊发生。

他匆匆登上前来接他的座车。

他的汽车向傅厚岗一路驶去。街上路断人稀，店铺关门闭户；只偶尔一队宪兵走过以事巡逻。

刚回到空空荡荡的傅厚岗官邸，汤恩伯就跑来了。也不知道他是怎么获悉李宗仁回来了。

"报告代总统，恩伯已于今天下午发布了全线行动的命令：江阴要塞以东的二十一军、一二三军，沿铁路、公路径直向上海转进；江阴以西的五十一军、五十四军，取道常州、溧阳、宜兴、吴兴、嘉兴，绕过太湖，亦转进上海；二十八军掩护大军转进后，沿京杭国道向杭州撤退。"

李宗仁做出代总统的样子（因为此时"非常委员会"尚未出笼），严肃而郑重地说：

"汤总司令，这样部署很好！这个是……你马上派人晓谕全城军民，就说宗仁仍在城内视事，叫大家一定要保持镇定！务必饬令各军，坚决杜绝抢劫强奸之事发生，保持国军光荣形象；若发生趁火打劫，立即派兵剿灭！"

"是！恩伯谨遵代总统命令！"大声吼完这一句，汤恩伯放低了声音，体己地说，"今晚不会有大碍；请代总统至迟明天早上离开，以策万全……万全！"

整整一夜，南京城外炮击不停、枪声不绝。李宗仁一夜难眠。

天刚亮，汤恩伯就打来电话，促驾离宁。

李宗仁到了明故宫机场，汤恩伯已在机场等他了。汤恩伯问道：

"请问代总统，是飞上海还是飞广州？"

"广州。"李宗仁随口说道,马上登上飞机。

飞机升空后,他命令在南京上空盘旋了两个大圈。

他从舷窗俯视,只见下关和浦口之间的江面上,炮火不断,其间舟楫如林,显然是共军正大举渡江。

李宗仁绝望地长叹一声,禁不住也哼起了蒋介石离宁前似乎听到过的萨都剌那首词:"六代豪华,春去也,更无消息。"

飞了一小时后,李宗仁突然命令机长道:

"改变航向,直飞桂林!"

"代总统不是要去广州吗?"

"先到桂林!"

在溪口住了三个月之久的蒋介石父子要走了;永远地走了。

蒋经国安排飞机将妻儿送往台湾;处理丰镐房及其附属产业等事务,作永别的准备。

蒋氏父子在临行上车之前,特意乘坐一艘渡船,渡过碧绿见底的剡溪,到南岸登陆。

蒋介石在溪南新砌的石勘上缓缓步行,借以细细遥望对岸祖居丰镐房的建筑群。无限依恋地轻轻唔叹,禁不住流出两行浑浊的老泪。

蒋经国见了,也觉伤感。上前轻轻扶着父亲,陪着落泪唏嘘。

然后复又上船。渡回溪口,在碧潭上岸,从武岭学校上车启程。

这武岭学校坐落在溪口镇咽喉地段。是一幢有两层飞檐的古典式建筑。前面门额上的"武岭"二字,是于右任的手笔;后面门额上"武岭"二字,则是蒋介石手笔。以往每逢蒋介石回乡或辞乡,武岭门外总是锣鼓喧天、爆竹震地;奉化县长、溪口镇长、武岭学校全体师生、本乡豪绅手持彩旗、纸花,夹道欢迎或欢送。现在这样的场面没有了,仅有扈从的警卫人员,另外就是丰镐房的管事、账房等家院、家丁默默相送,洒泪而别。

蒋介石这次出走的路线与从前有异,没有从溪口到栎社机场,却走了一条极为偏僻、曲折的小道,登上军舰出象山港而去。这是出乎一般人意料的路线,不知他是出于安全考虑,还是为了保密?

蒋介石一行的汽车从溪口南行四十多公里,到达宁海县西店乡团堧村。西店乡到团堧村三公里,没有公路,蒋介石等人只好换乘预先准备在那里的轿子。

蒋介石要从团堧下海出走,笔者推断应是早有准备的。据当地老一辈村民回忆,泰康号军舰早在一九四九年春节前,就驶到团堧村前的海面停泊过半天;后来,此舰又去宁波,泊碇甬江北岸码头。蒋介石要走前的一个星期,这艘泰康号又回到团堧村前的海面上；舰上士兵常到村里买蔬菜、鸡鸭，还买过一口大肥猪。起初谁也不知道这军舰开来开去干什么；后来才醒悟是为蒋介石出海探路的。

团堧村有四个保，每保十甲，共有四十名甲长。蒋介石来前一天，临近海边那个保的保长通知他所属的十个甲长：明天有大官到这里，大家要到海塘等候，撑竹筏送大官一行下海。人人不得缺席，不得走漏消息。

蒋介石一行坐轿到达时，恰值涨潮。潮水丰沛，竹筏可以从村前岸边直放头江口。头江口外是铁江，又名清江。泰康号就停泊在铁江。从这里再向外驶出狮子口，就是象山港连着的大海了。

蒋介石坐的那只竹筏由最有经验的两个甲长掌握。竹筏上铺满木板，板上放座椅。座椅是军舰上的汽艇送来的，只一个，由蒋介石坐。这张筏上另外四个人是蒋经国、俞济时和两名侍卫官。后面跟着的四张竹筏，满载侍卫官和卫兵。

竹筏漂行半公里许，靠近事先准备好的汽艇。大家将蒋介石扶上去。汽艇行驶两公里许，就到了泰康舰了。

泰康号载着蒋氏父子启碇，向前驶行。

这便是蒋氏父子逃离大陆的真实经过，记下来留给历史吧。

第四十四章

一

李宗仁和汤恩伯离开南京后,这座城市的真实面貌就展现出来了。在国民党统治的二十几年里,西方的思想、价值观比此前任何一个时代都更为大批量、更为凶险、更为直接地涌入;毫不犹豫地"撕开了一切温情脉脉面纱"(马克思语)的资本主义以其唯利是图的丛林法则,冲垮了中国两千年构筑起来的精神、道德的防波堤。据说蒋介石对此也洞若观火,但却毫无办法,唯望洋兴叹而已。美国资产阶级是厌恶循规蹈矩的中国传统道德和价值观而追崇自己老祖宗身体力行的丛林法则的,所以洛克菲勒基金会的喉舌《金融档案》半月刊为了他们的在华利益曾夸奖蒋介石是"中国的一种建设性力量,他不仅振兴了经济,还变革从而提升了人民的道德",告诫中国人一定要维护蒋介石国民政府的统治。然而,蒋介石、李宗仁、汤恩伯次第离开南京不到一个小时,被蒋介石"变革从而提升了"的"人民的道德"立刻得到了验证:国民党高官的洋楼宅邸首先遭到了洗劫,衣衫褴褛的老百姓呼朋引类,将豪华洋楼里的东西肩挑背扛运回家里;"国军"的散兵游勇惊喜地发现发财的机会"终于轮到他们了"(苏联《消息报》记者语),他们成群结伙,把沙发、地毯、值钱的家具从那些豪宅的窗口扔出去,然后用各种方式运走;行政院的每一座办公大楼,都被老百姓无巨无细地搜寻了一遍,"一个骨瘦如柴的士兵,一只手提着自己的卡宾枪,一只手提着一大包东西,乐不可支地向外走;一个头发灰白的老太婆,抱着几件丝质服装,满足地咧着缺牙少齿的嘴巴,迈动两只小脚向外走"(苏联《消息报》记者语);南京机场上乱成了一锅粥:国民党的将军们各自霸占着一架甚至两三架飞机,抢运自己的私人物件(例如大钢琴与紫檀木家具);南京市长邓杰携带从金库里提出的外币、黄金逃跑,被其司机和卫兵抢劫,还打断了他的双腿;黄昏时分,长江边的军火库爆炸了,又惹燃了油库,城内立法院大楼也着火了。

极端仇视共产党的洛克菲勒财团指摘这是共产党制造的乱象。

然而正是中国共产党的南京地下党组织见此乱象,立刻商诸社会上层有名望的人士组成一个机构,并动员工人中的积极分子和学生中的左翼组成武装纠察队。这个机构的名称为"治安维持委员会",由国民党退伍将军马青苑担任主委,金陵大学校长吴贻芳担任副主委。这样,几个小时就将局面稳定下来了。

三野三十五军一〇三师迅速派遣一个连进入南京城，标志着解放军已接收了南京。

三野下江南之前，毛泽东手里阵容强大的战略预备队，也就是林彪、罗荣桓的第四野战军除了派遣萧劲光先遣兵团进逼武汉威胁白崇禧集团之外，其百万主力在干什么呢？

平津战役结束之后，罗荣桓规定，团以上干部可以带着部队探亲的妻子进北平参观三天，晚上可以在组织上的安排下到长安大戏院看京剧演出。

并不是所有的同志都乐于此道。三十八军一一二师三三四团团长刘海清说：到北平的大饭店住，大家心里不是滋味；多少战友在自己的身边倒下，他们什么也没有得到，想到这些，心里就很难过。没说的，努力干吧，全国还有半块地方没解放呢，怎么着也不能让牺牲了的同志们血白流呀！

但小农经济意识还没有完全清除，一些战士，尤其是刚解放过来的原国民党士兵，开始想家了。

四野政治部秘书长、宣传部副部长陈荒煤向罗荣桓政委报告道：不少战士"想回家，想找老婆，不愿意南下。整训期间来部队探亲的家属告诉战士，家里分了田、分了牲口，有了奔头，如果增加了劳动力，来年的生活会更好。战士思想波动起来，有的公开打报告要求退伍"。

林彪和罗荣桓对这个情况十分担忧；他们意识到若不很好解决，将影响不久就要展开的南下大追歼。

他们首先召开高干会议，指出必须准确诊断干部战士的活思想，予以分别治疗。

平津战役后，四野的每个军平均补进了两万解放战士，使每个军多达五六万人；新补充的两万人中有四分之一是华北以及京津周围的人。整个部队的成分，大略为东北三分之一，华北三分之一，长江以南的三分之一（原为蒋系中央军）；而排以上干部则百分之九十是东北、华北、山东的。在上述这些地区相继得到解放以后，基层干部、战士的思想发生了一些变化，最突出的是家乡观念上升了。大部分人是想回家看看，不少人投身革命几年了，家里的情况完全不知道；自己是死是活，家里也不知道，一定牵挂得很。有一部分人是被国民党拉壮丁，后来被解放，成了革命军人，都寻思应该回家让村里人知道，给家里争个革命军人家属的名分。有人天天纠缠领导，说只要让回家一趟，别说过黄河长江，就是打到天涯海角我也没啥情绪闹了。听起来这些要求都不算高，也是人之常情，当然应该让大家回去一趟。可是这种情况并不是一个人、几个人，而是成千上万的人，能都放假回家吗？

部队有这么多的活思想是不足为怪的，解放军并非不食人间烟火的天兵天将，何况不少战士还是几个月前甚至几天前才参加革命的俘虏兵呢。由此才看出政治整训是多么必要多么迫切。如果让广大指战员原封不动地带着这些活思想去南征，怎么能担起解放全中国的光荣任务呢。

开展思想政治整训期间，部队驻地相对固定的时间有两三个月，这在解放战争以来是没有过的情况。对部队政治素质的进一步提高、加强军事训练、恢复体力，提供了良好条件。也正因为驻地固定了，而且有一部分干部战士离家近甚至很近，不出半径方圆几十公里以内；部队管得了自己的人不回家，却管不了家属们来探望亲人。仅以四十五军一个军为例，给战士思想带来极大的波动，也给部队思想政治工作增加了极大负担。来部队的家属，一部分对自己的子弟、丈夫给予了正面鼓励，那都是老根据地的农民；新根据地的亲人，则受小农经济自私自利鼠目寸光意识束缚，无论如何都要把子弟、丈夫劝回家。有的家属还从家里带来了便衣和糊涂的村公所写好的通行证，强迫子弟开小差回家。更有甚者，有的公公婆婆给要去探亲的儿媳定了死任务：你如果不把那浑小子拉回来，你也就别回家了。这些当妻子的为了把丈夫拉回家，就用了临出门时婆婆教的歪招：晚上睡觉时，（部队给每一位有妻子来部队的战士搭建了临时小屋，彝族同志戏称为"恰吧房"）不答应回家，坚决不脱裤子。

部队最初对做家属的工作缺乏经验，只注意了热情接待和在现有物质条件下进行招待，没有去一个个地诊断"症结"从而做细致耐心的说服工作。其实即使诊断准确了，也很难实行。面太大，工作不容易普及；同时当时新解放区的群众没什么政治觉悟，人家只看眼前实利，根本不听你那一套，你说得唇焦舌敝也是白说。针对这种情况，部队各级领导，一时找不到特别有效的、能立竿见影的方法。其实思想转变本来就是个长期的过程，绝不可能一朝一夕完得成的。

罗荣桓政委蹲点的四十五军结合政治整训，采取侧面进攻的方式，较为有效地把家属探亲的负面影响降低了不少，很快就在全野战军推广开来。四十五军邱会作政委将罗政委的指示概括为两大项：第一，个别问题必须具体解决；一般性的问题，要采取群众教育群众的办法。有的家庭确有很大困难，应采取说服、安慰，同时用公函或派专人去地方实际地解决问题。最有效的是高级首长谈话，因为那时候解放军的领导，人品素质高、具有父兄情怀，自然形成了一定的威信，深受战士爱戴。整训中凡是采取了这些办法的，对一些思想动荡的人都产生了安定的作用。第二，联系实际，层层深入地挖"苦根"，是诉苦教育中提高阶级觉悟最有效的方法。这次针对各种不同的苦难，逐步往深里挖，从造成个人苦难的根，挖到阶级压迫的大根；从地主的剥削，挖到保长与地主的关系，进一步挖到了国民党统治是保障这种阶级剥削、阶级压迫的制度，保障这种制度存在的工具就是蒋匪军。要保住分到的田，保住刚刚获得的做人的尊严（亦即后来人们津津乐道的自由平等），不让还乡团卷土重来，只有彻底消灭蒋匪军。这种深挖苦根的方法，一者可以防止把家庭之仇发展成个人报私仇的歧途，同时加深了对蒋介石政权及其军队的仇恨。除了阶级教育之外，荣誉教育也是必不可少的。同时还必须解决战士家里确实存在的具体问题，否则就会流于单纯的说教主义。

战争年代，听首长做报告，是一种非常荣幸的事情。特别是高级首长，哪怕是跑到一个单位扯开嗓子喊几句鼓励的话，部队情绪马上就会升腾起来。如果再有哪位首长找谁个别聊几句，那可不得了，什么思想包袱也会顿时甩得远远的。当然，对连队的干部战士而言，团领导就是大首长了。那年头随着节节胜利，部队编制十分充足，一个团就有两三千人，可抵国民党部队一个普通旅；四野部队尤其如此，每个军都是四个满员师，五六万人。军首长来讲话，那就更不得了。四十五军的基层干部战士最喜欢听的就是军政委邱会作下来做报告，大家乐颠颠像过节一样。其实邱会作的报告也没什么特别，主要是生动。有时在大会上骂人；但被骂的人听着也不反感，反倒觉得骂之有理。整训期间，他到了一三三师，给该师排以上干部"训练班"作过一次报告，针对当时普遍存在的思想问题，无异于给该师干部集体谈了一次话。

他说："很早就想来给大家讲一讲，因为你们耳朵里有蝗虫！当然，现在可能掏出来一些了；但是，有的人可能还没有掏干净！所以，今天要给你们讲三个问题。"

他讲的第一个问题是军队是革命的命根子。从蒋介石发动"四一二"政变讲到辽沈战役、平津战役、淮海战役；革命军队二十多年的风风雨雨，他讲得一清二楚，而且充满感染力，让听者动容。他最后说：

"现在蒋介石只剩下一百六十个师了；其中比较强的只有一个桂系的第七军。其实也强不到哪里去，比我们在东北歼灭的新六军、新一军还要弱一点。其余部队都不堪一击。我们南下打他三四个漂亮仗，就能全部收缴蒋介石的老底！"

关于和平问题，他也讲得颇有趣。他一针见血地说：最近为什么蒋介石一天到晚呼吁和平？他的真正目的就是养好了伤再来打我们。我们可没那么傻。我们理解的和平是什么？真正的和平就是像长春郑洞国那样，像北平傅作义那样；除此之外，没什么好谈的！他又讲到蒋介石濒临灭亡之际，美帝国主义会不会介入战争，也就是三次世界大战会不会发生。他说，我们中国革命势力的壮大，会决定世界大战的问题；因为苏联老大哥有了强有力支持了嘛。帝国主义就怕这个！所以我们不必担心，不必怕。帝国主义跟蒋介石一样，就像狗，你越怕它，它就越咬你；你如果把眼睛一瞪，尤其手上抄一根棍子，它就不敢来了；如果用棍子狠揍它，它只好逃跑，狗比人还惜命呢！哈哈哈……

第三个是针对干部、战士存在的"活思想"，亦即家乡观念、怕再打仗、追求享受，对此邱会作也讲得不少。他说，有同志向领导提出"回家看看"。这个要求当然不过分。可是，我的同志哥呀，你不想想，你应该"回家看看"，别人难道不应该吗？好家伙，你也回家，我老邱也回家，他也回家，你们全师一万五千人，都回去了；老蒋还有一百多万人马给他留着吗？让他再派部队卷土重来，带着地主还乡团到你们的家乡把分给你们家的田夺回去吗？毛主席的老朋友鲁迅同志说过，要痛打落水狗，不然它跳上岸来一口咬断你的喉咙那就完了。当然，同志们家里如果存在困难，跟组织讲就行了。师政治部、军政治部、兵团政治部，乃至野司政治部，都会全力找当地民主政府交涉解决。一次交涉不成，二次、三次，直到彻底解决。我们还听有同志说怪话，"就想活在胜利这边，不想活在胜利那边"。我知道，全国胜利即将到来，谁也不愿意在这个时候与飞过来的子弹接触；可子弹又不长眼睛呀。这种"小心思"，也可以理解。可是，我的同志哥呀，这又牵涉到一个极大的原则性问题，也就是我们参加革命的动机问题！特别是党员同志，你在党旗下宣誓，要把自己的一切贡献给无产阶级革命的伟大事业，这话难道只是说给组织听的而不是你的真实动机？如果那样，可就危险了。带着这样的动机走进新中国，你就会干些什么呢？首先，你会以功臣自居，用公家的钱下馆子、进戏院，甚至逛窑子；接下来又会干什么呢？用公家的钱买田置地、开私营工厂办公司，甚至让自己父母做投资老板，自己老婆开个大珠宝店；自己呢，依然坐在台上奢谈革命。喂喂，大家不要笑不要笑，我这绝不是危言耸听，我是说，那时候你当了大反革命还不自知呢。根子就在参加革命的动机不纯呀！如果你参加革命的动机是纯正的，那么在这革命即将在全国取得胜利的时候，为了完成革命的这最后一个行动，把这一腔热血洒了，又有何遗憾？关于少数同志的"小心思"，我还听说有同志总是嫌自己的"官小"。这也牵涉到参加革命的动机问题呀！你跑进革命队伍来是捞乌纱帽的吗？如果是那样，你也会逐渐变成我前边说过的那种人，也就是毛主席说的那种钻进党内的资产阶级。其实，只要同志们努力为革命做贡献，党的眼睛是雪亮的，谁为党的事业奋斗，为革命敢冒矢石，谁就可以挑更重的担子。我们的林总还不是从排长开始，一刀一枪地走过来的吗？关于"小心思"，我还要说一点，不，我想骂人。进天津以后，有同志说，当兵不如当资本家的一条狗，说他亲眼看见驻地旁边一个姓卞的资本家，家里的狗每天都吃大鱼大肉，气派得很。我寻思，你羡慕资本家的狗，还不如一步登天，去当孔二小姐的狗。那更气派呀，人家那狗每天喝牛奶吃美国罐头呢。同志哥唉，你为什么不想想，全中国还有百分之九十五的穷人吃糠咽草也还只能维持半饥不饱的生存状态，这些被压榨的阶级兄弟给地主当牛当马，盼星星盼月亮地希望我们快一点把他们从水深火热中解救出来呢？为什么不去关注他们呢？你的阶级感情到哪里去了？这是彻头彻尾的忘本！同志哥，要不得呀！

邱会作的一通狠骂,使坐在下边有这些思想苗头的人不仅没有想不通,最后还有醍醐灌顶的感觉,浑身都通泰了。因为那样一个纯情年代,我们的战士尽管闹点小情绪,但基本政治素质是健康的!

这就是革命年代;这就是常打胜仗、很少打败仗的部队。这种风气一直延续到解放后,影响了整个毛泽东时代。

在这次整训中,军、师、团三级党委均有一份关于反对无组织无纪律的决议文件,对本单位在工作、战斗中所出现的违纪现象以及存在的其他负面现象,进行逐一查纠,层层检讨,层层批评与自我批评,不给缺点留死角,不给问题留有隐瞒过关的缝隙。还是以罗荣桓政委蹲点的四十五军为例吧。

黄永胜军长首先代表四十五军党委进行了自我揭露与反省。黄永胜说,党委,尤其是他本人,曾对反无组织无纪律的重要性认识不足,所以对下边疏于指导。罗政委对此进行了多次严厉批评;然后他又对本军存在的问题从几个方面进行了认真查纠。在作战指挥方面,"纵队(军)指挥无能,尤其是我本人!在屡次纵队作战的指挥上没有起到应有的作用。例如锦州战役,没有完全丢掉游击习气,缺乏通盘的计划,是一种边打边看的指挥方法。结果使我们这个纵队在解放东北的最后战役中,没有起到更好的作用"。不久前,在天津战役中,居然还发生了一三三师之三九七团、一三四师之四十团作战不协调、违抗命令的现象。一三四师以老部队自居,骄傲自满,从上到下充满"特等野战军"意识,自以为高人一等。对此,我们军领导,特别是我和邱政委,长期给蒙在鼓里,长期麻痹呀!天津战役期间,各师都有怕吃亏的意识,不经批准私自动取了兵团管辖的弹药库,把专门用于打坦克、坚固堡垒的苏制火箭炮弹搬走了两百多枚。这是彻头彻尾的局部利益损害整体利益!锦州战役还发生过与兄弟单位争抢缴获物资的现象。林总当时就骂过我,黄永胜,你是土匪还是共产党员?罗政委也很生气,说当心我开除你的党籍。我尽管吓坏了,但却没从思想深处解决问题。所以天津战役又出现过"温和的"同类情况。在军民关系方面,军党委可以受到批评的地方也不少,因为下级发生的问题,追查根子,就应该在上级身上。师一级、团一级都不同程度地有对人民生命不重视的现象,仅天津战役就撞死了四个人、撞伤两人;对地方党委也不尊重,自以为是"中央军"。好家伙,你是国民党吗?

这些自我批评够尖锐的了,军党委的姿态也是够高的了;这样以身作则的引导,各师、各团党委对本单位存在的问题也就揭露得更具体、反省得更深刻了。

一三三师党委检讨自身作战指挥上的官僚主义时决不护痛,敢于亮伤疤,并自我抽打。"锦州、天津两战,我师都担任了突破任务。师、团两级领导都没到最前沿认真考察地形,以致突破口前进道路选择不适当,未实地精细组织战斗,盲目攻击。遭受失利时,又缺乏顽强精神,没有因势利导寻求办法,没有及时具体帮助下级同志想办法。师领导在执行上级命令时也不坚决,有时借口客观上出现未曾料到的情况,就擅自更改命令,胆大包天啊。例如奉命主攻蓝家屯,借口情况不明,没有执行。还有辽西追歼战,不愿过河,更改路线,迟疑不进,贻误战机。三九七团在天津战役担任突破任务时,团长曹冠民、副政委张连仲贪生怕死,再三反抗师部的攻击命令。这两人后来被刘亚楼参谋长下令执行战场纪律了。师部也并非没有责任,至少是平时没有察觉这两个人的问题,教育不力。执行政策方面,黄永胜军长检讨的擅自动用兵团仓库的苏制火箭弹,大家都知道是我们师干的,黄永胜同志在林总、罗政委那里挨骂是代我们受过!去年秋冬战役,我师总共损失群众门板、镐、锹四千一百三十二件。听说后勤部门至今才完成赔偿三千多件;必须在部队南下前全部赔偿完毕。"①

一三四师党委检讨"以老部队自居、以主力自居的骄傲自负意识","尤其在热河时期发展极为严重。由此导致纪律涣散,干部无组织无纪律地随便结婚;战士也和地方上老百姓女儿谈恋爱,弄得各级领导提心吊胆,生怕出现违反群众纪律的事情"。②

一三五师党委在自查自纠中说:"天津战役前,对政策曾有严格要求与明确规定,部队的政策、纪律意识有很大提高,普遍做到缴获归公。例如堆积如山的美国饼干箱,原封不动,饿死也不去拆封;反倒是师、团领导机关发生了违纪现象。例如私自动用兵团仓库炮弹,上报物资数目模糊,未经军部、兵团批准即行分配。最突出的是四○五团擅自出卖麻袋三千多条。""锦州战役没有执行打掉北大营西南角堡垒命令。兄弟师突破敌人阵地后没有主动援助,站在一边观战。锦州战役后,四○四团伤亡较大,产生了泄气疲软情绪,师部表示同情,没有及时进行批评和鼓励,以致到辽西参与攻打廖耀湘兵团时,动作慢,失去了死打硬拼的作风。去年秋后,进行了自上而下的检讨;尤其是杨柳青及天津外围战后,严肃纪律,经兵团司令部核准,枪决了畏缩不前、临阵脱逃的副连长王贵民。本师风气在天津战役中当然有所转变;但是还是发生了四○三团突击营长康文庆执行命令游移,四○四团对撕宽突破口的命令执行不力,团领导缺乏不顾伤亡死打硬拼的精神。"③

黄永胜在一次整训大会上说:"毛主席说过,我们人民军队建军的最基本原则,就是要从政治上着手建军。这是区别于任何反动军队建军的基本之点。而这次整训又是以整思想为主,这不仅符合我们人民军队建军的特点,也符合我们军

---

① 《一三三师整训决议》,藏于中央文献档案馆。
② 《一三四师整训决议》,藏于中央文献档案馆。
③ 《一三五师整训决议》,藏于中央文献档案馆。

队今天的情况……天津解放以后,部队中滋长着一种危险的倾向和情绪。尽管这不是全部;但确实在一部分同志中出现了,一部分则正在萌芽。说得更明确一点,这种情绪的本质就是政治上的动摇,不愿意响应毛主席号召将革命进行到底。若不能及时克服,不仅对完成今后任务产生严重妨碍,部队还会变质成国民党军队。这绝不是危言耸听!革命部队最终蜕变成腐化堕落的集团、反动军队,这是能够找到例子的;别以为你名称是中国人民解放军你就打了保险,你的本质变了,人民照样唾弃你,把你划到国民党军队一边去!"①

经过整训,四野这个"东北虎"群体不啻插上了翅膀。他们不久将以更加猛的雄姿出现在中南战场上。

二

参谋总长顾祝同在上海召开军事会议,商讨南京丢失后的应变。

顾祝同做报告,讲述共军占领南京后的下一步行动,以及他个人的御敌考虑。

不料顾祝同才讲到一半,一位三十八岁的中将霍然起身,向着他抱歉地勾了一下头说:

"报告总长,部下得罪了!部下有几句话如骨鲠在喉,再不吐出,就要憋死了!"

这年轻的中将名叫蔡文治,参总第三厅厅长。

顾祝同皱了皱眉头,对蔡文治投以不满的一瞥,无可奈何地说:

"好吧,你先讲。"

蔡文治一脸怒容,乜视了一下汤恩伯,然后把视线转向大家。这才牢骚满腹地说:

"我不知道这个仗是怎么打的,是哪一个草包在指挥?半个月前在南京开会的时候我就反复提醒,敌人一定会从荻港渡江。我还指出,如果把我军主力集中在京沪铁路线上,后果将会是十分危险的!不仅南京易被包围,也无法固守;而且浙赣大门开放,敌可长驱直入,连各中央机关逃跑都没有部队掩护,何况几十万大军退集上海,前无出路,后有大海。是准备跳海吗?当初不才我对敌人行动的判断,后来的事实证明,全都不幸而言中;可是统领大军指挥作战的某些'大将军'毫不采纳,一意孤行,结果丧师失地,一败涂地!像这样,我们这种幕僚拿来做什么?摆设吗?我滥竽这个作战厅长真是愧对祖宗,愧对先总理,愧对总裁!"他居然越说越悲愤,呼吸也急促起来,两手抓住军服的下边,猛然向左右两

---

① 《四十五军整训决议》,藏于中央文献档案馆。

边一撕，把军服上五颗扣子拉断了线，扣子崩飞四处。同时大哭道："似此尸位素餐的作战厅长有什么当头？我不干了，从此不再当军人了！"

全场惊愕失措，一个个都瞠视着他。

顾祝同示意坐在蔡文治两边的人把他劝坐下。然后安慰道：

"蔡厅长，不要动怒，冷静一点，都是自己人，有话慢慢说！"

汤恩伯不是傻瓜，当然听出蔡文治的矛头是指向他的。没等顾祝同的话落音就拍案而起，愤怒地指着蔡文治呵斥道：

"你别当着总长的面在这里发瓜气！哼，你一个小孩子懂得什么！"

汤恩伯一九二八年曾任中央陆军军官学校（即黄埔军校）第六期（本期迁往南京）学生大队长（有点类似几个班的班主任老师），蔡文治正是六期学生，两人算是有师徒之雅。所以汤恩伯卖老资格嘲笑蔡为小孩子。不料后者却不买这个账，又跳起来，指着汤恩伯怒斥道：

"你还有脸摆出老师的臭架子来吗？去问一下，六期同学还有几个人认你这个饭桶老师？几乎没有一个人不耻与为伍，没有一个再承认你是个合格的军人！"

汤恩伯脸气得铁青，被他噎得找不到话来反驳，浑身也抖了起来。呆了半晌才说：

"军人……你说怎样才合格？第一条不就是服从命令吗？"

"说得好极了！"蔡文治冷笑道，"我一个小厅长自然微不足道；可是我向你传达总长的命令，你为什么公然抗拒？这就是合格军人？"

"我命令长江防线、南京防线的主力转进，集结上海，是奉了总裁的命令！恐怕总长也会服从这个命令吧？"

"拉倒吧！总裁有命令，总长为什么不知道？"

汤恩伯的脸不再青了。得意地冷笑了几声，从上衣口袋里掏出一块折叠得很规范的便签来，交给顾祝同。对大家说：

"我吃了豹子胆也不敢假传圣旨呀！这就是总裁手令！"

蒋介石手令的主要内容是针对上海存放了约值三亿多银元的黄金、白银。这批硬通货的来源是：一九四八年八月十九日蒋介石采用王云五发行金圆券办法，命蒋经国主持强迫收兑民间黄金、白银，妇女的金银首饰也不能私留，一律兑给中央银行，违者没收。这就是这批金银的来历。蒋介石手令上说，已令吴国桢请假，市府秘书长陈良代理市长，负责利用大批驳船将全部金银抢运到台湾。在抢运完之前，汤恩伯应集结兵力死守上海；抢运完后，汤恩伯若感觉守不住，可把精锐部队转进到舟山。若该项金银的抢运有一差二错，则惟汤恩伯、陈良是问。

大家听了汤恩伯传达蒋介石手令的详细意思后，都面面相觑，再不作声。

"因为金银数目太大,停在上海的船舶也有限,陈初如①怕我守不住上海,每艘船装得很重,冀图及早抢运完。不料太平号军舰装得过多了一点,在舟山海面沉没。这个失误我和陈初如还不知道怎样才能逃脱总裁的惩办呢!"说到这里,汤恩伯顿了顿,向蔡文治投以一瞥道:"你小孩子知道我的困难吗?要依你的计划,主力安排到浙赣线,上海必然迅速失守,试问这个责任由谁来负?我老汤是奉命保守这个手令的秘密,不敢随便泄漏;今天要不是这小孩子发瓜气,我还不把手令拿出来公开呢!"

顾祝同说:"既然总裁有命令,那当然照令执行!汤总司令,你还有什么别的……"

汤恩伯说:"总裁无意久守上海牺牲实力,只要金银运完就了事!你们这些长官、大厅长先请移驾广东吧;不然在这里碍手碍脚,危险时节我还得分兵保护你们!"

西北战场上,国民党残存的军事力量主要有三支:胡宗南西安绥靖公署十三个军约十八万人;张治中(不久留在北平参加革命阵营了)西北军政长官公署十七万人,理论上胡宗南也归其辖制;阎锡山退守太原的近十万人马。

西北战场上与这三支国民党部队对峙的,有两年来由原来的三万人发展成十万人的第一野战军;以及华北野战军徐向前、周士第第十八兵团的九万人。

三大战役以后,特别是解放大军渡江前夕,太原成了国共双方关注的焦点。早日解决太原,则从战略上消除了各大解放区侧翼或背后的威胁,解除华北野战军数十万人马这一战略机动部队的束缚,以便挥兵西北,增援彭德怀部解放大西北。

太原的位置在晋中盆地北部、汾河东岸,东面、北面、西面是高山,乃天然屏障。显然,这是个易守难攻的城池。

早在一九四七年,阎锡山就投入大量血本把太原建成了一座碉堡城。城池周围的每一个山冈、每一个隘口,都被星罗棋布的明碉暗堡覆盖着,远远望去就像一块环形墓地。这些地堡总共有五千多座,大多数碉堡内都存着粮食和饮用水。阎锡山自吹,太原是武装到牙齿的城市,足可抵挡一百五十万共军的进攻。自从解放军开始转入战略反攻,阎锡山就把保家图存作为战略指导方针。他经常对人们说,不断征集(抢劫)粮食,屯粮于城内,巩固晋中,死保太原,等待第三次世界大战到来,美军登陆中国,便可乘机反攻,恢复失地,"以城复省,以省复国"。

---

① 陈良字初如。

早在晋中战役胜利以后，徐向前就把目光投向了太原。

过去的两年多时间，解放军华北野战军一兵团在徐向前、周士第指挥下，连续取得了运城、临汾、晋中等战役的胜利，消灭了大量敌人，解放了除太原、大同之外的山西大部分地区。由于长期连续作战，自己部队消耗也很大、很疲劳，需要休整补充。做好充分准备，以确保太原战役的胜利。

整补完成后，徐向前向中央军委和华北局禀报了攻取太原的基本计划：

"……切实完成对太原市之包围，控制南北机场及若干外围据点，消耗其有生力量，瓦解动摇敌人；开辟攻城道路，完成攻城的一应准备工作。然后一举攻取之。"

军委同意了他们的计划；指示该兵团组成前线委员会，书记徐向前、副书记周士第，统一指挥本兵团及晋西北七纵队、晋中军区部队、华北军区炮兵第一旅，包打太原。

徐向前得令，即指挥部队迅速达成对太原的战略包围；尔后就地休整补充。一段时期以后，抵达太原前线的部队达八万多人，武器装备也得到补充改善。

为截断敌人的空中补给，十三纵夺占了太原南郊的武宿机场，从而阻止了胡宗南所属整编三十师全部空运太原的计划。

阎锡山不愿被动挨打、枯坐等死，从太原城内派出九个师分几路出城南犯；企图以突然逆袭，破坏解放军的战略战备，消耗解放军的力量，拖延解放军的攻城时间；同时到远郊抢粮抓丁，以利城区的长期抵抗。一开始，这几路出城部队似乎比较顺利；其一路进占城南小店镇、南畔村、巩家堡；一路进犯狄村、南北王铭、西温庄；一路猬集于小店以北和红寺。

见已成困兽的阎锡山竟敢打运动战，这正好投合了解放军胃口。徐向前、周士第相视一笑，决定将计就计，吃掉这几块蹿出乌龟壳的乌龟肉，进一步削弱阎锡山的守城力量。

解放军十三纵在兄弟部队协同下，突然将南犯南料、南黑窑的阎锡山暂编四十五师两个团、七十三师两个团共六千多人包围；解放军一一六团迂回到敌人背后，截断其退路。然后，解放军一一一团、一〇九团、一一五团相机推进至南黑窑、南料的敌阵之前。

四十五师是阎锡山的主攻部队，尚未遭到过解放军打击。该军此刻被包围的两个团惊恐万状，不断向老阎呼救。当天下午，阎锡山招来蒋军空军掩护遭围部队突围。但是左冲右突多次也未能冲破解放军的铜墙铁壁。

阎军七十三师的两个团也遭包围。

其余出城部队见势不妙，赶紧做了缩头乌龟，逃回城里去了。

太原城外包围与反包围之战进行了两天，共四个团的阎军六千多人悉数被歼灭。

偷鸡不成蚀把米，主动出击失败。阎锡山觉得一动不如一静，还是死守为宜。

他重新规划，把太原城划成六个防区，做垂死挣扎。把大部分兵力部署在东南，因为他认为那是解放军的主攻方向；汾河以西则只布防了三个师。

东面的山正好就叫东山。那里地势本来就险要，加上许多明碉暗堡，确实易守难攻。东山的大门叫石嘴子，那里有四个要塞：牛驼寨、小窑头、淖马、山头。（均以村庄为中心）这四个要塞位于东山主峰西侧，距城垣分别为二公里、五公里、十五公里，低于东山主峰两百米，可瞰制城垣、城北工业区、飞机场（小型飞机起降），形成北起牛驼寨南至山头长达八公里的防线，将城东面严严实实屏蔽得风雨难透。阎锡山认为，共军只可能从东面攻入太原，他吹嘘："地势险要的东山防线是寨中寨、堡中堡，足抵精兵十万，够徐向前啃两三年的！"

三

徐向前也明白，从自然地理和敌人防御重点看，必须首先攻破城东的群山防御线，切实占领牛驼寨、小窑头、淖马、山头等四个要隘。

徐向前计划置东山主峰于不顾；以主力插入，直接夺取四个要隘。

遵照他的命令，各纵在规定的时间，分头向四大要隘突然攻击：九纵攻牛驼寨，八纵攻小窑头，十五纵攻淖马，十三纵攻山头村。

牛驼寨是四大要隘中最北边的一个，由紧密相连的三个山头组成。其十号阵地上，由十座碉堡组成。十号碉堡是炮兵碉，其东南面是四号碉。这四号碉是一座古庙改建而成，故又称庙碉，乃牛驼寨的核心阵地；此阵地的东面，是五号、六号、七号等三座碉堡为骨干的前沿阵地。牛驼寨上的这三个阵地互为犄角，火力均可直接支援。每座大碉堡周围，都由很多小型的明碉暗堡为之拱卫；在那些小碉堡前面，是十多米的峭壁，堪称古人所谓深沟高垒；再前面，是十多层类似阶石一样的劈坡，其上设置两米多宽的铁丝网，铁丝网前后是地雷阵。

七纵领受任务后，决定首先以三旅实施攻击，十二旅、警备二旅掩护侧翼安全，七旅为第二梯队。

这天傍晚，部队顺着隐蔽的山沟向牛驼寨出发了。

担任攻击任务的三旅指战员全部轻装前进，每人只带械弹和干粮；炮兵把拉炮的马卸掉，自己扛炮筒、炮架、炮弹。从榆林坪、庄子口之间插入，沿山沟向西前进。到了目的地，进行短暂准备。

凌晨一时三十分，二十一团分两路向牛驼寨发起猛攻。突击队把梯子搭在峭壁上，敏捷地攀登而上。他们冲到敌人碉堡前，里面居然没什么声响。原来都在放心大胆地酣睡。解放军向里面大扔手榴弹，对那些抱着武器冲出来乱抵抗的家伙就用机枪扫。后来残存的几名徒手窜出，争相逃命，衣服裤子都没穿。解放军一名小战士一声断喝："光屁股乱跑啥？当心一枪打下你们蛋来！"几名光屁股的家伙这才反应过来，乖乖地举起了双手。

一营攻下五号、六号、七号碉堡以后，其二连未及请示就向十号炮兵碉堡发起攻击。

八班打头阵，顺利冲出了一段距离。不料被一道铁丝网挡住了去路，全班同志们都十分焦躁。有一名姓段的小战士抱着炸药包就要冲上去，被班长池大龙揪住，拖到自己身后，并用前两天文工团演京戏的台词警告小段道："休得造次，违令者斩！"

池大龙叫自己的十二名战士暂时按兵不动。他自己单独一个人绕过铁丝网，从南面在峭壁上用刺刀挖掘搭脚孔，攀登而上。成功后，扭头向下做手势。

他的部下跟上去，如法炮制。

池大龙转身向前摸过去。靠近碉堡，先把哨兵干掉，接着向碉堡内投手榴弹。轰隆一声，里面鬼哭狼嚎。旋即听到敌人军官在咆哮："架机枪，快把机枪找出来架上呀！狗日的！"

池大龙听了，大喜，原来还没架机枪呀。旋即一边虚张声势地大吼，大家快冲啊；一边勇猛地向里面冲去，边跑边投弹。借着硝烟掩护，冲过了碉堡，来到敌人群中。立刻顺手夺过一挺机枪，一阵扫射，倒了一大片；旋即大喊缴枪不杀。这时，后边的战友也上来了。就这样，以十号碉堡为中心的这一段阵地便被解放军占领了；还缴获了一百多挺机枪。

后来才知道，孤胆英雄池大龙一个人打垮的是增援上来的敌人机枪第三团。

十号碉堡系列阵地被池大龙夺占后，解放军随即向牛驼寨的核心阵地四号碉堡发起进攻。

天渐渐亮了，赖以掩护的夜幕已经拉开，敌人已经看得清进攻的解放军，射击也有了准头。解放军的几次突击都被敌人的炮火、机枪压了回去。

纵队首长指示，三旅暂停攻打，在已占领的敌人阵地转入防守，待天黑后再相机出击。这样的意图是为了减少伤亡。

上午九点多钟，阎军向解放军开炮。

炮击之后，阎军一个营的步兵向解放军反扑，企图夺回丢失的阵地。

阎军在攻击前进途中，须越过他们几个月前挖掘的一道阻击壕。那壕沟又宽又深，无法跨越，必得先滑下战壕，再攀上对岸。这个叫作作茧自缚；待爬上对岸的壕边时，解放军以逸待劳，用机枪扫倒一大片，纷纷掉回壕沟底。这个又叫作自掘坟墓。

就这样，解放军三旅各部一天之间打退了敌人多次冲锋。

但是，阎军炮火猛烈，解放军三旅也伤亡不小。

夜幕一落下，阎军就不敢出击了，躲在大大小小的碉堡里、壕堑内；只不断炮击，以防止解放军利用夜幕掩护夺取四号碉堡。

待到天亮后，又才在飞机大炮掩护下向解放军进攻。

就这样拉锯了四天。

第四天早上，胡宗南派来助战的四架飞机向解放军阵地狂轰滥炸；飞机离去，阎军城内城外炮兵阵地的大小火炮全部开火。在炮火掩护下，步兵开始进攻；交给阎锡山指挥的胡宗南美械部队第三十师，以五百多名日本鬼子为骨干的阎部教导第十总队，嗷嗷叫着冲上去了。

解放军三纵一营，不分干部战士，扔出几百颗手榴弹，炸翻了冲在头里的敌人。然后挺着上了刺刀的步枪冲了过去。一番拼杀，将敌人戳翻了两百多；余下的见不是对手，便狼狈逃窜回去了。

阎军的进攻一次又一次被击退；解放军的伤亡也越来越大。

阎锡山见胡宗南装备精良的三个师主力上阵两次就垮了，以日本鬼子为骨干的第十总队也完了，十分恐慌。索性悍然搬出了一年前从国防部军火库搬回来蒋介石批给的美制毒气弹，向解军阵地上投放。

山西的解放军装备差，没有专门的防毒器材，指战员也没有防护知识，不少同志倒地身亡。

阎军乘势反扑，在炮火支持下，连续七次进攻；解放军的阵地焦土盈尺，弹坑密布，草木全部被火力铲除，炮弹碎片满地都是。最后，阵地依然掌握在解放军手里。

解放军三旅伤亡特别大，光是炮弹炸死的指战员就有五百多，一些连队只剩下了几个人。

天黑下来时，徐向前命三旅撤到后方整补。

牛驼寨争夺战继续进行着。战斗越来越惨烈，显然双方都豁出去了。

又经过几轮血染群山、尸满壕堑的争夺战，牛驼寨阵地才被解放军攻克。

十五纵攻打淖马也十分不容易。

这个淖马，在太原城的正东方，是四大要隘中距太原最近的一个。淖马主阵地和附属阵地，碉堡林立，毫无破绽可资进攻者利用。碉堡周围是五层峭壁，每层高六米。峭壁的顶上和足下都有明碉暗堡，鹿砦、铁丝网自然是不会缺的；地雷密布就更不用说了。一条将山梁两边切成层层峭壁的"拐坎"是唯一的通道。阎军配置了严密的火力将这"唯一的通道"封锁得严严实实。山背后，从主阵地两边到淖马村，阎军利用山梁环抱之势，依山构筑六个碉堡；碉堡之间相距五百米、八百米、一千米不等。淖马村西头是一条深沟。沟的西边有三个碉堡,一为炮堡;另外两个碉堡装备了多挺轻、重机枪,编号为八号碉堡、九号碉堡。淖马的全部守军都是阎锡山的精锐:八纵队之一团、三团,保安六团,四十师一部,以及胡宗南三十师残存下来的八十一团(属二十七旅)。阎锡山同样也曾夸耀淖马是铜墙铁壁。

入夜,解放军十五纵向淖马发起攻击。

一二八团主攻敌人淖马主阵地。

在炮火掩护下,一营、二营从两个方向攻击前进。

二营的爆破小组率先把途中几座小地堡炸飞;头戴钢盔的突击队背负炸药包迅速插入敌阵地,甩出一排手榴弹以开路,然后用闪电般快捷的动作接近峭壁。安放好炸药包,轰轰几声连续的巨响,将峭壁炸成可以攀缘的斜坡。

突击队沿斜坡且战且上,很快就全部攻上去了。

经过三个小时激战,二营全部占领了左翼阵地。

一营攻打的右翼主阵地尚未得手。

他们攻到第五层峭壁时,敌人利用上一层峭壁,用手榴弹构成阻击线。手榴弹一排排扔下去;解放军的机枪、步枪向上仰射,火光交织,土块、弹片横飞。一营就这样勇猛攻打了七次,也没能突破。

三营、一二九团二营上来增援;三个营合兵进攻,也未能奏效。

阎军的工事异常坚固,火力又十分凶猛,解放军三个营受阻于峭壁下,天一旦亮了就会暴露于敌人枪口下,伤亡将会更大。

纵队司令员刘忠在一二七团指挥所与团长李成春万分着急,天不久就会大亮,部队暴露在峭壁下是很危险的。

刘忠用电话与四十三旅旅长林彬交换意见,决定把一二八团的一个连用上去,加强突击力量,争取黎明前突破成功;纵队的各种重火器则提前向目标集中打击,为步兵开路。

三营营长张世兴,九连连长阎巨耀、指导员郭小宇,带领一支二十五人组成的突击队,向主阵地右翼的峭壁逐步靠近。若再往前,到达峭壁下,十有八九是要付出生命的。

阎巨耀问战士们谁愿意先上去。

老战士杨凤鸣挺身而出;但他提出了个要求,如果牺牲了,请求追认为共产党员。

紧接着,王黄生、张文祥也站出来,要求上去。

三位勇士在机枪掩护下,携带二十公斤炸药扑向峭壁。

这是最后一层峭壁。他们凿出几处爆破点,将炸药塞了进去。几声巨响,峭壁被炸成了可以上人的斜坡。

突击队紧跟三位勇士，顺着斜坡向上攻击攀缘。旋又绕过大碉堡，登上了敌人的主阵地。

后续部队随即跟进支援。

阎锡山吹嘘的"铜墙铁壁"淖马主阵地就这样被解放军攻占了。

"四大要隘"陆续被解放军攻下了。

徐向前指挥部队乘胜前进，准备攻取太原城。

忽然接到军委电报，命令他们缓取太原，以稳住平津敌人，不使傅作义集团因太原解放而渡海南逃；当然也考虑到太原城下我军久攻不克，伤亡太大这个因素。这段时期一边围困城池，严防阎军突围；一边休整部队，清点伤亡；同时展开对敌政治攻势。

直到翻过年的一九四九年开春以后，中共七届二中全会开幕，毛泽东着手解决西线和西北方向的战略问题，解放太原才又重新摆到了案头。

五大书记把第一野战军司令员兼政委彭德怀召到军委办公室。

周恩来说，平津解放以后，重启太原战役，进展不大。中央决定大规模增兵，而且换将。因为向前最近病倒了。

周恩来说罢，紧紧盯着彭德怀瞅了好几秒钟。

彭德怀不解，也审视般看了看这位军委的副主席、秘书长、总参谋长，不明白对方的进一步意思，所以没有说话。

朱德不喜欢这样绕弯子，笑嘻嘻哎呀了一声，直截了当地说：

"主席点将，让你去接替向前同志，尽快夺下太原！"

彭德怀一愣，这才省悟五大书记今天召见他的原因。也没去多想，说：

"我服从中央安排当然没问题；只是，向前同志……"

"太原战事以你为主，中央把决断权交给你！"毛泽东明白彭德怀的顾虑，"向前同志主要是治病；但是你也要虚心向他咨询前线和部队的情况。不管怎样，他在太原城下打了半年，对敌我双方情况、地形都很熟悉！"

"主席放心吧，我一定充分尊重向前同志前一阶段的攻城经验！"

毛泽东点了点头。

毛泽东还决定对太原增兵十万；计有华北野战军的杨得志十九兵团，杨成武二十兵团，四野炮兵第一师（全部装备了苏式榴弹炮、火箭炮）。

毛泽东又吩咐彭德怀做好太原拿下后立即解放大西北的准备。届时周士第第十八兵团（徐向前卸职后专任华北军区副司令员）、杨得志十九兵团划给一野指挥，以便一野更为有效地经略西北。

太原城外解放军的总兵力骤然增至二十万人,而且都是各野战军的强有力部队,实力大大超过阎军。

阎锡山见势不妙,明白这次危险了,城破只在旦夕。他紧急盘算,决定自己先行溜掉,让部下们在这儿权且顶着。便制造了一个借口,说是要去见蒋介石。把医生、厨子、理发师,当然还有几十箱黄金、美钞装上飞机,随自己直飞东南。他明白,此去再也回不来了。

困在太原城内的王靖国、孙楚、戴炳南不识时务,不理睬解放军多次动员他们和平交出太原的呼吁,企图顽抗到底。

一九四九年四月二十日,解放军发起总攻。很快就肃清外围,阵斩敢于顽抗的阎军官兵达一万多人,弃枪投降的达两万多人。

四月二十四日五时三十分,三颗红色信号弹升空。随即,一千三百门各式火炮惊雷般响起,震动了方圆一百多公里的大地。炮击一直持续到天亮,持续到太阳升起。炮弹制造的硝烟像浓雾般把太原城厚厚地裹了起来。阎军城垣上和城内的碉堡全被炸上了天;城墙也被火箭炮摧毁了多处,几乎所有地段都可成为步兵通道。一名被俘的阎军炮兵上校后来说,他历经戎行,从来没见过如此强有力的炮击,简直是密不间发啊!

强大的解放军步兵部队,从二十一个突破口进攻,潮水般涌进城去。

这场战役,至此再也没有任何悬念了。苦难深重的太原穷人终于盼到了这一天!

战役结束统计,解放军全歼阎军十三万八千多人。阎锡山这个山西地主、资本家的代表人物对山西的三十八年统治宣告结束了。

彭德怀、周士第、杨得志、李志民到太原街上巡视,督促恢复秩序,清扫战场。

彭德怀边慢吞吞向前走边对他们说:"你们十八兵团、十九兵团不可松劲,主席已经决定你们归我一野指挥,要抓紧做好准备,西渡黄河,去解放大西北呀!"

十九兵团政委李志民说:"彭总,太原刚打下来,要不要休整一段时间?"

彭德怀摇了摇头:"全国形势发展很快,我们落后了,拖不得呀!"

十八兵团司令员周士第问:"彭总,你计划什么时候叫我们开拔?"

彭德怀说:"等主席的电令吧!"

第四十五章

一

四野就要南下,五大书记在北平香山接见他们的师以上干部。

毛泽东在讲话中要求四野官兵对国民党军队要穷追猛打彻底消灭,不留隐患;一往直前地向南挺进,凡是中国的地方都要去,决不能留死角,"把伟大的人民解放战争进行到底"。

有人问:"遇到英美帝国主义的军队打不打?"

毛泽东回答:"当然打!而且全部消灭!"

讲到最后,毛泽东说:"你们三路大军浩浩荡荡下江南,声势大得很,气魄大得很!同志们,下江南去吧,我们一定要把伟大的人民解放战争进行到底!"

当天下午,五大书记分头去南下部队各兵团、各军区进行鼓励和动员。

朱德到驻北平部队四十一军讲话。他说:

"同志们,毛主席特意指示我来看望你们四十一军,看看你们还有没有什么困难;并且代表他,当然也包括我个人,向你们致敬!"在掌声中,朱总司令向在场指战员敬了个标准的军礼,这又引发了更热烈的掌声。在接下来的讲话中,他针对部队中对南方气候的畏惧做了一些解释:"听说有些同志害怕南征途中的困难,害怕酷热,说苞米面贴到墙上马上就熟了!哈哈哈,那还要锅干啥子呀!谣传,完全是谣传,就是非洲也办不到呀!这说明有的同志不了解南方。我可以负责任地告诉同志们,祖国的南方美得很啊,鸟语花香,山清水秀,风景如画,去了就不想走啊!……即使南征过程中遇到什么困难,也没有什么了不起;我们有人民的支持,有畅通的后勤补给线,你们需要什么,后方就送上什么;而且你们三路大军百万之众,谁能挡得住你们呢?再说,当前的困难,比起红军长征时候的困难,比起抗战时期的反扫荡,就算不上什么困难了!希望同志们打消顾虑,当然也要做好克服各种困难的准备,打好解放全中国的最后一仗!"

第二天,林彪召集南下部队团以上干部开大会。

他在会上以具体数字讲解南下时的有利条件;也讲到了一些不利因素,但却讲得很少,很不充分。他没有察觉到干部中正在蔓延开来的骄傲、大意情绪。这就间接导致了不久以后被台湾报刊炒得全球皆知的青树坪战斗失利。

他说,三大战役以后,国民党的统治已经走向总崩溃;其军事机器也是分崩离析，无法组织或应对中等规模以上的战役了。尚存的一百五十万兵力分为几个不相连的集团，部署在福建、台湾，以及西北、西南、东南的若干省内。我们四野当面之敌是中南地区的白崇禧集团、余汉谋集团以及一些没有编入兵团序列的军和师，共二十八个军，总兵力四十万人，统属华中军政长官公署系列，所以名义上就由白崇禧指挥。其中，只有桂系的七军、四十六军、四十八军有一定战斗力；其他部队战斗力就很弱了，有些是遭我军歼灭后重建的新兵部队，有些是遭重创后新近整补的，而且内部派系复杂。湘桂之间，白崇禧与宋希濂之间，无不矛盾重重，遇到战事很难协同动作。何况在全面战局兵败如山倒的氛围下，这些国民党残兵败将已是士无斗志。

我人民解放军正好相反，兵强马壮，总兵力达到四百多万，装备的完善与精良程度也超过了国民党军队；部队素质更是国民党部队无法比拟的。我四野虽来自东北，但干部绝大部分来自全国各地，大部分是参加过土地革命战争和抗日战争的中高级干部，堪为能征惯战的指挥员，是我党三十多年来武装斗争的精华，有勇有谋，敢于斗争，善于斗争；而且大都是中南六省区成长起来的，在这些地区打游击多年，熟悉地形、风土人情。虽然战士百分之九十是北方人，但多属翻身农民，对革命事业有责任感、对党有深厚感情；即使是"解放战士"，也是劳苦农民出身，经过整训，对革命也有了稳定的认同感。同时，按照军委指挥，将临时性的兵团组合改为常规序列，大量补充了兵员。后来又针对南方地形、气候特点，反复开展水网稻田地带作战训练。南方的气候与丰富的物产，有利于大兵团屯驻。中南六省大部分地域在长江以南，面积辽阔、气候温和，平原丘陵交错地带为鱼米之乡；山地森林覆盖、盛产瓜果；近代工商业城市武汉和广州，其工矿业虽逊色于东北，但强于华北、西北、西南。这很有利于大兵团的活动，军队的给养、装备均可就地补充。而且这六个省是具有革命传统的地方，伟大的太平天国运动，后来的辛亥革命、北伐，都肇始于两广，特别是我党领导的土地革命运动，在这些地区都留下了深深的印迹。抗日战争爆发后，在那一带活动的红军游击队，坚持斗争多年。例如在这两年多打出了赫赫声威的我华野主帅粟裕同志率领两千多人，改编为新四军，或开赴抗日前线，或就地守卫根据地，都对那一带留下了不可磨灭的影响。到现在，琼崖纵队、粤赣湘边区纵队、粤桂边区纵队、粤中纵队、闽粤赣边区纵队、桂滇黔边区纵队，现在总兵力尚有九万之众。他们在打倒地主资本家总头目蒋介石的响亮口号下迅速扩大团结农民、工人，坚守根据地，热切盼望我们尽快南下呀！

林彪说到这里，也许深为敌后同志们的执着和坚定所感动，眼眶湿润了；在场的同志们也无不动容。

林彪后来又对南征中将会遇到的困难，也作了充分估计。

他指出，途中大别山、豫西以南到海南岛的五指山，崇山峻岭、层峦叠嶂，大兵团通过时会遇到很多困难。夏季炎热多雨，空气潮湿，蚊蝇虫蚁滋生很快，容易传染疾病，北方人会不服水土。还有少数民族种类也多，社会情况复杂，各地区语言古怪，交涉会有诸多不便。关于饮食，北方同志也要相当一段时期才可能习惯。

然而，什么都估计到了的林彪，却低估了他的对手白崇禧在作战上的机变谋略和桂系的战斗力。这将会给以后大军的南征带来一些负面影响。

从一九四九年四月十一日起，四野划出七十多万大军，分三路南下。

萧劲光任司令员兼政委的十二兵团为中路军，包括四十军、四十七军、四十九军，沿平汉路及其西侧向武汉以西挺进；

邓华任司令员、赖传珠任政委的十五兵团为左路军，包括四十三军、四十四军、四十八军，由平汉路以东向九江挺进；

刘亚楼任司令员（名义上任兼着野战军参谋长）、莫文骅任政委的十四兵团为萧劲光十二兵团之后续部队，包括三十九军、四十一军、四十二军，由中路推进；

原属三野的两广纵队拨归四野建制，由邓华、赖传珠十五兵团指挥。

四野副参谋长萧克率野司先行南下。

林彪作为和谈代表暂留北平，其后谈判破裂后并未马上南下，操持对四野留在后方的几十万部队进行安排。

有关方面通知林彪，党组织正在策动国民党长沙绥靖公署主任程潜、第一兵团司令官陈明仁起义；有情报还说桂系头子李宗仁也想要重开和谈，正在踌躇不定中。

林彪认为，无论是起义或和谈，首先要大兵压境，才可能促使对方下决心。

林彪在屋子里的思绪被嘈杂的声音打断。那是穿墙过院又渗透入窗的人声、汽车声、坦克履带碾过地面的震动声。林彪知道，这是他的又一支南征大军正在开出北平城，是北平市民在热烈地欢送部队。他坐在沙发上，微闭双眼，享受般倾听他喜欢的这种声音，用想象来检阅大军的雄姿：一队队美国造大道奇卡车引导苏式坦克、装甲车辚辚而过；头戴绿色的钢盔，肩扛刺刀雪亮的步枪，胸挎各种自动步枪（俗称冲锋枪）的步兵，组成浩浩荡荡的行列，跟随着最前头的军旗，锋镝所向为正南方。紧接着，解放军军歌响起，铺天盖地，掩盖了其他一切声响。林彪脸上久久地漂浮着不易察觉的惬意微笑。

隶属刘亚楼十四兵团的四十二军奉命攻取河南省的安阳、新乡，然后一路掩护主力部队南下。

接到命令后，吴瑞林军长、刘兴元政委到野司向兵团司令员兼野司参谋长刘亚楼请示机宜。

正巧罗荣桓也在那里。

刘亚楼将一份三页纸的情况通报交给他俩，说先看看再说。

不久以后就要离开四野去组建人民解放军总政治部的罗荣桓政委待他俩看完之后，说：

"现在我们了解的敌情，没超出你们刚看过的这份通报；一切只有靠你们去边作战边了解了！"

"你们所要对付的敌军，主要是安阳之敌，大部分是老土匪、老特务、地主恶霸、还乡团，都是一些十恶不赦的家伙！这种敌人十分顽固，最难打！"刘亚楼说。

吴瑞林表示坚决执行任务，迅速拿下安阳、新乡，以打开主力南下的通道。为圆满完成作战任务，军领导将率相关同志前往作战地区，与当地的地委、县委和地方军分区共同研究，制订出切实可行的计划。

刘亚楼沉吟了一下，看了看罗荣桓，对吴瑞林说：

"当地的情况嘛……朱总司令可能知道一些！"

"我们能不能见一下总司令？"刘瑞林有点游移地说，"不过，他百忙之中，恐怕……"

罗荣桓说："我来安排吧！"

罗荣桓打了电话后，对吴瑞林说："总司令欢迎你们去。"

吴瑞林驱车去西山朱德住地。

朱德没待他开口，就说开了。"安阳、新乡是中原的战略要地，又是你们四野南下大军必经之地，必须首先拿下来！过去我军曾打过它两次，因为中途有新任务，都是打到一半又放下了。这两个地方的国民党守军产生了幻想，以为自己有多了不起；半月前十二兵团南下时，四十军也打过这两处，吃了点小亏，绕过它追赶兵团去了。这一下，敌人更得意了，以为没人奈何得了他们！这次专门用你们去打它，就是志在必克，以保京汉铁路顺利输送大军南下！"

吴瑞林说："请总司令放心，我们保证完成任务！"

朱德又问："你们军现在是多少人？"

吴瑞林说："四个步兵师，一个炮兵团，各师有炮兵营，各团有炮兵连；总兵力六万七千人。"

朱德满意地唔了一声点点头。略一沉吟，又问道：

"炮弹有多少？"

"各种炮弹两千七百发。"

"少了；要有五六千发才行！"朱德马上打电话给刘亚楼，吩咐给吴瑞林增配炮弹，旋又问他，"你们军有攻坚经历吗？"

"我军参加过攻打鞍山、大石桥、营口的战役。"

"那就应该是有一些经验嘛！听荣桓同志说，你个人在山东指挥过攻打临沂城？"

"是的。"

"安阳的城墙和临沂的城墙是同一类型；安阳的外围据点很多，你们要有心理准备！至于新乡，工事虽然也坚固，但守军相对弱一点，是庞炳勋的一个师。只要把安阳打下来，说不定新乡会传檄而定的！"

十六日，四十二军分路出发，按时抵达预定地点。

十七日，对安阳、新乡实施包围。

吴瑞林的计划是包围之后，先打第一道水城外的据点，再打第一道水城内的守军；然后炮击内城工事；最后步兵冲锋，一气呵成。

安阳城墙高六十米；上面宽达五米，可容汽车来往；护城河宽十米，深三米。河底密插竹片，竹尖朝上。还建有锁沟堡，堡上枪眼与河岸成水平线，堡外埋设了拉发地雷。那地堡十分坚固，第一层是粗大的原木，上面覆盖泥土，土上铺石块，再上面铺铁轨，最上面盖一层厚土。

十七日拂晓，四十二军在安阳城外展开了进攻。

在城东南角，集中四个榴弹炮连，炮击十分钟。接着步兵突击。一二五师三七四团攻克了外围据点，旋又攻克了第一道水城内的八个据点。残敌退到第二道水城内。

吴瑞林考虑，当步兵攻击第二道水城内的据点时，不可避免要受到城墙顶部碉堡的威胁；只有先把这些明碉暗堡摧毁，才能减少步兵伤亡。

吴瑞林命令用加农炮和单管火箭炮对准一个个碉堡，实施准确直射，定点拔除。效果很好，不到半天，上百个据点就被摧毁。随即，步兵顺利地将第二道水城内的敌人全部歼灭了。

两道水城攻克，安阳本城就像剥光了衣服般裸露出来了。

吴瑞林召开师、团级干部会，商议攻打内城以及部队入城后展开巷战、如何减少伤亡等一系列问题。确定不用大炮摧毁城墙；采取分点填埋定量炸药，争取能定向爆破，使城墙土石能倒向护城河，填出步兵通道来。这个叫作一举两得。

这个任务交给了工兵营负责。副营长蒋子云是东北苏军训练营爆破专业的学员，师从在苏联卫国战争中屡建奇勋的爆破专家阿扎耶夫少校一年多，学得了不少专业知识。他接受了任务后，率领本营相关干部到前沿用望远镜遥测，研究地形。由于须用爆破的土石方来填塞护城河，装填炸药的"药室"位置就十分重要，必须准确；药量也须不多不少，符合计算要求。苏制测量仪器尽管先进，也无法靠近，只能靠蒋子云用目测和土法来计算，困难不言而喻。

然后是填埋炸药。在敌人火力封锁下，去接近城墙，尽管解放军可用强大火力压制敌人，而工兵伤亡也会很大。后来有同志主张采取地面掘进交通壕逐步向前延伸；蒋子云认为，这在敌人强大火力覆盖下也会有不小的伤亡。他提出采取坑道作业，用打洞的方式去接近护城河。工程量当然大得多，而这符合林总一向的要求：战前多流汗，战时少流血。他的主张得到主攻师师长彭龙辉支持，最后得到了吴瑞林军长的批准。

蒋子云把坑道的路线选在对准西城墙的一条裂缝处。开挖的坑道口利用一座民房做掩护，在屋子里挖洞口。出土时倒在院子里，敌人在城墙上用望远镜也看不见。

挖掘过程中，工兵营的指战员克服了重重困难。笔者在原始史料中发现有些障碍简直就是难以逾越的，也被他们用生命为代价克服了。限于篇幅，不便去一一再现，只好割爱从略了。用了两天两夜，终于挖到护城河边。工兵战士分别遵照蒋子云确定的地点挖妥几个填药室，将总量一千公斤的黄色炸药分别装填进去。

五月五日下午五时，几套点火具同时摁下电钮。霎时，轰隆一声惊天动地的巨响，顿时尘土飞扬，烟雾遮天盖地。大家紧张地遥遥观望。烟尘稍散之后，终于发现爆破成功了，土石方大部分倾倒到护城河里，填平了一段宽约十米的通道。

紧接着，工兵一连早就配置好的七个爆破组，越过填平的护城河，冲向敌人的地堡群。一个个地堡被炸上了天。

六日拂晓，总攻开始。

例行的炮击之后，四十二军成千上万的步兵踏着填平的护城河，冲进城去。在城里，他们进行了长达十二个小时的巷战，终于全歼了这股由还乡团、特务、惯匪组成的顽敌。

新乡之敌见安阳都没守住，自己犯不着为别人卖命，便在城头插上了白旗。

新乡和安阳一战，解放军四十二军共歼敌三万六千多人。

笔者这里忍不住要作一点"前瞻延伸"叙述。中华人民共和国建立的次日，在郑州参加阅兵典礼后，四十二军乘火车南下，到宜昌向刘伯承报到，暂归二野序列，以加强解放四川的兵力。此后，就像夺取安阳、新乡一样，这个军又建立了不少功勋。

二

李宗仁到桂林三天了。他很少出门，一直住在自己的私宅里。这套坐落于文明路的一百三十号院落是郭德洁抗战前期购置的；系中西合璧的楼房，以花园围绕，花园又被高大的院墙包裹住。他除了在楼下会客，便是待在楼上书房里办公。

他的书案上摆着一份手写长卷，封皮上一行毛笔楷书为"关于时局的建议书"。

这是广西极有名望的国民党政权的中央立法委员李任仁领衔送给他的。白崇禧上小学时，李任仁是老师。这位老先生是桂系内的开明人士，思想进步，已秘密加入了李济深组建的民革，并当选为中委。昨天，李老先生把这份在桂林的数十名桂系高、中级干部签名的建议书交给李宗仁，说道：

"德公，现在，和平乃大势所趋，人心所向！蒋介石打了这么多年内战，弄得民穷如槁，国库如洗，朝野怨声载道，民心丧失殆尽，败局不容置疑！桂林是我们的腹地，蒋介石势力伸不到这里。德公若能在这里签署和平协定，并不算迟！"

李宗仁唔唔地应对着，并不表态。李任仁又说：

"蒋介石失败，尚有台湾可以负隅，做海外天子；我们如果继续抵抗下去，失败以后去何处安身？流落国外的日子恐不好过！所以签署和平协定实在是唯一的出路啊！"

"重毅先生，"李宗仁叫着他的表字说，"此事，你再容我想想如何？"

李任仁告辞时，忧患重重地指了指桌上那份"关于时局的建议书"，说：

"德公，时不我待啊！"

"知道，知道……"

李任仁刚走十分钟，黄绍竑的代表陈雄就戴着两肩风尘来了。此人是从香港来的；是时黄绍竑尚在香港。

陈雄一边寒暄一边呈上一封信，说："德公，这是季公给你的信！"

李宗仁一边拆阅信，一边问道："季宽还在香港呀？"

陈雄说："回德公的话，季公要我来向你禀报，共产党对和平是有诚意的，绝不会有敷衍之词；他说健公和众多袍泽有穿草鞋上山的想法，那是危险的，等于自杀！又一再说德公决不可下广州；已经跳出了火坑，就不能再跳下去，否则届时恐怕无法摆脱！请德公早定大计；季公正在香港动员立法委员，不日就会宣布起义！"

李宗仁明白了，黄绍竑再也不会回归桂系团体了。他禁不住心里涌起一阵悲哀，禁不住喟然长叹。看完信，李宗仁对陈雄说：

"转告季宽，广州我不会去的；其他的，容我想想再说吧！"

不甘寂寞的李宗仁，冥思苦索着在夹缝中寻求突围的路数。坐拥江南半壁的幻想化为乌有了；割据西南的画幅却还悬挂在眼前，仿佛伸手可及。西南几个大省，山水相连，亦足以形成半壁之势；而且山高水险，日寇那么强大的力量也打不进去。当然，蒋介石也早就看到了这点，及时把张群派去控制四川；胡宗南、宋希濂这两只蒋家的鹰犬也已奉命移师看守四川的两扇大门。与大西南紧紧相连的广东，老蒋早就放上了自己的人。陈氏兄弟控制的中央党部、何应钦的行政院先后迁到了广东，现任广东省主席薛岳当年失去军队后就攀附上陈诚，成了陈诚的亲信。经营西南，老蒋抢前做了安排。杭州摊牌不成之后，李宗仁明白老蒋不唯不会放弃垂帘听政，而且时机一旦成熟就会毫不踌躇地夺走他李某人深藏腰间的总统大印。桂系要成功地割据西南，就得逼蒋出国，割断其与军政两界的联络线；否则，就会继续南京那样的局面，什么都任蒋摆布，无法挣脱。然而用什么来与蒋介石较量，达致逼其放洋出国的目的呢？党政军三界的实力，李宗仁都无法与之一比高下；唯有"和平"这样的口号，可以动员国民党一大批人景从，而协同驱蒋。李宗仁是靠"和平"登上代总统宝座的，"和平"是他手中的撒手锏。他曾用这支锏把蒋介石打下总统宝座；而今要逼蒋出国，看来还得祭起这支宝贝。因为所谓谈判对手，中共是不承认蒋介石的，而且宣布他是"在逃"战犯，三令五申要缉拿归案。而对于李宗仁，据说只要发出和平呼吁，中共便会随时重开和谈。和平这个无形的重型武器是老蒋所没有的。他李宗仁若在桂林发出和平的讯号，老蒋鞭长莫及，再不能像南京那样横加干涉，而且再也摸不清他李某人的底牌了。李宗仁充满幻想地认为，只要把蒋介石逼到了国外，桂系接掌了党政军财四大权力，便可以凭借和谈暗中整军经武，或以战谋和，或以和备战，长期与中共周旋。只要稳住了西南，就可以争取美援，事情便会大有可为。想到此，他对自己离开南京后不去广东而折飞桂林实在是钦佩至极、得意至极。

想到这里，马上投袂而起，豪迈地盼咐备车去李任仁公馆。

他要去告诉李任仁，决定与中共重开和谈，请求李任仁做他的特使赴北平交涉。

李任仁刚要准备北上，白崇禧、居正、阎锡山等人突然飞抵桂林。李宗仁只好又通知李任仁暂缓起程。

事情的缘由是当初李宗仁回到桂林后，曾致电白崇禧飞桂林商榷大计。

白崇禧接到他的电报，立刻就从汉口起飞了。不巧遇上桂林、柳州一带大雨，只好改飞广州等待雨停。

在广州停留期间，每天都有人请吃饭，不是何应钦，就是阎锡山，要不就是居正，或者张发奎。席间谈论的话题不离"救亡图存"的轨道。

而与何应钦、张发奎相谈时间最长。何、张力劝他把李宗仁劝到广州来。张发奎此前去过桂林劝驾；李宗仁显得很消极，婉拒了张发奎。张发奎把劝李来穗组府的希望寄托在白崇禧身上。他还避开了何应钦，把白崇禧拉到家中密谈过一次。

"健生兄,所谓大局岌岌可危,那是对蒋介石而言;对我们,却是大大的机会呀!你负责把德公请到广州来主持一切,大事就谐也!"

"向华兄,你是不是想得太简单了?"白崇禧叫着他的表字以轻描淡写的语气说道。然后端起茶杯,轻轻吹开茶汤上的浮叶,讥嘲般瞅了瞅张发奎,这才浅浅品尝了一口。

"你老兄别跟我绕弯子!这是老友商榷,又不是打仗,何必来小诸葛那一套?你直说,到底想干,还是不想干?"

白崇禧已经放下了茶杯,正在伸手去拿茶几上印着英文的烟听。听他这话,便又缩回了手,斜靠到沙发背上。沉吟片刻,瞅着他问道:

"想干怎样?不想干又怎样?"

"想干,你去把德公拉来!我们两广发动事变,宣布倒蒋,拥护德公去掉'代'字,正式出任总统,成立西南独立政府,与中共重开谈判。只要能保住两广独立政权与军队建制,中共那个什么八条二十四款规定的内容,就给他全部接受下来!"

"不想干呢?"

"带着你那二十万桂军回广西的深山老林去,等着对付游击战的老祖宗吧!"

共军在一千公里的长江中下游投鞭百万,白崇禧意识到武汉已不可守,守必为之困,须另寻立足地。第一眼看中的并非老巢广西,而是广东;广东乃财赋所出之区,一省之力即可养兵四十万。过去孙中山开府广州,全靠广东的经济力量。后来广西加入,乃有北伐而问鼎中原。现在若能联合粤中故友另立中央,未必不可重演历史。但他也知道张发奎在广东并不能完全做主,他还必须征得真正掌兵的两个老部下薛岳、余汉谋的意见。

"向华兄,你我是共过患难的,亲如手足,什么都可以商量;伯陵(薛岳)、幄奇(余汉谋)怎么打算,那就不知道了!"

"据可靠情报,林彪百万之众已开始行动,兵锋南指,咄咄逼人。当此之际,伯陵、幄奇能有回天之力吗?伯陵曾反复向我表示,'两广联合则存,分离则亡,这是历史的结论;我过去追随辞公①,难免与李、白二公多有误会。现在必须捐弃前嫌,团结合作图存'。老白,你就放心吧,我们广东人是够朋友的!"

"那就好!我准定把德公给你请来;就是采取硬抱,我也会把他抱上飞机的!"

张发奎高兴地拍了一掌茶几,像生意人般说了声"成交"。旋即兴致勃勃地说出他的计划。

———

① 陈诚字辞修,其部下尊为辞公。

"德公飞穗时，我们就把礼物给他准备好……"

"什么礼物？"

"广东呀！我在天河机场预先设下伏兵，待大家去机场欢迎，出其不意把蒋介石的亲信陈立夫、孔祥熙、朱家骅、郑介民一网打尽！对暗怀反蒋倾向的阎锡山，还有那位与蒋貌合神离的何应钦，则要求他们在李德公、孙哲老①领衔下共同签署倒蒋声明；若阎、何拒绝，也都抓起来。通电后我们就成立以德公为首的政府，宣布与中共和谈；把这些抓起来的人作为送给共产党的投名状，这也符合中共所提惩办战犯的条款嘛！"

白崇禧听了暗暗吃惊。这个燕人张翼德的后代做事果然不失乃祖之风，为了达到目的竟然无所不用其极，以后可得防着他一点。脸上却纹丝不动，只说：

"把老蒋抛开也就行了；若斩草除根，清除陈立夫、孔胖子诸人，又去扣留阎、何，天下人会嘲笑我们心胸狭隘的！"

"健生兄，"张发奎做出一副恨铁不成钢的样子说，"你枉有小诸葛之雅，怎么怀有妇人之仁？难道不知道斩草不除根春风吹又生的道理？"

白崇禧便是怀揣这个天大的秘密从广州飞桂林的。他暗自庆幸，天空骤雨，把他送到广州而不是径飞桂林，也才得以无意间结成这个生死攸关的粤桂联盟。

他在离穗前，阎锡山打电话称，要和居正一起陪他飞桂林，代表中央党部和行政院去奉请李代总统赴粤主持大计。

白崇禧暗笑，这正合孤意呀。

广西省主席黄旭初闻讯，到桂林欢迎。将阎锡山、居正安置在豪华的小洋楼"桂庐"下榻。

李宗仁召集白崇禧、黄旭初、李品仙、张淦、李任仁及广西省的厅长、桂林绥靖公署的高级干部共三十多人开会研究对付阎、居二人之策。

白崇禧说："请德公先给我们大家训话吧。"

李宗仁微笑摆手，客气地表示不是训话，今天请各位老袍泽来，主要是倾听大家高见。

"广州方面派阎伯川、居觉生来，不用说是蒋总裁遥控使然！他们的目的是敦促我去广州。我认为，去广州与不去广州，应先确定战与和，才好考虑去与不去！现在健生也回来了，请大家不吝赐教，以便抉择！"

李宗仁的话刚落音，桂林绥署主任李品仙看了看白崇禧，对李宗仁说：

"德公，我能说两句吗？"他在桂系内是死贴白崇禧的。他刚才用请示的眼神

---

① 孙科字哲生，粤系将领以同乡之故一直视之为领袖，尊之为哲老。民国时延续古风，对可尊敬的人物不论年龄皆以"老"称之。

看白,看到的是白那镜片后鼓励的眼神。

"鹤龄,不用客气,尽管畅所欲言!"李宗仁看着他,宽厚地微笑道。

"共产党与我们在政治信仰上是针锋相对的,他们提倡阶级斗争,分我们的田,消灭我们;在座的哪一位没有田产,少则几百亩,多则一两千亩?共产党来了有我们的好吗?还有……还有共产共妻,不要家庭,别说人情,连人性都不要了!"

"李主任,"李任仁鄙夷地向李品仙投去一瞥,冷笑道,"你这番高论如果放在十多年前,还有人信……嘿嘿,什么共产共妻,恐怕连乡间不识字的老妪也不会信了!"

李品仙被噎得瞠目结舌。呆了一阵之后,仍然嘴硬,说:

"反正我们与共产党不共戴天!他们要来,那就打嘛,没啥了不起的!宁为玉碎不为瓦全!"

"李主任,你怎么还执迷不悟呀?"李任仁摇头摆脑,怜悯地笑着说,"这个仗如果打得下去,蒋介石是决不会让德公上台做代总统的!他的几百万军队灰飞烟灭,现在只有一百多万新兵,这对于装备精良的四百万共军简直就是试枪的靶子!强弱之势悬殊如此,一味蛮干下去,不识进退,恐怕到头来'瓦'也难'全'啊!"

两个姓李的激烈交锋;另一个姓李的(李宗仁)一言不发,只不断吸烟,似在听他们说话,又似在寻思别的什么。

李宗仁要重唱和平的调头,一个目的是借助共产党的威压,挤走蒋介石;另一个目的是借和谈来扩军备战,以相机再战;如果蒋介石坚决不出洋,继续以"非常委员会"名义掌握一切,他李宗仁走投无路时还可以到北平去当中央人民政府副主席。当然,后者只是迫不得已的时候才会那样干。无论走哪一条路,他都需要白崇禧支持,否则就寸步难行。

李宗仁看着白崇禧,讨好地说:"健生,你来说几句吧?大家都想听听你的意见!"

白崇禧说:"德公,你是我们的长官,或和或战,我们听你的!"

李宗仁愣住了,觉得小白这话有点不是滋味。

三

散会后,他将白崇禧拉到楼上的书房里,意思是避开众人,老哥俩谈点体己话。一落座,他就说:

"健生,你刚才当着大家,一言不发;现在只有我们兄弟俩,说说你的高见如何?"

白崇禧没马上应答。慢条斯理把李宗仁递给他的香烟点燃，缓缓吸了一口，才说：

"德公的意见呢?"

"反正无论怎样搞，广州我是不去的!"

"德公，我看……老蒋既然不肯放洋出去，我们与其受他掣肘，一件事也办不成，倒不如索性让他主持一切，我们避让一旁，隔山观虎斗，看看共军怎样最后灭掉他!"

李宗仁大为惊愕，审视地盯着白崇禧，以为是在说笑话。片刻之后才说：

"健生你这是怎么啦？说胡话吧？我们好不容易把老蒋挤下台，现在又去把他捧上台；既有今日，何必当初?"

"那又有什么办法呢?"白崇禧是想用这个以退为进之法把李宗仁逼到广州去。

"我当然有办法!"

"啊？德公请讲。"

"很简单，我就在桂林这个地方与共产党重开和谈!"

这下子倒把白崇禧惊呆了，半晌作声不得。他完全没想到这一步棋；沉吟之下，觉得不失为一步好棋，也许不亚于在广州时与张发奎商定的另一步棋。他说：

"如果德公拿出这个撒手锏，也许可以把老蒋打出国去；不过，张发奎和薛岳、余汉谋已经商妥，请德公去广州竖起大旗……"

"不不，我不能轻易去广州！必须先把蒋介石逼出国才能作此考虑……"

"好的！明天阎伯川和居觉生来谈，德公把这个意见径直告诉他们吧!"

第二天，李宗仁治便宴为白、阎、居三位洗尘；黄旭初、李任仁作陪。

开宴之前照例是品茶吃点心，闲聊一番。没想到阎锡山一落座就放声大哭，数落起共军来了。

"德邻兄，你不知道，共匪真残酷呀！太原巷战的时候，他们用我军官兵尸体填平沟壑，过他们的部队；他们在城里烧杀奸淫，比日本鬼子还凶啊！我治晋三十多年，想不到遭此浩劫呀！德邻兄，千万不能让共匪进你的广西呀!"

李宗仁皱了皱眉头，也不去劝他，任他在那里鬼哭狼嚎。待他自己停下来，才问道：

"伯川兄，据我所知，你离开太原的时候，共军尚未进城呀!"

阎锡山瞠目结舌。但他只不过片刻，就有了解释之词。

"逃出来的部下告诉我的!"

"伯川兄有一句话倒是说对了，不让共军进广西!"李宗仁抓住这个话题，径自把自己的意思挑明,"避免两广糜烂,唯一的办法是罢战言和!所以,我准备与中共重开和谈!"

这一下轮到阎锡山惊愕了。他瞪圆了一双牛卵子眼睛,盯着李宗仁,半晌开腔不得。好一阵才说:

"德邻兄,你这个是开玩笑吧?"

"天大的事情,宗仁岂敢开玩笑呀!"李宗仁肃然道,"在南京的时候我就错失机会了!如果当时就峻拒蒋介石干涉,毅然在和平协定上签字,不仅以后两广不会蒙受战火,京沪杭一带地区亦不致受到战火摧残了!"

阎锡山急了,十分害怕李宗仁倒向共产党,竟探过身子,抓住搁在沙发扶手上的李宗仁的手,急切地说:

"德邻兄千万不可这样想,你是代总统,你走这条路,如党国何?如天下苍生何?共匪说话是从来不算数的!傅作义那样做,将来不会有好下场的!"

"伯川兄误会了,傅作义那是投共;我是谈和,用和平来保住西南、两广半壁!完全是两回事嘛!我看你是被共军打糊涂了!"

阎锡山愣了愣,定了定神,又见居正投来责怪的目光,白崇禧则嘲笑地乜视他,这才醒悟自己确乎想问题想过了头,想翻了山了,李宗仁的主张是谈和,傅作义是投敌,不可同日而语。赶快向李宗仁道歉,骂自己确实犯糊涂了。但又说:

"德邻兄,望你以国家为重,尽快命驾广州,或和或战,领导我们大家与共产党周旋!"

"伯川兄,你是知道的,党国的事情,全是蒋介石给搞坏的!他如果不放洋出国,那就是还想躲在幕后操纵一切,我去广州将一如南京那样半件事也干不成!"李宗仁坚定地摇了一阵子的头,"不去!不去!"

阎锡山失去了地盘和军队,现在得靠蒋介石赏与一官半职,否则就会沦为一介平民。他知道自己必须要为蒋介石把李宗仁劝到广州,否则蒋介石会给他一个冷屁股的。李宗仁去不去广州,对他来说命运攸关。他苦苦哀求李宗仁道:

"德邻兄,这个你不用担心,只要你到广州,蒋先生是什么都好商量的!因为他现在需要你呀!"

李宗仁见阎锡山居然以丧家犬之身而跻足于蒋家走狗行列,颇觉不齿。禁不住冷笑道:

"伯川兄,广州可不是你的太原呀,你在那里说话能管用吗?蒋先生的事,谁也做不了他的主的,你还是不要操心的好!"

"德邻兄,话不能这样说;为了反共大业,我有义务促成你和蒋先生之间的谅解!你看,当年北伐的时候四大集团的首脑,蒋、冯、阎、李,冯焕章(冯玉祥)到美国去了,只剩下你我和蒋先生,有什么深仇大恨不能消除重新拉起手来呢?"

阎锡山就这样喋喋不休地苦劝，毫不计较李宗仁的奚落。

李宗仁针锋相对，任随阎锡山舌底波澜，说得天翻地覆，声情并茂，甚至声泪俱下，他也不为所动，或缄默不语，或摇头不迭。

后来，李宗仁似乎有点松口，怜悯地乜视着一把鼻涕一把泪的阎锡山，说：

"我们和蒋先生打了几十年交道，他的为人，大家还不知道吗？事情要千方百计动员你去给他做，但是他是不会有什么付出的！"

阎锡山一听，居然听出锁已经开了，门也在半开半掩中；觉得希望既已出现，得赶紧趁热打铁。马上说：

"蒋先生交代过，李代总统只要愿到广州主持大计，什么条件都可以提，他会尽量满足！"

李宗仁在心里盘算，反正"公爷"拿定主意不上他老蒋的轭，只在这里坚守桂林，所以不妨漫天要价。先推出"卧槽马"，把阎锡山"将"死，免得这个已成破落户的"跑滩匠"继续聒噪。殊知最后的结果是阎某人虽被"将"，而却"不死"。

"我的条件说起来只有一句话：享有一个代总统应有的一切权力！"

"这个是理所当然的呀！蒋先生没有理由不答应的；不会有问题，决不会有问题的！"

李宗仁机智地一笑，智者般轻轻摇了摇头，说：

"如果宗仁只提出这么一个笼统的要求，那可正中蒋先生下怀，他会满口应允；但是，哈哈，既然李宗仁的要求不具体，他蒋中正的兑现岂不也可以不具体了吗？"

"那，那，"阎锡山可怜兮兮地望着李宗仁，问道，"德邻兄的意思是……"

"刚才敝人那一句笼统的要求下边，可是有着具体内容的！现在我可以逐一讲给老兄听；老兄是否向蒋先生转述，则不是我要关心的！"

"一定要转述！哪能不转述呢？"阎锡山急忙掏出小本和钢笔，戴上老花镜，"德邻兄请讲！"

李宗仁略一沉吟，伸出一根手指竖在自己脸前，示威似的向阎锡山其实是向并不在场的蒋介石微微晃动着，说：

"第一条，代总统辖制下的国防部应该有完整的军事指挥权，而国防部则应该只向代总统负责；蒋先生不得在幕后指挥！"

"应该如此，应该如此……"阎锡山边说边记录。

"第二条，官吏、军职人员的任免权，应依法由代总统和行政院施行；蒋先生不得在幕后操纵！

"第三条，金融机构要由行政院辖制，蒋先生不得任意派人到国库提现；央行运台的金银、外币必须全部交出，以资军用。

"第四条，什么'非常委员会'既然是党的机构，那就不得干涉政府事务！"

李宗仁说完第四条，暂时停顿下来。

阎锡山以为说完了，高兴地合上小本子。说：

"德邻兄，这些要求一点也不过分，我看蒋先生一定会爽快应允下来的！"

李宗仁冷笑了一下，又转用嘲弄的眼神瞅了瞅阎锡山，说：

"伯川兄且慢高兴，还有一条更重要的！为了保障刚才那四条能真正得到实施，蒋先生必须出国考察，五年内不要回来！"

阎锡山听了，顿时噤若寒蝉。他明白，这一条蒋介石不仅不会同意，还会大发雷霆，会不计场合地不断骂"娘希匹"。

"怎么样，伯川兄是有难处吗？"李宗仁似笑非笑地瞅着他。斜靠在沙发靠背上，两根指头夹着香烟，从容地吞云吐雾。

"不不不，"阎锡山怕李宗仁变卦，赶紧说，"我一定负责蒋先生会全盘接受！放心吧，对你们双方我都会不辱使命的！"

李宗仁又要求当场命人将他的要求形成一个文件，可以叫"李代总统与阎锡山、居正谈话纪要"。双方签字，然后阎、居回去以此复命。

阎锡山不敢反对，也只好同意了。

第四十六章

一

一九四九年四月二十二日夜晚,程潜召开长沙绥靖公署及其辖下各部队、湖南省政府、国民党湖南省党部联席会议,商讨应变办法。

自从获悉解放大军大举渡江,程潜就加紧了与中共地下组织的联系,期望就湖南的出路问题,求得一个对自己最有利,而且有对方权威人士承诺的保证。

今晚开会,则是试图探探名义上由自己统辖的湖南实力派人物的态度。

会议开始的时候,他讲了一番时局,暗示粟裕拥得胜之师席卷江南,林彪百万大军直指武汉,刘伯承势必会随之兵逼西南,彭德怀鲸吞大西北,都是没有悬念的事了;党国分崩离析之势已成定局。他故意慨叹自己束手无策,请大家来集思广益,研究出一条可以致湖南避祸的道路。

然而,这是个敏感的话题,说深说浅无从把握,所以没人开腔。

冷场良久,程潜无奈,只好点名发言。他毫不踌躇就点了第一兵团司令官陈明仁;这个人他最有把握,而且手握重兵,由这个人来引领讨论会的方向,最为妥当。

陈明仁向他恭敬地颔首。然后环视大家,做出义正词严的样子说:

"我是军人,向来不关心政治!国府说打,我就打;说谈和,我也服从。国府和总裁已经命令决战到底,白长官也明确令我整军备战,所以我决心执戈持戟与共军周旋到底!我希望大家也同我一样,做党国的忠臣!"

陈明仁的表态,立刻赢得了少数主战派如黄杰、杨继荣等人的掌声。

主和派尽管人多,慑于陈明仁手里的重兵重权,都不敢说话。程潜更是目瞪口呆,惊诧陈明仁的态度;不知道这会怎么往下开。没奈何,只好待黄杰、杨继荣相继发言之后,草草宣布散会。

次日一早,程潜叫程星龄、张严佛去找李君九,追问陈明仁究竟是什么态度,为什么在会上那样表态。张严佛说颂公把他陈明仁作为起义的王牌打的,他怎么出尔反尔呢?

李君九二十日才从台湾岛回到长沙策动起义。二十一日找陈明仁谈话,十分投机。当天就把这个情况向程潜通报了。听到程星龄、张严佛说陈明仁变卦了,先是目瞪口呆,接着是又惊又急。

那么李君九又是何许人呢？

这个李君九是陈明仁至交，做过陈明仁多年幕僚，不久前才改任陈诚的台湾长官公署专员。多日以前，中共湖南省工委为争取程潜、陈明仁起义，通过李君九的好友李石静（地下党员）和一兵团经理处长温汰沫做通了李君九的工作，又教李君九去做陈明仁的工作。李君九说，对陈明仁陈明利害之后，陈明仁原则上同意起义。他不明白这才过去两天，怎么说变就变呢？

李君九立刻去陈明仁在长沙的公馆，想当面问个究竟。不料公馆里的人说陈明仁回老家醴陵去了。

李君九邀上张严佛、温汰沫驱车奔赴醴陵。

陈明仁见他们赶来，先是一愣，旋即明白了八九分。不待他们开腔，自己就抱怨起程潜来。

"颂公真是老糊涂了！昨晚上开那个会，事先应该跟我商量一下，也好有个思想准备呀；最恼火的是一开始就指名要我发言！在座这么多人，形形色色的人都有，让我如何表态？授人以柄吗？"顿了一下，继续说，"请你们代为向颂公解释一下吧！"

但以后的一些事，仍然让李君九和程潜对陈明仁的态度摸不准。

陈明仁一兵团的中、高级军官，更对他何去何从全然不知。

后来在地下党的安排下，程潜领衔向中共中央递送关于决定起义的"备忘录"。程潜希望陈明仁也在上面签名。而陈明仁坚执不签，理由是重实效而不必去讲形式，况且容易为军统侦知。李君九反复向他解释，说这事只有极少数人知道，不会泄露出去的。陈明仁仍然表示拒签。

大家看出陈明仁的精神负担很重，思想斗争激烈，心情非常苦闷，行为也产生了摇摆。如此下去，势必对起义严重动摇。

李君九把这些情况向地下党的代表余志宏做了汇报。

余志宏对此倒有思想准备。他认为，一个国民党高级将领，走向以前长期为敌的一方，有种种顾虑，产生动摇，那是完全可以理解的。我们还应该分辨清楚两种情况：在尖锐复杂的斗争中，对国民党采取一些欺骗的手法，为自己涂上保护色，这就应该给予肯定，因为那是斗争策略的需要；另一种是摆脱不了过去的种种羁绊，经过努力也无论如何不能认同革命和共产党，所以产生了严重动摇。如果是后一种，我们虽然必须对之提高警惕；可是也不能轻易放弃，还应该做艰苦细致的工作，帮助他解除顾虑，争取他能坚定起义立场。而帮助他解除顾虑，一定要讲究思想方法。首先必须反复讲明党的政策；只讲大道理也不行，得对他的具体顾虑予以符合实际的解释，让其相信这样的解释所云不诬。

李君九就遵照余志宏的指教，逐步与陈明仁谈。

关于担心泄密，李君九说，提高警惕当然是必要的；你运用兵不厌诈去应付公开场合，以掩护自己，这当然没错。不过，搞政治在有些关键时刻必须旗帜鲜明，方可取信于朋友。其实，湖南推行和平运动，已经不是秘密了，蒋介石、白崇禧那么多特务布防在长沙，岂有不知道的？除了我们的具体活动之外，早就无密可保了。我在台湾的时候，偶然窥见陈辞修对几个人说，陈明仁靠不住，要及早解决；你看，人家早就在怀疑你了，你现今已是百口莫辩！丢掉幻想吧！目下湖南的形势对我们是有利的。颂公的省保安部队在这里，你的一兵团也分布全省要隘，所以蒋介石、白崇禧不敢动颂公，陈诚也不敢解除你的军职。我们如果怕泄露而谨慎过头了，甚至焦虑不安，我看不会有好处！如果因此而对起义产生动摇，那就危险了，会闹个两头不讨好。因为蒋介石、陈诚已经认定你是企图倒戈的人了。

针对陈明仁担心起义后共产党算旧账的问题，李君九对此进行了合情合理的解释。李君九说，他自己也曾经有过这方面的顾虑，也向地下党的同志坦言过。地下党方面认为这种担心带有普遍性；不过，只要转变了立场，为革命做了好事，那不仅会一笔勾销旧账，还将根据立功的大小，给予相应的奖励。关于陈明仁最担心的东北四平作战问题，李君九说，那就更不必担心了。你被东北解放军包围在四平，最后你退到四平的一个角落，眼看就要覆没之际，救援大军赶到，解放军才退走；而且你的伤亡数字成倍大于解放军。林彪也亲口说过，四平作战，陈明仁不欠我们什么；毛主席也说了，当时彼此各划各的船，大家都不要提旧账了。

就这样反复深谈十多次，共产党也秘密会见了三次，陈明仁的情绪也才稍许安定下来。

这期间，北平方面又有人专程送来毛泽东给程潜的亲笔信。程潜捧读这封信，兴奋地说：

"现在有了尚方宝剑，子良①总不会再犹豫了吧！"

看了这封信之后，陈明仁疑虑大体消除了；不料他又向共产党代表面陈"苦衷"，说是为了对国共双方都有个交代，他的一兵团改编后，名称应该叫"中国国民党人民解放军"。

程潜愣了半晌，苦笑道："子良，你这个名称怎么有点像绕口令？你这样做，有点骑墙的味道吧？"

陈明仁固执劲又上来了，任随别人怎么劝，他也坚决要这么做。

他的这种骑墙态度客观上影响了部队对革命阵营的认同，以致宣布起义并换装以后，蒋介石、白崇禧派人潜入部队进行运动，他的这支"中国国民党人民解

---

① 陈明仁字子良。

放军"一夜之间叛逃了百分之八十,他差不多成了光杆司令。

林彪对他的参谋长萧克鄙夷地说,陈明仁大半生就是被自己的小聪明害的。在黄埔时我就听他的同期学友说过这话,聪明反被聪明误。我看他怎么向毛主席交代。

不料毛主席却是另一种态度。陈明仁不断自责没有管好部队;毛主席笑呵呵摆手打断他的话,说:

"那不要紧,哪怕是你一个人站到革命这一边来,那也是很大的胜利呀!你的那些叛逃部属其实是选了一条死路,用不了多久就会被解放军歼灭的!"

一九五五年解放军叙军衔,毛主席还亲笔把叙衔委员会报上来的"陈明仁中将"改为"上将",再次充分肯定了他的起义功勋。

二

复兴岛紧挨着上海的杨树浦,中间只隔着一条运河;岛的右边,不,应该是全部,都浮在黄浦江上。

近来,岛的东北段码头,停泊着一艘又大装备又精良的军舰"泰康号"。码头四周,军警林立,江中多艘小炮艇穿梭巡逻。

因为蒋介石住在岛上。

岛上,有一套花木扶疏的别墅。蒋介石就住在里面。

他是从溪口到象山港登泰康号,赶在上海会战前到这里督战的。

他三次在上海市区的金神父路励志社分批召见上海守军团以上军官训话,输氧打气。"很负责任"地告诉这些部下,坚守上海一年,国际形势必将大变,英美两国正在策划第三次世界大战,那时我们就可以反攻了。

还亲自到虹口公园附近的"京沪杭警备司令部"视察,听取汤恩伯禀报防守上海的计划、部队的部署。

五月四日,他在复兴岛寓所获悉共军粟裕部之二十军、二十八军、二十九军、三十一军共三十多万人马在上海外围集结完毕,初步形成了半圆形包围圈(上海背后是海)。大战在即,他打电话给上海代市长陈良,催促加速抢运剩下的金银和贵重物资。

他心神不定,有内外受敌的恐慌感。外有共军压境,内有李宗仁滞留桂林兴风作浪的威胁。

他从来没有像今天这样完全摸不清李宗仁的底牌。最怕的当然是李宗仁在桂林另立政府,勾结广东实力派反对他。那样的话就真是雪上加霜了。二十多年来,两广有三分之一的时间在反对他;现今南京沦陷,上海被围,对于两广来说正是又一次而且空前利好的反蒋机会。他们会不会又干呢？

蒋经国进书房来向他禀报，阎锡山从广州来了，已延请到会客厅喝茶。

蒋介石进了客厅，笑容可掬地打着招呼，道了寒暄。拉着阎锡山与自己同坐一张长沙发，以示亲切。

蒋介石急于想知道两广的情况，立刻就进入了主题。

"伯川兄辛苦光临，必有所赐教，中正洗耳恭听！"

"啊……"阎锡山略作沉吟，也来了个开门见山，"情况有点不妙！李德邻可能在活动单独与共产党媾和！"

他知道蒋介石最害怕的就是这个。

蒋介石果然变脸变色，霎时呆若木鸡。李宗仁此举，与粟裕目前对上海的包围一样可怕。他竭力控制恐慌情绪，故作镇定而声音却略有点颤抖地问道：

"这个是……他进行到哪一步了？"

"锡山获悉后大惊，急忙拉上居觉生飞赴桂林……"

"啊，好，好，这个是……结果怎么样？"

"仗着多年的交情，锡山对李宗仁晓以大势，责以大义，敦促他立刻赴穗主持大计，共同对付共产党的进攻！"

"啊，啊，这个是，很好，很好！这个是……伯川兄做了一件对党国非常有利的大好事！这个是……厥功甚伟呀！不过……这个是，李德邻有何表示？"

"我对他进行了反复的规劝，举了几个生动的事例说明与共产党和谈不会有好果子吃；又进行了反复的开导，还戴了几顶高帽子。从早上说到下午，他有点开窍了，最后终于同意赴穗主持政府工作！"

"啊，太好了！"蒋介石额手称庆，放下心来，"这个是，伯川兄，你的功劳很大，我不会忘记的！这个是，我马上教敬之辞职，你出任行政院长！"

"谢总裁！"阎锡山大喜过望，竟不顾身份地站起来向蒋介石深深鞠躬。但他也没有忘记告诉蒋介石，李宗仁赴穗是有条件的，"不过，李宗仁提出了几个条件……"

蒋介石又紧张了。沉思了一会儿，两害相权取其轻的道理蒋介石当然省得，便慷慨地说：

"只要他不同共产党勾结，只要他同意到广州履行代总统职务，什么条件我都可以答应他！"

阎锡山没料到蒋介石这么痛快。赞美了两句介公胸襟如此，何愁天下不定；旋说旋就从皮包内掏出了那份《李代总统与阎、居谈话纪要》，呈送蒋介石手里。

蒋介石逐条细看；目光在关于蒋中正必须出国游历五年那一条上停留了很久，似在内心激烈斗争着。倘在以往，他会气得跳起来，将文件扔到阎锡山脸上；但

他又是个自制力极强的人,识得进退,认得轻重,此刻脸上毫无愠色,还露出了委屈与凄凉。后来,辛酸地长叹一声,说:

"国步艰危之际,德邻兄对中正隔膜如此之深,皆为中正之罪也!其实此前中正从旁协助政府也是匡扶德邻兄呀,竟被认为牵制、掣肘,诚非始料所及!现在中正郑重向伯川兄保证,一定远引遁世,对于国事定然不复闻问丝毫矣!"说罢,眼里滚出了几粒浑浊的液体。

阎锡山大惊,十分害怕蒋介石会误以为他与李宗仁又勾结到一块,再次合谋倒蒋。急忙说:

"总裁不必伤感!李宗仁确实太过分了;但是我们不一定全部应允他的条款,还可以找他商量呀!"

蒋介石无力地摇了摇头,拭去老泪,叹气般说:

"不必再商量什么啦!国家大事,一切都照德邻的要求办;只是,中正个人的去留,希望能与德邻重加商榷……因为,国内既不允立锥,恐怕国外亦难容身啊!国尚未亡,中正竟置身无地,何相煎如此之急耶!"

阎锡山做出同情而愤慨的连续表情,哼了一声,说:

"对于总裁今后的行旌,锡山一定要据理再劝李德邻,得饶人处且饶人,何必为之太甚!"

蒋介石称谢不迭,还说患难见忠臣,狠狠夸了阎锡山一番。然后又以悲凉的口气托付道:

"请伯川兄对德邻说,国家败亡如此,中正何颜见友邦人士?望他能就'海外'一词稍加改动,允准中正留居一湾海水之外的台湾吧!"想了一下,又说:"其他条款,我叫人拟个文稿,我签署了,交你带去向李代总统复命吧。"

"好,好,好……"

送走阎锡山,蒋介石马上传见陈良。

对于吴国桢辞去上海市市长职而改由陈良代理,熟悉那段历史的人当会知道那是蒋介石为了抢运上海财帛去台湾所采取的组织措施。陈良上台的第二天就集中大批轮船开始抢运;他亲自掌握两个交警总队负责护卫。同样负有这一责任的汤恩伯心切,唆使陈良每船加运一吨。致使太平号大舰在舟山海面上沉没。蒋介石虽然心痛,也暂时没追究其责,怒骂一顿之后教他俩戴罪图功。

蒋经国将陈良带到蒋介石书房。

蒋介石没叫他坐,马上就吩咐道:

"初如,你马上安排,用飞机运送三万两黄金到汉口,交给白司令长官,作为他华中部队的军费。"

"总裁,这……"陈良吃了一惊,还以为自己耳朵出了毛病。这三万两黄金得来十分不易，去年推行金圆券政策，强行从民间收兑来的。为此，蒋经国还得罪了不少权贵。蒋总裁把这些白银、黄金、外币看得就和他嫡系部队一样，陆续抢运了大部分到台湾去了，现在上海已剩下不多了。陈良很纳闷，那白崇禧是逼蒋下台的元凶，蒋总裁非但不收拾他，还慷慨解囊相助，怎么回事呢？

"总裁，那白……"陈良不顾官卑职小，想斗胆提醒蒋介石。

"不必说了！"蒋介石制止他说下去，"我知道你的担心；没有关系，照我的命令立刻执行吧！另外，发个电报给陈辞修长官，将台湾的银元运一船到广州……数目或多或少都由他酌定；他懂我的意思！"

陈良不敢再问，只好辞别，去执行命令。

"阿爸，"一直侍立在旁的蒋经国问道，"这些黄金，都是去年发行金圆券兑来的……当时儿子还得罪了一些长辈！为什么一下子就给白崇禧三万两？"

蒋介石唔了一声，没有说话。过了好一会儿，才叹气般说：

"我不出国，李宗仁必不会去广州，阎锡山去劝说也没用；只能利用白崇禧逼他就范。那我们首先就得让白崇禧就范！现在对白某人来说最要命的是什么东西？军饷！他的华中部队欠饷三个月了！白崇禧的部队在共军逼近时根本无法在武汉与之对垒，只能避其锋锐，放弃武汉。离开了武汉，更无法筹措军饷，甚至军粮款也将没有着落。此时送他三万两黄金，乃雪中送炭；我又从台湾运一船银元到广州，也是暗示他只有让李宗仁去坐镇广州，他以后的军饷才会有着落。由白崇禧去逼李宗仁，李宗仁就无法再与我讨价还价了！李宗仁到了广州，就如当初在南京一样，一切还是得听我的！"

蒋经国啊啊连声点头不迭，十分佩服父亲的纵横之术，觉得父亲对李、白二人的心思真是洞若观火。他早就察觉，近来白崇禧似有向父亲示好之意。目前白崇禧正愁于无米之炊，父亲慷慨解囊一掷万金，不，三万金，解其燃眉，白崇禧定会有所思考的。

阎锡山衔蒋介石之命飞到广州，一时却不知道怎样办为妥。他明白，蒋介石不放洋出国，李宗仁必然拒绝赴穗；请不动李宗仁，他老阎就邀不了老蒋的好，那么出任行政院长也就成了泡影。他还明白，邀好老蒋，也不能以得罪李宗仁为代价。广西是桂系地盘不必说了，二十万桂军也完整无损；他们在广东也有潜在影响。蒋介石的嫡系部队十分之七八已被消灭，剩下的一百多万也只有汤恩伯那几十万尚有点战斗力。但汤集团困守上海一隅，遭遇的又是共军两只虎之一的华东虎粟裕三野，后果毫无悬念，末了也是灰飞烟灭。李、白图谋割据西南、华南，反蒋抗共，地理环境有利，粤系诸将近来也与之眉来眼去，联合起来当不是问题。到了那一天，说不定自己也得投靠李、白呢。值此蒋桂双方明争暗斗之际，他老阎无拳无勇，寄人篱下，必须两面讨好，决不能得罪任何一方。琢磨良久，终于觅得一计。便驱车去找行政院长何应钦去了。

何应钦到广州后，处境与阎锡山极为相似，也是蒋桂都不敢得罪；既想续上二十年前联手桂系倒蒋的前缘，又怕蒋介石看出他的心思。首鼠两端，什么也不敢做，只好一味两面讨好。

阎锡山造访，何应钦感到又来了一个难题。

阎锡山告诉他，蒋总裁对于李代总统提的条件，只有放洋出国那一条有待商榷（其实就是不同意），其他的都爽快答应了。

说罢，阎锡山遂将蒋介石签署的同意函件交何应钦阅。

何应钦认真地反复看了两遍，看出李宗仁那若干条条件，要害在放洋出国那一条；即使蒋介石应允得再多，只要蒋仍在国内，那就都等于零。所以蒋是决不会同意出国的；然则李也会以此为理由拒赴广州，大有可能在桂林另立中央，与共产党周旋。结果当然是内外糜烂，一发不可收拾。何应钦不愿染指此事，夹在中间势必得罪一方。见阎锡山甚为积极，便怂恿他把好事做到底，再飞桂林促驾。

阎锡山提出要行政院政务委员朱家骅、海南行政长官陈济棠同行。

何应钦马上就明白了阎锡山的小算盘。阎锡山与桂系有旧；现在又贴附蒋介石，想要跻身亲信之列，对双方说话都不很方便。朱家骅是陈果夫哥俩的亲信，此人同去办这件事，促驾成功，是他老阎的首功；若不成，则蒋、陈的亲信朱家骅既然在场，当然也须承担一半。陈济棠现在拥兵七万雄踞海南，是李、白感兴趣的人物。陈济棠当年曾与李、白联合反蒋、割据两广五年，关系不浅。现在拉上这老陈去桂林劝驾，可撩动李宗仁重温旧梦的心思，说不定就欣然赴穗了。何应钦心里冷笑，这阎老西搞军事屈才了，他真可以去做生意发大财呀。

三

阎锡山带着陈济棠、朱家骅飞桂林。

黄旭初在秧塘机场迎接，把他们送到桂庐住下。

阎锡山密嘱陈济棠先以故友身份去拜访李宗仁；下午大家再一块举行会谈。

文明路一百三十号李公馆来客了，李宗仁出门迎接。

"伯南兄，怎么有空到桂林玩呀？"李宗仁握了握陈济棠的手，叫着他的表字，一边把他往院里请。

"玩什么呀？这次来，一是应官差，二是顺便看望老兄。"

陈济棠当年与桂系联合反蒋失败，躲到香港待了十年。花销虽大，也没问题，他刮地皮多年，手里的金银财宝八辈子也花不完；但他这种人是不甘寂寞的，身在香港，视线却在内地，一直在窥伺机会东山再起。他见薛岳、余汉谋等粤系袍泽，不是依附陈诚，就是靠拢何应钦，都用这种办法保住了地位。寻思自己要想起复，也须找个蒋介石的亲信做靠山方能奏效。宋子文下放广东做省主席给他送来了机会。宋子文的江苏情妇刘美莲追到广州，使宋子文十分犯愁；因为其妻张乐怡也在广州。陈济棠获悉，立刻将自己在东山梅花村的花园洋房赠给宋子文作"藏娇"金屋。宋子文十分感动，两人从此搭上了关系。他发现宋子文这个生意人对海南岛的丰富矿藏、橡胶很感兴趣，意识到实际"起复"的机会来了。便出钱替宋子文买下了几处矿山和橡胶林。不料对宋子文的投资落空了。蒋介石派薛岳取代做了广东省主席，又派张发奎为海南特区行政长官兼海南建省筹委会主任。陈济棠正失望之极，张发奎以海南无兵无钱拒不赴任；而此时李宗仁当上了代总统。这对陈济棠来说是柳暗花明又一村。陈济棠径直跑去找旧盟友李宗仁，要求去经略海南，不要中央一分一文，由他自筹经费，自己养活自己。李宗仁正要扩大自己的势力，自然无不乐从，立刻任命陈济棠为海南特区长官、建省筹委会主任、警备司令。陈济棠上任后自掏腰包共港币一百五十万元，很快就打开了局面。宋子文又将准备建立税警部队购买的美械全部无偿地给了他。七万人的军队竟被陈济棠鼓捣起来了。

接到何应钦召他赴穗陪阎锡山去桂林劝李宗仁南下广州的电报，他颇费踌躇，十分担心。自己与桂系过去有过合伙割据华南倒蒋的历史，蒋介石对自己与桂系再度接近，定然深怀疑虑，高度警惕，难免会有所动作。自己刚到海南，地位并不稳固；广东省主席薛岳又是陈诚的人，蒋介石、陈诚在广东有不小势力，驱逐他陈济棠不会费多大力气。李宗仁此时来穗主政，对他陈济棠弊大于利，必须劝阻。况且，桂系部队如果跟着李宗仁来穗，再跨一步就有可能到海南喧宾夺主。那么自己的一百五十万港币就打了水漂了。他最希望的局面是桂系仍以广西为立足点，控制湖南，屏藩广东，支持他把触须伸向广东，从而鲸吞广东，重演粤桂联合的旧戏。

陈济棠为了增强劝阻赴粤的力度，故意做出诡秘的模样，刚落座就要求李宗仁"屏退左右"。待副官、侍从出去并带上门，他才压低声音说：

"德公，阎老西是替老蒋做说客来的！那厮老奸巨猾，巧舌如簧，千万不可相信；老蒋不知道做好了什么套让你去钻呢！我们是老朋友了，所以今天赶在阎老西之前跑来提醒你！其实呀，要我说的话，德公有代总统头衔，有大总统印信在手上，在桂林组织政府不也一样吗，不同样可以号召西南、华南吗？老蒋搞台湾，我们两广联合西南自成格局，何必现在去钻老蒋的圈套呢！"

李宗仁本来就对赴穗观望踌躇，陈济棠这么一劝，他便打定了主意。

"伯南兄言之有理，广州确乎不能去！"

两人开始重温两广割据的旧梦,言来语去,竟有了个初步计划。分别时,一个叮嘱对方千万别去广州;一个叮嘱对方加深经略海南,准备接管广东。

陈济棠离开李公馆回到下榻处桂庐,故意一进门就做出颓丧的样子,还加上长吁短叹。

阎锡山见状,觉得不妙,赶快问道:

"伯南兄,怎么……"

"没办法,没办法,我嘴皮都磨破了,他就是不上轿!只要蒋总裁不放洋出国,他就不下广州!伯川,你说,怎么办?"

阎锡山听了,急得抓耳挠腮;朱家骅则目瞪口呆。

"李德邻难道一点商量余地都没有吗?"阎锡山问道,脸上是失望的神情。

"也许我陈济棠面子不够,下午会谈时伯川兄直接和他说吧!"

午后三时,他们三人去李宗仁府上。

阎锡山把蒋介石答复李宗仁要求的函件郑重地交给李宗仁。充满希冀地看了李宗仁一下,小心地说道:

"德邻兄,蒋先生同意把一切权力交给你,他五年之内决不过问政治!希望你尽快命驾,到广州主持中枢!"

李宗仁没听他的,认真展读蒋介石的函件。

李宗仁的要求是六条,而蒋介石的答复却只有五条;被蒋省略的那条恰好是最关键的一条。李宗仁微微一笑,把这份函件轻轻放到茶几上,那不经意的动作就像将烟蒂掷进烟灰缸一样。

"伯川兄,真难为你了,来来回回辛苦了两趟!"

阎锡山知道李宗仁不悦,赶紧解释道:

"蒋先生说,他此时出国,无颜见友邦人士,恳求德邻兄容他留居台湾,保证绝不插手一切!这个,望德……"

李宗仁生气地挥手打断阎锡山的话。顿了三五秒钟,冷笑两声,说:

"好得很,好得很嘛!蒋先生羞于见友邦人士,居留台湾;我李宗仁丧家犬般逃离南京,也怕见广东故人,只好躲在桂林。这个叫作各得其所嘛!"

阎锡山、朱家骅无言以对,面面相觑;阎锡山尤其惶急,事关他日后的出处,又找不到劝解之词,只能哭丧一张脸,如丧考妣一般。

陈济棠坐在那里,脸上一点表情没有,只从容吸着雪茄;当阎锡山以目示意向他求助时,他也只说道:

"德邻兄,何必以牙还牙呢?再考虑一下吧!"

"不必考虑了!我明天就要派代表北上,找共产党重开和谈去!"

尽管李宗仁这一决定应是顺理成章的,但乍一听得他亲口宣布出来,阎锡山犹遭雷击一般，大惊失色。真这样的话，他在蒋桂两边都玩不转了；莫说行政院长做不成，恐谋一枝之栖也难了。

李宗仁根本瞧不上蒋家这二三流走狗，并不理睬他，脸上的表情似笑非笑。哼了一声之后，宣布散会。

他们刚散会，白崇禧再次飞抵桂林。

白崇禧没径去文明路李宗仁公馆，先去了桂庐。意在先弄清阎锡山等人劝李情况。

听完后，沉吟了一下，没说什么。

告辞前却瞅机会叫陈济棠随后到他的宅邸。

陈济棠以为白崇禧要和他商量劝李宗仁的事。但见面后，白崇禧对此一字不提，却交给他一件活儿。

白崇禧知道陈济棠的胞兄陈维舟一直在香港替陈济棠管理巨额财产，同时兼做金银投机生意。他叫陈济棠托其胞兄帮忙用黄金兑换银元。

陈济棠觉得举手之劳而已；况且老白能有多少钱呢，三五百两黄金不得了啦。便慷慨地应允下来。随口问了一句道：

"兑多少？"

"首批一万两吧。"

"什么？"陈济棠诧异地瞠视他，"健生兄发大财了呀？还是'首批'呢！"

"比起伯南兄来，九牛一毛而已！况且并非我的家私，是华中部队的薪饷呀！目前军饷如命啊！共军前锋从南北两面涌过来，武汉过于突出，不宜固守。我军将撤向华南，开拔前必须补发三个月来的欠饷！"

"原来是这样！没问题，我叫家兄抓紧办！"陈济棠希望用白崇禧的几十万部队屏护华南，以保海南不受骚扰，所以决定向他哥打招呼不许吃回扣，而且要迅速办理。他沉吟了一下，说："按当前市价，一万两黄金可兑换银元八十万块。"

"不用告诉我，办就是了！我还会不相信伯南兄吗？"

"你我弟兄当然是这样；不过，银钱的事还是应该先说清楚！"

辞别陈济棠，白崇禧径去文明路见李宗仁。

李宗仁把他领到楼上书房密谈。

"健生你回来得正好！阎老西把老蒋的答复带来了……"

"怎么样？"

"还能怎么样呢？满纸的官样文章，一派空话；最关键的一条，他还是拒绝出国！我已经正告阎老西，老蒋不放洋，我老李就不赴穗！"

白崇禧沉默片刻，不动声色，问道：

"德公接下来怎么搞？"

"在桂林组织政府，号召西南实力派，西康的刘文辉、四川的邓锡侯、云南的卢汉，我们长期都有联系，合作不会有问题；然后呼吁共产党重开和谈！"

白崇禧轻轻摇了摇头，苦笑了一下，叹了一口气。说：

"如果在以往，没有共军这个因素，刘文辉、卢汉等西南实力派引以为盟当然不会有太大难度；现今恐怕不行了！共军一旦进占武汉，向四川进军，向云南逼近，不过是旦夕间事！刘文辉也好，卢汉也罢，届时若不按兵束甲东向而事之，德公你割下我这颗乱说话的脑袋！德公，我们今天做任何计划，都千万不可把朝秦暮楚之辈算上！"

李宗仁被这话噎住了。一时找不到话说，随口问道：

"健生的意思是什么？"

白崇禧没有直接坦陈自己的意见，却转而向李宗仁问道：

"德公在桂林组府，固然也不失为一条路！不过，钱从哪里来？大旗一插，即使景从如云，军饷从哪里来？陈济棠去那豆腐大一块地方海南岛，都是自掏腰包；德公府上能有这么一笔款子吗？"

李宗仁无言以对。不论是他个人，还是广西，都拿不出这样一笔巨款。在南京过年，连给首都卫戍部队每人一块银元他都筹划不到，更何况现在几十万官兵的薪饷和一大堆军费开支了。

白崇禧见他无话可说。便趁热打铁，说：

"现在唯一走得通的路，就是德公尽快去广州收拾残局！老蒋并非不想出山，只是时候、良机他认为未来到。我们应因势利导，毅然赴粤主持大局，把一切抓到手里。那时老蒋要想复职也是妄想了！何敬之说，老蒋指令从台湾运送一船银元抵穗，供政府开支。德公去了，我与张向华、陈伯南早已谈好，他们必以德公马首是瞻，两广联盟形成以北窥中原的局面又将重现。即使打不过共军，也可退保海南，与老蒋彻底分手。何乐而不为呢？"

李宗仁觉得白崇禧的打算有点一厢情愿。广州是蒋介石近年十分关注的地方，CC系实力如水银泻地无孔不入；莫说薛岳与陈诚多年来纠缠得皂白难分，就是余汉谋的部队恐怕也有一多半是亲蒋介石的。蒋介石尚在国内的情况下，自己如果轻入彀中，能否再自由离开都是问题，遑论真正掌握权力了。他摇了摇头，对白崇禧温和然而坚定地说：

"健生，老蒋不出洋，蒋系人物在广州就是一群有头狼带领的狼群；他如果出洋去国，那里的狼群顷刻就会变成羊群，我们也才可以支配得动。所以，必须逼蒋出国；他不出国，我决不能去广州！"

"德公把老蒋在广州的实力看得太大了！张向华、陈伯南坚决站在我们一边这是无可置疑的。薛伯陵、余幄奇也言之凿凿以德公马首是瞻。这点，向华也曾亲口向你转述过！他们及其十万粤军盼我们如大旱之盼云霓，我们岂能对朋友光打雷不下雨？好吧，德公实在不愿去，那就暂留此地吧。我率华中部队从武汉南下，固守湘南，关闭两广北大门；然后分兵入粤，会合薛岳、余汉谋部，安顿好一切，再迎请德公到粤中坐镇吧！"

李宗仁听出了白崇禧这番表面客气而内里强硬的言语，其真实含义是你去与不去是一回事，我白某是定然要去的。

两个人都坚持己见，看来毫无商量余地了。

半年来李宗仁与蒋介石的明争暗斗，现在竟演变成桂系两巨头的摊牌，这种转换实在是太奇谲了。这种腾挪闪推、借力打力、借牛夯牛，非高手不足以掌控拿捏。蒋介石瞅准时机扔出三万两黄金，一下便击中了要害。使白崇禧不待他蒋某耳提面授就自觉行动起来帮他完成意愿。这个就像高手吟诗作文，不着一字而尽得风流。就像他当年用钱拉走了陈济棠的空军，霎时瓦解了两广反蒋阵线一样。

李宗仁软下来了。无可奈何地对白崇禧说：

"老蒋不放洋，我去广州起不了作用呀，健生你怎么就不明白呢？"

"只要张发奎、薛岳、余汉谋、陈济棠跟我们站在一起，加上我们的部队，总兵力就有三十万之众；足下又有两广地盘，广东赋税养兵不成问题！我们为什么要在乎老蒋呢？德公是代总统，法理上我们占着优势，你可以号令西南实力派，也可以分化中央系部队！德公别忘了，我们背后还有美国呢！"

李宗仁不说话，只长吁短叹。

见他如此优柔寡断，白崇禧有点焦躁。他耐着性子说完最后一句话，就告辞了。

"林彪部队大军南下，已逼近武汉，我明天一早就得飞回武汉去指挥部队转进！希望德公务必在我离开桂林前给我个明确的指示，我也才好做出相应的行动！"

李、白两人是无法分开的，他俩一旦分手，桂系集团便会随之瓦解。而且，现在的李宗仁还更离不开白崇禧；白的二十万军队、白本人在中国军界的声威、白的用兵才智是他向蒋介石、向共产党讨价还价的本钱。何况张发奎那个戏剧色彩很浓的政变计划、陈济棠那个万一事不济时退保海南的设想，李宗仁觉得都不无可行，至少可以作为一种思路。

李宗仁长叹一声，终于做了十分不情愿的决定。

次日上午八时，李宗仁驰车去西郊的秧塘机场。

机场上除了李宗仁的追云号专机，还有阎锡山、朱家骅从广州带来的自强号、白崇禧的军机闪电号。

白崇禧来的时候，李宗仁已上了飞机。心里一喜。便登上追云号去打了个招呼。他见李宗仁呆坐在那里，神情迷茫，郁郁不乐，禁不住在心里埋怨这人怎么变成了刘禅了呀。

下了追云号，见阎锡山、朱家骅也来了。

阎、朱两人如释重负，兴致很高。分别与白崇禧握手道别。

"健公一言九鼎，胜过我辈千言万语！"朱家骅由衷地恭维道。

"岂止一言九鼎而已哉，"阎锡山肃然纠正道，"健生兄乃党国擎天大柱，中兴党国的唯一希望啊！"

白崇禧豪迈地打了一串哈哈，客气了一番。"伯川兄过奖了！"

他们到广州的次日，已经起义的和谈代表邵力子、章士钊致电李宗仁，责其不应该离桂赴穗。电文有趣，摘要如次：

……近闻阎锡山氏间关入桂，以危词怵公。公之赴穗，乃中其奸计。传①有云：败军之将，亡国之大夫，不可与谋。夫阎君不恤乡党子弟，以万无可守之太原抗拒天讨……以致城破之日尸与沟平，宇无完瓦，晋人莫不恨之！今彼欲以亡太原者亡广州，公竟悍然不顾，受其羁勒，诚咄咄怪事也！

---

① 《春秋左氏传》的习惯简称。

第四十七章

一

解放军渡过长江以后，镇江、南京、杭州等江南几十座大小城市相继解放；华中战场也频传捷报，武汉、南昌分别被四野和二野的陈赓兵团（暂归四野指挥）占领。至此，上海便成了一座孤城，完全暴露于解放军数千门各型火炮的炮口之下。

毛泽东对解放上海十分谨慎。他最担心的是一顿炮击之后，这座工商业城市将成为一片废墟；更担心上海的是数百万人民、特别是对中国革命做出过卓越贡献的上海工人阶级受到池鱼之殃。如果出现了那样的情况，则解放上海将失去大半价值。他最希望的是能够和平接管上海。这似又不可能，汤恩伯是蒋军将领中的死硬分子，劝其起义犹与虎谋皮；那么可不可以设法将市内守军引出城来歼灭，待市内敌人减少到一定程度以后，我军只需用步兵入城即可解决战斗；或者设法驱逐市内敌人，也就是逼其撤退呢？

毛泽东为此，多次分别致电华东局书记、华东军区政委饶漱石和三野代司令员兼代政委、三野前委书记粟裕，指示他们研究这个问题，并将具体执行、设想上报军委批准。

粟裕在常熟召开前委扩大会。除了前委成员之外，有饶漱石和担负解放上海解放任务的九兵团、十兵团军以上干部参加。

主持会议的粟裕介绍和分析了全国各个战场的大好形势；然后根据渡江前军委批准的《宁沪杭战役实施纲要》精神，对上海战役进行了全面部署。粟裕向大家指出，毛主席对上海会战十分关切，他指示必须每天至少向他汇报三次作战展开情况，务必细微到部队的伤亡和上海市内的损失情况；饶政委也奉命坐镇前线，和我们一起战斗。

粟裕说，我们前委考虑，上海会战有三种打法。第一种是围困打法。这不符合毛主席指示的精神，不能采用。上海有六百万市民，生活资料全部靠外地运入，特别是煤炭、粮食，需要量很大。如果长时间围困，人民生活将陷入绝境，工厂也会停工关门；而敌军有海上通道，我们困不死他们。第二种是避实就虚，选择敌人防御相对薄弱的区域进攻。上海地下党提供的情报、绘制的地图反映了苏州河以南正是敌人的防御弱点，而吴淞一线则是重点设防。从苏州河以南攻入，可减少我军伤亡；但市区成了主战场，会增加人民伤亡，会大面积毁坏城市。第三种是重点攻打吴淞，钳制敌人大量守军，暂不攻击市区。优点是可封锁敌人海上退路，截断敌人抢运上海物资的通道。这势必引起敌人恐慌，从而集结大部兵力与我军在吴淞一线决战，这就避免了在市区进行大规模战斗。然而却显而易见是一场恶仗，我军要付出较大代价。

"我提议采取第三种打法！"其实粟裕在会议刚开始时宣布的基本部署，基本上就是第三种打法；他也能够预料中央和华东局都会同意。旋又把视线调向饶漱石："现在请饶政委指示！"

饶漱石点点头，用那双著名的大眼睛（饶的绰号是饶大眼）光芒烁烁地巡视一遍全体与会人员。慢条斯理地说：

"粟总的意见很好，符合毛主席关于解放上海要'军政全胜'的指示！也就是既要消灭敌人，又要保全上海，让这座亚洲最大的城市完好地回到人民手中！保全了上海，新中国建立以后，它将在经济建设方面发挥巨大的作用！毛主席批准了这个作战方针以后，一切就由粟总指挥了；后勤补给、上海党政干部的配备，我们都做了充分安排，大家就只放心打仗好了！"

本着"把敌人消灭于上海外围"的方针，三野参谋长张震代表前委宣布第九、第十兵团应逐步向浦东、浦西挺进，俟中央确认正式打响时间即实施钳形进展，两翼迂回夹攻吴淞口，截断敌人海上退路。

五月五日，军委致电饶漱石、粟裕，传达了上海地下党吴克坚同志的几次报告。电文摘要如下：

> 敌人正在撤走上海物资。我们判断这是确实的。在短期内似难撤走很多物资；但如时间拖长，则撤走物资可能较多。在此种情况下请你们考虑是否可以在五月十日以后先行占领吴淞、嘉兴，截断敌人吴淞、乍浦两处逃路。然后从容布置，待你们准备好了的时候再占领上海。

五月六日，毛泽东亲自起草，再次致电粟裕、张震。电文摘要如下：

> 请即行部署于辰删（五月十五日）以前数日内先行占领吴淞、嘉兴两点，封锁吴淞口及乍浦海口，断绝敌人海上逃路，使上海物资不致大批从海上运走，并迫使（敌人同意）用和平方法解决上海问题成为可能。①

---

① 以上两电均藏于中央文献档案馆。

在这份电报中，毛泽东还说明：为占领吴淞，对昆山、太仓、宝山三城恐不能不去占领；但嘉定城、昆山城以东之陆家浜、安亭等处暂时不占。占领嘉兴以后，应继续占领嘉善、金山、平湖、金山卫、乍浦；但青浦、松江、奉贤暂时不占。

毛泽东特意直接致电正向杭州（杭州已解放）以南挺进的七兵团，在占领奉化时妥善保护蒋介石的住宅、祠堂、庐墓等一应相关建筑。① 同时，在占领绍兴、宁波时要注意保护"宁波帮"大、中、小资本家的房屋和财产，"以拉住这些资本家，在上海和我们合作"。

接到中央电令后，三野前委紧张地调整计划；好在中央的意图与此前粟裕上报的第三种打法基本吻合，所以调整不大。

张震说："粟总，夺取吴淞，需要控制公路，这样也便于炮兵展开。所以我认为必须先拿下嘉定！"

粟裕点了点头。盯着地图，沉吟了一会儿，说：

"以二十九军两个师，附两个炮团，攻取吴淞、宝山；以二十八军主力控制太仓、嘉定，攻占后交由三十三军守卫；然后二十八军改为掩护二十九军侧背安全，必要时助其作战。"

"昆山、安亭一线，可否由二十六军控制？"张震指着地图请示道。

粟裕点点头，说："可以。以上各军统一由十兵团司令员叶飞指挥。九兵团的三十军攻占嘉兴、嘉善、平湖、乍浦、金山卫一线时，为防敌向南汇、川沙逃跑，以三十一军为第二梯队，相机予以堵截。二十军、二十七军仍在原地待命，准备会攻上海。"

张震又问道："攻占吴淞后，我军一部势必迫近江湾，这就有可能使上海外围的敌军顾锡九部向内收缩。这样，作战就进入了上海近郊；尤其是我军截断海上退路，敌人就有可能取道南汇、川沙从浦东入海撤退。我们怎么应对？"

粟裕摆了一下手说："这个不必预先安排部队防范！若临时出现这种情况，我三十军、三十一军可就近开往浦东，截断其浦东通道；二十七军可稍稍推进一点，提前进入青浦；二十八军可进入松江待命。"

粟裕将以上思考，命张震整理规范，形成电文，于五月七日呈报军委。

五月八日，军委复电："同意七日已时电部署，请即照此执行；在攻占吴淞、嘉兴等处的同时，派足够兵力占领川沙、南汇、奉贤，将敌一切退路封闭。"

五月九日，由张震执笔起草三野《淞沪战役作战命令》。

五月十日，粟裕签署并下达此项命令。

---

① 这就与当年蒋介石唆使湖南何健掘毛泽东祖坟适成对比。

从《淞沪战役作战命令》观之，上海战役将分两个阶段进行：

第一阶段，从十二日开始，夹攻、控制吴淞，断敌海上通路；

第二阶段，待敌人被吸附到外围，被我军大量消减之后，向市区总攻，解放全上海。

十兵团司令员叶飞、政委韦国清接到作战命令后，在常熟司令部里逐句进行研究。两人都感到为难了。以十兵团为主力的西线兵团战线过长，兵力也不很集中：西起浏河、太仓、昆山，东至宝山、吴淞的黄浦江口；北起长江，南至安亭、南翔、真如、大场、江湾。这个区域的外围守敌是顾锡九的一二三军大部，核心守敌为五十二军、五十四军、二十一军以及九十九师，共十三个师。除了顾锡九的一二三军是江苏地方保安团队扩编升格的外，其他守军战斗力都不差；特别是五十二军，是辽沈战役中从营口完整海运南来的，装备精良，未受损失。汤恩伯把它摆放到吴淞、宝山一线，就是想依靠它的战斗力来保障出海通道的安全。

叶飞忧心忡忡地指着地图上常熟、吴淞两个地方，对韦国清说：

"一百二十多公里呀！粟总命令我兵团两天到达，是不是有点强人所难？正常的急行军一天也只能走七十公里，何况还要渡浏河，一路经过的嘉定、月浦、杨行、刘行都有敌军，须攻击前进！"

"是不是战略上有什么特别的需要，野司首长也不得不如此？"韦国清瞅着比自己年轻的司令员，提醒道："要不，去苏州直接找粟总谈谈？"

叶飞请韦国清在家掌握全局，他带上参谋长陈庆先，驰车直奔苏州。

到了野司粟裕办公室，叶飞和陈庆先向粟裕敬了礼，顺着粟裕的手势坐到了对面。

粟裕似乎猜到了他们的来意，盯着案上小地图，头也不抬，冷冷地说：

"对野司的安排有什么意见吗？说吧。"

"我们对野司的总体部署没有意见，"叶飞说，"但对我们西兵团的作战方案不大理解！"

"不理解？说吧。"

"西线兵团两天时间到达吴淞，困难很大；距离一百二十公里，沿途守敌兵力不小！"

"唔。是这样：根据中央转达的情况，上海部分守敌在我大军收缩包围圈后可能起义！如果地下党谈得成的话，从常熟到吴淞口沿途不会有太强的守军；就是说，打算起义的国民党将领会把部队的大部收缩进城等待起义。所以，无论从沿途的实际情况还是压迫部分蒋军起义的战略需要来说，你们都必须采用猛插之势，两天之内打到吴淞。再说，打先锋的二十九军在解放战争开展以来还没有碰到过大仗、硬仗，胡炳云（军长）就因为这个到我这里请缨，要求担任主攻。这个你恐怕还不知道吧？你的部下积极性比你高呀！我和张震综合各方面情况，认为你部必须完成野司的命令，没任何价钱可讲！"

饶漱石在里间屋办公，正与陈毅通电话，研究接管上海的事宜。陈毅虽然仍挂着三野司令员等职，前一向主要在总前委和二野协助刘、邓工作。这次回来是要训练接管上海的一千多干部，他自己也准备出任上海市市长。饶漱石放下电话，听到了外间屋的谈话，便走了出来。

叶飞忙站起来向他敬礼："饶政委！"

饶漱石握住他的手，另一只手拍了拍他的肩。小声说：

"叶飞同志，抓紧执行命令去吧！粟总也有很多难题要去解决，他已经三天没睡过觉了！"

"是！政委……"叶飞向饶漱石和粟裕分别敬了礼，走了。

叶飞返回常熟，向韦国清传达了粟总和饶政委的指示。两人进行了简短的研究，形成了统一意见。然后，由叶飞向部队下命令：

二十九军、二十八军、二十六军会攻吴淞。其中，二十九军（欠两个团）附野司特别纵队（军级）炮兵八团，三个工兵连，及三十一军之"九二"步兵炮五门，主攻吴淞、宝山并歼灭守军，尽快封锁黄浦江，断敌逃往海上之路。三十三军在战役开始后，从常熟开赴嘉定，作预备队。

叶飞强调，二十九军应于十二日上午八时前，进抵岳王市西泾营一带集结，并以一部于十二日十八时以前攻占浏河镇。大部队十二日十八时三十分取道浏河镇，快速东进，十三日拂晓前对月浦完成包围；十三日下午切实占领月浦和狮子林炮台。另以一部兵力于十三日二十时前攻下潘家桥车站，然后从该地向吴淞镇攻击前进，尽快完成对吴淞镇的包围。同时派一部主力于十四日拂晓前夺取吴淞以南之张华浜车站及海军医院。然后向殷行警戒，准备迎击来自市区的援敌。待攻下吴淞后，立即攻打宝山。

二十八军、二十六军须及时进至二十九军右翼，掩护其作战，同时相机配合其作战。

叶飞明白，上海外围战役，在西线兵团中，二十九军担负的任务最艰巨。该军的作战位置在上海外围的最北端，而其东南边沿线就是长江，那靠近长江的浏河、狮子林、月浦历来就是最难攻打之地。

五月十日夜，大雨如注。二十九军从常熟取道支塘镇、东塘墅向浏河开进；当晚，二十八军也从吴江县城出发；临时划拨给叶飞兵团的八兵团之二十六军、九兵团三十三军也先后到了集结地。

驻南浔的九兵团司令部五月十日夜接到野司作战命令。

司令员宋时轮、政委郭化若连夜召开了团以上干部会，进行战斗动员和作战部署。

"九兵团的任务是以一部攻占平湖、金山卫、奉贤、南汇、川沙沿线,断敌向东向南的逃路,割歼嘉善的敌人,控制青浦镇、松江镇(均不含)以西的地区,尔后待命由东、南、西三面协同十兵团会攻上海。战役前期十分关键的是三十军、三十一军的浦东作战……"宋时轮说着,转身指着墙上悬挂的巨大地图,"大家看,浦东位于上海以东,与市区仅一江之隔;西临黄浦江、东濒大海,北连长江口,是上海的水上大门,是上海守敌逃往海上的必经之地。这个浦东的地形南宽北窄,典型的江南水网地带。其东面临海,纵横交错的大小河流受海潮影响,水位时涨时落。显然,此地利于防守,不利于进攻。公路受制于敌机与敌海军舰炮、吴淞的岸防炮,这对我军的行动速度和重武器展开增加了不少困难。所以,三十军须首先攻占川沙、白龙港,封住敌人的海上逃路。"

郭化若把视线移向三十军军长谢振华,说:"你们军作为我兵团向上海以东实行迂回作战的第一梯队,沿嘉兴、金山卫以北、黄浦江右岸向奉贤、南汇、川沙攻击前进,攻歼这些地区敌军,切实控制该线阵地,切断敌军的海上逃路。切记,这至关重要!先头部队必须于五月十六日二十四时以前拿下川沙、白龙港地区!有什么困难吗?"

"没困难!"谢振华说,"请政委、司令员放心!"

宋时轮对三十一军军长周志坚说:"你军于十五日接替二十军的平湖、金山卫一线防务,封闭敌人南逃之路;另外,你军主力还得担任三十军的二梯队,尾随三十军前进,以便随时策应作战。"

郭化若说:"如果战役进展顺利,很快就可以拿下浦东的要害高桥,旋师向浦东以东的三岔港推进。这样就与直插吴淞、宝山的西线十兵团形成隔江相对的两只铁钳,直接威胁汤恩伯出海的咽喉!"

二

外围作战初期,西线兵团(十兵团)进展顺利。

五月十一日,二十六军首先打响,向昆山方向发起攻击。具体行动为:

七十六师于十二日乘四百多只木船,沿苏州河东进,截断昆山东南的昆沪公路和铁路,占领昆沪铁路上的青羊港、陆家浜车站,歼灭顾锡九一二三军一个团,击毁两辆铁道装甲车;

七十八师从昆山以西向守敌作正面攻击,十三日凌晨一时即夺下了昆山城。然后向安亭、黄渡、南线推进,以策应兵团主力作战。

二十八军于五月十二日十四时从背面发动进攻。

其八十三师攻打太仓。当夜二十时，二四八团一营率先从东北进城；

八十四师于同日夜间进攻嘉定，守敌不战而逃。二五〇团、二五一团连夜发展战果，攻占罗店。

二十八军在不到一天时间里连克两城。

天亮后，滂沱大雨，该军继续向杨行、刘行攻击前进。

二十九军投入宝山战区作战的八十七师、八十六师也正向战场纵深月浦、浏河一线挺进。

五月十一日上午十时，担任主攻的八十七师从牌楼市出发。次日拂晓，该师前卫部队二六一团一营进入浏河镇。不料这浏河镇竟然没有一个敌人。其实镇外埋伏了敌人一个加强营，原拟伏击解放军少数部队。但他们发现开抵此处的解放军人数虽不多，但看得出是大部队的尖兵，便不敢动弹了，悄悄躲了起来。一直躲到解放军撤退时，他们才起身，准备悄悄溜走。不料刚刚一动，就被解放军发现。顷刻间，成千上万解放军围上去，二十分钟就将其全歼。

五月十二日夜，担任助攻的八十六师一部攻占潘家市；十三日早晨，攻占新镇，全师进抵罗店至月浦的公路以南之马金桥、马铜沿、新镇砖桥一线，与罗店、央行、刘行守敌对峙，掩护八十七师侧翼。随后，又遣二五六团、二五七团向东穿插，截断月宝公路，防止宝山敌人增援月浦。

十二日下午，八十七师师部命各团分两路向月浦、狮子林方向跑步疾进。

午夜前，各团全部到达指定位置：二六一团进至月浦镇东北侧，并派出一个营警戒月宝公路；二六〇团进至月浦镇北面的主攻位置；助攻的二五三团进入月浦西南侧待命；二五九团进抵月浦至狮子林之间大村的前沿阵地。如此，八十七师便三面包围了月浦镇。

月浦不仅是淞沪守军在月宝公路上的一个重要据点，而且是进入吴淞、宝山的大门——不，必经之路。这个地方偏偏又易守难攻；其北面是狮子林炮台，南面是杨行据点，三处互为犄角之势，随时可互相策应。所以，欲夺取吴淞、宝山，必先拿下这里。

粟裕在苏州接到了华东局负责上海策反工作的负责人沙文汉的信，报告上海起义由于叛徒出卖而致流产。如果起义成功，则叶飞兵团各军前进途中将一路畅通；似此，粟裕预感到叶飞兵团将遭遇更加顽强的抵抗。

粟裕的预感很快就成了现实，沿途的守军全部换成了汤恩伯的铁杆王牌部队。

解放军二十九军胡炳云军长把八十七师的二六〇团选为主攻团是有原因的。八十七师尽管组建较晚，但装备不差，精神状态很好，大部分是解放区翻身农民的子弟。八十七师干部从上到下都是既有优良的政治素质，又富有指挥经验。以师长张强生为例，老红军出身，新四军时期当过团长、师长，擅长带新部队，着意培养指战员猛打猛冲的作风。他在给担任主攻任务的二六〇团交代任务的时候，对副团长梅永熙、政委肖卡说：

"你们一定要在月浦镇开一个大口子，而且要像一个铁楔子似的嵌在月浦，以保证后续部队顺利通过，抵达吴淞口！怎么样，有把握办到吗？"

梅永熙不待肖卡开腔，抢先说："放心吧师长，我们战斗到最后一个人，也要拿下月浦并且牢牢守住它！"

张强生并不满意这样的回答。皱了皱眉头，嘲讽道：

"拉倒吧！战斗到最后一个人，你怎么拿得下月浦？即使侥幸拿下了你又怎么守得住？"

肖卡说："放心吧师长！战前我们一定精心布置，争取以极小的代价把月浦拿下来！"

张强生这才满意地拍了一掌肖卡的肩，对梅永熙说：

"这就对了！要完成任务，必须先考虑好如何减少伤亡，否则就是空话！"

梅永熙和肖卡率部抵达月浦北端的时候，遭遇了敌人在阵地前哨担任流动任务的一个排。以迅雷不及掩耳之势将其歼灭，还俘虏了一名排长。

两人抓紧时间在路旁一间民房内突审俘虏。

从俘虏的供词里，他俩感到问题严重。当面之敌换成了汤恩伯的铁杆部队，而且数量是原先所知道的一倍多；原先判断在吴淞打的硬仗，看来将提前在月浦打了。

梅永熙催促加速架设电台。得赶快向师里报告敌情变化，请示是否先构筑简易工事，以备与强敌交火？

张强生师长回电称，趁黑夜掩护，赶紧抢挖工事、交通壕，越靠近敌阵越好。

二六〇团两千多指战员全部投入了抢挖工事。拂晓时分，多条交通壕伸展到距敌阵一百米处。

凭借晨光，大家隐隐约约看见敌阵前是一大片坟场，顺着月浦镇外的敌人战壕，布满坟包。奇怪的是，这片坟场却一棵树也没有。难道是敌人为了清理射界把树子都砍光了？肖卡有点疑心那些坟包是假的，说不定是伪装的地堡。后来的事实证明他的疑心并不多余。

梅永熙命令各部就位，等待进攻命令。一营担任主攻，攻打月浦镇北部。攻破敌阵后即向镇内发展；二营从左侧进攻，分守敌之势。待一营得手时，二营应趁势冲进镇去；三营与团部特务连作预备队。攻下月浦后，全团立即向宝山前进。

胡炳云军长为了保证二六〇团夺取月浦不致胶着，专为通知八十五师师长兼政委朱云谦，将该师二五三团调往月浦助攻。叫副军长段焕竞亲自到月浦前沿去协调指挥。

在奔往月浦的途中，二五三团的先头部队十一营，途中与小股敌人遭遇。立即以迅雷不及掩耳之势消灭了这股敌人；还抓了几个俘虏。营长沙杰审问俘虏，命其详细交代月浦的工事分布情况。

俘虏说，围绕月浦镇有一道环形战壕。

可是，事后才知道上了这个俘虏的当。

部队靠近月浦镇三公里时，发现了许多砍倒树子后留下的树桩。沙杰判断这是敌人为扫清射界。

夜晚零时，部队进入月浦镇前两百米许，见镇外敌人战壕前，一大片坟场。沙杰观察了半晌，见那些坟包上也有青草，但好像不是原生的，颇像是整片连土的草皮覆盖上去的；而且坟包分布带有一定的规律性，总是一大一小挨着。最后，他断定不是什么坟场，而是经过伪装的地堡阵地，而且都是子母堡。

他命令部队展开待命。团部就设在"坟场"前。

参谋长王剑秋坐在大石头上，把地图摊在膝盖上，和几位团领导核对了一番部队集结位置和进攻路线。然后就向下分配任务：

"一营主攻，从月浦镇西侧楔入。进入镇内后，注意与二六〇团取得联系；三营在一营右侧翼跟进，以分敌之势；二营作预备队。"

随后，一营和三营就分头出发了。悄悄向镇子靠近。

连长丁峰、副连长刘玉德率领三营八连靠近"坟地"。在距"坟地"约五十米的地方抓到敌人的两个潜伏哨。

丁峰压低声音问："为什么在坟场前放哨？"

俘虏望着他手里的驳壳枪口，回答道："不是坟场，都是钢骨水泥地堡！"

接下来，战士们又发现了一些奇怪的屋脊形铁丝网和可疑的绊脚坑、壕沟。要解除这些致命的障碍物，须小心从事，既费时又费手足。这一夜，他们推进不足三十米。

一营三连却采取了避让"坟包"的方式，绕行、穿插十分成功，最早到达月浦镇前沿，而且距离街区很近了。不料却遇上了敌五十二军的一个团长。那团长大模大样地问道：

"喂，哪一部分的？"

走在队伍最前面的三连长反应快，疾步上前抓住那家伙前胸衣襟，另一只手给他一个大耳光，说：

"哪一部分？看清楚了，中国人民解放军！"

不料此地也有"坟包"。那些蜗居在"坟包"里的敌人听到了动静，惊惶地狂呼共军来了。随即，坟场里枪声、手榴弹声、地雷声响成了一片，瞬间就构成了一两百米宽的火阵。

所有到达月浦的解放军部队旋即展开攻击队形。

二十九军副军长段焕竞、八十七师师长张强生、政委王义勋、参谋长叶克寿，在前线指挥所一边发布命令，一边密切观察战事的发展。

段副军长说，子母堡很多，若不巧妙穿插，会有很大伤亡。要告诉部队，掩护的火力一定要密集、猛烈，尽可能压制住所有子母堡的火力。现在，最担心的是敌人进行海空支援！这里是敌人舰炮的有效射程区域呀。

天亮后，二十九军的二六○团、二六一团、二五三团分别从月浦的北面、西面、东北面，向镇子攻击前进。敌人的机枪子弹从覆盖了杂草的坟包里射出，密集程度犹如骤雨。解放军各部深陷密密麻麻的地堡群，无法向前推进；向后退出亦感困难。在付出了重大损失后，各部队终于退回原地。

接着，段焕竞担心的事终于发生了。

敌人长江上的舰炮、天上的飞机向解放军狂轰滥炸，摧毁了刚挖成的壕堑和一切掩体；炮击和飞机的轰炸半径达到三千米左右，致令解放军阵地无前沿和纵深的区别，全部遭到了火力覆盖。蒋军这种多方位的火力与解放军单一的平面火力相比，形成了明显的优势。没多长时间，二五三团就伤亡近三百人，二六○团在这里担任主攻的一营伤亡达到三分之一；临时从特纵紧急调来的三门野炮刚刚开始射击，就被敌机炸坏了两门。

段焕竞接通胡炳云军长的电话，向他汇报战况和伤亡情况。

胡炳云十分焦急。稍作思考，说：

"我们要冲到敌人阵地里去！只有与敌人搅和到一起，才能发挥我军短兵相接刺刀见红的优势；他们海空火力的优势也就毫无作用了！"

胡炳云在下达总攻命令前，向叶飞汇报道："军委的意图是把敌人主力吸引到郊区来！我二十九军攻打月浦，既吸引了敌人，又消灭了敌人有生力量。所以尽管付出了代价，对保全上海来说是值得的！我们既然已经把开路的斧子挥向了月浦，就一定要劈开它！司令员请放心，哪怕是打到最后一个人，我们也要拿下月浦，攻取吴淞口！"

三

十三日午夜，二六○团终于插进月浦北面敌人的前沿阵地。

团指挥所推进到一座被突击连占领的碉堡。就在这个距敌人中心阵地仅七十米的地方指挥作战。部队迈进这一步，是付出惨重代价换来的，全团两千多人非死即伤，只剩下了一百二十多人了。

八十七师师长张强生、副师长林乃生、参谋长叶克寿分别到前沿各部，部署第二次总攻（第一次总攻算是失败了）。同时进行了深入细致的思想工作，消除了干部战士的急躁情绪、蛮干念头，反复告诫大家保护好自己，沉着应战。

胡炳云军长绕过八十七师师部，直接叫通了二六〇团的电话。用关怀的口吻说：

"啊，你是梅永熙同志……我知道，我知道你是副团长！你团只剩下一百二十多人了，还能担任主攻吗？"

"没问题，军长，我们可以打主攻！"

"好！有什么困难？"

"敌人炮火很凶，友邻部队恐怕上不来；我们一百二十人可以保证打开月浦镇大门；但是再往纵深发展，我们就没有预备队了！"

"我已经调二五九团两个营一千六百人随你团跟进！你们只要打开月浦大门就算完成任务而且是头功一件！由后续部队彻底占领月浦，你们撤下来休整。"

十八时，新一轮总攻开始了。

多年后胡炳云回忆这次总攻的情景："尽管敌人用几百挺机枪疯狂地扫射，指战员们仍英勇地穿梭在密集的弹雨中，时而匍匐前进，时而疾速滚动前进。二六〇团的一百二十名钢铁战士，在政委肖卡、副团长梅永熙、参谋长李仲英率领下，激战三个小时，突破了敌人的层层堵防，打开了通向月浦镇内的道路。二五九团的两个营紧紧跟进；二五三团也得以顺利从西侧攻入镇内。"

守敌全部退到镇内东南角的二五·三二高地（当时部队以其高度临时予以命名），以继续顽抗。

五月十五日凌晨，解放军继续增兵，层层包围了月浦的东南角。

长江江面上的十多艘敌舰，向月浦解放军阵地加大炮击力度；蒋军飞机出动二百余架次，将月浦炸成了一片废墟。在飞机大炮掩护下，市内蒋军步兵大规模调往月浦，从周边支援二五·三二高地。

胡炳云已经三天三夜没合眼了。部队的惨重伤亡，令他十分难过。实在克制不住了，向叶飞打电话，怒喝道：

"这是打的什么仗？我从来没打过这样的窝囊仗！你们领导上不让带大炮，说是影响进兵速度；又说敌军要起义，没什么硬仗打，用不着大炮！哼，如果有足够的炮火，我们昨天就把月浦锤平了，还用得着牺牲这么多同志吗？你们上面不搞清楚敌情就下命令，这个责任谁负？我要向毛主席反映！"

这话大大震动了叶飞。他没辩解什么，只问了一句，二十九军还能往前吗？如果改道，绕过月浦，也不行，狮子林那边一时半会儿是攻不进去的。也许要改变一下战术吧？

见叶飞决定不了什么,胡炳云又直接打电话给粟裕,照原话抱怨了一通,然后说:

"粟总,敌人工事出乎意料的坚固,不能再打这种以轻武器为主的运动战了;要打攻坚战才行,用重火器开路!不然,我们二十九军会在这个月浦给消耗光的!"

粟裕也没计较他的态度,说:"你说的这个情况我们已经注意到了,其他地方也有类似的困难!我们已经在作调整了。你们暂时停止进攻,巩固既得阵地,待命吧!"

粟裕审定的一份《淞沪作战战术指导》发往前沿各兵团、各军。这份文件指出:"目前的作战不同于野战,亦不同于一般攻坚战,已成为我济南战役后更加严酷的攻坚战,我军面对的是比济南更强固的永久性工事集群。所以,应慎重周密组织。"

主动承担责任之后,粟裕又向部属们说明:"此前战斗我军付出的代价虽重,而敌人的伤亡却数倍于我,一定程度上达到了把市区敌人引出城消灭的目的。从全局而论,我军并未失利,大家要全面地看待问题,不必一味悲观。"

由于九兵团、十兵团在外围大量消耗敌人有生力量,并部分地夺占了敌人主阵地,就迫使汤恩伯不得不一次又一次地从市内调集大量兵力投入到吴淞口两侧,以保护海上通道。这就造成了我军攻取上海市区的有利条件。

沪西、苏州河以南的二十七军、二十军、二十三军、三十一军、三十军共二十万人马,进展神速,占领了莘家庄、七宝镇一线和浦东地区,已然兵薄上海主城区。

粟裕决定将总攻时间提前到五月二十三日。

兄弟部队的胜利捷报,极大地鼓舞了月浦一线的二十九军指战员。

总攻的前一天,胡炳云命令把军炮兵团从后方调上来,野司的榴弹炮部队也拨了一个团给他。他把炮兵阵地布置在月浦两面,将几千发重磅炮弹码成了一座小山。把所有的炮口都对准了那个月浦镇内东南角的二五·三二高地。

失掉月浦镇以后,这个二五·三二高地就成为汤恩伯控制这一带、屏蔽吴淞口和宝山的最后一个据点,所以不惜血本地向这个高地周围派遣重兵——覆灭一批,又派一批;同时,这个高地也是西线解放军向吴淞、宝山进行战略总攻的主要障碍。

五月二十三日凌晨,担任主攻二五·三二高地任务的二五三团已将战壕挖到距敌人工事四十米处。

二十三日十八时,解放军炮群开炮。不断闪现的炮击火光将二五·三二高地完全罩住了;由于炮击不间断,所以火光给人的感觉是一直在燃烧,感觉不到此起彼伏之间应有的停息。硝烟覆盖的面积更大,月浦镇及其周围半径一公里全给这乌黑色的"云团"给埋葬了。堡垒内的蒋军官兵炸得血肉横飞,有的埋进土里,有的炸成了半截,有的炸成了若干肉块。

一小时后,炮击停止。二五三团从战壕里冲出去,疾速登上了二五·三二高地,对残存的敌军进行清剿。不到一个小时就全歼了残敌,俘虏了一个营。二五三团只牺牲了六位同志。有了火炮就是不一样啊!

胡炳云及时打电话告诫二五三团,月浦对敌人是至关重要的"要命之地",百分之百会拼凑力量来夺回去;你们须抓紧时间整修工事,巩固高地,坚决死守,决不能再让敌人进入月浦一步。

果不出胡炳云所料,二十四日早晨,吴淞、宝山方向两个团的蒋军在十多辆美国坦克的导引下向月浦压过来。一场惨烈的攻守战在所难免了。这伙蒋军分成两拨,以坦克为活动掩体,轮番向二五·三二高地冲击。

二五·三二高地不大,过多的部队展开不了,二五三团只摆放了第二营在上面防守。二营沉着应战,寸步不让,尽管牺牲越来越大。他们明白,如果敌人夺回了高地,月浦地区尽管在我军手里,也会受其瞰制;如果高地仍在我手里,主力部队围剿这股敌人就容易多了。他们坚守到入夜,敌人在高地下面遗尸累累;但解放军二营也伤亡过半。

当夜,二十九军主力赶过来,先将这股围攻高地的三千蒋军吃掉,随即旋师总攻。其八十五师兵分两路,一路攻取江湾机场,另一路会同八十六师主力和八十七师一部直逼宝山。一夜激战,二十九军阵斩敌军两万多,俘敌九千多,牢牢扼住了敌人的海上逃路,保障兄弟部队全歼上海守军于江湾地区。

东线兵团(九兵团)负责浦东地区。宋时轮司令员传达野司粟裕司令员的命令,由三十一军军长周志坚统一指挥三十军、三十一军沿海岸、江岸夺取高桥,进至三岔港,截断敌人在这个方向的海上逃路。

周志坚当即与其副军长姚运良一起,将三十军副军长饶守坤以及两军的师长们请到三十一军军部开战前会。

周志坚说,我东线部队攻下金家桥镇以后,伤亡很大;我们三十一军连日作战,损失也不小。我们即将要通过的路段,敌人扼守很严,一边是江上封锁,一边是几百辆坦克挡道。如果我们两个军照原计划沿海岸、黄浦江岸实施钳形攻击,代价会很大,而且不可能在野司限定的时间内占领高桥并进至三岔港,达到及时封锁吴淞口的目的。我琢磨了一下,我们能不能采取间道奔袭的办法直接攻取高桥?请同志们研究。

大家都同意这个"李愬雪夜入蔡州"似的策略,进行间道奔袭,中央突破。

就在他们研究"李愬雪夜入蔡州"之际,汤恩伯和淞沪警备司令陈大庆已将宁沪杭警司转移到吴淞口外的军舰上,以便随时溜掉;苏州河以南敌人也陆续渡河北上,向吴淞收缩。

粟裕断定敌人主力将撤出上海。于是下令全线所有部队提前总攻。

五月二十三日,浦东战场,位于周志坚右翼的谢振华三十军之重炮团,赶到黄家湾以西地区,用一百多门远程重炮对高桥以东海面敌舰进行猛烈轰击。陆续击沉七艘;其余二十艘敌舰见共军大炮命中率如此之高,纷纷逃遁。三十军遂控制了东翼海面。

五月二十四日,刘飞军长向九兵团司令员宋时轮报告,其二十军主力已占领浦东城区,"刻下部队正集结于高昌庙渡口,准备西渡浦江,攻占南市。"

二十四日夜晚,三十军之八十八师攻至高桥镇的东西敌人前沿阵地。

二十五日十八时三十分,三十一军从正南方向发起对高桥的进攻。霎时,万炮竞发,爆炸的烈焰连成一片,硝烟遮天盖地。旋即,成千名腰挂反坦克手榴弹(可炸地堡),手持冲锋枪的突击队员冲进烟尘。他们炸毁地堡的轰隆巨响此起彼伏。有的战士不管未能被炮击和反坦克手榴弹摧毁的地堡如何从侧翼或背后猛烈射击,勇猛地从地堡群的缝隙间向前冲。对那些一时来不及摧毁的地堡留下少量兵力监守,突击部队继续攻击前进。

与此同时,三十军正在高桥外由东向西配合他们的行动。战斗进行到午夜时分,三十军攻占了承园敌军十二军军部。

浦东守敌乱成一团,争相向三岔港、德士古码头、吴淞口外逃窜。沿途被解放军榴弹炮炸死不少。

九兵团负责策应西线作战的二十六军,对困守刘行以南至以东一线的敌人展开了剥竹笋、削萝卜式的逐层攻击、歼灭。至五月二十三日夜,加大了对刘行、大场、真如敌人的威逼,逐步向市区逼近。二十五日十四时,占领真如国际无线电台;次日凌晨二时,攻占真如,歼敌五千多。接下来直插大场,占领大场机场,并向江湾发展。

当天上午,该军七十六师包围了敌二十一军残部。这些已被长官抛弃,被解放军打得毫无还手之力的蒋军官兵在包围圈里狼奔豕突瞎撞,鬼哭狼嚎,绝望极了。

敌军高参周屏中少将冒险穿越战阵,前往解放军二二六团三营阵地上,交涉投降事宜。

二二七团二营行进到西新桥镇的西郊时,发现驻有蒋军部队的各个村镇街头树干上都挂起了白毛巾、白布、白被单,表示投降;有些蒋军官兵找不到白色的东西,就把军帽翻转来戴,让白里子露在外面,以示投降。

解放军二二七团二营之第五连(仅一百多人),俘虏了要求投降的蒋军二十一军一四六师数千官兵。

上海外围战临近结束了。解放军二十军、二十三军、二十七军按计划要参加上海市内作战,分别进入了攻击位置。

上海战役打响前,蒋介石多次悲壮地对部下声称要和官兵共艰苦、要和上海共存亡。

五月四日,杭州解放,他预感到上海日子不多了,就离开了复兴岛,乘江静号军舰在海上漂着观战。

十二日江静号却驶往舟山,显然他连观战也不敢了。

十七日下午一时,他又从定海机场起飞,到澎湖列岛暂住。

五月二十四日二十一时,虹桥路上,向上海进军的部队如同海潮,汹涌东进。

二十七军军长聂凤智、政治部主任仲曦东带着前沿指挥所进驻西郊虹桥路二百一十七号院;军政委刘浩天、参谋长李元留驻军部负责全军统筹工作。

二十一时,吴淞方向传来全线总攻的隆隆炮声;二十七军之七十九师进击方向也传来激烈的枪声。聂凤智接通了该师师长萧静海的电话,了解战事进展情况。

萧静海说:"报告军长,冲进去了!"

聂凤智没有预料到这么快就进入市区了,有点疑惑地问道:

"冲进去……进到什么地方了?"

"市区呀!我师先头团正沿着南京路、林森路(解放后改为延安路)向市中心追击呢!军长,上海的工人阶级真伟大,马路上的电灯一路上都亮着,给我们照路呢!"萧静海旋又激动地说:"我的指挥所马上就要迁到市区去了!"

另外两个师也陆续打来电话报告进展情况。

聂凤智很兴奋,市区作战十分顺利,二十七军已控制了南起徐家汇,北到苏州河以南地区。下一步该是市区巷战,清剿残敌了。

然而,难题却接踵而至。

五月二十五日早晨,二十七军的三个师陆续进入苏州河南岸各桥头阵地。

为了把这座城市完好无损地夺取过来,部队在半月前就接到粟裕签署的命令,进入市区后一律禁止使用火炮,包括迫击炮也不准用。而苏州河一带的作战条件对二十七军非常不利,敌人凭借北岸的高大楼房和围墙厚实的工厂、仓库等钢骨水泥建筑,以严密的火力网,封锁河面和河道南岸马路;每个桥头都有坚固的碉堡;随时都有多辆坦克巡逻。所以聂凤智二十七军冲过马路、夺取桥头,几次都未能成功,还付出了不小代价;特别是进攻外白渡桥的部队,遭到对岸二十六层百老汇大厦及其附近楼房上敌人机枪的密集、交叉扫射,伤亡很大。这些牺牲的无产阶级英雄中,有最先突破长江天堑的被毛主席授予"渡江第一船"光荣称号的全部战士，有首破济南、荣获华东军区授予"济南第一团"光荣称号的班长、排长、连长，也有爬雪山过草地已担任了副师长的老红军。他们为了保全上海，这些英勇的指战员，在即将建国的前夕献出了宝贵的生命。笔者读史至此，心情十分复杂，禁不住眼泪夺眶而出。

惨重的伤亡，是限制使用重武器的结果。二十七军广大干部战士十分愤慨，纷纷指摘这是"混账命令"。

这让军部感受到了从未有过的沉重压力。聂凤智军长的内心也十分矛盾；一方面他也产生了与下边同志们一样的情绪，另一方面他又不能不坚决执行上级命令，同时明白那命令绝不是"混账命令"。

他带着这样的复杂心情到第一线了解情况。

他到西藏中路二三五团指挥所，详细询问战斗情况；又反复考察了地形。感到问题十分严重。苏州河南岸的马路毫无遮拦，完全亮在敌人的火力控制下。桥头附近的高压线全部被打断，桥面、栏杆、电线杆、马路路面、沿街房屋无不弹痕累累；解放军牺牲者的遗体横七竖八摆了约一千平方米地方，其间也有负了重伤尚活着的，死伤总共有两千多。前去抢运遗体和伤员的干部和战士受到敌人的扫射，倒了一批又一批。

前线指战员面对牺牲的战友，十分愤慨，急红了眼睛，纷纷强烈要求解除禁令；有的还要求急电毛主席，请求干预野司的"混账命令"；有的部队干脆把榴弹炮营从郊区调来，瞄准了百老汇大厦，准备将这幢罪恶的建筑一炮锤平。

聂凤智也认为，如果不用炮火摧毁对岸敌人的火力点，要夺取桥头是极为困难的。

然而，一旦炮击，对岸密集的工厂、仓库、住房、无数市民都将化为灰烬。

知道聂军长到了前沿，各师都派了干部代表、战士代表找来了。各种质问纷纷扑向他，意思都是要求解除禁用火炮的命令。

"我们是在打仗，不是在演戏，哪有不准使用火炮的道理？"

"部队付出了无谓的牺牲，不能再错下去了！"

"当前必须摧毁苏州河北岸的楼房，牺牲这个局部，才能歼灭全上海敌人，保全整个上海！"

"是我们无产阶级革命战士的生命重要，还是资产阶级的楼房重要？希望领导上想清楚这个问题！"

这些毫不客气、带着愤慨的质问、指摘，使聂凤智片刻间感到自己变得渺小了。但他明白，他必须先说服自己，然后才能说服大家。各种质问此起彼伏，继续向他压过来。他紧张地动着脑子，快速地捋着思绪，以致同志们一浪高过一浪的声音他也渐渐听不见了。

后来，大家的争论聚焦到一句话：是爱我们的无产阶级战士，还是爱资产阶级的楼房？

好家伙，这可是一下就将了军的卧槽马呀。聂凤智暗暗佩服战士们的水平，大是大非的问题啊！不过，他已经捋清了思路，也知道今天必须说服同志们。他心平气和地说道：

"同志们问得好呀！毫无疑问，我们无产阶级战士的生命比什么都重要；不过，对岸那些资产阶级的楼房，很快就不属于资产阶级了，都将属于无产阶级所有。所以我们必须千方百计、尽最大努力去保全它们！大家要知道，这不是野司的决定，是毛主席的指示啊！当然，我们决不能蛮干，要千方百计减少牺牲，所以必须改变战术。我主张各部队白天继续在苏州河佯攻，粟总已调来几十辆坦克做活动掩体；天黑以后，主力部队拉出市区，分批在西郊渡过河去，沿苏州河北岸从西向东突袭市区。同时我们要尽快与地下党取得联系，发动政治攻势，分化瓦解敌人，争取他们放下武器。我们的胜利当然是没有疑问的！我们有兄弟部队配合，有上海工人阶级的支援；敌人的作战体系也已经被我们打乱，外围残存的敌军正在被兄弟部队围剿，吴淞口的完全扼制只在唾嗟之间。刘昌义被汤恩伯扔在上海指挥残部充当炮灰，我看他已完全丧失了斗志！"

聂凤智提到的刘昌义的心态，是完全符合事实的。因为他已得到野司通知，刘昌义要来找他接洽投诚。

当天十九时，刘昌义在上海地下党陪同下，秘密来到二十七军前沿指挥所。

二十七军参加谈判的有军长聂凤智、政治部主任仲曦东、联络科长金灼之、上海地下党代表田云樵，对方是蒋军淞沪警备副司令刘昌义以及与刘昌义联系的原东北军故旧王仲民。

讨价还价谈了四个小时，刘昌义表示愿意投诚，放弃了要求给予起义待遇的要求。

但他又说明，蒋军残部十余万人建制混乱，有些部队他支配不动。

聂凤智说不要紧，不听指挥的部队可由解放军解决。

上海解放了。至此，渡江战役全部结束。

渡江战役总共歼灭的敌人为：九个军部，三十二个整师，共四十三万八千余人；其中打死打伤两万两千余人，俘虏三十一万四千余人，起义三万四千余人，投诚六万七千余人。

人民解放军牺牲一万零五百余人，负伤三万五千四百余人。

第四十八章

一

中央军委给四野的任务是解放湘鄂赣粤桂五省，具体部署是先占领湖北、湖南、江西，最后夺取两广。

林彪将南下部队分作三路，越过陇海线后，沿平汉路两侧行进。

四月三十日至五月一日，四野一部在江汉、桐柏两个地方军区部队协同下，席卷了孝感、黄陂、滠口一带；

与此同时，四十三军从团风、黄州、兰风、蕲春、田家镇等地越过一百多公里的长江江面，追击残敌，解放了鄂东南及江西部分土地；

五月三十一日，随着首先南下的四十一军、四十二军解放了安阳、新乡，四野的其他部队又解放了武汉。

接下来还将解放大片土地，急需组建新的领导机关。

中共中央为了组建华中局和华中军区，首先教林彪辞去东北局第一书记、东北军区司令员兼政委职务，全部交由高岗继任。然后宣布华中局以林彪为第一书记，罗荣桓为第二书记（留在北平组建中国人民解放军总政治部），邓子恢为第三书记；华中军区以林彪为司令员，罗荣桓为政委，邓子恢为第二政委。这两个机构统一领导下列地区的工作和作战：河南、湖北、湖南、广东、广西、江西。

七月，林彪发起宜沙战役、湘赣边战役。二十七天时间歼灭宋希濂集团四个正规团、地方部队两个旅、俘敌一万五千人，解放了鄂湘两省共十七个县。旋即又在湘赣边东线行动，历时二十天，歼敌四千六百人，解放了奉新、高安、平江、宜丰等二十二个县。此后马不停蹄，继续发展战果，歼灭数万敌人，解放了江西全境。

在此期间，党组织对长沙进行了卓有成效的策反工作，加上四野大兵压境，迫使程潜、陈明仁不再游移，率部起义。长沙兵不血刃而获得了新生。

四野一部以长沙为立足点，发起湘西战役，歼敌五万人。

此后四野要对付的便是白崇禧集团了。这是国民党在大陆的最后一支劲旅，西北的胡宗南集团在战斗力方面也难望其项背，遑论四川的刘文辉、邓锡侯集团区区四五万草鞋兵了，也更谈不上云南卢汉的三四万鸦片兵了。

此时，蒋介石与白崇禧商定的湘赣防线彻底崩溃了。白崇禧不得不将他的五个兵团撤到湘南衡宝公路两侧、粤汉铁路衡山一线；同时，联络广东的余汉谋集团，组建湘粤联合防线。八月下旬，这道防线完成了部署，大略为沿湘江、资水摆放部队，东起粤北，西至芷江；桂系主力主要负责衡阳、宝庆一线。

毛泽东针对这种情况，指出：白崇禧本钱小，非万不得已或撞上了他以为有把握的战机，决不会与我军决战；我们则要积极创造条件，争取在湘南、广西、云南这三个地方中的一地，与之决战，歼灭其主力。集中八个军四十余万人，采取远距离迂回，占领敌人后方，三面大包围，迫其决战。

林彪遵照这一方针，计划兵分三路直捣湘西、湘南、广东，完全不理会白崇禧那道自以为是的湘粤联合防线。所不同的是，他投入的兵力大大超过了毛泽东的要求。林彪就是这么一个人，万事力求稳妥。

以陈赓、谢富治四兵团、邓华十五兵团附加两广纵队，组成东路军，从湘赣粤边界挺进广东，歼灭余汉谋集团。再由粤入桂，完成右翼大迂回；

以程子华十三兵团为西路军，向桂西挺进，截断敌人向云桂的逃路，完成左路大迂回；

以萧劲光十二兵团为主，附二野的一个军，共六个军，组成中路军，开往衡宝地区，担任正面主攻。

主攻部队将要对付的是衡宝公路两侧以及粤汉铁路衡山至郴州那一线的大片地区。桂系五个兵团共二十万人就部署在那里。

主攻部队即中路集团所属各部进展顺利。萧劲光担心敌人退得太快而抓不住它，便根据"大迂回断敌归路"这一总方针，电令四十九军"加速南插断敌退路"。

四十九军则催促其先遣部队一四六师（欠两个团，军部调用）沿湘乡至宝庆的公路疾进。

一四六师先遣部队四三六团途中遭遇敌四十六军驻防永丰的一个营，毫不踌躇就将其包围。打了二十分钟，歼灭其一个连；余部窜回界岭、青树坪。

一四六师继续挺进，于十五日十二时从永丰出发。前进顺序为：四三七团配属一个山炮连为前卫部队，然后是师部及其直属部队，后面是四三六团。计划进至界岭和界岭南面地区宿营。下午四时行至单家井，有少数敌人（约一个营）在这里据壕阻击。担任前卫的四三七团发起冲锋，十几分钟就将这伙敌人"击溃"。师部跟进到青树坪。在这里召集两个团的领导开会，研究敌情。有人疑心前卫团遭遇敌军阻击有诈，会不会是"诱敌深入"之计？大多数认为此乃杞忧，敌人全局处于败势，应该是手忙足乱地准备对付我大军进攻，哪里还能"好整以暇"地"诱"我深入？敌人真有这个图谋也没什么了不起，我师我军本来就是要插到其后方断其退路，大不了打过去就行了。我军从东北一路打过来，什么阵仗没见过，难道还能在桂系匪军面前露怯不成？这个后一种意见占了上风，师部决定继续前进。

当天夜里，约莫二十一时许，前卫团之前卫营，进至界岭未按条令规定先派小部队搜索半径数公里内。全营正通过这里时，突然遭到敌人伏击。前卫营毫不慌乱，迅速展开，利用仅有的几处突起地带抵抗。战斗过程中摸清了敌人情况。以三个连同时猛烈冲锋，"击溃"敌人两个连，俘获连长以下五十多人。

师领导认为沿途敌人被我军陆续击溃，当无大碍。便令前卫部队四三七团开到界岭以南宿营。

尚未动身，就遭到不知从什么地方冒出来的大股敌人攻击。师领导微微吃惊，没想到敌人还敢做这样的动作。但马上就镇定下来了，决定暂且向后退却以靠近一四五师。令四三六团冲到公路以南占领樟树铺、花果塘以南山地；四三七团撤离界岭，进至百家冲、竹叶冲、八湾一线，构筑工事待敌。这已是八月十六日凌晨二时。

后来才知道，一四六师行军进度很快，闯到了白崇禧主力部队的边沿；而且白崇禧麾下大将张淦用重兵在这里预设了伏击圈。

十六日早上六时，一四六师与冲过来的敌人接火。

这时，一四六师拥挤在方圆几公里的狭小地域内，如果敌人以重兵从两翼进攻，后果不堪设想。

师长将情况电禀军部。

军部立即转禀兵团部和野司前指。

萧克对林彪说："一四六师的正面是敌人的一个主力军，敌人另两个军也正在向青树坪疾进；而一四六师附近没有我军主力可以增援！怎么办？"

林彪盯着地图，沉吟了半晌。无可奈何地说：

"已经撞上了，只有靠一四六师的素质了！这样吧：命令一四六师死守原地，命令四兵团的十八军迅速插到张淦兵团背后，让四十九军东移佯动，摆出一副因势利导在那里决战的态势，吓退敌人，以利一四六师相机突围！"

萧克忧心忡忡，叹了一口气。"这要看一四六师能坚持多久了！"

十天前，李宗仁从广州打电话给白崇禧，通报了一个虽然很好，却又大有难度的消息：魏德迈将军承诺，只要国军打一个胜仗，他就能说服美国总统和国会，对华恢复军援。

"我明白，他这是给我们出难题了！主要是给健生老弟出难题了！"李宗仁用体谅的口吻说，"兵败如山倒的情况下，要打个胜仗，谈何容易啊！"

李宗仁的言外之意是：共军刚刚进入华中，不过才九个月，十九兵团司令官张轸率部八个旅投共、陈明仁、程潜也投共，武汉、长沙相继丢失，眼看两广也快保不住了。

白崇禧可不像李宗仁那么悲观。他其实已经相准了一个地方，自以为打个大大的胜仗没有问题。他获悉萧劲光兵团南下的方向，断定其先锋部队一定会取道湘南一个叫青树坪的地方推进。为了万无一失，他还命令部队安排两道小规模的伏击，让共军得点便宜，以顺顺当当诱其进入伏击圈。他此时便胸有成竹地对李宗仁说：

"德公放心，十天之内必有捷报！"

李宗仁愣了一下，审度了一番，感觉小白不像是开玩笑。沉默了一会儿，以多年交往的经验，白崇禧不是那种吹牛皮的人，是不是已瞅准了共军的什么破绽呢？李宗仁现在对作战的事懒得操心，所以也不去问究里，只说：

"如果你能在湖南打个胜仗，力挽危局，美国对我们必会刮目相看，美援马上就可以要到手！魏德迈说，去年彻底断了美援，是因为东北丢失了，华北丢了，徐蚌会战也失败了，国军没打过半个胜仗，美国政府认为继续投入无济于事，而且还会被共产党悉数接管过去！魏德迈说他也不便为我们说话！"

"德公尽管放心，等着收我的捷报吧！"

刚放下电话，三兵团司令官张淦就来了。

张淦笑容满面而且有点趾高气扬。向白崇禧敬了礼后，竟学着诸葛亮的样子在小诸葛面前刷一声甩开了纸折扇，权当鹅毛扇从容地扇开了。大刺刺地说道：

"健公，恭喜了！"

白崇禧平素就对这员爱将有点纵容。此刻照例毫不计较他那副没上没下的做派，反倒笑嘻嘻地凑趣道：

"莫非昨晚又'袖占一课'，发现了什么好事！"

"健公不愧为小诸葛，一猜就中！"

"小诸葛毕竟'小'，还是请大诸葛细说根由如何？"

张淦那纸折扇挥动的频率加快了，得意地呵呵一笑。然后神秘地说：

"健公，共军这回注定要完了！"

白崇禧啊了一声，审视了一下张淦，也不说什么，心里想，且听这厮胡诌什么吧。张淦对他白崇禧十分忠诚，至少白崇禧本人是这么认为的，所以对张淦的说神道鬼向来采取包容态度。况且张淦算卦占卜有时候也的确撞端了，尽管这样的情况不算多，居然在桂系中也颇有了些声誉。由是白崇禧也免不了要借助他的八卦来鼓舞士气。

"我用罗盘测出了一块凶险之地，只要引得共军从那里经过，管教他有去无回！"

为了不扫张淦的兴，白崇禧故作认真地问道：

"什么地方？"

"湘乡县永丰镇（今属双峰县）青树坪！"

"什么？"白崇禧吃了一惊，审视地盯着张淦。这正好是小诸葛揆情度势折腾多日准备伏击共军先头部队的地方呀。难道张淦的八卦、罗盘真有一定准头？他想起当年张淦预测他会跌伤胯骨，后来果然应验了，没躲过那一劫。如此看来，这次在青树坪建立殊勋是无疑的了。

"就是娄底、衡阳之间那个永丰县嘛，县城西南方向约莫五十公里就是青树坪！卦象上说那是凶险之地，兵家所忌，说是'必蹶上将军'①！嘿嘿，说不定会捉住林彪也未可知，至低也捉个萧劲光吧？"

尽管白崇禧不至于昏聩到以为在青树坪设伏能捉住林彪、萧劲光，但是看来打个不大不小的胜仗来正一正国际视听是可能的了。他见张淦兴头那么高，便决定把这个任务交给他。

他压低声音告诉张淦，两天前已直接密调下边的师、团部队派出两支诱敌的小部队去了，现在只需张淦率大军向青树坪移动，张网待机。

"你亲率七军、四十八军，明天一早向南开拔，对外声称回广西；走得越慢越好，边走边休息。当晚即转身向北，秘密疾赴青树坪。到达该地以后，首先封锁一切消息，同时部署袋形伏击阵地，耐心等待共军来钻！怎么样，能行吗？"

"健公放心，部下当不辱使命，不斩楼兰终不还！"

为了严守秘密，张淦要关闭电台，断绝与各方面的联系。须待战斗打响，才可以给白崇禧发报。

白崇禧每天二十四小时工作、休息都在指挥部，为的是第一时间得到张淦的报告。

参谋终于来请他了，说是张淦请他通话。

无线电之话、报两用机传来张淦略带沙哑但兴奋已极的声音。"健公！健公！共军全部钻进圈套了，我数万八桂子弟正猛烈杀贼……"

白崇禧的兴奋之状不亚于张淦。他声嘶力竭地喊道：

"伍斋②！伍斋！不必留预备队了，全部投入战场，狠狠打！"

"是，健公！"

八月十六日凌晨二时至六时，解放军一四六师两个团分别在距青树坪十公里

---

① 语出《孙子兵法》，此乃张淦借用，不一定有这样的卦语。

② 张淦字伍斋。

远近挖好了掩体,互为掎角之势。不料整天都没有大的战事。

亲历者后来的回忆文章称:张淦首批抵达的是两个师,此外正陆续催调部队到场。为保险起见,先行抵达的那两个师只进行了一些试探性攻击;先后攻占了解放军四三六团三营的两个山头,旋又被该团夺回。

正是在这一天,距一四六师最初只两天路程的一四五师奉命紧急驰援,已进至巡南、青树坪一线。

一四六师判断敌人有纠缠下去的意图,后来又发现左翼也出现了敌人约一个师的兵力。便联系青树坪一线的一四五师,共同夹击歼灭左翼敌人。商妥之后,天黑下来便紧急调整部署,将四三七团的主力移到锡石桥、竹叶冲;四三六团留两个营在公路以南;另一个营及团直属连在团部率领下进至公路以北;师部及其直属营移至三塘埔、泥水塘、黄塘湾一带。

十七日八时,发现敌人兵力增至三个师。而且似有继续大规模增兵的迹象。敌人的一个师正向欧阳亭、青树坪、巡司之间解放军一四五师的左翼迂回;另一个师与解放军一四六师的正面作对峙态势;再一个师以界岭西北的大山为依托,向解放军一四六师之四三七团右翼迂回。这显然是一个军的兵力了。解放军一四六团判断敌人企图从两侧进行夹击;同时还发现了装甲部队约一个团到场,十来架飞机在空中盘旋、窥察。一四六师感到处境危险,不可待在一处恋战,应通知一四五师援助突围。此刻只永丰方向尚未发现敌人,利于突出去;但大白天易为敌人发觉从而调兵关闭这道口子。于是决定各部就地利用地形,构筑工事,坚守待时,夜幕降下后再突围。

十七日九时以后,桂军在正面以两个营的兵力向解放军四三六团轮番进攻,共达二十三次,而且有四架飞机助战。

四三六团沉着应战,坚守不退。其七连打了三个小时,伤亡过半,弹药也耗尽,中午十二时奉命撤出阵地。

敌人将兵力增至两个团,借着坦克、飞机助战,沿公路两侧向四三六团各个阵地凶猛攻击。

四三六团坚守了五个小时,终因伤亡过大、弹药不足,正面阵地十八时左右被敌人突破。

同时该团左侧后也在告急。敌人用一个团的兵力去攻取炮兵一连驻地,夺取拖炮的马匹装具。没有了装具,几门火炮无法拖走。四三六团团长亲率一个营附加警卫连,奋勇攻击,以连续三次的猛冲,夺回了炮一连驻地,全部夺回了马匹装具。

然而,四三六团腹背受敌,阵线被打乱,营团之间联系极度困难,全团弹药存量也不多了。十八时以后,相互掩护,向东北方向撤退。

上午八时许，解放军一四五师的左翼遭到敌人攻击。战至十时许，该师奉命向永丰方向撤出战斗；留下一个营保障四三六团侧后安全。这个营不久就遭到攻击，敌人企图推倒并拔除这个屏障，使一四六师失去退路。

同一天，解放军一四六师四三七团方向，桂军一个整师在飞机支援下，从正面和侧后向这个团发起攻击。

在敌人疯狂进攻下，四三七团二营全部阵地、一连和九连阵地相继失守。该团随即组织兵力，用几门山炮猛烈炮击，轮番冲击。激战七个小时，全部夺回了失去的阵地。坚守到二十时，奉命撤到相思桥。

从十五日二十时至十七日二十时，一四六师共击毙敌人六百八十四人，俘虏敌人六十九人；该师伤亡、被俘共八百七十七人。全师两个团基本安全退至主力部队近处。

一四五师在支援一四六师的战斗中，消灭敌人数量不详，自己的损失为四百多人。最后也编制健全地撤出。

后来白崇禧、张淦在鼓吹"青树坪大捷"的记者招待会上说，共歼灭共军八万。这个数字到了国外报纸那里越传越多。最后到了《华盛顿邮报》竟为二十万。

林彪认为，一四六师在青树坪的失利，客观上会起到麻痹白崇禧的作用。白崇禧在青树坪战役用上了主力中的主力张淦兵团，而且一战获胜。林彪判断这个好大喜功而又想入非非的家伙极有可能命令他的大军乘胜北上湘乡、湘潭；宋希濂也可能为策应他的行动而从湘鄂边南下常德、桃源。于是，林彪迅速调整部署，采取诱敌深入的战术，决心把白崇禧的全部主力消灭在湖南中部地区。

然而，林彪显得有些一厢情愿了。

白崇禧的确想过挟青树坪战胜余威，北上寻求决战。但狡诈的白狐狸思之再三，并未付诸行动；或者说暂未付诸行动。似乎是冀望在拖宕的过程中再瞅机会。

过了六天，也就是八月二十八日，情况终于明朗了。即诱敌北进湘中然后全歼之，显然是不可能了。这个时候林彪最怕的是白崇禧率主力退回广西，利用崇山峻岭与解放军周旋；必须要将他们抑留在湖南解决。如何进军却又是个大难题：速度快了，会把他惊回广西；慢了，他的主力则与你兜圈子，久追无果。

其实白崇禧也处在游移观望中。

两军就这样远距离摩擦、对峙了较长时日。

二

  毛泽东获悉后，是这样宽慰林彪及其麾下兵团领导的：无论战场上出现什么新的情况，只要坚定不移地贯彻最初给你们定下的兵分三路，远距离包围的策略，桂系部队就逃不脱被歼的命运。所以，只要不改变三路远距离包围的方针，你们在大包围圈内采取任何方法寻其决战，他也是决计躲不掉的。

  此后，毛泽东教他们勿再等待，适时收缩包围圈，尽快主动发起进攻；并定出了具体战场，亦即在衡阳、宝庆之间歼灭白崇禧集团。

  林彪九月九日复电军委，表示"完全同意军委指示"；称"已令程子华率两个半军（三十八军、三十九军、四十七军两个师），十三日出发，向芷江前进，歼灭黄杰，而后入柳州。已令萧劲光率三个完整军（四十军、四十一军、四十五军）及四十六军、四十九军各一部进占宝庆，拟于十五日出发。陈赓、邓华两部行动，亦完全同意军委指示，当即去电示其直向韶关、翁源前进；不要派兵入惠州，亦不该派兵到郴、宜。进攻宝庆的兵力，依现时该地的情况，三个军已足。但因四十六军、四十九军已在湘潭一带，准备顺便以一部参加；但，届时如果仍无参加必要，则仍不参加"。

  林彪电文中所云"程子华率两个半军十三日出发"的这个"十三日"即后来史家所划定的衡宝战役的开始时间。

  毛泽东对前线部队的情况十分了解。他对林彪所谓"两个半军"，其实很清楚，知道实际上就是十三兵团的三个军；这与他指示林彪以两个军出芷江有了一点修改。毛泽东也不予说破，当天回电只做了这样的提醒："以三个军向沅陵、芷江前进很好，但未知你们以什么兵力驻守常德？"

  林彪何等聪明人，立刻就读懂了毛泽东电文中隐含的责备之意。当天十七时复电称，"我以三十八、三十九两军歼灭黄杰部与出柳州兵力已够；因此我们考虑，四十七军仍照原定留在湘西（常德）。必要时亦可抽出一个师在三十八、三十九两军后推进。已去电征求程子华意见"。

  这就回到了毛泽东原电的要求。

  林彪据此排兵布阵，各部也开始行动。

  不料战局又发生了变化。林彪只好又修改了中路集团的进军路线，将原计划三个军直取宝庆改为向衡、宝之间前进。

  林彪致电十二兵团萧劲光称，"张淦本日令四十六军开乐昌，四十八军开耒阳，五十八军开衡州以东，九十七军由郴县开回衡阳并向宝庆前进。盼你们第一线部队仍按原计划于明后日分别前进向敌佯攻，若敌少则歼灭之；但在湘江以西的部队，则应以穿插与迂回动作抓住一股敌人，等主力到后歼灭之。四十、四十一、四十五三个军直接向宝庆、衡阳之间及其以南前进，设法抓住敌人并断其后路"。

林彪给中路集团（以十二兵团为骨干组成）集结完毕的最后期限是十月一日。这一天是新中国诞生的日子，对依然在前线的解放军战士是何等欢欣鼓舞的日子，是多么巨大的精神激励啊。

中路集团正在集结之际，东路军、西路军已开始向桂军两翼运动。

西路集团之三十八军、三十九军南下湘黔边区，攻占沅陵、泸溪、辰溪、溆浦一带，又向芷江、怀化进攻。桂军纷纷南撤。三十八军、三十九军紧追不舍，一举攻占芷江至靖县一带，然后遣劲旅突入白崇禧湘粤联合防线的左翼。

东路集团从赣西南下，逼近赣粤边界。此刻，其图穗（广州）封逃之意谁也看得出了。

奇怪的是两翼既然被斩断，白崇禧反倒命令部队停止了已然动步的后撤，反倒将部队摆在四野中路集团的正面，成对峙之势。失去两翼将陷入包围，难道聪明极顶的小诸葛对此忽焉不察？

林彪命萧劲光指挥部队十月二日向桂军主力进攻，一举吃掉它，向新中国献礼。

萧劲光命令：四十军迅速推进，包围白果市之敌并歼灭之。尔后向南面的渣江攻击前进；四十五军紧随四十军西侧，攻下永丰、蒋市，歼灭这两地守军，尔后向南面的演陂桥攻击前进；四十一军紧随四十五军西侧，首先歼灭青树坪之敌，尔后向南面的黑田铺、宋家塘攻击前进。

以上三个军的作战目的：突破衡、宝公路，进而封锁桂军逃回广西之路；四十六军南下攻取耒阳，十八军南下向郴州攻击，亦是对之作战略支援。这样，可迫使两翼之敌进入套子，也可先抓住敌一两个军就地吃掉。

十月二日十六时，中路集团分三路展开攻击。

五日拂晓，各军向前推进了三十公里、五十公里不等，在湘中、湘南之间占据了青树坪、花门楼、渣江一线，近距离威逼桂军主力。

在如此大军压境的情况下，林彪估计，兵微将寡的桂军不是凭借完整的工事和以逸待劳之势固守；就是以少数部队掩护，不顾一切冲破可能被阻断的后路，将主力撤回广西。这是面对重兵压境之下必然甩出的两张牌，二者必居其一。

不料，白崇禧居然下令反攻了。

这是个不按常规出牌的人，也是个深谙兵行诡道之术的将领。而处此危局主动反击，意欲何为？

正当林彪三路大军进军神速，东西两路正在形成钳形夹击态势，中路主力在桂军正面完成了战略集结的时候，白崇禧在衡阳召开军事会议，研究如何应对当前的严峻局势。

九月二十八日夜，衡阳鸡条街二十六号华中军政长官公署大会议室济济一堂，肩章上的金星闪成一片。参加者有桂系将领，也有中央系将领（如黄杰）。

参谋处长林一枝上校报告敌情，传达参谋长会同参谋处做出的判断。

接下来，白崇禧叫大家各抒己见。

丢失了安徽省的省政府主席、华中军政长官公署副长官夏威坚决主张退却，而且认为退得越早越好、越远越好。这代表了与会大多数人的意见。

还有一种意见是继续抵抗，坚守阵地，顶一天是一天，等待机会；理由是机会不会没有。然而究竟是什么机会？是微观战场上的，还是国内大战局，抑或国际变数？谁也没去清楚言之，也许他们根本就没想清楚。

又有人诘问：如果照夏副长官高见退却，那么向哪个方向退为宜？这个问题似乎有些纠结，因为以前蒋总裁和李代总统意见就不一致。

当然，这个时候情况已经有所不同了。一个多月前，如果当机立断，离开湖南进入贵州，再相机退入四川，将会容易得多；现在直接去贵州已走不通，只能先进广西，再入贵州；至于向海南岛退，取道广州是舍近求远了，也还是得从广西转道。

另有一些人主张退往越南。持这种主张的人有桂系也有蒋系，例如桂系十兵团司令官徐启明、蒋系一兵团司令官黄杰。

黄杰说："我们去了以后，把帽子换成保大王朝①的安南军帽，帮他们打共匪胡志明，就立住足了！"

徐启明说："说得对！我们几十万人马过去，谁也抵挡不住！如果法国兵要干涉，他们不过几万人，我们可以消灭他们！"

大家争论了一番。同意退却的人占四分之三，但退到何处却莫衷一是。

七军副军长凌云上说："新化以北的敌人连日以来进展凶猛快速，似乎毫无后顾之忧。这说明有所仗恃，其后面必有强大部队跟进！这必系敌人从右翼来包围我们的大部队。待其抵达宝庆完成了包围，衡阳正面的敌人主力就不会再按兵不动了！到时候衡阳就成了一个突出部位，长官部在这里，极为不利！现在就应该及时迁到东安，并以有力部队驻守武冈，以固桂北门户。"

不料白崇禧全然否定了所有意见。他认为共军现在对国军进行大包围，犯了

---

① 当时越南保大王朝尚未被推翻。

兵家大忌：兵力分散，远距离奔袭犹强弩之末势不能穿鲁缟。既然共军破绽已露，我们就应击其破绽，打一个比青树坪大捷还大的胜仗。天予不取，反受其咎，这个战机是决不能放过的。

诸将听了，无不惊愕。心里都在嘀咕，白长官发昏了吗？

他当即做了具体安排：宝庆方面，由黄杰组织优势兵力拒止敌人于宝庆以北地区；宋希濂兵团由桃源、安化一线向长沙进攻，限时拿下长沙；衡阳一线，凑足五个军，由衡山、永丰一线协助进攻长沙。这路助攻部队也由宋希濂统一指挥。至于华中长官部的位置，当然，临锋当镝，确实不安全；然而，此系首脑机关，万众瞩目，国际观瞻所系，一旦移动，牵一发而动全身。李代总统正在交涉美国援助的军火和其他物资的接收地点，所以应暂缓撤退。

他最后说："上次青树坪战役获胜，即使盟友美国对我们刮目以待——这次已启运了一批援助物资就是证明；又说明了共军不是不可以战胜的，也证明了我们华中部队的战斗力，不可作等闲看！魏德迈说，这次启运的军火和其他物资可装备四十个师，其中十五个师的装备交给西北的胡宗南，让他挡住彭德怀的进攻；其余二十五个师的装备全部交给我们华中部队！"

白崇禧身临危境不思如何收缩部队，避险趋利，反倒大举进攻。此举决不像海外一些史家[①]所云是临危不乱，果敢用兵，以求险中取胜；而是受到了美援这一巨利所左右，企图再来个大型号的"青树坪大捷"。这个是典型的利令智昏。笔者从他对部队的部署看，可以断言他对林彪部队的情况完全不了解；特别是打长沙时避免不了要对付的萧劲光中路集团的动态，他居然毫无所知。否则他就不会产生进攻长沙的妄想了。刘伯承对白崇禧的评价是"小聪明，大傻瓜"，真是再准确不过了。

部队进入实际行动阶段的时候，白崇禧才发现解放军兵力的雄厚、纵深配备的强大远远超过了他的预料。

面对白崇禧的大兵力反击，林彪一开始有点瞠乎其后，遥遥端详其心雄万夫的身影，困惑了半晌；觉得这实在是不像白崇禧所为，说是刘峙或者陈诚还差不多。如此集中全部主力，在三面都是比自己强大一倍以上的解放军远程包围下，竟主动冲上前去对决，不啻是一种自杀行动。白狐狸变成了黑母猪了吗？

不过，这样完全违背常规的突然行动，对完全没有心理准备的林彪也颇着难。因为中路集团放在第一线的部队，与白崇禧倾巢而动的兵力相比并不占优势；中路集团的纵深配备要调往第一线也需一定时间。同时，林彪对白崇禧的反常举动

---

① 如美国出版的陈约瑟著《中国1949》。

也尚未判断出其真实意图究竟是什么；是实实在在的自杀行为，还是虚晃一枪即转身远遁？抑或还有别的什么图谋？林彪的思维一向缜密，他认为得先让白崇禧行动，我军暂处守势，观察观察，然后再收拾他。

林彪给各部下达命令，停止攻击行动，收缩部队，准备决战。

对首当其冲的中路集团所属军、师级单位发电报说："目前你们第一线兵力不够优势，各部即在原地停止行动，严整待命。"

发出上述电报的次日（五日）上午，又致电中路集团十二兵团司令员萧劲光、副政委唐天际、参谋长解方，"目前已突过衡宝公路之我军，则应在水东江、宋家塘以南地区集结；在公路以北暂勿南进"。"各部皆须作敌向我进、向东或向南撤退以及原地不动等四种情况的处置，须以机动精神处理情况"。

同时，命令程子华的西路集团从湘西向东移动，以靠近白崇禧集团；杨勇的五兵团之十八军沿粤汉线向北移动，十六军、十七军向衡宝公路靠近。

林彪这样调整的意图是，无论白狐狸是如何打算，让他就在这个包围圈里折腾吧，最后总要把他报销完事。

但是，意外发生了！

四十五军之一三五师没有接到野司和兵团部命令他们原地止步的命令，已然遵照原来的作战计划以强行军高速南下。

五日夜间，当中路集团全部止步在衡宝线以北时，一三五师已越过衡宝公路插到白崇禧主力部队云集的腹地：佘田桥正南之沙坪、灵官殿地区了。

次日拂晓，白崇禧发现了一三五师。

他惊愕之余，陷入深深的困惑：这林彪一向用兵谨慎，孤零零的一个师闯入我军腹地，就不怕被一口吃掉吗？不对，会不会是有什么阴谋？会不会是作为诱饵抛过来的？然则鱼钩又在何处？看来得谨慎处之。

他命令七军军长李本一派兵尾随这股来意不明的共军（一三五师）；但不可浪战，须相机而为。

林彪一开始颇为一三五师的冒进担心，生怕再发生一个青树坪式的失利；但他是个深谙辩证法精髓的人，在不言不语中渐渐意识到该师的冒进可能带来意想不到的良好后果。沉思之后，遂下定了决心，再次调整部署。

六日十一时，他首先致电一三五师，"你们暂时归我们（野司）直接指挥。望告电台，要特别注意联络我们"。规定"一三五师的师、团两级电台要随叫随到；兵团和军的电台只能收听（一三五师电报），不得指挥"。

同时，又命令中路集团各军主力向衡宝公路以西挺进，西路集团三十八军、三十九军由西向东推进，这样便形成了对白崇禧主力东西两面威胁之势。

四个小时之后，林彪又致电中路集团的萧劲光，野司要对中路集团的六个军直接指挥。"四十、四十一、四十五、四十六、四十九、十八等各军行动，暂时由我直接指挥。故各部，特别是先锋师，应特别与我保持电台联络。十二兵团司令部应率直属部队驰赴永丰及其以南，担任现场指挥，准备进行大围歼。"

四野的所有指挥员都知道，林彪一旦大权独揽、越级指挥，那就是有大仗打了。

林彪在给一三五师的电报所做的具体指示为："……盼你们以少数部队迟滞水东江（衡阳西北面）方向之敌，主力即向湘桂路前进。必须不顾一切艰苦和危险，坚决迅速破坏湘桂路，争取翻毁数十华里和炸毁桥梁，使敌无法下决心南退。只要敌人不退，则能全歼桂军，使战争提前结束。故你们的任务甚重大，望坚决灵活地完成任务。我大军在水东江、宋家塘以北足以压制敌人，故你们不必过分顾虑后方。"

一三五师师长丁盛命令，全师休整一夜，次日早上按照野司规定的路线向洪桥方向前进。

次日一早，部队正要出发，突然出现了一支敌人部队，向四〇五团孙家湾阵地冲来。副团长韩怀智当即率三营迎战，歼灭部分敌人，俘虏了几十名，余部逃去。

从俘虏口中获悉，逼来的敌军是一七一师，目的是以奇袭方式搞清这支冲进腹地来的共军动向。

丁盛决定暂时停止出发。为防止敌人可能实行合围，各团占领相应阵地，准备抗击。

敌人果然前来进攻。先以炮火轰击，然后飞机轰炸。步兵的集团轮番冲锋达十多次，都被打退。

攻守战进行到黄昏，丁盛觉得，在此与敌军纠缠，野司交给的任务何时才开始执行呢？便下令各部设法撤出战斗。师之主力（欠四〇三团）由灵官殿经石株桥向关帝庙方向前进；四〇三团在师主力的左翼沿平行路，经余家冲、七壁岭向井头江方向前进。

四〇三团前卫部队一营在师参谋长刘江亭率领下，在夜幕掩护下，当夜就越过了七壁岭敌人警戒线，一直插到井头江敌人纵深地带。

天亮后敌我双方才看清对方位置，便在井头江村内外混战起来。

刘江亭率一营边打边抢占有利地形，井井有条地抗击敌人的攻打。后来，与团部失去了联系。

四〇三团主力在刘世斌团长、李济宗政委率领下，由于夜色浓重，渐渐和刘江亭带的前卫营拉大了距离。进至七壁岭，又遭到敌一七五师阻击，发生了一场激战。不幸电台出了故障，与师部也失去了联系。

七日凌晨一时，一三五师主力进至石株桥地区。

前卫部队四〇四团报告，其先锋营在关帝庙遭遇敌人，发生战斗，无法前进；同时又发现关帝庙附近有敌人主力部队。

丁盛命令四〇四团就地组织防御；令四〇五团占领石株桥两侧高地，向严家庙方向警戒；师机关及其直属部队在石株桥一带几个村落屯驻，派警卫营、山炮营、工兵营向灵官殿方向警戒。并将当前一切情况电禀野司、兵团部、军部。

野司复电指出，该师已处在敌人四个主力师分割包围中。该师应立即占领有利地形，构建工事，组织防御。必须像钉子一样钉在敌人心脏里，咬住不放，以待主力从外面合围敌人，最后歼灭之。

七日凌晨四时，一三五师各段阵地都遭到敌人多次攻击。战斗十分激烈，往往短兵相接，双方纠缠不退。

四〇四团三营坚守三面山阵地，打退了敌人多次猛烈冲击，杀伤其大量有生力量，仅七连阵地上敌人就遗尸两百多具。

四〇三团在七壁岭、神仙洞遭到两个团敌人包围。敌人的围攻都被击退。三营营长蕲宝谦挺着上了刺刀的步枪，身先士卒，冲进敌人群体，杀死十多名敌人后，拉响身上手榴弹，与围攻他的敌人同归于尽。英雄蕲宝谦时年二十五岁。该营残存的三百多位干部战士在教导员上官秦水率领下，黄昏后突出重围。

七日二十二时，四〇三团终于与师部联系上了。

丁盛师长当即令四〇四团二营接应四〇三团主力突围。

打得精疲力竭的四〇三团主力消耗了一多半，已不足千人。在四〇四团二营护卫下，八日拂晓才回归师主力附近。

丁盛意识到，不宜在此与敌人纠缠，必须尽快撤出战斗，执行野司向他们下达的向湘桂线穿插的任务。

对于林彪来说，此刻一三五师能否破坏或控制湘桂铁路已变得并不重要了，其实只要他们在敌人中心地带不断地横冲直撞，搅得白崇禧疑窦丛生就可以了。

八日午后，丁盛察觉严家庙的敌人在向后撤退。急忙向野司电禀。

野司认为这是白崇禧将要全军逃离的迹象。命令一三五师立刻穿插到敌人逃跑线路的前头进行堵截。

丁盛命令：四〇五团为前卫，师部及其直属部队居中，四〇四团随后跟进，四〇三团向白地市方向推进。

师主力过了严家庙不远，发现前方有一个营的敌军挡住去路，似乎是敌军的断后部队。决定不去惊动它，绕道前行，经黄土铺再到白地市。遂令四〇五团调整方向，往西前进；四〇四团在师部后面跟进。

敌人发觉了他们的动向，急忙追了上去，展开攻击。四〇四团不让其靠近，边打边退。

傍晚,前卫四〇五团进至鹿门前村,也发现前方有一支敌军,看规模是一个营。接到报告后,师部决定借助夜幕,侧敌绕行。

当夜,月黑风高,细雨时下时辍,后来大雨如注。部队在山间小道、水稻田里冒雨前行,十分吃力;尤其是炮兵部队和驮马,行动困难,更是远超单兵。然而,他们没有损失一人一马,顺利地越过了敌人的封锁线。九日凌晨四时到官家嘴、泉碧梁地区宿营。

而四〇三团则在铜锣坪宿营。不断的作战、急行军,使部队人困马乏,大家一挨地就熟睡过去。沉酣的程度,就是大炮轰,也惊不醒他们。

到四〇三团帮助工作的师政治部主任任思忠,并没休息,去这个连队、到那个连队,了解战士们的思想情况,解决一些纠纷问题。他在两个营之间来往时,察觉前边有宏大的声音传来。他十分警觉,屏息细听了一会儿,不禁大惊,意识到是大部队的行军声。从声音传来的方向看,定是敌人退却过来了。他飞跑去把团长、团政委叫醒,紧急集合部队。

部队刚出村,还来不及展开,敌人的先头部队就逼过来了。只好仓促应战。顿时,铜锣坪村四周枪声震天动地。

三

是的,白崇禧主力全线退却了。

他正面,是共军中路集团,看样子陆续到位了二十万人马;西面,共军已由芷江、黔阳地区向武冈方向东进;东面,陈赓兵团已攻进粤北;而深入到华中国军整体的侧后的这支番号不明的共军(一三五师)却又横向拦截了国军的退路。他感到全军覆没的黑云兜头下来了。他不敢再有片刻延宕,决定即刻下令撤退。

他打电话给第七军参谋长邓达之说:"长官部和第三兵团部决定今晚撤出衡阳,回广西去!你们第七军率一七一师、一七二师、一三八师、一七六师作后卫,原地掩护长官部和三兵团撤退,到明天九时方可撤走。撤退时不论遇到任何艰难险阻,都不要停留,要不计代价、不顾一切,坚定不移地冲出去;纵然后卫部队撤不下来,也不要管了!"

邓达之显得有点悲怆:"健公请放心,部下一定把部队给您完好地带回去!"

林彪寄希望于敌人大军的不是抱成一团不进也不退的状态,那尽管也可以逐步啃下来,却要费时费力得多;而是让其动起来,进攻也罢,撤退也罢,都是林彪所乐于看到的。特别是撤退,一旦白崇禧下了命令,二十万桂军的士气便会在瞬间瓦解，行动开始后各部队之间必然出现缝隙，给解放军提供了分割歼灭的机会。

林彪的第一份电令是发给孤悬于敌后独立作战的一三五师；这是他最后一次直接指挥这支英雄的部队。他命令一三五师坚决阻击敌人的南逃大军，同时说明"在此次追歼敌军的大兵团运动战中，野司只能给予各部队行动的方向；而各兵团、各军、各师必须以机断专行的精神，加强对自己部队的统筹行动，不可以一切等候我们的指示，以免失去战机"。此后，他就放手不管了。他为什么敢于这样"放纵"自己的部队？笔者读史至此，宁不深长思之！

然后他才给负责总攻的各部下达电令，全线出击，不许让敌军漏网逃逸。他在电报中具体指示，"凡遇到敌人一个团或一个师的兵力时，应首先将敌人退路截断，围而不攻，等友军到达后再做有准备有配合的进攻"，这是为了减少我军伤亡；"凡未抓住敌人的部队，则应参加友邻聚歼包围之敌，或继续猛追求得抓住一部敌人"，"包围和歼灭敌人，必须以三至四倍兵力的对比去施行之"。"必须求得在此次追击中歼灭白匪一部；同时争取吸引大部，以便歼灭"。

八日，解放军四野中路集团全线出动。

四十军一一九师楔入白崇禧部右翼，四十五军一三四师追上白部一七六师，四十九军一四六师追上白部一七一师，四十六军占据了白崇禧华中长官部驻节地衡阳。

桂系大军逃往广西必须越过宝庆西去，另外就是取道祁阳南下。四野那支深入敌后的一三五师正横亘在宝庆方向。这支英雄部队在界岭、鹿门前、黄土铺一线构筑工事刚刚完毕，就见阵地正前方二十公里许，烟尘铺天盖地而来。这是大部队行进的标志性迹象。

四〇五团负责黄土铺一线的阻击。

团长韦统泰对全体指战员说：同志们，现在是最后拼命的时候了，为了我们的新中国，我们就把这一腔热血洒在这里吧！敌众我寡，敌人不知多出我们好多倍，被动防御容易被敌人大兵力突破；我们应该主动接敌，先冲进敌群，杀他个人仰马翻再说。

四〇五团分成了三路冲入敌阵：参谋长张维率三营从左翼的黄土铺出击，副团长韩怀智率二营从右翼的双合亭出击，韦统泰团长和荆健政委率一营从中部的土地堂出击。

他们要对付的是白崇禧的嫡系和精锐第七军；但不是全军，是军部及其直属部队，还有一七二师的后卫部队。解放军四〇五团三路人马的突然冲击，使来敌的撤退队形顿时乱了，官兵一时都不知如何是好，还以为逃跑不成功撞上共军主力了。解放军二营乘乱包围了一七二师的后卫部队和七军军部的先头部队，以快刀斩乱麻之势将这部敌人歼灭了大半；三营包围了七军的卫生营，战斗不到二十分钟就全歼了这个营；一营对付的是工兵营、警卫营、炮兵营、通讯营。敌人的警卫营最具战斗力，临场表现凶狠、不怕死，都是桂系老兵。解放军一营最初是让一连去对付它；久攻无果，再增加了四连和警卫连，这才奏效，将其全歼。但一营自己检点部众，八百多人的一个营，只剩下一百多人了。

鹿门前的解放军一三五师四〇四团也是采取的主动接敌的战术，楔入撤退敌军的队形中，将敌人七军的一七二师与其军部相分割。进而抢占了几个制高点，将敌一七二师挤压在鹿门前至界岭之间的山谷里。鉴于这块"馒头"太大，丁盛师长命四〇五团的二营、三营增援鹿门前，构成四〇四团从山谷的正面，四〇五团从山谷的侧后，两部同时向敌一七二师发起攻击；丁盛旋又调四〇三团从山谷的东北方向参加攻击。激战五个小时，全歼了一七二师，生俘四千三百一十一名。

七日凌晨，解放军四十军一一九师分两路沿湘桂线追击桂军。追了两天也没见着敌人踪影。人困马乏，徐国夫师长下令休息，埋锅造饭。

师部在杨家桥附近的一个小山村住下。

徐师长刚端起碗扒第一口饭，村后的北山方向突然传来机枪的嗒嗒声。他扔下碗就向外跑。

作战科长朱余荣跟着他跑，边跑边宽慰道：

"可能是我们自己部队机枪走火了！"

"胡说八道！你这个同志怎么一点枪械知识也没有？哪有机枪走火的？"

徐师长跑上山头，见约莫一个连的国民党兵正在往山上爬。他急忙叫朱余荣去调警卫营来，把敌人压下去；同时通知距此地最近的三五五团迅速控制附近山头。

徐师长发现师部附近出现敌人的同时，三五六团驻地也有敌人企图偷袭。该团七连迅速冲上去，抢占了制高点；二营、一营分别抢占了杨家桥西北的毛草岭主峰、杨家桥以北的高地。全师就这样立即形成了一道阻击线。

审俘之后，徐师长大喜。他们不仅无意间冲到敌人前头去了，而且其一一九师的阻击线正在桂军逃回广西的必经之路上。电禀野司之后，林彪电令一一九师坚决堵住南逃之敌，不许退后一步，等待主力前来歼敌。

九日黄昏十八时，桂军七军、四十八军分别对徐国夫一一九师的三段防线发起进攻。

解放军三五六团在师属炮兵营支援下，以攻为守，几番反攻，挡住了敌人的去路。其二营六连负责坚守毛草岭阵地。在这里协调指挥的二营副营长任志盛负了重伤，昏迷不醒；连指导员庞玉明阵亡。连长徐佩林率全连坚守，寸土不让。

杨家桥东面的卞家岭，由三五五团一营三连镇守。徐长福连长叫大家各自把成箱的手榴弹放在足边，待敌人靠近了，就开始向下仍。一时手榴弹从天而降，落到了冲上来的敌人群中。然后用一个排冲出去，将敌人压退。一排、二排轮流作战，三排作预备队，打退了敌人九次冲锋。

十日早上，敌人的主攻转至右翼的三五七团。每一轮冲锋由原先的一个团增至两个团。

解放军三五七团指战员沉着应战，尽管血染征袍，也越战越勇。六连伤亡过半，其阵地在迎战敌人第九次冲锋时不幸失守。预备队七连及时冲上去，协同六连残部，重新夺回了阵地。在这个过程中，率领七连的副连长公茂英、排长孟庆云、班长曹永和先后阵亡。七班长王文柱挺身而出代理连长，直到夺回阵地。

战斗到了白热化阶段，一一九师师部的机关人员、勤杂人员全部上前沿充当战斗员；在弹药全部打光后，用刺刀、石头与敌人近距离肉搏。

就这样，丁盛一三五师、徐国夫一一九师分别堵住了两条白崇禧部南逃之路，使其四个主力师进退不得。

白崇禧命令已撤到祁阳、冷水滩的四十六军一八八师、七军二二四师回援。

然而，"回援"的方向已有解放军大军靠近的声浪，"回援"部队最终不敢动弹。

十日，四野中路集团八个师赶到，将黄土铺地区桂军四个主力师包围。以摧枯拉朽之势，仅用了三个小时就将其全部歼灭；师以上军官八人被俘。

四野大军紧追不舍，一路将桂系主力部队追到广西南宁。沿途消灭和最后战争扫尾，共消灭桂系主力和广东余汉谋集团残部十七万两千九百人，其中俘虏十六万人。

在这场南线大追歼中，华南各省相继解放，地方政权也陆续建立了。

只几个月，解放军就解放了东南、中原、华中、华南。在这种大好形势下，西北彭德怀第一野战军接受了全国各军区调来加入序列的部队，声威大振，一路势如破竹，打得胡宗南节节败退。

胡宗南一旦在西北战场消失（胡宗南不久以后就败退到四川了），西北的地方军阀马步芳、马鸿逵两部总共不过数万人，装备也差，根本不是彭德怀大军的对手。西北易手，不过一两月间的事。

蒋介石对此态势，长叹一声，把希冀的目光转向了西南。

他从台北飞到重庆，把胡宗南以及跑到汉中找胡商议协同作战的宋希濂，召到重庆听训。

蒋介石问这哥俩，面对当前危局，有没有什么"救亡图存"之策。

宋希濂和胡宗南在汉中时就商妥了，乘共军尚未对西南采取行动，应赶快将主力转进到滇缅边区；只要保住两部几十万人马，则前途大有可为。

见蒋介石动问，宋希濂以为校长是存心垂询，便把以上意见说了一遍。

胡宗南狡诈一些，怕挨骂，不吭声；还装起一副刚刚听到宋希濂这番高论的样子，作沉吟状。

果然，蒋介石听了，立刻给予宋希濂一顿骂；还随手扣了一顶逃跑将军的帽子。

然后，蒋介石睿智地向他俩指出：在大陆必须保有一块相当规模的地区。这样的地区，现在看来只有西南了。如果西南不守，国民政府在国际上将完全失去一切地位，也再不可能争取到国际援助。西南地势险恶，易守难攻；物产丰富，人口稠密，尤以四川为最，必须使其成为复兴基地，万不可轻弃。

他下令胡宗南和宋希濂必须和衷共济，协同防守，保住这块西南半壁。

针锋相对，解放军一九四九年十月中旬进军大西南。

毛泽东对解放大西南作了周密计划。

毛泽东明修栈道暗度陈仓。命周士第第十八兵团（前文曾提及，由华北军区调拨给一野）在秦岭边沿近处，打他个人仰马翻，把胡宗南往四川逼，让蒋介石误以为解放军的入川方向是北面的陕南。同时，让二野一部大张旗鼓地乘火车北上，造成大军向陕南集结的假象。

实际主攻入川的方向则在另一个方向：四野肃清了中南战场，二野主力便以大迂回方式开往湘鄂黔边区。其中，杨勇五兵团从江西上饶衔枚密赴江西；陈锡联三兵团由郑州秘密南下，昼伏夜行，避开特务耳目。二野参谋长李达回忆道："在武汉，我们和四野的同志在解放军电影院那样小的场所联欢，不敢大事张扬；等过了长沙，就连这种场合都要避免，越秘密越好。我们正是要在四野行动的掩护下，实现出奇制胜的意图。"毛泽东是希望把四川的国民党军队稳住，不使其分散逃逸，解放大军秘密从川黔边直插川南，堵住敌人向云南、西康①逃窜之路，然后，二野从东、北、南三面挺进，把大陆上最后的国民党军队消灭在四川。

此时，在湘西、鄂西交界处的四野四十七军正要对付宋希濂部队；忽接林彪电令，叫这个军走在最前头的两支部队一四一师、一三九师止步，在龙山以南、永顺以北候命。同时林彪致电刘伯承、邓小平，请二野抽出两三个师的兵力迅速进占川东南的酉阳。并向刘、邓指出，"如敌确实以主力进攻永顺，则可由酉阳向黔江（川东与鄂西交界处）前进；如敌不攻永顺地区，由酉阳直出彭水（川东南）及其东北，则可就在原方向断敌退路"。林彪请刘伯承就近指挥四野一四一师、一三九师。林彪的意图是将宋希濂部就地分割歼灭。所以，他又将屯于右翼

---

① 西康省，包括今四川雅安、西昌、甘孜一带。

的四野五十军主力、湖北省军区部队在宜昌至秭归一线渡过长江。这支部队很快就抓住了宋希濂的一二四军，予以重创。旋又向鄂西南飞速挺进，抢占了恩施，截断了宋希濂逃往四川之路。位于左翼的二野十二军则沿川湘大道西进，占领酉阳后，直取北面的龚滩（乌江东岸）；十一军从湘西出发，直插湘鄂川交界地区，将宋希濂的主力截成南北两块。四野四十七军为隐蔽意图，冒雨翻山越岭，间道从十一军、十二军之间奔向黔江，迂回到宋希濂的右侧。

十一月七日发现共军的行动后，宋希濂大惊。为避免遭到包围，赶紧组织撤退。

八日，获悉宋部开始拔寨逃跑，林彪命四十七军的一四一、一三九师"不顾一切疲劳，立即日夜沿公路猛追，每日行程必须超过一百里（华里）"，协同二野部队将敌人歼灭于黔江、彭水之间。

二野十一军、十二军也奋力疾进。

十日，右翼的四野部队截住了宋希濂七十九军两个师，十五军、一二四军各一个师，并将其全歼；

左翼的二野十一军击溃宋希濂一一八军的五十四师和二军、十五军各一部，并顺利渡过乌江；

十六日，四野的四十七军在彭水渡过乌江；

二野十二军过了乌江后继续西进，旋向宋希濂二军之九师、十五军之二四三师发起攻击。

宋希濂残部遭到重创，于二十日仓皇逃跑。

杨勇兵团、三兵团的杜义德第十军打进贵州。国民党贵阳绥靖公署主任谷正伦、何绍周十九兵团向四川方向逃窜。就这样，二野西进昆明和四川的大门给推开了。

至此，西南，主要是四川，成了国共两军在大陆的最后战场。

让我们把时序稍稍往前回溯，看看这块"最后战场"的情况吧。

第四十九章

一

一九四九年成都的秋天,显得分外的肃杀。从武侯祠到南门大桥到华西坝一带,树枝枯黄,叶片凋零。一向热闹的皇城坝,城墙上杂草葳垂,显得那样地衰败苍老。而西御街到盐市口,大大小小的公馆门口,则多天来都是车来马往,大箱笼抬进,小箱笼抬出。也不知是达官显宦在打点亡命海外,还是中下等官绅从外省逃难入川。

所不同的是一般市民、知识分子、工人丝毫也没有反常的情绪。只要你稍稍留点意,还可以看出他们眉宇间掩也掩不住的兴奋劲儿。

这一切都是因为解放大军西指之师已逼近四川,彻底铲除蒋家王朝在大陆上的这一块最后据点,只不过是时间问题了。

距成都一百多公里的雨城雅安,则是另一番景象——市面繁荣,军政人员也没什么恐慌情绪。

此刻,中华民国西康省主席兼国民革命军二十四军军长、川康边防军总指挥刘文辉上将,正在他的官邸召开"应变"会议。

窗外的天,刚才还细雨如幕,现在却停了,还有了一点淡淡的太阳光。当然,这是保不住的,也许一会儿又会是阴雨如晦。近来天气总是这样,乍晴乍雨。

已经接近五十岁的刘文辉,面皮灰黄,两颊皮肉松弛下垂。平素就不喜欢着戎装,即使是这样正式的军政会议——西康省党政军警头面人物齐集一堂,他也是长袍马褂而瓜皮小帽而朝元直贡呢黑色布鞋。偶尔用拇指珍爱地理一理几年前蓄起的八字胡,显得儒雅庄重。

"所以,种种迹象已经表明,我们和中共方面的接触,蒋介石是有所察觉的!"他斜倚在藤躺椅上,不疾不徐地说,"他现在要把四川作为反攻的根据地,必然首先要对付川康地方势力。嘿嘿,恐怕挨头刀的就不能不是我们喽!"

"兵来将挡,水来土掩——打就是了嘛!"

坐在刘文辉对面的一条大汉不在乎地说。此人三十岁光景,肩上缀着标志中将官阶的两颗星。他就是二十四军有名的虎将刘元琮师长,刘文辉的侄子。

刘文辉冷冷一笑,歪着脖子,觑起眼睛,嘲笑地睨视他。说:

"你娃娃口气倒不小!"又转眼扫了大家一遍,"我们手里能集结起来的只三万多兵力,四川的中央军光是胡宗南集团就有四十万之众,要吃掉我们还不容易?

硬拼，肯定要吃大亏！"

"目前还是要想办法消除蒋介石的戒心。不然，他心血来潮，下个手令，中央军朝发而夕可以至，那……"

坐在刘文辉斜对面的伍培英说到这里，看了看刘元琮，又看了看刘文辉，没把话说完。

这位英俊的汉子现在已升为中将衔和刘文辉的女婿了。他抗战以来表现出的机敏的政治技巧，使他被岳丈倚为股肱。

"培英说得对！"刘文辉赞许地看了他一眼，对大家说，"中共中央方面也不希望我们马上跟老蒋决裂。最近周恩来先生电示，要我们一是保全西康省不让老蒋染指，二是保全二十四军不让老蒋整垮。"

刘元琮的兄长、二十四军副军长刘元瑄问道：

"幺爸有没有具体的办法？"

"办法总是慢慢想出来的嘛！"刘文辉曲起食指，慢吞吞地敲击桌边，一下又一下地。忽然，用力敲了一记脆响，说："第一步，我到成都去住下来，跟老蒋、王陵基他们唱一台戏！"

"那怎么行！"这回轮到伍培英反对了，他几乎是本能地跃起来，"眼下的成都是龙潭虎穴，岳父身系西康全省安危，不可轻身入于重地！"

刘文辉鼻孔里唔了一声，招手示意他坐下。

"培英说得对！"刘元瑄微倾过身子、思索着小声说，"现在去成都的确不妥……不过老蒋的疑心，也不能忽视。"

他的个头与元琮不相上下，相貌酷似乃叔文辉。才气平平，却最能体察乃叔意旨，执行起来又大都能获致乃叔满意的效果，故最得刘文辉器重。

他刚才的话，正体现了刘文辉的矛盾心理。

如果待在西康不动，蒋介石疑心不去，加上宿敌王陵基从中怂恿，中央军可能大兵压境，实行武力解决。手里这点本钱丢失了，以后到了中共那边，将失掉一个沉甸甸的砝码。

唯一能保住实力的办法是到成都住下来——演戏——迷惑老蒋。这的确是非常冒险的行动，闹不好会把一切都输掉。

川军将领邓锡侯、潘文华住在成都，整天都是提心吊胆的。邓锡侯总兵力约两万，散布在彭县一带的平坝和丘陵地带。只一个师布防在成都北门外崇义桥至彭县的路上。而城里却只一个警卫班驻在他的公馆里，算得上是唱空城计。潘文华所领导的"甫系"[①] 早已在蒋介石"银弹"的攻打下土崩瓦解，现在总兵力不

---

① 刘湘字甫澄，其部队称甫系。

足万人，驻防在灌县一带山区。这样，蒋介石的"中央"方面可就占绝对优势了。且不说附蒋的王陵基五个保安团就驻在城里，也不必说徐远举属下的军警宪特多如过江之鲫，渗到了全市社会生活的每一个毛孔；令人心怵的是胡宗南的两个军就集结在城下，胡部主力数十万之众也驻于蓉城不远处。如果要除掉邓锡侯、潘文华，从军事的角度说简直就易如反掌。

刘文辉清楚自己在成都也没什么足以依恃的兵力。武侯祠有一个团；成雅公路两百公里的防线总兵力不足两个团，别说临时不易集结，集结起来也无济于事。

只身去成都，简直就像赴鸿门宴，太危险了！

刘文辉陷入了深深的踌躇。

几乎就在同时，自渝飞蓉的蒋介石在北校场行辕和他在四川的几个军政大员也在磋商对付刘文辉等川康将领的策略。

徐远举将一份汇总的情报向蒋介石做了汇报。大意是说刘文辉和共产党早有联系，当此共产党大兵压境之际，有充分理由断定刘文辉会成为左袒迎共的叛将。

四川省主席王陵基也揭露了足以惊世骇俗的罪证。在二十四军大本营雅安，有一个中共地下电台活动了八年之久，系中共中央与刘文辉联系的主要渠道。

蒋介石说，这个事，几年前就听毛人凤报告过。毛人凤并未提供任何过硬的证据，所以一直不敢确认。

与会者中对王陵基所云却深信不疑，主张武力解决的占了绝大多数。这鹰派中的最坚决者是胡宗南。他说他的部队正枕戈待发，只要校长一声令下，十天之内席卷西康不成问题。

唯一主张持重的是张群。

张群对蒋介石的事业可谓忠心耿耿。他不喜欢徐远举，认为此人纯系小人，愚而诈，成事不足，败事有余；也不喜欢王陵基——因他原系川军刘湘部属，刘湘与中央向多牴牾，刘死后王陵基投靠中央，对川军袍泽竭力排斥，实属小人。这样的两个人合伙对刘文辉构陷，更使他反感。

他指出，现在对西康用兵，军事上当然有把握。政治上却要冒很大风险。共产党大兵压境，前线吃紧，大西南后方最要紧的是安宁。动了刘文辉，川军其他将领难免会产生兔死狐悲的感慨，云南卢汉也会为之震恐。整个反共大局势必受到严重影响。况且徐远举和王陵基的情报，鉴于以往的教训，还是慎重对待为好。有没有可能是共产党在行反间计？也应该警惕。不要把刘文辉看作北平倒戈投共的傅作义。傅作义还要沐猴而冠地做起一副要实行土改的样子；刘文辉和共产党没有丝毫共同点，集大军阀、大地主、大官僚、大商人于一身，又是个鸦片烟鬼，是共产党无论如何也不会放过的革命对象。他那位大邑安仁镇的五哥刘文彩，全川有名的大地主、袍哥总舵把子，成千上万农民恨之入骨，就不怕共军来了会清算他们吗？

"自乾是明白人，"张群脸上浮起了自信的微笑，下了结论，"他不会去自投罗网的！"

蒋介石不动声色，心里早已打定了主意。

张群素以大智若愚，为人厚道著称，人称"小鲁肃"；况他与刘自乾一向友善，为刘说好话，更是情理中事。不过他所谓除刘必使西南地方实力派震恐，甚至有激变的危险，倒的确值得考虑。不到万不得已，眼下是不宜在川康用兵的。但刘文辉脑后有反骨，却也毋庸置疑。徐远举、王陵基的情报姑置勿论，只看刘文辉多年来对中央阳奉阴违甚至公开对抗，就可以知道他什么时候会走哪条路了。

"岳军，刘自乾过去是很喜欢住在成都的，为什么最近半年多足不出西康一步？玉沙街那么一座幽雅阔气的公馆空置无人，嘿嘿，真是可惜呀！"蒋介石用嘲弄的眼光在张群脸上扫来扫去。说着冷笑了一声，端起面前的白开水啜了一下，结论道："我看他是心中有鬼！"

张群尴尬地笑了笑，不再说话了。

散会了。

尽管蒋介石并未下什么命令，谁也看得出来，对西康用兵，已经决定。连张群也不得不在考虑安排草拟讨刘檄文了。

谁也没想到，两天后传来了一个消息，刘文辉轻车简从，取道成雅官路，直奔成都而来。及至消息传到张群耳边，刘文辉乘坐的"奥斯汀"和警卫排的大卡车已经过了南门大桥，转眼就停在玉沙街公馆门前了。

张群心里的一块石头，这才砰然着地。也在这时，他才发现自己心里竟一直萦系着刘自乾。是怕他投共，抑是担心中央军进康而玉石俱焚？他自己也说不清。但是，他和刘自乾的私人感情颇深，使他不愿意看到刘自乾不和自己站在同一阵线，走与中央彻底决裂的道路，这倒是清清楚楚的。

他把此事向蒋介石做了报告。

蒋介石正要登车去凤凰山机场。他建议蒋暂缓返渝，不妨召见刘自乾，当面作一些慰勉，以笼络其心。

"我不必再见他了吧？我把他交给你，你看着办吧！"蒋介石略一沉吟，拍了拍张群的肩，又说，"我还是要提醒你，对刘自乾不可轻信，略事羁縻当然必要，心里可得留神！"

"是的，是的，总裁说得对！"张群毕恭毕敬地点头说。

蒋介石一足踏上车子，又回转头来，神色开朗地打趣了一句："岳军，你太忠厚，可不要上了刘玄德的当呀！哈哈哈哈……"

当此大局风雨飘摇之际，刘自乾究竟打的什么主意，张群内心深处其实也感到拿不稳。近来他总喜欢用良好的愿望来代替客观冷静的判断。加上刘自乾又毫无顾忌地到成都来了，就更加使他的判断失衡。他觉得，稳住这个老友不投共，跟着中央走到底，看来还是有把握的。

"玉沙街刘公馆，快！"他吩咐司机，语调不觉有些急切。

刘文辉已经洗了个痛快的澡，把瘦削的身躯裹在宽大厚软的浴衣里，躺在安乐椅上。品了一口普洱茶，向垂手站在身边的管事鲜达贵问道：

"这一向公馆可还安静吧？"

"回主席的话，安静！"鲜达贵赔着笑、弯着腰说。旋又往前凑了一点，下意识地压低声音说："不过，大门近处总有一些不三不四的人逗留！不知道……"

"什么？有这等事！"

刘文辉把正要送往唇际的茶碗又盖上，放回茶几。伸出左手拇指，将短而稀疏的八字髭须慢慢理着。

鲜达贵垂手立在一旁，不敢吭声了。他熟知刘幺爸的这个动作——高兴时理须理得很快；不高兴时或什么事委决不下时却理得缓慢。此刻，那拇指在须上自右向左滑动的速度忽然快了许多，顺势滑出去的手竟一滑而至茶几，并端起了茶碗，眉心也展开了。

"也用不着惊诧，不过是我预料中的事罢了！"边说就揭开了茶碗盖，呼呼喝了两口，做出不经意的样子问道，"你看，像哪方面的人？"

"十有八九是王方舟王主席的人！"鲜达贵弯下腰，小声说。

"王陵基！"刘文辉觑起眼睛，咬着牙喃喃道，"什么东西！我看你能横行到几……"

"表叔！表叔！"

刘文辉的话被屋外一阵呼叫打断了。正欲拍桌子发作，又隐忍住了，眉宇间还透出了一缕不易察觉的惊喜。原来那是个青年女子的声音，娇弱、圆润、清脆，可以想见其人之姣好。这个刘幺爸是有点儿"寡人之疾"的。

门帘掀开，一个相当标致的女郎笑盈盈地跨了进来。

她不事寒暄就娇嗔地冲鲜达贵道："表叔！你给我找的事……"

"哎呀，真没规矩！"鲜达贵急得直向她使眼色，"刘主席在这里呢？真不像话……"

"哎呀！"那女子呆了，一双水汪汪的大眼睛惊慌地闪了刘文辉一下，赶紧垂下，"我……我不知道呀！"

"怎么，这是你的……"刘文辉宽厚地笑着，问鲜达贵，又斜睨了一下女子。

"是我一个远房侄女……"鲜达贵见刘文辉心绪不错，赔笑回答。又喝令那女子道:"还不赶快给刘主席请安!"

那女子款移莲步,轻启朱唇,向前鞠了一躬;羞羞答答地柔声道:"刘主席好!"

"好!好!"刘文辉脸都笑烂了,两眼直直地在她身上扫来扫去。好半天,才忽然想到似的,问道:"还没请教小姐的芳名呢!"

那女子又瞟了一眼刘主席,这才答道:"靳婷……"

"唔,好名字呀!好名字!"刘文辉仰头打了一串哈哈,又问道,"怎么,好像是来求表叔办什么事的吧?"

靳婷笑嘻嘻地不作答。

鲜达贵乜视她一下,那眼光是不胜其烦的。对刘文辉苦笑着说:

"中学毕业几年了,一直在家……这个,赋闲。想找个事做。这年头,找个适合女孩子的事,也是不容易的,得慢慢选择……"

"什么大不了的事!"刘文辉挥了一下手,说,"就在我公馆里,做我的生活副官!怎么样?"

还来不及领受靳婷种种感谢的表示,就有贴身弁兵进来报告:张群驾到!

他一愣,然后更衣。心里嘀咕道:来得好快!

张群确实不愧为大智若愚的小鲁肃。为了讨刘文辉欢心,就是在服装上也考虑到了。今天他穿的是灰色杭纺长袍,因为刘文辉不喜欢西服,称之为"洋皮"。

"自乾兄别来无恙?一别就是这么长时间,兄弟常怀云树之思呀!"

"岳军兄,难得你这么快就来看我,兄弟不胜感激呀!"

刘文辉坐到对面,招呼佣人替张群点燃吕宋雪茄。自己则抱起黄铜水烟袋,咕嘟嘟吸了一大口,说:"中央像你这样对我们以诚相待的朋友可惜太少了。一个个恨不得将兄弟我食肉寝皮!"

张群点头不是,不点头也不是,尴尬地笑了一笑,说:"以往中央和川康朋友之间是有些误会。当此多事之秋,国步如此艰难,大家应该捐弃前嫌,精诚团结!国家有了办法,个人也才有前途嘛!"

刘文辉脸上挂着赞同的笑,还频频点头;心里却十分反感:什么误会,还不是想吃掉我们!什么个人前途,蒋家王朝发达,还不是你们黄埔系、中央派得好处,我们地方杂牌倒霉。

"唔,唔,说得对!"刘文辉旋说旋伸出舌头突突地吹燃纸捻,咕嘟嘟吸着水烟袋。提起烟鼻,噗地吹出红闪闪的烟锅巴。又说:"共产党一旦占了四川,中央吃亏,我们川康地方力量更没路可走!大家只有和衷共济,别无他法。所以我才刻不容缓地到成来,找各方面朋友会商御共大计。"

说罢,又将吹燃的纸捻咕嘟嘟地点燃水烟。

张群兴奋地轻轻叩击一下茶几，说："自乾，你真是个明白人呀！"

"能够保住四川固然好，如果失利，我愿意向中央请缨，请中央给我以川康游击军总司令名义，率三万子弟兵，凭借宁、雅丛山峻岭与共产党周旋。只要中央接济不断，到反攻开始……"

这一席话既慷慨激昂，又舌底藏锋。如果认真听，便会听出他话里根本没有"失利"之后，"追随总裁南狩台湾，以待二次北伐高潮"之类蒋氏忠臣近一个月来喜欢表白的意思。那就是说，不管出现何种局面，他也不去台湾。殊知大智若愚如张群者，竟听不出这弦外之音。最后竟十分满意，兴冲冲地辞去了。

刘文辉怎么又只身抵蓉了呢？

数月前在西康高级军政会议上，大家作了半天宋人之议，未有所果。刘文辉本人亦感进退维谷。怎么一下又做出了这么个大胆的决定？

原来那天午休之后，他曾向中共常驻西康首席代表杨春江（化名）问计。

杨春江力主他赴蓉，以消除蒋介石的疑心。

"表面看来，刘将军置身虎穴，凶多吉少。"杨春江思索着，不疾不徐地说，"其实，到成都去住起，利多于害，危而实安……"

"杨先生这么看？文辉愿闻其详！"刘文辉说这话时，敬重地望着对方。

杨春江严肃地点了点头，指出：四川反蒋力量的联合，欲其在紧要关头不致因为蒋介石的威胁利诱而动摇，需要刘文辉将军这样资深望重的领袖人物去成都继续不断地加以巩固。在军事上蒋军处于绝对优势之时，刘将军只身居蓉，闲云野鹤，潇洒自如，不正显示心中无他么？如此导引蒋介石陷入困惑踌躇之际，短期内当不致对西康用兵，当然也就更不会加害刘将军了。

"周恩来副主席指示的精神是保存二十四军实力，不让蒋军主力进入西康。刘将军如果暂驻成都，这个任务不难完成！"

刘文辉接受了杨春江的意见。

送走了张群，刘文辉立刻派人去送请帖，邀邓锡侯、潘文华来此吃晚饭。

他与邓、潘二人早已暗结反蒋同盟，今晚是打算研究具体的应变措施。

酒过三巡，邓锡侯看了看刘文辉，说出了他近来最大的隐忧。"我们这次背曹归汉，前途怎样，自乾兄，你有多大把握？"

刘文辉心里愣了一下。他当然不会听不出邓锡侯对起义是有所疑虑的。这倒不能忽视，不然关键时刻这个邓晋康如果举棋不定，将可能危及全局。然而共产党究竟会给他们这班人什么待遇，刘文辉自己也拿不稳。但既然非走这条路不可，又已作为川康大计晓喻二十四军高级将领，并且联络了四川实力派组成反蒋起义阵线，那就得咬紧牙巴也要稳定军心，不能让自己的盟友有所动摇。

于是他以胸有成竹的姿态微微一笑，说："二位尽管放心，将来弃暗投明，有兄弟的饭吃，就有各位的衣穿！"

邓锡侯看了看他，嘿嘿冷笑。一会儿才说："你刘自公如此仗义，锡侯当然拜谢美意。可是……"他斟酌词句，"可是中共方面对我们——或者说对你刘自公究竟怎样，委实不大拿得稳呀！"

这话的言外之意是，你替我们打包票，谁又替你刘文辉打包票呢？人家共产党究竟打的什么条，你亦非个中之人，其何能知！这弦外之音，刘文辉当然听得出来。

"我不是共产党，可是我是民盟的中央执行委员，所以，共产党的真实意图我也是略知一二的！"

邓锡侯和潘文华都吃了一惊，他们都闹不清大军阀刘文辉怎么一下又成了中国民主同盟的核心人员了。民盟是蒋介石的死敌，却是共产党的第一盟友。

刘文辉所谓对共产党的政策略知一二，这倒不是自我吹嘘，不然他怎么会在过去的十余年间，持亲共态度，又怎么会在这非常时期，断然决定反蒋投共呢？他隐隐担心的倒不是共产党将来会把他弃之不顾，而是能不能保住现在的显赫地位。不过，他毕竟是多年混迹军政界上层的策略家，深知在这关键时刻不能让患得患失的情绪干扰自己的战略决心，更不能影响部队和盟友。说到和民盟的关系，倒确是他在邓锡侯这类盟友面前骄傲的资本，所以他又得意地向他俩透露了一些情况。

一九四一年，民盟在重庆酝酿成立期间，民盟领袖张澜几度和他刘文辉商量，希望川康军政界能与之合作。当时刘文辉正联合西南实力派从事反蚕食、反吞并的抗蒋活动，政治上需要有同情和声援。同时他和张澜在私人方面又有多年交谊，所以便满口答应，表示愿意在政治上配合，在经济上给予资助。一九四四年，张澜正式介绍他加入了民盟。

"二位兄台想一想，兄弟也算民盟中央忝陪末座的人物，共产党的种种打算，张澜能不向兄弟交底吗？如果没有充分把握，我敢拉你们二位去跳崖吗？"

邓锡侯的神色渐渐开朗。听了刘文辉的解释，他的十分担忧，便卸掉了六七分，又高兴地奉承了刘文辉一番。

"不瞒你们二位说，对我们川康军政界朋友的安排，中共方面的首脑人物也向兄弟交过底的！"刘文辉趁着酒兴，做了一番小着边际的发挥，"出路有二，一是把川康两省交我们治理，二是北上做官——当然不会小于部长！"

如果在头脑清醒的情况下，邓锡侯自不会信刘文辉的酒话，可现在不禁大放宽心并且乐陶陶起来。

潘文华没喝多少，自然冷静得多。知道刘文辉的酒话只有一半可信；但即使为这一半的可信，也值得和蒋介石闹翻了。所以也没去煞风景说破；却顺着邓锡侯的话头对刘文辉恭维了一番。

这时，花厅外窗户上一个人影晃动了一下，又退开了。

刘文辉眼尖，早已瞧见，威严地喝问一声。那人小心地应答，弯着腰趑进来。是鲜达贵。

他逐一向在座者请安后，垂手侍立一旁。脸上赔着谦卑的笑。

"有什么事呀？"刘文辉伸筷夹了一个刚上的大虾圆子，边嚼边问。他知道，没有要紧事，鲜达贵是不敢来冲撞酒宴的。

"嘿嘿，这个……嗯……"鲜达贵溜了一眼邓锡侯、潘文华，似有顾忌，"其实也没啥事……"

"尽管说吧！邓主任、潘主任也不是外人。"刘文辉挥了一下手，说。他明白，鲜达贵并非机要副官，不会了解到什么特别机密的事，没必要瞒着邓、潘二位。

"是，是。其实我也知道邓主任、潘主任是自家人，我是怕耽误了三位爷的正事！"

鲜达贵竭力替自己圆场。然后趋前几步，把手罩在嘴上，用低得只有席面上三个人才听得清的声音说了一席话。

刘文辉愣住了。想了一想，问道：

"啥时候驻扎的？"

"刚才开来的，还没有一顿饭工夫！"

大家都好一会儿没说话。

"不过……"潘文华思索着，齁声齁气地说，"也许他们只是一般性的驻防？"

"不会那么巧吧？"邓锡侯掠了潘、刘一眼，微微冷笑了一下，摩挲着下巴。顿了一会儿，又说："自乾兄刚刚解鞍卸蹬，他们就移防到对门。况且，堂堂刘公馆的对门，省保安团给驻扎了一个连在那里，事前竟然无人打招呼，这不反常吗？"

鲜达贵用探察的眼神打量了一下刘文辉和潘文华，见他们没打算马上说话，便勾着腰凑上来，说：

"邓主任说中了——确实是冲我们公馆来的！他们已经在斜对门杨祠堂大门口构筑了简易工事，瞭望孔全都对着我们公馆；工事内外的几个警戒哨，也一个个棒客①似的盯着公馆大门！"

刘文辉拧紧眉头，默然不语。

潘文华紧张得有些变脸变色。

---

① 四川对土匪的称谓。

邓锡侯倒沉得住气，但也感到情况严重。不禁脱口道：

"来者不善呀！"

"善者不来呀！"刘文辉点头喃喃应和。

然而，他此后几天也没做出什么相应措施。因为没想出什么妥帖的办法，率尔操觚，已届中年的刘文辉，凭自己几十年从政、治军的经验，知道有百害而无一利，是不屑为的。有人主张也抽调一两个连驻在公馆里，以成对峙之势，他连连摆手表示不可。对门杨祠堂里那支小部队并未对你刘公馆采取什么公开行动，你作如是部署，岂不是明白告诉了老蒋，你刘文辉心中有鬼，心虚了吗？王陵基、胡宗南岂不正好借此给蒋介石加影响，促使蒋介石彻底向川康军人摊牌吗？

对门的临时工事除了整天都有一批兵丁虎视眈眈监视着刘公馆。里面还不时有一些便衣进出，或在刘公馆近处游荡。刘公馆门前的一切，显然都会巨细不捐地尽收这些特务的眼底。

直到黑社会势力遍及成都九里三分地界的袍哥舵把子邵洪奎来拜，才使刘文辉眼前一亮，一下子有了主意。

邵洪奎四十岁左右，面孔长大，多肉，给人以粗笨的感觉；头剃得很净，闪着油光；长袍马褂下，罩着个五大三粗的身坯，显得有点滑稽，仿佛一匹野马给胡乱套上了人的衣服。

此人绿林出身，三十岁上改恶从善，在成都开了两家中等商号。以后投靠到势倾川西南的大邑县安仁镇刘文彩总舵把子麾下"嗨"起了清水袍哥。不久总舵把子便把他"栽培"成了成都舵把子。

他是来给总舵把子的兄弟兼后台刘自乾幺爸请安并馈赠名酿泸州老窖的。

刘文辉做出高兴的样子收下了。

喝茶的时候，便把王陵基、徐远举安排保安团在对门驻防，公馆门前也有不少便衣游荡的情况告诉了他。

"这还了得！"邵洪奎霍地站起来，两眼睁得彪圆。又向刘文辉拱手道："幺爸放心，我派兄弟伙把杂种些赶走就是了！"

刘文辉仰头打了几个哈哈，说："老弟英雄，不逊尔敦，我可以高枕无忧了！不过嘛……公开赶他们走，不妥！那样会授人以柄。老弟只需……"

他俯在邵洪奎耳边叽里咕噜了半晌，邵洪奎不断点头。

邵洪奎离去不两日，刘公馆附近发生了几出闹剧。

有一天上午，两个特务从岗哨林立的杨祠堂出来，在刘公馆大门前徘徊。过了一个多小时，两人大约有些乏了，倚在刘公馆水磨石风火墙边的大槐树下闲聊。

"啪！啪啪！"不知从什么地方，射来几颗子弹，这两人当即应声断了气。

大逆庭

霎时，警笛声响成一片。附近执勤的警察、杨祠堂里的保安团都蜂拥而至。几个市井痞棍胆大，靠近前想看得清楚些，便被没法向上司交差的那位保安团的连长兼杨祠堂驻军司令当作嫌疑犯给抓了。

徐远举、王陵基马上增派了特务加强了杨祠堂的力量。

又有两个特务这天下午公干完毕，从杨祠堂出来，去二泉茶楼鬼混，竟在登楼的时候被楼下一蒙面大汉用德造二十响射杀。那大汉当时并不马上逃去，却大喝一声"闪开"，冲上楼梯，一手一个将两个死鬼挟下来，扔在地上，把一块写有字的白布蒙在其中一个死鬼脸上。

人们聚拢去，见那上面写着："与我川人作对者，以此为例！"

再回头看那刺客，已不知去向。

差不多在同时，保安团那位连长居处的杨祠堂后院东厢房，突然扔进一颗手榴弹，把连长炸得血肉横飞，一命呜呼。

这样的乱子不断发生，徐远举也亲来勘察过现场。他也明白这不外乎是刘文辉在暗中和他斗法，指使黑社会势力干的。但抓不住把柄，也无可奈何。他想，你刘自乾想逼我撤除这个据点，我偏要加强它，让它捆住你刘公馆的手足，说不定什么时候让我抓住了破绽，我看还有谁在总裁面前为你说话。

这样的机会终于被他等到了。

在刘公馆对门的杨祠堂发生了一桩惊动成都舆论界的大事。

事情发生以后没两天，正值重庆告急，蒋介石"西狩"成都。这事便被摊到了蒋抵蓉次日召开的各方面军政会议上。

这天下午三时，成都北校场会议厅大员云集。铺着猩红呢台布的长条会议桌左边，坐着中央军中将以上将领，右边坐着川康实力派首脑人物，以及四川下野的旧军人，如熊克武者。桌子顶端则虚席以待，显然是蒋介石的位置。

蒋介石刚下飞机不久，此时正在洗浴，进餐。

他显得十分消瘦，脸上无一丝血色。尽管进来时故作轻松地向大家微笑点头，也掩不住他印堂上的一团阴郁之气。

"目前的战局是很明显的，用不着我多说。这个仗今后怎么打，诸位有何高见？"蒋介石说罢，威严地巡视一周。

大家面面相觑，谁也没开腔。人人都明白，蒋介石尽管摆着垂询的姿态，这开场锣鼓照例要由他来唱的。

"总裁高瞻远瞩，"坐在蒋介石近处的张群，用商量的口吻对蒋说，"还是总裁先作训示吧？"

蒋介石做出考虑的样子皱一皱眉。然后略一颔首，咳了咳，开始侃侃而谈。

他首先介绍了川东作战的经过和"转进"的部署，故意渲染，听起来好像不是吃了败仗，而是有计划的战略转移。接着分析川西大会战的形势和条件，认为打败共产党军队不成问题。听得出他言语之间是把希望寄托于胡宗南部，说胡部的几个兵团尚可一战。要川康军政人员与之合作。

"这一仗怎么打更好，"他掏出手巾揩揩脑门上的汗，"这个，诸位可以各抒己见！"

说罢端起面前的白开水饮了一口，表示训示已毕。

"报告校长！"胡宗南一下子站起来，"学生的陋见认为……"

"坐下讲！坐下讲！"蒋介石招手打断他的话，和蔼地说。

胡宗南又把胸一挺，这才坐下。他多年来都是这样，在任何场合，都要显示自己和蒋介石的师生名分，都要表示对蒋的特别尊崇。

他坐下后，傲岸地扫视了一下其他人，这才又望着自己的校长，说：

"共军经过了东北、华中、华东、西北诸战，窜扰四川，已成强弩之末；而我军几个兵团尚完整无缺，以逸待劳，不战则已，战则必胜！所以……"

"等一等！"蒋介石打着手势截断胡宗南的话，脸上渗出了微笑，用食指指指点点地说，"寿山的话，使我想起了一个历史故事！曹操大军下江南，疲师奔袭，远离后方，结果被以逸待劳的孙刘联军打败。今天我们遇到的这番景况，何其相似乃尔！"

全场鼓掌喝彩。

蒋介石又看了看四川那班人。把眼光停留在刘文辉身上，和颜悦色地说："自乾，川康方面的朋友也要发表高见呀！"

刘文辉知道，老蒋的真实意图是要川康地方实力派把本钱都掏出来，为其川西平原大会战打头阵、充炮灰。这当然不能轻易应承，可又不能公然拒绝。

"岂敢！岂敢！这个，这个……"他拧紧眉头，佯作思索"高见"，其实是在考虑用什么话来搪塞。嗫嗫嚅嚅了半天，才说："总裁总览全局，我们都是一隅之见，不足为训，总裁看怎么办好就怎么办吧！"说罢目示邓锡侯。

邓锡侯会意地闭了一下眼睛。站起来，激昂地说：

"川康军人唯总裁马首是瞻！"

"哈哈哈，晋康兄，请坐下！快请坐下！"蒋介石两眼笑成一条线，招手叫邓锡侯坐下，"这个，晋康兄对党国的忠心，对中正个人的感情，我了解！这个，我了解嘛！"

刘文辉见胡宗南、王陵基一班人，有的侧目而视，有的微微冷笑，深深的敌意溢于言外。在眼下这是些能予蒋介石以极大影响的人物，必须费力对付。至关重要的就是进一步稳住蒋介石。

他咳了一声伴作清清喉咙，示意人们他要说话了。

"总裁，过去我们川康朋友和中央有过一些不愉快。原因当然是多方面的！至于责任，我斗胆说，不管是我们川康方面，还是中央，都不能辞其咎！"

说到此，他掠了一眼全场，但见：胡宗南、王陵基对他怒目而视，张群瞠目结舌，蒋介石不动声色，邓锡侯等川康同僚则惶恐地向他递眼色。他微笑着，心里自有主张——先说一点使蒋介石不高兴的真话，再说一点使蒋介石高兴的假话，那么假的就容易使其信以为真了。倘若全讲假话，都拣让蒋介石高兴的说，蒋介石反而会起疑心的。

他继续把真真假假的话说下去。"可是现在，川康方面和中央再也不能同室操戈了，必须精诚团结，共赴国难，才是出路！"他又佯作不经意似的看了一下蒋介石，发现对方在微微点头。"我们明白，有中央在，才有我们川康朋友的地盘和实力；共产党来了，首先便会'共'掉我们的地盘和军队，遑论我们大大小小的庄园了！所以，只有打，才是办法；打不过，我就退到三大寺去当喇嘛！"

蒋介石竟笑着领头鼓起掌来。"自乾今天说了真话，这个是，这个，很好！很好！"稍停，又转而嘱咐张群："至于川康方面和中央怎么样联合作战，具体就由岳军负责吧！"

忝陪末座的毛人凤见总裁对刘文辉的亲善态度，知道每每在这时候总裁便会失去戒意。眼下不正是这样吗，显然今早报告的刘文辉庇护共党嫌疑犯一事已给总裁忘诸脑后，总裁此刻笑盈盈地似乎要宣布散会了。

毛人凤赶紧撞了撞身边的徐远举，再略扬了扬下颌示意。

徐远举会意，向这位顶头上司行了个注目礼，便倏地站起来。

"报告总裁！刘自乾主席还有一件事没讲清楚！"

蒋介石皱了皱眉。顿了一会儿，才不无厌烦地问道："什么事呀？"

其实他知道那是什么事，只不过觉得目前当务之急是诓刘文辉登上战车，其他问题宁可用纸去蒙着，暂不捅破。

徐远举见总裁不悦，嗫嗫嚅嚅不敢说下去。

蒋介石更加生气了，鼻孔里冷冷地"哼"了一声。

那一声"哼"在徐远举听来不啻雷霆，打了个寒战。

"吞吞吐吐，莫名其妙！"蒋介石瞪了毛人凤和徐远举一下，恼怒地喝道。

刘文辉在此时开腔了，脸上布着安详的笑："徐处长说的可能是这么回事……"

"自乾呀，有什么事非要在这里说不可吗？"蒋介石和颜悦色地说。言外之意是：只要你以后听招呼，没什么事不可以在幕后交易停当的。

刘文辉意味深长地看了看毛人凤、王陵基等人，对蒋介石说："请总裁明鉴，不在这里说清楚，我担心会有人借端生事，破坏中央和川康同仁的团结！"

"自乾呀，有那么严重吗？哈哈哈……"蒋介石乐哈哈地摆着手，斜倚在椅靠上,友善地望着对方。

毛人凤见刘文辉话锋利锐,明白含糊不得,否则真会被人认为保密局是无端生事者。遂又碰了碰徐远举。

"报告总裁!"徐远举又站起来,把足后跟碰击一下,挺胸睨视刘文辉,说:"我的部下抓住了一名共产党嫌疑犯,交给王主席保安团杨祠堂部队暂时拘押,以备审讯。不料刘主席亲率部队闯入,把那个共党劫走了!"

全场哑然。

蒋介石微微一笑,问刘文辉道:"是这样吗?"

"报告总裁,"刘文辉不动声色地点点头,"是这样。"

邓锡侯一班人的脸都白了,而王陵基、胡宗南、毛人凤等人则幸灾乐祸地互相交换眼色。

徐远举见气氛有利,甚嚣尘上起来,两眼鼓得牛卵子般溜圆,恶狠狠地指着刘文辉,道:

"据查,那个共党还藏在玉沙街刘公馆!"

"刘文辉!"张群愤然指着刘文辉,呵斥道,"想不到你竟然干出了这等叛党叛国的事!"

"岳军兄,你先不要骂我!我不明白,当此国步艰难之际,有些人为什么那么喜欢制造事端,干亲痛仇快的事!"

刘文辉说这话,大家有些迷惘;他那副胸有成竹不惊不诧的样子,更让人愕然。

王陵基冷笑了两声,悲天悯人般叹了一口气,道:"说这些不清不楚的话,什么意思?"

"你问我什么意思,我还要问你呢!"刘文辉也放下脸,说,"明明是我的表弟,一个有根有底的人物,为什么要当共产党抓起来?"

"刘主席说是令表弟,请问何以为证?"徐远举嘲笑地觑起眼睛,质问道:

"这话应该由我来问你!"刘文辉打着哈哈,刻毒地说,"要不明天我也把你徐处长抓了,也横竖说你是共产党,也要你先拿出证据证明自己不是共产党,好不好?"

"我们……我们当然有证据!"徐远举口气很硬,但毛人凤看出他有些色厉内荏。因为抓那个嫌疑犯,也只凭徐远举安插在刘公馆的坐探的一句话,实在没什么证据。刘文辉是川康将领中有名的铁嘴,若任其与徐远举唇枪舌剑,徐远举是会出丑的。

"那就请徐处长拿出来吧!"刘文辉逼视着徐远举,一副不饶人的样子。

"刘主席!"毛人凤赶紧说,"坦率地说,证据的确不充分,既然叫作嫌疑犯,那军警部门也没必要出示充分的罪证。这是惯例！何况，也许他们并不知道是刘主席的亲戚！此事我也接到过报告，似乎他们只是对令表弟的口音有些不理解——既说是大邑人，为何口音川味淡薄？"

"这个你就要去问岳军先生了！"

"问我？"张群困惑地看着刘文辉，"为什么问我？"

"是该问你呀！"刘文辉转脸对张群说话，不时偷觑蒋介石毫无表情的脸。

"岳军兄你也是川人，多年宦游在外，现在你的口音能是纯正的川味吗？"

张群想了一下，不由得点了点头。

蒋介石也听出了毛人凤、徐远举拿不出像样的证据来，心里便有些责怪他们惹是生非。他对刘文辉的忠诚，当然是不敢有一点点相信；而指控刘文辉通共，也觉得不能完全相信。现在重要的是诓刘文辉登上戡乱剿共的战车。对刘文辉一举一动既要严密监视，又不能事无巨细一概追究，要适当做些让步。

"不管怎么说，你也不该亲率士兵去杨祠堂抢人呀！"张群是训诫，口气却温和多了，"你是军人，军纪总得要顾及吧？"

"岳军兄，文辉可是先礼后兵呀！"刘文辉做出一脸哭丧相，"说起来我刘文辉还是一省封疆大吏，可是表弟给无缘无故抓了，亲自去杨祠堂请求放人……想不到保安团那个区区上尉连长，对我这个三星上将竟然……"

"算啦算啦！"蒋介石挥手打断了他的话，做出和事佬的姿态，"话已经说清楚了，显然是保密局方面的过失，我会责罚他们的。自乾呀，你也不必太计较，还是要以大局为重！"

刘文辉目的已经达到，就不失时机地笑了。"有总裁做主，还有岳军兄主持公道，文辉当然不能不知趣，得理不饶人，硬要揪住毛局长、徐处长不放。都是吃五谷杂粮的人，谁还能不办个错事，说句错话呢！"

毛人凤、徐远举遭此抢白，十分狼狈，又不敢反唇相讥。

张群领头打起了哈哈："自乾呀，哈哈哈，你这唇枪舌剑，哈哈哈，真是！我看张仪、苏秦复生，也会自叹不如的！"

大家一阵哈哈，似乎驱散了满天乌云。

事后毛人凤训诫徐远举：要让总裁明白刘自乾通共，必须设法拿到真凭实据。

"你不是安插了一个卒子在刘公馆吗，"毛人凤以嘲笑的口吻说，"那是不是个吃干饭的人呢？"

"是，局长训诲得对！部下一定严加督责，设法拿到真凭实据！"

二

刘文辉离开北校场后，在汽车上一直思索着这么个问题：杨春江从康定到成都不过才几天，一直待在刘公馆，深居简出，徐远举从何得知此地多了这么个人，又从何得知此人是共产党呢？尽管他们拿不出证据，但他们显然是发现了什么。难道说我刘公馆里有内奸？

回到玉沙街公馆，他立刻把自己的疑虑告诉了杨春江。

杨春江是专程从康定赶来就近协助他处理起义前的一些事宜的。殊知没几天，就在一次偶然迈出大门时被对门杨祠堂的保安团抓了。他一口咬定是刘文辉的表弟。没多长时间，又急又恼的刘文辉竟亲率两连人马把他抢回去了。

杨春江也觉得，除了公馆内的人，外面是不大可能发现他在此地的存在的，更不可能察觉他的政治身份。

看来得提高警惕，须特别注意比较接近的人。

公馆内，靳婷喜欢向他问长问短，喜欢在他这里借书报看。还说想看进步书籍。询问之下，知她刚来不久。鲜达贵又在无意间透露了她前后两个恋人都是国防部什么局的——当然都吹了。

杨春江开始注意这个女人了。

他命随从警卫小余暗中监视她的行动。终于发现了蛛丝马迹。就在刘文辉回公馆前不久，她鬼鬼祟祟溜到刘文辉的办公室，约莫十分钟才出来。回到她自己的卧室，紧闭房门，不知在搞什么。

杨春江把此事告诉了刘文辉。

"请刘将军查看一下，会不会少了什么！"

刘文辉注视着杨春江，心里审度这人是不是神经过敏了。半晌，才笑了笑问道：

"有这个必要吗？"

"还是查看一下吧！"

刘文辉踌躇了一下，不便拂人好意，便点头同意了。马上命副官去办公室看看。

这时，小余神色有些紧张地进来，报告：靳婷刚才出门去了。

杨春江忙问向哪儿去的？

"雇了一辆黄包车，向街东头……"

杨春江略一思索，小声向小余交代了几句。小余马上匆匆出去了。刘文辉隐隐听出是让小余去通知地下党，采取必要措施。他笑了一笑，觉得有点小题大做。

"不、不好了！"副官进来，惊惶地向刘文辉报告，"五号协议书不见了！"

刘文辉霍然站起来，一刹那说不出话来。这五号协议书是他和邓锡侯等川军将领秘密签署的反蒋保乡联共协定书，如果送到蒋介石面前，一切就完了。

"这个杂种婊子！"他拍了一掌桌案，无目的地走了几个来回，大声喝问副官，"什么时候不见的？"

"报、报告，今天上午我整理保险柜，还亲手把它挪到最里层的！可现在……"

杨春江轻轻拍了一下桌沿，指了刘文辉一下，说："靳婷！"

刘文辉点点头，咬牙切齿地说："上大当了！"又转身吩咐副官："快去通知邵洪奎，要他不惜一切代价，马上把文件夺取回来！另外——靳婷也要处决！她知道的事情太多了，一旦让徐远举掌握，全盘皆输！"

邵洪奎不到一个小时就回到刘公馆来了。

他让两个贴身兄弟伙等在门外，自己双手捧着夺回的文件，仿佛献俘阙下又仿佛完璧归赵，大步跨进小花厅，得意地放在刘文辉座侧的茶几上。

刘文辉站起来，用力握着他的手，兴奋地说："头功！头功！老弟，你这是头功啊！"旋又抚着他的肩，按他落座。

杨春江也抱拳拱手，向邵洪奎致贺。又关切地小声问道："那么，处决奸细，当然也捎带完成了？"又打了两个哈哈，"邵先生武艺高强，不在话下！不在话下！"

刘文辉给提醒了："对，对！差点把这个重要环节忘了——处决靳婷一事如何？"

邵洪奎一时尴尬起来，布满髭茬的脸颊红得像喝过酒，悻悻地笑着，吞吞吐吐地说："我……我把她放了！"

"放了？！"刘文辉愕然瞪着他，"怎么回事？！"

"我想，文件弄回来了就够了，何必……何必再杀生呢！"

"啪！"刘文辉猛击一掌桌子，霍然站起，一张脸都扭歪了，松弛下垂的两颊颤抖着。

"胡扯！你怎么敢坏我的大事！坏我的大事呀！"又指着邵洪奎的鼻子暴怒地喝道，"你的心真是善啊！你什么时候发过善心的？笑话！你个江洋大盗，棒老二，杀人如麻，有过什么善心！"

邵洪奎的脸红得更厉害了，很快又转青了。他知道刘文辉是很精细的人，一定是看破了他的秘密；也知道刘文辉军纪家规都很严，稍有差池，就会杀人。

"你说，你是不是跟她有勾结？我看你杂种是把我给出卖了！"

"不不！"邵洪奎吓得两膝发软，扑通跪下。他知道刘文辉那句话的分量。哀告道："幺爸详察！幺爸详察！我追随五爸（刘文彩）、幺爸左右，深受大恩，怎么敢吃里爬外？那不是猪狗不如了吗！"

"说起话来倒像个忠臣的样子！"刘文辉冷笑道，立刻又抬头招呼外边伺候的弁兵，"来呀——拖出去宰了！"

邵洪奎哇地哭了，磕头如捣蒜，大呼饶命。两个手提大刀的弁兵进来，不容分说，一人提一只胳膊，夹着就往外拖。

"且慢！"杨春江大声喝住弁兵，转脸对刘文辉说："是不是再审问一下？"又压低声音，只让刘文辉一人听见："我看他不像是通敌！未出师而先斩骁将，毕竟不好！"

刘文辉用大拇指理了一会儿八字须，挥退弁兵。从上到下把邵洪奎审视了半天，教他从实招供。

"是……"

邵洪奎从地下爬起来，又向杨春江深深一揖："谢谢杨先生！"

这才把放走靳婷的事说出来。

他率领两个兄弟伙尾随靳婷的黄包车，一直到正科甲巷。这是个冷僻的巷子，住有几家兄弟伙。他们见两头无人，便冲上去，用枪镇住靳婷，逼其下车，喝令车夫滚蛋。挟持她就近钻入一个兄弟伙家里。靳婷并不慌张，痛快地交出文件，要求放她走。邵洪奎被其美色摄去魂魄，欲要求欢，保证事后放她一条生路。她像商人一样稍作掂量，很快就答应了。

"因小欲而误大事，成不了气候的小人！"刘文辉背剪双手，走来走去，忿恚不已。须臾，站住，指着邵洪奎道："靳婷回去，徐远举、毛人凤便掌握了我川康军政界的机密，多年筹划，就将毁于一旦！你说，你这不是死罪是什么！"

邵洪奎的额上又冒出了冷汗。"我，我没想到有那么严重呀！"

杨春江看出，邵洪奎这人土匪出身，恶习如山，但对其主子刘文辉可算得上忠诚，在成都黑社会也有一定的影响力，留下他可以在这次起义中发挥一点作用。便力劝刘文辉宽恕他。

"杨先生讲情，免了你的死罪，可是活罪难逃！"

刘文辉吩咐派人先把他押送雅安关起来再说。邵洪奎听到这话，又打了个冷战。他明白二十四军设在雅安的监狱简直就是活地狱，而且说不准什么时候就会被拖去杀了。

"邵先生已经知过，况他并非军人，不宜以军法从事。"杨春江又向刘文辉拱手道，"望将军再给我个面子，让邵先生戴罪立功吧！"

刘文辉隐隐有些不快，厌嫌杨春江干预太多。但马上就要起义，不少地方要仰仗他，将来还要同朝共事。便笑了一笑，对邵洪奎说：

"你狗肏的今天真是好运气！怎么，愣着干吗，还不快向杨先生道谢！"

"不必不必——哎哟，礼重了！礼重了！"杨春江忙扶住就要扑地跪拜的邵洪奎，"只要你以后对自乾将军的事业尽忠竭力就是了！"

邵洪奎对这个他闹不清身份，也从没想到要去闹清其身份的杨春江，充满了感恩之情。暗暗拿定主意，日后一定要听杨先生的。他抱拳向杨春江、刘文辉肃然起誓道："日后洪奎再要糊涂，天地不容！"

说罢从腰间拔出一柄盈尺短剑，放在腿上，一折两段。

刘文辉睨视他，抢白道："还要再糊涂？就这一次足可送我们上西天了！"

是呀，靳婷不锄，后果堪忧！杨春江看了一下表，眉宇间也凝结着忧郁。他见刘文辉也焦灼异常，不时觑以期望的神色，分明是要自己能拿一个主意出来。

在这时，警卫小余气喘吁吁地闯进来，连报告也忘了喊。

杨春江趋前抓住他的手，急切地问他事情办得怎么样。

小余喘息甫定，低声说了一阵话。杨春江这才眉舒目展。

"自乾先生，请放宽心！"杨春江喜笑颜开，从容道，"靳婷已经被处决了……就在她离开正科甲巷不远的地方！"

刘文辉心里的一块石头这才落地。他握住杨春江的手，感激地说："还是你们的人做事可靠！"

邵洪奎傻眼看着刘文辉和杨春江，闹不清杨春江他们的人是属于哪个码头。看来，一定是个大码头的大舵把子无疑了。

第五十章

一

解放大军兵分两路，逼近四川，绵阳、广元一线已可时闻炮声了。一九四九年十一月中旬，解放军突破了宋希濂在川东的酉阳、秀山的防线，并将其主力歼灭。二十八日晨，先头部队推进到重庆浮图关。蒋介石惊惶飞逃成都。胡宗南留在陕南的残部也被全歼。

二月四日晚，胡宗南在成都新南门外朱家花园他的住处备下简单的晚餐，邀几位一直追随左右的老朋友兼老部下吃饭，借以排解忧郁。这些人是参谋长罗列，干训团教育长袁朴，政治特派员周士冕。

朱家花园是东大街朱记皮货庄老板朱家富的别墅，平时没人住，暂借出来的。此处占地约莫十多亩，高高的围墙圈护着。古式门楼，虽不宏伟，却也高大。一进门是竹林掩映的方砖甬道。然后是一左一右两块大花园，烘托着正中的花厅。花厅两边是耳房，紧靠后是正房。这是主建筑。两边还有厢房；背面是后房。这些或大或小的建筑群落有的被花圃隔着，有的为林木遮断，都由弯来曲去的廊庑连通。

晚餐设在正房右边的书房里。说是书房，却一本书都没有，但桌椅家具倒十分齐全，也很舒适。

坐在餐桌首席的是一位个子矮笃笃，身坯却宽大壮实的汉子。看模样，年龄在五十上下，大平头，发茬纷纷竖立，两鬓微霜。这就是已经失去任所的西安绥靖公署主任、现任西南军政长官公署副长官兼参谋长胡宗南上将。

他神情阴郁，一口又一口地灌着茅台，很少吃菜。身材高大、小他十来岁的罗列有意把酒瓶挪到不顺手的地方，迟滞他的鲸吸牛饮。

胡宗南越过罗列，伸手去把酒瓶抓了过来，往面前又空了的杯子里倾倒。边倾倒边对罗列说："我知道你不喜欢我再喝，怕我喝醉。不醉……又能怎么样？醉了好！醉了好呀！"

罗列看了看袁朴和周士冕，又把眼光掉过来落在胡宗南脸上，说：

"胡先生，你不能这样！事情并没有到不可为的地步，我们还有路可走嘛！"

"目前只是暂时困难……"

"局势并未糜烂，还大有可为……"

袁朴和周士冕附和着。

胡宗南一时没说话，也不看谁，只慢条斯理地喝了一口酒——又久不下咽，像要品出什么深长滋味来。脸上的表情说不准是悻悻然，是漠然，还是木然。好一会儿，才说：

"有路可走？你有什么办法？"他抬眼盯着罗列，那眼光有点儿酒态。又拿起筷子，威胁地指点三人说："共军已从东、北、南三面合围四川，谁能挡得住？谁能挡得住呀！"

周士冕放下筷子，想说点什么，又有点犹豫。此公一向胆怯，总怕自己的意见不合上司的意。看到罗列投来鼓励的眼神，终于说了。"挡，当然挡不住，这个，胡先生看得很准！不过……不过，挡一时还是可以的，我们在四川各种牌号的部队算起来毕竟还有四五十万人马，只算胡先生麾下就有两个完整的兵团！"

胡宗南嘿嘿冷笑两声，乜视这个年龄与己相仿、白白胖胖的僚属，用刻薄的语气说："快别提你那什么两个兵团了——残兵败将，锐气全无！你知不知道共军图川的是多少部队？一百二十万大军，装备精良，士气旺盛，一以当十！就算你能抵挡一时，又能管什么用？"

周士冕怕冲撞了胡先生，不敢多说了，求援似的把眼光投向罗列。罗列理解地扬了一下下颔，意思是：你息着，让我来给他解释。

"我们现在的基本方针应该是避免决战，保存实力，实行战略性转进——不断转进，一直转进到避开共军锋芒的地方，那就是胜利。所以民铎①兄所谓'抵挡一阵'就很重要了；能否挡一阵，是决定大军顺利转进的关键！以我们现时的实力，抵挡一阵，也还是办得到的。"

胡宗南苦笑着摇摇头，焦躁地用筷子头不断敲击酒杯。

"冷梅②兄、民铎兄，你们二位把问题想得太简单了！"旋又做出宽容的样子挥了挥手。说："我先不遽下结论，你们……且说高见！且说高见！"

又指了指周士冕，调侃地说："民铎兄说，民铎兄说嘛！我胡某人又不是老虎，你怕什么！"

"哪里哪里！"周士冕礼貌地笑了一下。咳了咳，觑了觑胡宗南，试探着说："我们可不可以设想一下，完全退出四川？"

最近蒋介石一直在公开场合强调保卫大成都，伺机大反攻，把共军赶出四川去。周士冕这个公然与最高决策顶牛的意见究竟有多大价值，胡宗南想要弄明白。他看了一下对方，不动声色地问：

---

① 周士冕字民铎。
② 罗列字冷梅。

"什么意思？"

"我们现在的后方是四川，将来的后方是西康、云南。现在应该预为作好退守西康、云南的准备……"

罗列嫌周士冕说得拖泥带水，抢过话茬来说：

"前一阶段我们的方略是守秦岭、陇南、汉中。那是为了固守川北；川东如果危殆，川北就没用了。现在正是这种态势，共军席卷川东、川北不过朝夕间耳！然则就得退守成都。成都能守吗？顾祖禹在《读史方舆纪要》里说过，成都非坐守之地。四川根本守不住了！为了预留转进通路，应该先消灭刘文辉，拿下雅安、泸定、西昌三个据点，每个据点驻一个军。再开两个军进云南。诚能如是，那就或守或退都裕如了！四川反而也能因势固守一段时期。川、康、滇如果实在守不住，有了这条通道，还可以把部队撤往西藏或缅甸。"

见胡宗南觑起眼睛，似乎在认真听。周士冕受到了鼓励，挺了挺脖子，替罗列的话助威道："刘文辉部队总数约三万人枪，又都是双枪将，烟枪不离身，不堪一击，雅安、西昌是容易拿下来的！"

罗列点了点头，认为此话不诬。却又说："不过也不要打草惊蛇，要不动声色地干，勿使对方有所准备。可以先派一个军驻乐山，逐渐向雅安附近的洪雅、邛崃靠近，另调两个军沿绵阳、绵竹、彭县、温江移动，神不知鬼不觉就插到灌县各路要冲，必要时从这里经草地以附雅安侧背。这样，刘文辉来不及清醒过来就垮了。西康通道抓到手里，源源不断运兵去云南，云南局势也会随之改观。"

胡宗南又端起一大杯酒猛地喝尽，没顾上抹去嘴角边渐沥的汁液就怪笑了几声，说："你们的办法很好，只是没用！"

大家愕然，呆望了他半晌。好一会儿，罗列才茫然不解地问道：

"没用……为什么？"

"为什么……为什么……哼哼，"胡宗南发出的是笑声，脸上却像在哭，"校长现在正请刘文辉、邓锡侯这批四川土皇帝吃饭，根本不准我们去动手解决他们！"

大家又愕然了，面面相觑，都不知道说些什么好。

"校长……"也是黄埔学生的罗列眉头深锁，不无痛苦地问，"他这是什么意思？"

胡宗南又抓起已然固定在他面前的那土陶瓶子，咕咚咚斟满杯，端起来又一饮而尽，冷笑道："什么意思？哼，他说张岳军担保刘、邓靠得住，能够合作守卫成都！已经下了手令要我死守成都！我看呀……我们这几十万人都会让张岳军埋葬在川西！"

大家骇然。

罗列要求胡宗南再去向蒋介石陈明利害，争取能同意解决刘文辉以打通西康通道的设想。

胡宗南苦笑摇头，连说没用。"校长本来就对川康地区这几个土皇帝存有幻想，想要通过劝说、逼迫让其就范；加上张岳军拍胸口担保，我们的逆耳忠言他老人还听得进去么？"

事实上，蒋介石根本不相信川康将领能和他同舟共济，认为他们甚至连船边都不会靠近。但他相信，逼迫、压力能产生奇效，可以把这些土皇帝拉上船来。

他对刘文辉等人的胁迫，随着时局紧张，越来越加紧，越来越具体了。

张群秉承他的意旨，向刘文辉等人提出了两条要求：

一、刘文辉、邓锡侯必须马上和胡宗南合署办公，共同组织成都大会战。

刘文辉当然明白，合署办公，就是把川康数万军队交由胡宗南掌握，他和邓锡侯也将在所"合"之"署"里无形地被拘禁。

二、刘文辉、邓锡侯等人的眷属可即送台湾，以免除"该诸将领后顾之忧"。

刘文辉也明白，这就是扣留人质。

刘文辉约集邓锡侯、熊克武等人商量，决定用一推二拖的办法去抵制——关于家属问题，用各种托词推却，坚决不去台湾。邓锡侯、潘文华、刘文辉的家眷已分别在康定、彭县、灌县，只要绝不接近省垣一步，不会有什么危险。只有熊克武的家眷尚在成都。刘文辉认为，熊克武年事已高，不可久居此是非之地，恐临事行动不便，必须笨鸟先飞。熊克武手中没有武力，现在出城他去，不会引起蒋介石的注意。至于和胡宗南合署办公的问题，则口头上答应，实际上不履行，拖下去再说。

蒋介石当然是不愿意拖的。指示张群立刻召开中央和川、康将领的联席会议，研究部署川西大会战；一方面也是要借以逼刘文辉等川康将领摊牌，把他们的军队开出来打头阵。

怎么对付蒋介石，刘文辉征求杨春江的意见。

"这种会，不参加也是不行的，那会增加蒋介石的疑心，也会授人以柄，让胡宗南他们找到促蒋下决心武力解决西康的借口。"

杨春江说罢，看着刘文辉，感到有些委决不下。他思索了一会儿，又接着说："要贸然去北校场这类地方开会，又十分危险。目前局势，对他们是越来越不利了，狗急了会跳墙的，他们可能以合署办公名义，扣留川康将领……"

刘文辉点一点头，两眉深锁。

"可不可以变被动为主动？"杨春江思索着，忽然眼睛一亮，"要求张群他们来，到刘公馆来开会——就说要借这个机会宴请他们！"

刘文辉一愣，伸出拇指迅速梳理一下八字须，道："好！还可以从武侯祠调两个连到公馆里来……"

杨春江摸着下巴，轻轻摇了摇头。"没多大意义！现在他们还不至于到公馆里来动武，因为那无异乎是公开和川康实力派决裂；如果他们真要那么干，我们部署两个连，或者一个团，也无济于事。而且，放两个连在这里，等于表示我们心里不踏实。将军可得慎重行事！"

对杨春江那带点儿谋略家风度的居高临下口吻，刘文辉隐隐有些不快。但又不能不从心里佩服他的见解。

刘文辉征得邓锡侯等人同意，便正式向张群建议：联席会在玉沙街刘公馆召开，以便敬备菲酌，向中央各政要略表拥戴之忱。

蒋介石听了张群报告此事，冥思苦想半天，猜不透刘文辉的真实意图，只好压下满腹狐疑同意了。

不久，中央和川康的十余名将领及其部分高级僚属会集玉沙街刘公馆。

花厅里摆了三席。

中间一席是党政军警的头面人物，有张群、顾祝同、胡宗南、王陵基、邓锡侯、毛人凤、刘文辉——还有一个空位是留给熊克武的，临时才听说他已在潘文华的陪同下，携家眷去了灌县；右边那席是徐远举、肖毅肃（国防部次长）等少将、中将衔官佐；左边坐的是将校级随员。

席间觥筹交错，浅酌低吟，一边也在商讨公事。一开始，吃喝为主，后来，渐渐就以唇枪舌剑为主了。

"共军不日即将兵临城下，诸公不必再在一些鸡毛蒜皮的事上徒尚宋人之争了！"

胡宗南具体负责"戡乱"军事，洞悉各个环节。他敏锐地察觉刘文辉总是把争议引向一些非实质性的问题上。目前须解决的是合署办公问题；部署军队的具体事宜，都可以稍俟时日。

刘文辉愣了一下，嘴角上掠过一缕不易察觉的冷笑。冷笑什么？他在想，胡宗南委实老奸巨猾，也实在逼人太甚，但我不上轭，你又其奈我何！

"是呀，合署办公势在必行！"王陵基为胡宗南打和声。"自乾、晋康二公，我看你们就不必有什么顾虑了吧！要相信中央嘛！"

刘文辉听出王陵基的弦外音，暗示他刘文辉对中央存二心、持戒意，只图保存实力，不愿勤王戡乱；加上多年受这个投蒋求荣的川省叛逆的气，刘文辉一股无名火直冲脑门。但他毕竟已不是血气方刚的年龄了，懂得小不忍则乱大谋，竟也将一腔"骂贼"之词隐忍下来。只哼了一下，吐出一句不无怨尤而又无伤大雅的话：

"我能怎么样，一切都有中央安排！我们也只能跟在中央军后面敲敲边鼓罢了。你王灵官（王陵基绰号）又要说保存实力了吧？我们也愿意替中央军打头阵呀，可惜我和邓晋康的部队大部分被中央给整编掉了，力不从心，奈何！"说罢还夸张地把两手一摊。

"哈哈哈……"胡宗南打了一串哈哈，豪爽地把手一挥，说，"自乾先生，你不要灰心，我的四十万大军可以交给你去指挥！什么时候合署办公，什么时候你就可以调兵遣将！"

张群马上用恳切商量的口吻道："我看合署办公明天就实行吧！自乾，你以为如何？"

刘文辉尚未回答，一旁的邓锡侯脑门上已津津汗出。胡宗南的许诺，只不过是豺狼的大方罢了；张群的商量之态，也掩不住强迫的实质。他担心，刘自乾只要招架不住这软硬兼施的逼迫，松了口，让了步，合署办公，就意味着川康两省最后的一点本钱输光。

刘文辉似乎并不着慌，也像胡宗南那样打了一串哈哈，说："胡先生、胡总司令、胡司令长官，你是在麻①外行么？你我都带了半辈子兵，有什么不懂的！你的部队交给我，我能指挥得动吗？当然啰，我的部队，没有我发话，你胡长官也指挥不动！没办法，部队就像孩子，认生！"说罢伸出拇指理理八字须，隐隐有得意之色。

胡宗南机智地一笑："所以要合署办公嘛！"

刘文辉苦笑摇头："说起来容易做起来难呀！"

张群不耐烦了，用食指敲了敲桌沿，说："自乾，你究竟打算怎么办——同意不同意合署办公？"

语气中已含有质问的味道。

"蒋总裁的命令，我怎么能不同意？"刘文辉辩解道，"只是还得要时间嘛！我的军部八大处远在康定，不迁来成都，只我一个光杆司令，合署办公怎么搞得成？"

张群毫不放松："那你说要多少时间？"

刘文辉心里骂道：好个厚道的张岳军，逼起人来比胡宗南还凶。真算得上蒋介石的忠实鹰犬！

口头上却不得不应付道："一个星期吧！"

"一个星期？"张群并不放心地看着刘文辉，"那就说定了？"

"军中无戏言嘛！"刘文辉挺了挺胸，郑重地说，"岳军兄难道信不过我？"

---

① 四川话，欺骗之意。

"哈哈哈哈，"顾祝同不失时机地打起了哈哈，称赞刘文辉道，"自乾先生真是爽快人！"

一个星期过去了，刘文辉合署办公的许诺丝毫没有兑现的迹象。蒋介石和张群都恼怒了，决定摊牌。

张群打了一个电话给刘文辉。"自乾吗？你马上到我这里来一下！"

"哎呀……现在脱不开身呀，我的长亲刚从大邑……"

"不行！"张群冷冷地打断他的话，"你必须马上来，我有要事商量！"

"哎呀，实在是走不开呀！"

"哼哼，"张群在电话里冷笑了一下，"你要我派人来请吗？"

刘文辉愣了一下，只好应允。

他乘车穿过闹市，到了励志社门前。

张群的副官已候在门口，恭敬地请他进去。

以往他应邀来这个临时张公馆，张群每次都站在门前，含着笃厚的笑，拱手相迎。而今天的气氛不大对头，刘文辉心里不免有点打鼓。

果然，进了张群的办公室，他就察觉坐在办公桌后伏案挥毫的张群面有怒容。

张群翻检着案头的卷宗，看也不看他，只哼了一声，算是打了招呼。略指了一下斜对面的一张沙发，让刘文辉坐下。又挥退了副官。

"刘自乾，你究竟打的什么主意？"劈头一句话就这样诘问。

刘文辉感到情况严重，弄不好今天走不脱路，必须认真对付才行。他故作从容地往沙发上一靠，把身体放得舒适一些，说："我的主意早就打定了——同共产党拼！万一拼不过，就退隐到三大寺当喇嘛。近来听说共产党军队已经从玉树西进，看来是意在直取西昌，一方面截断我军西退之路，一方面完成对成都平原的包围。看来一旦打响，西退当喇嘛也不行了，只有拼到底！"

刘文辉说至此，电话铃响了。见张群接过话筒后，立刻站起来，恭敬地答话。刘文辉判断一定是北校场蒋介石打来的。他尖起耳朵听，无奈话筒里声音太小，一句也听不清。

好一会儿，张群才瞥了一下刘文辉，对话筒说：已经来了。刘文辉估摸是蒋介石在问自己，便知道这次张群约见他是蒋介石安排、操纵的。看来今天真的走不脱路了。他后悔来时没和杨春江商量，就贸然投身虎穴，失却自制，轻投囹圄了。怎么办怎么办？他心里像猫儿抓一样着急。

张群搁下电话，仰靠在办公椅上，吁了一口气。

刘文辉看他一眼，压下心里的忐忑，指一指电话，镇定地问：

"怎么，有情况？这几天东路情况怎么样？"

张群霍然坐直身子，拍一下桌子，厉声说：

"你不要问东路西路的，先问问你自己要怎么样！"

"我怎么啦？"刘文辉也挺了挺脖子，辩白道，"我的态度不是几次三番讲清楚了吗！"

"说清楚就好！那我问你，总裁让你和胡寿山合署办公的军令，你执行不执行？"

张群点出了军令问题，刘文辉心里又是一愣。明白张群此时强调这个词，绝非偶然，那意味着倘不执行，即以抗命而军法从事；而若马上应允，万一张群又以合署办公名义不许他回去，又怎么办呢？

"究竟怎么样？"

张群站起来，声色俱厉，手也伸向桌上的电铃按键。其势似乎是只要刘文辉说个不字，就会下令把他抓起来。

刘文辉只得硬着头皮说："当然执行！"

"那好！我马上和胡寿山联系，合署办公马上实行，联合司令部就设在他的总部！"

张群正要伸手拿电话，电话铃却抢先响了。

向来深练动心忍性，自制能力很强的刘文辉，此时头上也冒出了汗水，感到束手无策了，心里涌过一阵"完了！完了"的哀叹。也许他只好登上老蒋的反共战车，干背信弃义的事了。那么，下一步是追随老蒋出逃台湾吗？以后也许老蒋查出西康和共产党的关系，再唱一出囚杨（虎城）拘张（学良）的戏。自己的末路看来就是这样了，断无改救之法！心里又涌起一阵歉疚，我刘文辉倒霉固不足惜，可惜西康三万子弟兵追随左右多年，不能投奔光明，反要为人作炮灰。

"你哪里？唔，胡长官总部。我是张群，正要找胡长官讲话，快给我请！"张群说罢，听筒里飘出一阵叽叽咕咕的话声。张群略有些惊讶地大声问："什么？你说什么？再说一遍！……胡长官已去了玉沙街刘公馆？"

刘文辉冷冷一笑，心里道：文的把我弄来，武的又找上门去，这一文一武可也真够狠的了。

张群想了一想，又拿起了另一个话筒。

"接玉沙街刘公馆！……刘公馆吗？胡宗南长官是不是到了？……快去请——请胡长官听电话！……是寿山兄吗？我是张群……怎么跑到刘公馆去了？……合署办公的事？什么，你把邓晋康也邀到刘公馆来了！哈哈，你是要抢头功啦？我成全你！我亲自送自乾先生回来！"

张群放下话筒，换了一副笑脸，说：

"胡先生到你府上去了。他说联合司令部设在你府上也是可以的！他和邓晋康正在协商，我陪你马上回去！"

刘文辉说这当然最好，心里却沮丧万分。因为他隐隐约约见话筒里胡宗南说，胡亲率他的总部警卫团，兵不血刃就占领了刘公馆，又将邓锡侯也诱骗了去。怎么办？事已至此又能么办！他方寸乱了。

张群笑嘻嘻地邀刘文辉同乘他的"希尔"轿车。

车子开动后，刘文辉睨视张群，发现此公脸上竟无奸险弄权的样子，仍如平素那样安详、厚道。不禁私下叹了一口气，心里道：胡宗南、王陵基何足道，这才是一只真正的狐狸！古语云：大智若愚，大巧若拙，大奸似忠，大……

刘文辉绝望地闭上眼睛。

"报告！胡长官在花厅恭候。"

十名斜挎汤姆枪的卫士，簇拥着张群、刘文辉往里走。

通往花厅的前院甬道两旁，三步一岗，五步一哨，都是佩中央军标识的士兵在执勤。二十四军的标识已全部消失。公馆内四处安静，全无争斗痕迹，果然是兵不血刃。张群微微笑了。

"哈哈哈哈……"邓锡侯打着哈哈，站在花厅风门外，抱拳道，"二位辛苦！二位快请进！"

他身后还有一位身材颀长，两眼凹陷的青年军人。张群想，这是谁？观其气宇轩昂，似非川康军人，胡宗南左右亦未见过此人。

"胡长官呢？……你们这是——"

他言犹未尽，忽地从两旁耳房闪电般冲出几十个二十四军士兵，喝令着用驳壳枪顶住张群的十名随侍卫士，迅速下了他们的枪。一位青年上尉也抢步上前，用手枪逼住张群，喝令"不许动"。

张群毕竟是中央大员，不像他的卫士们猥琐地举起双手，而是不失身份地垂手站着。但脸却变得惨白，腿也止不住微微颤抖。

邓锡侯佯作惊讶地三步两步抢进来，呵斥道："怎么能这样对待张长官①？不像话！"

刘文辉早在经过大门时就看到自己武侯祠的驻军及其一名青年军官换上中央军服饰在充作警卫，隐然省悟到发生了什么事。此刻当然恢复了从容常态，对那青年上尉喝道："不得无礼！"

又令将张群的卫士们解到后院暂行羁押。

"岳军兄，"刘文辉将惊魂甫定的张群扶到紫檀木雕花椅上，"受惊了，小弟向你赔罪！"

---

① 张群曾任西南军政长官公署长官。

说着就浅浅一揖。

"你们这是什么意思?"见刘、邓并无加害之意,张群又气盛起来,"是要背叛党国吗?"

"这个……"刘文辉一时倒也找不出话来回答了。

恰好此时鲜达贵撩着长衫下摆,弯起个虾子腰进来。自从他那远房侄女出事,尽管刘文辉待已如故,他为人做事也格外小心恭谨了。

"杨春江先生请幺爷和邓主任到书房议事!"

"知道了!"

刘文辉挥退鲜达贵,又对张群赔罪道:"岳军兄,请稍候片刻,小弟还有些事情要求你帮忙呢!"

杨春江正在书房等他们商议下一步行动。刘文辉却急着要知道刚才那令人惊喜的事变是怎样发生的。

邓锡侯哈哈大笑道:"第一要感谢共产党地下组织的有力支援,第二是仰仗杨先生的神机妙算!"

原来事情是这样的。

刘文辉被张群召去后,立刻就有人报告了杨春江。杨春江大惊失色,认为此行凶多吉少,眼下解放大军先头部队已打到广元,蒋介石为了拼凑成都会战的班底,为了南逃台湾,可能会对川康将领摊牌。踌躇片刻,他做出了一个大胆的决定。立刻通知地下党配合。地下党让一位在胡宗南副官处潜伏的同志打电话给张群,又安排人在刘公馆模仿胡宗南的声音与之通话——那个时代的电话大都有些失真,只要大略相似也就蒙过了,再从武侯祠二十四军驻防团调来一个团,换成中央军服饰。同时通过武侯祠电台向党中央报告。

"现在你们二位必须马上离开成都,迟了恐有危险!"杨春江说。

"我也这样想!回到大本营,马上宣布起义——我实在熬不住了!"

刘文辉说着伸出拇指迅速捋了一下八字须,两眼闪着兴奋的光。

邓锡侯似乎有些不踏实,小心地问:

"目前宣布起义;不知贵党中央的意思怎么样?"

"刚才中央来电,已经同意了我们的要求!"杨春江把电文交给刘文辉,"解放大军已经入川,蒋介石的主力到处设防,抽不出太多兵力对付我们起义部队,现在宣布起义,危险不会太大。现在你们两位怎样离开成都,得马上决定!"

刘文辉点点头,两眉不觉攒聚成一线。探询地看了一眼邓锡侯,发现邓锡侯也正以同样的眼光在看他。想了一想,对杨春江说:

"现在成都东郊、北郊都有胡宗南的大军,走不出去;要西走雅安,王陵基的部队早就在邛崃、大邑一带布防,正和我二十四军对峙,剑拔弩张,一触即发,要想安全越过敌人的警戒线是很困难的！"

"那就到我的大本营彭县去！"邓锡侯受到了启发，兴奋地说，"我们可以从北门出城，绕开胡宗南营地，拐到梁家巷，再经崇义桥去彭县。崇义桥有我的一个营驻在那里，不会有闪失！"

杨春江想了一想，赞同地点了一下头，凹陷的双目闪闪发光。这正和他多日来的思路合拍。

刘文辉却两眉深锁，头摆得像拨浪鼓。

崇义桥距北门只十多公里，当然是最好的线路。可是北门有徐远举的特工和王陵基的保安团把守，刘文辉、邓锡侯是川中宿将，谁都认识，要混出去是困难的。刘文辉把这情况一讲，邓锡侯又黯然不语了。

杨春江似乎早有成竹在胸，不慌不忙地说：

"可以先由我和司机开张群的车混出北门，借口是到凤凰山飞机场去替张群接客；然后到梁家巷那边公路上等候你们二位大驾。如何？"

"问题是这边怎么办——这边怎么出去？"

刘文辉仍觉不好办。关键不是车子出不出得去，而是他和锡侯出不出得去。

杨春江宽慰地轻轻拍拍刘文辉的臂肘，说："我已经了解过，北门左端半里左右，有一处城墙缺口。从缺口往城外跳下，一丈左右，问题不大。你二位只需带两名弁兵协助就行。出城穿过田野，三里多就到梁家巷了。另外，我已经以自乾先生的名义，教邵洪奎组织了一百多他的兄弟伙待在盐市口。我们这里出公馆门一忽儿，就派人通知他，他们马上向天空放枪，吸引敌人的注意力。当然，放了枪以后他们可向南郊撤，出城后就分散躲起来。我方武侯祠驻防团也做好了接应他们的准备。"

刘文辉抓住杨春江的手，激动地说："将才！将才！真是难得的将才呀！"

杨春江打了几个爽朗的哈哈，谦逊地说："我算什么将才——现在摆了张群那么一尊神在那里，我就感到拿不出一个妥帖的办法处理！"

这话也是在提醒刘文辉，还存在这么一个棘手的问题。

邓锡侯也说："是呀，自乾，这个还真不好办呢！如果是胡宗南，或者王陵基，那就用不着动脑筋了！"

"我看……就让我做一次华容道上的关夫子吧！"刘文辉以诙谐的口吻与杨春江商量，"他和我们多少有一些友谊，他的为人也不同于胡宗南、王陵基。杨先生，你看呢？"

杨春江赶快摆手，笑道："自乾先生，本末倒置了，这应该由你和邓晋康先生来决定！党派我来，只是做你二位的参谋。"

于是，邓锡侯和杨春江就去安排出走事宜。

杨春江吩咐将一挺美造手提轻机枪放入张群"希尔"轿车的行李箱内；又对刘公馆人员的疏散和武侯祠那个团今后的行动做了具体安排。

刘文辉则到小花厅与张群晤谈。

刚进去，正在焦躁地走来走去的张群就指着他质问道：

"刘文辉，我张群一向待你不薄，为什么要设圈套害我！"

"岳军兄暂息雷霆之怒！"刘文辉笑盈盈地扶他坐下，自己在斜对面落座。沉默了一忽儿，叹了一口气，说："此事实在出于不得已，望能恕罪！只消两个小时，就会请兄启驾回府，绝不敢多留！只可惜文辉不能亲来叩送了。"

张群惊疑地看着他，他则颇有深意地微笑点头。

张群省悟了，知刘文辉去志已决，长叹一声说："你要投共，我也不能阻止。人各有志嘛！"

刘文辉顿时动了一点感情："岳军兄，将来如果局势变化，你愿意过来，我可以代为联络！"

张群打了一个苦涩的哈哈，摇摇头，用叹息般的语调说："我和蒋先生关系太深，天翻地覆，也不忍背叛！"

刘文辉顿了一顿，颇表理解地点一点头。

"自乾兄，我只希望你能看在老友分上，替我照看八十老母……"

"怎么，令堂大人难道不去台湾？"

张群悲怆地长叹一声，说："现在只有空中通道，家母高血压，不能坐飞机的。再说，她老人家乡土观念太浓，死也不愿离乡背井！另外……另外，她老人家对蒋先生向有微词……"

"原来是这样！"刘文辉同情地点一点头，旋又拍胸保证，"兄台的老母就是文辉的老母，奉养老人家义不容辞！岳军兄放心吧！"

此后张群被软禁刘公馆一个多小时，才由鲜达贵传达刘文辉留下的密令，将他礼送回励志社临时公馆。

驶向北门的"希尔"上除了司机，坐着三个人——身着中央军上校制服的杨春江，青衣小帽的刘文辉，西装革履的邓锡侯。

车到了离城门洞尚有相当距离的转角处停下。那里早守着二十四军两名精壮弁兵，将刘文辉、邓锡侯扶着，拐进左端一条小巷，向有缺口的城墙方向走去。车子则由杨春江指挥司机开向城门洞。

城门洞有十多个士兵和一个保安团少尉把守。那少尉挥手让车停下。杨春江从车窗口探身出来，不耐烦地问：

"干什么！"

"报告！"那少尉瞟了一眼杨春江肩上的星，赶忙立正敬礼，"奉命检查！"

"你不看看这是谁的车!"

那少尉忙去辨认车上的标识,认出是国府大员的车。

"告诉你吧,这是张长官——张群张长官的车,去机场接贵宾的!"

"是!是!职部糊涂!职部糊涂……"

少尉一边自责,一边作后退让路的动作。但又似乎一下子想起了什么,偷眼打量起杨春江来。引得杨春江也看了看他。这一看不打紧,禁不住愣了一下,心里忽地紧了。原来这少尉也曾参与驻防刘公馆斜对门的杨祠堂,抓杨春江和后来刘文辉率军救人,他似乎都在场。如果被他认出来可就坏了。

"啪啪啪……"

这时,盐市口方向响起了密集而杂乱的枪声。

杨春江明白,是邵洪奎他们打响了。

"出事了!出事了!"

"像是在盐市口方向!"

"该不会是兵变?"

城门洞的守军议论着、骚动着,显得很紧张。那少尉也翘首观望,心神不宁,顾不得去梳理心中刹那间冒出的一团疑丝。

杨春江趁机推开他和另两个挡在路当口的士兵,喝道:"还不快给我闪开!耽误了去凤凰山接客人,看你们谁担待得起!"

出城不远,杨春江才掏出手帕揩了揩汗,吩咐司机加速。他估计,那少尉冷静下来,会想起杨祠堂的事的。再"瓜"的傻瓜也会据以推断出"希尔"夺路出城与刘文辉有关。那么,用不了十分钟,摩托队就会追上来。

刘文辉、邓锡侯在两个弁兵的扶掖下,偷偷遁出城。穿田越野,跑得气喘如牛。"希尔"在梁家巷路旁停不多久,他们就汗流浃背地赶到了。

杨春江安排他们登车,然后揭开行李箱,把轻机枪提出来,这才钻进车子,坐在司机身旁。

车子从梁家巷开出约莫十来分钟,杨春江就听出后面隐隐有摩托车的声音。他探头窗外往后望了望,回头对刘、邓二位说:"敌人的摩托车队追上来了!你们直奔崇义桥,不要过夜,兼程赶到彭县!"

刘文辉惊疑地问道:"那你……"

"摩托车的车速大于汽车,我留下挡他们一阵子!"

"那可不行!"刘文辉正色道,"将来我怎么向周恩来先生交代!"

杨春江忧心如焚的样子,又探头望了望车后,对刘文辉说:

"只要你们两位将军安然无恙,起义成功,就是对周副主席最好的交代!"

"教他们下去阻击!"刘文辉指了指后排座上的两个弁兵,"养兵千日,用兵一时，他们两个……"

"不行呀！"杨春江苦着脸摇了摇头，"他们那点本领，顶不了几分钟，无济于事……"

又对那两个弁兵下令："好好保护两位将军！"

这是凶多吉少的事，刘文辉下意识地抓住他，大声说："不行！不行！"

邓锡侯也连连反对。

杨春江用力推开刘文辉的手，肃然道："将军，请以大事为重！"

旋又大声喝令司机："不许减速！"

话毕他推门跃出车外？顺着惯性打了几个滚，脸颊被地下的石块碰破了，鲜血淋漓。

此时，摩托队已遥遥可见。

他忙在路后坡地上寻找一个有利地形，驾起了机枪。

摩托车的声音越来越近，终于变得像轰雷一般。

刘文辉他们刚拐过一个弯，就听见一阵浑厚的嗒嗒声。有战场经验的人都听得出这与冲锋枪的轻扬之声有明显的区别，是杨春江的机枪打响了。不久，其间也夹杂进了卡宾枪轻浮而脆裂的声响——显然，追兵的枪也打响了。

杨春江的阻击很成功，摩托队没能追上来。汽车飞快奔驰着，枪声越来越小，终至完全听不见了。

抵达崇义桥，邓锡侯所部九十五军军长黄隐，已闻讯赶到里等候。还带了一个团来加强崇义桥的防务。

邓锡侯下车的第一句话就是命黄隐马上增援杨春江。

黄隐派了一连马队去。

王陵基的摩托队已退走，扔下了五辆打翻的摩托车。

杨春江阵亡，身上留下八个弹孔。

他用自己的死来换取川康军人的起义成功。

刘文辉搔首绕室而行，不断说，这这这怎么向中共领袖们交代！怎么交代嘛！

邓锡侯摇头感叹，共产党人是不同呀，他预先晓得自己必死无疑的！

二

一辆黑色的奥斯汀小轿车取道正府街、文殊院，向北校场疾速驶去。

沿途大街小巷，只街沿上有少数市民，大抵都是来买米买菜，不得已才出一趟门。街面上来往最多的是兵和兵车；有衣衫褴褛步履蹒跚的伤兵和溃兵，有队列齐整凶相毕露的宪兵；有载满武器弹药的卡车，也有载着愁容满面的军官的小吉普。一派乱糟糟的临战景象。

距北校场几百米的街道两端近几日三步一岗五步一哨。营口还随时有一个摩托排驻守着，一旦有事，一分钟就可发动。营内的一个机械化团也会闻声赶来增援。校场内中央军校成都分校的两千多学生也都发了武器，组成了战斗序列。原来蒋介石由渝飞蓉后就一直住在里面。共产党大兵压境，地下党活动频繁，刘文辉、邓锡侯又不辞而别，逆态已明，侍卫部门不得不这样加强对总裁的保卫措施。

小轿车不得不一次又一次地停下来接受盘查。当弄清了车内坐着的是谁时，那些军衔或高或低的军官无不赶快后退立正敬礼。

车子终于开进了大营门，七弯八拐缓缓驶到蒋介石临时官邸的门前。

这里已经停了几辆一律是黑色的轿车了。

张群从车内钻出，匆匆往里走。

一间不够宽大的客厅。

蒋介石坐在一张长长的三人大沙发上，默默地喝水。胡宗南、王陵基、王缵绪分坐一旁或对面。每个人面前的茶几上都摆了一杯茶，谁也没去动一动，一个个哭丧着脸。张群进来时，大家默默对他点点头。蒋介石指了指斜对面的单人沙发，示意他坐下。一位肩上是少尉标识的青年女人送来一杯茶。

没作任何寒暄，也没任何开场白，蒋介石就直端端对张群进行批评。

"岳军呀，刘文辉他们三个人的叛变，给我们造成的困难有多大，你明白吗？川西会战的计划完了……而且这三个人在四川乃至全国军政界的影响是不容忽视的！我担心……这个是，我担心会有不稳分子争相效尤！"

胡宗南冷冷地笑了："岳军先生，你还给刘文辉打过包票啦！"

王陵基和王缵绪这两个投靠蒋介石多年的四川实力派人物仗着蒋介石近来倍隆的嘉许，同时为了显示自己对刘文辉、邓锡侯、潘文华一直就存着戒心，也应和着胡宗南说了一些表面客气而骨子里含嘲带讽的话。弄得张群十分尴尬。

蒋介石不开腔，偶尔喝一口白开水，使人疑心他在纵容对张群的攻讦。见这状况，张群不禁愤愤然了。

"如果觉得川西危局是我张群造成的，那就惩处我吧！"

胡宗南和王陵基夸张地面面相觑，故作苦笑状。那意思似乎是：看看，他怎么会是那态度，耍无赖嘛。

"岳军，你不要耍小孩子脾气！"蒋介石正色道，"刘、邓能够叛逃成功，你不能说没有责任！现在也不是追究责任的时候。大家出出主意，怎么对付这种突发情况！我今天请诸位来，就是这个意思。"

在川军中资格不如王陵基，在这里更不如任何人只能算末等伙计的王缵绪，按说是应该装愚守拙，让别人先发表意见，待蒋介石点到名时再开腔的。可此人天性好表现，唯恐蒋介石不知道他的聪明。

他看了看大家，咳了一下，暗示自己将要有所言说。

"总裁，诸公，敝以为应该乘共军尚未窜扰川西之时将刘、邓、潘消灭掉，以为川西会战或将来开辟康、滇游击区扫清障碍。尽管他们只有几万人，肘腋之患也不可不防呀！"

王陵基摩挲下颏，看看这个，望望那个，眼神殊为茫然。

张群微微冷笑，仰头但抽雪茄。看那鄙夷不屑的神情，定是不以王缵绪之陋见为然的。

胡宗南却大点其头。点完头之后，审度地觑了觑蒋介石，道："校长，治易（王缵绪）兄的意见宗南以为可行。刘文辉总兵力不过三万，邓锡侯只有黄隐的九十五军，不到一万五，潘文华更可怜，只剩下潘清洲的一个师了。三部总兵力五万之谱，用罗广文一个兵团去对付绰有余裕！"

蒋介石没有开腔，也没点头。

王陵基觑了觑他，倾过身子，小声道："总裁，寿山兄言之有理！陵基以为……"

做出一副只向蒋介石私下进言的样子，其实他明白屋里谁也不会听不见。果然胡宗南投来了赞许的目光。

蒋介石索性眯上了眼睛。

大家面面相觑，闹不清他是什么意思，不敢开腔了。

好一会儿，蒋介石才睁开眼睛，看着张群，道："岳军呀，我想听听你的高见！"

张群愣了一下，继而露出了苦笑。"我还敢说什么？再要说，恐怕会惹上刘文辉的膻味了！"

蒋介石皱了皱眉，不满地哼了一声。"你呀，又耍小孩子脾气了！失误归失误，不要扯到别的没影的事上去。你对党国对我个人的忠心，我是知道的嘛！"

胡宗南见蒋介石对张群圣眷未衰，便调整了表情，做出恳切的样子说："说真的，岳军先生，我们还等着听你的高见呢！"

张群没有表情地用眼角掠了一下他，马上掉开视线投向蒋介石，用格外严肃的语调说："总裁，对刘、邓、潘用兵，我相信寿山兄的确有把握……是可以克奏肤功的！可是我还是要说，从政治的角度看，用兵不可取！现在西南地方实力人物也不只他们三位，心存观望者不乏其人，一旦用起兵来，影响……就不必我说了！所以最好是用文的。目前他们只是……不辞而别，至今还没公开宣布投共，可见多少有些首鼠两端，说不定内部还有争论！不如趁此时候，简派一位能言善辩又和他们三位有历史渊源的大员去效苏秦、张仪之事，以利害说之，不一定就不奏效！总裁以为如何？"

蒋介石沉吟不决。看了看其他三位，用的是垂询的眼神。

王陵基最先读懂了这个眼神。他移了移屁股，轻轻咳了一下，表示要发言了。

果然大家都把视线集中到他这里。

"总裁，诸位袍泽，以我多年的了解，刘、邓、潘精明过人，很难在已经迈出了严重的一步之后，再退回来。因为我们很难能够使他们相信中央决不追究他们的过失！前边就是悬崖，也许他们也要往前走！所以，陵基认为只有用兵一途了！"

"对对对！"王缵绪点头不止，"只有用兵一途！只有用兵一途！"

张群将烟缕缭绕的雪茄放在烟缸上，不以为然地哼了一声。说："方舟兄也不要把话说得太死了！"

胡宗南看也不看张群，冷冷地说："我同意方舟兄的高见！"

张群愠怒地又哼了一声："我希望诸位多想一想这样做的后果！"

胡宗南冷笑了笑："那么岳军先生以为……"

蒋介石轻轻摆了摆手，露出不耐烦的神情。

"不必争啦！其实两个意见都有……这个，可取之处！这个……这个是，可以分两步走嘛。先礼后兵，治易兄辛苦一趟，到彭县去劝劝他们。可以许一些愿，只要他们能回来，一切都好商量。这个是第一步。唔，第一步！与此同时，寿山这里也须做好准备，若他们执迷不悟拒不回来，你就坚决用兵。唔，这个是……陈格非兵团十二万人在隆昌布防，堵截取道重庆窜扰过来的共军；罗广文兵团十三万人扼守绵阳一线，防御陕西来的共军。成都的安宁就靠这两个兵团了，不能调动。寿山手里直接掌握的部队足够了，十八万之众全都在川西平原，集结起来也容易。必要时还可以教西昌行辕贺国光率领他的少数警卫部队骚扰刘文辉的后院。"说罢扫了一眼大家，问道："诸位以为如何？"

他既已表明了意见，就谁也不会再提异议了。

已经被点了将，王缵绪不敢延宕，马上表示态度。

"我服从总裁命令，明天就到彭县去！"

"不，军情急如火，今天就得走！"

"……是！"

第五十一章

一

刘文辉一干人到达彭县后,为防蒋介石派飞机轰炸,全部移居城外的龙兴寺。电台、邓锡侯属下九十五军的几个主要负责人也搬来了。解放军第二野战军先遣人员冯副主任率领一支由六人组成的联络组抵达这里。四川的地下党和民主党派纷纷派代表间道来到。龙兴寺一时成了川康起义的大本营。

虽然逃脱了虎口,来到邓锡侯防区的腹地,与潘文华驻防灌县的潘清洲师,与自己的西康二十四军连成了一片,刘文辉却丝毫也没有安全感。三支部队总兵力加起来不过五万,战斗力远不如中央军。加上长期感受国民党的宣传教育,毛人凤的说客也活动得厉害,下面的旅长、团长保不住有的会临阵倒戈;有没有师一级官佐暗存异志,也未可知。胡宗南集团三个兵团四十多万人马,且装备精良;王陵基的十一个保安团全是美械轻武器且配有摩托车与汽车,行动快捷。这些敌军对彭、灌一带形成了一个一个半月形包围圈。只要突破彭、灌阵线,三五天就可以席卷西康。自己手里的这一点本钱如果输掉,少了一枚沉甸甸的砝码,中共将来的人事安排,就难以预料了。这种深深的忧虑却不能诉诸邓、潘二位,否则会动摇其起义的决心。现在是骑在虎背上,前边是悬崖也只得跳了。

龙兴寺人多房少,几位主要将领每位一间卧房。他正在房里办公,邓锡侯急匆匆闯进来,神色有点紧张。

"自乾!自乾!王……"邓锡侯省悟到不该这么大声张扬,川西进步力量的代表人物一多半都在这里,听见了可不是玩的,凑近了,才又小声说,"王缵绪来了!"

刘文辉一愣,旋即笑了一下,说:"他来……无非做说客嘛!不见如何?"

邓锡侯笑了一下,不以为然地说:"那又何必!"那语气似有未尽之意。

刘文辉审度地逼视对方:"你是说……"

邓锡侯赶紧摇了摇手,打了个哈哈。"不不,没别的意思!我只是想,本省的老袍泽了,不见恐怕不好。是不是?"

刘文辉想了一会儿,说:"见见也好!"

伍培英电报请示刘文辉,对西昌行辕贺国光采取什么方针。刘文辉回电称,贺国光虽为蒋介石嫡系,但不属于死硬派,与胡宗南是有区别的,一向和川康地方人士的关系也过得去,可以争取他起义。

于是,伍培英离开了他兼师长的礼州①师部,到西昌做说客去了。

西昌行辕主任兼西昌警备司令贺国光中将,碍于刘文辉的坚决反对,很长时间不能将按编制应配齐的一个师运达,谈判来谈判去,只配了一个营。后来,又阴梭阳梭地偷运了两个营去,勉强编了一个团。刘文辉在宁、雅一带屯兵两万,伍培英三个团分驻礼州、西宁、泸沽三镇,近在咫尺,他当然不敢轻举妄动,只能采取亲善态度。

伍培英晓以大势,劝他识时务顺大潮,反蒋起义。他满口同意,表示坚决追随刘主席行动。

有人劝伍培英把三个团集中起来,以防不测。伍培英认为没必要,贺国光态度很明朗,已经是一条战壕里的人了嘛;再说,行辕一个团能翻起多大浪花呢。

然而贺国光只是虚与委蛇而已。正当王缵绪赴彭县游说之际,胡宗南突然空运了一个旅到西昌,拨归贺国光指挥。这样,贺国光的总兵力就达到四个团,实力一下子强过只有三个团的伍培英一三六师。于是翻脸向礼州进攻。伍培英身边只一个团,张皇间没法调泸沽、西宁两个团增援,在四倍于己的敌军进攻下,十多分钟就溃败了。接着,西宁团和泸沽团也相继被击溃。

伍培英在途中收拾残部,边打边撤,往雅安方向缓缓退去。其屯垦团长刘元虎、少将高参薛奉元阵亡。

退至冕宁时,中共党员伍精华率游击队一千多人掩护他们,才得以安然撤至富林。

伍培英马上凭借两千多米海拔的大相岭布防。

贺国光派部队追到,猛攻不克,两军长时间对峙。

同一个时候,成都武侯祠也发生了激战。

武侯祠其实就是蜀汉的昭烈庙。前殿供奉的是蜀汉宰相武乡侯诸葛亮,后殿是昭烈帝刘备的大殿和陵寝。围墙高大,古柏森森,占地三十多亩。二十四军一个团长期驻在里面,团长董旭坤是一位不到三十岁的青年。刘文辉给董团的任务是坚守阵地,不准退出。掩护中共地下工作人员,保护与中共中央联系的电台;保护华西坝的广播电台和川大、华大;可能时抢救被蒋帮特务拘禁的革命同志;视情况的发展,相机配合友军作战。当时在成都的部分中共地下党员、民主人士和刘部在成都的工作人员,纷纷转移到武侯祠及其附近。胡宗南以西南军政长官公署名义限这个团两天之内退出成都,撤退到新津河西岸,否则缴械。旋以五个团的兵力向武侯祠发动猛攻。该团在重围中激战两天两夜,官兵大部分牺牲。一

---

① 西昌城东面三十公里处安宁河畔的一个小镇。

部分护卫武侯祠附近的革命同志安全转移。

见见王缵绪也好。这个决定表明了刘文辉的心绪也是很复杂很乱的。他不得不从成都匆匆出逃,是迫于蒋介石逼他登上战车,而这部战车是他不喜欢而且认定是凶多吉少的。既已奔彭县,又遭到胡宗南大军半月形包围的威压,一旦接火,必垮无疑。率部往西南方向撤,击溃西昌贺国光并不坚固的阵线,移师云南与刚刚宣布起义的卢汉靠拢,以互为声援,倒是比较安全的。但解放军方面明确指示要起义部队堵截胡部西窜,此时撤走会招致误解,也会被认为是不遵军令。能不能有另一条路?能不能……不不,他对自己也不会承认产生了这样一种思考,而"见见也好"表明了他潜意识中是存在这种思考的。

潘文华以身体不适告了对不住(失陪之意)。

刘文辉和邓锡侯陪着王缵绪来到新都宝光寺。

副官先一步来打了招呼,驱散了闲人,在知客厅摆设了茶点。

王缵绪落座,笑嘻嘻地打量一番屋子,道:"好清静的地方!二位把我弄到这里,是怕共军知道吧?"

邓锡侯抽动了一下嘴角,想笑没笑出来。刘文辉却打了个不大不小的哈哈,道:"我们倒不要紧,会见会见故人,中共方面是不感兴趣的!只有蒋先生才那么褊狭!主要是治易兄您,我们担心您的安全呀!您现在是蒋先生手下的大将,忠实的……这个,忠实的部下,解放军代表一旦知道你到了这里,还会不把你老兄当战犯给拿下?如果那样,我们怎么对得住朋友?"

王缵绪脸上的笑渐渐渗出了点儿尴尬,只好解嘲地打了两个干哈哈说:"这么说兄弟就感谢二位关照喽!"

邓锡侯赔着笑了笑:"好说!好说!"

刘文辉故作神秘地往前微倾上半身,盯着王缵绪,小声道:"治易兄此来不会没有重大使命,还是先谈正事吧!"

王缵绪正端着茶碗在喝茶,赶快用鼻音唔唔着搭腔,同时不断点头,以致碗里的茶也溢了些出来。

"不说你们二位也知道,兄弟此来是……作说客的!哈哈哈。"他用了这么个中性而往往略含贬义的词,自以为机智风雅,不禁乐将起来。旋从邓锡侯递过来的巨型烟盒里抽出一支雪茄,举在眼前察看一番,唔,哈瓦那货。咬去封头,缓缓点燃,吐了一口浓浓的烟,又说:"老头子要我告诉你们,你们的……这个,出走,他能够理解!下边有些人借中央名义排挤你们,使你们很难立足。他不怪罪你们!无论如何请你们回去,一切都好商量!"

邓锡侯看看王缵绪又看看刘文辉,攒眉做思考状,摩挲下巴自言自语道:"一切都好商量……"不知是追问，抑或是自嘲。

"是的是的，一切都好商量！"王缵绪显得有点兴奋，"蒋先生给你们二位写了一封信，请看请看！"

刘文辉接过王缵绪递过来的信，反复看了两遍。王缵绪暗暗察看他的情绪，而那脸上却毫无表情。

刘文辉把信递给邓锡侯。邓锡侯匆匆浏览了一遍就放到茶几上。他早就知道信的内容了。信中说，已决定撤去王陵基四川省主席职，请刘、邓二位主持川省军政大计。王缵绪刚来时，就对邓锡侯进行了分化，说是蒋先生对他期望甚殷，若刘文辉、潘文华执意投共，请他一人回去，蒋先生将畀以西南军事方面的总指挥权。当时邓锡侯只笑了笑，答以感谢美意，只是既然锡侯已经陪自乾走出了这一步，不能扔下朋友。自乾怎么样，锡侯也只得怎么样。人活到这把年纪，得活得像模像样的，不能只为一己利害考虑，还得顾及其他，例如自己的行动是否会伤害朋友的感情。锡侯在军政界混迹几十年终于悟出了这点做人的道理。一席话使背叛四川袍泽死心投靠蒋介石的王缵绪脸红筋胀。王缵绪明白了，只有说服刘文辉，才能带动邓锡侯。

刘文辉根本不相信蒋介石的许诺。即或能兑现一二，也会极为短暂，解放军全部拿下西南，只是时间问题了。起义的决心不能动摇，别人可能产生的动摇要予以稳住，自己心里的杂念更要克服，功亏一篑后果不堪设想。因此，必须尽快赶走王缵绪，不能让他在这里摇唇鼓舌散布流言蜚语。

王缵绪做出悲天悯人的样子说："我是为二位担忧呀！如果蒋先生不能请得二位回去，他就要命令胡宗南实行武力解决！胡宗南有三个兵团，倘若动起手来，共军鞭长莫及，二位将何以自处！"

刘文辉仰天大笑。"治易兄，我们走这一步是经过深思熟虑的，不是玩儿戏。胡宗南的兵力当然超过我们十倍，不过以我们看来算不了什么。虽不敢说胸中有雄兵百万，可是如果没有切实的对策，我们也不敢待在这离省垣只百十公里的彭、灌一带了！"

这番莫测高深的话倒说得王缵绪目瞪口呆。

刘文辉觑他一眼，又肃然道："治易兄，蒋干之行可以休矣，我们是决心投奔光明了！老兄还是赶快离开这里的好，让解放军代表知道了……这个，我们难以保证你的安全呀！"

王缵绪哦哦两声，明白事已不可为，担心刘文辉翻脸，心里不禁有点发虚。又应付着说了一会儿闲话，赶紧告辞。

王缵绪之来，使刘文辉心中的胡宗南集团的阴影更加浓重了。加以伍培英被逼往大相岭，贺国光成了背后刺来的一把刀子，武侯祠董旭坤团全军覆没，令他感到危险迫在眉睫。更让人忧虑的是，在这种景况下，起义部队内部会发生分化。事情刻不容缓，必须马上通电起义，切断再回到蒋介石阵营的通道。

他立刻教下边拟来一份通电，商诸邓锡侯、潘文华。电文称蒋介石为蒋贼，国民政府为伪朝，引发了不同意见。

"这个……"邓锡侯沉吟着说，"君子绝交不出恶语，昨天还尊别人为总裁，今天就骂为贼，是不是过分了点儿？"

刘文辉想了一下，用力地平整了一下电报稿翘起的纸角，说："我说晋康呀，你我马上就是新朝——不，革命阵营的人了，态度越决绝越好嘛，同时还可以借此切断通向老蒋的路，杜绝我们内部的动摇情绪嘛。你说是不是？"

潘文华说："骂得确实厉害了一点，但确实也需要这么骂。是的，需要。"

于是起义通电便发向北京。

新华社当即就向全国广播了。

刘文辉对邓、潘二位说："如果能策动罗广文起义，倒可以从背后牵制胡宗南，迟滞胡部向我们进攻！"

潘文华说："罗广文与陈格非系多年至交，广文诚能左袒，陈格非定会倒戈！"

邓锡侯皱着眉头，不无疑虑，说："罗广文是黄埔系，蒋介石亲信，恐不会轻易背蒋！"

刘文辉摇摇头："罗广文喜欢读欧美的闲书，有民主思想，向来不满蒋介石的专制，与胡宗南更矛盾很深势同水火！我这情报绝对可靠！"

邓锡侯想了一想，点点头，说："我看不妨试试！只是……谁去适合呢？"

刘文辉说："我去最适合！"

邓、潘二位大惊。

"那怎么使得！"

"不行不行！"

"两位放心！我和他有些交情，又有解放大军入川的巨大威势，谅他不会翻脸不认人的！"

邓锡侯瞪圆双眼，用力摆手，说：

"那怎么行！那怎么行！自乾，你可别轻举妄动！"

潘文华也竭力劝阻。

"两位不必劝了！此事成功与否，关系我三部安危，不冒点险怎么成！我刘文辉一生冒过多少险，还不都走过来了。我主意已定，就这样吧！这里的一切就偏劳二位了。我已经写下手令，二十四军服从二位指挥。"

又说："军情急如火，我今天下午就得走！"

刘文辉率领一个警卫连，佩上中央军符号，挑选了一百二十匹好马，秘密上路了。

解放军二野的代表老冯知道后赶来阻止，已经迟了，急得直跺足：太危险了，刘将军糊涂，刘将军糊涂呀。快，向二野首长和中央发电报告。

刘文辉间道驰抵罗广文驻节地绵阳，已是第三天下午了。

刘文辉肩扛上校标识，诈称是胡宗南总部参谋，特来面授胡长官密令。

兵团司令部卫士长客气地将他引到罗广文办公室。

罗广文正埋头在写字台上写什么，听副官报告总部谁谁谁来，头也没抬，口里说进来吧，什么人呀，什么事呀。

刘文辉脱下军帽，打着哈哈，说："广文兄，别来无恙？"

罗广文抬头，一愣。"是你？"

刘文辉道："怎么，没想到？"

罗广文年近五十，四方脸，浓眉大眼，身材高大。此刻一下子站起来，就像一座铁塔兀立在面前，倒把刘文辉吓了一跳。罗广文堆起一脸冰霜，自顾去拿烟、点燃，又慢慢坐下，全然不让一让对方。

"好大的胆子呀！"罗广文声音很小，却充溢着令人发颤的寒气。吐出一圈烟之后，又投去恶狠狠的一瞥。

刘文辉只得自己找位置坐下。笑嘻嘻地说："我胆子向来不大。老朋友了，未必你还会……"

"住口！"罗广文拍了一下桌子，厉声道，"你已经投共，还说什么老朋友！"

见对方翻脸，刘文辉心里发虚，一时没说话，竭力镇定自己的情绪。难道真的不该来？难道自己对罗广文的判断彻底错了？难道真的回不去了，他心里乱成了一团麻，而脸上的表情却异常沉静，还微微带点笑。竟然还大模大样地站起来，缓缓踱到写字台旁，伸手从烟听里抽出一支烟，从容点燃。

罗广文瞥他一眼，似乎对他的从容自在颇为不满，哼了一声。

"广文兄，什么投共不投共，据我所知令弟广斌①先生就是个共产党，被徐远举囚禁在重庆歌乐山秘密监狱里。广文兄堂堂陆军中将去保了三次都没能保出来。像这个没一点人情味的党，跟着还有什么意思！"

罗广文沉默，继而冷笑道："那么你的意思是教我走你的路，背叛党国？"

刘文辉哑然一笑："党国？党国从来就不信任你！胡宗南对你怎么样？蒋介石对你又怎么样？想必广文兄心里体会最深！"

这话其实说到了罗广文心坎上，也触到了痛处，使他恼羞成怒。他两眼圆睁，

---

① 罗广斌，长篇小说《红岩》作者。

猛拍一掌桌子，喝道：

"刘文辉！你休要替共产党做说客，我罗广文不会步你后尘！"

"广文兄，说话客气点嘛！识时务者为俊杰，解放军分两路入川，北路广元已下，你这里马上就成火线了。你们胡部三个兵团不过四十万人，还能打个什么仗？败兵无斗志，何况你们面对的是百万大军呀！"

"来人！"罗广文一声断喝，立刻有两个持冲锋枪的士兵跑步进来，"拿下！"

刘文辉惊了一下，呆了。对自己情绪的涨落他已历练出了非凡的自控力，可对别人情绪的把握以及应采取什么方法对付，应使用什么调门，他似乎还显得低能。

两个士兵如狼似虎般扑上来抓他。他又急又怕又恼怒，一边挣扎一边大骂。"罗广文罗广文你你怎么这么下作！你擅抓这个……这个起义大员，解放军不会饶你的！两国交兵还不斩来使呢，何况我们这……我说广文兄你不能这样……"

罗广文嘿嘿冷笑，不容分说，喝令推出去毙了。

正当刘文辉被推出去时，一位模样酷似罗广文的青年风尘仆仆地闯入。此人就是中共党员、后来的新中国作家、长篇小说《红岩》的作者罗广斌。

罗广文惊讶地跳起来，上前抓住这青年。"小弟！你怎么……歌乐山……"

"大哥不必问了，一切待小弟慢慢奉告！刚才推出去的那人是谁？是不是刘文辉？"

而此时三百公里以外的彭县诸公已如热锅上的蚂蚁，一干人为刘文辉的轻赴险地，互相责难，商议对策，东奔西跑，八方设法，愁眉不展，痛哭流涕。解放军代表老冯尤其不安，平素对起义方面客客气气的笑脸没有了，对邓、潘二位不无埋怨之词。

"邓将军，潘将军，你们也太……太不明白！怎么能放刘将军轻蹈险地！刘将军要有个三长两短，我们……我们怎么向中央交代？没法交代！再说胡宗南大军在侧，临战前遽失主将，这这这……唉！刘将军也糊涂呀，怎么能亲自去……"

邓锡侯垂头丧气："唉，唉，我怎么那么糊涂，为什么不把自乾拉住！"

潘文华哭丧着脸，一迭连声悔恨。"自乾！自乾呀……"

当即由邓锡侯主持，召开紧急军事会议。

当此危殆时刻，是将三部兵力从成都西南部几个县以及西康调集到彭县、灌县或者雅安，以防胡宗南大军进攻；或是将三部撤到云南以避胡部之锋，大家争论不休。若胡宗南靠罗广文、陈格非两兵团分驻隆昌和绵阳，防阻解放军，这里便能够放手以孙元良兵团及王陵基十个保安团尽数投入对起义部队发动进攻。有人主张取道西昌撤往云南以避敌锋锐。

"……局势十分严峻，大家一定要商量个好办法！"

邓锡侯说罢，忧心忡忡地环视大家。

解放军代表老冯说："不能把川西、西康让出来，任胡宗南在这里自由自在地部署阵线，抗击解放大军！所以我认为撤往云南不可取！那么怎么办，还须靠各位将军酌定。总之原则是，既要保住三部的实力，又不能任蒋军在川西畅行无阻，逃脱解放大军的聚歼！"

邓锡侯把下颏向在座将领扫了一个弧形："大家说！大家说！"

在座者是三部少将以上官员。

潘文华想了一会儿，说："敝以为三部集中起来不妥，易为胡宗南聚歼！"

邓锡侯部九十五军军长黄隐说："我赞同仲三先生高见！我们三部就兵力和单位实际战斗素质来说，都不能同胡宗南部队作硬性的针锋相对的抗衡，而应该以……这个，以展开的态势对企图据守成都的胡部形成侧背威胁，以待解放军主力的到来。我方一经展开，以旅为单位活动，以持久战的方式部署，使主力避其锋锐，胡宗南便无从捕捉我们的主力，无从实施决战！"

"这个……这个，"潘文华占住话头，咳咳咳地吐出一口浓痰——他的肺痨久治不愈，然后说，"逸民（黄隐）兄高见完全可行！敝意以为可以照此办理。只是孙元良兵团加上王陵基保安团十八万之众，悉数扑来彭、灌，实在是很可怕的压力！"

这时，突然闯进来一个副官。这年轻人满脸放光，顾不得礼仪，高声道："刘主席回来了！刘主席回来了！"

大家不约而同霍然而起，一窝蜂拥出门去。

果然，刚刚滚鞍下马的刘文辉风尘满身地站在龙兴寺门口。他的马队就在身后。几天工夫，人显见憔悴多了，疲劳不堪的样子。奇怪的是他两眼却闪着光。

于是大家围上去问长问短，簇拥着他进寺去。

刘文辉一路走一路哈哈大笑，一副想要好好侃一侃的架势。

"诸位莫慌莫慌，听文辉慢慢道来。哈哈哈。不瞒诸位说，若不是罗广文的胞弟共产党员罗广斌先生及时赶到，文辉已经做了罗广文的刀下鬼了。中共周恩来先生和二野长官闻讯我到……这个这个轻闯罗部，料有危险，马上电令从重庆歌乐山越狱突围归队不久的罗广斌赶到绵阳，阻止罗广文对我下黄手。罗广斌警告乃兄，中共中央对刘自乾的安全十分关注，请他保护。刘自乾若有个三长两短，解放大军将不惜一切代价围歼其部捕捉到他本人予以严惩。周恩来先生还以黄埔领导的身份给罗广文发了一份急电，命他切实保证我刘某人的安全。罗广文给镇住了，这个杂种。于是乎嘛，我又从阶下囚变成了座上客！哈哈哈。后来，经罗广斌和鄙人反复陈说形势，罗广文已决意起义，并密电陈格非一同举事。只是为防不虞，暂不拍发通电。"

全场欣喜雀跃。

邓锡侯兴奋地说："只要罗广文、陈格非摆出不稳、不听招呼的姿态，胡宗南集结在成都的十多万人马就不敢轻举妄动，我们的压力就轻了！"

此后形势急转直下，虽有几场险恶的战斗，却一天比一天有利于起义部队了。

随着罗广文通电起义，多米诺骨牌般一支又一支国军的兵团、军、师、旅、团宣布脱离蒋介石，加入人民解放军。只不过十几天工夫，两路解放大军就分别取道绵阳、重庆，直指成都平原。孙元良统率的十六兵团在其副总司令董长安策动下脱离他的节制宣布起义。这么一来，胡宗南集团基本瓦解，只剩下了几个独立旅、独立师、警卫团之类的铁杆死党。

一九四九年十二月中旬，胡宗南将王陵基的保安团抓在手上，加上自己的残部，拼凑了四个师兵力，企图取道邛崃攻占西康。然后以西昌为中心，凭借险山恶水建立反共根据地。遂绕开黄隐的九十五军，兵分两路向雅安进逼。一路在成雅公路上推进时，防守在新津、邛崃的二十四军刘元琮师予以有力阻击。打了五天，拖得胡部困顿不堪，被迫撤至邛崃山区。胡部进至名山县的百丈驿，又遇到刘元琮师所属两个旅的阻击。另一部胡军由夹江、丹棱向防守在洪雅的二十四军独立旅逼近。这时解放军已取道乐山向洪雅推进，胡部与二十四军独立旅刚刚交火，不敢恋战，虚晃一枪就急忙"转进"。同时，伍培英在解放军游击队的支援下，向贺国光发起反攻，把贺部赶出了大相岭区域，往西昌方向逼压。

刘文辉此时踌躇满志，决心凭借手中的三万子弟兵建立奇勋——捉住胡宗南，再不济也要把胡部困在西昌以待解放大军开至。

二

十二月九日，蒋介石电令胡宗南，鉴于西南军政长官部长官张群"转进"台湾，由他全权代理。

虽升了官，胡宗南却一点也高兴不起来。十日在新南门外空军学校草草就职；原西安绥靖公署人马按职到差，甚至没作口头上的加委。只是按总裁的旨意派第三军军长盛文兼任成都卫戍司令、曾扩情任卫戍司令部政治部主任，算是仅有的两项变动。他例行公事地完成这一切手续之后，并不去部署成都的防卫——他明白那根本守不住，整天盘算的是如何离开这个险地，早早"转进"西昌。他发了两份长电到台湾，企图说服总裁同意他的打算。然而总裁却严令死守成都，不准撤离。

没可奈何，他只能在部下面前骂远在台湾的张群，埋怨总裁上了张群的当，聊以泄愤。

"校长这是要我们杀身成仁，我们就在成都同归于尽吧！"他气愤到极点的时候，这样对身边的亲信们说。

而这样的尴尬也没持续多长时间，飞速发展的时势帮了他的忙，迫使蒋介石同意了他的打算。

十二月十九日晚，解放大军先遣部队逼近成都。南面攻到新津河对岸，与胡军隔河炮战；东面攻到简阳、仁寿，亦已咬住胡部后卫并接上了火；北面占领了绵阳，正向德阳、广汉推进。包围圈正在形成。

胡宗南急电蒋总裁，诉以危局，谓死守成都必致全军覆没。请求：

一、西南军政长官公署主要人员以及重要物资用飞机运往西昌；

二、同时集结部队，往雅安、蓑衣岭和雷波、马边、屏山，峨边三个方向突围。目的地是雅安、西昌、泸定。

蒋介石二十一日晨复电同意，并指派二十架大型运输机支持。

二十一日下午，胡宗南召来原西安绥署参谋长现西南军政长官公署事实上的参谋长罗列（这个职务名义上由胡宗南兼着），商定飞西昌的总部人员名单，然后由罗列秘密分头通知。

二十二日晚间，胡宗南在新津机场召开军事会议。

原定是分三路突围，胡宗南问大家有没有别的意见。

第五兵团司令李文觉得分散容易被各个击破，主张集中兵力向一个方向突围，这样成功的可能性大一些。这个方向选在雅安为宜。雅安拿下来了，宁（西昌）属乃至整个西康也就成了掌中之物。第一军军长陈鞠旅、第九十军军长周士瀛也认为李文的办法可行，其他将领也纷纷点头。

胡宗南摩挲了半天下颏，终于同意照这样办。

他马上指定李文为转进总指挥，率领大兵团突围；盛文为后卫总指挥，负责坚守成都，待大兵团打到雅安，方能撤离成都，且战且退，向雅安靠拢。

二十三日，胡宗南偕同参谋长罗列、副参谋长沈策以及丁德隆、周士冕登上了满载物资和卫队连的一架 B4 型大型运输机。

运输机上有一间小客舱，几张椅子，一个小茶几。胡宗南及罗列等几位高级官员坐在这里。卫队连官兵都在外间货舱席地而坐。

胡宗南神情阴郁，坐在那里默不作声，一支又一支地吸烟。罗列有时对他说句什么，也只心不在焉地唔唔两声，算是回答。此次飞行，虽能暂时逃离险境成都，也不过如死刑缓期，安知西昌不是死地。国军几百万大军都完了，自己手里的一点点残兵败将，局处弹丸之地的西昌，又能坚持多久。他一点信心也没有。觉得自己就像一名演员，受导演驱遣在台上演出，观众看着无味早已离场，戏已完全失败,他还得像模像样地演完最后一幕。这是他的天职。他真羡慕那些随总裁飞去台湾的人,他们真幸运,隔断了两军的炮火,这些人毫无性命之忧,继续享受着人生之乐。他乱糟糟的思绪里莫名其妙地游离出一丝幻想,如果总裁忽然良心发现,记起了师徒情深,来电把他召离死地,到台湾另行任用,那真是天大的幸事。

怎么回事,怎么有点颠簸?他忙扶住几上茶杯,望望窗外,一团团浓云擦身而过。

机长在小客舱外喊报告。

罗列看了看他,向外命令道:"进来!"

机长进来,立正敬礼。这是个三十几岁的男子,英俊挺拔,举手投足带着点儿英国皇家海军学院的得体、到位。

罗列问:"什么事?"

机长说:"报告参座,天气变了!职部刚刚与西昌机场联系,那边能见度很差,不宜降落!"

罗列把眼光掉向胡宗南,询问地凝视着他。

"我们在什么方位?"胡宗南望了望窗外,又掉头看了一下机长,问道。

机长挺了一下胸,立得更直了。大声说:"报告长官,刚刚飞过大相岭!"

胡宗南摩挲下颏,沉思良久。后来,灵机一动,眼睛渐渐亮了。旋即指着机长说:

"改向——直飞海南三亚!"

"是!"

"且慢!"罗列伸手制止正欲离去的机长,然后小声对胡宗南说,"这事,是不是再斟酌斟酌?"

胡宗南投以乜视,明白他的弦外之音——总裁怪罪下来怎么办!他冷笑了一声,理直气壮地说:"不是天气不好吗!"

罗列默然片刻,摇摇头,说:"这个理由,恐怕缺乏说服力——云南蒙自机场不是还在我们手里吗?"

他是指国防部次长汤尧还率领着李弥等人的数万残兵在那里苦撑。

胡宗南又不说话了。脸阴得比窗外的云团还暗。

这一沉默延续了好长时间。

机长偷偷觑了觑胡宗南,鼓起勇气说:

"报告长官,从时间来分析,可能马上就要飞临西昌上空了!"

"唔?"胡宗南像醒悟了似的,掉转头,盯着机长说,"马上改飞三亚!"

"是!"

飞机在空中画了一个大圈，径直向南飞去。

南方天气晴朗，飞机平安飞抵三亚。

当地政府在橡胶专科学校临时布置了一所官邸，招待他住下。

罗列忧心忡忡，问他怎么办，未奉上命，台湾又去不成。

他不便说出自己内心深处转动的念头，只说安下心来玩你的吧，一切有我胡宗南担待。他认为部队在西康不可能支持多久，十天半月就会见分晓，说不定一周之内就会有下文，那时以孤军奋战终于难免兵败为理由再去台湾，不就什么事也不会有了么。现在转进雅安的部队终日在混战中过日子，根本没法回答台湾的任何电询；而台湾一切草创，乱成一团，谁还顾得上弄清他胡宗南在什么地方呢？只要部队这架机器还在运转，还在打仗，在向西康转进，台湾方面就不会想起要弄清这个。

他错了。

蒋总裁的电报正在飞往各个地方寻找他。终于通过毛人凤的机构获悉他扔下部队逃到了三亚。这可气坏了蒋总裁，马上就要下令让海南的宪兵去枪毙他。

新任国防部长顾祝同站出来为他说情，认为非常时期用人之际不可轻斩大将，观胡寿山二十几年的作为似非临阵脱逃之辈，个中也许有什么隐情，不妨先查清楚再行处置。

蒋总裁当即指定顾祝同为查办大员，飞赴三亚审讯胡宗南。

顾祝同到了三亚，劈头盖脸把胡宗南一顿好训，宣布是奉命来查办他的。

这一来吓得胡宗南魂飞魄散，明白战时的查办就是枪毙的同义语。他倒不完全只是怕死，还怕校长的鄙弃、同僚和上司的唾弃，终生名节所系呀。他赌咒发誓决不是临阵脱逃，完全是因为天气之故临时来三亚暂候，俟天气转晴，立刻就赴西昌。

"顾总长，墨三老师，你可不能不管学生！你在校长面前是说得起话的，请无论如何替学生辩白一二！"

顾祝同做沉吟状。过了一会儿，做出一副我不入地狱谁复入地狱的慷慨悲壮神情说：

"好吧！拼得挨总裁一顿骂，我也替你把一切兜起来！"

两人遂对好了口径：胡宗南是因为天气之故暂飞三亚，不日即去西昌。蒙自那边顾祝同致电汤尧打招呼，台湾若问起，就说天气不好，能见度等于零。

顾祝同又马上与蒋介石通话，陈诉一切。蒋介石不很情愿地接受了解释，要胡宗南即飞西昌戴罪图功。

顾祝同叹了一口气，怜悯地看着胡宗南，说：

"寿山呀，并不乐观啊！虽然不再查办你了，看来总裁还是认为你有罪，不然怎么会称'戴罪图功'呢!"

"那……那怎么办？总长，老师，救人救到底……"

顾祝同双眉紧锁，默然了一会儿，说：

"这样吧，你派一名能言善辩的高级干部随我去台湾，向他面陈一切，或许会说得更清楚一些！"

"好！这办法好！"胡宗南大点其头。又把视线移向罗列："冷梅兄，只好辛苦你一趟了！"

罗列随顾祝同去台湾，向蒋介石做了详细报告，终于消解了蒋介石的不满。

十二月二十六日，胡宗南电令逃驻海口的这么几个人待在那里等他，准备一起飞西昌。这几个人是：胡宗南的表侄、西南军政长官公署副官处长蒋竹三，胡宗南的随从副官张正达，西南军政长官公署财务经理处正副处长戴涛、蔡剑秋。

一直跟在身边的沈策是副参谋长，没理由不跟着去西昌；周士冕却觉得自己是政工人员，去了也于事无补，不如请胡先生允准去台湾吧。岂料胡宗南坚决不同意，高低横竖都要他一同去。

周士冕怨气冲天，对沈策说："胡先生真对不住人，临死还要拉几个好朋友去垫背！"

为防部下私逃台湾，胡宗南到了海口就放出了空气，说干训团教育长袁朴未经允准私逃去了台湾，已被总裁下令抓起来枪毙了。吓得一些暗怀私逃念头的人只好打消主意，安下心来候命。

飞西昌前一天上午，机要室主任向胡宗南报告了一些丧气的消息：李文在邛崃县被困，正在派人与共军接洽投降；第七兵团司令官裴昌会在德阳起义；豫陕鄂边区绥靖主任张钫在崇宁县安德铺起义；郭汝瑰率一个军起义。共军已占领成都。胡宗南顿时脸变得灰白如土，右手掩在前额靠在桌上，左手放在怀里，约莫十多分钟不作一声。后来，他吐出长长的喟叹，有气无力地吩咐机要室主任，尽量设法联系川西不愿从逆的部队，教其逃出成都平原，到西昌会合。

越接近全面胜利，刘文辉反而产生了越来越不安的心理，总担心这里不够尽善那里不够尽美，总想奉献给新政权一个尽量完好的果实。

他乘上吉普，在新组建的摩托连护卫下离开成都向西疾驰。打算亲自去指挥对胡宗南的战事。解放军野司给他的指示是牵制、阻击胡部，待大军到时聚歼；不必主动浪战，以免无谓消耗起义部队的兵力。他却不以为然，认为蒋军成了残兵败将，斗志丧失殆尽，起义部队独力对付之，能够胜任愉快。近日来，一手包揽消灭胡部，甚至捉得胡宗南，这个念头始终支配着他。他认为胡宗南这人只能靠手握重兵，只能靠精良的装备。他自信目前情况下打败胡宗南不会很难。

但在过邛崃的时候，这座古树掩映下的小县城却使他的情绪一落千丈。

"临邛道士洪都客"，他倒没遇上道士，却遇上了个和尚。当驱车经过狭窄的文君街时，他忽见前边一个和尚摇动宽袍大袖飘然行去。忙令停车。从背影看，太像崇庆州的智海和尚了。这和尚与他有旧，但已多年不见了。

他下得车来，紧走几步，高呼智海大师。

和尚停步，懒懒转身，那冷漠的脸和冷漠的眼神，不是智海是谁。

"大师！大师！"刘文辉很兴奋，拱手为礼，"幸会！幸会！"

智海双手合十，阿弥陀佛，仿佛毫不觉得意外。

"施主别来无恙？"

"托福！托福！"刘文辉又拱了拱手，"如今投奔光明，这个，解放了！哈哈……"

智海微微一笑，摇了摇头。

"贫僧红尘外人，不知施主所云为何！"

刘文辉愣了愣神，不明白智海是没听懂还是不以为然。只好尴尬地再作补充说：

"我的意思是说，如今总算……这个，得其所哉吧！"

智海又看了他一下，眼神不无怜悯，喟然叹道：

"贫僧早就奉劝过施主急流勇退以求清静……看来一切皆有个定数，不可强求。施主绕了个大圈，一个不得不绕的大圈呀！"

话说得不清不楚，似又隐含机锋。

刘文辉困惑了，皱皱眉头，又赔笑道：

"还请大师明示！"

智海摇了摇头，顿了顿，似乎犹豫了一下，说：

"道不同不足与论！红尘内外隔膜如堵，况天机不可泄乎！"默然有顷，又说："唯愿从此不动刀兵为好……"双手合十，道："施主善自珍重，贫僧告辞！"

说罢竟不理睬刘文辉的挽留，飘然而去。

刘文辉站在那里，怅然若失。在下午那色泽深沉凝重的日光映照下，临邛古城崇楼杰阁的阴影将他和他的摩托队的身影完全覆盖了。

队中的一位中尉轻轻过来，小声说了几句什么。刘文辉愣了愣，半晌，才点点头。坐进车子，振作了一下精神，朗声下令开车。

毕竟前面有一种辉煌在等待着他。

出西昌城东门，沿着一条公路往北行走，约莫五公里许，可看到一汪湖泊，即是邛海。据明朝万历年间官修《建昌府志》记载，这里原来只是个山坡，两千五百年前发生大地震，地壳剧烈折皱，形成一块长三十公里、宽三公里的谷地。

安宁河水灌注,便成了海子。海子沿岸有奇巧山石,有茂林修竹,加以水清如镜,锦鳞出没,风景十分优美。

三十年代末叶,蒋委员长的西昌行辕主任张笃伦依山傍海建造行辕。行辕俗名邛海新村,都是平房,别墅式木结构,散筑在山坡上,共一百九十二间。村西北是西昌技术专科学校①;村东南是泸山——山上有古寺七座,掩映于参天巨柏中,由曲折石径相连;村南两百米远近就是邛海。

胡宗南和他的长官公署人员散住在村里。村外朱光祖团长率一团人住在蘑菇般星罗棋布的军用帐篷里。朱光祖团是一月前应贺国光所求空运来的,现在胡宗南收回来做警卫团。

西昌行辕主任贺国光这个时候又兼了两个新职:西昌警备总司令和西康省政府主席。他是蒋介石亲信,资格很老,不愿受胡宗南这样的后辈指挥;加以既有人来撑持危局,他乐得脱卸仔肩,逃离险境,便在胡宗南抵宁的次日就提出给予一架飞机,要去台湾向总裁述职。胡宗南坚决不同意,说是贺主任要走,也好,我胡某人也一块走吧,这个烂摊子就让它烂下去吧。贺国光只好作罢。

胡宗南抵达西昌是十二月二十八日。二十九日蒋介石就发来一纸电报,令其坚守三个月。

他手里只一个朱光祖团,贺国光也只两个警备团,连刘文辉都打不过,怎么抵御共军呢。得赶快收容川西溃散部队才行。遂命机要室每天二十四小时用无线电向各地呼号。二十九日与二十七军军长刘孟濂联系上了。刘孟濂率领残部一千多人,从乐山逃过了蓑衣岭,正在冷猪坪与刘文辉的守军作战。下午就突破了刘文辉防线,正往西昌方向靠拢。当天晚上又和五十六军军长胡长青联络上,也是带了一千多人残部,从邛崃县逃窜到了西康省境内的汉源县。这个胡长青是胡宗南的亲信骁将,胡宗南马上电委为第七兵团司令官,驻守汉源(邛崃、雅安到西昌的咽喉,在大相岭南麓),拱卫西昌北大道,同时收容由川西逃入西康的各路残部。胡长青也真能干,三十一日就收容到洪雅县地方团队李玉光部一千多人。胡宗南马上委这个从未谋面的李玉光为新编第十二师师长,授予少将军衔。

一九五〇年元旦上午九时,胡宗南举行元旦阅兵。艰难时期,繁文缛节皆免了,只把朱光祖的一千多官兵弄到邛海新村前面的观海台训话。教西昌《宁远日报》当天以头版头条发表他的讲话,又用该报记者的名义电发台湾中央社,转发中外报纸。

胡宗南站在台上,神情悲怆,念完了讲稿之后,继续说:

"今天我们在西昌过民国三十九年的元旦,心情极为沉痛!我们还有几十万弟

---

① 解放后扩为四川林学院。

兄在川西坝子与共匪拼命作战，还有成千上万的民众惨遭共匪的蹂躏屠杀，我们能不能就不管他们呢？不能！我们要做党国的战士，领袖的死士，与共匪奋战到底……"

说到这里，声音就嘶哑了，只好叫刚从台湾飞回的参谋长罗列传达总裁的指示和对西昌官兵的慰勉。

大会完了之后，回到新村住处。周士冕笑扯扯地对沈策说：

"今天的阅兵，老兄感想怎样？唉，胡先生玩几十万猴多年，今天落到这个地步，不知他的感想又怎样！"

胡宗南尽管以悲壮镇定的姿态出现在阅兵台上，其实内心十分恐慌。几天来才收容到两千多人，加上朱光祖团和贺国光的两千人，总共不过五千多人，怎么抵挡得住共军潮水席卷般的进攻？直到元月三日接到一二四军军长顾葆裕率残部一个师约一万多人到达西昌附近十五公里处的消息，他才露出了一缕苦涩的笑。遂派周士冕和沈策去欢迎。嗣后顾葆裕单骑进城述职。胡宗南命他率部去会理休整，然后沿金沙江布防，拱卫西昌东线。

胡宗南召集部将、幕僚开会，研究防守西昌的具体办法，教罗列简要报告当前形势。

"冷梅兄去了一趟台湾，见多识广，先替我们清醒清醒脑子吧！"

胡宗南似笑非笑，调侃一番，慢慢点燃一支西昌当地产的邛海牌香烟。吸了两口，皱了皱眉，揿灭。另拿出一包美国产海盗牌，这才有滋有味地吸起来。他的心绪比刚到西昌那两天好一些了。

"胡先生说笑话了！"罗列赔笑道，"我还不就是把已经发生的情况给诸位介绍一下……"

他把自己手中的烟揿灭在烟缸里，端起面前的军用茶杯喝了一口茶，又看了看胡宗南，便说起来了：

国府要员和国军在大陆坚持的将领，不少人把希望寄托在第三次世界大战上。这个……大战呀，就目前迹象看，是打不起来的。美苏两大国忙于医治创伤，根本就不愿意打。第七舰队到台湾，只是威慑性质，炮筒里没有装填半点进攻性火药。看起来，我们只能靠自救，不能靠国际形势的变化了。靠自己，又怎么靠呢？我们中央军不是让共军给吃掉了，就是转进到了台湾，只剩下我们这里和云南汤尧两个军还在继续作战。共军已经吞并了全川，不会让我们这里和汤尧那里长时间存在。总裁命令我们守三个月，能不能如期完成？也许我们喘息未定，他们就打来了。所以我们要预为准备，编组起码的防卫力量。仅靠现在这点兵力是不行的。能不能就地取材，把宁属的各种地方武装收容起来？

胡宗南问，地方武装？宁属能有什么地方武装呢？

沈策说，宁属地方武装多得很，我们能统计上数字的已经不下五万。麻烦在于都很分散，有的据堡自守，有的啸聚山林，色彩不一，很复杂，不容易统驭起来。过去刘文辉就为此做过多年努力，也只搞成了个靖边司令部，把安宁河边的土司邓家武装编组成了部队。

这个靖边司令部的情况怎么样？

过去是由比较听命于刘文辉的孙仿以副司令身份在管，那时子承父业的司令邓德亮只十五岁。后来德亮成人了，正式就职，接管了权力。孙仿便只能管自己手里的一个团另两个独立营两千多人了。其实邓德亮也只能掌握住一个团——这个团是他的侄子邓宇凯任团长，两千多人。我们可以分头运动邓德亮和孙仿，听话的，就给予名义和饷械；不听话的，则包围缴械。

胡宗南高兴地拍了一掌桌子，认为这个事可行。谁来负责实施？就请民铎兄主持主持如何？

周士冕站起来，表示愿为驰驱：胡先生既然指派了我，还能有什么话说，当然尽力去完成。

没几天，周士冕就向胡宗南报告，邓德亮及其幕后指挥、他的老娘吕仙表示坚决跟胡先生走，与共军打到底。孙仿倒有些犹豫，后来还是同意接受番号。

胡宗南把邓德亮编为反共救国军第一纵队司令，孙仿编为第二纵队司令。不久一个名叫岭光电的彝人从刘文辉那里逃出来。胡宗南听人介绍他原是越嶲县上田坝土司，便教他回家乡去编组第三纵队。

由于周士冕担保邓德亮母子绝对可靠，胡宗南便把台湾首批运抵西昌的一个团美制械弹全部给了他。如此邓宇凯团便全部换成了新式武器。

一九五○年二月底，川西平原春寒料峭。凛冽的霜风不紧不慢地在半空刮来刮去，把已经相当干燥的田土的残存水分刮走卷去，使地面龟裂成了大大小小的土缝。古驿道加宽筑成的公路也有了数不清的裂口，有的裂口竟然宽到三四寸。

中华人民共和国西南军政委员会委员邓锡侯，在一连佩戴解放军符号的起义部队马队护卫下，乘坐黑色奥斯汀汽车，驶出成都南门，经新津、邛崃、名山等县，快速向雅安行进。因公路年久失修，高低不平，加上时有或宽或窄的裂口，又霜冻路滑，车、马行走欲快不得，只好格外小心。大半天才到雅安。

他是应老朋友急召命驾上路的。

老朋友刘文辉此时已荣任西南军政委员会副主任兼西康省临时政务委员会主任。中共西康省委书记廖志高同志去重庆述职，西康政务悉归刘文辉负责。

一见面，刘文辉顾不得客套，一把将他拉进了密室。

他十分纳罕，刘文辉为什么急如烽火召他来雅安，为什么做神秘状如此？

刘文辉笑嘻嘻地小声告诉他，立大功建殊勋的机会到了。

什么大功殊勋？

蒋经国、顾祝同昨天下午从台湾飞到西昌，内线情报说其作短暂逗留。

邓锡侯紧紧盯着刘文辉审视，好一会儿才说，"你是说……把他们抓起来？"

"对！对！抓起来！哈哈哈……"邓锡侯微微冷笑，说，"自乾兄胃口不小呀！"

刘文辉挥了一下手，仿佛是要拂去邓锡侯的冷笑。正要说话，副官进来报告，酒席备好了，请两位长官入席。

"晋康兄，请吧，移樽花厅，我们边吃边谈！"

"哈哈，正好，我肚子早就饿了！"

酒席十分简单，不过一瓶五粮液，几盘菜肴。不如昔日的奢靡，大约是革命了，得以革命干部的标准来自律吧。

刘文辉喝了一口酒，舒展地吁了一口气。说：

"晋康兄，不是文辉好大喜功，你我举义旗参加革命，还来不及立下尺寸之功，也不说日后论功行赏这些腐旧之论了，面子上总须过得去吧？小蒋既然送上门来了，不正是你我的运气么？天予不取，反受其咎！干吧，怎么样？"

邓锡侯摇了摇头，放下酒杯，说：

"还是请示一下重庆吧？"

"请示就干不成了！刘、邓首长的意思很明确，让我们掘壕据守，牵制蒋军，不必主动进攻，等待解放大军开来再一起行动。"

"这正是爱护我们起义部队的意思！恐不好违背吧？"

"通权达变怎么讲？从古至今，没有通权达变就没有大将的成就事功！"

邓锡侯见他决心要干，知道拦不住，只好专心喝了一会儿酒，且听他高谈阔论。过了一会儿，忍不住问道：

"胡宗南在西昌纠集了一万多人马，你的主力远在这里，又分散屯驻几个县，一时难以集结；汉源前沿和冕宁县城都只有少量防守部队。你到哪里去弄部队——至少得一万多人马吧？"

刘文辉脸上露出了狡黠的笑，又畅饮了一大杯酒，重重地将杯子蹾在桌上，两眼放光，兴奋地说：

"奇袭！小部队突袭西昌，瓮中捉鳖！我要亲自去，到孙仿的总部去坐镇，亲自指挥这次行动！"

邓锡侯愣了愣，一时间以为只是一句玩笑。细一打量，却又发现这位刘自公两眼红红的，印堂油光铮亮，一副摩拳擦掌的样子，仿佛又回到了青年时代。那阵子的刘文辉，一旦急于事功，就会是这个样子——也往往会失去冷静的头脑。

邓锡侯已经多年不见他这个样子了。

解放战争对于那些保持着相对独立和半割据状态的地方军阀来说，无论是投奔革命的或反抗革命的，都是最后一次在历史大舞台上吞吐风云；以后，他们再没有机会自行登台或者从此烟消鹤去。余生的浮沉，都将由这次表演来注定。刘文辉看到了这点。他自度没有傅作义的拥兵二十万，也没有陈明仁的虎将声威，更没有程潜的元老资历，差不多是在解放军兵临城下时才举区区三万人马起义。可以说是既无实力又无大功，将来新政权会给他什么样的待遇呢？

邓锡侯和他不一样。邓锡侯甘于现状，自度年事已高，只图平稳过渡到新社会，获得一定的社会地位，也就满足了。

"自乾兄，这样做太冒险了！也没必要嘛！况且，你我现在都还是军人，不请准军区首长，是不是有擅自行动违犯军令之嫌？"

刘文辉打起了哈哈。嘲弄般歪起脖子睨视指点邓锡侯，说：

"迂腐！哈哈哈，书呆子气！军令对我们起义将领弹性大得很，军区首长不会怪罪的。这个我能拿稳！何况我是去建立大功——大功告成之后，除了奖励、表彰，还能有别的么？哈哈哈，多虑了！晋康兄多虑了！"

二人争执了半天，谁也说服不了谁。

"看来我是没办法阻止你了！"邓锡侯摇头苦笑，"你召我来这里，不会只是要讨论这个吧？要我干什么就说吧！老哥儿俩了，意见归意见，但有所命无不照办！"

刘文辉是要他代替自己坐镇雅安总部。

"我这一去，当然说不上有什么了不得的危险，也不过是预防一二吧。廖志高政委又不在，非常时期，得有个有相当资格的人坐镇，有什么意外，也才控驭得住！"

"我在这里替你守摊子可以，不过我得把你的行动向西南军政委员会报告！要不，你这个军政委员会副主任如果出了个一差二错，我怎么担当得起！"

刘文辉皱起了眉头，不满地看了看他，踌躇了一下，说："可以！"又狡狯地笑了笑，"得等我到了泸沽之后！"

"好吧。"

西昌郊外，泸山半山坡的邛海边上，星罗棋布的邛海新村，今天格外戒备森严。村子外围三步一岗五步一哨，每隔五六十步就架了一挺机枪，每隔百来步就放了一尊迫击炮，村内又有几组巡逻队不断地来回穿梭。

从台湾飞来的蒋经国和顾祝同正在这里召开西南军事会议。

参加者除了本地的胡宗南和贺国光，还有从云南飞来的汤尧、李弥、余程万。

新近兼任西南军政长官公署长官（胡宗南又回归原职副长官兼参谋长）的顾祝同主持会议。

"……所以，这次总统①派祝同前来，听取诸公意见，又托经国兄代表他个人来看望前线战士，足见对创建西南反共基地的重视！"

顾祝同讲了半天，又请蒋经国讲。蒋经国视顾为父执，奉为主角，不肯丝毫僭越，就只说了几句话。

"经国奉家父之命，陪同顾长官飞来反共抗俄前哨西昌，一者看望大家，二者听取各位高见，重新确定西南战守大计！望畅所欲言，各抒己见！是否请胡长官先介绍一下情况？"

胡宗南向蒋经国注目点了点头，说了一声好的。习惯地把面前的卷宗翻检一番，似又觉得多余，干脆合上。清了清喉咙，说：

"墨三先生和经国兄受总统之托，专程从台北飞来这个四险之地，宗南深受鼓舞，相信一定也会激发广大战士的奋斗之志。只是，此间形势日益险恶，反共救国事业面临严峻挑战，宗南也不敢隐瞒！共军刘伯承部正在集结，不日就会渡过金沙江、大渡河实行南北夹击，威逼西昌！泸沽镇东面有刘文辉一个团锋芒相向。彝民土匪更遍地都是，对汉人极端仇视，都打算共军到时趁火打劫。战斗一旦全面打响，我胡宗南就是第二个石达开！我斗胆直陈，西昌这个地方不能固定，也没法守，宜及早曲突徙薪，另择反共基地！"

汤尧是以国防部次长兼陆军参谋长的资格去滇西统驭李弥、余程万残部的。此刻他征求意见似的看了看两个部下，又望了望台湾来的两位大员，这才把头掉向胡宗南，轻言细语地说：

"寿山兄所言极是！西昌这个地方民风刁顽，又处在共军重围之中，不能让部队在这里白白消耗。剩下的这点本钱都是党国的精英，是革命的种子，要放到土壤肥沃气候相宜的地方去发芽、开花！"

蒋经国点点头，颇感兴趣，微笑着说："汤次长高见！不知这相宜的地方是哪里？"

汤尧胸口一挺，不无激动地说："滇西！那卢汉虽然叛变了，他手中一点点保安部队只能守昆明。滇西国军还有三万余人（其实不到两万），编制完整，械弹充足，足以割据自守。共军要打到滇西恐怕还不那么容易吧？！"

顾祝同与蒋经国相视点头。

罗列见自己放弃西昌的夙愿可能会得以实现，也有点兴奋，不顾礼节，插嘴说：

---

① 此前蒋介石宣布复职。

"共军打到滇西也不怕！国军大部队可以向滇缅边境撤退。必要时，可以暂时进入缅甸境内。"

最后，顾祝同、蒋经国认可了放弃西昌，全力经营滇西的战略设想。

接下来是研究如何把近万名官兵撤到云南。

胡宗南摇头叹息，责怪这个决策来得太迟。言外之意是三个月前他就向总统作过这样的建议，共军在周边的集结尚未完成，疏可跑马，那时撤退，何等从容。可惜没被采纳。现在共军合围之势已成，东南西北没一个方向存在战略罅隙，说得上密不透风。而这种牢骚当着蒋大公子是不好说的，只好不无悲哀地说：

"我这点人马，怕是到不了滇西就给吃光了！"

"胡长官不用忧虑。"汤尧恳切地望着胡宗南，客气地说。他次长的职位与胡宗南的大区副长官相等，肩上的星却少一颗。他心底拨动的算盘是，胡宗南去了滇西，必然会顺理成章地接替他，他也就可以顺理成章地离开凶险的大陆，回任国防部次长、陆军总司令了。"陆路有困难，可不可以采用空运？顾长官、经国先生在这里，调动运输机的事就好办多了！只要台湾能出动十架大型运输机，往返两次足够了！"

事情就这样定了下来。

顾祝同吩咐汤尧会同胡宗南拟定一份详尽的创建滇西反共根据地的计划。

"我和经国兄可以多逗留几天，一边视察部队。等你们完成了计划书后，我们带回台湾去面陈总统！"

刚说到这里，外边忽然响起一阵密集的枪声。

全场大惊失色。

从声音判断，新村腹心地带靠近这间会议室不远处暴发了短兵相接的激战。人们头脑中首先闪过的猜度差不多一律是：胡部兵变！

胡宗南和罗列正要冲出门去察看究竟，与慌张进门的副官撞了个满怀。

"不、不、不好了！报、报、报告长官，一股没有符号的部队打来了，各位长官请赶快往外疏散！"

听说没有符号，显而易见是外军突袭，并非内部哗变，大家心里稍稍安定了一些。胡宗南毕竟是沙场老将，片刻就敉平了自己的慌张。侧身向窗外略一打量，见约莫一百多持冲锋枪的无番号士兵猛烈而执着地向会议室攻打，马上做出了两个判断：其一，这是冲顾祝同、蒋经国来的；其二，内部有间谍，向对方通报了开会的时间以及会议室的准确位置。又见会议室外的二十多名警卫虽奋力抵抗，已见不支，又不断阵亡减员。村外部队此刻找不到长官，不明情况，不敢定行止，大概已乱作一团了。他马上作了两个决定：

屋子里的人，除墨三先生和经国先生两位长官外，都拿起武器，凭借几扇窗户，配合屋外卫士进行抵抗。请两位长官暂时委屈一下，躲到会议桌下去，以免流弹伤害。

"朱光祖！"

"我们掩护你——你从后窗户冲出去，组织部队，消灭这股匪军！"又竖起指头强调般补了一句："成功之后，升你为少将，奖黄金二百两！"

"愿为党国效劳！"

朱光祖真是一员骁将，手持卡宾枪，向后窗外扔出一颗手雷，借轰然爆炸的烟火掩护，跃出窗外，向前冲杀。一阵冲锋、扫射，撂倒了一片敌人，杀开一条血路，冲到村外。马上组织起全团人马，派一个连插入交战核心，会同残余的卫士，把会议室护卫起来；然后以大部队取包围态势，逐步往里挤压。

终因众寡悬殊，那一百多偷袭者只逃脱几名，其余全被打死。

这时候，偷袭的策划者刘文辉正秘密驻在孙仿的指挥部里。

这里距西昌城只五十华里，是安宁河谷左面山上的一座石堡。孙仿的两千彝兵都驻在里面。

昨晚，他带着一百多名突击队员乘着夜色来到的时候，倒着实把孙仿吓了一大跳，以为是来抓他的。他浑身哆嗦，说话都磕磕巴巴的了。

"报、报、报告刘主席，部、部、部下孙仿奉您老的命令在这里屯兵，绝没有违背军……军纪的事！"

刘文辉亲切地拍拍他的肩膀，也不答话，拉着他步入客厅。嘱其落座，似乎反客为主了。

上茶敬烟之后，刘文辉悲天悯人地长叹一声，说：

"子文呀，我为你担心啊！"

"报、报、报告刘主席，部、部、部下怎么啦？"

刘文辉看了他一眼，脸上又换成了悲怆，沉重地摇摇头，说：

"子文呀，你智勇双全，是个将才，可千万不要糊涂，千万不要明珠暗投啊！你知道胡宗南还有多少人马？他还能支持几天？几千残兵败将，号称一万。数十万解放大军正向这里合围过来，他还能支持多久呢？往云南逃吗？云南蒙自那边蒋军不过三万，让解放军困在滇西一隅，被消灭不过是早晚间事！不日大军会猎西昌，你怎么办？到时候恐怕会玉石俱焚啊！"

孙仿十分惶恐，站起来，指天戳地，说自己决无背叛之意，只不过部队弱小，孤悬在外，不得不接受胡宗南的封号，虚与委蛇而已。

"部下决不会跟着胡宗南打解放军，更不会反对您老！您老的恩德，天高地厚，部下这一辈子都报答不完，怎么敢生二心！请老长官相信部下，不要抛弃部下,给部下指明一条生路!"

刘文辉攒眉做苦苦沉吟状。半晌才吐了一口气,说:

"好吧,谁叫我们是老袍泽老朋友呢!你的问题我来担待了,承认是我教你假投降,目的是留在这里牵制胡宗南部队……"

孙仿扑通跪下,叩了一个响头,千恩万谢。

刘文辉忙扶起来,和蔼地责备一番,说是解放了,怎么能再行这种腐败礼节。又把派突袭队去西昌邛海新村捉顾祝同、蒋经国的计划告诉了他。要他集结部队,准备接应。突袭队得手胡部可能寻踪追来。

"你部负责阻击,掩护突击队把俘虏带进山里,绕道去冕宁。"

"是!主席放心,部下一定立这个功!"

"好,你能听我的招呼,我很高兴!另外,不要叫我主席———一切旧官衔都不要叫,我现在是西南军政委员会副主任!这个……算是刘伯承、贺龙的副手吧!"

结果,突袭失败。刘文辉闻讯,沮丧万分,只好间道退回雅安。

胡宗南得悉他曾到孙仿寨中,认为孙仿有附共嫌疑,便倾巢出动攻打。激战半天,孙部被击溃。

刘文辉突袭队的瓮中捉鳖行动使邛海新村惊恐万状。台湾来客取消了此后数日的安排,决定马上飞离西昌。

胡宗南、贺国光送他们去机场。

顾祝同、蒋经国的座机将跟随汤尧他们的飞机直飞云南蒙自。顾、蒋是要去察看滇西的地理环境,同时给那里的将士打气。

顾、蒋座机刚发动,就见汤尧、李弥、余程万从他们的飞机里钻出来,慌张地呼喊且慢升空,边喊边跑步过去。

原来蒙自机场刚才有一架飞机升空,拍来一电称:今晨,机场大部分官兵已哗变投共;其余残部正向滇缅边境涌去。

大家面面相觑,心里都在说,好险呀。

胡宗南也跑过来。问明情况,要求他们下飞机,从长计议,另拟一个计划。顾祝同、蒋经国早吓破了胆,哪里还敢在这里逗留,担心西昌机场的守军说不定也正在暗中与共军接洽。商量之下,决定改飞海口,若气候不好就改飞河内,再转飞台湾。汤尧、李弥、余程万则仍飞回滇西去掌握部队——没了机场,可以跳伞。

此后,胡宗南驻防西昌几个县区的部队,不断受到刘文辉派出的突击队的袭扰,大大迟滞了其集结、逃跑的步伐,为解放大军全歼胡宗南残部赢得了时间。

胡宗南乘飞机逃离,把部队交给了参谋长罗列。

罗列纠结邓德亮、吕仙母子,在溃逃中受到刘文辉部队的阻击。解放军很快赶到，形成合击之势，将其全歼。

刘文辉加入人民阵营以来的一切行为，不论是否属于擅自行动，都受到了人民政府的褒扬。

从此，他摆脱了旧的蝉蜕，腾空而起，获得新生。

西昌作战的结束，更重要的意义在于标志着大陆上的三年解放战争终于画上了句号。

二〇一五年九月二十一日
改定于蜀州风云堂